DIE HEXENTRILOGIE

WOLFGANG LOHMEYER

Die Hexentrilogie

Wolfgang Lohmeyer: Die Hexentrilogie

Einbandgestaltung: Kathrin Steigerwald, Hamburg
Einbandabbildung: akg, Berlin
Satz & Layout: Bernd Heun, Rüssingen

Printed in Germany 2005

ISBN 3-89996-271-0

Inhalt

Die Hexe

Für Ulla

Und weiterhin sah ich unter der Sonne:
An der Stätte des Gerichts,
da war Frevel,
und an der Stätte der Gerechtigkeit,
da war Unrecht.

Prediger 3,16

I

Am Rheinufer, zwischen Sankt Kunibert und der Trankgasenpforte, war an diesem Apriltag des Jahres 1627 außer einigen Fischern, die ihre Netze knüpften, und ein paar vermummten Alten, die im Windschutz der Stadtmauer hockten, kaum eine Menschenseele zu sehen. Von ihren mächtigen Mauern umschlossen, atmete friedlich, unangefochten im großen Krieg, die Freie Reichsstadt Köln.

Weiter stromaufwärts sah es anders aus. Hier lagen schwere, bauchige Schiffe, duftend nach Holz, Tran und Teer, sieben, acht nebeneinander, bis weit in die Strömung hinein. Vor dem zinnenbewehrten Fischkaufhaus, das der gebieterische Turm von Groß Sankt Martin überragte, war am frühen Morgen eine Flottille Heringsfänger aus den Niederlanden eingetroffen; fünf schwerbeladene Aaken waren fest am Bohlenwerk vertäut. Hinter roh aus Brettern gezimmerten Tischen, inmitten von Flachs- und Hanfballen und hochgetürmtem Sperrgut, suchten reisende Händler Tuche, Lederzeug, leinene Taschen und Kerzen an den Mann zu bringen. Branntwein- und Limonadenverkäufer, die Flaschen im Spankorb vor der Brust, schrien in langgezogenen Tönen Preis und Ware aus, ein blinder Krämer schob seinen Bauchladen mit Kämmen, Garn und Bürsten durch die Menge, eine dürre Alte verkaufte Kreide und Rötelstein, Flugblätter, Kalender und Tinte. Gelehrte Herren freilich ließen sich am Fischmarkt nur selten blicken, hier lungerten und schufteten Metzgergesellen vom nahe gelegenen Schlachthof, Ruderknechte, Hafenarbeiter, Stallburschen, die ihre Treidelpferde angepflockt hatten, und nun, seit ein paar Stunden, auch die Schiffer aus Holland. Nach langer Stromfahrt witterten sie wieder einmal Stadtluft; der Westwind trug ihn über die

Mauer, diesen betörenden Kloakenduft der großen Städte am Rhein. Gierig pfiffen und griffen die Männer nach den grell geschminkten Weibern, die ihre Röcke rafften und sich kichernd und kreischend für die Nacht verkauften.

Auch zwei junge Burschen trieben sich hier herum; ihre Barette wiesen sie als Schüler des Jesuitengymnasiums Tricoronatum in der Marzellenstraße aus. Der eine, groß, schlank, mit sorgfältig gekämmtem, leicht gewelltem Haar, trug eine lange lederne Hose, dazu ein gelbes Wams mit breitem Kragen. Der andere, klein und gedrungen, mit fast äffisch häßlichem Gesicht unter bürstenkurz gestutztem Schopf, steckte in einem schwarzen Schulkittel, den er in die graue, an den Knöcheln zugebundene Leinenhose gestopft hatte. Beide, der Größere mit kritisch geneigtem Kopf, der Kleine mit halb offenem Mund und unruhig wanderndem Blick, hörten mit vielen anderen dem Marktmeister zu, der sich über den diesjährigen Heringsfang ausließ, während seine Knechte auf schwankenden Laufbrettern Korb für Korb und Tonne für Tonne aus den Schiffen zur Waage schleppten. Der Wiegemeister rief das Gewicht dem Akzisenschreiber am Stehpult zu, der Heringsröder ließ seine Leute jeden geprüften Fang nach Größe sortieren, neu verpacken und die Fässer sorgfältig verteeren.

»An Hollands Küste schwimmt der Hering in ungeheuren Schwärmen!« rief der Fischmarktmeister und sammelte die Leute um sich wie ein Schausteller auf der Kirchweih. »Ganz so wie damals, Anno 1600, im Baltischen Meer! Da kamen die Fischer aus ganz Europa angereist! Die haben sich sogar feste Dörfer am dänischen Strand gebaut! Richteten sich auf Monate, Jahre ein! Nur, leider: Man muß den Hering erst fangen, eh man ihn pökeln kann ... Und lehr euch einer den Burschen parieren! Von heut auf morgen bleibt er uns weg, von einem Tag auf den andern! Gestern noch schwimmt er um Dänemark herum, heute die ganze Grafschaft Holland entlang – und morgen gefällt's ihm vielleicht im Rhein – wenn da nur das Wasser etwas salziger wär'!«

Der Marktmeister lachte laut, nahm einen Zug aus der Branntweinflasche und wandte sich wieder den Packern zu. Er hatte nicht viel Zeit zum Schwadronieren, er war einem Hochehrsamen Rat verantwortlich für die angelieferte Ware. Das Stapelrecht – auf jede Ladung, die von Norden kam, hatte die Stadt den ersten Anspruch – verpflichtete zu strenger Kontrolle des gepökelten Tonnenguts, und nur, was vereidigte Makler als einwandfrei befunden hatten, bekam den begehrten Stempel, den »Kölner Brand«, das Zeichen für erlesene Qualität. Was die Stadt nicht selber benötigte – ob Schellfisch, Laberdan, Kabeljau, Muscheln, Krebse und Austern –, das wanderte in die Südliche Stapelhalle, wo es zum Versand rheinaufwärts neu verpackt wurde.

Hier verbrachten die jungen Leute gern ihre Freizeit. Hier spürten sie nichts von Schulzucht und Exerzitiendisziplin, hier galt kein Lateinzwang, hier durften sie deutsch reden und kölsch hören. Und die trotz der Kriegszeit immer noch einigermaßen pünktlich eintreffenden Heringsflottillen kamen keineswegs nur aus den gut katholischen Spanischen Niederlanden. Andere, aus Amsterdam, brachten einen Hauch von Verruchtheit mit; unter der Besatzung der stattlichen Aaken und Samoreusen befand sich Ketzervolk aus den calvinischen Generalstaaten, das durfte sich ungestraft über »papistischen Götzendienst« mokieren.

»Komm, Ignaz, wir müssen weiter!« Philipp von Kronthal knuffte seinen Mitschüler in die Rippen. »Wo kriegen wir dieses Rauchkraut her?«

Der Kleine wies mit dem Daumen hinter sich. Sie lösten sich aus dem Gewühl, vom Rathausturm schlug es elf, nur noch eine knappe Stunde Ausgang. Sie trabten den Kai entlang bis zur Neugaßpforte, wo hinter der Mauer riesenhaft, umrankt von Pfeilern, Bögen und spitzen Fialen, der Chor der unvollendeten Haupt- und Domkirche von Sankt Peter in den weißlichgrauen Himmel wuchs, und hinter ihm der stämmige Turm – auch er schon weit über die steilgiebligen Dächer aufgeschossen, und doch nur erst halb so hoch, wie ihn sich Meister Gerhard von Riehl einst vorgestellt hatte. Auf seiner Plattform reckte sich seit über hundert Jahren ein ungefüger Kran – für die einen ein Wahrzeichen der Vermessenheit, anderen eine stete Mahnung zum Weiterbau. Aber Köln hatte viele Kirchen, manche meinten: zu viele – und ganz gewiß hatte es kein Geld für seinen Dom.

Auf der Kaimauer saß mit baumelnden Beinen ein altes Männchen, neben ihm lag ein Rucksack.

»Das ist er!« sagte Ignaz Eller. »Der hockt immer hier, wenn's nicht grad' gießt. Starrt immer hinüber nach Deutz. Er stammt von dort und kann's nicht verschmerzen.«

»Warum geht er nicht wieder zurück?« fragte Philipp.

»Das Viertel, wo er wohnte, ist abgebrannt. Schon vor vierzig Jahren, im Truchseßschen Kriege, als der Pfälzer Kasimir Deutz gebrandschatzt hat. Seine Eltern hatten da eine Gewürzkrämerei. Sie haben die Häuser nicht wieder aufgebaut, sie brauchten die Steine für Mauern und Bollwerk.«

»Woher weißt du das über den Alten?«

»Von Pater Spee.«

Ignaz tippte dem Männchen auf die Schulter. »Persisches Rauchkraut für den Pater!«

»Wieviel?« knurrte der Alte.

»Zehn Pfeifen.«

Der Alte schnürte den Rucksack auf und reichte dem Jungen ein Bündel. Philipp holte die Geldbörse aus dem Wams. Ignaz löste den Knoten, schnupperte an den goldbraunen, grobgeschnittenen Blättchen, griff sich eine Handvoll und ließ sie durch die Finger rieseln. Dann knüpfte er das Tuch wieder zu. »Kein Holz drin. Kannst berappen.«

Überraschend schnell zog der Alte die Beine hoch, sprang auf und giftete den Jungen an: »Kein Holz! Kein Holz! Bin ich ein Schurke? Bin ich ein Wucherjudas?!« Sein Kopf zitterte, aber die ausgestreckte Rechte blieb ruhig, als Ignaz ihm die Münzen in die Hand zählte.

»Wie war das mit dem Holz?« fragte Philipp, als sie durch die Neugaßpforte schritten.

»Die mischen manchmal Hobelspäne in den Tabak. Ist doch klar: Damit's schwerer wird.« Er holte den Beutel aus der Tasche und schnupperte. »Ist kein persisches Kraut. Ist aus Virginia. Ich kenn' mich aus.«

Ignaz Eller kannte sich aus. Nicht allein mit dem nur widerstrebend vom Rat der Stadt zum Verkauf freigegebenen Tabak. Auch überall dort, wo wohlerzogene Bürgersöhne niemals anzutreffen sind, schon gar nicht die Alumnen der drei Lateinschulen. Ignaz Eller kannte sich aus in Kellern, Scheunen und Spelunken, in den Geräteschuppen der Weingärten wie in Asylen und Spitalen, bei Bettlern, Gaunern, Dirnen und närrischem Volk. Und dort verkehrte er nicht aus Lasterhaftigkeit, sondern weil ein glaubensfreudiger Ratsherr eines Tages beschlossen hatte, den erstaunlichen Spürsinn dieses Jungen in den Dienst einer guten Sache zu stellen. Es hatte nur einer Vereinbarung mit Pater Kasen, dem Regens des Gymnasiums, bedurft. Denn noch immer gab es zu viele unterirdische Zirkel, ketzerisch gesinnte Betbruderschaften, etliche Lutheraner und noch weit mehr Calviner in der gut katholischen Freien Reichsstadt Köln. Sogar an die sechzig Wiedertäufer hatte man unlängst in den Weingärten bei Sion aufgegriffen und, nach Entscheidung des Rates, aus der Stadt gegeißelt.

Ignaz Eller aber, klein, wendig und, wo's der Glaube gebot, auch listig genug, lag stets, wo ihn keiner vermutete, auf der Lauer. Wenn er irgendwo in der Stadt Unrat zu wittern vermeinte – und das war oft der Fall –, bekam er freien Ausgang. Nur seinem Lieblingslehrer, Pater Adrian Horn, brauchte er Bescheid zu sagen; der ließ ihn laufen, wenn auch mit Sorge, denn der Junge hatte ein schwaches Herz. Kam er, nach der Hatz, mit roten Backen wieder, erzählte er, wie sie das Häretikerpack ausgeschnüffelt und arretiert hatten, dann strich Professor Horn ihm anerkennend über den Igelschopf, und ihre Blicke trafen sich: unterwürfig glücklich der Kleine – nicht ohne Stolz der ernste Pater, und sein zerfurchtes Gesicht sah dem äffisch klobigen des Jungen plötzlich bestürzend ähnlich. Ignaz Eller hielt sich immer einen Schritt hinter seinem Klassengenossen. Nicht weil er ihm nicht folgen konnte – seine etwas zu kurzen Beine waren flink und muskulös. Aber Ignaz war nicht nur Philipps Mitschüler – er war auch sein Diener, sein Bursche, und er begehrte nichts anderes zu sein. Denn so war es vor Jahren schon ausgemacht worden zwischen dem Regens der Schule und seinen Eltern, im Krieg um Heimat und Besitz gekommenen pfälzischen Schmiedeleuten, die zu seiner Empfehlung kaum anderes vorzubringen wußten, als daß ihr Sohn Ignatius hieß. Das mochte – da auch Professor Horn sich sehr für den Jungen eingesetzt hatte – den Regens gnädig gestimmt haben, zumal der Papst in jenem Jahr 1622 den Ordensgründer zum Jubel aller Jesuiten endlich heiliggesprochen hatte. Daß der Knabe sich, als Gegenleistung für sein Stipendium, verpflichten mußte, einem der adeligen Mitschüler aufzuwarten, verstand sich von selbst. In anderen Internaten war es nicht ungewöhnlich, daß reiche und vornehme Schüler sich Burschen auf eigene Kosten hielten, die ihnen die Betten machten, das Fleisch vorschnitten, die Schuhe putzten, kurz, sie rundum bedienten. Die Kölner Gepflogenheit hatte, so befand Kasen, immerhin den Vorteil, daß Schüler von minderer Herkunft, ohnedies schon zur Demut erzogen, durch solchen Dienst in den Stand versetzt wurden, noch ein wenig demütiger werden zu dürfen. So konnten sie es gerade in dieser Tugend zu einer Vollkommenheit bringen, die einem Adeligen immer unerreichbar sein würde.

Die beiden Jungen bummelten an der Rückfront des Fischkaufhauses entlang und bogen in die Lintgasse ein, wo sie in den Grabbelkästen der Buchhändler stöberten. Ignaz hoffte, verbotene Schriften zu finden – wie neulich beim Johann Mertzenich Unter Fetten Hennen das höchst lästerliche Pamphlet mit einer unglaublichen Beschimpfung des Hochheiligen Sakraments, die dem Händler vier Wochen auf dem Frankenturm und zwanzig Goldgulden Strafe eingebracht hatte. Aber Philipp hatte es eilig.

Beim Buchdrucker Kessenich trat ein junges Mädchen aus dem Laden und fragte nach ihren Wünschen. Philipp murmelte, sie hätten jetzt keine Zeit, kämen ein andermal wieder; er wich den schwarzbewimperten blauen Augen aus, schlug die seinen zu Boden, wie sie's im Gymnasium gelernt hatten.

Als sie weiterliefen und am Alter Markt in den Strom der Menschen gerieten, die zur Mittagsmesse in den Dom eilten, viele Auswärtige darunter, die den goldenen Sarkophag mit den Heiligen Drei Königen verehren wollten, sagte Ignaz: »Die kenn' ich. Das ist die Tochter vom alten Kessenich, und der ist mir schon lang verdächtig. Buchhändler – die eigentlich alle! Es geht nicht an, daß jeder alles lesen darf – da bleibt immer was hängen! Weißt ja, was herauskam, als man die Heilige Schrift unter die Leut' gebracht hat – auf deutsch!«

Am Eingang der Brückenstraße blieb er stehen. »Was renn' ich mit dir! Bin nicht gefragt bei deiner Postmeisterin.«

»Halt!« Philipp hielt ihn fest. »Erst den Tabak!«

»Ich seh' Pater Spee eher als du.«

»Er hat ihn bei *mir* bestellt!«

Ignaz händigte ihm das Päckchen aus. »Verschwatz dich nicht bei deiner Schönen! Ist sie nicht ein bißchen zu alt für dich?« Und schon hatte er sich in der Menge verdrückt.

Diese Frechheit würde er ihm noch heimzahlen. Was fiel dem Bengel ein, der hatte ihn zu bedienen, sonst nichts! Aber Philipp, aus dem reichsgräflichen Hause Kronthal, war auf den flinken Kerl weit mehr angewiesen, als er sich's eingestand. Denn im Umgang mit einfachem Volk, mit Fischern, Marktfrauen, Schergen, Küchenmägden, war ihm der Schmiedemeistersohn aus Altrip in der Pfalz unentbehrlich. Er selbst bekam bei solchen Leuten das Maul nicht auf, ihre Unterwürfigkeit mißfiel und schmeichelte ihm zugleich.

Als Philipp hinter Sankt Kolumba in die Glockengasse kam, bemerkte er vor der Postmeisterei einen für diese Vormittagsstunde ungewöhnlichen Auflauf. Die Gasse öffnete sich auf ihrer rechten Seite zu einem weitläufigen, umzäunten Hof, durch dessen Tore noch vor wenigen Wochen die berittenen Boten der Kaiserlich Kölnischen Post des verewigten Postmeisters Jakob Henot, mit Felleisen und Packsäcken beladen, in alle Himmelsrichtungen ausgeschwärmt waren. Das war nun vorbei. Jetzt ritten die Boten in der Straßburger Gasse bei Postmeister Coesfeld aus und ein, und der wartete nur darauf, auch die Henot-Postmeisterei mit seinen Leuten besetzen zu dürfen.

Alle Hoffnungen der Henot-Erben auf Fortführung des Postgeschäftes hatte das Kaiserliche Dekret vom 9. Oktober 1626 zunichte gemacht. Rechte und Privilegien der Henot-Post waren dem Grafen Taxis übertragen worden, der damit das Postwesen der Stadt Köln – wie schon einmal volle neunzehn Jahre lang – in seine Hand bekam. Kölnischer Statthalter des Grafen Taxis war Postmeister Johann Coesfeld.

Noch aber residierte in der Glockengasse Katharina Henot. Die Tochter des großen Jakob Henot war nicht die Frau, die dem mächtigen Leonard Taxis kampflos das Feld räumen würde. Das wußte nicht nur Johann Coesfeld. Eingabe auf Eingabe richteten Katharina und ihr Bruder Hartger, der hochangesehene Propst von Sankt Severin, mit Hilfe ihrer Anwälte an Kaiser Ferdinand und seinen Reichshofrat in Wien. Und eines hatten sie bereits erreicht: Die alte Stammstrecke der Henot-Post, der Kurs Köln–Linz–Rhens–Wöllstein mit Anschluß nach Frankfurt und Speyer, war ihnen schon wieder, wenn auch mit Vorbehalt, zugesprochen worden.

Der Kampf der Henots gegen den Coesfeld war seit Monaten Stadtgespräch. Und hörte man, so wie Ignaz Eller das tat, unter den Leuten herum, fand man die Meinungen geteilt. Nur in einem war man sich einig: Wie sie miteinander umgegangen waren in all diesen Jahren, die Henots mit dem Coesfeld und umgekehrt – das hatte nicht immer von feinen Sitten gezeugt. Vor dem Zaun standen ungefähr dreißig Menschen, meist Frauen und Kinder, auch in den Fenstern der Häuser auf der anderen Straßenseite zeigten sich Neugierige und gafften hinüber zur Postmeisterei. Sie bestand aus zwei rechtwinklig einander zugeordneten Trakten – der eine, unterm Steildach, mit drei, der andere, in dem sich die Sortier- und Lagerräume befanden, mit zwei Geschossen.

Vor diesem Flügel, genau unter der Stelle, wo bis vor kurzem noch das goldene Schild mit dem roten Posthorn und dem schwarzen, kaiserlich gekrönten Doppeladler gehangen hatte, bemühten sich Postarbeiter um einen jungen Mann. Er lag hingestreckt auf dem gestampften, staubigen Boden. Als er sich, offenbar unter großen Schmerzen, aufrichtete, tupfte ihm ein Packermädchen das Blut von der Stirn. Ein Roßknecht rieb sein schweißüberströmtes Pferd mit Strohbündeln ab. Der Bote hatte die Postmeisterei wohl noch mit letzter Kraft erreicht, hatte eben noch das Felleisen hinter dem Sattel abgürten können, dann mußte er die Besinnung verloren haben.

Eine junge Frau kam aus dem Haus. Respektvoll trat man zur Seite, aber sie blieb, als sie die vielen Zuschauer am Zaun bemerkte, einen Augenblick in der offenen Tür stehen, prüfte den Sitz ihrer Haube und zupfte an dem blütenweißen gestärkten Mühlsteinkragen, der sie zu beengen schien. Dann war sie mit wenigen Schritten bei dem Verwundeten und beugte sich zu ihm. Auf einen Wink reichte ihr Preunges, der alte Sekretär, einen Postsack, Katharina Henot faltete ihn und schob ihn dem Burschen behutsam unter den Kopf.

»Wo war es?«

»Im Wäldchen bei Wesseling«, antwortete der junge Mann mit schwacher Stimme.

»Wie viele?«

»Zwei. Schwer bewaffnet.«

»Wie kam es zu der Verwundung?«

»Ein Schlag mit dem Säbel. Mit dem flachen, zum Glück. Aber ich war weg.«

»Und das Felleisen haben sie dir gelassen?«

»Als ich wieder aufwachte, waren sie über alle Berge. Ja, das Felleisen, Gott sei Dank, das haben sie nicht gestohlen.«

»Wo ist der Schlüssel?«

Der junge Mann faßte sich an die Brust, verdrehte die Augen. Katharina Henot öffnete zwei Knöpfe seiner Jacke und holte den Brustbeutel hervor. Sie öffnete ihn. Der Schlüssel war nicht darin.

Durchs Hoftor kamen zwei Barmherzige Brüder mit einer Trage. Katharina erhob sich, versprach dem Verwundeten, ihn im Spital zu besuchen, und ging mit dem weißhaarigen Sekretär ins Haus zurück.

Coesfeldsche Strauchdiebe … Also versuchte er es wieder einmal auf die seit Jahrzehnten bewährte Weise! Katharina wußte freilich nur zu gut: Ihr Vater war es, der mit diesen Überfällen angefangen hatte. Zeitweilig bis zu sieben ›Niederwerfer‹ hatte der alte Henot eingestellt; sie sollten den Boten der Konkurrenz auflauern und ihnen die Felleisen wegnehmen. Daß nun der Coesfeld, wiederum im Amt, alles daransetzte, auch noch die kläglichen Reste der Henot-Post, die ›illegale Linie‹, wie er sie nannte, zu vernichten, konnte am wenigsten Katharina Henot verwundern.

Michael Preunges trug das Felleisen des Kuriers, es war schwer, Philipp half ihm. Die Postmeisterin nickte dem Jungen zu, nicht ganz so aufmerksam wie sonst, aber das kränkte ihn nicht. Er war schon zufrieden, daß er sie wiedersah, die zierliche, seltsamerweise trotzdem kräftig wirkende Frau mit dem ganz ebenmäßig geschnittenen Gesicht. Das Profil erinnerte Philipp an die Steinbildnisse römischer Patrizierinnen, die er im Keller des Jesuitenkollegs gesehen hatte – und Katharina Henot mochte, vom Vater her, römisches Blut haben. Sie war kaum dreißig. Da die meisten ihrer Postreiter sie nach der kaiserlichen Entscheidung verlassen mußten und zur Coesfeld-Taxis-Post übergelaufen waren, hatte sie große Mühe, den Betrieb auf jener einzigen ihr noch verbliebenen Strecke aufrechtzuerhalten. Die wenigen Boten, die noch zu ihr standen, obwohl sie der Sache der Henots kaum mehr eine Chance gaben, entlohnte sie allerdings besonders gut, so daß sie den reitenden Dienst nicht einzustellen brauchte. Aber für das Sortieren und Registrieren der trotz allem noch zahlreichen Posteingänge fehlte es an Leuten, die lesen und schreiben konnten. So hatte Katharina Henot beim Gymnasium um Aushilfe gebeten; man hatte ihr aber nur einen Schüler geschickt, und auch den nur für wenige Stunden in der Woche.

Philipp von Kronthal jagte begeistert durch die halbe Stadt, nur um, schon ein wenig belächelt von den Postbediensteten, für ein paar Minuten Katharinas Gegenwart zu genießen. Als er sich, vor zwei Wochen, bei ihr hatte vorstellen müssen, hatte er sich sofort in sie vergafft. Das war in der Sternengasse gewesen, wo Katharina Henot mit ihrem Bruder wohnte. Hartger Henot saß, als Philipp eintrat, nebenan in der Küche in einem dampfenden Bottich, planschte und prustete und ließ sich von seiner Magd den Rücken rubbeln. Katharina hatte am Schreibschrank gesessen, sie wandte sich Philipp zu und lächelte ihn an, als kenne sie ihn schon längst und freue sich, daß er wieder einmal vorbeischaute. Sie trug, nach Art der vornehmen Holländerinnen, die sich gerade von der Schnürbrust und den zwängenden Polstern der spanischen Mode befreiten, ein lindgrünes, den Busen betonendes Kleid mit dem eleganten, bequem fallenden Spitzenkragen, dazu weiße Spitzenmanschetten. Von Kleidersachen wußte Philipp herzlich wenig; man hatte ihn gelehrt, die Augen vor Frauen züchtig niederzuschlagen – und wann bekam er es überhaupt mit Frauen und Mädchen zu tun? Aber er empfand, daß er auf dieses Gesicht, auf diese tiefblauen Augen, diesen stark geschwungenen Mund, die klingende Stimme schon lange gewartet hatte.

Der halbblinde Preunges und Philipp hoben das Felleisen auf den breiten eichenen Tisch im Sortiersaal, während die Postmeisterin ins Büro ging, um ihre Akten einzuschließen. Als sie wiederkam, mühten sich die beiden noch immer, das Felleisen zu öffnen. Preunges besaß zwar einen zweiten Schlüssel, aber bei diesem Eisen sperrte das Schloß. Endlich brachten sie's doch noch auf. Es enthielt viele Briefe, aber ob etwas entwendet worden war, konnte keiner wissen. Ein besonders großer, mehrfach versiegelter Umschlag fiel ins Auge. ›Pater Fridericus Spee, Gymnasium Tricoronatum, Colonia Agrippina‹ lautete die Anschrift, und als Philipp neugierig nach dem Absender sah, las er: ›Generalat der Societas Jesu‹.

»Ein Brief aus Rom vom Pater General!« rief er. »Professor Spee korrespondiert mit seinem höchsten Vorgesetzten! Da werden sich einige Kollegen ganz schön ärgern. Ich nehm' ihn gleich mit!«

»Der bleibt hier!« sagte die Postmeisterin lächelnd und nahm ihm das Kuvert aus der Hand. »Sagen Sie Pater Spee, er möge herkommen und den Brief abholen. Er muß ihn quittieren, das wissen Sie doch, Herr von Kronthal.«

Philipp nickte. Er war tief in Gedanken. Und gerade eben hatte er ein seltsames Gebilde aus dem Postberg gefischt, den der alte Preunges immer wieder bändigen mußte, damit nichts vom Tisch fiel. Es sah aus wie ein kleines Felleisen; auf der Fellseite war das weißblaue bayerische Rautenwappen eingenäht, und der Inhalt war, wie Katharina Henot der angebundenen Adresse entnahm, ein Schreiben des Kurfürsten Maximilian I. zu München an seinen Bruder, den Kurfürsten Ferdinand II. von Bayern-Wittelsbach, Erzbischof von Köln. Der aber saß auf einem seiner Schlösser zu Bonn, zu Brühl, zu Kaiserswerth, und im allgemeinen bedienten sich die hohen Herren eigener Kuriere. Nun, dieser Brief aus München war mit der Henot-Post gekommen, seltsam genug. Katharina konnte es sich nicht erklären. Und merkwürdig war auch, daß die Strauchdiebe des Coesfeld ihn nicht entwendet hatten. Aber vielleicht hatten auch sie sich vergeblich mit dem Felleisen abgemüht oder waren gestört worden – es lohnte nicht, darüber nachzudenken.

»Wir werden gleich morgen früh einen Kurier nach Bonn schicken«, überlegte Katharina laut. »Oder sollten wir nicht lieber heute noch ...?«

Preunges schüttelte den Kopf. »Alle Boten sind unterwegs. Oder im Spital.«

»Alle Boten …« Katharina Henot lächelte bitter. Von den siebenundfünfzig Kurieren, die im Vorjahr für die Henot-Post geritten waren, hatte sie hier in Köln noch drei behalten. Sie nahm das bayerische Felleisen und den römischen Brief an sich und verschloß sie in ihrem Schreibtisch.

»Helfen Sie mir wieder beim Sortieren, Herr von Kronthal?« fragte sie durch die halbgeöffnete Tür. Aber Philipp mußte sich beeilen, er zog das Barett tief in die Stirn, versprach Pater Spee zu benachrichtigen und rannte im Regen, der unvermittelt eingesetzt hatte, durch die menschenleer gefegten Straßen. Er war glücklich.

Als Katharina ihm den Brief an Pater Spee aus der Hand nahm, hatten sich ihre Hände berührt. Und sie hatte ihre Hand eine Sekunde lang, wenn nicht noch länger, in dieser Berührung belassen. Und ihn dabei angesehen, still und, er war sicher, tief verstehend. Und sie hatte seine Hand mit einer streichelnden Drehung umspielt und ihm ganz zart den Brief abgenommen. Er sprang über die Pfützen, er patschte in die Pfützen. Er liebte die Postmeisterin Katharina Henot.

2

Ihr lieben Fräulein Jakobe, Gertrude und Maria Elisabeth! Einen herzlichen Gruß im Namen Gottes vorab! Gern hätte ich die liebreizenden Damen einmal wieder in Lülsdorf besucht; es sind ja zu Roß und mit der Fähre nur zwei Stunden von Köln. Aber seit unser erzbischöflicher Herr die große Synode anberaumte, hat ein kleiner Gymnasiallehrer vollauf damit zu tun, die Schüler geistlich auf dies nicht alltägliche Ereignis einzustimmen. Dramatische Parabeln muß er inszenieren, neue Lieder dichten oder in der Schulkapelle den Kontrabaß streichen. Drum heute nur dies:

Ich hoffe, Ihr habt einmal darüber nachgedacht, weshalb gerade die katholische Religion die allein selig machende ist, obwohl doch eine jede der vielen Religionen, so auch Eure calvinische, dasselbe von sich behauptet. Ich fürchte freilich, Ihr seid kaum zum Nachdenken über diese wichtige Frage gekommen, habt sicher nicht so viel Zeit und Mühe darauf verwendet wie etwa für Schreiben und Lesen, Nähen und Stricken, Tanzen, Lautenschlagen, Karten- und Brettspiel? Doch Dank immerhin für Eure guten Worte, besonders für Fräulein Gertrudes Fragen nach der rechten Art, Christi Wunden zu verehren; ich werde sie nächstens Punkt für Punkt beantworten. Die beigefügten Verse mögt Ihr nach den von mir ermittelten Regeln einer deutschen Poetik so hersagen und singen, daß Hebung und Senkung der Silben, entsprechend dem rhythmischen Fluß der Strophe, deutlich herauszuhören sind …«

Im Jesuitenkolleg stand Pater Friedrich Spee von Langenfeld, Professor am Gymnasium Tricoronatum, in seiner kargen, nur mit dem Kruzifix und dem Bild des heiligen Franziskus von Assisi geschmückten Zelle am Stehpult und schrieb an die drei jungen Töchter der calvinischen Familie von Stein, die er vor einigen Monaten auf einer Dienstreise im Hause ihres Vaters, des Burgvogtes zu Lülsdorf im Bergischen, kennengelernt hatte. Von einem Unwetter überrascht, hatte er dort ein Nachtquartier gefunden; die Mädchen hatten Laute und Stickrahmen beiseite gelegt und sich in backfischhafter Neugier um den Pater versammelt, der ihnen, in ihrer engen protestantischen Welt, als eine exotische Figur erscheinen mußte. Mit seinen spannenden Erzählungen aus dem fernen Paderborn hatte er ihre Angst vor Blitz und Hagelschlag verscheucht. Endlich bat er das Fräulein Jakobe um ihre Laute und sang, während er die Mädchen, auch die höflich lauschenden Eltern, mit seinen schwarzen, brennenden Augen verwirrte, ein selbstgedichtetes Lied zu einer zarten Melodie:

Tu auf, tu auf, du schönes Blut,
sich Gott zu dir will kehren.
O Sünder greif nun Herz und Mut,
hör auf, die Sünd zu mehren …

Vater und Mutter von Stein mußten, sicher nicht zu Unrecht, die Mahnung auf sich und ihre Töchter bezogen haben; sie erhoben sich nach dem Vortrag, dankten für das erbauliche Lied, schickten die Mädchen zu Bett und wiesen Spee ein Nachtlager an. Am nächsten Morgen fragte Jakobe den Pater, ob er noch mehr so schöne Lieder für ihre Laute wisse – aber, wenn's möglich sei, nicht nur solche, die aus rechtgläubigen Calvinern schlimme Papisten machen wollten. Spee überhörte die vorlaute Kritik und versprach, ihnen einige seiner Lieder zu schicken, die nichts im Sinne hätten, als Gottes schöne Natur zu preisen, und das höre sich auch auf katholisch ganz manierlich an. Allerdings werde er seinen Gedichten eine kurze Glaubensermahnung beifügen, und die sollten die drei sehr gründlich bedenken.

Seither korrespondierte er mit den Fräulein von Stein zu Lülsdorf im Bergischen Land. Und es störte ihn wenig, daß er sich beim Schreiben fast immer nur die eine, die mittlere der Schwestern, Gertrude, vorstellte. Das lag, so meinte er, nicht allein daran, daß sie für ihn die schönste war, sondern dieses Kind wäre – das hatte er schon damals erkannt – wenn nicht um Gottes, so doch um des eleganten Priesters willen, ohne sich lange zu besinnen, katholisch geworden.

Pater Spee war es gewohnt, daß Mädchen und junge Frauen ihm gern zuhörten und ihn, vielleicht noch lieber, ansahen. Er war ehrlich genug, sich das gefallen zu lassen – und er sah auch keine Sünde darin. Warum sollte er, mit seinen sechsunddreißig Jahren, wenn Gott ihm, außer Glaubensinbrunst, gehöriger Gescheitheit und Redekunst, auch noch den Vorzug eines angenehmen Äußeren verliehen hatte, auf den überredenden Wohlklang seiner Stimme, auf die Strahlkraft seiner Augen und den männlichen Reiz seines gepflegten, melancholisch über die Mundwinkel fallenden Bärtchens verzichten? Sollte er sich wie ein Pestarzt vermummen?

Friedrich Spee war Jesuit – und Sohn einer im Rheinland hochangesehenen Familie. Sein Vater Peter war Amtmann auf Schloß Kaiserswerth, zeitweilig auch Küchenmeister und Hofschenk des Kurfürsten und Erzbischofs von Köln, Gebhard Truchseß von Waldburg, gewesen. Als dieser geistliche Fürst vom katholischen Glauben abgefallen war und ein Fräulein Agnes von Mansfeld geheiratet hatte, war Petrus Spee ihm, vor dem Kamin im alten Rittersaal auf Kaiserswerth, mit jenem mannhaften Wort entgegengetreten, das nachmals im Rheinischen die Runde machte: »Nichts da! Katholisch wird geblieben!«

Gebhard Truchseß jagte ihn vom Schloß, sogar die Hunde ließ er losmachen – aber das war töricht, denn sie gehorchten nur dem, der sie gezogen hatte, und das war Petrus Spee. Noch lange erzählte man sich lachend zwischen Köln und Duisburg, wie der davongejagte Amtmann mit der lustig ihren Herrn umläutenden Meute in die Fremde marschiert war und wie der Truchseß nicht nur wortwörtlich das Nachsehen gehabt hatte, sondern kurz darauf, aller seiner Ämter als Kurfürst und Erzbischof enthoben, selbst zum Flüchtling geworden war. »Nichts da! Katholisch wird geblieben!« Schon bald danach setzte der neue Kurfürst Ernst den getreuen Spee wieder auf Kaiserswerth ein, und nun, 1591, wurde Friedrich geboren, und in den Jahren darauf kamen Adolf und Elsa, Arnold und Sibylla.

Der junge Fridericus wußte, daß er zur Elite seines Landes gehörte, und deshalb war auch kein anderer Orden für ihn in Frage gekommen als der jüngste und gleichwohl vor allen auserlesene, der wandlungsfähigste und militanteste, die Sturmtruppe des Heiligen Vaters, die Hoffnung der katholischen Welt, der Schrecken der Ketzer und Heiden: die Gesellschaft Jesu des heiligen Ignatius von Loyola.

Die Schrift war längst getrocknet. Spees Gedanken hatten sich an den Vater verloren, er sah ihn, das bartlose Gesicht unterm schütteren Haar gegen den Regen gehoben, auf dem weit vorgebauten Altan der Burg Kaiserswerth, hoch über dem Rheinstrom, stehen; seit jenem glaubensfrohen Exodus mit den Hunden kam er sich wohl selber schon ein bißchen legendär vor. Zweiundsiebzig war er jetzt, und seit dem Tod der Mutter vor fünf Jahren recht knorrig und halsstarrig geworden, aber ganz weich und heiter gelöst, wenn seine Jüngste, Sibylla, um ihn war. Die andere Tochter, Elsa, frömmelte ihm zu sehr; sie war als Kind von einem Soldaten mißbraucht worden und hatte oft Visionen von grauenhaft gequälten Märtyrerinnen.

Nur mit Zärtlichkeit konnte Spee sich seiner Schwestern erinnern; sie umfaßte auch die drei Schwestern von Stein – er hatte Sorge um sie. Diese Kinder, unwissend in der falschen Lehre aufgewachsen, durften nicht der ewigen Seligkeit verlustig gehen. Er schrieb:

»Und nun befehl ich Euch Gottes Gnade. Die fällt, wo sie will, und wenn sie nur recht erfleht wird, wie ein Mühlstein so schwer vom Himmel herab. Vor ihrem Gewicht sind unsere Sünden nicht mehr; wir brauchen sie nur auszubreiten vor Seiner Gnade wie ein Spinnennetz. Denn wie ein Mühlstein wird Seine Gnade das Netz unserer Sünden zerreißen, und sei es noch so dicht gewebt. Hinweg wie nie gewesen werden sie sein vor Seiner niederstürzenden Gnade. Darüber denkt nach! Und verschweigt den Eltern nicht diesen Brief! Wir sind alle Sünder. Gott mag es zum Guten wenden.«

Er streute Sand, legte das Blatt auf die Konsole über dem Stehpult und verließ die Zelle.

Vor der Tür des Regentenzimmers stand der alte Pedell, neben ihm, im grauen Schulkittel, ein schmächtiges Bürschlein von etwa vierzehn Jahren, der Schüler Willibaldus von der Klasse Quinta-Rhetorica des zweiten Kursus. Als Spee vorbeikam, sah er, daß der Junge verweinte Augen hatte. In diesem Moment öffnete sich die Tür, und der Regens des Gymnasiums Tricoronatum nahm die Meldung des Pförtners entgegen.

»Der Schüler Willibaldus, wie befohlen, Pater Regens.«

»Ach, Spee!« rief Adam Kasen. »Wenn Sie einen Augenblick Zeit haben, kommen Sie doch zu unserer kleinen Unterhaltung! Tritt näher, Willibald!«

Der Pedell schob den verschüchterten Jungen ins Zimmer, ließ auch Spee eintreten und schloß die Tür hinter ihnen. »Komm schon, ich freß dich nicht«, sagte der Regens. »Nehmen Sie Platz, Spee. Eigentlich hätte ich Pater Horn bitten müssen, aber ich kann ihn nicht erreichen. Nun, vielleicht ist es besser so. Immerhin bedarf es eines Zeugen bei dieser etwas heiklen Angelegenheit.«

Während Kasen, schwer und füllig, um den Schreibtisch herumging, griff er nach einem Gebilde aus stacheligem Draht und eingeflochtenen kleinen Eisenkugeln, das neben Aktenstößen auf der Tischplatte lag. Er hielt es dem Schüler vor die Nase. »Seit wann trägst du das?«

»Seit vier – nein, seit fünf Wochen«, stammelte der Junge. »Am Sonntag Lätare …«

»Was war am Sonntag Lätare?«

»Da hat Professor Horn mir den Gürtel gegeben.«

»Diesen Stachelgürtel?«

»Jawohl, Pater Regens.«

Adam Kasen legte das Drahtgebilde auf den Tisch zurück. »Heb mal deinen Kittel!«

»Nein, Pater Regens!« flehte der Junge. »Bitte nicht schlagen! Bitte nicht!«

»Tu, was ich dir sage! Hast du jemals erlebt, daß ich einen Schüler geschlagen habe? Dreh dich um!«

Der Junge hob den Kittel, und während er auf Befehl Kasens die Hose herunterließ, spähte er, noch immer mißtrauisch, über die Schulter. Kasen bückte sich, befahl dem Schüler, sich wieder umzudrehen. Blutige Kratzer zogen sich rund um die Lenden und das Geschlecht.

Er schüttelte den Kopf und nahm hinter dem Schreibtisch Platz. Der Junge stopfte das Hemd in die Hose und zog den Kittel straff.

»Hast du das Ding jede Nacht getragen?«

»Immer wenn mich das böse Begehren überkam, Pater Regens.«

»Also? Wie oft?«

Der Junge zögerte. »Jede Nacht«, sagte er leise.

»Hat es geholfen?«

»Nein, Pater Regens.«

»Und deine Zimmergenossen? Hat Professor Horn auch ihnen einen solchen Gürtel gegeben?«

»Nein.«

»Warum gerade dir?«

»Weil ich ihm die böse Lust gebeichtet habe.«

»Es ist keine böse Lust, Willibald. Nicht unbedingt.« Kasen faßte den Drahtgürtel mit spitzen Fingern und versenkte ihn im Papierkorb. »Es ist eine verfrühte Lust. Und eine einsame dazu. Später, wenn du verheiratet bist, darfst du dich ihr hingeben. Lies im heiligen Thomas, der verbreitet sich sehr ausführlich über dieses Problem. Leider sind deine Leistungen im Lateinischen mangelhaft, wie ich dem letzten Zeugnis entnehme. Ich rate dir, vor dem Einschlafen die unregelmäßigen Verben zu wiederholen. Das hilft mehr als diese scheußliche Bauchbinde. Auch ein paar Rosenkränze können nichts schaden. Und jetzt geh zum Pater Urbanus; er soll dir Salbe für deine Blessuren geben.«

»Danke, Pater Regens!« Der Junge verneigte sich und ging.

»Was sagen Sie dazu, Spee?« fragte Kasen. Er saß unbeweglich, mit gefalteten Händen.

»Ich kritisiere nur ungern einen Kollegen.«

»Ich sag' es dem Horn auch ins Gesicht. Der will aus allen Schülern Mönche machen – aber das ist nicht unser Erziehungsauftrag. Wenn er das den Schülern schmackhaft machen könnte – gottlob gelingt das nie! –, dann wollten sie natürlich alle Jesuiten werden, und dann kommt uns der Provinzial auf den Kopf! Wir sind eine Auslese – und davon darf es nicht zu viel geben, das wäre ein Widerspruch in sich. Stachelgürtel! Ich habe mir sagen lassen, daß manche Menschen erst dann so richtig der Wollust erliegen, wenn sie durch raffiniert dosierten Schmerz geweckt wurde. Was meinen Sie?«

Spee lächelte süffisant. »Ich meine: Kollege Horn, wäre er an Stelle des Schöpfers gewesen, hätte ein gewisses Glied unseres Körpers gar nicht erst erschaffen …«

Kasen sah ihn einen Augenblick irritiert an, dann lachte er schallend, er löste die verschränkten Hände und hieb die Rechte auf den Tisch. »Ich habe hier achthundert Schüler auszubilden – Interne, Externe, Bürger, Adlige, Stipendiaten! Die soll ich nicht zu keuschen Josefs erziehen, sondern, der Herr soll mich strafen, zu ausgewachsenen Mannsbildern! Und geht ihnen auch der Saft mal ab in der Nacht – ich verlange ja nicht von Professor Horn, daß er die Laken wäscht!«

Das war einer jener Ausbrüche, für die Kasen berühmt war. Vielleicht wäre er längst Ordensprovinzial geworden, wenn er sich mehr im Zaum gehalten hätte. Tatsächlich hatte er wiederholt sogar um seine Regentschaft kämpfen müssen. Es gab viele, die so dachten wie Horn.

Leise und nachdenklich sagte Kasen: »Man muß sich allerdings fragen, warum Kollege Horn zu solchen Mitteln greift. Es muß in seinem Leben ein Ereignis gegeben haben, das ihn dem Geschlechtlichen gegenüber befangen gemacht hat – ich meine befangener, als es einem durchschnittlich keuschen Priester ohnehin ansteht. Ich bin der letzte, der das Konkubinat verteidigt – wir werden uns alle noch wundern, welche Strafpredigten unser Klerus auf der Synode zu hören bekommt! Aber man muß doch …« Er stockte und setzte neu an: »Professor Horn hat ja auch keine Freunde im Kollegium – oder? Und unter den Schülern? Ja, gewiß, dieser Ignaz Eller. Mit dem zieht er übrigens ein bißchen viel durchs Gelände – wie?«

»Wenn Sie mich schon an Ihren Überlegungen teilhaben lassen, Pater Regens, was ich nicht ganz richtig finde ...«

»Aber Spee! Was würde aus unserem Orden, wenn nicht ein jeder auf jeden achtgäbe?! Wir sind verpflichtet, die Schwächen und Laster unseres Nächsten zu erkennen und ihn liebevoll darauf aufmerksam zu machen!«

»Dann erlauben Sie mir den Hinweis, daß der Schüler Eller beim Aufspüren verbotener Ketzervereinigungen große Dienste leistet. Das hat Professor Horn stark beeindruckt – uns natürlich auch. Sie erinnern sich an die Aufhebung des Konventikels im Blauen Saal bei Sankt Marien? Horn, als sein Klassenlehrer, ist richtig stolz auf den Jungen!«

»Na, wenn es nur *das* ist«, seufzte Kasen. Sie erhoben sich. »Neuerdings werden wir sogar von unseren Halbbrüdern verdächtigt.«

Spee verstand nicht.

»Nun: Aus dem Dominikanerkloster kommen hämische Hinweise, daß es bei uns mit der Sittlichkeit ... Ach, pfui Teufel!« Er bekreuzigte sich schnell und geleitete Spee zur Tür. »Schön, Ihr Spiel vom Kreuz und den Nägeln! Sehr schön. Ich freu mich darauf.«

»Ich bin auf dem Weg in die Aula. Wir haben Probe.«

»Sehr schön, lieber Spee. Wie lang sind Sie jetzt schon bei uns? Kaum ein halbes Jahr! Der Provinzial hat einen guten Griff getan, als er Sie an unsere Schule berief – wenn auch nur als Vertretung für unseren kranken Pater Fekenius. Und nun haben Sie uns auch noch dieses deutsche Versspiel geschenkt! Die hohen Herren, die zur Synode kommen, werden bestimmt auch unser Gymnasium besichtigen. Eingeladen hab' ich sie alle. Ich bin sehr froh, daß wir ihnen dann Ihr schönes Spiel zeigen können. Was hätte ich auch sonst zu bieten? Stachelgürtel vielleicht?«

Kasen hatte den Synodalen durchaus einiges zu bieten. Vor allem ein neues Gymnasium. Seit dem furchtbaren Brand im Jahre 1621, dem das Jesuitenkolleg und die angeschlossene

Schule zum Opfer gefallen waren, hatten sich die frommen Väter für Wohnung und Lehre mit Notunterkünften begnügen müssen. Aber so verschuldet er war: Ging es um seine Jesuiten, nahm der Kurfürst unbedenklich neue Kredite auf. In der Marzellenstraße hatte er ein neues, weit schöneres Kolleg erbauen lassen und zur Linken den Schultrakt angegliedert. Zu seiner Rechten aber war ein prachtvolles Gotteshaus im neuen italienischen Stil entstanden. Kein Geringerer als Nuntius Carafa hatte zu Sankt Maria Himmelfahrt vor einem Jahr die erste Messe zelebriert. Seither waren wieder die Bauarbeiter am Werk; links und rechts der eleganten Fassade sollten noch zwei kräftige Türme entstehen.

Spee glaubte in Italien zu sein, als er gemächlich, obwohl es regnete, über den Hof mit den zweigeschossigen, von jungem Efeu zart begrünten Arkaden schritt. Immer wenn er mit seinen Gedanken im Süden war, sah er sich auf der Hafenmole stehen, tief im Mastenwald der Karacken und Karavellen. Dann blähten sich und knatterten die Segel, dann stach das schön gemalte Schiff, sein Schiff, in See, zur großen Fahrt über die Flut, die leuchtete wie Glas und Silber. Durch weißen Tag und braune Nacht, unter fremdem Sternenbrand ging es ins Land seiner Träume und seiner Pflichten: Indien. Dort missionieren zu dürfen war sein inbrünstiger Wunsch: Nachfolger zu werden des großen Franz Xaver, den der heilige Ignatius als ersten seines Ordens ausgesandt hatte, den braunen Heiden die frohe Botschaft zu bringen. Ihn, Spee, aber hatte bislang niemand ausgesandt – nicht die ihm einst vorgesetzten Väter in Paderborn, nicht Regens Kasen, und schon gar nicht Hermann Baving, der Pater Provinzial, der seine Bitte sogar schroff abgewiesen hatte.

Hoffentlich hat Philipp mir Tabak besorgt, dachte Spee, während er die Treppe zum ersten Stockwerk des Schulhauses hochstieg. Sonst rückt mir Bruder Marcellus den Linschoten nicht heraus – was ich sogar verstehen würde, denn er hat das Buch erst gestern aus Frankfurt bekommen. Der Linschoten, mit seinen vielgerühmten Kupfern asiatischer Städte und Landschaften, wäre das richtige Futter für meine Träume …

»Hab mich weiter nicht gerühret,
mich nicht wollest fahren an;
schelte den, der mich geführet,
schelte nur den Zimmermann!«

Spee blieb vor der Tür zur Aula stehen und lauschte. Der Peter Kannegießer war schon im Stimmbruch – aber das paßte ja zu einem rostigen Hammer. Er lächelte. Diese Rolle mußte Peter noch spielen – dann sollte er seine Stimmbänder schonen dürfen.

Als er die Klinke drückte, stand der hagere Professor Adrian Horn neben ihm.

»Wirklich hübsch, was Sie da inszenieren, Spee. Gewiß hätten der ›Cenodoxus‹ oder der ›Theophilus‹ mehr hergemacht. Aber Sie werden Ihre Gründe haben.«

»Die habe ich«, sagte Spee. »Wie sollten wir in der kurzen Zeit ein so schwieriges Stück einstudieren! Allein die Kostüme, die Dekorationen … Unsere Bühne ist auch viel zu klein. Für einen Moment hatte ich an ›Die heilige Katharina von Alexandria‹ gedacht. Aber auch das ist zu schwierig. Und wer sollte die Katharina spielen? Wir müssen auch mal unseren Jüngsten eine Aufgabe stellen. So ein Spielchen ist genau das richtige für sie.«

»Etwas Lateinisches wäre besser gewesen«, sagte Professor Horn mit einem Lächeln, das sein Gesicht mit einem Netz zahlloser Fältchen überzog. »Aber auch deutsche Verse hören sich zuweilen ganz lieblich an.«

»Ja«, sagte Spee. »Besonders wenn sie von mir sind.«

Er öffnete die Tür zur Aula. »Übrigens – der Pater Regens hat Sie gesucht.«

Er schloß die Tür hinter sich und blieb stehen. Auf der Bühne hing, am Marterholz, der Gottessohn. Um das Kreuz herum standen einige Schüler, vierzehn- bis fünfzehnjährige der Klasse Quarta-Poetica, und auf den Stufen, die von der Rampe in den

Zuschauerraum führten, hatten sich die kleinen drolligen Kerle der Infima und der Secunda gelagert, und die sahen mit ihren großen runden, weit vom Kopf abstehenden Kappen wie eine Schar blauschimmernder Pilze aus. Sie stellten jedoch die Nägel dar, die Christus ans Kreuz geheftet hatten, und die ganze Szene zeigte nichts anderes als die Kreuzigung. Da saß Maria zu Füßen des Stammes, neben ihr hockten Johannes und Magdalena – zwei stumme Rollen –, zur Linken, mehr im Hintergrund, hielt sich der Engel der Verkündigung in weißem Gewand mit goldenen Flügeln, in der Hand einen Oleanderzweig, und noch entfernter, mit Turban, Zepter und Apfel, stand die Obrigkeit. Sie alle wurden überstrahlt vom Auge Gottes, das riesenhaft auf den himmelblauen Prospekt gemalt war, der die Bühne nach hinten begrenzte. Ganz rechts aber, in der Nähe der Nägel, stand der Zimmermann, ein hoch aufgeschossener älterer Schüler, und stützte sich schwer auf einen verkleideten Knaben – ohne Zweifel die kurioseste Erscheinung: Dieser Junge preßte die Arme an sich, so daß er mit dem großen, über ihn gestülpten Hammerkopf aus schwarzer Pappe wirklich wie ein Hammer aussah. Und wieder klang es dumpf und rostig aus der Hammerhaube:

»Hab mich weiter nicht gerühret,
mich nicht wollest fahren an;
schelte den, der mich geführet,
schelte nur den Zimmermann!«

Der trat jetzt vor, faßte sich ans Herz und deklamierte, wobei er voll Empörung die Augen rollte:

»Was ich tat, ward mir befohlen
von gelehrter Obrigkeit!«

Nachdem sich der Zimmermann also hinlänglich entschuldigt hatte, stellte sich die Obrigkeit mit puppenhaft nickendem Turbanhaupt in Positur und verschanzte sich hinter der schimpflichen Ausrede, schuld an Christi Leiden sei seine Mutter – warum, schließlich, hatte sie ihn geboren? …

Denn darum ging es in diesem Spiel: Jesus, am Kreuz, klagt die Nägel an, warum sie ihm so viel Qual bereiten. Die Nägel erwidern: »Wir sind nicht schuld an deiner Qual. Der Hammer ist schuld, der treibt uns hinein!« Der Hammer, von Jesus befragt, wie rechtfertigt er sich? »Ich bin ja nur von grobem Holz und Eisen, gänzlich ohne Verstand und unfähig, mich aus eigener Kraft zu bewegen. Wende dich an den Zimmermann!« Der beruft sich auf die Obrigkeit. Die verweist zynisch auf die Mutter des Herrn. Was aber bleibt der, als auf den Engel der Verkündigung zu deuten?

»Wie denn wollt' ich mich erwehren,
wie der Botschaft widerstehn?«

Da kann Gabriel gar nicht anders, als sich hinter Gottvater zu verschanzen, denn der hat ihm den Auftrag erteilt. Und so kann er zu Christus sagen:

»Du den Vater selber frage,
frage nur den Vater dein!«

Und unser Herr, in seinen unendlichen Qualen, wendet sich, da keiner an seinem Leiden schuldig sein will, an Gottvater:

»Heli, lamma Sabactani!
Vater, liebster Vater mein?
Heli, lamma Sabactani!
Schau die Marter, Not und Pein!«

Wie es dann weitergeht – Spee bedachte mit einem gewissen Unbehagen, wie einige hohe Prälaten auf das Kernstück seiner Parabel reagieren würden …

Er ging über den Mittelgang zwischen den Bänken zur Bühne. Die Jungen brachen die Probe ab und sahen ihn erwartungsvoll an. Im Vorbeigehen klopfte er einigen auf die runden Nagelköpfe.

»Entzündet die Kerzen! Alle Leuchter! Wir tun jetzt so, als sei die Aula voll Publikum, auch Seine Durchlaucht der Erzbischof sei zugegen, und ich irgendwo weit weg, am Ende des Saales. Fangt an!«

Sie gaben sich große Mühe. Christus klagte hinter dem Kruzifixus, abgeschirmt durch den himmelblauen Prospekt: ein älterer Schüler, der Spees Verse mit ihren wohlabgewogenen Hebungen und Senkungen herzergreifend vorzutragen wußte. Auch Gottvater war hinter dem Prospekt verborgen und sprach, gleichsam durch das große aufgemalte Auge, mit dem tiefen Baß des Schülers Johann Humpesch von der Octavia-Metaphysica.

Spee hatte sorgfältig darauf geachtet, daß alle, die gerade nichts zu sagen hatten, mit Blicken und Gesten auf Klagen und Rechtfertigungen ansprachen, so daß ein bewegtes, die Zuschauer bewegendes Bild entstand, das an die ergreifenden Altartafeln der Niederländer erinnerte, wozu die von den Schülern selbst gefertigten Kostüme – Mariens blauer Mantel, der holzmehlbestaubte Kittel des Zimmermanns und die goldstrotzende Pracht der Obrigkeit – nicht wenig beitrugen. Natürlich hielt dies alles keinen Vergleich mit den alle Sinne berauschenden Aufführungen in den Jesuitenkollegs anderer Länder und Städte aus. Noch heute schwärmten ältere Fratres von dem – man fand keinen anderen Ausdruck – orgiastischen Theatrum mundi, das sich im Jahre 1597 bei der Einweihung der Hof-, Grab- und Predigerkirche zu Ehren des heiligen Michael in München zugetragen hatte. Da durften, über drei Tage lang, abertausend Gläubige auf dem Marienplatz zu den Melodien des begnadeten Meisters Orlandus de Lassus den Kampf des Erzengels gegen den Drachen der Finsternis erleben: in farbig wogenden Bildern, dramatischen Auftritten, schier endlosen Disputationen und ekstatischen Gesängen, bis das Spectaculum im Höllensturz von mehr als dreihundert Teufeln und in der flammenden Gloriole der Trinität endete und Darsteller wie Zuschauer in tiefer Erschöpfung verstummten.

Dagegen nun Spees anspruchsloses Stück ... Und doch! Auch dieses Spiel wühlte auf. Vor zwei Wochen war der kleine Gerhard Pfingsthorn weinend zu Spee gerannt, der ihn nur mit Mühe hatte trösten können. In seine Rolle als Nagel hatte er sich so eingelebt, daß er sich zutiefst schuldig am Wundmal der linken Hand des Herrn fühlte. Darauf hatte Spee noch einmal alle Mitwirkenden um sich versammelt und erneut auf den Sinn des Spiels verwiesen: daß nämlich die Suche nach Schuldigen nur von der eigenen Schuld ablenkt und daß den in einen tragischen Ablauf Verstrickten nichts anderes bleibt, als, ein jeder für sich, Schuld zu bekennen und Schuld zu sühnen.

»Liebet! Liebet! Euch ermahnen
meine Wunden, meine Pein!«

schloß das Spiel. Spee eilte auf die Bühne, lobte die Darsteller, drückte jedem die Hand und ließ die kostbaren Talglichter ausblasen.

»So und nicht anders! Ich danke euch allen! Auch denen, die den schönen Prospekt gemalt und die Kostüme geschneidert haben. So werden wir Ehre einlegen beim Erzbischof – und die Laurentianer und Montaner werden sich sehr anstrengen müssen, wenn sie in ihren Gymnasien etwas ähnlich Wirkungsvolles bieten wollen.«

Er sprang von der Rampe – und da kam Philipp ihm entgegen. »Sie möchten zur Postmeisterei kommen. Sie haben einen Brief aus Rom.«

»Vom Pater General?«

Philipp nickte.

Spee eilte zum Fenster. Der Regen hatte nachgelassen. »Ich mach' mich gleich auf den Weg.«

»Vergessen Sie das nicht!« Philipp holte den Tabaksbeutel aus der Tasche.

»Danke«, sagte Spee. »Ich zahl's dir heut nachmittag.« Auf der Treppe wandte er sich um. »Bei welcher Postmeisterei soll ich den Brief abholen?«

»Natürlich bei der Henot-Post in der Glockengasse!« sagte Philipp, und das klang fast empört.

»So?« sagte Spee. »Kam der wirklich noch mit der Henot-Post?«

»Es werden noch viele Briefe mit der Henot-Post kommen!« behauptete Philipp. »Die Familie Henot gibt niemals klein bei!«

»Du meinst: deine schöne Postmeisterin?« Spee drohte mit dem Finger und wartete schadenfroh, bis Philipp blutrot wurde.

3

Kanonikus Dr. theol. Heinrich Tectorius Glimbach, Stiftsdechant von Sankt Severin und Professor an der Universität Köln, saß hinter seinem Schreibtisch und langweilte sich nicht mehr. In den vergangenen Tagen und Wochen nämlich, wenn er montags, mittwochs und freitags Wache in seinem schmucklosen Büro im Rathaus halten mußte, hatte es ihn längst gereut, dem Bürgermeister Johann von Bolandt »aus einer Verlegenheit geholfen« zu haben. So hatte der das ausgedrückt. »Lieber Doktor Glimbach, es handelt sich wirklich nur um eine Formsache. Das Übel ist ausgerottet in Köln, seit wir – das war vor drei Jahren – ja? – das Elschen von Bensberg und die Clara von Metz verbrannten. Da war noch eine Anna Maria dabei – weiß gar nicht mehr, von wo die kam. Also, da können wir ganz beruhigt sein! Aber das Amt gehört nun einmal zur Verwaltung, genau wie das Rentmeister- oder Akzisen- oder sonst ein Amt, und wenn ich's bis zur nächsten Bürgermeisterwahl unbesetzt lasse, wird uns der Posten ganz gestrichen! Natürlich kann kein sparsamer Stadtvater es verantworten, in diesen paar Wochen bis zur

Wahl noch einen weißen Albus dafür auszugeben. Es ist ein Amt, natürlich – aber bis auf weiteres sei es ein Ehrenamt! Und ein Ehrenamt darf man nur mit ehrwürdigen, jawohl, der Ehre würdigen Persönlichkeiten besetzen. Und darum, lieber Doktor, ich bitte Sie sehr: nur dreimal drei Stunden in der Woche! Und allerlängstens für ein Vierteljahr!«

Der rheinischen Heiterkeit, dem gewandt artikulierten Wohlwollen des Bürgermeisters Bolandt, seinen lustigen Knopfaugen und natürlich auch dem Nachdruck, den das hohe Amt seiner Bitte verlieh, hatte Glimbach nicht widerstehen können. Vollends nicht, nachdem Bolandt so klug gewesen war, ihn an seine Magisterarbeit zu erinnern, die ihm vor Jahren den Ruf eines exzellenten Fachmanns eingebracht hatte. Nun also denn! Glimbach akzeptierte, es war ein Amt zu vielen anderen, ein ernster, Respekt fordernder Titel dazu. Er hatte vor einem Monat noch nicht wissen können, daß Generalvikar Gelenius eine Synode einberufen und seinen ›lieben Glimbach‹ bitten würde, sich intensiv an ihrer Vorbereitung zu beteiligen. Und die machte Arbeit. So bezwang der Kanonikus im Rathausbüro die Langeweile, indem er sich in mitgebrachte Synodalakten vertiefte. Doch gelegentlich, wenn seine Ungeduld zu groß wurde, trat er hinaus auf den Balkon der arkadenreichen Rathauslaube, lehnte sich über die Brüstung und hielt Ausschau nach einem Besucher. Aber all diese von Unter Seidenmacher oder aus der Botengasse herbeieilenden Bürger hatten Amtliches mit dem Rentmeister, dem Provisor, Geschoßmeister oder Stadtschreiber, vielleicht auch mit einem der Gewaltrichter zu besprechen. Sein Amt aber, das mit Doktor Glimbach interims- und ehrenhalber besetzte, mieden sie; nicht aus Furcht oder Trotz, sondern schlicht mangels entsprechender Anliegen. Wahrlich: Man hätte ebensogut einen Stadtsoldaten oder einen Metzgerburschen hinter diesen Schreibtisch setzen können.

Glimbach war ein kleiner Mann – ein ›Körperchen‹, so hatte der große Erasmus von Rotterdam einst seinen eigenen Leib genannt, und nicht viel mehr als ein Körperchen steckte auch in

Doktor Glimbachs schwarzem Dozententalar, aus dessen gelb getönter, plissierter Krause das um eine Spur zu groß und kugelig geratene Haupt mit den fleischigen Ohren wuchs. Seine knapp und fransig geschnittenen Haare spielten ins Rötliche. Gelegentlich trug er eine eckige Brille. Er war sechsundvierzig Jahre alt und zählte als Stiftsdechant von Sankt Severin zu den Spitzen des weltlichen Klerus. Ein kleiner, ein häßlicher, aber vielgefragter Mann. Er füllte jedes Amt aus, das man ihm gab, und man gab ihm viel und gern. Und seit zwei Tagen – er lächelte genüßlich, als er sich erhob und Schreibpapiere, Tintenfaß und Federn in eine gewisse Symmetrie rückte – seit zwei Tagen wußte er: Es würde ihm gelingen, auch diesem Amt endlich wieder die ihm gebührende Bedeutung und den schuldigen Respekt zu verschaffen.

Gemessen, die Aktenboten leutselig grüßend, schritt er die Treppe hinunter. Der Ratsdiener winkte eine Kutsche heran; der Weg vom Rathaus zur Stiftskirche Sankt Severin war weit. Glimbach lag daran, Propst Henot noch im Pfarrhaus anzutreffen, ehe der zu seiner Schwester ging, das Mittagsmahl einzunehmen. Es wäre gut, Henot noch ein Weilchen hinzuhalten, denn gegen Mittag bereits wollte Professor Ostermann der Postmeisterei seinen Besuch abstatten, und dabei würde der gesprächige Propst nur stören.

Im Pfarrhaus von Sankt Severin, im ›Vringsveedel‹, nahe am Befestigungswall, brütete Propst Hartger Henot über der Namenliste der geladenen Synodalen. War es schon problematisch, die Geistlichkeit der Stadt Köln mit ihren neunzehn Pfarreien und sieben Collegiatsstiften in gehörige Ordnung, nach kirchlichem Rang, nach Alter, Würde, Verdienst und Ansehen, zu bringen, so versagte Henots hierarchischer Sinn vollends, wenn es galt, den vielen auswärtigen Gästen die richtige Stelle im festlichen Zug anzuweisen, der morgen vom Haus des Domkapitels zur Kathedrale schreiten wollte. »Gut, daß Sie kommen, Glimbach«, stöhnte Henot und wischte unwillig über die Papiere auf seinem Tisch. »Jetzt sagen Sie mir: Rangiert der Propst von Xanten vor den Bonner Pröpsten? Kann ich Stiftsdechant Fabricius aus Bonn zumuten, sich hinter die Kölner Kanoniker zu stellen? Da gibt es nämlich so eine päpstliche Entscheidung von 1496 ... Und was mach' ich, wenn unser Domstift darauf besteht, daß es clerus primarius sei? Da wäre doch kein Propst von Sankt Gereon oder Sankt Aposteln bereit, sich degradieren zu lassen – von mir ganz zu schweigen!«

Glimbach, noch in der offenen Tür, streifte die Schuhe ab, schlupfte in die bereitstehenden Pantoffeln und befreite sich von dem unförmigen Kragen. An der linken Halsseite, hart unter dem Kieferknochen, wurde eine daumenlange, vertiefte Narbe sichtbar, er massierte sie mit dem Zeigefinger der rechten Hand. Dann schlurfte er zum Fenster. Hinter den Weingärten versperrte die düstere Stadtmauer mit dem klotzigen Turm des Severinbollwerks den Blick ins Land. Weiter nach Osten zu zerschnitten die unablässig kreisenden Flügel der Bottmühle den glasigen Himmel.

Noch immer war der Dechant zu keinem Entschluß gekommen. Henot würde ihn nicht mehr, wie noch in den ersten Tagen von Glimbachs neuer Würde, ausfragen; er hatte begriffen, daß in diesem Amt nichts Erwähnenswertes, genaugenommen überhaupt nichts geschah. So brauchte sich Glimbach auch nicht vorzuwerfen, er habe Henot nicht redlich geantwortet. Er war sogar bereit, den Propst mit einer Frage zu provozieren; er konnte sich ja immer noch herausflunkern. Also sagte er, während er fröstelnd am Kaminfeuer Platz nahm:

»Ich las gerade in den Missionsberichten der Jesuiten. Die kennen solch eitle Streitereien nicht. Da wird befohlen und pariert. Und der Erfolg spricht für diesen Orden. Denken Sie nur an die Besiegung der chinesischen Teufel!« Er streckte die kleinen Beine von sich, hielt die Füße in den dicken Socken gegen die Glut. »Ja, sechshundert chinesische Teufel sind vor den Jesuitenmissionaren nach Frankreich geflohen. Dort – wen wundert das! – sind sie in französische Weiber geschlüpft. Und diese Hexen rüsten sich nun zum Fluge nach Neufundland!«

»Zum Fluge?« fragte Henot.

»Was denn sonst?«

»Und wo haben Sie das her?« knurrte der Propst.

»Wie ich schon sagte: aus den Missionsberichten. Dritte Folge, speziell den Umtrieben der Hexen und Zauberer gewidmet.«

Nun hatte er Henot ein Stichwort gegeben. Wenn der jetzt nicht fragte, ob sich im Amt etwas Neues zugetragen habe, brauchte sich Glimbach keine Gewissensbisse zu machen. Aber er machte sich ohnedies keine. »Ich würde dem Propst von Xanten den Vortritt lassen«, sagte er nach einigem Schweigen. »Nicht wahr?« sagte Henot eifrig und dankbar. »Die Bonner mögen ruhig hinterdreintappen, die haben doch sonst immer die Nase vornweg!«

»Und wie halten wir's mit dem Fabricius?« Glimbach interessierte sich weiterhin kollegial für Henots Probleme. Auf diese Weise fesselte der Stiftsdechant von Sankt Severin den Propst von Sankt Severin noch eine gute Weile ans Pfarrhaus. Und als Hartger Henot merkte, wie spät es war, glaubte Glimbach, nun habe der Professor Ostermann sich seines Auftrags längst entledigt. Aber er irrte sich.

4

Gelobt sei Jesus Christus!«

»In Ewigkeit, Amen«, sagte die Postmeisterin.

Der große, etwa vierzig Jahre alte Mann, den der schwarze Mantel mit dem weißen Umlegekragen als Standesperson auswies, drehte seinen breitkrempigen Hut verlegen wie ein Fuhrknecht.

»Ich weiß, ich störe«, sagte er mit seltsam hoher Stimme. »Aber es dauert nicht lange. Ob ich wohl eintreten darf?«

Er lächelte, als sei er selber peinlich überrascht, daß er bereits mitten im Zimmer stand.

Die Postmeisterin war allein in ihrem Büro, die Arbeiter machten Mittagspause, und ihr Bruder hatte sich verspätet; er pflegte mit ihr zum Essen ins nahegelegene Henotsche Wohnhaus zu gehen.

»Professor Ostermann, Doktor beider Rechte«, stellte der Besucher sich vor. »Ich spreche mit Frau Katharina Neuden?«

»Ja«, sagte die Postmeisterin. »Aber nennen Sie mich Henot. Ich habe, mit Erlaubnis der Behörden, nach dem Tode meines Mannes meinen alten Namen wieder angenommen.«

»Also Frau Henot«, sagte der Professor. »Wir sind uns einmal begegnet, auf einem Karnevalsfest der Universität.«

»Bitte nehmen Sie doch Platz, Herr Professor«, sagte Katharina Henot. »Mein Bruder wird gleich kommen.«

Der Besucher zog es vor stehenzubleiben. Er hatte den Hut auf einen Aktenschrank gelegt und spielte mit seinen großen Fingern. Ein unsicheres Lächeln verlor sich auf dem breitflächigen Gesicht, eine Strähne seines gelblichen Haares war ihm in die Stirn gefallen. Er hätte, wie er da stand, niemanden gestört, aber da waren die kleinen, schwarzen, stechenden Augen, die zu dem durchaus fahlen Menschen gar nicht paßten, und sie waren unentwegt auf die Postmeisterin gerichtet.

»Ja, ich erinnere mich«, sagte Katharina Henot. »Ich habe damals mit meinem Bruder ein Weilchen am Juristentisch gesessen.« Sie entsann sich auch, daß die anderen Herren den Professor kaum ins Gespräch gezogen und daß einige sogar heimlich über ihn gewitzelt hatten.

Da der unbeholfene Mann nur immer herumstand, an seinen Fingern zerrte und zupfte und sie anstarrte, drehte sie sich um, entnahm einem Wandschränkchen Karaffe und Glas und fragte, ohne den Kopf zu wenden: »Darf ich Ihnen ein Glas Wein anbieten?«

Er gab keine Antwort.

Als Katharina sich, das Tablett in der Hand, umwandte, erschrak sie. Dicht hinter ihr stand der Professor, griff nach dem gefüllten Glas, trank aber nicht, roch nur daran und setzte es mit dem Ausdruck des Ekels wieder ab. »Woher haben Sie diesen Wein, Frau Henot?« fragte er und wischte sich über den Mund, obwohl er gar nicht getrunken hatte.

Sie nahm ihm das Glas ab und setzte es auf die Konsole unter dem Wandschrank. Diesem gelehrten Herrn, der es an Umgangsformen fehlen ließ, mußte man deutlich kommen.

»Wenn er Ihnen nicht zusagt – gezwungen wird hier keiner!« sagte sie schnippisch.

»Aber nein, aber nein! Das ist es nicht!« sagte der Professor hastig, als handle es sich um ein folgenschweres Mißverständnis.

»Das ist unser guter Hauswein«, sagte die Postmeisterin. »Erbacher Klosterberg. Mein Bruder trinkt ihn jeden Abend. Und wenn Sie auf Hartger warten wollen, nehmen Sie Platz! Ich darf mit meiner Arbeit fortfahren.«

Sie setzte sich wieder an den Schreibtisch. Als sie aufblickte, stand der Professor dicht vor ihr und beugte sich über die Tischplatte, ganz nahe kam ihr sein graues, grobgekörntes Gesicht.

»Sollte das etwa der Wein sein, den Sie unlängst einer gewissen Magdalena Raußrath zu trinken gaben?«

Katharina entzog sich seinem Atem. Was wollte dieser Mann? Was gab ihm, und mochte er auch Universitätsprofessor sein, das Recht, sie so auszufragen? – Die Raußrathsche? Katharina sah die verschrumpelte Wäscherin vor sich, die vor zwei, drei Wochen, als sie mit ihrem Karren den Wäschekorb gebracht hatte, von einer Gallenkolik befallen worden war und, keuchend vor Schmerzen, nach einem Glas Wein verlangt hatte. Wein war wohl nicht die richtige Arznei, aber das Weiblein trank gern, das war bekannt, und wirklich schienen, nachdem sie noch um ein zweites Glas gebeten hatte, die Schmerzen nachgelassen zu haben.

Der Besucher hatte sich wieder aufgerichtet, stand aber immer noch vor dem Schreibtisch. »Ob Sie mir wohl antworten werden?« fragte er, fast zaghaft.

Seine Nähe bedrängte sie. Sie erhob sich, löste die Bänder ihrer Schürze und legte sie auf einen Schemel. Ihr war heiß geworden. Erleichtert hörte sie, wie ein Wagen in den Posthof rollte.

»Ja, das war dieser Wein«, sagte sie. »Kommen Sie im Auftrag von Frau Raußrath? Geht es ihr schlecht? Sie hat es ja mit der Galle. Soll ich Ihnen ein Fläschchen mitgeben?«

»Aber nein, aber nein!« wehrte Ostermann ab. »Ich! Ein Universitätsprofessor im Auftrag einer Wäscherin – das wäre wohl gar!« Er lachte, als wolle er Katharina ermuntern mitzulachen, aber sie blieb ernst. Dann, ganz unvermittelt, schubste er sie, den einfachsten Anstand mißachtend, zur Seite, zwängte sich zwischen ihr und dem Schreibtisch hindurch und griff nach dem gefüllten Glas. Abermals roch er daran, hob es gegen das Fensterlicht, setzte es ab.

»Ich frage Sie, Katharina Henot, in aller Form frage ich Sie: Was haben Sie dieser Magdalena Raußrath ins Glas getan? Einen Krötenfuß? Kinderblut? Oder gar – üble Zauberworte?« Die Postmeisterin griff nach der Stuhllehne und setzte sich schwer. Die schwarzen Augen des Professors durchbohrten sie. »Nun, Katharina Henot?«

Auf den Fliesen der Sortierhalle klappten Schritte. Die Tür zum Büro öffnete sich.

Propst Hartger Henot stutzte – dann erkannte er den Besucher; er kannte alle Leute, die in der Stadt Rang, Amt und Namen hatten. Dieser Jurist war nicht einer von den Angesehensten, war eher Mittelmaß, hatte sich vor Jahren mit einer Schrift habilitiert, die von den Kollegen nie so ganz ernst genommen wurde. Schon gar nicht gehörte er zum ›Kölschen Klüngel‹, zu jenen siebzehn Familien, die seit Jahrhunderten die Stadt beherrschten, alle wichtigen Ämter besetzten und auch die Bürgermeister stellten. Aber immerhin, er war ein Universitätslehrer.

»Willkommen, Professor Ostermann! Haben Sie auf mich gewartet?«

Verblüfft bemerkte Henot, daß seine Schwester ihn nicht begrüßte. Er sah die Karaffe mit den Gläsern, sah, daß eingeschenkt war, und da Katharina sich nicht rührte, ging er selbst zur Konsole, füllte ein weiteres Glas, nahm das Tablett und wollte es auf dem Schreibtisch absetzen.

»Es tut mir leid, Propst Henot«, sagte Ostermann. Er lächelte bemüht. Man merkte zum ersten Mal, daß er ein wenig stotterte. »Die Obrigkeit sah sich veranlaßt, einen Juristen als Gutachter zu verpflichten. Die Wahl fiel auf mich.« Er machte eine Pause. »Gegen Ihre Schwester wurde Anzeige beim Städtischen Hexenkommissariat erstattet.«

Henot vergaß, das Tablett abzusetzen, er hielt es vor sich hin, als warte er, daß man's ihm aus der Hand nehme. In diesem Augenblick betrat Friedrich Spee die Postmeisterei. Wie mit dem Blick eines Malers erfaßte der Pater drei Menschen in eindrucksvoller Gruppierung: In der Mitte die Postmeisterin, merkwürdig verfallen. Zu ihrer Linken, steif aufgerichtet, Professor Ostermann. Und zwischen den beiden, ein Tablett balancierend, der dickliche Dompropst.

»Wenn das mir gilt, Henot«, sagte Spee, »ich habe noch nie ein Glas Rheinwein abgelehnt.« Mit einer Verbeugung begrüßte er die Postmeisterin und den Professor. Die Herren kannten sich flüchtig. »Aber noch wichtiger ist mir der Brief aus Rom.« Er nahm dem Propst das Tablett aus der Hand.

Mit zitternden Lippen sagte Henot: »Spee! Gegen meine Schwester ist Anzeige erstattet worden!«

»Ja, Hochwürden, es tut mir leid«, sagte Ostermann und grub mit dem Finger im Ohr. »Aber wenn Sie schon mal hier sind, bitte, Sie kommen mir sehr gelegen. Die Gegenwart eines neutralen, noch dazu geistlichen Zeugen gibt meinem Gutachten nur um so größeres Gewicht.«

»Sie erlauben gewiß, lieber Herr Ostermann, daß ich zunächst meinen Brief lese?« sagte Spee.

Aber ehe er sich an die Postmeisterin wenden konnte, platzte Henot heraus:

»Spee! Katharina soll eine Hexe sein!«

»Eine Hexe?« Spee streckte die Hand nach dem Brief aus. »Das ist doch zum Lachen! Frau Henot ist stadtbekannt wegen ihrer Frömmigkeit, gibt reichlich Almosen, geht täglich zur heiligen Messe ...«

»Auch Übereifer macht verdächtig«, sagte der Professor. »Aber bitte, Spee, nicht *ich* beschuldige sie, sie wurde *angezeigt*! Aber setzen wir uns doch!«

Tut, als sei er hier zu Hause, dachte Spee. Er flüsterte der Postmeisterin zu: »Seien Sie ganz ruhig! Wir klären das auf.«

Sie hob den Kopf und sah ihn an. Sie zog die Schreibtischlade und wies auf den Brief, der neben dem kleinen bayerischen Felleisen lag. Spee nahm ihn an sich, las Anschrift und Absender.

Ostermann setzte sich nun endlich.

»Sie haben eine Tochter bei den Klarissen?«

Katharina fuhr hoch. »Was ist mit ihr?«

»Sie hätten allen Grund, sehr froh zu sein, wenn sie noch gesund wäre«, sagte Ostermann bedeutungsvoll.

»Reden Sie doch! Was ist mit Mariechen?« Katharina stand auf und wandte sich an ihren Bruder: »Kannst du diesen Herrn nicht zum Reden bringen?«

»Der Reihe nach!« befahl Ostermann, ehe Hartger Henot eingreifen konnte. »Meines Wissens ist Ihre Tochter noch gesund. Ich sagte ›noch‹. Denn in ihrer Umgebung, bei den Jungfrauen des Klarissenklosters, hat sich der Wahnsinn eingenistet. Man ist dort besessen, jawohl. Und nun hören Sie einmal gut zu – auch Sie, Pater Spee!«

Spee ließ den Brief sinken. Hier spielte sich etwas ab, das den Seelsorger anging. Noch nie hatte er die selbstbewußte Postmeisterin so aufgeregt gesehen.

Ostermann fuhr fort: »Sie waren beide noch nicht anwesend, als ich den Fall Raußrath erwähnte. Frau Henot hat dieser armen Wäscherin einen Teufelstrank eingeflößt, nach dessen Genuß sie in satanische Krämpfe verfiel ...«

Katharina hob hilflos die Hände und sah wieder zu ihrem Bruder. Diesmal besann sich Hartger Henot schneller. »Wer – das will ich jetzt wissen – wer hat eine so unglaubliche Behauptung aufgestellt? Wer hat meine Schwester angezeigt?«

»Da müssen Sie schon das Hexenkommissariat fragen«, sagte Ostermann.

»Das Hexenkommissariat hat von dieser Sache keine Ahnung!« polterte Henot. »Das müßte ich ja schließlich wissen, wenn dort eine Anzeige vorläge – gegen meine Schwester! Der interimsmäßige Hexenkommissar, Dechant Glimbach, ist mein Kollege im Amt von Sankt Severin. Ich frage ihn täglich, ob's was Neues gibt!«

»Doktor Glimbach wäre ein schlechter Kommissar, wollte er Amtliches und Persönliches vermengen. Denunzianten in Hexensachen dürfen – gottlob – auf strengste Diskretion der Behörde rechnen. Wo kämen wir hin, wenn jeder ehrenwerte Denunziant an den Pranger gestellt würde!« Er überlegte einen Augenblick, dann sagte er: »Nun, da es sich bei der Denunziantin nicht um eine Person von Stande handelt, die auf unsere Diskretion Anspruch hätte, sehe ich keinen Grund, Ihnen den Wortlaut der Anzeige vorzuenthalten.« Er zog ein Papier aus dem Mantel und verlas vor den betretenen Zuhörern den folgenden Text:

»Demütigste Supplication der hochbetrübten
Jungfrau Magdalena Raußrath.

An einem Tag im Februar des Jahres eintausendsechshundertsiebenundzwanzig, zwischen 9 und 10 Uhr vormittags, hat Katharina Henot, des Herrn Propstes von Sankt Severin Schwester, mir Butter und Brot und einen Silberbecher mit Wein hingestellt. Davon hab' ich gegessen und getrunken. Bald danach ist mir so leid und untauglich geworden, daß ich vermeinte, es wär wohl kein Mittel vorhanden, welches mich vorm Tode errette.

Und hat diese Pein gewährt bis in den Nachmittag. Wenige Tage drauf hab' ich bei Katharina Henot einen Waschkorb holen müssen, da hat sie mir abermals ein Glas Wein gebracht, und sollte ich's bis auf den Boden austrinken, oder sie wollte es mir ins Gesicht gießen. Daraufhin haben sich meine Schmerzen dergestalt erneuert, daß ich die ganze Nacht in höchster Pein zugebracht – und hätten nicht anderntags ehrwürdige geistliche Herren ein Werk der Barmherzigkeit an mir erzeigt, indem sie mir jene Mittel verschrieben, welche die katholische Kirche, diesem Unheil zuvorzukommen oder es abzuschaffen, verordnet, so wäre ich wohl nicht mehr am Leben.

Weil nun aber gewiß ist, daß ich leider wahrhaftig bezaubert bin und solches von vermeldetem Trunk seinen Anfang genommen, und jene Katharina Henot ja bereits beschrien wird, mit dem Laster der Zauberei behaftet zu sein, darf ich einem Ehrsamen Hochweisen Rat pflichtschuldigst diese Demütigste Supplication unterbreiten.

Euer Herrlichkeiten
demütigste und hochbetrübte Jungfrau
Magdalena Raußrath.«

Sie begriffen es nicht. In diesem Bericht erkannte Hartger Henot seine Schwester, kannte Katharina sich selber nicht wieder. Sie hätte der Raußrath ein Glas Wein ins Gesicht schütten wollen? Und wie kam die Frau dazu zu behaupten, man spreche von Katharina bereits wie von einer Zauberin?

Ostermann steckte das Schreiben in die Tasche und fuhr fort: »Von mörderischen Krämpfen befallen, suchte die arme Frau Raußrath Zuflucht im Kloster der Klarissen. Statt dort von ihrem Leiden geheilt zu werden, infizierte sie zwei bislang überaus gottesfürchtige Nonnen, die daraufhin orgiastische Exzesse mit dem Teufel bekannten. Und das auf eine unfaßbar obszöne Weise! Was sagen Sie dazu, Katharina Henot?«

Die Postmeisterin war während Ostermanns Bericht im Zimmer auf und ab gegangen, sie zerknüllte ein Taschentuch in den

Händen. »Ich sagte Ihnen doch: Die Raußrath hat ein Gallenleiden!«

»Ein Gallenleiden ist nicht ansteckend und bewirkt keine Wollust. Jene beiden Schwestern wurden angesteckt. Und zwar von der Wollust. Wie steht es denn mit Ihrer Wollust, Katharina?«

»Ostermann!« rief Spee. »Sind Sie Priester? Sind Sie Frau Henots Beichtvater, daß Sie sich erlauben können, solche Fragen zu stellen?«

»Ganz recht!« sagte Henot. »Hier ist die Postmeisterei und kein Kriminalgericht. Ich dulde nicht, daß in diesem Hause Vernehmungen durchgeführt werden!«

»Gut«, sagte Ostermann, dessen Gesicht einen überraschend impertinenten Ausdruck angenommen hatte. »Dann werde ich gehen. Übrigens sind Sie nicht der Hausherr, Propst Henot. Hausherr der Kölnischen Post ist Seine Majestät der Kaiser. Sie sind auch nicht Postmeister – und Ihre Schwester trägt diesen Titel seit Oktober letzten Jahres ebenfalls zu Unrecht. Aber bitte: Wie Sie wünschen! Sie müssen freilich damit rechnen, daß die Vernehmungen im Stadtgericht nicht mit solcher Konzilianz geführt werden.«

Er sah sich nach seinem Hut um.

»Nein, nein, bleiben Sie nur«, murmelte Henot.

Ostermann begann nun, eine, wie er es nannte, »kausale Kette« von der »Einflößung des Trankes« über den Ausbruch des Leidens bei der armen Wäscherin bis zur Infektion und Befallenheit der beiden Klarissen »vernunftmäßig nachzuvollziehen«. Er fingerte an seinen stumpfen Nägeln herum, zerrte und zupfte, während er sich ausließ über unkeusche Bündnisse, Teufelsbuhlschaft und fleischliche Beiwohnung; auch von nächtlichem Satanstanz unter den Ahornbäumen des Neumarktes war die Rede und von der Überreichung des wahnerzeugenden Weines durch den Buhlteufel persönlich, mit der Auflage, das verderbliche Getränk möglichst vielen unschuldigen Menschen zu kredenzen.

Spee wurde es zuviel. Er steckte das noch ungeöffnete Kuvert in die Soutane und ging langsam auf Ostermann zu. »Wohin verirren Sie sich! Das sind doch Verleumdungen, alberne Kombinationen! Wie will ein Gericht solchen Unsinn beweisen?«

»Ach?« sagte Ostermann. »Ich denke, lieber Pater, man kennt die Materie und das Verfahren? Auf der Folter wird Frau Henot gestehen müssen!«

»Herr Professor!« rief Katharina außer sich.

Der Jurist stolperte über den hinter ihm stehenden Stuhl. Er war vor Philipp zurückgewichen, der schon einige Zeit an der Tür gelauscht haben mußte.

»Auf die Folter?! Diese Frau auf die Folter?« Mit geballten Fäusten stand der Junge vor Ostermann. »Wer ist das? Sagen Sie mir, wer das ist? Ein Henkersknecht?«

Dem Professor gelang ein lautes Lachen.

»Pater Spee!« rief Philipp. »Was will der Mann hier? Was gibt ihm das Recht, Frau Henot mit der Folter zu drohen?«

»Ich müßte eher dich fragen, wieso du schon wieder hier bist«, sagte Spee streng. »Ihr habt doch Unterricht? – Professor Ostermann hat einen amtlichen Auftrag. Aber die Sache ist völlig harmlos.«

»Nicht wahr?« rief der Propst und erwachte aus seiner Lethargie. »Ich muß etwas trinken.« Er griff nach dem noch unbenutzten Glas. »Völlig harmlos! Wie dieser Wein, Herr Professor! Erbacher Klosterberg!« Er trank in großen Zügen.

»Das ist nicht harmlos«, sagte Philipp. »Eine Anzeige wegen Hexerei ist niemals harmlos.« Seine dunklen Augen wurden feucht. »Ich komme aus dem Würzburgischen. Ich weiß, wie es angeht. Und wie es aufhört. – Katharina! Sie – Sie müssen aus der Stadt!«

Als sie sich von ihm abwandte, stand er einen Augenblick irritiert, bis Spee ihn an der Schulter faßte. »Du machst alles nur schlimmer!«

»Schlimmer? Also doch! Jetzt haben Sie sich verraten, Pater

Spee! Erst völlig harmlos – dann alles noch schlimmer! Sie machen mir nichts vor!«

»Still jetzt! Ich kümmere mich um den Fall.« Und leise fügte Spee hinzu: »Sei ruhig, Junge, du kannst dich auf mich verlassen.«

»Dann ist es gut«, sagte Philipp und holte tief Luft. »Dann geschieht ihr nichts. Danke, Professor Spee.«

Der Pater schob ihn sanft aus dem Zimmer.

Ostermann tupfte sich mit einem gefalteten Tüchlein die Stirn.

»Ihr Schüler, Spee?«

»Jawohl. Mein bester.«

Ostermann steckte das Tuch ein und sagte, indem er wieder Platz nahm: »Dieser Bursche sagt ›Katharina‹ zu Ihnen, Frau Henot. Wie soll ich mir das deuten?«

»Mein Gott, er mag mich gern! Und er hilft mir gelegentlich in der Postmeisterei beim Sortieren. Regens Kasen hat es ausdrücklich erlaubt.«

»Ich werde mich beim Pater Regens über diesen Strolch beschweren.«

»Ach – das würde ich nicht tun«, sagte Spee. »Es ist doch der junge Herr von Kronthal.«

»Etwa aus der reichsgräflichen Linie?« fragte Ostermann betroffen.

»Aus eben der«, sagte Spee. »Eine auch hier in Köln sehr einflußreiche Familie aus dem Würzburgischen.«

»Nicht also denn!« sagte Ostermann und bediente sich wieder seines Schweißtüchleins.

Spee ging zu Katharina und führte sie zu ihrem Stuhl hinter dem Schreibtisch zurück. »Fürchten Sie nichts, Frau Henot. Ich kenne Sie lange genug, um zu wissen, daß Sie keine Hexe sind. Und im übrigen: Köln hat gerechte Richter. Und *mich*.« Er grüßte die Geschwister, verneigte sich förmlich vor Ostermann und verließ den Raum.

Ostermann erhob sich. »Nun denn«, sagte er. »Die Wissenschaft hat auch noch andere Möglichkeiten.«

5

Als Spee die Postmeisterei verließ, lag der Hof leer. Am Zaun längs der Straße stand ein gesatteltes Pferd, ein Stallknecht zog, vor sich hin pfeifend, die Gurte fest.

Unter der Soutane, neben dem Tabakpäckchen, spürte Spee das pergamentartige Papier des Briefes. Er stellte sich unter einen alten Nußbaum und brach die Siegel auf. Zwar hielt er es für unpassend, sich nach dem, was er eben erlebt hatte, seinen eigenen Hoffnungen hinzugeben, aber die Neugier war zu groß. Der Pater General Mutius Vitelleschi, sein höchster Vorgesetzter, kam, nach einigen Ermahnungen und einem verklausulierten Tadel wegen Spees Neigung, sich unter Umgehung der nächsten Oberen an die höheren Ränge im Orden zu wenden, zur Sache:

»Obwohl unsere Gesellschaft Jesu gerade in Deutschland und besonders in der Rheinischen Ordensprovinz, und vor allem in diesen traurigen Zeitläuften, ein großes Gelände im Weinberg des Herrn zu bestellen hat, wollen wir uns dem Anliegen unseres sehr lieben Bruders Fridericus Spee von Langenfeld nicht verschließen und ermächtigen ihn hiermit, in Ansehung seiner reichen Geistesgaben und seines brennenden Glaubenseifers, als Missionar nach Indien zu ziehen, wozu ihm der liebe Herr Jesus die Hilfe Seiner göttlichen Gnade verleihen möge.

Rom, am 23. Januar 1627.
Mutius Vitelleschi.«

Spee steckte den Brief wieder ein. Er ging wie im Traum. Noch ehe die Kastanien blühten, würde er auf dem Weg über die Alpen sein, um sich in einem südlichen Hafen, in Neapel oder Brindisi, zur großen Fahrt nach Indien einzuschiffen.

Im Tricoronatum begegnete ihm Professor Horn.

»Ist der Regens im Hause?« fragte Spee.

Als Horn verneinte, bat Spee ihn um Anmeldung beim Pater Provinzial, möglichst noch für heute. »Sie gehn doch bei Pater Baving ein und aus!«

Horn lächelte geschmeichelt. Vor zwei Stunden hatte er eine Auseinandersetzung mit Kasen gehabt; der Regens wollte nicht begreifen, daß die sittliche Gefährdung der Schüler ungewöhnliche Maßnahmen erforderte. Horn nahm solche Differenzen nicht schwer. Der Provinzial schätzte ihn um so mehr – er ging dort wirklich ein und aus.

Spee betrat die Bibliothek. Kannelierte Säulen trugen das Kreuzgewölbe; zwischen ihnen und an den Wänden standen in hohen Regalen viele hundert meist in weißes Schweinsleder gebundene Folianten. Das Licht fiel durch schlanke Fenster, auf dem spiegelnden Parkett standen Stehpulte, Arbeitstische und Stühle. Alles war neu und blank und roch noch immer nach Farbe. Der Mittelbau, in dem sich die Bücherei befand, war erst vor einem Jahr seiner Bestimmung übergeben worden.

Eilig trippelte ihm der Pater Bibliothekar entgegen. Spee ließ ihn am Tabakbündel schnuppern.

»Ich weiß schon«, sagte Pater Marcellus. »Natürlich willst du den Linschoten haben – die reinste Erpressung! Gestern erst eingetroffen mit der Frankfurter Post, ganz neue Messeware, noch nicht mal katalogisiert!«

»Und der Tabak?« Spee zwinkerte ihm zu. »Darf der ausgegeben werden? Umgeht man so das Gebot des Heiligen Vaters?«

»Den Hehler trifft's wie den Dieb«, sagte der Bibliothekar. Daß Papst Urban der Geistlichkeit das ›Tabaktrinken‹ verboten hatte, machte Pater Marcellus keine Gewissensqualen. Schon gar nicht, wenn man ihm die köstlichen Blättchen unter die Nase hielt.

»Doch, doch, der Tabak ist gut, goldgelb – und sieh nur, Fridericus: nicht zu mürbe, nicht zu zäh – trocken-saftig möcht' ich sagen, brennt sicher nicht leicht an, aber wenn er erst brennt ...«

Bruder Marcellus verschwand, die Nase im Tabak, hinter der Tür zum Archivzimmer. Gleich darauf kam er wieder und wuchtete einen Folioband aufs Tischpult. »Virginisches Kraut! Und wo kriegt man das?«

»Nein, nein«, sagte Spee. »Du mußt mit deinem Laster auf mich angewiesen bleiben. Hättest du mir sonst jemals die Stiche von Callot gezeigt? Den Thesaurus vom Daniel Meissner?«

Der Bibliothekar grinste und verzog sich ins Archiv. Der aromatisch süße Duft aus seiner Tonpfeife drang bald durch die Tür.

Langsam blätterte Spee die Seiten um. Da waren kunstvolle Kupfer aus all jenen Ländern, die der Herr von Linschoten aus den Niederlanden, wie einst der selige Franz Xaver, bereist hatte: Japan, die Malabarküste, Indien …

Ein exotischer Festzug – der König von Cochin auf einem Elefanten, den Spieß über der Schulter, begleitet von einem nackten Krieger mit Schild und Schwert … Der weitläufige Marktplatz von Goa, die Menschen schützen sich mit pilzförmigen Schirmen vor der Sonne, wandeln züchtig in europäischen Gewändern, es sind Portugiesen, natürlich … Mitten unter ihnen eine eingeborene Frau in unbefangener Nacktheit. Sie trägt einen Korb mit Früchten auf dem Kopf, hocherhobenen Hauptes steht sie, hält mit der Rechten den Korb im Gleichgewicht, die Brüste heben sich …

Er hatte ihre schmalen knochigen Schultern in der Höhlung seiner Hand gespürt, als wären es Lebewesen, Tiere, die sich verkriechen wollen in flüchtige Geborgenheit … Er hatte die fettigen Strähnen berührt, dies filzige Haar, Flugasche nistete darin … Er hatte ihre zerbrochenen Hände behutsam, Finger für Finger, zusammengefügt, ihr zur Geste des Gebets, vielleicht sogar zum Gebet verholfen … Er schloß die Augen. Speyer. Die Angela Sandermann. Er war nicht ihr Beichtvater. Er war nicht der Priester des Hochgerichts. Er war nur vorbeigekommen, zufällig, neugierig, hatte sich treiben lassen in der brüllenden, hechelnden Menge, durch kotige Gassen, zum Galgenberg hin; war, wo die Stadtwache mit ihren Hellebarden den Richtplatz abriegelte, angerufen worden vom Richter, er sollte einspringen für einen anderen Schwarzkittel, den trugen sie gerade weg, dem war übel geworden, hatte zuviel Rauch abgekriegt, was Wunder: Nebenan brannten schon drei ...

Angela Sandermann ... Er hatte sie zum Beten gebracht – vielleicht ... »Von Absolution keine Rede, Hochwürden, die lügt bis zuletzt«, hatte der Richter gesagt. Aber daß er ihre Hände noch gefaltet hatte, die zerbrochenen ... Wie sich das anfaßte, so lappig, ihn schauderte ... Aber gefaltet hatte er sie, nun durfte sie doch betend sterben. Er hatte sie gestützt, die Halbverhungerte, Federleichte, als sie hochkam aus den Knien, hatte sie hingehalten dem Schergen. Der nahm sie in seine muskelprallen Arme, schwenkte sie dem Kumpanen zu, der stemmte sie hoch, wo auf geschichteten Bohlen und Reisern, ein wenig schwankend, mit nackter Brust, den Kopf von der roten Kapuze verhüllt, der Henker mit seinen Schergen stand, die Stricke schlang, zog, zurrte, bis sie eins waren: Körper und Pflock. Hocherhobenen Hauptes, ausgeliefert, zart, mit prallen Brüsten, sündhaft schön, das blonde Haar vom Glutwind ergriffen – Katharina?! ... Ach, nur ein armes verruchtes Hexenweiblein, schon ganz vom Qualm übernommen, eingewölkt, schon schrumpelschwarz glänzend, schwankend im Feuersturm hin und her ... Dann eine tiefe, ruhig erläuternde Stimme dicht an seinem Ohr: »Sie ist schon hinüber.« Und er: »Sie krümmt sich doch noch!« Und der Fachmann: »Das macht nur die Hitze, das Schmelzen im Leib, das Kochen des Bluts, der Gefäße. Das gibt sich nur noch wie Leben, ist's aber längst nicht mehr, ist lang schon hinüber ...«

Freundlich grinsend, die erloschene Pfeife im Mund, stand Bruder Marcellus vor ihm. Spee schloß das Buch, erhob sich. »Ich komm später noch mal«, sagte er. »Gib mir für heut auf die Nacht was anderes. Den ›Malleus‹.« Der Bruder Bibliothekar wies mit dem Pfeifenstiel auf ein Regal. »Wird wieder gebrannt in Köln?« fragte er beiläufig, als Spee mit dem Buch zur Tür ging.

»Nein, nein«, sagte Spee. »Ich will nur mein Gedächtnis etwas auffrischen.«

6

Schon auf dem Weg von der Postmeisterei in die Sternengasse hatte Katharina keinen Zuspruch mehr gebraucht. Henot hatte den Wagen vorausfahren lassen. »Der Weg wird uns guttun«, sagte er. Von der Postmeisterei bis zum Henothaus brauchte man, über Sankt Agathen, kaum eine Viertelstunde. Stumm schritt Katharina neben dem Bruder her, warf nur ab und zu einen prüfenden Blick auf dieses faltenlose, glänzende Gesicht mit den schmalen, asiatisch wirkenden Augen, der leicht gebogenen »spanischen« Nase, einem Erbe des Vaters, und dem kleinen, süßlich weichen Mund, der seine durch den kräftigen, grauschwarzen Bart betonte Männlichkeit gleichsam in Frage stellte. Henot klagte gern, auch in Gegenwart solcher, die weit mehr Grund zum Klagen hatten. Ihn beunruhigte auf dem Heimweg nicht so sehr die Gefahr, in der Katharina schwebte, als vielmehr der Vertrauensbruch des Stiftsdechanten Glimbach. Darüber kam er nicht hinweg.

»Ein Mann, mit dem ich seit Jahren zusammenarbeite! Er als Dechant – ich als Propst, aber doch beide für unseren heiligen Severin! Gewiß, es gab Rangeleien, unklare Kompetenzen, Eitelkeiten. Glimbach will eben nicht einsehen, daß ein weltkundiger Mann wie ich manche Dinge besser beurteilen kann als er, der nie aus Kurköln herausgekommen ist! Dabei weiß er sehr wohl, daß ich in Rom war, kennt auch die heiklen Missionen, die mir vor der Festung Nimwegen und vor Antwerpen übertragen wurden. Doch wie auch immer! Seit drei Wochen ist Glimbach Hexenkommissar – interimsmäßig. Beschwert sich, daß nichts vorfällt! Keine Anzeige. Kein Gerücht. Nichts. Und da kommt dieses närrische Weib zu ihm, beschuldigt dich aufs schwerste – und er, statt sofort zu mir zu schicken, besser: selbst zu mir zu eilen, spaziert übern Domhof zu Ostermann, zu diesem Hohlkopf und Speichellecker, beauftragt ihn mit einem ›Gutachten‹ und hetzt ihn zur Postmeisterei! So muß es gewesen sein, und so war's auch! Oh, dieser Glimbach! Das habe ich nicht um ihn verdient. Er war nie mein Freund, gewiß nicht; ich pflege mich mit anderen Freunden zu versehen. Aber wir beide, posto gefaßt zu Sankt Severin, waren doch Streiter in Christo – und da tut man so etwas einfach nicht!«

Er brach ab und mußte schlucken. Sie waren vor dem Haus ›Zur Britzen‹ in der Sternengasse angelangt, und Henot, nach so viel Enttäuschung und Drangsal, freute sich auf ein gutes Mittagsmahl. Doch seltsam: Heute schien es ihm, als verspotte der Brezeln fressende Grienkopf, eine dieser blindäugigen, zähnefletschenden Steinmasken, die wohlhabende Bürger sich nach uraltem Brauch über die Haustür hängten, verspottete er nicht, wie es sich gehörte, die weniger betuchten Nachbarn, sondern ihn selber, den Hausherrn.

Aber davon sagte Hartger Henot seiner Schwester nichts, und er hatte sein Unbehagen auch schon vergessen, als er sich im Wohnzimmer vor dem gedeckten Tisch niederließ, den grün gekachelten Ofen im Rücken. Nebenan, in der Küche, hantierten sie am Herd: seine Schwester und Drutgin, die Küchenmagd. Das herrschaftliche Haus Henot beschäftigte natürlich auch einen Koch, aber Damianus Krebs litt seit Wochen an einem schleichenden Fieber; man hatte ihn ins Hospital geschafft.

Bei Henots speiste man Fisch nicht nur freitags oder zur Fastenzeit und nicht den gemeinen Hering, ob nun gepökelt oder grün. Man ließ sich vom Fischkaufhaus Karpfen kommen, auch einen Dorsch oder Salm. Heute gab's Hecht. Mit Petersilie und Zwiebeln gewürzt, duftete er durchs Haus.

In Erwartung der Mahlzeit füllte der Propst schon zum zweiten Mal Kaneeltrank in das blauschimmernde Muranoglas. Kathrinchen, kleines Schwesterchen ... Wie tapfer sie doch ist! Der geistliche Herr war nicht erst nach des uralten Jakob Henot Tod für die um dreißig Jahre jüngere Schwester an Vaterstelle gerückt. Sie war ein Kind aus Jakob Henots zweiter Ehe; der Postmeister hatte, wenige Jahre nachdem Hartgers Mutter an einem Geschwür verschieden war, ein anderes Mal geheiratet und noch als Sechziger etliche Kinder gezeugt, darunter Katharina. Aber viel gekümmert hatte er sich nicht um seine Tochter, obwohl auch sie ihre Mutter früh verloren hatte. Seine Liebe galt allein der kölnischen Post. Sollte der geistliche Sohn für die Kleine sorgen!

Um was geht's denn noch in der Küche? Wie der Hecht gespickt werden will? Mit wieviel Butter, Zwiebeln, kostbarem indischen Pfeffer er gedämpft werden muß? Da hat die dumme Drutgin wieder mal den ganzen Vormittag hilflos vor dem Herd gestanden! Aber Katharina – sie ist eben eine Henot! Das kriegt keine andere fertig: Nimmt ihr Postamt wahr wie ein Mannsbild. Wird als Hexe verdächtigt, wird bedroht mit Verhör und Folter – und geht in die Küche; der Bruder hat Hunger. Da mag der Rathausturm einstürzen – Katharina wird uns die Mahlzeit servieren!

Natürlich, guter Fisch will dreimal schwimmen: in Wasser, Butter und Rebensaft. Henot wälzte den leichten Zimmetwein genüßlich in den Backentaschen. Er hörte, wie Katharina Wasser in den Trog goß und sich die Hände wusch. Und jetzt kam auch die weizenblonde Drutgin ins Zimmer, ein allzu stämmiges Mädchen aus Sülz, aber sie ließ sich tätscheln, wenn's Hartger einmal überkam. Die Küchenmagd setzte die florentinische Schale mit dem prachtvollen maulsperrigen Burschen auf den Tisch, dazu zwei Schüsseln mit Grünkohl und saurem Kappes. Dann knickste sie und zog sich zurück.

Katharina kam bald darauf. Sie hatte sich schnell umgezogen, trug einen roten Rock mit grauen Leisten, ein lohfarbenes Leibchen über der weißen Bluse, dazu einen schmalen, mit Perlen besetzten Gürtel.

»Weißt du«, sagte Henot mit vollem Mund, »ich habe dich immer für gescheit gehalten – doch, doch, ich meine mit Rücksicht darauf, daß du eine Frau bist. Es sollte mich auch nicht wundern, wenn du dich auf diese oder jene Kunst verstündest ...«

»Wie meinst du das?« fragte Katharina.

»Nun, es wird ja so viel aufgespürt, entdeckt, erdacht in unseren Tagen. Durchaus nicht nur Verwerfliches, sondern fast alles mit Billigung Gottes. Haben sie doch unlängst – ich nenn's nur als Beispiel – bei einem Doktor, einem Medicus, den der Tod angetreten hatte, unterwegs, als er im Gasthof bei Tische saß – ja, also, haben sie doch unter seiner Hinterlassenschaft, in einer Röhre, ein leibhaftiges Teufelein gefunden. Hatte sechs Beine, dünnhäutige Flügel, ein Schweinsrüsselchen. Dechant Lauerbach von Sankt Georg hat es selber gesehn! Aber – es war kein Teufel! Zog man's unter der Röhre mit den geschliffenen Gläsern hervor, dann war's nichts als eine tote Mücke! Wunderbar – und doch nicht Zauberei. Wissenschaft, Kathrinchen! Wenn man genau hinsieht, ist fast alles im Leben Wissenschaft – ausgenommen das Flöhefangen, dazu braucht's nur Geschicklichkeit.« Er nahm einen großen Schluck. »Bei dir also nichts dergleichen?«

»Jag' ich Felleisen durch den Himmel?«

»Schon gut, schon gut, man darf doch noch fragen.« Henot wischte sich den Mund.

»Entschuldige«, sagte Katharina und legte dem Bruder ein zweites Mal vor. »Entschuldige meine Empfindlichkeit! Ich habe Angst um Mariechen. Ich wollte dir nur noch den Hecht zubereiten – aber jetzt mach' ich mich auf. Ich muß wissen, ob sie gesund ist. Mariechen hat merkwürdige Dinge erzählt, als ich sie letzte Woche besuchte. Ich dachte mir nichts dabei. Aber jetzt muß ich wissen, was sich in Wahrheit abgespielt hat im Klarissenkloster.«

»Du solltest hierbleiben«, sagte der Propst nachdrücklich. »Wenn du jetzt zum Kloster gingst – und sie ließen dich nicht herein, und damit mußt du rechnen, wenn die Nönnchen wirklich glauben sollten, du habest einige von ihnen verhext – wenn du also vor verschlossenem Tor stehst und kannst nicht zu Mariechen, und Mariechen kann nicht zu dir, und die Leute machen einen Auflauf, und es spricht sich herum, weshalb das Kloster geschlossen ist …«

»Gut, gut, ich seh' es ein«, unterbrach Katharina. »Aber so kann es doch nicht weitergehen! Ich lasse mir den Zutritt zu meiner Tochter nicht verbieten! Wir müssen wach werden, Hartger, müssen etwas unternehmen! Man hat uns geschlagen – wir müssen zurückschlagen. Vor allem müssen wir herausfinden, ob die Raußrath mich aus eigenem Antrieb angezeigt hat oder ob jemand dahintersteht.«

»Ein böses, durchtriebenes Weib«, sagte der Propst. »Hat auf Jahrmärkten gegaukelt! Die ...« er stockte und sah Katharina nachdenklich an. »Du – die war's vielleicht selber? Die hat den Wein verhext! Dann geht's in Köln also doch wieder an mit der Hexerei! Natürlich, alles ist klar: *Die* hat die Klarissen besessen gemacht, sie selber ist eine Hexe!«

Der Propst war nicht glücklich über diese Entdeckung, obwohl sie seine Schwester entlastete. Wenn's in Köln wirklich wieder begann mit Hexerei und Hexenprozeß, dann würde Dechant Glimbach in seinem Amt als Hexenkommissar bestätigt werden und sich fortan noch bedeutender, ja unersetzbar vorkommen. Aber vielleicht steckt er dann seine Nase nicht mehr in alle Winkel und Ecken der Propstei, hat dann übergenug mit seinen Hexen zu tun, schreibt vielleicht sogar ein Buch über Zauberei, ich glaube, er hat dergleichen vor. So hat ein jedes Ding zwei Seiten. Die Raußrath, soviel steht fest, ist eine Hexe – und Hartger Henot wird sie anzeigen, heute nachmittag noch, wenn er Glimbach zur Rede stellt.

»Satanische Krämpfe? Die Klarissen – angesteckt von der Wollust? Wen wundert denn das? Nonnenfürze sind des Teufels Blasbalg! Wir haben achtunddreißig Frauenklöster in Köln – und meinst du vielleicht, unsere Nönnchen begnügen sich alle mit dem himmlischen Bräutigam?«

Katharina nahm ihm das Weinglas weg, gerade als er wieder danach griff. »Ich habe meine Tochter in kein Hurenhaus gegeben!« sagte sie zornig.

Aber sie war sich dessen schon seit Tagen nicht mehr so sicher gewesen. Mariechen hatte ihr von zwei jüngeren Nonnen erzählt, die sich seit einiger Zeit recht sonderbar verhielten. Sie wollte die beiden sogar eines Nachts im alten Römerturm, der als Abtritt diente, beobachtet haben, wie sie auf dem Balken balancierten und dann immer wieder mit geschlossenen Füßen auf den Boden sprangen, wobei sie sich die Bäuche hielten und kleine spitze Schreie ausstießen. Und ein altes Weib sollte diese Sprünge mit heiserem Zuruf dirigiert haben. Aber das Kind hatte ihr das Versprechen abgenommen, zu niemandem etwas darüber zu sagen. Es wußte sich das seltsame Verhalten der Nonnen nicht zu erklären; sie mußten wohl von einer Krankheit oder einem Wahn befallen sein. Katharina hatte sich nicht entschließen können, das ihrer Tochter so leichtfertig gegebene Wort zu brechen. In wenigen Wochen würde ohnedies nicht verborgen bleiben können, was geschehen war. Gnade dann der Priorin, die ihre Aufsichtspflicht versäumt hatte …

Gar so selten geschah dergleichen nicht. Sie hatte kaum zugehört – aber Hartger hatte sich inzwischen, nicht ohne Genugtuung, ereifert und war immer noch bei der Sache:

»Sag' ich denn was Neues? Wie war's denn im letzten Sommer bei den Kapuzinessen in Bonn? Hat Durchlaucht nicht höchstpersönlich eingreifen müssen? Ich will gar keine Einzelheiten verraten … Aber im Domkapitel haben einige Herren heiße Ohren bekommen, als sie hörten, was sich da tat! Und bei den Birgittinen, den Franziskanerinnen zur Unbefleckten Empfängnis? Viel Demut, viel Frömmigkeit, viel Verzückung, geb' ich ja zu! Aber die Zisterzienserinnen! Ich sprech' dir ja nicht davon, im allgemeinen. Da haben sie letzten Oktober drei Mannsbilder aus dem Dormitorium geholt … Und was erst bei den Unbeschuhten Karmelitessen geschah! Wie sagt der Dichter? Nonnenkeusch und Katzentreu sind seltene Pflänzlein … Generalvikar Gelenius hat, als das herauskam, in sein Tagebuch geschrieben – ich weiß es von seinem Sekretär: ›Sodom und Gomorrha starben in Schwefel und Feuer. Wann brennt Köln?‹«

»Die Klarissen hat noch niemand beschuldigt«, sagte Katharina etwas mühsam. »Die führen wirklich ein gottgefälliges Leben, speisen die Armen, pflegen die Kranken …«

»… und eines Tages kommt dieRaußrath daher, greint und schreit und kratzt sich den Hintern – und gleich darauf liegen – wie hat der Ostermann gesagt? – zwei ›überaus gottesfürchtige Schwestern‹ am Boden und heben die Ärsche zum Incubus! Ach, ich könnte diesen Ostermann, diesen Glimbach …«

Henot stand auf und hieb auf den Tisch, daß die Gläser hüpften. Dies genügte ihm nun fürs erste – und als seine Schwester ihn kopfschüttelnd ansah, kam ihm ein Gedanke.

»Sag einmal …« er ging auf sie zu. »Die Raußrathsche wäscht für dich. Wäscht sie auch für andere?«

»Ja, für die Klarissen, jedenfalls zuweilen.«

»Und sonst?«

Katharina überlegte. »Für Pfannenthals. Kleinere Stücke auch für die Silberschmiedwitwe. Ja – und für Coesfeld. Für den wäscht sie regelmäßig.«

Henot legte die Serviette zusammen, langsam. »Ich wiederhole: Für Pfannenthals …«

»Für die Silberschmiedwitwe …«

»Und regelmäßig für Coesfeld?«

»Ja«, sagte Katharina.

»Komm! Setz dich noch einmal! Nein, laß Drutgin in der Küche, das Abräumen hat Zeit. Setz dich und überleg dir, was du gesagt hast. Die Wäscherin Raußrath, die dich beschuldigt hat, arbeitet auch für unseren ärgsten Feind! Wusch ihm wohl auch die alte Fahne mit dem Posthorn, daß er sie wieder aushängen konnte in der Straßburger Gasse? Katharina! Du weißt, daß die Raußrath auch für den Coesfeld wäscht und ziehst keine Schlüsse daraus! Sei froh, daß du einen Mann zum Bruder hast!«

Er merkte, daß er Unsinn geredet hatte, aber Katharina fiel es nicht auf. Nachdenklich strich sie das Tischtuch glatt. Der Gedanke an ein Komplott des neu ernannten Postmeisters

Johann Coesfeld war nicht nur ungeheuerlich – er war auch abwegig. Denn hatte Coesfeld jetzt nicht alles erreicht, was er wollte? Und stand hinter ihm nicht nach wie vor Leonard, der mächtige Reichsgraf von Taxis, und hatte sich nicht auch die Statthalterin der Spanischen Niederlande mit Erfolg für ihn verwendet? Nein, ein Coesfeld hatte es nicht nötig, sich mit einem betrunkenen Waschweib zu verbünden. Zu solchen Mitteln brauchte er, dem der Kaiser gerade erst vor einem halben Jahr die Kölnische Postmeisterei wieder anvertraut hatte, nicht zu greifen! Da mochte noch eher Hartgers anfängliche Vermutung berechtigt sein, die Raußrath sei eine Hexe und habe aus eigenem Antrieb gehandelt. Und schon kehrte er auch wieder seinen Zorn gegen sie: »Die lass' ich brennen! Das schwör' ich dir!«

Aber Katharina widersprach. Diese arme, von der Gicht gebeugte Waschfrau sei nichts weniger als ein Zauberweib. Er solle doch einmal nachdenken: Wenn die Raußrath hexen könnte, dann hätte sie's doch wohl nicht nötig, in ihren Jahren, und so verschrumpelt und geknickt, noch Wäsche zu waschen für Henots und Pfannenthals und die Silberschmiedwitwe und, ja, auch für Coesfeld! Und wenn sie nichts weiter vermöchte, als Schweine und Hasen zu zaubern – ohne Zweifel die geringste Kunst der Hexen –, dann fiele doch wenigstens ein leckerer Braten für sie ab, und was sie nicht selber äße, könnte sie verkaufen. Sie habe auch der Raußrath nie etwas angetan, kein böses Wort sei gefallen, oft sei sie mit Drutgin und der Raußrath zu Tisch gesessen, zu Weihnacht und Ostern habe sie ihr noch etliche Albus auf den Lohn gegeben und ein Kleid, ein Paar Schuhe dazu.

Aber Hartger Henot, der sonst nach dem Mittagessen gern ein Schläfchen hielt, ging zum Fenster, sah hinaus in den grauen Nachmittag, über den sich schon die erste Dämmerung senkte, sah hinüber zu Lebachs Haus, zum Goldschmied Merg, zu Sankt Maria im Kapitol. Er stieß den Fensterflügel auf, hielt die Hand hinaus, es regnete nicht. Irrte er sich – oder blieben die beiden Frauen, die aus der Tür des Bäckermeisters Alken traten, erschrocken stehen, als sie ihn sahen? Hatte die Dicke ein Kreuz geschlagen? Trippelten sie, der Pfützen nicht achtend, seinetwegen so eilig davon? Oder, wahrscheinlicher wohl, Katharinas wegen? Er schüttelte den Kopf und schloß das Fenster. Er mußte sich beeilen. Nichts in dieser Stadt war geschwinder als das Gerücht.

»Ich geh' zu Coesfeld. Und wenn er leugnet, geh' ich aufs Rathaus. Halt mich gar nicht mehr mit Glimbach auf, geh' sofort zu Bürgermeister Geil. Es kann spät werden, Kathrinchen. Was hast du?«

Sie saß vor dem Tisch mit den Resten des Mahles, die Kuppe ihres Mittelfingers strich um den Rand des Weinglases, umfuhr ihn schneller und schneller, bis das Glas fein und hoch zu singen begann. Sie hob den Kopf. »Sicher scheut Coesfeld vor keiner Lüge zurück. Warum sollte er besser sein als wir?«

»Als wir? Wir sind keine Lügner.«

»Und nach Vaters Tod? Was waren wir?«

Sie hatten in den vergangenen Jahren kaum mehr darüber gesprochen. Und wenn – dann hatte Hartger Henot seiner Schwester nichts anderes erwidert als das, was er auch jetzt zu ihr sagte: »Hätten wir's nicht getan, dann hätte der Coesfeld die Postmeisterei schon vor zwei Jahren bekommen! Das war keine Lüge, Kathrinchen, das war Politik!«

»Du meinst: Es war ein Komplott. Unser Komplott«, sagte Katharina langsam und stand auf.

»Aber was ist dir denn?« Der Propst sah verwirrt in ihr entschlossenes Gesicht.

»Nichts«, sagte Katharina. »Ich lege nur Rechenschaft ab. Über mich. Und das ist meine Sache. Geh nur zu Coesfeld. Ich weiß, du meinst es gut mit mir.«

Der Propst hob die Schultern, ging die Treppe hinunter, nahm seinen Knotenstock und war froh, als er auf die Straße trat. Er kannte solche Anwandlungen. Es war dann nichts aus Katharina herauszubekommen, und die vielen Fragen, die er früher zu stellen pflegte, unterließ er jetzt – so etwas machte ihn ganz krank. Weil sie einfach nicht antwortete, nur stumm in einer Ecke saß und ihn mit einem Ausdruck ansah, der ihn an seinem Einfühlungsvermögen zweifeln ließ. Nun ja, Frauen ... Die Säfte ... Die Süchte ... Er seufzte und schwang den Stock. Wer ihm begegnete, grüßte freundlich oder auch ehrerbietig. Das Gerücht war unterwegs – aber Hartger Henot, ein Sankt Georg, würde den Drachen erlegen.

7

In seiner klösterlichen Zelle im Jesuitenkolleg, unter dem Bild des heiligen Franziskus, den er von allen Heiligen am innigsten liebte, saß Friedrich Spee und las mit gespannter Aufmerksamkeit in der Schrift der gelehrten deutschen Inquisitoren Jakob Sprenger und Heinrich Krämer aus dem Jahre 1483. Kaum ein anderes Buch aus dem deutschen Sprachraum, sieht man von Luthers Bibelübersetzung ab, hatte einen solchen Einfluß nicht nur auf seine Zeit, sondern noch weit darüber hinaus, bis ins übernächste Jahrhundert hinein, ausgeübt. Mehr noch: Keinen Geringeren als den Heiligen Vater hatte der ›Malleus Maleficarum‹ zu ernsthaftem Nachdenken, zu eindringlicher Gewissenserforschung bewogen, nachdem die von den beiden kundigen Dominikanern mitgeteilten, wahrhaft erschreckenden Tatsachen nun endlich auch in Rom bekannt geworden waren. Unter dem lichten Himmel Italiens hatte man sich bislang mit nordischem Teufelsspuk, mit Besenritt, Satansmesse und geilem Bockstanz auf nebelfeuchten, vom höllischen Irrwisch überhuschten Wiesen nicht einlassen wollen – aber jene Deutschen wußten die Ergebnisse ihrer Forschungen so überzeugend darzulegen und zu interpretieren, daß Papst Innozenz VIII., der Bekämpfer der hussitischen Ketzerei, unter dem Beistand des Heiligen Geistes seine Bulle ›Summis desiderantis‹ entwarf. Seither war der ›Hexenhammer‹ zum unentbehrlichen Lehrbuch für alle geworden, die, seien sie nun Richter, Schöffen, Geistliche, Kommissare, Henker oder Folterknechte, von Berufs wegen mit Hexen, Zauberern, Zaubergenossen und deren Überführung und Verurteilung zu schaffen hatten.

Die Ellbogen aufgestützt, das Kinn auf den Fäusten, saß Spee und las und las. Es war ihm natürlich nicht neu, was der ›Malleus‹ enthüllte. Schon in der letzten Schulklasse und später, weit ausführlicher, während seines Studiums hatten die Lehrer des geistlichen und weltlichen Rechts auf die Bedeutung dieser klassischen Schrift hingewiesen. Deutlich erinnerte sich Spee an den Professor Rabenhorst, ein aufgeregtes Männlein, das hinter dem Katheder tänzelte und seinen Schülern gestikulierend vorrechnete, wieviel hunderttausend Hexen und Zauberer es allein auf deutschem Boden geben würde, hätten in den letzten einhundertfünfzig Jahren der ›Hexenhammer‹ und die von ihm ausgelösten Verfolgungen jene Teufelsbuhlen nicht durch konsequente Ausbrennung unschädlich gemacht. Es war erstaunlich, zu welchen Erkenntnissen die Wissenschaft bereits damals gelangt war! Da wurde kaum eine Behauptung aufgestellt, ohne daß die gelehrten Dominikaner sie durch ein Zitat aus der Bibel, aus den Schriften der Kirchenväter oder aus den im Grunde zwar verdammenswerten, für manche Zwecke aber doch sehr brauchbaren Werken der alten Heiden gestützt und bewiesen hätten. Und welche Literatur war seither aufgeblüht! Was hatte allein Spee als Ordensnovize in Trier, bei seinem Studium an Würzburgs ›Alma Julia‹, ja noch während seines theologischen Curriculums in Mainz alles lesen und exzerpieren müssen: jene die Fürsten und jedwede Obrigkeit zu immer größerer Wachsamkeit anspornenden Schriften europäischer Kapazitäten, wie des lothringischen Generalstaatsanwaltes Nicolas Remy, des französischen Kronanwaltes und berühmten Staatsrechtlers Jean Bodin, vor allem auch die ›Disquisitiones magicae‹ des Doktors Martin Delrio aus Antwerpen – ganz zu schweigen von den praktischen Ratschlägen der fahndenden und richtenden deutschen Landsleute.

Diese Katharina Henot … Spee war nicht so weltfremd, daß er eine Denunziation aus Eigennutz für unmöglich gehalten hätte, von wem immer sie kommen, wer immer sie, vielleicht sogar in hoher Position, veranlaßt haben mochte. Und nur um eine solche wider besseres Wissen ausgesprochene Beschuldigung konnte es sich handeln. Diese Frau war unschuldig. Und deshalb wunderte sich Spee über sich selbst. Denn da Katharina Henot keine Hexe war, sich auch niemals mit Hexen und Drudnern eingelassen hatte – zu welcher Erkenntnis es gewiß nicht der Zeugenschaft ihres aufgeregten Bruders bedurfte –, lag für Spee gar keine Veranlassung vor, sich erneut mit den rechtlichen Grundlagen der Hexenprozesse zu beschäftigen. Die gehörten ohnedies zur Allgemeinbildung eines jeden Geistlichen.

Es klopfte. Die Tür wurde vorsichtig geöffnet, Philipp steckte den Kopf herein. »Verzeihung, Pater Spee …«

»Ist es so dringend?« Er sah, wie aufgeregt der Junge war. »Gut. Ich komme.« Er erhob sich.

»Bitte, Professor Spee«, flüsterte Philipp. »Erlauben Sie, daß ich in die Zelle komme – ausnahmsweise!«

Es war den Angehörigen des Lehrkörpers streng untersagt, Schüler in ihrer Zelle zu empfangen. Der Orden hatte gewisse bittere Erfahrungen machen müssen; es war – nicht im Tricoronatum, aber andernorts – zu unerfreulichen Vorfällen, zumindest zu beschämenden Verdächtigungen gekommen; man wollte dem Versucher auch nicht den kleinen Finger reichen. Trotzdem ließ Spee, nachdem er einen Blick auf den Gang geworfen hatte, den Jungen ein.

»Bleib an der Tür stehen!« sagte er und nahm wieder an seinem Tisch Platz. »Was gibt es denn?«

Der Junge machte sich Sorgen um Katharina, und er hatte sich in der kurzen Zeit seit heute mittag gründlich über die Gepflogenheiten des Kölner Hexenkommissariats informiert. Er rechnete offenbar damit, daß spätestens im Laufe des morgigen Tages die Stadtsoldaten Katharina verhaften und in das Gefängnis einliefern würden. Spee hielt das für abwegig.

»Lieber Junge«, sagte er, »so schnell geht das nicht. Ein Hexenprozeß ist eine langwierige Prozedur. Und wo kämen wir hin, wenn jedes Waschweib angesehene Bürger anschwärzen dürfte! ›Beklaffen‹ nennen sie das in Paderborn. Ein treffendes Wort, denn diese Art von Denunziation ist nichts als Hundegekläff. Und – habe ich dir nicht gesagt, daß ich mich um den Fall kümmern werde?«

»Das haben Sie«, sagte Philipp. »Aber wenn sie erst einmal im Turm ist, wenn sie gefoltert wird ... dann wird sie auch bekennen, und wenn sie bekannt hat ...«

»Aber Philipp! Wenn sie bekennen würde, wäre sie ja schuldig!«

»Aber auf der Folter wird sie gestehen! Aus Not! Weil sie die Schmerzen nicht aushält!«

»Der Herr wird nicht zulassen, daß eine Unschuldige verurteilt wird«, sagte Spee schnell. »Und jetzt geh! Wenn der Regens uns hier erwischt, werden wir beide bestraft. Und ich darf nicht nach Indien fahren ...«

Philipp schlug sich an die Stirn. »Ich hab' Sie überhaupt noch nicht nach dem Brief aus Rom gefragt!«

»Ich darf, Philipp. Ich soll sogar! Der Pater General schickt mich nach Indien!«

»Meinen Glückwunsch!« sagte Philipp. Es klang nicht sehr begeistert.

Propst Henots Bemühungen an diesem Nachmittag hatten nicht viel Erfolg. Im Rathaus wurde ihm gesagt, beide Bürgermeister seien nicht abkömmlich; im Rathausturm, im Großen Sitzungssaal gehe es hoch her, die Zimmerergaffel sei sich mit der Drechslergaffel in die Haare geraten, weil die Zimmerer seit einiger Zeit auch Drechslerarbeiten ausführten, womit sie, nach Meinung der Drechsler, gegen die Zunftgesetze verstießen. Nun habe ein Ehrsamer Rat den Streit zu schlichten. Nein, Bürgermeister Melchior Geil sei jetzt keinesfalls zu sprechen. Vielleicht daß Bürgermeister von Bolandt auf ein Wort herauskommen könne.

Der Ratsdiener ging in den Senatssaal, und bald erschien er mit dem immer liebenswürdigen Bolandt. Der Bürgermeister sah stattlich aus in seinem schwarzen Talar, den der mit Hermelin verbrämte Scharlachmantel halb verdeckte; auf dem Kopf trug er das schwarzsamtene Birett.

Die Herren zogen sich in einen Erker zurück. Hartger Henot berichtete hastig, was seiner Schwester zugestoßen war, schimpfte auf Glimbach und Ostermann, verlangte Genugtuung. Bolandt schüttelte den Kopf, schnalzte empört mit der Zunge, betroffen von so viel Ungeschick und Unverstand. Er legte dem Propst die Hand auf die Schulter, sah ihn mit seinen großen, schwarzen, vorquellenden, selbst bei solch ernstem Zuspruch noch lustigen Augen an.

»Aber das bringen wir doch in Ordnung, lieber Henot! Meinen Sie denn, mich ärgert das nicht? Im Vertrauen: Ich wollte das Hexenkommissariat im nächsten Herbst einsparen. Wir brauchen ein Zunft- und Gaffelamt, das ist viel wichtiger. Hören Sie nur, was sich da drinnen tut!«

Im Senatssaal hatte sich ein Spektakel erhoben. Bürgermeister Geil, blubbernd und kaum verständlich, versuchte die aufgeregten Delegierten der Zünfte zu beruhigen.

»Ich muß wieder hinein. Kollege Geil wird mit denen nicht fertig, er hat keinen Humor – und gerade den wünsch' ich auch Ihnen, lieber Henot! Der Ostermann mit seinem völlig veralteten ›Commentarius iuridicus‹! Da gibt es doch längst viel neuere Schriften!« Bolandt lauschte auf den Disput im Saal. »Also, ich spreche morgen mit Glimbach. Paßt mir gar nicht, diese Anzeige. Ein Lumpenweib bezichtigt Ihre Schwester! Das richtet sich wohl von allein!« Der Bürgermeister strich nachdenklich seinen gepflegten, in Form eines länglichen Lappens gestutzten Bart. »Diese Anzeige verdirbt mir mein Konzept. Denn nun werden einige Herren sagen: Seht, wie wichtig das Hexenkommissariat ist! Das kann man doch nicht abschaffen – wo soll man denn sonst Anzeige erstatten? – Ja, es wäre sogar denkbar, daß man den Fall hochspielt. Weil er gewissen Interessen dienlich ist. Glimbach bleibt sicher gern Hexenkommissar – nicht nur interimsmäßig. Aber unbesorgt, lieber Propst! Humor! Lesen Sie im ›Apuleius‹, der ist seit Wochen meine Bettlektüre. Die alten Heiden konnten noch herzhaft lachen. Pardon, ich muß hinein!«

Bolandt hatte Henot kaum mehr zu Wort kommen lassen. Und der Propst hatte mit wachsender Unruhe bemerkt, daß der Bürgermeister nicht nur verdrossen über die Anzeige war, sondern daß er bereits die möglichen Folgen bedachte und in sein Kalkül einschloß. Und allein vom Zufall würden diese Folgen, sollten sie eintreten, nicht bestimmt sein …

Henot beschloß, obwohl es schon fünf Uhr und fast dunkel war, doch noch Glimbach aufzusuchen. Am Gürzenich fand er einen Mietwagen und wies den Kutscher an, ihn nach Sankt Severin zu fahren, aber zunächst in der Sternengasse zu halten. Es drängte ihn, nach seiner Schwester zu sehen, die sich mit den Schatten der Vergangenheit herumschlug.

Plötzlich erinnerte er sich, daß er Coesfeld zur Rede stellen wollte. Er ließ über den Heumarkt fahren und vor der Taxis-Postmeisterei in der Straßburger Gasse halten. Hier ritten Taxis-Boten ein und aus, die Fahne mit dem Posthorn – frisch gewaschen! – war aufgesteckt, und durch die tiefe Dämmerung leuchtete, blank lackiert, über dem herrschaftlichen Portal das Postschild mit dem kaiserlichen Wappen – dasselbe, das vor wenigen Monaten noch bei den Henots in der Glockengasse gehangen hatte! Jetzt aber wurden – wie zuvor schon volle neunzehn Jahre lang – die Briefe nach Frankfurt und Mainz, Worms, Speyer und Straßburg hier in der Straßburger Gasse eingeliefert. Und von hier, von Coesfelds Postamt, liefen die Stafetten nach Antwerpen und Brüssel, Prag und Wien. Aus und vorbei war's mit den Henots.

Oder? Hartger Henot hatte noch ein Eisen im Feuer, einen brisanten Brief unterwegs. Und von dem wußte noch keiner, nicht einmal seine Schwester. Vielleicht überlegte sich's der

Reichshofrat in Wien doch wieder anders und gab den Henots die Postmeisterei zurück? Es war nur eine schwache Hoffnung. Aber ganz ohne Hoffnung konnte Hartger Henot nicht leben. Jetzt schon gar nicht.

Nein, er fühlte sich nicht mehr kräftig genug, mit Coesfeld zu sprechen oder nach Sankt Severin zu fahren und Glimbach zur Rechenschaft zu ziehen. Es verlangte ihn nach seinem Erbacher Klosterberg. Und Katharina erwartete ihn. Sie war eine Henot. Sie würde ihm Mut machen.

Kaum daß er zu Hause angelangt war, ging der Propst in den Keller und füllte am Faß eine große Karaffe.

Katharina hatte die Zeit genützt. Sie hatte ein Leinentuch, saubere Wäsche, Rock und Bluse zum Wechseln, Handtücher und leichte Schuhe in ein Bündel geschnürt. Sie machte sich nichts vor. Wenn Ostermann das Hexenkommissariat vom Ergebnis seiner Begutachtung unterrichtet hatte, bedurfte es nur noch eines Haftbefehls vom Stadtgericht – und die Schergen konnten kommen. Sie täuschte sich nicht über die Haftbedingungen. Wer auf den Trankgassenturm kam, konnte noch von Glück sagen. Weit schlimmer war es auf dem Eigelstein, und schrecklich war die Rattenplage auf dem Sankt-Kuniberts-Turm. Aber eine Gefangene aus so angesehenem Hause durfte immerhin mit schonender Behandlung rechnen, zumal sie ja keineswegs überführt war und zahlreiche Freunde und Bekannte ihren nicht geringen Einfluß geltend machen würden. Nach wenigen Tagen würde sie in Ehren entlassen werden. Als der Propst das Wohnzimmer betrat, fand er Katharina auf der Ofenbank, über die deutsche Bibel gebeugt. Tadelnd schüttelte er den Kopf. Freilich las er, der fromme katholische Priester, selber gern in dem heilig-unheiligen Buch; er war ein kultivierter Mann, dem der Doktor Luther als ein ›Teufelsgenosse mit Engelszunge‹ erschien und der einmal sogar bekannt hatte, seit er dessen Übersetzung kenne, rede, in seinen Ohren, der Heiland lutherisches Deutsch.

»Das habe ich eben gefunden«, sagte Katharina. »Es steht im Matthäus-Evangelium: ›Wenn sie euch nun überantworten werden, so sorgt nicht, wie oder was ihr reden sollt. Denn es wird euch zu der Stunde eingegeben werden, was ihr reden sollt!‹ – Ich will daran glauben, daß mir die richtige Antwort eingegeben wird, wenn sie mich befragen.«

»Sie werden's nicht wagen, dich zu verhören«, sagte der Propst. Aber es klang so matt, daß Katharina aufblickte. Sie sah, daß sie ihn erst einmal trinken lassen mußte.

»Tu sie wieder in ihr Versteck«, sagte Hartger Henot. »Wenn sie wirklich kämen und fänden die Ketzerbibel – es müßte dich belasten. Ich meine: noch mehr als ohnehin schon ...«

Dann trank er drei Glas hintereinander.

Katharina stand auf, stieg auf einen Schemel und versteckte das Buch in dem Geheimverschlag oberhalb des hölzernen Türsturzes.

»Wenn meine Richter erfahren, wann Vater in Wahrheit gestorben ist«, sagte sie, »werden sie mir nichts mehr glauben. Jedes Wort aus meinem Mund wird ihnen Lüge sein.« Darauf wußte Hartger Henot nichts zu erwidern.

8

Spee kannte den Laienbruder nicht, der im weißgetünchten Vorzimmer mißmutig über seinen Akten brütete. Sein Vorgänger war mit Schimpf aus dem Amt gejagt worden; man hatte ihn nachts im Refektorium mit einer Dirne angetroffen. Das war schon drei Monate her; Spee hatte öfter in der Kollegiatsverwaltung zu tun gehabt, aber zum Pater Provinzial war er schon lange nicht mehr befohlen worden, hatte auch selber keine Veranlassung gehabt, bei ihm vorzusprechen.

Nun aber hatte Kollege Horn ihm gesagt, daß Pater Baving

ihn um drei Uhr empfangen werde. Wieder – zum wievielten Mal? – zog er den Brief des Paters General aus der Soutane, strich ihn, während er auf der harten Sitzbank das Erscheinen des Provinzials erwartete, auf den Knien glatt und las, wie jedesmal, mit klopfendem Herzen die Sätze, die ihm nun zum Schicksal werden sollten: »… wozu ihm der liebe Herr Jesus die Hilfe seiner göttlichen Gnade verleihen möge …«

Im Grunde war es nur eine Formsache, den Vorgesetzten von der Weisung des Generals zu unterrichten. Immerhin mußte nun für seine Nachfolge im Gymnasial-Kollegium gesorgt werden, man mußte sich auf einen Termin für seine Abreise einigen, er selbst mußte in Erfahrung bringen, wann und von welchem Hafen eine Karavelle oder Karacke nach Indien ablegte, ja, vielleicht mußte er auch gar nicht über die Alpen, sondern, wie seinerzeit der selige Franz Xaver, über die Pyrenäen ziehen, um sich irgendwo an Spaniens oder an Portugals Küste einzuschiffen.

Die Flügeltür tat sich auf, der Pater Provinzial, ein großer, breiter Mann um die Fünfzig, nickte Spee zu und ließ ihn an sich vorbei in sein Büro gehen. Der Laienbruder war beflissen aufgesprungen und schloß die Tür hinter ihnen. Mit schnellen Schritten ging Hermann Baving hinter seinen Schreibtisch, noch im Gehen sagte er: »Sie haben einen Brief vom Pater General bekommen?«

Spee überreichte das Schreiben und nahm an dem polierten Eichentisch Platz, über dem das Bildnis des Ordensgründers hing. Baving saß bereits, hatte sich die Brille auf die Nase geschoben und las. Der Raum war mit kostbaren Hölzern getäfelt. Über die Wände, die auf quadratischen Feldern mythologische Darstellungen in erfindungsreicher Intarsienarbeit zeigten, spannte sich die ebenfalls in Holz gearbeitete Kassettendecke. Das Mobiliar war schwer und wuchtig – hochlehnige Stühle, ein Schrank mit antiker Fassade, eine Kredenz mit venezianischen Gläsern. Hier mühte sich kein schlichter Arbeiter im Weinberg des Herrn – hier residierte ein Fürst.

»Eine vornehme Korrespondenz, die Sie da pflegen, Spee«, sagte der Provinzial. Er nahm die Brille ab und schob das Schreiben zur Seite. »Wie lange wechseln Sie denn schon Briefe mit Rom?«

»Vor einem Jahr habe ich dem Pater General zum ersten Mal geschrieben«, sagte Spee. »Aber ich bekam keine Antwort. Der Brief wird verlorengegangen sein.«

»Wie kommen Sie dazu, Spee, sich mit Ihrem Anliegen direkt an den Pater General zu wenden?« Baving fragte ohne Schärfe, sein ebenmäßiges Gesicht zeigte keine Erregung. Es erinnerte, obwohl von noch tiefbraunen, nach ritterlicher Art geschnittenen Haaren umrahmt, an einen Cäsarenkopf. Aber seine Stimme verriet Ungeduld, und daß Baving es bisher vermieden hatte, Spee anzusehen, konnte kaum beruhigen.

»Es ist nicht verboten, mit dem Ordensgeneral zu korrespondieren. Die Regel sieht ausdrücklich vor, daß in bestimmten Fällen ...«

»Ja, das haben Sie mir schon einmal erklärt. Und ich habe Sie trotzdem nach Speyer geschickt und nicht nach Italien. Und das, obwohl der Pater General im Mailänder Kollegium eigens für Sie einen Platz freigehalten hatte! Und schon damals habe ich Sie gefragt, was Sie veranlaßt hat, von der Ausnahmeregel, die unsere Statuten in der Tat vorsehen, Gebrauch zu machen!«

Darauf also lief es hinaus. Es ging dem Provinzial – wenigstens vorerst nicht – um die Sache, es ging ihm um Spees Disziplinierung. Den Italientraum hatte er ihm zerstört, vor über einem Jahr, als erwogen wurde, wo Spee sein Tertiatsjahr verbringen sollte. Nicht Mailand – Speyer hatte der Provinzial entschieden. Und als Spee darum gebeten hatte, in Indien missionieren zu dürfen, hatte Baving ihn nicht recht ernst genommen. Er kam jetzt selber darauf zu sprechen:

»Von der Indienmission habe ich Ihnen schon vor Jahr und Tag väterlich abgeraten. Ich habe Ihnen auf eine sehr drastische Weise die Gefahren ausgemalt, in die Sie sich begeben würden. Sie erinnern sich wohl, Spee?«

Er erinnerte sich. Nicht so sehr Bavings Vorhaltungen hatten ihn irritiert. Entsetzt hatte ihn eine Schrift, die ihm der Provinzial gegeben hatte. Ein Ordensbruder hatte in quälender Anschaulichkeit das gräßliche Martyrium des Paters Bonifaz im Lande Nippon beschrieben; mit abgefeimter Grausamkeit hatten ihn die gelben Heiden zu Tode gefoltert. Nächtelang hatte Spee dieses qualvolle Sterben gepeinigt. Dann hatten sein Glaube und sein missionarischer Eifer gesiegt. Sollte ein solcher Tod auch ihm beschieden sein, dann wollte er sich an die Worte des Franz Xaver erinnern, den der heilige Ignatius dem Bruder Bobadilla vorgezogen und statt seiner nach Indien geschickt hatte: »Gut, gehn wir, ich bin bereit.«

Der Provinzial wartete auf Antwort, er spielte mit dem Bügel seiner Brille. Zum erstenmal sah er Spee in die Augen.

»Pater Provinzial! Seit meiner Jugend habe ich mir nichts sehnlicher gewünscht, als in Indien zu missionieren. Ich begehre das Martyrium nicht, denn ich bin seiner kaum würdig. Sollte der Herr mich jedoch dazu ausersehen ...«

Baving war aufgestanden. Als Spee sich auch erheben wollte, wies er ihn mit einer Handbewegung auf den Stuhl zurück. »Ich weiß«, sagte er, jetzt sichtlich erregt, »ich weiß: Franz Xaver wurde übel im Spital vor Wunden und Gestank. Und doch hat er die Sterbenden umarmt, trotz Aussatz und Eiter. Aber das war ein *Heiliger*, Bruder Spee!« Er verbesserte sich: »Jedenfalls einer, der mit Sicherheit bald heiliggesprochen wird; selig ist er ja schon. Ich hoffe, Sie haben das Ordensstatut im Kopf: Barfußlaufen, härene Gewänder, Fasten, Geißeln – das ziemt sich nicht für einen Jesuiten! Wir haben, ad majorem Dei Gloriam*, unseren Leib und unsere Seele zu stärken und nicht dem Elend und der Vernichtung anzubieten. Und nicht mit dem Martyrium zu kokettieren!« Er blieb vor Spee stehen, die Hände auf dem Rücken. »Ich fasse zusammen: Der Pater General hat Ihnen keineswegs *befohlen*, nach Indien zu gehen – er hat allen-

* zur größeren Ehre Gottes

falls nichts dagegen. Aber wozu? Wozu, Spee? Wir sind Deutsche. Noch immer ist halb Deutschland protestantisch. Also steht man in Deutschland immer an der Front. Meinen Sie nicht, Spee, daß es hier mehr als genug für Sie zu tun gibt?«

Seine Sache war verloren.

Er fühlte sich an der Schulter berührt. Baving war an ihm vorbeigegangen, hatte diese kleine versöhnliche Geste für richtig befunden. Auch was er sagte, klang nun eher einlenkend:

»Ja, ja, natürlich ... Indien! Durch die Säulen des Herkules ... die Goldküste entlang ... ums Kap der Stürme zum Strand der Neugeborenen ... Auch mein alter Traum! Wenn wir bedenken, daß Franz Xaver, genaugenommen, nur durch einen Zufall zum Missionieren kam ... Wer weiß, was der Herr mit *Ihnen* vorhaben mag?!« Er ließ sich wieder hinter dem Schreibtisch nieder. »Sie sind alt genug, Spee, um Ihre Träume zu begraben. Ich mußte es auch tun, als ich dreißig war. Endgültig. Freilich, der Herr braucht Sie. Haben Sie eine Ahnung, wozu der Herr Sie brauchen könnte?«

Spee zuckte mit den Schultern. Aber im gleichen Augenblick begriff er, daß sich das einfach nicht gehörte. Nicht für einen Jesuiten, einen Priester, der zur besonderen Verfügung des Heiligen Vaters steht, einen Kämpfer im Stoßtrupp der Glaubensarmee, eingeschworen auf die Wiederherstellung der einzig wahren, der katholischen Religion im unheilvoll zerrissenen Vaterland. Und noch ehe der Provinzial an seiner Hilflosigkeit Anstoß nehmen konnte, erwiderte er:

»Ja, Pater Provinzial. Ich glaube zu wissen, wozu der Herr mich brauchen kann.«

»Nun?«

»Hier in Köln wird eine Frau der Hexerei verdächtigt. Ich bitte um die Erlaubnis, geistlicherseits ihre Interessen wahrnehmen zu dürfen.«

»Was heißt das? Wollen Sie etwa ihr Anwalt sein?«

»Warum nicht?«

»In einem Hexenprozeß?«

»In jedem Prozeß gibt es einen Verteidiger.«

»Aber Spee! Doch nicht bei Sonderverbrechen! Jedenfalls selten genug.« Baving nahm das Schreiben aus Rom in die Hand, aber er gab es Spee nicht zurück, sondern schob es sorgfältig unter einen Aktenstoß. »Ja? Und weiter? Warum wollen Sie diese Frau verteidigen? Sie sind doch kein Jurist!«

»Nicht einmal alle Schöffen des Hohen Gerichts sind Juristen. Und warum ich sie verteidigen will? Ich halte sie für unschuldig!«

»Nun gut. Aber überschauen Sie wirklich das ganze Problem? Der Teufel greift uns an wie nie zuvor. Das katholische Deutschland wird überschwemmt von Hexerei und Zauberei, vom protestantischen hört man interessanterweise ähnliches. Das wuchert und frißt, das nagt an den Wurzeln des Glaubens! Oder sind Sie anderer Meinung?«

»Keineswegs!« sagte Spee mit Überzeugung.

»Deshalb ist der Hexenprozeß eine kollektive Entäußerung vom Bösen. Oder?«

»Natürlich. Ein Purgatorium.«

»Nun werden in Deutschland Tag für Tag zahllose Hexen verbrannt. Warum interessieren Sie sich gerade für diese eine?«

»Weil sie, nach meinem Dafürhalten, keine Hexe ist.«

Baving lächelte. Er wiegte den Kopf und betrachtete den Ordensbruder nicht ohne Mitleid.

»Sie ist jung? Ist schön?« Und als Spee schwieg: »Wäre sie alt, häßlich, widerwärtig – wären Sie dann auch so engagiert?« Er faltete die Hände und hob den Blick zur Decke. »Da ist eine Frau – und Sie sind ein Ritter, wollen schützen, bewahren …«

»Soll man das nicht?« fragte Spee mit belegter Stimme.

»Man soll!« Und nun wurde Baving laut. Er schlug mit der flachen Hand auf die Schreibtischplatte, stieß den Stuhl zurück und durchmaß den Raum mit ausgreifenden Schritten. »Vor dem Teufel soll man sie bewahren, der diesen Weibern den Glanz der Unschuld auf die Stirnen zaubert! Der sie um Mitternacht zu ihren Orgien fliegen läßt, obwohl sie, scheinbar, zur gleichen Zeit bei ihren Männern schlafen. Der sie Gewitter und Hagelschlag erzeugen läßt, obwohl sich das der Herr im allgemeinen selber vorbehalten hat ... Jedoch: Er hat dem Teufel gewisse Chancen eingeräumt. Er gestattet zuweilen, daß die Grundprinzipien seiner Schöpfung vom Satan und seinen Dienern angetastet, ja durchbrochen werden. Ärgernis muß sein. Aber weh dem, durch den Ärgernis kommt! Man brennt ihn ins Nichts zurück!«

Spee wollte etwas einwenden, aber Baving ließ ihn nicht zu Worte kommen.

»Die Geistlichkeit prüft den Fall, übergibt den Delinquenten dem weltlichen Gericht, und das weltliche Gericht straft und vollstreckt. So befleckt sich die Kirche – und das ist wichtig! – nicht mit Blut. Oder bezweifeln Sie am Ende, daß hier in Deutschland Recht geschieht?«

»Natürlich nicht«, sagte Spee. Er mußte schlucken. »Aber in diesem *einen* Fall ... ?« Er erhob sich und sagte förmlich: »Pater Provinzial! Erlauben Sie mir, Katharina Henots Anwalt zu sein!«

Baving verriet keine Überraschung, als er den Namen hörte. Er weiß alles – von Ostermann? – dachte Spee. Es hat keinen Sinn. Auch hier erleide ich Schiffbruch – nicht nur vor Indiens Küste.

Baving stand am Schreibtisch und schien noch zu überlegen. Schließlich sagte er und machte, als habe er sich nur mühsam zu diesem Entschluß durchgerungen, bedeutende Pausen zwischen den Sätzen:

»Nun gut, Spee. Ich erlaube Ihnen, an diesem Prozeß teilzunehmen. Sofern er öffentlich geführt wird. Gewissermaßen als Beobachter unseres Ordens.«

Spee nickte mehrmals – aber er war mit seinen Gedanken noch immer in Indien. Baving fuhr fort:

»Ob und wie sich diese Tätigkeit mit Ihrer Hoffnung auf ein Lehramt an der Universität in Übereinstimmung bringen läßt – nun, das bleibt wohl abzuwarten.«

»Wie meinen Sie das, Pater Baving?«

»Sie sind ein seltsamer Mensch, Bruder Spee. Sie schreiben nach Rom, um in Indien missionieren zu können – gleichzeitig bewerben Sie sich bei unserer Universität als Professor in der Artistenfakultät. Das ist kein Vorwurf; ich weiß, daß Sie in diesem Fall den Dienstweg eingehalten haben, und Regens Kasen verwendet sich ja auch für Sie. Auch Rektor Binius befürwortet Ihre Habilitation. Aber wie geht das miteinander?«

»Zwei Eisen im Feuer ...«, sagte Spee und hob entschuldigend die Hände.

»Nun, es sollte mich freuen. Ich habe nichts dagegen, wenn Sie in Köln Metaphysik lesen. Ich wäre sogar bereit, Ihre Berufung zu unterstützen.«

»Danke, Pater Baving.«

»Sie müssen natürlich bei Ihren Bemühungen um die Postmeisterin sehr behutsam vorgehen. Kanonikus Glimbach, mit dem Sie es wohl hauptsächlich zu tun bekommen, ist nicht unbedingt ein Freund der Jesuiten. Und Sie wissen, daß er im nächsten Jahr für das Rektorat kandidieren wird. Nun, ich kann Ihnen nur raten, sich mit den Herren gut zu stellen.«

Er war entlassen.

Ohne den Laienbruder zu grüßen, ging er durch das Vorzimmer, die Treppe hinunter, quer über den Arkadenhof, durchs Tor hinaus in die verkehrsreiche Marzellenstraße, ließ Sankt Andreas rechts liegen, schritt durch die Pfaffenpforte, am Turmstumpf des Doms vorbei, ohne zu denken, ohne auf den Weg zu achten, ohne Ziel.

Er hatte kein Ziel mehr.

Dann fand er sich im Gewühl des Alter Markts. Die würzige Luft nach einem kurzen Regenguß – jetzt erst nahm er sie wahr, atmete sie in tiefen Zügen ein. Die Geschäftigkeit ringsum, die zweckvollen Hantierungen der Marktfrauen an den Obst- und Gemüseständen, das Blinken der Tranchiermesser, der Dienstmann, der Silbersand auf den Estrich des Hausgangs streute, das Fingerspiel der Korbmacher, ein im nassen Ton glänzendes

Händepaar über der sausenden Töpferscheibe – das alles half ihm jetzt.

Sie alle taten, von Skrupeln unangefochten, was hier und jetzt zu tun geboten war. Und keinem wäre es eingefallen, seine Heimat, diese wohlbefestigte Stadt, dieses Refugium im zermalmenden Wogenprall des Krieges, zu verlassen. Was könnte sie auch bewegen, freiwillig das Schicksal all der Unglücklichen zu teilen, die ein Ehrsamer Rat aus den Toren weisen mußte: Landfremde, die sich eingeschlichen hatten, Bettelgesindel, Sektierer, Zigeuner, Bresthafte. Allzu viele hatten schon flüchten müssen in diesem schrecklichen Krieg, zu viele Häuser, die Heimat und Wohlstand bedeutet hatten, waren eingeäschert, zu viele Landstriche unter fremde Herrschaft gekommen, zu vielen Menschen lag die Kirche, in der sie ihren Gott nach Väterweise verehrt hatten, in Trümmern.

Glücklich also, wer zu jetziger Zeit in Köln leben, wer den Schutz der neutralen Freien Reichsstadt genießen durfte! Warum hatte Spee auf diesen Schutz, diese Geborgenheit verzichten wollen? Waren die Zeiten denn so beschaffen, daß man, einem öden Alltag zu entfliehen, um jeden Preis Abenteuer suchen mußte? Ich suche nicht das Abenteuer, rechtfertigte er sich. Ich will die Menschen zu Gott führen. Ich bin bereit, meine Sicherheit, meine Bequemlichkeit aufzugeben, um der Liebe zu den Unerleuchteten willen. Es ist die Art der Liebe, daß sie sich aller Güter entledigt, wenn sie dadurch bewirken kann, daß es dem Geliebten wohl ergehe. Und es ist die Pflicht des Berufenen, auf Vaterland, auf Vater und Mutter, auf Schwester und Bruder, auf Freunde und Verwandte zu verzichten. Denn sein Vaterland ist der Himmel, Christus ist ihm Vater und Mutter, Verwandter und Freund.

Und hatte er sich nicht bereits bewährt?

In seinen drei Paderborner Jahren, als er an der Jesuiten-Universität Logik, Physik und Metaphysik lehrte, hatte er adelige lutherische Familien aus der Stadt und von den Landsitzen ringsum zur katholischen Kirche zurückgeführt. Es war ihm offenbar gegeben, den Einflüsterungen des Teufels – und ihnen waren die Ketzer ja erlegen! – mit schneidendem Verstand und inbrünstiger Glaubenskraft zu begegnen. Auch im letzten Jahr, in Speyer, hatte er Calviner und Lutheraner bekehrt. Seine Argumente leuchteten ein – daß sie aber auch überzeugten, war das Verdienst dessen, der sie vortrug. Er glaubte und lebte den Glauben vor – viel mehr brauchte er nicht zu tun.

Diese Überzeugungskraft würde ihm auch bei seiner neuen Aufgabe nützlich sein. Allerdings: Einen Wissenschaftler von der Unhaltbarkeit seiner Thesen zu überzeugen – das mochte schwieriger sein, als dreißig Ketzer zu bekehren ... Und Spee mußte sich auch eingestehen, daß er auf Bavings Frage, wozu der Herr ihn brauchen könne, nur aus der Tiefe seiner Depression heraus um die Verteidigung der Postmeisterin ersucht hatte. Natürlich war es aller Ehren wert, eine Unschuldige zu verteidigen. Und er hatte Katharina wie Philipp versprochen, sich für sie einzusetzen. Aber es hätte dazu keines förmlichen Antrags beim Provinzial und keiner ›Bestallung‹ bedurft. Er hätte ein erhabeneres Ziel nennen sollen – wenn Baving schon Gott den Herrn um seinetwillen bemühte ... Gleichviel. Jetzt hatte er die Billigung seines Vorgesetzten, jetzt konnte er einige allzu selbstgefällige Herren in die Schranken weisen. ›Beobachter der Gesellschaft Jesu‹ – das hörte sich nicht übel an.

Und doch: So leicht nahm sich's nicht Abschied von Malabar und Goa, Batavia und Bengalen.

9

Katharina Henot lag in ihrem Schlafzimmer auf dem Bett; sie hatte die Vorhänge des Alkovens nur zur Hälfte vorgezogen, so konnte sie durch das handbreit geöffnete Fenster ein kleines Stück des Giebels vom Haus des Wollwebers Cornelius und ein noch kleineres Fleckchen des malvenfarbenen Abendhimmels sehen. Schon blinkte der erste Stern.

Noch im Unterkleid, wie sie sich aufs Bett geworfen hatte, als sie plötzlich, gegen Abend, von einer Schwäche überfallen worden war, lag die junge Frau und versuchte, mit sich und der unheimlichen Bedrohung ins reine zu kommen. Ihr Bruder hatte ihr in der Küche eigenhändig Kräutertee nach altem Rezept bereitet, hatte an ihrem Lager gesessen, und als sie schläfrig wurde, hatte er sich behutsam entfernt.

Sie überließ sich aber noch lange ihren Grübeleien. Und nachdem sie das erste Entsetzen über eine so ungeheuerliche Beschuldigung überwunden hatte, empörte sich alles in ihr gegen das Verhalten einer Obrigkeit, der sie wohl Ränke und Intrigen, doch niemals so viel Torheit zugetraut hätte.

Wie ließ sich das aber auch an! Genügte in dieser Stadt schon das Lallen einer Trunksüchtigen, um aus einer hochangesehenen Bürgerin eine mörderische, eine wollüstige Hexe zu machen? Und plötzlich fiel ihr ein: Vielleicht war es kein Zufall, daß sowohl ihre Tochter wie auch Ostermann von zwei Nonnen aus dem Klarissenkloster geredet hatten, die vom Wahn befallen seien? Katharina konnte sich denken, welcher Art dieser ›Wahn‹ war – und wenn es sich wirklich um dieselben Nonnen handelte, dann würden sie bald mit der Wahrheit niederkommen, und Katharina wäre von jedem Schatten eines Verdachtes befreit. Sollten freilich die Sprünge vom Balken im Römerturm nicht ohne jähe Folgen geblieben sein – immerhin lagen Katharinas Besuch und damit die letzte Nachricht aus dem Kloster schon eine Woche zurück –, dann war den unfrommen Schwestern gewiß die Flucht in den Wahn als einziger Ausweg erschienen, dem schimpflichen Tod einer Kindsmörderin zu entrinnen.

Katharina glaubte nun auch zu wissen, wer jenes geheimnisvolle Weib war, das Mariechen beobachtet hatte, wie es die Sprünge der Nonnen dirigierte. Sollte die Raußrath sich als Engelmacherin versündigt haben – und manches alte Weib verdiente sich auf solche Weise ein Zubrot! –, dann mußte ihr alles daran gelegen sein, die Tat zu verschleiern. Dann boten sich ihr der Henotsche Wein als Ursache und der Wahn als willkommene Wirkung an – ihr sowohl wie den Nonnen.

Mariechen ... In welchen Ort des Lasters und der Unzucht habe ich meine Tochter gebracht! Durfte ich sie überhaupt aus dem Hause geben, damals, als Vater gestorben war? Wäre mir, als ich die Postmeisterei übernahm, wirklich keine Zeit mehr geblieben, mich um mein Kind zu kümmern?

Aber immer wieder, wenn sie sich prüfte – und sie überdachte ihre Entscheidung heute nicht zum erstenmal –, hatte sie sich freigesprochen. Obwohl die Priorin sie um Christi Blut willen bestürmt hatte, Mariechen Profeß tun zu lassen, war sie doch standhaft geblieben, hatte ihr einziges Kind nicht für alle Zeit dem Dienst des Herrn geweiht. Lesen und Schreiben – lateinisch und deutsch – sollte sie lernen im Kloster, auch Weben und Paramentensticken, Krankenpflege und frommen Gesang. Und sie entbehrte ja nichts bei den Klarissen am Römerturm – sie, eine Henot-Tochter! Man strafte sie nie, keine Nonne hätte gewagt, sie zu schlagen, man begegnete ihr wie einem vermögenden Stiftsfräulein, und wenn sie um Ausgang ersuchte, war er auch schon gewährt, und niemand spionierte ihr nach.

Damit würde es wohl ein Ende haben, sobald die Sünde der Nonnen erst ruchbar geworden war. Darauf wollte Katharina nicht warten: Ich hole sie aus dem Kloster, schon morgen. Ich rede mit der Priorin, vertraue ihr an, was Mariechen mir erzählt hat. Mein Kind wird es mir nachsehen, daß ich mein Versprechen nicht halte, es wird begreifen, worum es geht.

Katharina zog das Deckbett bis über die Schultern. Sie atmete tief und ruhig. Aus der Wäschetruhe kam ein zarter Duft von Lavendel und Maikraut. Sie sah, wie der Stern hinter dem Giebel des Wollweberhauses verschwand und wie andere nach ihm aufzogen, und sie legte sich auf die Seite. Es war so unwichtig, wie sich das alles im einzelnen verhielt – die Raußrath, der

Wein, die Sprünge, der Wahn … Ihr konnte ja nichts geschehen! Wer immer Schuld auf sich geladen hatte – sie, Katharina, war unschuldig. Das war ihr bester Schutz – nach Gottes Gnade. Sie legte die Handflächen ineinander, sprach ein Gebet und schlief friedlich ein.

Sehr lange konnte sie nicht geschlafen haben; einmal hatte sie ein fauchender Kater geweckt, der auf dem Nachbardach einer Kätzin nachstieg – und jetzt war es ein Wortwechsel an der Haustür. Sie unterschied eine junge, aufgeregte Stimme und die gedämpfte, beschwichtigende Rede ihres Bruders. Sie hörte ihren Namen, verstand auch, daß Hartger den späten Gast zu überzeugen suchte, wie ruhebedürftig sie sei, und bald erkannte sie den jungen Herrn von Kronthal an seinem wiederholten »Aber ich muß zu ihr!«.

Sie lauschte angestrengt. War der Bursche närrisch geworden, nahm er keine Rücksicht auf sie? Immer lauter und heftiger wurde der Disput, die Nachbarn mußten aufmerksam werden. Und jetzt rief Philipp, wie beschwörend: »Aber es geht um Leben und Tod!« Gottlob, Hartger ließ sich nicht überreden. Die Haustür wurde abgeschlossen, leise kam er die Treppe herauf. Für eine halbe Minute war es ganz still; Katharina wußte, daß der Bruder vor ihrer Tür lauschte. Sie verhielt sich ruhig, und jetzt schlich er über die Treppe zum zweiten Obergeschoß in seine Gemächer.

Hartgers Tee aus Goldwurz und Baldrian schläferte sie bald wieder ein.

Dann fuhr sie hoch, saß steil aufgerichtet, starr vor Entsetzen. Etwas rollte durchs Zimmer, stieß irgendwo an, polterte über die Bohlen.

Durch das weitgeöffnete Fenster schwang sich ein Mann, blieb eine Sekunde stehen, stürzte dann auf sie zu:

»Ganz ruhig! Nicht schreien! Ich bin's, Philipp!«

Er umfaßte sie, mit dem anderen Arm drückte er sie aufs Bett; halb über sie gebeugt, zog er den Arm unter ihrem Rücken hervor und setzte sich auf die Bettkante.

»Hätte die Vase nicht auf dem Fensterbrett gestanden – Sie hätten gar nichts gehört. Dann wären Sie mit einem Kuß geweckt worden, Katharina!«

Seit Heinrich Neuden, Katharinas Mann, vor fünf Jahren bei einem gewagten Rettungsversuch im Rhein ertrunken war, hatte sie keinem Mann erlaubt, ihr so nahe zu sein. Sie wußte nicht allein, was die Sitte verlangte – sie begriff auch sofort, welche Folgen es haben mußte, wenn dieser Besuch nicht geheim blieb. Auch Ostermann hatte nach der Wollust gefragt ... Hexerei und ungezügelte Sinnenlust – das gehörte zusammen, eines bewies das andere.

Sie zog die Decke bis unters Kinn. »Ich weiß nicht, weshalb Sie gekommen sind, Herr von Kronthal«, sagte sie. »Aber wenn Sie jemand gesehen hat, bin ich verloren. Gehen Sie! Gehen Sie jetzt! Sofort!«

»Kein Mensch hat mich gesehen, Katharina! Es ist zwei Uhr in der Nacht! Und verloren sind Sie so oder so! Hören Sie mir zu! Sie werden morgen – nein, heute schon! – verhaftet! Es kann gar nicht anders sein. Ich wollte Sie ja nicht im Schlaf überfallen – vor fünf Stunden habe ich versucht, Ihrem Bruder klarzumachen, was Ihnen bevorsteht, aber der glaubt ja noch an Gerechtigkeit!«

»Auch ich glaube daran«, sagte Katharina ernst. »Man wird mich nicht verhaften. Ich bin keine Landstreicherin. Ich bin die Postmeisterin von Köln!«

»Sie wissen wahrscheinlich noch nicht, daß Professor Ostermann heute nachmittag im Tricoronatum war! Er hat uns der Unzucht verdächtigt, uns beide!« Er unterbrach sich, und als Katharina ungläubig den Kopf schüttelte, stieß er hervor:

»Ach, ich wollte, er hätte recht!«

So bedrohlich die Lage war – jetzt mußte sie doch lächeln. »Wollen Sie mich nun vor dem Tode bewahren, Herr von Kronthal – oder wollen Sie mich entführen?«

»Beides!« sagte er. »Beides, Katharina!« Er stand auf. »Die Nacht ist sternklar. Aber kein Mond. Wir brauchen nur ein paar Schritte zu gehen. Es ist alles überlegt.«

Er ist verliebt in mich, dachte sie, und diese Anzeige kommt ihm gerade recht. Nun darf er mein Ritter sein, mein Erretter. Achtzehn Jahre ... Natürlich, er riskiert auch seine eigene Laufbahn, das gehört wohl dazu. Aber dieses Spiel kann ich nicht mitspielen. Wie bring' ich's ihm bei? Ich muß behutsam sein, er tobt mir sonst noch das Haus und die Straße zusammen. Sie befreite ihre Hände aus der Decke und ergriff seine Hand. »Und, Philipp? Wohin wollen Sie mich entführen?«

Ihre Berührung beglückte ihn. Leidenschaftlich enthüllte er seinen Plan: »Sie kennen das alte Patrizierhaus Unter Pfannenschläger, gegenüber dem Augustinerkloster. Dort wohnen die Böntjetroops, steinreiche Kaufleute, nicht ganz so betucht wie die Fugger, aber viel fehlt da nicht! Die fahren fast jede Woche Transport – nach Antwerpen, Brügge, Paris, Savoyen. Die brauchen nicht mal die Henot-Post – oder wissen Sie's besser? Wenn die ihre Fuhren durchs Stadttor schicken, mit eigenem Geleit natürlich, die wagt hier keiner mehr zu kontrollieren! In drei Tagen geht ein ganzer Wagenzug nach Amsterdam. Der Böntjetroop nimmt Sie mit, zwischen Kisten und Kasten versteckt – ich bin ganz sicher!«

»Sie haben ihn also noch gar nicht gefragt?«

»Da brauch' ich nicht erst zu fragen! Wir Kronthals sind seine Kunden. Der alte Böntjetroop tut mir jeden Gefallen!«

»Und setzt sogar seine Konzession aufs Spiel, indem er eine Bürgerin, gegen die ein Verfahren anhängig ist, ins Kurkölnische schmuggelt? Philipp, Philipp, Sie sind ein so lieber Junge – aber aus meinem Schlaf hätten Sie mich nicht reißen sollen. Mein Gott – wie sind Sie überhaupt bis zum Fenster gekommen?!«

Er überhörte die Frage. Sie wollte nicht. Wollte nicht mit ihm gehen. Wollte sie denn sterben? Wußte sie denn nicht, wie Hexenprozesse geführt wurden? Wie Hexen endeten?

»Wenn Sie sich der Verhaftung nicht entziehen, Katharina, dann – dann enden Sie auf dem Scheiterhaufen! Ich weiß, wovon ich rede! In Bamberg und Würzburg ist schon alles vom

Teufel verseucht – da werfen sie sogar Kinder in die Flammen!« Er wurde laut.

»Vor zwei Jahren hat man in Bonn eine Verdächtigte freigesprochen«, sagte Katharina. Aber sie wußte, was er darauf sagen würde.

»Und kaum war sie auf der Straße, hat das Volk sie mit Knüppeln totgeschlagen!«

»Haben Sie ganz vergessen, daß Ihr verehrter Klassenlehrer sich für mich einsetzen will?«

»Ja, der!« Philipp saß zusammengesunken, diese Frau hatte ihn seiner Waffen beraubt, er kam sich lächerlich vor. »Professor Spee! Ich habe mit ihm gesprochen. Wissen Sie, was er gesagt hat? ›Gott wird nicht zulassen, daß eine Unschuldige verurteilt wird!‹«

»Und, Philipp?« fragte Katharina und sah ihn mit großen Augen an. »Was erscheint Ihnen daran so lächerlich?«

»Lächerlich?« Er sah auf Katharinas Hände, die ihn noch immer festhielten. »Nichts. Aber nur, weil Pater Spee es gesagt hat! Sonst – ich weiß nicht …«

»Philipp! Sie müssen jetzt wirklich gehen. Aber warten Sie, ich lasse Sie nicht mehr über die Dächer hüpfen, Sie sind doch kein Kater! Drehn Sie sich um!«

Philipp stand auf und wandte sich gehorsam zum Fenster. Er murmelte vor sich hin, während Katharina sich erhob und den Morgenmantel überwarf.

»Was haben Sie eben gesagt?« fragte sie.

»Vielleicht bin ich's doch«, wiederholte er leise.

»Was?«

»Ein Kater, der über die Dächer hüpft.«

»Kommen Sie her!«

Sie stand in der Mitte des Zimmers. Er ging auf sie zu. Sie nahm ihn an den Schultern, sie zog seinen Kopf an sich und küßte ihn weich auf die Lippen.

»Danke, Philipp«, sagte sie. »Sie haben es so gut gemeint. Ich vergesse das nicht. Aber ich habe hier in Köln meine Tochter.

Und mein Amt. Ich kann mich nicht wegstehlen. Man würde es als Bekenntnis meiner Schuld ansehen.«

Sie konnte nicht verhindern, daß er, den Kopf an ihrer Schulter, weinte.

Sie führte ihn vorsichtig die Treppe hinunter und ließ ihn, nachdem sie nach allen Seiten gespäht hatte, auf die Straße.

10

Als Friedrich Spee am anderen Morgen den Flur im Obergeschoß des Gymnasiums betrat, wurde er aufgehalten. Einige Schüler des zweiten Kurses, die er im Vorjahr unterrichtet hatte, stürzten auf ihn zu. »Sie verlassen uns? Sie gehen nach Indien?«

Er schüttelte stumm den Kopf. Es tat schon noch ein bißchen weh …

Als Horn um die Ecke bog, schlichen die Jungen davon. Im Vorbeigehen sagte der Professor: »Ei, ei, Spee! Unser neuer Roberto de Nobili!«

Er spielte auf den italienischen Jesuiten an, der vor bald fünfundzwanzig Jahren als Missionar nach Indien gegangen war. Woher wußten sie alle von dem Brief des Paters General? Philipp mußte geschwatzt haben – nun, er hatte es ihm gestern auch nicht ausdrücklich verboten.

Er trat ans Fenster und sah auf den Hof. Die Pause war zu Ende, aber noch immer standen einige Schüler am Graben aufgereiht und schlugen ihr Wasser ab. Neben dem ›Pinkulatorium‹, wie die jungen Lateiner das nannten, war ein Holzverschlag, hinter dem man größere Notdurft verrichten konnte. Jeden Abend kamen zwei Laienbrüder und schütteten Erde auf Graben und Grube.

Er betrat sein Klassenzimmer, die Schüler erhoben sich. Hinter dem Katheder stand Johann Rinck. Es galt die Regel, daß in Abwesenheit des Lehrers ein Schüler die Aufsicht und, wenn man länger warten mußte, auch die Repetition des Lehrstoffs übernahm. In der Octavia-Metaphysica machte das meistens der Klassenprimus, und das war Philipp von Kronthal.

»Gelobt sei Jesus Christus!« sagte Spee.

»In Ewigkeit Amen«, antwortete die Klasse. Die Jungen setzten sich.

»Wo ist Philipp?«

»Im Karzer!« erwiderten sie im Chor.

»Warum?«

Alle Blicke wandten sich Arnold Crudener zu, der sich erhob und seine Antwort herunterschnurrte:

»Regens Kasen hat den Schüler Philipp von Kronthal mit einem Tag Karzer bestraft, weil er in der vergangenen Nacht heimlich den Schlafsaal verlassen und sich geweigert hat, dem Pater Regens Auskunft über seinen Verbleib zu geben.«

Die Jungen kicherten.

»Wer hat ihn gemeldet?« fragte Spee.

»Ich!« sagte Arnold Crudener stolz. »Ich wurde plötzlich wach und bemerkte, daß Philipps Lager leer war. Ich bin dann, obwohl ich sehr müde war, wachgeblieben, bis er wiederkam, so nach zwei Stunden war das. Und da habe ich mich schlafend gestellt, und heute früh hab' ich ihn gleich angezeigt.«

Der Junge durfte mit sich zufrieden sein. Zu den Pflichten eines Jesuitenschülers gehörte es, nicht nur das eigene Verhalten ständig kritisch zu beobachten, sondern auch jede Unregelmäßigkeit, Sittenwidrigkeit, Unbotmäßigkeit, die er bei seinen Mitschülern feststellte, dem Klassenlehrer, dem Beichtvater oder dem Pater Regens zu melden. Nur so, mit dieser unbedingten Aufrichtigkeit, die um der Disziplin und des Gehorsams willen niemanden schonte, konnte die Moral im Orden Jesu aufrechterhalten werden.

»Du hast repetiert?« Spee wandte sich an den Schüler, der die Aufsicht geführt hatte. »Wo seid ihr stehengeblieben?«

»Bei den Bemerkungen über die Skrupel«, sagte Johann Rinck.

»Ein Beispiel für den Skrupel!«

Der Schüler Peter Krukendecker legte geschickt dar, wie der Ordensgründer, bei aller Strenge und Unerbittlichkeit seiner Forderungen, doch Wert darauf gelegt hatte, daß ein um heiligmäßigen Wandel bemühter Christ sich nicht in überflüssige, schädliche Gewissensskrupel verstricke. Das geschehe, wenn er sich bezichtige, eine Sünde begangen zu haben, die in Wahrheit gar keine Sünde war.

»Welches Beispiel nennt der heilige Ignatius?« fragte Spee.

»Ich trete versehentlich auf ein Kreuz, das sich zufällig aus zwei übereinanderliegenden Strohhalmen gebildet hat. Wenn ich nun glaube, ich habe gesündigt, so ist dies in Wahrheit ein irriges Urteil. Dennoch: Wenn mich die Unruhe nicht losläßt und ich immer weiter überlege: Habe ich gesündigt? – dann ist das ein heilsamer Zweifel, welcher der Läuterung der Seele dient.«

»Gut, Peter. Und welchen Ausspruch des heiligen Gregor führt Ignatius in diesem Zusammenhang an?«

»Es ist guten Gemütern eigen, dort eine Schuld zu erkennen, wo keine Schuld ist.«

Professor Spee konnte mit seiner Klasse zufrieden sein. Er unterstrich noch einmal, wie wichtig es sei, sich immer wieder zu prüfen, ob man etwa schuldig geworden war. Jedoch, so betonte er, sich wieder auf Ignatius berufend, gerade das Gewissen sei ein Hauptangriffspunkt des bösen Feindes. »Hat jemand ein grobes Gewissen, so wird der Teufel bedacht sein, es nur noch gröber zu machen. Dann werden einem solchen Menschen, der bislang die läßlichen Sünden gering achtete, bald auch die Todsünden keine Todsünden mehr sein, sondern höchstens noch läßliche Sünden. Und so stumpft Satan ihm das Gewissen immer mehr ab. Hat ein Mensch aber ein zartes Gewissen, so trachtet der Teufel, es ihm noch zarter, noch empfindlicher zu machen. Damit aber lähmt er die Entschlußkraft und Tatenlust eines guten Christen, er schwächt ihn, er nimmt ihm das Vertrauen auf Gott und auf sich selbst. – Wir sehen uns wieder heute nachmittag bei der Probe.«

Regens Kasen wußte schon alles. Natürlich hätte Spee erst ihn, als seinem unmittelbaren Vorgesetzten, von der Erlaubnis des Paters General unterrichten müssen – aber die günstige Gelegenheit, die sich durch Professor Horns Vermittlung bot, nicht zuletzt seine freudige Ungeduld hatten Spee den Weg zum Pater Provinzial eher als zu seinem Schulleiter finden lassen. Trotzdem schien Kasen nicht allzu verärgert.

»Unser Provinzial!« rief er. »Verfügt einfach über Sie, ohne mich vorher zu konsultieren! Da sieht man wieder, wie unklug es ist, den Dienstweg nicht einzuhalten. Man kann – wie figura zeigt – die Hierarchie von oben nach unten mißachten wie auch – da haben Sie ja Erfahrung – von unten nach oben.«

Das war eine deutliche Rüge. Spee setzte zu einer Entschuldigung an, aber Kasen griff über den Schreibtisch nach seiner Hand und nickte ihm beschwichtigend zu. »Alles in bester Ordnung, lieber Spee. Mittlerweile hat man mich ja unterrichtet. Daß Sie nach Indien gehen dürfen – das wußte heute früh schon das ganze Gymnasium. Daß Sie *nicht* nach Indien dürfen – Pater Baving hat es mich inzwischen wissen lassen.«

»Ich bedauere, daß ein Schüler geschwatzt hat.«

»Philipp von Kronthal. Der Junge macht mir etwas Sorge. Hab' ihn einsperren lassen.«

»Wegen nächtlicher Abwesenheit.«

»Unerhört – wie? So etwas ist hier seit Jahren nicht vorgekommen. Ich kann nicht kontrollieren, was unsere externen Schüler treiben, wenn sie nach dem Unterricht heimgehen. Aber für die Internatsschüler trage ich die Verantwortung – vor ihren Eltern und vor Gott!« Kasen erregte sich. »Wenn der Herr Reichsgraf von Kronthal es für geboten hielt, seinen Sohn nach Köln, in unser Tricoronatum, zu schicken statt zu den Jesuiten nach München, Augsburg oder Ingolstadt, dann wird er Gründe haben. Und: Er hat Vertrauen! Und nun treibt sich der Bursche nachts in Köln herum! Zwischen zwei und vier! Da hat doch keine Kneipe mehr auf!«

»Jungen in diesem Alter schlafen manchmal schlecht. Vielleicht wollte er nur ein bißchen an den Rhein, frische Luft schöpfen?«

»Ein bißchen an den Rhein? Herrlich!« Kasen lachte dröhnend. »Ich kann mir Ihren Philipp so richtig vorstellen. In lauer Frühlingsnacht am Strom lustwandeln und – wie war das? – frische Luft schöpfen!« Er hatte sich erhoben und tänzelte, der dicke Mann, hinter dem Schreibtisch, wedelte mit der Hand vor der schnuppernden Nase, als fächele er Blütenduft. Auch Spee lachte.

»Der Junge ist unruhig und verstört«, sagte Kasen und wurde wieder ernst. »Das ist mir aufgefallen. Ich habe gestern Besuch bekommen. Professor Ostermann von der Universität. Er hat beanstandet, daß unser Philipp sich in der Postmeisterei herumtreibt.«

»Mit Erlaubnis!« warf Spee ein.

»Schon, schon. Aber es ist da zu einem unliebsamen Auftritt gekommen. Wissen Sie Näheres?«

»Ja, Pater Regens. Aber ich glaube, man bringt verschiedene Dinge durcheinander. Da wäre einmal …«

»Propst Henot war heute morgen bei mir. Der Mann ist ja ganz verbiestert. Ich weiß wirklich nicht, warum in diesen Tagen alles zusammentrifft. Hier«, er hob ein Aktenstück, »habe wieder Ärger mit dem Montaner-Gymnasium. Der Regens nimmt übel, daß wir uns in der Logica-Klasse allzu gründlich – so wörtlich: ›allzu gründlich‹ – mit dem heiligen Thomas von Aquin befassen. Der sei allein den Montanern vorbehalten – also, was sagen Sie, Spee! Immer und immer auf uns Jesuiten! Aber wenn man einen Fachmann braucht, egal auf welchem Gebiet – wen holt man? Einen Jesuiten! Professor Ostermann wollte Sie ja auch gleich als Zeugen bei seiner Begutachtung haben! Verdacht auf Hexerei! Ist das nicht schrecklich? Und unser Philipp geht bei dieser Frau aus und ein! Professor Ostermann hat klipp und klar von Unzucht gesprochen.«

»Pater Regens, der Provinzial wird Ihnen mitgeteilt haben, daß ich selber mich für die Unschuld der Postmeisterin verbürge. Und deshalb können Sie auch über Philipp ganz beruhigt sein. Ich würde ihm noch heute aufs strengste untersagen, die Postmeisterei zu betreten, wenn ich nur im geringsten unsicher wäre.«

»So? Und Philipps Nachtwandelei?«

»Sie wollen doch nicht sagen, daß der Junge sich nachts mit Frau Henot getroffen hat?!«

Kasen hob die Hände. »Ich will gar nichts sagen. Ich werde mich sogar hüten, noch weiter über den Fall nachzudenken. Ich werde den jungen Herrn von Kronthal heute abend persönlich aus seiner Zelle holen und keine einzige Frage mehr an ihn richten.« Er machte eine kleine Pause. Dann kam er auf das Festspiel zu sprechen. »Eine großartige Idee! Wie sie alle versuchen, sich zu rechtfertigen, all diese Menschen und die Instrumente, der Hammer, die Nägel … Und nicht nur die Menschen und die Werkzeuge: Auch noch der Engel und – ja, darüber sollte man vielleicht noch einmal reden – schließlich wird sogar Gottvater beschuldigt, wenn ich den Text richtig verstanden habe?«

»Aber auch entlastet«, sagte Spee. Er wollte sich in keine Diskussion über seinen Festspieltext einlassen. Kasen hatte ihn gelesen und genehmigt – was kamen ihm jetzt noch Bedenken? »Gewiß, gewiß, Spee. Aber allein die Vorstellung, daß Gottvater einer Entlastung bedürfe! … Und schließlich, wer trägt am Ende die Schuld …?« Es war nicht ganz klar, wie er das meinte. »Nun, lassen wir das. Ich bin sicher, daß es unseren hohen Gästen gefallen wird. Der Weihbischof und der Generalvikar kommen bestimmt – und, ich hoffe sehr, auch der Erzbischof. Und wenn Sie da Ehre einlegen, woran ich nicht zweifle, wird das für Ihre Bewerbung an der Universität von großem Nutzen sein.«

Als Spee sich verabschiedete, sagte der Regens: »Sehen Sie vielleicht selber einmal in der Postmeisterei nach dem Rechten? Man wird Frau Henot doch nicht verhaften? Wann hatten wir eigentlich den letzten Hexenprozeß in Köln? Vor zwei oder drei Jahren, wenn ich nicht irre. Ja, in Bonn, überhaupt im Kurkölnischen, da nimmt man's ja sehr genau. Aber hier in Köln ... Wissen Sie – ich würde es nie laut sagen, aber ganz unter uns: Hartger Henot hat sich hier im Klerus ziemlich unbeliebt gemacht. Und vor allem auch bei der Stadt. Seit er für Kurfürst Ernst nach Rom fahren durfte – blutjung war er damals, kaum Mitte Zwanzig –, gilt er als Mann des Erzbischofs, auch wenn der jetzt Ferdinand heißt. Und so etwas macht unseren Stadtrat natürlich mißtrauisch. Und der Erzbischof liebt Henot natürlich auch nicht, weil der damals als Anwalt seines Vorgängers gegen Ferdinand plädiert hat ... Politik, Spee! So kann's einem rechtschaffenen Manne ergehen.«

II

Es bekümmerte Philipp, daß er einen Tag lang im Karzer sitzen mußte. Nach seinem vergeblichen Versuch, Katharina zur Flucht zu bewegen, war er niedergeschlagen in die Schule zurückgekehrt. Natürlich war die Pforte verschlossen, aber es gab da ein Fenster, dessen Beschaffenheit viele Schüler kannten, nur die Lehrer und der Pedell und einige für ihren besonderen Eifer beim Anzeigen bekannte Schüler wußten nicht, daß man es geräuschlos von außen öffnen konnte.

Daß ihn ein Mitschüler verraten würde, damit hatte er gerechnet. Er selbst war kaum überzeugt von der Weisheit des Angebe-Gebots, und im allgemeinen befolgte er es auch nicht. Aber so eigenwillige oder, wie Professor Horn sagen würde, aufrührerische Gedanken zu hegen war das Vorrecht eines jungen Herrn von Kronthal – und nicht nur scins. Die Nobiles, die Schüler aus adeligen Häusern, die sich durch bessere Kleidung und unbeschränkte Geldmittel von den Bürgerlichen oder gar von den Pauperes, den armen Stipendiaten, unterschieden, durften nicht nur auf eine entsprechende Würdigung, sondern gegebenenfalls auch auf eine gewisse Nachsicht von seiten des Kollegiums rechnen. Denn so hatte es der heilige Ignatius seinen Jüngern empfohlen: ›aufrichtige Liebe zu üben gegen alle, zumal gegen jene, die am meisten Einfluß haben‹. Dieser Instruktion verdankte der Orden seinen Wohlstand und seinen Einfluß auf die Machthabenden, um deren Gunst man sich ausdrücklich bemühen sollte.

Freilich: Gerade diese jungen Aristokraten erlaubten sich im Namen der vielgepriesenen Willensfreiheit, die sie nur allzugern mit unbegrenzter Gedankenfreiheit verwechselten, geistige Exkursionen, die sich von einer handfesten Häresie schon kaum mehr unterschieden. Was war dagegen sein nächtlicher Ausbruch? Immerhin eine Tat und keine Spekulation! Er hatte versucht, ein Menschenleben zu retten, und das konnte wohl keine Sünde sein. Und er liebte diese Frau, und das war sicher Sünde, aber doch wohl eine läßliche – obgleich sich in seinen Träumen, auch den wachen, ein überquellendes Verlangen regte, das, wie der heilige Thomas sagt, außerhalb des Ehestandes als unerlaubter Anspruch auf fleischliche Vermischung zu gelten hat und deshalb mit Härte und Kasteiung niedergekämpft werden muß.

Philipp räkelte sich auf seiner Pritsche. Nein, ihn bedrückten diese zwölf Stunden im Karzer nicht. Nachdem Kasen ihn am frühen Morgen vergeblich examiniert hatte – Philipp grinste, der dicke Mann in seiner Ratlosigkeit hatte ihm richtig leid getan –, war er von Pater Jakobus in den Arrestraum geleitet und mit seiner Tagesration an Wasser und Brot versehen worden. Dann hatte er erst einmal drei Stunden geschlafen, um das in der Nacht Versäumte nachzuholen. Als er munter war und sich das Geschehen vom Vortag ins Gedächtnis rief, vollzog er in Gedanken immer wieder mit großer Selbstgefälligkeit die rüde Beleidigung des Universitätsprofessors Ostermann nach. Das würde wohl noch ein Nachspiel haben – es war ihm gleich. Wozu war sein Vater Reichsgraf!

Aber dann sah er eine Szene vor sich, die er keineswegs erlebt hatte, die gar nicht – noch nicht? – stattgefunden hatte und die doch an Deutlichkeit alle anderen übertraf: Katharina sortierte in der Postmeisterei Briefe, aber allein, ohne ihn. Sie trug den züchtig bis zu den Füßen reichenden taubenblauen Rock, das braune Mieder und den schneeweißen breiten Kragen, aus dem der schlanke Hals, das zierliche Köpfchen wuchsen. Sie wirkte frisch, gesund, auf eine erstaunliche Weise wohl gelungen und – verlockend unnahbar. Und doch riß er in seinen Träumen die Kleider von ihr, empfing mit hart zupackenden Händen ihre nackten Brüste, drängte ihren Leib an die Wand, trieb seine Knie zwischen ihre Schenkel ... Er sah Katharina hinter dem Sortiertisch, den Kopf gesenkt, einen Stoß mit Briefschaften in der Linken, mit der rechten Hand Brief um Brief, als teile sie Spielkarten aus, gezielt auf die Häufchen werfend: Handwerkerpost, amtliche Post, Privatpost, kurfürstliche Post ... Und während sie eine Anschrift aufmerksamer betrachtete, tat sich die Tür auf, Männer mit Helmen und Hellebarden, vier, fünf, ein ganzes Rudel schubsten einander mit dummdreistem Grinsen herein, einer zog ein Schreiben aus dem Koller, verlas, mühsam genug, den Haftbefehl – sie legte den Briefpacken behutsam auf den Tisch, sie ließ den letzten Brief noch das richtige Häufchen finden – dann legte sie, die Arme gekreuzt, die Hände wie schützend über die Brust, die Schultern schaudernd zusammengezogen.

Der Anführer stopfte den Haftbefehl in den Koller, die Männer, die Hellebarden aufstoßend, kamen von beiden Seiten hinter den Sortiertisch, aber sie ging ihnen entgegen, noch immer in dieser demütigen Haltung, den Kopf tief gesenkt. »Mein Tuch, bitte«, sagte sie. Der Anführer folgte ihrem Blick, nahm das Tuch vom Haken, kam sich gutmütig vor, zwei Männer griffen sie unter den Armen, stießen mit den Fäusten rüde an ihre Brust, der Anführer warf ihr das Tuch über den Kopf, sie führten sie als eine Blinde aus dem Zimmer, zwei Männer stießen den Sortiertisch um, einer steckte, zum Anführer sichernd, aber der war schon hinaus, einen dicken Brief zu sich, der war schwer, als enthalte er Geld.

Diese Szene hatte Philipp überfallen, beim Aufwachen, ganz ohne sein Zutun, aber seither wiederholte er sie immer aufs neue, und wenn sie die Postmeisterin packten, war ihm, als spüre er selber den Schmerz.

Er hatte sie retten wollen, gestern nacht, aber jetzt kam er sich vor, als sei er in den wenigen Stunden seines Schlafs um ein Jahrzehnt älter geworden. Was war er doch für ein Dummkopf gewesen! Diese Frau hätte ja ihr Verhängnis nur noch beschleunigt, wäre sie seinem Rat gefolgt! Nur weil sein Klassengenosse, der feiste Tuchmachersohn Niclas Böntjetroop, sich einmal gebrüstet hatte, sein Vater wisse selbst aus Pferdeäpfeln Geld zu machen und nehme gelegentlich auf seinen Fuhren nach Holland und Brabant zwischen den Tuchballen auch Passagiere mit (»So weich reist man in keiner Kutsche!«), gegen gute Reichstaler kölnisch natürlich – nur darauf hatte er seinen Fluchtplan gestützt! Fliehen mußte die Frau, das war klar. Philipp ließ sich von niemandem beschwichtigen – auch nicht von Professor Spee, obwohl er wußte, der würde sich um Katharina kümmern, sobald die Anklage erhoben war. Aber Pater Spee fuhr nach Indien, und wer setzte sich dann für die Postmeisterin ein?

Er starrte auf das Kruzifix an der unverputzten Kellermauer. Er faltete die Hände. Hilf, Herr! Du brauchst mir nicht zu raten, ich verlange keine göttliche Eingebung. Sorge nur, daß mir selber etwas einfällt! Auf den Gedanken, den Herrn um Rettung Katharinas, um seinen unmittelbaren Eingriff zu bitten, kam er nicht. Er war überzeugt, daß er selber das Instrument sei, das zu ihrer Rettung ausersehen war. Der Herr würde sich seiner zu bedienen wissen. Aber es war Philipps Sache, die Stelle ausfindig zu machen, an der sich die Bresche schlagen ließ. Wer weiß, was heute alles geschehen war! Vielleicht war sie längst abgeholt worden?

Auf Schloß Kronthal müßte ich sie schaffen! Das hat viele Zimmer, Kammern, heimliche Gelasse. Sein Vater? Er grinste. Sein Vater hatte nur ihn, diesen Sohn. Seit die Mutter tot war, hatte er zwar eine Geliebte – er hielt auf seinen reichsgräflichen Stand, und anders glaubten ihm seine Bauern nicht, daß er ein rechtes Mannsbild war –, aber seit dem Tod der Mutter liebte er in Wahrheit nur seinen Philipp, und als er den nach Köln geschickt hatte, war Wasser in seinen Augen gewesen. Philipp als Retter einer gejagten Frau – der Reichsgraf las für sein Leben gern spanische Ritterromane, er wäre vor Stolz ganz närrisch geworden, hätte er in seinem Sohn einen leibhaftigen Amadis von Gallien begrüßen dürfen …

Aber Philipp wußte, daß Burg Kronthal für ihn in Begleitung Katharinas unerreichbar war. Zwischen Köln und Würzburg lagen mindestens fünf Länder – das Herzogtum Berg, die Grafschaft Nassau, ein Zipfel vom Erzbistum Trier, die Grafschaft Katzenelnbogen, nun, die ließ sich umgehen, aber nicht die Freie Reichsstadt Frankfurt und nicht das Erzbistum Mainz – also an die zehn Grenzstationen mit Zoll und strenger Kontrolle, zu schweigen von marodierenden Haufen, regulären Söldnertruppen und anderem Mordgesindel. Spätestens in Mainz, wo die Polizei sehr akkurat war, wäre die Reise zu Ende. Man hätte in Köln nachgefragt und, wenn nicht ihn, so doch die Postmeisterin, als eines schweren Verbrechens beschuldigte Landflüchtige, unter bewaffnetem Geleit zurückgeschickt. Er fixierte den Gekreuzigten. Aus billigstem Metall, dürftig bronziert, vom feuchtkalten Kellermoder angegangen, kein erhabener Dulder – ein geziert sich windender Wicht. Aber so waren die Jesuiten. Wenn sie unseren Herrgott nicht gleich mit Gold und Purpur behängen und verbrämen konnten, wenn sie nicht gleich einen Meister Rubens aus den spanischen Niederlanden zur größeren Ehre Gottes gewinnen konnten, verloren sie nur allzuschnell die Lust an ihrer inbrünstigen Frömmigkeit und ließen den Herrn, zumal im Karzer, nichts als ein fleckig bronziertes Schmerzensmännlein sein.

Er träumte, rekapitulierte seine Bekannten hier in Köln, dachte kreuz und quer. Ich werde, sagte er sich, von morgen an, wenn ich aus diesem blöden Karzer heraus bin, jede freie Minute nutzen, um sie zu überzeugen, daß sie fliehen muß. Soweit ich mich erinnere, hat von den Angeklagten der letzten Kölner Hexenprozesse keine einzige überlebt. Natürlich waren sie alle schuldig, denn sonst hätte man sie ja nicht hingerichtet. Und ganz unvermittelt mußte er wieder lachen. Neulich, in der Lateinstunde, bei Professor Horn, hatte er mit leichten Federstrichen im Grammatikheft der verlockenden Rundung von Katharinas Busen nachgeträumt. »Was malst du da immer, Philipp?« Der Professor kam auf ihn zu. Da wurde, buchstäblich im Handumdrehen, aus Katharinas Brust das Hinterteil eines ruhenden Osterlammes, das zwischen seinen Vorderfüßen brav die Kirchenfahne hielt – »Aber doch nicht ins Grammatikheft!« Das war alles, was Professor Horn darauf sagen konnte.

Als ihn am Abend Regens Kasen personlich unter vielem Kopfschütteln und Zungenschnalzen und mit der Versicherung, er werde dem Vater nichts von seiner Verfehlung schreiben, aus dem Karzer holte, wußte der junge Mann, an wen er sich jetzt zu wenden hatte. Er hatte Ignaz Eller bereits ins Vertrauen gezogen. Der kannte sich aus in Köln – anders als Philipp, der von Welt und Menschen nicht viel mehr wußte, als ihm die Patres erzählten.

Vor der Tür zum Refektorium, wo sich die Schüler der Oberklassen zum Nachtmahl drängten, wartete Ignaz Eller auf ihn. Während die anderen Kameraden den aus dem Karzer Entlassenen mit gutmütigem Spott begrüßten, blieb Ignaz ihm schweigend auf Tuchfühlung. Daß Katharina noch nicht verhaftet worden war, konnte er Philipp bestätigen. Er war noch am Nachmittag auf der Postmeisterei gewesen; Katharina versah ihren Dienst wie alle Tage. Und als Philipp ihn leise fragte, ob er »einen Weg gefunden« habe, nickte Ignaz vielsagend.

Das Nachtmahl wurde in drei Partien eingenommen. Jedesmal saßen ungefähr zweihundert Konviktoren aller Klassen an den langen Tischen; nur die externen Schüler nahmen ihr Abendbrot zu Hause ein. Philipp von Kronthal, am Tisch der Adeligen, ließ sich, nach Wasser und Brot im Karzer, die Zwiebelsuppe schmecken. Dann reichte ihm Ignaz, der beflissen zwischen Ausgabeschalter und Adeligentisch hin und her eilte, den Teller mit Ochsenfleisch und die Schale mit Gelbrübenkraut, dazu Brot von der besseren Sorte und Reis in goldschimmernder, fettaugenreicher Fleischbrühe. Zum Nachtisch gab es gekochte Birnen. Ignaz schleppte auch für die ganze Runde die großen Karaffen mit Wein herbei; die weniger Begüterten mußten sich an ihren Tischen mit Bier begnügen. Das allerdings floß reichlich.

Seit die Schüler im vergangenen Jahr durch Protest und eine nachgerade ihre Gesundheit gefährdende Abstinenz durchgesetzt hatten, daß die Portionen größer wurden und vor allem: daß der Pater Minister als Küchenoberer die Speisereste nicht mehr anderntags als Ragout servieren durfte, war auch die Kost für die Stipendiaten herzhafter und reichhaltiger, die Anrichtung einfallsreicher und gefälliger geworden. Karpfen oder anderen Grünfisch, auch Stockfisch in Milch gekocht, Bier-, Gersten- oder schön durchgetriebene Erbssuppe gehörten bereits zum Frühstück, ebenso Weinmus, Käse und, gelegentlich, kleingeschnittenes, auf dem Rost gedörrtes Kuttelfleisch. Da man – auch eine Folge des Protestes – erheblich mehr Küchengeld bewilligt hatte, getreu dem Grundsatz, nur gutes Essen halte Leib und Seele zusammen, heizte der Pater Minister nun seinen Köchen gehörig ein, hielt sich mehr in der Küche als bei seinen Abrechnungen auf, goß selbst die Tunke über den Braten, salzte die Suppe und half die Portionen einzuteilen.

Als sie alle, vollgenudelt, die Beine von sich streckten und den Krug noch einmal kreisen ließen, hockte Ignaz sich hinter Philipps Stuhl. »Ich weiß was«, flüsterte er. »Ich sag' dir, wie wir's anstellen können.«

Im Refektorium verstand man kaum sein eigenes Wort. Während des Essens hatten die an der Schmalseite der langen Tische sitzenden Präfekten für die Einhaltung des Schweigegebots gesorgt, aber wenn es ans Abräumen ging, wenn die Jungen aufsprangen, mit getürmten Tellern und schaukelnden Tabletts zur Durchreiche drängten, regierte bereits die vom Lateinzwang befreite Erholungsstunde, und dann mischte sich in die rheinische Mundart kerniges Bayerisch, schwäbischer Singsang, näselndes Sächsisch und Halbwelsch aus den Spanischen Niederlanden. Philipp packte Ignaz an den Schultern und schob ihn wie einen Schutzschild vor sich her durch den Saal. Auf dem Absatz der Treppe zum Erdgeschoß stellten sie sich ans Fenster. Es war schon dunkel, durch die kleinen Scheiben sah man über den Hof auf das Kollegiengebäude, in einigen Fenstern war Licht.

»Also wie?« fragte Philipp.

»Wo ich bei denen mich blicken laß, da fährt den calvinischen Ketzern der Schiß in die Hos'. Ich weiß, wo sie beten und ihre sündhaften Messen lesen, ich hab' ein Gespür, ich hab' mich drauf spezialisiert, man kennt mich sogar schon beim Rat! Wenn ich ihm komm', zählt der Herr Fiscus die Gulden schon ab für mich, ich verdien' mir ein Taschengeld. Erst unlängst beim Jost aus Antwerpen, im Kleinen Palast, weißt, bei Sankt Marien, hab' ich ein Konventikel ausgeschnüffelt, die haben den Herrn in Teile gebrochen, die haben dem Herrn das Blut getrunken – nicht nur der Prediger – alle! Hab's gleich gemeldet beim Hohen Rat, und der, keine Stunde drauf, hat die Gewaltrichter ausgesandt, da sind dir an die hundert hochgegangen in ihrer Ketzerkirch', und die war ausgemalt in Gelb und Blau, ganz wie dem Schwedenkönig seine Farben.«

»Was nun? Und wie?« Philipp wurde ungeduldig.

»Ich weiß, wie die Calviner die Gesetz' umgehn. Weiß also auch, wie unsereins die Gesetz' umgehn kann und braucht sich aber nicht erwischen lassen, ist ja kein Ignaz hinter ihm her. Ich schaff' dir das Weib aus der Stadt! Am Donnerstag, wenn der Kurfürst einzieht in Köln zur Synode, noch eh' die heilige

Messe ist in Sankt Peter, machst dich heimlich auf mit mir. Wir setzen über nach Mülheim, wo die großen Schiffe aus Rotterdam liegen.«

Obwohl das Bergische Land vor einigen Jahren, als Wolfgang Wilhelm von Pfalz-Neuburg den Glauben gewechselt hatte, wieder katholisch geworden war, galt die Stadt Mülheim noch immer als Vorposten der Ketzerei, war nach wie vor Anlaufhafen für niederländische Wanderprädikanten, die aufrührerische Reden hielten und schändliche Pasquille verteilten. Nach Mülheim zog es Calviner, Lutheraner, Zwinglianer, all dies gegengläubige Pack, und, Gott sei's geklagt, auch Studenten und Schüler aus dem Linksrheinischen. Wer aber erst zwei-, dreimal überm Rhein gewesen war, der trug die Irrlehre auch ins heimische Köln. Der Rat hatte diese Ausflüge verboten, natürlich. Den Mülheimern aber waren sie nur recht, das brachte Geld in ihre Stadt, denn nach der Predigt wurde pokuliert und gesoffen. Ganz verhindern konnten die Kölner die Mülheimer Exzesse nicht – sie hätten denn alle Boote nach drüben kontrollieren müssen, und das hieß doch nur Verdruß und elende Plackerei mit den kölnischen Schiffern.

»Also übermorgen!« sagte Philipp, nachdem Ignaz seinen Plan entwickelt hatte. Der leuchtete ihm ein. Er drückte Ignaz zwei Münzen in die Hand; er entlohnte ihn besser als die Stadt Köln. Jetzt kam es nur noch darauf an, Katharina zu überzeugen, daß er diesmal besonnen handeln würde.

Doch nach dem Essen schon erschien ihm ganz und gar unglaubwürdig, was Ignaz ihm über das Städtchen Oudewater bei Utrecht erzählt hatte. Es ließ ihm keine Ruhe; er brauchte, ehe er sich auf eine so abenteuerliche, nicht ungefährliche Unternehmung einließ, einen zuverlässigen Berater.

In der Bibliothek traf er Spee, der dem Pater Marcellus den ›Malleus Maleficarum‹ zurückbrachte.

»Ist es wahr, daß Hexen viel weniger wiegen als andere Menschen?« fragte Philipp, als sie die Bibliothek verließen.

»Man sagt es«, antwortete Spee.

»Stimmt es, daß eine Frau, die ungefähr das Gewicht hat, das man ihr dem Augenschein nach zubilligen würde, keine Hexe sein kann?«

»Es gibt viele Fachleute, die das behaupten.«

»Und ist es wahr, daß bei unseren Gerichten kaum ein Mensch imstande ist, korrekt zu wiegen? Stimmt es, daß beim Wiegen Verdächtiger fast regelmäßig betrogen wird? Entweder vom Wiegemeister – oder vom Angeklagten?«

»Ich bin kein Richter«, sagte Spee. »Aber daß es da oft nicht mit rechten Dingen zugeht, das habe ich schon gehört.«

»Dann habe ich eine letzte Frage, Professor Spee: Im Holländischen, bei der Stadt Utrecht, soll es einen kleinen Ort geben, Oudewater heißt er – dort steht eine Hexenwaage, und die ist unbestechlich. Es sollen schon viele der Hexerei Verdächtige aus Deutschland nach Oudewater geflohen sein. Und sie sind alle zurückgekommen mit einem Zertifikat. Darauf stand ihr richtiges Gewicht verzeichnet – und das ist auch für unsere Richter ein Beweis, daß sie mit Hexerei nichts zu tun haben. Ist das wahr?«

Spee nickte. Die Hexenwaage von Oudewater war in ganz Deutschland bekannt. Die Herren vom Rat jenes Städtchens beriefen sich auf ein Privileg, das ihnen vor fast hundert Jahren Kaiser Karl V. zugebilligt hatte. Es war ein Gütezeichen, der Nachweis immerwährender Verläßlichkeit; ein von der Waage in Oudewater ermitteltes Gewicht war stets das richtige, das wahre Gewicht, denn es trug gleichsam das Siegel der Kaiserlichen Majestät. Man mochte lächeln, man mochte Zweifel hegen – aber eins ließ sich nicht leugnen: Eine Frau, die im Verdacht der Hexerei stand und der es gelang, nach Oudewater zu fliehen, konnte heimkehren, frei von jeglicher Schuld.

»Ich habe noch nie gehört«, sagte Spee, »daß die Waage von Oudewater jemals ein federleichtes Hexengewicht angezeigt hätte. Alle, die von dort gekommen sind, hatten so ungefähr das Gewicht, auf das man sie dem Augenschein nach geschätzt hätte.«

Philipp blieb stehen.

Als Spee sich zu ihm umwandte, sagte der Junge langsam: »Und wer nach Oudewater geht, ist zuvor als Hexe verdächtigt worden?«

»Natürlich«, sagte Spee. »Eine Reise nach Holland ist kostspielig und beschwerlich. Solche Strapazen nimmt nur auf sich, wer's bitter nötig hat.«

»Und wenn sie nicht nach Oudewater hätten reisen können?«

»Wie meinst du das?« fragte Spee. »Ich muß mich beeilen, Junge, die Stunde fängt an.«

Aber Philipp blieb stehen. »Ich meine: Wenn diese Verdächtigten sich in Oudewater keinen Freibrief geholt hätten – weil sie nicht reisen konnten, vielleicht auch kein Geld dazu hatten –, dann wären sie doch allesamt verurteilt und hingerichtet worden?«

»Das kann man so nicht sagen«, korrigierte Spee. »Wer nach Oudewater reisen konnte, war ja noch nicht verhaftet. Also war auch noch kein förmliches Verfahren gegen ihn eingeleitet. Man darf annehmen, daß sich seine Unschuld auch vor Gericht erwiesen hätte ...«

Spee wunderte sich, daß er diesen Satz wie eine Frage schloß, ohne die Stimme zu senken. Aber Philipp schien mit der Auskunft zufrieden zu sein. Er bedankte sich, drehte auf dem Absatz um und stürmte die Treppe hinunter. Spee sah ihm besorgt nach.

12

Als Bürgermeister von Bolandt den Vorraum seines Arbeitszimmers betrat, wies der Sekretär verlegen auf einen Besucher, der sich bereits in der Amtsstube niedergelassen hatte. Schnell zog der Bürgermeister die Tür hinter sich zu.

»Was machen Sie denn hier? Ich hatte Sie gebeten, mich unter keinen Umständen im Rathaus aufzusuchen!«

Postmeister Coesfeld hatte sich erhoben. »Ich komme auch nur, weil Leonard Taxis in Bonn eingetroffen ist. Wie ich höre, hat er Ihr bisheriges Verhalten sehr gelobt und wäre bereit, sich wiederum erkenntlich zu zeigen ...«

Bolandt lächelte mühsam. Mußte in seinem Amtszimmer an derart delikate Dinge gerührt werden? »Das ist doch nicht der einzige Grund Ihres Besuches«, sagte er ausweichend. »Sie sind ein wenig aufgeregt, scheint mir.«

»Wundert Sie das? Die Henots reiten eine neue Attacke gegen mich!«

»Aber warum regen Sie sich immer noch über die Henots auf?« fragte Bolandt. »Sie, lieber Herr Coesfeld, sitzen doch fest im Sattel.«

»Ja – glauben Sie denn, die Henots hätten kapituliert?« rief Coesfeld aufgebracht.

»Lebte der alte Henot noch, würde ich es nicht glauben«, gab Bolandt zu. »Aber seit er unter der Erde ist ...«

»Wenn er's nur wäre!«

»Ich weiß, da gibt es Gerüchte ...«, sagte der Bürgermeister. »Wir wären ihnen auch nachgegangen, aber man legt sich nicht gern mit unseren einflußreichen Familien an. Es ist unwichtig, wann Jakob Henot unter die Erde gekommen ist – wichtig ist allein, daß der Kaiser Ihnen die Postmeisterei wiedergegeben hat. Nun, lieber Herr Coesfeld, womit kann ich dienen?«

Coesfeld beugte sich vor. »Ich komme«, sagte er und tupfte sich Tröpfchen von der Schläfe, »ich komme, weil es untrügliche Anzeichen gibt, daß die Familie Henot abermals versucht, in den Besitz der Kaiserlich-Kölnischen Post zu gelangen. Lesen Sie!« Er entfaltete ein Papier und übergab es Bolandt. Es war die Abschrift eines Schreibens von Hartger Henot an den Kaiserlichen Reichshofrat in Wien.

Bolandt las und zuckte die Achseln. »Das kriegt er nie!« sagte er und gab Coesfeld das Papier zurück.

»Das ist es ja!« sagte der Postmeister erregt. »Selbstverständlich kriegt er dieses Geld niemals. Schadenersatz! Woher auch? Kaiser und Reich sind total verschuldet! Von Leonard Taxis vielleicht? Lächerlich! Auch mein hoher Gönner verfügt nicht über unbegrenzte Mittel – schon gar nicht für Gauner und Erpresser wie die Henots!«

»Was also kratzt Sie, lieber Coesfeld?«

»Ich fürchte den Reichshofrat. Dort wird man's so billig machen wollen, wie's eben geht. Und das heißt: Man wird den Henots, wieder einmal, die Postmeisterei zurückgeben! Unter der Bedingung, daß sie ihre Forderungen fallenlassen.«

»Sie können doch nicht ernsthaft annehmen, daß Wien sich diese Blöße gibt?«

»Ich kenne die Wiener!«

»Ein solches Hin und Her? Über Jahrzehnte! Warten Sie mal ...« Bolandt rekapitulierte: Im Jahre 1578 hatte Jakob Henot, damals schon ein Fünfziger, mit der Einrichtung des ersten Postkurses – Köln – Wöllstein – begonnen. Fünfundzwanzig Jahre darauf sprach der Kaiser ihm die Postmeisterei ab und übergab sie den Taxis für ihren Kölner ›Statthalter‹ Johann Coesfeld. Der betrieb das Geschäft neunzehn Jahre lang, von 1604 bis 1623. In den letzten Jahren allerdings unklug und schlampig. Und er war so töricht gewesen, sich mit der Stadt anzulegen, die einige sehr einträgliche Postlinien in eigener Regie betrieb. Nicht zuletzt deshalb hatte Henot mit seinen Bemühungen um Rehabilitierung Erfolg gehabt. »Dann war der alte Henot – helfen Sie mir! – noch wie viele Monate Postmeister in Köln?« fragte Bolandt.

»Zweieinhalb Jahre, denke ich«, sagte Coesfeld. »Man weiß ja nicht genau, wann er starb ...«

»Zumindest hat er unanständig lange gelebt«, sagte Bolandt und lachte. »Dreiundneunzig Jahre! Nun, jedenfalls haben wir in Köln wieder eine Taxis-Coesfeld-Post. Und da glauben Sie wirklich, Wien könnte sich abermals anders besinnen und die Post wiederum den Henots zusprechen?«

»Denen in Wien trau' ich alles zu«, sagte Coesfeld finster. »Erst neulich hat Kurfürstliche Durchlaucht an Herrn Obersthofmeister von Wartenberg geschrieben, die kaiserlichen Minister seien alle mit Geld korrumpiert worden – teils von den Spaniern, teils vom Friedland.«

»Wie interessant!« sagte Bolandt. »Und wie gut Sie informiert sind, Herr Coesfeld!«

Coesfeld blickte auf. »Wieso?«

Der Kurfürst hatte das schon vor einiger Zeit geschrieben. Coesfeld hatte tüchtige Boten, die auch einen versiegelten Umschlag zu öffnen und sachkundig wieder zu schließen wußten. Wie anders wären sie an Henots Brief gekommen? Sogar eine Abschrift hatten sie gemacht! Ein Postmeister konnte sich in Köln nur halten, wenn er mehr als andere von den Zeitläuften wußte.

Um die peinliche Pause zu überbrücken, erzürnte sich Coesfeld lauter als nötig war. »Aber ich lasse mir dieses Amt nicht mehr rauben! Ich habe Jahre erbärmlich vertrauert – und wenn Gott und das Haus Taxis mir nicht geholfen hätten, ich wäre krepiert wie ein Salm auf der Sandbank! Was hatt' ich allein unter meiner Frau zu leiden, der Herr schenke ihr die ewige Ruhe! Mechtildis hielt mein Lebenswerk für sündhaft. Mehr noch: Die gesamte Institution unserer Kaiserlichen Post, ja das Postwesen überhaupt, war Sünde in ihren Augen. Dort, wo der Herr ihn hingestellt hat, solle ein jeder bleiben, und so sollten auch die Dinge verweilen an dem Ort, wo sie geschaffen und gewachsen sind. Und soll man seine Augen hinschlagen auf eben den Fußbreit Boden, darauf man steht, und keinen Daumen darüber hinaus, und soll auch nicht mit Sehnsuchtsgedanken und Briefen in ferne Länder streunen. Ein fernes Land – das war für mein armes Weib schon das andere Ufer des Rheins. Sie wetterte ja auch gegen die Straßenbeleuchtung – man versuchte sich damals in Köln mit ein paar blakigen Windlichtern. Wenn der Herr befinde, es sei an der Zeit, Nacht zu werden – wie käme uns dann zu, die Nacht zum Tage zu machen? So war

Mechtildis. Der Herr schenke ihr das ewige Licht. – Nun aber …« Er wurde leiser, als vertraue er dem Bürgermeister Intimes an, und darum ging es ja auch: »Nun habe ich beinahe auch die Hoffnung auf ein neues Lebensglück, das mir von meiner hohen Herrschaft bereits fest versprochen war, aufgeben müssen. Es welkt mir dahin – und das ist nicht einmal metaphorisch gesprochen! Jetzt endlich hat man's mir wieder zugesagt. Aber Agathe …«

»Wie alt ist sie denn mittlerweile?« fragte Bolandt ohne Hemmungen. Es war ihm bekannt, daß die Grafen Taxis ihrem braven Postmeister vor drei Jahren, gewissermaßen als Ersatz für eine zur Zeit nicht opportune Aufbesserung seiner Bezüge, eine Verwandte aus ärmerer Linie zur Ehe versprochen, ihre Einwilligung aber sofort zurückgezogen hatten, als Coesfeld um Amt und Würden gekommen war.

»Siebenundvierzig«, sagte der Postmeister trotzig. »Aber wen geht's was an?«

»Eben!« sagte Bolandt freundlich.

»Wieviel Handwerksgesellen müssen ältere Witwen heiraten, um von der Zunft aufgenommen zu werden! Ich bin auch nur eine Art Handwerker. – Unter uns Männern, Bolandt« – Coesfeld grinste – »eine Junge, so zwischendrein, krieg' ich jederzeit. Aber eine Gräfliche, auf damastenem Laken – da sieht man über manches hinweg.«

»Wann soll die Hochzeit sein?«

»Das ist es eben! Ich fürchte, meine hohe Herrschaft wünscht abzuwarten, bis die Familie Henot ein für allemal, endgültig, unwiderruflich verzichtet hat – freiwillig oder gezwungen. Erst dann erteilt sie die Zustimmung zur Heirat. Ich verstehe das. Gräfliche Gnaden können es sich nicht erlauben, daß eine seines Geschlechtes – es wird ja bald gefürstet, wie man hört! – Gattin eines abgehalfterten Postmeisters ist. Es ist ja schon allerhand, daß sie einen Bürgerlichen heiraten darf!«

»Lieber Coesfeld, Sie kamen zu mir, weil Sie glaubten, ich könne Ihnen dienlich sein?«

»Sie können es«, sagte Coesfeld. Er setzte neu an. »Ich bin da in eine überaus peinliche Situation geraten. Alle Welt – also nicht das dumme Volk, aber jeder, der was im Kopf hat – wird annehmen, ich stecke hinter der Anzeige gegen die Henot.«

»Was Sie nicht sagen!«

»Man fragt: Cui bono? Natürlich ist es mir nützlich, wenn Sie so wollen … Wenn die Henot als Hexe verurteilt würde, dann – ja, dann allerdings hätte sich die Henot-Post in der Tat ein für allemal erledigt. Aber ich schwöre Ihnen: Mich trifft keine Schuld!«

»Wer käme auch auf solch einen Einfall!«

»Es ist nur so, daß …« Er stockte. »Sie müssen mir aus der Patsche helfen, Bolandt. Die Sache mit der Raußrath ist mir äußerst unangenehm. Und wenn ich richtig informiert bin, wird die Henot-Clique ihre Verteidigung auf diesen Fall aufbauen. Und das nur, weil die Frau, rein zufällig, bei mir wäscht. Ich will es kurz machen, Sie sind ein vielbeschäftigter Mann. Mir liegt daran, daß ein angesehener, unparteiischer Bürger …«

»Bin ich unparteiisch?« fragte Bolandt und lächelte.

»… ein Bürgermeister sich der Sache annimmt«, fuhr Coesfeld fort. »Es ist wichtig, daß diese Sache ganz von mir wegkommt. Daß sie eine städtische Angelegenheit wird. Daß sich die Stadt der Frau Henot annimmt. Sie verstehen, was ich meine?«

»Ich verstehe sehr gut«, sagte Bolandt.

»… und daß ein neutrales Gerichtsverfahren eingeleitet wird.«

»Aber was wollen Sie denn? Die Raußrath hat ihre Anzeige erstattet, Herr Glimbach hat die Ermittlungen aufgenommen. Wenn er mit der Voruntersuchung fertig ist, wird er den Fall an das Städtische Gewaltgericht abgeben. Das Verfahren läuft!«

»Wenn es nur nicht im Sande verläuft …«, murmelte Coesfeld. »Dann würde ich mein Leben lang den Makel nicht los, ich steckte dahinter.«

»Wer wird so abwegige Gedanken hegen?« sagte Bolandt.

13

Bei Morgengrauen hatten sie übergesetzt auf das Mülheimer Ufer. Seit der Rat, auf Denunziation einer Jesuitenkreatur, im blaugelben Betsaal bei Sankt Marien eine Versammlung der kölnischen Calviner-Gemeinde ausgehoben hatte, obenan den wortgewaltigen Andreas Anschütz aus Leiden, und der war des Landes verwiesen worden, nachdem sie ihn erst mit Ruten gezüchtigt hatten, und alle anderen waren mit hohen Geldbußen belegt, und manchem sein Haus versiegelt und verklaustert worden – seither war man behutsamer, traf sich nur noch selten, suchte die Gunst eines Tages zu nutzen, an dem ein Ehrsamer Rat und alle Kölner, dank Synode, Schützenfest und hohem Besuch, die Furcht vor häretischem Umtrieb für ein paar Stunden vergaßen.

Diesmal waren gekommen Heinrich Caspers mit seiner Frau, Simon Pedius, der Zinngießer, Gottfried Königshoven, der Schneider, der seit drei Tagen eine fünfköpfige holländische Familie in seinem Hause versteckt hielt, Giertchen Kessenich, die Tochter des Buchhändlers und Druckers aus der Lintgasse, Peter Wirtius mit seinem Weib, die am Heumarkt Fleisch verkauften, die Bäckerswitwe Ursula Arnoldi, Hieronymus Ruiter, der Töpfer, Jost van Elten aus Antwerpen und Dietrich Ketmar, ein Student.

Mit lautlosem Ruderschlag hatten die Fischer ihre schlanken Boote zwischen die dicken holländischen Lastschiffe gleiten lassen, die, Wanst an Wanst, in der Strömung dümpelten. Zum kölnischen Ufer hin waren sie abgeschirmt durch eine dicht mit Weiden bestandene Au. Zudem war der Kahn des Wilhelm auf dem Camp, vom Ufer aus gezählt, erst das fünfte der längsseits liegenden Schiffe, war also auch leidlich gedeckt gegen die Mülheimer Sicht – aber von dort war ja kaum Böses zu befürchten.

Mathias Statfeld sogar, er selber, kam gegen acht in der Frühe, als die bergische Stadt längst erwacht war, von Mülheim an den

Hafen geritten, machte sein Pferd am Stapelhaus fest, bestieg, schon hier von Glaubensbrüdern begrüßt, das erste Schiff und sprang dann leichtfüßig von Bord zu Bord bis auf die Planken der ›Julia Heeskens‹, wo Wilhelm auf dem Camp ihn mit festem Händedruck empfing und in den wie ein Wohnhaus mit einem Satteldach gedeckten oberen Laderaum führte. Auf freiem Rheinstrom glich die ›Julia Heeskens‹ der Arche Noah, wie sie in frommen Büchern in Holz geschnitten ist – freilich war sie nicht ganz so groß. Doch fünfzig Mann mit Gepäck hätte sie zu aller Fracht, ob Wein, Getreide, böhmisch Glas oder Alaunsalz aus Tolfa, gut und gern nach Rotterdam bringen können, und ein jeder hätte zwischen Fässern und bauchigen Krügen, auf hölzernen Rosten und federnden Ballen noch ein Nachtlager gefunden.

Vom Morgengrauen bis gegen acht, als der Statfeld kam, hatten sie auch so herumgehockt, ein wenig fröstelnd noch von der spritzigen Überfahrt in nebelnder Dämmerung, aber in froher Erwartung des Worts, des Leibes und des Blutes. Als die Tür sich auftat, als der Frühwind hereinblies und der Statfeld eintrat, das spillrige Männchen, das aber sogleich zu rechtem Predigermaß wuchs, wenn es erst einmal von Gottes Wort übermannt worden war – als der Statfeld kam, rappelten sich alle hoch aus Liege und Hocke, hoben die Hände zum schweigenden Gruß und senkten die Köpfe, als er, die Arme vor sich hingestreckt, den segnenden Willkomm bot.

Der Tisch war schon als Altar hergerichtet, die weiße Decke darüber gebreitet, eingestickt der Weinstock mit drei Stecken und ›Christus vitis vera et nos palmites‹*. Wilhelm auf dem Camp, der Schiffseigner, das verläßliche Ledergesicht, trat hinzu und brachte das Brot dar, ein weißes, langes, wie sie's drüben in Frankreich buken. In den zinnernen Kelch, den Simon Pedius aus der Botengasse der Gemeinde gestiftet hatte, goß er aus irdenem Krug den roten Rüdesheimer. Dann sangen sie, mit

* Christus ist der wahre Rebstock, und wir sind die Reben.

verhaltener Stimme zwar, das alte Lied, das ihre Glaubensbrüder schon wenige Jahre nach des Reformators Tod in Genf gesungen hatten, als in Europa das Morden an den Calvinern schon angegangen war:

»Wer weiß, wo noch das Brünnlein quillt,
daraus ich trinken werde?
Vielleicht, wenn du, mein Gott, es willst,
quillt es aus fremder Erde.
Denn du, mein Gott, du gehst sehr oft
mit uns gar fremde Straßen
und führest uns gar unverhofft
hinweg, wo wir sonst saßen.«

Sie sangen es nach einer lutherischen Melodie, und sie sangen auch gern manches Lutherlied, obwohl sie mit dem großen Mann aus Wittenberg nicht mehr viel im Sinn hatten; zu schmerzlich hatte man sie in die Enge gedrängt, seit sich die Lutheraner zu Augsburg einen Freibrief hatten geben lassen für Glauben und Kult, während sie, die Reformierten, die doch viel strenger glaubten und unbarmherziger verfolgt worden waren, geächtet blieben.

Nun trat der Statfeld hinter den Altartisch, nahm das Brot, brach es in kleine Brocken und sprach:

»Glauben wir, liebe Freunde, auch nicht, daß dieses Brot sich wandle in den Leib und dieser Wein sich wandle in das Blut Jesu Christi, unseres Herrn, und sind wir auch gewiß, daß Brot Brot bleibe und Wein Wein, so ist dies uns allen doch gleichwohl ein sacramentum corporis Christi, das ist ein göttliches, heiliges Wahrzeichen des Leibes und des Blutes Christi, und diene der Gemeinschaft nunmehr als Speise und Trank ihrer Seelen zum ewigen Leben.«

Dann ging der Statfeld, aufblicken mußte er in seiner Kleinheit, reihum – aber für sie war er großmächtig wie ein Engel des Herrn, und reichte er auch nicht den Leib, so doch den Leib im

Brote, den Leib dargetan am Brote, das den Leib bedeutete – ach, sie wußten selber nicht so genau, wie man's nehmen und ausdrücken sollte. Aber daß die Katholischen abergläubisch-heidnisches Zaubergewäsch und lästerlichen Opfertanz um ihr Stück Oblate veranstalteten, das wußten sie und hätten sich vierteilen lassen darum, daß sie ihr Brot auch weiterhin als Brot essen, ihren Wein weiter nur als Wein trinken dürfen, dabei natürlich inbrünstig an Leib und Blut des Gottessohns am Kreuze sich erinnernd.

Als auch die kleine Giertchen Kessenich, das bräunlich-schwarze Töchterchen vom Buchdrucker aus der Lintgasse, im Brot den Leib empfangen hatte und schon mit brennenden Augen nach dem Blut begehrte, nahm der Statfeld in beide Hände den schweren Pokal, und der wurde nun von einem zum anderen gereicht: Hieronymus Ruiter, der Töpfer, gab ihn an Dietrich Ketmar weiter, endlich kam er zu Giertchen Kessenich, und die trank und trank, denn es war noch ziemlich viel Rüdesheimer im Pokal.

»Der Kelch der Danksagung«, so lehrte Mathias Statfeld mit leiser Stimme, und man hörte, daß er aus der Eifel kam, »ist die Gemeinschaft des Blutes Christi; nehmet hin und trinket alle daraus, gedenket und glaubet, daß das Blut unseres Herrn Christus am Stamm des Kreuzes vergossen worden ist zur Vergebung all unserer Sünden.«

Dann sangen sie die letzten Strophen des Liedes. Sie waren ja, viele von ihnen, um ihres Glaubens willen aus ihrer Heimat vertrieben, sei's durch den Krieg, sei's durch den eigenen Landesherrn. Und wer noch wohnte, wo er geboren war, der mußte doch jeden Tag vor den Schergen des Rates bangen, die hielten sich nicht lang in den Häusern auf; hatten sie erst einmal den Ausweisungsbefehl vorgezeigt, dann hieß es das Bündel gepackt und ab durchs Tor ins Elend der Fremde.

»Wer weiß das Haus, wer weiß den Raum,
die sich für mich sonst schicken?

Wer weiß den Garten und den Baum,
die mich hinfort erquicken?
O Herregott, das weißt nur du,
dir ist es nicht verborgen.
Drum weicht ihr Sorgen, laßt mir Ruh!
Gott will mich wohl versorgen.«

14

Philipp fror. Vor fünf, kurz vor dem Wecken, noch in stockdunkler Nacht, hatten sie sich aus der Schule geschlichen, waren erst über die Sankt-Johannes-Straße, dann immer längs der Stadtmauer durch die schlafenden Gassen nach Norden marschiert, hatten sich zweimal vor den Nachtwächtern in einen Hausflur ducken müssen, und dann, noch nicht ganz auf der Höhe Mülheims, die Mauerpforte bei Sankt Kunibert durchschritten. Der Posten am Rheinufer, auf seine Hellebarde gestützt, schreckte aus dem Dösen hoch; sie mußten in die Wachstube, wo die Unschlittkerze blakte. Ignaz zeigte ihm das Papier, das Professor Horn ausgefertigt und das der Städtische Offiziant für Glaubensfragen gegengezeichnet hatte. Auch Philipp durfte passieren.

Die Sonne hob sich glostend im Dämmer über Mülheims Schindeldächer und seine demolierten Bastionen. Die beiden trabten, in der Morgenkälte schlotternd, die Uferstraße entlang, die hier nicht viel mehr als ein auf der Landseite mit jungen Birken gesäumter Treidelweg war. Schließlich kamen sie an einen Steg, der von einer Hütte im Weidengestrüpp bis weit in den Strom hinaus führte. An den Pfosten schaukelten Boote, im vordersten hockte ein Schiffer und schöpfte mit einer Kelle schwärzliches Wasser heraus. Ignaz wurde schnell handelseinig mit ihm, und als er erklärte, wie er sich bei der Überfahrt zu verhalten habe, grinste der Mann und sagte: »Ich hoffe, die jungen Herren zahlen mir die Tour nicht schlechter als die Herren Ketzer von heute früh?« Er deutete auf ein Boot und schwang sich aus dem lecken Kahn.

»Eure Schuld, wenn Ihr das Pack nach Mülheim fahrt!« sagte Ignaz, sprang vom Steg in das Boot und zog Philipp nach. »Es sind ganz manierliche Leute – und ihr gehört auch dazu, ihr macht mir nichts vor«, sagte der Schiffer, löste das Seil und sprang mit gegrätschten Beinen auf die Ruderbank. »Wenn ihr mich fragt, ich ließe euch beten und singen, was ihr wollt, von mir aus alle Tage, aber nur in Mülheim, nur das bringt mir Geld.« Er nützte die Strömung und lenkte das Boot zu der Mülheim vorgelagerten, mit Erlen und silberblassen Weiden bestandenen Au.

»Daß ihr auch am heutigen Tage kommen würdet, hätt' ich allerdings nicht gedacht. Den Einzug des Kurfürsten versäumen, das große Schützenfest auch – nun ja, ihr nehmt euren Herrgott noch so ernst wie wir den Teufel …« Er bekreuzigte sich. »Die meisten von euch sind ja gut calvinisch schon von Vater und Mutter her – und Menschen seid ihr ja auch, ich seh' es doch an den Schiffern aus Utrecht und Rotterdam, wenn die hier angetreidelt kommen – Menschen wie unsereins, sag' ich euch, und auf die Weiber so scharf wie ein römischer Pfaff!« Er meckerte vor Vergnügen. »Ich, wenn ich ihr wär', ich blieb ja beim katholischen Glauben, der läßt sich nicht unterkriegen, schon gar nicht in Köln, es sind zu viele Mütter Gottes hier; eine, gleich hinterm Domportal, soll ja wundertätig geworden sein – und so viel heilige Gebeine haben wir auch – ja, gibt's denn irgendwo sonst im Römischen Reich noch so viel gebenedeite Knochen auf einem Haufen beisammen?«

Nach wenigen Minuten trieben sie an der Au vorbei. An der Mülheimer Lände lagen große Schiffe mit Masten und stattlichen Aufbauten.

Der Bootsmann legte die Ruder ein und ließ den Nachen mit der Strömung zwischen zwei große, nebeneinander liegende

Kähne gleiten, bis er von den bauchigen Schiffswänden eingezwängt wurde wie der Stöpsel im Flaschenhals. Wenn sie sich reckten, konnten sie eben noch in die Sprossen der senkrecht die Schiffswand hinaufführenden Leiter greifen. Ignaz faßte als erster Fuß und zog Philipp mit sich, beide kletterten aufs Heck.

Philipp spürte sein Herz klopfen. Alles, was sie bisher angestellt hatten, war nicht mehr als ein vergnügliches Abenteuer gewesen. Aber jetzt betraten sie heimlich fremden Grund und waren drauf und dran, etwas Unwiderrufliches zu tun, wenn auch, und das beruhigte Philipp natürlich, im Dienste des rechten Glaubens – und um Katharinas willen.

Während der Schiffer ablegte und zur Au fuhr, von wo er auf Zuruf zurückkehren sollte, schlichen die jungen Männer auf Zehenspitzen über die gespänten Planken, dann warfen sie sich auf den Bauch und krochen an den Hüttenaufbau heran, aus dem sie viele Stimmen, und bald nur die eine, die des Ketzerprädikanten, vernahmen.

Philipp entsetzte sich vor dem, was er da sah und hörte. Vor dem Fenster des Hüttenaufbaus kauernd, an die aus Eichenbohlen gezimmerte Wand gepreßt, lugte er durch das Drahtgitter, vorbei am nicht dicht schließenden Leinenvorhang, und wurde Zeuge des ungeheuren Frevels: Sie stopften Brot, roh gerupfte Brocken, in sich hinein, von dem der Götzenprädikant behauptete, es sei nicht der Leib des Herrn – und, weit schlimmer noch: Sie bemächtigten sich des allein dem geweihten Priester vorbehaltenen Kelchs und tranken daraus – zwar nicht das Blut des Herrn (sie verschmähten und leugneten ja die eucharistische Wandlung!), nützten aber doch beides, Brot und Wein, um sich des letzten Abendmahles Christi in unerlaubter Weise zu erinnern!

Vergnügt stieß Ignaz, der, an die Hüttenwand gelehnt, die Beine breit von sich gestreckt, auf den Planken saß, dem Freund ab und zu in die Rippen. Er bemühte sich gar nicht mehr, die Ketzergemeinde zu belauschen, er kannte ihre Bräuche hinlänglich und wartete, als geübter Denunziant, nur auf den rechten Augenblick, um »den Sündenpfuhl trockenzulegen«.

Als Philipp ihm ungeduldig zuflüsterte: »Das sind ja Verbrecher! Los, gehn wir hinein!«, hob er nur lässig die Hand: »Wart's ab, das kommt noch schlimmer. Wenn's erst ans Bekennen geht und wenn sie lästern übers Stadtregiment! – Zieh den Schädel ein, man könnt' dich sehen!«

»Und nun«, sagte der Statfeld, »tretet hervor und verkünde ein jeder, was er zu leiden hatte unter den Verfolgungen in der unheiligen Stadt, die sich frech ›die Heilige‹ nennt!«

Als erster meldete sich Hieronymus Ruiter, der Töpfer, zu Wort und erzählte, wie die Stadtpolizisten auf dem Alter Markt seinen Stand gefilzt, jeden Topf, jeden Krug, jede Schüssel gegrapscht und um und um gewendet und befingert hatten und wie sie den Krug gespitzt hatten, auf dessen Wandung, als unbemaltes Relief, ein fetter Mönch den Humpen hob, und da hätten die Polizisten den Krug auf seinem Kopfe zertrümmert und ihn dem Marktamt gemeldet, und da hätten sie ihm das Marktrecht entzogen, so daß er nun mit dem Karren von Haus zu Haus ziehen müsse, und das bringe doch kaum was ein ... Er wollte noch weiter klagen, aber Peter Wirtius und die Bäckerin Arnoldi begannen zu murren, und der Student Dietrich Ketmar meinte, das sei kein Leiden um des Glaubens willen gewesen, sondern nichts als ein Mißgeschick, und das habe der Töpfer seiner eigenen Dummheit zu danken.

Der Statfeld gebot Frieden und erteilte dem Jost van Elten aus Antwerpen das Wort, und der berichtete, wie sie ihn und die Gemeinde, die bei ihm im Kleinen Palast zu St. Marien versammelt war, hochgenommen und die meisten gefänglich eingezogen hatten – nur er, weil er wohlhabend sei, habe sich loskaufen können, mit fünfhundert Gulden. Sie sprachen ein Gebet für alle eingekerkerten Glaubensbrüder.

Dann schilderte der Student Ketmar recht humorig, wie sie ihn erwischt hatten, als er von der calvinischen Kanzel zu Mülheim ins Kölnische zurückgekehrt war, und wie frech er sich hatte herausreden können, aber nur weil er Student war und weil der Rat, als sie ihn verhörten, das war vor vier Wochen, einen weidlichen Schiß vor Kölns händelsüchtiger, auf ihre Privilegien pochende Studentenschaft gehabt habe. Nach Mülheim, so der Student vor den Gewaltrichtern, sei er nur eben mal hinübergefahren, weil man ihm berichtet habe, dort stehe der calvinische Prädikant auf der Kanzel im höllischen Feuer und wüchsen ihm Hörner aus dem Kopf und lasse er Fürze wie der Leibhaftige. »Sie haben mich ausgefragt, ob das wohl wahr sei, und als ich's bedauernd verneinte, da waren sie enttäuscht und ließen mich laufen.«

Der Prädikant verwies ihm solchen Spott mit Hölle und Satan und wandte sich an Heinrich Caspers. Aber da standen plötzlich, wie hereingefegt, die beiden Burschen in der Schiffshütte, die Tür hinter ihnen klappte im Zugwind, sonst war alles still, zwei, drei Sekunden lang.

Ignaz Eller, mit verschränkten Armen, einer, der weiß, wie man Schrecken verbreitet, geht langsam auf die Gemeinde zu, einige weichen zurück, ziehen die Köpfe ein, andere bleiben am Fleck, als hätten sie Posten gefaßt. Zinngießermeister Pedius tut, ohne den Blick von den Jungen zu wenden, zwei Schritt rückwärts zum Altar, greift nach dem Kelch – der muß ja verschwinden, der vor allem, der Laienkelch! –, greift daneben, da schwappt der rote Rüdesheimer übers Altartuch und spritzt auf den weißen Kittel des Statfeld eine blutige Signatur.

»Laßt euch ins Bockshorn jagen von solch milchigen Lümmeln!« schreit Heinrich Caspers. Und nun erkennt er den Burschen, jetzt wissen auch Ruiter und Jost van Elten, wen sie da vor sich haben: »Das ist der Ignaz von den Tricoronatern!« schreit Ruiter. »Derselbe, der uns beim Jost hat auffliegen lassen!«

Jetzt bricht es los. Der Königshoven, ein Schneider, aber was für ein Brocken, packt sich den Ignaz von hinten, dreht ihm den Arm auf den Rücken, daß er aufheult und in die Knie geht, drei andere pressen dem Philipp die Arme an die Wand, als wollten sie ihn ans Kreuz schlagen. »Den kenn' ich auch! Spaziert immer durch Köln mit einem sodomitischen Pfaffen!«

»Ins Wasser! Ersäufen! Ersäufen!« Einer hat es gemurmelt, andere sagen es laut, die Weiber greifen es auf: »Ersäufen! Ersäufen!«

Ignaz, auf den Knien, die Stirn fast am Boden, keucht: »Im Namen der Stadt! Laßt mich los! Ihr kommt an den Schandpfahl, ihr werdet geliefert!« Und als ihn der Ruiter hochreißt und der Königshoven ihm eine Maulschelle schmiert: »Im Namen der Stadt! Ihr endet am Galgen, allesamt!« Aber sie schleifen ihn schon zur Tür.

Philipp lehnt kreideweiß an der Wand, sie tun ihm nichts, noch nicht, sie stehn nur vor ihm, die Fäuste um seine Handgelenke geschraubt. Er reißt sich zusammen: »Wir woll'n euch doch nichts! Laßt euch erklären ...«

Sie grinsen ihn an: »Brauchst uns nichts zu erzählen; was das Jesuitenschwein vorhat, das kennen wir. Aber diesmal geht er ins Wasser. Und du gehst mit! Und wenn ihr zwei bei den Fischen seid – wer will dann wohl dem Rat noch stecken, welche Lieder wir singen?« Und einer stimmt an, und lachend fallen die anderen ein:

»Vater unser der Papst zu Rom,
vertilget werde sein Nam',
verbrannt werde sein Reich,
er sieht dem Teufel gleich.
Nun will uns Gott beraten,
die Jesuiter wollen wir braten ...«

Was fällt dem Mädchen ein, dem schwarzen Ding mit der Olivhaut? Baut sich in den Ausgang, die Arme am Türrahmen abgestützt, versperrt ihren eigenen Leuten den Weg, wie sie mit dem wimmernden Ignaz ins Freie wollen, und über die Planken mit ihm ins brackige Hafenbecken! Sie bläfft sogar – und ihr Atem riecht noch nach Wein – ihre kölnischen Brüder an, als sei sie der Statfeld und nicht Buchhändler Kessenichs Fünfzehnjährige: »Ins Wasser? Ja, habt ihr denn Satansmilch getrunken?! Das ist doch Mord! Steht wo geschrieben, daß wir morden dürfen?«

»Geh, pack dich!« sagt der Königshoven, der bullige Schneider, langt um ihre Hüfte und zieht sie sich mühlos an den dicken Bauch.

Aber die Kleine federt sich ab, und schon steht sie wieder, die Arme eingestemmt, in der Tür: »Ja, glaubt ihr, man wird die beiden nicht suchen? Das sind doch Schüler, die werden schon jetzt vermißt! Du lieber Heiland im Himmel, seid – Kerls! – nicht so blöd!«

Blaue Augen hat sie, in schwarzen Wimpern. Klein und zierlich ist sie und kann brüllen wie ein geprügeltes Maultier. Die macht, was sie will, tut, was sie denkt.

Aber jetzt haben sie das rabiate Geschöpfchen abermals aus der Tür gehoben und mitten im Raum abgesetzt und sind schon hinaus mit dem Schnüffelbuben. Der wimmert und flennt, und den anderen schleppen sie hinterdrein, der bringt, kreideweiß, keinen Ton heraus.

Da ist auch Giertchen Kessenich durch die Tür, mit den Fäustchen hämmert sie auf die Männer ein, die den winselnden Jungen schon über die Bordwand heben.

»Schon gut«, sagt der Königshoven, packt Ignaz Eller am Hosenbund, haut ihm die klammernden Finger vom Geländer und – Ruiter hilft mit – läßt ihn ins Wasser plumpsen. Er kreischt und gurgelt.

»Das war's.« Gottfried Königshoven reibt sich die Hände.

Drin in der Hütte haben sie derweil dem Statfeld geholfen, aus dem weißen, rotbespritzten Predigerkittel zu schlüpfen, die Altardecke zu falten, den Kelch zu umwickeln, das Brot in die Taschen zu stopfen. Wortlos sind sie geschäftig, können also nicht Obacht geben auf das, was draußen geschieht, können nicht wissen, daß was geschieht, und wenn es geschehen soll, geschieht's ohne Zeugen am besten …

Dann aber hören sie's alle. Aber nur Statfeld hebt den Zeigefinger: »Hat's da nicht eben geplumpst?«

Der kleine Mann stelzt gravitätisch hinaus, die andern hinter ihm her. Sie drängen sich an die Bordwand. Auch Giertchen Kessenich sieht den Jungen strampeln, greifen, die Hände gleiten an den glatten Spanten ab, er schreit, er gluckst, es sprudelt ihm aus dem Mund. Sie stürzt zum Heck, zum aufgerollten Tau, auch andere sind jetzt bei ihr, sie zerren das Tau über Bord, lassen Leine, eben kriegt der da unten den Kopf wieder hoch, mit glasigen Augen, kriegt die Arme noch einmal hoch, greift nach dem Strick, schnappt fischmäulig nach Luft …

»Ignaz!« ruft Philipp. Sie haben ihn losgelassen. Er herrscht, die ihn eben noch hinrichten wollten, an: »Zieht ihn zum Heck! An die Leiter!«

Der Ruiter murrt, er läßt sich nicht kommandieren, von dem doch nicht! Aber sie ziehen dann doch den strampelnden Jungen an der Leine zum Heck, er greift in die Sprossen und klettert triefend an Bord, äugt angstvoll, ob sie ihn nicht wieder zurückstoßen werden. Aber es kümmert sich keiner um ihn, sie gehen alle wieder in die Hütte zurück.

Giertchen Kessenich, auch sie geht hinein, dreht sich um, sieht, wie Philipp dem Jungen an Bord hilft, sieht ihn sich schütteln, ein klitschnasser Hund. Und Philipp sieht, wie sie lacht, lacht mit den Augen nur, aber er fühlt sich tief beschämt.

»Nichts wie fort!« mault Ignaz. »Ich hol' mir noch jetzt den Tod!« Er bibbert. Eiskalt ist der Rhein im April.

»Eine Sekunde noch – und ich wär' bei dir gewesen«, sagt Philipp. »Die hatten mich auch schon am Hosenboden. Die Kleine hat uns gerettet.«

»Das Aas!« schimpft Ignaz. »Die kenn' ich. Ich kenn' sie alle! – Das Aas ist die Tochter vom Kessenich, der schmuggelt gedruckte Abgöttereien …« Auch die Stimme zittert ihm, mit den Fäusten streift er die Nässe aus Hose und Hemd.

»Komm!« sagt Philipp. »Es tut mir leid, du hast alles nur meinetwegen getan. Aber jetzt müssen wir wieder hinein.«

»Bist du verrückt? Nichts wie ins Boot und zurück nach Köln!«

»Damit alles umsonst war? Sie tun uns nichts mehr, verlaß dich drauf! Jetzt red' *ich*! Und du holst dir den Tod hier im Wind.«

»Sie werden uns verpfeifen«, sagt der Schiffseigner Wilhelm auf dem Camp. »Und mein Schiff bin ich los.«

»Du bist Holländer, sie können dir nichts«, sagt der Statfeld.

»Aber den Ankerplatz in Köln werden sie mir verbieten.«

»Du ankerst in Mülheim.«

»Aber verkaufen muß ich die Ware in Köln.«

»Der Herr wird's dir lohnen«, entscheidet der Statfeld.

»Sie werden uns alle verpfeifen«, sagt jetzt auch Peter Wirtius.

»Wir sind keine Holländer, wir sind kölnische Bürger unter kölnischer Gerichtsbarkeit.«

»Sie hätten ins Wasser sollen, alle beide«, sagt der Zinngießer.

»Man hätte sie gesucht – na und? Wir wären längst in alle Winde.«

Nun kommen die Jungen herein.

»Wir wollen es gütlich beginnen«, sagt Mathias Statfeld. Breitbeinig steht Ignaz, zieht trotzig den Rotz in die Nase, das Wasser läuft aus Hose und Ärmel in einer Pfütze zusammen.

»Was wollt ihr noch hier?« faucht Peter Wirtius.

»Euch sagen, was wir hier wollten«, antwortet Philipp mit einem verlegenen Lächeln. »Und um Verzeihung bitten, daß wir euch erschreckt haben. Ich gebe ja zu: Erschrecken wollten wir euch – denn was ihr hier tut, ist unerlaubt und ein Ärgernis vor Gott und seiner kölnischen Obrigkeit ...«

»Oho!« ruft der Ruiter. »Hat die Nas' noch nicht voll!«

Und der Königshoven: »Den tauchen wir auch noch!«

»... aber wir sind nicht vom Rat geschickt, auch nicht vom kurfürstlichen Gericht. Wir sind nur hier, was von euch zu erbitten.«

»Holla, Bübchen, so geht das nicht!« sagt Peter Wirtius und tritt, von seiner Frau geschubst, einen Schritt vor. »Der da« – er zeigt auf Ignaz – »hat uns gedroht, er käme vom Rat, wollt' uns dem Greven liefern, verhieß uns den Galgen!«

»Als ihr ihn angegriffen habt!« sagt Philipp. »Als er am Boden lag, als er schrie vor Schmerz – erst da hat er …«

»… hat er die Katz' aus dem Sack gelassen, hat er verraten, was ihr vorhabt mit uns! Er hat's doch schon einmal gemacht vor vier Wochen bei Sankt Marien! Stimmt's, Jost?«

Jost van Elten nickt. »Der war's! Und damals hat er die Stadtsoldaten gleich mitgebracht. Umstellt war der Saal! Gottlob, das kann er hier nicht!«

»Warum denn müssen wir unser Abendmahl auf dem Schiff halten, versteckt im Mülheimer Eck?!« sagt Heinrich Caspers. »Weil wir in Köln nicht mehr sicher sind vor euch bezahltem Judaspack!«

»Still doch!« sagt die Bäckerin Arnoldi. »Bringst sie nur gegen uns auf! Die haben doch die Trümpf' in der Hand. Der Schwarze kennt jeden von uns beim Namen!«

»Hört mir zu!« ruft Philipp. »Kein Mensch wird erfahren, was hier geschah! Auch keinen Namen gebe ich preis!«

»Das schwört!« ruft Jost van Elten.

»Ich hab's versprochen – ich schwör' es auch!«

»Aufs Kreuz vom Statfeld!«

Sicher war es Sünde, auf ein calvinisches Kreuz zu schwören. Aber es stirbt sich an einem Marterholz so gut wie am anderen; so taugen beide wohl auch zum Beten und Schwören. Er geht auf den Statfeld zu, der nestelt sein silbernes, mit Achaten besetztes Kreuz aus dem Wams. Philipp legt zwei Finger der Linken darauf, hebt die Rechte.

»Beim Kreuz unseres Heilands!«

Sie murmeln ein Amen.

»Nun könnt ihr heimgehn«, sagt Philipp. »Nur mit einem hätt' ich gern noch gesprochen. Wem gehört das Schiff?«

»Mir«, sagt Wilhelm auf dem Camp zögernd.

»Du bist närrisch!« flüstert Ignaz. »Närrisch bist du! Gibst alle Pfänder aus der Hand! Jetzt sollst mal sehn, wie sie dich hochgehn lassen, dich und deine Postmeisterhex'! Verdammt auch, mich friert!«

Ein scharfer Luftzug weht herein. Die Männer und Frauen drängen durch die offene Tür, klettern in ihre drei Boote, lautlos und flink; sie sind froh, den unheimlichen Burschen zu entkommen. Der Statfeld steht am Heck, dort wo die Bordleiter abwärts führt, und jedem legt er die Hand auf den Kopf: »Der Herr sei mit dir!« Er verabschiedet sich mit Händedruck vom Schiffer Wilhelm, stellt sich auch vor die Burschen hin, sagt:

»Der Herr wird euch erleuchten eines freudigen Tags« – und dann springt er wieder, von Bord zu Bord, zur Mülheimer Lände, wo am Stapelhaus sein Pferd auf ihn wartet.

Giertchen Kessenich, die am Bugausgang der Schiffshütte gestanden und den ablegenden Booten nachgeschaut hat, rafft den Rock, vorsichtig setzt sie die kleinen Füße über das ausgerollte, geschlängelte Tau und erscheint in der Hütte, wo der Schiffer, Philipp und der nasse Ignaz sich am Tisch niedergelassen haben.

»Ich bleib' bei Euch, Wilhelm«, sagt Giertchen und setzt sich, den Jungen gegenüber, an seine Seite. »Es kommt mir vor, als könntet Ihr einen Zeugen brauchen.«

Sie sieht den Jungen in die Augen, erst Philipp, dann Ignaz, ruhig, forschend, ohne Mißtrauen, aber Philipp begreift: Die hört einen falschen Zungenschlag.

Der Schiffer steht auf, zieht die Vorhänge zur Seite und blickt durchs Fenster. Die Boote haben schon die Südspitze der Au erreicht, die langen Ruder heben und senken sich wie Flügel großer Vögel.

»Wir wollen einen Dienst von Euch«, sagt Philipp, als der Schiffer sich wieder gesetzt hat. »Aber so was tut keiner freiwillig. Nicht so gern. Deshalb, als wir erfuhren, daß hier eine irrgläubige Messe gehalten wird ...«

»Von wem erfuhrt ihr das?« fragt der Schiffer.

Philipp wirft einen Blick auf Ignaz, der zieht die Mundwinkel ein. Die Agnes Arnoldi aus der Spelunke am Eigelstein hat's ihm gesteckt, daß ihre Mutter am Sonntag aufs Schiff geht, den Statfeld zu hören. Er hat sie bezahlt für den Wink, aus seiner denunziatorischen Kasse, er wird sich hüten, sie zu verraten.

»Wir wollten euch einen Schrecken einjagen, das stimmt«, sagt Philipp. »Und dann wollten wir unsere Forderung stellen.«

»Erpressen«, sagt Giertchen Kessenich.

»Wenn ihr's so nennen wollt ... Aber aus Not!« Er schämt sich schon wieder vor dem Mädchen. Er muß sich zusammennehmen. Um Katharinas willen! »Jetzt hab' ich euch kennengelernt«, sagt er weich. »Ich hab' ja geschworen; nun kann ich euch nicht mehr erpressen. Ich bin sicher, ihr werdet meine Bitte erfüllen.«

»Nennt sie!« sagt Wilhelm auf dem Camp. Sein furchiges Gesicht wird immer verschlossener.

»Wie lange bleibt Ihr noch in Mülheim liegen?«

»Drei Tage. Vielleicht auch eine Woche.«

»In längstens drei Tagen bringen wir Euch eine Frau, eine vornehme Dame aus Köln. Die sollt Ihr auf Eurem Schiff verbergen und mit nach Holland nehmen.«

»Wohin?«

»Nach Utrecht.«

»Nach Utrecht, natürlich ...«, sagt Wilhelm auf dem Camp. Philipp scheint es, als habe dieses »natürlich« etwas zu bedeuten – als habe er leichtfertig etwas dahingesagt, woraus der Schiffer Schlüsse ziehen konnte.

»In Utrecht setzt Ihr sie an Land, sie findet dann selber weiter. Ihr habt dann alles getan, was wir von Euch verlangen.«

»Und an den Zollstationen – was mach' ich da? Hat sie Papiere? Und welche Religion? Und wenn sie die Laderäume durchsuchen?«

»Sagt, sie sei Eure Frau, Eure Magd!«

»Das ist mir zu heikel, zu knifflig ist mir das ...« Er kratzt sich hinterm Ohr.

»Was ist mit dieser Frau?« fragt Giertchen Kessenich.

»Das braucht euch nicht zu kümmern. Es ist auch besser, er weiß es nicht – wenn man fragt.«

»Ihr habt was von Not gesagt. Ist sie in Not?« Ihre Augen gehen wieder zwischen Philipp und Ignaz hin und her, aber länger verweilen sie auf Ignaz, der hat die Fäuste vom Kinn genommen, reckt und räkelt sich, als halte er's nun nicht mehr lange aus.

»Sie ist gefährdet«, sagt Philipp. »An Leib und Leben.« Und jetzt wird ihm klar, daß er alles falsch gemacht hat.

»Ich kann's nicht«, sagt der Schiffer und steht auf. »Ich darf es nicht. Es ist wider das Gesetz. Ich hab' den starken Nerv nicht mehr für solche Sachen.« Er stapft durch die Hütte.

Ignaz schlägt mit der Faust auf den Tisch und springt auf. »Da hast du's jetzt!« schreit er Philipp an. »Mit deiner Sanftmut! – Aber da tu ich nicht mit! Erpreßt wird! Strafgeld, Auspeitschung, Stadtverweis!«

»Halt's Maul!« Philipp stößt ihn auf die Bank zurück. »Ich hab' geschworen, daß ich nichts verrate!«

»*Du* hast geschworen! Und auf was? Auf ein calvinisches Kreuz! Da kannst ja auch gleich auf den Laienkelch schwören!« Er steht wieder auf und wringt das Wasser aus seinen Ärmeln. »Ich hab' *nicht* geschworen, und deshalb geb' ich euch alle an beim Ehrsamen Rat – wenn ihr die Frau nicht nach Holland nehmt!«

Der Schiffer ist bleich geworden. Giertchen sitzt ruhig am Tisch und betrachtet ihre Fingernägel, einen nach dem anderen. Philipp hat es vor Wut die Sprache verschlagen – aber was ihn verstimmt, lähmt, unfähig macht, sich von Ignaz zu distanzieren, das ist die Einsicht, daß er ihm, wenn er noch eine Chance wahrnehmen will, Katharina zu retten, nicht widersprechen darf! Er hatte mit seiner Redlichkeit, seinem Vertrauen auf Einsicht und Hilfsbereitschaft alles falsch gemacht; er war wohl schon ein rechter Mönch, gewiß kein Kind von dieser Welt. Und mochte auch Ignaz manches falsch gemacht haben (wie konnte er, diesmal unbeschützt von kölnischen Stadtsoldaten, nur glauben, man werde im freigläubigen Mülheim vor seiner Jesuitenschülerherrlichkeit kapitulieren!) – wenn einer, dann war er der Mann, das aufgelaufene Schiff wieder flottzumachen.

»Also? Was ist?« Ignaz geht schon zur Tür.

Der Schiffer tut den Mund auf, aber Giertchen ist schneller: »Wenn diese Frau verfolgt wird – nun, wir sind auch verfolgt. Wir wissen, wie das ist. Ihr braucht uns nicht mehr zu drohen. Ihr braucht uns nicht zu verraten. Wenn nichts anderes mehr diese Frau retten kann als die Flucht, dann wird Wilhelm sie mitnehmen. Nicht weil ihr ihn erpreßt, sondern weil er ein Christ ist. Ein so guter wie ihr allemal. Stimmt's, Wilhelm?« Sie kommt hinter dem Tisch hervor, zierlich und resolut. Sie stellt sich dicht vor den hochgewachsenen Mann, blickt auf zu ihm, fährt mit leisen Fingern über das runzelige Ledergesicht.

»Also gut«, murrt der Schiffer. »Wenn ihr meint. Wenn auch du es meinst …«

Sie schlagen ein: Philipp und Wilhelm, top und top.

»Nehmt ihr mich mit?« fragt das Mädchen. Sie pfeifen dem Bootsmann auf der Au, der holt sie ab, und sie setzen über nach Köln.

15

Dies sollte der Tag des Kurfürsten werden: ein Tag der Freude, der Einkehr, der Danksagung. Es wurde ein Tag, der alte Wunden aufbrechen ließ, ein Tag des Mißtrauens und der Eifersucht, und auch zwei Tote sollte er kosten.

Der Himmel war mäßig blau, mit weißen, bauschigen Wolken beflaggt, als gegen die Mittagsstunde, von Süden aus den Auwäldern tretend, der Zug des kurkölnischen Landesherrn über das weite Vorfeld den Wällen und Bastionen der Stadt entgegenrückte.

Auf diesem Feld, das, den Festungsmauern vorgelagert, die ganze Stadt umfaßte und im Norden wie im Süden bis an das Rheinufer führte, durfte kein steinernes Haus errichtet werden; auch Bäume und Sträucher hatte man niedergelegt, um bei Überfall und Belagerung freien Schuß zu haben. Als sich der Zug, voran der Herold und ein Trompeter zu Pferde, der ersten, noch weit vor dem Severinstor postierten Feldwache näherte, hob sich der Schlagbaum. Breitbeinig, mit Fähnlein und Gewehr, präsentierte eine Rotte Stadtsoldaten, ihr Offizier schwenkte den Federhut.

Der Kurfürst ließ halten, ein livrierter Diener sprang vor den Kutschkasten und öffnete den Schlag, der Offizier trat heran und schmetterte seine Meldung. Gnädig dankend ließ der Kurfürst weiterfahren. Zu seiner Rechten saß sein Weihbischof, Otto Gereon Gutmann zu Sobernheim, zur Linken Herr Severin Binius, Domherr zu Köln und Rektor der Hohen Schule, und dem schwante nichts Gutes. Denn spätestens als der geöffnete Wagenschlag sein Blickfeld erweitert hatte, mußte der Kurfürst wahrgenommen haben, was sich da auf dem Felde tat. Und schon kam seine Frage: »Hütten und Zelte?«

Severin Binius war Seiner Durchlaucht nach Schloß Brühl entgegengereist, um ihn, im Namen der Stadt und des Domkapitels, zur festlichen Eröffnung der Synode würdig einzuholen. Vor kaum zwei Tagen hatte er die Stadt verlassen – und im Rat war noch keine Rede gewesen, daß man den alten, so gern geübten Brauch, der wieder und wieder zu Mißhelligkeiten mit dem Herrn des Erzstiftes geführt hatte, ausgerechnet heute, da der Kurfürst in den Mauern der Freien Reichsstadt weilte, wiederaufleben lassen wollte.

Nun aber: Hütten, Zelte, Buden, Sonnenschirme … Sogar die Scheiben waren schon aufgestellt. Und überall die kölnische Stadtfahne mit den drei Kronen! Doch kein Mensch war weit und breit zu sehen.

Mit trockenem Mund sagte Binius: »Sieht in der Tat aus wie zum Schützenfest ... Kann sein, daß der Stadtrat in meiner Abwesenheit ...«

»Zum Schützenfest? So bald nach der Kölner ›Gottestracht‹? Und auf erzstiftischem Terrain, wie schon oftmals gegen Unseren Widerspruch versucht? Nun – ein Affront!« Leidenschaftslos klang des Kurfürsten wohllautendes Organ mit dem bayerischen Timbre, diese weithin gerühmte ›Glockenstimme‹. »Man wird mir Rede stehen müssen. Allein die Schlagbäume sind schon eine Provokation.« Er schloß mit seiner Lieblingswendung: »Nun, es wird sich finden.«

Ferdinand lehnte sich zurück. Er war tief vergrämt.

Die Spitze des Zuges hatte sich dem zweiten Schlagbaum genähert, und da brüllte es auf von den Wällen. Vom Bayenturm wie von der Bottmühle klotzte grobes Geschütz den Ehrensalut, und vom zinnengekrönten Severinstor, das hinter lang herabhängenden rotweißen Fahnen fast verschwand, stiegen Raketen auf, zerplatzten grellbunt unter dem sanftblauen Mittagshimmel. Es huben die Glocken aller Kirchen zu läuten an, von Sankt Georg bis Sankt Katharinen, von Sankt Pantaleon bis Sankt Maria im Kapitol, und in das Schwingen und Dröhnen, Pfeifen und Detonieren mischte sich vielhundertfacher Hufschlag, als der Zug, nun in den Mauern der Stadt, die breite, zum Teil bereits buckelig gepflasterte Straße erreichte, die an Sankt Severin, an Sankt Katharinen und am Waidmarkt vorbei schnurgerade zur Haupt- und Domkirche von Sankt Peter führte.

Hinter Herold und Trompeter ließ der Hof-Fourier seinen Schecken tänzeln; an die sechzig ›Blauröcke‹ zu Pferde, die hier wenig beliebte kurkölnische Polizei, begleiteten mit hochmütiger Miene drei große, mit grauen Planen bedeckte Fourage- und Bagagewagen, gefolgt von einem Dutzend Maultiere mit Stallknechten und Roßbuben. Vor einer stramm marschierenden Feldmusik ritt der Heerpauker, schwer schabten die mächtigen Kessel dem Pferd an den Flanken, Querpfeifer bliesen den Marsch, hochgestiefelte Trommler in schwarzen Hosen und

Wämsern, mit fallenden weißen Kragen, rotgefärbte Straußenfedern auf den breitkrempigen Hüten, schlugen den Takt. Dann, auf schabrackenbehängten Pferden, die Grafen, der Adel, die Ritterschaft, voran des Erzstiftes Erbmarschall, Herr Graf zu Salm und Reifferscheid. Zu Fuß kamen der Kurfürstlichen Durchlaucht Hofjunker daher, geschniegelte, langlockige Herrchen mit Röcken aus rotgoldenem Brokat, die Ärmel geschlitzt, mit Spitzenjabots und gebauschten Hosen. Einige warfen nach welscher Sitte Kußhändchen in die Menge, die, dicht und dichter gereiht, die Straße vor den Frauenbrüdern säumte und ohne sonderliche Emotion die von sechs Rappen gezogene Karosse des Kurfürst-Erzbischofs begaffte. Der mit vergoldetem Zierat beschlagene Kutschkasten schwang, trefflich gefedert, zwischen den kleinen Vorder- und den großen Hinterrädern; sogar die verschnörkelten Speichen waren vergoldet.

Die Bürger und Bürgerinnen vom ›Vringsveedel‹ nahmen am Straßenrand nicht allzuviel wahr von Seiner Durchlauchtigkeit – weder die ehrfürchtig Dienernden noch die kühlen Skeptischen, denen der Kurfürst am liebsten war, wenn er in Bonn oder Brühl oder Kaiserswerth auf seinen Schlössern saß und Köln eine gute Stadt sein ließ. Und gerade jetzt hätten sie gern sein Gesicht gesehen, da ihm nicht entgangen sein konnte, was sich draußen auf dem Feld vorbereitete. Was malte sich auf diesem schmalen bleichen Antlitz? Entrüstung? Wut? Oder Resignation? Strich er sich zornig das spitzbärtige Kinn, zwirbelte er den Lippenbart, glomm in den kühlen wasserblauen Augen gefährlicher Glanz? Manchen, die den Beschluß des Rates gestern noch gutgeheißen hatten, kam er nun kühn, ja provokatorisch vor; sie meinten, zur feierlichen Eröffnung der Synode hätte man auf das Schützenfest denn doch verzichten sollen.

Der Karosse folgte die Leibgarde, voran der Rittmeister mit bloßem Degen, sechzig Mann hinter ihm, die polierten Musketen schräg vor der Brust haltend. Dann kamen acht Kutschen, vier- und sechsspännig; in der ersten der kölnische Generalvikar, Herr Johann Gelenius, mit dem päpstlichen Nuntius, in den beiden nächsten Räte, Kanzlei- und Hofbedienstete.

Zum Beschluß marschierte eine Kompanie Arkebusiere und Hellebardiere, wettergebräunte Kerle in Pluderhosen und kurzen Mänteln, die Offiziere mit goldenen Ketten und Feldbinden aus Brokat, lange Pistolen im Halfter; einige trugen den Harnisch, Bruststücke und Helme waren in gleißendes Gold gefaßt.

Noch ehe die riesige Staubwolke über dem sandigen Vorfeld sich wieder gesenkt hatte, traf der Kurfürst vor Sankt Peter ein. Ihm entgegen schritt, als er der Karosse entstieg, der Rat der Freien Reichsstadt: die beiden Bürgermeister, Herr Johann von Bolandt und Herr Melchior Geil, begleitet vom Rentmeister, Stichmeister und den Syndici, gefolgt von den übrigen Räten und den elf Domherrn des Kapitels. Ein wenig abseits hielt sich in seinem Rollstuhl der uralte Greve, der Vorsitzende des Kurfürstlichen Weltlichen Gerichtes in der Stadt Köln, das Anspruch auf die Blutgerichtsbarkeit hatte – sehr zum Verdruß eines Ehrsamen Rates.

Man wechselte höfliche Worte, der Kurfürst hielt an sich, bat aber, mit Nachdruck, die beiden Bürgermeister, noch vor Beginn der heiligen Messe in die Sakristei zu kommen. Stadtpolizisten zähmten die Neugierigen mit ihren Hellebarden, den vorgefahrenen Kutschen entstiegen die Herren des Gefolges, die berittenen Ehrengäste saßen ab, Kutscher und Troßknechte führten Karossen und Pferde zum Neumarkt.

Ferdinand aus dem Hause Bayern-Wittelsbach, von Gottes Gnaden Erzbischof von Köln und Kurfürst, Bischof zu Münster, Paderborn, Lüttich und Hildesheim, Administrator der Stifter Berchtesgaden und Stabul, Pfalzgraf bei Rhein, Herzog in Ober- und Niederbayern, Westfalen, Engern und Bouillon, Markgraf zu Franchimont – Ferdinand, jetzt einundfünfzig Jahre alt, hatte kein leichtes Leben.

Seine Jugend hatte er dem versoffenen, verhurten Onkel opfern müssen. Weil dieser Herzog Ernst, dieser traurige Erzbischof und Kurfürst, nicht nur sein bereits vom Truchseßschen

Kriege ausgeplündertes, tief verschuldetes Land verkommen ließ, sondern auch dem Heiligen Vater keine bittere Zähre der Scham und Entrüstung ersparte, hatte man den blutjungen Ferdinand zum Koadjutor im Geistlichen Fürstentum Köln ernannt. Absetzen konnte man Ernst ja nicht gut, diesen blamablen, ungeweihten Erzbischof. Denn wie hätte das ausgesehen: Erst führte man gegen Gebhard Truchseß, einen zum Häretiker gewordenen, verheirateten Kirchenfürsten um Ernstens willen erbittert Krieg, gewann die Fehde mit viel Müh und Blut – und nun sollte man den unwürdigen Nutznießer wieder vom Throne stoßen? Dann schon lieber diesen jungen strebsamen Mann vom militant katholischen Wittelsbacher Hof ihm an die Seite gesetzt! – doch was heißt schon an die Seite? Dieser gewissenlose Ernst war ja im Grunde froh, daß ihm endlich einer die lästige Verwaltungsarbeit abnahm! Oft und öfter zog er sich ins entlegene Arnsberg aufs Faulbett mit seiner Konkubine zurück. Dort sollte er dann auch, von seinen Sünden aufgeschwemmt, zugrunde gehn. Er starb an der Wassersucht, doch ausgesöhnt mit seiner Kirche.

Nun wieder ein Bayer in Bonn! Was war der nicht schon alles: Dompropst in Straßburg – als er das wurde, war er erst acht! –, Inhaber von Dompfründen zu Mainz, Trier, Salzburg, Passau und Eichstätt, Thesaurar des Kölner Kapitels, als Fünfzehnjähriger in Rom zum Päpstlichen Hausprälaten ernannt, bald darauf Wirklicher Abt von Berchtesgaden. Mit achtzehn Jahren also hatte man ihn als Koadjutor in den verrotteten, haushoch verschuldeten Hof zu Bonn verpflanzt, wo man ihm nicht einmal ein Bett mit reinlichen, unzerrissenen Laken anzubieten hatte, wo allerhand Gelichter, das sich ›Hofstaat‹ nannte, in den verwahrlosten Prunkgemächern lungerte, so daß dem jungen Mann gar nichts anderes übrigblieb, als auch noch seine Hunde ins Schloß zu lassen, und er besaß deren vierzehn: vier elegante Windspiele und zehn grobe Hetzer. Er ließ sie reihum in seinem Schlafzimmer nächtigen; so war er wenigstens sicher vor Meuchelmord.

Seine Ratgeber belogen ihn mit abgefeimter Pfaffenmiene – wie verlangte ihn nach seinen frommen, klugen Jesuitenlehrern zu Ingolstadt! Wie fehlte ihm der große Gregor von Valencia! In Furcht vor solideren Zeiten preßten jene korrupten Beamten ihm noch in letzter Minute, ehe er ihrer Schäbigkeit innewerden konnte, handsame Zuwendungen, einträgliche Pfründen ab. Gelegentlich unterschlugen sie auch seine Briefe nach München (oder der Sekretär plauderte, gegen ein Entgelt, ihren Inhalt aus) – diese rührenden, hilflosen Schreiben an Vater Wilhelm, an Bruder Maximilian: »Ich bin der Meinung, gnädigster Herr Vater, ein anderer, der so viel treuherzige Ermahnung bekommen hätte, wäre ins Kloster gegangen oder gar Heiliger geworden. Nur ich bessere mich nicht. Quae miseria! ...«

Vor seinem Beichtvater, und nicht nur vor dem, zuweilen vor allen seinen Leuten, schalt er sich, tief zerknirscht, einen Geilbock und Wollüstling. Da wurde ihm tröstend bedeutet, sein Onkel Ernst habe es weit schlimmer getrieben – und das stimmte ja auch.

Nun hätte weder in seinen Landen noch auch im fernen Rom solch läßlicher Sünden wegen ein Hahn gekräht. Aber nach einem Erzbischof Gebhard Truchseß, der eine sehr schöne Agnes geheiratet hatte, der evangelisch geworden war und doch sein Land hatte weiterregieren wollen – und nach einem Erzbischof Ernst, der mit seiner Konkubine gar einen Sohn gezeugt hatte und auch sonst nicht gut tat, war ein dritter geistlicher Sündenbold zu Bonn nun wirklich nicht mehr opportun. Das war auch Ferdinand klar. Und er hatte ein Versprechen einzulösen: Seine Mutter hatte es schon dem Elfjährigen abgenötigt, der noch nicht wissen konnte, auf was er sich da einließ. Aber sie war von der Art jener Mütter, die ihre Söhne auf einen ganz bestimmten, den mütterlichen, Katechismus verpflichten. Dies aber hatte er ihr geschworen und später brieflich bekräftigt, und Jahr für Jahr, wenn der Tag seiner heiligen Kommunion wiederkehrte, hatte sie ihn daran erinnert, »daß er in seinem Leben alles aufbieten werde, um viele Lutherische und andere Ketzer zu bekehren und ihnen zur ewigen Freude und Seligkeit zu verhelfen«.

Und daran ließ er's denn auch nie fehlen.

16

Diese hier war's!« sagte der Weihbischof Otto Gereon von Gutmann zu Sobernheim, als Ferdinand an der Spitze des Klerus durch das Portal der Apostel den Dom betrat. Der hochgewachsene elegante Priester wies auf eine uralte, bis vor kurzem nur wenig beachtete Muttergottes, die zur Rechten des Eingangs von ihrer steinernen Konsole auf ein flimmerndes Kerzenmeer blickte. Dem Jesuskind fehlte der Kopf. Keiner wußte, wie er abhanden gekommen war.

»Vor unvordenklichen Zeiten«, behauptete Otto Gereon kühn, als der Kurfürst fragte, wann das geschehen sein mochte. »Aber vielleicht ist es gerade *das*?«

»Wie meinen Sie?« fragte Ferdinand und blinzelte mit schrägem Kopf in den Kerzenschein.

»Um auf diesen Mißstand aufmerksam zu machen – gerade deshalb könnte sie wundertätig geworden sein.«

»Es wäre immerhin denkbar«, sagte der Kurfürst. Mit Unbehagen blickte er auf die Krücken, Verbände, Stöcke, die ungefügen Prothesen, die hölzernen, blechernen, wächsernen Nachbildungen von Armen, Händen, Fingern, Beinen, Gelenken, die, sorgsam in Reihen ausgelegt, vom wunderbaren Wirken der Madonna zeugten.

»Es steht schlimm um unsere Diözese«, sagte Ferdinand und ließ seine Stimme glockenhaft mahnen, »wenn die Gottesmutter erst etliche Wunder verrichten muß, bis mein Klerus bemerkt, daß dem Jesusknaben der Kopf fehlt ...« Er streifte den irritierten Weihbischof mit einem kritischen Blick und wandte sich an den Generalvikar: »Gehen wir, Gelenius! Warum, übrigens, läuten die Glocken nicht mehr?«

Auf dem Weg zur Sakristei durch die noch menschenleere Kathedrale sagte Johann Gelenius – seine Rede war eher ein Hauchen, aber gerade deshalb ließ man sich kein Wort entgehen: »Das Geläut vorhin, das galt Eurem Einzug, Durchlaucht. Es war ein von der Stadt Köln verordnetes oder – wie man sich hier auszudrücken beliebt: ein vom Rat der Stadt Euer Durchlaucht *gewährtes* Geläut. Das Läuten zur Messe aber, das Euer Durchlaucht völlig zu Recht vermißt – das ist vom Stadtrat nicht genehmigt worden.«

»Und warum nicht?« fragte Ferdinand.

»Weil es nicht rechtzeitig beantragt wurde.«

Ferdinand blieb stehen. Er kannte diese Querelen, sie widerten ihn an. Lieber kam er noch einmal auf die Wunder wirkende Maria zurück, die seit einigen Wochen Aufmerksamkeit und Glaubenskraft des Kirchenvolks in solchem Maße beanspruchte, daß selbst der Besuch der Messe vernachlässigt wurde, von der Verehrung der Heiligen ganz zu schweigen.

»Gibt es glaubwürdige Zeugen?«

»Kantor Nikolaus von Neuß, Vikar an Sankt Kolumba, hat unter Eid zu Protokoll gegeben, daß die Figur ihn von einer schmerzhaften Kolik befreit hat«, berichtete Weihbischof Gereon. »Kantor Nikolaus hatte zuvor drei Rosenkränze vor dem Bildnis gebetet, mit einigen anderen Vikaren gesungen, und beim dritten Psalm fühlte er sich aller Schmerzen ledig. Vier pfundschwere Wachskerzen hat er gestiftet.«

»Wie denn neuerdings, Euer Durchlaucht, gerade die Heilung von Koliken wieder und wieder berichtet wird!«

Ein kleiner, blaß und unscheinbar aussehender Mann im Talar der Universitätslehrer, mit reich gefältelter weißer Kröse, eine goldgefaßte Brille vor den Augen, hatte sich zwischen Ferdinand und den Generalvikar gedrängt. »Wir haben solche Heilungen auch bitter nötig. Man hext wieder in Köln – und mit Koliken fängt es ja meistens an.«

»Ach, der liebe Doktor Glimbach!« sagte der Kurfürst überrascht und sah freundlich auf ihn herab; Ferdinand war von hohem Wuchs. »Man wird bald Rektor unserer Hohen Schule, wie ich höre?«

»Ein Gerücht, Euer Durchlaucht!«

»Nicht so bescheiden, lieber Glimbach. Wie steht es zu Sankt Severin?«

Der kleine Mann, so gnädig durch Anrede und Nachfrage ausgezeichnet, bekam rote Ohren. »Zu Sankt Severin stünde es gut – wenn unser lieber Propst nicht so viel Herzenskummer hätte. Das ganze Dekanat nimmt Anteil!«

»Propst Hartger Henot?« fragte der Kurfürst. Den mochte er nicht so gern. »Und wie denn? Herzenskummer?«

»Nun, nun …« Glimbach lächelte dünn. »Seiner Schwester wegen! Doch ich möchte Durchlaucht mit diesen Dingen nicht betrüben …«

Sie hatten das südliche Schiff des Langhauses durchmessen, es war, wie alle Fragment gebliebenen Bereiche des Doms, mit einem niedrig aufliegenden Holzdach versehen und verleugnete mit seinen farblosen, nur erst halbhohen Fenstern, seinen wie abgeschnittenen Pfeilern und Säulen an keiner Stelle das Provisorium.

Erhaben umfing sie der vollendete Chor. Sie betraten den Umgang, umschritten den Hochchor, beugten das Knie vor dem uralten Gero-Kreuz, verweilten für eine Minute andächtig vor dem goldenen Dreikönigsschrein und schickten die Blicke empor zum farbglühenden Bibelfenster mit seinen Propheten und Königen und mit Jesu Lebensstationen bis zu Kreuzestod und Himmelfahrt.

Vor der Sakristei beschied der Kurfürst den Generalvikar und den Weihbischof zu sich, dazu die assistierenden Prälaten, während die anderen Herren des Gefolges sich in der Kirche verteilten, um ihre Plätze einzunehmen oder ihren Pflichten bei der Vorbereitung des Hochamts nachzukommen.

Denn jetzt wurden die Tore auch für die Bürger geöffnet. Mit ihren Wappenfahnen zogen die zweiundzwanzig Zünfte ein:

voran die Ritterzunft ›Eisenmarkt‹ mit den vornehmsten Kaufleuten der Stadt, gefolgt von der Goldschmiede-Gaffel, dann die Gaffeln der Schmiede, Fischmenger, Maler, Bierbrauer, Faßbinder und Gürtelmacher. Über den Steinmetzen schwankte das Fähnlein mit Hammer und Beil, die Fleischhauer führten Kalb und Schwein im Wappen, die Bäcker Brezel und Weck. Wollenweber, Harnischmacher und Kannengießer gingen in der Mitte des Zuges, dahinter die Leinenfärber, die Kürschner, Schneider und Leinenweber, und endlich die Ritterzünfte ›Windek‹, ›Aren‹ und ›Himmelreich‹.

Und nun begannen auch die Glocken wieder zu läuten: Pretiosa und Speciosa, die Zweihundertjährigen. Das ließ auf ein freiwilliges Einlenken des Rates, auf eine versöhnliche Geste vor der Unterredung schließen.

»Ach, Doktor Glimbach?« sagte der Kurfürst, schon in der Tür zur Sakristei, und wandte sich um. Man geleitete den Stiftsdechanten, der sich bescheiden entfernt hatte, zum Erzbischof zurück. »Kommen auch Sie mit uns! Bis unsere Herren Bürgermeister sich zu mir bemüht haben, können Sie mir noch etwas deutlicher machen, wie es sich mit der Schwester unseres lieben Henot verhält. Ist ja wohl ein beträchtlicher Altersunterschied zwischen den beiden?«

Sie betraten die Sakristei und nahmen auf den umlaufenden Bänken Platz.

»Postmeister Jakob Henot ist sehr alt geworden, Euer Durchlaucht«, sagte Glimbach. »Die Mutter seines Sohnes Hartger starb früh. Viel später hat er noch einmal geheiratet. Mit beiden Frauen zeugte er siebenundzwanzig Kinder – doch fast alle starben im zarten Alter.«

»Hatte Lendenkraft, der alte Henot – wie?«

Die hohen geistlichen Herren schauten beklommen vor sich hin, und wenn sie einen Blick tauschten, vermieden sie mühsam ein nachsichtiges Lächeln. Sie erinnerten sich, daß Ferdinand noch vor zwei Jahren allen Ernstes erwogen hatte, sich seiner Würden zu begeben und doch noch zu heiraten, und man munkelte auch schon, wen. Nun, er war bereits über fünfzig, und da war's gewiß der Johannistrieb.

Mit Unbehagen bedachten die Prälaten wieder einmal, daß ihr Erzbischof, wie schon sein Vorgänger, noch immer die Weihen nicht empfangen hatte, also zur Feier des Altarsakraments, wiewohl doch Erzbischof und ihnen allen übergeordnet, nicht berechtigt war. Ja, nicht einmal einen halbwegs wirksamen Segen vermochte er zu spenden, zu schweigen vom Sakrament der Taufe und der Ehe. Der Heilige Vater hatte schon mehrmals gemahnt, auch Bruder Maximilian zu München redete brieflich ins Gewissen – es half nicht das mindeste. Es war, als wolle der stattliche Herr für die Flucht an einen häuslichen Herd sich noch ein Hintertürchen offenhalten.

Aber was sollte Doktor Glimbach dem Kurfürsten auf die Frage nach des alten Henot Lendenkraft antworten? Er hob die Schultern. »Daß Hartgers Schwester nun in den Verdacht der Hexerei geraten mußte … Ein Mann, der sein ganzes Leben lang unserer heiligen Kirche treu gedient hat! Höchst betrüblich. Schließlich war er sogar in Rom!«

Das war dem Erzbischof bekannt – und mochte es auch lange her sein, er trug's dem Henot nach. Der Propst war von dem unguten Kurfürsten Ernst, Ferdinands Onkel und Vorgänger, seinerzeit zum Anwalt seiner Interessen beim Heiligen Stuhl bestellt worden und hatte bemüht sein müssen, die Bestallung Ferdinands als Koadjutor seines Oheims Ernst zu verhindern.

»Aber wie denn? Katharina Henot? Die Postmeisterin? Eine Hexe?«

»Nur ein Verdacht vorerst, Euer Durchlaucht. Eine Kolik – mit der fing es an. Ein unbedarftes Weib, eine Wäscherin. Ein Glas Wein und eine Kolik, ja. Eine Anzeige beim Kommissariat – Durchlaucht wissen, daß ich ehrenhalber das kölnische Hexenkommissariat verwalte? Ich entsandte sogleich Professor Ostermann von der Rechtsfakultät, Verfasser eines juristischen Kommentars. Es kam zu einer Prüfung und zu einem allerdings beklemmenden Ergebnis. Wir behalten den Fall im Auge.«

Abermals war Ferdinand verstimmt. Ging es nun wieder an? Vor gut und gerne zwanzig Jahren hatte er ein Dekret gegen das leidige Hexen- und Zauberwesen erlassen müssen, ein sorgsam ediertes Schriftstück, das die Hexenprozesse fortan auf eine unanfechtbare Grundlage stellte. Die Verordnung, die den Ablauf des gesamten Verfahrens festlegte, hatte seither gute Dienste getan; man hatte einige Dutzend dieser erbärmlichen Weiber, hin und wieder auch einen Zauberer, gerecht judizieren und exekutieren können. In den letzten Jahren war es stiller geworden – nicht im Lande draußen – bewahre! –, aber in der Stadt Köln hatte man offenbar gute Arbeit geleistet, sie schien hexenfrei zu sein. Und jetzt? Kein Waschweib, keine Dirne, keine Hebamme, keine stinkende Vettel – sondern ein junges Weib aus dem besten Bürgerstand? Katharina Henot, Schwester des Propstes von Sankt Severin, Postmeisterin der Stadt Köln! War das zu denken?

»Aber streng nach der Regel inquirieren!« sagte Ferdinand und hob lehrhaft den Finger. »Machen Sie Ihren Einfluß auf Richter und Schöffen geltend, lieber Glimbach, man hört auf Sie. Ich werde erwägen, ob ich meine Verordnung nicht erneuern soll. Wahrheiten, die man wiederholt ausspricht, werden zwar nicht wahrer, wohl aber wirksamer. Danke, lieber Glimbach!«

Der Stiftsdechant fühlte sich entlassen und verließ rückwärts, sich mehrmals verneigend, die Sakristei.

»Nun aber nichts mehr von solchen Dingen!« sagte der Kurfürst. Die Tür öffnete sich wiederum, und wieder drang mühsam gedämpfter Stimmenschwall aus der riesigen Kirchenhalle herein. Es erschienen die Herren Bürgermeister Melchior Geil und Johann von Bolandt, beide in den schwarzroten Roben des kölnischen Stadtrats. Wie schwere Helme trugen sie im gebeugten Arm die hohen faltenreichen Hüte. Melchior Geil war um die Vierzig, schlank, blaß, von nüchterner Denkart, doch wenn er sich ereiferte – und seine Leidenschaft für geschriebenes und gewachsenes Recht ging gern mit ihm durch –, wurde seine

Sprache stolperig und blubbernd; elegante Satzperioden brachte er selten zustande, er schoß seine Argumente wie Salven ab, unbekümmert um ihre Wirkung. Der ältere Regierende Bürgermeister, Johann von Bolandt, ihm gleichgestellt, auch er von schlankem Wuchs, dieser meist gutgelaunte, knopfäugige, schwarzgelockte Edelmann von kernig rheinischer Gemütsart, war bei den Bürgern sehr beliebt, und es schadete ihm kaum, daß er Repräsentation, heitere Geselligkeit, Trunk und gutes Essen weit mehr schätzte als gewissenhafte Verwaltungsarbeit. Da aber Melchior Geil solch eitlen Freuden kaum etwas abgewinnen konnte – er war auch durch eine alte Wunde am Knie ein wenig gehbehindert –, ergänzten die beiden Regierenden einander aufs trefflichste: der eine, indem er die Arbeit tat – der andere, indem er Kölns heiter-würdiges Naturell mit edlem Anstand darzustellen wußte.

Der Kurfürst bat, Platz zu nehmen, und kam – die Zeit drängte – gleich auf seinen Verdruß: Er könne nicht begreifen, daß man ausgerechnet zur Eröffnung der Synode und wenn er nun schon einmal, nach langer Zeit wieder in Köln weile, ein Schießspiel veranstalte; es müsse doch bekannt sein, wieviel Ärger diese greulichen Spiele schon seinen Vorgängern bereitet hätten, auch sei es dabei selten ohne Blutvergießen abgegangen.

Die Bürgermeister rechtfertigten sich; gerade in so schlimmen Kriegsjahren müsse man der Bürgerschaft auch ein wenig Unterhaltung und Entspannung bieten.

»Ach was! Es wird im Deutschen Reich genug geschossen!« sagte Ferdinand unwirsch.

»Mit Verlaub, Euer Durchlaucht«, wehrte sich Melchior Geil. »Gerade deshalb müssen die Bürger der Stadt Köln wehrhaft bleiben. Solch Schützenfest dient der Ertüchtigung!« Ferdinand streifte die Handschuhe ab und warf sie dem neben ihm sitzenden Weihbischof in den Schoß. »Was habt ihr schon zu fürchten, ihr Kölner Pfeffersäcke! Habe ich mein Land nicht fein aus dem Krieg herausgehalten?! Und wenn mir in all den Jahren kein Mansfeld (und ein Braunschweiger nur vorübergehender

Weis'!) ins *Land* kam – dann eben auch kein Mansfeld und kein toller Christian in eure vergnügungssüchtige *Stadt*! Ein Schießspiel in dieser Zeit! Da lavier' ich, taktier' ich, leg' mich geflissentlich mit jedem an, der meine armen Untertanen plagt und malträtiert! Kenn' da nicht Freund, nicht Feind in solchen Sachen. Hab' mich auch nicht gescheut, Ihrer Hochfürstlichen Durchlaucht Infantin Isabella ins Gewissen zu reden von wegen ihrer Soldateska abscheulichem Umtrieb in Lingen, Lage, Osnabrück! Das alles wag' ich auch für meine« – er verbesserte sich – »wag' ich für euch Kölner! Und ihr? Ihr läutet mir nicht einmal die Glocken, wenn's zum Hochamt geht!«

»Wir ließen läuten«, wandte Melchior Geil ein.

»Als es zu spät war, ja.« Ferdinands Gesicht nahm einen schmollenden Ausdruck an. Er war sich darüber im klaren, daß er das Schießspiel nicht mehr verhindern konnte. Der Stadtrat würde sich vor seinen Bürgern nicht die Blöße geben, jetzt noch zu kapitulieren. Die Kölner hatten ihn überrumpelt; über Nacht hatten sie alles, was zum Spiel gehört, aufgebaut: die Buden, die Schießscheiben, die Schranken, Schlagbäume und Zelte. Und war Ferdinands Protest erst allgemein bekannt geworden, würden die Bürgermeister den Abbruch erst recht nicht mehr befehlen. So sagte der Erzbischof lediglich – und auch das, ohne an die Wirkung seiner Worte zu glauben: »Wenn ihr euch schon vergnügen müßt, so haltet euch in euren Mauern! Auf dem Heumarkt, auch auf dem Alter Markt läßt sich's vorzüglich schießen!«

»Das stimmt, Euer Durchlaucht«, sagte Johann von Bolandt gutgelaunt und strich sich den lappigen Bart. »Nur kann's dann geschehen, daß uns die halbe Stadt abbrennt. Vor Jahren ging das Jesuitenkolleg in Flammen auf, wenig später sogar Eures Vorgängers Städtisches Hofquartier in der Trankgasse!«

Mit diesen Leuten konnte er besprechen was auch immer – stets wurde er an Niederlagen erinnert. Als das erzbischöfliche Stadtquartier, der ›Kölnische Hof‹, abgebrannt war, hatte man ein Grundstück in der Perlgasse erwerben wollen. Nichts da!

Die Stadt weigerte sich, städtischen Grund zu geistlichem Besitz werden zu lassen. »Die Pfaffen haben schon mehr als genug!« Das wurde ihm hinterbracht, wörtlich!

Der Kurfürst war es leid. Er hatte andere Probleme. Er machte große Politik, er korrespondierte mit dem Kaiser, mit Spaniens General Spinola, mit Bruder Maximilian in München. Er mußte sich seiner Freunde oft mehr als seiner Feinde erwehren, er mußte die Franzosen beschwichtigen, die Spanier in ihre Schranken weisen, die Geusen hofieren, mußte den Feldherrn der Katholischen Liga, der auch Kurköln vor Jahr und Tag sich angeschlossen hatte, ja sogar diesen Tilly mußte er sich gefügig machen; er konnte gelegentlich, mit Takt, versteht sich, den Herzog von Friedland gegen ihn ausspielen. Dabei war der vielleicht eine schlimmere Gefahr für Kaiser und Kurfürsten als alle Lutheraner und Calviner zusammen ... Bruder Max konnte nicht genug vor seiner Machtgier warnen. Ach, und dann all der Ärger im Erzstift: viel Streit und Glaubenskampf im Hochstift Hildesheim, ein leidiger Waffengang gegen die Stadt Lüttich, die keine Fenstersteuer zahlen wollte, stand bevor – man war nach allen Seiten okkupiert. Und nun, und immer wieder, diese Kölner!

Ein stechender Schmerz fuhr ihm von hinten in den Leib, mühsam hielt der Kurfürst sich auf seinem Platz, tastete Halt suchend nach rechts, Otto Gereon verstand ihn falsch und reichte ihm die Handschuhe. Ferdinand schloß die Augen, atmete tief durch, zwei-, dreimal, dann ließ der Schmerz nach. Man sitzt zuviel. Die Schwielen am Hintern. Zur nächsten Sauhatz – wie komm' ich aufs Pferd? Ein Aderlaß täte not. Es stimmte so einiges nicht mehr im unteren Bereich. Völlegefühl, immerwährender Harndrang, eine zu dicke Drüse ... In letzter Zeit vermied er es sogar, schönen Frauen zu begegnen; sie irritierten ihn, ihr bloßer Anblick machte ihn hypochondrisch – und es gab sehr schöne Weiber zu Bonn, zu Brühl, zu Kaiserswerth. Nun, es wird sich finden. Er würde nach der Messe einen Krug Tönnissteiner Sauerbrunnen zu sich nehmen. Und dann, sowie das Frühjahr ein bißchen wärmer sein wird, zur Kur in die Bäder von Andernach! – Diese beiden Bürgermeister ... Der strohtrockene Geil! Visage wie ein Stück Kork. In seiner Sachlichkeit impertinent. Den Bolandt mochte er lieber, der tat ihm schön. Den würde er brauchen können, in seiner Hauptstadt, nicht hier in Köln ... Die schwarzen lustigen Augen treten wie dicke Knöpfe hervor. Und manchmal muß er auch unverschämt sein, damit man nicht vermutet, daß wir unter einer Decke stecken. Ich muß ihnen das Schützenfest lassen, leider.

Der Schmerz war so jäh verschwunden wie gekommen. Ferdinand erhob sich, alle mit ihm. »Sei's drum!« sagte er mit Wohllaut. »Ich genehmige dieses Schießspiel auf meinem Grund.«

Johann von Bolandt verneigte sich leicht.

»Mit Verlaub!« blubberte Melchior Geil. »Das Terrain vor den Mauern ist stadtkölnisch! Ihr seid ohnedies schon lange im Unrecht, weil Ihr die innerhalb des Burgbanns liegenden Gehöfte zu Leistungen für Euer Erzstift heranzieht!«

Johann von Bolandt legte ihm beschwichtigend die Hand auf die Schulter. Aber Geil eiferte weiter: »Das muß doch endlich ein für allemal geklärt werden! Das geht doch nicht an, daß der Herr Erzbischof den Burgbann für Kurköln konfisziert! Dann dürften wir ja nicht einmal die Stadt vor unseren Toren verteidigen! Immerhin befindet Köln sich in der Matrikel der Reichsstädte, hat sich redlich am Reichsregiment beteiligt, hat den Reichsdeputations- und Städtetagen beigewohnt!« Die Sätze überstürzten sich.

Die hohen Beamten des Kurfürsten, die bis jetzt geschwiegen hatten, erhoben Einspruch, aber sie redeten durcheinander, so daß man nur »Mäßigung – Ehrfurcht – gebührenden Respekt« und dergleichen vernahm.

»Herr Kurfürst! Meine Herren!« Johann von Bolandt verschaffte sich Gehör. »Das Volk verlangt nach himmlischer Speisung! Wir dürfen es nicht länger warten lassen. Mein Herr Mitbürgermeister hat der Sache nach natürlich recht. Doch, doch, meine Herren, das ist ja alles längst verbrieft, hat seit uralten Zeiten kaiserliche Permission. Aber darum geht es doch nicht! Wir feiern heute nicht nur die Eröffnung der Synode – wir ehren auch Euch, unseren Landesherrn.« Er machte, zum Verdruß Geils, eine tiefe Verbeugung vor Ferdinand. »Will sagen: den Herrn des Landes, das uns rings umgibt! Dem wir als Freie Reichsstadt einbeschrieben sind, ganz wie das Bild dem Rahmen, wie der geschliffne Stein in seiner Fassung!«

Das klang fein rhythmisch, klang poetisch und war ganz Johann von Bolandts Art, und auch der verblüffende Nachsatz entsprach seinem schalkhaften Geist: »Und wenn Ihr uns – mit Eurer Erlaubnis – auch nicht zu befehlen habt, so nehmt's Euch, Durchlaucht, nicht so sehr zu Herzen! Wir Kölner lieben Euch!«

Hochgemut und heiter hatte der Bürgermeister seine Rede beendet. Der Kurfürst und seine Runde sahen einander betreten an.

Ferdinand faßte sich. »Wenn Ihr mich liebt« – er ging bereits zur Tür – »dann werdet Ihr Euch mit allen Euren Räten in die Prozession einreihen, die nach dem Hochamt abzuhalten ich mich entschlossen habe.«

»Prozessionen auf städtischem Gebiet bedürfen der Genehmigung des Rates!« polterte Bürgermeister Geil.

Aber Johann von Bolandt milderte den neuen Affront, indem er dem Kurfürsten, der dicht vor ihm stand, schelmisch zuzwinkerte und in komischer Verzweiflung die Augen zur Decke hob.

Jetzt aber – alle hatten sich schon zum Einzug in den Domchor aufgestellt – öffnete sich die Tür, und Khümmerl, der Kammerdiener des Erzbischofs, meldete: »Die Frau Postmeisterin Henot bittet, Durchlaucht einen Brief von Kurfürstlicher Durchlaucht Maximilian zu München aushändigen zu dürfen!«

Die Herren, wie sie da standen, in Reih und Glied, blickten konsterniert. Einige hatten die Unterhaltung des Kurfürsten mit

Doktor Glimbach gehört, sie kamen aus Bonn, kannten sich in den kölnischen Interna nicht so aus, aber was sie da vernommen hatten: die Postmeisterin im Hexereiverdacht …?

Weihbischof Otto Gereon, alle überragend, der ›Leuchtturm‹, wie man ihn nicht nur seiner Körpergröße, sondern auch seiner strahlend blauen, vom Glauben erleuchteten Augen wegen nannte, neigte den Kopf und sagte mit belegter Stimme zu Johann Gelenius: »Dieses Weib darf Durchlaucht nicht zu nahe kommen!«

Gelenius, der hinter dem Kurfürsten stand, nickte und setzte zu einer Warnung an – aber Ferdinand hatte sich bereits umgedreht und ihn angesprochen: »Ich hoffe, mein Herr Bruder schreibt uns, daß der Papst endlich einen namhaften Beitrag für unsere Katholische Liga stiftet! Wieviel hat Seine Heiligkeit das letzte Mal bezahlt?«

»21600 Reichstaler. Aber das war schon vor zwei Jahren«, sagte Gelenius.

»Ein Nichts! Und wieviel hatte er uns versprochen?«

»Das Zehnfache.«

»Seit dieser Urban auf dem Heiligen Stuhl sitzt, dürfen wir nur noch betteln. Unwürdig das! Aber …«, er lächelte, »vielleicht schreibt Max mir lediglich, daß er ein paar Jagdfalken auf den Weg gebracht hat? Ich hab' sie der Infantin zu Brüssel versprochen; echt bayerische Gerfalkenzucht für ihre Sommerbeize.«

Die Postmeisterin erschien und fiel in einen tiefen Hofknicks. Ferdinand sah sie zum ersten Mal, er zwirbelte seinen Lippenbart, sein Blick glitt die Rundung des straffen Mieders entlang über den Hüftgürtel mit eingehängtem Rosenkranz und Schlüsselbeutel und den karmesinroten Glockenrock, und erst dann sah er ihr ins Gesicht unter der buntbestickten Haube. Sie ist schön, dachte er. Auch klug. Hat's so eine nötig zu hexen? Ach Weiber, Weiber …

Sie entnahm ihrer Umhängetasche das kleine Felleisen mit dem bayerischen Rautenwappen, und während sie es dem Kurfürsten überreichte, deutete sie den Knicks nur noch an. Ferdinand gab die Schatulle dem Kammerdiener Khümmerl, der die Tür zum Chor halb offengehalten hatte, sie jetzt aber zufallen ließ, um das Felleisen mit beiden Händen öffnen zu können.

»Seit wann bedient sich mein Herr Bruder der Kaiserlich-Kölnischen Post?« fragte Ferdinand, und wie immer, wenn er eine Frau beeindrucken wollte, verlieh er seiner glockenhaften Stimme besonderen Wohllaut.

»Mit Verlaub, Euer Durchlaucht«, sagte Katharina, »die Kaiserlich-Henotsche Post ist nun einmal die schnellste!«

»So? Gibt's die denn noch?«

»Es wird sie geben, solange es die Henots gibt, Euer Durchlaucht«, sagte Katharina mit einem Knicks. Das war stolz, das war kühn. Der Kurfürst nickte anerkennend.

Khümmerl hatte dem Felleisen einen Umschlag entnommen und mit spitzen Fingern den Brief herausgeholt. Er hatte ihn dem Kurfürsten gereicht, der ihn, wie immer, wenn er ein Schreiben des geliebten Bruders empfing, mit fast andächtiger Miene entfaltete. Das Blatt war unbeschrieben.

Ferdinand blickte auf, sah sich um. Dann sah er Khümmerl an. Der steckte die Hand tief in das Felleisen, zog sie wieder heraus. Kein zweiter Umschlag, kein anderes Blatt …

»Frau Postmeisterin! Wie erklären Sie sich das?«

Sie verkrampfte die Hände unter der Brust. Sie sah dem Fürsten standhaft ins Auge, sein Blick verriet keinen Zorn, nur durch Würde gemilderte Ratlosigkeit.

Anders sein Gefolge. Ein Brief des bayerischen Kurfürsten Maximilian war angekündigt – und im Kuvert war nichts als ein leeres Blatt! Das war eine Nichtsnutzigkeit, eine Verhöhnung, ein unverschämter Affront!

Weihbischof Otto Gereon blickte empört um sich. Generalvikar Gelenius flüsterte mit Severin Binius. Jetzt eilten die beiden Bürgermeister nach vorn, die bei der Aufstellung zum Einmarsch den kurkölnischen Gästen den Vortritt gelassen hatten. Melchior Geil fürchtete um das Ansehen der Stadt; mit ausgebreiteten Armen suchte er die Postmeisterin aus der Tür zu drängen, aber Johann von Bolandt zog ihn am Ärmel zurück. Sie stand gerade dem Kurfürsten Rede und Antwort.

»Euer Durchlaucht«, sagte Katharina, »unser Bote wurde im Wäldchen bei Wesseling niedergeschlagen. Vermutlich hat man den Brief Eures Herrn Bruders entwendet.«

»Blödsinn!« Otto Gereon riß die Geduld. Das hieß die Langmut des Erzbischofs überfordern! »Wer einen Brief stiehlt, steckt kein leeres Blatt ins Kuvert! Nein, Euer Durchlaucht, das ist entweder eine Verhöhnung – oder ...«

»Vielleicht ist es Hexerei?« Bürgermeister Bolandt stellte es anheim.

Der Kurfürst, ohne Katharina, die nun selbst im Felleisen suchte, aus den Augen zu lassen, schwenkte das Blatt. »Ich werde prüfen lassen, ob es das gleiche Papier ist, das mein herzoglicher Herr Bruder zu München verwendet! Ist das der Fall, dann, allerdings, hätte jemand die Handschrift durch Zauberei getilgt! Diese Frau ist, wie ich von Doktor Glimbach hörte, ohnedies schon schwer belastet. Meine Herren! Zur heiligen Messe!«

Kammerdiener Khümmerl und andere Bedienstete drängten die Postmeisterin aus der Sakristei. Der Weihbischof legte dem Kurfürsten den Hermelinmantel um.

Alle erhoben sich von den Plätzen, als Ferdinand mit den hohen erzbischöflichen Kommissaren den Chor betrat. Von der Sakristei wandten sie sich nach links, schritten am Reliquienschrein des Erzbischofs Engelbert, am steinern ruhenden Erzbischof Konrad von Hochstaden vorbei. Vor der Agneskapelle blieb der Kurfürst stehen. Blühendes Fleisch. Haarpracht wie Weizengold. Die Rosen der Brüste. Eine büßende, eine lockende Magdalena zu Füßen des Herrn!

»Seit wann hängt das hier?«

»Seit Aschermittwoch«, sagte Otto Gereon. Ihn überraschte die Frage nicht.

»Sinnenfreude im Gotteshaus?«

»Von einem Schüler unseres Meisters Rubens«, antwortete Otto Gereon schnell. »Das Domkapitel konnte es gerade noch aus seiner Werkstatt erwerben, ehe der Meister sich nach Paris begab. Der rechte Fuß – beachtet den Mattglanz der Nägel! – der große Peter Paul, so wird versichert, hat diesen Fuß eigenhändig gemalt!«

Die Herren ließen den Blick nicht von dem schwellenden Busen; der Mattglanz der Nägel fesselte sie kaum, und den Gekreuzigten nahmen sie gar nicht wahr.

»Antworte auf meine Frage!« mahnte Ferdinand.

Ihn kümmerte nicht das Geraun der tausendköpfigen Menge – er sah, roch, schmeckte, ausgeliefert, angewidert, diese flämisch-fleischerne Dirnenpracht. Ja, trieb sich denn heute der Versucher unentwegt im heiligsten Bereiche herum?!

»Wir folgten einem Rat der Jesuiten«, sagte Rektor Severin Binius. »Solche Bilder locken das Volk in die Kirchen. Die sind ja nicht immer so voll wie heute – oh, ganz im Gegenteil! Ein wenig Wollust, ein Quentchen Unzucht – das magnetisiert uns die Leute ins Gotteshaus. Das sag' nicht ich, Euer Durchlaucht – das sagen die Jesuiten! Und ging ihnen erst mal einer so auf den Leim, dann kommt er auch wieder! Dann aber, hinter einer Säule, ganz unversehens, tritt uns ein frommer Vater hervor! Plaudert über das Bild, erzählt die heilige Geschichte, fügt erbauliche Sprüche hinzu … Und zum Entgelt für die schön gemalte Versuchung läßt einer sich ganz gern mit sanfter Ermahnung traktieren. Und steter Tropfen … So denke nicht ich – so denken die Jesuiten!«

Severin Binius wußte, daß der Kurfürst keine Kritik an den Jesuiten duldete – auch nicht seine höchsteigene.

Umspielt von vielhundert flackernden Kerzenflämmchen, nahmen sie ihre Plätze ein. Weihbischof Otto Gereon, der große schöne Mann, der Leuchtturm des Glaubens, gehüllt in die buntseidenen Pontificalia, kniete nieder, und tausend Gläubige stimmten ein, als die große Orgel anhub zu jubilieren:

»Gloria in excelsis Deo, et in terra pax hominibus bonae voluntatis.«*

Dann schritt Otto Gereon, von den Weihrauch schwenkenden Meßbuben in ihren weißen Chorhemden flankiert, zum Altar, las das Introitum, sprach das Kyrie Eleis, das Gloria, und, zum Volke gewendet, das Dominus vobiscum. Vom Bunt der Bogenfenster erleuchtet, begleitet von einer geheimnisvollen Musica in figurativis und discant, schwang sich die Messe auf zum Offertorium, zum Sanctus, zur Elevation. Der Weihbischof las das Evangelium und bereitete sich zum Opfer; er nahm die Patena mit dem Brot und den Kelch mit dem Wein. Purpurrot leuchteten seine Handschuhe.

»Heilig, heilig, heilig ist der Gott Sabaoth,
voll ist alle Erd' Seiner Majestät und Herrlichkeit.
Gebenedeit sei, der da kommt im Namen des Herrn!
Hosianna in der Höhe!«

Dann hob er die Hostie, es blitzten die Juwelen an seinem Ring, und in tiefer Demut gedachten alle des Gottessohnes, wie er ans Kreuz genagelt und mit dem Kreuz erhöht wurde. Nach der Elevation sammelte Otto Gereon sich zum stillen Gebet, sprach das Paternoster und brach die Hostien über dem Kelch, zum Zeichen und Gedächtnis, daß Christi Leib in der Passion zerbrochen und die Seele vom Leib durch den Tod gesondert wurde. Dann kommunizierte er unter der Gestalt des Brotes und des Weines.

* Ehre sei Gott in der Höhe und Friede den Menschen auf Erden, die guten Willens sind.

17

Unter den würdigsten Frauen der Stadt kniete, tief über die gefalteten Hände gebeugt, Katharina Henot. Sei dankbar für dieses behütete, tätige Leben, das Gott dir geschenkt hat, mahnte sie sich selbst. Ein letztes Mal vielleicht atmest du heute die weihrauchschwangere Luft der Freiheit. Hebe also deinen Blick zum Tabernakel, gib dich anheim dem richtenden und barmherzigen Herrn! Nur Er kann dir noch helfen.

Keine der Frauen neben ihr ahnte, wie tief gedemütigt, wie geschüttelt und gebeutelt von Ängsten sie war. Geradezu ehrenvoll ausgezeichnet, weil die Postmeisterin sich neben sie gesetzt hatte, fühlte sich Trintgen, des Ratsherrn Bernhard Schickling Gattin, unter ihrer weißen Schleierhaube. Bereitwillig war Theresa, die schöne Frau des städtischen Schöffen Doktor Johannes Romeßwinkel, im schwarzen, mit weißem Pelzwerk besetzten Wollrock, zur Seite gerückt. Denn beide Frauen, und viele in den Reihen vor oder hinter ihnen, auch die vornehmen Kanonissen in ihren schwarzseidenen Chormänteln, hatten wahrgenommen, wie man Katharina Henot in die Sakristei zum Erzbischof geleitet hatte und wie sie als eine freie Frau, hoch erhobenen Hauptes, wieder herausgekommen war.

Verleumderisch also – so mußte es ihnen erscheinen – war das Gerücht, Kölns Postmeisterin sei eine mörderische Zauberhex. Keine Rede konnte sein von nächtlicher Fahrt zum Teufelstanz unter den Bäumen des Neumarkts, nichts da von Besenritt und satanischer Kopulation! …

Sie hatte das weißblaue Felleisen vergessen! Niemals hatte sich ein Brief ihrer Kontrolle entzogen, alle hatten ihr Ziel erreicht, und was sich nicht korrekt bestellen ließ, war an den Absender zurückgegangen. Diesen aber, einen Brief von Fürst zu Fürst, erstmals der Henotschen Post anvertraut, dies Schreiben Maximilians an seinen Bruder Ferdinand, politisch bedeutsam ohne Frage, geheim und familiär-intim, diesen Brief hatte sie an jenem Montag in die Schublade gelegt, um ihn anderntags nach Bonn zu schicken. Dann war Ostermann gekommen – und seither hatte sie nur noch an die Gefahr gedacht, in der sie sich befand. Erst heute morgen, nach zwei vollen Tagen also, war ihr das Felleisen wieder eingefallen. Gerade heute aber kam der Kurfürst nach Köln. Das war ihre Chance: Sie selbst mußte ihm die Sendung übergeben! Und sie mußte nicht einmal unangenehme Folgen ihrer Vergeßlichkeit befürchten. Zwei Tage waren verloren, gewiß – aber trotzdem konnte sie sich darauf verlassen, daß das Felleisen noch immer eher beim Empfänger war, als wäre es mit der Taxis-Post befördert worden. Mit Recht hatte sie vor dem Kurfürsten die Schnelligkeit der Henot-Post rühmen dürfen.

Aber wo war der Brief geblieben? War er schon nicht mehr im Kuvert gewesen, als sie dem ohnmächtigen Boten die Postsachen abgenommen hatte? Oder war jemand nachts in die Postmeisterei eingebrochen, hatte das Schreiben aus dem Umschlag gefischt und diesen mit dem Felleisen wieder in die Schublade gelegt? Warum nur hatte sie die Lade nicht abgeschlossen? ... Fehler über Fehler – nicht nur Versäumnisse, nein, auch bewußte Regelwidrigkeiten, hurtige Schliche durch die Maschen des Gesetzes: so recht ein Henot-Erbe. Seit Jakob Henot, vor vielen Jahren als Karmoisin- und Seidenfärber nach Köln gekommen, sich das Bürgerrecht vorzeitig eingehandelt hatte – wie oft mochte der listenreiche Mann seither die Stadt, den Coesfeld, die hohen Herren Taxis und, noch im Tod, den Kaiser übertölpelt haben ...? Henot-Erbe, Henot-Triumphe, Henot-Schande ...

Wer unter all denen, die, Gott zu ehren, hier versammelt waren, würde sie, hatten die Schergen erst Hand an sie gelegt, nicht verdammen? Sie hob sich aus den Knien, spähte, gegen den blendenden, wabernden Kerzenschein, hinüber zu den Männerbänken jenseits des Mittelgangs. Streng geordnet nach Zünften, Bruderschaften, Kongregationen saßen sie dort; sie erkannte die Leineweber, die Schmiedezunft, die Kürschner und Büchsenmacher, das Weiß der Dominikaner, die braunen Kutten der Franziskaner, das Schwarzweiß der Augustiner, die Unbeschuhten Karmeliter in ihren grauen Skapulieren. Professoren in schwarzen Roben mit konventionell gekräuselten, gelblich gestärkten Mühlsteinkragen, Studenten in langen Fransenröcken oder kurzen Lederwämsern – sie alle im Festgewand, gehorsam dem Herrn und der Obrigkeit. Und alle, alle werden sie johlend umringen, sobald sie die heilige Stätte verlassen hat und, blinzelnd ins Frühlingslicht, aus der Domtür tritt. Stampfenden Schrittes wird das Gesetz hinter ihr sein, ihr auf die linke erst, dann auf die rechte Schulter schlagen: im Namen eines Ehrsamen Rates!

Die Schande. Der Turm. Das Verhör. Die Folter. Das Geständnis. Das Urteil. Das Holz. Die Flamme. Der unsägliche Schmerz. Der Tod.

Sie erkennt die Delegation der Jesuiten: Regens Kasen, neben ihm Spee. Auch er wird sie nicht retten. Sie preßt, mit verschränkten Händen, frierend die Arme an die Brust. Und plötzlich denkt sie an Philipp. Wenn er heute wieder zur ihr käme, in der Nacht … Sie würde ihn küssen, sie würde ihm folgen, wenn er einen Weg aus der Stadt wüßte. Sie würde seine Geliebte werden. Nur leben wollte sie. Nur leben.

War die heilige Messe bis jetzt nach dem im Dom üblichen Ritus zelebriert worden – in anderen Kirchen Kölns hielt man es nach eigener Art, und auch diesen Mißstand sollte die Synode beseitigen –, so begab sich nunmehr Generalvikar Gelenius zur Kanzel, nahm federnd die Stufen und begann die mit Spannung erwartete Lesung eines Gebetes, das der Erzbischof persönlich als seinen Beitrag zum Überstehen dieser Kriegs- und Schreckenszeit erdacht hatte. Wie gewöhnlich zwang Gelenius zu Beginn mit leiser, fast hauchender Stimme seine Hörer zur Aufmerksamkeit. Bald jedoch steigerte sich sein Vortrag zu liturgischer Ausdruckskraft:

»Allmächtiger, ewiger Gott, zu Dir nehmen wir elende Sünder unsere demütige Zuflucht. Das christliche Volk wird mit vielen Plagen und Trübsalen heimgesucht. Irrtümer und Ketzereien setzen die Kirche in Unruhe. Es entstehen Rebellionen gegen die geistlichen und weltlichen Obrigkeiten, Kriege, Aufruhr und Tumult.«

Gelenius wußte, was er dem Text seines Oberhirten schuldig war. Ferdinand war nun einmal kein Dichter, seine Zunge war trocken und ungelenk. Schlicht zählte er auf, was an den Zeitläuften zu tadeln war – alles übrige mußte der Vortrag besorgen. Aber Ferdinand mit der Glockenstimme, der Ungeweihte, mied die Kanzel, und der geweihte Otto Gereon hatte die Messe zu zelebrieren. So trug Last und Ehre einer würdigen Interpretation der Generalvikar.

»Du aber, o Herr, bist gerecht. Du suchest uns wegen unserer Missetaten mit der Rute heim. Schau von Deinem heiligen Himmel herab und vereinige die Herzen der Menschen, welche durch Betrug des Teufels in tausend Irrtümern verharren, mit dem Bande des Glaubens und des Friedens. Verschaffe Deiner ganzen Christenheit untadelhafte Oberhirten, unter deren Schutz wir Deinen heiligen Namen anrufen und preisen mögen. Amen.«

Nach der Anrufung des Herrn sollte nun auch Kölns heiliger Schutzfrau, der Mutter Gottes, gedacht werden – die galt es, nicht zuletzt des ruchlos abgeschlagenen Kindeshauptes wegen, zu versöhnen. Und doch: War sie nicht gerade deshalb wundertätig geworden? ... So rührte, während Johann Gelenius die Kanzel verließ, das gewaltige Magnificat des göttlichen Orlandus Lassus mächtig an die Seelen: Magnificat anima mea Dominum*, dieser inbrünstige Lobgesang edler Männerstimmen, anmutig begleitet von Cornetto, Viola und Posaunen.

Weich und entspannt in den hochlehnigen Armstuhl geschmiegt, ließ sich der Kurfürst mit geschlossenen Augen in

* Meine Seele preist den Herrn.

die Tage seiner Jugend entführen, als noch kein mörderischer Krieg das Bayernland bedrohte, als Vater Wilhelm noch unbesorgt von den Einkünften seines Herzogtums zehren und bauen und anschaffen durfte, ohne daß unbotmäßige Landstände ihm sein Recht streitig zu machen wagten ... Und doch: So recht eigentlich hatte erst der Krieg aus Bayern ein Staatswesen gemacht, auf dessen Stimme Europa hörte. Und das war kein Verdienst des hochverschuldet abgetretenen Vaters – es war allein dem geliebten Bruder zu verdanken, der die Stadt Donauwörth gezüchtigt, der die böhmischen Ketzer am Weißen Berge geschlagen, der dem rebellischen Pfälzer den Kurfürstenhut entrissen und sich selber aufs Haupt gesetzt hatte.

Wie aber mochte es Maximilian jetzt ergehen, nachdem der Kaiser dem Feldherrn Wallenstein immer mehr Freiheiten und Vollmachten gewährte und derart, vielleicht ohne es zu wollen, Bayern, die Liga und ihren Tilly durch Mißachtung beleidigte?! Nun, der liebe Bruder würde sich zu trösten wissen in seiner prunkvollen Residenz, die er sich in glücklichen Friedensjahren eben noch hatte erbauen können. Treulich beschirmt von seinen Leibwächtern in Weiß, Orange und Violett, von hundert weißblau gestreiften Corbinern und Trabanten, von seinen Truchsessen, Mundschenken, Vorschneidern und Edelknaben, wandelte er auf dreifach geschichteten türkischen Teppichen lautlos einher durch die buntgipserne Pracht seiner Zimmerfluchten und Säle, kniete in der Hofkapelle auf dem Pflaster von Jaspis und Achat, ließ sich von zwölf Trompetern und zwei Heerpaukern zu Tische laden und schmauste, umrahmt von Tapezereien und kunstvoll gewirkten Gobelins, an langer Tafel unter dem güldenen Baldachin. Und doch galt der Bruder – und wie gelang ihm das nur? –, anders als Vater Wilhelm, bei Freund und Feind als einer der sparsamsten unter Deutschlands Fürsten!

Ihn aber, Ferdinand, ziehen sie der Verschwendung! Nun, das mochte so ungerecht nicht gewesen sein, als er noch ein junger Mann war. Sogar der Vater (und geizig war der ja auch nicht!) hatte im Zorn geschrieben: »Ihr zwei habt zu viel Füchse, Hasen, Karnickel, Vögel und Mucken im Kopf!« Aber seit Jahren hing sein Herz doch nur an seinen blumenreichen Gärten zu Bonn, zu Brühl, zu Poppelsdorf, mit ihren Zitronen, Orangen und Pomeranzen, ihren marmornen Göttern und Nymphen, ihren feuchtkühlen Grotten, ihren Lusthäusern unter zierlichen Kuppeln und ihrer springlebendigen Wasserkunst. Und spielte ihm dann, an heiteren Sommertagen, im Pavillon sein Kapellmeister Gilles Hayne aus Lüttich auf, auch er vom großen Orlandus inspiriert, und spazierte der Kurfürst, nur entfernt gefolgt von Räten, Lakaien und schönen Frauen, auf Mäanderwegen durchs strenge Heckenlabyrinth, dann träumte er von der nächsten wüsten Schweinehatz und von der edlen Falkenjagd – von der besonders gern. Und sicher hat ihm der Brief des Bruders den für die spanische Infantin erbetenen Gerfalken angekündigt. Aber der Brief …?

Er richtet sich auf, zieht die Brauen zusammen. Er sieht sich um, die Musik ist verklungen, der Weihbischof liest die letzten Collecten – wo ist er denn nun, der Brief aus München? Er hat das so hingenommen; ein Brief vom lieben Bruder, welche Freude, eine schmucke Postmeisterin, proper, sehr selbstbewußt: »Die Kaiserlich-Henotsche Post ist die schnellste …« Der Khümmerl langt ins Felleisen, holt ein Kuvert heraus – und das ist leer, ein leeres Blatt, nichts sonst. Und wie auch anders? War er nicht gewarnt? Hatte nicht Doktor Glimbach, ein guter Mann, sollte Rektor werden, hatte der Glimbach dieses Weib nicht gar für eine Hexe gehalten?

›Weil das Laster allenthalben zu- und überhand genommen …‹ So fing mein Hexendekret von 1607 an. Ich werde es erneuern.

Otto Gereon spendete den Segen: »Behüt' uns, Gott, vor aller Gewalt des bösen Feindes, vor Gespenst und Zauberei, vor Blitz und Unwetter, vor allen Ungelegenheiten des Leibes und der Seele …« Nun dröhnte die Orgel zum Tedeum. Auf denn zur Prozession!

18

Während sie nach Köln übersetzten, sprachen sie kein Wort miteinander. Philipp mochte Ignaz, der durchnäßt und schlotternd am Heck des Bootes saß, in Gegenwart des Mädchens keine Vorhaltungen machen. Auch das mürrische Gesicht des Schiffers, der unfreiwillig fast zwei Stunden auf der Rheinaue verbracht hatte, ließ keine unbefangene Plauderei aufkommen. Philipp mußte, kaum daß sie an Land waren, noch einmal tief in den Beutel greifen, bis der Schiffer sie ziehen ließ. Er hatte die drei, auf ihren Wunsch, sehr mühsam gegen die Strömung kämpfend, bei Sankt Kunibert abgesetzt, Philipp hatte ihm sogar beim Rudern helfen müssen. Am Treidelweg, auf der Höhe des Doms, hockten und lungerten die Händler herum; sie hatten ihre Tragkörbe und Bauchläden abgestellt, ihre Buden waren aufgeschlagen, die Auslagen noch verhängt. Spaziergänger oder Kauflustige waren weit und breit nicht zu sehen; der festliche Einzug des Kurfürsten war vorüber, nun war die Zeit des Gottesdienstes, und wer irgend abkömmlich war, hatte sich zum Hochamt in den Dom gedrängt. In den anderen Kirchen wurde die heilige Messe erst später gefeiert, oder sie fiel aus, da Kölns Geistlichkeit in der Bischofskirche versammelt war.

Kaum daß die drei jungen Leute die Neugaßpforte durchschritten hatten, mußten sie zahlreiche Wagen vorbeiziehen lassen, die, ungeachtet der heiligen Stunde, über Fischmarkt, Butter- und Holzmarkt zum Severinstor hinausrollten. Sie brachten Bier- und Weinfässer zum Schützenfest, auch Zelte, Stellagen, säckeweis Brot, sogar eine mobile Wurstbraterei. Dazwischen ritt ein Trompeter im Küraß, marschierten aufgeputzte Bürger mit Schwertern und langen Büchsen, das holperte, ratterte, schepperte, duftete nur so an ihnen vorbei. Philipp, der im Boot Giertchen Kessenich gegenübergesessen hatte, konnte auch jetzt, als er neben ihr ging, ihren sachlich prüfenden

Blick nicht abschütteln. Er fühlte sich beobachtet und beurteilt, und er hatte das Gefühl, daß sie nicht allzuviel von ihm hielt.

Einen Schritt hinter den beiden trottete Ignaz. Er fror jämmerlich und war wieder ganz in die Rolle des dienenden Stipendiaten zurückgefallen. Er meinte seine Schuldigkeit wohl eher schlecht als recht getan zu haben und hoffte doch sehr auf ein anerkennendes Wort Philipps. Aber der schlenderte schweigsam neben diesem vorlauten Weibsbild dahin, anstatt ihr unverblümt zu sagen, was von ihren gotteslästerlichen Umtrieben zu halten sei.

Ignaz tippte Philipp auf den Rücken: »Wir müssen in die Schule! Wenn du nicht schon wieder in den Karzer willst, mußt du mit mir kommen. Professor Horn hat Präsenzdienst.«

Philipp nickte. Die kleine Kessenich hatte einen kürzeren Heimweg; die väterliche Buchhandlung lag gleich hinter Groß Sankt Martin. Er war einen guten Kopf größer als sie; es tat wohl, auf sie herabblicken zu können.

»Ihr habt's jetzt erfahren«, warnte er das Mädchen. »Wir wissen Bescheid über euch. Wir sind Jesuitenschüler. Und Jesuiten sind verpflichtet, den Irrglauben zu bekämpfen, wo sie ihn finden. Das sagt auch Eurem Vater! Wir dulden nicht, daß ketzerische Bücher in Köln verkauft werden!«

Die Kleine sah ihn spöttisch an: »So, ihr seid Jesuitenschüler? Schlechte Schüler seid ihr, und bestimmt keine guten Jesuiten! Die machen das geschickter! Ich habe ein Buch über eure Chinamissionare gelesen – ja, stellt euch vor, ein gut katholisches Buch, auch das gibt's bei Buchhändler Kessenich! Wißt ihr denn überhaupt, wie man's anstellen muß, um solch ungläubige Sünder wie die Chinesen zu bekehren? Oder gar so eine wie mich?«

Philipp schielte hilflos zu Ignaz hinüber. Der schlug die Arme frierend an den Leib. Kreideweiß war er, und plötzlich griff er sich ans Herz.

Sie gab sich selbst die Antwort: »Erst einmal müßt ihr Chinesisch lernen! Dann müßt ihr euch kleiden wie die Chinesen. Essen und sprechen und denken müßt ihr natürlich auch wie die

Chinesen! Und ganz unentbehrlich machen müßt ihr euch bei den Chinesen! Und sogar ein bißchen glauben solltet ihr wie die Chinesen! Und erst dann – wenn er alles kann wie die Chinesen und wenn er's sogar noch ein bißchen besser kann als sie – erst dann macht sich ein guter Jesuit ans Bekehren! ›Den Juden ein Jude – den Heiden ein Heide ...‹ Paulus! ...« Sie schlug ihr Halstuch um den Kopf und lief lachend davon. Aber dann blieb sie noch einmal stehen und rief: »Besucht mich mal in der Lintgasse! Da geht's auch ganz schön chinesisch zu!«

Der Pedell erschrak, als er die beiden Schüler, Ignaz vor Kälte bibbernd, zum Tor hereinkommen sah. Ohne zu fragen, klopfte er gleich an die Stube des wachhabenden Lehrers, die der Pförtnerzelle gegenüberlag. Professor Horn, das Gesicht womöglich noch zerknitterter als sonst, trat heraus. Für Philipp hatte er keinen Blick. Vor Ignaz blieb er betroffen stehen, faßte ihn an der Schulter und tat ein paar Schritte aufs Tor zu – hatte es denn so heftig geregnet?

»Wir haben wieder welche erwischt«, sagte Ignaz, es klang merkwürdig matt. Philipp wunderte sich, wie schnell der gefürchtete Professor sich mit diesem durchnäßten Zögling abfand.

»Sofort aus den Kleidern! Und ins Bett! Ich werde dir in der Küche einen heißen Trank bestellen.«

Wieder legte er Ignaz die Hand auf die Schulter, griff ihm sogar stützend unter den Ellbogen, und so ging er mit ihm die Treppe hoch, ohne sich nach Philipp umzuwenden. »Wo sind die anderen?« fragte Philipp. »Alle schon längst im Dom«, sagte der Pedell. »Ihr habt wohl Sondergenehmigung?«

»So ähnlich«, sagte Philipp. »Ich geh' in den Schlafsaal, muß mich festlicher anziehen.«

Naß war auch er. Der Bootsmann hatte sich bei der Überfahrt den Spaß gemacht, ihnen ein paar Ruderblätter voll Rheinwasser ins Gesicht zu klatschen. Wieder dachte Philipp an das freche Mädchen mit der sanft gebräunten Haut, den strahlenden

Augen. Er würde ihr schon noch zeigen, wie man ›Chinesen‹ bekehrt! Jetzt erst fiel ihm ein, daß er zur Postmeisterei mußte. Katharina sollte noch heute erfahren, daß sie fliehen konnte. Nach Utrecht. Nach Oudewater.

Aber zuerst mußte er in den Dom. Er durfte das Hochamt nicht versäumen. Gott mußte seinem Vorhaben gnädig sein.

Professor Horn überzeugte sich, daß Ignaz Eller ins Bett gekrochen war. Er hatte ihn ins Krankenzimmer im dritten Stockwerk geführt; auf jedem Treppenabsatz war Ignaz stehengeblieben, als bekäme er keine Luft mehr. Der Professor hatte ihm den schweißtreibenden Tee aus Hauhechel und Eibischkraut gebracht und gewartet, bis der Junge ihn langsam, Schluck um Schluck, wie es die Ärzte raten, getrunken hatte. Er hatte ihm die Hand auf die sehr heiße Stirn gelegt und ihm, damit er gehörig transpiriere, noch eine weitere Decke um die Füße gewickelt und sich dann mit einem Seufzer und der Empfehlung, nun recht bald einzuschlafen, zurückgezogen.

In seiner Zelle kniete er auf dem Betschemel nieder, fügte die von braunen Altersflecken gezeichneten Hände ineinander und befahl den Schüler Ignaz Eller, den kleinen, stämmigen, häßlichen, der ihm näherstand als alle anderen, inbrünstig dem Herrn.

19

Wilhelm auf dem Camp, der alte Junggeselle, hielt seine Kleider sauber und in gutem Stand. In Amsterdam hatte er sich vor vielen Jahren für den Landgang ein schwarzes, bis auf die Waden reichendes, mantelartiges Gewand gekauft, das hatte damastene Aufschläge und war an den Ärmeln mit grünem Sammet besetzt. Und wenn er, wie jetzt, die runde, hinten herabgeschlagene schwarze Mütze über den Kopf zog, war Wilhelm auf dem Camp nicht gerade nach der neuesten Mode gekleidet, sah aber sehr würdig aus und glich eher einem wohlhabenden Patrizier als einem schlichten Schiffseigner.

Er schloß die Spindtür in seiner behaglich eingerichteten Kabine, verwahrte den Schlüssel in der ledernen Gürteltasche und ließ sich von Valentin, einem Bootsjungen von der längsseits liegenden ›Maltje Streuvels‹, nach Köln hinüberrudern, denn er war, nach einer guten Stunde des Zweifels und Haderns, mit sich ins reine gekommen. Er war ein Schiffer aus Holland und lebte vom Rhein, vor allem aber vom Handel mit Köln. Wenn die Ratsgewaltigen herausfanden, wofür er sich hergab, war's um sein Liegerecht geschehen. Nein, das durfte er nicht leichtfertig verspielen, durfte auch nicht warten, bis sie ihm auf die Schliche kamen. Seine calvinischen Glaubensbrüder wollte er ja keinesfalls verraten – aber diesen katholischen Burschen, die ihm, das war doch offenkundig, eine Verbrecherin aufs Schiff befördern wollten, diesen Erpressern brauchte er sein erzwungenes Wort nicht zu halten!

Wie vor ihm die jungen Leute, ging auch er an den ambulanten Händlern vorbei, die nun, da der Gottesdienst zu Ende gehen mußte, eilig ihre Buden und Stände zum Verkauf herrichteten.

Wilhelm auf dem Camp wußte, daß er heute in den Ämtern und Kommissariaten der Stadt keine Beamtenseele antreffen würde. So begab er sich auf dem kürzesten Wege zum Dom; dort würde er einen jener hochmögenden Männer ausfindig machen, der auf seine Meldung hin das Gebotene zu veranlassen wüßte.

Als er dort eintraf, hieß es, gegen den Strom steuern, denn aus den Toren des Domtorsos quoll nun die Menge der Gläubigen. Selten sah Köln so festlich gekleidete Bürger: prallschöne Frauen unter hohen Marderpelzmützen, behängt mit Perlenschnüren und Agraffen, junge Mädchen, spitztailliert, mit weißen Leinenhäubchen und runden Stirnplättchen, würdige Räte und

Zunftgenossen in weiten pelzbesetzten Mänteln. Diese Stadt Köln, im neunten Jahr des großen Krieges noch immer unversehrt, die Stadt auf den Ruinen der heidnischen Zwingburg, das heilige Köln der elftausend Märtyrer-Jungfrauen und der drei Königsgebeine, trug seinen Wohlstand selbstgefällig über den Münsterplatz, um ihn, durch die Adern seiner Gassen und Gäßchen, schleunigst wieder in Truhen, Spinden und Schatullen verschwinden zu lassen.

Wohlstand und Eitelkeit auch vor dem Hauptportal mit seinen steinernen Aposteln! Da flatterten die Meßgewänder im barschen Vorfrühlingswind, hochrot und grellviolett, grünweiß und Weißes mit Gold verbrämt, die Stolen, die bestickten Skapuliere, Mäntel, Kutten, Tuniken …

Wie aber schritt man nun hinaus zur Prozession? Wie stellte man sich hintereinander, die Muttergottes zu ehren? Der Schiffer traute Augen und Ohren nicht – da gab es doch wahrhaftig Streit, Geschimpf und Anpöbelei, da rempelte ein Propst den anderen, da blieben unter stoßenden Ellbogen, in beleidigten Mienen, hinter breit blockierenden Rücken Ansehen und Würde der Geistlichkeit auf der Strecke – heimlich schmunzelte Wilhelm auf dem Camp, der holländische Calviner.

Was Propst Henot im Verein mit Dechant Glimbach hatte vermeiden wollen – nun war es, wie blamabel, doch noch eingetreten! Schlankweg verworfen hatten einige Prälaten die ausgeklügelte Rangliste; nach Selbsteinschätzung hatten sie sich aufgestellt, der Regel, der hergebrachten Ordnung zum Hohn!

Die Großarchidiakone von Bonn und Soest waren unentschuldigt der Synode ferngeblieben, auch der hochempfindliche Propst von Xanten war erst gar nicht gekommen. An seiner Stelle protestierte Kanonikus Nikolaus Pluremius gegen die vorgebliche Diskriminierung.

»Wir sind viel älter als Bonn und Köln!« rief er. »Viel älter sind wir! Viel älter!« Pluremius war ein rosenwangiger Jüngling. Nun aber kabbelte sich auch die städtische Geistlichkeit. Die Pröpste der Kollegiatstifte drängten sich vor die Domherren. Die Dechanten von Sankt Aposteln, Sankt Kunibert und Sankt Georg beanspruchten das gleiche Recht. Ein Pfarrherr aus der Bonner Delegation schrie, dem kurkölnischen Klerus gebühre der Vortritt vor allen anderen.

Vergeblich versuchte Henot, sich Gehör zu verschaffen. Er sah, wie Glimbach, weiter hinten, sich seinerseits bemühte, dort, wo die Herren sich ganz und gar hemmungslos drängelten und knäuelten. Zum ersten Mal seit Ostermanns Verhör sah er, wenn auch nur aus der Ferne, den Dechanten wieder; er hatte auch gestern einen Besuch in Sankt Severin vermieden. Glimbach rang die Hände, der kleine Mann schob und stupste den vor jenen und diesen vor den – aber schon bald ließ er die Arme sinken und zwängte sich bis vor die Sakristei, wo, in feierlicher Hilflosigkeit, die Regierenden der Erzdiözese beisammenstanden: Erzbischof, Weihbischof, Generalvikar. Und jetzt sah es aus, als habe der rotköpfige Gelehrte die hohen Herren überzeugt, daß nur ihr Eingreifen noch das Ansehen des Klerus zu retten vermöchte.

Indessen – es erübrigte sich.

Aus der von Hellebardieren des Kurfürsten mit städtischer Erlaubnis in geziemender Distanz gehaltenen Menge, die neugierig und mit Schadenfreude auf das Gerangel am Portal blickte, löste sich plötzlich ein zeterndes Weib, stieß die Vordersten zur Seite, wurde aber von einem Bewaffneten noch eben am Handgelenk erwischt und in die Knie gezwungen.

»Pestilenz und Aussatz über euch!« schrie das Weib. »Bauchlüsterne Jungfraunschänder ihr, feiste Ganter, stinkende Kuttenhengste! Daß euch Asseln und Laus' die Sauschwänz' zernagen, ihr Mücken, ihr Schneckengeschleim, ihr Satanskeulen!«

Der Speichel lief ihr aus, sie trommelte, im Knien, mit den Füßen. Jemand redete auf sie ein, mühsam hob sie den Kopf, der Bewaffnete drehte ihr den Arm um, keuchend fiel sie zusammen.

Bürgermeister Melchior Geil, begleitet von zwei Stadtsoldaten, eilte auf den Hellebardenträger zu und herrschte ihn an:

»Die ist kölnische Bürgerin!« Und als der Blaurock zögerte: »Hier sind *meine* Leute! Übergib sie uns!«

Als der Blaurock sie immer noch festhielt, nur etwas locker ließ, damit sie sich aufrichten konnte, stieß einer der Stadtsoldaten ihn vor die Brust, daß er taumelte und das Weib freigab. Das sahen seine kurkölnischen Kameraden, die ringsum die Absperrung besorgten. Einige fällten die Hellebarden zum Angriff, nur ein Befehl ihres Rittmeisters hielt sie zurück.

Das Weib, eine armselige, fast bucklige Vettel, rannte, lästerlich fluchend, auf das Domportal zu, mitten hinein in die buntgewandeten Kleriker, die vor Abscheu die Arme vorstreckten und Fußtritte austeilten, aber sie sabberte, spuckte, giftete mitten unter ihnen.

»Ihr schüttgelben Pfaffenärsche, ihr Kotfresser und Blutpinkler ...«

Und begann, steißwackelnd, unter Gekreisch und Gestöhn, einen obszönen, zuckenden Tanz, und immer wieder beschwor sie den Großbock, den Buhlfurz, den Satan ...

Endlich stellten sich ihr ein paar Beherzte entgegen; sie hätte sich sonst mit ihrer anstößigen Rammelei noch bis zum Erzbischof durchgezwängt. Jesuiten waren es, die Ferdinand die Peinlichkeit ersparten, Kasen, Spee und andere. Der Anblick der schwarzen Soutanen, diese Mauer stummer Männer, vielleicht auch das nachsichtige Lächeln, mit dem Spee auf sie niedersah, brachten die Frau zur Besinnung. Sie stürzte in die Knie, haschte nach einer Soutane, küßte sie und begann hemmungslos zu schluchzen.

Auch Kanonikus Doktor Glimbach, der noch beim Kurfürsten stand, hatte die Szene beobachtet. Jetzt, da kein tätlicher Angriff mehr zu befürchten war, tippte er Regens Kasen von hinten auf die Schulter. Der trat einen Schritt zur Seite, damit Glimbach, der seine Brille aus dem Talar nestelte, sich zu der Kauernden neigen konnte. Er bedurfte der Augengläser nicht, das Weib zu identifizieren.

»Meine Herren«, sagte Glimbach, »diese bedauernswerte

Person ist niemand anderes als die von der Postmeisterin Katharina Henot verhexte Magdalena Raußrath. Vor fünf Tagen ist sie auf meinem Kommissariat erschienen und hat mir den erschreckenden Sachverhalt geschildert. Vielleicht haben die Herren inzwischen auch bemerkt, daß heute zur heiligen Messe zwar die Delegationen der Zisterzienserinnen, der Birgittinen und der Unbeschuhten Karmelitessen erschienen sind – aber keine einzige Klarisse! Wen wundert das? Dieses bemitleidenswerte Weib hat unsere frommen Klarissen mit teuflischen Obszönitäten, die ihm keine andere als die Postmeisterin eingegeben hat, infiziert; die Frau Äbtissin hat daraufhin das ganze Kloster versiegelt und verklaustert!«

Das vermutete er zwar nur, aber es machte sich gut. Der Rotschopf wippte auf den Ballen, die Sommersprossen durchsiebten sein wachsbleiches Gesicht. Nicht nur zu den Jesuiten redete er jetzt; auch viele andere Mönche, Priester, Prälaten hatten sich um ihn geschart und lauschten mit betroffener Miene. Auch der Kurfürst und seine Begleiter wurden aufmerksam.

»Meine Herren! Dieser Tag eröffnet nicht nur die Synode – er verkündet uns auch, daß nach einer Zeit trügerischer Unversehrtheit der Teufel wieder Einzug in Köln gehalten hat!«

Alle bekreuzigten sich. Wenn ein Mann wie Glimbach das sagte … Ein Fachmann, ein exzellenter Spezialist!

»Ich brauche nicht zu betonen«, fuhr der Dechant fort, nun besonders laut, da sich Bürgermeister von Bolandt, begleitet von Hartger Henot, näherte, »daß gewisse Pläne, das Amt des Hexenkommissars einzusparen, durch die Geschehnisse der letzten Tage ad absurdum geführt sind. Köln braucht dieses Amt nötiger denn je!«

Wie dumm er ist, dachte Spee, dem sich der angesehene Kanonikus mit dieser Rede zum ersten Mal präsentierte. Hätte er mit dem Teufel aufgehört – jedermann hätte ihm zugestimmt, daß die Stadt sich vor dem Umtrieb des Bösen schützen muß. Jetzt aber sollte es eigentlich allen klar geworden sein, daß Glimbach nur sein Kommissariat behalten will.

Magdalena Raußrath lag bäuchlings auf dem kalten Steinboden. Man hatte sie über die Gegenwart des Leibhaftigen schon fast vergessen.

Aus der Schar der Prälaten erklang eine reine, knabenhafte Stimme. Kanonikus Nikolaus Pluremius aus Xanten stimmte die Prozessionsantiphon zu Ehren der Heiligen Jungfrau an: »Gaude Dei Genitrix, Virgo immaculata ...«*

Wie erlöst fielen alle ein. Man drängte zum Ausgang. Die Sonne hatte sich aus dem Dunst befreit; in den gewölbten Fensterscheiben der Häuser am Domhof blitzte und funkelte es. Die Hellebardiere hatten, um der durch den Zwischenfall unruhig gewordenen Menge Herr zu werden, Ketten gespannt. Zwei Patres halfen der Raußrath auf die Beine, aber als jemand rief »Steckt euch nicht an!«, ließen sie sie jäh wieder los. Bürgermeister von Bolandt war sich nicht zu schade einzuspringen. »Wird schon werden, Mütterchen, die Stadt wird sich um dich kümmern!« Und: »Pater Mohr wird exorzieren, wir treiben deinen Teufel schon aus!« – Mit solchen Sprüchen redete er begütigend auf sie ein, wahrhaft ein volkstümlicher Stadtvater. So brauchte er auch nicht auf Henots verzweifelte Vorstellungen zu hören, der um die Zusicherung bat, daß seiner Schwester nichts geschehen werde. Denn daß Katharina Henot der Raußrath so abscheuliche Wörter nicht eingegeben haben könne, sei doch schon deshalb klar, weil sie selber nie in ihrem Leben Gelegenheit gehabt habe, solchen Unflat auch nur von ferne zu hören.

Nur auf dieses Argument reagierte Bolandt kurz, indem er den Propst ansah wie einen Schulknaben, der seine Lektion nicht gelernt hat.

»Aber Henot!« sagte er vorwurfsvoll. »Doch nicht Ihre Schwester! Der Teufel hat's eingegeben! Wer jenem armen Waschweib allerdings diesen Teufel eingehext hat – genau das wäre zu untersuchen ...«

* Freue dich, Mutter Gottes, unbefleckte Jungfrau.

Auf diesen Satz hin, der so ganz anders klang als des Bürgermeisters Beschwichtigungen von neulich, wäre der Propst am liebsten gleich nach Hause geeilt. Er hoffte nur, daß Katharina bereits im Haus ›Zur Britzen‹ angelangt war, denn nach diesem Vorfall durfte sie sich auf der Straße nicht mehr blicken lassen; man hätte sie gesteinigt. Dieser Bolandt! Und Glimbach! Schon wieder schwänzelte der um den Kurfürsten herum!

»Gaude Mater, gaude sancta Dei Genitrix Virgo …«*

Kein Rangstreit, keine Eitelkeit mehr! Der Teufel hatte Einzug in Köln gehalten – da hieß es für die Gottesmänner zusammenstehen, hieß den Bürgern ein Beispiel geben.

Wie sie nun hinauszogen in den strahlenden Tag, überdröhnt vom Geläut und tief ergriffen vom gregorianischen Lobgesang, fügte sich mühelos und freundnachbarlich zusammen, was eben noch um Rang und Platz gerangelt hatte. Friedlich schritten die Landdechanten von Süchteln und Marsberg neben den Äbten von Groß Sankt Martin und Brauweiler, die Mitra, Stab und weißes Pluviale trugen. Die Lizentiaten von Sankt Christoph, Sankt Lupus, Sankt Maria Ablaß gesellten sich zu den Pfarrern von Sankt Aposteln, Sankt Mauritius, Sankt Brigida, und Doktor theol. Heinrich Coffräus von Sankt Kolumba plauderte vertraulich mit den Stiftsdechanten von Cranenburg und Rees.

»Tu sola mater innupta; te laudat omnis factura Genitricem lucis …«**

Vorausgegangen, um den Zug anzuführen, waren bereits der Kurfürst-Erzbischof mit Weihbischof Otto Gereon und Generalvikar Johann Gelenius, begleitet von Bürgermeister von Bolandt und allen Ratsherren. Das gab ein Bild der Eintracht zwischen der Freien Reichsstadt und Kurköln, wie es die Stadt seit Jahren nicht mehr gesehen hatte, so daß die Bürger, als der Zug durch die Drachenpforte zog und am Alter Markt zum Heumarkt einschwenkte, auch all die Tausende, die dort und in

* Freue dich, Mutter, freue dich, heilige Jungfrau, Mutter Gottes.

** Du einzige unvermählte Mutter, dich lobpreist jede Kreatur als Mutter des Lichts.

den abzweigenden Gassen auf die Prozession gewartet hatten, freudig winkten und applaudierten.

Bürgermeister von Bolandt, nachdem die Raußrath ruhig geworden war und aus eigener Kraft wieder gehen konnte, hatte ihr, wie einem Hund, auf den Hintern geklopft: »Nun lauf!« Sie raffte die Röcke und rannte, wo sie hergekommen war, in die sich auflösende Menge. Die Hellebardiere senkten die Kette, so daß sie auf einen mittelgroßen rundköpfigen Mann zulaufen konnte, der sich angewidert abzuwenden schien und im Gewühl untertauchte. Friedrich Spee, der gerade durchs Domportal ins Freie trat, hatte diesen Mann schon öfter gesehen, denn er kam jeden Freitag ins Kollegienhaus zu Pater Horn, seinem Beichtvater. Aber wer es war, wußte er nicht.

An jeder Straßenkreuzung wurden, sowie der Schluß des Zuges vorbeigezogen war, die Ketten niedergelegt, die den Zustrom aus den Nebengassen abgeriegelt hatten. Wer wollte, konnte sich nun der Prozession anschließen. Hinter Sankt Maria im Kapitol hatte Wilhelm auf dem Camp mit hängender Zunge die Spitze des Zuges erreicht. Dort gelang es ihm, sich unter die Stadträte zu mischen, die ihren hohen schwarzen Hüten zuliebe besonders gravitätisch einherschritten. Zu ihnen hatte sich auch Doktor Glimbach gesellt. Mit dem interimsmäßigen Zustand war es nun vorbei; nach jenem empörenden Vorfall durfte er sich zweifellos als nunmehr fest bestallter und gut besoldeter Hexenkommissar dem Stadtregiment zugehörig fühlen. Freilich wäre er, als Dekan der theologischen Fakultät, auch gern mit den Professoren der Universität marschiert, aber das Rektorat war ihm in längstens zwei Jahren ohnedies sicher, während er als Kommissar, strenggenommen, noch der regulären Wahl und Beglaubigung durch den Stadtrat bedurfte. Wohl blickten einige Herren neben und hinter ihm etwas scheel auf den Eindringling, aber Glimbach würde auch sie zu gewinnen wissen; er gewann jeden für sich, wenn er wollte. Er war häßlich, aber ungemein liebenswürdig.

Schon dreimal war der Schiffer Wilhelm auf dem Camp, der den Herren zu streng nach Fisch roch, an einen anderen verwiesen worden, bis er schließlich bei Glimbach Gehör fand und Lob und Anerkennung dazu.

Der Schiffer verschwieg nicht, daß er Calviner war, aber als Holländer, der keinen Anspruch auf kölnisches Bürgerrecht erhob, lief er keine Gefahr. Wo käme Köln auch hin, wollte es sich die Handelsherren aus Rotterdam zu Feinden machen! In fliegender Eile – zwischendurch mußte man singen, auch Glimbach sang das Tedeum, laut und dankbar für diesen Tag – in gebotener Kürze also erzählte der Schiffer in seinem possierlichen Deutsch, was ihm und seinen Glaubensgenossen am Morgen zugestoßen war. Den Denkzettel für Ignaz Eller erwähnte er freilich nicht. Ausführlich und erleichtert, weil der Herr Kommissar sich für die Namen der calvinischen Schiffergemeinde gar nicht zu interessieren schien, schilderte er die ›Erpressung‹:

»Und dann hat der junge Herr Jesuit gesagt, ich soll ihm ein Weib verstecken auf meinem Schiff, das soll ich bis Utrecht mitnehmen und soll sie meine Frau sein, wenn wer mich fragt. Die käm' noch heut oder morgen nach Mülheim gerudert – und, ich glaube, daß die noch weiter will als bis Utrecht, weil ich – nicht ich, aber andere, die machen das manchmal, und etliche haben ein gutes Auskommen damit, und ich brauche dem Herrn Kommissar nicht zu sagen, was das heißt, wenn eine nach Oudewater will ...«

Glimbachs Kopf fuhr herum. »Nach Oudewater? Wer?«

»Das eben weiß ich nicht. Er hat keinen Namen genannt. Aber ich tu da nicht mit, ich hab' den Nerv nicht mehr für solche Sachen. Ja, wenn's einen Glaubensbruder zu retten gilt, vor eurer Inquisition ...«

»Na, na!« rief Glimbach.

»Aber eine Hexe nach Oudewater – nein, nein, die soll brennen, von mir aus soll die – auch der große Calvinus hat die Hexen verbrannt, und in Genf gab's da reichlich zu tun.«

»Nach Oudewater!« sagte Glimbach. »Heimlich per Schiff! Und ein Jesuitenschüler hat sich das ausgedacht? Jetzt ist das Maß voll. Die Raußrath, die Klarissen ... Ein weggehexter Brief an Kurfürstliche Durchlaucht ... Und jetzt auch noch Fluchtversuch! Das Maß ist übervoll!«

Er drückte dem Schiffer eine Münze in die Hand, er geizte nicht, die Meldung war ihm das wert. Und er bestellte ihn für den anderen Tag in sein Büro. So ungeschoren kam der ihm nicht davon! Daß der allein auf dem Schiff gewesen sein sollte, an einem Donnerstag, wo man doch weiß, daß da in Mülheim und auf den Schiffen im Hafen die Calviner ihre Ketzermessen lesen – das nahm ihm der Kommissar nicht ab. Die Namen wollte Glimbach wissen, die Namen aller Calviner, die auf der ›Julia Heeskens‹ gewesen waren. Aber das hatte Zeit bis morgen.

Dies alles ließ ihm keine Ruhe mehr. An Bolandt konnte er sich jetzt nicht wenden, der plauderte angelegentlich mit dem Kurfürsten. Aber im Rathaus saß Bürgermeister Geil.

20

Hinter Sankt Marien verließen Regens Kasen und Friedrich Spee mit einigen anderen Lehrern den Zug, um ihren Dienst im Gymnasium pünktlich zu beginnen. Rund zwei Dutzend Jesuiten, Patres und Professoren nahmen auch weiterhin teil an der Prozession, und es bemächtigte sich ihrer eine merkwürdige Unruhe.

Von der Spitze des Zuges bis an sein Ende waren Gerüchte gedrungen: Der Erzbischof habe sich seines Hermelins entledigt, habe nach einer Geißel verlangt – aber wo bekam man, mitten auf dem Malzbüchel, eine Geißel her – und wieso überhaupt ...?! Es wunderte auch viele, daß der Zug nicht, wie bei ähnlicher Gelegenheit, über den Neumarkt nach Sankt Aposteln ging, sondern Auf der Hochpforte nach links einschwenkte und sich auf den Waidmarkt zubewegte. Bürgermeister von Bolandt persönlich, so hieß es, habe vor dem Kettenhäuschen Unter Pfannenschläger die Prozession in die neue Richtung dirigiert.

Der Bürgermeister hatte Sorgen. Am Quatermarkt ging es hoch her; dort sammelten sich Kölns rüstige Männer zum Ausmarsch, drehte sich der große Ochs am Spieß und rollten die Fässer heran zur Schützenkönigsfeier. Mit genauer Not gelang es Bolandt, durch die Umleitung des Zuges Stockungen und Schlimmeres zu vermeiden. Schließlich hatte die Stadt nicht ahnen können, daß der Erzbischof, so kurz nach der ›Gottestracht‹, schon wieder zur Prozession schreiten würde. Geil hatte sie untersagen wollen, aber Bolandt hatte sich über seinen Einspruch hinweggesetzt. Nun trug er die Last der Verantwortung.

Als Kasen und Spee nach einem Weg durch fast menschenleere Gassen in der Marzellenstraße eintrafen, stand der Pedell vor dem Tor und hielt nach ihnen Ausschau. Ignaz Eller war böse erkrankt. Professor Horn wich nicht von seiner Seite.

In den zwei Stunden seit seiner Rückkehr war das Fieber unaufhörlich gestiegen. Beängstigend war vor allem, daß sein Herz, das ohnehin schwache, »in den Rippen kollerte«, wie der schweißnasse Junge sich ausdrückte. Von allen Ärzten im Viertel war nur Doktor Kranichstein erreichbar gewesen, der immer voll Wein war und ständig so greuliche Krankheiten wie Franzosenpocken, Leberfäule, zehrende Kränke oder gar die Pest im Mund führte. Er hatte das Wasser des Jungen besehen und für getrübt und angesteckt befunden, hatte auch Schröpfegel ansetzen wollen, aber als Ignaz sich schüttelte, beließ er es bei Pakkungen mit geweihter Erde aus dem Kloster Herrenleichnam.

Kurz nach Mittag schnappte der Junge nach Luft und warf sich in den Kissen. Hatte er aber einen hastigen Zug in die schmerzende Lunge geholt, so lag er einen Moment ganz still und wach, sah in das zersplissene Gesicht seines Lehrers und fragte ihn viel: Ob er denn recht getan habe, so fleißig Ketzer aufzuspüren, ob auch Christus ihn dafür belobigen werde, ob er hätte Philipp und andere vornehme Mitschüler noch demütiger bedienen sollen, ob er sich versündigt habe, als er Philipp bei der Rettung einer unschuldigen Frau behilflich gewesen sei …

Adrian Horn hatte ihn in allen Punkten beruhigt. Die letzte Frage verstand er nicht, doch als er nachforschen wollte, japste Ignaz wieder, er hatte Schmerzen ums Herz herum, sein Gesicht sah plötzlich klein und jäh gealtert aus, und unter einem Schauder, aber tief gerührt, sah Pater Horn sich wie in einem Spiegel.

Da geht's nun dahin, mein Fleisch und Blut, dachte er. Und: Wie soll ich mich nun rechtfertigen vor seiner Mutter, die ihm so lange schon vorangegangen ist, und ich mußte ihr doch versprechen, ein Auge auf ihn zu haben.

Ignaz, Frucht eines Fehltritts, nicht viel besser als eine Vergewaltigung war's, mit dem Unterschied nur, daß die hübsche Simone sehr bald schon nach mehr verlangte, und das Kind kam auch gar nicht vom ersten, sondern, wer weiß, vom zwanzigsten oder dreißigsten Mal, denn auch Adrian Horn war jung, und sie liebten sich sehr.

Tief im Todsündenstand, wie er selber war, hielt der junge Priester die Tochter des Schultheißen von Altrip verstrickt, und als es der Kuckuck schon ausrief, merkte der Alte noch immer nichts, und Pfarrherr und Bischof ahnten ebenfalls nichts – und wenn auch: Der ganze Klerus war ja verrottet unter dem buhlerischen Erzbischof Ernst; das balzte und heckte in Pfarrhaus und Kloster, und von Synode und Kirchenreform mit strengen Visitationen war damals noch keine Rede, Anno 1610. Oh, Adrian Horn war kein einsamer Verruchter, das ganz gewiß nicht! Und er nahm's auch nicht zu schwer. Nur, daß sie im Wald oder im Holzschopf sich treffen mußten, wurmte ihn, doch man konnte zur Not auch evangelisch werden, Bischof Gebhard Truchseß hatte es allen vorgemacht. Simone wünschte das auch; sie hatte schon einmal den Glauben wechseln müssen, und Martin – den Namen schlug sie wahrhaftig vor! – sollte ehrlich sein.

Aber dann wurde doch ein Ignaz daraus, denn sie erlitt, vom Geliebten heimlich in ein Devotessen-Stift gebracht, noch im Kindbett einen Blutsturz. Da hatten nicht Zimmet-Essenz noch Melisse geholfen, nicht Essigwasser, Salmiak und Hirschhorngeist; sie blutete sich zu Tode.

Durch Vermittlung der Stiftsfräulein ließ er den Knaben den Schmiedeleuten Eller in Altrip zur Aufzucht übergeben, und später, nachdem er sich viel im Land hatte umtun müssen, Jesuit geworden war und auch die Sünde eingesehen und Simones Tod als Lohn der Sünde angenommen hatte, sorgte er dafür, daß die Ellers den Knaben in Köln ablieferten, wo er nun am Gymnasium unterrichtete. Sie hatten noch immer keine Ahnung, wer der Vater war. Und das wußte auch nur einer – nicht der Regens, schon gar nicht Ignaz, der sich nur wundern mochte, daß ausgerechnet der sittenstrengste, der gefürchtetste Lehrer sein milder Patron wurde –, nur Adrian Horns Beichtvater, der uralte, gelähmte Pater Roestius von Sankt Pantaleon, und der gab ihm auf, zur Tilgung seiner Schuld besonders streng auf die Schüler zu sehen, auf reine Hände und blitzsaubere Laken. Und den Knaben, da er nun einmal vorhanden war, sollte er abrichten als einen Spürhund auf der Fährte der Ketzer. Vor allem aber sollte er den Balg aus seinem Herzen tun, als ein Sühneopfer vor Gott.

Alles erfüllte Pater Adrian Horn. Aber die Liebe zu seinem Sohn ließ er sich nicht entreißen; er war kein Abraham. Nun aber nahm der Herr ihm das Messer, das er nicht schwingen wollte, aus der Hand und besorgte das Opfer selbst. Ignaz, mein Isaak, seufzte Adrian Horn. Bleich wie das Bettuch lag das kleine häßliche Antlitz unter ihm, und als der Junge einmal nicht nach Luft schnappen mußte und ruhig war, trat in die seltsam schräg gestellten großen Augen ein unnatürlicher Glanz, und so hatte Simone ausgesehen, wenn er sie geliebt hatte.

Philipps erster Gang, als er mit den anderen Schülern aus dem Dom gekommen war, führte zum Krankenzimmer im dritten Stock. Aber vor der Tür saß der Schüler Arnold Crudener, von Pater Horn zur Wache eingeteilt, und ließ keinen hinein. Philipp – eben noch zuversichtlich und aufgeräumt, denn er hatte Katharina gesehen, wie sie nach der Audienz beim Kurfürsten aus der Sakristei getreten war, und sie schien aufrecht und heiter – Philipp wurden die Knie weich, er hockte sich, während die Masse der Schüler die Treppen heraufobte, zu Arnold Crudener auf den Boden, wollte hören, wie das Fieber so schnell gestiegen war und welche Maßnahmen Doktor Kranichstein ergriffen hatte. Bald kamen auch Spee und andere Professoren und versammelten sich vor dem Zimmer des Patienten, aber der Posten, stolz auf seine Vollmacht, ließ nur den Regens passieren, der schnaufend erschien, worauf die Patres sich schweigend entfernten, um mit dem Nachmittagsunterricht zu beginnen.

Gegen drei Uhr – Kasen hatte das Krankenzimmer längst verlassen – verlangte Ignaz nach Philipp. Da ging es aber schon zu Ende mit ihm. Professor Horn stand am Fenster und kehrte Philipp den Rücken. Der hielt sich mit großer Anstrengung, biß die Zähne zusammen, schluckte mühsam, brachte mannhaft ein wurstiges »Dich kriegen wir schon wieder hin!« heraus. Aber er sah nun zum ersten Mal in seinem Leben die untrüglichen Zeichen. Und dann kam Pater Hieronymus mit dem Sanctissimum, begleitet von zwei Buben der Secunda, die trugen das Öl und schwenkten das Fäßchen, und er spendete die letzte Zehrung. Ignaz nahm noch alles wahr, beichtete, wie es sich gehörte; Pater Hieronymus war sehr zufrieden mit ihm.

Eine Viertelstunde darauf drehte Ignaz sich zur Wand und starb.

›Der Tod ist zu unseren Fenstern hereingefallen …‹ ging es Philipp durch den Kopf. Dann sah er, wie Professor Horn – er scheute sich, ihm ins Gesicht zu sehen – sich niederbeugte, den jungen Leichnam gehörig auf den Rücken legte, ihm die Finger zusammenfügte und die Hand über seine Augen gleiten ließ, ihm ein friedliches Schlafgesicht zu geben. Und dann setzte er – höchst erstaunlich, denn Philipp hatte ihn ja nur *gedacht* – den Vers des Jeremias mit fester Stimme fort: »Und ist der Tod in unsere Paläste gekommen, die Kinder zu würgen auf der Gasse und die Jünglinge auf der Straße.«

Dann stürzte er zur Tür, Philipp hörte seine Schritte über die Fliesen klappen und blieb nun allein mit seinem Freund und Diener. Als sie mit brennenden Kerzen kamen und Bruder Chrysostomus sich zur Leichenwäsche anschickte und hinterdrein auch noch, des Weines voll, Doktor Kranichstein die Treppe heraufappte, um den Tod zu verifizieren, machte Philipp sich davon. Jetzt hieß es, Katharina von der Fluchtmöglichkeit zu benachrichtigen. Ignaz Ellers Opfer durfte nicht umsonst gewesen sein.

Erst als er auf die Straße in die blendende Sonne trat, lief ihm das helle Wasser aus den Augen. Dann war ihm, als höre er Schüsse. Die Leute auf der Straße drehten die Köpfe und lauschten. Wieder schoß es – keine Böller, das waren Musketen. Aber es klang wie von weit, vom Severinsbollwerk her.

21

Als die Prozession am Kloster der Frauenbrüder vorüberzog, vor dessen Pforte erwartungsvoll Abt und Gefolge mit übergroßen brennenden Kerzen standen, stürzte ein zierlicher Novize dem Kurfürsten zu Füßen und bot ihm eine Geißel dar. Ferdinand ließ den Mönch seinen Ring küssen, nahm die Neunschwänzige und reichte sie Otto Gereon weiter. Dann knöpfte er sein Obergewand auf. Kammerdiener Khümmerl half ihm, es über die Schulter zu ziehen, streifte auch das Hemd über den Kopf. Er stand nun halbnackt, ein langer, rippendürrer Mann, und nahm die Geißel wieder an sich. Dann legte er allen

Wohlklang in seine Glockenstimme und hub das Gloria in excelsis Deo an, setzte sodann den heiligen Wandel fort, mit vorgeneigtem Oberkörper, wie gegen den kalten Wind angehend – aber es war ihm nur darum zu tun, sich schmerzhafter geißeln zu können, und es gelang ihm auch.

Die regierenden Herren, die Äbte, Dechanten und Pröpste, als sie's nun klatschen hörten, als die Faust mit dem Geißelgriff wieder und wieder über die rechte Schulter zuckte und die Knotenschnüre aufs bleiche Rückenfleisch klatschten – sie hatten nichts von der Absicht des Erzbischofs geahnt und empfanden diese Kasteiung als reichlich archaisch, zumindest als deplaziert. Sie fürchteten überdies, der fromme Landesherr werde nun auch von ihnen verlangen, halbnackt durch Köln zu tanzen, wie das vor Zeiten in Jesuminne entflammte Flagellanten getan hatten, und damals mochte es hilfreich und gottgefällig gewesen sein.

Aber es blieb bei dem einen, der sich, der Qual Mariens gedenkend, Schmerzen zufügte, und er tat es, weil Doktor Glimbach die Ankunft des Fürsten dieser Welt verkündet hatte und weil nun aufs inbrünstigste gehofft werden mußte, der Satan werde sich mit einem Aufenthalt innerhalb der Stadtmauern begnügen und nicht etwa auch im Kurkölnischen sein Unwesen treiben wollen. Deshalb geißelte sich Ferdinand vor den Bürgern Kölns – aber die wußten den Anlaß nicht, und als er, mit vorquellenden Augen, keuchend zu Johann Gelenius sagte, er werde noch heute einen Serviten-Orden zur Verehrung der sieben Schmerzen Mariens stiften, sorgte der Generalvikar für schnelle Verbreitung. Inzwischen beugte der knochige Herr sich noch tiefer, klatschte die Geißel unaufhörlich, zeichneten sich brandrote Striemen auf seiner Haut, lief ein Schauer über viele Bürgerrücken: Seht, welch ein demütiger Herr! Und wo der Zug auch hinkam, standen die Leute am Straßenrand, aus allen Fenstern lehnten sie, mit baumelnden Beinen auf den Klostermauern sitzend genossen sie das unverhoffte Schauspiel. Und was traf nicht alles zusammen an diesem Tag: die Synode, das Schützenfest, die Prozession … Daß auch der Teufel in Köln weilte, wußten bis zur Stunde nur wenige. Aber bald sollten es alle erfahren.

Noch Tage später konnte keiner sagen, wie es zu den schweren Zwischenfällen gekommen war. Fest stand nur: Die Unruhe war vom Neumarkt ausgegangen. Hier hatte man, unter den prachtvollen, noch kahlen Ahornbäumen, bereits am Vormittag die Pferde des Gefolges angepflockt und getränkt, hier war auch der Fuhrpark des Kurfürsten, seine Kutsche und die Bagagewagen, aufgefahren. Als die Prozession ihren Weg durch die Innenstadt begann und die Absperrung vor dem Dom aufgehoben wurde, saßen die blauberockten kurkölnischen Polizisten auf und ritten ebenfalls zum Neumarkt, wo die Bier- und Weinzapfer schon längst ein gutes Geschäft mit den Kurfürstlichen machten. Aber die Blauröcke schnaubten vor Wut; ein Stadtpolizist habe einem der Ihren ins Gesicht geschlagen, als er pflichtgemäß das närrische Lumpenweib arretiert hatte – und das fanden auch die Lakaien und Troßknechte und Pferdebuben auf dem Neumarkt ganz ungeheuerlich.

Indes nun der Rittmeister der Blauröcke ganz sittsam in der Prozession wandelte, sah sein Vertreter, ein junger Hauptmann, seine Stunde gekommen. Er hatte wohl auch zu ausgiebig den Lahnsteiner probiert, und da fiel ihm ein, wie ungehalten der Kurfürst über das Schießspiel der Kölner gewesen war; man hatte ihm das berichtet. Da bot sich ein Raufhandel mit den Schützen geradezu an!

Aufgesessen also und den Schießprüglern in die Parade gefahren! Sie jagten, an die fünfzig, mit Hussa und Horrido durch die feuchtlehmigen Gassen, daß Weiber und Kinder, von Abwässern und Kot bespritzt, in die Hausgänge flüchteten und ein paar Alte, die weder Schützenfest noch Prozession verlockt hatte, die Fäuste schüttelten. Am Perlengraben, wo der fromme Zug sich anschickte, Sankt Kathrinen zu umschreiten und wieder stadteinwärts in die Weberstraße einzubiegen, erreichten und überholten sie die Pilger. Auch der Kurfürst, der, da Leibarzt Doktor Holzemius ihm vor wenigen Minuten weiteres Geißeln untersagt hatte, nun wieder im Hermelin und aufrecht einherschritt, blickte der wilden Meute kopfschüttelnd nach. Aber wen sollte er hinterherschicken, es waren ja keine Berittenen zur Stelle!

Unbehelligt mit ihren Pistolen knallend, galoppierten die Kurfürstlichen durchs Severinstor, wo schon Hunderte in einer lustigen Zelt- und Budenstadt flanierten und in der bretternen Trinkhalle die Becher kreisen ließen, während andere die Scheiben richteten, Ketten zogen, Fähnlein steckten und so das ganze Gelände unterhalb der Mauern zwischen dem Rhein und der Straße nach Bonn in einen Schieß- und Festplatz verwandelten.

Denen muß man's zeigen! Wie die apokalyptischen Reiter brachen die Blauröcke in die Budenstadt ein – da fielen Zelte bauschig in sich zusammen, Töpfe, Gläser, Krüge gingen in Scherben, Marktstände wurden geplündert, die Zapfen aus den Fässern gerissen, Scheiben niedergeritten, mit Lanzen durchbohrt. Sie luden Kannen, Pokale, Preismünzen, sogar, Bettdecken und Nachtgeschirre als Beute auf ihre Gäule, und einige schossen auch wieder wild herum, und ein Schuß ging nicht in die Luft; er traf den Küferlehrling Hennes Billschrot in den Kopf. Nun aber auf in den Sattel und wieder durchs Tor in die Stadt!

Als Johann von Bolandt erfuhr, was geschehen war, verließ er mit dem Stadtrat geschlossen die Prozession. Selbst er konnte die empörten Räte nicht beschwichtigen – nein, in einer solchen Situation durfte er nicht sichtbar zum Kurfürsten halten. Er ließ dem hohen Herrn durch einen Sekretär empfehlen, nach Bonn zurückzukehren. Es sei für seine eigene Sicherheit besser, wenn er sich gleich auf den Weg mache, und was die Synode angehe, so könnten ja Weihbischof und Generalvikar die Geschäfte weiter besorgen. Er baute darauf, daß der Kurfürst, um dessen Wohlwollen er warb, begreifen würde, in welcher Zwangslage er sich als Bürgermeister befand.

Zornig verlangte Ferdinand nach einem Pferd.

Die zurückkehrenden Reiter, als sie beim Malzbüchel der sich auflösenden Prozession begegneten, verdrückten sich mit ihrer Beute schleunigst zum Neumarkt hin. Aber den jungen Hauptmann holte sich der Kommandant der Blauröcke aus dem Sattel und degradierte ihn auf der Stelle. Dessen Pferd bestieg der Kurfürst. Dem brannte der Rücken wie ein riesiges Wundmal.

Adam Kasen war fest entschlossen, künftig jede Tätigkeit seiner Schutzbefohlenen, die nichts mit dem Pensum zu tun hatte, zu unterbinden. Der Regens achtete die Trauer des Paters Horn um seinen Schüler, obwohl ihm diese augenfällige Betroffenheit zu weit ging. Und irgendwie fühlte er sich sogar erleichtert, weil Ignaz Ellers Verscheiden ihn der Notwendigkeit enthoben hatte, ein Mitglied des Lehrkörpers wegen Bevorzugung eines Schülers rügen zu müssen.

Er hatte das Kollegium am Abend dieses ereignisreichen Tages zu stiller Andacht ins Refektorium gebeten, die Formalitäten der Bestattung waren besprochen, ein Brief an die Eltern in Altrip war aufgesetzt worden. Ferner wurde beschlossen, beim Rat Anzeige gegen Unbekannt zu erstatten, wegen Mordes. Denn daß der Schüler in die eisigen Wasser des Rheins geworfen worden war, wußte man aus der Aussage und dem Zustand des Verblichenen, und dazu würde man jetzt auch Philipp vernehmen. Spees Vorschlag, die Sache auf sich beruhen zu lassen, wurde von fast allen unfreundlich aufgenommen.

»Sie haben gut reden«, sagte Kasen. »Sie müssen sich nicht mit den Eltern auseinandersetzen. Sie brauchen sich auch nicht vor dem Pater Provinzial zu rechtfertigen. Aber ich? Es gibt so etwas wie eine Vernachlässigung der Aufsichtspflicht …«

Dann kam der Pater Präfekt und berichtete, in der Stadt seien Unruhen ausgebrochen, auch sei in der Südstadt die Brandglocke geläutet worden, von den Bauernbänken seien sie mit Forken und Sensen herangerückt, es habe einen Toten gegeben. Gleich darauf kam, außer Atem, ein Schüler: Der Kurfürst sei wutentbrannt abgereist, der Generalvikar mit ihm.

Die Patres machten lange Gesichter, aber Kasen lächelte hintergründig. »Das ist doch nichts Neues, liebe Brüder! Kurfürstliche Durchlaucht reisen immer mal wieder wutentbrannt ab aus Köln. Oder sie kommen gar nicht erst hierher. Und der Ärger mit den Schießspielen, dieser Streit um die Grundherrlichkeit vor den Toren – der ist ja fast schon ein Ritual! Das war – die älteren Brüder werden sich erinnern – 1581 unter Gebhard Truchseß genau dasselbe und nicht anders 1602 unter Kurfürst Ernst, als Ferdinand noch Koadjutor war. Deshalb bleibt uns kein Erzbischof ewig gram. Spätestens wenn der Schwede kommt – was Gott verhüten möge! –, fühlt sich auch unsere Durchlaucht im guten, alten, wohlbefestigten Köln wieder ganz närrisch daheim. – Und nun, meine Lieben, an unser Tagewerk!«

22

Bürgermeister Melchior Geil war im Aufbruch, als der Hausdiener ihm den Besuch Dr. Glimbachs meldete. Er hatte sich bereits den pelzbesetzten Mantel angezogen und war nur noch einmal ins Schlafgemach gegangen, weil er sein Präsent, ein Eleföntchen aus Elfenbein, vergessen hatte. Eine der beiden den Bürgermeistern jederzeit zur Verfügung stehenden Ratskutschen wartete vor dem Haus, als Dr. Glimbach erhitzt, denn er war zuvor vergeblich im Rathaus gewesen, um Einlaß bat.

»Sie nehmen nicht an der Prozession teil?« fragte Geil und bat den Dechanten, ihm ins Obergeschoß zu folgen.

»Ich habe teilgenommen – mich allerdings vorzeitig davongemacht«, sagte Glimbach. »Und Sie?«

»Leider, leider ...«, sagte der Bürgermeister und klopfte sich beim Treppensteigen auf den rechten Oberschenkel. Glimbach entschuldigte sich für seine Vergeßlichkeit, aber er dachte: ein willkommenes Beinleiden! Melchior Geil wird doch an keiner Prozession teilnehmen, die der Kurfürst, die Kompetenzen des Rates mißachtend, widerrechtlich auf stadtkölnischem Gebiet angeordnet hat …

»Bis zum Malzbüchel bin ich mitgegangen«, sagte er. »Aber dann wurden mir gewisse Informationen zugetragen …« Er setzte neu an: »Herr Bürgermeister!«

Geil hatte die Tür zum großen Wohnzimmer geöffnet, aber Glimbach blieb auf der Schwelle stehen; es war ungewiß, ob er so beeindruckt vom Anblick des repräsentativen Raumes war oder ob er Geil auf die Bedeutung seiner Botschaft vorbereiten wollte.

»Herr Bürgermeister! Es sind noch in dieser Stunde gravierende Entscheidungen zu treffen. – Aber sieh einer an: welch ergreifende Grablegung!«

»Ein Engelbrechtsen. Sehn Sie sich nur um!«

»Und ein Heemskerck, wenn ich mich nicht täusche?«

»Man kennt sich aus«, schmunzelte Geil.

Die ganze Wand gegenüber dem Eingang war mit Gemälden behängt. Alle prangten in ebenholzschwarzen, mit einer dünnen Goldleiste versehenen Rahmen; die meisten waren rechteckig, einige oval, auch kreisrunde Tondos waren darunter. Glimbach erging sich kennerisch vor der Bilderwand, tänzelte drei Schritte vor, fünf zurück, legte den Kopf schräg und prüfte, indem er die Brille abnahm und sich dem Bild auf Handbreite näherte, mit zwinkernden Augen den Pinselstrich.

»Sollte mich nicht wundern, wenn Sie auch einen Dürer hätten!«

»Bewahre!« Geil hob die Hände. »Den hätte mir der Kurfürst längst abgeluchst für die brüderliche Durchlaucht in München!«

»Stimmt«, sagte Glimbach. »Der Maximilian kauft sich die Dürers in ganz Deutschland zusammen.«

»›Kauft‹ ist gut!« sagte Geil grimmig. »Die Nürnberger werden sich noch wundern, wie er sie erpressen wird.« Und leise, als vertraue er dem Besucher ein Geheimnis an: »Er ist hinter den ›Vier Aposteln‹ her!«

»Nichts über unsere deutschen Meister!« sagte Glimbach. »Haben Sie das alles selber erworben?«

»Ich bin kein Krösus«, sagte Geil. »Und von Kunst versteh ich nichts, ich bin Jurist. Das meiste hat mein Vater gesammelt. Der hat für unsere kölnischen Künstler viel getan.«

»Aber gewiß«, sagte Glimbach, »die Geils haben sich, was die schönen Künste betrifft, weit mehr um das Ansehen unserer Stadt verdient gemacht als alle Hardenraths, Lyskirchens und Bolandts zusammen!« Es war auch Glimbach bekannt, daß Geil seinen Kollegen Bolandt nicht besonders schätzte.

Der Bürgermeister nickte zustimmend. »Wenn ich bedenke, daß mein seliger Vater den großen Peter Paul noch als kleinen Jungen gesehen hat, wie er seinen Reifen durch die Sternengasse trieb ...«

»Richtig!« sagte Glimbach. »Die Familie Rubens wohnte da, Nummer 10, glaube ich, ganz in der Nähe vom Henotschen Haus.«

Damit war er bei seinem Thema. Sie setzten sich an den großen Mitteltisch, dessen ausziehbare Platte auf geschnitzten Greifenhäuptern und zierlich gedrechselten Säulen ruhte. Und während Geil ungeduldig seine Finger auf dem polierten Nußbaumholz spielen ließ, schilderte Glimbach dramatisch den Auftritt der Raußrathschen – aber, richtig, den hatte Geil ja noch miterlebt! Also wiederholte er die Aussage des holländischen Schiffers, der von Jesuiten – man denke! – gezwungen werden sollte, das zauberische Weib in die calvinischen Niederlande zu entführen.

»Und wenn nichts sonst Sie bewegen könnte, rechtliche Schritte gegen diese Katharina Henot zu unternehmen, Herr Bürgermeister – ihre bevorstehende Flucht zwingt Sie geradezu, den Haftbefehl noch heute auszustellen!«

Glimbach war aufgestanden, hatte sich den Mantel aufgeknöpft und schritt, die Hände auf dem Rücken, trotz seiner

Kleinheit gravitätisch, vor Geil auf und ab. Da der nichts sagte, sondern nur auf seine trommelnden Finger sah, zog Glimbach ein gerolltes Aktenstück aus der Innentasche seines Mantels und legte es auf den Tisch.

»Professor Ostermanns Gutachten! Eine Hexe. Ein klassischer Fall!«

Geil griff gelangweilt nach der Rolle und kratzte sich mit ihr den Schädel – eine Geste, die jeden Respekt vor der Wissenschaft vermissen und Glimbach vor Zorn erbleichen ließ, so daß seine ganzjährig sichtbaren Sommersprossen sich dunkelbraun verfärbten.

»Ich muß das mit Bolandt besprechen«, sagte Melchior Geil. »Warum haben Sie sich nicht gleich an ihn gewandt? Er ging doch in der Prozession.«

»Damit der sofort zum Erzbischof rennt und das Hohe Gericht hellhörig macht? Gerade Ihnen, Herr Bürgermeister, dürfte es doch nicht gleichgültig sein, würde auf diese Weise wieder ein fundamentales Recht der Stadt verletzt!«

»Was meinen Sie denn?« fragte Geil lustlos. Er wußte nur zu gut, wie Glimbach argumentieren würde.

»Das Antastrecht, mein Herr, was sonst?«

Er meinte das Vorrecht der Stadt, jeden, der sich in ihren Mauern eines Vergehens schuldig machte, zu verhaften, ins Städtische Gefängnis zu schaffen und durch städtische Beamte verhören zu lassen. Das ebenfalls in Köln ansässige ›Hohe Weltliche Gericht‹, das nicht der Stadt, sondern dem Kurfürsten unterstand, versuchte immer wieder, dieses noch von Kaiser Friedrich III. aus dem Jahre 1493 herrührende Privilegium in Frage zu stellen. Aber die Stadt reagierte darauf stets mit Empörung und, wenn sich eine Gelegenheit bot, dem Erzbischof am Zeuge zu flicken, auch mit scharfen Repressalien. Vor allem Melchior Geil war es, der während seiner ganzen Amtsperiode eifersüchtig auf die Wahrung des Antastrechtes achtete. Glimbach war das nur angenehm. Er wollte den Fall Henot fürs erste noch in der Hand behalten. Denn nur dann war es ihm möglich, durch Zeugenaufruf und -befragung weitere Schandtaten dieser Hexe aufzudecken, ja vielleicht auch noch andere Hexen zu ermitteln. Eines Tages freilich würde man das Hohe Gericht doch ersuchen müssen, die Delinquentin zu übernehmen.

Der Bürgermeister entrollte das Papier und warf einen flüchtigen Blick auf das Gutachten.

»Natürlich haben wir das Antastrecht – und zwar nicht nur innerhalb der Stadtmauern, sondern auch im ganzen Burgbann. Jedenfalls ist das meine Auslegung eines seit Urzeiten gewachsenen Rechtszustandes.«

Er legte die Akte auf den Tisch zurück, sie schnellte zusammen und rollte auf den Fußboden. Geil kümmerte sich nicht darum, denn nun wiederholte er, munter drauflosblubbernd, alles, was er bereits am Morgen dieses Tages dem Erzbischof entgegengehalten hatte, sprach vom »imperium et omnimoda iurisdictio«* in weltlichen und geistlichen Sachen, und dabei ärgerte er sich insgeheim wieder über Johann von Bolandt, der sich dem Kurfürsten gegenüber geradezu unangenehm servil verhalten hatte, offenbar ohne zu bedenken, daß er seinem Mitbürgermeister damit in den Rücken fiel. Kein Zweifel, es war Gefahr im Verzuge. Wenn sogar ein Bürgermeister geneigt war, unverzichtbare Rechte dieser Stadt um eines leutselig-hirtenamtlichen Lächelns willen preiszugeben – eines Lächelns, das dem Kenner doch nur wieder das kurfürstliche Wolfsgebiß zeigte –, dann war er, Bürgermeister Melchior Geil, aufgerufen, diese Rechte nicht nur zu verteidigen, sondern auch wahrzunehmen, und zwar am besten auf demonstrative Weise. Nein, ehe sich der Richter des Kurfürsten, der ungeliebte, nur mit Überwindung in der Freien Reichsstadt gelittene *Greve*, des Falles Henot annahm, mußte das Städtische Gewaltgericht ihn an sich ziehen. Dies um so mehr, als die Schuld der Postmeisterin ja überhaupt noch nicht erwiesen war. Auf dieses Gutachten eines allseits belächelten, in der Juristenfakultät gerade noch

* Herrschaft und uneingeschränkte Gerichtshoheit

geduldeten Professors Ostermann gab Geil schon gar nichts. Und sollte die Henot wirklich ein bißchen Wein gepanscht und damit ein paar Nönnchen vorübergehend närrisch gemacht haben – das waren Bagatellvergehen, die allenfalls mit ein paar Tagen Gefängnis bei Wasser und Brot oder auch mit dreimaligem Umgang im Büßerhemd um den Dom, in jeder Hand eine fünf Pfund schwere Kerze, zu ahnden waren. Nur wenn sich herausstellen sollte, was ganz und gar unwahrscheinlich war, daß schwerer Schadenzauber geübt wurde, daß also ein Malefizverbrechen vorlag, nur dann würde, da auf solche Untaten Leib- und Lebensstrafe stand, das Hohe Gericht damit befaßt werden müssen. Aber auch das erst, nachdem der Rat der Stadt sich entschieden haben würde, die Inkulpatin dem Hohen Gericht und damit jener Instanz, die als einzige in Köln berechtigt war, Todesurteile zu verhängen, auszuliefern.

Wer ›geliefert‹ war, der war so gut wie tot – denn der Rat überwand sich eben nur dann, seine Unzuständigkeit zuzugeben, wenn wirklich keine andere Strafe mehr denkbar war als die an Leib und Leben.

»In Gottes Namen!« seufzte Melchior Geil und nahm mit Genugtuung wahr, daß Doktor Glimbach sich nach der Aktenrolle bückte und sie behutsam auf den Tisch zurücklegte. »Fahren wir also zum Rathaus! Geben Sie mir, was Sie in Ihrem Büro noch an Unterlagen haben; ich stelle den Haftbefehl aus.« Geil ließ Glimbach den Vortritt und bedachte, während sie die Treppe hinuntergingen, daß seine geliebte Theresa, die ihn im ehemaligen Kloster Ursulinenhof erwartete, sich noch zwei bis drei Stunden würde gedulden müssen. Melchior Geil, der Junggeselle, der es verstanden hatte, dem Doktor Romeßwinkel sein Eheweib auszuspannen, räumte, bei aller Leidenschaft, die er für die schöne Schöffenfrau empfand, den juristischen Belangen der Stadt unbedingten Vorrang ein.

Die Stadtsoldaten waren unterwegs. Doktor Glimbach stand auf dem Balkon der Rathauslaube, blickte auf die gegenüberliegende Ratskapelle ›Sankt Maria in Jerusalem‹ und wartete auf die Kutsche, die Katharina Henot zum Frankenturm bringen würde. Und er dachte: So wie es einst gelungen war, die Juden aus diesem Viertel zu vertreiben, sie entweder ganz unschädlich zu machen oder nach Deutz zu verbannen und die Synagoge in eine Marienkirche umzuwandeln – so wird es mir gelingen, das Übel der Hexerei in Köln auszumerzen.

Im gleichen Stockwerk, wenige Zimmer weiter, empfing Bürgermeister Geil Kuriere und aufgeregte Bürger, die ihm vom empörenden Verhalten der kurfürstlichen Blauröcke berichteten. Man sei ja seines Lebens nicht mehr sicher; diese jecken Rüpel galoppierten durch die Gassen mit Hussa und Peitschenknall, und was sich erst draußen auf dem Schießplatz abspiele …

»Wir haben doch Wachen aufgestellt! Bürgermeister von Bolandt hat doch wohl dafür gesorgt – wie?« rief Geil, als wieder einmal eine Delegation aufgeregter Kölner bis in sein Amtszimmer vorgedrungen war.

»Ach die! Die Schwänze haben sie eingezogen, in den Wallgraben sind sie gehüpft! Von unseren Stadtsoldaten läßt sich doch keiner mit Erzbischöflichen ein!«

»Dann schick' ich sie alle zum Türken!« schrie Geil und hieb mit der flachen Hand auf den Schreibtisch. »Zur Bewährung im Feld! Wegen Feigheit vor dem Feinde!«

»Schickt sie lieber gegen die Dänen!« maulte einer.

»Oder zum Wallenstein – gegen den Tilly!« Das gab ein großes Gelächter; man hielt hier in Köln mehr zum kaiserlichen Generalissimus Wallenstein als zum Feldherrn der Katholischen Liga, den der aus Bayern stammende Kurfürst natürlich hofierte, während das Volk in seinen nördlichen Landen die rücksichtslos plündernden Truppen dieses Verbündeten bereits allzugut kennengelernt hatte. Nein – lieber als zum Tilly hielt man zum Wallenstein – auch er ein Verbündeter, der aber den unschätzbaren Vorzug hatte, weit entfernt von Köln zu operieren.

Geil ordnete die Räumung seines Büros an. Aber als er allein war, überfiel ihn die Unruhe erneut. Hätte er das vorausgesehen – die Ausschreitungen der Blauröcke, die vorzeitige Auflösung der Prozession und den Zorn des Kurfürsten, der, wie man hörte, sich bereits den Reisewagen zum Malzbüchel bestellt hatte – dann hätte er Glimbachs Drängen nicht nachgegeben. Nicht heute!

Wiederholt zupfte er an der goldenen Kette und zog seine Taschenuhr mit dem auf Silber gravierten Monogramm heraus. Es ging auf drei, und noch immer waren die städtischen Reiter, die Order hatten, mit der Kutsche kurz am Rathaus zu halten und Zwischenbericht zu erstatten, nicht eingetroffen.

Endlich kam der Trupp angesprengt, aber im Kutschkasten saß niemand, schon gar nicht die Postmeisterin. Mit schepperndem Säbel keuchte der Hauptmann die Treppe hoch.

»Mußten wieder abrücken. Der Zuständigkeit wegen.«

»Was soll das heißen?« blubberte Geil.

»Wir hatten, der Vorschrift gemäß, vor dem Haus Aufstellung genommen. Da trat uns in der Haustür die Frau Postmeisterin persönlich entgegen.«

»Na und? Hat sie euch verhext?«

»Das nicht eben, Herr Bürgermeister. Doch überzeugt hat sie mich.«

»Und wovon?«

»Daß wir als Stadtsoldaten kein Recht haben, in ein kirchliches Gebäude einzudringen.«

»Ihr solltet sie ja auch nicht zu Sankt Severin verhaften, ihr Schafsköpfe, sondern im Haus ihres Bruders! Im Haus ›Zur Britzen‹!«

»Vor dem wir uns auch befanden. Aber weil ihr Bruder, Hochwürden Henot, Propst ist und Päpstlicher Notar und, wie gesagt, Hochwürden, deshalb ist auch dieses Haus – so wenigstens hat uns das Frau Henot erklärt – ein kirchliches Gebäude.«

»So? Hat sie euch das erklärt?« Melchior Geil fuhr sich in die Haare. »Und dann seid ihr, dergestalt auf die anmutigste Weise von der schönen Frau belehrt, wieder abgezogen!«

»Um Herrn Bürgermeister Bericht zu erstatten, jawohl, Herr Bürgermeister!« sagte der Hauptmann und schwenkte seinen Federhut.

»Na schön«, sagte Melchior Geil. Und es machte ihm Mühe, den Offizier nicht merken zu lassen, wie erleichtert er war. »Wir werden's überdenken. Ziehen Sie sich mit Ihren Leuten fürs erste in die Wachstube zurück.«

Auch der sollte sich vor den Türken bewähren, dachte der Bürgermeister und sank erschöpft auf seinen Stuhl. Oder, sei's drum, vor dem Tilly! Marodierende Verbündete, strohdumme Soldaten, rechthaberische, vom Ehrgeiz aufgefressene Beamte wie dieser Glimbach – es wurde Zeit, daß er sich zu Theresa begab. Es war wieder einmal die letzte Gelegenheit, ehe Doktor Romeßwinkel aus dem Kurkölnischen zurückkehrte. Wenn man den nur so schnell wie möglich aus der Stadt heraus hätte!

Er machte sich auf den Weg. Fast auf Zehenspitzen schlich er an Glimbachs Büro vorbei. Er hatte die Ratskutsche in den Hof fahren lassen, damit der Kommissar, der jetzt gewiß am Fenster stand und auf die Postmeisterin und ihr Geleit wartete, ihn nicht mehr hindern konnte, sich davonzustehlen.

Dem Kutscher brauchte er sein Ziel nicht zu nennen; ein »Wie üblich« genügte. Im Hause Romeßwinkel konnte Geil sich mit Theresa natürlich nicht treffen, das war unmöglich – und mochte der Schöffe noch so weit und noch so dienstlich unterwegs sein. Das Haus lag in der Breite Straße, wo viele angesehene Bürger wohnten, auch solche, die in der Stadtverwaltung beschäftigt waren und ein geselliges Leben führten. Da gingen oft bis in den Morgen hinein die Lichter nicht aus. Ob zu Fuß oder mit der Kalesche: Unbemerkt kam niemand in das Haus Romeßwinkel.

War aber der Schöffe unterwegs, dann zog Frau Theresa es ohnedies vor, die laute Stadt, in der die Kinderlose sich einsam und verschmäht fühlte, zu verlassen. Ihr Beichtvater, dem sie völlig vertraute und der jede Sünde, die sie beging, mit immer den gleichen, nicht allzu drakonischen Strafen belegte, hatte ihr den Wink gegeben: Ursulinenhof war ein ehemaliges Kloster, zwei Meilen vor der Stadt. Vor sieben Jahren hatte der Erzbischof es schließen lassen, die Nonnen hatten nicht gutgetan, Ferdinand verteilte sie auf andere Klöster. Seither diente das in einem imposanten Eichenhain gelegene, von einer hohen Mauer umgebene Bauwerk als Gasthaus für auswärtige Reisende, die zu spät vor Köln eintrafen, als daß die Torwächter sie noch eingelassen hätten.

Und da dort eben nur Ortsfremde übernachteten, denn Kölner Bürger ließ man auch nach Mitternacht noch in die Stadt, konnten Frau Romeßwinkel und ihr Besucher einigermaßen sicher sein, hier nicht bemerkt und, wenn bemerkt, doch nicht erkannt zu werden. Vor Indiskretionen der Kutscher war man freilich nicht geschützt – aber hier hatte bislang noch immer ein Obolus geholfen. Herr Malzahn, der Wirt, hielt ohnedies den Mund. Die Gäste für eine Nacht brachten ihm nicht viel, sie machten auch das Haus nicht voll. Anders die delikaten Occasionen. Es handelte sich keineswegs nur um Stundenbetten. Frau Romeßwinkel zum Beispiel bewohnte schon seit Monaten ein geräumiges Erkerzimmer mit Vorraum und neuzeitlichem Abtritt. Es gab auch andere Dauermieter, vor allem geistliche Herren, die sich hier, fernab vom sündigen Treiben der Stadt, in einer schlichten Zelle mit kargem Lager zu gottgefälliger Meditation einfanden. Wurde ihnen dabei die Einsamkeit zu drükkend und das Fleisch zu schwach, so wußte Herr Malzahn gefällige Gesellschaft zu vermitteln.

Melchior Geil kannte die Geschichte jener Nacht, jener Nächte: Wie es den Schöffen Romeßwinkel eines Tages überkommen hatte, wie er, seit bald zehn Jahren glücklich verheiratet mit Theresa, Tochter des Schultheißen von Sürth, plötzlich eine neuartige Lust in sich entdeckte, zu der er freilich eine Partnerin brauchte. Als er sie zum ersten Mal auf solche Art überfallen hatte, wähnte sie noch, er sei betrunken – aber er haßte Bier und Wein, daran hatte sich nichts geändert. Er schlug sie, brachte Peitschen und Ketten nach Hause, gab vor, sie nur symbolisch zu nutzen, aber dann riß er die Frau vom Lager, zwang sie aufrecht an die Wand, hieß sie die Arme über sich kreuzen und schlug zu, kerbte ihre weiße Haut mit dem flach angesetzten Messer. Wenn er vor ihr zusammenbrach, stammelte er Dank und bat um Vergebung. Bald verkehrte er gar nicht mehr wie ein Ehemann mit ihr – er war stets so etwas wie ein Richter, ein Schöffe, ein Henkersknecht. Und ein Schöffe, das war er ja auch.

Als er sie derart gezeichnet hatte, daß die Stigmata für Wochen auf ihrem Leibe bleiben würden, ließ er von ihr und nahm sie, als Mann, überhaupt nicht mehr wahr. Das ereignete sich bald nachdem er mit seinem Kollegen Blankenberg das Werk über die Hexenmale verfaßt hatte. Die Arbeit hatte ihm eine Berufung an den Kurfürstlichen Hof eingebracht. Seither war er viel unterwegs, und die Zahl der Hexen im Kurkölnischen, besonders der jüngeren, sank merklich.

Zärtlich aber war Melchior Geil. Seit die schöne Schöffenfrau ihm vor fünf Monaten, bei einer weihnachtlichen Ratsfeier, schöne Augen gemacht hatte – Kerzenäuglein, wie er's später schmunzelnd nannte –, war der scheinbar so sittenstrenge Mann ihr verfallen. Und so seltsam auch, wie gar nicht passend zu seiner trockenen, rechtlich denkenden Art, diese Hingabe an die Sünde des Fleisches seinen Freunden erschienen wäre, hätten sie jemals davon erfahren – sie war erweckt worden durch eben seinen Sinn für Gerechtigkeit und sein meist schamhaft verleugnetes Mitgefühl für Schwache, Gedemütigte, Geschundene. Theresa hatte sich ihm anvertraut, stammelnd, schluchzend – was blieb ihm anderes, zumal sie schön wie Venus war, als sie in die Arme zu nehmen; und noch seine ungewandtesten Zärtlichkeiten waren der Entwöhnten Balsam auf ihre Wunden.

Er wußte natürlich, daß Ehebruch eine Todsünde war. Doch bei Theresa half Melchior Geil sein gesunder Trotz weiter. Wenn Gott zuließ, daß ein Mann seine Frau so barbarisch mißhandelte,dann würde er es auch zulassen müssen, daß ein anderer Mann ihre Wunden küßte. So weit durfte die Theologie mittlerweile gefälligst sein …

Doktor Glimbach hatte bereits die richtigen Schlüsse gezogen. Der Hauptmann, der aufgeregt ins Rathaus gepoltert kam, die abrückende Rotte, die sich gleich gegenüber vom Pferde schwang und im Wachgebäude verschwand – es lag auf der Hand: Mit diesem hasenherzigen Bürgermeister war im Fall Henot nicht mehr zu rechnen. Am Domhof, neben der Kirche Sankt Johann, erhob sich der uralt-ehrwürdige Palast des Hohen Kurfürstlichen Gerichts. Das war keine Viertelstunde von hier. Doktor Heinrich Tectorius Glimbach schrieb ein Billett und übergab es einem Ratsdiener. Es dauerte fast eine Stunde, bis er wiederkam. In seiner Begleitung befand sich ein ungewöhnlich groß gewachsener Mensch in buntgestückelter Kleidung. Der überhohe, schwarze, oben spitz zulaufende Hut machte ihn noch größer. Mit tiefernster Miene trug er einen armlangen Stock vor sich her, auf beiden Händen, als müsse er mühsam das Gleichgewicht wahren. Frauen und Kinder waren ihm gefolgt und umringten ihn und blieben auch vor der Wachstube stehen, als er mit dem Ratsdiener dort eintrat. Das war der Rutenträger des Hohen Gerichts.

Ihn mußte Kölns Rat anfordern, wenn er eine Person festnehmen wollte, die sich in einem kirchlichen Gebäude aufhielt. Die Verhaftung durch das Städtische Gewaltgericht mit Amtshilfe eines Rutenträgers bedeutete zwar noch keineswegs die Übergabe des Falles an das Hohe Gericht des Kurfürsten. Aber aus dem Amtshilfe-Ersuchen ergab sich doch mindestens eine Konsequenz: Der Rat gestand ein, daß seine Jurisdiction nicht uneingeschränkt war.

Bürgermeister Geil hätte sich schwerlich dieses Zugeständnis abgerungen. Das wußte Doktor Glimbach. Und er wußte auch, daß er selber keineswegs berechtigt war, den Rutenträger anzufordern. Aber um großes Recht durchzusetzen, durfte – das galt zu allen Zeiten! – geringes Recht gebeugt werden.

Merkwürdig, daß Philipp, während er durch das fast menschenleere Stadtviertel zur Sternengasse hastete, sich mehr noch als mit Ignaz mit Professor Horn beschäftigte. In dessen Augen hatten Tränen gestanden. Und er leistete dem strengen, oft verspotteten Lehrer Abbitte. Er hatte heute nicht nur das Sterben, er hatte auch einen Mann weinen gesehn – und so war er selber zum Mann geworden, eben recht für die Aufgabe, die es jetzt zu bewältigen galt: Katharina zur Flucht zu verhelfen. Gewiß war sie nach der Messe nicht gleich in die Glockengasse zur Postmeisterei, sondern erst ins Henot-Haus gegangen, um sich umzukleiden. Er sah sie vor sich und schloß für einen Moment die Lider, um sie noch deutlicher zu sehen, wie sie das Mieder öffnete, wie die weißleinene Bluse aufsprang …

Von Sankt Agathen kommend, bog er in die Sternengasse ein, und da standen etliche Leute herum, sprachen miteinander, zeigten zum Haus hinüber, und vor diesem Haus ›Zur Britzen‹ hatten, in Sturmhauben und auf ihre Hellebarden gestützt, zwei Stadtsoldaten Posten bezogen.

Als er ins Haus wollte, schüttelten sie die Köpfe, und als er nach der Postmeisterin fragte, grinsten sie wie der Grienkopf über ihnen, und den Propst Henot hatten sie nicht gesehen. Ja, die Posthex, die schon, aber auch nicht lange. Die hätten die Kameraden ja abgeführt, das Haus sei versiegelt und verklaustert, und jetzt solle er den Mund halten, sie dürften weiter nichts sagen.

23

Kaum fand sie aus ihrem Traum. Durch tief verschneiten Wald stapfte sie hangwärts, unendlich mühsam hob sie die Füße aus den Löchern, in die sie, Schritt um Schritt, eingebrochen war. Winzige Eisnadeln heftete der sirrende Nachtwind an ihre Lider, verklebte die Wimpern. Sie stolperte, stürzte, griff mit den Händen weit nach vorn und brach wieder ein. Das bläuliche, glitzernde Laken umschlang ihren schweißnassen Leib, erstarrte zum kristallenen Sarg …

Ein Gewölbe aus rohen Quadern, ein hölzernes Kruzifix an der Mauer. Sie wandte den Kopf dorthin, wo das Licht herkam; es zwängte sich durch eine vergitterte Schießscharte. Von der Wand blätterte der Verputz – eine Pritsche, ein schmales Tischchen: Das war das Gemach im Frankenturm, in dem Katharina Henot die erste Nacht ihrer Gefangenschaft verbracht hatte.

Sie verschränkte die Hände unter dem Kopf, schloß noch einmal die Augen. Sie überdachte die Nachmittagsstunden des vergangenen Tages – und war mit sich zufrieden. Kein Wimmern, Weinen und Kreischen, kein kniefälliges Flehen, auch kein nutzloser Widerstand. Als sie auf das unverschämte Klopfen an der Haustür geöffnet hatte, sah sie vor sich aufgebaut die fünf Soldaten mit ihrem Hauptmann, und rundherum Nachbarn und andere Leute, was eben so zufällig um drei Uhr nachmittags in der Sternengasse unterwegs war. Und sie, hoheitsvoll, trotz Antastrechtes der Stadt ihrer Unantastbarkeit bewußt, zu dem Kriegergesicht unter dem Federbusch: »Dies, Herr Offizier, ist ein Anwesen, welches unserer heiligen Mutter Kirche gehört …« Und sie zogen ab! Sie dann: Tür zu, die Treppe hinauf, die verschreckte Drutgin kurz in den Arm genommen und ins Schlafgemach! Was konnte verdächtig, belastend sein? Die deutsche Bibel war gut versteckt. Aber die Kleiderpuppe …! Die Nadeln mußten heraus – wer Nadeln in eine Puppe spießt, der mag sich wohl auch gewisse Männlein und Weiblein kneten, mag ihre Köpfchen mit Nadeln durchbohren – und wen es darstellt, das plumpe Gebild, der fällt um, wo er zur Stunde auch weilen mag, und ist tot! Und die Salben- und Kräutertöpfchen im Nachtschrank: Bibernell und Meisterwurz gegen die immer drohende Pestilenz oder Bärentraube gegen brennenden Harn. Für einen schnuppernden Hauptmann wär' das gewiß ein giftiger Absud aus Bilsenkraut, Tollkirsch und Eisenhut; man weiß doch, wie das einer Hex zwischen den Schenkeln bekommt ... Und die Kochkessel gesichtet, ob auch kein blutiger Rückstand darin, und den Müllkübel ausgeleert, daß uns kein Knöchlein einen geschlachteten Säugling verrät ...

Sie wußte, was man bei Hexen finden wollte, sie durfte nicht durch Leichtsinn oder Resignation noch weit gefährlichere Anklagen provozieren.

Katharina hatte sich aufgerichtet. Sie hatte ihr Bündel mitnehmen dürfen – ja, es stand noch am Kopfende der Pritsche. Sie holte den Kamm heraus und kämmte, während sie das kaum mehr als zehn mal zwanzig Fuß große Gemach durchmaß, das lange, kastanienbraune Haar und steckte es auf, so gut ihr das ohne Spiegel gelang.

Kniend sprach sie ein kurzes Gebet unter dem Kruzifix, ging dann zur Tür. Die war uralt, aus schwärzlichem, rissigem Eichenholz, mit Platten und Buckeln beschlagen und mit einem von dicken Eisenstäben durchkreuzten Fensterchen durchbrochen.

Sie wußte nicht, wie sie sich bemerkbar machen sollte – aber bei den Männern, die sie gestern hier in Empfang genommen hatten, war auch eine ältere Frau gewesen; sie erinnerte sich an den Namen.

»Philomena!« rief sie. »Schwester Philomena!« Erst hörte sie das Klirren des Schlüsselbundes, dann Schritte. Die grausichtige Nonne schloß auf, murmelte ein »Gelobt sei Jesus Christus« und führte Katharina ins »Heimlichgemach«. Nach der Verrichtung wies sie auf einen Kübel mit Wasser, der in einer Nische des geräumigen, balkengestützten Treppenhauses stand. Während Katharina sich am Fenster notdürftig wusch, überblickte sie einen Teil der Domfreiheit und sah die stützenden Streben des Chors. Sie vermutete, daß sie sich im vierten Stockwerk des Frankenturms befand.

»Ich bring' Ihnen das Frühstück«, sagte die Wartenonne. Als sie mit einem Tablett wiederkam, setzte sie sich zu Katharina, die sich mit gutem Appetit über Brot, Butter und Milch hermachte.

»Sie werden bald wieder herauskommen«, sagte die Nonne. Solch vornehme Frauen seien ja schon seit Jahren nicht mehr inhaftiert gewesen, und deshalb habe man ihr ja auch das beste Gemach im Turm angewiesen; es sei das gleiche, in dem vor Jahrzehnten der in der Stadt Köln so verhaßte erzbischöfliche Kommissar Michiels auf seine Hinrichtung gewartet habe – und überhaupt nehme sich der Frankenturm wie ein Palast aus gegen Kölns andere Türme. Zur Zeit beherberge er außer ihr nur zwei Diebe, die man morgen brandmarken und aus der Stadt peitschen werde, und einen dieser verruchten Wiedertäufer, dem gebe der Oberaufseher, Herr David Schlingerer, zweimal am Tage die Rute; die Frau Henot möge sich also nicht wundern, wenn sie den schreien höre, das habe schon seine Richtigkeit.

Sie erhob sich und stellte das Geschirr aufs Tablett. »Der Herr Burggraf wird Ihnen gleich seine Aufwartung machen«, sagte sie und verließ den Raum. Katharina hörte, wie sie das Tablett absetzte, den Schlüssel zweimal drehte und einen Riegel vorlegte.

Es ließ sich gar nicht so übel an.

Eine halbe Stunde später wurde wieder aufgeschlossen, und herein kamen zwei Männer. Der vornehmere – in einem grünen Rock aus feinem Brabanter Tuch, aus den Ärmeln rieselten Brüsseler Spitzen – stellte sich als Werner Ludolphus, Turmmeister, genannt Burggraf, des Frankenturms, vor. Sein Begleiter begab sich bescheiden in eine Ecke des Gelasses, wo er, beständig lächelnd, stehen blieb. Das sei der Oberaufseher, Herr David Schlingerer, sagte Ludolphus. Er habe ihn mitgebracht, weil es die Vorschrift so verlange: Der Burggraf dürfe sich einer weiblichen Gefangenen nur nähern, wenn ein Zeuge zugegen sei. Er erklärte das sachlich und ohne das zweideutige Zwinkern, das sich sonst kaum ein Mann bei solcher Gelegenheit versagt. Er war ein reifer Fünfziger; Lidfalten engten beide Augen ein, was ihm einen Ausdruck von Rechtlichkeit und Würde verlieh.

»Keine Stühle?!« tadelte er. Herr Schlingerer huschte aus seiner Ecke und verschwand, um kurz darauf mit zwei Hockern wiederzukommen. Der Burggraf bat Katharina, Platz zu nehmen, und beteuerte, »dies alles« – er machte eine umgreifende Armbewegung – sei ihm außerordentlich unangenehm, und:

»Wäre ich gestern nicht draußen beim Schießspiel gewesen – ich machte übrigens den Dritten hinter dem Sieger, Sie wissen, daß Bäcker Nötges Schützenkönig ist? –, dann hätte ich Ihnen ein besseres Gemach eingeräumt! Aber es lohnt sich nicht, Sie noch zu verlegen. Denn selbstverständlich ist alles ein Irrtum.«

»Ich bin aber nach der Regel verhaftet worden, mit Amtshilfe eines Rutenträgers«, sagte Katharina Henot. »Ich habe den Haftbefehl gelesen. Er trägt die Unterschrift des Bürgermeisters Melchior Geil.«

»Schon, schon«, sagte der Burggraf. »Aber ein förmlicher Ratsbeschluß liegt nicht vor, ich habe mich erkundigt. Es ist – Sie sagen's wohl nicht weiter? – ein rechter Skandal, wie man über unsere Turmzellen verfügt! Wir brauchen schon bald jeden Fußbreit! Und da kommen nun Sie und blockieren uns – Sie verzeihen wohl? – unser schönstes Gemach!«

Jetzt ist es also doch das schönste, dachte Katharina. Und sie fand, er mache sich mehr Sorgen um seinen Turm als um die Menschen, die ihm ausgeliefert waren.

»Erwarten Sie denn so viel neue Gefangene? Womöglich – Hexen?« Sie schürzte verächtlich die Lippen.

»Nein, nein!« rief Herr Ludolphus. »Sie sind ja ein – ein – ich möchte mal sagen: ein Fall, der gar nicht mehr so recht in unsere exekutiven Abläufe paßt. Nein, wer Anfang nächster Woche kommt – Sie sagen's wohl nicht weiter? –, das sind Ketzer. Calviner. Man bereitet einen Schlag gegen das Häretikergesindel vor. Und insofern braucht man die Türme. Hexen? Zauberer? Das ist in Köln schon eine gute Weile vorbei. Und wissen Sie was? Ich wollte, als Burggraf, lieber zehn Missetäter der gängigen Sorte verpflegen als eine Hexe! Wir haben doch, vor drei Jahren, als wir die Anna Maria, das Elschen von Bensberg und 's

Klärchen von Metz in Verwahr hatten, ehe sie in die Flamme kamen, schon einmal den Aufwand gehabt! Die stellten Ansprüche, dürfen Sie glauben! Da besprengt man ihnen die Speisen mit Weihwasser – und sie, kaum daß die den heiligen Geruch erschnüffelt haben, werfen die gute Kost ins Heimlichgemach! Denn viele wollen sich ja mittels Hunger töten, solche Sünder sind das. Wir pressen ihnen dann die Speisen gewaltsam in den Schlund – und das für nur achtundzwanzig Albus am Tag! Gut, wenn sie Vermögen haben, streich' ich auch schon mal einen Reichstaler ein. Aber ich muß ja auch die Lungenbrüder bezahlen: die, welche die Hexen von Amts wegen trösten, die kosten mich einen ganzen Gulden pro Tag, dazu die Wartenonne, je achtzehn Albus. Dann braucht's noch gesegnete Wachslichter zum Verhör oder doch, mindestens, Unschlittkerzen und, zur Winterszeit, Holz und Kohle die Menge. Ich sag's Ihnen ja: lieber zehn Diebe als eine Hex! Sie entschuldigen mich.«

Er stand auf und befahl dem ständig vor sich hin grinsenden Oberaufseher, die Tür zu öffnen. »Ich bin zum Rat befohlen. Dort hör' ich auch Näheres über Sie. Ich sag' Ihnen dann Bescheid.«

»Herr Burggraf!« sagte Katharina etwas lauter, als erforderlich war, »ich wünsche noch heute meinen Bruder, Propst Hartger Henot, zu sprechen. Bitte richten Sie ihm aus, er möge mit einem Anwalt in den Turm kommen!«

»Das geht nicht!« platzte Ludolphus heraus. »Verwandte und Anwälte sind bei den Beklagten – also bei Hexen, nun, ich meine, bei solcherart Verdächtigen nicht statthaft! Aber was soll's denn auch!« Er sah sich erschrocken nach dem Oberaufseher um, denn im Eifer hatte er Katharina auf die Schulter getippt, und das war verboten. »Sie kommen doch heute noch frei! Zu Mittag bin ich wieder da, dann lass' ich Sie raus! Bis dahin!«

Er verneigte sich und verließ mit Schlingerer den Raum. Katharina war überzeugt, daß der Burggraf die Wahrheit gesagt hatte. Seit gestern nachmittag war sie inhaftiert; ihr Bruder mußte wenige Minuten, nachdem man sie abtransportiert hatte, heimgekehrt sein. Aber er hatte das Haus ›Zur Britzen‹ nicht betreten dürfen; es war von Amts wegen geschlossen und versiegelt worden. Und das nur, weil dieser Dummkopf von Hauptmann in ihres Bruders Nachtkasten gewühlt und eine in Seide eingenähte Siegwurz-Zwiebel, die Hartger als Mittel gegen Podagra-Schmerzen schätzte, für ein »zauberisches Alräunchen« gehalten hatte. »So Sachen gibt's hier wohl noch mehr«, hatte er geknurrt. Und: »Da braucht's einen Fachmann.« Verklausterung also! Sich das vorzustellen: Hartger, Propst Hartger Henot vor seinem versiegelten Haus! Ein Doppelposten war aufmarschiert; sie hatte das soldatische Zeremoniell aus dem Kutschenfenster beobachten können, ehe die Rappen anzogen. Und all die Neugierigen – das waren schon längst nicht nur die Nachbarn oder was zufällig durch die Sternengasse gekommen war. Da mochte, nach Auflösung der Prozession, halb Köln sich versammelt haben! Das Geschwätz, die Hechelei, der Pharisäerdünkel, die Sintflut der Gerüchte, die voreiligen Verdammungen ... Wenn sie wieder zurückkam, würde Katharina wissen, wer ihre wahren Freunde sind.

Burggraf Ludolphus schien ein verläßlicher Mann zu sein. Aber wo nahm er die Gewißheit her, der bürgermeisterliche Haftbefehl sei irrtümlich ausgestellt? Sollten diese abscheulichen Verdächtigungen tatsächlich auf eine Denunziation von Coesfeld zurückzuführen sein? Ein solch teuflisches Komplott aber läßt ein Ehrsamer Rat nicht durchgehen, mag er auch schwerfällig und parteiisch, mag dieser und jener Ratsherr sogar bestechlich sein! Und man kennt doch unsere beiden Bürgermeister! Gewiß, Bolandt gilt als eitel und windig-wendig (man sagt ihm nach, es gelüste ihn, Minister in Bonn zu werden). Aber der redliche trockene Geil sorgt schon dafür, daß seine Bäume nicht in den Himmel wachsen – zumindest nicht in der Stadt Köln.

Sie fuhr zusammen. Was war das? Ein hoher, zorniger Schrei ...

Sie erhob sich von ihrem Hocker. War da schon Schlingerer am Werk und züchtigte den Wiedertäufer – was, nach Philomenas Worten, »seine Richtigkeit« hätte?

Nein – Katharina setzte sich wieder –, so schrie kein Mann, das war ein Kind, und es schien sich schon wieder beruhigt zu haben. Ein Kind im Frankenturm?

Schlüssel klirrten, sie hörte das Kind ganz nahe, es plauderte, sie verstand es nicht, es mußte noch klein sein. Die Tür tat sich knarrend auf, Schlingerer erschien, an seiner Hand einen Knaben unbestimmten Alters, kaum zwei Fuß hoch, kurzgeschnittene, flachsblonde Haare starrten über die kugelig vorgewölbte Stirn, unter der eine knollige Nase saß und ein Mund, der sich nicht über die vorstehenden Zähne schließen konnte.

»Ich habe meine Filius mitjebracht«, sagte Herr Schlingerer. »Et is wejen der Vorschrift. Allein bei so e schön Mädche, dat darf man nit. Aber ...« Er grinste ohnedies immer, aber nun steckte er, während er weitersprach, den Zeigefinger in den Mund und zog ihn, indem er einen Backenzahn befühlte, noch um einiges breiter. »Aber dä Filius paßt auf. Ja, kucken Se ruhig. Er war minger Frau und mir bestimp jot jelunge, aber de Hebamm hätt e uns versaut. Dat war en Hex, ja, Frau Henot, dat war nu wirklich ein, wie de meiste Hebamme. Komm, Pitterche, sei brav!«

Das Söhnchen hatte sich auf den Boden plumpsen lassen und fingerte an Katharinas Rocksaum herum, dabei stammelte es Unverständliches.

»Tja, er is trotzdem nit dumm«, sagte Herr Schlingerer, legte das Schlüsselbund auf den Tisch und ließ sich nieder. »Neulich setz ich mit minger Frau en de Köch und eß met godem Appetit ming Kohlsupp. Da hör ech em Flur ›Hui!‹ und noch einmal ›Huii!‹ Ech jonn raus – und wat sehe ich? Da hätt uns doch der Filius janz vorsichtig, wie e Kartenhaus, us Brettere, Schindele und Reisere e Scheiterhäufje aufjestapelt! Dat weiß der liebe Himmel, wo hä dat her hat, wo hä dat jesinn hat. Denn als wir op Melaten die letzte Hex verbrannt hant – Tring, sag ech zu minger Frau, du wars met dem Pitterche em fönfte Monat, als wir zesamme jesinn hant, wie se et Elsje von Bensberg verbrannt hannt. Ob sich da Klein damals, als hätt er et durch e Fenster jesinn, jet abgeguckt hätt …? Nu loß et äver sinn, Pitterche, pfui!«

Das Kind – es hatte wohl gemerkt, daß rühmend von ihm gesprochen wurde – versuchte durch Tollerei Katharinas Aufmerksamkeit zu wecken. Erst schlug es einen Purzelbaum, dann streckte es die Beine hoch und begann, sich mit den Armen kräftig vom Boden abstoßend, auf dem Hintern zu kreisen. Als es wieder aufsprang, sich unkeusch zwischen die Schenkel griff und heftig auf den Ballen zu wippen begann, schritt Schlingerer ein und wies es vor die Tür.

»Et es verhext worden«, sagte er entschuldigend. »Da sehen Se, Frau, jejen Hexe darf man kein Mitleid hann, wenn et wirklich welche sind. Na ja, benne zwei Stund kütt der Herr Ludolphus widder, sicher mit 'nem Dutzend Häre vom Rat, die wern sich sicher alle entschuldije bei der Frau Postmeisterin.«

Das Söhnchen steckte den fehlgeformten Kopf zur Tür herein. Dann ließ es sich vornüber auf alle viere fallen, kroch auf Katharina zu und wühlte sich in ihren Schoß. Als sie, von Mitleid überwältigt, ihm den harten, fahlen Schopf kraulte, begann es wohlig zu jaulen.

»Et is uns versaut worden, wie jesagt«, sagte Herr Schlingerer betrübt und stand auf. »Ech hoff nur, wenn de Zeit jekommen is, wird der Herrjott et kenne. Et is doch auch sein Kreatur, meinen Se dat nit auch?«

Katharina nickte heftig. Schlingerer, nun geradezu verzweifelt grinsend, beugte sich zu ihr, die das jaulende Kind noch immer streichelte. Seine Augen flehten.

»Der Herr wird auch dieses Kindlein zu sich kommen lassen, wie es geschrieben steht«, sagte Katharina. »Und vielleicht sogar vor allen anderen.«

»Mein Jott, is dat schön!« Schlingerer fuhr sich wieder in den breiten Mund. »So ne schöne jeistliche Trost. Und Sie sind als

Hex einjesperrt. Aber das werd ich melden. Die werden noch alle rüde Köpf kriejen, die jelehrten Herren, weil se sich jet schäme müsse. Komm, Filius!«

Er löste das glucksende Kind aus ihrer Obhut und stellte es auf die Beine.

Es schlug zehn.

»Höchste Zeit, ech moß no dem Ketzer, er kricht dreißig Rutenschläje. Wissen Se, wenn et Pitterche dat sieht, un dat jönn ich ihm, wird et jleich janz ruhig un friedlich. Beinah als hätt et – un da denk ech widder an et Scheiterhäufje – als hätt et ne Sinn für en jerechte Stroof. Und dat is doch auch schon jet. Adschüs, Frau Postmeisterin!«

Katharina wartete den ganzen Tag. Zweimal kam Philomena, die Wartenonne, und brachte das Essen. Zu Mittag war es schmackhaft und reichlich, am Abend karg – eine dünne Suppe, ein Kanten Brot. Herr Schlingerer ließ sich nicht mehr blicken. Auf den Burggrafen wartete Katharina noch in der Dunkelheit. Als sie am anderen Morgen erwachte, wußte sie, daß nun alles anders kommen würde, als Herr Ludolphus vorausgesagt hatte.

24

»Da haben Sie uns in eine schöne Misere hineingeritten, Geil! In solch einer nachgerade ins Hochnotpeinliche zielenden Angelegenheit – nehmen Sie mir's nicht übel, Collega, aber da hätten Sie niemals allein entscheiden dürfen! Nicht einmal wir beide wären dazu berechtigt!«

»Seit wann gefällt es Ihnen, unsere oberhäuptlichen Kompetenzen zu schmälern, lieber Bolandt?«

Die beiden Bürgermeister gingen schon eine Weile im ersten Stockwerk des Rathauses nebeneinander her, von einem Fenster am Ende des Ganges bis zum anderen. Sie waren sich nicht einig geworden, in wessen Amtszimmer die Unterredung stattfinden sollte, hatten allerdings den Prioritätsstreit elegant zu vertuschen gewußt, etwa durch die Beteuerung, man wolle des anderen Büro nicht durch nasses Schuhwerk derangieren oder es gar – Bolandt rauchte gelegentlich – mit Tabaksdünsten füllen.

Johann Bolandt war an diesem Freitagmorgen ungewöhnlich früh ins Rathaus gekommen und hatte schon eine gute Weile auf Melchior Geil gewartet, der, üblicherweise einer der ersten, heute nicht ausgeschlafen schien und um noch eine Nuance reizbarer war als sonst.

Bolandt überhörte die süffisante Anspielung auf seinen politischen Ehrgeiz. »Sogar den Dreizehnerrat hätten wir vor solch einer Entscheidung befragen müssen!« wandte er ein. »So? Und vielleicht auch noch den Vierundvierzigerrat?« höhnte Geil. »Das wäre wohl noch schöner, wenn ich nicht einmal einen simplen Haftbefehl ausstellen dürfte! Noch dazu auf Antrag des Hexenkommissars!«

»Aber Collega!« tadelte Bolandt. »Hexenkommissar! Ich habe den Glimbach nur interimsmäßig eingesetzt. Und wenn er's weiter so treibt, ist an eine Ratifizierung durch den Rat nicht zu denken.«

»Hätten wir also zulassen sollen, daß diese Frau fröhlich weiterhext?« blubberte Geil. Er hatte sich selber schon hinreichend geärgert, Glimbach nachgegeben zu haben; ihm fiel keine überzeugendere Entgegnung ein.

»Und was ich überhaupt nicht begreifen kann, gerade bei Ihrer bekannten Einstellung zu allem, was kurfürstlich-erzbischöflich ist«, hakte Bolandt nach, und seine etwas vorquellenden Augen glänzten: »Wie kamen Sie dazu, die Frau mit dem erzbischöflichen Rutenträger abholen zu lassen?«

Geil blieb stehen. Das *ihm*? Der doch den Haftbefehl nur ausgestellt hatte, damit die Henot *nicht* dem Kurfürstlichen Gericht in die Hände fiel! Er fühlte sich überfordert. Angestrengt sann er den Zusammenhängen nach – aber die Gedanken liefen ihm davon, ihm war, als rolle ihm noch immer der schwere Malvasier im Magen, dem er gestern abend reichlich zugesprochen hatte.

»Wie denn das? Ich wollte gerade fragen: Weshalb der ganze Streit, da ich es doch bei dem gescheiterten Versuch, die Frau zu inhaftieren, bewenden ließ? Und nun kommen Sie mir auch noch mit dem Rutenträger?«

»Ja – wissen Sie denn nicht ...?« Bolandt weidete sich an Geils überraschender Uninformiertheit. »Die Henot *ist* verhaftet!«

Es stellte sich heraus, daß Geil von der Inhaftierung der Postmeisterin, noch dazu unter Mitwirkung eines Beamten vom Hohen Gericht, keine Ahnung hatte.

»Vielleicht gehen wir doch in mein Zimmer«, sagte er.

Sie trafen um diese Stunde viele Ratsbedienstete auf dem Flur, deren devoten Gruß sie flüchtig erwiderten. Als Bolandt vor Geils Tür zögerte, gab der sofort nach: »Oder auch zu Ihnen. Ganz wie Sie wünschen.«

Aber Bolandt wollte sich an Großzügigkeit nicht übertrumpfen lassen. So nahmen sie nun doch in Geils Zimmer Platz.

»Von dieser Entwicklung weiß ich nichts«, sagte Geil. »Wer hat das veranlaßt? Und wie kommt das Hohe Gericht dazu, einen Rutenträger zu schicken, ohne daß ein legitimierter Bevollmächtigter der Stadt darum ersucht?«

»Und das fragen Sie, Geil? Sie wittern doch sonst hinter jeder Straßenecke einen kurfürstlichen Wegelagerer, der Ihnen ein städtisches Privileg kupieren will? Die haben sich doch ins Fäustchen gelacht beim Hohen Gericht, als sie den Wisch bekamen!«

»Welchen Wisch?«

»Das Billett, mit dem Glimbach den Rutenträger angefordert hat! Die fragen doch nicht nach der Kompetenz! Braucht sie ja auch wirklich nicht zu kümmern, wie das bei uns drunter und drüber gehen mag oder? Die fühlen sich auch angesprochen, wenn die Putzmagd um Amtshilfe bittet. Hauptsache, der Wisch kommt vom Rathaus!«

Geil war noch immer konsterniert. Er schluckte, ehe er lospolterte: »Eine bodenlose Unverschämtheit von Glimbach!« Er stand auf und schob die schweren Brokatvorhänge zurück. Draußen wirbelte Graupelschnee. April …

Bolandt korrigierte: »Ich würde eher sagen, er befand sich in einer Zwangslage. Nachdem Sie schon einmal den Haftbefehl unterschrieben hatten und seine Leute, von der schlauen Postmeisterin gedemütigt, wieder abziehen mußten, blieb ihm gar nichts anderes übrig, als zu handeln, wie er gehandelt hat. Damit hat *er* immerhin das Ansehen unseres Städtischen Gewaltgerichts gerettet – und nicht zuletzt auch das Ihre, lieber Geil! Wie sähe denn das aus: ein Bürgermeister, der seine Stadtsoldaten brüskieren läßt und sich nicht zu helfen weiß!«

Darauf wußte Geil nichts zu sagen; es war alles sehr peinlich.

»Es ist also geschehen«, fuhr Bolandt fort. »Und da bleibt uns nun gar nichts anderes übrig, als das Verfahren so schnell wie möglich an den Greven abzutreten.«

Geil fuhr hoch.

»Sind Sie närrisch, Bolandt?«

»Wissen Sie etwas Besseres?«

»Wir sollen freiwillig und unaufgefordert legitime Rechte an den Kurfürsten abgeben? Ich denke nicht daran!«

»Ach?« spottete Bolandt. »Ich habe es vielleicht nicht mitbekommen, man ist ja, wie Sie wissen, nicht immer über alles informiert … Wäre denn die Stadt Köln, irgendwann in den letzten Tagen, so ganz beiläufig, in den Besitz der Blutgerichtsbarkeit gelangt?«

Geil brauste auf. »Unterlassen Sie Ihre rhetorischen Übungen, Bolandt! Außerdem interessiert mich in unserem Fall die Blutgerichtsbarkeit überhaupt nicht! Wer spricht denn von Hinrichtung?! Wegen der Bagatellsächelchen, welche die Henot auf dem Gewissen haben mag? Eine ernste Vermahnung, eine befristete Turmstrafe, das genügt doch vollauf! Lieferung ans Hohe Gericht …! Ich will Ihnen mal was sagen, Bolandt: Selbst wenn die Henot ein Malefizverbrechen begangen hätte – ich würde es unter den Tisch kehren, jawohl, das würde ich!«

»Das Recht beugen? Einen Mord ungesühnt lassen? Nur damit der kurfürstliche Richter sie nicht bekommt?«

»Sie sagen es, Bolandt! Nächstens verlangen Sie noch von mir, daß ich die Frau dem Greven liefern soll, weil Durchlaucht noch immer nach einem Brief von Bruder Mäxchen jammert!«

»Immerhin eine hochgeheime Korrespondenz!«

»Na und? Da steht doch nur drin, daß er noch mehr Steuern erpressen, noch mehr Tillysche Soldateska durchfüttern und noch mehr Ketzer jagen soll – ganz nach bayerischem Modell!«

»Geil!« Bolandt versuchte einzulenken. »Es ist doch besser, wir einigen uns, als daß wir unseren Streit vor dem Rat austragen. Der hängt sich noch früh genug rein. Köln war immer dann am stärksten, wenn seine Bürgermeister sich vertrugen.«

»Machen Sie einen Vorschlag!« grollte Geil.

»Wenden wir uns an die Fachleute! Ich habe noch gestern abend, als ich von der Verhaftung hörte – Sie waren ja wieder einmal unauffindbar –, nach Dr. Romeßwinkel in die Breite Straße geschickt.«

Geil wurde hellwach. »Der ist doch in Bonn!«

»Sehen Sie, da sind Sie besser orientiert. Ich wußte das nicht.«

»Wann war denn das?« fragte Geil mißtrauisch.

»Was?«

»Daß Sie nach Romeßwinkel schickten?«

»So gegen acht«, sagte Bolandt.

»Und?«

»Auch seine Frau war nicht zu Hause. Die Magd meinte, der Herr Schöffe komme erst im Laufe der nächsten Woche zurück. Er hat, wie man hört, als ambulanter Richter im Kurkölnischen wieder einmal gute Arbeit geleistet. Dr. Blankenberg war mit ihm auf der Reise.«

»Und diese zwei wollen Sie mit der weiteren Ermittlung betrauen?«

»Warum nicht? Sie sind die besten Sachkenner. Sie sind spezialisiert auf solche Prozesse.«

»Dann können Sie die Henot auch gleich an den Greven liefern! Blankenberg und Romeßwinkel – das sind doch schon gar keine Kölner Schöffen mehr!«

»Natürlich gehören sie zum städtischen Schöffenkollegium!«

»Dem Namen nach! Die sind doch schon lange bei keinem städtischen Prozeß mehr dabeigewesen. Die sind doch nur noch im Kurkölnischen unterwegs!«

»Worüber besonders ihre Frauen unglücklich sind ...«

Geil wurde abermals aufmerksam. Aber diesmal hielt er es für besser, dem Einwurf keine Beachtung zu schenken.

»Kreaturen des Erzbischofs sind sie, weiter nichts!« eiferte er.

Und als Bolandt ihn beschwichtigen wollte: »Ja, ja und ja! Diese Leute kutschieren großartig wie die Fürsten im Lande herum, inquirieren, torturieren, kassieren! – Und hinter ihnen qualmt's von Dorf zu Dorf! Fachleute! Ambulante Richter! Man sollte sie selber ...« Plötzlich aber schien er sich zu besinnen. »Bitte, ich habe nichts dagegen! Sollen sie! Aber nur im Kurkölnischen! Ganz gut, daß man sie in der Stadt nicht mehr sieht. Wer weiß, was sie hier anrichten würden!«

Syndikus Hieronymus Kyver klopfte und trat ein; er hatte sich ein Aktenkonvolut unter den Arm geklemmt. »Die Herren Bürgermeister mögen entschuldigen. Aber nach Entscheidung des Rates sollte heute vormittag noch ...«

»Das haben wir verschoben, stimmt's, Geil?« sagte Bolandt. Geil nickte. »Wir können eine solche Aktion nicht unternehmen, solange noch die Synode tagt.«

»Wiewohl die Aktion durchaus im Sinne der Synode wäre«, sagte Kyver.

»Hohe geistliche Herren lassen sich derlei rauhe Exekutionen lieber anderntags beim Frühstück erzählen. Dann freilich in aller Ausführlichkeit ...«

»Also Montag?«

Ratsherr Kyver, dem die Aufsicht über die Einhaltung der Zensurbestimmungen oblag und darüber hinaus die Kontrolle der in Köln registrierten Calviner und Lutheraner, legte die Akte auf den Schreibtisch.

»Von mir aus hat das auch noch länger Zeit«, sagte Geil unlustig. »Schon wieder so eine Hetzerei! Wir sollten viel lieber untersuchen, wie es zu diesen unglaublichen Übergriffen der blauen Reiter kam! Und dann dem Kurfürsten mit Repressalien drohen!«

Der Syndikus wandte sich in auffallender Weise von Geil ab und dem anderen Bürgermeister zu. Bolandt hatte für seine Anliegen schon immer mehr Verständnis bewiesen. »Vielleicht Dienstag?«sagte er schnell. Und als Bolandt nicht widersprach: »Zunächst also die Attentäter vom Mülheimer Hafen. Hier wäre die Liste. Doktor Glimbach hat sie von einem holländischen Schiffer bekommen. Der Mann war ein wenig schweigsam, aber Glimbach hat ein bißchen nachgeholfen.«

»Auf welcher Rechtsgrundlage soll verhaftet werden?« knurrte Geil.

»Tja, Herr Bürgermeister ...« Kyver hob die Hände und sah Bolandt an, als leide er darunter, sich mit diesem Ignoranten Geil arrangieren zu müssen.

»Natürlich nach der noch immer gültigen Polizeiverordnung von 1595!« seufzte Bolandt.

Geil höhnte: »Seit wann sind Sie unter die Historiker gegangen?«

»Interpretieren Sie, Kyver!« sagte Bolandt müde.

Der Syndikus fand es zwar empörend, einem Bürgermeister die Polizeiverordnung des verewigten Kurfürsten Ernst exemplifizieren zu müssen – aber dies war nun einmal sein Acker, und den bestellte er immer wieder mit Behagen, zumal vor Zeugen.

»Wir berufen uns bei dieser Aktion auf Paragraph 1 – Gotteslästerung und Gottesschwören. Zusätzlich auf Paragraph 7 über die Wiedertäufer. Vorzüglich aber auf Paragraph 8 über die

Sakramentierer, insonderheit die von der Augsburger Konfession nicht geschützten Calviner, wobei sich empfiehlt, zur Ergänzung Paragraph 9 über ungebührliche Rottungen und, zur juristischen Absicherung, Paragraph 10 über die Winkelprediger heranzuziehen. Gerade Paragraph 10 erscheint mir wie eigens für die Mülheimer Schiffergemeinde geschaffen! Selbstverständlich vergessen wir die Drucker und Buchhändler nicht. Ich notiere also: Beginn der Aktion: Dienstag nach Jubilate, den 27. April 1627.«

Sollte der Ratsherr Kyver, ein fleißiger, aber beschränkter Mann, geglaubt haben, nun sei der ignorante Bürgermeister Geil um weitere Argumente verlegen, so hatte er sich geirrt. Melchior Geil hatte seinen Weinschädel vergessen, er war wieder der alte. Behaglich schlug er die Beine übereinander, zupfte die Manschetten aus den Ärmeln, und während Bolandt unruhig mit einem Gänsekiel spielte und Ratsherr Kyver bis zum Schluß der Rede nicht zu ergründen wußte, ob aus dem Saulus etwa ein Paulus geworden sei, dozierte er:

»Diese Polizeiverordnung ist nicht nur zweiunddreißig Jahre alt – sie ist auch inhaltlich überholt. Nehmen Sie sich ein Beispiel an Bayern! Bayern war in diesen Dingen schon immer den anderen deutschen Ländern voraus. Kurfürst Maximilian – wahrhaft zu Recht das große Vorbild unseres Erzbischofs! – begnügte sich nicht damit, begangene Untaten zu sühnen. In Bayern beugt man vor! Gerade jetzt nach Ostern sollten Sie mal nach München kommen, Herr Kyver! Da gehen die kurfürstlichen Beamten mit den Steuerlisten von Haus zu Haus und fordern von jedem die Beichtzettel ein. Von jedem! Und wer da etwa ein paar Jahre nicht gebeichtet hat, den sperrt man für ebensoviel Tage in den Turm. Ohne Beichtzettel kein Bürgerrecht, keine Meisterprüfung – nicht einmal im Spital nimmt man Sie auf! Jeder Stadtteil wird streng überwacht – alles nach Landesrecht, schließlich ist München keine Freie Reichsstadt wie wir! Und vor den Kontrolleuren des Kurfürsten ist keine Wohnung sicher: Die prüfen, ob auch gehörig gefastet wird und ob die Kinder in Gottesfurcht erzogen werden und ob man nicht etwa im Wirtshaus musiziert! Und putzt ein Weib sich allzu modisch auf, geht's in Arrest. Und wer keiner geregelten Tätigkeit nachgeht, der kommt auf Venedigs Galeeren!«

»Ja, und wer sich um eine Prozession drückt, dem entzieht man in München für zwei Wochen das Gehalt! Merken Sie sich das, Geil!« Bolandt lachte ärgerlich. Was bezweckte der unentwegt störrische Kollege mit seiner Philippika?

Ratsherr Kyver hatte andächtig gelauscht. »Wenn man *das* hört«, sagte er – und er war mit Melchior Geil ausgesöhnt –, »dann will einem unsere Polizeiverordnung von 1595 in der Tat überholt erscheinen. Ich bedanke mich. Es war sehr interessant.«

Er verneigte sich und verließ das Zimmer.

25

In Kölns ›guter Gesellschaft‹ unter diesen ehrenwerten, wohlbetuchten, seit hundert Jahren und mehr miteinander versippten Kaufleuten, Professoren, Juristen, Theologen – in all dieser Wohlgeborenheit Fuß zu fassen und sich zu behaupten, war Johann Coesfeld nicht gelungen. Vergleicht man seine Reputation mit des alten Jakob Henot Ansehen und weltmännischem Habitus, erinnert man sich der glanzvollen Feste, die er Kölns patrizischen Familien gab, zuletzt mit Katharina als strahlender Hausherrin – dann muten Johann Coesfelds neunzehn Jahre währende Bemühungen um Anerkennung seiner Verdienste oder gar seiner Unentbehrlichkeit zwar aufwendig an, doch erbrachten sie keineswegs den gewünschten Erfolg. Coesfeld galt den alten kölnischen Geschlechtern als Parvenu, und obwohl man es chic fand, die Sprache mit französischen Brocken zu würzen, war man doch auf Coesfelds Auftraggeber, den Reichsgrafen Taxis, nicht gut zu sprechen, weil er ein ›Welscher‹ war. Und je auffälliger Johann Coesfeld den silbergrauen Dachs im blauen Schilde führte, als sei's sein eigenes Wappen – nicht nur an der Postmeisterei und am Ärmel seiner Kuriere, sondern sogar auf seinem persönlichen Eßbesteck –, um so mehr unterstrich das in den Augen der mitleidlosen Kölner seine inferiore Herkunft.

Wäre der Fünfziger wenigstens von stattlicher Figur, edel geformten Antlitzes und von auch nur mäßiger Eleganz der Bewegung gewesen! Doch nichts davon! Coesfeld war mittelgroß, untersetzt, hatte einen runden Knechtskopf und sah auch, mit den verbittert eingezogenen Mundwinkeln, knechtisch aus; selbst die vielen waagerechten Falten ließen seine Stirn nicht durchgeistigt erscheinen, eher wirkte sie noch gedrückter. Einmal in seiner neunzehnjährigen Postmeisterzeit hatte er im eigens dafür gemieteten Gaffelhaus ›Himmelreich‹ ein Fest gegeben, zu dem er neben vielen angesehenen Bürgern auch einige wohlhabende italienische Kaufleute geladen hatte. Als der ältliche Witwer oben auf der Treppe, umgeben von seinen livrierten Kurieren, stehen blieb und die Geladenen zu sich heraufsteigen ließ, als sei er der Kaiser persönlich, da machten etliche schon an der Pforte kehrt, während die meisten sich den weiteren Verlauf dieser großangelegten Bemühung um Aufnahme in die ›gute Gesellschaft‹ nicht entgehen lassen wollten.

Immerhin: Seit Johann Coesfeld die Postmeisterei nach jenem Interregnum der achtzehn Monate wieder übernommen hatte, war es ihm gelungen, einen Jesuitenpater als Beichtvater zu gewinnen. Das wenigstens hob seine Reputation, zudem war Professor Adrian Horn ein verständnisvoller Mann.

Als Coesfeld allerdings heute an die Zellentür im Kollegienbau klopfen wollte, hielt er eben noch rechtzeitig ein. Aus der Zelle hörte er des Professors wohlbekannte Stimme; in tremolierendem Sprechgesang rezitierte er Texte, die auch für den Postmeister unschwer als Exerzitien des heiligen Ignatius zu erkennen waren.

»Der böse Feind benimmt sich wie ein Weib, das schwach ist an Kraft und stark an bösem Willen. Denn gleich wie es dem Weib, wenn es mit dem Manne streitet, eigen ist, den Mut zu verlieren und die Flucht zu ergreifen, sobald ihm der Mann fest die Stirn zeigt, so wird auch der böse Feind schwach und verliert den Mut, sobald man ihm die Stirn bietet.«

Beunruhigt hörte Coesfeld, während er in dem düsteren Zellengang wartete, zwischen den Sätzen wiederholt ein trockenes Schluchzen, doch versuchte der Exerzitand immer aufs neue, durch markigen Einsatz und gesteigerte Lautstärke seiner Stimme Halt zu geben. Als nach einem dreifachen Amen nichts mehr zu vernehmen war, faßte Coesfeld sich ein Herz und trat ein.

Professor Horn lag auf seinem dürftigen Bett, mit dem Handrücken hatte er die Augen bedeckt.

»Setzen Sie sich«, sagte er müde. »Sie müssen mich entschuldigen. Vorgestern wurde einer meiner Schüler ermordet. Ein sehr guter Schüler. Sie haben wohl davon gehört?«

Coesfeld hatte es erfahren und war dem Pater dankbar, daß er sein Anliegen trotzdem vortragen durfte. Denn er machte sich Gewissensbisse.

Er schilderte dem Professor, wie seine Wäscherin, die alte Raußrath, vor einer Woche, am Sonnabend nach der ›Kölner Gottestracht‹, ihm erzählt hatte, daß im Kloster der Klarissen (wo sie ebenfalls wasche) einige Nonnen erheblich besessen seien. Sie tischten die tollsten Lügenmärchen auf, zwei behaupteten sogar, sie selbst, die Raußrath, habe ihnen Böses angetan, habe sie nächtens zu Teufelstänzen im Römerturm verführt, und was noch alles sonst.

Und das ließe sich – so die Raußrath – ja kaum anders erklären, als daß sie verhext worden seien.

Horn nahm die Hand von den Augen und hörte aufmerksam zu.

»Ich lass' also ihr Geschwafel über mich ergehen, und wie sie so schwätzt und schwätzt – und nur, wie um einen Topf unter diesen Wasserfall zu halten, daß es mal ein bißchen anders tönt –, frag' ich das Weib: ›Bei den Klarissen? Da ist doch auch die Henot-Tochter, die Maria. Ist das kleine Ding am Ende auch besessen?‹ – ›Die?‹ sagt sie. Die Raußrath hat so etwas wie Mutterwitz: ›Eine Henot wird nie besessen sein‹, sagt sie, ›eine Henot besitzt!‹

Nun, Hochwürden, da ist was Wahres dran. Wer weiß das besser als ich? Ist wohl ein Kainsmal dieses verruchten Geschlechts, daß es nicht rastet, bis es sich alle ringsum untertan gemacht hat. Hatt' ich doch auch einen Henot-Brief vor mir, einen Brief, den der Hartger Henot an Seine Majestät den Kaiser geschrieben hat – aber das gehört wohl nicht hierher …«

»Was gehört denn hierher?« fragte Pater Horn. Es klang ungeduldig.

»Um Vergebung, Hochwürden. Ich komme zum Thema. Zunächst einmal: Sie watschelte davon, die Raußrath mit ihrem Waschkorb, meine ich. Nun, manchmal zieht unsereins auch aus dem Munde der Torheit Gewinn. Ich überlegte: Bei den Klarissen gibt es Besessene. Meine Wäscherin geht dort ein und aus. Aber sie wäscht auch bei der gewesenen Postmeisterin Henot, deren Tochter wiederum bei den Klarissen lebt. Da wäre es doch möglich, daß ein Zusammenhang besteht. Was nämlich die Henot betrifft: soviel steht, als Gerücht, fest: daß sie ihren leiblichen Vater wochen- oder gar monatelang unbestattet hat liegenlassen, zum alleinigen Zwecke, Seine großmächtige Majestät, unseren Kaiser Ferdinand, zu betrügen! Und wer zu dergleichen imstande ist, der könnte sehr wohl auch zur Hexerei fähig sein!«

Professor Horn richtete sich auf. Noch immer – Coesfeld sah es deutlich – waren seine Augen feucht. Dann schlug er langsam ein Kreuz.

»Den eigenen Vater nicht begraben? Dann fehlt nicht viel. Dann mag sie eine sein.«

»Eine Hexe – nicht wahr?« stimmte Coesfeld eilfertig zu, schränkte jedoch gleich ein: »Sie wissen, Hochwürden, ich bin den sieben freien Wissenschaften zugetan, und insofern glaub' ich an Gesetze und nicht so sehr an Teufelszauber, der sie aufhebt. Die Henot – eine Hexe? Nein, nein, das glaub' ich nie und nimmer!«

Professor Horn stellte die Beine auf den Boden und stand auf. »Ein Verdacht besteht jedenfalls«, sagte er mit großem Ernst. »Ein starker sogar. Es ist Ihre Pflicht, Coesfeld, ihn zu entkräften oder zu erhärten. Bedenken Sie, wieviel schuldlose Menschen an dieser Hexe zugrunde gehen müßten, wenn man das Satansweib nicht bald überführt und der Gerechtigkeit überliefert!«

Coesfeld trat vor den Pater, schlug die Augen zum Herrgottswinkel auf und bekannte: »Nun, verhaftet ist sie seit vorgestern. Aber das ist es ja gerade, Hochwürden, weshalb ich zu Ihnen komme. Wieder und wieder frage ich mich: Wie kam es dazu? Doch nicht etwa durch mich? Aber hören Sie, bitte! Ich knöpfte mir ein paar Tage darauf die Raußrath vor. Die winkte ab, wollte nichts mehr wissen, sie sei betrunken gewesen, die Henot sei eine honorige Frau, und daß sie eine Hexe sei, das habe sie, die Raußrath, nie behauptet!

Ich schalt sie. Es gehe nicht an, scheinbar ehrenwerte Leute zu beschuldigen und dann, ein paar Tage drauf, nichts mehr davon wissen zu wollen. Aber erst als ich ihr klarmachte, daß ich die Geistlichkeit mit dem Fall befassen würde – ich dachte an Sie, Hochwürden – und daß womöglich sie selber in Ungelegenheiten käme, wenn sie auf einmal alles ableugne – erst da (oder war's ein wenig später, als ich sanfter wurde und ihr ein paar Heller in die Schürze schob?) – kurzum, nach einer guten Weile bekannte sie sich wieder zu ihrer Aussage: ›Ja, ja, ich hab' es wohl gesagt: Die Henot ist eine Hex!‹

›Nun also!‹ sagte ich. Und sagte ihr auch, was sie jetzt zu tun habe. ›Hingehen und Meldung erstatten, wie sich's für eine brave Bürgerin gehört! Mich aber laß gefälligst aus dem Spiel! Hast du's zur Zufriedenheit verrichtet, will ich dich würdig belohnen!‹«

»Das war recht getan«, sagte Professor Horn und strich sich über die faltenreiche Wange.

»Nun wollte das Weib aber auf einmal nicht mehr wissen, womit die Henot sich erstmals verdächtig gemacht und womit sie, letztendlich, bewiesen hatte, daß sie eine Hexe ist! Nicht, daß ich's ihr hätte einblasen müssen – bewahre! Aber bis sie endlich auf den Trunk Wein kam, den die Henot ihr eingeflößt hatte, bis ich's ihr schriftlich aufgesetzt, so daß man es einem ehrsamen Ratskommissar zumuten konnte, das brauchte seine Zeit. Schon anderntags gab sie dann ihre ›Demütigste Supplication‹ bei Doktor Glimbach ab.«

»So wurde sie denn verhaftet, und die Gerechtigkeit nimmt ihren Lauf«, sagte Pater Horn. Er kniete vor dem Kruzifix nieder. »Reden Sie nur weiter, Coesfeld!«

»Hochwürden – es tut mir leid ... Um die Henot ist mir's leid. Ich muß Ihnen nämlich widersprechen. In meinen Augen ist es keineswegs ausgemacht, daß sie eine Hexe ist.« Und plötzlich, als Horn nicht reagierte und stumm auf seine gefalteten Hände niedersah, rief Coesfeld mit allen Anzeichen großer Gewissensnot: »Nichts ist mir schrecklicher als die Vorstellung, sie könnte unschuldig auf dem Scheiterhaufen enden!«

»Aber wie denn nun das!« sagte Horn ärgerlich, ohne seine Haltung zu verändern. »Man verurteilt keine Unschuldigen. Aber selbst wenn sie keine Hexe wäre und käme, in diesem Punkte also unschuldig, zu Tode, so hätte sie doch den Tod verdient. Es wäre keine Sünde, ihr mittels Anklage auf Hexerei das Schicksal einer Hexe zu bereiten – wenn es schon nicht gelingen will, sie ihres eigentlichen Verbrechens, nämlich dem eigenen Vater die geweihte Erde vorzuenthalten, zu überführen.«

Coesfeld staunte. Und während ihn eine befreiende Ruhe überkam, erkannte er wieder einmal, wie gerechtfertigt der schon legendäre Ruf der Jesuiten war, den Lauf der Dinge noch nachträglich dem Anspruch einer höheren Gerechtigkeit gefügig machen zu können. Aber schon wieder nagte der Wurm des Gewissens im beschränkten Gemüt dieses Mannes.

»Räumen Sie mir ein Plätzchen vor unserem Erlöser ein?« fragte er demütig. Horn rückte unwillig zur Seite; nun knieten sie beide vor dem Gekreuzigten. »Ich darf Ihnen, meinem Beichtvater, nicht verschweigen, daß ich, neben tiefem Entsetzen über so viel satanische Verderbtheit, zugleich so etwas wie – ich überwinde mich, es auszusprechen – wie Dankbarkeit empfinde. Dankbar bin ich nicht etwa dafür, daß meine Erzfeindin nun mit großer Wahrscheinlichkeit zu Asche werden dürfte, was gleichzeitig das unwiderrufliche Ende der Henot-Post bedeuten müßte – sondern dankbar bin ich lediglich, daß die Gerechtigkeit fortan ganz ohne mein Zutun ihren Lauf nehmen wird.«

Als Coesfeld gegangen war, schlug Pater Horn sich vor die Stirn. »Mein Gott, mein Erlöser!« stammelte er und sank wieder in die Knie. »Sie war es! Sie hat ihn verhext! Mein Ignaz – wie käme er, der jede Häresie verabscheute, der jeden Ketzer unbarmherzig verfolgte, dazu, einer Hexe zur Flucht zu verhelfen!? Philipp – bei dem mag's noch ohne Zauberei abgegangen sein – man weiß, was unreine Liebe bewirkt –, aber mein Ignaz, der war von Unzucht unbefleckt, den – und du hast es zugelassen, mein Herr und Gott! – den muß sie verzaubert haben!«

26

Wenn eine ungelöste Frage ihn allzusehr bedrängte, besaß Friedrich Spee die Fähigkeit, sich einer Beschäftigung zuzuwenden, die mit den anstehenden Problemen nichts zu tun hatte. Er dichtete dann, und zwar guten Gewissens. Er hatte erfahren, daß die scheinbare Flucht vor den Ansprüchen seiner Umwelt, dieses In-die-tiefe-Stille-Gehen, das Erspüren des rechten Maßes, ihn gekräftigt und befreit in den Alltag zurückkehren ließ. Dann lösten sich die Probleme, dann hatte er Kraft, zu raten und zu trösten. Sein Dichten nannte er ein ›weltliches Exerzitium‹ – aber so weltlich war es gar nicht; mochte er zeitweilig auch, wie andere Poeten, nur Hirtenlieder singen – es geriet ihm doch alles zum Lobpreis Gottes.

In Feld und Wald aber kannte er sich aus wie keiner seiner Ordensbrüder, er, der Stadtmönch, der Klostermann, der Zellenbewohner. Kindheit und Jugend hatte er im waldumrauschten Kaiserswerth verbracht, kaum beaufsichtigt vom vielbeschäftigten Vater – und die Mutter hatte mit den Töchtern genug zu schaffen. Täglich, sobald er der Fuchtel des strengen Lehrermönchs Theobaldus entronnen war, trieb er sich in den üppig bewachsenen, von Getier aller Art nur so wimmelnden Auen am Strom herum. Bald kannte er, von Bauern und Fischern beraten, alle Pflanzen beim Namen, er fing sich Vögel für ein paar Tage, merkte sich ihre Lieder und ließ sie wieder frei, mit Forscheraugen beobachtete er Störe und Brassen, wie sie auf den Steinen zappelten, und warf sie lachend ins Wasser zurück. Es war kalt in der Zelle. Den ganzen Tag über hatte ein stürmischer Wind an den Fenstern gerüttelt, sogar Graupelschnee war gefallen. Um so besser ließ sich an den Frühling denken.

Es war ein langes Gedicht, das er sich vorgenommen hatte, und natürlich wurde es wieder Gottes Lob. Viel Zeit ließen ihm der Dienst als Lehrer und der mönchische Tageslauf nicht. Einen Hirtengesang nach antikem Vorbild – Daphnis sucht das verirrte Lamm, und Daphnis ist Christus, das Lämmchen die Menschheit –, so etwas brauchte man nicht zu forcieren, das schrieb sich sozusagen von alleine, heute eine Strophe und morgen zwei, das ging ihm so leicht von der Hand wie eine lateinische Übung. Dieses Frühlingsgedicht jedoch verlangte mehr an Umsicht und Konzentration. Hier schilderte er, wie die Sonne steigt, ein Wagen mit funkelnden Rädern und güldenen Rossen, wie's in den Lüften musiziert und die Vögel den Sommer begrüßen, jede Art nach ihrer ganz eigenen, ›rein und rund gezirkelten‹ Weise. Quellen und Flüsse brechen aus dem Eis, der Schoß der Erde öffnet sich, Kräuter und Blumen, so viele und so verschiedenartig, daß sie kein Mensch ›in Zahl und Ziffer‹ zwingen könnte, schießen aus der Erde. Jeder Strophe aber fügte er, als Kehrreim, das Lob des Schöpfers an. In den nächsten Versen wollte Spee die Blumen mit Namen nennen – und um vor der Fülle der Namen die wichtigsten nicht zu vergessen, schrieb er, was ihm einfiel, auf einen Zettel, und nun mußte er sehen, was sich davon ins Versmaß zwingen ließ, ohne daß der Zwang sich verriet: Violen, Rosen, Tulipan, Hyazinthen, Safran, Lavendel, Narzissen, Kaiserkron, Tausendschön und Rittersporn, Akelei und Bärenklau, Mohn und Glockenblumen … Hatte er die, und möglichst noch einige mehr, untergebracht, wollte er mit der Frage schließen: Wer hat es jedem dieser unscheinbaren Keime eingegeben, gerade so zu werden und nicht anders? Wo nehmen sie alle das *Muster* her, nach dem sie sich so unverwechselbar in ihrer Eigenart entwickeln? Und welcher Mensch wäre imstande, mit noch so großer Kunstfertigkeit, auch nur ein einziges Blättchen zu erschaffen? Violen, Rosen, Tulipan … Das klang schon gut. Und wieder der Kehrreim: ›O Gott, ich sing' von Herzen mein, gelobet muß der Schöpfer sein …‹

Er hatte gehofft, sein Lob- und Preisgedicht rechtzeitig zum Sonntag Jubilate vollenden zu können. ›Jauchzet Gott alle Lande‹ würde man singen wie der Psalmist, ›rühmet, ihr Völker, unseren Gott, laßt mit lauter Stimme erschallen sein Lob!‹ Aber die Proben hatten ihn zu viel Zeit gekostet. Zur Aufführung am heutigen Abend hatten sich Weihbischof und Generalvikar angesagt. Einen Moment hatte Kasen gezögert: »Wir haben einen Toten im Haus. Sollte man die Aufführung nicht doch verschieben?« Aber es war ja ein todernstes Spiel.

»Sie werden Ehre einlegen, Spee. Das Gymnasium wird's Ihnen danken. Und noch eins, lieber Bruder! Nehmen Sie sich unseres unglücklichen Philipp von Kronthal an! Ja, ja, wir haben ihn heute früh in der Zange gehabt, Pater Horn und ich. Wundert Sie das? Ich meine, gerade Professor Horn, dem der arme Ignaz so nahestand, hatte doch wohl ein Recht … Schön, Spee, ich wußte, Sie werden's einsehen. Wir wollten die Namen der Ketzer erfahren, die auf dem Schiff gewesen sind. Vor allem: Wer den Ignaz ins Wasser geworfen hat. Aber da war nichts zu wollen, der Junge kennt sie nicht. Keinen einzigen. Frauen sollen auch dabeigewesen sein, ein junges Mädchen sogar – nein, die kennt er auch nicht, nie gesehen, sagt er. Nun, mach einer was! Es gibt ja von Tag zu Tag mehr Calviner in Köln! Da mögen wir neunundzwanzig Kirchen und siebenunddreißig Klöster haben in unserer heiligen Stadt – bei einigen Verstockten hilft das alles nichts. Hat so eine Familie erst mal Laienkelch und Biblia Deutsch im Scheißhäusel versteckt, dann heckt sich die Häresie fort bis ins dritte und vierte Glied …« Dem Regens war's wieder einmal durchgegangen; bei Spee durfte er sich das erlauben, der lächelte nicht so unfroh verklemmt wie die anderen Brüder – ausgenommen vielleicht Pater Marcellus von der Bibliothek.

»Sie hätten den Jungen erleben sollen! Nicht wiederzuerkennen! Kein Trotz, kein Stolz, kein Widerspruch! Bleich und aufrecht saß er vor uns, die Hand am Rosenkranz, und ganz rote Kaninchenaugen hat er gehabt – ach du lieber Herr und Gott, wen soll das wundern!«

»Ich habe es schon heute früh beim Unterricht bemerkt«, sagte Spee. »In der Pause habe ich ihn kurz gesprochen. Er fühlt sich schuldig an Ignaz Ellers Tod.«

Daß Philipp sich auch an Katharinas Verhaftung schuldig fühlte, erwähnte Spee nicht. Er vermutete es auch nur, denn Philipp hatte ihn nie ins Vertrauen gezogen. Jetzt freilich, nach diesem gestrigen Tag, der so reich an Katastrophen war, fügte sich alles zusammen: Philipps wiederholtes Ausbleiben, die Frage nach Oudewater, der Besuch auf dem niederländischen Schiff … Vielleicht hätte man trotzdem vor einem Rätsel gestanden, denn auch der fiebernde Ignaz hatte, aus welchem Grund immer, keinen Namen verraten, nicht einmal dem Pater Horn – nur daß sie auf einem Schiff waren, daß sie Ketzer belauscht hatten und daß er ins Wasser gefallen war – gefallen! …

Aber gegen Mittag wußte der Regens schon mehr. Ein Brief, den der Rathausbote überbracht hatte, unterrichtete ihn über die Aussage eines holländischen Schiffseigners.

»Dieses Subjekt« – so hieß es in dem Schreiben – »hat, nach ernstem Vorhalt durch den vernehmenden Gewaltrichter und Androhung der Beschlagnahme seines Schiffes, die Namen aller auf dem Schiff Anwesenden zu Protokoll gegeben. Bürgermeister Geil hat, auf mein Ersuchen, die notwendigen Schritte veranlaßt. Die gestern inhaftierte Katharina Henot betreffend, wird ein ehrsames Stadtgericht ermitteln, inwieweit sich der Schüler Ihres Dreikronengymnasiums, Philipp von Kronthal, der Beihilfe zur Flucht schuldig gemacht hat. Entnehmen Sie, hochzuverehrender Herr Regens, dieser Information, zu der mich nichts verpflichtet, meine außerordentliche Wertschätzung.

Doktor Heinrich Tectorius Glimbach, Hexenkommissar.«

Kasen hatte den Brief zornig zerknüllt, gleich darauf wieder glattgestrichen und auf einen Nagel an der Wand gespießt. Dann war er lange vor seinem Schreibtisch auf und ab gegangen.

»Nun sehen Sie mal zu«, hatte er später zu Spee gesagt, »wie wir aus dieser bösen, bitterbösen Sache herauskommen! Sie hätten ja wohl die Hand ins Feuer gelegt für Ihren Liebling! Ich glaube jetzt sehr genau zu wissen, wo der sich aufgehalten hat in jener Nacht. Spaziergang am Rheinufer! … Aber wir brauchen den Jungen gar nicht mehr zu befragen. Das kommt alles heraus, schön nacheinander, wenn sie erst die Frau Postmeisterin peinlich inquirieren werden!«

Ärgerlich steckte Spee die Feder ins Tintenfaß. Es wurde heute nichts mehr mit dem Dichten. Von der Standuhr im Refektorium schlug es fünf. Er öffnete das Fenster, nur die obere Klappe ließ sich bewegen, er mußte auf den Betschemel steigen, um auf den Hof sehen zu können. Drüben, im Gymnasialtrakt, zündeten sie die ersten Kerzen an. In der Aula war alles noch dunkel; dort starrte über der spielbereiten Bühne das ›Auge Gottes‹ in die trübe Abenddämmerung. Aber ein goldener Schimmer verriet sich hinter den farbigen Fenstern der kleinen alten Kapelle zwischen Kolleg und Schulgebäude, deren Altar man der Verehrung des heiligen Ignatius geweiht hatte. Sie wurde im allgemeinen nur zu den Gedenktagen des Ordensgründers geöffnet – allerdings diente sie, solange die neue Kollegienkirche noch nicht konsekriert war, auch der Aufbahrung verstorbener Brüder. Seit gestern abend lag dort Ignaz Eller. Spee nahm den Mantel vom Haken, er wollte ein paar Schritte gehen. Totenstill war's im Kolleg. Viele Patres bereiteten sich in strenger Meditation auf den Besuch der hohen Geistlichkeit vor, insbesondere betete man für das Gelingen der Synode. Auf der Treppe begegnete ihm ein alter, schwer atmender Mann.

»Was machen Sie denn hier, Preunges?« Spee griff ihm unter den Arm und führte ihn zum nächsten Treppenabsatz zurück. Der Alte holte einen Brief aus seiner Pelerine hervor.

»Sie sind der einzige, der heute Post bekommt, Pater Spee«, sagte Michael Preunges. »Und darauf können Sie sich etwas einbilden.«

Den ganzen Tag über hatte Spee das bestürzende Geschehen um die Postmeisterin aus seinen Gedanken verjagt. Er konnte sehr pedantisch sein. Eins nach dem anderen, hatte er sich gesagt. Erst muß ich mich um Philipp kümmern. Und immerhin haben wir einen Toten. Und dem Kollegen Horn muß ich auch noch ein teilnehmendes Wort sagen – noch nicht einmal dazu hatte er sich aufgerafft! Und erst muß ich das Schauspiel hinter mich bringen … Morgen, ja morgen würde er sich bei Glimbach melden, vielleicht auch mit den Schöffen reden, Henot aufsuchen – den vor allem! Und nun erinnerte ihn der alte Preunges, das treue Faktotum, wieder an Katharina Henot. »Warum bin ich der einzige, der heute Post bekommt?« fragte Spee.

»Weil unsere Leute nicht mehr arbeiten. Heute mittag, als der Bote aus Bonn kam – da hat schon keiner mehr die Briefe sortieren wollen. Da hab' ich wenigstens Ihren Brief herausgefischt. Aber dann hab' ich mich auch zu den anderen gehockt. Die Tore verriegelt – und aus war's mit der Post! Ja, was glauben Sie denn, was wir mit uns machen lassen? Ich sag' Ihnen was, Pater Spee: Wer eine Henot anpackt, der macht, daß zwischen Köln und Basel und Amsterdam die Henot-Kuriere allesamt von ihren Gäulen purzeln. Fallen runter und schnarchen! Wie lange? Nun, ich würde mal sagen: bis die Frau Postmeisterin wieder hinter ihrem Schreibtisch sitzt. Da haben Sie Ihren Brief. Weil Sie's sind, denn Sie meinen es gut mit Frau Katharina. Ich geh' jetzt zurück zu den anderen. Schlafen. Was sonst?«

In seinem Kummer schien der Alte vergessen zu haben, daß die Henot-Post gerade noch bis Wöllstein reiten durfte. Basel? Amsterdam? Das war vorbei, das machte die Kaiserlich Taxissche Coesfeld-Post. Und wenn die wenigen verbliebenen Henot-Boten die Arbeit einstellten – wen ärgerte das?! Coesfeld wartete doch nur auf einen Grund, auch die Wöllsteiner Strecke mit seinen Leuten zu beschicken! Immerhin: Es war eine Tat, war ein Protest. Und was tat er, der Prozeßbeauftragte der Gesellschaft Jesu, für Katharina Henot?

Der Alte tappte die Treppe hinunter. Spee holte ihn ein. »Sagen Sie, Preunges, was tut sich in der Stadt?«

»Der Kurfürst ist holterdiepolter nach Bonn! Inzwischen hat man die Zelte und Stände zur Not wieder aufgebaut, und heut haben sie den ganzen Tag fröhlich weitergeknallt.« Er zog die Schultern hoch und raffte die Pelerine dicht um den Leib. »Auf dem Weg hierher kam ich an der Stadtwache vorbei, da schrien sie Befehle. Ich hab' durch den Zaun in den Hof gelinst. Da standen drei Rotten beisammen, immer vier Mann und ein Korporal, und der Major hat an ihnen herumgezurrt, Lederzeug und Helme und Schärpen – wie man sich so zu schaffen macht vor einem Abmarsch.«

»Doch nicht etwa – auf Hexenjagd?«

»Was weiß denn ich!«

Sie standen in der Eingangshalle. Neugierig lugte der Pförtner aus seinem Verschlag.

»So mehren sich die Zeichen«, sagte Michael Preunges auf eine merkwürdig abschließende Art. »Gelobt sei Jesus Christus!«

»In Ewigkeit. Amen«, sagte Spee.

Er hatte keine Lust mehr, durch die Straßen zu gehen. Durch den Hinterausgang betrat er den Arkadenhof. Der goldene Schimmer aus der Ignatiuskapelle ... Jetzt wollte er von Ignaz Eller Abschied nehmen.

Aber der Brief. Er hielt ihn noch in der Hand. Kein Absender. Unter dem Spitzbogenfenster der alten Kapelle blieb er stehen und entfaltete das Papier. Mit der Schrift wußte er nichts anzufangen, auch nicht mit der kuriosen Anrede: »Hochwürdiger, sehr schön singender Herr Pater!« Er suchte die Unterschrift. »In geziemender Ehrfurcht! – Ihre noch immer im reformierten Glauben verharrende Gertrude von Stein.«

Da war also diesmal, während sonst immer Jakobe die Feder geführt hatte, die kleine Gertrude an der Reihe gewesen – die, welche ihm von den dreien am nächsten stand, er wußte nicht, warum. Und dieser Brief mußte sich mit dem, den er vor wenigen Tagen an die Schwestern geschrieben hatte, gekreuzt haben. Er zog die Augenbrauen hoch und lehnte sich gegen die Mauer. Die zierlichen Buchstaben in ihrem braven Auf und Ab ließen sich im mattgoldenen Fensterschimmer leicht lesen. Das Mädchen aus Lülsdorf im Bergischen Land vermeldete, daß der Vater ihr nachträglich zum Namenstag einen schon lange gehegten Wunsch erfüllen werde. Sie, die noch nie eine große Stadt, nicht einmal das nahe gelegene Bonn gesehen habe, dürfe am kommenden Dienstag mit dem Schiff nach Köln fahren, in Begleitung von Frau Dorothea, ihrer Amme – »aber die ist lieb und läßt die Leine lang«, wie sie hinzufügte. Man werde beim Zinngießer Simon Pedius, einem entfernten Verwandten ihres Vaters, auch er ein rechtgläubiger Calviner, übernachten und erst am nächsten Tag mit dem planmäßigen Schiff nach Lülsdorf zurückfahren.

»Und nun frage ich den hochwürdigen, sehr schön singenden Pater, ob man ihm eine Visite abstatten dürfte und ob er wohl gar geneigt wäre, einem tumben Landmädchen die Sehenswürdigkeiten der großen Stadt Köln zu zeigen, vor allem den Dom und den Dreikönigsschrein. Denn die Amme ist lieb, aber mit den Katholischen hat sie nichts im Sinn und grault sich schon jetzt vor Euren heiligen Gebeinen, die Ihr mit Goldband und Perlen schmückt, was auch ich unpassend finde, aber vielleicht haben Sie auch darüber ein schönes Lied geschrieben, und es sieht sich hernach anders an.«

Die kleine Gertrude. Ein schönes, blondes Kind, sechzehn oder siebzehn, und schon damals, als er den Abend mit den Mädchen und ihren Eltern verbracht hatte, voll Neugier auf – buchstäblich – Gott und die Welt. Wie schnuppernd hob sie das Näschen, sehnsüchtig flog der Blick zum Fenster hinaus, wo nach dem Unwetter der Abendhimmel über dem Rheinstrom sich festlich entzündet hatte.

›Tu auf, tu auf, du schönes Blut …‹ Seit Spee sein Lied in Lülsdorf gesungen hatte, besaß das schöne Blut Antlitz und Gestalt – und wenn es die Zeit der Exerzitien war, mied er das Lied in seinen Gedanken; er durfte nicht einlassen, was dem Priester nicht zustand.

Aber nun klopfte es an, ganz unbefangen – oder am Ende verdorben durch den Umgang mit weibslüsternen calvinischen Pastoren? Und er sollte ihr Führer sein. Und plötzlich wich das Unbehagen, das die erste, eitle Freude darüber, daß dieses hübsche Ding noch immer an ihn dachte, getrübt hatte. Hier ergab sich ja eine prächtige Gelegenheit, das Mädchen zu bekehren! Oder es doch so gründlich mit den Glaubenswahrheiten zu versorgen, daß sie nie mehr davon loskommen würde. Die Amme? Die würde man, zumal sie sich vor Reliquien grauste, bei ihrem ketzerischen Zinngießer festhalten können. Aber Dienstag? Das war ja schon in drei Tagen! Er warf den Kopf in den Nacken, strich nachdenklich seinen Bart. Dann drückte er die Klinke der Kapellentür.

Kerzenflammen, Hunderte ... Vor dem Altarbild des Ordensgründers, unter seinem überlebensgroßen Haupt, lag klein und bleich der Kopf des Ignaz Eller auf seiner schwarz verhangenen Bahre; gefaltet ruhten die gelblichen Hände auf dem weißen Leinentuch. Sie umschlossen ein hölzernes Kreuz, an das der silberne Leib des Herrn geheftet war.

Spee kniete nieder, neigte den Kopf und sprach ein Totengebet. Als er sich wieder aufrichtete, hörte er von links die Stimme; schwarz in der Schwärze einer Nische saß Pater Horn. Jetzt stand er auf und kam näher, und sein Gesicht war wie in tausend Scherben und Scherbchen zersprungen. Spee streckte die Hand nach ihm aus, eine ungewöhnliche Geste unter Jesuiten, und Pater Horn ließ eine Berührung zu, sekundenkurz, dann zog er seine Hand zurück. Sie standen nebeneinander und sahen nieder auf den Leichnam unter den hohen Kerzen.

»Sie waren immer etwas zu frei, Friedrich Spee. In Ihren Worten und erst recht wohl in Ihren Gedanken«, sagte Professor Horn in die Stille. »Ich habe Sie manches Mal getadelt, und ich habe Sie auch kritisiert, wenn Sie nicht zugegen waren. Ich glaube, Sie wissen das.«

Spee nickte.

»Ich hatte wohl kein Recht dazu. Damals nicht. Ich selber habe viel gesündigt. Und mir ist, das weiß ich jetzt – mir ist nicht vergeben worden.«

»Das können Sie nicht wissen«, sagte Spee.

Statt einer Antwort machte Horn eine den Toten gleichsam zum Zeugen aufrufende Gebärde.

»Er stand Ihnen sehr nahe – und Gott hat ihn genommen«, sagte Spee. »Das ist alles – und das ist viel. Aber daraus dürfen Sie doch nicht schließen ...«

»Ich weiß, was ich weiß. Und seit heute weiß ich mehr, als ich wußte. Seit heute weiß ich, wem die Jungen zur Flucht verhelfen wollten. Ich weiß auch, daß Ignaz verhext worden ist.«

»Von wem?« »

»Von der Henot.«

»Aber Horn! Das ist doch wider alle Logik! Wenn Frau Henot wirklich eine Hexe wäre, und Ignaz und Philipp – der schließlich auch, und der ist nicht verhext! – hätten ihr zur Flucht verhelfen wollen, dann hätte sie doch den Ignaz nicht umgebracht!«

»Ich weiß, was ich weiß«, wiederholte Horn mit unbewegter Stimme. »Seit wann gelten für Zauberei die Kategorien der Logik? Aber ich werde es nicht für mich behalten, Spee. Ich werde es ausrufen im Kolleg, ich werde es in gebührlichem Schriftsatz vortragen vor Gericht – und wenn das nicht hilft, werde ich es ausschreien auf den Gassen! Mit einem Weib fing es an. Ein Weib gab ihm das Leben, ein anderes gab ihm den Tod. Der Uterus, Spee, der saugende, schlingende, schleimige Mund der Mutter! Ein gefräßiger Bauch, eine nimmersatte Höhle, die trinkt und speit, die schluckt und wirft – das ist wie Aufgang und Niedergang, Ebbe und Flut. Und was er wirft an den Strand, der schaurige Mund, ist reif zum Tode!«

»Sie sollten sich sofort zum Exerzitium melden, Horn«, sagte Spee verdrossen. »Und hier ist schon gar nicht der Ort für solche Lästerungen. Denn Sie lästern Gottes Schöpfung.«

»Lästern? Seine Schöpfung?« Er schrie plötzlich, schlug sich mit beiden Fäusten gegen die Brust. »Sie haben wohl nie den großen Innozenz gelesen, sein Buch von der Verachtung der Welt? Gottes Schöpfung! Aus Staub, aus Kot, aus Asche, aus noch viel elenderem Stoff, aus Sperma, ist der Mensch gemacht! Im Pesthauch der Wollust empfangen, zur Nahrung der Würmer bestimmt ... Agit prava, quibus offendit deum; agit turpia, quibus, polluit famam ...* Mich nennen Sie einen Lästerer, Spee – aber Sie? Sie machen sich – das ganze Kollegium ist empört! – zum Anwalt einer Hexe!« Er griff in Spees Schärpe, seine Augen flackerten wie die von seinem Gebrüll aufgestörten Kerzen. »Aber ich warne Sie! Ich werde nicht ruhen, bis

* Lasterhaft handelt er, womit er Gott beleidigt; Schändliches tut er, womit er Seinen Namen besudelt.

dieses Hexenweib zu Asche geworden ist! Und wer mich daran hindern will, der ist mein Feind!« Er wandte sich ab und zog sich in die dunkle Nische zurück. »Nehmen Sie das ganz wörtlich, Friedrich Spee.« Seine Stimme klang wieder beherrscht. »So wie ich es sagte: Mein Feind.«

Spee deutete einen Kniefall vor dem Altar an, drehte sich brüsk um und verließ die Kapelle.

27

In das ernste Schwarz der Jesuitensoutanen mischte sich das prahlende Rot, das magisch leuchtende Violett der Prälatengewänder. Adam Kasen machte am Eingang, wo, geleitet von Reitern mit rauchenden Fackeln, Kutsche um Kutsche vorfuhr, mit Würde oder auch mit einem Scherzwort die Honneurs. Durch das Spalier der älteren Patres geleitete der Pater Präfekt die hohen Gäste; Schüler halfen ihnen aus Umhang und Skapulier.

Erleichtert hatte Kasen festgestellt: Die Stimmung war heute abend gelockert, ja aufgeräumt. Die Synode, so war zu hören, habe ihr Werk so gut wie abgeschlossen; alle Dekrete hätten eine ausreichende, einige eine überwältigende Mehrheit gefunden – und wo's nicht ganz zureichen wollte, sei ein quasi Wunschzettel des Erzbischofs verlesen worden, und dem habe man sich dann in Demut gebeugt.

»Natürlich gab es einige Vorlagen, die gar nichts Problematisches enthielten«, sagte Generalvikar Gelenius mit hauchender Stimme zu Kasen, der seinen Posten am Tor verließ und den Kirchenoberen die Treppe hinaufbegleitete. »Daß Dorfbewohner, die vor Feinden in ihrer Kirche Zuflucht suchen mußten, das Gotteshaus danach wieder zu säubern haben – traurig, daß man das auf einer Synode beschließen muß –, aber bei so was sind sich natürlich alle einig. Auch daß man seinem heiligen Schutzengel besonderen Respekt schuldet oder daß die Herren Geistlichen sich am Gründonnerstag das heilige Öl hier in Köln gefälligst selber abholen und nicht irgendwelche Laien schicken sollen und schon gar keine Weiber! – auch darüber gibt's kaum Streit. Kritisch wurde es erst, als wir uns dem eigentlichen Thema der Tagung näherten, der dringlichsten Aufgabe, die es in unserer weithin verwahrlosten Diözese zu lösen gilt. Sie wissen, was ich meine?«

Kasen wußte es, aber er fand, es stehe ihm nicht zu, das heikle Thema zu formulieren. So nickte er nur einverständig.

»Die *Hirten* zu reformieren! Sie sagen es!« hauchte Gelenius mit Nachdruck und etwas außer Atem, als sie im ersten Stockwerk anlangten. Es war seine bewährte Art, dem Gesprächspartner anheimzustellen, die gleiche Meinung wie er nicht nur gehegt, sondern auch ausgesprochen zu haben. Dem Stimmenschwall, der von unten heraufdrang, ließ sich entnehmen, daß nun auch der Weihbischof eingetroffen war.

»Visitationen, Volksmissionen, geistliche Übungen noch und noch, harte Strafen gegen unwürdige Ordensbrüder – nun, das braucht Sie kaum zu interessieren –, Schluß mit den vielen Sonderrechten, die sich jeder kleine Landdechant im Laufe vieler unbeaufsichtigter Jahre angemaßt hat – das, lieber Regens, sind die wahren Früchte der Reform. Aber darüber reden wir nicht viel – da wird gehandelt. Und Seine Kurfürstliche Durchlaucht weiß ich, zum Glück, ganz auf meiner Seite.«

Feierlich, das hochgemute Haupt nach allen Seiten wendend, kam Otto Gereon die Treppe hoch, ein Schwarm von Schülern, die den schönen Mann mit den erleuchteten Augen ausnahmslos verehrten, folgte ihm. Immer wieder haschten sie nach seiner Hand, die über dem roten langschäftigen Handschuh den Bischofsring trug, und drückten Küsse auf den Edelstein. Wer diese Hand nicht erwischte, begnügte sich mit der anderen, und so stand der Weihbischof, der ›Leuchtturm‹, mit von sich gestreckten, wie angebundenen Armen und gewährte Priestern,

Mönchen und Schülern lächelnd den Anblick würdevoller Verlegenheit.

Otto Gereon war populärer als Gelenius. Aber der Generalvikar war mächtiger – und das genügte dem eminent gescheiten Verwalter der kölnischen Kirche vollauf.

Als sie den Weihbischof endlich freigelassen hatten, bildete sich ein kleiner Kreis inmitten der plaudernden Menge. Gelenius, Otto Gereon, Adam Kasen und Rektor Severin Binius standen beieinander, auch der Pater Provinzial gesellte sich dazu. Die Ergebnisse der Synode, die nochmalige Bekräftigung der Beschlüsse des Tridentinischen Konzils, der Generalangriff auf Schlamperei, Irrglauben und Sittenverderbnis im kirchlichen Bereich – darum ging's auch im Gespräch dieserHerren. Vor allem aber um die Kampfansage an das schier unausrottbare Konkubinat.

»Wir können doch nicht jedes Pfaffenliebchen als Köchin deklarieren; die stehn uns dann ganz hilflos vor dem Herd! Einheizen, zugegeben, das können sie!« scherzte Binius unheilig. Aber so richtig lachte nur Kasen; auch er hatte einen deftigen Witz parat, getraute sich aber nicht vor den hohen Herren. Die hatten im Grunde anderes im Sinn. Immer wieder waren den Synodalen während der Sitzungen Zettel gereicht worden. So hatte man von den ärgerlichen Ausschreitungen der Blauröcke, vom Zorn des Erzbischofs und von der Verhaftung der Katharina Henot erfahren, selbstverständlich auch von den skandalösen Vorgängen auf dem Calvinerschiff. Und Otto Gereon sprach es aus: »Sie haben einen lieben Toten im Hause?«

»Von ignatianischem Glaubenseifer«, versicherte Kasen eilfertig. Und setzte hinzu: »War er beseelt.«

Severin Binius sagte: »Im Fall der rebellierenden Calviner ist der Rat sich wohl einig. Als es um die Inhaftierung der Postmeisterin ging, war er's weniger.«

»Gab es Streit?« fragte Baving.

»Man hört allerlei. Die beiden Bürgermeister …«

»Das wichtigste ist, daß Kurfürstliche Durchlaucht endlich den Brief seines Herrn Bruder aus München bekommt«, sagte Johann Gelenius.

»Glimbach wird sich schon darum kümmern«, beruhigte der Weihbischof. »Die Henot wird ihn wieder herbeihexen müssen.«

Propst Hartger Henot kam die Treppe herauf. Unbefangen, wenngleich mit ernster Miene, näherte er sich dem Kreis, verneigte sich würdig vor Gelenius und Gereon und griff gewandt in die Unterhaltung ein. Man hatte schnell das Thema gewechselt und fügte sich in Henots Anwesenheit. Schließlich war nicht *er* verdächtigt worden.

Es gab einige, die Henots Haltung bewunderten. Er drängte niemandem seinen Kummer auf, wich aber auch nicht aus, wenn man ihn auf das Schicksal seiner Schwester ansprach. Der Domherr Erbkirchen aus Bonn nahm ihn beiseite. »Ein Tor, dieser Ostermann, finden Sie nicht?« Und als Henot dankbar zustimmte: »Denn wer interessiert sich im Falle Ihrer Schwester noch für Besessene? Da gibt es doch längst viel schlimmere Vorwürfe. Was man so von der Langenbergerin hört ...«

Henot wußte nicht, was er meinte.

Der Domherr sagte: »Nun, dieses Weib, das in Lechenich inhaftiert ist. Mit der – das sagt die Langenbergerin selber! – hat Ihre Schwester allerlei Maleficia verübt. Kollusionen, Konspirationen, Totschlägereien ...«

Der Propst brauste auf, verwahrte sich. Der Domherr hob die Schultern. »Die Langenbergerin behauptet es – nicht ich!« Adam Kasen klatschte in die Hände. »Und nun zur Besichtigung unseres bescheidenen Gymnasiums, wenn ich bitten darf!«

Der hohe Weihbischof schritt voran. Man bog in den Gang ein, an dem die Klassenzimmer lagen. Von da ging es in den Arkadenhof, und dort begehrte der Generalvikar den toten Alumnen zu sehen.

Henot hatte sich nicht angeschlossen. Er kannte den Kollegienbau, und als er, die völlig überraschenden Anschuldigungen der ihm unbekannten ›Langenbergerin‹ bedenkend, vor der

Aula stand, in der die Schüler ungeduldig lärmten, kam Pater Spee die Treppe hoch. Er war nervös.

»Haben Sie Philipp gesehen? Der Junge ist wieder einmal unauffindbar. – Mein Gott, Henot, ich habe Sie noch gar nicht gesprochen, seit das gestern passierte! Wir müssen uns gründlich über alles unterhalten.«

»Sie kommen ja ohnedies heut in einer Woche zu mir«, sagte der Propst und hielt Spees Hand fest.

»Sie halten Ihre Einladung aufrecht? Obwohl Ihre Schwester im Frankenturm sitzt?«

»Bin ich dreißig Jahre Priester oder nicht?« sagte Henot mit Nachdruck. »Mein Jubiläum wird gefeiert, wie längst vorbereitet! Mein Koch kommt heute aus dem Spital zurück. Wir werden eine reiche Tafel haben nach der langen Fastenzeit. Bei der Gelegenheit werden wir auch alles eingehend beraten können, und in längstens zehn Tagen ist Kathrinchen wieder frei. Und jetzt entschuldigen Sie bitte, daß ich Ihr Spiel nicht ansehe. Ich hab' mich hier blicken lassen, wie sich's gehört. Vor denen kneif ich doch nicht! Die Freude mach' ich keinem. Schließlich war ich in Rom, bin Päpstlicher Notar – und wenn's auch nur ein Titel ist! Aber es strengt doch an, sich sehen zu lassen. Ja, lieber Spee, es strengt mich an: immer aufrecht, immer Haltung – nun, man denkt an Vater, man ist ein Henot. Aber hier, Spee« – er wies auf sein Herz – »hier tut's seit gestern sehr, sehr weh. – Ja, ich leg' mich mal ein bißchen hin.«

»Tun Sie das«, sagte Spee. »Bis nächsten Sonnabend also.«

Er öffnete die Tür zur Aula.

Die Alumnen auf den hinteren Bänken waren von den älteren, mit der Aufsicht betrauten Schülern nur mit Mühe gebändigt worden. Sie erhoben sich, als Spee eintrat. Schnell schritt er durch den Mittelgang, sprang auf das Bühnenpodest, wo die ›Nägel‹ herumsaßen und darauf warteten, daß es endlich losgehe.

»Habt ihr Philipp gesehen?«

Aber keiner wußte, wo er geblieben war. Ja, heute mittag beim Essen … Er hatte aber nichts zu sich genommen. Und danach? Ein Kulissenteil war verbeult, der brokatene Rock der ›Obrigkeit‹ unterm Ärmel eingerissen. Man hämmerte, flickte, nähte. Sie stellten sich alle noch einmal dem prüfenden Blick des Paters: Der Hammer, röhrend in seinem Pappkasten, der holzmehlbestäubte Zimmermann, der Engel mit bebenden Schwingen, die Mutter des Herrn mit apfelrot geschminkten Bäckchen und hinter der Bühne hüstelte sich der Darsteller Gottvaters, der erkältet war, die Stimme frei.

Dann sprangen die Flügeltüren auf. Im festlichen Kerzenschimmer betraten die hohen Geistlichen die Aula, schritten huldvoll lächelnd durchs Spalier der Knaben, die mit geneigten Köpfen viel Farbiges, Schimmerndes, breit Gegürtetes vorüberziehen sahen. Erst als die hochwürdigen Herren auf den Vorderbänken Platz genommen hatten, durften die Schüler die Lider heben und sich setzen.

Kasen trat vor und stimmte den Eingangscantus an, alle fielen ein. Dann begrüßte er die Gäste, bedankte sich für ihr Interesse am neuerstandenen Kolleg- und Gymnasiumsbau und teilte, im Namen des ihm aufmunternd zunickenden Provinzials, mit, was er bisher verschwiegen hatte: Kurfürstliche Gnaden hatten der Gesellschaft Jesu zur würdigen Ausstattung der Kollegienkirche wiederum dreihundert Taler gestiftet!

Nicht alle Herren waren davon angetan. Ja, hatten diese Jesuiten noch immer nicht genug Gold und Silber und Edelgestein in ihren Kirchen gehortet?! Gott sei's geklagt, es war doch Krieg! Im Lande draußen, nach zwei Mißernten, hungerte das Volk, stöhnte unter den Kontributionen von Freund und Feind, litt unter dem spanischen Freunde oft mehr als unter den generalstaatischen Feinden. Und hier bekamen es die päpstlichen Spürhunde in ihre gefräßigen Rachen gestopft! So dachte der Regens des Montanergymnasiums und wußte sich mit dem Regens des Laurentianergymnasiums einig – und nicht nur diese beiden dachten so.

Dann hob sich der Vorhang.

Die Jungen, endlich losgelassen, waren mit Feuereifer bei der

Sache. Christus klagte vom Kreuz – in Wahrheit also der Schüler hinter dem Prospekt. Er versammelte die Nägel um sich, redete die kleinen Kerle an, obwohl Jesus eigentlich nur zu den beiden Nägeln hätte sprechen dürfen, die seine Hände durchbohrten, und zu dem dritten, der durch seine Füße getrieben war. Aber Spee hatte die Unlogik in Kauf genommen. Denn genauso schuldig hätten ja auch die anderen Nägel aus der Werkzeugkiste des Zimmermanns werden können; es war nicht ihr Verdienst, daß es gerade jene drei getroffen hatte. Außerdem erlaubte ihm der Einfall, sämtliche Erstkläßler zu beschäftigen – er hätte sonst nicht genug Rollen gehabt.

Inständig beteuerten die Kinder unter ihren Nagelkopfhauben, wie sie sich gegraust hätten, als des Zimmermanns Hand sie zu Christi Händen und seinen Füßen geführt habe, und wie sie da keineswegs ›hinein wollten‹ – aber was half's?

Dann kam der Hammer. Wie zuschlagend beugte er den Oberkörper beim Sprechen und richtete ihn, ausholend, wieder auf: einer, der das Hämmern nicht lassen konnte. Geradezu mit Behagen verwies der Zimmermann auf die ›gelehrte Obrigkeit‹, die den Stab über Jesus gebrochen hatte. Hochnäsig knarrte die Obrigkeit ihre unverschämte Beschuldigung der Mutter. Maria aber, ein herziges Büblein im blauen Sternenmantel, erinnerte demütig an den Verkündigungsengel. Und Gabriel verteidigte sich:

»Doch wer konnte widerstreben,
weil es mir befohlen war?«

Es ging jetzt um die Frage: War die Geburt Christi nicht die Ursache seines Todes? Mit anderen Worten: Mußte er überhaupt auf die Erde kommen? War das schreckliche Ende nicht vorauszusehen?

Bis dahin lief das Spiel gut, sah man von einem kleinen Versprecher des Zimmermanns und einem Stolperschritt des feierlich herbeiflügelnden Erzengels ab. Auch daß Christus den

Herrn anklagte, war im Evangelium überliefert: »Mein Gott, mein Gott, warum hast du mich verlassen? ...«

Aber dann.

Hinter dem ›Auge Gottes‹ ließ nun der Herr selber sich vernehmen. Und was Gott sagt, veranlaßte den Weihbischof, den Kopf zu dem neben ihm sitzenden Generalvikar zu wenden. Dann sah er den Nachbarn zur Linken, nämlich Baving, so lange an, bis der Provinzial sich ihm zuwandte. Endlich legte er die Hand hinters Ohr, als höre er schlecht.

Inzwischen sprach Gottvater also: Mein Sohn! Wer wollte denn immer auf die Erde zu seinen geliebten Menschenkindern? Wer hat mich denn immer angefleht, ihn endlich reisen zu lassen? Habe ich, Gottvater, dir das nicht ausdrücklich und oft und oft untersagt? Hab' ich dir nicht prophezeit: Sohn, es wird dir da unten übel ergehen? Und wer ist schließlich ausgerissen zu den Menschen? – Aber du warst ja von Liebe verblendet! Ohne Maßen hast du die Menschen geliebt, viel zuviel, wie sich's erweist! Also gib nicht mir die Schuld, sondern schreib dir's selber zu, wenn du nun für deine Liebe bezahlen mußt!

Diese Rede Gottvaters, in vortreffliche Verse gekleidet, rührte fast alle Anwesenden. Aber den Weihbischof Otto Gereon entsetzte sie. Er hörte nicht mehr auf die Antwort Jesu, der zugeben muß, daß er allein an allem schuld ist – und der doch selbst in dieser martervollen Todesstunde sich zu seiner Liebe bekennt, die er nun von den Menschen, die er mit seinem Tod erlöst, wieder einfordert:

»Lieb' mit Liebe tut ersetzen!«

Dies also hörte Otto Gereon nicht mehr. Die jungen Schauspieler hatten inzwischen bemerkt, daß es im Auditorium nicht ganz geheuer war. Der Sprecher Gottvaters, Johann Humpesch von der Octavia-Metaphysica, steckte, leider sehr undiszipliniert, den Kopf aus dem Auge Gottes heraus und fragte: »Gibt's was?«

Denn nun hatte sich Otto Gereon erhoben.

Der Weihbischof, wie stets durchstrahlt vom rechten Glauben, vergaß in diesem Augenblick sogar das ausmalende, unterstreichende, einschränkende Spiel der gepflegten Hände. Denn hier gibt es nichts zu differenzieren – hier galt es einzuschreiten.

»So wäre denn«, sagte er mit tönender Stimme, nicht so glockenhaft zwar wie die des Erzbischofs, aber doch predigtgeübt, »so wäre denn Christus im Ungehorsam vom Vater geschieden! *Ausgerissen* – wenn ich richtig gehört habe! Nun, meine Lieben: So unterweist man Jugend nicht!«

Er setzte sich kerzengerade und drehte auf steifem Hals den Kopf nach den Seiten. Man hatte ihn verstanden. Es war sehr still geworden. Die Nagelkinder lächelten verlegen. Gabriel griff hinter sich und zupfte am Gefieder. Die übrigen fielen in die Haltung faulenzender Buben zurück. Das Spiel war aus.

Kasen, der in Gereons Nähe saß, erhob sich. Er war blaß. »Ein Einfall, Euer Exzellenz. Eine Variante, wenn Sie so wollen ... Man hat Beispiele. Gerade wir Jesuiten wissen ja von jeher die allerheiligsten Dinge recht anschaulich ins Spiel zu bringen ...«

Abermals erhob sich der Weihbischof. »Vielleicht, daß wir es draußen besprechen?« Und zu den Knaben gewandt, sagte er lächelnd und die Arme wie spendend erhoben: »Sehr schön, liebe Schüler in Christo! Es hat mich hoch erbaut.« Aber das glaubte ihm keiner.

Im Büro des Regens war man unter sich: Gereon, Gelenius, Baving, Kasen, Severin Binius. Kasen hatte sich Spee dazu geholt, er brauchte Hilfe.

Aber Otto Gereon schätzte es nicht, sich mit kleinen Lehrermönchen auseinanderzusetzen. Er hielt sich an den Verantwortlichen, und in diesem Hause war das Adam Kasen.

»Woher weiß man hier eigentlich so genau, wie es im Himmel vor der Menschwerdung Christi zugegangen ist? Waren Sie zugegen?«

Kasen, hochrot, zupfte Spee am Ärmel. »Interpretieren Sie!« Spee war der Eklat nicht ganz unerwartet gekommen. Er sagte: »Ich versuchte, mich dem kindlichen Begriffsvermögen anzupassen.«

»Und das heißt also: Christus reißt aus!« sagte Otto Gereon. »Bei Ihnen geht's öfter so stürmisch zu. ›O Heiland, reiß die Himmel auf …‹ Dieses Adventslied ist doch auch von Ihnen?«

»Herab, herab vom Himmel lauf …«, murmelte Gelenius. Und Otto Gereon zitierte weiter: »›Reiß ab vom Himmel Tor und Tür, reiß ab, wo Schloß und Riegel für …‹ Sehen Sie: Immer unbeherrscht, immer zügellos. Ganz, als ob unser Erlöser ein Straßenlümmel wäre!«

»Ein warnender Vater, ein ungebärdiger Sohn – das kennen die Kinder, das verstehen sie«, verteidigte sich Spee.

»Ich kenn' da so ein altes flandrisches Mysterienspiel«, mischte sich Kasen ein, »da spricht der Erzengel nach der Kreuzigung zum Herrn: ›Ayez honte, Seigneur, que vous avez dormi, pendant qu'on a tue votre fils!‹* – Stark, was? Ging aber damals unbeanstandet durch …«

Er verstummte. Otto Gereon hatte zu einer scharfen Erwiderung angesetzt – und jetzt war es Spee, der seinem Regens zu Hilfe kam: »Es sind eben Glaubensspiele. Also *Spiele*, Spiele der Phantasie, und insofern ein wenig unorthodox …«

»Also: nicht ganz rechtgläubig, Herr Professor – wenn Sie sich erinnern wollen, was ›orthodox‹ bedeutet. Die Phantasie eines Poeten sollte vor dem Tor zu den letzten Geheimnissen in Demut verdorren. Denn vor diesem Tor wachen, geschient und gepanzert, die ewigen Glaubenswahrheiten unserer Kirche. – Verstanden?«

Spee senkte den Kopf. Er hatte nichts mehr zu sagen; man nahm kaum noch zur Kenntnis, daß er sich entfernte.

* Sie sollten sich schämen, Herr, daß Sie geschlafen haben, während man Ihren Sohn getötet hat!

28

Spee suchte Philipp, treppauf, treppab. Die hochwürdigen Gäste waren von Kasen ins Refektorium zu einem »bescheidenen Imbiß« gebeten worden. Der süße Lahnsteiner des Sonnenjahrgangs 1624 sollte doch wohl vermögen, das gute Einvernehmen unter den Gottesmännern wiederherzustellen, und selbst der Weihbischof, ein kultivierter Trinker, würde sich nicht mehr in die Interna des Jesuitenordens einmischen wollen, den der Kurfürst-Erzbischof Ferdinand mit Gunstbeweisen überschüttete. Da drückte man schon mal ein Auge zu – auch wenn der Heiland seinem Vater im Himmel, ungebärdig wie ein Straßenlümmel, ausriß …

Spee lächelte bitter. So war man dem Luthertum und der calvinischen Verirrung nicht gewachsen! Eine Orthodoxie, die sich nur als Hüter lebensmüder Traditionen verstand, eine Gottesvorstellung, die weder dem Vater noch dem Sohn vom Menschen nachfühlbare Emotionen zubilligte, ein Christusbild, das den Erlöser nicht als »klein-vermenschten Gott«, der er doch zumindest in seinen letzten Stunden war, sondern nur als Pantokrator, als Weltenherrscher, zeigte und seine Angst vor dem Tode ebenso unterschlug wie seine brennende, gegen die resignierende Weisheit des Vaters aufbegehrende Menschenliebe – ein solches Verständnis von Rechtgläubigkeit widersprach zutiefst Spees eigener Religiosität. Ein solcher Gott, ein solcher Christus – sie gaben dem leidenschaftlichen Anruf seiner Liebessehnsucht keine Antwort! Beamtete Hüter des Glaubens, wie Otto Gereon, die kaum mehr wußten, wie ein Häretiker aussah, was er dachte und wie er argumentierte, witterten in jeder noch so beglückenden Begegnung mit Gott, sofern sie nicht von seinen Statthaltern genehmigt und arrangiert worden war, einen Abfall vom Glauben.

Wie aber hätte Spee, der Jesuit, der Gegenreformator, in Paderborn bestehen, wie hätte er so viele angesehene evangelische Familien bekehren können, wäre ihm nicht bewußt gewesen, daß diese Leute – anders als die Katholiken – andächtig, als Gottes Wort, die Bibel lasen und daß Christus ihnen im Buchstaben der Heiligen Schrift unmittelbar begegnet war? Dieses Erlebnis war ihnen nicht mehr zu nehmen, war unauslöschbar – da konnte alles, was ein Katholik aus seinem Glaubensschatz beizusteuern hatte, nur noch zusätzliche, freilich nicht geringe Gabe sein. Und unter diesen Gaben war, nach der Eucharistie, die köstlichste: die Heiligung des Menschen durch Werke der Liebe, durch Taten der Nächstenliebe und Barmherzigkeit – eine Gnade, die der so sehr um Rechtfertigung besorgte Luther unbegreiflicherweise verworfen hatte.

Spee hastete durch die Zimmer, über die Flure, spähte in jeden Winkel. Während der Auseinandersetzung mit dem Weihbischof hatte ihn die Angst um seinen Schüler keinen Augenblick verlassen. Auch Kasen hatte sich besorgt geäußert, auch er war erschrocken über Philipps Apathie.

Auf dem Treppenabsatz zwischen dem ersten und zweiten Stockwerk holte er Luft, fühlte den Puls, und im Rhythmus der Schläge dachte er: hei-lig, hei-lig, hei-lig ... Eine Meditationsübung, die ihm eines Tages, ganz im Stile der ignatianischen Exerzitien, eingefallen war. Alle Lebensäußerungen in den Dienst der Lobpreisung Gottes stellen ... Daraus ließe sich ein Programm entwickeln, ein auf die Gegebenheiten des Alltags abgestimmtes Brevier, ein Vademecum zum gottgefälligen Leben. Ein solches Buch könnte viele Meditationen, aber auch Vorschläge zur Übung in den christlichen Tugenden enthalten – nur dürfte es nicht zu streng, nicht zu eintönig sein.

Natürlich konnte Philipp das Gymnasium verlassen haben, mochte sich irgendwo in Köln herumtreiben, womöglich wieder nach Mülheim gefahren sein. Aber heute hatte der Pförtner besonders strenge Anweisungen gehabt; Regens Kasen hatte wegen der Unruhen in der Stadt und in Erwartung des hohen Besuchs strikte Ausgangssperre verfügt. Und doch: Vielleicht strich der Junge in der Dunkelheit um den Frankenturm herum, wo er Katharina eingesperrt wußte, vielleicht legte er sich mit dem Wachposten an oder warf dem Burggrafen die Scheiben ein? Aber so entschlossen und tatenwütig hatte er heute morgen wirklich nicht ausgesehen.

Auf dem Dachboden …? Spee erschrak. Dann mußte man das Schlimmste befürchten. Er hetzte die Treppe hoch zum zweiten Stock, griff sich aus der Nische mit der Büste des Petrus Canisius den Leuchter mit der brennenden Kerze. Er stieß die Tür zur Bodentreppe auf, schirmte die Flamme mit der Hand, nahm schnell die Stufen, bemüht, kein Geräusch zu machen. Es war kalt, durch eine geöffnete Luke blies der Nachtwind herein. Wie eine Allee von Galgenbäumen pflanzte sich das weißliche Balkenwerk des Dachstuhls in die Dunkelheit fort.

»Philipp!« rief Spee. Eine Fledermaus huschte lautlos, sträubte ihm die Haare. »Philipp!«

Der Junge, wenn er wirklich hier war, würde ihm nicht antworten, er würde sich nur noch tiefer in das Dunkel verkriechen: hinter die alten Möbel, die überzähligen Bilder in den schwarzgoldenen Rahmen, die mit Hausrat und Akten gefüllten Truhen, die gerollten Teppiche und Gobelins, die von Pater Marcellus ausgesonderten Scharteken, die vor Jahren zu Bruch gegangene Büste des Aristoteles und das sperrige, rußschwarze Chorgestühl aus der abgebrannten Andreaskapelle. Er tappte vorbei und hindurch, hob die Füße und schob die Kerze in Nischen und Winkel. Je weiter er ging, um so heftiger klopfte sein Herz – eilig, eilig …

Endlich fand er den Jungen.

Zusammengekauert, die Augen gegen das Kerzenlicht zu einem Strich verengt, erwartete er seinen Lehrer. Spee stellte den Leuchter ab, setzte sich auf das blätterige Leder eines Lehnstuhls, suchte Philipps Hände. Der entzog sie ihm.

»Kann man in diesem Haus nicht eine Stunde allein sein?!«

»Du kannst in die Kapelle gehen und beten – jederzeit.«

»Vielleicht wo Ignaz liegt und schon anfängt zu stinken?«

»Warum nicht? Die Allgegenwart der Vergänglichkeit ist ein Paradox, mit dem wir uns abfinden müssen.«

»*Sie* mögen so leben! Sie sind alt genug dazu. Mich widern sie an, eure Verwesungsrituale! Ich bin jung!«

»Dann schone deine Kräfte, faste weder aus Trotz noch aus Verzweiflung und halte dich nicht auf diesem eiskalten Dachboden auf. – Komm, Junge, ich verspotte dich nicht. Meinst du, ich grüble nicht darüber nach, was Gott mit dir vorhat? Denn er nimmt dich ernst, sehr ernst – hätte er dir sonst deinen Freund genommen?«

»Das wäre ein Gott, Pater Spee!« Der Junge empörte sich. »Mordet einen Menschen, um einem anderen mitzuteilen, daß er zu großen Taten ausersehen ist! Vielleicht hält er mich für begriffsstutzig? Dann wird er auch Katharina umbringen – für mich! Damit ich vor dem brennenden Holzstoß endlich kapiere, wie gut es der Herr mit mir meint! ...« Er rappelte sich hoch, Spee nahm den Leuchter wieder an sich. Der Junge beschwor ihn: »Pater Spee! Was haben Sie von Katharina gehört? Sie müssen sich um sie kümmern, jetzt erst recht! Ich – bin es nicht wert ...«

»Was ist denn in dich gefahren? Mein stolzer Philipp – und nicht wert, sich um seine verehrte Freundin zu kümmern?« Er faßte Philipp am Arm und versuchte, ihn mit sich zu ziehen.

»Nein, bleiben Sie noch hier! Ich muß Ihnen etwas sagen. Es ist – es ist eine Beichte.« Er lehnte sich an eine Schrankwand, schloß die Augen, fuhr mit belegter Stimme fort: »Glauben Sie, ich würde mich hier verkriechen, wenn ich ein gutes Gewissen hätte?«

»Du bist nicht schuldig«, sagte Spee. »Weder an Frau Henots Verhaftung noch an Ignaz Ellers Tod.«

»Natürlich bin ich schuldig – und diese Schuld setzt mir genug zu; ich werde sie mein Leben lang nicht loswerden. Aber das meine ich nicht. Damit käme ich zurecht. Wenn ich nur sonst ein reines Gewissen hätte. Seit heute nacht habe ich es nicht mehr.« Und unvermittelt stellte er die Frage: »Wer schickt die Träume?«

»Gott«, sagte Spee.

»Das – kann nicht sein!« stieß Philipp hervor. »Nicht Gott! *Alle* Träume schickt er nicht. Das wäre – gemein.«

»Du denkst an Wollust? Ich glaube, auch solche Träume kommen von Gott. Er will dich in diesen Jahren vorbereiten auf …«

»Auf was wohl?« rief Philipp verzweifelt. »Daß ich Katharina umarme? Das wäre ja wohl ganz natürlich, ich liebe sie ja, und das paßte sogar einem gescheiten Jesuiten noch ins Konzept – und wenn man nicht gerade Professor Horn ist, übt man als Priester gütige Nachsicht. Der arme Junge – nun ja, er liebt das Weib, und ein bißchen verhext wird sie ihn schon haben – da gibt man ihm drei Rosenkränze auf, und so ein Traum ist verziehen! Zumal er ja von Gott kommt …«

»Also? Weshalb noch unzufrieden?« fragte Spee. Er hatte keine Ahnung, was der Junge ihm sagen wollte, er mußte ihn provozieren, es war wichtig, daß er es erfuhr.

»Weil« – Philipp zwang sich weiterzusprechen – »weil ich gar nicht von Katharina geträumt habe!«

»Sondern?« Spee zwickte ein Stückchen vom Kerzendocht.

»Von einer – von einem Mädchen. In der ersten Nacht – das stellen Sie sich mal vor! – in der ersten Nacht, die Katharina im Kerker verbringt, träume ich – aber nicht von ihr! Nicht von der Frau, die ich liebe, Professor Spee! Sondern von einem Mädchen, das ich kaum kenne, das ich nur ein- oder zweimal gesehen habe – und sie: nackt, mit aufgelösten Haaren … Es war ein sehr wollüstiger Traum, Pater Spee …« Er schluckte. »Dieses Mädchen ist eine Ketzerin. Das kommt noch dazu. – Nun? Hat mir diesen Traum auch Gott geschickt?«

»Natürlich«, sagte Spee, ohne zu überlegen. Er bewunderte einmal mehr die Weisheit und die Güte des Schöpfers. Aber er hütete sich, das zu sagen.

29

Als Doktor Glimbach, der als Stiftsdechant in der Nähe von Sankt Severin wohnte, an diesem strahlenden Frühlingsmorgen mit der Dienstkutsche zum Rathaus fuhr, meinte er, sich durch ein stilles Gebet rüsten zu sollen. Er wählte dazu die ehrwürdige Dominikanerkirche von Sankt Andreas, deren gnadenreiche Mutter unter den drei rotweißen Rosenkränzen ihm besonders zugeneigt war. Und da der unbekannte Maler gemeinhin nur ›der Meister von Sankt Severin‹ hieß, knüpfte sich für Glimbach zugleich ein geistliches Band zu seiner eigenen Kirche, deren Stiftsbezirk er in den letzten Tagen gemieden hatte. Da Propst Henot ihn nicht aufsuchte und zur Rede stellte (denn er war, wie Glimbach längst erkannt hatte, zwar ein Freund mannhafter Worte, doch im Grunde menschenscheu), wollte der Dechant, jedem Zank abhold, auch seinerseits alles tun, um eine Begegnung zu vermeiden. Die Geschäfte des Stifts, soweit sie ihn betrafen, ließen sich auch später noch besorgen.

Da lag er nun auf den Knien, Doktor Heinrich Tectorius Glimbach, das etwas zu groß geratene Haupt aufs Betpult geneigt, um, wie es seine Art war, den Zeigefinger der Rechten in die vertiefte Narbe an der linken Seite des Halses zu legen. Denn stets erinnerte ihn die Muttergottes, geleitet von Sankt Dominikus und dem Heiligen Petrus Martyr, angebetet von den würdigen Herren der Rosenkranzbruderschaft, an seine eigene Mutter und an den Streich, den er empfangen hatte, als die Knechte sie holten. Seither hatte er sich ganz als Kind der unbefleckten Schmerzensmutter gefühlt, wie es sich ja auch anbot in Köln, Mariens Stadt, Mariens Zwillingsschwester gleichsam, wie des Generalvikars Gelenius in der Stadtgeschichte vielbewanderter Bruder Aegidius herausgefunden hatte.

Er hob den Kopf und blinzelte gegen die tiefgestaffelten Kerzen vor der Altartafel, auf deren Außenflügeln die heilige Cäcilia und die heilige Dorothea über die Anbetung Mariens durch

Papst und Kaiser wachten. Winzige Figuren, knieten Sixtus und Friedrich unter dem ausgebreiteten Hermelin der Himmelskönigin. In ihrem Gefolge betete, im Schwarzweiß des Dominikanerordens, auch der treffliche Jakob Sprenger, Stifter der kölnischen Rosenkranzbruderschaft, ein Mann so recht nach dem Herzen Glimbachs. Bei ihm ließ sich bald ebensoviel Trost wie bei der Gottesmutter holen, denn der ehrwürdige Prior hatte vor einhundertfünfzig Jahren beispielhaft gegen Teufelswerk und höllische Lästerung gestritten: Erst mit dem mutig gepredigten Wort, dann mit einem wissenschaftlich fundierten Buch, endlich mit Folter, Beil und Scheiterhaufen: Jakob Sprenger, mit dem gelehrten Heinrich Krämer Verfasser des berühmten ›Malleus Maleficarum, des ›Hexenhammers‹. Nicht zuletzt dessen tiefgründigen Erkenntnissen und praktischen Hinweisen zur Bekämpfung von Hexerei und Zauberei verdankte Doktor Glimbach seine Erweckung zur Wissenschaft. Er blickte in das bleiche, unendlich zart gepinselte Gesicht des Inquisitors unter dem mönchischen Haarkranz und erbaute sich an den ernsten, besonnenen Zügen. Und diese dicken Tränensäcke – welche Gewissensnot verrieten sie!

So fühlte er sich zwiefach beschützt: von Maria, die Mutterstelle an ihm vertrat, in deren Mantel der früh und auf schreckliche Art Verwaiste sich verkroch, in dessen Hermelinbesatz er die unauslöschliche Narbe schmiegen konnte – und, durch den Hexeninquisitor, beschützt auch gegen den Zweifel am Recht, das seiner Mutter geschehen war. In Köln gab es kein Gemälde, kein Bildwerk, das Glimbachs eigentümlicher, stets trostbedürftiger Verfassung hilfreich entgegenkam.

Er bekreuzigte sich und tappte, vom schnellen Aufstehen etwas schwindelig, am schöngeschnitzten Gestühl vorbei, durchs Langhaus. In den überschlanken Fenstern des hohen Chors entzündete die Morgensonne das festliche Farbenspiel der Wunder und Legenden. Zwei alte Frauen, ein Mann und einige Kinder saßen auf den Bänken im Gebet vertieft. Weiter hinten, in der Nähe des Nordausgangs, ratschten Ringe über die

Vorhangstange; eine plumpe Person schob sich aus einem der Beichtstühle, wandte sich zum Hochaltar, tat einen Fußfall und verließ die Kirche. Glimbach hatte sie sofort erkannt.

Jetzt kam auch der Geistliche aus dem Beichtstuhl, ein junger Dominikaner. Durch eine der hinteren Bankreihen ging Glimbach auf ihn zu.

»Das war doch die Raußrath?«

Der Mönch hob bedauernd die Schultern.

»Glimbach. – Was wollte die denn?«

»Aber mein Herr!« mahnte der Mönch.

»Sie mißverstehen mich. Denken Sie, ich erwarte, daß Sie das Beichtgeheimnis verletzen? Nur so ganz allgemein ...«

»Sie sind Doktor Glimbach? Der Theologe?«

»Man kennt mich«, sagte Glimbach ungeduldig. »Also? Was hat sie auf dem Herzen?«

Der Priester wand sich. Sie zogen sich in eine Seitenkapelle zurück und blieben unter dem Porträt des gewaltigen Albertus Magnus stehen, der vorzeiten nebenan, im Kloster der Dominikaner, gelehrt hatte und dessen sterbliche Reste hier in der Krypta ruhten.

»Sie – ist etwas wunderlich. Eine Jahrmarktschaustellerin aus der Spielmannsgasse, ernährt sich jetzt mit Waschen und Nähen.«

Glimbach wurde klar, daß der Priester nicht preisgeben würde, was er wußte. Auch ihm war wohl bekannt, daß die Synode beschlossen hatte, mit großer Strenge gegen alle vorzugehen, die das Beichtgeheimnis nicht achteten. Immerhin sagte er noch: »Sie fürchtet um ihr Leben.«

»Danke«, sagte Glimbach schroff, drehte sich um und ließ den jungen Mann stehen. Was war schon dabei! Die Raußrath hatte gebeichtet. Das durfte sie doch, das mußte sie doch. Aber – Angst um ihr Leben? Was soll's! Sie hatte gebeichtet, ihr Gewissen entlastet. Sie würde Ruhe geben.

Der Kutscher fuhr ihn zum Rathaus. Der Anblick des allen Repräsentationsansprüchen genügenden und doch zierlichgefälligen Laubenvorbaus stattete Glimbach, und gewiß nicht nur ihn, jedesmal mit dem heiteren Selbstbewußtsein aus, ohne das ein Mann seines Ranges und seiner Kompetenz die ihm gestellten Aufgaben nicht hinlänglich erfüllen könnte. Wer hier eintrat als einer, der ›dazugehörte‹, der wuchs noch um einiges – wer als schlichter Bürger oder Bittsteller kam, verlor ein wenig an Statur; die edlen Maße und Formen, die ihn empfingen, machten ihm bewußt, daß er selbst nicht ganz so trefflich geraten war.

Bereits vor der Tür seines Amtszimmers konnte Glimbach einen guten Nachbarn, den Schulmeister Pankraz von Sankt Severin, begrüßen. Auch ein weißhaariger Stoppelkopf machte sich dienernd an ihn heran: »Ich bin der Veit Halfmann aus Welffen. Es ist wegen meinem Kind. Dem kleinen Jungen von meiner ersten Frau. Den hat die Hex auf dem Gewissen.«

»Wie bei uns! Genau wie bei uns!« rief der Schulmeister.

»Dann herein mit euch!« sagte Glimbach tief befriedigt. »Ohne Kläger kein Prozeß.« Und nun kamen sie, kamen, ohne gerufen zu sein: Es lief, wie es immer lief. Und die Frau dort? Was wollte die? Aber das war ja ... Er verbeugte sich. »Die Mademoiselle Weyendall! Daß ich Euch nicht gleich erkannte!«

»Der Gram. Der unendliche Gram macht mich alt«, sagte die dürre Frau mit den tiefliegenden Augen. »Und die Millionen Tränen!« Ihre Stimme vibrierte.

»Die Frau Pfarrerschwester Weyendall als erste zu mir!« ordnete Glimbach an. Aber warum einer nach dem anderen, dachte er. Bei solchen Prozessen ist es immer gut, wenn jeder Kläger und Zeuge die Aussage der anderen kennt. Das führt, letztendlich, zu einer großen Übereinstimmung, die der Urteilsfindung nur dienlich sein kann. »Nein, kommt gleich alle herein!« korrigierte er sich. »Mathias!« Dem Amtsdiener befahl er, weitere Stühle in seine Kanzlei zu bringen. »Und einen Schreiber zu mir!«

Als die Besucher Platz nahmen, öffnete sich die Tür noch einmal. Friedrich Spee trat ein.

»Wir haben Klägervernehmung«, sagte Glimbach, stand aber doch auf und begrüßte den Pater. »Wer ihn noch nicht kennen sollte: Das ist Hochwürden Spee von der Gesellschaft Jesu. Diese ehrbaren Leute hier sind Fräulein Rosine Weyendall, die bedauernswerte Schwester von Hochwürden Lucas Weyendall selig; Schulmeister Philibert Pankraz von Sankt Severin; Herr Veit Halfmann aus Welffen. Alle klagen gegen die Postmeisterin. Und Sie, Hochwürden? Ich nehme an, Sie kommen wegen Ihres verzauberten Schülers?«

Spee verneinte. Er sei in seiner Eigenschaft als Beobachter des Ordens erschienen. Allerdings habe er lediglich den Kommissar sprechen wollen; von einer Klägervernehmung sei ihm nichts bekannt gewesen. Glimbach belehrte ihn: »Aber Herr Professor! Davon weiß doch die ganze Stadt! Heute ist jeder willkommen, der etwas gegen die Henot vorzubringen hat.«

»Gut«, sagte Spee. Er werde sich also draußen auf dem Gang gedulden, bis der Herr Kommissar Zeit für ihn habe.

Glimbach hätte dem Vorschlag entsprechen können, ohne unhöflich zu sein, denn von einem Prozeß war noch gar keine Rede, und bei der Einvernahme von Klägern, die über am eigenen Leib erlittene hexerische Umtriebe aussagen wollten, hatte der Ordensmann gewiß nichts zu suchen. Dennoch bot Glimbach dem Priester einen Stuhl an. Bei der Vorbereitung eines Hexenprozesses ist nichts wichtiger, so überlegte er, als die Aufklärung der Bevölkerung über das Maß an Bedrohung, dem sie ausgesetzt ist. Wissen die Leute erst einmal, daß eine Hexe in den Mauern der Stadt ihr schändliches Unwesen getrieben hat, dann fällt's ihnen wie Schuppen von den Augen. Dann erklärt es sich plötzlich, weshalb der Wein nicht geraten, das Kind nicht gediehen ist, wieso den Vater mitten im üppigen Mahl der Schlag getroffen und weshalb es den Bruder die Treppe hinuntergestürzt hat. Dann weiß der Glockengießer, warum ihm die Form zersprungen ist, und der Amputierte begreift, wer das Wagenrad über sein Bein hat rollen lassen. Man muß frühzeitig ausstreuen – nicht nur, daß die Hexe endlich im Turm saß, sondern auch wessen sie bereits durch Aussagen geschädigter Bürger überführt war. Dann würden alle von Tod, Krankheit und sonstigem Ungemach Betroffenen kommen und klagen, und eine Schandtat nach der anderen käme ans Licht des Tages. Mochte der Jesuit sich das getrost anhören!

Der erste Kläger war wohl der wichtigste. Denn Philibert Pankraz, Schulmeister im Stiftsbezirk von Sankt Severin, kannte Katharina seit vielen Jahren, war erst gut Freund mit den Henots gewesen, hatte sogar, als er selber krank lag, seine Frau, die ein Kleines erwartete, zur Pflege in die Propstei gegeben. Das war vor Jahren schon, als Katharina, damals noch nicht mit dem Postmeisteramt betraut, zu Sankt Severin wohnte. Da habe sein Weib einmal nach einem Glas Wein verlangt, und sie war schwanger im vierten Monat. Katharina habe ihr eins gegeben, und die Nacht darauf habe die Frau ein totes Knäblein zur Welt gebracht, das hatte drei Augen. Er habe damals den rechten Zusammenhang nicht gesehen. Doch dann sei die Raupenplage über sein Gärtchen gekommen; er habe eine Raupe aufgebrochen, da habe sie geblutet wie ein Mensch – und nun möge sich ein jeder denken, was das für eine Raupe war … Als er die Henot verdächtigt hatte, sie selber habe die Raupen erzeugt, da habe sie, wohl um ihn zu beschwichtigen, einen Zweig von ihrem Apfelbaum geschnitten, der sei in zwei Äste ausgelaufen. »Die faßt an mit Euren beiden Händen und wandert bei Vollmond übers Feld bei Melaten. Wenn dort ein Schatz verborgen liegt, so zuckt Euch der Zweig in den Fingern. Dann grabt, und Ihr werdet finden!« Natürlich habe er das nie versucht, es klang ihm unchristlich genug, aber an Hexerei habe er noch immer nicht geglaubt, wiewohl ja die Raupen … Aber als dann der Herr Professor Ostermann bei ihm herumgehört habe, ja, auch dem habe er von den Raupen erzählt – aber als ihm das Schicksal der Wäscherin Raußrath zu Ohren gekommen sei, die ja auch durch ein Glas Wein halb totgemacht wurde, da sei ihm klar geworden, daß auch sein Kind der Henot zum Opfer gefallen war.

»Schon gut!« rief Glimbach, und dem Schreiber, der zu Beginn der Rede des Schulmeisters eingetreten war, befahl er: »Protokollieren! Der nächste! Fräulein Weyendall!«

Die Pfarrerschwester war überzeugt, daß die Henotsche ihren Bruder erst blind-, dann totgezaubert habe. Pfarrer Lucas Weyendall war vom Kapitel Sankt Andreas nach Worringen zur Ackerpredigt geschickt worden. Dort hatte er sich bei der Besichtigung des neuen Wehrs im starken Wind den Augenfluß geholt und dazu ein Stechen in der Lunge und Wasser zwischen den Rippen. Zwei Wochen drauf war er tot. Bis dahin habe man ja noch geglaubt, daß alles zwar mit traurigen, aber doch rechten Dingen zugegangen sei. Als aber der Herr Doktor Ostermann bei ihnen vorgesprochen und berichtet habe, daß die Henot eine Hexe sei, da habe man sich sofort erinnert, wie der Pfarrer noch kurz vor seinem Tode einen Brief von der Postmeisterei habe abholen müssen. Und so erkläre sich denn alles weitere.

»Auf dem Totenbett hat er's gebeichtet«, sagte die Weyendall, hohläugig und mit bebender Stimme.

»Was denn wohl, liebe Frau?« fragte Glimbach.

»Daß die Henot ihn damals in ihr Schlafgemach hat zerren wollen! ...«

»Hat *wollen*!« betonte Glimbach und sah streng in die Runde.

»So eine ist das!« sagte die Pfarrerschwester.

Alle nickten.

Beinahe hätte auch Spee zugestimmt – aber er rief sich zur Ordnung. Nicht daß er, was hier zu hören war, durchweg für unglaubwürdig gehalten hätte. Eine der Anschuldigungen kannte er bereits, er war ja dabeigewesen, als Ostermann sie in der Postmeisterei vorgebracht hatte. Jetzt waren viele neue hinzugekommen. Und bei denen würde es wohl auch nicht bleiben. Aber sie wären natürlich zu beweisen. Das würde Aufgabe des Prozesses sein.

Auch was der alte Mann aus Welffen vortrug, war eine schwere Beschuldigung. Wieder ging es um ein Kind, das

Katharina Henot, als sie zu Welffen den Hergang eines Überfalls auf einen ihrer Kuriere untersuchte, gleichsam im Vorbeigehen totgezaubert haben sollte. Man entsann sich ähnlicher Fälle in Verwandtschaft und Nachbarschaft und gab sie zu Protokoll. Die Mordanklagen häuften sich.

Konnte das alles erfunden sein? Die Fakten bestimmt nicht. Und die Ursachen? Das waren doch ernste, honorige Bürger – wie kämen sie dazu, eine Unschuldige zu bezichtigen?

Friedrich Spee atmete schwer. Er mußte sich vorwerfen, daß er selber zu leichtgläubig gewesen war. Ohne zu zögern, hatte er Katharina Henot für schuldlos gehalten. Warum? Nur weil sie Postmeisterin war? Weil er ihren Bruder schätzte? Weil sein Lieblingsschüler sie verehrte? Oder am Ende weil er selber …

»Sie ist jung? Ist schön? Wäre sie alt, häßlich, widerwärtig – wären Sie dann auch so engagiert?« So der Pater Provinzial. Wenn *das* seine Haltung beeinflußte, dann allerdings mußte er sehr auf der Hut sein. Dann war der böse Feind ihm selber auf den Fersen – und dann hieß es, sich panzern gegen den Versucher, den Fürsten der Finsternis, der, nach dem Wort der Schrift, Eisen zerbricht wie Stroh und Erz wie faules Holz …

Glimbach entließ die Leute; für ihn waren sie wichtige Zeugen. Auch der Schreiber entfernte sich. Der Kommissar war so aufgeräumt, daß er Spee bat, er möge noch ein wenig bleiben. Aber das hatte Spee ohnehin vorgehabt.

»Ich erwarte Ihren Kollegen, Professor Horn. Er vermutet Zusammenhänge zwischen dem Tod dieses Ignaz Eller und der Henotschen Hexerei. Als Sie hereinkamen, dachte ich schon, er habe Sie in Vertretung geschickt.«

Spee schüttelte den Kopf. Dann sagte er, ohne auf Horns Spekulation einzugehen: »Wie wollen Sie das alles beweisen?«

»Das ist nicht meine Aufgabe. Das besorgt das Hohe Gericht.«

»Das Kurfürstliche Hohe Gericht? Sie wollen doch nicht sagen, daß es eine Leib- und Lebenssache wird?«

»Auf Hexerei und Mord, auf mörderischer Hexerei zumal, steht der Tod.«

»Wenn man sie beweisen kann!«

»Dafür sorgt die Folter.«

»Auf der sie gesteht?«

»Was sonst?«

»Wenn sie aber nicht gesteht?«

»Das gibt's doch nicht. Und wenn – dann müßte ihr der Teufel geholfen haben, und somit hätten wir den Beweis.«

»Wenn aber ihr Anwalt nachweist ...«

»Seit wann gibt es in Hexenprozessen einen Anwalt?«

Genauso hatte Baving gefragt, als Spee sich erboten hatte, Katharina Henot zu verteidigen.

»Hören Sie, Glimbach«, sagte Spee. »Wenn mich einer wegen eines Diebstahls anklagt, so geht es doch um eine ehrenrührige Sache. Stimmt das?«

»Was sonst?«

»Ich nehme mir also, falls es mir nicht gelingen sollte, mich auf eigene Faust von dem Verdacht zu reinigen, einen Anwalt. Ist das in Ordnung?«

»Natürlich.«

»Nun nehmen wir einmal an, man verklagt mich wegen Ehebruchs.«

»Aber Hochwürden!«

»Ich spreche gleichnishaft«, sagte Spee und lächelte. »Ehebruch ist eine noch größere Schande als Diebstahl. Wiederum darf ich mir einen Anwalt nehmen, dagegen hat kein Gericht etwas einzuwenden. Oder?«

»Wieso denn auch?!« knurrte Glimbach.

»Nun verklagt mich ein dritter wegen Zauberei. Das ist das ehrenrührigste Verbrechen überhaupt. Also nehme ich mir, gerade in diesem Fall, einen Anwalt. Das aber wird mir verboten! Begründung: Es handelt sich um das verabscheuenswerteste unter allen denkbaren Verbrechen, es wird deshalb auch mit dem Tode bestraft, und also gibt man mir gar nicht erst die

Chance, mich zu verteidigen! Finden Sie nicht auch, Glimbach, daß da etwas nicht stimmt?«

»Ja, so ist das eben. Es handelt sich um ein crimen exceptum, ein Verbrechen, das so abscheulich, so ungeheuerlich ist, daß die normalen Verfahrensweisen und Strafen zu seiner Sühne nicht mehr ausreichen.«

»Aber auch ein Mensch, der im Verdacht steht, ein ›Ausnahmeverbrechen‹ begangen zu haben, muß sich doch verteidigen können! Jeder Prozeß muß nach den gesetzlichen Regeln ablaufen.«

»Bei Ausnahmeverbrechen gilt die Regel, die Regeln nicht einzuhalten. Die Gerechtigkeit muß ihren Lauf nehmen.«

»Dafür bin auch ich«, sagte Spee. »Aber die Richter dürfen es sich nicht zu leicht machen. Durch ein bloßes Gerücht ist noch niemand überführt. Und zur Folter sollte man – wenn überhaupt – erst schreiten, wenn die Beweise gegen den Angeklagten bereits vorliegen und eben nur noch das Geständnis fehlt.«

»Ich weiß nicht, warum Sie von Gerüchten reden«, sagte Glimbach und erhob sich. »Sie haben doch soeben mit eigenen Ohren vernommen: Menschen sind umgebracht worden! Das sind doch keine Gerüchte, das sind Beweise!«

»Es sind allenfalls Indizien.«

Glimbach rieb sich die roten Ohren. »Bei wem haben Sie gehört?« fragte er. »Ich meine Ihren Lehrer. Sie haben doch Jurisprudenz studiert?«

»Sie wissen, daß ich Theologe bin«, sagte Spee.

»Wie auch ich«, sagte Glimbach. »Wenn Sie sich schon so sehr für den kommenden Prozeß interessieren, lieber Pater, dann sollten Sie sich zunächst über einige Grundbegriffe der Rechtswissenschaft informieren. Ich selbst erfreue mich seit längerem der Beratung eines trefflichen Juristen, des Herrn Doktor Peter Ostermann. Ohne seinen Scharfsinn und seine gründlichen Ermittlungen hätte ich die Henot nicht verhaften können.« Er zögerte einen Augenblick, dann bemühte er sich, seiner Stimme einen besonders liebenswürdigen Klang zu geben: »Auch wenn Sie beabsichtigen, eines Tages als Universitätsprofessor Metaphysik zu lehren – Sie haben sich doch beworben, nicht wahr? –, kann Ihnen ein gewisses Maß an juristischen Kenntnissen nur nützlich sein. Wenn Sie meinen Rat befolgen – ich wäre, in meiner Eigenschaft als Dekan der theologischen Fakultät, durchaus bereit, Ihre Berufung zu unterstützen. Andernfalls … Nun, Sie sind noch jung. In einigen Jahren würde man Ihren Antrag vielleicht mit noch größerem Wohlwollen prüfen …«

Spee wollte die Ankunft Horns nicht mehr abwarten. Das Gespräch mit Glimbach hatte ihn, der eben noch an Katharina Hernots Unschuld gezweifelt hatte, abermals in Verwirrung gestürzt. Am meisten hatte ihn Glimbachs Selbstsicherheit im Hinblick auf die Funktion der Folter irritiert. Die Folter war ein legitimes Mittel zur Wahrheitsfindung. Wie die Strafbarkeit der Zauberei durch Artikel 109 der Constitutio Criminalis Carolina von 1532 ein für allemal gesetzlich verankert war, so auch, durch das gleiche Gesetzbuch Kaiser Karls V., die Anwendung der Folter. Freilich, *wie* die Folter angewendet wurde und wer sie anordnete und ausführte – darauf kam es wohl auch an. Spee erinnerte sich aus seiner Studienzeit, daß die ›Carolina‹ immer davon ausging, daß das Verfahren in den Händen eines ›guten und vernünftigen Richters‹ liegen müsse. In wessen Hände würde es in Köln geraten?

30

Das Boot aus Bonn hatte Verspätung. Gegen 12 hätte es am Halteplatz auf der Höhe des Buttermarktes festmachen sollen. Heute aber war es von den Stromwächtern am Bayenturm aufgehalten worden, damit das unweit der Landungsbrücke operierende Kratzschiff seine Arbeit zu Ende führen konnte. Dieses für ein paar Tage von der Strombehörde zu Andernach entliehene ungefüge Fahrzeug hatte breite Auslegerklappen am Heck, die sich weit auseinanderspreizen ließen. Die Strömung griff dann so heftig hinein und schob das Schiff mit solcher Kraft, daß seine unter Wasser schürfenden Eggen das Flußbett aufrissen, den gelockerten Grund hochwirbelten und stromabwärts treiben ließen. So wurde die gefährliche Untiefe, die sich in den letzten Monaten zwischen dem Ufer und dem ›Werthchen‹, der vorgelagerten Insel, aber auch weiter im Strom, bei den Rheinmühlen, gebildet und die Schiffahrt behindert hatte, bis zur erneuten Versandung beseitigt.

Vor der Lände, im Umtrieb von Wasserfahrzeugen jeder Art und aller Größe, hatten die Hafenbediensteten Mühe, den Anlegeplatz für die regulären Personenboote freizuhalten. Unter der wärmenden Sonne, im milden Wind, war hier viel Volk versammelt – nicht nur Händler, auch Fischer, Bettler, Krüppel und ein paar harmlose Narren aus dem ›Hundhaus‹, dem städtischen Blödenspital. Bürger warteten auf Angehörige, welche die schnelle Fahrt stromabwärts dem beschwerlichen Ritt oder der teuren Kutschenschaukelei vorgezogen hatten.

Spee war, nach dem unbefriedigenden Diskurs mit Glimbach, für zwei Unterrichtsstunden ins Gymnasium gegangen, hatte dort auch das Mittagessen eingenommen und beobachtete nun aufmerksam das Kratzschiff. Mit Hebebaum und Flaschenzügen korrigierten die Schiffer den Schürfwinkel der Eggen, andere setzten ein Segel, um, zusätzlich zur Strömung, auch den Südwestwind als Antrieb zu nutzen.

Aber Spees Gedanken waren woanders. Nach Jesuitenart erforschte er sein Gewissen. Was würden die Oberen von ihm denken, wenn er ihnen, heiter mit einem jungen Mädchen plaudernd, in der Stadt begegnete? Tausendfältig geübtes Konkubinat – eines der großen Themen der Synode … Wenn aber einer durchaus glaubte, sündigen zu müssen, dann sollte er's gefälligst heimlich tun und sich nicht mit seiner Buhlschaft zur Schau stellen.

Die kleine Gertrude – eine Buhlerin? Seine Konkubine? Verärgert über Gedanken, die er anderen unterstellte, die also auch ihm nicht ganz fremd sein konnten, strich er sich den Bart. Er wartete hier auf ein unschuldiges Kind, dessen einzige Sünde es war, von seinen Eltern nicht im alleinseligmachenden Glauben erzogen worden zu sein. Er wartete, weil sich nun die Gelegenheit bot, das Mädchen zu bekehren. Aber Spee war ehrlich genug, sich einzugestehen: Dies war nicht der einzige Grund für seine freudige Ungeduld.

In die Menge kam Bewegung. Das Kratzschiff hatte sich an der nördlichen Spitze der Au in den Windschatten gelegt, und das Bonner Boot trieb nun mit gerefftem Segel auf die Landungsbrücke zu. Der Schiffer warf das Seil, der Bootsmann am Kai schlang es um die Duckdalbe. Das Laufbrett wurde ausgelegt, und die Passagiere gingen von Bord – erst die von den teureren Plätzen in der Schiffshütte, dann das einfache Volk, das an Bug und Heck unter freiem Himmel gelagert hatte.

Gertrude lief wie ein kleines Mädchen auf den Pater zu, es fehlte nicht viel, und sie hätte ihn umarmt, aber sie besann sich noch rechtzeitig und winkte die Amme heran, eine ansehnliche Frau um die Mitte der Vierzig, deren volles, an den Schläfen schon versilbertes Haar von der breiten, nach Straßburger Sitte pelzverbrämten Haube nur mühsam gebändigt wurde. Obwohl sie eine schwere Tasche trug, ging sie doch mit erhobenem Kopf.

»Die Rechtgläubige kommt zu den Ketzern«, dachte Spee, aber er behielt seine Ironie für sich, als Gertrude ihn mit Frau Dorothea bekannt machte.

Und wie sah das Mädchen aus? Unter dem hochgeschlossenen Mieder zeichneten sich die Brüste ab, das flachsgoldene Haar drängte unter der bestickten Kappe in vielen Ringellocken hervor und umrahmte ein rosiges Gesicht mit tiefblauen Augen und einem schmalen neugierigen Näschen.

Die Amme hatte Spees freundliche Begrüßung reserviert, mit erkennbarem Selbstbewußtsein erwidert. Als er sich erbot, ihr die Tasche zu tragen, lehnte sie fast barsch ab. Spee hatte sich am Vortag erkundigt, wo der Zinngießer Pedius wohnte, und so schlug er den Fräuleins vor, auf einen Wagen zu verzichten und die halbe Meile zur Botengasse zu Fuß zurückzulegen. Wie um auch jetzt ihre Distanz zu dem katholischen Versucher zu bekunden, hielt sich Frau Dorothea fünf Schritte zurück; so verstand sie freilich im Straßenlärm von der Unterhaltung der beiden kein Wort.

Spee erkundigte sich nach Eltern und Schwestern, das Mädchen gab nur kurze Auskunft. Sie war viel zu beeindruckt von der Stadt.

Welch eine Bootsfahrt war das gewesen, vom Bayenturm die Stadtmauer entlang, aus deren Pforten Menschentrauben quollen! Noch über die Mauer hinaus ragten die stolzen Bürgerhäuser mit ihren Schieferdächern, Türmchen, Treppengiebeln und Voluten. Im Vorübergleiten schien es, als schöbe ein jedes, eitel auf sich bedacht, den lästigen Nachbarn zur Seite. Und all die Türme, die – auch sie im eifernden Wettstreit – sich Gottes Himmel zu nähern suchten! Der freundliche, nach allen Wohlgerüchen Asiens duftende Gewürzhändler, der neben ihr in der Schiffshütte saß, war bemüht, sie beim Namen zu nennen: Sankt Severin, Sankt Pantaleon, Groß Sankt Martin, Sankt Kolumba, Sankt Gereon und endlich ›summum templum‹, der ungeheure Dom. Aber er kam gar nicht mit, so schnell glitt das Boot vorbei. Zählte man die weltlichen Türme, wie den massigen Rathausturm, dazu, so wären's genau vierundachtzig!

»Ja, unser deutsches Rom!« sagte der Gewürzhändler stolz, und Gertrude verschwieg, daß ihr das Wort einen Schauer über den Rücken jagte, während ihr Begleiter unbeirrt einen zeitgenössischen Dichter zitierte:

»Schau Köln, das deutsche Rom, des Rheines Königin,
Der Ubier Burg und Sitz, der Agrippinen Wiege,
gestiftet durch die Macht der röm'schen Kriegeszüge,
die Perl' der Hansezunft, der Weisheit Lehrerin!«

Gertrude hatte wohl einiges von Bonn gesehen, als sie dort am Zollturm angelegt hatten, aber das uralte Köln mit seinen protzenden Papistentempeln, das war ja Rom und Ninive und Babylon in einem und war so voll der Sünde, daß der edle Pater Spee gewiß der einzige Gerechte unter vierzigtausend Sündern in diesem Sodom war! Als bibelfeste Protestantin hätte sie mühelos noch weit mehr Namen alter Schand- und Lasterstädte hersagen können. Und dennoch – Sünde hin, Sünde her – dies alles war aufregend, es griff sie an, es wühlte in ihr und warf ungeahnte Fragen auf. Allein daß es so viele Romgläubige im deutschen Vaterland gab – sie hatte es natürlich gewußt, der Vater und der Prädikant und gelegentlich ein Offizier, der aus dem Krieg gegen die Liga und die Kaiserlichen gekommen war, hatten es ihr erzählt. Aber wenn man sie nun leibhaftig vor sich sah, die Jünger des römischen Antichrists, dann sahen sie eigentlich ganz manierlich aus, hatten keine Hörner auf dem Kopf, und kein Stummelschweif wuchs ihnen aus dem Steiß.

»Wie war das mit den elftausend Jungfrauen?« fragte sie.

»Sie kamen zur Zeit des Kaisers Gratian auf vielen Schiffen nach Köln. Die heilige Ursula war ihre Führerin. Aber die Stadt war inzwischen von den Hunnen besetzt worden.«

»Und? Was geschah dann?«

»Sie verteidigten ihre Ehre. Da haben die Hunnen sie barbarisch abgeschlachtet. Wenn wir Zeit haben, gehen wir in die Kirche Sankt Ursula. Dort kannst du an den Wänden, wie ein Tapetenmuster, ihre Gebeine sehen.«

»Ihre Knochen??«

»Ja«, sagte Spee und ärgerte sich über seine Mitteilsamkeit. Wie sollte er einer calvinischen Bilderstürmerin den hohen Andachtswert von Reliquien begreiflich machen? Hatte sie sich nicht schon in ihrem Brief darüber aufgehalten? Wie kann man elenden Knochen, halbverwesten Köpfen, und seien sie in Gold und Juwelen verpackt, eine Verehrung zukommen lassen, die allein Gott dem Herrn gebührt?! Er kannte diese Argumente der Gegner bis zum Überdruß. Sie merkten nicht, wie sehr ihre

Strenge und Kargheit sie verarmen ließ. Gertrude allerdings schien viel zu beeindruckt vom Schicksal der elftausend Jungfrauen zu sein, als daß sie sich noch über Reliquien empören mochte. Sie seufzte und sah sich nach Frau Dorothea um. Die ging stumm und leidend mit der schweren Tasche hinter ihnen her und hatte keinen Blick für das riesenhafte Rippen- und Strebewerk des Chores von Sankt Peter.

»Und Gott hat es zugelassen?« fragte das Mädchen.

»Ja«, sagte Spee. Nichts weiter. Über das Problem der Zulassung des Bösen durch Gott – eines der kompliziertesten der Glaubenslehre – wollte er recht bald mit dem Mädchen sprechen. Wenn er noch hoffen wollte, sie dem Glauben zu gewinnen, durfte er keine Zeit verlieren. Aber er wußte, mit welchen Begriffen man ein junges Ding am ehesten fesseln konnte.

»Hast du schon über das nachgedacht, was ich dir im letzten Brief über die Gottesliebe geschrieben habe?«

»Ja, natürlich«, sagte sie. »Aber Sie haben die Liebe Gottes mit der Liebe zu einem geliebten Menschen verglichen. Also mit der irdischen Liebe. Ist das erlaubt?«

»Es ist nicht verboten. Dürften wir sonst vom himmlischen *Bräutigam* sprechen? Ein solcher Vergleich macht dir am ehesten klar, daß es zweierlei Liebe gibt. Die eine will ich die ›Liebe der Begehrlichkeit‹, die andere die ›Liebe der Freundschaft‹ nennen. Mancher Mann liebt seine Frau nur ihrer Schönheit – und seiner Wollust wegen. Sonst aber gönnt er ihr nichts Gutes und hätte sie am liebsten dort, wo der Pfeffer wächst. Hauptsache: Er kann seine Begierden an ihr befriedigen.« Er sah Gertrude von der Seite ins Gesicht und merkte, daß sie rot geworden war. »Wolltest du einen solchen Mann haben?«

»Nein! Wenn der nur seine Lust will! *Mich* soll er wollen!« Sie schien einen Moment angestrengt zu überlegen. Dann fragte sie leise: »Aber Lust darf doch auch bei der Liebe sein?« Sie war noch ein wenig röter geworden. Er mußte sich nun wohl etwas deutlicher dem theologischen Problem zuwenden. »Natürlich darf sie das. Ist die Betrachtung der Herrlichkeit

Gottes etwa keine Lust? Es ist gut, daß wir Menschen nur eine schwache Ahnung von Seiner Herrlichkeit haben! Denn sonst würde unser Herz vor unerträglicher Lust in Stücke zerspringen. Ich glaube, sogar die allerstärksten Engel, die Cherubim und Seraphim, müßten, ständen sie ungeschützt vor Gottes Thron, vor so viel Herrlichkeit in einer unbeschreiblich süßen Wollust zittern und beben.«

Konnte er es denn nicht lassen, dieses Kind zärtlich zu beunruhigen? Gab er *seiner* Wollust nach? Einer sehr sublimen, heiligmäßig verkleideten zwar – aber doch …? Sie gingen durch die enge Lintgasse. Hier waren, der Polizeiverordnung zuwider, die Schaukästen der Buchhändler und Drucker weit in die Straße hineingestellt, und davor standen so viele Leute, die in den Büchern und Broschüren kramten, daß man kaum vorbeikam. Hatte er sich getäuscht? Spee ging, die Neugier war zu groß, ein paar Schritte zurück, tat, als interessiere ihn ein Buch, aber er spähte beim Drucker Kessenich durch die halb geöffnete Ladentür, und da sah er, über den Tresen gebeugt, Philipp – und vor ihm ein schwarzhaariges, sehr hübsches Mädchen. Und er dachte an Philipps Traum und daß Gott auch dem scheinbar größten Schmerz zuweilen sehr enge Grenzen zieht.

»Köln ist wohl eine sehr bedrohte Stadt?« fragte das Mädchen, als Spee wieder bei ihr war.

»Wie kommst du darauf?«

»Weil hier so viele Soldaten herumlaufen.«

Sie hatte recht; das war ihm noch gar nicht aufgefallen. Ungewöhnlich viele Behelmte, teils mit Spießen, teils mit lässig im Halfter hängenden Pistolen, waren ihnen, wie er sich jetzt zu erinnern glaubte, schon auf dem ganzen Weg begegnet. Sogar hier in der Lintgasse, und auch jetzt, als sie über den Alter Markt gingen und in die Botengasse einbogen, standen Bewaffnete wie absichtslos herum oder schlenderten von Laden zu Laden. »Schließlich ist Krieg«, sagte Spee.

»Aber doch weit weg?«

»Man kämpft gegen den Dänenkönig.« Er war unruhig und

wollte es das Kind nicht merken lassen. »Wo waren wir stehengeblieben?«

»Bei Gottes Herrlichkeit.«

»Richtig. Du sollst aber Gott nicht allein um seines Reichtums und seiner Schönheit willen besitzen wollen. Du sollst Gott lieben wie ein Freund den anderen, wie eine gute Frau ihren guten Mann. Ich halte die Liebe der Freundschaft für die größte aller Tugenden. Natürlich: Auch Glaube und Hoffnung sind gut. Aber der größte Sünder mag glauben und hoffen – Gott wird ihm deshalb seine Sünden noch nicht verzeihen. Aber es mag einer alle Sünden der Welt auf dem Halse haben, alle Sünden aller Verdammten und aller bösen Geister, die sie von ihrer Erschaffung bis zu dieser Minute begangen haben – und es überfällt ihn der Geist oder die Gnade Gottes, so daß sein Herz sich urplötzlich in der Liebe zu Gott entzündet – dann sind ihm – im gleichen Augenblick! – alle Sünden vergeben!«

Gertrude schwieg beeindruckt. Aber dann fiel ihr ein: »Das stimmt nicht! Ich meine, wenn der so plötzlich von der Gottesliebe überfallene Sünder ein Katholik ist, dann stimmt es nicht!« Und mit einem herausfordernden Seitenblick: »Wir Protestanten werden ja sowieso nicht von der Gottesliebe überfallen. Das ist doch Eure Meinung?«

Spee zog es vor, diese Frage zu überhören.

»Was stimmt nicht?«

»Ein Katholik muß erst gebeichtet haben, ehe er die Gnade zu spüren kriegt!«

Er mußte lachen. An der hätte sogar ein Otto Gereon seine Freude! Und als er an den Weihbischof dachte, ließ er sich zu einer höchst unorthodoxen Auskunft hinreißen:

»Nein! Seine Sünden sind ihm *sofort* vergeben. Auch wenn er noch nicht gebeichtet hat. Die Beichte kann er – ich meine: Die muß er irgendwann später nachholen.«

»Und keine andere Tugend hat die gleiche Kraft, die Sünde auszutilgen?«

»Nein. Dies Privileg hat allein die Liebe.«

31

Daß der Zinngießer Simon Pedius in seinen Fünfzigern noch schreckhaft geworden war, konnte ihm keiner verübeln, der sein Schicksal kannte. Er teilte es allerdings mit vielen anderen seines Glaubens, und manchen, die nach Ausbruch des Krieges die Stadt hatten verlassen müssen, weil die Zunft den irrgläubigen Handwerksmeistern keine Arbeits- und die Stadt kein Bürgerrecht mehr erteilte, war es schlimmer ergangen als Simon Pedius. Den Zinngießermeister hatten sie in der Gaffel belassen, nicht aus Großmut zwar, vielmehr gegen die Meinung der Mehrheit, denn er war ihnen als Konkurrent zu tüchtig – aber gerade seiner künstlerischen Meisterschaft verdankte er sein Verbleiben in Köln. Handwerkliche Geschicklichkeit besaßen viele, aber keiner hatte sich, aus Schiefer, Sandstein und Bronze, so kunstvolle Gußformen geschaffen, keiner verstand das Dekor so erfinderisch zu flecheln, keiner brachte solche Ranken-, Mäander- und Akanthusmuster zustande wie Simon Pedius. Er verschmähte es, einen Krug einfach rundum mit dem Punzeisen zu stempeln, Blümchen neben Blümchen – das ging zwar schnell, aber wie hätte sich solche Allerweltsware auf einer höfischen Tafel ausgenommen! Das war es nämlich: Simon Pedius hatte einen sich über Jahre erstreckenden Auftrag vom Hofe zu Bonn: ein zinnernes Tafelgeschirr – nicht gerade für Seine Durchlaucht, denn Durchlaucht speisten von Silber –, aber für Minister und Ministrable, und einige der Herren, so der Herr Staatsminister von Wartenberg, verlangten vergoldetes Zinn, und Zinn vergolden wollte gekonnt sein.

So blieb der Calviner Simon Pedius auch im Jahre 1627 noch der Zinngießergaffel zugehörig, und daß der Bonner Hof ihn schlecht und oft genug gar nicht bezahlte (man tat es dem Kurfürsten nach, der bei allen angesehenen Handwerksmeistern hoch verschuldet war) – er trug es mit Geduld. Hauptsache blieb, daß er immer genug Geld zur Hand hatte, um die

Schmelzmasse zu bezahlen; lauteres Zinn mußte es sein für die Herren zu Bonn, nicht das schwärzlich anlaufende Mankgut mit dem giftigen Zusatz aus Blei.

Soweit ging's also noch erträglich in Haus und Werkstatt in der Botengasse – nur daß die Hausfrau kränkelte; sie war ja auch elf Jahre älter als Simon, aber wenn er damals, als junger Mann, die Zinngießerwitwe nicht gefreit hätte, dann hätte er es nie zu einer eigenen Werkstatt gebracht – und sie war ja noch gut in Schuß und Guß gewesen, damals, die Sabine Pedius, verwitwete Kolk.

Aber schreckhaft war er geworden mit der Zeit – und als da plötzlich eine Pfaffensoutane vor ihm in der Werkstatt stand, wäre ihm um ein Haar der Guß mißraten. Er hatte sich über die kostbare Messingform gebeugt und füllte, während der Geselle auf dem Dreifußschemel vor dem Schmelzofen hockte und die Glut schürte, die heiße Legierung sorgfältig, daß kein Tropfen daneben ging, in die Gußlöcher zwischen Kern und Mantel, so daß sie sich in alle Hohlräume verteilen konnte. Dann sah er zwei Weibsleute neben dem Priester, und so sagte er, auf ihren Gruß schon ruhiger geworden, guten Tag und kippte den Rest der Schmelzmasse behutsam ins letzte Güssel.

Später saß man in der guten Stube beim Wein. Auf einem Fries rings um die Wand schimmerten in zinnernem Mattglanz Bierkannen, Becher, Vasen, Leuchter, Teller und Krüge. Der Herr Pedius, ein kräftiger Mann mit dichtem, fast in die Stirn wachsendem, kaum ergrautem Haar, schwadronierte drauflos und machte den Damen den Hof, wobei er, in langen Ehejahren weise geworden, auch seine Frau nicht ausließ, doch gerade bei ihr geriet ihm das Kompliment gründlich daneben. Aber er durfte sich heute wahrhaft gewürdigt und ausgezeichnet fühlen. Das war schon etwas, daß ihm der Herr von Stein aus Lülsdorf seine Tochter nach Köln schickte! So viel Vertrauen zu einem sehr, sehr entfernten Verwandten, der nicht mal von niederstem Adel war! Aber der Glaube, der Glaube, der schmolz eben auch Ungleiches zusammen, der war die *Form*. Wo war denn sonst noch Form und Maß und gesund gewachsener Brauch in dieser aus den Fugen geratenen Zeit?!

»Als ich jung war, da *hatte* man's eben«, sagte er. »Wir machten noch streng nach der Zunftverpflichtung Kanne, Schüssel und Handwaschfäßchen als Meisterstücke. Ein Lehrjunge durfte uns helfen – sonst keiner! Und nur vierzehn Tage Zeit ließ man uns! Und heute? Hier, mein Geselle ...«

Der junge Mann kam herein und durfte sich zu einem Becher an den Tisch setzen. »Erzähle, Heinrich, was du in den Niederlanden erlebt hast!« Er fügte hinzu: »In den katholischen Niederlanden!« und sah Spee herausfordernd an.

»Ja«, sagte der weißblonde Bursche, »da haben sich, wie ich vor drei Jahren dort war, die Kandlgießer eine eigene Tischordnung gegeben, schriftlich, sogar gedruckt.«

»Sag, was man alles nicht darf!« rief Pedius.

»Also: Die Bestecke darf man nicht stehlen!«

»Das schreiben die wahrhaftig in ihre Tischordnung! Und? Was noch?«

»Wenn du kotzen mußt, dann nicht auf den Tisch!«

»Großartig, wie? Kotz du getrost ins Zimmer! – Weiter!«

»Wenn du dich schneuzt, dann nicht in deines Nachbarn Locken!«

»So steht's geschrieben!«

»Und sollst auch niemanden mißhandeln bei Tisch. Und auch keinen erstechen!«

»Bei Tisch! Großartig – wie?«

Simon Pedius verschluckte sich und ließ sich von Gertrude den Rücken klopfen. Schließlich meinte der Meister, die Damen müßten nach der anstrengenden Reise ein wenig ruhen. Aber Spee erbot sich, Gertrude die Stadt zu zeigen, wie sie es bereits auf dem Herweg ausgemacht hätten. Natürlich – wenn der Herr Pedius mitkommen wolle? Jedoch der Meister mußte sich um seine Güsse kümmern, zumal der Schmelzofen noch heiß war. Oder vielleicht die Amme? Wollte sie nicht mitgehen? Aber Frau Dorothea schüttelte sich.

Zum Abendbrot wollte man sich wiedersehen. Spee verabschiedete sich gleich von Pedius und seiner Frau, denn er mußte rechtzeitig zum Angelus im Kolleg sein.

»Schon gut«, brummte der Meister. »Ihr trefft ja unseren Herrgott immer nur zu bestimmten Stunden am Tag, und dann braucht's auch noch einen Dolmetsch dazu. Wir haben's da etwas leichter. Wir sagen HERR, HERR – und schon hört Er uns zu. *Das* nenn' ich die Freiheit eines Christenmenschen!«

»Ihr habt einen gehorsamen Gott«, sagte Spee und lächelte dünn. Er verbeugte sich und folgte Gertrude, die schon abenteuerlustig in der Haustür stand, auf die Straße.

Ihr erster Weg führte zum Dom. Spee wollte dem Mädchen, vor allem anderen, den herrlichen Dreikönigsschrein zeigen. Er erklärte ihr auch, daß nicht allein Geldmangel daran schuld war, daß die Kölner ihren Dom nicht vollendeten. Es gab im ganzen Land keine Baumeister mehr, die sich in diesem Labyrinth von Stab- und Maßwerk, Pfeilern, Stützen, Diensten, Rippen und Fialen zurechtzufinden wußten – und die, die es vielleicht vermocht hätten, meinten, als Kinder einer neuen Zeit, so solle man eigentlich nicht bauen, und da könne man doch zum Beispiel von den Italienern sehr viel Schöneres lernen ... Und welcher Bildhauer wäre noch imstande gewesen, neue Figuren, etwa für Portal und Tympanon, zu schaffen, ohne daß die dort bereits Versammelten, all diese schmalgesichtigen, überschlanken Propheten, Apostel, Jungfrauen, Erzengel und Stifter, sich heftig erschrocken hätten über die seltsamen Ankömmlinge mit ihren ekstatisch gespreizten Gliedmaßen unter vielfach gebrochenem Faltenwurf ...

Spee und dem Mädchen begegneten Unter Taschenmacher und Unter Helmschläger nur wenige Menschen, und die schienen es eilig zu haben; sie huschten über die sonnige Straße, ohne sich umzusehen, und schnell verschwanden sie wieder in Hausgängen und hinter Ladentüren. Wo waren all die Leute geblieben, die hier wohnten, ihre Einkäufe machten, flanierten, ein

Schwätzchen hielten? Vielleicht daß der Aufbruch der auswärtigen Synodalen aus den Gasthöfen am Neumarkt sie angelockt hatte – oder daß sich am Alter Markt eine Gauklertruppe produzierte? Kaum ein Dutzend Leute trafen sie auf ihrem Weg, darunter zwei alte Frauen mit einem zischelnden »Gelobt sei Jesus Christus« und boshaftem Blick auf Gertrude. Aber hinter manchem Fenster bewegte sich's: Schatten, eine weiße Stirn, zwei Augen, groß und angstvoll.

Vor der Drachenpforte, dem Durchgang zum Domhof, stand neben seinem scharrenden Pferd ein Offizier mit rot-weißer Schärpe. Er studierte einen Zettel, steckte ihn in die aufgesetzte Brusttasche, holte ihn noch einmal hervor, bewegte die Lippen unterm Knebelbart, als wolle er sich etwas einprägen, und steckte den Zettel wieder ein.

Vom Rathausturm schlug es vier.

Der Offizier saß auf.

Die Glocke schwang aus.

Dann war es für einen Augenblick so still, als sei die Pest durch die Stadt gegangen.

Spee und das Mädchen blieben stehen.

Von den Nachbargassen teilte sich eine kribbelnde Unruhe mit, eilfertiges Trappeln, Traben, Scheppern war zu vernehmen, auch Rufe wie »Aufgesessen!« und »Allez!«.

Jetzt gab der Offizier seinem Pferd die Sporen, das ging mit den Vorderläufen in die Höhe, dann setzte es mit Funken schlagenden Hufen über den gepflasterten Domplatz.

»Was hat das zu bedeuten?« fragte das Mädchen.

Spee hob die Schultern. Er erinnerte sich plötzlich an das, was der alte Preunges ihm vor ein paar Tagen über Appelle der Stadtpolizei erzählt hatte.

Sie hielten einen Mann an, der aus dem Münster getreten war und über den menschenleeren Domhof auf sie zukam. Er sagte, es seien vor einer Stunde, während Spee und Gertrude noch bei Simon Pedius waren, Bewaffnete durch die Stadt geritten, hätten die Leute aufgefordert, in den Häusern zu bleiben oder sich in den Kirchen zu versammeln. Eine Begründung habe man nicht gegeben, aber es sehe ganz nach einer Polizeiaktion aus. Gertrude war totenblaß. Spee führte sie, den mönchischen Anstand verletzend, am Arm. »Wir gehen in den Dom. Es ist alles halb so schlimm.«

Aber sie wollte nicht. »Ich will zurück, zu Frau Dorothea, zu Pedius!«

Sie kamen nicht weit. Unter Goldschmieden, vor dem Kettenhäuschen am Haus ›Zum Schlüssel‹, standen Posten, die Ketten waren vorgelegt und sperrten die Straße ab. Aus einem Haus trieben Soldaten eine Frau und zwei weinende Kinder mit Kolbenstößen vor sich her.

»Zum Quatermarkt!« rief der Anführer. Und: »Nichts wird mitgenommen!«

Dann klirrten Fensterscheiben. Brote, Semmeln, Brezeln flogen in den Straßenkot. Aus den Häusern kamen Weiber, alte Männer, sahen sich um, dann machten sie sich über die Brote her, füllten sie in Schürze und Mantel, auch jüngere Leute waren auf einmal da, drängten in den Laden, plünderten die Bäckerei.

Der Bäckerwitwe Arnoldi und ihrem »Lausepack« rief man Flüche nach: »Dies calvinische Brot haben wir fressen müssen!« Einer hielt einen Weizenmann in die Höhe und schrie: »Das ist die Arnoldi! Ich sag', das ist die Arnoldi!« Und unter dem Gegröl der Straße stieß er dem Brotmännchen sein Messer ins Herz.

Spee und Gertrude, die Hände um die Sperrkette geklammert, rührten sich nicht. Geschrei und triumphierendes Geheul kam jetzt auch aus anderen Gassen. Kein Zweifel mehr: Sie trieben die calvinischen Familien, die letzten, die hier noch gelitten waren, aus ihren Häusern.

Jetzt schien ganz Köln auf der Straße zu sein. Immer wieder kam es zu Zusammenrottungen. Soldaten fällten die Hellebarden, pferchten die Festgenommenen wie in Laufställe ein – und dann »Allez!«. Die meisten bewahrten würdige Haltung, einige beteten laut, die Soldaten schlugen ihnen aufs Maul, da wurden sie still.

Spee und Gertrude versuchten die Botengasse westlich, an der Minoritenkirche, zu erreichen. Sie waren schon wieder an zwei Häusern vorbeigekommen, deren Bewohner man abgeführt hatte, auch hier hatte die Menge zu plündern versucht, doch ohne Erfolg. Offiziere verklausterten die Häuser, klebten Papier mit Unterschrift und Stempel an die Türen und stellten Soldaten als Wache davor.

Von Unter Fetten Hennen her kam wieder Gejohl. Junge Leute hatten sich lachend und kreischend vor einen Karren gespannt, der mit Büchern beladen war. Obenauf saß ein Bursche, der Tracht nach ein Student, der griff sich eine Schwarte nach der anderen, hielt sie triumphierend in die Höhe, zerriß und zerfledderte sie, streute die Fetzen auf die Straße:

»Ketzergeschmier! – Schändliche Verleumdung des Heiligen Vaters! – Abgöttischer Katechismus!« Jedem Buch erteilte er sein Verdikt, ehe er es zerriß. »Lutherisches Pamphlet! – Zwinglische Teufelspsalmen! – Wiedertäuferische Blasphemie!«

Jetzt setzte sich die Rotte in Trab, der Bücherhauf kam ins Rutschen, der Bursche auch, die Menge jauchzte, der Bursche rieb sich den Hintern. Er schwang sich auf einen vorspringenden Mauersockel, hielt sich an einem Fensterkreuz fest und wetterte, wobei er mit der freien Hand den Takt schlug:

»Das ist nun *deine* Sache, Volk, und weh dir, du kapierst es nicht und stumpfst mir weiter so faul vor dich hin, da die calvinische Jauch' schon die ganze Welt überschwemmt! In Quart und Folio gebunden haben sie das Gift ihrer ketzerischen Lügen! Auf den Straßen halten sie's feil, und in den Kammern, allnächtlich, kochen sie neues aus! Wenn's schon die Obrigkeit versäumt – dann, Volk, besinne du dich deiner Pflicht: Schlag zu! Stürm *du* die verpesteten Gewölbe der Buchhändler, darinnen das Gift des Unglaubens schwelt! Konfisziere, zerfetze, verbrenne! Und schlag, so du ihrer habhaft wirst, die gottlosen Bücherschreiber mit dem Stamme des heiligen Kreuzes tot! Anathema esto!«

Dem Karren folgte ein Trupp mit Verhafteten: ein älterer Mann, eine dicke Frau, ein junges, sehr hübsches Mädchen, klein und grazil, von bräunlicher Gesichtsfarbe, schwarzhaarig, mit blauen Augen. Sie weinte nicht. Sie bückte sich nach einigen der zerfledderten Bücher, klemmte, was sie erwischt hatte, unter den Ellbogen, aber der Soldat hinter ihr versetzte ihr einen Tritt, daß sie mitsamt ihren geschändeten Büchern vornüber in den Dreck fiel. Spee wandte sich ab.

Die Botengasse war auch bei der Minoritenkirche durch Posten und Ketten gesperrt. Sie ließen sich treiben, schieben, schubsen. Jedes Wort, das die Leute von sich gaben, bewies: Ein Ehrsamer Rat hatte nur veranlaßt, was nach Meinung des rechtgläubigen Volkes schon längst hätte geschehen müssen. Aber noch wußten die Leute nicht, daß man dieses Mal den Calvinern anderes vorzuwerfen hatte als nur das Beharren im Irrglauben.

Auf dem Quatermarkt wurde es offenbar. Bürgermeister von Bolandt stand auf hohem Holzpodest, neben ihm Syndikus Kyver. Sie ließen sich die Calviner vorführen; immer noch brachte man welche aus den Gassen heran. Schließlich waren es, mit Frauen und Kindern, an die sechzig. Man verlas ihre Namen, sie mußten sich melden. Tausend Köpfe und Rücken versperrten Spee und dem Mädchen die Sicht, aber sie hörten den Aufruf: Caspers, Arnoldi, Wirtius, Ruiter, Kessenich, Königshoven. Auch Simon Pedius. Sie vernahmen sein lautes »Hier!«. Spee wagte nicht, das Mädchen anzusehen.

Bürgermeister von Bolandt hielt eine Ansprache. Spee verstand nicht alles, aber doch so viel, daß er Bezug nahm auf ein Edikt vom 12. Dezember 1578, das nach wie vor seine Gültigkeit habe und demgemäß – er zitierte die fast fünfzig Jahre alte Verordnung – »alle zwinglischen und ähnlichen Sekten unchristlichen Glaubens, welche dafürhielten, schrieben oder lehrten, daß in dem Hochwürdigen Sakrament des Altars der wahre Leib und das wahre Blut unseres lieben Herrn Jesu Christi nicht *wesentlich* und *gegenwärtig*, sondern nur figürlich, bedeutlich oder gar nicht vorhanden seien, in der Stadt Köln nicht mehr geduldet werden könnten, sondern aus derselben verbannt sein müßten«. Mit ihm selbst schier unbegreiflicher Milde habe ein hoher Rat, obwohl inzwischen die Ketzer sich im ganzen Reiche mit Waffengewalt gegen die einzig wahre Kirche erhoben hätten, immer noch etliche Calviner und Sektarier in den Mauern der Stadt geduldet, ja auch niederländische Emigranten des reformierten Bekenntnisses. Eine Weile sei das auch ganz gutgegangen, man habe von Rates Seite Toleranz geübt, zumal man sich ja auch nicht unnötigerweise mit dem französischen Nachbarn habe anlegen wollen, der zwar katholisch sei, aber aus Gründen der höheren Politik die deutschen Protestanten hofiere – und das möge der Kardinal Richelieu dereinst vor seinem Herrgott verantworten ... Und auch nur wenn's denn unbedingt sein müsse, habe man die generalstaatischen Niederlande provozieren wollen, und insofern habe man denn stets ein Auge zugedrückt. Die geduldeten Abtrünnigen hätten sich ja auch, nachdem sie mehrfach verwarnt worden waren, einigermaßen züchtig und still in causa religionis verhalten, wenn auch zuweilen sträfliche conventicula gemacht. »Aber dann! Aber dann ist Ungeheuerliches geschehen, und jetzt hat die Langmut ein Ende!«

Für diese Ankündigung erhielt Bolandt großen Beifall. Spee wunderte sich, daß ein Bürgermeister von Köln sich nicht zu gut war, vor dem gemeinen Mann auf dem Marktplatz ›höhere Politik‹ zu erläutern. Anscheinend war man sich im Rat über die Opportunität der harten Maßnahme doch nicht einig gewesen; man fürchtete gewiß um Kölns Neutralität. Und wenn die Niederländer im Bunde mit den Franzosen eines Tages Ernst machten ...?

Bolandt fuhr fort: »Haben sich doch die Häupter der hier vorgeführten Familien, auch einige Glieder derselben, am Donnerstag nach Misericordia Domini zu Mülheim auf dem Schiff getroffen, und nicht genug, daß sie dort ihre sündhafte Messe lasen – sie haben sich zweier Knaben unseres vielgeschätzten Gymnasiums Tricoronatum, gottgefälliger Katholiken also, bemächtigt und einen von ihnen mit mörderischer Absicht ins Wasser gestoßen, so daß er kläglich im eisigen Rheinstrom ertrank!«

Ein Wutschrei antwortete Bolandt. Das Volk drängte nach vorn, die Hellebardiere mochten alle Mühe haben, die Calviner vor ihrem Zorn zu schützen.

Die Menge hub zu singen an. Ein altes Spottlied auf die Reformierten. Mächtig, als ein Schwur, klang der Choral über den Quatermarkt:

»Der Calvinisten Tück' und Rank',
o Herr, laß gehn des Krebses Gang!
Ihr' arge List nicht mehr besteh,
ihr falscher Rat wie Schnee vergeh,
daß deine liebe Christenheit
dich preise, Herr, in Ewigkeit!«

Spee warf einen scheuen Blick auf Gertrude. Der liefen die Tränen über die Wangen.

Jetzt verkündete der Bürgermeister, was ein Ehrbarer Rat beschlossen hatte. Obwohl man von Rechts wegen eigentlich gehalten sei, eine Untersuchung des mörderischen Geschehens auf dem niederländischen Schiff samt peinlicher Inquirierung durchzuführen, habe man »aus sonderlich gnädiger Gesinnung und christlicher Barmherzigkeit« noch einmal davon abgesehen. Hingegen könne nunmehr die Anwesenheit einer solch heimtückischen Verschwörerbande in der Freien Reichsstadt Köln nicht mehr geduldet werden. Die Inhaftierten würden daher sofort zum Turm gebracht, wo sie die Nacht über zu bleiben hätten. Anderntags in der Frühe, gleich nach Sonnenaufgang, dürften sie, unter Bedeckung, noch einmal in ihre Häuser gehen, an Eigentum mitnehmen, so viel sie tragen könnten, und dann würden sie zum Severinstor eskortiert und aus der Stadt gejagt.

Zuerst also in den Turm … Die Obrigkeit wußte, warum sie diese Maßnahme traf. Vor den Wohnstätten der Betroffenen würde sich jetzt der Pöbel zusammenrotten, würde zwar kaum mehr plündern können, denn die Häuser waren verklaustert und bewacht – aber wehe den Ausgestoßenen, ließe man sie jetzt unbegleitet durch die Straßen laufen; nichts würde sie vor dem aufgeputschten Volk schützen können.

»Ich will zu Onkel Simon!« sagte Gertrude.

Allmählich räumte die Menge den Markt. Die Gefangenen waren abgeführt worden. Ein johlender Haufen folgte ihnen.

»Du kannst jetzt nicht zurück, Kind«, sagte Spee. »Sie lassen dich nicht ins Haus.«

»Aber einer muß sich um die Werkstatt kümmern! Wenn sie alles plündern – wovon soll Onkel Simon leben?!«

»In Köln darf er nicht mehr leben, du hast es gehört«, sagte Spee hart.

»Ich will zurück nach Lülsdorf!« Sie schlug sich vor den Mund. »Frau Dorothea! Wo ist die Amme?«

»Sie wird in der Botengasse auf uns warten«, sagte Spee. »Du hast gesehen: Sie ist nicht bei den Verhafteten. Wie sollte sie auch, man kennt sie doch gar nicht in Köln. Und es weiß doch keiner, daß sie Calvinerin ist.«

»Nein, das weiß keiner«, sagte Gertrude erleichtert. »Und sie sagt's auch keinem. Dumm ist sie nicht.« Und kleinlaut: »Aber müßte ich's nicht sagen, Pater Spee? Müßte ich nicht hinausschreien, daß ich eine bin? Müßte ich nicht, wie alle anderen, in den Turm?«

»Seid klug wie die Schlangen ...« sagte Spee. Sie gingen an Sankt Laurentius vorbei.

»Auf eine Märtyrerin mehr oder weniger käm's in Köln wohl auch nicht mehr an. Bei elftausend – da fällt man doch gar nicht mehr auf ...« Aber der Gedanke an Frau Dorothea ließ sie nicht los. »Ohne die Amme geh' ich nicht aus Köln!«

Diesmal gelang es ihnen, sich bis zu Simon Pedius' Haus durchzuschlagen. Davor standen, wie erwartet, zwei Soldaten. Spee gab sich betont hochwürdig, fand einen Vorwand, sie ließen ihn hinein. Gertrude kam mit. Der eine Wächter wollte

Einspruch erheben, aber der andere grinste nur: »Laß doch den Pfaffen auch mal …«

Der breite dunkle Hausgang war kaum passierbar. Die Türen zu den Wohnräumen standen offen, die Plünderer hatten Schränke und Truhen aufgerissen; was sie nicht mitgenommen hatten, lag auf dem Estrich: zertrümmertes Geschirr, Kleider, Töpfe, zerbrochene Kacheln, ein Spinnrad. Pfützen aus Milch und Wein. Auch auf dem Gang türmte sich Hausrat, beschmutzt, demoliert, es stank nach Latrine.

Sie gingen über den kleinen Hof, die Tür zur Werkstatt schien angelehnt, aber sie ließ sich nicht öffnen. Spee stemmte sich dagegen, schob mit Gewalt ein Möbelstück, ein Faß oder was es sein mochte, in den Raum hinein.

»Bleib draußen!« flüsterte er Gertrude zu, er wußte nicht, warum.

Die Tür ließ sich nicht mehr weiterschieben. Er zwängte sich durch den Spalt und konnte eben noch verhindern, daß er auf ein menschliches Antlitz trat. Mit blanken, weit aufgerissenen Augen sah ihn Frau Dorothea an. Sie lag, wohl durch das gewaltsame Öffnen der Tür, eigentümlich verkrümmt. Ihre Beine, freigegeben vom hochgeschlagenen Rock, leuchteten weiß im Blut.

»Was ist, Pater Spee?«

Mühsam riß er den Blick von der Toten. Die Werkstatt war verwüstet; hier mußte ein furchtbarer Kampf stattgefunden haben. Das Fenster war eingeschlagen. Vielleicht war der Schänder und Mörder dort hinaus.

Ihm wurde übel. Er hielt sich am Türrahmen, versuchte, tief zu atmen. »Du bleibst draußen!« sagte er leise. Er wagte nicht, das Mädchen, das immer wieder den Kopf durch den Türspalt stecken wollte, anzusehen. Dann kniete er nieder und sprach lautlos die Sterbegebete.

Dann saß er mit dem schluchzenden Mädchen auf der Bank im efeugrünen Hof. Sie wollte zu ihrer toten Amme, er konnte es nur mit Mühe verhindern. Die Vergewaltigung verschwieg er. Er betonte, welche Hochachtung er für diese Frau empfinde, die nun wirklich Märtyrerin geworden sei. Er habe der Irrgläubigen die Absolution erteilt – und so habe dieses Sterben doch noch einen gewissen Sinn gehabt ... Er biß sich auf die Lippen. Er hätte sich nicht gewundert, wenn Gertrude ihn auf diesen Trost hin angeschrien hätte. Aber sie war ein sanftes Mädchen, und er hatte sich der Hoffnung hingegeben, sie bereits halb und halb seinem Glauben gewonnen zu haben. Jetzt allerdings durfte er nichts mehr erwarten.

»Wir müssen gehen, man wird nach uns suchen.«

Die Soldaten schienen betroffen; wahrscheinlich waren sie unschuldig. Sie baten Spee, da sie ihren Posten nicht verlassen dürften, im Rathaus Meldung zu machen.

Wohin mit dem Mädchen? Heute fuhr kein Schiff mehr stromaufwärts. Und wie sollte sie von Bonn über den Rhein nach Lülsdorf kommen? Sie wurde erst morgen zurückerwartet; der Vater würde sie am Bonner Kai abholen. Spee war ratlos. Er kannte hier kaum eine Familie – und die, die er kannte, waren gute Katholiken und würden sich weigern, noch dazu nach den Ereignissen dieses Tages, eine Calvinerin auch nur für eine Nacht zu beherbergen. Ja, wenn die Postmeisterin noch in Freiheit wäre! Das war eine unbefangene, vorurteilslose Frau – nun ja, eine Hexe ... Aber Henot! Hartger Henot wohnte wieder in seinem Haus ›Zur Britzen‹, die Verklausterung war schon nach vierundzwanzig Stunden aufgehoben worden. Und Henot wohnte nicht allein, er hatte Personal, bereitete seine Jubiläumsfeier vor.

Gertrude zitterte am ganzen Leib. Es war wohl ihre erste Begegnung mit dem Tode; in Lülsdorf hatte man vom Krieg noch nichts verspürt.

Er sprach ihr zu, lobte Henot als einen Mann von Welt, dem man bedenkenlos sagen könne, wer sie sei und welchen Glauben sie habe. »Bestimmt wird er dich heute abend in eine Diskussion verwickeln«, sagte Spee. »Dann verteidige nur deinen Glauben – er hat das gern. Hier hat er zuwenig Gelegenheit, mit Reformierten zu debattieren. Und jetzt schon gar keine mehr.«

Sie machten sich auf den Weg zur Sternengasse. Damianus Krebs, der Koch, eben erst aus dem Spital entlassen und noch etwas bleich, meinte, der Propst werde erst spätabends zurückkehren, denn er bespreche sich mit einem jungen Anwalt vom Reichskammergericht zu Speyer, Herrn Laurentius May. Also weiter! ...

Sie gingen zum Rathaus. Das Mädchen war erschöpft, die Füße taten ihm weh. Spee meldete sich im Büro der Städtischen Gewaltrichter. Gertrude ließ er am Brunnen in der warmen Nachmittagssonne zurück. Er berichtete, was er entdeckt hatte. Der Ratsschreiber machte eine müde Handbewegung. »Das gibt's leider immer bei solchen Affären«, meinte er. Es klang fast, als tadle er Spees Empörung.

»Wenn eure Soldaten auch nur einen schwachen Begriff von Anstand hätten, gäbe es das nicht!« sagte Spee scharf. Auch er zitterte jetzt.

»Nun, nun, Hochwürden«, sagte der Schreiber. »Man merkt, Sie haben nicht unterm Tilly gedient. Sonst wüßten Sie ...«

»Davor hat Gott mich behütet!« sagte Spee. »Aber Generalleutnant Tilly ist, wie man immer wieder behauptet, ein Mann, der auf eiserne Disziplin sieht. Beim Tilly würde dieser Schänder und Mordbube sofort aufgehängt.«

»Bei uns doch auch!« sagte der Schreiber begütigend. »Wenn wir ihn nur hätten! Aber wissen Sie, Hochwürden: So etwas hinterläßt eben keine spezifischen Spuren. Da riecht Mann wie Mann ...« Und als Spee sich angewidert abwandte: »Oder wissen Sie's besser?«

»Sorgen Sie dafür, daß diese Frau ein christliches Begräbnis bekommt. Sie hat die heiligen Sterbesakramente empfangen, nehmen Sie das zu Protokoll. Die Kosten übernehme ich.«

Wohin mit dem Mädchen? In einen Gasthof? In eine Sauf- und Lasterhöhle?! Unmöglich. Es mußte ja auch jeder Fremde, der in Köln übernachtete, dem Rat gemeldet werden, und die erste Frage galt immer der Religion. Er sah auf die Uhr. Er mußte ins Gymnasium.

Vor dem Rathaus lief ihnen Philipp in die Arme. Der Junge war aufgeregt, außer Atem, unkonzentriert – aber wann wäre er das in den letzten Tagen nicht gewesen. Er berichtete, ohne Gertrude viel Beachtung zu schenken, daß auch die Kessenichsche Buchhandlung verwüstet worden sei und daß sie die ganze Familie zum Turm gebracht hätten. Giertchen erwähnte er nicht eigens.

Spee wunderte sich nicht, daß Philipps Interesse jetzt wieder ausschließlich dem Schicksal der Postmeisterin zu gelten schien. Er konnte ihm nichts Neues sagen – außer daß Hartger Henot mit einem Anwalt verhandelte.

»Ein Reichskammergerichtsrat, Herr Laurentius May aus Speyer, wird Katharinas Verteidigung übernehmen! Wir können uns also um andere bemühen, die uns im Moment nötiger brauchen.« Er erzählte, worum es jetzt ging.

»Mit Calvinerinnen kenn' ich mich aus«, sagte Philipp.

32

Auf dem Strohsack ausgestreckt, über sich, vom Mondschein herausgeschält, das galgenhafte Gebälk des Dachstuhls, lag Friedrich Spee. Neben ihm das Mädchen.

Kaum mehr als eine halbe Stunde hatte er geschlafen – wie hatte er schlafen können?! Sein erster Gedanke beim Erwachen war: Dies ist das riskanteste Abenteuer meines Lebens. Wie kann das geschehen: daß man etwas tut, was nach dem Befehl des Gewissens und aus der Freiheit des Willens getan werden muß, ohne jeden Skrupel und Zweifel – und was doch zugleich alle Prinzipien und Verpflichtungen verrät, unter die man – freiwillig! – sein ganzes Leben gestellt hat? Darüber hätte er tief ins Grübeln und schließlich wohl doch noch in schwere Anfechtung geraten können, wenn ihn, der sich gern ein wenig arrogant gab, das Groteske seiner Situation nicht auch erheitert hätte: Pater Spee, sechsunddreißig Jahre alt, arm, gehorsam, keusch, wie der Orden es gebietet, verbringt die Nacht auf dem Dachboden des Kollegienbaus mit einem sechzehnjährigen Mädchen, Strohsack an Strohsack, inmitten wurmstichiger Möbel, verstaubter Bilder, Bettgestelle, Büsten, Teppiche, von Fledermäusen umhuscht, vom Gurren der Holztauben eingelullt ... Das wäre nun also Sünde?

Wem würde er jemals die keuschen Seligkeiten schildern können, die er in dieser Nacht hatte erfahren dürfen? Das war für keines Menschen Ohr bestimmt. Aber Gott – Gott hatte es zugelassen und, das war nun wirklich wunderbar: ohne sein Gewissen zu beschweren, ja auch nur anzurühren! Deshalb auch durfte er vor sich selber die Andacht, die Versuchung und die unbefleckte Beglückung dieser Nacht wiederholen: von dem Augenblick an, da er, während Philipp auf der Lauer stand, das Mädchen durch den hinteren Turmeingang des Kollegienhauses über die selten benutzte Wendeltreppe auf den Dachboden geführt hatte – bis hin zu dieser ersten Stunde des neuen Tages.

Philipp hatte den Einfall gehabt. »Der Dachboden ist sicher. Auch mich hätten Sie da oben nicht gefunden, Pater Spee – aber ich wollte mich ja von Ihnen finden lassen! Und ich war immerhin vermißt, nach mir hat man gesucht! Das Mädchen vermißt keiner – wer wird's also suchen?«

Sie kamen unbehelligt hinauf. Philipp kümmerte sich unterdessen um Verpflegung. Er hatte einiges von seinem toten Freund und Diener gelernt. War ja nur für eine Nacht, das sollte doch kein Problem sein. Zwar dachte Philipp unaufhörlich an Katharina – aber da er nichts für sie tun konnte, nichts für sie und nichts für Giertchen Kessenich, war ihm das verweinte

Mädchen aus Lülsdorf gerade recht. War nicht auch sie eine Gehetzte, Bedrohte?

Stolz war Philipp, weil der Pater ihn ins Vertrauen gezogen, ihn quasi zum Mitschuldigen gemacht hatte. Was Philipp jetzt von ihm wußte – damit war der Professor ihm ausgeliefert. Er machte sich das nicht klar, aber er empfand es mit untergründigem Besitzerstolz ...

Spee wußte, was er Philipp durch diese Mitwisserschaft zumutete. Junge Menschen tragen schwer an einem Geheimnis, besonders wenn es Zündstoff sein könnte. Aber er wußte auch, daß er ihn damit auszeichnete. Philipp brauchte Zuspruch und Ermutigung; er mußte Mann geworden sein, ehe das Entsetzliche geschehen würde. Denn Friedrich Spee fürchtete, seit er mit Glimbach gesprochen hatte, um Katharina Henots Leben. Es war noch leidlich hell, als er das Mädchen verlassen wollte. Aber was hatte er sich vorgestellt? Glaubte er wirklich, dieses Kind nach solch einem Schreckenstag, nach Menschenjagd, Tumult und Mord an der vertrauten Amme, in dieser abgelebten Plunderszenerie allein lassen zu können? Diesen gequälten Leib, der immer noch, und immer wieder, geschüttelt wurde von trockenen Schluchzern, diese entzündeten Augen, die das Bild nicht los wurden, das er ihr schonend vorenthalten hatte, das aber ihre aufgepeitschte Phantasie in immer grausameren Varianten entwarf.

Sie klammerte sich an ihn: »Nicht weggehen! Bleiben Sie, Pater Spee! Ich habe Angst. Ich schreie ... Ich schreie!«

Da half kein Appell an die Vernunft, kein Hinweis auf die Gefahr, der sie sich – und ihn – aussetzte.

Sie ließ seinen Arm los – aber nur, um ihm noch näher zu sein, sie hängte sich an seinen Hals, er spürte die Wärme ihres Leibes, er sah sich und sie in dem zerborstenen Kommodenspiegel: ein Priester, umschmeichelt, umgarnt von einem Kindweib – ein bestürzendes Bild.

Nachdrücklich machte er sich frei. »Gut«, sagte er, »ich werde in einer Stunde nach dir sehen. Ich bin Ordensmann, ich habe meinen Dienst zu verrichten.« Er lächelte. »Ich laufe in den letzten Tagen ohnedies ein bißchen viel in der Stadt herum.« Er rührte mit einem Finger an ihr Kinn, hob ihren Kopf. Sie senkte ihn sofort wieder, aber als er die Hand wegzog, griff sie danach und führte sie an ihre Wange.

»In einer Stunde also!« Er löste sich von ihr und öffnete vorsichtig die Bodentür. Als er sich noch einmal nach ihr umwandte, versuchte sie ein Lächeln.

»Ich lasse mein inneres Auge sehen: der Hölle gewaltige Feuersbrünste und die Seelen wie eingesargt in den brennenden Leibern. Ich lasse hören mein inneres Ohr: der Hölle Geschrei, Geheul und abscheuliche Lästerung wider Christus, unseren Herrn, und alle seine Heiligen. Ich rieche mit meiner Einbildungskraft: Rauch, schwefligen Qualm, Unrat, Fäulnis, Verwesung. Ich koste mit meiner Einbildungskraft die Traurigkeit und die Bitternis der Tränen. Ich schmecke den Wurm des Gewissens ...«

Wie ausgelegt mit dem Schwarz der Soutanen war der Boden des Refektoriums. Bäuchlings hingestreckt lagen die Patres auf den Fliesen. Die Stirnen auf die gefalteten Hände gepreßt, gegen den eiskalten Stein ansprechend im Chor, konzentrierten sich die Exerzitanden auf des heiligen Ignatius Höllenvision: 5. Übung der 1. Woche, anberaumt, wie vom Ordensgründer empfohlen, eine Stunde vor dem Abendbrot, vorgesprochen und rhythmisch dirigiert von Pater Nepomuk. Keiner der siebenunddreißig Patres des Kollegs fehlte; auch Regens Kasen reinigte seine Seele und führte sich die Sünde der Engel vor Augen: wie sie, die der Herr in seiner Gnade erschaffen hatte, dem Hochmut verfallen waren und ihre Freiheit mißbraucht hatten, so daß der Herr sie schließlich vom Himmel in die Hölle schleudern mußte.

Und zum Abschluß – sie hatten sich auf die Knie erhoben – das Gebet um Christi Seele, Leib und Blut und um das Blutwasser aus seinen Wunden, auf daß Er sie schütze vor dem Bösen Feind und in der Stunde ihres Todes gegenwärtig sei. Des heiligen Ignatius Lieblingsgebet:

»Anima Christi, sanctifica me.
Corpus Christi, salva me.
Sanguis Christi, inebria me.
Aqua lateris Christi, lava me …«*

Den schwingenden Rhythmus, die klagende, fordernde Weise noch in den Ohren, die Flammenbilder noch vor den Augen, eilte Spee die Wendelstiege empor. Das Mädchen auf der Strohsack-Matratze schreckte auf bei seinem Eintritt und rollte sich gleich wieder wie eine Katze zusammen. Neben ihr stand ein Tablett mit Speisen, Philipp hatte es gebracht. Spee mußte damit rechnen, daß sie ihn nicht wieder loslassen würde. Und so kam es. Er widerstand nicht, wollte es auch nicht. Es wurde Nacht. Er zündete zwei Lichter an – eines für sie, mit dem anderen zog er sich, nachdem sie gemeinsam gebetet hatten, in einen Winkel zurück, ganze nahe dem Platz, wo er Philipp entdeckt hatte. Erst schien Gertrude sich zufriedenzugeben – aber dann hörte er sie weinen, und weil er wieder fürchtete, sie werde schreien, stand er auf und hockte sich an ihr Lager. Sie rückte zur Seite, damit er sich zu ihren Füßen auf den Strohsack setzen konnte. Schluchzend erzählte sie ihm, wieviel die Amme ihr bedeutet habe – mehr noch als die Mutter, der die anderen Töchter näherstanden. Sie lag ganz flach, ohne Kopfkissen, ihre im matten Kerzenschein schwarz und übergroß gewordenen Augen sahen in sein bleiches bärtiges Gesicht, das sich zu ihr neigte, und forderten Trost.

»Auch eine noch so große Traurigkeit dauert nie sehr lange«, sagte er. »Acht oder vierzehn Tage – dann ist sie verflogen, zumindest ist dann ihre Kraft gebrochen.«

Sie schüttelte stumm den Kopf.

»Ich sage nicht, daß du deinen Schmerz unterdrücken sollst. Im Gegenteil, ich sage: Leide! Leide nur und leide – dein Leid wird in kurzer Zeit vergehen.«

---

* Seele Christi, heilige mich. Leib Christi, erlöse mich. Blut Christi, tränke mich. Wasser aus der Seite Christi, wasche mich.

Und als sie den Sinn des, wie ihr schien, unbarmherzigen Ratschlags nicht verstand:

»Du hast noch nie erfahren, wie es tut, wenn man sich satt leidet. Versuche es: Laß sie ein in dein Herz: diesen Kummer und diese tiefe Traurigkeit! Laß sieden und quellen, sie wird nicht ewig währen. Klage und weine, so viel du magst – es wird sich langsam verlieren. Acht Tage wirst du brauchen, das ist nicht viel, dann wirst du dich schon anders fühlen. Rede, schweige, wache, schlafe, tu, was du willst und kannst: Die Tage müssen vorüber, die Zeit allein und nichts anderes wird dich heilen.«

Er mutete sich einiges zu mit diesem Trost. Aber er wußte: Nur dies war das Mittel. Unmerklich war er in einen psalmodierenden, sanft beschwörenden Ton gefallen, und wie selbstverständlich hatte er die Hand auf ihre Stirn gelegt und sie immer wieder über ihre Augen geführt, bis die Lider sich schlossen.

Als er sich behutsam von ihrem Lager erhob, ging ihm eine Strophe durch den Kopf; er hatte das Lied vor Jahren gedichtet, in einer sehr großen Not:

O Traurigkeit des Herzen,
wann wirst du nehmen ab?
April kommt auf den Märzen,
der Winter geht zu Grab …

Er selbst vermochte nicht, sich einzuschläfern. Wieder in seinen Verschlag und auf sein Lager zurückgekehrt, ließ er seine Gedanken zu der anderen wandern, die schlimmer dran war als Gertrude: Katharina war nicht nur von den Menschen, sondern, wie man so leichtfertig sagt, auch von Gott verlassen. Aber wenn seine Gebete es vermochten, würde er Gottes Auge auf diesen Turm, auf diesenKerker lenken.

Gespräche mit seinen Confratres hatten es ihm bestätigt: Das Volk in Köln hielt Katharina Henot für überführt. Weshalb auch nicht – da Männer wie Glimbach und Ostermann die

Ergebnisse ihrer Untersuchungen weithin ausstreuten und jeden Bürger, den in den letzten Monaten ein Mißgeschick betroffen hatte, anhielten, sich im Rathaus zu melden! Und war nicht auch das unbeugsame Vorgehen des Rates gegen die Calviner durch die wiederum aufgeflammte Furcht vor den Machenschaften des Bösen Feindes zu erklären? Wenn, wie Glimbach behauptet hatte, der Teufel in Köln eingezogen war, dann begnügte er sich wohl nicht allein mit der Bundesgenossenschaft seiner Unholdinnen – dann stiftete er auch das ihm längst verfallene Ketzervolk zu Aufruhr und Totschlag an.

Aber waren Calviner und Lutheraner wirklich Teufelsgenossen? Freilich, sie hatten nicht nur die Kirche, sie hatten auch Deutschland gespalten, liebäugelten mit Schweden und Franzosen, hatten den Dänen ins Land gelassen, rebellierten gegen den Kaiser und nannten, schrecklich genug, den Heiligen Vater einen Satansknecht mit Pferdehuf und Eselskopf. Doch ließ Luzifer Hexen und Zauberer nicht auch in protestantischen Ländern ihr Unwesen treiben? Und dort wütete das Übel zuweilen noch schlimmer als hierzulande! Verfolgte der Böse also seine eigenen Verbündeten mit Zerstörung und Mord? Pater Volkenius, soeben aus dem protestantischen Rinteln heimgekehrt, hatte berichtet, man habe dort, dank der aufklärenden Schrift eines lutherischen Professors Goehausen, zahllose Hexen aufgespürt und hingerichtet. Wie der Engel mit den schwarzen Schwingen, wie die Pest, so überschritt der Antichrist Ländergrenzen, Stadtmauern, Konfessionsschranken – und wen er für einige Jahre verschont hatte, wie das heilige Köln, der mußte um so eher seiner Wiederkunft gewärtig sein.

Köln hätte es allerdings – wenn Katharina Henot wirklich eine Hexe war! – auf besonders heimtückische Weise betroffen. Denn noch nie war eine so angesehene Bürgerin in den Verdacht geraten, zauberische Künste auszuüben. Das war von jeher Sache unehrlich-rechtlosen Gesindels, von Bettelweibern, Huren, Hebammen, Freitöchtern, Gauklerinnen, meist alten, knitterigen, entstellten, gezeichneten Frauen, die keiner mehr begehrte als Weib, so daß sie's verlocken mochte, beim Unzuchtsreigen zur Nacht auf dem Neumarkt dem Großbock den Hintern zu küssen.

Und nun die schöne, kluge, wohlhabende, fromme Katharina Henot? Wenn es Satan gelang, in solch reputierlichem Hause Fuß zu fassen – wer war dann noch gegen seine Verführung gefeit? Dann mochte es um sich greifen bis in die ratsherrlichen Familien, ja bis in die Reihen der Geistlichkeit, bis in den hohen Klerus hinein! War Köln, wie der Generalvikar befürchtete, in Wahrheit von Gott dem Satan geliefert worden – ausersehen, das neue Sodom zu werden?

War das alles noch vernünftig gedacht? Spee warf sich auf die andere Seite. Er war übermüdet, seine Gedanken holperten, glitten endlich in eine ausgefahrene Spur: So dachten, so fürchteten fast alle – mußte er ihnen folgen? Wo begann menschliches Denken zur Auflehnung gegen die göttliche Ordnung, zur Häresie zu werden? War es nicht ratsamer, immer und in jedem Fall geduldig auf die Erkenntnisse und Entscheidungen unserer heiligen Mutter, der Kirche, zu warten? Hatte man nicht gerade als Jesuit die Maxime des Ordensgründers zu beherzigen: ›Was meinen Augen weiß erscheint, halte ich für schwarz, wenn die hierarchische Kirche so entscheidet?

Gehorsam, Gehorsam ... Dieses Gelübde fiel Friedrich Spee, der das Denken liebte, besonders schwer. Aber wenn man nicht denken darf, kommen die Bilder. Das macht einen großen Umtrieb, die braune Nacht bläht sich, platzt, wirft einen Leichnam aus – weit gespreizte Beine, milchig im glitzernden Blut. Der zerschnittene Schoß. Das klaffende Geschlecht. Was sind das für Männer, die Frauen benutzen wie einen Abtritt? Was ist das für ein Mann, der seine lustvollste Erfüllung in der Todesangst eines Menschen findet? Hat der Stärkere den Starken vernichtet, schwemmt er seine ungestillte Mordlust in den Leib des Schwachen, metzelt die werdende Mutter, reißt ihr den Fötus aus dem Bauch, greift, schleift, schlägt, schlachtet ... O Tod, o Menschenprasser, o ungeheures Tier!

Was schleift durch die Nacht? Hab' ich gestöhnt, geschrien, das Kind geweckt? Es schleift und schurrt und tappt.

O Traurigkeit des Herzens, wann wirst du nehmen ab? – »Gertrude? Kannst du nicht schlafen?«

Sie kommt. Die Nacht ist undurchdringlich. Kein Mond malt Balkenmuster. Sie schleift, schiebt den Strohsack dicht an sein Lager, legt sich neben ihn, ihre Wärme rührt ihn an. Er sagt nichts. Er legt sich auf den Rücken, verschränkt die Hände im Nacken. Er spürt ihre Hüfte. Sie hat einen geschwinden Kinderatem, er paßt sich an. Er spürt ihre Hand neben seinem Schenkel ruhen. Er sagt nichts. Später, die Nacht ist noch lang, später vielleicht werden ihre Hände nebeneinander liegen. Ein Härchen kitzelt ihn – eine Liebkosung. Sie atmet schon ruhiger, sie fügt sich seinem Rhythmus. Sie atmen sich in den Frieden. Und, kaum merklich erst, dann überwältigt, fühlt er sich angehoben von einer Woge unverhofften Glücks: eine selige Levitation. Jesus, Jesus. So bleiben, eine Nacht lang, ein niemals endendes Exerzitium der Glückseligkeit … Ein Mädchen, eine kleine Frau, neben mir. Dachboden, Strohsack, Staub, Finsternis. Und dies ist das Glück.

33

Am Mittwoch nach Jubilate kehrte der ziegenbärtige Doktor Johannes Romeßwinkel, Schöffe am Hohen Gericht, aus Bonn zurück. Ihm waren, als sein Pferd gegen Abend aus den Rheinauen trat und Kölns Türme, seit Synode und Schießspiel noch immer mit rot-weißen Bannern geschmückt, heimatlich grüßten, die ausgewiesenen Calviner begegnet. Wie sie da ihr Bündel schleppten, war's ein Häuflein zum Gotterbarmen. Selbst Romeßwinkel, gewiß ein harter Mann, empfand so etwas wie Mitleid.

Einige kannte er, diesen und jenen sogar recht gut, und der Königshoven hatte ihm seine Schöffenrobe geschneidert und war nicht teuer gewesen. Natürlich erwiderte er seinen Gruß nicht; das war nun vorbei. Warum auch hatten sie sich nicht anständig aufgeführt! Er wußte zwar nichts Näheres, war ja eine gute Woche unterwegs gewesen, aber ein hochweiser Rat peitscht keinen aus der Stadt, der sich manierlich beträgt. Sieh da, auch der Pedius war dabei, und die Frau hielt sich ja kaum noch auf den Beinen. Da hatte wohl wieder ein Subalterner des Guten zuviel getan; der Pedius stand auf keiner Liste, und nun würde der Herr Obersthofmeister von Wartenberg, wenn er aus Osnabrück zurückkehrte, sein vergoldetes Zinnservice nicht mehr komplettieren können.

Eigenmächtigkeit, Aufruhr, Steuerentzug, Unterschleif – wohin man auch sah! Zu Bonn hatte ein hoher Prälat kostbare Devotionalien aus der Sakristei des Münsters gegen drei Fuder Bacharacher verhökert, und gegen diesen Herrn kam keiner an, führte er doch ein Dossier mit ketzerischen Aussprüchen, und darin fehlte, so hieß es, kein Name von Rang.

Wie anders, wie friedvoll ritt sich's da heim im Gefühl erfüllter Pflicht! Könnte der Doktor Romeßwinkel sich heute abend noch hoch auf den Domturm stellen, dort, wo der alte Kran verrottete, und würde er, im goldenen Abendschein dieses arbeitsreichen Tages, weit hinaus blicken ins kurkölnische Land, dann würde er vielleicht eben noch, wiewohl sie gewiß schon dünn und ermattet wären, die Rauchsäulen von Alpliter, Bornheim und Urfeld ausmachen dürfen: drei Weiler, drei Weiber … Es hatte wieder einmal müssen sein. In allen drei Fällen war er, wie immer, streng nach dem Kodex vorgegangen, den er gemeinsam mit dem Kollegen Doktor Walram Blankenberg erarbeitet hatte. Die Nadelprobe, angewandt nach dem Romeßwinkel-Blankenbergschen System, hatte die schreckliche Wahrheit noch immer an den Tag gebracht.

Und nun diese Postmeisterin! …

Während er auf der breiten, von alten Eichen flankierten Staatsstraße aufs Severin-Bollwerk zutrabte, warf er einen

Blick zurück. Das Häuflein der Calviner, schon winzig, bewegte sich den Auwäldern zu: ausgestoßen, heimatlos, ohne Besitz. Nun, die Nächte waren nicht mehr allzu kühl. Die Leute würden einen Bogen um die Stadt schlagen, versuchen, ins Bergische überzusetzen oder auch in die Generalstaaten zu entkommen.

Wäre seines Amtes die Ketzerjagd – sie würden auch jetzt nichts zu lachen haben. Aber Doktor Johannes Romeßwinkel, Schöffe des städtischen Gewaltgerichts zu Köln, heimkehrend nach einer tätigen Woche in Bonn und den Dörfern und Weilern ringsum, hatte sich keinen Geringeren als Satan zum Feinde erwählt, und jagen mußte er Satans läufige Jüngerinnen.

Ihm war nach einer zumute, die keine Hexe war: nach Therese, seiner Frau. Und manchmal dachte er, es sei eigentlich schade, daß sie's nicht war.

Am folgenden Morgen, nach dem Kirchgang, auf dem Wege zum Frankenturm, überfiel der Doktor Walram Blankenberg seinen Kollegen und Coautor Romeßwinkel mit ganz neuen Ängsten. Aber darauf war Romeßwinkel jederzeit vorbereitet. So nüchtern, skeptisch, exakt er selber bei seiner verantwortungsvollen Tätigkeit vorzugehen pflegte – sieht man von gewissen geheimen Emotionen ab –, so bedrückt von bösen Ahnungen, schlimmen Verdächten, ja gejagt von Angst war sein Kollege. Walram Blankenberg, kleiner Leute Kind, hatte sich sein Studium erhungern müssen; durch Magister- und Doktorexamen war er hoch verschuldet, er mußte sehen, daß er sich mit wissenschaftlichen Veröffentlichungen manchen Albus dazuverdiente, denn sein Gehalt als Schöffe reichte gerade aus, die elementaren Lebensbedürfnisse zu befriedigen. Aber ein empirischer Gelehrter war er eigentlich nicht. Im ›Processus et forma procedendi per Stigmata contra sagas‹, dem umfangreichen Buch über die Hexenmale, das er mit Romeßwinkel verfaßt hatte und das er auch heute, wie immer bei solchen Gelegenheiten, unter dem Arm trug, lag sein Anteil mehr im metaphysischen Bereich. Ganz vortrefflich verstand er es, das Unheil auszumalen, das Zauberei über die Menschen bringt, und wenn er in düsteren Farben die Schrecknisse einer in totaliter verhexten Welt beschwor, dann führte er eine begnadete Feder. Geringer war sein Beitrag, wenn es die Male zu definieren galt, wenn es also um die Frage ging, wie ein Leberfleck beschaffen zu sein habe, um als untrügliches Anzeichen teuflischer Herkunft zu dienen, oder welche Narben von Satans Liebkosungen herrührten und wie sie gestaltet zu sein hätten, wollte man sie als Beweis verwerten dürfen.

Da war nun Romeßwinkel groß; sein Format als Wissenschaftler erwies sich in der akribischen Beobachtung und Auswertung auch der unscheinbarsten Veränderungen auf der Epidermis, um nur ein Beispiel zu nennen. Bedeutender als Blankenberg war Romeßwinkel auch in der Systematisierung der Nadelprobe. Das war sicherlich eine alte, bewährte Methode – aber eben so richtig zur Methode geworden war sie doch erst dadurch, daß Romeßwinkel sie mit der Kompromißlosigkeit des wahren Forschers auf Körperzonen ausgedehnt hatte, die ihr bislang nicht zugänglich gewesen waren. Man durfte sagen: Das Blankenberg-Romeßwinkelsche Werk hatte mit einem Schlage die bis dahin geltenden Fachbücher anerkannter Autoritäten überflüssig gemacht, zu schweigen von so stümperhaften Publikationen wie Ostermanns ›Commentarius iuridicus‹. Übrigens Ostermann!

Daß ein Mann wie Professor Glimbach sich eines Ostermann bedient hatte, um die Voruntersuchung gegen die Henot zu führen, konnte wohl nur durch Zeitdruck und arge Beweisnot einigermaßen entschuldigt werden. Und die wahren Experten standen ihm leider nicht zur Verfügung, denn man weilte in Bonn. Nun war ja im Grunde schon die Berufung Glimbachs als Hexenkommissar, wenn auch vorerst nur zum interimsmäßig bestellten, ein Scandalon. Da gab es doch in Köln Leute, die sich durch weit höhere Qualifikation für dieses heikle Amt empfahlen als dieser in jeglicher Hinsicht zu kurz geratene Theologe!

Hinwiederum: Doktor Romeßwinkel, fraglos weit eher geeignet als Glimbach, neidete ihm diesen Posten nicht. Denn ein Hexenkommissar in stadtkölnischen Diensten hatte kaum etwas mit dem Vollzug zu tun – und die ständige Nähe zum Vollzug, die der Autor freilich seit Jahren nur im Kurkölnischen genießen konnte, war es ja gerade, die Romeßwinkels methodische Ausführungen so lebens-, so hautnah in des Wortes ursprünglichem Sinn gemacht hatte!

Bürgermeister von Bolandt, verantwortlich für Glimbachs Berufung, mochte seinen Irrtum inzwischen eingesehen haben. Zweifellos aus diesem Grunde hatte er die Schöffen Blankenberg und Romeßwinkel, mit kurfürstlicher Permission, aus Bonn beziehungsweise dem Bonner Umfeld nach Köln zurückgerufen.

Man würde ihn nicht enttäuschen. Lächelnd hörte Romeßwinkel sich Blankenbergs Klagen an, als sie zum Frankenturm schritten.

»Auf dem Neumarkt wurde nächtens getanzt, das ist keine Frage! Ich habe mich informiert, bin ja schon seit vorgestern in der Stadt. Der uralte Roestius, der Jesuitenpatriarch, hat es ausgebeilt, vorgestern nacht hat er sich wieder am offenen Fenster gezeigt! Die Henot war Hexenkönigin – das wissen wir jetzt auch von der Langenbergerin, die in Lechenich inhaftiert ist. Es liegt – Sie werden's auch bald merken, Collega – es liegt wie eine Giftwolke über der Stadt! Ich kann seit zwei Tagen nicht mehr richtig durchatmen – kennen Sie das? Und morgens, wenn ich nach dem Erwachen noch ein paar Minuten liege – mein Kopf ist dann ganz leer, so als habe sich mir in der Nacht ein Alp auf die Stirn gehockt und, ich schäme mich fast, es zu sagen: als sei mir das Hirn zu den Ohren heraus – durch den Druck des Alps, verstehen Sie? – also: herausgeflossen ... Noch schlimmer ist – Ihnen sag' ich's, von Mann zu Mann –, daß auch sonst des Morgens nicht mehr alles beim alten ist, Sie verstehen mich wohl?«

Romeßwinkel grinste. »Nicht mehr geil, wie sich's gehört?«

»Das meine ich«, sagte Blankenberg. »Man will es ja gar nicht benutzen – wie sollte ich auch, als Witwer? Aber es sollte doch immerhin dasein – oder?«

Da Romeßwinkel zustimmend nickte, fuhr Blankenberg fort: »Ich fasse sogar hin, ob's mir nicht etwa abgehext wurde. Es gibt ja so viele Beispiele. In Junkersdorf fand der Pfarrer das Seine auf einen Kirschbaum gehext; es hatte Flügelein bekommen und zwitscherte! – ein unglaublich obszöner Anblick!« Romeßwinkel lachte.

Bitterernst fuhr Blankenberg fort: »Ja, Sie lachen! Aber das sind eben alles Anzeichen, daß einiges nicht mehr stimmt in Köln. Wenn ich denke, wie es noch vor ein, zwei Jahren war! Ich sage Ihnen, Collega, der alte bellende Pater im Haus Auf dem Büchel hat recht; so wirr und tatterig ist der noch nicht: Es tanzt in Köln! Vieh kränkelt, Korn dorrt, Wetter verheert, Kindlein sterben in Krämpfen. Bald werden uns am Himmel feurige Ruten erscheinen ...«

Romeßwinkel merkte, wie Blankenberg bei der Aufzählung all dieser schrecklichen Hexenverbrechen ins Zittern geriet, auch die Stimme versagte ihm.

»Aber eben deshalb sind wir doch unterwegs!« sagte er beschwichtigend. »Um diese Mißstände zu beseitigen. Nur sehr ungern habe ich meine Reise abgebrochen, auch Seiner Durchlaucht war das gar nicht recht. Alpliter, Bornheim, Urfeld – das konnt' ich gerade noch erledigen. Aber auch nach Hessel und Widdich bin ich gerufen worden, und da dauert's nun also noch ein Weilchen bis zum Vollzug. Aber Kurfürstliche Durchlaucht hat eingesehen, daß der Fall Henot zu Ende geführt werden muß. – Morgen, Schlingerer!«

Sie standen im Eingang des Frankenturms. Turmwärter Schlingerer führte sie – der Burggraf Ludolphus war noch zur Beichte – in das Gelaß der Inhaftierten Katharina Henot. Auf der Stiege zum vierten Stockwerk erinnerte, schon etwas außer Atem, Romeßwinkel den Kollegen: »Und vergessen Sie nicht: Es ist unser erster Besuch. Wir müssen ihr Vertrauen gewinnen.«

34

Katharina hatte auf ihrem Lager gesessen. Als sie die Schlüssel hörte, stand sie auf, strich den Rock glatt und richtete das Haar. Seit zwei Tagen und zwei Nächten hatte sie auf eine Delegation des Rates gewartet, die, wie Burggraf Ludolphus vermutet hatte, sich bei ihr entschuldigen würde. Zumindest aber rechnete sie mit dem Besuch Hartgers – und natürlich würde er in Begleitung eines Anwalts kommen. Die Henots hatten noch nie Mangel an tüchtigen Rechtsbeiständen gehabt – wie anders hätten sie sich immer wieder beim Reichshofrat gegen die Taxis durchsetzen können. Und es war doch wohl nicht denkbar, daß man ihrem Bruder auf die Dauer den Zutritt verwehrte? Burggraf Ludolphus allerdings war, seit er sich am Tage ihrer Verhaftung mit aufbauenden Worten verabschiedet hatte, nicht mehr erschienen. Die Nonne Philomena war noch mürrischer geworden, und ganz und gar befremdlich verhielt sich David Schlingerer. Schon dreimal hatte sie ihn um Papier, Feder und Tinte gebeten – er hatte, ungewohnt schweigsam, nur die Schultern gehoben. Oder er stand hilflos, als wisse er plötzlich nicht mehr, was seines Amtes sei, im Kerker herum, spreizte mit Daumen und Mittelfinger die Mundwinkel, daß es aussah, als lächle er, war aber tief in Gedanken, und als sie ihn fragte, was ihn bedrücke, seufzte er nur: »Der Filius.« Als Katharina weiter in ihn drang, nahm er die Finger aus dem Mund und herrschte sie an: »Dat werden Se wohl selbst am besten wissen, wat Se dem Jung anjedonn hannt.« Dann waren seine Augen feucht geworden, er warf Katharina einen vorwurfsvollen Blick zu und verließ kopfschüttelnd den Kerker.

Als Philomena die Brennsuppe brachte – die war, wie immer, versalzen –, erfuhr Katharina, daß das Söhnchen seit zwei Tagen das Bett nässe und, wolle man's herausheben, wild um sich schlage, auch wohl Anstalten mache, die Knoten des Leintuchs zu verzehren, kurz, es benehme sich – und Philomena, schon auf dem Weg zur Tür, wandte sich noch einmal um, ehe sie das böse Wort aussprach – es benehme sich wie *verhext.* »Sie können übrigens Wein bekommen«, schloß sie unvermittelt an. »Wir haben Weisung, die vermögenden Gefangenen ein wenig besser zu halten. Geben Sie dem Burggrafen einen Reichstaler, dann schickt er Ihnen täglich einen Krug herauf.« Katharina erklärte sich einverstanden.

Oberaufseher Schlingerer lehnte mit dem Rücken gegen die geöffnete Tür und ließ die beiden gelehrten Herren an sich vorbei in den Kerker treten. Dann schloß er die Tür und stellte sich, wie es seine Art war, mit den Fingern ein Lächeln festhaltend, in die Ecke. Bei ihm stand Blankenberg, der wußte, wie leicht man sich bei Hexen anstecken konnte; er hatte Romeßwinkels Sorglosigkeit in diesem Punkt nie begriffen. Der verbeugte sich. Es bedurfte keiner Vorstellung; Katharina hatte ihren Kirchenstuhl neben seiner Frau Theresa, und wenn sie nach dem Gottesdienst den Dom verließen und der Schöffe sich, von den Männerbänken kommend, im Mittelgang zu ihnen gesellte, pflegte sie auch mit ihm zu plaudern.

Und doch erschrak sie jetzt. Sie wußte, daß Doktor Romeßwinkel für den Kurfürsten im Erzstift tätig war – und sollte er etwa auch zu ihr in durchlauchtigstem Auftrag kommen, dann womöglich auch als Schöffe des Hohen Weltlichen Gerichts? Das aber würde bedeuten, daß der Rat der Stadt ihren Fall bereits an das Blutgericht abgetreten hatte, und dies wiederum ... Heiß fielen ihr die Umstände ihrer Verhaftung ein. Ein erzbischöflicher Rutenträger hatte bemüht werden müssen; sie selber hatte darauf bestanden, sie hatte ja ihres Bruders Haus als ›geistlichen Besitz‹ deklariert. Und damit hatte sie, ohne die Konsequenzen zu bedenken, das Kurfürstlich-Erzbischöfliche Gericht gleichsam eingeladen, sich mit ihr zu befassen.

Zu ihrer Erleichterung sagte Doktor Romeßwinkel: »Wir kommen als Sachverständige im Auftrag des Rates der Stadt.« Und doch war eine scharfe Antwort geboten: »Wieviel Sachverständige gedenkt der Ehrenwerte Rat noch zu entsenden? Hat etwa Professor Ostermann seine Pflicht nicht zur Zufriedenheit seiner Auftraggeber erfüllt?«

»Aber liebe Frau Henot! Ostermann? Ein Mißgriff – wie wir alle inzwischen wissen. Sogar Hochwürden Jordanaeus von Sankt Remigius zu Bonn, der freilich sonst in Hexensachen ein arger Ignorant ist, gibt uns, was Ostermann betrifft, recht.« Er machte Schlingerer ein Zeichen; der rückte die Schemel, man setzte sich – Blankenberg allerdings in beträchtlichem Abstand zu den anderen.

»Übrigens, dies ist Herr Walram Blankenberg. Er und ich – wir sind die Verfasser eines grundlegenden Werkes, das Ostermanns abgeschmackte Theorien ad absurdum führt.«

»Diese Theorien haben es immerhin zuwege gebracht, mich in den Turm zu sperren«, sagte Katharina. »Was denkt man sich eigentlich im Rat? Wie soll es jetzt weitergehen? Wann werde ich entlassen? Welche Entschädigung wird man mir gnädigst gewähren? Oder – wenn ich nicht entlassen werde: Wer erhebt die Anklage? Wessen werde ich beschuldigt? Warum läßt man meinen Bruder nicht zu mir? Ich wünsche einen Anwalt – wie soll ich ihn bestellen, wenn ich nicht einmal Schreibzeug bekomme! Ich habe nach einem Priester verlangt, ich möchte beichten, kommunizieren. Aber kein Geistlicher läßt sich blikken – statt dessen durfte ich mir vorletzte Nacht die Choräle eingesperrter Calviner anhören! Tapfer haben sie gesungen – aber ich bin Katholikin und verlange nach meinem Herrgott! Doch der Herr Burggraf läßt sich verleugnen, und Herr Schlingerer hat private Sorgen. Sie werden verstehen, meine Herren, daß mir der Besuch eines Ratsbevollmächtigten, ich meine eines Mannes, der über Beendigung oder Fortdauer meiner Haft entscheiden kann, im Augenblick doch noch willkommener wäre als Ihre Anwesenheit, die ich gleichwohl zu schätzen weiß!«

Romeßwinkel quittierte das Kompliment mit einer leichten Verbeugung. »Das eben ist ja der Grund unseres Kommens«, sagte er beschwichtigend. »Es gilt, die Versäumnisse, Fehldiagnosen und Trugschlüsse des Herrn Ostermann zu korrigieren.

Sein sogenanntes Gutachten besteht nur aus unbewiesenen Behauptungen. Daß selbst Kommissar Glimbach darauf hereingefallen ist – nun, das muß er mit seinem Gewissen ausmachen.« Er sah sich um, als bitte er um Diskretion für seinen Tadel am Verhalten einer Amtsperson.

Katharina atmete auf. Lediglich dieser Blankenberg, der Mann mit dem altmodischen Mühlsteinkragen, der neben Schlingerer saß und sie unentwegt anglotzte, war ihr nicht geheuer. Aber Doktor Romeßwinkel, obwohl sie über dessen unheimliche Aktivitäten im Kurkölnischen einigermaßen unterrichtet war, gewann ihr Vertrauen. Wenn Ostermanns bösartige Albernheiten entlarvt waren, durfte sie hoffen. Befremdet war sie allerdings von Romeßwinkels weiteren Ausführungen:

»Welch ein Dilettant dieser Ostermann ist, geht ja schon daraus hervor, daß er, der sich Spezialist für Hexenmale nennt und sogar eine Abhandlung darüber, den ›Commentarius iuridicus‹, geschrieben hat, es verabsäumt, bei Ihnen nach solchen Malen zu suchen.«

»Was soll er … wonach …?« fragte Katharina verwirrt.

»Nun, Frau Henot«, Romeßwinkel schlug die Beine übereinander, »Sie wissen, daß der Teufel die ihm Verschworenen zeichnet. Diese Stigmata – die Wissenschaft nennt sie ›Hexenmale‹ – pflegt er an ganz unterschiedlichen Stellen des Körpers anzubringen, wobei er sich verschiedener – wie soll ich sagen? – Handwerkszeuge bedient. Bald ist es seine Kralle, bald sein Huf, gelegentlich sind's die Hörner, zuweilen auch küßt oder beißt er das Mal auf die Haut. Das in Wahrheit Diabolische an diesen Malen ist nun, daß sie durchaus die Gestalt normaler Hautunreinheiten annehmen können. Ein Leberfleck, ein Muttermal, eine Warze, eine Narbe, ein Pickel – dies will uns ganz natürlich erscheinen, mag's auch zuallermeist sein. Doch allein die Wissenschaft weiß zu entscheiden, ob's nicht doch ein Abzeichen des Teufelsbundes ist. Sie finden das alles, ausführlichst dargestellt, in unserem Werk, das Kollege Blankenberg in der Hand hält. Sie können gern darin studieren, es ist ja« – er lächelte – »keine Geheimwissenschaft, wir wären sonst wohl selbst Teufelsknechte ... Doch nun, Frau Henot«, er schlug sich auf den Schenkel und stand auf, »dürfen wir Sie bitten, sich zur Untersuchung bereit zu machen, damit das Unrecht, das Ihnen durch Herrn Ostermanns Versäumnis widerfahren ist, von uns wiedergutgemacht werden kann.«

Er machte eine Handbewegung und blickte dabei Katharina so eindeutig an, daß ihr das Blut zu Kopf stieg, während sie nach Worten suchte: »Ich soll ... Sie wollen feststellen, ob ich ...«

»Herr Aufseher, entfernen Sie sich! Und bringen Sie die Wartenonne hierher, damit sie Frau Henot beim Entkleiden behilflich ist und« – er legte die Stirn in strenge Falten – »überhaupt aufpaßt, daß die Prozedur rechtens vonstatten geht.«

»Herr Doktor Romeßwinkel!« sagte Katharina und trat einen Schritt zurück. »Ich verstehe Sie richtig? Ich soll mich vor Ihnen entblößen?«

»Nicht vor mir. Nicht vor uns. Vor der Wissenschaft! Wie soll ich zu Protokoll geben, daß Sie kein Hexenmal haben, wenn die Wissenschaft nicht zuvor Ihren Körper besichtigt hat?«

»Wie können Sie es wagen, einer unbescholtenen Frau eine so schamlose Handlung zuzumuten!« Und fest setzte sie hinzu: »Schicken Sie die Männer hinaus, und verschwinden Sie selber. Ich bin bereit, mich von Frauen untersuchen zu lassen.«

»Aber«, sagte Romeßwinkel sanft, »ich sprach von Wissenschaftlern. Wie fände ich unter Wissenschaftlern ein Weib?«

»Justitia ist eine Frau«, sagte Katharina trotzig.

»Wohl. Aber sie ist blind ...«

Katharina wandte sich um, ging zu ihrer Pritsche und ließ sich nieder. In ruhigem Ton sagte sie: »Wer hat Sie beauftragt? Wo ist Ihre Legitimation? Wo steht geschrieben, daß ich als Hexe verdächtigt werde? *Ich* habe nichts Schriftliches gesehen – außer einem Haftbefehl, der keinerlei Begründung enthielt!«

»Aber Frau Henot!« Romeßwinkel wandte sich Blankenberg zu, der, das aufgeschlagene Buch auf den Knien, lautlos, wie im

Gebet, die Lippen bewegte. »Collega, helfen Sie mir! Ich habe den Eindruck, daß Frau Henot – sie sagt es selber – gar nicht recht weiß, wessen man sie beschuldigt. Es wäre ein schwerer Verstoß gegen den Rechtsbrauch, sie darüber im unklaren zu lassen. Man hat sich ja in der Stadt Köln seit Jahren nicht mehr mit Hexerei und Zauberei befassen müssen – was Wunder, wenn in puncto definitionem bei unseren Bürgern Zweifel und Unwissenheit herrschen. Aber Ihnen, lieber Blankenberg, ist in unserem Werk – es muß so um Seite 150 herum sein – eine derart treffliche Definition des Hexenunwesens gelungen, daß ich Sie bitten möchte, sie vorzulesen. Wenn Frau Henot das vernommen hat, wird sie einsehen, wie wichtig es für sie ist, daß wir sie gründlichst in Augenschein nehmen. Denn Sie wissen natürlich sehr gut, Frau Henot: Sollten Sie sich von diesem abscheulichen Verdacht nicht mit unserer Hilfe – denn wie sonst? – reinigen können, dann gehen Sie höchst feurig in die Luft!« Er wedelte mit den Händen, das Züngeln der Flammen nachahmend, vor ihren erschrockenen Augen.

Blankenberg hatte sich erhoben, hielt sich das Buch dicht vor die Nase und begann, während Schlingerer die Nonne Philomena zur Tür hereinschob, mit greisenhaft hoher Stimme zu lesen:

»Und so halten es die Hexen: Zuerst verleugnen sie Gott, sagen ihrer einst empfangenen Taufe ab, schließen ein Bündnis mit Tod und Hölle, bringen dem Satan kultische Ehre dar und ergeben sich ihm in ewiger Dienstbarkeit. Sie pflegen geschlechtlichen Umgang mit dem Teufel, sie werden von ihm durch die Luft in unwirtliche Gegenden getragen, wo sie sich in nächtlichen Zusammenkünften gegen das Wohl aller Menschen verschwören. Sie beschließen, durch die Gewalt ihrer Zaubersprüche die Kräfte der Erde zu erschüttern, Gewitter und Stürme hervorzurufen, die Früchte der Felder und Gärten zu verderben, Menschen und Vieh zu töten, Neugeborene zu ersticken und ihre Leichen zu Asche zu verbrennen, welche sie dann für ihre schändlichen Zaubereien verwenden. Sie verhindern ferner die Ausführung des Zeugungsaktes durch die Männer, machen die Weiber unfruchtbar, zertreten und zermalmen das Allerheiligste Sakrament und werfen es in ihre Sudeltöpfe – und dies alles nur, um ihrer abscheulichen Bosheit zu frönen und in den Genuß des widerwärtigen Privilegiums zu gelangen, den Satan im schändlichen Taumel orgiastischer Vermengung auf den After zu küssen.«

»Frau Henot!« Romeßwinkel näherte sich der Postmeisterin, die noch immer, mit gesenktem Kopf und gefalteten Händen, auf der Pritsche saß. »Seien Sie einsichtig! Lassen Sie sich entkleiden! Ich kann es Ihnen nicht versprechen – aber« – väterlich fuhr er ihr über den Scheitel – »es scheint mir schon jetzt so gut wie sicher, daß sich an Ihrem weißen Leibe keine natürliche Unebenheit und schon gar kein Hexenmal finden wird ...« Er neigte sich tief zu ihr nieder, sein Ziegenbart kitzelte sie am Hals, seine Finger verloren sich in ihrem vollen Haar, verharrten auf ihrer Stirn. Katharina hob langsam den Kopf, er ließ die Hand, wo sie war. »Ich würde« – Katharina täuschte sich nicht, seine Stimme vibrierte – »ich würde Ihnen auch insoweit entgegenkommen, als ich Herrn Blankenberg bitten könnte, sich zu entfernen. Es wären dann lediglich *meine* Hände, die Sie, nicht anders als der Arzt, der eine Frau gesegneten Leibes betastet, abgreifen würden – und meine Hände«, er senkte die Stimme, unhörbar für die anderen, »meine Hände, Katharina Henot, sind zart und kundig ...«

Sie sprang auf und stieß ihn vor die Brust, daß er taumelte. So hatte Philipp den Ostermann angefallen, tapfer, mein Philipp, tapfer – wie wirst du jetzt leiden müssen um mich ...

Mit ausgestrecktem Arm kam Romeßwinkel auf sie zu, die Finger suchten ihr Ziel, schnippten die Locke aus ihrer Stirn, blieben auf der kaum erhöhten Narbe haften. Katharina starrte ihm ins Gesicht. Er wandte den Kopf ab, nickte triumphierend den anderen zu: »Proba stigmatica positiv! Sehen Sie sich das an, Blankenberg! Auch Sie, Schwester, kommen Sie, ich brauche Zeugen! Ein Hexenmal!«

Sie schlug ihm die Hand herunter. Er trat gelassen zurück, ließ die anderen das Phänomen betrachten. Sie selber schob jetzt die Stirnlocke hoch, gab die Narbe den gaffenden Blicken frei. Sollten sie's doch sehen, sollten sie's alle sehen in ihrer Unwissenheit und Verblendung, in ihrer kläglichen Angst, ihrer erbarmungswürdigen Dummheit!

Blankenberg hatte nur einen scheuen Blick auf das »Mal« geworfen – schon war er an der Tür, schrie nach Schlingerer: »Laßt mich hinaus! Sie hat den Teufel im Leib! Sie steckt uns alle an!«

Doktor Romeßwinkel ließ sich von Schwester Philomena das Buch reichen, das Blankenberg vergessen hatte, schlug es auf, blätterte, fand, was er suchte.

»Die Erfahrung«, las er mit erhobener Stimme, »die Erfahrung lehrt uns: Gewisse körperliche Merkmale haben von jeher zur Verurteilung eines Menschen genügt.«

35

Er *soll* nicht recht behalten!« sagte der Kurfürst ärgerlich und löste das Englein von dem widerstrebenden Metallplättchen. Dann griff er es – zum wievielten Male? – behutsam mit Daumen und Mittelfinger und führte es zwischen Weihnachtsstern und Krippenboden langsam auf und ab. Als er den Zug beider Magnettafeln, den nach oben wie den nach unten, gleichmäßig verspürte, ließ er das Englein los und – schwupp! – klebte es am Weihnachtsstern!

»Er soll nicht recht behalten, dieser Monsieur Gallé!« zürnte Ferdinand. »Wozu konstruiert er mir eine magnetische Krippe, wenn ich das Englein nicht zum Schweben bringe!«

»Ihr habt die Konstruktion befohlen, obwohl er Euch vorausgesagt hat, daß es nichts wird mit dem Schweben.«

»Aber es müßte möglich sein, Gelenius! Wenn ich zwei gleich starke Magnete habe und halte mein metallenes Englein genau in die Mitte ihrer Kräfte – es müßte doch schweben!«

»Eurem Vater ist es auch nicht gelungen. Und der hat viele Stunden seines Alters darauf verwandt.«

»Eben drum läßt es mir keine Ruhe!«

Schwupp machte das Englein. Diesmal haftete es am unteren Magneten, der zwischen Ochs und Esel befestigt war.

Enttäuscht schob der Kurfürst die Krippe von sich weg, sie rutschte über den Tisch, dem Generalvikar in die abwehrenden Hände. »Ich kann ihn nicht einmal zur Rechenschaft ziehen, den Monsieur Gallé. Denn es stimmt, Gelenius, er hat's mir vorausgesagt. Aber er ist nicht gläubig. Kann Brücken und Kanäle bauen, das wohl. Aber am Glauben fehlt's.«

»Auch der Glaube stößt die Naturgesetze nicht um, Euer Durchlaucht.«

»Wirklich? Ich will Euch was sagen, Gelenius. Der Herr kann, so Er nur will, noch in dieser Sekunde das Englein schweben lassen.«

»Gewiß. Aber Er wird nicht wollen. Schafft Er Naturgesetze, um sie wieder aufzuheben – damit Ihr Euren Spaß habt?«

»Und die Hexen? Die Zauberer? Was läßt der Herr sie alles anstellen – mit Satans Hilfe?!«

»Ich bezweifle, Durchlaucht, ob sie die Gesetze aufheben. Wahrscheinlich entdecken sie nur neue, nur bislang noch unbekannte, und bedienen sich ihrer auf erstaunlich effektive Weise.«

»Aber da sieh doch mal einer an!« Der Kurfürst erhob sich und trat ans Fenster. Einen Moment schien er sich ganz dem Anblick seines nach französischer Art gestutzten Schloßgartens hinzugeben.

Auch der Generalvikar war aufgestanden. Er nahm sich das Englein vor, führte es kopfschüttelnd an seine kurzsichtigen Augen, aber als der Kurfürst sich umwandte, legte er's schnell wieder hin.

»Was Sie da eben gesagt haben, Gelenius, das ist eine ganz neue Interpretation des Zauberwesens! Gelenius, Gelenius! Sie lesen mir zuviel alte Heiden! Thukydides, Tacitus ...«

»Ich bin nun einmal Historiker, Euer Durchlaucht.«

»Überlassen Sie das Ihrem Bruder! Livius, Ovid, Seneca: Heidnische Schwätzer und Fabelhänse!«

»Aber Durchlaucht!«

Ferdinand warf mit einer eigentümlich kreisenden Bewegung den Kopf zurück – und schon wieder war es ihm, wie so oft, als sei er, unheimlicherweise, in den Habitus seines seeligen Vaters geschlüpft, als gleiche er ihm nicht nur in Statur und Geste aufs Haar, sondern auch in Ansichten, Worten, Marotten. Manchmal war er über so unverfälschtes Erbe geradezu erschrocken – aber dann bedachte er, daß solche Ebenbildlichkeit doch eine hohe Auszeichnung sei, die freilich weit eher dem um so viel fähigeren Bruder in München gebühre.

»All diese Fabelhänse, jawohl!« wiederholte er – und auch das kam aus dem Wortschatz des Vaters. »Xenophon, Herodot, Plutarch! Phantasterei und Abgötterei, jawohl! Oder verhilft solche Lektüre vielleicht zu christlichem Tun und Treiben?«

»Und jene dort?« fragte der Generalvikar und wies auf die allegorischen Gestalten über dem Türsturz: die vier klassischen Tugenden des Aristoteles. »Weisheit, Gerechtigkeit, Tapferkeit, Mäßigung? Heidnisch zwar – doch aller Ehren wert! Wie Aristoteles überhaupt. Der heilige Thomas hat ...«

»Den brauch' ich nicht!« unterbrach Ferdinand schroff. »Ich lese schon seit einem Jahr in des Peter Canisius ›Opus Marianum‹. Ein sehr gottgefälliges Buch, hat achthundert Seiten, da steht alles drin, was man wissen muß.«

»Durchlaucht liest wohl nur noch, was die Jesuiten empfehlen?« War er zu weit gegangen? Er hätte mehr Rücksicht auf die Gemütsverfassung des hohen Herrn nehmen sollen. Um die stand es nicht zum besten. Auch hatte Gelenius teilnehmend bemerkt, wie Ferdinand den Rücken an der Sessellehne scheuerte; allzu bußfreudig hatte er sich gegeißelt. Und erkältet war er überdies.

Der Kurfürst war zum Schreibtisch geeilt und schwang die Stielglocke. Dem eintretenden Lakaien befahl er: »Die Exzellenzen Wartenberg und Nikolartius!«

Gleich darauf öffnete sich die Flügeltür, die Herren traten ein und verneigten sich. »Willkommen zu Bonn!« sagte Ferdinand. Aber als er die Arme ausstreckte, um Herrn von Wartenberg die rechte, Herrn Nikolartius die linke Hand zu geben, überfiel ihn ein schleimiger Husten. Der Lakai stieß eilig das Fenster auf, so daß der Kurfürst sich befreien konnte.

»Ich muß es loswerden!« stöhnte er. »Wie soll ich nach Salzburg fahren mit diesem Katarrh? Der Prutzer Sauerbrunnen wirkt auch nicht besser als der Tönissteiner!«

Die Besucher hatten Gelenius begrüßt und nahmen Platz.

»Euer Durchlaucht, Ihr werdet in der Tat nicht fahren können«, sagte Franz Wilhelm von Wartenberg. Er war Ferdinands Verwandter und engster Mitarbeiter, mit seinen vierunddreißig Jahren bereits Obersthofmeister, Direktor des Geheimen Rats zu Bonn und seit zwei Jahren auch Bischof von Osnabrück, Verden und Minden. Nach drei Monaten sah Ferdinand ihn heute zum erstenmal wieder. »Verschieben Sie die Reise«, fuhr Wartenberg fort. »In Altötting ist derzeit böse Luft, es besteht die Gefahr giftiger Contagiones, eine Seuche ist nicht ausgeschlossen. Nun, jene schwarze Madonna wird das Schlimmste abzuwenden wissen.«

Ferdinand wunderte sich. »Gefahr der Ansteckung? Davon hat mein Herr Bruder mir gar nichts geschrieben.«

»Vielleicht stand's in dem Brief, den die Henot verschwinden ließ?« gab Gelenius zu bedenken.

»Richtig, richtig, der Brief!« sagte der Kurfürst. »Aber ich habe gestern ein anderes Schreiben von Max bekommen, wie üblich durch Münchener Kurier. Und seltsam: Er bezieht sich darin auf seinen ›letzten Brief‹ – und wie ich mir den, also den, den ich zuletzt erhalten habe, er kam vor drei Wochen, zum Vergleich hole – da folgt einer nahtlos dem anderen! Kein unverständlicher Bezug – nichts! Ganz so, als sei eben doch kein Brief verlorengegangen!«

»Und was ergab die Untersuchung des leeren Blattes? Ist es Münchener Kanzleipapier?«

»Keine Spur! Kölnische Handelsware! – Meine Herren, verzeihen Sie die Abschweifung ... Lieber Vetter, wir sahen uns bereits heute früh bei der Messe. Willkommen, Herr Nikolartius, wie steht es zu Münster? Ihr wart auf Visitationsreise?«

Wohlgefällig sah der Kurfürst auf seine hohen geistlichen Beamten: der athletisch gebaute Osnabrücker mit dem gut durchbluteten feisten Gesicht und den unruhigen, überwachen Augen unter schweren Lidern – und Herr Petrus Nikolartius, der kleine, drahtige Generalvikar von Münster, der einem schwarzbraunen Italiener glich und die Sprache fürstlicher Kanzleien derart vollendet beherrschte, daß sie seiner Rede gleichsam etwas Präfabriziertes und seinem ganzen Wesen den Charakter einer Institution verlieh – einer unmenschlichen, wie seine Feinde meinten. Aber Ferdinand schätzte gerade ihn besonders, und immer wieder hielt er diesen kühlen Vollstrecker erzbischöflicher Weisungen dem um so viel bequemeren, leutselig-nachlässigen Gelenius vor: »Proper und perfekt wie Nikolartius muß ein Generalvikar beschaffen sein!«

Denn in all seinen Ländern gab es jetzt, nachdem der Mansfelder und der Braunschweiger geschlagen und tot waren, nichts Vordringlicheres für Ferdinand zu tun, als die alten Rechte der Kirche wiederherzustellen. Nur so ließ sich der Augsburger Religionsfriede, wie die katholische Seite ihn verstand, durchsetzen.

»Es gibt nicht eher Friede«, postulierte Wartenberg, »als bis wir den Städten endgültig ihre Privilegien und Rechte weggenommen haben. Gut, sollen sie meinetwegen lebensfähig bleiben! Aber die Lust an der Empörung wollen wir ihnen vergällen, ein für allemal. Freie Ratswahl darf es nicht mehr geben; den Rat der Städte wird künftig der Fürst ernennen – nach eigenem Ermessen.«

»In den Städten meines Münsterlandes übt die Gerichtsbarkeit nur noch der fürstliche Richter aus«, sagte Nikolartius.

»Es gibt ein probates Mittel, den Städten ihre Privilegien zu nehmen«, empfahl Wartenberg. »Ich denke an solche Städte, die Truppen unserer Katholischen Liga zur Einquartierung haben. Die dortigen Befehlshaber bitten wir, sich vom Stadtrat, des Studiums halber, alle Urkunden auszuleihen. Also auch die Freibriefe, Privilegien, Steuerrechte. Das ganze Paket schicken mir diese Befehlshaber dann nach Osnabrück.«

»Und wenn die Städte ihre Urkunden zurückfordern?« fragte Gelenius.

»Sie kriegen sie wieder! Alle. Nur die Privilegien nicht. Die archivieren wir in Osnabrück auf Nimmerwiedersehen.«

Alle, außer Gelenius, lachten. Ihn verdroß die Selbstsicherheit und das moralische Freibeutertum dieser jungen Leute. Sie nannten das ›Reformieren‹. »Laßt ihr den Städten gar keine Rechte mehr?« fragte er besorgt.

»Oh, gewiß doch!« erwiderte Nikolartius behaglich. »Sie dürfen die Aufsicht über die Armenhäuser und die Leprosenspitale behalten.« Mit Genugtuung sah er, daß auch der Kurfürst lächelte.

»Ich fürchte doch, man geht zu weit!« Gelenius ermannte sich. »Gegen Unglauben und Aufmüpfigkeit, die ja meist aus dem Protestantismus resultiert, gibt es immerhin Kirchenstrafen. Das sollte doch ausreichen. Wenn das Erzbischöfliche Religionsedikt überall korrekt durchgeführt würde ...«

»Ja, wenn!« sagte Nikolartius. »Kein Mensch kümmert sich noch um dieses Edikt! Man erlaubt ja sogar den Adeligen die Kindstaufe nach evangelischem Ritus!«

»Das, lieber Nikolartius, habe ich selber dem Adel zugestanden«, warf der Kurfürst ein. »Ich hab' ihn ausdrücklich von der Befolgung meines Religionsediktes befreit. Auf wen soll ich mich denn verlassen, wenn nicht auf den Adel?! Nein, nein, den darf man mir nicht verprellen.«

»Sehr wohl, Durchlaucht«, sagte Nikolartius. Er wandte sich an Gelenius: »Kirchenstrafen? Wenn wir den Ketzern nicht den Stuhl vor die Tür setzen, ändert sich nichts. Sie selber, Gelenius, haben es doch in Ihrem Köln ganz richtig gemacht: Expropriation und Stadtverweis!«

Gelenius schwieg. Er wollte sich dieser Sache nicht rühmen. Aber wenn diese jungen Leute ihn schon einmal lobten, wollte er auch nicht bekennen, daß er mit der Austreibung der Calviner aus Köln gar nichts zu schaffen hatte; er weilte ja schon fast eine Woche in Bonn, und die Bürgermeister hatten ihn nicht nach seiner Meinung befragt. Er mußte überhaupt vorsichtiger mit seinen Einwänden werden. Wenn er nur den Mund auf tat, sah ihn der Kurfürst schon unwillig an. Er hatte ihn wiederholt merken lassen, daß er mit ihm unzufrieden war. Wiewohl selber ein leidender alter Mann, neigte Ferdinand diesen Dreißigjährigen zu. Die Zukunft, so glaubte er wohl, gehörte den Skrupellosen.

»Sie machen sich keine Vorstellung von dieser weithin verbreiteten Renitenz!« polterte Wartenberg. »Die Gütersloher haben sich doch schon wieder einen Lutheraner zum Pfaffen gewählt! Und das, obwohl wir rings das ganze Reckenberger Land bekehrt haben!«

»Auswanderung«, sagte Nikolartius lakonisch. »Ich lege jetzt allen Evangelischen, die den Glauben verweigern, Soldaten ins Haus. Und wenn sie dann noch immer nicht parieren: Auswanderung!«

So redeten sie noch eine gute Weile weiter: zwei übermütige junge Männer, wohlbestallt mit Würden und Pfründen, jeder ein grundgescheiter homo politicus. Ihre Rede ging an Gelenius vorbei zum Kurfürsten, und des Kurfürsten Rede ging zu ihnen, ohne daß der seinem Kölner Generalvikar, dessen Wenn und Aber jeden fröhlichen Glaubenseifer dämpfen mußte, auch nur einen Seitenblick schenkte. Er verzeiht mir nicht, was sie ihm in Köln angetan haben, dachte Gelenius bedrückt. So ist das also, wenn man in Ungnade gefallen ist.

Wenig später gelüstete es Ferdinand, frische Bonner Rheinluft zu genießen; die Nachricht von den giftigen Ausdünstungen zu Altötting hatte ihn verstört. Er lud die Besucher ein, ihn in den Park zu accompagnieren. Einem Lakaien befahl er, auch einige Herren des Geheimen Hofrats zum Rundgang zu bitten.

Der Tag war noch jung, der Himmel nach Osten, über dem Rheinstrom, seltsam geteilt: Der Erde nah, lagerte unbeweglich eine graue Dunstschicht; darüber, deutlich von ihr getrennt, flogen weiße, wie mit dem Faserpinsel getupfte Wölkchen dahin. Der Kurfürst, noch auf der Freitreppe verweilend, wies seinen Begleitern das Schauspiel: »Und über diesen lichten Wolken das heilige Himmelsblau! Dort mag dann das Reich der zierlich gefiederten Englein sein ...«

Er kommt von seinem Magnetengel nicht los, dachte Gelenius verdrossen.

Sie schritten über den Kiesweg zwischen gehenkelten Amphoren und lüsternen Nymphen; an ihren kaum verhüllten Reizen schien der Kurfürst keinen Anstoß zu nehmen. Schließlich hatte er selber sie aufstellen lassen, freilich vor langer Zeit. Da hatte er seine kurkölnische Kleiderordnung noch nicht erlassen, dachte Gelenius grimmig.

Melancholisch verweilte der Kurfürst einige Minuten vor einer gepflegten Rasenfläche, dem ehemaligen ›Tummelplatz‹. Tief verbeugten sich die Gartenarbeiter vor den hohen Herrschaften; sie legten aus Krautwerk eine Sonnenuhr an, und bald würde im Rondell aus den im Herbst gesetzten Zwiebeln das fürstbischöfliche Wappen erblühen. Vor Jahrzehnten hatte er hier mit seinen Besuchern bis zur Erschöpfung Ball gespielt. Sollte er's nicht wieder einmal probieren? Vielleicht war's dem schmerzenden Hintern bekömmlich? Ach, und die Sauhatz, die Falkenbeiz, die Rebhühnerjagd ... Vorbei, vorbei.

Aber dann liefen ihm seine Windhunde zu, er klopfte und tätschelte sie und schritt, anmutig umspielt, seinen Herren voran.

Dieser Park war sein Glück und sein Stolz. Signor Fratelli, sein florentinischer Gartenbaumeister, hatte den üppigen

Baum- und Blütenzauber der heimischen Boboli-Gärten in die kurfürstliche Residenz verpflanzt. Abseits vom breiten Mittelweg, durchs tiefe Grün der Taxushecken wandelten sie unter Portikus und Haselnußpergola, vorbei an Rosenstöcken, weinumrankten korinthischen Säulen und kühl berieselten Tuffsteingrotten, am Goldfischteich besprüht von zierlichen Fontänen – bis hinter immergrünen Eichen die goldenen Stäbe des Vogelhauses blinkten.

Und trotz vorangegangener Rüge konnte Gelenius sich nicht enthalten, Petrarca zu zitieren:

»O Kühlung, die aus süßem Lorbeer quillet,
Hauch, Schatten, Duft und Blühen froher Stunden.«

Die jungen Herren sahen ihn an, als habe er Unanständiges von sich gegeben.

Hier blühte, in der zweiten Aprilhälfte, schon mancherlei. Viele Blumen, Stauden und Sträucher aus dem Orient hatte Signor Fratelli kommen lassen: Hyazinthen, Ranunkeln, dazu holländische Tulpen die Menge und süßduftende Rosen aus Damaskus, deren Knospen freilich noch auf sich warten ließen.

Als sie vor dem Schwanenteich mit der Wasserkunst standen und zurückblickten, sahen sie einige Herren eilfertig die Schloßtreppe hinuntertrippeln: drei hohe Ministerialbeamte und den Kurfürstlichen Leibarzt Doktor Holzemius. Als sie angelangt waren, warnte der Kurfürst den Geheimen Rat Doktor Aldenhoven, der für das Finanzwesen zuständig war: »Heute nichts über Schulden!«

Der Plagegeist inkommodierte ihn schon drei Wochen lang mit unbezahlten Rechnungen – allein der Apotheker in Bonn verlangte sechshundertfünfzig Gulden und kreditierte nicht mehr, der Kujon! Nun denn, es wird sich finden, man wird sich aus Köln versorgen … Überhaupt diese Handwerker und Lebensmittelkrämer! Wenn ihn die Bonner und Kölner noch weiter ärgerten, würde er künftig auf der Frankfurter Messe

Lebensmittel en gros einkaufen, zumindest Butter, Käse und Stockfisch. Dort machte man noch manierliche Preise, und ein gutes Buch fiel auch noch ab. Denn wenn ich schon zahle, trumpfte er auf, dann nicht mit Kipper- und Wipper-Münze, schon gar nicht mit nichtswürdigem klevischen Stüber, sondern mit kölnischem Geld.

Doktor Aldenhoven nützte den Spaziergang, ein anderes, nicht minder leidiges Thema anzuschlagen. Obwohl er der für die Hexenjurisdiction zuständige Minister war, hatte Ferdinand über seinen Kopf hinweg den Doktor Romeßwinkel nach Köln zurückgeschickt. Das aber bedeutete, daß die begonnenen Prozesse in Hessel und Widdich ausgesetzt werden mußten und etliche bislang noch nicht überführte Hexen in anderen Orten ungeschoren blieben.

»Bolandt hat mich darum gebeten«, sagte der Kurfürst kurzangebunden.

»Durchlaucht willfahrt so schnell dem Ersuchen eines kölnischen Bürgermeisters?«

»Schließlich ist Romeßwinkel stadtkölnischer Schöffe, ich hab' ihn selber nur ausgeliehen; man muß gerecht sein. Und dieser Bolandt ist der einzige, auf den man sich in Köln noch verlassen kann – von meinen Jesuiten abgesehen, aber was haben die schon zu sagen! Natürlich, er muß nach außen das Gesicht wahren. Aber im vertraulichen Gespräch gibt er mir zu, daß die Stadt im kurkölnischen Verband weit besser aufgehoben wäre als unter dem Kaiser! Nun, das sind politische Illusionen, das weiß er auch. Aber es wirft doch ein gutes Licht auf den Mann. Er braucht den Romeßwinkel für dieses Henot-Verfahren – warum sollte ich ihm nicht den Gefallen tun?«

Die Räte, am Teich um ihren Fürsten geschart, suchten sich mit Blicken zu verständigen. Sie hatten Grund, dem Bolandt nicht grün zu sein. Der wäre wohl schon Minister zu Bonn, hätte längst einen der Ihren verdächtigt, würde er dem Kurfürsten in Köln zur Zeit nicht noch wertvollere Dienste leisten können.

Der münstersche Generalvikar, als ein Auswärtiger, ließ sich inzwischen den Fall Henot erzählen.

»Ich wäre doch sehr vorsichtig«, wandte sich Nikolartius an den Kurfürsten. »Wie ich höre, handelt es sich um eine Frau aus den besten Kreisen. Man sollte es sich gründlich überlegen, ob eine Verurteilung opportun ist. Beginnt man erst einmal, angesehene Standespersonen zu judizieren, dann hört sich's auch bald auf mit dem Respekt vor der Obrigkeit. Dann erwacht der reißende Wolf im gemeinen Mann!«

»Ach was, Nikolartius«, sagte der Kurfürst ärgerlich. »Seit wann so ängstlich? Ich hab' sie ganz einfach satt, die Insubordination! Ich weiß, daß ich in Köln nichts zu sagen habe. Aber ich bin es leid, mir das jedesmal, wenn ich als Erzbischof die Stadt besuche, handgreiflich dartun zu lassen. Sie haben mich aus der Stadt hinausgeprügelt – jawohl, Wartenberg, jawohl, Nikolartius! Gelenius war dabei – er hat's nicht verhindern können, man ist ja so machtlos als Generalvikar – stimmt's, meine Herren?«

Wartenberg und Nikolartius hoben protestierend die Hände. Gelenius stieg das Blut zu Kopf.

»Damit hat's aber nun sein Bewenden. Wie – das wird sich finden. Fürs erste einmal wird mein Hexendekret erneuert. Und wenn dann die Kölner die Henot nicht brennen lassen, dann ist das ein Affront, den ich nicht mehr verzeihe! Dann sind sie selber im Teufelsbund, sind patroni veneficarum, jawohl! Und dann wird man sich geistlicherseits einmal mit diesem Stadtrat befassen müssen!«

Gelenius war entsetzt. »Aber Durchlaucht! Wie kann man die Postmeisterin brennen lassen! Noch nicht einmal der Brief ist verzaubert worden!«

»Was kümmert mich der Brief!« sagte Ferdinand grob. »Sie hat Kinder gemordet! Pfaffen verführt!«

Davon wußte Gelenius nichts. Aber Doktor Aldenhoven nickte zustimmend. Er hatte dem Kurfürsten die neuesten Informationen aus Köln hinterbracht.

»Nein, nein, das dürfte ich mir nicht bieten lassen!« murrte Ferdinand weiter. »Dieser Melchior Geil und seine Gesinnungsbrüder wollen ja nur die Lieferung dieser Hexe an mein Kurfürstlich Weltliches Gericht verhindern! Möchte doch sehen, ob ihnen das gelingt. Ich erneuere mein Hexendekret – und als Reaktion darauf sprechen die Kölner eine überführte Hexe frei? Sollte mich sehr wundern, wenn sie das wagen!«

»Durchlaucht können mit der Erneuerung warten, bis der Henot-Prozeß entschieden ist«, empfahl Gelenius.

Ein Schwan watschelte mit klappenden Flügeln und heiserem Schrei auf die Herren zu. Sie zogen sich zurück und spazierten zum Vogelhaus. Plötzlich drohte Ferdinand in einem katarrhalischen Anfall zu ersticken, warf schwärzlichen Schleim aus und mußte sich von Doktor Holzemius stützen lassen.

»Nun wird es aber hohe Zeit, daß Durchlaucht die Kammer hüten«, sagte der Leibarzt. »Sodann: Einmal nicht nach Andernach zur Kur, sondern nach Niederbaden. Die dortigen Wasser enthalten Schwefel, Salz und Alaun. Äußerst nützlich bei Leberfäule und Milzsucht, Triefaugen und Lendenschwellung, bei Asthma, Krätze, Pusteln, schmerzenden Steinen und dem Weißfluß der Frauen.« Er stockte, befand, daß er mit dem zuletzt genannten Gebrechen nicht gut schließen konnte, und ergänzte schnell: »Auch sehr zuträglich für Euer Durchlaucht Katarrh!«

Später, als er sich erholt hatte, kurz vor dem Schloß, kam der Kurfürst noch einmal auf sein Thema. »Nun gut, Gelenius, Sie sind ja sehr engagiert. Dann ist es nur billig, wenn Sie sich auch um den Prozeß kümmern. Als mein Beauftragter. Sie haben alle Vollmachten. Sprechen Sie mit Bolandt, streiten Sie mit dem widerspenstigen Geil, reden Sie mit den Schöffen, gehen Sie, meinetwegen, auch zur Henot in den Turm. Sie sind mein Prozeßbevollmächtigter in Köln. Wie ich über die Sache denke, wissen Sie ja, lieber Gelenius.«

36

Der Schweinskopf seufzte. Und das war ihm nicht zu verübeln. Als Drutgin, die Küchenmagd, ihn aus der siedenden Knochenbrühe hob, in der er vier Stunden gezogen hatte, als sie ihn von dem Tuch, in das er gewickelt war, befreite, als sie die Fäden von den Ohren löste und was sich am entschädelten Haupt gelockert und verlagert hatte, durch behutsames Klopfen und ein paar Backenstreiche wieder in die rechte Form brachte – da hatte der Kopf bereits eine geharnischte Prozedur hinter sich:

Zunächst hatte Drutgin ihn über der Herdflamme abgesengt, dann unten der Länge nach aufgehackt, dies aber mit Vorsicht, so daß einige Lappen der äußeren Haut das Ganze noch immer zusammenhielten. Soweit hatte es die Küchenmagd noch bewerkstelligen können, doch nun bedurfte die Verrichtung der meisterlichen Hand des Damianus Krebs. Er entknöchelte den Kopf, ließ die Knochen zerstoßen und mit Wasser, Zwiebeln und Kräutern kochen. Sodann vermengte er einen Brotkloß mit fein gehacktem Kalb- und Schweinefleisch, würzte mit Pfeffer, Majoran und einem Löffel Madeira, und nachdem alles gut gemischt war, rührte er die geschnittenen Pistazien ein und tat geschnetzelte Rinderzunge, Gänseleber und, zum guten Schluß, gekocht und gewürfelt, drei Kalbshoden hinzu.

Drutgin hatte derweil das Innere des Kopfes mit Salz und Pfeffer ausgerieben, so daß der Koch die Farce einfüllen konnte. Er stopfte so lange nach, bis das eben noch schlaffe Haupt sich blähte und seinen vormaligen Umfang zurückgewann. Dann kam's ins Tuch und in den Siedetopf.

Nun, vom Linnen befreit, mit bebenden Backen, ruhte der Kopf auf silberner Schale, wie eine Glocke nach gelungenem Guß, und ließ sich geduldig dekorieren. Denn nur wenn er so recht schweinemäßig keck dreinschaute, würden ihn die Gäste mit herzhaftem Appetit verspeisen mögen. Deshalb auch hängte der Koch ihm Petersiliensträuße in die Lefzen, und die Augenhöhlen füllte er mit kandierten Kirschen.

Damianus Krebs streifte die Hände an der Schürze ab und ließ sich auf den Küchenhocker fallen. Noch immer fühlte er sich reichlich elend, nach vier Wochen Spital mit roter Ruhr. Aber wenn sein Herr schon einmal große Tafel hielt – und das dreißigjährige Priesterjubiläum war, weiß Gott, ein Anlaß –, durfte Damianus Krebs nicht fehlen. Und als es Propst Henot, die Zahl der Geladenen bedenkend, eingefallen war, das Festmahl nicht im Hause ›Zur Britzen‹, sondern im Refektorium zu Sankt Severin zu veranstalten, hatte Damianus Krebs beide Küchen, die kleinere, aber herrschaftliche in der Sternengasse und die für die Verköstigung ganzer Konvente mit übergroßen Kesseln und Pfannen ausgerüstete der Severinus-Pfarre, durch eilig gemietetes Personal besetzen lassen: drei Küchenfrauen, zwei Gehilfen, drei Kochlehrlinge, eine Wirtschafterin, drei Mägde und ein Konditorgeselle kochten, brieten, sotten und buken unter der Inspektion des unermüdlich die Severinstraße auf und ab kutschierenden Meisterkochs. Und doch war zuweilen noch Mangel an Magd und Mann! Denn Henot, der zu Gast bei Bürgermeister- und Banner-Essen gewesen war, gedachte sich nicht lumpen zu lassen. Und nach allem, was seinem Hause zugestoßen war, schon überhaupt nicht!

»Mit zwanzig Schüsseln wird aufgetragen – keine mehr und keine weniger! Damals, beim Bürgermeister, waren's nur siebzehn! Mit Krammetsvögeln fangen wir an – mit Binger Wurst mag's dann sein Bewenden haben!«

Das Beiwerk und Dessert – Rosinen, Nüsse, Marzipan, Mispeln, Datteln, gezuckerter Koriander und Nürnberger Küchlein – erwähnte er gar nicht, das verstand sich von selbst. Krebs, am Stehpult in Henots Studierstube, hatte notieren müssen, was dem Hausherrn einfiel, und seine Sache war es dann, alles in die gehörige Folge zu bringen. Im goldbestickten Hausrock, die Hände auf dem Rücken gefaltet, spazierte der Propst auf und nieder.

»Omelette mit gefüllten Morcheln garniert – es gibt doch wohl schon Morcheln? Nun, wenn nicht, dann dürfen's auch Trüffeln sein. Pastete mit Kalbfleisch, mit gehackten Sardellen. So zwischen dem zweiten und sechsten Gang – du wirst es schon würdig plazieren – ließ ich mir ein gebratenes Geißlein in Rotweinsauce gefallen. Hinterdrein eine Olla potrida nach spanischer Art! Was aber lassen wir schwimmen?«

Krebs empfahl Schellfisch in grüner Sauce, Karpfen in Speck gesotten, in Rheinwein gekochte Seehahnen und – in Anspielung auf seinen Namen: »Meinesgleichen als vorletzten Gang, vor der Binger Wurst.«

Henot, der das gerade erschienene Kochbuch des Johann Colerus vom Wandbord geholt und befragt hatte, meinte, mit Essig gebeizte Hammelkeule sowie Hirsebrei, mit Kerbel gewürzt, gehörten eigentlich auch zum zünftigen Jubiläumsmahl. Krebs notierte.

Besondere Sorgfalt wandten sie an die Zusammenstellung der Getränke. Vierzehn Quarten des köstlichen Zimmetweins mit Ingwer, Galgantwurzel, Zucker und Muskatblumen – das verstand sich von selbst. Und was die herberen Weine betraf, wozu hatte Henot Kellermeister Wicht aus Alken verpflichtet? Der schaffte von der heimischen Mosel seine gefeuerten Rotweine herbei und die vorjährigen süffigen Weißen aus Lahnstein und Sankt Goar.

Diese Besprechung hatte Propst Henot gehalten am Freitag vor Jubilate, dem 23. April, um die Vesperstunde, nur einen Tag nachdem sie seine Schwester zum Frankenturm gebracht hatten. So weh ihm ums Herz war – er wußte: Wenn er seinem Schmerz nachgab, wenn er im Zorn gewalttätig oder vor Kummer tatenlos würde: die Tat sowohl wie etwa durch Schwäche Versäumtes – beides wäre nicht wiedergutzumachen.

So erinnerte er sich, ein in den letzten zwanzig Jahren bequem und genußfreudig gewordener Mann, seiner heroischen Zeit, sah sich im Felde vor Nimwegens Mauern stehen und, von den Musketen der Belagerten bedroht, dem irrgläubigen Stadthauptmann die Botschaft des Kaisers zurufen. Sah sich auch als Großsiegelbewahrer und Gesandter seines Erzbischofs vor den fuchsschlauen Prälaten des Vatikans die Rechte des Ernst von Wittelsbach gegen dessen Neffen vertreten ... Da war er mannhaft, redlich und unbeugsam gewesen – wenn auch ganz und gar ohne Erfolg. Doch die Kirche ließ es ihn nicht entgelten: nicht nur Propst von Sankt Severin, auch Propst von Emmerich und Kanonikus zu Freising durfte er sich nennen, und Kaiser Rudolf ernannte ihn gar zum Kaiserlichen Hofrat. Viel Ehre, auch manche Pfründe – doch nicht eigentlich ein Auftrag. Hartger Henot hatte, das ist die Wahrheit, in den letzten zwanzig Jahren nichts Rechtes zu tun gehabt.

Nun aber hatte Gott ihn aufgerufen. Einer aus den Fugen geratenen Obrigkeit war zu bedeuten, welcher Pracht- und Machtentfaltung die Henots immer noch fähig waren und was es hieß, sich mit ihnen anzulegen. Sein Priesterjubiläum – wie hatte der Herr das so günstig gefügt! – bot den rechten Rahmen dazu. Die Feier war schon seit Wochen anberaumt, eine Verlegung wäre von den meisten als Kapitulation verstanden worden. Und auch die Einladungen waren ja längst verschickt, vor Ostern schon. Die Vorkommnisse der letzten Tage bedingten zwar eine Ergänzung der Gästeliste, doch streichen würde er niemanden, keinen einzigen, nicht einmal Glimbach; den dürfte er übrigens weidlich durch die Verlegung des Schauplatzes nach Sankt Severin provoziert haben. Auch die beiden Bürgermeister sollten ihm nur willkommen sein – wann ergab sich schon eine solche Gelegenheit, ihnen ins Gewissen zu reden!

Als der Propst am frühen Morgen des Jubiläumstages erwachte – man schrieb Sonnabend vor Cantate, den 1. Mai –, lief ihm das Wasser aus den Lidern. Seine rechte Backe war dick, und der Schmerz wütete vom Unterkiefer hinauf zu den Drüsen des Ohres und bis in die Augenknochen. Nächtens hatte er sich schon angesagt, aber schamhaft erst, in zarten, klopfenden

Wellen, nichts ließ auf eine so rüpelhafte Attacke schließen. Steil setzte sich Hartger Henot auf und bediente den Klingelzug. In der Küche klapperten die Töpfe. Dann steckte Drutgin den Kopf zur Tür herein. Wie das nun miteinander ging: dieser bohrende Schmerz und die Morgenlust …

»Sieh mich an!« befahl der Propst.

Drutgin kam näher. »Jesusmariaundjosef! Der liebe Herr! Ihr seid mir ja ganz geschwollen!«

Der Propst unterdrückte eine unzüchtige Bemerkung und griff nach ihrer Hand. Das Mädchen roch nach Karpfen, ihre prallen Backen glänzten noch speckiger als sonst. Er hielt ihre Hand auf dem Deckbett fest und stemmte sich wohlig dagegen. Ganz wunderbar: Der Schmerz ließ nach! »Du mußt den Bader holen! Wie soll ich feiern mit solcher Höllenqual?!«

»Dagegen hilft dem Herrn doch der Bader nicht«, kicherte das Mädchen und griff kräftig in die Federn. Aber Henot, sonst (»der Herr hat mich nun einmal als Mann erschaffen!«) solchem Spaß nicht abgeneigt – heute, da er dreißig Jahre Priester war, bezwang er sich.

»Er wird ihn mir ziehen. Und wenn ich dran sterbe – es muß gewagt sein! Wie soll ich feiern mit solchem Zahn? Wie soll ich essen! Hol mir den Bader!«

Er schob ihre Hand von sich, und als sie sich kichernd wiederum näherte, sprang er nach der anderen Seite aus dem Bett und kehrte, im langen Nachtgewand, dem Mädchen züchtig den Rücken zu. Doch er hatte sich wohl zu heftig bewegt, der Schmerz sprang ihn abermals an, zwang ihn mit barbarischer Kraft zu Boden, auf alle viere. Das Mädchen stand ratlos. Dann rannte sie aus dem Zimmer, den Bader und Zahnbrecher Kleistermann zu holen.

Als der wenig später mit seinem Zangensack das Schlafzimmer betrat, fand er den Propst im Lehnstuhl sitzen, die Wange an ein Handtuch gepreßt. Kleistermann, ein schon betagter Glatzkopf, schüttete den Inhalt seines Sackes auf den Tisch: Zangen in verschiedenen Größen, Pinsel, Meißel, dünne Eisenstäbe, mehrere Drahtschlingen, ein handlicher Bohrer, zwei Hämmerchen.

»Ja, Hochwürden, so ist das«, näselte der Bader, während er seine Instrumente ordnete. »Gegen Zahnschmerzen, Ratten, Wanzen und Jesuiten gibt's hundert gute Mittel, die alle nichts helfen!« In gespieltem Erschrecken schlug er sich auf den Mund.

»Das ist ja wie vor der Folter!« jammerte Henot, als er die Zangen sah. Der Vergleich traf zu – schrecklicherweise. Jedermann wußte, was eine ›Territion‹ ist. Dem Delinquenten werden, ehe man zur Tortur schreitet, die Folterinstrumente gezeigt, Anwendung und Wirkung werden ihm ausführlich beschrieben. Viele gestehen bereits bei der Territion. Henot empfand seinen Ausruf angesichts des Schicksals seiner Schwester als taktlos – obwohl natürlich bei ihr, und damit durfte er sich entschuldigen, von einer Territion oder gar Tortur überhaupt keine Rede sein konnte. Wahrscheinlich würde er Katharina schon morgen aus dem Turm holen können.

»Ja, ja, so ist das«, sagte Kleistermann, während er unversehens dem Propst zwischen die Lippen fuhr und, indem er Zeigefinger und Daumen wie eine Schere spreizte, zwang, den Mund weit auf zu tun. Mit der anderen Hand, in der er bereits einen kleinen Hammer verbarg, drehte er Henots Kopf zum Fensterlicht, spähte kurz in die Mundhöhle, ließ den Kopf los, und schon war er mit klopfendem Hämmerchen am mutmaßlichen Herd des Schmerzes angelangt.

Henot heulte auf. Kleistermann hatte richtig vermutet. Während er die geeignete Zange wählte, beschwichtigte er den Patienten: »Nichts ist so gut fürs Zahnweh wie ein Splitter Holz von einer Kanzel, auf der noch nie gelogen wurde …«

Dieses hoffnungslose Rezept ging Henot, den die Jesuitenschelte nicht gekränkt hatte, nun doch zu weit. Er öffnete den Mund zum Protest – da hatte Kleistermann ihm schon eine hölzerne Sperre zwischen die Zähne praktiziert, hatte eine Zange mit langen Hebelarmen durch das Gestell geschoben, die den Zahn sogleich mit metallischem Klang umfaßte, und hatte, indem er mit tänzerischem Hüftschwung in die Knie ging, das blutende Corpus delicti unter gehörigem Brechen und Krachen samt der Wurzel extrahiert.

Der Propst ruhte in Ohnmacht, das Haupt noch über die Lehne gebeugt, ein rotes Rinnsal lief ihm aus dem noch aufgestemmten Mund über Kinn und Kragen.

Kleistermann entkorkte ein Fläschchen und hielt es dem Patienten unter die Nase. Mit der anderen Hand entfernte er das Holzgestell, und als Henot die verquollenen Lider aufschlug, berichtete der Bader beiläufig, wie er unlängst keinem Geringeren als dem Obristen Pappenheim habe brieflich raten dürfen, sich bei heftigem Zahnschmerz eines erhitzten magnetischen Eisenstäbchens zu bedienen, das, an den kranken Zahn geführt, die Qual augenblicklich lindere.

Noch immer schwer benommen, empörte sich der Propst: »Und warum das nicht *mir*? Warum mir diese abscheuliche Prozedur? Warum kein Stäbchen für *mich*?« Aber Kleistermann versicherte, er werde noch heute abend schmerzfrei sein, er sei ja ein tapferer Gottesstreiter, der eine solche Amputation mannhaft zu überstehen wisse, sehr im Gegensatz zu einem Pappenheim, der, wie fast alle Kriegsleute, äußerst wehleidig sei, nur anderer Menschen Blut, keineswegs aber das eigene sehen könne und, wenn's mit dem Krieg so weitergehe, auch ohne eines Baders Kunst bald aller Schmerzen ledig sein werde …

Sprach's, packte den Sack, strich einen reichlichen Obolus ein, und auf dem Tisch beließ er den Zahn in einem Pfützchen aus Blut und Eiter.

Stöhnend wankte Henot ins Bett. Dann klopfte Drutgin. Sie hielt einige Zettel in der Hand und gab sie, da sie nicht lesen konnte, dem Propst. Es handelte sich um Absagen. Bürgermeister von Bolandt entschuldigte sich dringender Amtsgeschäfte wegen. Auch der Propst von Sankt Laurentius und der Dechant von Sankt Kunibert sagten ab – der eine wegen Krankheit, der andere mußte sich auf eine Dienstreise begeben. Generalvikar Gelenius, gerade erst aus Bonn zurückgekehrt, schrieb, er sei

»in durchlauchtigstem Auftrage ernstlich mit eben der Angelegenheit befaßt, die Ihnen, liebwerter Propst, völlig zu Recht so herben Kummer bereitet. Gottes Segen mit Ihnen!«

Die Absagen überraschten Henot kaum. Wenn das alles war ... Eher beunruhigte ihn die Formulierung in dem kurzen Schreiben des Generalvikars: » ... in durchlauchtigstem Auftrage ... ernstlich ... mit der Angelegenheit befaßt, die Ihnen völlig zu Recht Kummer bereitet ...« Aber was war daran schon seltsam? War es nicht selbstverständlich, daß Hartger Kummer um seine inhaftierte Schwester empfand? Und dennoch – was sollte dies heißen: »völlig zu Recht ...«? Das – er mußte sich's eingestehen, während er das Blut hinunterschluckte, das ihm in den Gaumen lief – das konnte man auch ganz anders auffassen ... Drutgin stand noch immer an seinem Lager.

»Geh!« sagte der Propst. »Du mußt nach Sankt Severin. Und daß ihr mir die Krammetsvögel recht gefällig präpariert! Die Krallen säuberlich abhacken, die Füßchen aufwärts biegen und durch die Augenhöhlen stecken!«

Er legte sich zurück. Er konnte wieder an die notwendigen Verrichtungen des Tages denken. Es ging ihm schon wesentlich besser.

37

Postmeister Coesfeld eilte vors Haus, als er die Kutsche aus Bonn über die von zahllosen Wagenspuren zerfurchte Straßburger Gasse rattern hörte. Ja, sie zeigte das Wappen mit dem silbernen Dach im blauen Feld! Coesfeld kam gerade rechtzeitig, um, noch vor dem abspringenden Lakaien, den Wagenschlag öffnen zu können. Mit einem »Bonjour, Monsieur Coesfeld!« ließ sich Graf Leonard II. von Taxis, Kaiserlicher Generaloberpostmeister im Deutschen Reich und den Spanischen Niederlanden, aus dem Wagen helfen. Ehe er die Postmeisterei betrat, blieb er vor der großen Tafel stehen, die Coesfeld neben dem Portal mit dem kaiserlichen Adlerschild errichtet hatte. Aufmerksam las er den schwungvoll gepinselten Text:

> Kundmachung für alle, die Post in die
> nachstehenden Orte zu befördern haben:
> Die Stafetten der Kaiserlich-Kölnischen
> Taxis-Post verlassen die Stadt Köln ab
> Postmeisterei Straßburger Gasse zu den
> folgenden Zeiten:
> Nach Frankfurt, Mainz, Kreuznach,
> Frankenthal, Worms, Speyer und Straßburg:
> Sonntag 12 Uhr und Mittwoch 3 Uhr.
> Nach Aschaffenburg, Nürnberg, Prag,
> Wien, Dresden, Berlin, Zürich, München,
> Innsbruck, Italien: Sonntag 12 Uhr.
> Nach Antwerpen, Mecheln, Brüssel,
> London, Lille, Cambray, Calais, Paris,
> Orleans, Lyon: Donnerstag 8 Uhr.

Bis zu diesem Punkt hatte Leonard Taxis keinen Anstoß genommen. Dann aber las er:

> Neu eingerichtet: Kurs nach Amsterdam
> über Wesel und Utrecht. Montag 8 Uhr.

»Haben Sie sich darüber zuvor mit der Stadt verständigt?« fragte Leonard Taxis.

»Jedenfalls habe ich noch nichts von einem Protest gehört«, erwiderte Johann Coesfeld ausweichend. »Aber wollen Euer Gnaden nicht eintreten?«

Der Reichsgraf warf unwillig den Umhang über die Schulter. »Fangen Sie nicht schon wieder so an!« warnte er, während er, vorbei an dem sich ungeschickt verneigenden Coesfeld, die große, dämmerige Vorhalle betrat. »Sie haben neunzehn Jahre lang recht mäßig gearbeitet, Postsachen und Pretiosen verschludert, das Porto sinnlos überhöht, Briefe je nach Gusto zustellen oder vernichten lassen – und vor allem: Sie haben schon damals den Fehler gemacht, die Frechheiten des alten Henot nachzuahmen, indem Sie sich mit der Stadt Köln und ihrem aus Tradition verhätschelten Botenwesen angelegt haben. Wenn Sie die städtischen Boten jetzt abermals gegen sich aufbringen – dann haben Sie bald auch den Kaiser gegen sich. Der Kurs nach Amsterdam über Wesel und Utrecht ist seit Jahrzehnten den Ratsboten vorbehalten. Und er funktioniert, Herr Coesfeld!«

»Sehr wohl, Euer Gnaden«, sagte Coesfeld devot, während er dem Grafen behilflich war, sich seines Umhangs und des breitkrempigen Hutes zu entledigen. Er reichte beides an einen Diener weiter und wies, unter erneuter Verbeugung, zur Wendeltreppe. Sie war der Stolz des Hauses. In elegantem Schwung ließ sie sich, vom gedrechselten Geländer flankiert, im Erdgeschoß nieder, zu beiden Seiten von kunstvoll geschnitzten Holzfiguren bewacht: Zur Linken der untersten Stufe stand ein kleiner David im Hirtenkittel, der herausfordernd zu einem mit Helm und Schild gerüsteten Goliath aufblickte. Der Graf, der vor Jahren dieses herrschaftliche Haus für die Taxis-Postmeisterei erworben und eingerichtet hatte, empfand jedesmal eine gewisse Vorfreude auf den Anblick, der sich ihm am Ausgang der Treppe im Oberstock bieten würde: Dort stand David neben dem gefälligen Rumpf des Riesen und hielt das abgeschlagene Haupt, dem das Blut in zierlicher Kräuselschnitzerei entströmte, dem Besucher triumphierend entgegen.

Sie nahmen in Coesfelds nach niederländischem Geschmack eingerichtetem Kontor Platz. Der Reichsgraf war noch jung, kaum über fünfundzwanzig, aber hager und bleich, mit übergroßen schwarzen Augen; die Schlagader zeichnete sich wie eine dicke Schlange auf seiner Stirne ab. Nach dem überraschenden Tod des Vaters hatte Leonard Taxis sich erstaunlich schnell in die

Probleme der Generaloberpostmeisterei eingearbeitet; er zählte zu den Adeligen, die sich nicht mit der Verwaltung ihrer Liegenschaften oder der Wahrnehmung repräsentativer Hofämter begnügten. Er hatte eine lohnende Aufgabe, ein lockendes Ziel, und in seiner Gattin, Alexandra von Rye, besaß er eine Mitarbeiterin, die seine Interessen und seinen Ehrgeiz teilte.

»Haben Sie hinreichend Personal?« fragte Leonard Taxis.

»Meine alten Leute sind alle wiedergekommen, Euer Gnaden. Die Henots haben nur noch fünf oder sechs Boten – und das ist beinah zuviel für den Wöllsteiner Kurs, den sie sich schon wieder angemaßt haben, mit kaiserlicher Permission. Aber die anderen Henot-Boten sind fast alle zu mir übergelaufen. Sie haben die Hoffnung aufgegeben, daß die Henot-Post noch einmal wiederkommt.«

»Und Sie, Coesfeld?« fragte der Graf. »Sind Sie auch so überzeugt?«

»Wenn Frau Henot wirklich verurteilt werden sollte – dann ja. Aber *nur* dann.«

»Die Frau interessiert mich nicht«, sagte Leonard Taxis und trommelte mit den Fingern auf der Tischplatte.

Coesfeld blickte verwundert auf. »Immerhin ein unfaßbares Geschehen! Stellen Euer Gnaden sich nur einmal vor: Die Henot – eine Hexe! Hätten wir das schon früher gewußt ...«

»Wie Sie Ihre Probleme in Köln lösen, geht mich nichts an«, sagte Leonard Taxis kühl. »Mich interessiert nur, *daß* sie gelöst werden. Und zwar endgültig.«

»Euer Gnaden waren in Bonn? Haben mit Durchlaucht konferiert?«

»Ja«, sagte Leonard Taxis.

Coesfeld begriff, daß er einer Unterrichtung über den Inhalt jener zweifellos hochpolitischen Gespräche nicht gewürdigt werden sollte. Er schluckte die Demütigung hinunter und fand so schnell kein neues Thema. »Wenn ich bedenke, daß es ohne die Aussage einer alten verwahrlosten Wäscherin niemals aufgekommen wäre, daß die Henot ...«

»Lassen Sie doch diese undelikaten Details!« unterbrach ihn der Graf und kreuzte, wie fröstelnd, die Arme vor der Brust.

»Ich bitte um Verzeihung, Euer Gnaden. Aber daß wir hier in Köln noch einmal einen Hexenprozeß haben würden, noch dazu gegen eine Frau aus, wenn ich so sagen darf, unseren Kreisen ... In den Niederlanden, so scheint mir, wäre es vielleicht nicht soweit gekommen?«

»Jedes Volk hat die Gesetze, die seiner geistigen Verfassung entsprechen«, sagte Leonard Taxis. »Es ist nicht meine Aufgabe, die Kölner von ihrem Aberglauben zu befreien.«

»Ja – glauben Euer Gnaden« – Coesfeld war bestürzt – »glauben Euer Gnaden etwa nicht an Hexerei?!«

Der Graf hob nur kurz die Schultern. Dann stand er auf, trat ans Fenster und blickte auf den sandigen, von Räder- und Hufspuren gemusterten Hof. Auch jetzt ritten Kuriere durchs Tor, wurden Postsäcke abgeladen, Pferde gesattelt, andere in den Stall geführt oder am Brunnen getränkt. Aus dem Botenhaus vernahm man rauhen Gesang.

»Man feiert?« fragte Leonard Taxis.

»Die Rückkehr der Henot-Boten. Der verlorenen Söhne, gleichsam. Mit meiner Erlaubnis natürlich. Wenn Euer Gnaden sich nachher vielleicht zeigen würden – es wäre für meine Männer eine außerordentliche Ehre.«

Als habe er die Bitte nicht vernommen, sagte der Graf mit seiner etwas knarrenden Stimme: »Ich habe Ihnen vor zwei Jahren gesagt, Coesfeld: Sorgen Sie dafür, daß wir die Kölnische Postmeisterei wiederbekommen, und zwar endgültig. Wenn Ihnen das nicht gelingt, kann ich Sie nicht mehr unterstützen. Und auch auf die Hand meiner Cousine dürfen Sie dann nicht länger rechnen.«

»Aber ich habe doch ...«

»Gut. Sie haben es offenbar geschafft. Ihre Hoheit, die Infantin Isabella Clara Eugenia, hat, in ihrer Eigenschaft als Statthalterin der Niederlande, das Ihrige getan, und der Kurfürst war, wie er mir gestern bestätigte, ebenfalls in unserem Sinne tätig.

Sogar der Erzkanzler in Mainz unterstützt seit neuestem nicht mehr die Henots, sondern mich. Wenn Sie sich, nach alledem, wegen der Henot mit Skrupeln belasten, so ist das Sache Ihres Gewissens, aber nicht Sache meiner Politik.«

»Selbstverständlich, Euer Gnaden«, sagte Coesfeld, der sich gleichzeitig mit seinem Herrn erhoben hatte und nun etwas unglücklich, mit eingeknickten Knien, hinter dem schweren Eichentisch stand. »Ich wollte nur sagen: Irgendwie wäre es natürlich entsetzlich, wenn etwa eine Unschuldige – ich meine unschuldig in puncto maleficii – den Flammentod erleiden müßte – oder?«

So hatte er schon zu vielen gesprochen, nicht nur zu seinem Beichtvater Adrian Horn. Und jedesmal hatte er erwartet, der andere werde sich entsetzen, werde ihn ermahnen, alles in seinen Kräften Stehende zu tun, um einen so folgenschweren Irrtum zu verhindern. Aber noch jedesmal war ihm geantwortet worden: »Machen Sie sich darüber keine Gedanken! Selbst wenn unsere Richter einmal irren sollten – Gott würde es nie zulassen, daß eine Unschuldige hingerichtet wird.«

Auch Graf Leonard Taxis beruhigte ihn, auf eine sehr eigene Art: »Hören Sie, Coesfeld, ich bin krank, ich lebe nicht mehr lange.« Mit einer unwirschen Handbewegung wehrte er den Einspruch des Postmeisters ab. »Mein Vater Lamoral hatte eine große Vision, und die hatte ihm schon sein Vater Leonard vererbt: Eine Post über das ganze Reich! Und in *einer* Hand. Eine Taxis-Post. Ich, der Nachgeborene, muß mit meiner Zeit sehr geizen. Ich habe auch keine Zeit, mich tatenlos und wollüstig diesen Visionen hinzugeben. Ich will meine karge Zeit nutzen, daß sie Wirklichkeit werden. Und deshalb kann ich mir auch moralische Bedenken nicht erlauben, auch sie kosten Zeit – und Kraft. Aber für den Fall, daß es Sie stärkt und erbaut, sage ich Ihnen: Wenn ihr euch hierzulande von Hexen bedroht fühlt, dann wird es – in eurem Verstande – wohl auch Hexen geben, und dann ist es euch nicht übelzunehmen, wenn ihr sie unschädlich macht. Bleibt Bolandt bei der Stange?«

»Die Lieferung der Henot an den Greven, und zwar schon in wenigen Tagen, ist so gut wie sicher.«

»Was dann als nächstes zu tun wäre, ist die Ausschaltung der konkurrierenden Posten. Der Kurs Köln–Wöllstein fällt mit der Ächtung der Henots – und zu einer Art Acht über die ganze Familie *wird* es kommen! – ganz von selber an uns zurück. Aber wir müssen auch die städtischen Boten ausschalten, ferner all diese Kaufleute- und Metzgerposten.«

»Aber das war ja meine Absicht! Deshalb habe ich ja den Kurs nach Amsterdam eingerichtet, den Euer Gnaden vorhin beanstandet haben!«

»Das war eben ungeschickt! Man kann nicht gegen die Städtische Botenpost vorgehen, und schon gar nicht so plump, wie Sie das gemacht haben, wenn man im Rat keinen Rückhalt hat.«

»Aber Bürgermeister von Bolandt wird …«

»Deshalb meine Frage. Sind Sie sicher, daß Bolandt uns auch dann noch unterstützen wird, wenn wir anfangen, die Städtische Botenpost lahmzulegen – diesmal auf friedliche Weise?«

»Wenn Sie weiter gut zahlen, *wird* er. Aber wie denn friedlich? Ohne Niederwerfen?«

»Mit diesen Methoden muß es endgültig vorbei sein. Wir wachsen jetzt groß ins Reich, Coesfeld! Wir wollen eine reichseinheitliche Post – das ist, wenn Sie wollen, das einzige, was in diesem zerstrittenen, auf den Tod verfeindeten Haufen erbärmlicher Länder und Ländchen Ihres Vaterlandes noch einheitlich und groß und souverän sein wird: die Vision meines Vaters und Großvaters. Sie wird sich aber erst erfüllen, wenn wir auch den letzten nur auf privaten oder städtischen Profit bedachten Postmeisterbetrieb zerstört haben. Sie werden also die Städtische Botenmeisterei am Heumarkt dadurch schwächen, daß Sie, erstens, die Boten, soweit sie tüchtig sind, abwerben, und zwar durch bessere Bezahlung – und, zweitens, die Portokosten so weit senken, daß die Städtische Post für Kölns Bürger nicht mehr attraktiv sein wird. Und das werden Sie auch tun, wenn Sie auf einigen Strecken mit Verlust arbeiten müssen. Auf diese Weise werden Sie in längstens zwei Jahren die wichtigsten Kurse, vor allem die nach Hamburg und Amsterdam, gewissermaßen ausgetrocknet haben. Das ist natürlich nur möglich mit schweigender, besser noch: tätiger Duldung Bolandts und seines Nachfolgers – im Mai ist ja wohl Bürgermeisterwahl. Womit können wir Bolandt eine Freude machen?«

Coesfeld – er war jedesmal wie betäubt, wenn er den Grafen von den grandiosen Entwürfen der Familie Taxis sprechen hörte: eine Reichspost über ganz Europa, und alles in einer Hand! – Coesfeld erinnerte sich an Johann Bolandts Vorliebe für repräsentative Gastlichkeit.

»Wie wäre es mit einem kostbaren Tafelaufsatz? Aus Silber. Mit vergoldeten Partien. Ich stelle mir etwas Allegorisches vor.«

»Genau das habe ich in Brüssel«, sagte Leonard Taxis. »Ich laß es herbeischaffen. Au revoir, Monsieur Coesfeld!«

Die Kutsche holperte davon. Coesfeld richtete sich aus seiner tiefen Verbeugung auf. Ihm war alles zu schnell gegangen; er hatte noch fragen wollen, wann er nun das Fräulein Agatha von Taxis aus Brüssel werde heimholen dürfen, und vielleicht auch dies: wie es denn mit der Mitgift bestellt sein werde oder ob der Herr Reichsgraf – nein, das hätte er nicht gefragt, sich nur insgeheim darauf präpariert: ob der Herr von Taxis gar der Ansicht wäre, die Einheirat in sein edles Geschlecht, die er dem Habenichts vergönne, sei Mitgift genug …

In der Staubwolke, hinter der die Kutsche verschwunden war, erschien ein Mann, den jeder in Köln schon von weitem an seinem Gang erkannte: Ratsdiener Schwöpges, der sich im Dienst der Katholischen Liga ein steifes linkes Bein geholt hatte, versuchte, seinen hinkenden Gang durch heftiges Rudern mit dem rechten Arm wettzumachen. Er steuerte auf Coesfeld zu und übergab ihm ein Schreiben. Der Postmeister wies ihn in die Gesindestube und ließ ihm einen Schnaps einschenken. Im Kontor entfaltete er den Brief. Er kam von Bürgermeister Bolandt.

»Lieber Postmeister!

Ratsherr von Rodtkirchen erzählte mir heute, ein Bekannter, Herr Laurentius May, Anwalt beim Reichskammergericht zu Speyer (ganz recht, das gibt es noch! ...), habe ihm anvertraut, die Raußrath sei drauf und dran, ihre Beschuldigung der Henot vor den Ratsschöffen zu widerrufen, und zwar schriftlich! Geradezu triumphierend habe der junge Anwalt das meinem Gewährsmann erzählt; ohne Zweifel sei er von Propst Henot mit der Wahrnehmung seiner Interessen beauftragt worden. Dies nur Ihnen zu gefälliger Bedienung.

Euer Wohlgeboren wohlaffectionierter Bolandt.«

Zwei-, dreimal las Coesfeld das Schreiben. Er begriff es nicht. Er begriff nicht, warum das Schicksal gerade ihm so übel mitspielte. Mein Gott, er war doch kein Jüngling mehr, er war an die Fünfzig – würde ihm nicht vergönnt sein, endlich die Ernte eines mühevollen Lebens in die Scheuer zu fahren? Wie konnte der Allmächtige es zulassen, daß seinem getreuen Knecht immer wieder Knüppel zwischen die Beine geworfen wurden? Vielleicht strafte ihn der Herr seiner Unentschlossenheit, seiner ›Halbheit‹ wegen – spie Gott doch, nach seinem geoffenbarten Wort, die Lauen aus seinem Munde! Als er der Raußrath jenes Schreiben an den Rat aufgesetzt hatte, da war er noch ganz unangefochten überzeugt gewesen, die Stadt Köln vor schlimmem Schaden zu bewahren und vielleicht – dies aber, der Herr weiß es, nur so ganz flüchtig, ganz nebenher gedacht – die Taxis-Coesfeld-Post vor neuen Attacken des Henot-Klüngels zu schützen. Wie guten Mutes und reinen Herzens hatte er am Ende jener ›Demütigsten Supplication‹ die hochbetrübte Jungfrau Magdalena Raußrath das Fazit ziehen lassen: ›Weil nun aber gewiß, daß ich leider wahrhaftig bezaubert und solches von jenem Trunk seinen Anfang genommen und jene Katharina Henot nun einmal beschrien ist, mit dem Laster der Zauberei behaftet zu sein, ersuche ich die ehrenfesten, wohlachtbaren, hochgelehrten und großgebietenden Herren etc. ...‹

Doch dann? Als der Stein ins Rollen kam? Wie war es da um seine Standhaftigkeit bestellt?

Sie wurden wieder laut, seine Leute, die in der Sortierbaracke zechten. Hatten sich was Neues ausgedacht, feierten die Henot-Überläufer auf ihre Weise, mit Vorsänger und Chor:

»Zweimal drei ist sechs,
die Hex kommt in den Käx,
sie stüßt den Kopp an Blaue Stein,
da schreit die Hexe Stein und Bein.
Zweimal drei ist sechs,
morgen brennt die Hex.«

Sie überzogen es! Dürfte manchem braven Henot-Boten schwer genug gefallen sein, sein Brot jetzt bei der Konkurrenz zu suchen. Und man täusche sich nicht: Die Postmeisterin war bei denen noch immer beliebt! Von denen glaubten längst nicht alle, die schöne fromme Herrin (die sich, wie man hörte, nicht zu gut war, neben einem bewußtlos geschlagenen Boten im Straßenkot niederzuknien …) – die Postmeisterin Katharina Henot könne eine Teufelsgenossin sein.

Er mußte hinunter, mußte nach dem Rechten sehen, würde wohl selber ein paar Krüge stemmen müssen, seine Einsamkeit zu vergessen. ›Undelikate Details‹ … Der Herr Reichsgraf tat sich leicht! Das ›Wie‹ war ihm egal, und ließ man ihn einiges wissen vom ›Wie‹ – gleich war es dem jungen Herrchen zuwider. Nur ›endgültig gelöst‹ müßte das Kölner Postproblem werden – ›Wenn Ihnen das nicht gelingt, kann ich Sie nicht mehr unterstützen.‹ Und dann? Kein Postmeister mehr sein? Kein Schwager der Taxis werden? Zurück in den Sattel, wieder der kleine reitende Bote werden, der man vor langer Zeit einmal war – gejagt von den rächenden Kurieren einer wiedererstandenen Henot-Post? …

Er stöhnte auf, nahm den Brief, wollte ihn zerreißen, ließ es bleiben – er war unsicher geworden, meinte, sich auf nichts und niemanden mehr verlassen zu können, wer weiß, wie lange der Bürgermeister noch zu ihm hielt – nun, immerhin, ein vergoldeter Tafelaufsatz, das war doch was und würde nicht die letzte reichsgräfliche Dedikation gewesen sein. Nein: Bolandt würde ihn nicht verraten.

Er ging ins Schlafzimmer, legte den mauvefarbenen Rock ab, den er zum Empfang des Grafen angezogen hatte, und schlüpfte in den blauen Alltagsrock mit den gelben Aufschlägen. Er freute sich auf das Zusammensein mit seinen wackeren Boten.

Sie sitzen in der niedrigen Baracke, die sie scherzhaft ›das Langhaus‹ nennen. Gleich vorn hocken die alten getreuen Coesfeld-Boten beisammen, ein gutes Dutzend handfester Kerle, Gesichter wie Borke, Adern und Sehnen wie Wurzelwerk. Sechs Tage der Woche im Sattel, und kaum hat man das noch halbwegs friedliche Kurköln hinter sich, trabt man schon mitten im Kriegsgebiet, wo hinter jedem Baum ein Strauchdieb lauern kann: Räuber auf eigene Rechnung oder gewappnetes Volk im fürstlichen Sold. Der Senftleben ist erst heute nach Köln zurückgekehrt, hat Stafettenpost zwischen Uckerat und Hachenburg geritten, nun hat er manches nicht mitbekommen, was sich die letzten vierzehn Tage so zutrug im Heiligen Köln. Der Brossart, ihm gegenüber, erzählt es ihm, unterbricht nur kurz, als der Herr Coesfeld eintritt und alle den Humpen reiben und der Botenmeister, Herr Schwanfley, aufsteht, ihm den Willkommenstrunk zu reichen. Dann ziehen sie ihn, wie einen der Ihren, am Rock herunter auf die Bank, und er stemmt den Kopf auf die Fäuste und gibt sich recht bäuerisch und hört zu.

Der Brossart erzählt dem Senftleben, wie sie bei Wesseling im Wäldchen, er weiß schon, wo, ein Henot-Jungchen niedergeworfen und ihm eins übergebraten haben, daß es ihnen wegblieb genau für die richtige Zeit. Das Felleisen aufgeknackt und das weißblaue Täschlein hineinpraktiziert, das der Coesfeld – stimmt's, Herr Coesfeld? – ihnen zuvor wohlpräpariert übergeben. Und erst hinterher – und so sei der Herr Coesfeld nun mal, der packe keine unnütze Last auf ihr Gewissen! –, erst Tage darauf hatten sie erfahren, welchen Streich sie der Henot damit gespielt hatten: Ein weißblaues Felleisen, vorgeblich vom kurbayerischen Hof, und ein Kuvert darin und nichts im Kuvert als ein weißes Blatt! Und das hat die Frau Postmeisterin der Durchlaucht im Dom mit Hofknicks überreicht!

Nicht nur der Senftleben hat sich die Geschichte angehört, auch die anderen sind näher gerückt, sie hören's alle gern noch ein drittes und viertes Mal, und sie lachen und hauen auf den Tisch und prosten ihrem Herrn Coesfeld zu, der sich solch listige Späße einfallen läßt, denn er ist kein Freund von Gewalt.

Ein wenig, mehr als sie hätten hören sollen, haben die vier ehemaligen Henot-Boten in ihrer Ecke verstanden. Sie zerren sich die Wämser zurecht, als wollten sie aufstehen, und einer erhebt sich auch und macht ein paar wiegende Schritte auf den Tisch der Spötter zu. Es wird still dort. Dann ruft einer mit Zwitscherstimme: »Die Frau Postmeisterin kommt!« – Aber da zischt der Coesfeld ihn an, es sei nun genug, und die da drüben seien ab jetzt seine Kameraden.

Als dem Henot-Mann keiner folgt und die alten Coesfeld-Leute hinter sich zum Bierhahn langen und ihm einen Becher füllen – da kommt auch er und kommen die anderen mit ihren Krügen, und bald sitzen sie alle an einem Tisch und lachen mit, wenn auch noch scheu, als der Brossart sich aufspielt: »Und da heißt es immer, wir stehlen und rauben, wenn wir mal einen niederwerfen! Nichts haben wir ihm genommen, nichts! Wir haben ihm sogar noch was geschenkt!«

Ein, zwei Stunden später, als die meisten schon den Kopf auf der Platte haben oder in den Ecken schnarchen, die Beine breit in den Raum gestreckt, als die Kerzen verlaufen und das Bier auf die Bohlen tropft, da überkommt den Herrn Coesfeld eine Depression, wie schon einige Male seit damals, als ihm die Raußrath von den besessenen Nönnchen erzählt und womit alles seinen Anfang genommen hatte.

»He, Postmeister, was ist Euch?« und »Aufgewacht, der Taxis kommt!« und »Psst! Er überlegt, wie hoch er uns die Löhnung steigern soll!« – so, schon recht rüde und respektlos, suchen sie ihren Herrn zu ermuntern, und endlich läßt er sich herbei, aber das klingt, als hätt' er erst dreimal geschluckt:

»Ich weiß nicht, Leute, vielleicht geht alles wieder an. Der Kurs Köln–Wöllstein gehört den Henots noch immer, und der Hartger Henot läßt nicht locker, der gibt nicht auf, der doch nicht: ein Mann mit so vielen Titeln und Pfründen! Ihr habt euern Jux gehabt mit dem weißblauen Felleisen, und ich hab's euch ja auch befohlen und steh' dafür ein. Aber was, wenn der Kurfürst erfährt, daß sein Bruder in fraglicher Zeit gar keinen Brief an ihn geschrieben hat? Schon gut, nicht so schlimm, man kann es wenden, so daß es ein Streich der Henotschen war – obwohl: Was hätt' sie davon gehabt? ... Aber, schlimmer noch ...« Er senkt die Stimme und spricht jetzt allein zu den zwei Fuchsgesichtern ihm gegenüber, zu Brossart und Senftleben, während die drei anderen am Tisch nur noch gähnen können und die Arme recken. »Schlimmer noch: Es sieht ganz so aus, als käme die Henot bald wieder frei! Ihr Bruder haut sie raus aus dem Turm, das könnt ihr mir glauben, und spätestens morgen hat er ein Argument in der Hand, da stürzt uns die Anklage ein wie ein Kartenhaus!«

»Das wäre?« fragen die Boten.

»Die Raußrath widerruft. Schriftlich!«

Sie können's nicht fassen.

»Sie setzt es auf, ein Anwalt tut es für sie, daß alles ein Irrtum war – oder auch wissentlich erlogen. Und das, ihr Leute, holt die Henot aus dem Turm!«

»So einfach geht's nicht«, sagt der Brossart. »Da hängt doch noch manches andere dran. Sie hat ja gemordet. Und Unzucht getrieben dazu. Und Raupen gehext. Und Kindlein getötet.«

»Du sagst es: Es hängt daran! Eins am anderen, und alles an der ersten Anzeige! Zieht die Raußrath zurück, fällt alles zusammen!«

Coesfeld weiß nicht, warum er das mit den Leuten bespricht. Vielleicht damit sie wissen, daß sie sich ihren Lebensunterhalt bald anderswo verdienen müssen? Oder einfach nur, weil es treue Leute sind und weil der Postmeister Coesfeld heute niemanden hat, bei dem er sich ausklagen könnte, schon gar nicht ein ältliches Fräulein von Taxis mit – wer weiß? – ein paar tausend Aussteuergulden im Reisesack?

»Und wenn die Henot freikommt, dann haben wir in längstens drei Monaten auch wieder eine Kaiserliche Henot-Post! Dann seid ihr alle ohne Arbeit. Dann könnt ihr verhungern!«

Der Brossart und der Senftleben sehen sich an. Es glimmt was auf in ihren Augen. Coesfeld täuscht sich nicht. Wenn ich die Raußrath nur hier hätte, denkt er, ich würde sie schon bereden. Sie sollten mir die Raußrath bringen, hierher, in mein Kontor. Ich schaff' derweil hinlänglich Wein in den Schrank, und ich dreh' sie mir wieder zurecht, und wenn da was Schriftliches ist, ich nehm' es ihr ab …

»Alsdann!«

Wie? Hat er's nicht nur gedacht? Die beiden stehen auf, ein wenig schwankend, nicken ihm zu.

»Zur Raußrath?« fragt er, sieht von einem zum andern.

»Was sonst!«

»Aber behutsam! Befehlen könnt ihr der nichts! Überreden müßt ihr sie!«

»Schon gut, Postmeister.«

Sie ziehen den Gürtel fest, tappen hinaus in den Abend, ist schon tiefdunkel, ist schon bald Nacht.

Auch Coesfeld steht auf. Zuviel Bier. Er ist nur Wein gewöhnt, trinkt nur vom besten, aber hier, bei seinen einfachen Leuten, bleibt nur das Bier. Rings rotzt und röchelt's – wie will er die morgen auf die Stafetten verteilen? Er wankt, patscht in die Bierlache auf dem Tisch, schleudert wütend die Nässe ab, dem nächsten Penner ins Gesicht.

»Aufwachen!« schreit er. »Die Henot-Post kommt wieder! Henot redivivus!«

Aber damit weckt er nicht einmal die alten Henot-Boten auf. Sie liegen überquer unterm Tisch und träumen von alten Zeiten.

Er tritt vor die Tür. Nichts mehr zu sehen von den beiden. Da kommt wer hinter der Kurstafel hervor, schließt die Hose. Kommt dicht an ihn heran: Perlenpfuhl, sein ältester Bote. »Ich hab' was aufgedichtelt, Postmeister, eine ganze Strophe zu unserem Lied. Hör zu, Postmeister!« Und wohlakzentuierend zwingt seine schwere Zunge den Text:

»Eins, zwei, drei, vier, fünf, sechs, sieben,
wo ist denn die Hex geblieben?
Sie ist beim letzten Brand verascht,
der Teufel hat die Asch vernascht,
eins, zwei, drei, vier, fünf, sechs, sieben:
das ist von der Hex geblieben!«

»Nein!« schreit der Coesfeld. »Neinneinnein!« Und vergißt, wo er zu Hause ist, und läuft hinaus in die Nacht.

38

Zwölf Stühle waren unbesetzt. Eine unheilige Jüngerschaft ist mir da ferngeblieben, knurrte der Propst – sei's drum, es ist auch verdienstvoll, die Armen zu speisen von dem, was übrigbleibt.

Denn es war Teuerung im Lande. Ein Malter Gerste kostete fünf Gulden, Roggen sogar sechs, Mißernte gab's seit zwei Jahren, drum schlug die Frucht so unerhört auf.

Die aber gekommen waren, tranken und pokulierten unterm hallenden Gewölbe des Refektoriums schon die dritte Stunde in den dunkelnden Abend hinein, und als der Propst eigenhändig die vielarmigen Wandleuchter entzündete und der hochwürdige

Ludimagister und Meister des Orgelspiels von Sankt Severin sich ans Positiv setzte und das Lied vom närrischen Abt anstimmte, der in ein Weinfaß verwandelt ward, da lächelte sogar Friedrich Spee, der doch anfangs gemault hatte über so viel verschwenderischen Fraß und Trunk. Aber geschmeckt hatte es ihm doch, ihm und Regens Kasen, mit dem er gekommen war, und der hatte sich als erstes eine gebratene Drossel in den Mund geschoben.

Der Bader hatte recht behalten; Henot verspürte keine Schmerzen mehr. Nur die Backe war noch geschwollen, aber das Wurzelloch hielt sich still, und zur Vespermesse, als es dem Herrn zu danken galt für dreißig Jahre segensreicher Priesterschaft, hatte Henots Baß so kräftig getönt wie vor der Extraktion, und was dann noch ein wenig stach und zerrte, das brachten die Neefer, der Brenner, der Canarienwein zur Räson.

Nun, immerhin, es waren zehn an der Tafel, und daß der Herr von Bolandt nicht kam, hatte Hartger Henot ja schon am Vormittag erfahren. Die Pröpste und Dechanten – wer weinte denen schon nach! Generalvikar Gelenius war gerade erst aus Bonn zurückgekehrt, nahm aber doch teil an dieser »Angelegenheit«, die dem Propst »völlig zu Recht so herben Kummer bereitete« … Otto Gereon, der freilich hätte wohl kommen dürfen! Barmherziger Gott, dreißig Jahre ist man Priester in Köln und wahrlich hoch aufgestiegen in Ämtern und Würden, und mein Weihbischof schneidet die Tafel, entschuldigt sich nicht einmal – nun, mag wohl sein, daß er noch erscheint. Auch Bürgermeister Melchior Geil ist ja bald zwei Stunden später gekommen, ist allerdings nach schnellem Trunk und einem Happen Kalbsragout gleich wieder in die Kutsche gestiegen – nicht ohne Trost in Henots Herz zu senken: »Wir behalten die Sache in der Hand, wir von der Stadt! Was meinen Sie, weshalb ich damals den Haftbefehl unterschrieben habe? Solang die Affäre städtisch bleibt, geschieht Ihrer Schwester nichts. Nichts Unwiderrufliches, meine ich. Sie darf nur dem Greven nicht geliefert werden, das darf sie beileibe nicht, doch dafür sorg' ich schon!« Er hatte dann, schon auf der Straße, umlagert von Maulaffen, noch vielerlei juristische Begründungen angeführt: wieso eine Überstellung ans Hohe Weltliche Gericht gar nicht in Frage kommen könne und welche Möglichkeiten es allenfalls gebe, sie zu verhindern. Henot hatte, nicht allein der neugierigen Krautköpfe, sondern auch des genossenen Weines wegen, der wildwuchernden Rede kaum folgen können. Aber warm war ihm doch ums Herz geworden, als Geil zum Abschied die Hand aus dem Kutschfenster streckte, die seine zu drücken. Was da sonst noch an Gästen erschienen war – nun ja … Er blickte die Tafel entlang. Von seinen eigenen Stiftsvikaren saßen da, wie zum Protest gegen des Erzbischofs strenge Kleiderordnung in roten und himmelblauen Umhängen, ganze drei. Sie machten sich über den gespickten Hasenrücken her. Des Schweinskopfs wabernde Reste waren schon abgetragen; dem hatte vor allem Wilhelm Freiherr von Hollinghoven zugesprochen, Henots Stellvertreter in der Propstei, ein verschlossener, frommer, aber ehrgeiziger Mann, illegitimer Sproß eines bayerischen Wittelsbachers, wie man flüsterte. Wer noch? Der alte halbblinde Preunges von der Postmeisterei, der taperte auf dem Tisch herum, bis sein Löffel die Schüssel mit Hühnerfrikassee und durchgeriebenen Erbsen fand. Der Schatzmeister des Stiftes zerfetzte mit Behagen den blauen Schlei und ließ ihn im Lahnsteiner schwimmen. So unflätig viel der dürre, riesenhafte Mensch auch zu verschlingen pflegte, es schlug bei ihm nichts an. Ja, und mehr Gäste kamen wohl nicht. Nur noch der eine, dem er eigens erlaubt hatte, später zu kommen: der Stolz seiner alten Tage, der treffliche Jüngling, den seine Schwester Franziska ihm, kaum daß sein Hilferuf eingetroffen war, nach Köln geschickt hatte.

Da befand der Propst, es sei an der Zeit, auf den Anlaß dieses Tages einzugehen. Er erhob sich, und nachdem er jedem einzelnen für sein Kommen gedankt hatte, fuhr er fort:

»Der alte Herr von Weinsberg – Vater hat ihn gut gekannt –, der hat immer gesagt: Wenn einer dreiunddreißig hinter sich habe, das sei das vollkommene Alter, dann sei man just so alt wie unser Herr und Heiland, als sie ihn kreuzigten. Und wenn einer sterbe – er zähle nun achtzehn oder achtzig –, dann werde er dennoch vor Christi Richterstuhl erscheinen als ein Mann von dreiunddreißig.

Wenn dem so ist, Freunde, Brüder in Christo, dann bin auch ich dem vollkommenen Alter nicht mehr so fern! Ja, lacht nur! Denn: Beginnt – und wer hier Priester ist, wird mir zustimmen – unser Leben nicht so recht eigentlich erst mit der Priesterweihe? Haben wir nicht erst in diesem hochheiligen Augenblick zu unserem wahrhaften Leben gefunden? Wohlan denn! Dreißig Jahre meines wahren Lebens zähl' ich heute. Was anderes sollt' ich mir wünschen auf dieser Welt, als noch drei Jährchen im Frieden unseres Herren Jesu Christus, um in diesem einzigen Punkte, in dem ein sündiger Mensch dem Heiland gleichen kann, nämlich dem Alter nach, ihm ebenbürtig zu werden! Aber ...« – er griff zum Pokal und tat einen tiefen Zug – »das ist gewiß nicht alles, was ich mir wünsche. Ich wünsch' mir, ich wünsch' mir ...«, und plötzlich sah der starke Mann ganz hilflos aus, seine Mundwinkel verzogen sich weinerlich, und sein rechtes Augenlid zitterte so stark, daß er's mit dem Mittelfinger festhalten mußte, »ich wünsch' mir, daß mein Schwesterchen endlich wieder die freie, süße Gottesluft atmen darf! Wünsch' mir, daß Kathrinchen wieder so schön und rein und strahlend daherschreiten darf in ihrer Unschuld ... Wünsch' mir ...«, und unversehens ließ er sich vor seinen verdutzten Gästen zu derbem Schimpf hinreißen, wie ein Bußprediger zur Fastenzeit, »wünsch' mir, daß all ihre Ankläger, Verleumder, Beschmutzer, all die tückischen Hunde, Lasterbuben und Sudelköche, diese Totschläger und Blutvergießer eines baldigen Tages, und tief im Staube an Kathrinchens Rocksaum, um Gnade winseln! Aber es soll ihnen durchaus nichts nutzen! Sollen dennoch vorgeworfen werden, und zwar in unseres Herrn und Heilands Namen, den gierschlundigen Wölfen zum Fraß!«

Nun zitterte nicht allein das Augenlid, nun bebte der ganze Propst. Schwer brach er nieder auf den Stuhl, und seine Hand, die wie aus eigenem Willen über den Tisch fuhr, stieß die Rotweinkanne um, aber es war ohnedies Zeit zum Wechseln der Decke. Drutgin und zwei Lohnmägde räumten Schüsseln, Krüge und Becher ab, schlugen das schwere Tuch mit den gehäuften Speiseresten zusammen und trugen es in die Küche. Der Anblick der blanken Platte ernüchterte alle. Drutgin, von Henots Aussehen tief erschreckt, kehrte mit einem feuchten Lappen zurück, damit fuhr sie dem Propst über die schweißige Stirn, sie kannte ihren Herrn und fürchtete Schlag und Lähmung. Betroffen sah man ihr zu, aber Henot erholte sich, tupfte mit dem kleinen Finger eine Träne aus dem Augenwinkel und vernahm sehr genau, was der stets ernste Freiherr Hollinghoven in das Schweigen sagte:

»Nicht eigentlich eine christliche Rede!«

Aber da kam dem Propst Hilfe von Spee, der den ganzen Abend still gewesen war und wohl immerfort an die Armen gedacht und sich, obschon selber nicht faul im Zugreifen, herumgeschlagen hatte mit der Sünde der Völlerei.

»Was Ihr so christlich heißt!« fuhr es ihm grob heraus, so daß der Freiherr überrascht die Brauen hob. »Als ob man sich als Christ über boshafte Menschen nicht erzürnen dürfte! Als ob man sich schämen und scheuen müßte, *sie* zu erzürnen! So blöd und zaghaft und gewaltlos kann ein Mensch gar nicht sein, wenn er ein redlicher Kerl ist, und kriegt's mit einer schnöden, stinkenden Kreatur zu tun! Wenn *das* die Frucht eines langen geistlichen Lebens wäre, daß man nicht einmal in Worten Gewalt anwenden darf, wo sie, in Gottes Namen, geboten ist – dann wäre, so meine ich, über dreißig Jahre alles Beten, Beichten, Fasten, Kommunizieren vergebens gewesen!«

So hatte den zwar stets wortgewandten, doch immer konziliaanten Jesuiten noch keiner vernommen. Henot stammelte nur »Bruder … Bruder …«, und er langte nach seinem Becher, aber die wieder ruhig gewordene Hand griff ins Leere. Doch nun kamen die Mägde mit dem neuen Tuch; Damianus Krebs, beklatscht und lauthals gepriesen wegen seiner Kochkunst, trug das Tablett mit den Dessertschüsseln aus grünem Glas und blauer Fayence, und der Kellermeister kam mit dem Küferlehrling, und sie setzten Pokale und Becher auf den Tisch und füllten sie aus zinnernen Kannen mit rheinischem und südlichem Wein.

»Ach, Bruder Fridericus, lieber Spee!« rief der Propst und rappelte sich wiederum hoch, »wie hast du mir so sehr aus dem Herzen gesprochen, wie hast du mir, einem oftmals lahmen und müden unheiligen Georg – doch, doch, Brüder, ich weiß um meine Schwäche! –, wie hast du mir Mut gemacht! Wie ist unser Leben doch selbst nach dem Tode so arg bedroht – und wahrlich nicht nur vom Bösen Feind! Der, gewiß, er fordert die Seele – aber schon reift tief in der Erde der Wurm heran, der unseren faulenden Körper dereinst vertilgen soll, und auch jene formieren sich schon, die man sehr bald die Hinterbliebenen heißen wird, um unser Vermögen zu fressen! Und ein jeder – der Teufel, der Wurm und der Erbe – weiß sehr genau, was er will, und begehrt durchaus nicht, was der andere begehrt, und das eben macht ihre satanische Dreieinigkeit aus! Der Wurm ist nicht auf Seele und Reichtum versessen, der Teufel nicht auf den Madensack und die Habe, und den Hinterbliebenen ist's nicht um Körper noch Seele zu tun, doch wohl um den klingenden Nachlaß! So hat's denn der Herr gar trefflich eingerichtet, daß um unsern Tod kein groß Geriß und Gerauf entstehe, sondern ein jeder bekomme, was er will und was ihm gebührt – sofern, ihr Freunde, sofern wir im Stand der Todsünde sterben! Verscheiden wir aber in Christo – Gott geb's uns allen! –, so erhält zwar der Wurm unsern Leib und der trauernde Hinterbliebene unsern Besitz – der Teufel aber geht leer aus, denn die Seele fährt auf zu unserem Herrn und Heiland! Sehet drum, Freunde, daß ihr euer Leben so einrichtet, daß Christus nicht weinen muß, daß er nicht als einziger leer ausgehe, während Wurm und Teufel und Erbe, ein jeder mit dem Seinigen, satt und zufrieden von hinnen ziehen!«

Soweit der Propst. Und wenn auch manch einer in der Runde nicht kapierte, weshalb er's denn auf einmal so mit dem Sterben hatte: Ihm selber war nun leichter ums Herz, das Memento mori gehörte zu solch einer Feier, und wie rasch tritt doch der Tod den Menschen an, das begriff ja schon, wer nur zusah, wie dieser Schatzmeister, der dicken Gräten nicht achtend, den Schlei hinunterschlang.

Noch immer wuselte, auch sie mit Wein verwöhnt, schon schwankend und manchmal überlaut, Katharinas Töchterlein Mariechen zwischen Küche und Tafel herum, spielte hinter den Säulen Versteck und jagte Castor und Pollux, die Stiftsköter, die von den kaum benagten Knochen, welche die Herren hinter sich warfen, schon ganz träge geworden waren. »Und sie hat Ausgang bekommen?« fragte Regens Kasen erstaunt. »Ich denke, bei den Klarissen ist alles versperrt, die Nonnen sind allesamt besessen, und Pater Mohr treibt mit harten Exorzismen die Teufel aus?«

»Das weiß ich besser!« rief der Propst und hieb die Faust auf den Tisch. »Weiß wohl besser, was sich da tut! Unser Herr Weihbischof hat den Ostermann und den Pater Mohr zu den Klarissen geschickt, das stimmt! Aber wie sie anlangen vor dem Kloster am Römerturm, wie sie stehn vor verschlossenem Tor, wie sie klopfen und schellen und rufen, da tut sich oben ein Fenster auf, die Priorin schaut heraus, und die stammt aus Bayern. ›Was wollt ihr zwei Gockeln?‹ – ›Eure Besessenen exorzieren, Frau Priorin!‹ – ›In welchem Auftrag?‹ – ›Des Herrn Weihbischofs‹, sagt der Mohr. Und der Ostermann meckert: ›Da braucht es doch keinen Auftrag! In Eure Nönnchen sind Teufel gefahren, die hat ihnen die Henot hineingehext, und die fischt dieser brave Gottesknecht jetzt heraus!‹ – Da sagt die Frau Priorin aus dem Fenster: ›Was aus meinen zwei Lumpenmenschern zu holen wär', das ist bestimmt kein Teufel, und das geht keinen Exorzisten was an – das ist einzig und allein der Frau Hebamm' Wamslinger ihr' Sach'!‹ Und haut ihnen das Fenster vor die Nase!«

Sie wanden und schneuzten sich vor Lachen und hielten sich die vollen Bäuche. Aber Spee, der auch schon ein bißchen viel getrunken hatte, wurde hellwach. Was erzählte Henot da? »Wenn die Besessenheit der Nonnen sich so aufklärt«, rief er über den Tisch, »dann bricht doch die Hauptanklage gegen Ihre Schwester zusammen!«

»Und nicht nur das!« rief eine helle Stimme.

Als sie sich zur Tür umwendeten, stand dort ein junger Mann im eleganten Rock aus blaßblauem Damast und machte, den Federhut schwenkend, einen höfischen Kratzfuß vor der Versammlung. Henot legte das Hühnerbein auf den Tisch und klatschte freudig in die Hände. Dann stand er, schon etwas mühsam, auf und griff mit fettigen Fingern nach der Hand des jungen Herrn.

»Das ist er! Das ist der hochkundige Rechtsgelehrte, auf den ich meine ganze Hoffnung setze! Herr Doktor juris Laurentius May vom Reichskammergericht zu Speyer! Sohn meiner Schwester Franziska, mein geliebter Neffe!«

Alle applaudierten. Dem jungen Mann stieg das Blut in die Wangen. Mein Gott, ein liebes Milchgesicht, dachte Spee – und wie kommt's, daß ein Mann wie Henot auf solch ein Bürschlein setzt, und mag's auch sein Neffe sein – er, der doch, um seine zahlreichen Postprozesse durchzufechten, ganz ausgefuchste Juristen bezahlt, die schon seinem Vater gegen Kaiser und Reichshofrat und Taxis und die Stadt Köln und gegen wer weiß was noch beigestanden haben? Später löste ihm der Herr von Hollinghoven das Rätsel. Diese ›Ausgefuchsten‹, so sagte er, kämen für den Fall Katharina Henot gar nicht in Frage. Das seien zwar hochbezahlte Spezialanwälte, doch zuständig nur für den Zivilprozeß, und wenn es gelte, Schadensersatz zu fordern, Erbschaften einzuklagen, Anrechte und Privilegien zu behaupten, dann seien sie unermüdlich im Erfinden von Exempeln und Beweisen und fürchteten weder die Majestät noch die hochweisen Räte zu Prag und Wien, und drum seien sie nicht einmal teuer bezahlt. Aber im Fall der Frau Henot? Bei einem Hexenprozeß? In einer so aussichtslosen Sache? Man wisse doch längst, daß Anwälte in einem solchen Verfahren nichts verloren haben. Wer von diesen hochgerühmten Herren Juristen werde sich da wohl engagieren wollen?

Diese rhetorischen Fragen stellte der Freiherr von Hollinghoven nicht allzu leise. Spee nickte heftig, aber nur, um ihn zum Schweigen zu bringen – denn zustimmen wollte er nicht. Das konnte ja doch so aussichtslos nicht sein, so ohne Hoffnung durfte er an die arme Frau im Frankenturm nicht denken, er hätte sonst aufbrechen, er, Beobachter der Gesellschaft Jesu, hätte was unternehmen, was in die Wege leiten müssen, statt hier zu zechen und zu feiern ... Aber psst, jetzt redete der blaßblaue Herr, und wenn er auch vor Eifer etwas stotterte, so schien er doch mächtig beschlagen zu sein, und war er auch noch blutjung, so kam er doch vom Reichskammergericht. Freilich, Spee lächelte grimmig, was hieß das schon! Er hatte lange genug in Speyer gelebt, um zu wissen, daß dieses hohe kaiserliche Gericht zwar über glänzende Juristen verfügte, jedoch nicht die geringste Macht und Autorität besaß, in Kaisers Namen bei deutschen Landesfürsten oder reichsstädtischen Gerichten seinen Willen durchzusetzen. Reichskammergericht – Reichsjammergericht, so hatten sie in Speyer gespottet – und in Hexenprozessen gar galt nur das ›Hammergericht‹, das Verfahren nach Sprenger und Krämer: das Hexenhammerverfahren.

Aber nun der junge Mann! Henot hatte ihm eingeschenkt, von den Speisen wollte er nichts, war wohl zu aufgeregt, um zu essen, hatte den ganzen Tag über Besuche gemacht, hatte sich eingeführt beim Städtischen Gewaltgericht als Reichskammergerichtsrat und Kaiserlicher Notar, aber wer glaubte dem Jüngling schon diese Titel; gewiß hatte er seine Certificationes und Bestallungen vorweisen müssen. Er war's in Wahrheit, mit Brief und Siegel, ein aufgeweckter Bursch. Man kam auch jung zu Ehren, konnte mit acht Jahren Dompropst sein, sofern man nur die richtige Verwandtschaft hatte.

Laurentius May tuschelte erst eine Weile mit Henot, der, staunend über so viel gute Zeitung, Luft in die Backen pumpte und prustend wieder entließ.

»Das, lieber Neffe, enthalte meinen Freunden nicht vor! Aufgemerkt, Brüder, jetzt hört euch an, wie ein Magister und Doktor beider Rechte unsere kölnischen Schöffen und Syndizi Mores lehrt!«

Laurentius May erhob sich, dozierte mit unterstreichenden Gesten, wobei Daumen und Mittelfinger der Rechten sich zierlich berührten. Zunächst einmal habe das Gericht der beklagten Katharina eine Kopie jener denunziatorischen Supplication sowie aller etwa sonst noch eingelaufenen Anzeigen auszuhändigen und daraufhin ihre Verteidigung gnädig anzuhören. Zum zweiten müsse man …

Aber der Zeitpunkt war seiner Rede nicht günstig, man sprach ja noch fleißig den sauren Bohnen und Binger Würsten zu, der Wein floß unverdünnt, der lange Schatzmeister saß am Positiv und intonierte unter der nachsichtigen Anleitung des Ludimagisters ein Marienlied; etliche waren vom Schlaf überwältigt worden, und Adam Kasen hatte sich während der Rede Mays erhoben und war hinaus in den Kreuzgang getreten, weil er ein merkwürdiges Geräusch gehört hatte, doch konnte er in der Finsternis nichts Verdächtiges wahrnehmen.

Spee hatte den Platz gewechselt und sich, indem er für seinen temperamentvollen Einwurf um Entschuldigung bat, neben Hollinghoven gesetzt, der in juristischen Dingen beschlagen schien und die Augen zum Himmel drehte, als May die Artikel 11 und 12 der Kriminalordnung Kaiser Karls V. erwähnte.

»Ein Träumer! Ein liebenswerter – aber schon beinah gefährlich! Wenn er *das* vorbringt, lachen ihm die Gewaltrichter ins Gesicht! 11 und 12! Diese Artikel waren schon zu Kaiser Karls Zeiten reine Theorie! Aber da haben Sie Speyer! Deshalb nimmt das Reichskammergericht keiner mehr ernst!«

Als Laurentius May erkannte, daß die von ihm vorgeschlagenen Maßnahmen nicht die gebührende Aufmerksamkeit fanden – lediglich der alte Postsekretär ließ den vom Star getrübten Blick andächtig auf den Lippen des Redners verweilen –, rückte er mit seiner großen Überraschung heraus:

»Alles, was ich soeben gesagt habe, ist zwar prozeßrechtlich einwandfrei und wird seine Wirkung auf die Herren Richter und Schöffen nicht verfehlen. Es dürfte sich jedoch schlicht erübrigen!«

Wiederum machte er eine Pause, aber nur Hollinghoven räusperte sich erwartungsvoll.

Da wurde es Henot zuviel. Er ließ die Faust niedersausen, daß Schüsseln und Kannen hüpften.

»Weh dem, der zum Holze spricht: Wach auf! Und zum stummen Steine: Steh auf! Wahrlich, mir scheint, es ist kein Odem in euch!« So grollte er mit dem Zorne des Propheten Habakuk. Da wollte nun doch keiner Holz oder Stein sein, und alle scharten sich um den Tisch.

»Es dürfte sich erübrigen«, setzte der Notar neu an, »weil ich mich am Mittag dieses Tages in persona zu der denunzierenden Supplicantin, eben jener Magdalena Raußrath, begeben habe. Und was sich dabei zugetragen hat, das konnte ich gleich danach dem mir gut bekannten Ratsherrn Rodtkirchen mitteilen, mündlich voraus, damit die Herren Bürgermeister und Schöffen schon einmal wissen, was auf sie zukommt ...«

Falsch! Wie so sehr falsch, dachte Hollinghoven. Wie kann er seinen Trumpf so verspielen – wie immer der beschaffen sein mag!

»Besagte Raußrath nun hat mir gestanden, daß sie alles erfunden hat! Und hat nicht aus eigenem Antrieb gelogen, sondern weil ihr Dienstherr es ihr eingegeben hat, mit Drohung und Belohnung und religiös-moralischer Vermahnung! Dieser, ihr Dienstherr, aber ist kein anderer als der Postmeister ...«

»Gewesener!« knurrte Henot.

»... der zur Zeit noch als solcher bestätigte Postmeister Herr Johann Coesfeld!«

Jetzt spitzte auch der skeptische Herr von Hollinghoven die Ohren. Sollte es dem schmächtigen Rätlein aus Speyer in der Tat gelungen sein, die Wäscherin zum Widerruf zu bewegen – à la bonheur! Respekt dann, Respekt ...

»Sie hat also widerrufen?« Auch Spee war beeindruckt.

»Und sogar schriftlich!« triumphierte Laurentius May.

Ausgerechnet in diesem Augenblick tiefster Genugtuung konnte der Propst das Wasser nicht mehr halten. Er schlurfte hinaus in den Kreuzgang, wo sich's beim Plätschern des Springbrunnens gut verrichten ließ. Aber bis er hinaus war, drehte er sich noch zweimal um, daß er nur nichts versäume vom Leuchten der Erleichterung und Zustimmung auf allen Gesichtern.

»Sie hat mir den Widerruf diktiert, ich hab' ihn in die gehörige Form gebracht, und sie hat unterschrieben!«

»Wo?« riefen sie. »Zeigt her! Wir wollen's alle sehn!«

Laurentius May hob die Hände. »Sie mußte das Dokument behalten. Denn die Vorschrift gebietet, daß sie selbst zu den Gewaltrichtern geht. Sie muß, um ihren Krakel, den sie statt einer Unterschrift geliefert hat, zu beglaubigen, das Schriftstück im Rathaus eigenhändig ad acta legen. Gleich morgen früh geht sie hin. Und damit, so denke ich, ist der Fall Katharina Henot zu ihren und unseren Gunsten abgeschlossen, und ich darf darauf verzichten, wie ich's noch vorhatte, ein Universitätsgutachten von Professor Goddeus aus Marburg einzuholen, das ohne Zweifel bewiesen hätte, daß meine Tante von jedem Verdacht der Hexerei freizusprechen ist. Die Anklage ist durch den Widerruf der Raußrath und, letztendlich, auch durch den angekündigten spektakulären Besuch der Hebamme im Kloster der Klarissen in sich zusammengebrochen!«

Der Ludimagister schlug am Positiv das Tedeum an. Alle erhoben sich und stimmten fröhlich ein. Es war ein großer, des Schmerzes, der Sorge und der Trauer dieser vergangenen Tage würdiger Augenblick. Und als der Propst zurückkehrte, schwenkten sie ihm die Becher entgegen, und erst als er nicht näher trat, vermeinten sie, daß ihm draußen etwas zugestoßen sein müsse, nicht einmal seine Kleidung war geordnet. Wie er da stand, mit offenem Mund und stumpfem Auge, da zerbröckelte ihr Chorgesang, und er stand immer noch, die Arme wie in Abwehr nach rückwärts ausgestreckt, als fürchte er, es werde von draußen, vom Kreuzgang her, gleich etwas Grauenvolles hereingetappt kommen.

Sie riefen ihn an. Regens Kasen eilte auf ihn zu, packte ihn am Ellbogen. Aus der Küche kamen, wohl weil der Chorus so kläglich verstummt war, der Koch und die Mägde, auch das kleine Mariechen, das man ganz vergessen und das zusammengerollt vor dem Kamin geschlafen hatte, rappelte sich auf und wischte sich die Augen.

Jetzt fand der Propst mühsam zu seinem Platz, und nun wies er mit der Rechten zum Kreuzgang, und alles, was von seinen Lippen kam, war: »Dahingefahren ... wie ein Geschrei ...«

Da machten sich alle auf in die Nacht, die Stiftsvikare nahmen Kerzen vom Tisch, und sie hatten nicht weit zu gehen. Der Mond war aus den Wolken gekommen und beleuchtete hinlänglich, was da über den Brunnenrand geworfen war und vom sprudelnden und fallenden Strahl benetzt wurde. Kasen und der Schatzmeister traten näher und erkannten ein unförmig verwachsenes Weib und am Hals die dunklen Würgemale. Andere traten hinzu, hoben den Leichnam herunter, trugen ihn in den Kreuzgang und umstanden ihn mit ihren Lichtern. Jetzt erst kam der junge Notar aus dem Refektorium, er hielt eine Kalbskeule in der Hand.

»Ist sie's?« fragte Herr von Hollinghoven.

Als Laurentius May erfaßte, was geschehen war, und als er sich niedergebeugt und der Toten ins schwammige Antlitz gesehen hatte, nickte er.

»Durchsucht sie!« sagte er tonlos. »Sie muß doch den Widerruf bei sich haben. Das Dokument. Das von mir aufgesetzte, von ihr unterschriebene ...«

Als sie nur zaghaft über Rock und Bluse tasteten, stürzte sich der junge Mann selber auf die Leiche. Aber man fand nichts bei ihr.

39

Als Johann Gelenius im Morgengrauen des Dienstags nach Cantate unter den alten Ahornbäumen des Neumarktes zur Stiftskirche Sankt Aposteln ging, war ihm schwer ums Herz. Die 5-Uhr-Messe war gerade beendet; es waren meist ältere Bürger, die ihm entgegenkamen, voran die Männer, mit einigem Abstand, in ihre gestrickten Umhangtücher gehüllt, die Frauen. Natürlich erkannten sie ihn sofort: die hohe, schon etwas gebeugte Gestalt, das schmale Antlitz mit den leicht eingesunkenen Wangen und dem kurzen, erst unter dem Kinn ansetzenden Bart. Und sie grüßten nicht ohne Stolz, denn als Dechant ihres Stiftsbezirkes war er in sein hohes Amt berufen worden und somit noch immer einer der Ihren. Ihr demütiges oder morgenfrisch geschmettertes »Gelobt sei Jesus Christus!« erwiderte er mit einem heiser gehauchten »In Ewigkeit. Amen«.

Ohne Begleitung, den Blick auf die über der Brust zusammengelegten Hände gesenkt, schritt er dahin. Und während schon ›Maria‹, die hundertjährige, ihre wohllautende Botschaft über die Stadt rief – ›Maria‹, vor deren Läuten der Blitz entweicht –, vertraute Gelenius sich ›Felix‹, der anderen Glocke, an. Du läutest mir gerade recht, dachte der Generalvikar, denn dir ist es gegeben, die Dämonen zu vertreiben: ›Felix appellor dulci fugo daemones cantu atque choro vigiles modulando coniungo mentes.‹* Wohlbedacht hat man dich überm Neumarkt aufgehängt, ist der doch seit alters Tummelplatz der kölnischen Hexen, und auch die Henot will man hier beim Satanstanz gesehen haben. So beginne denn gleich mit mir und treibe ihn aus, den bösen Versucher, der meine arme Seele foltert und meinen Geist bitter wie Galle macht!

* Felix heiße ich. Mit lieblichem Lied vertreibe ich die bösen Geister. Durch meinen Gesang führe ich die zur Wacht bereiten Herzen dem Chore zu.

Denn noch immer hatte Johann Gelenius es nicht verwunden, daß die ›jungen Herren‹, wie er die Bischöfe von Osnabrück und Münster nur noch nannte, ihn aus der Gunst Ferdinands verdrängt hatten – und nun hatte er es auch mit den Bürgermeistern von Köln zu tun bekommen.

Die Untat, die vor drei Tagen im Brunnenhof von Sankt Severin begangen, zumindest dort entdeckt worden war, hatte die Stadt tief erschreckt. Innerhalb einer knappen Woche waren zwei Frauen in Köln ermordet worden. Hatte man vom ersten Verbrechen nur mit gelindem Schauder Notiz genommen – jenes Weib hatte ja keiner gekannt –, so war dem zweiten eine stadtbekannte Person zum Opfer gefallen, eine ehrsame, fromme Wäscherin, die wohl zuweilen dem Weingenuß ein wenig zu heftig gefrönt, sich im großen und ganzen jedoch durch einen untadeligen Lebenswandel ausgezeichnet hatte, sieht man von ihren skandalösen Pöbeleien ab – aber dafür konnte sie nichts, sie war ja von der Henot verhext. Und schließlich war es allein ihrer Aufmerksamkeit zu verdanken, daß dieser schlimmen Zauberei endlich das Handwerk gelegt werden konnte.

Deshalb wußten die Gewaltrichter auch gleich, in welchem Kreis man den Täter zu suchen habe. Das hatte Gelenius, kaum war er aus Bonn zurückgekehrt, manchen Verdruß bereitet. Propst Henot war, am Tage nach seiner Jubiläumsfeier, zornbebend im Generalvikariat erschienen. »Die Gewaltrichter waren bei mir! Auch meinen Gästen sind sie ins Haus gerückt, jeden einzelnen haben sie verhört! Mich aber – mich und Regens Kasen! – haben sie des Mordes verdächtigt! Ich verlange oberhirtlichen Schutz!«

Nur mit Geduld und Sanftmut hatte Gelenius die näheren Umstände erkunden können. Daß die Gewaltrichter es wagten, Adam Kasen, den hochgelehrten Regens des Tricoronatums, zu verdächtigen, nur weil er sich, von einem Geräusch beunruhigt, kurz vor Entdeckung der Leiche in den Kreuzgang begeben hatte – darin mußte der Generalvikar einen dummdreisten Affront gegen die Geistlichkeit erblicken. Damit nicht genug:

Nachdem Kasen die Richter mit schneidender Ironie beschämt hatte, gaben sie nunmehr dem Propst zu erkennen, daß sie auch ihn, und gerade ihn, der Untat für fähig hielten.

»Darf man in dieser Stadt nicht einmal mehr sein Wasser abschlagen!?« hatte Henot aufbegehrt. – »Vielleicht nicht gerade im Kreuzgang?« gab Gelenius mit feinem Lächeln zu bedenken. Dann hatte er den erzürnten Mann besänftigt und ein geharnischtes Billett an die Bürgermeister geschickt: Sie sollten die Gewaltrichter zu geziemender Ehrfurcht vor dem geistlichen Amt anhalten. Dies um so mehr, als die Teilnehmer der Henotschen Tafelrunde, und zwar ein jeder für sich, einhellig erklärt hatten, die Raußrath sei auf dem Wege des Widerrufs gewesen, ja, sie habe bereits widerrufen, und der junge Anwalt aus Speyer wollte das sogar auf seinen Eid nehmen. Aber man ließ ihn nicht schwören; man gedachte nicht – so zierten sie sich auf dem Amt! –, ihn »in sein Verderben rennen zu lassen«.

Dennoch blieben diese Aussagen nicht ohne Wirkung. Noch am selben Tage wurden die Vernehmungen eingestellt, ja, man schien sich überhaupt nicht mehr mit dem Mord und der Suche nach den Tätern befassen zu wollen! Gelenius führte das auf seinen Protest zurück, und als er Bürgermeister von Bolandt kurz begegnete, fuhr der sich, gewollt verlegen lächelnd, durch seinen lappigen Bart – aber einige meinten, er habe ganz andere Gründe, in dieser Angelegenheit nichts mehr zu unternehmen.

So würde man den Mörder der Raußrath wohl nie entdekken. Als Gelenius diese Vermutung dem Kommissar Doktor Glimbach gegenüber äußerte, schüttelte der kleine Mann verwundert sein übergroßes Haupt. »Aber das ist doch jedermann, der Einblick in diese Dinge hat, ganz offenkundig, Euer Exzellenz! Die Raußrath ist vom Teufel erwürgt worden! Und der Teufel wurde ausgesandt von der Henot. Auch jenes unbekannte Weib, das man nach der Austreibung der Calviner entdeckte, war eine Teufelsgenossin, die von der Henot, aus welchen Gründen auch immer, zu Tode gehext worden ist!« – »Sie wurde vergewaltigt«, sagte Gelenius mit Überwindung.

– »Und? Ist das ein Gegenargument? Natürlich nahm der von der Henot ausgesandte Teufel die Gelegenheit wahr, das immer noch ansehnliche Weib … Die Raußrath dagegen war ja nun wirklich nicht mehr …«

Der Generalvikar hatte, als er Glimbachs Büro verließ, die Tür hinter sich zugeschlagen.

Stiftsvikar Andermann von Sankt Aposteln, der die Frühmesse zelebriert hatte, empfing den hohen Vorgesetzten an der Pforte; er erwartete wohl so etwas wie eine Visitation und war entsprechend aufgeregt. Aber Gelenius erkundigte sich nur nach dem Fortgang der Bauarbeiten; man hatte vor Jahresfrist beschlossen, das alte Gemäuer dem Zeitgeschmack anzupassen und umfangreiche Veränderungen im Kirchenschiff, vor allem auch an der Ausstattung des uralten Kleeblattchores vorzunehmen.

Der Generalvikar hörte kaum hin; ihm war nur wichtig, daß die Arbeiter ihr Tagewerk noch nicht begonnen hatten; so konnte er ungestört vor dem Schmerzensmann beten, dem hölzernen Geißelchristus, den er von allen Bildwerken Kölns am innigsten verehrte. Im purpurvioletten Mantel stand er da, die Hände vor den Lendenschutz gebunden, das bärtige, lockenumwallte Haupt unter der Dornenkrone in Trauer und Erschöpfung geneigt, der Körper war mit Striemen, Schnitten, Schwären bedeckt, über und über mit Blut besät. Vor ihm, in der nördlichen Seitenkapelle, ließ Gelenius sich nieder, auf den Knien rutschte er zum eisernen Kerzenbehälter, entzündete ein Wachslicht und steckte es zu den hundert anderen, die vor dem Standbild erstrahlten.

Dann sprach er die Danksagung für gnädige Bewachung der Nacht, darauf ein Paternoster, ein Ave-Maria, das Credo und das Veni creator spiritus. Als er den Blick unverwandt auf die grausamen Verwundungen des Herrn richtete, wurde ihm ruhiger ums Herz, und nun konnte er sich innerlich bereiten für die beträchtliche Zumutung dieses Tages: den Besuch im Frankenturm. Denn Johann Gelenius war entschlossen, den Auftrag seines Bischofs und Fürsten gewissenhaft und ohne Schonung seiner Person auszuführen, so verletzbar seine Seele auch war. Und wie er den wundenreichen Leib des Herrn musterte, gedachte er auch der Frau im Turm, der man, sollte sie wirklich dem Hohen Weltlichen Gericht geliefert werden, bald ähnlich zusetzen würde – und sie, als eine Hexe, würde dann nicht, wie unser Heiland, auf den Trost des Himmels hoffen dürfen.

Da beschloß er, den Herrn zu bitten, er möge diese Frau unschuldig sein lassen oder doch – und in diesem Augenblick empfand er die Alternative nicht als Ausflucht – ihn, den erzbischöflichen Gutachter Gelenius, zu der Mutmaßung gelangen lassen, sie werde wohl unschuldig sein. Da hatte gestern dieser Spee bei ihm vorgesprochen, der begabte Jesuit, Liederdichter, Verfasser jenes Spiels, das den Weihbischof so verärgert hatte. Der Mann beschäftigte sich ebenfalls mit der Henot, hatte sich erkundigt, was man für sie tun könne, war hochbeglückt abgezogen, als er ihm versprochen hatte, sich persönlich um den Fall zu kümmern, faßte das wohl als Erfüllung seiner Bitte auf, ahnte nichts vom Auftrag des Erzbischofs, eines Auftrags, mit dem Johann Gelenius ernsthaft geprüft werden sollte, ob er noch für das hohe Amt des Generalvikars geeignet sei.

Johann Gelenius konnte sich nicht entsinnen, in seinem Leben schon einmal außerhalb des Beichtstuhls allein und unbeobachtet mit einer jungen Frau zusammen gewesen zu sein. Genau dies wurde nun von ihm verlangt, von ihm, der die Frauen stets gemieden hatte. Gewiß, auch er war einst ein entzündbarer Jüngling gewesen; mit Fleiß und Qual, und nicht ohne immer wieder jämmerlich der einsamen Wollust zu unterliegen, hatte er sein Fleisch abgetötet – und heute war es nun wirklich tot. Stets hatte er Christus bewundert, der sich oft und, wie es den Anschein hat, sogar gern mit Frauen umgab und doch so offenkundig keusch geblieben war, obwohl er sich von ganz ausgekochten Weibern die Füße waschen ließ.

Aber wenn sein Fleisch nun auch tot war – wie würde er seine Seele vor Schaden bewahren können, da jene Katharina Henot möglicher-, ja wahrscheinlicherweise eben doch eine Hexe war und somit – es schüttelte ihn – Satan den weißen Leib geboten hatte?

O Herr, umgürte mich mit Standhaftigkeit, panzere mich mit Gleichmut und schenke mir die Gnade des gerechten Urteils! Laß mich mannhaft in den Kerker jener Unseligen treten und unberührt an Leib und Seele wieder hinausgelangen. Laß auch, wenn möglich, dieses Weib durch die Kerkerhaft bereits einigermaßen unansehnlich geworden sein, denn ich kann mich ihrer Schönheit wohl erinnern. Lenke, o Herr, wenn durchaus der Teufel der Wollust sich nach manch redlich bestandenem Jahrzehnt wieder in mir regen sollte, die Brunst wenigstens zu heiligeren Zielen! Vielleicht, wie vor vielen Jahren schon einmal, zum heiligen Sebastian, wie er am Nischenpfeiler zu Sankt Pantaleon steht, mit Pfeilen bespickt in seiner ganz rührenden Blöße. Dort mag sich der Keim meiner Wollust zur Inbrunst des Mit-Leidens auswachsen; vor diesem sehr schönen, nackten Märtyrerjüngling wird mir weniger sündhaft zumute sein als vor der Schlange im Turm. Mach es mir ein wenig leichter, Herr!

Er betete das Agnus Dei, erhob sich und verließ die Kirche. Für sieben Uhr hatte er einen Wagen bestellt; er fuhr über den Neumarkt, der sich bereits mit Menschen belebte, über Schildergasse und Alter Markt zum Frankenturm.

40

Trommelschlag scheuchte Katharina vom Lager. Das kam vom Domhof her und näherte sich, unterbrochen von mißtönendem Trompetenschrei, dem Frankenturm. Dann, nach einem lang anhaltenden Wirbel, wurde die Stimme eines Herolds vernehmbar. Katharina stieg auf den Schemel und legte den Kopf an die vergitterte Luke. Sie verstand:

»Weil das abscheuliche Laster der Zauberei allenthalben in unseren Landen wie auch in der uns geistlich gehorsamen Stadt Köln überhandgenommen, sehen wir uns aus sonderlichem Anlaß und in Ansehung der unverdienten Gnade Gottes, der diesem Lande das Schicksal der sündhaften Städte Sodom und Gomorrha bislang noch ersparte, aufgerufen und genötigt, unser im Jahre 1607 erstmals gegebenes Dekret zur Abwendung des erschrecklichen Lasters der Hexerei und Zauberei zu erneuern und zu bekräftigen ...«

Es folgte eine Aufzählung der Indizien, die einen Menschen als Hexe oder Zauberer verdächtig machen. Sodann die Regeln, nach denen bei der Ermittlung zu verfahren sei. Endlich die unter der Folter zu stellenden Fragen und die Arten der zu verhängenden Strafen an Leib und Leben.

Unter Trommelschlag und Trompetenschrei entfernte sich der Ausrufer.

Mit jagendem Puls, mit Schweiß auf der Stirn ließ sich Katharina aufs Lager fallen. Warum diese Erneuerung eines zwanzig Jahre alten Dekrets – gerade jetzt? Warum die Ausrufung vor dem Turm, unmittelbar unter ihrem Kerker? Wie konnte der Rat, der sonst jede Verlautbarung des Kurfürsten innerhalb der Stadtmauern als Anmaßung verwarf, eine so spektakuläre Verkündung zulassen? Und wenn der Erzbischof es für erforderlich hielt, sein Hexendekret gerade jetzt zu erneuern – hieß das nicht, daß man ihren Fall sehr, sehr ernst nahm? Der Brief aus Bayern ... Was war aus den Erhebungen geworden? War er wieder aufgetaucht? Oder würde man auch diese Affäre in den Katalog ihrer hexerischen Untaten eintragen?

Aus Andeutungen von Ludolphus konnte Katharina entnehmen, daß es nicht bei der Beschuldigung durch die Raußrath geblieben war. Aber sie erfuhr nicht, was man ihr vorwarf. Sie erhielt keine Anklageschrift, sie wurde nicht zu einzelnen Punkten verhört, kein Anwalt besuchte sie in ihrem Kerker, der Burggraf wahrte seine höfliche Maske, ließ sich aber nur zu Äußerungen herbei wie: »Man trägt zur Zeit die Interrogatoria zusammen.« Sie wußte kaum, was damit gemeint war, und Ludolphus zuckte nur mit süßlichem Lächeln die Achseln. Oder: »Diese närrischen Nönnchen – der Fall ist doch gar nicht mehr so interessant für das Gericht.« Was aber sonst? Welcher Fall dann? Welche Fälle? …

Vor ihrer Verhaftung hatte sie sich so geborgen im Stande der Unschuld gefühlt. Was konnte einer Unschuldigen schon geschehen? Wer sollte ihr eine Untat, die sie nicht begangen hatte, nachweisen? Nun, da sie, ohne Aussprache mit dem Bruder, ohne Zuspruch eines Priesters – wie oft hatte sie nach ihrem Beichtvater verlangt! –, nur den dümmlichen Reden des Turmwächters Schlingerer und dem muffigen Schweigen der Nonne Philomena ausgeliefert war, empfand sie die Tatsache ihrer Unschuld eher als Bedrohung. Hätte sie ein Verbrechen begangen – sie hätte es wahrscheinlich erklären, hätte es in seinen Motiven und seinem Ablauf einem gerechten Richter am Ende gar begreiflich machen und seiner Nachsicht anheimstellen können. Und die Strafe, wie sie auch ausfallen mochte, wäre ihr vielleicht als zu hart, aber doch nicht als völlig ungerecht erschienen. Sie aber war schuldlos, wußte nichts von Hexen und ihren Künsten – und doch belasteten sie hochmögende, feingebildete Herren, wie Andeutungen des eitlen Burggrafen Ludolphus zu entnehmen war, mit immer neuen Verdächtigungen.

Eben daraus aber mußte sie beängstigende Rückschlüsse auf die Urteilsfähigkeit ihrer Ankläger ziehen; es war ja nichts anderes denkbar, als daß sie entweder verblendet, also nicht im vollen Besitz ihrer Geisteskräfte waren oder aber, wohl schlimmer noch, daß sie, böswillig und bestechlich, selbst im Dienste des Satans standen.

Dadurch ergab sich von Tag zu Tag mehr ein beängstigendes Mißverhältnis zwischen der Wahrheit (um die allein *sie* wußte) und der unheimlichen Anklage in ihren wachsenden Dimensionen. Das mußte sehr bald zum Zusammenbruch jeglicher Kommunikation führen – es mußten, letztendlich, zwei zueinander völlig beziehungslose Monologe in grundverschiedenen Sprachen daraus werden – und keiner verstand mehr den anderen.

Sie durfte dem Bruder nicht schreiben und auch nicht ihrer Tochter; sie bekam kein Papier, keine Tinte – aber sie schrieb ihnen doch, unzählige Male in diesen zehn Tagen einsamer Haft: Wenn sie sich nachts auf dem harten Lager wälzte. Wenn sie den Schemel unter das Fensterloch schob und die Rippen des Domes zählte. Wenn die langen Stunden der Dämmerung kamen, ohne Licht, ohne Trost. Dann schrieb sie in ihren Gedanken an Mariechen und Hartger, und immer waren das auch Briefe an die Richter, den Rat, an die Stadt, an das Volk von Köln. »Mein lieber Bruder«, schrieb sie in einem ihrer ungeschriebenen Briefe, »es wird wider mich ein großes Geschwätz gemacht – nun ja, man hat Freunde und Feinde, und diese haben eine Lust daran, Leute zu diffamieren. Aber all dies so falsch Erdichtete kann ihnen doch nur der Satan eingegeben haben. Ich kann dem Teufel seine Lügerei nicht verbieten, er ist nun einmal der kundige Anstifter und Anreizer zu jederlei Sünde und Laster. Ich muß wohl lernen, so wie unser himmlischer Vater auf dieser Erde gelitten hat, auch dieses Elend zu verschmerzen und dem Allerhöchsten die Wiedergutmachung und Vergeltung zu überlassen. Und dennoch: Ich bin es mir schuldig, meine Ehre zu verteidigen gegen ihre Besudelung – gleich welchen Geschlechtes und Standes und mit welchen Würden sie bekleidet sein mögen!«

Daß man es ihr verwehrte, solche Briefe schwarz auf weiß zu schreiben und expedieren zu lassen – auch das lernte sie verschmerzen. Sie konnte auf Hartger vertrauen; er kannte seine Schwester, er bedurfte ihrer Beteuerungen nicht, er würde von sich aus alles tun, sie aus dem Kerker zu befreien. Nur mit viel Zärtlichkeit und liebender Nachsicht konnte sie an den Bruder denken; sie wußte, wie schwach und tatenlos er seinen kleinen Genüssen frönen konnte – aber sie vergaß auch nicht, mit welcher Zielsicherheit und Energie er sich, als ihr Vater alt und eigensinnig geworden war, um die Erhaltung der Postmeisterei im Henotschen Besitz gekümmert hatte. Allein wie er vor zwei Jahren ... Aber daran wollte sie jetzt nicht denken; in den Nächten dachte sie schon allzuviel daran.

Und an ihr Mariechen dachte sie – nicht nur in den Nächten. Immer wieder fragte sie sich, ob sie recht daran getan hatte, vor anderthalb Jahren, als sie die Postmeisterei verantwortlich übernahm, das Kind in die Obhut der Nonnen von Sankt Clara zu geben. Damals ließ sich in Köln keine bessere Anstalt für ein Mädchen aus ihren Kreisen finden – heute war das Kloster verrufen: Dort regierte jetzt Unzucht oder Besessenheit – oder beides, und sie, Katharina Henot, sollte schuld daran sein. Nun war sogar das Mariechen gefährdet – denn wie hatte Ostermann gesagt: »*Noch* ist Ihre Tochter gesund ...«

An den Vormittagen war sie noch zuversichtlich. Sie machte sich einiges zu tun, hatte ihr Unterkleid zu waschen, ihr Leibchen zu nähen, auch ein Gebetbuch hatte man ihr endlich bewilligt. Wenn aber die Dämmerung einbrach, überfiel sie namenlose Angst. Hundertmal fragte sie sich, ob sie nicht unklug gehandelt hatte, als sie sich mit Romeßwinkel anlegte. Was aber hätte sie tun sollen? Sich vor dem geilen Kerl ausziehen, von ihm begrapschen lassen? Aber wenn er nun nichts gefunden hätte? Kein Hexenmal? Ihr Körper war makellos. Wäre sie dann nicht freigekommen? Die Narbe auf der Stirn, an der hielt er sich jetzt schadlos, aus Rache. Vor zwanzig Jahren hatte Hartger einmal die Schaukel zu heftig geschwenkt, die kleine Schwester war kopfüber in den Kies gestürzt. Das war nun also ein Hexenmal. Wissenschaftler, feingebildete Herren ... Und diese gekünstelt sanfte Stimme, die zu beben begann, als sie von Entkleidung sprach!

Sie hatte damit gerechnet, daß man kommen würde: noch am selben, spätestens am folgenden Tag. Daß Schergen, Folterknechte sie zwingen würden, weit Schlimmeres über sich ergehen zu lassen als Romeßwinkels kundige Befingerung. Aber nein: Dies war ja ein Stadtgefängnis! Sie unterstand ja nicht – noch nicht? – dem kurfürstlichen Richter, dem Greven, saß nicht im berüchtigten Grevenkeller, wo die gelieferten Delinquenten hoffnungslos hockten, wo die Tortur vollzogen, wo zum schimpflichen Tod bereitet wurde. Das, gottlob, war ihr erspart geblieben, und niemals würde der Rat der Stadt sich erlauben, eine Katharina Henot dem Hohen Weltlichen Gericht zu liefern – er, der erst vor wenigen Wochen jeden Bürger mit strenger Strafe bedroht hatte, dem es einfallen sollte, dies Gericht so zu betiteln, wie es sich gerne genannt wissen wollte – nämlich: Hohes *Kurfürstliches* Weltliches Gericht. Diese Bezeichnung, auf der die kurkölnischen Schöffen bestanden, empfand der Rat als Provokation; sie erinnerte ihn ständig daran, daß er in diesem einen Punkt, der Blutgerichtsbarkeit, in Köln nichts zu sagen hatte und dem Kurfürsten parieren mußte. Nein, dieser Rat unter Führung des eifersüchtig auf die städtischen Rechte bedachten Bürgermeisters Melchior Geil würde eine Kölner Bürgerin niemals der Willkür des Kurfürst-Erzbischofs übergeben!

David Schlingerer, dessen Söhnchen seinen armseligen Verstand wieder einigermaßen beisammen hatte und immer, wenn es Katharina sah, ein geradezu barbarisches Verlangen nach Liebkosungen bekundete, ließ sich nur noch selten blicken. Verzweifelt grinsend stand er in seiner Ecke und kam nicht darüber hinweg, daß Katharina es hatte fertigbringen können, ›so großmächtige Herren‹ wie Blankenberg und Romeßwinkel zu verdrießen. Ganz und gar unerträglich wurde der Mann, wenn er von seinem Neffen erzählte, der seit wenigen Tagen zu Besuch bei ihm weilte – unerträglich deshalb, weil Katharina sich einer Äußerung Philipps erinnerte und deshalb keinen Anlaß hatte, an der Verläßlichkeit dieser neuen Berichte zu zweifeln. Jener Neffe kam aus Würzburg; dort habe Fürstbischof Philipp Adolf von Ehrenberg mit der Bekämpfung des ›Lasters aller Laster‹ blutigen Ernst gemacht, dort loderten die Scheiterhaufen Tag und Nacht, dort müßten Greise und bildschöne Jungfrauen, Nonnen und Gymnasiasten, ja selbst ›klitzekleine Kinderlein‹ in die Flammen … Schlingerer schloß regelmäßig mit der Vermutung, die Erkenntnisse über Hexerei, die man zu Würzburg gesammelt hatte, müßten sich auch auf den hiesigen Landstrich auswirken – und als das Hexendekret verlesen wurde, hatte Katharina sich eingestehen müssen, daß dieser Kerkerknecht offenbar mehr Einblick in den verhängnisvollen Lauf der Dinge hatte als sie.

Die Schlüssel rasselten. Burggraf Werner Ludolphus erschien. Er trat aber nicht ein, sondern blieb an der Tür stehen und ließ, unter tiefen Verbeugungen, Johann Gelenius an sich vorbei. Der machte das Zeichen des Kreuzes über Katharina, die, vom Eintritt des hohen Geistlichen völlig überrascht, in die Knie gesunken war.

»Steh auf, meine Tochter!« sagte der Generalvikar. Ein hochlehniger Armstuhl wurde zur Tür hereingeschoben, hinter ihm ächzte David Schlingerer. Er wuchtete das schwere Möbelstück in die Mitte des Raumes und wies mit devotem Armschlenkern dem vornehmen Besucher seinen Platz an. Gelenius ließ sich nieder. Der Burggraf setzte, in angemessenem Abstand, den Schemel für Katharina hin; der hohe Besuch hatte auch ihn verwirrt, er rechnete mit einer überraschenden Rehabilitierung und war ernstlich um das Befinden der Gefangenen besorgt. Dann ließen die Männer Gelenius mit Katharina Henot allein. »Lasset uns beten!« sagte der Generalvikar. Dankbar faltete Katharina die Hände. Gelenius sprach das Paternoster. Er fühlte sich gefeit. Die Gefangene war schön, war es immer noch, aber sie war, wie er sich's vom Herrn erbeten hatte, auch gezeichnet von der Haft – nicht eben aufgelöst, nicht zerstört, aber ihre weiblichen Reize waren wie zurückgenommen, gleichsam von der Kutte der Bußfertigkeit verhüllt. Nein, diese Frau, Hexe oder nicht, konnte ihn, dessen Fleisch schon so lange tot war, nicht versuchen.

»Du stehst unter schwerem Verdacht, meine Tochter«, sagte er in die Stille nach dem Amen. »Ich bin gekommen, weil ich unserem Erzbischof über meinen Eindruck von dir berichten soll. Sprich frei und ohne Furcht. Bist du eine Hexe?«

»Nein, ehrwürdiger Vater«, sagte Katharina mit fester Stimme. »Das Weib, das mich einer so ungeheuren Sünde bezichtigt hat, muß selbst vom Teufel besessen sein. Alles, was sie wider mich vorgebracht hat, ist erlogen.«

»Du meinst jene Magdalena Raußrath?« fragte der Generalvikar.

»Ja. Man soll sie hierher vor meine Augen bringen – und sie wird gestehen müssen, daß sie gelogen hat.«

»Das geht nicht an. Sie ist doch tot.«

Katharina fuhr hoch. »Tot? Die Raußrath?«

»Wußtest du das nicht?«

»Ich erfahr' hier doch nichts! Ich bin ja verlassen von Gott und ... Vergebung!« Sie schlug ein Kreuz.

»Du wußtest nicht, daß Magdalena Raußrath ermordet wurde?« Katharina schüttelte heftig den Kopf. Ihre Gedanken jagten.

Wenn es so war – dann war die einzige Belastungszeugin zum Schweigen gebracht. Zum Schweigen – *gebracht*.

Ermordet! Von wem? Sie wagte nicht weiterzudenken.

»Gott sei ihrer armen Seele gnädig«, murmelte sie.

»Ihr und uns allen. Amen«, sagte Johann Gelenius.

»Dann werde ich bald frei sein«, sagte Katharina und wartete auf ein zustimmendes Kopfnicken. Aber der Generalvikar hob warnend die Hand.

»Wie kommst du darauf? Das Maß deiner Verbrechen übersteigt bei weitem, was diese unglückliche Wäscherin dir vorgeworfen hat!«

»O du mein Gott!« rief Katharina. »Was soll ich denn noch ...«

»Die Ermittlungen, über die man dich wohl – was ich tadelnswert finde – völlig im unklaren gelassen hat, haben ergeben, daß du – warte!« Er holte ein Papier aus der Soutane, strich es glatt und las. »Du sollst das Gärtchen des Schulmeisters von Sankt Severin voller Raupen gezaubert haben. Du sollst dem Weibe dieses Philibert Pankraz die Frühgeburt getötet haben.

Du sollst den Pastor Weyendall blind – und totgezaubert haben ...« Und so setzte er die Liste der von Kommissar Glimbach erkundeten hexerischen Untaten fort und achtete nicht darauf, daß Katharina sich mit beiden Händen an die Schläfen griff und den Mund wie zum Schrei öffnete – und erst als sie bei dem Vorwurf, sie habe zu Welffen einem gewissen Halfmann sein Kind totgezaubert, vornüber fiel und haltlos wimmerte, stellte Gelenius die Lesung ein – er hatte noch längst nicht alles vorgetragen, was Glimbach ihm noch gestern abend als Ergebnis der neuesten Untersuchungen übermittelt hatte.

Während er mühsam das Mitleid niederkämpfte, überkam ihn Zorn auf den städtischen Kommissar, der ihn in diese peinliche, seinem hohen Amt nicht zumutbare Situation hatte hineinstolpern lassen. Wie sollte er ahnen, daß man einer Beklagten verheimlichte, was man ihr vorzuwerfen hatte! Aber er konnte sich sehr gut denken, was Glimbach, wenn er ihn zur Rede stellte, antworten würde: »Warum soll ich ihr die Klagepunkte mitteilen? Die Täterin weiß doch wohl selber am besten, was sie getan hat!« Denn ein Glimbach – so viel Menschenkenntnis besaß der Generalvikar – war von der Unfehlbarkeit seiner Ermittlungen überzeugt.

Ihr Schluchzen tat ihm weh. Dieser Zusammenbruch konnte nicht gespielt sein! Er verzichtete darauf, sie nun auch noch mit der besonders schwerwiegenden Aussage jener Langenbergerin zu konfrontieren, die, schon fast zu Tode gefoltert, in der erzbischöflichen Burg zu Lechenich einsaß und Katharina eine Zauberkönigin genannt hatte, mit der sie unter den Bäumen des Neumarkts, drei Fußbreit über dem Erdboden schwebend, abscheuliche Satanstänze vollführt haben wollte.

Katharina war von ihrem Schemel auf die Knie gesunken, hatte sich Gelenius auf den Knien genähert, küßte den Saum seiner Soutane.

»Euer Wohlgeboren, hochwürdiger Vicarius in spiritualibus!« flehte sie und hob das tränennasse Gesicht. »Seit zwei Wochen bin ich ohne geistlichen Beistand. Ich möchte beichten, ich muß beichten! Ich bitte Sie um Christi willen: Hören Sie, was ich zu bekennen habe!«

Zu bekennen? Gelenius fühlte sich beklommen. Also doch? Und er hätte, wenn er vor einer Minute aufgebrochen wäre, schwören mögen, daß diese Frau unschuldig war. Nun denn, jetzt mußte es durchgestanden sein. Er erhob sich, trat unters Fenster und wandte sein Gesicht zur Mauer.

»Wenn es dich zur Beichte drängt, meine Tochter – wie dürfte ich sie dir verweigern? Du magst mir bekennen, was du willst – du weißt, daß durch den Mund des Priesters keine Obrigkeit von deinen Sünden erfahren wird. Du weißt aber auch, daß ich dir die Absolution verweigern muß, wenn du deine Hexereien nicht gleich nach der Beichte auch vor deinen irdischen Richtern bekennst.«

Er wandte sich schnell zu ihr, die noch am Boden lag. Er hoffte, aus ihrem Gesicht lesen zu können, welcher Art ihre Beichte sein werde.

Aber sie sagte: »Ich bin keine Hexe. Ich habe kein Hexenverbrechen zu bekennen. Nicht in der Beichte und nicht vor Gericht. Aber eine Sünde habe ich allerdings begangen, und die trage ich schon lange mit mir herum. Ehe ich vor meinen Schöpfer trete, muß ich sie bekannt haben.«

Gelenius runzelte die Stirn. Wer gab dieser eben noch zerknirschten Frau die Kraft, so selbstbewußt daherzureden? Stand ihr da etwa einer bei, mit dem Beziehungen unterhalten zu haben sie so beharrlich leugnete? Wie auch immer – in ihrer Schwäche war sie ihm näher, war seiner Hilfe würdiger gewesen.

»Du wirst wissen, meine Tochter«, sagte er mit großem Ernst, »solltest du willentlich eine Sünde in einer früheren Beichte verschwiegen haben, so hättest du dich dadurch einer neuen schweren Sünde schuldig gemacht. Denn dann hättest du dir deine Lossprechung erschlichen!«

Die Gefangene senkte den Kopf und nickte mehrmals. »Das ist es ja, hochwürdiger Vater, was mich bedrückt. Und ich glaube auch zu wissen, daß eben diese Sünde der Grund ist, weshalb ich für weit schlimmere, aber nicht von mir begangene Sünden so sehr leiden muß.«

»Nun also denn!« sagte Gelenius und kehrte den Blick wiederzur Wand.

Da begann Katharina sich von der Seele zu reden, was sie eineinhalb Jahre lang gequält und geängstigt hatte. Und das war es, was sie, erst noch mit kaum vernehmbarer Stimme, dann aber, gekräftigt von der Wohltat des Bekennens, klar, ohne Scheu und Beschönigung, dem aufmerksam zuhörenden Generalvikar berichtete.

Dieser unheimlich warme, weichwindige Abend des 5. Dezember 1625. Im November hatte es bereits so viel geschneit, daß die Kölner den Schnee auf ihren Straßen zu hohen Wällen schaufeln und die Räder von ihren Schubkarren lösen mußten, um sie als Schlitten zu fahren. Dann brach das große Tauen oben in den Schweizer Bergen herein. Der Rhein lief hoch auf, stand in den inneren Gräben; zu Sankt Maria Sion wurde, wie schon einmal vor siebzig Jahren, das Chorgestühl überschwemmt, schwappte die Flut vor den Hochaltar. Vom Bayenturm bis in die nördliche Stadt, bis nach Sankt Kunibert, fuhr man innerhalb der Mauern in Nachen und Kähnen.

Katharina hatte den Wagen bestellt, um sich zum zweitenmal an diesem Tag in die Glockengasse fahren zu lassen. Die Post aus dem Süden war überfällig, sie wollte ihr Eintreffen auf der Postmeisterei abwarten. Da kam ihr der alte Preunges entgegen, er war zu Fuß in die Sternengasse geeilt und noch außer Atem. »Ich wußte nicht, wann Sie kommen, so hielt ich's für besser, Ihnen den Brief zu bringen. Es ist ein eiliger Brief, ein wichtiger Brief, vom Reichshofrat zu Wien. Ein Brief für Ihren Herrn Vater.«

Das mußte die ersehnte Antwort auf Jakob Henots Eingabe sein! Tag für Tag hatte der Alte dieses Schreiben erwartet: den Bescheid auf seinen Antrag, man möge nach seinem Ableben das Postmeisteramt auf seine Tochter Katharina überschreiben.

Lange genug hatte der Dreiundneunzigjährige sich besonnen, ehe er endlich, da er den Gevatter mit der Sense nun doch von fern herbeiklappern hörte, die Petition unterzeichnete. Dabei war ihm wohl bewußt, daß er – und nur er! – diesen Antrag stellen durfte. Unterließ er es und fuhr er dahin, dann fiel die Postmeisterei – so der letzte Entscheid des Kaisers – unwiderruflich an Johann Coesfeld, den Knecht der Taxis.

Katharina hatte den Alten nicht drängen mögen; sie empfand es als Verletzung ihrer Kindespflicht, mit dem Vater über seinen nahen Tod zu sprechen. Hartger kannte da weniger Skrupel. Hatte er doch von Berufs wegen mit dem Sterben zu tun, und es wurde viel gestorben in Köln. So hatte der Propst dem Vater wieder und wieder vorgestellt, wie sein Lebenswerk dem Erzfeind, dem Coesfeld, anheimfallen würde, und diesmal endgültig. Dabei hatte Henot seine Postmeisterei doch gerade vor zweieinhalb Jahren erst durch kaiserlichen Erlaß, nach neunzehn Jahren erbärmlichen Wartens und unermüdlichen Prozessierens, zurückerhalten.

Nun endlich: Der Alte knurrte und unterschrieb, was Hartger ihm aufgesetzt hatte. Und als der Brief unterwegs war, war es Jakob Henot, der am ungeduldigsten auf die Permission aus Wien lauerte und seine eigenen Boten liederlich schalt, weil die Antwort so lange auf sich warten ließ.

Hartger war an diesem Abend noch in der Propstei, der Vater saß im Oberstock. Katharina riß das Schreiben auf, sie wollte die Überbringerin der guten Nachricht sein. In der Tat: Der Bescheid ließ hoffen – obschon er noch nicht den endgültigen Konsens enthielt. Es sei sehr wohl denkbar, hieß es, daß man das Postmeisteramt an Henots Tochter Katharina übertragen werde, wenn auch zunächst nur für höchstens sieben Jahre nach Jakobs Ableben. Danach werde man neu befinden müssen. Zuvor jedoch sei erforderlich, daß Jakob Henot noch diese und jene Unterlage beschaffe und seinen Antrag neu formuliere und unterschreibe. Sei das erfolgt – und Katharina erkannte sofort, daß die Erfüllung dieser Auflagen keine Schwierigkeiten machte –, so gedenke man den Antrag ›unseres sehr lieben Postmeisters Jakob Henot‹ gnädig und wohlwollend zu bescheiden.

Das war noch nicht der Sieg, aber doch ein guter Schritt auf dem Wege dahin. Katharina atmete tief und stürmte die Treppe hinauf. »Vater!« rief sie. »Die Antwort des Kaisers! Es geht alles nach Wunsch!«

Da hob das rosinhutzelige Männchen sich aus seinem Lehnstuhl, stand eine Sekunde wie ein Halm, wehte hin, wehte her und fiel, Stirn voran, und noch ehe Katharina um den Tisch herum war, auf den Boden, und es klang kaum anders, als habe jemand ein Buch aus der Hand verloren.

Sie hob ihn unter Tränen, doch ohne große Mühe auf sein Lager – aber sie konnte ihm nur noch die Augen schließen und die Hände falten. Dann ging sie hinunter, schickte einen Diener nach Sankt Severin, und nach einer halben Stunde kam Hartger geritten. Sie hatte im Hause, sie wußte später selbst nicht, weshalb, kein Wort vom Tode gesagt.

Katharina stockte. Gelenius hatte bis zu diesem Punkt der Erzählung offenbar nichts Anstößiges gefunden. Jetzt erhob er sich sogar, trat zu ihr, die immer noch auf dem kalten Buckelpflaster kniete, und half ihr auf den Schemel. Dann rückte er den Lehnsessel an ihre Seite, so daß er sie nicht anzusehen brauchte, während sie ihm, wenn auch ohne die Scheidewand des Beichtstuhls, ins Ohr sprechen konnte.

Weinend hatte Hartger den kaiserlichen Bescheid gelesen, und immer wieder warf er einen scheu bewundernden Blick auf den hutzeligen Vater, der zum Besten seiner Kinder und der Kaiserlich Kölnischen Henot-Post alles, wenn auch erst auf Hartgers Drängen, so klug bedacht hatte. Und Hartger fiel es nun zu weiterzudenken.

Er brauchte nicht viel Worte, um seiner Schwester zu erklären, was um der Henot-Post willen geschehen müsse. Aber es dauerte lange, bis Katharina ihre Einwilligung gab – und das auch nur schweren Herzens. Gewiß, sie wäre gern, nur allzu gern Postmeisterin geworden – aber um einen solchen Preis?

Und ihr Bruder, ein Propst, ein Priester, ein geweihter Mann mutete ihr das zu: List und Trug und dic nahezu sakrilegische Mißachtung christlichen Brauchs!

Zunächst aber war an anderes zu denken. Sie konnten den toten Vater, der unvorbereitet in seinen Sünden gestorben war, nicht eine Minute länger ohne die Letzte Ölung liegenlassen. Hartger selbst nahm die heilige Handlung vor – wie fügte es sich so gut, daß er Priester war und keinen anderen holen mußte –, denn wer in Köln kannte Jakob Henot nicht?

»Noch in dieser Nacht muß es geschehen«, sagte Hartger Henot. »Wir werden sagen, Vater sei früh am Morgen mit dem Schiff nach Kaiserswerth und weiter nach Wesel gefahren. Wollte sich in Brüssel mit – ja, mit Leonard Taxis treffen, zu einem Versöhnungsgespräch.«

»Wer glaubt uns das!« sagte Katharina. »Der alte Mann!«

»War er siech?« fragte Hartger rhetorisch. »Haben ihn Ärzte betreut? Ging er nicht noch in den letzten Tagen jeden Vormittag zum Rhein oder auf den Markt?«

Katharina nickte.

»Auch diese Reise wird man ihm glauben – ihm und uns.« Er blickte unsicher auf den gelblichen Toten, als werde der nun gleich aufstehen und nach Stock und Reisetasche verlangen. Schließlich hoben sie den Leichnam auf und legten ihn im Erdgeschoß in eine Truhe. Sie warteten dann doch bis zum anderen Morgen, bestellten Pferd und Wagen und schafften die Truhe nach Schwadorf bei Brühl, wo sie der Pfarrer von Sankt Maternus mit Bestürzung, bald aber von Hartger eingeweiht und, zur Erstattung etwelcher Auslagen, reichlich mit Geld, Wein und Speckseiten versorgt, in Empfang nahm.

Die Kinder kehrten nach Köln zurück. Sie beschafften die verlangten Unterlagen, Hartger formulierte den Antrag neu und unterzeichnete ihn, wie es der Alte schon beim ersten getan hatte, mit »Votre bien humble serviteur Jacques Henot«.* Das

* Ihr ganz gehorsamer Diener Jakob Henot

war eine Fälschung, gewiß. Aber Hartger Henot konnte einen Eid darauf ablegen, daß der Vater, wäre er nicht zur unrechten Zeit verblichen, diese Unterschrift ohne zu zögern geleistet hätte. Hartger war, und damit wies er jeden Zweifel, vor allem auch Katharinas Gewissensbisse, von sich, im Grunde nichts als ein auf den letzten Willen des Erblassers bedachter Testamentsvollstrecker.

Wenig mehr als zwei Monate darauf kam die Antwort des Kaisers. Mit gnädigen Floskeln willfahrte er dem Gesuch seines ›lieben Jakob Henot‹ und übertrug, für den Fall von Jakobs Ableben, die Postmeisterei von Köln zunächst auf sieben Jahre seiner Tochter Katharina.

Jetzt erst durfte Jakob Henot sterben. Dies trug sich gleichsam auf seiner Heimreise von Brüssel zu, wo er Leonard Taxis, so hieß es, nicht angetroffen hatte, so daß aus der Versöhnung, leider, nichts geworden war ... Jakob Henot war, so erfuhr die Stadt Köln, wohl im Stande der Geistesverwirrung, in einer klirrenden Winternacht vor dem Pfarrhaus von Sankt Maternus zu Schwadorf erschienen, mußte wohl den Anschluß an seine Reisegenossen verloren haben, machte nicht mehr viel Worte, legte sich hin und verschied. Der Pfarrer von Schwadorf (er hatte den Leichnam vor zehn Wochen nur eine Handbreit unter die Erde gebracht) ließ den Sarg von den leidtragenden Geschwistern abholen. Jakob Henot wurde mit großen Ehren auf dem Gottesacker von Sankt Severin bestattet.

Freilich: Die Früchte ihres unheiligen Scharfsinns sollten Hartger und seine Schwester nicht lange genießen dürfen. Zu groß waren Macht und Einfluß der Taxis nach des Alten offiziellem Hinscheiden geworden, zu gewitzt waren die Anwälte, die Infantin Isabella ihrem Günstling zur Verfügung stellte, zu seltsam und irritierend waren auch die Gerüchte, die in Köln sehr bald über Jakob Henots Tod aufkamen und bis nach Wien vordrangen. Der ewigen Proteste müde geworden, übertrug Kaiser Ferdinand die Postmeisterei von Köln, entgegen seinem Entscheid von 1626, wieder an Johann Coesfeld.

Katharina schwieg.

Johann Gelenius brauchte sich nicht lange zu bedenken. Ein frecher, unehrerbietiger Streich, hart an der Grenze zum Sakrileg, war das, ganz ohne Frage. Doch verlohnte es sich, ernste Konsequenzen zu ziehen? Weder hatte er Lust, sich mit Hartger Henot anzulegen, noch wollte er dem ihm gut bekannten Pfarrer von Sankt Maternus zu Schwadorf bei Brühl auf den Pelz rücken. Dazu wäre er als Generalvikar allerdings verpflichtet gewesen, wenn er von jenen Vorfällen auf andere Weise als in der Beichte erfahren hätte. Wichtig war ihm allein, daß der alte Jakob Henot mit den Sterbesakramenten versehen war. Für verzögerte Bestattungen gab es Beispiele genug: Da sollte ein würdiger Corpus einbalsamiert werden, und das brauchte seine Zeit, oder es war – man lebte im Kriege! – kein Geistlicher erreichbar, oder, wie oft geschah das, die Erde war zu hart gefroren. Diese Versteckspielerei mit dem Leichnam des Uralten kam ihm wie eine italienische Schelmenkomödie vor, erinnerte ihn an die respektlosen Gaukeleien bei Boccaccio und Bandello – beide hatte der hohe Kirchenmann in jungen Jahren, freilich recht verstohlen, gelesen. Mochte nun Henot sehen, wie er, wenn's nicht beim Gerücht blieb, vor dem städtischen Amt seinen Verstoß gegen die Meldepflicht rechtfertigte. Für einen Abgeschiedenen, der ohnedies noch eine gute Weile auf die Auferstehung würde warten müssen, spielte es keine Rolle, ob er sein kühles Wartekämmerchen ein paar Wochen früher oder später bezog.

Mehr Kopfzerbrechen konnte die gefälschte Unterschrift mit ihren für die Henots so ersprießlichen Folgen machen. Aber Johann Gelenius' Sache war es nicht, die Ansprüche der Grafen Taxis auf die Post der Stadt Köln zu verteidigen – und überdies hatte Gott der Herr kurz darauf alles wieder eingerenkt, so daß der erschlichene Vorteil zerronnen war. Und wiederum erinnerte sich Gelenius – zum wievielten Male heute schon? – der ›jungen Leute‹ und ihrer ebenso rüden wie effektiven Methoden zur Erlangung politischer Vorteile. Und denen ging's auch nicht an den Kragen – ach, ganz im Gegenteil!

Vollends zur Milde stimmte ihn der Anblick seines Beichtkindes. Welch eine Diskrepanz zu jener stolzen Frau, die dem Erzbischof vor kaum mehr als zehn Tagen in der Sakristei Rede und Antwort gestanden hatte! Gerührt betrachtete er die kleine spiralige Locke, die sich aus dem Kopftuch gestohlen hatte und bei jeder Bewegung des gebeugten Nackens bebte, als wolle sie mehr von Kummer und Bußfertigkeit ihrer Herrin verraten, als diese selbst preiszugeben sich gestattete.

Katharina hatte die Beichte mit den Worten geschlossen: »Ich durfte, da ich die volle Wahrheit sagen mußte, hochwürdiger Herr, auch meinen Bruder und den Herrn Pfarrer von Sankt Maternus nicht verschonen. Laßt sie nicht entgelten, was ich zu verantworten habe!«

Nach einer langen Minute heilsamen Schweigens meinte der Generalvikar, die Auferlegung einer Buße erübrige sich, da Katharina bereits für andere, wenn auch von ihr – vielleicht – gar nicht begangene Vergehen gebüßt habe und wohl noch weiter einiges auszustehen haben werde, womit denn ein hinreichender Ablaß gesichert sei. So sprach er vor der Knienden, die seinen Ring küßte, die Absolutionsformel, legte ihr die Hand aufs Haupt, segnete sie und wandte sich zum Gehen.

War Katharina auch von so viel Verständnis, von so viel Güte überwältigt – sie begriff doch, daß sie diese vielleicht letzte Gelegenheit nicht ungenutzt vorübergehen lassen durfte. Sie bat Gelenius, er möge ihr Papier und Tinte beschaffen und seinen Einfluß geltend machen, daß man ihr erlaube, an ihren Bruder und an ihr Kind zu schreiben.

Gelenius öffnete die Tür, hinter der, wie erwartet, David Schlingerer stand. Dem brauchte er nicht viel zu sagen, er jagte schon die Treppe hinunter. Gelenius empfahl Katharina, die Briefe an ihn zu adressieren; man werde sich hüten, Botschaften an den Generalvikar aufzuhalten, er werde jeden Brief sofort weiterleiten. Im übrigen: Sie möge getrost sein. »Ob du schuldig oder unschuldig bist, meine Tochter, weiß verläßlich außer dir im Augenblick nur der Herrgott. Jedoch wurde eine gelehrte Obrigkeit vom Allmächtigen mit der Gabe bedacht, die Wahrheit ausfindig machen zu können. Dazu bedient sie sich mancherlei wissenschaftlicher Hilfsmittel und probater juristischer Verfahrensweisen. Vor allem pflegt sie auf die Erkenntnisse der Kirche zu hören. Was aber diese betrifft, so darfst du beruhigt sein. Ich finde keine Schuld an dir.«

Erst später, als er schon wieder in der Kutsche saß, wurde ihm bewußt, daß er die Worte des Pilatus gesprochen hatte.

41

Am Freitag nach Cantate, dem 7. Mai, gegen 5 Uhr nachmittags, drangen Studenten der Jurisprudenz, ein gutes Dutzend, ins Tricoronatum ein, überrannten den Pedell und stürmten in den Keller. Sie erbrachen die Tür eines Abstellraums und bemächtigten sich der dort lagernden Instrumente: hölzerne Hämmer, Sägen, Äxte, Zangen, dazu Peitschen und Stricke und ein paar veritable Ochsenhörner.

Während ihre Kumpane noch im Keller hausten, hatten sich einige ins erste Stockwerk begeben, hatten die Tür zum Klassenzimmer der Sexta-Logica aufgerissen und zwei Schüler, die dort über Strafarbeiten saßen, unter Gewaltanwendung mitgenommen. Ein dritter, der sich zwei Zimmer weiter, in der Octavia-Metaphysica, aufgehalten hatte und des Lärms wegen auf den Gang getreten war, wurde – darüber gingen die Meinungen später auseinander – entweder ebenfalls gewaltsam entführt, oder er ging freiwillig mit.

Noch ehe die um diese Zeit in der Aula versammelten Lehrer und Schüler oder die dienstfreien Professoren in ihren Zellen begriffen hatten, was sich da abspielte, waren die wilden Kerle mit ihrer lebendigen Beute schon wieder auf der Straße. Das Fuhrwerk, das, mit einem Burschen auf dem Bock und zwei vorgespannten Mähren, vor der Schule gewartet hatte, ratterte, vollbeladen mit Schülern und Studenten, davon, und einige Passanten wollten beobachtet haben, wie man drei jungen Leuten die Augen zuband. Als Regens Kasen mit Lehrern und Schülern auf die Straße kam, hatten sie nicht einmal mehr das Nachsehen, und nur noch von fern hörten sie die Peitsche knallen.

Friedrich Spee hatte an diesem Tag frühzeitig und mit Kasens ausdrücklicher Genehmigung das Gymnasium verlassen und beabsichtigte auch über Mittag nicht zurückzukehren. Es war in der letzten Woche einiges anders geworden im Tricoronatum, und das bekamen vor allem Spee und Philipp zu spüren. Spee hatte eine Rüge einstecken müssen; der Regens verriet ihm, daß gewisse Patres an seinen ausgedehnten Besuchen in der Stadt Anstoß nahmen; auch seine Anwesenheit bei der durch einen schändlichen Mord ins Zwielicht geratenen Henot-Feier sei nicht nur im Kollegium, sondern, wie Kasen sich ausdrückte, auch ›an höherer Stelle‹ übel vermerkt worden. Es hätte Spee besser angestanden – Kasen verbarg nicht, daß er nur die Worte des Paters Provinzial wiederholte –, wenn er, der doch wohl ein neutraler Prozeßbeobachter der Societas Jesu und nicht etwa ein Parteigänger der Henots sei, sich da herausgehalten hätte.

Spee hatte Schlimmeres befürchtet, als man ihn zum Regens rief. Aber die ›Dachbodenaffäre‹ war – Gott sei gelobt! – nicht ruchbar geworden, und das hatte er Philipp zu verdanken. Der hatte das Mädchen am Morgen nach jener unvergeßlichen Nacht durch die noch schlafende Stadt zum Anleger begleitet und so lange bei ihr ausgehalten, bis sie, unter Tränen, das Schiff nach Bonn besteigen konnte. Und das war Philipps letzte Tat gewesen – bis auf weiteres. Denn kaum, daß er wieder im Gymnasium war, teilte der Regens ihm mit, es müsse nun Schluß sein mit diesen Ausbüchsereien. Er kassierte die Sondererlaubnis, die Philipp noch von Ignaz Ellers Zeiten her besaß, und bemerkte kühl: »Im übrigen, Philipp von Kronthal, ist dir wohl bekannt, daß die Stadt gegen dich wegen der unglückseligen

Vorfälle auf dem Calvinerschiff ermittelt. Man wirft dir nicht so sehr vor, daß du hinübergefahren bist – das Ausspionieren von Ketzern ist ja eine ehrenwerte Sache –, als vielmehr, daß du einer der Hexerei Verdächtigten zur Flucht verhelfen wolltest. Unbegreiflicherweise hast du dann auch noch jede Auskunft über die Calviner auf dem Schiffverweigert!«

»Das hat auch Ignaz Eller getan!« unterbrach Philipp trotzig.

»Der war zu krank, um zu sprechen«, entschied Kasen. »Glücklicherweise hat der Rat andere Wege gefunden, um die Teilnehmer zu identifizieren. Ob die Gewaltrichter dich zu der Angelegenheit noch verhören werden, weiß ich nicht. Aber eine Disziplinarstrafe hast du auf jeden Fall verdient. Deshalb hat das Kollegium beschlossen, dich mit drei Wochen strengstem Ausgangsverbot zu belegen. Du kannst von Glück sagen, daß wir dich nicht in den Karzer stecken. Solltest du in dieser Zeit das Gymnasium trotzdem verlassen – und sei es nur, um dir am Stand gegenüber Brot oder Hering zu holen –, wirst du noch am selben Tage von der Schule verwiesen und zu deinem Vater nach Hause geschickt.«

Spee hatte die Entscheidung der Lehrerkonferenz nicht verhindern können. Sie hatte auch ihr Gutes: Philipp wurde es unmöglich gemacht, eine neue tollkühne Tat zur Rettung der Katharina Henot zu begehen. Außerdem mußte Spee sich hüten, die Leidenschaften noch zu schüren, die Eintracht und Arbeitsfrieden im Tricoronatum gefährdeten. Denn die Unruhe, die nach dem Mord an der Raußrath in der Stadt um sich gegriffen hatte und die noch gefördert wurde durch die Aufdeckung immer neuer hexerischer Schandtaten, deren Ursache die Henot sein mußte, teilte sich nun auch dem Gymnasium mit. Es kam zu Parteiungen im Kollegium und zu bedenklich extremen Erscheinungen in der Schülerschaft. Es gab die eher weltlich Gesinnten, die in dem Hexenspuk nicht viel mehr als eine vollkommene Abwechslung im öden Schulalltag sahen – und jene anderen, die sich schon immer übermäßig fromm gebärdet hatten und die nun zu schlimmen Frömmlern wurden, ganz so, als liege es nur an ihren ausgeklügelten Bußübungen, das hexerische Verhängnis von der Stadt zu wenden.

Diese Gruppe sammelte sich um Pater Adrian Horn, der, gegen den Willen Kasens, aber mit tätiger Unterstützung des Provinzials Baving, die ›Aloisius-Bruderschaft‹ gegründet hatte, zum Andenken an den heiligmäßigen Jesuitenzögling aus dem vornehmen Gonzaga-Geschlecht, der, erst dreiundzwanzigjährig, seinen Kasteiungen erlegen war. Aloisius' Keuschheit war so groß, daß er es vermied, eine Frau auch nur anzusehen, ja, nicht einmal vor seiner Mutter wagte er, aus Sorge um seine Reinheit, die Lider aufzuschlagen. Wen wunderte es, daß die Aloisius-Schüler sich um die Gnade stritten, vom Fußboden essen zu dürfen, Nachtgeschirre zu entleeren oder loca secreta zu reinigen. Und während Spee angehalten wurde, sich nicht mehr so häufig den Gemeinschaftsveranstaltungen zu entziehen, konnte Professor Horn, in welchen Geschäften auch immer, das Gymnasium verlassen, wann er nur wollte – und von dieser beim Pater Provinzial erwirkten Erlaubnis machte er ausgiebig Gebrauch.

Philipp wurde, von Tag zu Tag sichtbarer, von einer schleichenden Apathie befallen. Am Unterricht beteiligte er sich kaum, während der Stunden des Gebets mußte er ermahnt werden, nicht nur die Lippen zu bewegen, sondern den Text vernehmlich zu sprechen; er hatte auch keinen Appetit mehr, und seine Begegnungen mit Spee außerhalb des Klassenzimmers beschränkten sich auf die Frage: »Was Neues?« Und die galt natürlich Katharina und ihrem Verfahren. Aber was konnte Spee ihm schon sagen?

Soll ich dem Jungen auch noch die letzte Hoffnung rauben? Soll ich ihn mit meiner eigenen Erkenntnis beschweren: daß diese einst von ihrem Schöpfer für gut befundene Welt schon längst von Menschensünde angekränkelt, im Kern verfault und voller Falsch und Arglist, Betrug und Ungerechtigkeit ist? Die Frommen und Gerechten werden unterdrückt und übervorteilt, die Gottlosen und Ungerechten werden groß und reich und gelangen zu Ansehen und Würden. Die Armen werden von wachsenden Schulden erstickt, sie müssen endlich sogar ihr Hausgerät, ja die Kleider vom Leibe weg verkaufen, um nur zu überleben; von ihren Schuldnern werden sie nicht bezahlt, ihrer Prozesse nimmt sich keiner an, sie leiden Hunger und Kummer, sie verschmachten in Not und Traurigkeit. Sie schämen sich zu betteln, sie sind versucht, in Schande und Laster zu verkommen oder sich gar das Leben zu nehmen. Und sind doch so viele Reiche, die ihnen leicht helfen könnten, wenn sie nur ein christlich mitleidiges Herz hätten und eingedenk wären des Jüngsten Gerichts! Die aber sitzen in ihren hohen Ämtern, sind Ratgeber der Obrigkeit und verderben doch nur das Volk bis auf den Grund mit ihrer Ungerechtigkeit! Es ist schon so, wie der heilige Johannes sagt: Alle Welt ist voller Hoffart und Ehrgeiz. Daraus aber entsteht nichts als Zank und Hader, Schande und Laster, Krieg, Mord und Totschlag. An die Strafen der Hölle denkt keiner, und alles lebt dahin, als wäre kein Gott im Himmel ... Tief deprimiert verließ er das Gymnasium.

»Schön, daß Sie kommen, Spee«, sagte Glimbach und rieb sich die roten Hände. Er war nicht allein; Professor Horn saß vor dem Schreibtisch und nickte dem Kollegen zu. Die beiden Gymnasiallehrer hatten, nach jener Auseinandersetzung an Ignaz Ellers Bahre, wohl oder übel einen Umgangsmodus finden müssen; es war undenkbar, daß sie ihre feindseligen Gefühle vor der Schülerschaft zu erkennen gaben. Aber die eisige Höflichkeit, mit der sie einander begegneten, täuschte Spee nicht darüber hinweg, daß Horn kein anderes Ziel hatte, als ›die Henot zur Strecke zu bringen‹. Er war in diesen zwei Wochen seit dem Tode seines Lieblingsschülers merklich gealtert, die unzähligen Fältchen in seinem Gesicht hatten sich vertieft, unter den Augen traten bläuliche Wülste hervor. Er ließ sich gehen, rasierte sich unzureichend, seine Soutane war fleckig.

»Wir sind gerade in einer interessanten Diskussion«, sagte Glimbach. »Das heißt: Professor Horn doziert – und ich höre zu. Haben Sie nicht auch Lust?«

Spee nickte. Vielleicht ließ sich etwas über den Stand des Prozesses erfahren. Deshalb war er ins Rathaus gekommen.

»Wir haben uns die Frage vorgelegt: Wie erklärt es sich eigentlich, daß es so viel mehr Hexen als Zauberer gibt? Professor Horn hat einige sehr bedeutsame Thesen entwickelt. Vielleicht wiederholen Sie die wichtigsten noch einmal?«

Der Professor fand sich nur lustlos dazu bereit. Aber bald wurde er von seinen Ausführungen mitgerissen.

»Erwiesen scheint, daß das Übel der Hexerei – und nicht nur das, sondern das Böse schlechthin! – durch das Weib in die Welt gekommen ist. Heißt es doch schon im Buch der Sprüche: ›Ein schönes und zuchtloses Weib ist wie ein goldener Reif im Rüssel der Sau.‹«

»Sehr anschaulich – wie?« rief Glimbach.

»Ferner ist einem jeden geläufig, daß das Weib ganz einfach – fleischlicher gesinnt ist als der Mann. Wie erklärt sich das? Nun, bedenken Sie, wie das Weib von Natur angelegt ist. Der Uterus, der Monatsfluß, die sehr unappetitlichen Vorgänge bei der Geburt: alles fleischliche Unflatereien, die dem Manne ganz und gar fremd und zuwider sind. Wenn man es recht betrachtet, kommt man zu der Erkenntnis: Das Weib ist nur ein unvollkommenes Tier.«

Glimbach nickte mehrmals.

»Aber Horn!« rief Spee. »Begründen Sie doch erst einmal, wieso das Weib ein Tier ist! Und nicht genug damit: es sei sogar ein unvollkommenes Tier?! Das hieße: Es steht nicht nur unter dem Menschen, sondern auch unter jedem wohlgeratenen Tier! Dann wäre es also die Absicht Gottes gewesen, dem Mann ein unvollkommenes Tier zur Gefährtin zu geben?«

Horn zog es vor, darauf nicht einzugehen, sondern lieber einen neuen Beweis anzubieten.

»Wenn Sie das nicht überzeugt, dann versuchen wir's doch einmal mit der Etymologie. Was ist der Ursprung des lateinischen ›femina‹? Das Wort ›femina‹ setzt sich zusammen aus ›fe‹ und ›minus‹. Was ›minus‹ heißt, weiß jeder. ›Fe‹ aber bedeutet

›fides‹ – und ›fides‹ heißt ›Glauben‹. Was also bedeutet dann ›femina‹? *Eine, die weniger Glauben hat*! Ergo: Schlecht ist das Weib von Natur, da es schneller am Glauben zweifelt, auch schneller den Glauben ableugnet – und daraus resultiert bekanntlich alle Hexerei!«

»Sie irren«, ereiferte sich Spee. »Muß ich Sie, hier in der Stadt der heiligen Ursula und ihrer elftausend Märtyrerjungfrauen, wirklich an die unzähligen Blutzeuginnen Christi erinnern, die für ihren Glauben Marter und Tod erlitten haben?«

»Bedenkenswert immerhin!« sagte Glimbach und sah Horn in Erwartung einer zündenden Replik ermunternd an.

»Schön denn«, sagte Horn. »Wenn all diese Argumente und Beweise Ihnen nicht einleuchten, dann denken Sie doch mal darüber nach, warum Gott der Herr uns als Erlöser seinen Sohn – und nicht etwa seine Tochter geschickt hat! Ist damit nicht deutlich gemacht, weshalb so viel mehr Weiber als Männer dem Laster der Zauberei erliegen? Wir haben« – er faltete die Hände – »allen Grund, den Höchsten zu preisen, der das männliche Geschlecht vor solcher Schändlichkeit bis zum heutigen Tage bewahrt hat! Da Er als Mann für uns geboren werden, für uns leiden und sterben wollte – eben darum hat Er unser Geschlecht so bevorzugt!«

Horn erhob sich. Auch Spee stand auf und warf einen Blick auf Glimbach, der bemüht lächelte. Die Thesen, die Horn als seine eigenen vorgetragen hatte – deren Herkunft war auch Glimbach nur zu gut bekannt. Und so wurde sein Lächeln immer mehr zum Grinsen, als Spee mit schneidender Ironie anmerkte: »Vielen Dank, Kollege Horn. Eigentlich wollte ich mir heute vom Pater Marcellus noch einmal den ›Malleus Maleficarum‹ ausleihen. Das ist nun nicht mehr nötig. Denn Sie haben ja alle Ihre Argumente wörtlich dem ›Hexenhammer‹ entnommen. Aber das Buch ist hundertfünfzig Jahre alt. Unsere Vernunft ist in dieser Zeit ein bißchen älter und, wie ich denke, auch einsichtiger geworden. Lassen Sie die alten Schwarten im Schrank, Horn! Ich jedenfalls rühre sie nicht mehr an. Und das verdanke ich Ihnen.«

Horn schüttelte langsam den Kopf, während er Spees Blick standhielt. Er begriff nicht, wie ein gebildeter Jesuit so verstockt sein konnte. Das sah ja fast so aus, als sei der auch schon infiziert. Er verneigte sich vor Glimbach und ging.

»Nun aber wieder Platz genommen!« rief der Kommissar, der heute besonders heiter und aufgeräumt wirkte. »Was Sie da von den alten Schwarten gesagt haben, stimmt, Spee, stimmt! Ich würde es zwar nicht für den ›Hexenhammer‹ gelten lassen, da steht doch sehr viel Gutes und Richtiges. Aber trotzdem: Neue Bücher müßte man schreiben!«

»Es gibt genug«, sagte Spee. »Delrio, Remigius, Binsfeld ... Ich fürchte allerdings, daß sie viele dieser längst überholten Thesen unkritisch übernehmen.«

»Es geht nichts über die Praxis!« sagte Glimbach abschließend. »Und nun? Womit kann ich dienen?«

»Herr Kommissar«, sagte Spee förmlich, doch nicht unfreundlich. »Machen wir uns nichts vor. Sie wissen, daß ich Prozeßbeobachter im Fall Henot bin. Sagen Sie mir ehrlich, wie die Dinge stehen. Ich habe ein Anrecht darauf.«

»Du lieber Herr und Gott!« sagte Glimbach und wies auf seinen mit Aktenstücken beladenen Schreibtisch. »Der Fall Henot. Der spult sich doch von alleine ab. Ich bin – ich muß es gestehen – gar nicht mehr so recht auf dem laufenden ...«

»Wer ist es dann?«

»Die Gewaltrichter – wer sonst? Ich bin ja nur der Kommissar, bin Ermittler, Aufspürer, Registraturstelle für alle verdächtigen Erscheinungen, die auf Hexerei schließen lassen. Und diese Phänomene häufen sich. Beängstigend, Spee – Sie kämen gar nicht mehr aus der Gänsehaut heraus, wollte ich Ihnen das alles erzählen. Es ist, als werfe man einen Stein in den Teich: Wellenringe bis weit hinaus ans andere Ufer. Und auf einmal ist alles Wasser trübe, unrein, verseucht! Ich kann mich schon gar nicht mehr retten vor Anzeigen!«

»Und alle betreffen Frau Henot?« fragte Spee. Sein Mund war trocken.

»In der ersten Woche nach ihrer Verhaftung war's so, ja. Jetzt, wie gesagt, breitet sich's aus. Nach allen Richtungen. Da ist« – er hob ein Aktenstück an – »ein ganz neuer Fall. Eine Christina Plum. Hängt natürlich auch mit der Henot zusammen, ist aber, um im Bilde zu bleiben, doch ein eigener Stein, mit eigenen Ringen. Aber eins ist doch sehr ermutigend, Spee. Mit Stolz und Freude erlebe ich, wie anständig unsere Kölner sind! Wenn sie weiter so gewissenhaft denunzieren, werden wir die Stadt bald hexenfrei haben. Und dann wird aus unserem lieben Köln, mitten im großen Kriege, ein blühendes Gemeinwesen werden. Ich gehe soweit zu behaupten: Es wird bald keinen Unfall, kein Viehsterben, keinen Hagelschlag, keine Mißernte, keine erfrorenen Reben, keine Totgeburten und keine Pest mehr geben!« Überwältigt von seiner Vision, war Glimbach aufgesprungen.

»Ich wünsche es Ihnen – und uns allen«, sagte Spee. »Aber zurück zu Frau Henot. Sie sagen: Die Gewaltrichter bearbeiten ihren Fall. Wer leitet die Vernehmungen?«

»Die Herren Schöffen Blankenberg und Romeßwinkel. Sie haben bereits ein Hexenmal entdeckt! Das ist ganz entscheidend. Außerdem ist Syndikus Kyver von Bürgermeister Bolandt beauftragt worden, die Interrogatoria aufzustellen. Er hat schon einen ganzen Fragenkatalog beisammen, den man der Henot vorlegen wird.«

»Wann?«

»Auf der Folter natürlich.«

»Heißt das« – Spees Hände wurden eiskalt – »sie wird dem Greven geliefert?«

»Nur noch eine Frage des Termins«, sagte Glimbach und nahm wieder Platz.

»Ich war vor wenigen Tagen beim Generalvikar.« Spee zwang sich zur Ruhe. »Gelenius versprach mir, Frau Henot im Kerker zu besuchen, um sich gegebenenfalls von ihrer Unschuld zu überzeugen.«

»Hat er. Hat er in der Tat«, sagte Glimbach. »Er glaubt wahrhaftig, die Henot sei unschuldig. Aber im selben Schriftstück gibt er zu, daß er kein Fachmann ist. Übrigens hat dieses Gutachten – wenn man das überhaupt ein Gutachten nennen darf – ohnedies kein großes Gewicht, weil Bürgermeister Geil, kaum daß der Besuch im Frankenturm bekannt wurde, dagegen gewütet hat. Er findet es unerhört, daß der Generalvikar als Beauftragter des Kurfürsten sich in eine Sache einmischt, die immerhin noch von der *Stadt* anhängig ist.«

»Aber das ist doch sein gutes Recht!« rief Spee. »Er kam ja auch gar nicht im kurfürstlichen, sondern im erzbischöflichen Auftrag!«

»Je nun, diese Herren aus Bonn unterscheiden immer nur dann, wenn es ihnen in den Kram paßt – da muß ich Geil recht geben. Und gerade der weiß sehr gut, wie alles miteinander verflochten ist. Sie hätten mal hören sollen, wie der gepoltert hat: ›Von wegen Generalvikar! Der kommt doch nur als Bonner Spitzel!‹ – Nein, lieber Spee, falls Sie sich unter den gegebenen Umständen wirklich noch weiter um die Henot bemühen wollen: Von Melchior Geil haben Sie nichts Gutes zu erwarten. Und von Bolandt? Nun, darüber werden Sie sich doch keine Illusionen machen?« Der kleine rötliche Mann hatte sich nun selber ereifert, seine Sommersprossen dunkelten, er tastete nach seiner Brille. »Aber bitte, handeln Sie! Ich habe mit der weiteren Entwicklung der Angelegenheit nichts mehr zu tun. Es stehen ganz andere Fälle an. Vielleicht noch weit schlimmere. Mädchen, Frauen, Jungfrauen … Wer weiß, ob unsere Türme hoch genug sind, sie alle unterzubringen? Uralte Weiber, bildschöne Mädchen – das ganze Viertel am Eigelstein ist verseucht! Da wird bald kein Rock mehr über die Straße wehen, und in Sankt Kunibert werden die Weiberbänke verwaisen.«

»Glimbach!« Spee schüttelte traurig den Kopf. »So kann Gott es nicht gemeint haben. Ich bin kein Fachmann, kein Gelehrter – nur Priester. Einer, der sich sein Leben lang mit dem Allmächtigen auseinandergesetzt hat. Da stimmt etwas nicht! Ich weiß nicht, wo der Fehler liegt …« Er sah sich ratlos um, und fast erschrak er über das armselige Männchen mit dem großen Haupt, vor dem die eckige Brille funkelte. Und plötzlich drängte es ihn zu erfahren, warum dieser Mann so dachte und handelte. Und mehr noch: Teilnahme empfand er, die Sorge des Seelsorgers um eine verirrte Seele. Er erhob sich. »Herr Doktor, darf ich Ihnen eine sehr persönliche Frage stellen?«

»Nur zu!« sagte Glimbach.

»Haben Sie kein Mitleid mit all diesen Frauen?«

»Mit Teufelinnen?«

»Und wenn Ihre Mutter darunter wäre? Ihre Schwester? Ihre Braut?«

»Sie war eine«, sagte Glimbach leise. »Aber bitte setzen Sie sich doch wieder. Es ist so eng in meinem Büro. Man will mir jetzt endlich ein Regal hineinstellen, damit ich die Akten von Tisch und Stühlen bekomme.« Er öffnete das Fenster. »Ein schöner Abend. Hätten Sie Lust auf ein gutes Bier? Der Wirt drüben hat frisch angestochen.«

Spee stimmte zu. Glimbachs seltsame Antwort hatte ihn beunruhigt. Es kam ihm vor, als habe der Kommissar das Bedürfnis, sich zu rechtfertigen. Sie gingen über den Rathausplatz. Vor der Taverne neben der Ratskapelle ›Sankt Maria in Jerusalem‹ schleppte der Wirt Stühle und Tische ins Haus zurück. Auf Wunsch der Herren beließ er ihnen zwei Plätze, sie setzten sich. In der Schankstube klapperten die Würfel. Der Wind ging kühl, aber das braune Patresbier vom Kartäuserkloster heizte ihnen ein. Glimbach wischte den Schaum vom Mund.

»Ich war zwölf, als sie abgeholt wurde. Wir wohnten in Nördlingen – kennen Sie es? Mir war nie etwas Befremdliches an meiner Mutter aufgefallen. Sie war eine gute und ungewöhnlich kluge Frau, so schien es mir. Doch, doch, sie war es wohl auch, bis ... Eines Tages wurde sie abgeholt. Ich schrie, warf mich in meinem Unverstand den Ratsknechten vor die Füße, ich hielt sie ja für unschuldig, mußte ich doch, sie war ja meine Mutter. Da schlug mir einer der Knechte den Säbel in den Hals.« Glimbach lüftete die Krause und ließ Spee die fingerlange Narbe sehen. »Ich geriet dann auch in Verdacht, sollte Hasen gezaubert haben, aus Handtüchern. Doch, doch, das gibt's: Man knotet ein Tuch, wirft es in die Luft, sagt einen Zauberspruch – und schon hoppelt der Hase durchs Zimmer. Auch Axtstiele sollte ich gemolken haben. Nun, ich konnte das wirklich nicht, ich war unschuldig, und deshalb tat man mir auch nichts an.«

»Und Ihre Mutter?«

»Mutter war schuldig.«

»Mein Gott – das geht Ihnen so leicht über die Lippen?«

»Wer sagt, daß es mir leichtfällt?!« verwahrte sich Glimbach.

»Entschuldigen Sie. Aber was gibt Ihnen die Gewißheit ...«

Glimbach schwieg, bis eine zweispännige Kutsche vorbeigerattert war. Er leerte den Krug und rief nach einem neuen.

»Natürlich hielt ich sie für unschuldig – sagte ich doch schon! Aber ein paar Tage später kamen einige Herren ins Haus, sehr freundliche, sehr gescheite Herren. Die teilten mir mit, daß meine Mutter ihre Verbrechen gestanden habe. Ich glaubte es nicht. Da führten sie mich zum Turm und riefen Mutter ans Fenster. ›Ja, ja, Bub‹, sagte sie, ›ich bin eine große Sünderin vor Gott und den Menschen, und du wirst jetzt zu Onkel Klemens nach Trier geschickt. Mich vergiß, ich bin eine Hexe.‹ Dann führten sie mich wieder fort. Nun glaubte ich's. Meine Mutter hatte noch nie gelogen – warum also jetzt? Der Dechant von Sankt Georg sagte: ›Wir werden deine Mutter einem reinigenden Feuer übergeben. Da sie geständig ist und bereut, wird der Herr ihrer armen Seele gnädig sein.‹«

Die blaßblauen Augen in dem sommersprossigen Gesicht wurden feucht.

»Sie hat gestanden?« fragte Spee. »Wurde sie gefoltert?«

»Was denn sonst!« sagte Glimbach und rief in die Schankstube nach dem Bier. »Den Brand hab' ich nicht mehr erlebt, da war ich längst in Trier. Mein Onkel, ein würdiger Prälat, leitet dort die Kanzlei von Bischof Binsfeld. Sie kennen ihn?«

»Wer kennt den nicht!« sagte Spee. Der Suffraganbischof Peter Binsfeld war einer der unerbittlichsten Hexenverfolger.

»Onkel Klemens war seine rechte Hand. Er hat viel für mich getan. Und er hat mich endgültig überzeugt, daß Mutter schuldig war. Ich brauchte ja nur die Literatur zu lesen, die mir dort zur Verfügung stand. Es gibt kein Buch über Zauberei, das ich nicht durchgearbeitet habe. In Trier bekam ich – den ›Blick‹. Verstehen Sie? Seither kommt mir keine aus.« Als Spee zu einer Entgegnung ansetzte, sagte er hastig: »Glauben Sie doch nicht, daß mir das leichtgefallen ist! Aber je älter ich wurde, um so mehr ging mir auf, welch ein entsetzliches Verbrechen der Teufel an uns begeht. Meine Mutter war eine gute Frau – bis sie in seine Fänge geriet. Und was meinen Sie, wie viele gute, anständige Frauen ihm noch zum Opfer fallen werden? Denen ist die ewige Verdammnis sicher, wenn wir sie nicht erwischen und zur Sühne bereiten, damit Gott ihnen verzeihen kann! Und wie viele verwaiste Kinder werden weinen müssen, wenn wir die Ausbreitung des Übels nicht durch unsere Wachsamkeit verhindern! Ich habe Ihnen doch gerade erzählt, was sich hier im Eigelsteinviertel tut. Sehen Sie: Und als ich das erkannte, habe ich mir geschworen, ein Hexenfinder zu werden. Kein Hexenbrenner. Sie verstehen mich? Ich ermittle. Den Vollzug« – er verzog angewidert den Mund – »überlass' ich anderen.«

Als der Wirt mit dem Bier kam, bestellte auch Spee einen zweiten Humpen.

»Glimbach! Damals waren Sie ein Kind – zwölf, ja? Sie mußten glauben, was man Ihnen erzählte. Sie wußten auch nicht, wie man Geständnisse erzwingt. Und wie man eine Mutter so zerbricht, daß sie ihr eigenes Kind belügt. – Lassen Sie mich zu Ende reden! – Aber seither? Es sind doch mindestens dreißig Jahre vergangen. Sie sind ein Mann, haben Vernunft, kritischen Verstand. Und Sie glauben immer noch, Ihre Mutter sei schuldig gewesen?«

»Lieber Spee«, sagte Glimbach, und seine Stimme klang müde. »Sie war schuldig – weil sie schuldig sein muß. Weil – weil es anders nicht denkbar sein darf.«

»Darf?«

»Denn wäre sie nicht schuldig gewesen, dann könnte man das ja – rein theoretisch gesprochen! – von anderen Verurteilten, die bis zur Folter ebenfalls alles abgestritten haben, auch annehmen. Und denkt man – rein versuchshalber – weiter, dann könnte es sich sogar um Tausende, Zehntausende, Hunderttausende handeln – wie?«

»Es könnte sich ... ja, ja ...«, sagte Spee tief beunruhigt.

»Sehen Sie! Und seit rund hundertfünfzig Jahren geht es doch schon so! Nun denken Sie das mal zu Ende!«

Er schwieg.

Zu Ende denken ...? Spee versuchte es, mit äußerster Anstrengung. Aber er vermochte nicht, seinen Gedanken diese, gerade diese Richtung zu befehlen. Es war, als fürchteten sie sich vor dem Ziel. Fürchteten, in einen Abgrund zu stürzen. Und er fürchtete sich mit seinen Gedanken.

»Unsere Justiz«, begann Glimbach wieder, »leistet einwandfreie Arbeit. Ihre Methoden sind dank der Denunziation, der sorgfältig graduierten Tortur, dank dem Verhör vor, während und nach der Folter so zuverlässig, daß ein Irrtum ausgeschlossen ist. Jede meiner erfolgreichen Ermittlungen beweist mir, daß Mutter zu Recht verbrannt wurde. Jede Frau, die ich als Hexe überführe, ist ein solcher Beweis.« Er rückte seinen Stuhl etwas näher an Spee heran und berührte seinen Arm. In seine Augen kam, so schien es, ein flehender Ausdruck. »Sagen Sie selber: Könnte denn einer, dem es ergangen ist wie mir, einfach so weiterleben, wenn er die geringsten Zweifel haben müßte?«

Als Friedrich Spee sich, tief in Gedanken, auf den Heimweg machte, hielt Wagen nach Wagen vor dem Rathaus. Ratsherren in ihren schwarzen Talaren, mit hohen gerippten Hüten, stiegen aus und verschwanden in der Pforte des Rathausturmes, von der aus eine Treppe in den großen Sitzungssaal führte. Spee erkundigte sich und erfuhr, daß heute eine routinemäßige Abendsitzung der ›Neunundvierzig‹ stattfand, also eine große Ratsversammlung.

Erst um sieben Uhr traf er wieder im Tricoronatum ein. Am Eingang der Marzellenstraße hielten sich Leute auf, die zum Gymnasium hinüberzeigten, und vor dem Portal standen sie in Gruppen und schimpften über die rüpelhafte Jugend.

Schon im Treppenhaus erzählte man ihm von dem Überfall. Die entführten Schüler waren noch nicht zurückgekehrt, man hatte keine Ahnung, wo man sie suchen sollte. Daß man den Jungen die Augen verbunden hatte, ließ nichts Gutes erwarten. Trotzdem gelang es dem Regens, die aufgebrachten Lehrer und Schüler zu beschwichtigen. Er hielt, was ungewöhnlich war, während des Abendessens eine kleine Ansprache, erinnerte an den jahrelangen Streit um die Wiederbelebung eines alten Brauches, von dem vor allem die Juristenfakultät nicht lassen wollte: Es ging um den sogenannten Beanismus oder die Deposition. Den jüngeren Schülern, denen diese Begriffe fremd waren, erklärte Kasen:

»Die Herren Studiosi von der Universität sind nun einmal der Ansicht, ein Gymnasiast sei erst dann reif zum Studium an der hohen Schule, wenn er durch die Zeremonie der Fuchsentaufe oder Deposition, auch Beanismus genannt, gleichsam zum Ritter geschlagen worden ist. Leider ist das ein sehr handfestes Schlagen, und die Fäuste oder ein schlichter Prügel tun's da noch nicht einmal! Für diese rituelle Handlung gibt's ganz spezielle Geräte, und die sind hier in Köln schon einige hundert Jahre in Gebrauch. Weil nun damit viel Unfug getrieben wurde, hat der Rat der Stadt vor einem Jahr verfügt, daß sie bei uns im Keller eingeschlossen werden. Man glaubte wohl, damit könne man diesen ausgemachten Stumpfsinn einschlafen lassen. Nun aber wollen uns die Herren Studenten, indem sie uns den Dietrich Dueren, den Peter von Essen und den Philipp von Kronthal wegschnappten, handgreiflich zu verstehen geben, daß der alte Brauch so tot noch nicht ist.«

Also auch Philipp ein Opfer dieses rüden Ulks! Man war sich rundum einig: Ein polizeiliches Nachspiel würde die Sache nicht haben. Wer getraute sich in Köln schon, etwas gegen Studenten zu unternehmen! Das Gymnasium war machtlos, und der Rat kuschte vor der Universität, die ihre Freiheiten hochempfindlich verteidigte.

Erst gegen elf Uhr kehrten zwei Schüler zurück. Philipp war nicht dabei. Die beiden sahen gewalkt und zerschunden aus, sie hatten sich mühsam hergeschleppt, man führte sie ins Lehrerzimmer, und dort erzählten sie dem Kollegium haarsträubende Dinge.

Aber wo war Philipp?

Die beiden wußten nur, daß er sich geweigert hatte, mit heimzugehen. Mehr war von den verstörten, angetrunkenen Knaben nicht zu erfahren. Kasen schickte sie ins Bett.

»Sagen Sie, kommt Ihnen das nicht ein bißchen merkwürdig vor?« Der Regens nahm Spee, ehe sie das Lehrerzimmer verließen, beiseite. »Ausgerechnet Philipp! Der Pedell, den die Burschen ja buchstäblich überrannt haben, hat mir erzählt, die beiden anderen hätten getobt und gebrüllt, als sie auf die Straße geschleppt wurden. Nicht so unser Philipp. Den habe auch keiner beim Wickel gehabt. Der sei ganz gemütlich hinterdreinspaziert. Merkwürdig – nicht? Vor allem, wenn man bedenkt, daß der Junge drei Wochen Ausgangssperre hat.«

Spee murmelte etwas von ›Solidarität mit den Entführten‹. Aber Kasen stieß ihn ziemlich grob in die Rippen.

»Genug, Fridericus! Du meinst es ein bißchen zu gut.«

42

Mit dem Toten fängt es an – und mit der Lebendigen hört es nicht auf – man wird nicht ruhen, bis man sie umgebracht hat!« donnerte Bürgermeister Geil über die Ratsversammlung hinweg. »Erst machen sich die Herren aus Bonn über Leichen her, also über Gefangene, die in unseren Türmen verstorben sind, nennen es ›Visitation‹ und ›Ocular-Inspection‹, wollen aber in Wahrheit nur erspitzeln, ob wir nicht etwa heimlich ein bißchen Blutgerichtsbarkeit geübt haben! Und während wir mit ihnen noch darüber prozessieren, schleicht sich ein hoher Herr aus Bonn in den Frankenturm und behelligt eine städtische Gefangene mit seiner unerbetenen Gegenwart!«

Melchior Geil hatte den Besuch des Generalvikars bei Katharina Henot noch nicht verwunden. Daß die dem Rat schriftlich übermittelte Stellungnahme des hohen Geistlichen die Angeklagte nahezu völlig entlastete, schien Melchior Geil kaum zu berühren. Er kam nicht darüber hinweg, daß Gelenius in erzbischöflichem Auftrag gehandelt hatte. Und nun gelang es ihm auch, die Ratsversammlung gegen die Bonner aufzubringen. Im ersten Teil seiner Rede hatte er alle anstehenden Prozesse gegen Kurköln aufgeführt, hatte an die Beschlagnahmung kölnischer Fischerboote im Bonner Hafen erinnert und, unter beifälligem Lachen des Rates, mitgeteilt, daß man gestern zur Vergeltung zwei in der Bannmeile jagenden Baronen aus Bonn ihre Hunde ›abgepfändet‹ hatte. Gerügt hatte er schließlich den ›unverschämten Anspruch‹ des hohen Gerichts, in stadtkölnischen Gefängnissen ›Totenbesichtigungen‹ vornehmen zu wollen. Einmal hier angelangt, fiel es ihm nicht schwer, dem Generalvikar, und damit dem Kurfürsten, am Zeuge zu flicken. »Es wird hohe Zeit«, so schloß er seine Rede, »daß man den vorwitzigen Herren in Bonn eine Lehre erteilt!«

Er setzte sich in seinen Sessel, der, wie auch der des anderen Bürgermeisters, um drei Stufen höher stand als die Bänke der neunundvierzig Ratsherren. Die saßen, jeweils in Zweierreihen, zu beiden Seiten des großen Senatssaales, vor dessen schlanken Fenstern doppelmannshohe, auf Stellwände gespannte Gobelins den grellen Schein der Abendsonne dämpften. Wie in einer Glorie erstrahlte das mächtige Kruzifix mit dem lebensgroßen Leichnam des Herrn.

Johann Bolandt hatte Melchior Geil gebeten, die Sitzung zu eröffnen. Er selbst war, auf dringenden Wunsch des Postmeisters, noch in die Straßburger Gasse gefahren. Coesfeld hatte, wieder einmal, einen Brief geöffnet ... Als Bolandt endlich im Senatssaal eintraf, hatte sich Rentmeister Geißbusch hinter das Rednerpult begeben. Er führte Beschwerde gegen die Weinbruderschaft, die versuchte, die Stadt um den für das Ausschankrecht zu erlegenden Rutenpfennig zu prellen. Auch bei den Fleischhausgeldern der Metzger sei es zu Unterschleif gekommen – gegen diese Behauptung protestierte allerdings Ratsherr Breuinger von der Fleischergaffel. Geißbusch versprach eine Überprüfung und wandte sich anderen Steuereinnahmen zu, so dem Bier-, Malz-, Salz- und Tonnenpfennig, der Kranengebühr, dem Bürgeraufnahme- und dem Judenschutzgeld. Auch eine Erhöhung der Gerichts- und Polizeibußen empfahl er. Darüber wurde gleich abgestimmt und mit großer Mehrheit im Sinne des Antrags beschlossen.

Nun erst kam Syndikus Kyver an die Reihe. Der ältliche Mann faßte zusammen, wie es dank der Aufmerksamkeit des hier nicht anwesenden Kommissars Glimbach zur Verhaftung der Katharina Henot gekommen war, der weiteren hochkriminellen Verfehlungen, nach den ersten Beschuldigungen durch ›unsere gottselig verstorbene Mitbürgerin Magdalena Raußrath‹, die Inhaftierte, dank zahlloser Zeugenaussagen, inzwischen überführt war, und wie nun einer Lieferung an den Greven, also an das Hohe – er verschluckte noch eben rechtzeitig das Wort ›kurfürstliche‹ – an das Hohe Weltliche Gericht, nichts mehr im Wege stehe.

»Ich habe die Interrogatoria für die Henot zusammengestellt«, resümierte er. »Insgesamt einunddreißig Fragen. Nein, einer Lieferung an den Greven steht wirklich nichts mehr im Wege.«

Dieser Satz löste bei einigen Ratsherrn Unruhe, ja Empörung aus. Melchior Geil sprang auf und eilte über den roten Teppich auf Kyver zu, blieb aber auf halbem Weg stehen. Bolandt schwang die Glocke.

»Sie wollen also ernstlich behaupten«, rief Geil, »und sich offenbar noch damit brüsten, Herr Syndikus, daß Sie, ein Mitglied des Rates der Freien Reichsstadt Köln, Zeit und Mühe aufgewendet haben, nur um den kurfürstlichen Schöffen Arbeit zu ersparen?! Oder wie anders soll ich es verstehen, daß Sie die Fragen zur Vernehmung zusammenstellen und gleichzeitig für die sofortige Lieferung der Angeklagten an das Hohe Weltliche Gericht eintreten? Das kann doch nur bedeuten, daß nicht wir, sondern die Bonner Schöffen die Angeklagte vernehmen sollen – und das mit Hilfe Ihres Fragenkatalogs!«

»Bei einer beharrlich leugnenden Angeklagten hat doch die gütliche Vernehmung durch unsere Leute gar keinen Zweck«, verteidigte sich Kyver. »Sie wird auf alle Fragen mit Nein antworten, das weiß man doch vorher. Es hat also nur Sinn, die Fragen auf der Folter zu stellen, denn nur auf der Folter werden sie wahrheitsgemäß beantwortet, das lehrt die Erfahrung von Generationen. Zur Folter aber ist die Stadt nicht berechtigt; torturieren darf nur das Hohe Weltliche Gericht. Ich betone das nur für jene hier etwa anwesenden Herren, die mit unseren Rechtsbräuchen nicht hinlänglich vertraut sind. Was aber den Vorwurf betrifft, ich hätte damit nur kurkölnischen Vernehmern die Arbeit abgenommen: Vielleicht wissen Sie noch nicht, Herr Bürgermeister, daß unsere beiden städtischen Schöffen, die Herren Romeßwinkel und Blankenberg, vom Kurfürsten beauftragt wurden, unmittelbar nach Lieferung der Angeklagten in gleicher Schöffeneigenschaft beim Hohen Gericht tätig zu werden? Das heißt also: auch dort den Fall Henot zu übernehmen. Dagegen können wir gar nichts einwenden, denn wir haben ja zugelassen, daß diese weit über die Mauern unserer Stadt hinaus renommierten Herren auch bisher schon im Bonner Auftrag, wenn auch nur auf kurkölnischem Gebiet, tätig waren.«

Die jüngste Beauftragung war in der Tat neu für Melchior Geil. Der Kurfürst sah also die Lieferung der Henot an sein Gericht bereits als beschlossen an! Das erfüllte Geil mit großem Zorn. »Sollen doch die Herren im Kurkölnischen verbrennen, so viel sie wollen!« schrie er. »Aber städtische Schöffen auf städtischem Territorium im Auftrag des Kurfürsten tätig? Das ist eine unerhörte Provokation!«

Als er kopfschüttelnd auf seinen Platz zurückkehrte, mußte er sich eingestehen, daß es ihm plötzlich nicht mehr allein um die zu verhandelnde Sache ging. Da kam etwas ganz anderes ins Spiel:

Wenn die Henot wirklich dem Greven geliefert würde und dieser Romeßwinkel befaßte sich dann mit ihr – dann würde er ja wochen- oder gar monatelang in Köln bleiben, je nachdem, wie lange die Untersuchung dauerte. Und wann würde Melchior Geil seine Theresa wieder besuchen können? Er sah sich um, und als er merkte, daß die meisten Ratsherren von seinen Argumenten beeindruckt waren, forderte er mit schnellen leisen Worten: »Meine Herren Räte! Ich möchte diesem Spuk ein Ende machen. Die Vorwürfe gegen Frau Henot sind durch nichts bewiesen. Sie selber pocht unbeirrt auf ihre Unschuld. Ich beantrage, die Anklage zu kassieren und Katharina Henot aus der Haft zu entlassen. Ich verlange sofortige Abstimmung!«

Da erhob sich Johann von Bolandt. »Meine Herren!« rief er. »So erregt wollen wir nicht abstimmen!«

Was Bolandt unterstellte, war durchaus falsch. Die Ratsherren hatten sich längst wieder beruhigt; sie empfanden es lediglich, mit Geil, als unzumutbar, wie der Kurfürst sich in das Verfahren einmischte. Aber da ließ sich ja auf die einfachste Weise Abhilfe schaffen, indem man, wie Geil vorschlug, die Angeklagte laufen ließ. Jedenfalls schien die Mehrheit dieser Ansicht zu sein – und das war auch Johann Bolandt nicht entgangen.

»Ich schlage vor«, fuhr der Bürgermeister fort, »die Frage, ob die Henot dem Greven geliefert werden soll, zurückzustellen. Vielleicht befassen wir uns zunächst mit einem Thema, das zwar mit dem hier zu verhandelnden Fall nicht das geringste zu tun hat – an das wir aber durch die Person der Angeklagten nolens volens erinnert werden. Ich meine die Postverhältnisse in der Stadt Köln.« Als Bolandt merkte, daß keine Gegenstimmen laut wurden, fuhr er fort: »Postmeister Coesfeld hat mir zugesagt, daß er, sehr im Gegensatz zum alten Jakob Henot, die uralten Privilegien unserer städtischen Botenpost nicht antasten wird. Ungestört also werden unsere städtischen Boten den Kurs nach Amsterdam über Wesel und Utrecht wahrnehmen können. Graf Taxis persönlich hat dafür gesorgt.«

»Wir brauchen keine Ausländer für unsere kölnische Post!« rief ein Ratsherr. »Dieser Taxis ist ein Welscher – was will er bei uns? Mir ist eine gute deutsche Henot-Post immer noch lieber!«

»Auch der alte Henot ist aus Spanien eingewandert«, sagte Bolandt mit verbindlichem Lächeln. »Und hätten wir uns immer nur auf unsere lieben Deutschen verlassen ... Ohne die Spanier wäre unser Vaterland längst protestantisch!«

»Zur Sache!« riefen einige Herren.

»Ich wollte Sie lediglich wissen lassen«, fuhr Bolandt fort, »daß Graf Taxis und sein Beauftragter Coesfeld die Postversorgung unserer Stadt, wie früher bereits neunzehn Jahre lang, garantieren. Nach menschlichem Ermessen können wir mit einer friedlichen, von Privatinteressen ungestörten ...«

»Oho! Taxis! Taxis!« riefen einige Ratsherren.

»... das heißt: mit einem sinnvollen, planmäßigen Ausbau der Postlinien rechnen. Nach menschlichem Ermessen, sagte ich. *Sofern*« – er sah sich um, seine etwas vorquellenden Augen blickten besorgt – »sofern nicht etwa die Erben Henot mit ihrer geradezu bestürzend hohen, ihrer ganz unvernünftig immensen Schadenersatzforderung bei Seiner Majestät dem Kaiser durchdringen sollten!«

Er setzte sich und betrachtete mit dem Wohlgefallen eines Künstlers, was seine Worte bewirkt hatten. Man sah sich verblüfft an, man erkundigte sich beim Nachbarn, ob man recht gehört habe, man sprang auf und fragte den Bürgermeister:

»Schadenersatz? Wofür? Wer stellt die Forderung? Wie hoch? An wen?«

Geil, den man auch anging, konnte nur die Schultern heben. Da hatte Bolandt offenbar eine Information so lange zurückgehalten, bis ihm der geeignete Zeitpunkt gekommen schien.

Bolandt stand wieder auf. »Meine Herren Räte! Nur durch einen Zufall und auf sehr vertraulichem Wege habe ich Kenntnis von dieser Forderung Hartger Henots erhalten. Ich will Ihnen auch nicht verschweigen, wie hoch sie ist – Sie werden meine große Besorgnis dann eher verstehen. Propst Henot fordert vom Kaiser, für über neunzehn Jahre seinem Vater entgangene Postmeister-Einnahmen, den Betrag von 269 360 Gulden und 4 Batzen!«

Man faßte es nicht. Ja, glaubte der Mann denn allen Ernstes, der Kaiser, von dem ganz Europa wußte, wie hoch er verschuldet war, werde ihm das bezahlen? Man tippte sich an die Stirn, man lachte. Eigentlich könnte man's mit einem nachsichtigen Kopfschütteln bewenden lassen ...

Noch ehe aber diese Meinung sich durchgesetzt hatte, ergriff Johann Bolandt abermals das Wort: »Daß der Kaiser kein Geld hat – und das wissen wir alle –, ist *eines*. Die Frage nach der Rechtmäßigkeit der Henotschen Forderung aber ist ein *anderes*. Und der Reichshofrat – dafür gibt es Beispiele! – pflegt sich bei seinen Entscheidungen nicht nach der Opportunität, sondern strikt nach der Legalität zu richten. Wohl uns, daß es in Deutschland noch so unabhängige Institutionen gibt! Den Reichshofrat kümmert es auch nicht, ob ein Schuldner kein Geld hat. Ihn kümmert nur, ob er es schuldet! Und dieser Punkt: Ob der Kaiser – oder ein anderer, sagen wir einmal das Haus Taxis – dem Henot eine solche Summe tatsächlich schuldet, dieser Punkt ist ja noch keineswegs geklärt! Und ich muß Ihnen sagen: Ich fürchte das Schlimmste!«

»Dann soll der Kaiser eben sehen, wo er das Geld hernimmt!« rief Geil empört. »Oder der Taxis! Was geht das uns an!«

»O Collega!« Bolandt hob beschwörend die Hände. »Daß Sie sich nur nicht täuschen! Wenn der Kaiser verurteilt wird, in einer kölnischen Postangelegenheit Schadenersatz zu leisten – an wen wird er sich halten? Wer wird ihm dann der Nächste sein? Gewiß nicht der Taxis! Sondern doch wohl *der*, dem er notfalls *befehlen* kann, Zahlung zu leisten! Und wer ist das? Das ist unsere, dann in ihren Entschlüssen gar nicht mehr freie, Reichsstadt Köln! 269 360 Gulden und 4 Batzen wird Köln an die Familie Henot zahlen müssen!« Und nach einer winzigen Pause: »Sofern Henot Recht bekommt – was natürlich noch längst nicht ausgemacht ist ...«

Aber in dem Tumult, der jetzt ausbrach, verstand das keiner mehr. Rentmeister Geißbusch eilte auf Bolandt zu und sprach erregt auf ihn ein. Viele Ratsherren hatten ihre Stuhlreihen verlassen und trafen einander im Mittelgang zu lebhaften Debatten. Bolandt gelang es, sich mit Hilfe der Glocke wieder Gehör zu verschaffen:

»Ehrsame, hochweise Räte! Ich habe große Unruhe gestiftet – das war nicht meine Absicht. Ich bitte Sie, mir zu verzeihen. Freilich gehört es zu den Pflichten eines Bürgermeisters, die Ratsmitglieder auf Gefahren aufmerksam zu machen, von denen er frühzeitig Kunde erlangte. Vielleicht täusche ich mich. Vielleicht ist die ablehnende Antwort des Kaisers an Henot schon unterwegs. Nur – wenn Sie mich fragen ...« – Bolandt senkte die Stimme, als habe er eine sehr vertrauliche Mitteilung zu machen – »wenn Sie mich fragen: Die Familie Henot ist hoch angesehen. Immer noch. Auch in Wien. Daran hat auch die Anklage gegen Frau Henot nichts geändert. Zumal Frau Henot ja allem Anschein nach unschuldig ist – wie sonst hätte mein verehrter Kollege Geil ihre Haftentlassung beantragen können?! Wäre Katharina Henot dem Greven geliefert und verurteilt worden – dann, natürlich, dann hätten wir die Henotsche Forderung vergessen dürfen. Einer entehrten Familie gesteht auch der Kaiser keinen Schadenersatz zu. Wie die Dinge aber liegen, meine Herren Räte, müssen wir uns in der Tat auf einen schweren Aderlaß gefaßt machen. Rentmeister Geißbusch sagte mir gerade: Müßte Köln diese Summe erlegen, so bliebe gar nichts anderes übrig, als von unseren Bürgern, also von uns allen, meine Herren, weit höhere Steuern zu verlangen!«

Er setzte sich. Plötzlich war es ganz still im Saal geworden. Es schien, als sei man zu erschöpft, sich noch weiter über ein drohendes Unheil zu erregen. Schweigend nahmen die Ratsherren ihre Plätze wieder ein.

»Wird eine Pause gewünscht?« fragte Geil. »Man sollte das Für und Wider in Ruhe bedenken ...«

Aber man schüttelte die Köpfe.

Da legte Syndikus Kyver dem Rat der Stadt Köln die folgende Frage zur Abstimmung vor:

»Ist die vor dem Städtischen Gewaltgericht angeklagte Katharina Henot mit hoher Wahrscheinlichkeit der Hexerei für schuldig befunden worden, also daß, da zur Verurteilung nur noch ihr eigenes Geständnis fehlt, zur Erzielung desselben, und zwar notfalls durch das legitime Mittel der Tortur, die Lieferung an das Hohe Weltliche Gericht erfolgen soll?«

Wer mit ja stimmte, hob die rechte Hand. Einige Ratsherren erhoben sie nicht. Auch Bürgermeister Geil stimmte mit Nein. Der redliche Mann empfand eine gewisse Beschämung darüber, daß, was er für rechtens hielt, sich mit seinen geheimsten privaten Wünschen deckte: Ginge es nach ihm, würde die Henot nicht geliefert – und der Schöffe Romeßwinkel dürfte dann wieder im Kurkölnischen wüten.

Aber es ging nicht nach ihm.

Wenig später betrat Bürgermeister von Bolandt das nach dem schweren Brand wieder aufgebaute Palais der kurkölnischen Beamten in der Trankgasse. Dort wartete der münstersche Generalvikar Nikolartius schon seit einer Stunde.

»Was soll das?« begrüßte er den Bürgermeister ungnädig. »Ich schicke Ihnen Nachricht, daß ich im Auftrag des Erzbischofs nach Köln gekommen bin, um Ihnen wichtige neue Argumente zu liefern – und Sie lassen mich einfach sitzen!«

Bolandt entschuldigte sich. Er teilte Nikolartius mit, daß der Lieferungsbeschluß gefaßt sei – mit deutlicher, wenn auch nicht überwältigender Mehrheit. Er sei allerdings in keinem Augenblick ernstlich gefährdet gewesen. »Aber glauben Sie mir, Exzellenz: Auch ich weiß, was ich dem Ansehen meines Rates und der Würde eines solchen Verfahrens – und natürlich auch der Angeklagten – schuldig bin. Ich verlasse mich nicht auf flüchtige Emotionen. So ließ ich erst abstimmen, nachdem wir nüchterne Tatsachen nüchtern betrachtet und gewertet hatten.«

Er sagte nicht, um welche Tatsachen es gegangen war.

»Und dies hier?« Nikolartius deutete auf ein Aktenkonvolut, das, noch zugebunden, vor ihm auf dem Tisch lag. »Durchlaucht hat mich hierhergeschickt, um Ihnen die protokollierten Aussagen der Langenbergerin zu überbringen. Sie ist auf Burg Lechenich peinlich befragt worden. Auf die Wahrheit der Aussage darf man sich also verlassen. Sie hat ganz malefizische Exzesse mit der Henot bekannt. Kaum zu glauben, so abscheulich ist das alles – aber, bitte: auf der Folter gestanden, also unanfechtbar!«

»Übergeben Sie diese Akte dem Hohen Weltlichen Gericht«, sagte Bolandt. »Wir von der Stadt brauchen sie nicht mehr.« Er stand auf und lächelte.

»Wissen Sie: Ein großer Fehler bei solchen Sachen ist es, wenn man einem Verbrecher zu viele und zu verschiedenartige Beweggründe unterstellt. Da schlägt dann ein Motiv das andere tot.«

Nikolartius sah ihn aufmerksam an. »Wann wird sie geliefert?«

»Noch heute nacht. In aller Stille. – Erlauben Sie mir eine Frage, Exzellenz?«

»Bitte.«

»Hat der Kurfürst wirklich so große Angst vor Hexen?«

»Ja. Und er fürchtet, daß die Stadt Köln zu einer Brutstätte der Hexerei werden könnte, so wie sie noch vor kurzer Zeit ein Zufluchtsort für aus Kurköln vertriebene Ketzer gewesen ist. Er hat sogar den Verdacht geäußert, einige Mitglieder Ihres Ehrsamen Rates, Herr von Bolandt, könnten Teufelsgenossen – patroni veneficarum – sein. Nun, ich werde ihn jetzt beruhigen können. – Und Sie?«

»Was meinen Sie?« fragte Bolandt.

»Weshalb waren Sie so daran interessiert, daß die Henot geliefert wird?«

»Weil ich die Wünsche Seiner Durchlaucht kannte«, sagte Bolandt und ging zur Tür. Dort drehte er sich um. »Und, natürlich, auch weil ich sie für schuldig halte! Was dachten Sie?« Er verneigte sich. »Ich habe die Ehre, Exzellenz.«

Seine Schritte verhallten im Treppenflur.

Herr Petrus Nikolartius, der Durchtriebene, Skrupellose, spuckte hinter ihm aus.

43

Die schweren Hörner drückten auf die Schläfen. Aber das Bier war herb und süffig. Man hatte sie weidlich mißhandelt, die drei – da blieb kein Gerät unbenutzt: die Säge aus Buchenholz mit den kratzenden Zähnen, die harten geknoteten Stricke, die plumpen Hämmer und Zangen, die unbarmherzig Arme und Schenkel malträtierten. An den grob verputzten Kellerwänden qualmten Unschlittkerzen, feierlich tanzte der ›Pater Beanorum‹ vor den brennenden Augen der Gequälten herum, murmelte unter der schwarzen Kapuze unheimliche Sprüche in verhunztem Latein. Und alle Burschen, die an den Pritschen der drei Tricoronater keinen Platz mehr gefunden hatten, sangen und summten den Folterchor:

»So führte uns wieder ein alter Brauch
zu ernstem Behufe zusammen:
Ein Ferkel füllt und ein Hirschkalb den Bauch,
da läßt sich's bequemer verdammen.
Wir sind die Herren vom Peinlichen,
wir sind die Herren vom Schweinischen,
wir sind die Herren vom Gericht!«

Philipps Mitschüler, der kleine Dietrich Dueren und der dickliche Peter von Essen, ächzten und jammerten, wenn ihre Peiniger es zu arg trieben. Dann wurde ihnen mit Urin vermischtes Wasser über den Kopf gegossen.

Philipp biß die Zähne zusammen, und als das schaurige Lied vom Gewölbe widerhallte, wurde ihm plötzlich bewußt, daß diese Zeremonie, die sie, wie der ›Pater Beanorum‹ versicherte, zu ›wahren Adepten der sieben freien Künste‹ machen sollte, verzweifelte Ähnlichkeit mit jenen Martern hatte, denen Folterknechte von Gerichts wegen ihre Opfer zu unterwerfen pflegen. Freilich: Was mit Philipp und seinen Leidensgenossen geschah, war nur ein schwächlicher Nachvollzug jener unmenschlichen Manipulationen. Doch wie er bäuchlings lag, Füße und die über den Kopf gereckten Arme ans Holzbett gefesselt, und wie ein Bursche ihm mit dem Buchenkamm über den Hintern strich und ein anderer, rittlings auf ihm, Schultern und Genick mit dem Hammer beklopfte, da malte er sich aus, was Katharina zu leiden haben würde, sollte sie wirklich dem Greven geliefert werden. Und so ertrug er die Schmerzen nicht nur leichter, da er sie nun stellvertretend für Katharina erlitt, sondern er wünschte, sie möchten noch schlimmer werden, als könne er so der geliebten Frau jede grausame Marter, die sie erwarten mochte, abnehmen. »Nun schlagt doch richtig zu!« stöhnte er, und wenn sie es taten, empfand er eine wilde Wollust. Und als ahnten die Burschen, an wen er dachte, sangen sie nun:

»Wenn die Hex auf der Folter winselt und schreit,
dann geht's an ein Fressen und Saufen,
dann halten wir Schnaps und Riechsalz bereit,
sonst stinkt uns die Hex übern Haufen!
Wir sind die Herren vom Peinlichen,
wir sind die Herren vom Schweinischen,
wir sind die Herren vom Gericht!«

»Finis! Finis! Finis!« rief der ›Pater Beanorum‹, streifte die Kapuze ab und zeigte ein lachendes Pausbackgesicht unter blondem Schopf. Stricke und Fesseln wurden gelöst.

»Niederknien!« befahl der Exerzitienmeister. Die Jungen gehorchten. Unter lateinischen Segenssprüchen wurde jedem der drei ein Certificat über die bestandene Fuchsenprüfung ausgehändigt. Dann wurde ihnen ein Kuhgehörn aufgesetzt, an den Hornspitzen waren Schellen befestigt. Lustig läutend erhoben sich die nunmehr ›in den Zustand wahren Burschentums Versetzten‹, reihum wurden sie von ihren Folterknechten umarmt und geküßt und, nachdem sie sich angekleidet hatten, ins Nebengelaß geführt. Dort ließ man sich an einem langen Tisch zum Umtrunk nieder. Der kleine Dietrich Dueren wischte sich heimlich eine letzte Träne aus dem Augenwinkel, aber Peter von Essen schaute schon wieder recht trutzig drein, während der Blondschopf ihnen erklärte, daß sie nunmehr unter allen Schülern des Gymnasiums die wahrhaft Auserlesenen seien und die einzigen, die sich als rechte Männer fühlen dürften.

»Warum tut ihr das mit uns?« fragte Peter von Essen. »Gut, wir sind jetzt erwachsene Männer. Aber ihr? Was habt ihr davon?«

»Es geht um die Erhaltung unserer Rechte«, sagte der ›Pater Beanorum‹. »Jede Universität hat ihre Vorrechte. Was auf dem Campus geschieht – da hat die Stadt nicht dreinzureden. Das aber paßt unseren Herrn Bürgermeistern nicht. Sie wollen uns unsere Privilegien rauben. Und weil sie feige sind, fangen sie bei alten, scheinbar halb vergessenen Bräuchen an. Versteht ihr: *Sie fangen dort an!* Danach aber werden sie weitermachen, schneiden uns Scheibchen für Scheibchen von unseren Rechten ab. Und dagegen wehren wir uns!«

Außer den Jungen saßen noch zehn am Tisch. Alle froren in dem klammen Keller, sie tranken schnell, wurden bald heiter, einer nach dem anderen verriet, wie er sich nannte, bei welchen Professoren er hörte. Der ›Pater Beanorum‹ war Paulus Kyver, auch er ein Student der Rechte; man befand sich im Haus seines

Vaters, des Herrn Stadtsyndikus Hieronymus Kyver; seine Abwesenheit am heutigen Abend – es tagte der Rat – hatte man wahrgenommen für die Deposition. Und wer von den dreien sich einfallen ließe, sie zu verpfeifen, nachdem man doch so ehrlich zu ihnen gewesen war, der würde in Köln seines Lebens nicht mehr froh werden – aber was soll's denn auch: Sie gehörten jetzt, wie ihre Entführer, quasi bereits zur Universität, und wer verpfeift schon Kommilitonen!

Dietrich Dueren und Peter von Essen nickten mit brummenden Köpfen. Sie würden morgen schon fast alles vergessen haben – aber eins sicher nicht: daß sie zu den Auserwählten gehörten und daß man Kommilitonen nicht verpfeift.

Da polterte wer die Kellertreppe herunter, ein Student sah herein: »Macht euch fort! Dein Alter kommt, Paulus! Die Sitzung ist zu Ende. Die Henot wird heut nacht noch geliefert!«

»Fort mit dem Zeug!« rief Paulus Kyver. Sie rannten wie aufgescheuchte Hühner, versteckten die Äxte, Zangen, Hämmer unter den Pritschen, löschten die Lichter bis auf zwei, wollten auch die Kannen und Humpen vom Tisch räumen, aber Paul Kyver ließ es nicht zu: »Darf der Alte ruhig sehen, wir saufen hier oft. Nur die Geräte schafft weg! Und schickt die Tricoronater nach Haus! – Ihr habt verstanden, ihr drei: Ehrlos ist, wer verpfeift!«

Sie nickten stumm, streiften die klingelnden Hörner vom Kopf und ließen sich auf die nachtdunkle Straße bringen. Nur Philipp nicht. »Ich bleibe bei euch«, sagte er. »Von mir aus! Aber halt den Mund! Was bist überhaupt mitgegangen? Auf dich waren wir gar nicht scharf. Da, sauf!« Paul Kyver ließ einen Krug über die Tischplatte sausen. »Wundern sie sich nicht in der Schule, wenn du nicht mit den anderen kommst?«

»Ich gehe nie mehr zurück.«

»Schlechte Noten? Krach mit dem Regens?«

Philipp schwieg. Die anderen hatten sich wieder gesetzt.

»Bist blaß, Junge. Verträgst kein Bier?«

»Im Gegenteil!« Philipp leerte den Humpen und ließ ihn wieder füllen.

»Also?«

»Sie liefern die Postmeisterin ans Hohe Weltliche ...« Philipps Zunge war schwer. »Ans Hohe Weltliche Gericht?«

»Noch heut in der Nacht. Nimm die Hörner ab! Wenn wer kommt ...«

»Wann genau?«

»Ist das so wichtig?«

»Ob das – wichtig ist?!« Philipp stand auf, die Glöckchen bimmelten.

»Verdammt! Nimm die Hörner ab!«

Zwei bemühten sich um die Hörner, aber Philipp schlug um sich, brüllte: »Rührt mich nicht an! Ich hab' euch gezeigt, was ich alles mit mir machen lass' – aber jetzt ist Schluß! Jetzt zeigt, was *ihr* für Kerle seid! Jetzt zeigt, ob *ihr* Männer seid! Oder ob ihr nichts könnt als wehrlosen Burschen die Hucke vollhauen! Und Spottlieder singen auf die Hexenrichter – aber wenn's ernst wird, ob ihr da nicht genauso kneift, wie sie alle kneifen in diesem dreckigen, gottverfluchten, beschissenen Köln!«

Er fiel zurück auf den Sitz. »Bier!« schrie er. Dann schossen ihm die Tränen in die Augen. Der Nebenmann schob ihm seinen Krug zu, er umklammerte ihn, setzte an, gab's auf. Die anderen tranken um so mehr.

»Wenn wir dir helfen sollen, mußt es nur sagen!« rief Paulus Kyver. »Wir sind deine Kommilitonen. Wenn wir dem Bürgerpack was auswischen können – nur zu! Sag, was dich kratzt!«

Knarrend tat sich die schwere Kellertür auf. Ratssyndikus Hieronymus Kyver stand einen Moment überrascht. Er trug den hohen Kuchenhut wie einen schweren Helm in der Ellbogenbeuge.

»Ei, munteres Völkchen!« sagte er schmunzelnd.

Die Burschen erhoben sich schwerfällig. Der Syndikus winkte ab. »Bekannte Gesichter! Und der da? Hörner? He, Paulus, sieht ja fast aus wie ein Fuchsengehörn!«

»Ich erklär's dir später, Vater.«

»Will es jetzt wissen. Das ist ein Fuchsengehörn! Wo habt ihr das her? Fuchsentaufgeräte sind laut Ratsbeschluß vom 18. September 26, an dem ich selber maßgeblich mitgewirkt habe, im Tricoronatum zu verwahren.«

»Ich sag' doch, ich erklär's dir später«, sagte Paulus Kyver. Er faßte den Vater an der schwarzen Robe und zog ihn an den Tisch heran. »Setz dich, erweis uns die Ehre!«

Geschmeichelt zwirbelte der Syndikus seinen Spitzbart, ließ sich einen Bierkrug reichen und blinzelte über die Tafel. »Ich stift' euch ein paar Wachskerzen, fürs nächste Mal. Ist ja nicht auszuhalten in dem Unschlittqualm!«

Sie trampelten Beifall.

»Anstrengende Sitzung gehabt, Vater?«

»Wohl, wohl, mein Junge. Aber die Schufterei der letzten Tage war nicht umsonst. Ich habe nämlich« – er wandte sich an alle – »die Interrogatoria für die Henot-Vernehmung zusammengestellt. Knifflige Arbeit – ihr seid ja Juristen, wißt Bescheid. Nun, es hat sich gelohnt.«

»Und die Henot wird geliefert?« fragte Paulus Kyver.

»So, das wißt ihr schon?«

»Und wann?«

»Schlag Mitternacht. Am Tage darf man so was nicht machen, nicht, wenn's um eine Hexe wie die Henot geht. Die hat zuviel Freunde in der Stadt, immer noch. Da könnt's einem einfallen, was zu unternehmen – mit Satans Hilfe gar. Wär' nicht das erste Mal. Nein, nein, so was macht man tief in der Nacht, wenn die Stadt schon schläft.«

»Aha«, sagte Philipp laut.

Und plötzlich, wie er den Kopf gegen den Syndikus neigte, sah er unter seinen Hörnern aus wie ein Stier. »*So was* macht man also tief in der Nacht. Weil's das Tageslicht scheuen muß – stimmt's, Herr Kyver?«

»Ja doch, gewissermaßen, wenn auch ...« Der Syndikus blickte seinen Sohn an, daß der ihm erkläre, wer dieses gehörnte Herrchen denn eigentlich sei. »Aber das ist geheim!« rief er. »Kommt mir nicht über den Keller hinaus!«

»Versteht sich, versteht sich«, murmelten die Studenten.

»Ach bitte, Herr Syndikus«, sagte Philipp und hob den Finger wie in der Klasse. »Wie geht's denn so zu bei der Lieferung?«

»Ja – ist das interessant?« Der Ratsherr sah über den Tisch. Alle trampelten Zustimmung.

»Nun denn«, sagte Kyver behaglich, »die Bräuche soll ich wohl kennen. Die Stadtwache zieht auf vor dem Frankenturm, meist eine ganze Kompanie – aber heut nacht, da kein Volk zugegen ist, tun's ein paar Rotten. Dann wird die Gefangene im Schlaf erhascht ...«

»Was wird sie?« fragte Philipp. Ihm war kaum mehr anzumerken, daß er getrunken hatte.

»Erhascht. Im Schlaf. Zwei Gewaltknechte dringen in ihren Kerker ein, reißen sie aus dem Bett, fesseln sie, knebeln ihr den Mund, daß sie nicht schreien kann, und dann die Treppe hinab mit ihr vor den Turm! Dort nehmen städtische Beamte sie in Empfang, und dann geht es, unter Bedeckung, ab mit ihr zu des Greven Gefängnis. Vielleicht holt der Greve sie auch in persona ab. Wie's dann weitergeht, das weiß ja ein jeder.«

»Das weiß ein jeder«, sagte Philipp.

Der Syndikus sah auf seine Uhr. »Schon neun. Leg' mich noch zwei Stunden aufs Ohr. Muß anwesend sein bei der Lieferung. Gute Nacht, junge Herren! Und treibt's nicht mehr zu lange!«

»Feiner Kerl, dein Vater«, sagte einer der Burschen, als Kyver gegangen war.

44

Gegen elf waren sie alle bereit. Philipp hatte nur Ostermann zu erwähnen brauchen – da waren die jungen Juristen schon ganz bei der Sache; dem professoralen Wirrkopf, mit dessen ›Gutachten‹ alles begonnen hatte, wischten sie gern eins aus. Noch mehr aber hatten sie's auf die Stadtväter abgesehen. Nichts als Scherereien machten die den Studenten. Denn sie duldeten keine Götter neben sich, diese samt und sonders miteinander versippten Herrschaften aus dem kölschen Klüngel, diese stinkreichen Bürgerfamilien, die seit Jahrhunderten unter dem Schein freier Ratswahl die Macht in der Stadt nur von einem Vetter zum anderen schoben. Viele Studenten entstammten ja selber diesen Familien, aber das sollte sie nicht hindern, ihnen einen Denkzettel zu verpassen. Hier einmal den Theseus spielen zu dürfen, der Andromeda dem Drachen entreißt – diesen Ratsdrachen eins übers Fell zu braten und gleichzeitig den Kurfürsten zu ärgern, der so viel für die Jesuiten und so wenig für Kölns Universität übrig hatte – wen, wenn er ein Kerl war, hätte das nicht gereizt?!

Kurz nach halb zwölf war der Plan abgesprochen, und die neun Verbliebenen reichten dem Philipp von Kronthal die Hand zum Schwur. Dann holten sie die Prügel und Sägen und Zangen unter den Pritschen hervor, auch die vier Gehörne, die sich noch fanden. Die trugen sie vor sich her und hielten die Schellen fest, als sie auf die finstere Straße traten, einige schwankenden Schritts, aber alle zur Tat entschlossen. Bis zum Frankenturm war es nicht weit. Man hatte sie – Philipp erkannte es gleich – in die Sankt-Maximins-Straße verschleppt; so brauchten sie nur die Trankgasse zu überqueren und sich im Schatten von Sankt Maria ad Graden, der alten Kirche hinter dem Domchor, zu halten. Von dort hatten sie freien Blick auf den Turm.

War nun doch keine pechschwarze Nacht mehr; die Wolken, lichtgrau und bläulich geballt, stürmten zum Rhein, ließen wieder und wieder den Mond ins Spiel – dann hieß es, sich an die Wände ducken. Eine Wetterfahne knarrte. Aus den Häusern fiel kein Schein auf die Straße, nur da und dort glomm hinter Spalten und Ritzen ein zaghaftes Licht.

An der Trankgassenecke waren sie noch sieben. Zwei hatten sich davongemacht, einer blieb nur mit Mühe im Lot, ein anderer kotzte in die Gosse. Philipp war jäh ernüchtert. Katharina befreien – er? Bewaffnet mit einem hölzernen Hammer, betrunken und mit betrunkenen Gefährten? Wildfremde Burschen – wer verließ sich auf die! Riskierten die Leib und Leben für eine Hex? Und wenn's auch gelang – wie sollte es enden? Wo war eine Zuflucht in dieser Stadt – und wie, da alle Tore verschlossen waren, ließ sich die Mauer bezwingen?

»Psst!« machte Paulus Kyver. »Schnell um die Ecke!«

Mit angehaltenem Atem sahen sie, wie ein Lichtschein über die Straße taumelte, Schritte tönten auf hohlliegenden Brettern: Geleitet vom Hausknecht mit Spieß und Laterne, begab sich Syndikus Kyver zum Frankenturm.

Die beiden Männer wählten den Weg durch die Trankgasse. Erst als nichts mehr von ihnen zu hören war, wagten sich die Burschen aus ihrem Versteck.

»Was nun?« flüsterte Philipp. Sein Wille, sein Opfermut waren dahin. Voll Kummer dachte er an Ignaz Eller, der nichts unternommen hatte, ohne zuvor Schritt um Schritt überlegt zu haben.

»Ran und drauf!« sagte Paulus Kyver. »Meinen Alten laßt ungeschoren. Um so mehr auf die anderen! Zieht euch die Kappen tief ins Gesicht und beutelt sie gehörig! Es muß so schnell gehen, daß wir die Frau im ersten Schock erwischen. Sobald sie uns nicht mehr für Teufel halten, ist es zu spät. Dann nichts wie weg!« Er summte das Lied vom schweinischen Gericht. Hingekauert unter den Arkaden der Taverne zu Sankt Marien, starrten sie auf den Turm, das klotzige, kantige Gemäuer mit dem breiten Unterbau. Aus dem ›Audienzsaal‹ im Erdgeschoß fiel helles Licht. Im Süden und Norden schloß die Wehrmauer an, schirmte die Stadt vom Sankt-Kuniberts- bis zum Bayenturm. Die Masten großer Schiffe überragten sie.

Aus dem Wehrgäßchen waren laute Kommandos zu hören. Eine Wache in Helm und Panzer, zwei Rotten, ein Dutzend Soldaten, vom rotgegürteten Waibel geführt, marschierte heran und stellte sich in der Form eines Hufeisens vor dem Eingang des Frankenturms auf. Sie nahmen die Hellebarden von den Schultern, die eisenbeschlagenen Schäfte knallten aufs Pflaster. Aus dem Turm traten vier Männer mit rauchenden Fackeln, postierten sich beidseits der Tür. Die Flügel taten sich auf: im hellen Kerzenschimmer eine Frau, dahinter Gestalten in Schwarz, ein blinkender Helm.

Die Burschen streifen sich die Hornkappen über, fassen die Werkzeuge fest. Vom Domhof, vom alten bischöflichen Palast her, wo das Kurfürstliche Gericht seinen Sitz hat, nähert sich ein anderer Trupp: der Abgesandte des Greven mit kleinem Gefolge. Die Stadtsoldaten treten zurück, geben den Weg zum Eingang frei. Die Kurfürstlichen verharren jedoch, bis im Schein der windgepeitschten Fackeln, dicht gefolgt von einigen Ratsherren, die Delinquentin aus dem Turm geführt wird.

Erhascht … im Schlaf erhascht … zu Folter und Tod … Katharina … Heilige Mutter Gottes, erbarme dich unser!

Gehörnte Teufel, heulend, wie Satans verlorene Rotte, stürmen sie aus ihrem Versteck! Vorbei an den Kurfürstlichen, an den Stadtsoldaten vorbei – den Facklern die Fackel entrissen – kreischend, blökend, grunzend, mit Sägen, Beilen, Keulen um sich schlagend, prügelnd auf Wämser, Roben, Mützen, Helme …

Stoßgebete … Kniefall … In glotzenden Augen, klaffenden Mündern das blanke Entsetzen. Starr stehn sie, schlagen ein Kreuz ums andere. Satan, er selber, befreit seine Braut! In Sekunden ist Philipp bei ihr, vor ihr. Sie, mit wirrem Haar, den Knebel im Mund – aber stolz, noch im Erschrecken stolz, angstvoll-beglückt im Erkennen. Er packt sie am Handgelenk: »Komm!«

Ein Aufschrei – ein vernichtender Schmerz! Sie sind getrennt, er sieht sie nicht mehr, die Turmtür schlägt zu. Ein gepanzerter Arm würgt ihn, er verliert das Gehörn, blind tritt er um sich, kommt frei – wo sind die anderen? Da liegt doch einer und rührt sich nicht ... Er stellt dem Soldaten ein Bein, scheppernd schlägt der aufs Pflaster. Und um Haaresbreite an einer vorgehaltenen Hellebarde vorbei jagt er die Mauer entlang, auf Groß Sankt Martin zu.

Sie brüllen, sie hetzen hinter ihm her – nun peitschen auch Schüsse – wo sind die anderen? Sein Arm schmerzt höllisch, noch immer hält er den hölzernen Hammer fest in der Faust. Am Mühlentor ruft ihn wer an, aber er hat schon den Fischmarkt erreicht – das Kaufhaus, das Fischkaufhaus: Wenn's einen Weg durch die Mauer gibt, dann hier! Das verschlossene Tor, die Fensterfront weist ihn ab – doch es gibt kein Zurück.

Mit dem Hammer zerschlägt er die Scheibe, verbiegt, zertrümmert ihr Bleigerippe, stemmt sich hoch und windet sich hinein.

Er muß dieses Haus, diese nach Fisch und Tran und Gepökeltem stinkende Halle, fünfzig Schritte breit zwischen Fischmarkt- und Rheinfront, durchqueren, in undurchdringlicher Finsternis, die Arme weit vorgestreckt, gehetzt durch eine Wildnis von Hindernissen. Noch ehe seine Verfolger das eingeschlagene Fenster entdecken, eh' noch die ersten Bürger, vom Scherbenklirren geweckt, aus den Häusern taumeln, muß er einen Ausgang gefunden haben. Er prellt sich die Hüfte, stolpert, gleitet aus im fischigen Schleim, stößt mit dem Knie gegen Körbe, verliert fast den Schuh in einem hölzernen Rost, patscht in eiskaltes Wasser. Endlich ein Fensterschein, er kann den großen Bottich umgehen, eine Phalanx von Fässern sperrt ihm den Weg. Das Fischkaufhaus, so war's ihm eingefallen auf seiner Flucht, ist das einzige Bauwerk, das die Stadtmauer unterbricht, eine weiche Stelle im Wall. Und findet er nicht hinaus, so ist er in die Falle gegangen, und sie werden ihn in Heringslake ertränken ...

Er bleibt eine Sekunde stehen. Draußen ist es beängstigend still. Keine Schüsse, keine Rufe, kein Schritt. Haben sie seine Spur verloren, jagen sie den anderen nach? Wer lag so reglos vor dem Frankenturm?

Er hat es geschafft, hat die Halle durchquert. Hier liegen die Fenster höher als zum Fischmarkt hin, über die blinden Scheiben huscht flüchtiger Glanz, der Mond tritt aus den Wolken. Philipp schiebt ein Holzgestell unter das Fenster, schwingt sich hinauf – und nun hat er Glück: Der Flügel läßt sich entriegeln, öffnet sich nach innen. Vorsichtig steckt er den Kopf hinaus. Schwarzsilbern glänzt der Strom. Es pfeift und rüttelt. Aber es ist nur der Frühlingssturm, er schiebt die wulstigen Wolken hinüber nach Deutz.

Er zwängt sich durchs Fenster, läßt die Beine baumeln, späht, lauscht nach links und nach rechts. Springt. Rutscht aus auf seinen fischigen Sohlen, hat die Holzkeule verloren, er braucht sie nicht mehr. Mit drei mächtigen Sätzen ist er über den Uferweg. Hier war ich mit Ignaz – wie oft! Hier haben wir Tabak für Pater Spee gekauft. Auch er nur ein Schwätzer! »Nur Ruhe, mein Junge, nur immer Geduld! Der Herr läßt's nicht zu. Die Unschuld schützt sich am besten allein ...« Nein, Pater Spee, auch um deinetwillen tut's mir nicht weh!

»Da! Vor dem Kaufhaus! Bei den Schiffen!«

Sie haben ihn entdeckt! Sie sind noch weit, auf der Höhe des Doms – aber wenn sie die Wache am Mühlentor alarmieren ...

Am Schiffsbauch schabt ein Kahn. Der Junge rennt die sanft fallende Böschung hinunter, stapft ins Wasser und löst den Strick. Kein Ruder! Er sieht, entfernt, ein anderes Boot, die Ruderblätter ragen über den Rand. Er nimmt Anlauf, wirft sich in den Kahn, hangelt sich an anderen Kähnen entlang bis zum Boot mit den Rudern, kriegt sie am Blatt zu fassen, holt sie heran. Sie passen kaum in die Dollen, doch geht es zur Not. Mit ausgreifendem Schlag, noch gedeckt von den Leibern der großen Schiffe, wagt er sich in die befreiende Strömung. Dann wirft er sich auf die Planken. Vor und hinter und neben dem Boot klatschen die Kugeln ins Wasser.

Als er keine Schüsse mehr hört und auch die wütenden Rufe in Wind und Wellen verhallen, setzt er sich aufrecht, ergreift die Ruder und sieht, in schwarzer, barbarischer Pracht, wie von grausamen Hirnen ersonnen, die Stadt vorüberziehen: Türme, in denen Verzweiflung wohnt, Häuser – Nester der Torheit und Angst, Kirchen, in denen der Herrgott friert. Und ein Feuer, das den ganzen Himmel entzündet.

45

Die Nachricht vom Besuch des Bürgermeisters Johann von Bolandt im Jesuitenkolleg hatte sich wenige Minuten nach dem Eintreffen der Kutsche in der Marzellenstraße herumgesprochen. Die Patres, die schon seit der Entführung der Jungen nur mit Mühe Ruhe und Ordnung unter den Schülern bewahrt hatten, sahen sich nach den Ereignissen der vergangenen Nacht kaum mehr in der Lage, ihrer Unterrichtspflicht nachzukommen. Sie behalfen sich mit Singen, gemeinschaftlichem Gebet oder Gedächtnisübungen, stießen aber auf Unlust und Mangel an Konzentration. So kam ihnen Bolandts Besuch am Vormittag nach jener dramatischen Nacht gelegen; der mit all den Jahren anerzogene Respekt vor der Obrigkeit verhinderte, daß es zu lauten Sympathiebekundungen für den entwichenen, straffällig gewordenen Philipp kam oder gar zu schlagkräftigen Auseinandersetzungen zwischen seinen Anhängern und den Musterschülern der Aloisius-Bruderschaft des Professor Horn.

Dieser übrigens zeigte, zum Erstaunen aller, starke Anteilnahme an Philipps Schicksal, hoffte vernehmlich zu Gott, der Junge möge rheinabwärts ein schützendes Dach finden, vielleicht dürfe er auch, sollte der Rat ihm eines Tages verzeihen, wieder zurückkehren, um im liebvertrauten Gymnasium seine Studien zu beenden Als ein Kollege den Professor fragte, welchen Grund er habe, dem aufsässigen Philipp so gute Wünsche nachzuschicken, erhielt er die Abfuhr: »Zum ersten: Ich bin ein Christ! Zum zweiten jedoch: Auch dieses Kind ist verzaubert worden von jener Teufelsbraut. Wie zuvor Ignaz Eller. Requiescat in pace.« Er schlug ein Kreuz und begab sich in seine Zelle, um dort seiner Vereinsamung noch inbrünstiger zu frönen. Nun war auch der letzte dahin, mit dem er gelegentlich über den toten Sohn hatte reden können. Den überraschten Philipp hatte er in den letzten Tagen immer wieder einmal beiseite genommen: »Hat er sich eigentlich wohl gefühlt bei uns?« Oder: »Wie sprach Ignaz von mir?« Oder gar: »Äußerte er je Zweifel an seiner Herkunft?« Aus Mitleid mit dem über das Grab hinaus um seinen Lieblingsschüler besorgten Lehrer hatte Philipp stets befriedigende Aukünfte gegeben.

Wenige Minuten nach Bolandts Eintreffen wurde Regens Kasen zum Pater Provinzial ins Kolleg-Gebäude gerufen. Kasen hatte sich längst auf ein Ungewitter vorbereitet – nun durfte er vielleicht hoffen, daß, in Gegenwart des Bürgermeisters, die Donner etwas verhaltener grollen würden.

Pater Baving, der Bolandt ohne viel Umstände in seinem stattlichen Arbeitszimmer empfangen hatte, war auf alle Vorwürfe präpariert – so glaubte er wenigstens – und wies den Verdacht, die Leitung des Gymnasiums habe sich schuldhaft fahrlässig verhalten, höflich, aber unzweideutig von sich.

»Studentenrüpel haben drei unserer Schüler entführt und jämmerlich verprügelt! Zwei haben sie uns in erbarmungswürdigem Zustand zurückgeschickt. Der dritte wurde – alles spricht dafür – zur Teilnahme an dem verbrecherischen Überfall gezwungen!«

»Aber Hochwürden! Dann hätte der Knabe doch keinen Grund gehabt, sich unter so spektakulären Umständen aus der Stadt zu stehlen. Schließlich war er es, der die Delinquentin am

Arm gepackt hatte, in der Absicht, sie der irdischen Gerechtigkeit zu entziehen! Tut man dergleichen unter Zwang? Wir wissen, daß es sich um denselben Philipp von Kronthal handelt, der dem Weib schon einmal zur Flucht verhelfen wollte. Die Ermittlungen wegen dieser Mülheimer Affäre sind noch nicht abgeschlossen – und schon spielt er uns den nächsten Streich! Einen blutigen wiederum. Der erste hat einen Toten gekostet – einen der Ihren, Hochwürden! Den zweiten Streich hatte ich, ich meine: hatte die Stadt Köln mit gleicher Münze zu bezahlen!«

»Ist das so?« fragte Baving irritiert. Zu dem eintretenden Kasen sagte er: »Setzen Sie sich, und hören Sie sich an, was aus Ihrem Gymnasium geworden ist! – Sie wollen doch nicht sagen, es habe wieder einen Toten gegeben?«

»Ratssyndikus Kyvers einzigen Sohn!« sagte Bürgermeister Bolandt mit verhaltenem Pathos.

Beherzt hatte der Stadtsoldat Andreas Nötges mit der Hellebarde zugestoßen, nachdem er sich, eben noch rechtzeitig, erinnert hatte – so gab er zu Protokoll –, daß der Teufel im allgemeinen zwei kurze gerade Hörner, niemals jedoch ein gebogenes Ochsengehörn trägt. So ging der muntere Paulus Kyver, durch und durch gebohrt, im Angesicht des Vaters zugrunde. Und als man den gebeugten Mann, kaum daß seine Trauer Zeit gefunden hatte, sich in Gram und Scham über die ihm zugefügte Schande zu verwandeln, nach den mutmaßlichen Helfershelfern fragte, nannte er, zum Entsetzen der Vernehmer, einen hochreputierlichen Namen nach dem anderen! Ach, nur zu gut entsann sich der Syndikus der Gesichter, die er beim Zechen im Keller gesehen hatte. Unbekannt war ihm nur einer gewesen – aber den errieten die ermittelnden Herren bald, nachdem sie die Umstände des Einbruchs im Tricoronatum erkundet hatten. Ja, hochachtbare Namen waren das, Söhne aus den ersten Häusern der Stadt, allein drei Ratsherren waren betroffen … Als Bürgermeister Bolandt das erfuhr, befahl er, die Nachforschungen einzustellen. Von Severin Binius, dem Rektor der Universität, war ohnedies nicht zu erwarten, daß er einer Strafverfolgung seiner

Studenten zustimmte. Der pochte ja immer auf seine eigene Gerichtsbarkeit! Und wem war denn auch mit einer Verfolgung gedient?!

Kaum hatte er dem Syndikus sein tiefgefühltes Beileid ausgesprochen, bestellte Bolandt den teufelskundigen Hellebardenträger zu sich, belobigte ihn wegen seines entschlossenen Handelns und sorgte dafür, daß ein Bericht über ›mannhaftes Eingreifen der Stadtpolizei zur Wahrung kurfürstlich-erzbischöflicher Rechte auf stadtkölnischem Terrain‹ nach Bonn geschickt wurde. Und auch weiterhin, das schwor sich Bolandt, sollte der Kurfürst keinen Grund haben, mit ›seinem‹ kölnischen Bürgermeister unzufrieden zu sein; der andere, Geil, machte ihm schon genug zu schaffen.

Die Mitteilung vom Tode des jungen Kyver hatte Baving, der mit dem Vater befreundet war, getroffen. Nachdem er seine Pflicht zunächst erfüllt und seine Untergebenen gegen die Anwürfe der weltlichen Obrigkeit in Schutz genommen hatte, sah er ein, daß die Disziplin im Tricoronatum in der Tat zu wünschen übrigließ. Und da er den Bürgermeister, der hier, mit Tod und Trauer, grobes Geschütz aufgefahren hatte, nicht ungetröstet ziehen lassen konnte, erlaubte er sich, wenn auch schweren Herzens, gegen die Ordenssolidarität zu verstoßen, und tadelte Kasen in Bolandts Gegenwart: »Sie haben die Zügel zu locker gelassen, das ist evident! Sie tolerieren nicht nur höchst eigenwillige Glaubensinterpretationen – ich erinnere an das reichlich seltsame Spiel Ihres dichtenden Paters –, sondern auch Exzesse Ihrer Schüler gegen das Stadtregiment. Der Name Kronthal wird mir innerhalb weniger Wochen zum zweitenmal unrühmlich gemeldet. Sein Klassenlehrer?«

»Professor Friedrich Spee«, sagte Kasen. Er zog es vor, den schweren Tadel wortlos einzustecken.

Der Provinzial öffnete die Tür zum Vorzimmer und ließ Pater Spee rufen.

»Sie sehen, Herr Bürgermeister«, sagte er, als er wieder ins Zimmer trat, »ich nehme Ihre Beschwerde sehr ernst. Haben

Sie Schritte unternommen, um den Flüchtling wieder einzufangen?«

Bolandt bedauerte. Wer einmal über Mülheim hinaus den Rhein hinunter sei, noch dazu bei Nacht, den erwische kein Kölner und wohl auch kein Kurkölnischer mehr. »Diese Leute kommen meistens im Kriege um«, tröstete er. »Die Tillyschen Werber sind überall. Er ist ein Studierter und hat alle Chancen, bald Offizier zu werden. Und dann? Wie ich schon sagte …« Er begriff, daß die Ordensleute jetzt unter sich sein wollten, nahm den Hut und bedankte sich für Geduld und Verständnis.

Hermann Baving gedachte sich nicht lange mit dieser pflichtvergessenen Lehrkraft aufzuhalten. Er bot Spee keinen Stuhl an, ließ ihn kaum zu Worte kommen, demütigte ihn in einem unbarmherzigen Monolog, dessen Wirkung Kasen heimlich mit einer abwertenden Handbewegung zu mildern suchte.

»Sie haben Ihre Pflicht als Klassenlehrer grob vernachlässigt, Spee! Sie hätten dem Schüler Kronthal, sobald Sie erkannt hatten, daß er unerlaubte Gefühle für diese Frau empfand, mittels strenger Bußübungen zum Seelenfrieden verhelfen müssen. Da gibt es doch diese Stachelgürtel – oder? Statt dessen sind Sie, als wären Sie sein Komplize, einträchtig mit ihm durch die Stadt gezogen und haben ihn in seinem Irrwahn, einer Hexe das Leben retten zu wollen, noch bestärkt. Ich bekenne, daß ich nicht ohne Schuld an dieser Entwicklung bin. Leider hatte ich Ihnen gewisse Vollmachten erteilt. Sie sollten Gelegenheit zu der Feststellung haben, daß bei diesem Prozeß streng nach den Gesetzen verfahren wird …«

»Verzeihen Sie, Pater Provinzial. Ich sollte nicht ›feststellen, *daß*‹ – ich sollte ›prüfen, *ob*‹ nach den Gesetzen verfahren wird.«

»Das ist Wortklauberei! Auch ich habe mich informiert. Und ich habe festgestellt, daß die Gesetze nicht verletzt wurden.«

»Sogar der Beichtvater des Kaisers, Pater Lamormaini, unser Ordensbruder, hat gegen die schrecklichen Verbrennungen in

Würzburg protestiert! Also geht es bei Hexenprozessen nicht immer rechtens zu!«

»Sind wir in Würzburg?« schrie Baving mit hochrotem Kopf. »Ich rede von Köln und vom Prozeß Henot. Und von Ihrem Schüler Philipp von Kronthal, dessen Seelenheil und leibliche Gesundheit Sie auf dem Gewissen haben! Auch dieser Ignaz Eller war Ihnen anvertraut – und was ist aus dem armen Kerl geworden?! Spee, Spee! Sie erliegen der Gefahr, der so manche gescheite und ehrgeizige Männer ausgesetzt sind: Sie fühlen sich aufgerufen, für eine verfolgte Unschuld zu streiten, und übersehen, daß andere Seelen, die Ihnen anvertraut wurden, an Ihrer Gleichgültigkeit zugrunde gehen. Denn die vorgebliche Unschuld genießt die Anteilnahme der Öffentlichkeit, und wer sich für sie einsetzt – finde er nun Beifall oder Tadel –, steht im Mittelpunkt des Interesses. Das aber ist nicht Ihres Amtes! Sie sind nichts als ein Gärtnerbursche, der zarte Pflänzlein im Frühbeet zu betreuen hat. Das und nichts sonst ist Ihre Pflicht! Haben Sie mich verstanden?«

Spee setzte zu einer Entgegnung an, aber Baving fuhr ihm über den Mund: »Ich wiederhole: Nur um Ihre Schüler haben Sie sich zu kümmern – um nichts anderes.« Nachdem er sich mit einem schnellen Blick überzeugt hatte, daß dieser Mann noch immer nicht gebrochen war, sondern mit allen Zeichen des Trotzes an seinem Bärtchen zupfte, setzte er sich wieder hinter den Schreibtisch und sagte mit völlig veränderter, müder Stimme:

»Sie dürfen nicht glauben, Spee, daß man Sie unbeobachtet läßt. Man hat Sie am Tage des Calvinersturms mit einem jungen Mädchen gesehen. Es ist auch nach wie vor ungeklärt, was Sie eigentlich im Hause des Ketzers Pedius zu suchen hatten. Doch davon will ich jetzt nicht reden. Aber zu einem der Maurermeister, die nebenan unsere neue Kollegienkirche bauen, haben Sie gesagt, ein schlichteres Gotteshaus würde uns eher anstehen als – wörtlich! – dieser übertriebene Ordensprunk. Zu dieser völlig unqualifizierten Bemerkung verweise ich Sie lediglich auf den Beschluß des Tridentinischen Konzils, wonach wir gehalten sind, den Herrgott mit aller erdenklichen Pracht zu loben und zu feiern. Ich überlege mir noch, ob ich Ihre unerlaubte Äußerung nicht dem Pater General melden soll.«

Er betrachtete die Wirkung seiner Worte und war zufrieden. Aber noch immer gab der Mann nicht klein bei.

»Pater Provinzial!« Spee stützte die Hände auf die Schreibtischplatte und redete, indem er sich etwas vorbeugte, leidenschaftlich auf Baving ein. »Ich war gestern bei Kommissar Glimbach. Wissen Sie, was dieser Mann mir gesagt hat? ›Wenn auch nur eine einzige als Hexe verbrannte Frau unschuldig war, dann könnte es sich auch um Hunderttausende handeln!‹«

»Davon will ich nichts wissen«, sagte Baving. »Außerdem würde Gott das niemals zulassen.«

»Genauso dachte ich auch, Pater Provinzial. Aber warum sollte Gott in unseren Tagen nicht geschehen lassen, was er doch in vergangenen Zeiten erlaubt hat? Sind denn nicht zahllose christliche Märtyrer unter unsagbaren Qualen hingerichtet worden, und zwar gerade unter der Anklage der Hexerei? Was läßt Gott alles zu! Daß im Krieg ungezählte Unschuldige umkommen! Daß man geweihte Hostien mit Füßen tritt! Daß sein eingeborener Sohn mit Mördern zusammen gekreuzigt wird! Das alles läßt Gott zu – und um die Seufzer und Tränen der Unschuldigen kümmert er sich offenbar nicht. Warum auch? Der Mensch besitzt eine köstliche Gabe: die Vernunft. Sie befähigt uns, Recht von Unrecht, Unschuld von Schuld zu unterscheiden. Wir brauchen sie nur anzuwenden. Und wir müssen sie anwenden, wollen wir Gott nicht erzürnen, indem wir sein Geschenk mißachten. Denn die Vernunft haben wir nicht vom Teufel – die Vernunft gab uns Gott!«

Baving schwieg dazu. Dann, als er merkte, daß der Pater totenblaß geworden war, und als er das ernste, um Verständnis bittende Gesicht Kasens sah, nickte er und sagte sanft: »Sie haben noch etwas auf dem Herzen. Bitte, Bruder, reden Sie!«

»Dieses entsetzliche ›es könnten auch Hunderttausende sein‹ geht mir nicht aus dem Kopf. Mir war heut nacht, als ginge ein

Heulen über die Welt und brandete hoch bis ans Himmelstor, daß selbst die Erzengel sich die Ohren hielten. Ich stellte mir vor, wie überall in der Welt unzählbar viele Gefangene – Sünder und Heilige, Schuldige und Unschuldige, bei Christen und Unchristen in Kerkern und Ketten liegen. Zahllose werden unschuldig gefoltert, gepeinigt, gereckt, gegeißelt, geschraubt, müssen in ihrer unendlichen Qual bekennen, was sie nie getan und nie gedacht haben – und sind sie auch tausendmal unschuldig vor Gott: ihre Richter wollen es ihnen nicht glauben! Man schickt unbarmherzige, unwissende Beichtväter zu ihnen, die sie bald noch mehr erpressen und peinigen als die Schergen. Sie müssen mit Gewalt und Zwang, ob mit Recht oder Unrecht, schuldig sein, es gehe, wie es wolle. Man foltert sie dreimal, viermal, fünfmal, bis sie bekennen – und dann auf den Scheiterhaufen mit ihnen! Bekennen sie aber nicht, so sagt man, der Teufel stärke sie und halte ihnen die Zunge – und dann werden sie als Unbußfertige und Verstockte noch grausamer hingerichtet. O Gott, was ist das für ein Greuel, was ist das für eine Gerechtigkeit! Diese armen, elenden Kreaturen – und auch für sie ist unser Heiland am Kreuz gestorben! –, in ihrem Kot und Gestank müssen sie liegen, voller Qualen des Leibes und der Seele. Ist es da ein Wunder, daß viele verzweifeln, sich selbst umbringen oder sich endlich doch dem Satan übergeben?!« Die Muskeln in seinem Gesicht zuckten, er konnte sie nicht zur Ruhe zwingen. Die Visionen einer schlaflosen Nacht hatten ihn wieder überfallen, er redete, sprudelte heraus, was sich ihm so erschreckend in seiner grausamen Logik dargestellt hatte: eine wahrhaft verteufelte Kette von Ursachen und Wirkungen, geschmiedet von Denkfaulheit und sündhafter Unvernunft.

»Es ist gut«, sagte Baving und erhob sich. »Ich sehe, daß Ihr Gemüt den Belastungen der letzten Wochen nicht gewachsen war. Ich werde versuchen, Sie an einen anderen Ort zu versetzen, wo Sie die Gabe der Vernunft mit mehr Erfolg nützen können als hier, in dieser mit Blindheit geschlagenen Stadt. – Nein, nein, Spee, ich meine das gar nicht ironisch! Ich war sogar bemüht, für einen Augenblick Ihren Standpunkt einzunehmen. Und es ist mir sogar gelungen. Nur: Mich hat Gott nun einmal woanders hingestellt. Da kann ich nicht mehr weg. Und Sie müssen wohl auch bleiben, wo Sie sind. Tragen wir's beide mit Würde. Der Herr sei mit Ihnen.«

46

Dann also nicht! Sollen sie mich versetzen – von mir aus in den hintersten, finstersten Winkel des Heiligen Römischen Reiches, als Beichtvater braver Nönnchen oder als Klosterbibliothekar wie Pater Marcellus, dem Versuchung und Ehrgeiz dieser Welt nichts mehr anhaben können, wenn er nur seinen Tabak hat. Ich hänge nicht an Köln, nach allem, was geschah, schon gar nicht, ich bin es gewohnt zu wandern. Köln – Trier – Fulda – Würzburg – Speyer – Worms – Mainz – Paderborn, wiederum Speyer, wiederum Köln: Heimat ist für den Jesuiten, wo er wirken darf. Der Satz sollte für jedermann gelten. Wie oft hab' ich's den Flüchtlingen im Krieg gepredigt: Heimat ist, wo du so werden darfst, wie Gott dich wollte. Gut also denn – und wenn's beschlossen ist, daß ich die Stadt verlassen soll, warum nicht gleich? Leid wird's mir nur um die kleine Gertrude sein, die ich so bald nicht wiedersehen werde.

Das Schuljahr geht zu Ende, meine Schüler werden mich verschmerzen. Die Schadenfreude steht manchem im Gesicht: Da hat er seinen Liebling verloren, den Musterknaben, den schon fast unerlaubt Vertrauten; immer raubt uns der Herr, was wir am meisten lieben … Aber laßt uns nachsichtig sein mit der Jugend; im Alter nimmt die Bosheit nur noch zu – und wir Alten sind ihre Vorbilder …

So suchte Friedrich Spee sich gegen den Tadel seines Provinzials zu behaupten, als er im Refektorium das Mittagsmahl einnahm. Er hörte kaum, was die Confratres ihn fragten und was sie ihm erzählten, und es gab doch so viel Neues, Aufregendes zu diskutieren, nach allen Seiten zu wenden, gutzuheißen und zu tadeln – um es schließlich doch der Weisheit des Allerbarmers anheimzustellen. Aber auch die gescheitesten Bemerkungen über Katharinas Lieferung, Philipps Flucht und Paulus Kyvers Tod brachten Friedrich Spee nur immer mehr auf; das Einlenken des Provinzials hatte ihn nicht versöhnt, schon gar nicht mit sich selbst.

Philipp – der war mutig, der war ein Christ! Egal, welche Feder Gott in uns spannen mag, daß wir den Mut zur Tat gewinnen – bei Philipp mag es die Federkraft der Liebe gewesen sein –: wenn nur die Tat gerecht und christlich ist! Sie war es. Philipp mag töricht gehandelt haben – aber er hatte doch eine winzige Gewinnchance. Dafür setzte er seine Freiheit, seine Laufbahn, seine Gesundheit, sein Leben ein. Gott mit dir, Philipp, auf deinem im Dienst der Gerechtigkeit gestohlenen Kahn – und sollte es dich auch zu den Irrgläubigen verschlagen: Der Herr wird dich schützen!

So handelte Philipp von Kronthal.

Wie handle ich?

Glimbach, ein Advokat des Unrechts, seltsam genug, gab mir den Schlüssel, und wenn ich ihn nicht nütze, die Kerker der Unglücklichen aufzuschließen, wird er mir in der Hand verglühen.

Bis zu jener Stunde war ich unwissend wie alle anderen. Nein, nicht Glimbach gab mir den Schlüssel: Gott selber hat ihn mir ausgehändigt, indem er sich dieses Unglücklichen bediente. Damit aber hat er mir befohlen zu handeln. Nicht wie Philipp – aber auf meine Art. Ich werde diese Frau befreien – und wenn Gott mir weiter hilft, wird es bei dieser einen nicht bleiben. Ich werde sie mit Seinem Wort schlagen, diese hochgelehrten Herren, die behaglich hinter ihrem Ofen sitzen, diese Theologen und Juristen, die stets in höheren Regionen schweben und keine Ahnung vom Schrecken der Kerker, vom Jammer der Gefangenen haben! Würden sie selbst nur für die Hälfte einer Viertelstunde auf die Folter gespannt, dann würden sie schnell genug ihre großmäulige Philosophie fahrenlassen!

Spee verließ das Gymnasium, ohne sich abzumelden. Er wäre auch gegangen, wenn man es ihm verboten hätte. Er beabsichtigte, strikten Gehorsam zu üben. Aber vor Gott – nicht vor seinen Mittelsmännern.

Das Haus in der Sternengasse war sein erstes Ziel. Propst Henot saß im Wohnzimmer und schrieb. Merkwürdig, er schien, obwohl Katharina nun geliefert war, seinen guten Mut noch nicht eingebüßt zu haben. »Schön, daß Sie kommen«, sagte er. »Ich dachte schon, Lorenz sei es, ich meine Laurentius May, meinen Neffen. Er sollte eigentlich schon hier sein. – Ja, ich schreibe gerade an Franziska, an meine Schwester in Speyer. Ich muß ihr erzählen, welche Mühe sich Laurentius gibt. Wußten Sie, daß er versucht hat, Zutritt zur Ratsversammlung zu erlangen? Leider vergebens. Syndikus Kyver hat an der Tür zum Großen Sitzungssaal gestanden und jeden kontrolliert. Zu Laurentius hat er gesagt: ›So, Vollmachten haben Sie? Von wem? Vom Reichskammergericht? Das beeindruckt uns nicht. Wir Kölner haben so viel Vollmachten vom Kaiser, daß wir sein ganzes Reichskammergericht beschlagnahmen könnten!‹ Was soll ich Ihnen sagen, Spee: Sie haben ihn nicht hineingelassen! Wieso Anwalt? In Hexenprozessen gäb's keinen Anwalt ... Laurentius ist trotzdem nicht von der Tür gewichen, hat sogar den Bürgermeister Geil noch gestellt, hat um Erlaubnis gebeten, wenigstens als Zuhörer dabeisein zu dürfen ...«

In diesem Augenblick betrat, noch im Mantel, der junge Notar das Zimmer. Er machte einen abgespannten, nervösen Eindruck, grüßte auch nicht, kaum daß er für Spee ein zerfahrenes Lächeln übrig hatte.

»Erfolg gehabt?« fragte Henot. Laurentius May schüttelte den Kopf. Er stand am Fenster und rieb die Fingerkuppe am Glas, Spee bekam eine Gänsehaut.

»Erzähl dem Pater, was der Geil zu dir gesagt hat!«

Der junge Mann fuhr herum: »Wem soll ich denn noch meine Mißerfolge herunterbeten?« – Er wandte sich an Spee. »Entschuldigen Sie! Ich bin hergekommen, weil ich glaubte, dieses Köln sei ein geordnetes Gemeinwesen. Und weil ich annahm, in einer Freien Reichsstadt werde man dem Beauftragten der Kaiserlichen Majestät wo nicht Respekt, so doch schuldige Aufmerksamkeit erweisen. Aber was finde ich vor? Einen verfilzten Klüngel, ein klebriges Geflecht von Zuständigkeiten, deren jede die andere aufhebt, so daß schließlich jedermann und niemand für alles kompetent ist: Ein Kommissar, der die Anklage erhebt, obwohl er keineswegs öffentlicher Ankläger ist. Ein Schöffe, der halb der Stadt, halb dem Kurfürsten untersteht. Ein Greve als Richter, der nichts als ein ehrwürdiges Dekorationsstück im Rollstuhl ist! Ein Bürgermeister, der alles hintertreibt, was der andere beschließt. Ein Generalvikar, der Gutachten verfaßt, die keinen Fetzen Papier wert sind. Und wieder dieser Bürgermeister, der Mörder laufen läßt, weil ihm der Mord – aus mir unerfindlichen Gründen – offenbar sehr gelegen kam! Weiß Gott, lieber Onkel, hätte ich das vorausgesehen – nie wäre ich so vermessen gewesen, meine Tante befreien zu wollen! Die zappelt im Netz – und ein halbes Dutzend Spinnen wird sich die Beute teilen!«

»Nun, nun ...«, sagte der Propst. Er mußte schlucken. »Wollen wir doch nicht verzagen. Hoffnung macht aus Steinen Brot und läßt die Ochsen kälbern.«

»Ach du mit deinen Weisheiten!« sagte May verdrossen.

»Also: Was hat der Geil zu dir gesagt, als du in den Sitzungssaal wolltest?«

Nur widerwillig gab May Auskunft. »Er könnt' mir keinen Eintritt gewähren, ich sei ein Ortsfremder, und es würden hochwichtige Dinge von lokaler Bedeutung beraten.«

»Und du darauf?«

»Mein Onkel erbaut sich gern an hohlen Sprüchen – selbst wenn sie von mir sind!« sagte May zu Spee. »Ich gab ihm zur

Antwort: ›Ein Menschenleben steht auf Eurer Tagesordnung. Das ist kein Ding von lokaler Bedeutung!‹«

»Gut – was?« sagte Henot.

»Er sah mich groß an. Eine Sekunde lang dachte ich: Jetzt läßt er dich rein. Aber dann brummte er nur: ›Da haben Sie recht. Da haben Sie wirklich recht. Aber – leider!‹ – Und damit war ich ausgesperrt, endgültig.«

»Und trotzdem!« trumpfte der Propst auf. »Ein Menschenleben ist kein Ding von lokaler Bedeutung – das war gut, das war ausgezeichnet! Das hat den Geil nachdenklich gemacht. Er hätte sonst wohl kaum ... Was ist denn?«

Laurentius May ging zur Tür. »Nimm's mir nicht übel, Onkel. Ich kann's nicht mehr hören! Einen schönen Tag noch, Hochwürden!«

Kummervoll sah Hartger Henot ihm nach. »Er hat resigniert. Sie haben ihn in diesen wenigen Tagen ganz mutlos gemacht. Und welch strahlender Streiter für die Gerechtigkeit war er doch, als er hier ankam! Sie haben's ja erlebt, Spee, bei meinem Gastmahl. Aber nachdem sie die Raußrath umgebracht haben, ist ihm alles mißlungen. Mit Glimbach hat er gesprochen, mit Bolandt, zu Romeßwinkel ist er gegangen, bei den Gewaltrichtern ist er gewesen – und immer mit Kaiser Karls Gesetzbuch unter dem Arm, mit Artikel 11 und 12 ist er ihnen gekommen, mit dem Zorn des Kaisers hat er gedroht, mit Repressalien und Strafverfolgung! Es war, als liefe er gegen gläserne Wände. Wissen Sie, was der Glimbach gesagt hat? ›Der Kaiser? Wie heißt der noch gleich? Rudolf! Mathias? Ach ja, Ferdinand! Sie müssen schon entschuldigen, Wien ist weit ...‹ So liegen die Dinge – und wo schon der Kaiser nichts mehr gilt, was kann sich da ein Kaiserlicher Notar erhoffen? Jetzt vertraut Laurentius nicht einmal mehr einem so rechtschaffenen Mann wie Melchior Geil. Hören Sie, Spee« – Henot stand auf und schnippte listig lächelnd mit den Fingern – »ich habe Geil versprechen müssen, keinem Menschen etwas zu verraten. Aber Sie haben mir in diesen schweren Tagen so sehr geholfen – wenn auch, was sich da am

Frankenturm zugetragen hat ... Ihr Schüler, der hätte Kathrinchen ja um ein Haar befreit. Aber natürlich wäre sie wieder eingefangen worden, und dann hätt's erst recht kein Erbarmen gegeben. Aber damit hatten Sie wohl nichts zu schaffen – wie? Jedenfalls, Sie sollen's wissen: Bürgermeister Geil hat mich gestern besucht, hier im Hause ›Zur Britzen‹! Ist ganz offiziell mit der Ratskutsche vorgefahren – ein honoriger, ein wahrhaft ›ehrsamer‹ Mann, vielleicht der einzige im ganzen Rat, der diesen mißbrauchten Titel wirklich verdient. Er hat mir gesagt: ›Ihre Schwester ist geliefert, ich konnte es nicht verhindern, das stimmt. Vielleicht muß sie sogar den ersten Foltergrad überstehen. Aber zum Äußersten wird es nicht kommen!‹ Geil ist für den morgigen Sonntag mit Bolandt verabredet. Er wird – und das finde ich ohne Beispiel! – er wird dem Mitbürgermeister erklären, daß er, Geil, die Bürgschaft für Kathrinchen übernimmt. Was sagen Sie nun? Es gibt noch Männer! Bürgermeister Grien, jener, der damals den Löwen erwürgte, war nicht der letzte! Und gegen dieses Angebot kann Bolandt nichts machen, das muß er akzeptieren – er würde Geil sonst tödlich beleidigen, und das kann er sich nicht leisten!«

»Aber Katharina untersteht doch seit heute nacht der Kurfürstlichen Gewalt!«

»Für Durchlaucht gilt das gleiche wie für Bolandt. Wenn der Kurfürst einen Bürgermeister der Stadt Köln derart desavouieren wollte, hieße das Krieg. Dann gibt's eine zweite Schlacht von Worringen, Spee, wie Anno 1288!«

Damals hatten die Bürger den Erzbischof endgültig aus ihren Mauern gejagt. Seither hatte er in der Stadt nichts mehr zu sagen.

Spee war beeindruckt. Großartig, dieser Geil! Nun wurde ihm auch Henots Gelassenheit verständlich.

Trotzdem: Auch er durfte in seinen Bemühungen nicht erlahmen, auch er mußte sich dem Feind stellen. Der aber hockte im Hohen Weltlichen Gericht. Ein Doktor Romeßwinkel wirkte dort als von der Stadt ausgeliehener Schöffe. Glimbach hatte, nach seinen eigenen Worten, in der Sache Henot nichts mehr zu sagen. Romeßwinkel, der gefürchtete Hexenrichter, der erst vor wenigen Tagen im Kurkölnischen, in Alpliter, Bornheim und Urfeld, drei Frauen verbrannt hatte, war der Mann, dem Friedrich Spee nicht mehr ausweichen durfte. Da er jedoch nachmittags Unterricht zu erteilen und den ganzen Sonntag über ein Exerzitium zu leiten hatte, wurde es Montag abend, bis Spee vor dem uralten, von Efeu überwachsenen Bau des Hohen Weltlichen Gerichts an der Nordseite des Domhofs stand. Dort mahnte vor der Kirche Sankt Johann, eingelassen in eine dreizehn Fuß lange, drei Fuß dicke Mauer, der mit dem erzbischöflichen Wappen versehene ›Blaue Stein‹ an das letzte Stündlein ungezählter Verbrecher. Der Henker pflegte die armen Sünder, ehe sie ihren schweren Gang antraten, mit dem Rücken an diesen Stein zu stoßen und dazu ein Sprüchlein herzusagen.

Neben dem wehrhaft mit eisernen Buckeln beschlagenen Portal stand ein Polizist im blauen Rock der Bonner – das Gebäude war kurkölnisches Territorium – und ließ ihn mürrisch passieren. Als die Torflügel sich hinter ihm geschlossen hatten, benahm es Spee fast den Atem, als schlage ihm der Modergeruch abgelebter Jahrhunderte entgegen. Die überwölbte Eingangshalle, das düstere, von einer traurigen Funzel mühsam aufgehellte Treppenhaus, das einzige, engmaschig vergitterte Fenster, durch dessen schmutzige Scheiben das Abendlicht keinen Weg fand – und die paradoxerweise aufdringlich anmutende Abwesenheit jeglicher Spur von Leben mußten Besucher, die auf einen die Macht des Kurfürst-Erzbischofs repräsentierenden Empfang gefaßt waren, aufs äußerste befremden.

Nach links wie nach rechts schien sich ein langer, dunkler Korridor zu erstrecken, und hinter dem großzügig breiten Treppenaufgang entdeckte Spee eine mit Kette und Schloß versperrte Tür, die offenbar in den Keller führte – und von diesem Keller, das wußte ganz Köln, zweigte ein Gang zum berüchtigten unterirdischen ›Gefängnis des Greven‹ ab. Als könne er damit Schlösser sprengen, machte Spee das Zeichen des Kreuzes gegen diese Tür. Dann, da sich auch in den Korridoren nichts regte, stieg er die Treppe zum Obergeschoß hinauf. Hier fand sich noch ein Abglanz alter Pracht: mit antiken Giebeln und Pilastern bemalte Wände, die auch eine verblaßte bukolische Landschaft erkennen ließen, und, fast zu hoch für den Betrachter, die in erblindetem Gold gerahmten Porträts der letzten Erzbischöfe von Köln. Ein Gemälde war entfernt worden; an dieser Stelle hatte wohl das Bildnis des Apostaten Gebhard Truchseß gehangen. Auch hier roch es, als sei seit Monaten nicht gelüftet worden; Spee überkam gute Lust, die trüben Fenster mit ihren zum Teil gesprungenen Scheiben vollends einzuschlagen. Er wandte sich nach links, las an den Türschildern: Gerichtsschreiber, Aktuar, Archivar, Beratungszimmer, Procurator fiscalis, 1. Schöffenzimmer, 2. Schöffenzimmer. An der Tür des 1. Schöffen klopfte er, eigentlich ohne viel Hoffnung, in diesem verlassenen Bienenkorb einen lebendigen Menschen anzutreffen.

Dennoch hörte er ein »Herein!«, und als er eintrat, befand er sich in einem düsteren, überlangen Zimmer, an dessen Ende, bei Kerzenschein, ein ziegenbärtiger Mann eilig etwas vom Tisch entfernte und hinter sich an die Wand lehnte; es schien ein gerahmtes Bild zu sein. Auf dem Tisch stapelten sich Bücher und Akten; Aktenfaszikel füllten auch die Regale an beiden Wänden bis an die hohe Decke. Hier fiel das Atmen noch schwerer, der Moderdunst des Hauses mischte sich mit dem spezifischen Geruch feuchten, in Jahrhunderten stockfleckig gewordenen Papiers.

Der Ziegenbärtige winkte ihn zu sich heran. »Machen Sie sich den Stuhl frei!«

Spee entfernte einige Bücher, er erkannte Delrios »Disquisitiones magicae«, und setzte sich.

»Glauben Sie nicht, daß ich mich hier wohl fühle! Aber was wollen Sie machen? Man ist Gast, da kann man sich kein besseres Zimmer aussuchen.«

»Es dürfte auch schwerfallen, in diesem Haus eins zu finden«, sagte Spee.

»Oh, sagen Sie das nicht! Ich will gar nicht vom Greven reden, der hat einen Festsaal, Sie würden staunen. Dafür ist er auch nie da, ein todkranker Mann, und das schon seit Jahren. Die Arbeit machen seine Leute – und Gastschöffen, wie ich. Aber auch andere Mitarbeiter des Hauses, Doktor Birkmann zum Beispiel oder Herr Düssel, haben stattliche Zimmer. Stinken freilich« – er grinste – »stinken tut's überall. Das läßt man auch so. Es soll uns an das ehrwürdige Alter unserer Gesetze erinnern.«

»Dagegen wäre nichts einzuwenden, wenn die Erinnerten nur Folgerungen daraus zögen«, sagte Spee. Dann stellte er sich endlich vor. »Pater Baving schickt mich zu Ihnen. Er wünscht durch mich über den Stand des Henot-Verfahrens informiert zu werden.« Er hatte gelernt, seine bescheidenen Trümpfe auszuspielen.

»Ich schätze Ihren Provinzial. Es spricht für Sie, daß er Sie gewählt hat. Bitte, was wollen Sie wissen?«

»Frau Henot ist in der Nacht vom Freitag auf Sonnabend dem Greven geliefert worden. Wird ihr jetzt endlich Gelegenheit gegeben, sich zu den einzelnen Punkten der Anklage zu äußern? Oder, besser: Wird ihr jetzt endlich mitgeteilt, wessen sie überhaupt beschuldigt wird?«

»Aber ja, aber ja, Hochwürden. Ist schon geschehen. Bereits am Sonnabend wurde Frau Henot zu allen Punkten befragt.«

»Mit welchem Ergebnis?«

»Sie hat alles abgestritten.«

»Ich habe nichts anderes erwartet«, sagte Spee und lehnte sich befriedigt zurück. »Sie ist nämlich unschuldig.«

»Könnte man fast meinen«, sagte Doktor Romeßwinkel, leckte am Finger und blätterte in einem Aktenbündel. »Zumal sie auch auf der Folter nichts gestanden hat. Obwohl die Nadelprobe immerhin …«

»Sie wollen doch …« Spee spürte sein Herz. »Sie wollen doch nicht sagen, daß Frau Henot gefoltert wurde?«

»Heute morgen. Wundert Sie das?«

»Es erschreckt mich, es empört mich! Sind das Ihre vielgerühmten wissenschaftlichen Methoden?«

»Ich habe doch nichts für die *Folter* erfunden!« sagte Romeßwinkel indigniert. »Mein Kollege Blankenberg und ich haben die *Nadelprobe* weiterentwickelt und kultiviert. Ich könnte Ihnen das näher erläutern ...«

»Das interessiert mich nicht«, sagte Spee schroff. »Sie haben foltern lassen? Wie ging das zu? Wer war dabei? Wie hat Frau Henot die Tortur überstanden?«

Romeßwinkel schwieg und sah Spee aufmerksam ins Gesicht. Betrübt schüttelte er den Kopf.

Dann sagte er langsam: »Sagen Sie einmal ... irre ich mich – oder hegen Sie wirklich Zweifel an der Korrektheit unserer Methoden?«

»Sie haben gefoltert, das sagt mir genug.«

»Offenbar nicht. Aber ich kann Sie beruhigen. Wer dabei war? Außer mir noch Doktor Blankenberg, dazu die Kurfürstlichen Schöffen Doktor Birkmann und Herr Düssel. Eigentlich müßte auch der Greve zugegen sein, aber er ist, wie gesagt, todkrank. Und wie es zuging? Unsere Kanzlei – ach ja, Herr Hülsmann als Gerichtsschreiber war auch anwesend, er fertigt gerade das Folterprotokoll aus, ich denke, ich bekomme es in wenigen Minuten, Sie können's gern lesen.«

»Was haben Sie mit Katharina Henot angestellt?!«

»Eben das steht in dem Protokoll. Denken Sie, wir machen unerlaubte Sachen?«

»Der Mensch erlaubt sich alles«, sagte Spee leise und starrte an Romeßwinkel vorbei auf die altertümlichen Butzenscheiben, in denen sich die Kerze spiegelte. Draußen mußte es Nacht geworden sein. »Aber Gott erlaubt ihm sehr viel weniger. Am Jüngsten Tag werden wir über jedes unbedachte Wort Rechenschaft ablegen müssen. Wie schwer wird dann erst Menschenblut gewogen werden – von uns vergossenes Blut!«

»Aber sie hat doch gar nicht geblutet!« sagte Romeßwinkel verärgert. »Das ist es ja gerade. Aber wenn Sie sich für meine wissenschaftlichen Erkenntnisse nicht interessieren ...«

»In Gottes Namen!« sagte Spee. »Erklären Sie mir Ihre Methode!«

Romeßwinkel schien einen Moment zu zögern. Er nahm die Hand, die er bereits nach der an der Wand lehnenden Tafel ausgestreckt hatte, zurück. »Noch eins. Wie ist Ihr Verhältnis zum Erschaffenen?«

»Ich verstehe Ihre Frage nicht.«

»Haben Sie einen kritiklosen Respekt vor jeder Kreatur? Oder teilen Sie meine Ansicht, daß das Unkraut ausgerissen werden muß, damit der Weizen gedeiht?«

»Sie wollen mich als Theologen provozieren, indem Sie ein Christuswort umkehren. Es steht geschrieben: ›Sehet, daß ihr, wenn ihr das Unkraut einsammelt, nicht zugleich den Weizen ausreißet.‹ Matthäus 13. Christus hätte das nicht zu sagen brauchen, wenn Gottes Weltordnung diese Gefahr ausschlösse.«

»Man soll behutsam sein, da gebe ich Ihnen recht. Aber wir sind es ja. Es gibt keine Verwechslungsgefahr. Wir sind Fachleute. Jeder Irrtum ist ausgeschlossen.«

»Wenn Sie, Herr Romeßwinkel, dem Menschen zugestehen, er sei unfehlbar, und sei es nur auf seinem Fachgebiet, dann versündigen Sie sich! Sie können Ihrer Sache nicht so sicher sein. Deshalb erinnere ich Sie an ein anderes Wort des Herrn: ›Lasset beides zusammen wachsen bis zur Ernte!‹ Dann werden die Engel das Unkraut vom Weizen scheiden und es in den Feuerofen werfen. Überlassen wir es lieber ihnen, die Unterscheidung zu treffen.«

Der Schöffe seufzte. »Ich könnte Ihr Bibelzitat mit einem anderen, das seit über einhundertfünfzig Jahren Leitstern unserer Rechtsprechung gewesen ist, widerlegen: ›Die Zauberer sollt ihr nicht leben lassen!‹ 2. Buch Mose, Kapitel 22. Aber es hilft wohl nichts, ich muß Ihnen Einblick in unser Verfahren geben.« Er stellte die etwa zwei Fuß hohe Platte auf den Tisch und drehte Spee die Vorderseite zu. Dem schoß das Blut in den Kopf.

Von nicht gerade meisterlichem, aber auch nicht ungelenkem Pinsel gemalt, stand eine nackte Eva vor ihm, die, den Apfel in der Hand, mit der Schlange im Gezweig des Paradiesbaumes zu sprechen schien. Was Spee aber verwirrte, waren Nadeln mit bunten Köpfen, die, vom Hals bis zu den Schenkeln, in den weißen Leib gestochen waren.

»Ein Tableau der trächtigsten Stellen«, erläuterte Romeßwinkel und drehte das Bild so, daß auch er es betrachten konnte. »Sticht man den Körper an einer beliebigen Stelle an – was kommt dann?«

»Blut …«, sagte Spee tonlos. Er atmete schwer. Er konnte den Blick nicht von der nackten Frau wenden. Diese Nadeln verschonten sie an keiner Stelle – auch nicht dort, wo sie Weib war.

»Richtig!« sagte der Schöffe, wie ein zufriedener Lehrer.

»Wenn aber kein Blut kommt? – Hören Sie mir noch zu?«

»Ja, ja«, sagte Spee. »Reden Sie nur …« Was er mit sich in diesen Sekunden erleben mußte, beschämte ihn zutiefst, machte ihn unfähig zu jeder empörten Reaktion.

»Wenn kein Blut kommt, so ist das wider die Natur. Was aber wider die Natur ist, ist wider Gottes Gesetze. Was gegen Gottes Gesetze geschieht, kann nur der Teufel bewirken. Stimmt's?«

Als Spee nicht antwortete, sondern nur mit einer heftigen Wendung des Kopfes den Blick von der Tafel löste, verfiel Romeßwinkel in einen burschikosen Ton, der den Pater mit Grauen erfüllte.

»Sie schrein, wenn man sie pikst, das ist natürlich. Doch wer an einem Punkt das Piksen nicht mehr spürt, ist eine ausgemachte Hexe. Bisher war Willkür üblich. Wir haben ein System daraus gemacht, den Leib studiert. Wir sind quasi Ärzte geworden. Sehen Sie, hier: Regio pectoris lateralis … Regiones mesogastricae …« Er zeigte auf einige der mit Nadeln gespickten Körperpartien. »Regio subinguinatis … Regio femoris …«

»Seien Sie still!« Spee sprang auf und schrie ihn an. »Seien Sie doch endlich still! Ich weiß jetzt genug. Ich weiß, was Sie empfinden, wenn Sie Ihr Handwerk ausüben, Ihre – Ihre Nadelarbeit! Ich weiß es, leider, nur zu genau …« Er ließ sich auf den Stuhl zurückfallen. »Und weil ich es erfahren habe« – es fiel ihm schwer, weiterzusprechen, aber er war Gott und sich selbst Ehrlichkeit schuldig – »weil ich es in dieser Stunde am eigenen Leibe erfahren mußte, kann ich Sie nicht einmal so verdammen, wie ich es wollte. Vielleicht hatte er recht, der große Papst, als er vom ›Pesthauch der Wollust‹ sprach …« Er nahm sich zusammen. »Pater Baving wünscht einen genauen Bericht«, log er. »Die Folter ist beendet. Frau Henot hat trotz der zugefügten Qualen nicht gestanden. Sie ist freizulassen!« Es klang so, als sei auch das ein Wunsch des Provinzials, und so sollte es klingen.

Die Tür öffnete sich, ein kleiner grauer Mann machte einen tiefen Diener, legte eine Akte auf den Tisch und entfernte sich geduckt.

»Bitte!« sagte Romeßwinkel. »Das Folterprotokoll. Lesen Sie! Sie werden mir zugeben: Alles nach Vorschrift!«

Folterprotokoll

Peinliches Verhör der Katharina Henot, gewesene Postmeisterin allhier, durch den Foltermeister Herrn Christoffel Silberacker, in Anwesenheit der wohlwürdigen Schöffen des Hohen Kurfürstlichen Gerichts, Herrn Doktor Gervinus Birkmann, Doktor Blankenberg, Herrn Düssel und, als Gast vom kölnischen Gewaltgericht, Doktor Johannes Romeßwinkel. Dazu zwei Gehilfen des Herrn Silberacker.

Delinquentin entblößt. Von Doktor Romeßwinkel mit Nadeln gestochen. Drei Punkte ausgemacht, aus welchen kein Blut geflossen. Delinquentin befragt, ob ihr der Teufel geholfen. Sie leugnet's. Darauf von Doktor Birkmann citra tamen suggesti umständlich gefragt, ob sie die von Doktor Glimbach ermittelten Mordtaten begangen. Nein, habe sie nicht. Ob sie wisse, daß sie darauf peinlich befragt werde. Sie wisse es. Ob sie an Hexentänzen, insonderheit auf dem Neumarkt, teilgenommen. Sie habe nicht teilgenommen. Ihr gesagt, daß sie auch darüber laut decretum torturale befragt werde. Sie weiß es. Darauf der Silberacker sie im Folterhemd auf den Stuhl gesetzt, ihr die zierlichen Instrumente gezeigt, sie belehrt, wie sie zu gebrauchen.

Die Folterknechte darob nach Gebühr und altem Brauch rechtschaffen erschrocken getan. Delinquentin sodann die Daumenschrauben angelegt. Zugeschraubt. Doktor Blankenberg sie gefragt, ob sie dem Schulmeister Pankraz seiner Frau ein Kindlein totgemacht. Nein, habe sie nicht. Fester geschraubt. Seufzt. Ob sie Raupen gezeugt? Will's nicht gewesen sein. Der Silberacker ihr mit dem Hammer auf die Schrauben geklopft. Schreit. Ob sie Pfarrer Weyendall totgezaubert? Habe sie nicht. Ihr die Beinschrauben angelegt. Ruft: ›Soll ich lügen? Ich kann's nicht, und wenn ihr mir die Beine zerquetscht!‹ Die Schrauben angezogen. Ob sie dem Veit Halfmann ein Kindlein umgebracht? Nein, nicht. Der Silberacker drauf die Schrauben heftig angezogen, daß sich Blut zeigt. Schreit: ›Gott ist mein Zeuge, ich war's nicht!‹ So fortgesetzt eine Viertelstunde. Sie auch mit schwefligen Hölzlein gespickt. Nach anderen Untaten gefragt. Sie darauf: O Jesus, ich bin unschuldig!

Sodann unterbrochen. Die Instrumentlein abgesetzt und Delinquentin, dieweil sie nicht mehr allein gehen gekonnt, in den Grevenkeller zurückgeführt.

Köln, den 10. Mai 1627
Montag nach Vocem Jocunditatis
Theodorus Hülsmann
Schreiber des Hohen Kurfürstlichen Gerichts

»An dem etwas altertümlichen Deutsch dürfen Sie sich nicht stören«, sagte Doktor Romeßwinkel, als Spee zu Ende gelesen hatte. »Das ist hier so Usus, ist alter Brauch. Aber Sie sehen: Alles ist korrekt zugegangen. Übrigens: Das ist das Protokoll vom Sonnabend. Das von heute ist noch nicht fertig.«

Sein selbstgefälliges Grinsen machte Spee rasend. Er stieß den Stuhl zurück und warf das Protokoll auf den Tisch. Er ballte die Fäuste – aber er hob sie nicht, stand wie erstarrt. Dann schüttelte er traurig, ratlos den Kopf und wandte sich zum Gehen.

»Ich mache Ihnen einen Vorschlag«, sagte der Schöffe. »Sie sollen Gelegenheit haben, sich selbst durch den Augenschein zu überzeugen, daß es bei uns sauber und gerecht zugeht. Morgen wird die Folter fortgesetzt. Seien Sie unser Gast! Die anderen Herren haben bestimmt nichts dagegen. Und da die Folter diesmal in die Mittagszeit fällt, können Sie auch gern am Foltermahl teilnehmen.«

Spee bewegte die Lippen – aber er fand kein Wort auf diese Ungeheuerlichkeiten. Mit Mühe brachte er heraus: »Sie – wiederholen die Folter? Das ist verboten! Die Carolina sagt ausdrücklich ...«

»Wer spricht von wiederholen? Natürlich ist das verboten! Drückte ich mich mißverständlich aus? Die Folter wird *fortgesetzt*. Das ist etwas ganz anderes.«

»Mein Gott! Selbst unter so entsetzlichen Qualen hat die Frau nichts gestanden! Mann, Romeßwinkel, seien Sie doch vernünftig! Ihr müßt sie freilassen! Gott verzeiht es euch nie, wenn ihr so weitermacht!«

»Lieber Pater, halten wir's doch so: Sie kommen morgen zu uns und erleben einmal alles von Anfang an. Wir benutzen morgen auch ganz andere Werkzeuge – allein daraus können Sie ersehen, daß es sich nicht um eine Wiederholung handelt. Gerade für Sie als Theologe wird es sehr interessant werden, denn morgen fragen wir das Weib ausschließlich nach ihren Kopulationen mit Satan. Noch immer unentschlossen?« Er kam hinter seinem Tisch hervor. »Ich könnte verstehen, wenn Sie sich als Priester vor der Angeklagten nicht zeigen wollen. Eigens für solche Fälle haben wir in der Folterkammer eine Nische. Dort können Sie stehen, ohne selbst gesehen zu werden, und bekommen doch alles mit! Da haben die Kollegen vom Hohen Gericht schon manchem hochwürdigen Herrn zu einem nicht alltäglichen Erlebnis verholfen ...«

47

Die Briefe, die Katharina Henot mit Erlaubnis des Generalvikars aus dem Frankenturm an Bruder und Tochter hatte schreiben dürfen, waren korrekt bei den Adressaten abgeliefert worden. Oberaufseher Schlingerer hatte das übernommen und von Hartger Henot reichen Botenlohn kassiert. Natürlich hatte ihn das Söhnchen begleitet: den Kopf zurückgeworfen, heiter lallend, tänzelte es an Vaters Hand in die Sternengasse, ließ sich den Grienkopf zeigen, dem eine Mordsbrezel aus dem Maule hing, und war glücklich, als David Schlingerer ihm auf dem Heimweg eine leibhaftige Brezel kaufte, die es noch lange stolz aus den wulstigen Lippen hängen ließ.

Im Grevenkeller, in diesem stinkenden Rattenloch, war es Katharina Henot gelungen, einen der Kerkerknechte zu bestechen, daß er ihr Schreibzeug bringe. Erst Stunden nach der zweiten Tortur hatten die entsetzlichen Schmerzen etwas nachgelassen; sie wußte, daß sie eine dritte Folter kaum überstehen würde. Hartger mußte erfahren, was hier geschah und wie es um sie stand. »Ich bring' Ihnen was«, hatte der Knecht gesagt. »Aber wie Sie den Brief rauskriegen, da müssen Sie schon selber sehen. Da kann Ihr Bruder mir hundert Gulden geben, und ich tu's nicht. Denn das ist Konspiration, und darauf steht der Tod.«

Dennoch erreichte Katharina Henots Brief seinen Empfänger. Viele Stunden hatte sie darüber gesessen. Den Versuch, mit der rechten Hand zu schreiben, mußte sie sofort aufgeben. Mit den geschwollenen, gelähmten Fingern konnte sie nicht einmal die Feder halten. Da probierte sie es mit der Linken, es ging zur Not, obwohl der Kiel kratzte und Tinte verspritzte. Als sie bei den letzten Zeilen war, wurde es in ihrem finsteren Keller noch dunkler. Hoch oben befand sich ein halbkreisförmiger, mit dicken Stäben vergitterter Fensterdurchbruch, der anscheinend auf den stillen Hof des Gerichtsgebäudes führte, denn Straßenlärm war nie zu hören, auch glitt kaum je ein Schatten vorüber. Vor diesem Halbfenster kauerte jemand, und als sich ein Kopf ans Gitter schob und an den Stäben wetzte, erkannte Katharina das Söhnchen des Turmaufsehers. Es steckte seinen mageren Arm durch die Stäbe und zeigte auf die Gefangene, ein Lächeln des Wiedererkennens verschönte das entstellte Gesicht. Alles, was Katharina im Frankenturm abgestoßen hatte, erschien ihr jetzt geradezu als eine besonders geglückte Spielart der menschlichen Physiognomie ... Mit einem Kußhändchen dankte sie dem Kind. Da wurde es rot bis an die Ohren, drückte die Wangen noch fester an die Gitterstäbe und sah aufmerksam zu, wie sie den Brief beendete. Dann steckte es beide Ärmchen durchs Gitter. Es wollte sichtlich, daß Katharina ihm den Brief aushändige. Aber sie hatte Bedenken. Wie konnte sie dem geistesarmen Kind erklären, wohin es den Brief bringen sollte? Wie sie noch überlegte, geschah etwas Erstaunliches. Das Söhnchen nahm einen Arm zurück, beschrieb mit der Hand vor dem Mund zwei Kreise – dies immer wieder – und wies mit der anderen Hand unentwegt auf den Brief. Katharina brauchte nicht lange, dann begriff sie: Es war eine Brezel, die das Kind darzustellen suchte! Es machte den Grienkopf in der Sternengasse nach, es wollte sagen: Ich bring's zum Haus mit der Brezel!

Nun hatte sie keine Bedenken mehr. Mit Mühe faltete sie das Schreiben, versuchte, sich aufzurichten. Aber ihre zerschlagenen Beine trugen sie nicht, sie brach zusammen. Darauf faltete sie den Brief ein zweites und drittes Mal und warf ihn hoch, damit der Junge ihn fangen konnte. Das mißlang, aber sie gab nicht auf und er auch nicht. Als er den Brief endlich erwischt hatte, glänzte sein armseliges Gesichtchen wie verklärt. Noch einmal gab sie ihm mit der Hand einen Kuß, dann war das kleine Wesen verschwunden. Seine Schritte verloren sich, dann fiel sie in den Schlaf der Erschöpfung.

Philipp saß an ihrem Bett, neigte sich über sie, küßte sie auf den Mund. Sagte: »Es ist mir leider nicht geglückt, neulich am Frankenturm, aber ich komme wieder. Ich bin unterwegs mit fünftausend Mann. Schon haben sie bei Sankt Severin die Mauern gesprengt. Wenn wir am Waidmarkt sind, tritt Sankt Georg aus seiner Kirche heraus; er hat bereits den Drachen getötet – was ist dagegen ein Romeßwinkel!« Sie umarmte ihn – und plötzlich war er verschwunden, und als sie nach ihm schrie, huschten die Ratten in ihre Löcher zurück, sie wälzte sich auf dem fauligen, stinkenden Stroh, und die Schwefelmale, mit denen der Foltermeister sie gezeichnet hatte, waren entzündet und brannten, als leckten bereits die Flammen nach ihr.

An jenem Mittag war Hartger Henot nicht zu Hause, sein Personal hatte Ausgang. So fand er den Brief am anderen Morgen. Er entdeckte ihn nur, weil ein Parterrefenster in der Nacht geklappert hatte. In der Frühe ging er hinunter, um es zu verriegeln. Da lag der Brief auf dem Fenstersims. Katharina berichtete, über was die Schöffen sie befragt hatten. Es war im wesentlichen das, was sie schon von Gelenius gehört hatte. Sie schrieb, wie entsetzt sie über all diese Lügen sei und daß sie wieder und wieder ihre Unschuld bekannt habe:

»Zuletzt, als die Schöffen weggehen wollten, hielten sie erst noch Rat in einer anderen Kammer. Dann kamen sie wieder zu mir. Sie ließen mir im Auftrag des Greven anzeigen, daß sie mit der ›Justitia‹ fortfahren wollten, wenn ich nicht bekenne. Ich bat sie, sie sollten mich auf Bürgschaft freilassen. Darauf wollten sie mir keine Antwort geben. Dreimal bin ich vor ihnen auf die Knie gefallen, habe sie gebeten, daß ich mich gegen diese groben Lügen verteidigen darf. Aber der Romeßwinkel hat mich immer nur verspottet. Ach, wär ich heraus! In allem, allem hab' ich die Wahrheit bei meiner Seele Heil bekannt. Schick mir einen Doktor, ich bin sehr krank. Sieh zu, daß wir uns verteidigen können, damit ich nicht unschuldig umkomme! Hiermit Gott befohlen. In Eile. Köln, in des Greven Gefängnis

Katharina.«

Der Propst weinte noch lange, nachdem er diesen Brief gelesen hatte. ›Schick mir einen Doktor!‹ Ach, was stellte das Schwesterchen sich vor! Einen Arzt ins Grevengefängnis schicken, wo sie die Leute mit Fleiß krank und elend machten! ›Auf Bürgschaft freilassen?‹ Das vielleicht eher. Seine Kaution hatten sie zwar abgelehnt. Aber – und davon wußte Katharina noch nichts! – da war ja das überwältigende Angebot des Bürgermeisters Geil!

Hartger Henot steckte den Brief ein. Den würde er jetzt gleich mit Laurentius May besprechen. Soviel war klar: Das Heil in dieser Sache kam von Geil!

Melchior Geil gefiel sich darin, als ein Ignorant zu gelten, wenn's um die edle Malerei ging. In Wahrheit wußte er in Sachen der Kunst gut Bescheid, kannte nicht nur die Namen der bedeutendsten Maler zwischen Rom und Brüssel, sondern auch den Schätzwert ihrer Bilder. Doch stellte er sein Licht gern unter den Scheffel, weil es ihm so leichter gelang, mit Schund oder Fälschungen reisende Kunsthändler zu überführen. Eine ursprüngliche Beziehung zur Kunst hatte er nicht, er fühlte sich lediglich als tätiger Erbe der Sammlung seines Vaters, und dazu gehörte es, mit Sachverstand das überkommene Gut zu mehren. Wäre es nach ihm gegangen – er hätte sich ein Naturalienkabinett angelegt; vom Alräunchen bis zum Kind mit zwei Köpfen hätte der aufgeschlossene Mann jeder Kuriosität ihren würdigen Platz gegeben.

In letzter Zeit hatte er Holzschnitte und Kupferstiche erworben, meist erotische Motive, die er denn auch nicht im großen Wohnzimmer, sondern in einer anschließenden Kammer aufhängte: Minerva und Merkur von Bartholomäus Spranger oder einen Raub der Sabinerinnen von Adrian de Vries. Eben hatte er sich wieder in diese Kammer begeben und sehnte sich beim Anblick einer kallipygischen Venus von Herzen nach seiner Theresa, die er nun schon seit Tagen nicht mehr hatte besuchen können, denn natürlich hielt sie sich, seit Romeßwinkel wieder in der Stadt weilte, in seinem Hause in der Breite Straße auf.

Geil mußte schmunzeln, als er bedachte, wie er dem Schöffen nicht nur sein Eheweib genommen hatte, sondern ihn jetzt auch noch um seine Folterfreuden betrügen würde. Dieses Ergebnis der Geilschen Offensive würde so ganz unter der Hand abfallen, denn hauptsächlich – vergißt man einmal, daß es schließlich um die Rettung einer vermutlich Unschuldigen ging – war ihm ja daran gelegen, dem Kurfürsten und seinem Hohen Gericht eins auszuwischen. Einen Bürgermeister, der für die Unschuld einer so schwerer Verbrechen beschuldigten Person bürgen wollte, hatte es in Köln, vielleicht auch sonst in deutschen Landen, noch nie gegeben; er war in der Tat, er freute sich über sein Wortspiel, ein ›Bürger-Meister‹.

Das Risiko hatte er genau kalkuliert. Er mußte nicht nur mit Bolandts erbittertem Widerstand, sondern auch mit einer Empörung der Bürger, vor allem des einfachen Volkes rechnen, das in der Befreiung einer so wohlhabenden Frau eine Manifestation des Unrechts sehen müßte. Wahrscheinlich täte man gut daran, die von der Folter Mitgenommene zur Erholung und zu ihrem Schutz erst einmal aus der Stadt zu schaffen.

Ungewiß war, wie der kurfürstliche Hofrat reagieren würde. Durchlaucht konnte Geils Angebot als unverschämte Einmischung in seine Kompetenzen auffassen und die Beschuldigte nun erst recht zum Tode verurteilen. Daß Geil ihm nicht wohlgesinnt war, wußte der Kurfürst schon längst – was also riskierte er Schlimmeres als einen unheilbar verschnupften Bürgermeister, den auch der Kölner Rat bestimmt nicht mehr zur Wahl aufstellen würde. Geil schreckte das nicht; er hatte andere Pläne. Andererseits käme die schroffe Ablehnung einer so spektakulär hochherzigen Bürgschaft einer Ohrfeige gleich – und ob Ferdinand es wirklich soweit kommen lassen wollte? Dem guten Henot, das mußte Geil sich eingestehen, hatte er die Erfolgsaussichten seines Angebots allzu optimistisch dargestellt. Aber je nun: Der Mann brauchte Trost – und wenn Geil seine eigene, etwas dubiose Rolle bei der Verhaftung Katharinas bedachte, fühlte er sich doppelt verpflichtet, alles zu unternehmen, was sie noch in letzter Minute retten konnte. Der Hausdiener meldete Bürgermeister Bolandt.

Ganz und gar ungewöhnlich! Was fiel dem ein! Man sah sich doch ohnedies noch heute im Rathaus. Da stand er schon in der Tür, der blanke, feiste Herr mit den lustigen Knopfaugen und dem lappenförmig geschnittenen Bart. Ganz aufgeräumt schien er zu sein.

Man setzte sich, trank einen Malvasier. Bolandt, kaum zu glauben, lobte Geils Bürgschaft, morgen werde man sie nach Bonn weiterleiten. – Warum erst morgen? – So? Sei's so eilig? Dann könne man auch heute noch, gewiß, er werde das veranlassen – oder ob Geil nicht lieber selber, wenn er ins Rathaus komme …?

»Ja, es wird Sie wundern, lieber Geil, weshalb ich in Ihre privateste Sphäre eindringe. Nun – eine delikate Angelegenheit … Es geht um Ehebruch.«

Ein Mann, der im öffentlichen Leben steht, hat sich in der Gewalt. Nichts von jähem Erröten oder Erblassen, keine zitternde Hand verfehlt das Glas. Aber warum spricht er nicht weiter? Jetzt bin ich auf alles gefaßt.

»Delikat insofern, als der Ehebrecher nicht irgendwer ist …«

»Also?«

»Der Herr Reinhard Lintgens vom Perlengraben. Er treibt's mit der Apollonia Brückmann, der Frau vom Wirt zur ›Goldenen Waage‹.«

Kam es Geil nur so vor – oder betrachtete Bolandt ihn mit ausgesuchter Schadenfreude?

»Da nun der Bruder von Lintgens unser Stimmeister im Rat ist, wollte ich in der Sache nichts unternehmen, ohne Sie konsultiert zu haben, lieber Geil. Was machen wir? Geben wir den Fall an den Gewaltrichter weiter, dann läßt sich diese ganze Prozedur natürlich nicht mehr aufhalten. Dann müssen die beiden Kerzen und Stein schleppen, dann geht's vom Frankenturm in den Dom zum Kerzenopfer und dann den langen schweren Weg im Büßerhemd bis Sankt Maria im Kapitol, vom Pöbel verhöhnt und bespuckt – also der Lintgens ist dann erledigt für alle Zeit, von der Brückmannschen ganz zu schweigen. Was meinen Sie?«

Geil zögerte. Es war offenkundig: Bolandt wußte alles von ihm und Theresa! Wie nach längerem Grübeln sagte er: »Ich wäre dafür, die Anzeige unbeachtet zu lassen. Von wem kommt sie übrigens?«

Bolandt hob bedeutungsvoll die Schultern. Geil begriff. So verhielt man sich in Ratskreisen, wenn von den Spitzeln die Rede war, welche die Stadt ›aus Gründen der öffentlichen Wohlfahrt‹ auf einzelne Personen anzusetzen pflegte.

»Um so einfacher. Dann hat es noch keine Kreise gezogen. Unbeachtet lassen!«

»So hätte ich auch entschieden«, sagte Bolandt und erhob sich. »Ich bin Ihnen wirklich sehr dankbar, Geil, daß Sie mir helfen, diese Verantwortung zu tragen. Übrigens verpflichten wir uns den Herrn Lintgens damit, denn es wird ihm auf die Dauer nicht verborgen bleiben, was wir wissen. Wir haben ihn in der Hand. Mag ja nicht schön klingen, was ich sage: Aber wer sich in unserer frommen Stadt auf so was einläßt – Ehebruch! –, der muß wissen, wie hoch sein Einsatz ist. Wenn so was ruchbar wird, ist er nicht mehr Herr seiner Entschlüsse.« Er drückte Geil die Hand und sah ihm tief in die Augen. »Übrigens, Ihre Bürgschaft für Katharina Henot, so ehrenwert sie ist – ich selber war ganz gerührt, als Sie mir Ihren Entschluß mitteilten –, die würde ich mir an Ihrer Stelle wirklich noch einmal unter *allen* Gesichtspunkten überlegen. Sie können sie jetzt noch ohne jegliche Einbuße an Reputation zurückziehen; außer uns weiß ja noch keiner was davon.«

Als Bolandt gegangen war, erst dann wurden Melchior Geil die Knie weich. Er ließ sich auf einen Stuhl fallen und zog, schwach wie er war, das Weinglas mit der Tischdecke zu sich heran. Während er trank, fiel sein Blick vom brennenden Troja, mit seinen grünlichweißen Flammenwogen ein Nachtstück voll raffinierter Farbkontraste. Nein, er mochte jetzt kein Feuer sehen. Er rappelte sich hoch und schloß die Tür. Dann schlurfte er in seinen Hauspantoffeln zum Sekretär, setzte sich und widerrief mit stockender Feder sein Bürgschaftsangebot an das Weltliche Hohe Gericht.

48

Nach einer durchwachten Nacht traf Friedrich Spee gegen Mittag im Grevenkeller ein.

Was der heilige Ignatius in seinen Beschreibungen außerordentlicher Gemütsverfassung den ›Zustand der Trostlosigkeit‹ nennt – es traf genau auf diese Nacht zu: ›Finsternis der Seele, Unruhe durch Anreize und Versuchungen, die zum Mißtrauen ohne Hoffnung und ohne Liebe treiben, während die Seele sich ganz träge, lau und traurig fühlt und gleichsam wie losgetrennt von ihrem Schöpfer und Herrn.‹

Hätte er sich in seiner Verlassenheit nur ungemindert der Wut, der christlichen Wut, jawohl, auf diesen gebildeten grausamen Folterknecht Romeßwinkel hingeben dürfen, hadernd mit Gott, der auch solchen Kreaturen Gastrecht auf seiner schönen Erde gewährt! Hätte er doch nur das, was er seine ›Seelenbestie‹ nannte, in heiliger Entrüstung wüten lassen dürfen! Aber da war diese schreckliche Betroffenheit, als er sich vor der zur Folter bereiteten Eva für eine Sekunde als Mann gefühlt hatte – und wie, so fragte er sich wieder und wieder, durfte er auch nur den Anflug einer *Lust* empfinden, da es doch darum ging, daß ein Mensch *gequält* werden sollte!? Geschah das ihm, dem sittenstrengen, in Kasteiung und Abtötung geübten Priester – um wieviel versuchter und gefährdeter mußte ein Weltkind wie Romeßwinkel sein! Zumal uns, wie es scheint, gar kein Abgrund von den verruchten Gefilden der Todsünde trennt, sondern es bedarf nur eines kleinen Schrittes, buchstäblich nur eines einzigen Fehltrittes, um in dieses Land der ewigen Verdammnis zu geraten! Hier war für den Priester anderes zu tun, als, den Pharisäern gleich, Gott zu danken, daß ›man nicht ist wie jener‹. Man ist wie jener, alle Menschen sind wie jener – und wenn sie nicht handeln wie jener, dann ist das höchst selten ihr Verdienst, sondern fast immer unverdiente Behütung durch ihren Schutzengel.

Ehe Spee sich endgültig entschloß, Romeßwinkels ›Einladung‹ zu folgen, trieb es ihn über den Alter Markt, wo die Frauen an den Ständen Veilchen und Maiglöckchen verkauften. Hinterm Rathaus tat sich schon der Flieder auf, und die Kastanien steckten die ersten Kerzen an.

Dann ertrug er den Anblick nicht mehr – nicht heute. Er kehrte um, band im Gehen das Zingulum fester um den Leib, als rüste er sich zum Kampf. Die Hoffnung, daß er der unglücklichen Frau vielleicht als Priester Beistand leisten könnte, hatte bei seiner Entscheidung den Ausschlag gegeben. War schon der über der Erde gelegene Teil des alten Erzbischöflichen Palastes ein verwahrloster, ungelüfteter Ort der Hoffnungslosigkeit, in den, offenbar nur wenn ein Prozeß anhängig war, die Schöffen und Schreiber wie ein Rudel Ratten einfielen, bis sie ihr Opfer vertilgt hatten, so gemahnten diese eisigkalten labyrinthischen Kellergänge, deren ungefüge Mauerquadern vor Nässe spiegelten, diese nach Kot, Krankheit und Angstschweiß stinkenden Gelasse an den Vorhof zu Dantes neuntem Höllenkreis.

Lediglich zwei Räume unterschieden sich von dieser trostlosen Kellerflucht: die fast kreisrunde Folterkammer, eher ein Foltersaal, offenbar das Fundament eines uralten, vielleicht römischen Turmes, und, zwei Stufen höher anschließend, der Raum für die Schöffen. Seine Wände waren mit längst feucht und fleckig gewordenen Teppichen behängt, und mit der Breitseite zur Folterkammer war, wie eine Barriere, ein langer Tisch aufgestellt, hinter dem acht Stühle für die am Foltermahl teilnehmenden Schöffen und allenfalls geladene Gäste standen. Die Herren konnten so den Saal überblicken und brauchten sich keine Manipulation an der Delinquentin entgehen zu lassen. Als Friedrich Spee eintrat, von einem Ekel geschüttelt, der ihn vor dem Abstieg in den Keller wie Fieber überfallen hatte, waren die Herren schon versammelt; auch der Foltermeister Silberacker mit zwei Gehilfen, muskulösen Männern in Metzgerschürzen, machte sich bereits an Gestellen und Seilen zu schaffen. Etwas abseits, an einem Tischchen, saß der kurfürstliche Schreiber, Herr Theodor Hülsmann, als Protokollant. Doktor Romeßwinkel schien überrascht, daß Spee der Einladung nun doch gefolgt war. Er stellte ihm die anderen Doktoren vor, die sich schon über das Mahl – Braten, Gemüse, Obst, Konfekt – und die Weinkrüge hergemacht hatten. Dann bot er ihm einen Stuhl zwischen den Doktoren Blankenberg und Birkmann an, aber Spee bestand darauf, am Rande der Tafel zu sitzen. Die ›Nische‹ verschmähte er. Romeßwinkel, der sich als ›der Inquisiteur vom heutigen Tage‹ vorstellte, klatschte in die Hände, die Gehilfen des Foltermeisters entfernten sich und kehrten kurz darauf mit einer Last zurück; es sah aus, als schleppten sie einen Teppich, aber es war ein Bündel Mensch. Sie legten es vor den Herren ab und hielten es mit einem Griff in die Achselhöhlen so weit aufrecht, daß die Delinquentin knien konnte. Entsetzt erfuhr Spee, was man aus Menschen machen kann. Dieses armselige Wesen im grobleinenen Folterhemd – der Kopf war bis auf ein paar vergessene Haarbüschel kahl geschoren – hatte nur noch entfernte Ähnlichkeit mit Katharina Henot.

Dann nahm sie Spee wahr. Als ihre Blicke sich trafen – es war von ihr aus nur ein Erkennen, ohne sichtbare Gefühlsregung –, erinnerte sich Spee tief beschämt an seine hochtrabenden Worte in der Postmeisterei: »Fürchten Sie nichts, Frau Henot … Köln hat noch gerechte Richter … Und mich …« Er stand auf und kniete sich, ohne das Murren der Herren zu beachten, neben sie. »Frau Henot«, sagte er und legte den Arm um ihre Schultern. Sie zuckte zusammen, gewiß tat ihr der ganze Körper weh. »Ich weiß, daß Sie unschuldig sind. Ich bin hier, um mit eigenen Augen zu sehen, was mit Ihnen geschieht. Ich kann Ihnen nicht anders helfen als mit geistlichem Trost. Ich werde, wenn Sie es wünschen ...«

»Genug aber jetzt!« Doktor Birkmann, ein fetter Mensch, nagte mürrisch an einem Hühnerbein. »Geistliche dürfen allenfalls Beobachter sein. Sonst haben sie hier nichts zu bestellen. Silberacker! Ans Werk!«

Es zeigte sich, daß die Angeklagte ihren rechten Arm nicht gebrauchen konnte. Die Hand war blau und rot geschwollen, sie hatte ihre Form völlig verloren.

Zögernd hatte sich Spee wieder auf seinen Platz begeben. Nun spielte sich alles mit großer Schnelligkeit und Präzision ab. Die Knechte rissen Katharinas Arme nach hinten, banden die Handgelenke zusammen und befestigten sie an einem Strick, der über eine an der Decke befindliche Rolle lief. Nachdem man ihr auch die Füße gebunden und mit einem Bleigewicht beschwert hatte, zogen die Gehilfen den Strick an, so daß sie sich aus dem Sitzen in die Höhe bewegte. Das mußte augenblicklich einen maßlosen Schmerz bewirken. Sie schrie, noch ehe die volle Last des Körpers oder gar das Gewicht zur Geltung kam. Auf ein Zeichen Romeßwinkels, der hinter dem Tisch hervortrat, um seine Fragen nach des Syndikus Kyver »Interrogatorien«-Liste zu stellen, ließen die Knechte den Körper wieder etwas absinken. Ihr Wimmern ignorierend, fragte nun Romeßwinkel, handelte aber für jede Frage nur ein »Nein«, ein Kopfschütteln, einen Seufzer, ein Stöhnen ein.

Seit wann sie das hochverdammte Laster der Hexerei betreibe. In welchen Gestalten der Teufel zu ihr gekommen sei. Was er mit ihr verrichtet habe. Was er ihr dafür versprochen habe. Ob er ihr das Mal auf die Stirn gebrannt habe. Mit welchen teuflischen Pulvern und Salben sie die Leute umgebracht habe. Was sie der heiligen Hostie für Unehre angetan habe. Was sie unserem lieben Herrn und der heiligen hochgelobten Jungfrau Maria für spöttische Namen gegeben habe ... Als die Delinquentin immer nur verneinte oder abwehrte, unterbrach Romeßwinkel die Verlesung des Katalogs und befahl dem Foltermeister, mit der Tortur zu beginnen. Rücksichtslos zogen die Knechte an.

Ein gräßlicher Schrei traf Spee bis ins innerste Herz, ihm wurde schwarz vor den Augen, er hielt sich mit beiden Händen an der Tischkante fest.

Unnatürlich verdreht hing Katharina Henot im Folterzug. Die Arme waren ihr aus den Schultergelenken gerissen, nachdem das ganze Gewicht des Bleiblocks wirksam geworden war.

»Willst du jetzt wohl bekennen und gehörige Antwort geben?« rief Romeßwinkel. Er stellte sich dicht vor die Hängende, packte sie an den Hüften und riß sie brutal nach unten. Sie schrie, ihr Gesicht verzerrte sich zu einer Wahnsinnsmaske.

»Laßt sie runter!« befahl der Schöffe. Als sie stöhnend am Boden lag, warnte er: »Wenn du weiter so schreist, statt höflich und wahrhaftig zu antworten, stopf ich dir das Kapistrum ins Maul, dann störst du uns nicht mehr beim Essen, du Teufelssau!« Er holte etwas, das wie eine apfelgroße Kapsel aussah, vom Instrumententisch und belehrte Spee: »Wenn sie das in die Schnauze kriegt, hören wir keinen Mucks mehr von ihr. – Was ist? Ist Ihnen nicht gut?«

Spee schüttelte, ohne ihn anzusehen, den Kopf. Er wußte nicht, was er tun sollte. Das hielt er nicht lange aus. Ging er vor der Zeit, wäre Katharina noch verlassener. Hielt er durch und unternahm nichts gegen diese ›Fortsetzung‹ der Folter, die keine ›Wiederholung‹ war – wie bestand er dann in ihren Augen, schlimmer noch: wie vor sich selber?

»An welchen Orten hast du getanzt? Wie oft hast du den Satan auf dem Neumarkt getroffen? Warst du in Kleidern oder gar nackend? Wie kommt es, daß dein Bruder nicht erwachte, wenn du in der Nacht ausgefahren bist?«

Als sie sich nicht anders als vorhin verhielt, rief Romeßwinkel:

»Die Ruten!« Herr Silberacker nahm lange Weidengerten vom Tisch und händigte sie seinen Gehilfen aus.

»Tun Sie, als ob Sie gestehen!« rief Spee. »Sagen Sie zu allem ja!«

Er stürzte auf sie zu und flüsterte ihr ins Ohr: »Und wenn er aufhört, Sie zu quälen, widerrufen Sie alles!«

Die Herren am Tisch sahen einander empört an.

»Ich kann nicht«, stöhnte Katharina – und das war der erste Satz, den er von ihr hörte. »Ich darf nicht bekennen, was ich nicht getan habe. Das wäre Sünde!«

»Es ist *keine* Sünde!« rief Spee. »Unter Qualen erpreßte Aussagen sind ohne Wert und zählen auch nicht vor Gott! Ich spreche dich frei!« Er hatte ihr wohl etwas Hilfreiches gesagt. Sie, hingeschleudert, grausam verrenkt, sah ihn dankbar an.

»Kümmern Sie sich um mein Kind!« ächzte sie. »Versprechen Sie mir …«

Spee nickte.

»Schluß jetzt!« rief Romeßwinkel. Er ärgerte sich sehr über den törichten Einfall, diesen renitenten Priester zur Folter zu bitten. »Weiter!«

Er wandte sich an den Schreiber. »Hast du alles im Protokoll?« Dann fuhr er fort:

»Wie oft hast du zur Nacht auf dem Friedhof Kinder ausgegraben? Was hast du mit diesen Kindlein gemacht? Hast sie gekocht, gesotten, gebraten? Wo hast du sie verzehrt, wer hat der Mahlzeit beigewohnt? Was hast du mit dem verbliebenen Fleisch und den Knöchlein gemacht?«

»Nein! Nein! Nein!« schrie die Gefolterte und schlug mehrmals die Stirn auf den Boden.

»Aufziehen! Und die Ruten zugleich!«

Als die Knechte sie aufzogen, stopfte Romeßwinkel ihr das Kapistrum in den Mund, während er mit der anderen Hand an ihre Lenden griff und sie auch nicht losließ, als die Knechte der nun wieder frei Hängenden mit den Ruten über Rücken und Gesäß schlugen, wobei sie das Hemd anhoben, um auf die nackte Haut zu ›karbatschen‹, wie sie es nannten. Romeßwinkel hielt sich nach wie vor dicht an der Gemarterten, die, da sie nicht mehr schreien konnte, in ohnmächtiger Qual den Kopf hin und her warf.

»Es stinkt, finden Sie nicht auch?«, sagte der Schöffe Doktor Birkmann, erfrischte sich an der Büchse mit aromatischem Riechsalz und gab sie an den Nachbarn weiter.

»Wie oft im Jahr ist der Teufel zu dir gekommen? Wie oft hast du Unzucht mit ihm getrieben? Wie hat sich sein membrum virile angefühlt? Wie Eisen? Wie Blei? Warm oder kalt? Wie oft hast du dem Buhlfurz den Hintern geküßt?«

Obwohl die Delinquentin gar nicht mehr in der Lage war zu antworten, inquirierte er immer weiter, bis er alle Fragen der Kyver-Liste verlesen hatte. »Runterlassen! Nehmt ihr das Ding aus dem Maul! Jetzt sprich!«

Aber Katharina Henot hing bewußtlos am Strick.

»Auch das noch!« rief Romeßwinkel, als sei ihm ein boshafter Streich gespielt worden. »Eine ganz und gar Verstockte! Das erleben wir immer wieder! Maleficium taciturnitatis. Schweigezauber!«

Spee weinte. Er schämte sich nicht. Er war Gott dankbar für die Tränen. Da er keine Worte mehr fand, sollten die Tränen diesen Bestien bezeugen, was er von ihnen hielt.

»Sie können weinen!« sagte Romeßwinkel und machte sich anscheinend nicht die geringsten Gedanken darüber, weshalb er weinte. »Aber die da? Haben Sie eine Träne gesehen? Das ist doch höchst unnatürlich! Weint nicht, empfindet, wie die Nadelprobe ergab, an drei Körperstellen keinen Schmerz und entzieht sich der weiteren Folterung durch den Zauberschlaf! Da haben Sie drei Phänomene, deren Ursache nur der tätige Beistand des Teufels sein kann. – Abführen! Und in der Zelle mit Weihwasser besprengen!«

Die Henkersknechte lösten die Stricke, der Größere warf sich die Leblose über die Schulter und verschwand mit ihr in einem der finsteren Gänge.

»Morgen ist Fortsetzung!« sagte Doktor Johannes Romeßwinkel. »Die bring' ich noch so hin, daß die liebe Sonne durch sie hindurchscheinen kann.«

49

Uralt war der Greve und krank dazu, jedoch über eine Kölnische in Köln im Namen des Kurfürsten den Stab zu brechen, das ließ er sich nicht verdrießen. Sie schafften ihn im Rollstuhl auf den Domhof, dort saß er nun im Frühlingswind, das weiße Stäblein in ungeduldigen Händen, und wartete, daß man die Delinquentin aus der Hacht führe.

Katharina Henot war am Vorabend der Urteilsverkündung vom kurfürstlichen Grevenkeller in das von der Stadt verwaltete Hacht-Gefängnis überstellt worden; so wollte es ein alter Brauch, den man städtischerseits eifersüchtig verteidigte. Die Hacht war ein freundlich anzusehender Bau mit drei Treppengiebeln und schmucken, weiß umrandeten Fenstern. Auch die Verwahrzellen waren nicht zu vergleichen mit den Turmgelassen oder gar mit den Kellern des Greven: Hier, wo der zu Verurteilende die letzte Nacht verbrachte, durfte er sich, von Ratten unbehelligt, auf ein bequemes Lager strecken, sofern ihm das nach all dem Recken, Prügeln, Schrauben und Brennen noch möglich war. Auch gute Speise und stärkenden Wein brachte man ihm, und wer's nicht mehr mit seinen Händen greifen konnte, dem war eine gütige Wartenonne behilflich. Katharina Henot freilich verspürte seit der dritten und vierten Folterung, deren herausgepreßte Geständnisse sie sofort nach Beendigung der Tortur widerrief, weder Hunger noch Durst. Ihre Sinne waren untergegangen in einer Sturmflut aus Schmerz und Verzweiflung, ihre letzten klaren Gedanken kreisten um die nun unwiderruflich vollzogene Zerstörung ihres Leibes, den, bliebe sie auch am Leben, kein Mann mehr umarmen konnte, und selbst der Spiegel müßte sich trüben, wäre sie so unbesonnen, sich vor ihm zu entblößen. Wie die Geier waren sie in den letzten Tagen über ihr kaum noch zuckendes Fleisch hergefallen.

Am frühen Morgen des Urteilstages begab sich Laurentius May zur Hacht. Wohlverwahrt in der Tasche trug er Katharinas letzten Brief. Was er begehrte, war eine mit ihrer Unterschrift versehene Beglaubigung, daß sie diesen Brief, das Bekenntnis ihrer Unschuld, mit eigener Hand geschrieben hatte.

Vor der Tür stand aber Herr Hülsmann, Schreiber des Hohen Gerichts, und verwehrte ihm den Eintritt; die Schöffen hätten's verboten. Auf seinen Protest wurde ihm beschieden, in einer Stunde wiederzukommen, aber als er kam, wurde ihm der Besuch erneut untersagt. Auch nicht in Anwesenheit des Schreibers dürfe er mit der Delinquentin sprechen. Und dann wurde der Herr Hülsmann grob: Wenn der Herr Kaiserliche Notar sich nicht sogleich ›packe‹, werde man ›gebührende Mittel gegen ihn in die Hand nehmen‹. Da tat der Herr Notar aus Speyer den Mund ganz vergeblich noch ein paar Mal auf und zu, und schließlich zog er mit dem Brief davon. Hätte er von Katharina die Bestätigung erhalten, daß dieser Brief aus freiem Entschluß und eigenhändig von ihr geschrieben war – man hätte ihn noch am selben Tag mit Eilkurier nach Bonn geschickt, ja, Hartger Henot selber wäre zum Kurfürsten geritten und hätte sich vor seine Füße geworfen. Das hatte er schon früher tun wollen, aber jede Bitte um einen Audienztermin – dreimal hatte er darum ersucht! – war ihm von der Bonner Kanzlei abgelehnt oder gar nicht beantwortet worden.

Der 19. Mai des Jahres 1627, Mittwoch vor Pfingsten, ließ sich heiter an. Noch waren, von Christi Himmelfahrt her, viele Fenster mit Frühlingsgrün geschmückt, und seit man wußte, daß die Hexe nun endlich auf dem Galgenberg zu Melaten würde hingerichtet werden, hatte man seine Verpflichtungen so eingeteilt, daß man bis zur Mittagsstunde Muße haben würde, das lehrreich warnende Schauspiel zu betrachten. Da der Generalvikar auf Reisen war, hatte Weihbischof Otto Gereon die Regenten der Gymnasien gebeten, ihren Zöglingen freizugeben; die Montaner und Laurentianer drängten sich bereits in einer vielhundertköpfigen Menge auf dem Domhof. Die Stadt hatte die Alumnaten – auch das war ein alter Brauch zu dergleichen

Anlässen – zuvor mit Zuckerplätzchen beschenkt. Es fehlten die Jesuitenschüler. Regens Kasen hatte, für jedermann unbegreiflich, strenge Exerzitien angesetzt.

Kurz vor elf Uhr stießen Stadtpolizisten die gegen die Hacht andrängende Volksmenge mit quergehaltenen Piken zurück. Dann begann die kleinste der Domglocken zu läuten. Das Tor der Hacht tat sich auf, vier Männer schleppten ein Geschöpf im weißen Hemd heraus. Es stierte mit übergroßen Augen, zeigte aber nichts von Angst, Scham oder Bestürzung, und darüber empörte sich das rechtschaffene Volk, denn wenn die Hex ihre Untaten nicht einmal in dieser Stunde bedauerte – wann war da noch mit Einkehr und Reue zu rechnen?

Von der Hacht schwappte die Menschenwoge hinüber zum Hohen Gericht, wo die Freitreppe von Bewaffneten umstellt war, und zwar von stadtkölnischen, denn so viel Soldaten, wie es zu solchem Anlaß brauchte, durfte der Kurfürst keinesfalls aus Bonn herüberschicken. Das hatte man aber bereits vor drei Tagen geregelt; da stand ja das Urteil schon fest. Der Greve war auf seinem Stühlchen ins Rathaus, in die Prophetenkammer gerollt, hatte den Bürgermeister von Bolandt umständlich von der bevorstehenden Exekution in Kenntnis gesetzt, und der ihn begleitende Schöffe mußte, wiederum nach uraltem Brauch, mit Kreide auf die Tafel schreiben: ›In causa necessitatis.‹ Daraufhin hatte Bolandt dem Stadtkommandanten die nötigen Weisungen erteilt.

Die gerade wieder aufbrandende Entrüstung der kreuzbraven Bürger war nur zu begreiflich: Diese Hexe verhöhnte das Hohe Gericht und den achtbaren Greis im Rollstuhl so augenscheinlich, daß sie, statt würdig auf den Stufen zu kauern und gesenkten Hauptes den Urteilsspruch zu vernehmen, possenhaft zur Seite kippte und erst mit rauher Nachhilfe in gehörige Positur gebracht werden mußte.

Das Volk, über Jahrhunderte von seinen Oberen belehrt, wie es gesund zu empfinden habe, beruhigte sich erst, als der hohe Greis das Stäbchen in die Höhe hielt, so daß die Ärmel herunterrutschten und seine dünnen, knochenbleichen Arme entblößten. Der Schöffe Doktor Romeßwinkel, seinen Ziegenbart in der einen, das Urteilsprotokoll in der anderen Hand, schritt zur Lesung:

Urteil in Sachen Katharina Henot wegen Zauberei

In Peinlicher Halsgerichtssache Katharina Henot wird zu Recht erkannt, daß gedachte, vor Gericht gestellte Malefizperson wegen Absagung Gottes des Allmächtigen und seiner lieben Heiligen, wegen Mißbrauch und Verunehrung des hochwürdigsten heiligen Altarsakramentes, wegen fleischlicher Vermischung mit dem leidigen Satan, wegen Zaubertänzen auf dem Neumarkt, wegen ins Werk gerichteter teuflischer Konspiration, wegen an Menschen und Früchten verübter Zauberei und Mordes an Standespersonen und Kindlein öffentlich auf einem Wagen durch die vornehmsten Straßen dieser Stadt Köln zum Galgenberg geführt werden und mit der ihr gebührenden, vom Leben zum Tode führenden Strafe des Verbrennens, anderen zum abscheulichen Exempel, verurteilt und hingerichtet werden soll. Weil uns aber von seiten des hochwürdigen Herrn Vicario in spiritualibus der glaubliche Bericht zugekommen ist, daß die Inhaftierte ihre begangenen Sünden herzlich bereue und beweine, wird gedachter Spruch dahin gemäßigt, daß Inhaftierte mit dem Strang vom Leben zum Tode zu bringen und der tote Leib mit dem Feuer zu Asche zu verbrennen sei.

Dazu verurteilen und verdammen wir sie, wir, Greve und Schöffen dieses Kurfürstlichen Weltlichen Hohen Gerichts in der Stadt Köln.

Die Verurteilte hatte nur ein einziges Mal zu erkennen gegeben, daß sie noch lebte. Mit auf den Rücken gefesselten Händen auf die Stufen gestreckt, hatte sie lediglich bei der Verlesung jener Stelle, die vom Bereuen ihrer Taten sprach, den Kopf gehoben, offenbar bemüht, ihn zum Zeichen des Protestes zu schütteln. Aber es war nicht mehr als der Versuch einer Auflehnung, und auch der erledigte sich durch ihre Schwäche.

Jetzt dröhnten die Trommeln. Ein Schwarm Tauben flüchtete auf den Turm von Sankt Mariengraden. Als der Wirbel abbrach, lag Totenstille über dem Domhof. Der schlohweiße Greve ließ sich von zwei Bediensteten hochstemmen, hielt das Stäbchen in beiden Händen und brach es in der Mitte durch. Er ließ die Stücke fallen, sie rollten die Stufen hinunter, eins blieb vor der Delinquentin liegen, das zweite rutschte noch weiter und wurde von einem Knaben erwischt, der keck die Absperrung durchbrochen hatte.

Noch während der Verlesung des Spruchs hatte sich, von der Verurteilten unbemerkt, aber vom Volk mit wohligem Schauer verfolgt, der Foltermeister Silberacker an sie herangemacht. Jetzt packte er sie um die Hüfte, schleppte sie ein paar Schritt weit zu dem in die Mauer eingelassenen ›Blauen Stein‹, stieß sie dreimal mit der Schulter dagegen und rief:

»Ich stüsse dich an den Blauen Stein,
du küß dei Lebtag zu Vader und Moder nit mie heim!«

Damit war dem uralten Brauch Genüge getan, und der Zug konnte sich, während die kleine Armsünderglocke im Dom zu läuten begann, zum Richtplatz in Bewegung setzen.

Exerzitium nach der Vorschrift des Heiligen Ignatius von Loyola, gehalten im Jesuitenkolleg zu Köln am Mittwoch vor Pfingsten, dem 19. Mai 1627. Text der 4. Woche, 1. Betrachtung. Ausgewählt für diesen Tag von Regens Adam Kasen:

Nimm Dir, Herr, und empfange
meine Freiheit, mein Gedächtnis, meinen Verstand
und meinen ganzen Willen:
alles, was ich habe und was ich besitze.
Du hast es mir gegeben. Dir, o Herr, erstatte ich es zurück.
Gib mir nur Deine Liebe und Gnade.
Das ist mir genug.
Ich betrachte, wie Gott in den Geschöpfen wohnt:

in den Elementen, indem Er sie dasein läßt,
in den Pflanzen, indem Er ihnen das Leben schenkt,
in den Tieren, indem Er ihnen
die Gabe der Wahrnehmung verleiht,
in den Menschen, indem Er ihnen Vernunft gewährt.
Und wie Er auch in mir wohnt,
indem er mir Dasein, Leben, Wahrnehmung verleiht
und mich denken läßt.

Adam Kasen hatte ihm die Entscheidung abgenommen: Sich einem Exerzitium zu entziehen war unmöglich. Aber auch wenn Friedrich Spee über seine Zeit hätte verfügen können – er hätte sich dem schrecklichen Vollzug nicht gestellt.

Wäre es ihm erlaubt worden, die arme Frau auf dem Karren zu begleiten, als ihr Beichtiger, als ihr Tröster, der sie freispricht von allen Sünden und ihr das Himmelreich verheißt – dann ja! Dann, so wie er es damals in Speyer, als er durch Zufall in eine Verbrennung geriet, hatte tun müssen, hätte er auch diesmal seine Pflicht getan. Aber so? Nur hingehen, um Zeuge eines Mordes zu werden?

Kasen hatte es nicht verhindern können: Der Ordensprovinzial persönlich hatte die beiden Patres ausgewählt, die Katharina Henot begleiten sollten. Der eine hatte sich selbst um diese Gunst beworben: Professor Adrian Horn. Auch der andere war Jesuit, ein unscheinbarer Mensch, dem man allerdings nachrühmte, er verstehe sich wie kein anderer auf Teufelsaustreibungen: Pater Hermann Mohr, derselbe, der mit Ostermann ans Tor des Klarissenklosters gepocht hatte – aber dort wurde eine Hebamme benötigt, kein Exorzist.

Alle anderen Patres, so auch Spee, fanden sich zum Gemeinschaftsexerzitium, das man nur selten anordnete, denn der heilige Ignatius empfahl die Klausur. Aber so hatte Kasen sie alle sichtbar beisammen, und er war entschlossen, sie nicht eher zu entlassen, als bis die Kunde vom ›Vollzug‹ von Melaten bis in die Marzellenstraße gedrungen war.

Das war das traurige Begängnis: Trommler und Fähnlein Stadtsoldaten voran, der Foltermeister, seine Schergen, der Greve in einer Sänfte, die Herren Schöffen, sieben Vertreter des Stadtrates und in einem Rudel von Kapuzinern und Dominikanern, die ein hohes Kruzifix trugen, der Wagen mit der Verurteilten, flankiert und gefolgt wiederum von Stadtsoldaten. Mit Amtsmiene am Schluß, ohne gebeten worden zu sein, aber vielleicht aus stiller Sympathie mit der ihnen einst Anvertrauten: Herr Burggraf Ludolphus und Oberaufseher Schlingerer, ein tänzelndes, rülpsendes Söhnchen an seiner Hand. So hatte der Zug sich, unter frommen Gesängen, zum langen, trostlosen Marsch in Bewegung gesetzt, nachdem man die Delinquentin auf den zweirädrigen, von zwei Mähren gezogenen Schinderkarren mehr geworfen als gehoben hatte. Die beiden Patres empfingen sie dort. Sie wurde auf die Bank neben Professor Horn gestoßen; da sie aber nicht aufrecht sitzen konnte und Horn es ablehnte, sie zu stützen, bequemte ein Scherge sich neben sie. Er legte den Arm um die Abgemagerte und verhinderte so, daß sie umkippte während der schaukelnden, holperigen Fahrt. Auf der Bank gegenüber, mit dem Rücken zum Kutscher, saß Hermann Mohr. Der bewährte Exorzist schüttelte, das Opfer betrachtend, wiederholt den Kopf. Sie hätten ihr das ersparen können, dachte er bekümmert. Ich hätte ihr die Teufel schon ausgetrieben, denn ohne Zweifel ist dieses Weib besessen. Sie sind zu urteilsschnell, zu folterfreudig im Kölnischen. Um zu etwas nütze zu sein, sprach er unentwegt Gebete. Vielleicht gelang es ihm, wenigstens die großmäuligsten Teufel noch vor der Exekution ausfahren zu lassen.

Kerzengerade saß Horn. Er konnte es nicht vermeiden, daß sein Blick sich immer wieder zu der fröstelnden, ohne Ausdruck vor sich hin starrenden Sünderin an seiner Seite verirrte. Da flog ihn sogar was wie Mitleid an. Denn er hatte nun erreicht, was er wollte: eine ernste, eine tödliche Gefahr für die Schüler seines Gymnasiums und, bedachte man die von Glimbach als stetig wachsend ermittelte Gefolgschaft dieser Hexe, ein Verhängnis auch für die ganze Stadt war abgewendet worden. Dem Postmeister Coesfeld schuldete er Dank. Ihm und der Aufmerksamkeit jenes inzwischen gottseligen Waschweibes. Wäre alles nur ein bißchen eher geschehen! Dann könnte sein Ignaz noch leben. Nein, er verbot sich jedes Mitleid. Der Gnade Gottes immerhin wollte er ihre Seele anempfehlen, das war Christenpflicht. Und so sprach er, ungeachtet der pausenlosen Gebete des Bruders Mohr, auf das ein, was von Katharina Henot übriggeblieben war, mahnte zur Reue, Umkehr, Buße und stellte die Verzeihung des Allerbarmers in Aussicht.

War am Domhof eine Menge versammelt, die ihre Empörung kaum zügeln konnte, die lauthals wütete und die Fäuste ballte – kreischend und geifernd taten sich vor allem die Weiber hervor, im Bewußtsein, daß es sie, die Unschuldigen, ja nicht treffen konnte –, hätte also vor und nach dem Urteilsspruch das aufgebrachte Volk dieses Bündel Mensch am liebsten mit eigenen Händen zerrissen, so verhielten sich die Bürger, die in den Straßenfluchten Spalier standen, von Unter Helmschläger bis zum Laurentianer-Gymnasium und auch später, als das Geleit durch die sich schier endlos dehnende Breite Straße bis Sankt Aposteln zog, merkwürdig unfroh und bedrückt. Immer wieder sah man auch, wie einige sich abwendeten, und schrie einer »Zum Satan mit der Hex!«, dann stimmte kaum jemand ein. So brauchte der Minoritenbruder keine Ruhe zu gebieten, der, als der Zug beim Gymnasium anhielt, nach alter Sitte einige fromme Ermahnungen an die Verurteilte richtete, wobei er sie gar nicht ansah, sondern die Augen zum Himmel verdrehte, der an diesem frischwindigen Tage mit vielen zerblasenen Federwölkchen geschmückt war.

In der Breite Straße hingen die Fenster voller Köpfe, neben- und übereinander; auch Frau Theresa schaute heraus, und Johannes Romeßwinkel, stolz, sich seiner Frau in der Stadt einmal als kurfürstlicher Schöffe repräsentieren zu können, winkte ihr zu. Kinder liefen mit schnell erdachten Verslein neben dem Zug: »Hexe, Hexe, schick dich drein, wirst bald nichts als Asche sein!« Oder: »Ist die Hexe endlich tot, gibt's für uns ein Zuckerbrot.« Und dann flog auch ein Stein, aber da setzte es Ohrfeigen, denn die Herren Patres hatten sich ducken müssen.

Gegen halb zwölf hielt man abermals, und zwar, noch in der Breite Straße, vor dem großen Kreuz gegenüber dem Johannis-Hospital. Hier drängten sich fast so viel Menschen wie am Domhof, als ahnten sie, daß, außer der herkömmlichen zweiten Ansprache, diesmal durch einen Kapuziner, noch etwas ganz anderes geschehen werde.

Kaum hatte nämlich der Mönch seinen Sermon beendet, schob sich ein junger, in die Robe eines Notars gekleideter Mann durch die Menge, eilte auf den Karren zu, zog sich an der Bretterwandung hoch und hielt, mit einem Fuß auf der Radnabe stehend, der Verurteilten ein zerknittertes Papier vors Gesicht. Mit lauter Stimme fragte er:

»Willst du, Katharina Henot, mir kaiserlichem Notar Laurentius May vom Reichskammergericht zu Speyer bestätigen und feierlich bezeugen, daß dieses deine Unschuld beteuernde Schreiben, gerichtet an deinen Bruder, Hochwürden Hartgerus Henotus, von dir aus freiem Willen und mit eigener Hand geschrieben wurde?«

Zum erstenmal richtete Katharina wieder die Augen auf einen Menschen, sah dem jungen Mann ins Gesicht und sagte vernehmlich: »Ja, ich habe diesen Brief geschrieben. Ich bin unschuldig.«

»So ein Unfug!« schimpfte Adrian Horn. »Sehen Sie sich die Hand von der Frau an! Mit so einem Stumpen kann man doch nicht schreiben!«

»Ich habe den Brief mit der linken Hand geschrieben«, sagte Katharina Henot.

»Dann ist es abermals erwiesen!« triumphierte Horn. »Mit der linken Hand kann kein Mensch schreiben! Also muß ihr der Teufel geholfen haben!« Er sah sich um, aber da aus der Menge kaum Beifall, eher ein zweifelndes Raunen kam, trieb er den Fuhrmann an: »Weiter! Fahr endlich weiter!«

Aber der Notar, der noch immer auf der Radnabe balancierte, hielt den Kutscher zurück und sagte zu Katharina: »Wolle nun, was du soeben versichert hast, mir handtastlich beschwören!«

Da hielt ihm Katharina Henot die verunstaltete, gelähmte rechte Hand hin, er ergriff sie behutsam, führte sie ein wenig in die Höhe, daß ein jeder sehen konnte, wie sie's bezeugte, sprang vom Wagen und schlug durch menschenleere Gassen den Weg nach Sankt Severin ein, wo der unglückliche Propst ihn erwartete.

Sosehr Hartger Henot sich davor gefürchtet hatte, daheim in der Sternengasse Ohrenzeuge des trommelnden Spectaculums zu werden – hier, in Sankt Severin, wohin er entwichen war, spannte er seine Sinne um so mehr. Auch das ›Vringsveedel‹ war dem Sog zum Domhof und hinaus nach Melaten erlegen; wenn Henot aus dem Fenster spähte, sah er allenfalls eine alte Frau oder ein paar Kinder, die unter der Stadtmauer Abschlagen spielten. Auch in der Pfarrei selbst ließ niemand sich blicken; man hatte, das wußte er und das tat ihm gut, Erbarmen mit dem gealterten Mann, der in dieser Stunde sein Liebstes verlor.

Drutgin, die treue Magd, hatte ihn nach Sankt Severin begleitet. Mit Erlaubnis der Priorin hatte sie zuvor das Mariechen aus dem Klarissenkloster geholt. Es war gelungen, dem Kind das Schreckliche fernzuhalten; man sagte ihm nur, die Mutter sei schwer erkrankt, und ob sie am Leben bleibe, wisse nur der Herrgott. Und verreisen werde es bald, auch das war ihm gesagt worden, obwohl Henot sich noch nicht entschieden hatte, welcher seiner auswärtigen Verwandten er das Kind anvertrauen wollte.

Vorerst waren Drutgin und Mariechen damit beschäftigt, alles, was Henots persönliches Eigentum war, aus dem Amtszimmer zu entfernen. Es war nicht viel, ein Handkarren genügte für den Abtransport.

Denn Propst Hartger Henot, der sich, Glimbachs wegen, einige Wochen nicht mehr in Sankt Severin hatte sehen lassen, nahm heute Abschied von seiner Propstei. Er war entschlossen, den Generalvikar um Entlastung von seinen Pflichten zu bitten. Er war nun einmal der Bruder einer als Hexe Verurteilten – wie sollte ein solcher Mann seinem Stift noch würdig vorstehen können? Schon gestern hatte er den Generalvikar aufsuchen wollen, aber ganz überraschend war Johann Gelenius auf Reisen gegangen, zwecks Visitation kurkölnischer Sprengel, wie es hieß. In Wahrheit hatte Gelenius es nicht verwunden, daß man sein Memorandum über Katharina Henot so fehlgedeutet oder mißachtet hatte, daß es nun wirklich zur Lieferung mit ihren schrecklichen Folgen gekommen war. Und deren Zeuge mochte er nicht werden.

Unaufhaltsam und doch quälend langsam rückte die Stunde heran. Was blieb Hartger Henot noch zu tun? Nur das Gebet blieb ihm noch, aber es drang nicht zu Gott. Es hatte ihn auch in den vergangenen Tagen und Wochen nicht erreicht. Es hatte nicht einmal vermocht, diesen leisen, sich immer wieder unüberhörbar meldenden Zweifel zum Schweigen zu bringen, der den Propst heimlich bedrängte und über den er, so mitteilsam er sonst war, zu keinem Menschen etwas verlauten ließ: diese bange Ungewißheit, ob Katharina nicht am Ende doch in verschwiegenen Nachtstunden verbotene Künste getrieben hatte …

Er hätte ihr's nachgesehen.

Aber das waren *seine* Nachtgedanken, da erlag er selber den Einflüsterungen Satans – und das war ja die vertrackteste Aufgabe, die einem das Leben stellte: immer wieder, bei jeder Eingebung, jedem Entschluß herausfinden zu müssen: Kommt das nun von Gott – oder vom Bösen Feind?

Doch nichts mehr davon! Nichts, nichts durfte heute seinen grausamen Schmerz entweihen! Er rappelte sich vom Betschemel auf, ihm wurde schwarz vor den Augen, er tappte in den Kreuzgang, schloß die Lider vor dem Licht des Maientags. Jetzt mußte der Zug in Melaten eingetroffen sein. Er lauschte. Nichts war zu hören als der knatternde Flügelschlag der Bottmühle.

Er schritt über den Rasen, auf dem noch die Schleifspuren zu sehen waren. Dort, auf den Brunnenrand hatten sie ihm das Lästerweib hingelegt. Und seither war ihm und Laurentius nichts mehr gelungen.

Ruhelos umkreiste er den Brunnen. Plötzlich blieb er stehen, starrte mit aufgerissenen Augen. Nun war es soweit. Nun sah er es. Sah das entsetzliche Bild, das schon hundertmal angstvoll vorweggenommene, dessen noch blasse Konturen er immer wieder aus seinen Gesichten verdrängt hatte. Nun aber brannte sich's ihm ins Hirn. Brannte. Am Brunnenrand brach er zusammen.

Als er die Augen wieder aufschlug, beugte Laurentius May sich über ihn. Keuchend hob er den schweren Mann auf und geleitete ihn in seine Zelle, wo das harte Lager stand, auf dem Henot, wenn er über Nacht in Sankt Severin blieb, zu ruhen pflegte. Er setzte sich auf den Rand des Bettes, und während dem Propst, ohne daß ein Schluchzen seinen Körper erschütterte, die Tränen unablässig über die Wangen liefen, sprach May, ohne zu wissen, ob seine Worte gehört wurden, wie zu sich selber:

»Das hat es noch nie gegeben. Sie ist nicht zwei-, nicht dreimal, sie ist viermal gefoltert worden. Nach jeder Tortur hat sie die erpreßten Geständnisse widerrufen. Geistlichen Beistand hat sie abgelehnt. Sie wolle – das soll sie gesagt haben – nackt und mit diesem vernichteten Leibe vor ihren Herrgott treten. Ich bat sie, noch einmal den Brief und damit ihre Unschuld zu bestätigen. Ich griff nach der linken, der nicht gelähmten Hand. Sie reichte mir die rechte, einen blutigen Klumpen. Ihre Stimme war klar. Ich habe in diesem Augenblick gedacht – du bist Priester, Onkel, du wirst es Lästerung nennen – ich habe gedacht: Tapferer kann auch Christus nicht gewesen sein, als sie ihn nach Golgatha schleppten.«

An Sankt Aposteln vorbei, wo man der Verurteilten noch einmal Gelegenheit gab, sich durch einen Blick auf den Neumarkt ihrer dort verübten Schandtaten zu erinnern, bewegte sich der Zug, dem sich nun viele hundert Bürger angeschlossen hatten, durchs Hahnentor aufs freie Feld, bis zur Rechten der Hügel von Melaten mit dem Galgengerüst sichtbar wurde. In gemessenem Abstand, damit die Flammen nicht etwa den Galgenbaum erfaßten, hatte man aus drei Fudern trockenen Buchenholzes, vermengt mit drei Tonnen Teer und Stroh zum Anzünden, den Scheiterhaufen errichtet. Aus Stroh hatte man auch ein Hüttchen geformt. Es war wie ein spitzes Zelt anzusehen; sein Mast war der Pfahl, an den die Delinquentin zu binden war. Sowohl vorn wie auch hinten hatte man eine Öffnung gelassen, damit das Volk die Hexe in ihren letzten Minuten beobachten und der Scharfrichter zwecks Vollzuges von rückwärts an sie herantreten konnte. Um die Verurteilte schnell auf den gut acht Fuß hohen Holzstoß praktizieren zu können, hatte man eine Leiter angelehnt. Daneben lagen Forken, Feuerhaken und Blasbälge für die Schürer bereit.

Hier wartete der Henker Dietrich von Linz mit seinen Schergen. Dem gar nicht sehr kräftig wirkenden Mann ging der Ruf voraus, das Haupt unfehlbar mit einem einzigen Streich vom Rumpf trennen zu können – eine Kunst, die keineswegs jeder so zuverlässig beherrschte. Beim heutigen Vollzug würde ihm diese Fertigkeit freilich nichts nützen. Er stand, mit nacktem Oberkörper, den Kopf bereits mit der roten Kapuze verhüllt, im böigen Westwind, den er wiederholt mit feuchtem Finger prüfte. Am Winde lag's ja, ob die Verbrennung schnell vonstatten gehen würde.

Man war in Bonn übereingekommen, die Verurteilten nach der Zeremonie auf dem Domhof und dem langen, durch zwei geistliche Tröstungen immerhin erleichterten Marsch durch die Stadt nicht mehr über Gebühr auf ihr Schicksal warten zu lassen. Zudem konnte die Postmeisterin von Glück sagen, daß sie nicht zum ›Zwicken mit glutigen Zangen‹ verurteilt war, zu schweigen von der Qual des Verbrennens bei lebendigem Leibe. Zwar war sie unbußfertig und nicht geständig – das war seit

Menschengedenken nicht vorgekommen, die Folter hatte noch jeden nicht nur am Leibe gebrochen. Dennoch – oder gerade deshalb – war kein Zögern mehr zu verantworten. Wer weiß, zu welchen Kundgebungen es noch kommen konnte; das unwürdige Schauspiel, das der junge Notarius vor dem Johannis-Hospital gegeben hatte, war Warnung genug.

So war sie denn schneller vom Karren herunter, als sie hinaufgekommen war, und kaum daß die Patres ihre Kreuze geschlagen und einen Bußgesang angestimmt hatten, in den die Menge einfiel, war sie von den Schergen auf den Stoß gehievt und vom Henker an den Pfahl gebunden. Die Schergen schoben die Strohbündel noch etwas mehr zur Seite, das Volk verstummte in der selig schwebenden Zurückhaltung jener Lust, welche die gewaltsame Verabschiedung eines Menschen dem Betrachter zu bereiten vermag.

Nun trat Herr Dietrich hinter sie, von der niemand je wird sagen können, was sie in diesen letzten Sekunden empfand. Doch soll sie – so der Henker – die Jungfrau Maria angerufen haben. Ihr Bruder allerdings, obwohl nicht zugegen, wußte es später besser.

»Maria? Unsinn! Mariechen! Mariechen hat sie gesagt – was denn sonst?!«

Der Henker mit seinem Würgestrick wunderte sich, daß er kaum hatte ziehen müssen, so schnell fiel der Kopf zur Seite. Ein Seufzen der Erleichterung ging durch die Menge, und als die Schergen die Lunte zündeten und anlegten, begann auf einen Schlag ein großes, angelegentliches Gespräch, als habe man eine Woche lang schweigen müssen.

Die Flammen erfaßten die unteren Strohballen, sprangen knisternd in die Reisigschicht, leckten an den Buchenscheiten empor. Zwei Knechte halfen mit ihren Blasbälgen nach. Als das Feuer groß und feierlich geworden war, verdichtete sich der lichte Rauch zu düsterem Gewölk, denn nun bekamen die Flammen den in seinem Hüttchen stehenden Leichnam zu packen. Als habe man's nicht mehr eilig, ließ der Wind plötzlich nach, und schlank wie der Stamm eines Baumes, der erst spät und zaghaft seine Zweige entfaltet, stieg der Qualm steil in den hellen Himmel. Winzige Aschenflocken verteilte er weit übers Feld.

50

Du kannst mir den ›Greif‹ satteln! Ich reite zurück«, sagte Postmeister Johann Coesfeld zum Schmied von Sankt Mechtern. Er hatte gesehen, was er sehen wollte.

Schon am Vorabend war er in dem Melaten benachbarten Dorf eingetroffen, ein gepeinigter Mann, dessen Skrupel auch Pater Horns geistlich-juristische Winkelzüge nicht mehr beschwichtigen konnten. Seit er – das war schon über zwei Wochen her – die Boten Brossart und Senftleben zur Raußrath geschickt und sich dann, von Wein und Bier betäubt, von Gespenstern und feurigen Visionen verfolgt, für eine gute Stunde in die Nacht begeben hatte, vor allem aber, als am anderen Morgen der Tod der Raußrath bekanntgeworden war (mit dem er doch so gar nichts zu tun hatte!) – seither hatte Johann Coesfeld nur noch einen Wunsch: ›Dies alles‹ möge bald ein Ende nehmen. Mein Gott, klagte er, ich habe doch wahrlich genug gelitten! Als die Henot geliefert war, hätte er ruhiger werden dürfen, hätte schon immer überlegen können, mit welchen Leuten er die Wöllsteiner Strecke beschikken und ob er die gleichen Stationen wie die Henot-Post zum Pferdewechsel wählen sollte. Aber er fürchtete, ohne zu ahnen, wie begründet seine Furcht war, daß Melchior Geil noch eingreifen könnte – und da er nun, gottlob, sicher war, daß die Henot eine Hexe sei: Was mochte der doch noch alles einfallen, um sich der irdischen Gerechtigkeit zu entziehen!

Deshalb sein Ritt nach Sankt Mechtern. Er mußte sich überzeugen, mit eigenen Augen. Nie und nimmer freilich hätte er der Hinrichtung beiwohnen mögen. Wer weiß, was ihn da wieder angewandelt hätte … Allein die Vorstellung, ein einziger aus der Menge der Neugierigen könnte fragen »Cui bono? Wem nützt es?« – und womöglich auf ihn weisen, den unfreiwilligen, seinen unbestreitbaren Vorteil gleichsam erleidenden Verwalter der Taxis-Post – nein, das war ihm nicht zuzumuten!

Hier aber, aus angemessener Entfernung, als Schlafgast im Hause des Schmiedes, vom Fenster im Oberstock nach Südosten spähend,hatte er's mit nur geringem Herzklopfen wahrgenommen: Am Horizont über den letzten Hütten von Sankt Mechtern, wo die Wiesen mählich nach Melaten zu ansteigen, qualmte es auf, erst wolkig ausladend, dann nur mehr eine strenge, schwärzliche Rauchfontäne: dem Herrn als ein Zeichen, wie gehorsam der Mensch seinen Geboten folgt: »Die Zauberer sollt ihr nicht leben lassen!«

Ja, die Wöllsteiner Linie … Und jetzt brauchte er auch keine Niederwerfknechte mehr! Diese Leute konnte er einsetzen, um die Postroute bis Speyer zu verlängern. In Frankenthal letzter Pferdewechsel … Und dann dachte er an Agathe, und daß er nun diesen Kölner Pfeffersäcken doch bald ebenbürtig sein würde.

Spees Versuch, ein christliches Begräbnis für die Asche Katharina Henots zu erwirken, war am Widerstand des Weihbischofs gescheitert. Otto Gereon, dieser ›Leuchtturm des Glaubens‹, hatte ihn gar nicht vorgelassen; sein Kanzleivorsteher richtete ihm die Entscheidung aus. Da begab sich Spee in den Dom und absolvierte, scheinbar nur einer von vielen Betern in der Michaelskapelle, mit äußerster, durch jahrelange Exerzitien geschulter Konzentration seiner Vorstellungskraft, die Bestattungs- und Aussegnungsriten für die unglückliche Postmeisterin. Er war überzeugt, daß Gott sie als berechtigt und korrekt vollzogen annehmen werde.

Erst am Abend kam Spee zu Henot.

In den engen Gäßchen des Vringsveedels, das in der Abendsonne leuchtete, ging es fröhlich zu. Die Hexe war dahingegangen, nun durfte man wieder lachen, die Fenster mit Blumen schmücken, am Brunnen klönen und Pläne für die Zukunft schmieden. Die Angst vor der Allgegenwart des Bösen Feindes, die in den letzten Wochen wie ein Fluch, wie Bann und Interdikt über der Stadt gelastet hatte, das Mißtrauen gegen den Nächsten, dem selbst Ehe und Familie nicht mehr heilig war – der Brand zu Melaten hatte das alles wie durch einen Segensspruch getilgt! Man fand sich von Haus zu Haus, von Straße zu Straße in nachbarlicher Verbrüderung zusammen, aus den Wirtshäusern klang Fiedelspiel, auf den Tanzböden stampften die Paare und verloren sich, als es dämmerte, trunken und verliebt in den Weingärten ringsum. Das Vringsveedel und ganz Köln feierten die Schlappe, die Satan erlitten hatte, und in manches Gebet schloß man wachsame Männer wie Bürgermeister Bolandt und Kommissar Glimbach ein, denen die Aufdeckung und Ausrottung des Übels zu danken war.

Auch Friedrich Spee bekam etwas von dieser Dankbarkeit zu spüren, als er vor Sankt Severin aus dem Wagen stieg. Man hatte ja das Bild noch vor Augen: Jesuiten waren es, die der Unholdin bis zum schmachvollen Würgetod ihre Verderbtheit vorgehalten hatten, tapfere, redliche Streiter im Dienste des Herrn. Noch vor der Stiftspforte hatte Spee Mühe, den neugierigen Fragern zu entkommen, die wissen wollten, ob die Hexe wirklich unbußfertig verreckt sei.

In der Propstei kam, mit geschwollenen Augenlidern, Drutgin ihm entgegen. Sie knickste und legte den Finger an den Mund. Das Mariechen sei gerade eingeschlafen, und auch der Propst habe endlich zur Ruhe gefunden; sie habe ihm Tee aus Baldrian und Schlüsselblume bereitet.

»Mögen Sie einen Teller Kerbelsuppe, Hochwürden?« Sie setzte den Topf auf die Herdflamme.

Spee dankte.

Am Küchentisch saß Laurentius May über einem geöffneten Brief. Er vergaß aufzustehen, wies auf einen Küchenschemel,

Spee setzte sich, May reichte ihm, kaum daß er vom Brief aufblickte, über den Tisch hinweg die Hand. »Es ist ungeheuerlich«, murmelte er. Als er zu Ende gelesen hatte, entschuldigte er sich.

»Waren Sie – draußen?«

Spee schüttelte den Kopf.

»Ich habe wenigstens erreicht«, sagte der Notar, »daß sie am Spital vor dem Heiligen Kreuz noch einmal, vor vielen hundert Leuten, ihre Unschuld bekannt hat. Das kann von Bedeutung sein, wenn wir nachträglich den Prozeß anfechten – und das werden wir tun. Ich sage Ihnen nichts Neues, Hochwürden, wenn ich gestehe, daß ich versagt habe. Aber in dieser Stadt hat mir nicht einmal die Majestät des Kaisers helfen können. – Ich bleibe noch ein paar Tage hier. Ich würde mich freuen, wenn Sie Gelegenheit fänden, mir Näheres über Ihre Beobachtungen im Grevenkeller zu erzählen. Ein Jurist sollte wissen, was sich da abspielt.«

Spee nickte. »Wie geht es dem Propst?«

»Er ist am Ende. Er will auch alle Ämter niederlegen, möchte sich ganz auf die Weiterführung der Postmeisterei beschränken. Er hofft ja auch noch immer auf Schadenersatz. Aber das« – er schlug mit der flachen Hand auf den Brief – »ist nun auch vorbei.«

»Abgelehnt?« fragte Spee.

»In Bausch und Bogen. Finden Sie es nicht auch merkwürdig, daß der Brief vom Reichshofrat in Wien heute eingetroffen ist?«

»Meinen Sie *schon* oder *erst* heute?«

»Erst. Sehen Sie sich mal das Datum an!« Er schob das Schreiben über den Tisch. Es war in Wien ausgefertigt am 21. April, mußte also vier Wochen unterwegs gewesen sein.

»Es kam mit der Taxis-Post?« fragte Spee.

»Natürlich. Ich habe es geöffnet, und das war gut so; meinem Onkel ist diese Nachricht nicht zuzumuten, nicht heute. Sie bedeutet, sollte er tatsächlich seine Kirchenämter niederlegen, den finanziellen Ruin. Aber vermutlich wird ihn etwas anderes noch mehr erschüttern. Sie wissen, mit welcher Begründung Bürgermeister Bolandt den Rat eingeschüchtert und zur Lieferung Katharinas bewogen hat. Das wäre ihm niemals gelungen, wenn die Ablehnung der Schadenersatzforderung bereits bekannt gewesen wäre. Dieser Bürgermeister, der mit Coesfeld unter einer Decke stecken muß – anders kann ich es mir nicht erklären –, dieser Schuft!« – er hieb mit der Faust auf den Tisch – »hat Kenntnis von dem kaiserlichen Brief gehabt und ihn so lange zurückhalten lassen, bis Katharinas Asche kalt geworden war!«

Drutgin hatte sich erschrocken umgewandt. Sie lauschte zur Nebenkammer hin, wo Mariechen schlief.

»Das halten Sie für möglich?« flüsterte Spee.

»Es *ist* so. Ein Brief aus Wien nach Köln braucht im äußersten Fall zweieinhalb Wochen.«

»Trotzdem: Wenn Bolandt und Coesfeld den Inhalt dieses Briefes schon vor der Ratsversammlung gekannt haben – und eben das vermuten Sie ja –, dann hätten sie ja schon gewußt, daß sie das Spiel gewonnen haben. Dann wäre es doch nicht mehr nötig gewesen, Frau Henot umzubringen!«

»Sie kennen meine Familie nicht«, sagte Laurentius May. »Die Henots geben nicht auf, und das wissen auch der Coesfeld und der Taxis erst recht. Wenn die Henots stillhalten sollen, muß man sie vernichten.« Er sah zur Tür, hinter der Hartger schlief.

»Sie haben nicht nur Katharina, sie haben auch ihn vernichtet.«

»Mariechen weint!« sagte Drutgin. Sie nahm das Licht vom Herd und öffnete vorsichtig die Tür zur Nebenkammer. Während sie auf das Kind einsprach, fragte Spee mit gedämpfter Stimme: »Was wird aus der Kleinen?«

»Der Onkel will sie zu Verwandten bringen. Er denkt an seine Schwester Franziska, also an meine Mutter. Aber die kränkelt, die kommt mit Kindern nicht mehr zurecht.«

Spee überlegte nur kurz. Kaiserswerth. Das Schloß und seine vielen Zimmer, der prachtvolle Park, die Promenade am Rhein, die Auwälder seiner Kindheit ... Plötzlich überfiel ihn das Heimweh. Wenn ich versetzt werde, wie der Provinzial mir angekündigt hat, dann hält mich nichts mehr, dann fahr' ich erst einmal nach Kaiserswerth.

»Schicken Sie Mariechen zu uns!« sagte er. »Meine Schwestern werden sie erziehen, und mein Vater wird sie verwöhnen.«

»Ich werd's dem Onkel sagen. Fürs erste Dank. Und nicht nur dafür!«

Die Männer erhoben sich und reichten sich die Hände. Drutgin trat in die Küche, die Kleine war eingeschlafen.

»Wenn Mariechen fort ist – du bleibst doch beim Propst?« fragte Spee. Drutgin nickte mehrmals und trocknete die Augen an der Schürze.

»Reden Sie ihm ins Gewissen, Herr Notar«, sagte Spee. »Er sollte seine Kirchenämter nicht aufgeben. Jetzt« – er wies auf den Brief – »schon gar nicht! Wenn ihn die Würde der Ämter nicht mehr schützt – so wie es in Köln aussieht, wird man auch ihn bald als Zauberer verklagen. Sie glauben, Ihr Onkel sei vernichtet? Warten Sie ein paar Wochen ab. Sie sagten doch selber: Ein Henot gibt nicht auf.«

Am Freitag vor Pfingsten, zwei Tage nach der Hinrichtung Katharina Henots, bekam Bürgermeister von Bolandt zweimal unerwarteten Besuch. Vom Pferde schwang sich, aus Schloß Brühl kommend, Herr Petrus Nikolartius und stürmte die Rathaustreppe hinauf. Bolandt, der sich im Gespräch mit einigen Ratsmitgliedern befand, hielt es für angebracht, die Herren aus dem Zimmer zu schicken, denn Nikolartius war ohne Zweifel nicht allein vom scharfen Ritt so echauffiert.

»Sie haben zugelassen, daß die Henot hingerichtet wurde!« rief der münstersche Generalvikar mit allen Anzeichen der Entrüstung.

Bolandt, wahrlich ein selbstbewußter, in sich ruhender Mann, verlor für einen Moment die Fassung. »Nun setzen Sie sich erst einmal und überlegen Sie, was Sie reden, ehe Sie mich mit Unterstellungen insultieren!«

Aber Nikolartius setzte sich nicht. »Wie konnten Sie sich erlauben, das durchaus für die Henot sprechende Gutachten des Generalvikars zu Köln zu ignorieren!?«

»Ich doch nicht! Herr Geil hat es ignoriert. Dem paßte es nicht, daß ein Mann des Erzbischofs sich in eine Sache mischte, die noch bei der Stadt anhängig war!«

»Erzählen Sie mir nichts! Ausgerechnet Herr Geil! Ein Mann, der, wie Propst Henot mich wissen ließ, für die Henot bürgen wollte! – Weshalb ist eigentlich daraus nichts geworden?«

Johann von Bolandt dachte nicht daran, das Geheimnis preiszugeben. Nicht nur aus Gründen des Anstands und der Ehre, sondern auch, weil er es bereits wieder für ratsam hielt, sich als Kölner Bürger mit der Freien Reichsstadt Köln gegen kurkölnische Hegemoniebestrebungen zu solidarisieren. Das aber bedeutete: Er mußte sich mit Geil arrangieren.

»Soviel steht fest, Herr Bolandt: Diese Frau haben Sie auf dem Gewissen!«

Jetzt wurde es ihm doch zuviel, er verlor die Contenance, seine Knopfaugen quollen fast aus den Lidern. »So? Ich? Hab' ich die Blutgerichtsbarkeit? Wer hat denn immer gepurrt und gepocht, daß sie geliefert wird? Doch wohl Seine Durchlaucht! Wer ist denn nach Köln gekommen mit den Akten der Langenbergerin aus Lechenich? Wer hat denn gesagt, die Kölner Ratsherren seien Teufelsgenossen, wenn sie die Henot nicht brennen ließen? Und bin ich vielleicht das Hohe Gericht? Wer hat's denn den kurfürstlichen Schöffen befohlen, ein Todesurteil zu fällen? Beschweren Sie sich beim Greven, zum Kuckuck!«

Nikolartius nahm den Ausbruch gelassen hin. Fast mitleidig sagte er: »Aber Bolandt! Die Willensäußerungen des Kurfürsten, auf die Sie sich berufen, stammen aus einer Zeit, da er das Gutachten des Herrn Gelenius noch nicht kannte. Und dann: Sie sollten doch wissen, wie so etwas zugeht! Das Hohe Weltliche Gericht ist wie eine Sanduhr. Haben Sie die einmal umgedreht, läuft sie auch ab: Befragung, Folter, Todesurteil, Hinrichtung … Ich bin sicher, daß Durchlaucht noch eingegriffen hätte. Aber Durchlaucht war zur Jagd.«

»Wollen Sie mir nun die fürstliche Ungnade ausrichten – oder was soll Ihr Besuch?«

»Durchlaucht ist in der Tat außer sich. Denn Durchlaucht ist der Ansicht, daß, insbesondere nach dem geradezu freisprechenden Gutachten des Herrn Generalvikars, der Fall Henot mit ausgesuchter Delikatesse hätte behandelt werden müssen. Ich soll Ihnen, Herr Bürgermeister, mitteilen, daß Durchlaucht von Ihrer Berufung in den Geheimen Staatsrat nach Bonn Abstand zu nehmen geruht. Ich habe die Ehre!«

Wenig später meldete sich bei Johann Bolandt der zweite Besucher. Er kam mit dem Reisewagen aus Brüssel und ließ, mit Grüßen des Reichsgrafen Leonard von Taxis, eine schwere Kiste in das Amtszimmer des Bürgermeisters schaffen.

Bolandt löste zunächst nur einige Bretter – er tat es eigenhändig –, doch als er hineinlugte und es funkeln und schimmern sah, packte ihn doch die Neugierde, und er stemmte den Deckel vollends auf. Ächzend hob er das Kunstwerk aus getriebenem, vergoldetem Silber heraus und stellte es auf den Tisch.

Es war ein Tafelaufsatz. Aus einer flachen Brunnenschale hob sich ein reich ornamentierter Sockel, auf dem, in wallendem Gewande, die Binde vor den Augen, Schwert und Waage in den Händen, Justitia stand.

»Ein Gerechtigkeitsbrunnen?« murmelte Bolandt, gerührt von der Großzügigkeit seines gräflichen Gönners. »Ein bißchen ausgefallen – wie? Aber warum eigentlich nicht?«

Epilog

In den drei Wochen, die seit Katharina Henots Tod verstrichen waren, hatte sich das Leben im Gymnasium Tricoronatum so verändert, daß Spee manchmal zumute war, als unterrichte er gar nicht mehr in der Anstalt, in die man ihn vor einem halben Jahr als Vertreter des erkrankten Paters Fekenius berufen hatte. Die Spaltung in fröhliche und doch religiös gestimmte Weltkinder auf der einen, mißlaunige, frömmelnde Aloisius-Brüder auf der anderen Seite hatte auch Adam Kasen nicht verhindern können. Er mußte schon zufrieden sein, daß es nicht zu Schlägereien kam. Mit Adrian Horn war nicht zu reden. Seit man Katharina ›überführt‹ hatte, fühlte er sich in seinen hunderterlei Verdächten glänzend gerechtfertigt, und auch viele der besonneneren Schüler hielten sich jetzt eher an ihn als an Kasen. Denn Adrian Horn war zur moralischen Instanz geworden, und da der Pater Provinzial ihn immer auffälliger bevorzugte, sprachen einige bereits von Kasens baldiger Ablösung.

Natürlich litt der Regens unter diesen Veränderungen. Aber er meinte, man könne sie nicht mit Gewalt aufhalten oder gar rückgängig machen. Die Stadt Köln sei nun einmal – und das verdanke man vor allem diesem Glimbach, der jetzt unentwegt verhaften und verhören ließ – von der Hexen- und Teufelsfurcht besessen und geschüttelt; man kenne das von anderen Städten, in Würzburg und Bamberg solle sich ja unvorstellbar Schreckliches abspielen, es sei wie ein hitziges Feuer, man müsse es durchstehen oder zugrunde gehen, ganz wie der Herr es beschließe.

Nur einmal fuhr der Regens, wie in seinen besten Zeiten, aus der Haut. Das war, als der Schüler Konrad Contzen von der Septima-Physica den Benno Stadelmann von der Sexta-Logica bezichtigte, ein Hexer zu sein. Kasen brüllte im Treppenhaus, daß Schüler und Lehrer aus den Klassenzimmern traten. »Dies ist ein Weinberg des Herrn!« schrie er. »Hier gibt's keine Hexer und Zauberer, hier regiert der Herrgott durch mich, Adam Kasen, seinem unwürdigen, aber, hol's der ... demütigen und gehorsamen Knecht!«

Es kam zu keinen Verdächtigungen mehr.

Kasen, so schien es Spee, mußte Zugang zu einer Quelle haben, die ihm auf noch andere Weise als durch die Wahrheiten des Glaubens Kraft und Trost spendete. Aber davon verriet ihm der dicke, hochgescheite Regens nichts – bis er eines Tages, wie in den letzten Wochen manches Mal, Friedrich Spee im Zustande der ›Trostlosigkeit‹ traf. Da packte er ihn am Ellbogen und nahm ihn in sein Zimmer. Gleich darauf wurde er für einige Minuten abberufen, so daß Spee Gelegenheit hatte, die Titel der Bücher in Kasens kleiner Privatbibliothek zu studieren. Als der Regens zurückkam, blätterte Spee im Buch eines Ordensbruders.

»Da staunen Sie«, sagte Kasen. »Bei mir feiern all die hochgelehrten Herren aus unserer Gesellschaft ein Symposion. Dieser Famianus Strade glaubt wahrhaftig, mit Hilfe der Magnetkraft könnten sich Menschen über weite Entfernung Nachrichten übermitteln! Mit Magneten beschäftigt sich auch unser Ordensbruder Athanasius Kircher – aber womit beschäftigt der sich nicht! Und wem haben wir den neuen Kalender zu verdanken? Dem Christoph Clavius – natürlich auch einer von unseren Leuten!«

»Wie kommen Sie nur an all diese Bücher heran?« fragte Spee.

»Na wie schon!« sagte Kasen behaglich. »Durch Pater Marcellus. Dachten Sie, Sie seien sein einziger Tabaklieferant? – Ja, diese würdigen Autoren unserer Gesellschaft Jesu, die stell' ich ganz vorn ins Regal. Wenn Pater Baving mich besuchen sollte – an denen kann er keinen Anstoß nehmen, die hatten Druckerlaubnis. Die *anderen*, die ich auch durchaus mit Gewinn lese, die stehen *hier*!« Er nahm fünf Bücher aus dem Regal, dahinter kam eine weitere Buchreihe zum Vorschein. »Da hab' ich meinen Kepler, auch den Kopernikus, den Tycho Brahe ... Umstrittene Herrschaften, zweifellos. Es gibt da noch so einen Italiener, der Schwierigkeiten mit dem Heiligen Offizium hat, ich komm' nicht auf den Namen ...«

»Sie haben viel Vertrauen zu mir, daß Sie mir diese Werke zeigen«, sagte Spee.

»Sie sind nicht verboten. Nur umstritten. Im Besitz eines Ordensmannes – gewiß, das mag ungewöhnlich sein. Aber warum eigentlich? Sehen Sie, da ist dieser Tommaso Campanella – auch ein Italiener, wenn auch kein Jesuit. Aber von Dominikanern erzogen, das immerhin. Der fragt sich, ob die Bewohner anderer Planeten – ja, er hält es für möglich, daß es die gibt! – ob die sich wohl auch für den Mittelpunkt der Welt halten, wie wir?«

»Auch ich habe mich schon mit Kopernikus und Tycho Brahe beschäftigt«, sagte Spee. »Sollte wirklich die Sonne und nicht die Erde Mittelpunkt der Welt sein und sollten auch auf anderen Planeten Menschen leben – würde das der Herrlichkeit Gottes Abbruch tun?«

»Im Gegenteil, Spee, ganz im Gegenteil! Für Gottes Herrlichkeit kann die Welt gar nicht groß und vielgestaltig genug sein! Oder glauben Sie, Ihm, dem Allwissenden, alles Vermögenden, würde es schwerfallen, statt mit einer bewohnten Erde mit ein paar Dutzend zurechtzukommen?! Nur eins macht mir Kummer ...« Er stockte und sah auf das Kruzifix über dem Betpult. »Wenn ich mir vorstelle, daß unser Heiland nicht nur auf unserer Erde, sondern womöglich viele Male den Kreuzestod hat erleiden müssen: auf Venus, Jupiter, Mars, Saturn ... Entsetzlich!«

»Vielleicht war es nicht nötig«, sagte Spee. »Vielleicht sind die Bewohner dieser Planeten der Erlösung nicht bedürftig, weil sie, anders als wir, nicht von Gott abgefallen sind?«

»Möglich. Sehr möglich sogar! Das ist ein guter Gedanke, er tröstet mich. – Ja, Spee, wollen wir diese Dinge mal schön für uns behalten. Darüber hat Rom zu entscheiden. Nämlich – so höllisch interessant sie auch sind – wollten Sie deshalb verbrannt werden? Sie wissen ja, wie es diesem Giordano Bruno ergangen ist.«

»Nein«, sagte Spee. »Verbrannt möchte ich deshalb nicht werden. Ich bin auch kein Mathematiker, kein Astronom. Wichtiger als das Problem, ob die Sonne um die Erde kreist oder umgekehrt, ist mir, daß der Tod Unschuldiger durch Henkershand verhindert wird. Und das ist nur möglich, wenn man unseren Fürsten und Richtern endlich den Spiegel vorhält und ihnen klarmacht, wie unwürdig und sündhaft, ja, wie verbrecherisch sie sich verhalten!«

»Ja«, sagte Kasen, »das ist nun *Ihr* Thema. Aber seien Sie vorsichtig! Man bringt Menschen um, die unserer guten alten Erde den Herrschersitz im Mittelpunkt des Weltalls streitig machen wollen. Was meinen Sie, was man mit einem anstellen wird, der an den Thronen der Fürsten und Richter rüttelt? Das ist viel, viel gefährlicher!«

Spee schwieg. Kasen sagte ihm nichts Neues.

»Sie dürfen nicht ungeduldig werden«, fuhr der Regens fort. »Denken, ja, das dürfen wir, das sollen wir sogar! Was meinen Sie wohl, weshalb ich an jenem 19. Mai gerade diesen einen Exerzitientext ausgewählt habe? Denken? Ja! Konzentriert! Schonungslos! Aber halten Sie Ihren Mund verschlossen! Wir müssen warten, bis die Zeit reif für unsere Gedanken ist. Wir werden's wohl nicht mehr erleben.«

»Wie soll die Zeit reif werden, wenn wir schweigen?« sagte Spee. »Nicht die sind schuldig, die es nicht besser wissen, sondern die, welche die Wahrheit wissen und sie nicht weitergeben – egal aus welchem Grund: aus Egoismus, aus Scheu vor den Folgen – vielleicht auch nur aus Feigheit.«

»Aber Spee! Nennen Sie es feige, wenn einer nicht verbrannt werden will? Sind Sie so ein Held? Ich fürchte, Sie haben in den letzten Wochen sehr eigenwillige Gedanken über Hexen und Hexenprozesse entwickelt.«

»Entwickelt? Überfallen haben sie mich! Pater Regens, ich bin einem ungeheuren Verbrechen auf der Spur! Was hier in Deutschland – auch in Frankreich, auch in England, bei Katholiken wie bei Protestanten, getrieben wird, ist Mord! Hunderttausendfacher Mord an Unschuldigen!«

»Nicht so laut!« Kasen lauschte zur Tür. »In Gottes Namen, Spee, Sie bringen sich um!«

»Ich danke Ihnen, Pater Regens. Ich weiß jetzt, was ich zu tun habe.«

Unter dem Bild des Franziskus von Assisi, den er von allen Heiligen am innigsten liebte, trat Friedrich Spee ans Stehpult und begann mit der Niederschrift eines Buches. Unschuldig Verfolgten würde es die Rettung bringen – ihm selbst aber, das ahnte er, nichts als Erniedrigung, Gewissensqual und Todesangst.

Cautio Criminalis
oder
Rechtliches Bedenken wegen der Hexenprozesse

Unter diesen Titel setzte er ein Leitwort, das er bei dem römischen Philosophen Seneca gefunden hatte:

Ich will dir zeigen,
was den großen Herren mangelt
und was denen fehlt, die alles besitzen:
Einer, der ihnen die Wahrheit sagt.

Der Hexenanwalt

Meinen Kindern

Erstes Buch

Der Gehorsam

Peine

Ich armer elender Sünder bekenne vor Euer Ehrwürdigkeit anstatt Gottes und der Jungfrau Maria und aller Heiligen, daß ich so lange und viele Jahre der verführerischen, verdammlichen, greulichen, ketzerischen Lehre, die man die lutherische nennet, beigewohnt und unter dem schrecklichen Irrtum gestecket; ich bin auch zu ihren greulichen Sakramenten gegangen und habe allda nichts anderes empfangen als ein schlecht gebackenes Brot, auch nichts anderes als einen schlechten Wein …

Aus der sogenannten
»Jesuitenbeichte« der Protestanten,
die im Lande bleiben wollten.

Herr Jobst von Wendt, hildesheimscher Drost und Landrat zu Peine an der Fuhse, riß den Türkensäbel von der Wand. »Welch unerhörter Rechtsbruch, von dem Sie mir da berichten!« ereiferte er sich und ließ im Kerzenlicht den blanken Stahl ums Haupt seines Gastes, des Amtmanns von Rittersbach, kreisen. Der wehrte sich: »Sind Sie des Teufels, Wendt? Bin ich vielleicht Ihr Pascha Suleiman, oder wie der Kerl hieß, damals, im Türkenkrieg?!«

Der Drost ließ die Waffe sinken. Ein Lächeln der Erinnerung verschönte sein feistes Antlitz. »Mit seinem eigenen Säbel erschlug ich ihn!« Und wieder einmal sah er sich als jungfrischen Kornett in Gran, der Donaufestung, ließ sich von verwitterten Haudegen auf die noch schmalen Schultern klopfen, und der Obrist in Person belobigte ihn, den Helden in Christo, den Paschatöter, dem der türkische Bluthund erlegen war, dieser Erbfeind und Jungfrauenschänder.

Aber, ach! Man ließ nicht die Becher läuten im illuminierten Saal hoch über dem Donaustrom. Man saß auf Schloß Peine im Niedersächsischen Kreis, saß bei Kerzenschein im schmucklosen Drostengemach, sah nicht aufs Türkenlager hinab, nur auf den Marktplatz mit Rathaus und Galgen, roch nicht Blutdunst noch würzigen Kaffeeduft, allenfalls Jauche und Mist.

»Weshalb echauffieren Sie sich, lieber Wendt?« sagte der Amtmann. »Es war eine harte Entscheidung, ohne Zweifel. Aber unser durchlauchtigster Kurfürst zu Bonn wollte gewiß ein Exempel statuieren.«

»Ein Exempel!« höhnte Wendt. »Einen protestantischen Pfarrer zum Tode verurteilen! Schandbar verrannt nenn' ich das!« Zornig wischte er ein Papier vom Tisch, hob es gleich wieder auf und drückte es dem Amtmann in die Hand. »Und töricht dazu! Das ist das Schlimmste. Höchst töricht dazu!«

Rittersbach hielt das Dokument unters Licht und las:

»Zu Recht wird erkannt, daß der gewesene evangelische Prediger Johannes Bissendorf wegen seiner lasterhaften, aufrührerischen, wider Gottes Gebot und unsere Polizeiordnung verfaßten Schandschriften mit dem Schwert vom Leben zum Tode hinzurichten ist. Seine Bücher und Schriften sind öffentlich mit dem Feuer zu verbrennen.

Köln, den 7. März 1629.«

Rittersbach hob den Blick. »Der Sache nach ist gegen das Urteil nichts einzuwenden. Dieser Bissendorf hat den Jesuiten-Orden geschmäht. Wer das wagt, muß wissen, was er sich einhandelt. Der Sache nach ein gerechtes Urteil.«

»Der Sache nach, der Sache nach!« schimpfte der Drost. »Und wer denkt an *uns*? Wie bringen wir's hier in Peine mit den verbliebenen Ketzern zuwege, wenn das ruchbar wird? Hab' ich mich deshalb, ein siegreicher Streiter wider Türk' und Antichrist, in dies Eulennest versetzen lassen, nur um der blutigen Rache der Lutheraner anheimzufallen? Bin schließlich nie seßhaft geworden auf dieser jammervollen Burg – anders als Sie, Rittersbach! Sie lieben ja Peine – oder? Kein Wunder auch! Sie haben's hier immerhin – ich frage nicht *wie* – zu sieben Häusern gebracht!« Er tastete an der Wand, bis er den Haken fand, und hängte den Säbel wieder an seinen Platz. »Soll Ihnen ja gegönnt sein«, brummte er. »Aber Ihr Kopf ist nicht härter als meiner. Passen Sie auf, bald regnet's Steine – auf uns! Nachts gibt's hier noch Lutheraner genug.«

In diesem Augenblick tat sich die Tür auf, und herein kam ein etwa vierzigjähriger Mann in der Soutane des Jesuitenordens. Er kniff die Augen vor dem Kerzenschein, der Drost hofierte ihn an den Tisch. Befremdet sah der Amtmann in ein von zahllosen Falten und Fältchen durchzogenes, wie in Scherben zersprungenes Gesicht.

»Ein wenig geruht, Hochwürden?« fragte der Drost. Dann stellte er die Herren einander vor. Pater Adrian Horn sei nach beschwerlicher Wagenfahrt heute nachmittag, von Rutenberg kommend, auf Burg Peine eingetroffen und habe erst einmal ein Stündchen schlafen müssen. »Mein Gastfreund leitet das Jesuitengymnasium in Köln und reist in kurfürstlichem Auftrag.

Übrigens war er Zeuge der Exekution auf Burg Steuerwald. – Aber nehmen Sie doch Platz, lieber Pater!« Jobst von Wendt eilte zur Tür und rief in die Küche: »Else! Maria! Bier!«

»Es blieb keine andere Wahl«, sagte der Pater aus Köln, während er sich an der Tafel niederließ. »Meine Ordensbrüder in Hildesheim haben diesen lästerlichen Prädikanten über zwei Jahre lang in Kerkerhaft gehalten und mehrmals gütlich zum Widerruf ermahnt. Leider vergebens. In seinen Schriften hat er unseren Bischöfen angeraten, dem Heiligen Vater – ich zögere! – den Hintern zu küssen! Zur Rede gestellt, wollte er's freilich nur in sensu spirituali verstanden wissen, sozusagen gleichnishaft. Und in einem seiner Traktate heißt es gar – ich zögere wiederum! –, ein Christenmensch bedürfe des Papstes nicht, weil niemand ihm geistlich zu befehlen habe als Christus. Unleidliches Ketzerzeug!«

Ein Mädchen kam und setzte die Krüge auf den Tisch.

»Es blieb also keine andere Wahl«, wiederholte der Pater. »Dieses störrische Haupt mußte fallen!«

Der süffige Broyhan vom Ratskellerwirt Achilles, nach hannoverschem Rezept dunkel eingesottenes Bier, vermochte Wendts erregtes Gemüt kaum zu besänftigen. Zwar hatte er seinerzeit den Suleiman Pascha mit dessen eigenem Krummschwert erschlagen, aber das war in redlichem Kampf geschehen. Jedoch sich vorzustellen, wie ein protestantischer Prediger, im Talar womöglich, auf dem Richtblock sein Haupt verliert, das kam ihn schwer an. Er ging ja nicht einmal zum Marktplatz, wenn ein Wegelagerer gehängt wurde, obwohl der Dienst es von ihm verlangte. Das überließ er dem Amtmann.

»Wir sind hierzulande ganz gut fertig geworden mit den Lutheranern«, sagte Rittersbach. »Wir machen das auf unsere eigene Art. Wenn man bedenkt, daß das Kaiserliche Restitutions-Edikt gerade erst einen Monat alt ist, dann sind wir ihm sogar um ein gutes Jahr voraus! Alles, was das Edikt verlangt – Rekatholisierung und Rückgabe des kirchlichen Besitzes, den der Passauer Vertrag vor achtzig Jahren den Evangelischen zugesprochen hatte –, all das haben wir hier schon längst erledigt.«

»Allein aus Peine sind letztes Jahr vierzig Familien und zwanzig ledige Leute ausgewandert«, sagte der Drost und strich sich den Schaum vom Kinnbart.

»Und wieviel kehrten zurück?« fragte der Pater.

»Zwei.«

»Wurden katholisch?«

»Ja«, sagte der Drost. »Sie erhielten auch ihre Güter zurückerstattet.«

»Und wenn jetzt noch einer heimkehrt?«

»Wenn jetzt noch einer kommt, kann er gleich wieder gehen. Sein Besitz ist verfallen. Wer jetzt noch kommt, bleibt ein Bettler.«

»Verdienstvoll geregelt«, lobte der Pater. »Sagen Sie«, er nippte am Krug, »es wirkt hier in Peine ein Ordensbruder von mir, auch aus Köln. Der Pater Fridericus Spee von der Gesellschaft Jesu.«

Der Amtmann nickte. »Sehr erfolgreich!«

»Mein Auftrag gebietet mir zu prüfen, ob dieser Priester das Vertrauen rechtfertigt, das Kurfürstliche Durchlaucht in ihn setzt. Wo treffe ich ihn?«

»Ich zeig' Ihnen, wo er wohnt.« Der Drost erhob sich und ging zum Fenster, der Pater folgte ihm. Sie blickten über die Ringwälle, hinter denen sich der Wassergraben verbarg, auf die unterm Mond fahl schimmernde Stadt.

»Gleich jenseits der Mauer sehen Sie den Marktplatz. Links ist das Rathaus, und zwei Häuser daneben, im Eckhaus, wohnt Pater Spee mit seinem Socius. Morgen ist Sonntag Misericordiae, da liest er die Heilige Messe in der Jakobikirche. Sie können ihn nicht verfehlen.«

Sie setzten sich wieder. Der Jesuit schien nur noch am Bekehrungswerk des Paters Spee interessiert zu sein. Dem Drost lag viel daran, daß der Vertrauensmann des Kurfürsten Gutes über Peine berichtete. So kam er ins Rühmen:

»Ihr Ordensbruder macht es anders als unsereiner. Ich zeigte Ihnen sein Wohnhaus. Aber manchmal frage ich mich: Wohnt er dort überhaupt? Kommt ja kaum aus dem Sattel, der Mann. Reitet von Peine nach Woltorf, von Woltorf nach Meerdorf, von Meerdorf nach Stederdorf ... Predigt, argumentiert, überzeugt. Stärkt die Wankelmütigen, ermutigt Zaudernde, überlistet Heimtückische, ermuntert die Faulen, hat Mitleid mit den Schwachen – und dies, dies vor allem: hat Nachsicht mit läßlichen Sündern.«

»Wie ist das gemeint?« Pater Horn blickte streng.

»Wenn ich nur an den ehemals lutherischen Prediger von Woltorf denke, Tilmanus Walkeling. Ein versoffenes Faß. Sie nennen ihn nur den ›tollen Herrn Tyle‹. Verheiratet, wie all diese Ketzerprädikanten. Der war bereit, sich bekehren zu lassen – will nicht einmal sagen aus Bequemlichkeit. Der Pater hat ihn überzeugt, wie er das immer macht. Der wäre also gern katholisch geworden, dieser Lutherpfarrer Tyle – aber Pfarrer, wenngleich nun katholisch, das wäre er *auch* gern geblieben. Aber wohin mit der Frau? In die Wüste? Da rät ihm der Spee: Quartier sie ins Nachbarhaus um, und wenn's denn mal sein muß, besuch sie in Gottes Namen!«

»Wenn's denn mal sein muß?!« Der Amtmann verschluckte sich fast. »Und in Gottes Namen! – Ist doch gut, nicht?«

Indigniert schob der Pater den Krug von sich und stand auf. »Ich danke für Ihre Gastfreundschaft, Herr Drost. Ich möchte zu Bett.«

»Frühstücken Sie mit uns!« sagte Jobst von Wendt. Er entnahm dem Leuchter eine Kerze und schritt voran. »Wenn Sie zeitig aus den Federn sind, werden Sie Pater Spee schon vor der Messe treffen, hier bei uns. Ich laß ihm ausrichten, daß er Besuch hat.«

Pater Friedrich Spee, der Ordensmann von der Gesellschaft Jesu, war es gewohnt, in einer winzigen Zelle zu arbeiten, zu beten und zu schlafen, so galt ihm das Eckhaus am Markt als eine respektable Unterkunft. Kaufmann Bösen hatte ihm und dem Laienbruder Theodatus Dyant die beiden oberen Stockwerke vermietet. Vom Fenster aus konnte man auf den Marktplatz sehen und noch weiter bis zur Burg, deren Herren nun schon seit einigen hundert Jahren die Stadt bald beschirmten, bald argwöhnisch belauerten.

In der Frühe dieses 29. April 1629, des Sonntags Misericordiae, im elften Jahr des großen Krieges, kniete Friedrich Spee vor dem Kruzifix und verrichtete seine Morgenandacht. Dann streifte er das Nachtgewand über den Kopf und wusch sich in der Nebenkammer; die alte Beschließerin hatte am Vorabend Schüssel und Krug gefüllt. Nachdem er Brust und Rücken kräftig trockengerieben hatte, führte der Pater das Messer über den Wetzstein und begann vor dem Wandspiegel mit der Rasur, wobei er Oberlippen- und Kinnbart sorgfältig aussparte. Seit er mehr auf den Dörfern als in der Stadt lebte, mußte er auf den Barbier verzichten.

Schmal, blaß, elfenbeinfarben war sein Gesicht; in dem dichten schwarzen Haar zeigte sich an der rechten Schläfe eine graue Strähne. Dennoch sah man ihm seine achtunddreißig Jahre nicht auf den ersten Blick an. Der melancholische Ausdruck der großen dunklen Augen wurde oft genug aufgehellt vom Widerschein religiöser Inbrunst oder poetischer Begeisterung – und an Ironie, Mutterwitz und bissigem Spott fehlte es ihm auch nicht.

Er wunderte sich selbst, auch an diesem Sonntagmorgen vor seinem Spiegelbild, wie gesund er noch aussah, nach acht Monaten harter Glaubensarbeit im Niedersächsischen Kreis, der noch immer zu großen Teilen protestantisch war. Hermann Baving, der Rheinische Provinzial des Ordens, hatte sich, als er dem Kurfürsten vorschlug, den Pater Spee zur Mission nach Peine zu schicken, auf elegante Weise der Gegenwart eines nur allzuoft durch Sonderwünsche – und Sonderansichten! – Ärgernis erregenden Bruders entledigen können. Die schweren Vorwürfe, die der Provinzial ihm wegen seines Protestes gegen die Verurteilung und Hinrichtung der Postmeisterin Katharina

Henot gemacht hatte, konnte Spee ebensowenig verwinden wie das scheußliche Geschehen selber: diesen sich über Wochen hinziehenden aussichtslosen Kampf gegen einen bornierten Stadtrat und einen korrupten Bürgermeister und vor allem gegen Juristen und Geistliche – auch seines eigenen Ordens: Männer, die sich als Wissenschaftler in Sachen Hexerei und Zauberei aufspielten und jedem albernen Gerücht Glauben schenkten. Es war eine Schande!

Er war nach Peine gegangen mit dem Laienbruder Dyant, einem hageren Eiferer, der eher lästig als nützlich war, und hatte versucht, seine Pflicht zu tun. Aber was in Köln geschehen war, ließ sich nicht vergessen: nicht das gräßliche Ende der schönen Postmeisterin, das er in seiner Hilflosigkeit nicht hatte verhindern können, und auch nicht das tragische Aufbegehren seines Schülers Philipp von Kronthal, der, in die »Hexe« mit aller Leidenschaft seiner achtzehn Jahre verliebt, nach einem unbedachten Befreiungsversuch aus der Stadt geflüchtet war. Man hatte nie wieder von ihm gehört. Am Schicksal beider Menschen fühlte der Pater Spee sich mitschuldig.

Er hatte die Rasur beendet, klopfte sich auf die Wangen und fuhr mit der Bürste übers Haar. Dann trat er ans Fenster.

Es war noch sehr früh. Der Marktplatz war fast menschenleer. Doch an seiner Ostseite, dort, wo der Galgen stand, und noch weiter zur Mitte, zum Eulenbrunnen hin, bemerkte Spee ein Rudel junger Leute. Obwohl er die Gesichter nicht erkennen konnte, kam es ihm vor, als gehörten sie nicht nach Peine. Es mochten zwanzig oder auch fünfundzwanzig Burschen sein, die sich zu Füßen des Galgens, andere auf dem Brunnenrand, etliche auch im Schneidersitz auf dem buckligen Pflaster niedergelassen hatten.

Für einen Augenblick bildete er sich ein, es habe sich herumgesprochen, wie seine Predigten die Gläubigen stärkten und Zweifelnde wieder glauben ließen, und da sei nun junges Volk von auswärts zur Heiligen Kommunion in Sankt Jakob gekommen. Dann aber lächelte er über seine Eitelkeit und vergaß die Burschen am Eulenbrunnen.

Aufs Frühstück mußte er vorerst verzichten; er hatte heute in Peine die Messe zu lesen. Er öffnete die Tür und rief nach der Beschließerin; sie sollte nicht auf ihn warten, da er gleich weiter nach Woltorf reiten wollte. In diesem Augenblick kam ein Mann die Treppe herauf, ein Bote von der Burg, und sagte: »Hochwürden, Sie werden vom Drost erwartet. Ein Ordensbruder aus Köln ist eingetroffen.«

Der Marktplatz mit seinen noch unbelaubten Ulmen, vom schwärzlichen Balkenwerk betagter Bürgerhäuser wie umzäunt, schlief noch in den Sonntagmorgen hinein. Auch die fremden Burschen unter dem Galgen rührten sich kaum. Sie hatten sich um einen der Ihren gelagert, der auf dem Beckenrand des Eulenbrunnens saß, die Beine baumeln ließ und auf sie einredete.

Als Spee an ihnen vorbeiging, sprangen sie wie nach Verabredung auf und machten einen tiefen Bückling. Einige schwenkten gravitätisch den Hut, andere brachen sogar in die Knie, als zöge das Tabernakel vorüber.

Sollte er sie ansprechen? Scherzhaft huldvoll danken? Die Verspottung war so offenkundig, daß er es vorzog, möglichst schnell auf die andere Seite des Platzes zu gelangen. Er sah sich nicht um und bog in die Gasse ein, die vom Marktplatz nach Norden zur Burg führte. Schon nach wenigen Schritten stand er vor dem Ringwall. Über die Zugbrücke ging er durchs Tor und auf den viergeschossigen Hauptbau zu. Ein Posten im Brustpanzer, den Kopf in der Eisenhaube, stieß salutierend die Pike auf die steinerne Schwelle.

Spee betrat das Altanzimmer. Bei Schinken und Brathuhn saß Herr Jobst von Wendt mit Amtmann von Rittersbach und einem Gast an der weißgedeckten Tafel. Auf den kristallenen Bierkrügen glitzerte die Sonne, vielfältig getönt von den bunten Scheibchen des Altanfensters. Während Herr von Wendt sich die Hände am Tafeltuch abwischte und aufstand, wandte der Gast in der Soutane nur den Kopf.

»Adrian Horn!« rief Spee und bemühte sich, etwas von freudiger Überraschung in seine Stimme zu legen. »Auf jeden war ich gefaßt – aber nicht auf Sie! Den Stellvertreter von Regens Kasen hielt ich für unabkömmlich.«

»Die Zeit der Stellvertretung ist vorbei«, sagte Horn mit Nachdruck; kein Lächeln verschönte sein Runzelgesicht. »Regens Kasen wurde vom Pater Provinzial seines Amtes enthoben. *Ich* bin der neue Regens des Gymnasiums Tricoronatum.«

»Und trotzdem auf Reisen?« fragte Spee. Die Nachricht bewegte ihn; nach Kasens Toleranz und Herzensgüte hatte die alte Schule nun ein strenges Regiment zu erwarten.

»Ich übernehme das Amt erst Anfang Juli«, sagte Horn. »Kurfürstliche Durchlaucht meinte, ich könne mich bis dahin auf andere, höchst ehrenvolle Weise auszeichnen, und schickte mich auf Inspektion.«

Spee versuchte, die Erinnerung niederzukämpfen. Mit diesem Mann, der, wie er, Lehrer am Jesuitengymnasium in Köln gewesen war, hatte er erbitterten Streit gehabt. »Ich bin Ihr Feind«, hatte Horn gesagt. Und hatte »die Hexe Katharina« verflucht, hatte sie für alles Unheil und auch für den Tod des Schülers Ignaz Eller verantwortlich gemacht.

Horn setzte ein Gespräch mit dem Amtmann fort. Der Drost bat Spee an die Tafel und bot ihm zu essen an; die meisten Geistlichen nahmen es mit der Nüchternheit vor der heiligen Meßfeier nicht allzu genau. Spee lehnte ab. Er hörte der Unterhaltung zu, an der sich auch der Drost wieder beteiligte:

»Ich hoffe doch, wenn unsere Bürger wirklich rebellieren sollten, sie werden meine Wohltaten nicht vergessen. Oder?« Unsicher sah Wendt den Amtmann an. »Haben Sie unsere glorreiche Armee instruiert?«

Rittersbach grinste. »Unser streitbares Dutzend hat Order, für alle Fälle. Ja, Sie haben richtig gehört, meine Herren Patres:

Peine hat ganze zwölf Soldaten! Vielleicht sollten wir doch Oberst Blankhard in Hildesheim verständigen?«

Spee dachte an die fremden Gesichter unter dem Galgen. Er fragte, ob es Grund zur Beunruhigung gebe.

»Sie sehen uns in einiger Erregung, Hochwürden«, erwidert Wendt. »Mein Gastfreund war Zeuge der Hinrichtung.«

Spee wußte nicht, was er meinte.

»Sie haben noch nichts gehört? – Lesen Sie!«

Der Drost griff nach dem Papier und reichte es dem Pater.

Spee war entsetzt. »Sie haben Bissendorf – enthauptet?«

Horn wurde aufmerksam. »Und?« fragte er scharf. »Wundert Sie das? Dieses Schandmaul mußte mit Gottes Hilfe zum Verstummen gebracht werden. Ein Lästerer und Diffamator war Bissendorf, ein Ärgernis. Ärgernisse reißt man aus, und wär's das eigene Auge.«

Spee brauchte nicht zu überlegen, was die Untat von Steuerwald – eine Untat, jawohl! – für Stadt und Land Peine, aber auch für sein Missionswerk bedeutete. »Einen protestantischen Pfarrer hinzurichten!« rief er. »Das ist eine Provokation, die wir uns niemals hätten erlauben dürfen. Ganz abgesehen davon, daß es unmenschlich ist!«

»Sie übersehen wohl, daß Kurfürstliche Durchlaucht persönlich die Begnadigung abgelehnt hat«, sagte Horn. »Ich wüßte also nicht, was es zu kritisieren gäbe. Im Hof von Burg Steuerwald hat ihn der Scharfrichter decolliert. Starb unbußfertig. Und noch im Sterben lächerlich. Schrie und weinte! Und das in Gegenwart Seiner Exzellenz des Herrn Weihbischofs und Generalvikars! Würdelos.«

Jobst von Wendt bekreuzigte sich. »Der Herr sei seiner armen Seele gnädig.«

»Einem solchen Sünder gnädig zu sein, dürfte selbst dem Allmächtigen nicht leichtfallen«, sagte der Jesuit grimmig. »Dieser Mann versperrte sich jeder besseren Einsicht. Noch immer hätte er widerrufen können. Aber er blieb verstockt bis zuletzt. Nun ...« Horn sah Spee an und akzentuierte seinen

Satz: »Man weiß allerdings, daß lutherische Prädikanten – auch vorgeblich bekehrte! – mehr von ihren Kebsweibern als von der Mutter Gottes halten!«

Spee begriff, daß Adrian Horn die Feindschaft noch nicht begraben hatte. Aber was bedeutete das schon angesichts der gefährlichen Reaktion, die Bissendorfs Hinrichtung zur Folge haben mußte!

»Wenn das die Peiner erfahren, die Telgter, die Woltorfer … Dann habe ich hier acht Monate umsonst gearbeitet!« Er bebte vor Zorn. »Sechsundzwanzig Dörfer habe ich bekehrt! Die Hälfte wird rückfällig werden!«

»Die Peiner haben es bereits erfahren«, sagte Rittersbach. »›Heute nacht hat sich's herumgesprochen.«

»Die Mägde haben es mitbekommen und ausgeplaudert«, schimpfte der Drost.

»Ach was!« sagte der Amtmann und blickte fromm zur Decke. »Ein Pater soll es verraten haben, als er auf dem Weg zu uns im Gasthaus von Rutenberg eingekehrt …«

Horn fiel ihm ins Wort: »Sie haben ganz recht, Herr Amtmann. Ich selber habe dort berichtet, was in Steuerwald geschah. Sie hätten hören sollen, wie sich das Pack im Wirtshaus ereifert hat. Da habe ich gemerkt, wie man hierzulande noch immer gesinnt ist. Aber was kann uns Besseres geschehen, als daß sie rebellieren! So haben wir die Ratten aus ihren Löchern gelockt. Allerdings – eines ist mir kaum vorstellbar: daß hier ein Priester, ein Jesuit noch dazu, acht Monate gewirkt haben soll. Nun …« Er legte beide Hände flach auf den Tisch, richtete sich auf und sah Spee streng in die Augen. »Deshalb bin ich hier!«

»Um mich zu kontrollieren? Wollten Sie das sagen, Bruder Adrian?«

»Im Auftrag des Kurfürst-Erzbischofs, allerdings. Ich habe durchaus den Eindruck, daß diese verrotteten Bauernprädikanten und Torfprediger hier noch immer das große Wort führen.«
»Wir haben sie doch alle ausgewiesen!« verteidigte sich Wendt.

Horn stand auf. »Man merkt, wie Sie gearbeitet haben. Eine Obrigkeit, die alle Protestanten ausgewiesen haben will, kriegt das Heulen und Zähneklappern vor einer protestantischen Rebellion.«

Die Tür sprang auf. Ein Soldat von der Torwache erschien und meldete atemlos: »Auf dem Marktplatz rotten sie sich zusammen. Sie brüllen: Rache für Bissendorf! Und noch Schlimmeres.«

»Auf denn zur Messe!« rief Horn. »Jetzt wollen wir uns einmal ansehen, Fridericus Spee, was Sie in diesen acht Monaten geleistet haben!«

Der Drost griff zum Säbel. Rittersbach, ein Hühnerbein in der Faust, schloß sich an, die Patres und der Soldat folgten. In der Stiegenhalle erwartete sie der Kastellan.

»Wo ist der Burgvogt?« rief Jobst von Wendt.

»Am Tor«, antwortete der Kastellan und öffnete die Tür zum Hof.

»Wieviel sind auf der Wachstube?« fragte Rittersbach.

»Vier Mann«, sagte der Soldat.

»Die anderen?«

»Je zwei auf Wache am Gröperntor, Stederdorfer und Rosentaler Tor.«

»Dann hol die vier von der Wachstube! Sie sollen uns begleiten!«

Der Drost befahl dem Burgvogt, der ihn unter dem Fallgitter erwartete, die Torflügel zu öffnen. Sie sahen sich einer gewaltig aufragenden Holzwand gegenüber: schwere, altersschwarze, mit Eisenbändern verklammerte Bohlen.

»Welcher Dummkopf hat die Brücke aufgezogen?«

Der Vogt bekannte sich schuldig. Das Volk habe die Burgfreiheit nicht mehr respektiert, Vorwitzige hätten sich auf die Zugbrücke gewagt.

»Runterlassen!« befahl der Drost.

Der Soldat drehte die Kurbel. Ächzend an ihren Ketten senkte sich die Brücke, gab erst ein Stück Himmel, dann

Dächer und Fassaden frei und öffnete, als sie im Stützbalken auf der anderen Seite des Grabens einrastete, auch den Blick in die Schloßgasse, und die war menschenleer. Ungehindert sahen sie bis auf den Marktplatz. Dort war jetzt ein Haufe Volks versammelt, es flutete hin und her, machte ein Lärmen und Geschrei, als ob Kirchweih wär' oder ein Galgenfest.

Rittersbach hielt nach seinen Soldaten Ausschau, und als sich keiner blicken ließ, machte er sich selber auf den Weg in die Wachstube. Der kommt so bald nicht wieder, dachte Wendt.

»En avant!« rief er. »Vielleicht wollen die glaubensstarken Patres mich begleiten? Hochwürden Spee muß zur Kirche!«

Den Säbelgriff in der Faust, den freien Arm exerziermäßig schwenkend, marschierte der Drost über die Brücke, die Jesuiten hinter ihm.

Aus den Fenstern des Haupthauses sahen Mägde und Diener, wie sie durch die menschenleere Schloßgasse schritten und sich am Eingang zum Markt in der Menge verloren.

Wo bleibt nur Peines brave Bürgerschaft, dachte der Drost und blickte sich angstvoll um. Gerempel und Gerangel bedrängte die drei, als sie über den Marktplatz wollten. Pöbel aus Wolfenbüttel, kein Zweifel. Und keiner greift ein! Habt ihr Schiß vor einem Schock landfremder Rüpel? Seid ihr nicht Bürger, habt ihr nicht Rechte und Pflichten? Läßt Peine sich Tumult und Aufruhr bieten? Peine, einst gebaut so feste, daß die Eule blieb im Neste – wie's im Liede heißt! Würdige Männer, Familien im Sonntagsstaat, stumm steh'n sie, dumm herum, wie an die Häuserwände gepappt! Überlassen den Braunschweiger Strolchen den Markt!

Nur mit Not zwängt sich der Drost, gefolgt von den Patres, über den Platz. Die Rüpel zupfen und puffen ihn, und vor der Rathaustreppe stellen sie ihm ein Bein. Er stolpert, zerrt am Säbel, kriegt das krumme Ding nicht aus der Scheide. Sie höhnen und hecheln um ihn herum – und, hol's der Satan: Das sind nicht nur die Braunschweiger, das sind seine Peiner auch! Und was mögen sie wohl über ihn denken, die Peiner? Was denken sie über ihren Herrn Drost? Seht ihn euch an, denken die Peiner, seht ihn nur an in seiner Not, den Saufaus und Deputatverschlinger, den Bauernsultan, dem alle fronen, der alles kriegt, was er haben will: Ochsen und Schafe, Schweine und Hühner, Gänse und Butter, Käse und Hopfen – und alles frei! Frei Fischerei und freie Jagd, Flachs, Getreide und Feuerung – alles frei und umsonst! Nun hat er nichts mehr zu eigen als seine Angst. Und sind uns die Braunschweiger Rüpel auch ein rechter Greuel – für eins sind sie gut: daß sie den Drost ins Bockshorn jagen, ihn barmen und betteln lassen am Rathaustor; ein armer Sünder, der stolze Herr Drost, ein ärmlicher Wicht!

»Bürgermeister!« schreit der Drost. »Mach auf! Wir müssen beraten!«

Der Bürgermeister am Fenster im ersten Stock, auch er hat die Hosen voll, späht hinab. Und – ratsch! – zieht der Bürgermeister den Vorhang zu. – Da stolpert der Drost die Rathaustreppe wieder herunter – und da stehen sie nun, seine Peiner, stehn an die Mauern gedrückt, die Köpfe tief in den Krausen, den Hut im Gesicht. Und als er sie anschreit, klingt's wie ein Flehen: »Wehrt euch! Jagt sie zum Teufel, die Braunschweiger Okkupanten! Ich befehle es euch, die Obrigkeit! Ich!«

Keiner rührt sich. Sie grinsen. Sie wissen: Nur zwölf Polizeisoldaten hat Peine – und nicht einmal die! Denn wo ist sie geblieben, unsere stiftische Polizei? Im Schlosse wird sie geblieben sein, wo auch der Herr Amtmann geblieben ist, und der war noch nie ein Held. – Seht aber jetzt, was die Braunschweiger machen, die dreisten Hunde, was die sich erlauben! Wie sie dem fremden Pater die Soutane über den weißbehosten Hintern heben – und klopfen ihm drauf! Und auch den Spee kesseln sie ein und grölen im Chor:

»Ein Pater kam nach Peine,
oh Pein, oh Pein, oh Pein!
Bald werden Ochs und Schweine
auch gut katholisch sein!«

Er schlägt ein Kreuz und geht weiter, einfach weiter, wahrhaftig, sie weichen zurück. Er greift seinem Ordensbruder ins Zingulum, zieht ihn mit sich – ja, wagt der's heut wirklich, die Messe zu lesen?! Die Braunschweiger, hinter den Priestern her, wiederholen den Vers, und schon tönt ein neuer hetzender Chor:

»Das Steuerwalder Blutgericht
nimmt uns den rechten Glauben nicht!
Herr, gib, daß uns dies Blut befrei
von Jesuiter-Tyrannei!«

Friedrich Spee geht seinen Weg zur Jakobikirche, um die Messe zu feiern. Diese johlende Horde beleidigt ihn nicht, ihr Spott geht ihm nicht unter die Haut. Er kennt diese Burschen nicht, sie sind nicht von hier, er hat sie nie gesehen, sich nie um sie bemüht. Er braucht sich nichts vorzuwerfen, nimmt ihnen ihr Spektakel nicht einmal krumm. Hätte man in protestantischen Landen einen katholischen Priester umgebracht – Spee wäre genauso empört wie diese hier. Er teilt sogar ihren Zorn auf die Hildesheimer, auch er verabscheut das Blutgericht.

Ihn schmerzt etwas anderes, und da weiß er sich einig mit dem Drost: daß Peine so lau, so schäbig fügsam ist! Daß Männer wie Hermann Hindelang – da steht er stämmig vor seinem Haus und glotzt an ihm vorbei! –, daß Frauen wie Hildegard, Bertram Gödekes stolzes Eheweib, die jeden Freitag zur Beichte kommt und Almosen spendet in Fülle –, daß sie und all die anderen, die er längst für die Kirche gewonnen glaubte, sich ducken vor den Krakeelern. Wenn aber jene Burschen aus Braunschweig erst einmal begreifen, welche Macht sie in Wahrheit haben: Sie könnten Rathaus und Burg besetzen, könnten sogar dem Bischof ein Weilchen Paroli bieten, wie es in Paderborn einst der Wichart tat. – Was knurrt der Horn vor sich hin?

»Acht Monate Missionsarbeit! Und das ist das Ergebnis! Ihr Ergebnis, Spee!«

»Es sind keine Hiesigen, Horn! Es sind Braunschweiger, eingefleischte Protestanten! Zwar haben wir zwei den Bissendorf nicht umgebracht. Aber wir tragen das gleiche Kleid wie seine Ankläger!«

»Sehen Sie sich die Fratzen an!« zischt Horn. »Man wird uns erschlagen. Nichts ist so widerlich wie aufgeputschter Pöbel.«

»Sie kennen sich aus«, sagt Spee. »Sie haben das schon einmal erlebt.«

»Ich? Noch nie! Der Herr bewahrte mich.«

»Und als Sie Katharina Henot zum Scheiterhaufen begleiteten? Wer stand in den Straßen, vom Domhof bis nach Melaten? Wer tobte und schrie nach Blut?«

»In Köln? Da ging's um den Vollzug der Gerechtigkeit! Wie können Sie das mit hier vergleichen? Damals galt es, eine Hexe unschädlich zu machen. Das war ein schlimmes Weib – Sie sollten's doch wissen! Hat Kinder gefressen, Schüler verhext. Mein armer Ignaz« – er schluckt – »der Schüler Ignaz Eller, von ihr ermordet! In Köln, Spee, das war kein Pöbel. Das war das Volk in seinem heiligen Zorn!«

Spee will ihm – zum wievielten Male? – sagen, daß jene Postmeisterin Katharina unschuldig war. Aber da brüllt's ihnen wieder ins Ohr:

> »Herr, gib, daß uns dies Blut befrei
> von Jesuiter-Tyrannei!«

Ungeschoren läßt man sie nicht. Spees Rippen schmerzen, es hat Püffe und Hiebe gesetzt. Horn erging es nicht anders. Wo ist nur der Drost geblieben? Und Amtmann Rittersbach mit der Wache?

Endlich haben sie den wehrhaften Bau von Sankt Jakobus erreicht. Vor der Kirche, sieh an, hat sich das andere Peine versammelt: der glaubensstarke, auch im Herzen katholische Teil der Bürgerschaft. Nun also doch! Die treuen Schafe scharen sich um ihren guten Hirten.

»Laßt die frommen Väter in Ruhe!« rufen sie. »Ketzerpack!«

In der Kirche hatten sie lange ausgeharrt, die alten Katholiken. Konnten sich nicht erklären, wo der sonst so pünktliche Priester blieb. Hatten geduldig in ihren Bänken gehockt, versammelten sich endlich in Unruhe vor dem Portal.

»Laßt unsere Priester in Frieden! Landfremdes Gesindel!«

Mannhaft werfen sie sich den Aufrührern entgegen, drängen sie gegen die Kirchhofsmauer, pauken die Gottesmänner heraus, bilden im Laufen ein schirmendes Spalier bis zur Pfarrei. Dann schlägt die Tür zu. Sie sind im Pfarrhaus, geborgen.

Nicht lange darauf erscheint der Drost. Auch der Bürgermeister, der Stadtschreiber, die Ratsherren. Sie hatten dem Herrn von Wendt endlich doch die Rathauspforte aufgetan, hatten nur eben warten wollen, bis die Hauptmacht der Schreier sich in die Breite Straße verzog. Dann schritt man hinterdrein in schwarzer Amtstracht, würdevoll, mit weißer, gestärkter Faltenkrause, wie sich's geziemt. Man hätte doch die Kirche nicht geschwänzt – was dachtet denn ihr?

Nun besprechen sie sich im Speisezimmer. Des greisen Stadtpfarrers einäugige Schwester schimpft mit dem kranken Bruder, der nicht im Bett bleiben will. Der Bürgermeister, ein listiger Graukopf, späht hinaus, die güldene Amtskette blinkt im gewölbten Fensterglas.

»Ohne Soldaten krieg' ich die Burschen nicht aus der Stadt. Herr Wendt, wo bleibt der Amtmann? Und seine Polizei?«

Der Drost macht ihm keine Hoffnung.

»Also dann: Heute kein Gottesdienst!« entscheidet der Bürgermeister. »Ich kann's nicht riskieren, es gibt mir sonst blutige Köpfe.«

Spee sieht es nicht ein. Soll der Hirte vor seinen Schafen davonlaufen? Auch Adrian Horn protestiert:

»Im Auftrag Seiner fürstlichen Durchlaucht, in Vollmacht auch der bischöflichen Stiftsregierung befehle ich, daß die Heilige Messe gehalten wird!«

Die Herren schütteln die Köpfe. »Was meinen Sie, Spee?«

»Mein Ordensbruder hat recht. Ich werde die Messe lesen.«

Er verläßt das Pfarrhaus und geht auf das Kirchenportal zu. Aber jetzt stehen die Protestanten wie eine Mauer davor und lassen den Knüppel um den Finger wirbeln: Hier kommt keiner rein! Der Pater spricht auf sie ein, die Kirchentreuen sammeln sich hinter ihm, man sieht nur seinen Kopf, die gestikulierende Hand. Nun tritt er den Rückzug an. Die Menge läßt ihn enttäuscht passieren. Er kommt mit gesenktem Kopf. Geschlagen.

Im Pfarrhaus bekennt er: »Sie lassen mich nicht in die Kirche. Es sind jetzt viel mehr als vorhin auf dem Marktplatz. Ich habe Leute gesehen, die ...« Er blickt auf Horn, dann führt er leise den Satz zu Ende: »Leute, die ich schon glaubte bekehrt zu haben. Nun halten sie's doch wieder mit den Protestanten. Sie sagen: Wenn man jetzt anfange, lutherische Pfarrer hinzurichten, sei kein Katholik mehr seines Lebens sicher.«

»Und davon lassen Sie sich düpieren?« ruft Horn. »Sie haben gehört, was ich angeordnet habe. Ich bestehe auf Durchführung! Sie feiern die heilige Messe! Alles andere wäre feige Kapitulation!«

Spee schweigt. Sie sehen auf ihn. Er wiederholt: »Sie lassen mich nicht in die Kirche. Sie haben gesagt, wenn ich noch einmal käme, würden sie mich zusammenschlagen. Ich will ehrlich sein, Bruder Adrian: Ich habe Angst.«

»Einst wollten Sie in Indien missionieren – und jetzt haben Sie nicht einmal das Zeug zu einem kleinen Martyrium in Peine?! Und das bekennen Sie, ohne zu erröten, im Angesicht unseres Märtyrer-Apostels Jakobus?«

»Ich bekenne es«, sagt Spee.

Er hebt bedauernd die Hände und läßt die Enttäuschten stehen.

Im Stall des Pfarrhauses schürzt er die Soutane – er tut es ungern im Angesicht der Leute, es sieht immer ein wenig lächerlich aus. Dann schwingt er sich in den Sattel und reitet über den Kirchplatz. Hat da einer »Feigling!« gerufen? Er nimmt es hin.

In der Vorstadt hielt Spee auf einem niedrigen Hügel an, blickte zurück und nahm das Bild des von der Morgensonne mit kräftigen Schattenstrichen umrissenen Städtchens mit seinen Türmen und den kreisenden Flügeln der Mühle in sich auf. Mit schön gereihten Giebeln in Schiefergrau und Ziegelrot, mit seinen weißgekalkten, von buntem Balkenwerk gemusterten Fassaden, mit Rathaus, Jakobikirche und hochgebauter Burg war Peine, sieht man von Tillys Einquartierung ab, vom großen Krieg noch unberührt geblieben. Spee lächelte, als er an das riesenhafte Köln dachte, wie es sich etwa vom Deutzer Ufer ausnahm. Und doch war ihm Peine mit seinen schon bröckelnden Wällen, seinem grützgrünen Wallgraben, in dem zwischen Wasserrosen die Enten schwammen, mit seinen oft allzu hingebungsvoll dem Broyhan zugetanen Handwerksmeistern und seinen zwölf nicht eben kriegerisch gesinnten Soldaten in den acht Monaten seines Wirkens weit mehr ans Herz gewachsen als jenes »deutsche Rom«, das seine geistlichen Oberen vermessen »Mariens Zwillingsschwester« nannten.

Er hatte sich mit der Niederlage vor Sankt Jakob abgefunden, sein Gemüt war erleichtert. Nicht weil ihn sein Gewissen freigesprochen hätte, sondern nur weil er sich mit jedem Hufschlag weiter von der Gefahr entfernte; er machte sich nichts vor.

In Woltorf warteten »seine« Bauern auf ihn. Er würde sie zusammenrufen, um ihnen den Wagen mit Saatgut zu zeigen, den Bruder Dyant aus Hildesheim mitgebracht hatte: vierzig Sack Weizenkorn. In Wahrheit hatte Spee das Korn bezahlt. Den Bauern würde er erzählen, es sei eine Spende der Hildesheimer Stiftsregierung. Hielten sie die bischöfliche Obrigkeit wirklich für so freigebig, dann konnte dies nur das Ansehen der Kirche heben. Kamen sie jedoch dahinter, daß er der Spender war, auch gut: Dann würden sie seine Ermahnungen zur Nächstenliebe nicht nur für fromme Sprüche halten. Es war ein wenig List dabei – warum auch nicht? Geschah doch auch dies, getreu dem Grundsatz der Jesuiten, zur größeren Ehre Gottes.

Er ritt über das flache, mit zerzausten Wacholderbüschen bestandene Heideland, das jetzt von einem niederen Wäldchen aus Erlen und Weiden verdrängt wurde. Vor den peitschenden Zweigen tief auf den Sattelknauf geduckt, ließ Spee den Hengst erst wieder antraben, als das Gehölz sich lichtete. Er spürte, wie der Boden unter dem Hufschlag bebte. Der aufgeschüttete, mit Bohlen und Steinen notdürftig befestigte Sandweg führte über mooriges Wiesenland, aus dem sich vereinzelt eine Föhre, eine im Morgenwind zitternde Birke erhob. Der Himmel färbte sich frühlingsblau, auf dem harten, weißflockig behangenen Sumpfgras glitzerte noch der Tau. Und während der Pater sein Tier wieder in bedächtigen Schritt fallen ließ, nahm er wahr, wie Gott auch dieser kargen Landschaft das Signum seiner Schöpferkraft verlieh: Wie er Flüsse und Bäche, Tümpel und Teiche und die glucksenden Quellen der Sümpfe aus winterlichem Arrest befreite und die schwarze Erde zu neuer Zeugekraft weckte. Da war das Wiesenland schon übersät mit Löwenzahn und Gänseblümchen und mit Sankt Petri Himmelschlüsseln, der gelben Primula. Und rauschte nicht schon die flügelreiche Schar hoch in den Lüften? Die Kraniche kehrten wieder!

Nun sah er den schwarzen Streifen, der, seltsam glänzend, als wär's ein totes Gewässer, vor dem nächsten Waldstück ausgebreitet lag, und er roch den eigentümlichen Duft aus Moder und Brand. Zerfurcht von Pferdehuf und Wagenspuren, führte der Weg als schmutziggelbe Schneise durch das veraschte Moor, in dem sich keine Kreatur regte, kein Kiebitz kreischte, kein Wachtelkönig schnarrte. Nichts als verkohltes Gras. Doch kein Gedanke an Krieg und Feuertod. Kein Mansfeld, kein toller Christian hatte hier gewütet; der Torfstecher hatte die Woche zuvor den Streifen Moorland abgebrannt bis einen Zoll tief in den Boden hinein. Bald würde er in den Acker aus düngender Asche Buchweizen säen, billig gewonnene Nahrung in dieser Hungerzeit.

Spee hatte das Aschenland hinter sich. Er ritt über einen Sumpfstreifen, den der Torfbauer vor seinem Wald belassen hatte, damit ihm das Feuer bei ungünstigem Wind nicht Wald und Hütte fraß. Da war das Binsenmeer, waren die tückischen Inseln aus Schlamm, das Bebemoor, das unergründlich tiefe, in dem auf der Flucht vor einem marodierenden Dragoner erst unlängst ein Edelherr samt seinem Roß versunken war. Trübe blinkende Spiegel, Tümpel, nachtschwarze Kolke – und die ersten Stapel schwarzbrauner Placken, aus schwammigem Morast gestochen: unentbehrlicher Brand für Ofen und Herd. Das Wäldchen mit seinem niedrigen Strauchwerk und Brombeergestrüpp war im Sommer abseits des Weges fast unpassierbar. Jetzt noch kaum belaubt, gaben Erlen, Birken und Weiden den Blick auf eine Lichtung frei. Dort stand die Hütte des Torfstechers wie eine von Türmen und Vorwerken umgebene Burg; Wälle und Bastionen waren nichts als geschichteter Torf, hie und da zu schnellerer Trocknung mit Zweigen überdeckt.

Der Hengst hob den Kopf, wieherte, schnaubte. Spee sprang ab, konnte das Tier nur mit Mühe halten, es schien nach einem Schuppen zu streben, der wie ein Außenwerk am Rande der Lichtung stand. Spee klopfte dem Braunen beruhigend auf den Hals und band ihn, der widerwillig die Mähne schüttelte, an einen Baum. Dann zog er die Enden der Soutane aus dem Gürtel und strich sie glatt.

Der Torfstecher, dieser struppige Kauz, konnte nicht oft und eindringlich genug darüber belehrt werden, wie das Himmelreich zu gewinnen war. Hinnerk Wiemer war nicht ganz unbeschlagen, und konnte er auch nicht lesen: Aus der Heiligen Schrift, wie Luther sie verdeutscht hatte, wußte er viele Verse herzusagen. Vor allem aber blieb er seinem Glauben treu, und das wollte etwas heißen; im Stift gab's Spitzel genug. Theodatus Dyant, des Paters Socius, hatte sich wiederholt mit ihm angelegt. Spee solle ihn arretieren lassen, meinte er; der Mann sei ein Protestant von der hinterhältigen Sorte.

Der Torfstecher stand vor der Tür und hielt den Pater mit Reden auf, als wolle er ihm auf unauffällige Weise den Eintritt verwehren. Umständlich ließ er sich über einen Holländer aus, der es verstehe, aus Torf Papier zu machen, ein wenig braun und krumpelig zwar, aber drauf pinseln könne man immerhin. Nun sei er dem Rezept hinterher. Und wenn ihm der erste glatte Bogen gelungen sein werde, dann ließe sich schon jemand finden, der ihm darauf den lutherischen Katechismus schriebe.

Spee blieb duldsam und hörte ihm zu. Er hatte längst wahrgenommen, daß sich im Hause was tat: Der hagestolze Torfstecher war nicht allein. Und endlich schien der Mann zu kapieren, daß er seine Gäste nicht länger verleugnen konnte. Er lies den Pater eintreten.

Um den Tisch saßen zwei Männer und zwei Frauen mit kleinen Kindern.

»Gelobt sei Jesus Christus!« grüßte Spee.

Sie antworteten nicht.

Ein Säugling begann gottserbärmlich zu schreien. Der Torfstecher ging zum Herd, füllte Ziegenmilch in einen Becher und brachte ihn der Mutter.

Spee betrachtete ein fußmattengroßes Stück gepreßten Torfes, das über dem Feuerloch zum Trocknen aufgehängt war.

»Dein Papier?« fragte er.

Der Torfstecher nickte. »Es ist noch zu dick. Und zu rauh. Wird noch poliert.«

»Am Sonntag so früh schon auf Wanderschaft?« Betont launig wandte sich Spee an die Tischrunde.

Sie antworteten nicht. Der Ältere nahm der Mutter das schreiende Kind ab; sie stippte ein Stück Brot in den Becher und ließ den Säugling daran nuckeln. Das andere Kind, ein Mädchen von vier oder fünf, hob den Rock und nahm den Saum zwischen die Zähne. Der neben ihm sitzende Mann schlug ihm auf die Hand. Nun weinte auch das Mädchen.

Spee brauchte nicht auf Antwort zu warten. Er wußte, wohin diese Familie unterwegs war. Jetzt wußte er auch, wer die heimlichen Lutheraner aus Peine, Telgte und anderen Dörfern auf Schleichpfaden hinübergeleitete ins Braunschweig-Wolfenbüttelsche zum protestantischen Gottesdienst, zu Hochzeit und Kindstaufe. Die Straßen waren vor allem sonntags von peineschen Posten bewacht; die trieben jeden zurück, der zur häretischen Messe wollte, und belegten ihn mit happigen Strafen. Aber ein Mann wie Hinnerk Wiemer kannte sich aus. Und hatte er seine Schützlinge auf braunschweigisches Territorium gebracht, dann konnte er beruhigt und um ein paar Mariengroschen reicher umkehren: Im Herzogtum Braunschweig-Wolfenbüttel hieß Pfarrer Angermann aus Siersse jeden Sonntags-Exulanten aufs herzlichste willkommen.

Als sei er sachverständig, betastete Spee das Torfpapier. Er merkte, daß sie seine Bewegungen verfolgten. Wären die weinenden Kinder nicht – wer weiß, was sie mit ihm anstellen würden. Weshalb war er überhaupt hier eingedrungen? Er überlegte: Schleich ich mich wieder davon, dann wird dieses Kind noch heute protestantisch getauft, und ich hab's zugelassen. Versuch ich, sie umzustimmen, lachen sie mich aus. Das wäre das Geringste. Droh ich aber mit Verrat an die Obrigkeit: Wer im Moor ersoffen ist, kann nicht mehr plaudern …

Er ging zum Tisch und berührte den Säugling an der Stirn. Er wußte selbst nicht, warum er es tat, aber das Kind vergaß augenblicklich zu schreien.

Der jüngere Mann sprang auf. »Keine Taufsprüche!« rief er böse. »Kein einziges Wort!« Er ballte die Faust. »Zeig deine Pfoten her, Pfaff!«

Spee ließ von dem Kind ab, das sofort wieder zu schreien begann. Er hob beide Hände, wie zum Beweis, daß er sie nicht heimlich mit Taufwasser benetzt hatte.

»Schaff uns endlich den Pfaffen vom Hals!« rief der Mann.

Hinnerk Wiemer drückte ihn auf die Bank zurück. »Reg dich nicht auf, er ist mein Gast. Und jetzt«, er wandte sich an den Pater, »wird es wohl Zeit. Ihr kommt sonst zu spät zur Messe.«

»Götzendienst!« murrte der Mann.

»Der Herr sei mit euch«, sagte Spee, als er mit dem Torfstecher die Hütte verließ. Sie antworteten nicht.

»Im Schuppen steht eine Stute – stimmt's?«

Der Torfstecher grinste.

»Wie lange treibt ihr das schon?« fragte Spee.

»Jedenfalls werd' ich's noch lange treiben«, sagte Hinnerk Wiemer. »Und Euch rate ich, der Obrigkeit nichts zu vermelden. Dann werdet Ihr mir auch weiter willkommen sein. Nur sonntags nicht, wenn ich Gäste habe …«

»Denk an dein Seelenheil«, sagte Spee und legte ihm die Hand auf die Schulter. »Gott befohlen!«

Der Hengst zerrte noch immer am Zügel. Keine Frage, daß im Schuppen eine Stute war. Mit der wollten die Protestanten noch heute ins Braunschweigische; vielleicht sollten sie auch von dort zollpflichtige Ware über die Grenze bringen. Das kümmerte den Pater wenig. In diesen Zeiten mußte jeder sehen, wo er blieb.

Er freute sich auf den Sonntag in Woltorf. Vor allem auf den Abend. Hatte er, unermüdlich missionierend, den Tag in einem abgelegenen Dorf verbracht, dann zog er es vor, dort auch zu übernachten. Die Stunde der einbrechenden Dämmerung, die Tischrunde unter dem Kienspan, wenn überm Torffeuer der Kessel singt, das Nachtmahl mit einer fremden Familie, die ihn zu Gast geladen hat, die Segnung der Speise – meist Graubrot mit Hirsebrei – und das gemeinsame Dankgebet: Wie bald ergab sich da Gelegenheit zu Besinnung und klärendem Gespräch.

Unter diesen Weilern und Flecken war Woltorf ihm am liebsten. Dort hatte er alle überzeugen können. Woltorf war ein katholisches Dorf geworden, nicht zuletzt dank der Unterstützung des Exprädikanten Tilmanus Walkeling, des »tollen Herrn Tyle«, wie sie ihn dort nannten.

Erfüllt von der Vorfreude auf die Predigt in der winzigen Kirche vor einer andächtigen, wenngleich zuweilen etwas begriffsstutzigen Gemeinde, hatte Spee den Wald erreicht, an dessen Ausgang er bereits den Woltorfer Kirchturm sehen würde. Die Sonne warf ein Gespinst aus Gold und Schattendunkel über Roß und Reiter, und zum Rhythmus des leichten Trabes begleitete ihn die Strophe aus einem Lied, das er vor einiger Zeit gedichtet hatte:

Gleich früh, wenn sich entzündet
der silberweiße Tag
und uns die Sonn' verkündet,
was nachts verborgen lag,
die Lieb in meinem Herzen
ein Flämmlein stecket an,
das brennt gleich einer Kerzen,
so niemand löschen kann …

Der Hengst scheute. Mit aller Kraft riß Spee das Tier zurück, der unvermutete Halt schleuderte ihn auf den Pferdehals. Der Weg war versperrt. Von links, von rechts sind sie aus dem Dikkicht gebrochen: zwei Reiter, Hüte tief in der Stirn. Das blinkende Rohr, die schwarze Mündung. Der Blitz. Es pfeift über seinem Rücken, die Kugel schlägt hinter ihm ins Gebüsch. Er läßt die Zügel fahren, haut dem Tier die Hacken in die Weichen, durchbricht, tief auf die Mähne geduckt, die Phalanx der Pferdeleiber, verspürt, als der Hengst sich hindurchzwängt, einen wütenden Schmerz am Schienbein – und dann sprengt er in wildem Galopp aus dem Wäldchen heraus. Federnder Boden, schwappender Sumpf, das todschwarze Wasser, schilfige Inseln, versinkende Strünke – und wieder pfeift's über seinen Kopf, und jetzt ist einer dicht hinter ihm, er hört es schnauben und schreien: »Stinkende Jesuitenbrut!« Jetzt Flanke an Flanke, die Schenkel berühren sich, er starrt in das wutverzerrte Gesicht, die grauen Stoppeln, der Speichelfaden über dem Kinn … Da wird ihm die Schulter wie von Feuer versengt – und furchtbar dröhnt es im Hirn, und wie ihn der Musketenschaft zum zweitenmal trifft, bricht ihm was ein im Schädeldach, springt ihm der Kopf auseinander, und alles wird dunkel, und auf die nachtschwarze Tafel schreibt eine Hand mit gleißender Tinte: GEWÜRM UND WILDE ROTT'. Und es denkt in ihm: Du bist doch im Sterben, bist schon mitten im Tod, und also bete du jetzt! Aber sein Sterbegebet überdröhnt der Vers wie Orgelton: GEWÜRM UND WILDE ROTT' …

Sie hatten also den Woltorfer Bauern am Sonntag Misericordiae eine unverhoffte Freude bereitet. In der Nacht war Theodatus Dyant, der Laienbruder, aus Hildesheim zurückgekehrt, vierzig Säcke Weizenkorn hinter sich auf dem Wagen. Bereits am frühen Morgen waren die Bauern und Häusler zum Pfarrhaus getrottet. Das war nicht viel mehr als eine mit Riedgras gedeckte Hütte; vier Kammern und eine Küche.

Ein ärmlicher Haufe schlich da heran – die meisten kamen barfuß übers bereifte Gras oder mit Lappen um die Sohlen; Hemden und Jacken schlotterten um die knochigen Leiber. Ausgemergelte Leute. Drei Mißernten hatten sie hinter sich, verschuldet waren sie bis über die Ohren ans Hochstift Hildesheim und die Stadt Peine – und einige standen auch noch beim Amtmann tief in der Kreide: Herr Werner von Rittersbach führte sich auf, als hätten sie ihm wie ein unterworfener Volksstamm Tribut zu leisten.

Sie tappten auf eine wunderselige Gesellschaft zu, die auf der langen Bank vor dem Pfarrhaus in blauen und grünen und prunkend roten Gewändern aufgereiht stand. Im ersten Sonnenstrahl glitzerten die Borten an Mänteln und Röcken, schimmerten golden Folterwerkzeug und Bischofsstab, Strahlenkränze und Mitra.

Tilmanus Walkeling, der katholisch gewordene Exprädikant, hatte den Lageplan aus dem Jahre 1543 entdeckt. Dem war zu entnehmen, wo Pfarrer Sussmann, Woltorfs letzter katholischer Priester, vor sechsundachtzig Jahren, als Peine mit seinen Dörfern protestantisch geworden war, die hölzernen Figuren vergraben hatte: zwei Ellen tief in der Erde, in Holzkisten, und gegen Nässe und Frost und den Zahn der Zeit mit Werg und Tüchern umwickelt. Walkeling hatte die Nothelfer ausgegraben, hatte sie, fröhlich pfeifend, gewaschen, geputzt, in Luft und Sonne gebadet und schließlich dem Volk als ein Auferstehungswunder zur Schau gestellt. Lächelnd hatte er seine Bauern in die Knie sinken sehen vor Sankt Cäcilie und Sankt Jakobus, vor Cosmas, Damianus und Sankt Andreas mit dem Marterkreuz.

Und da stand nun auch, als hätten ihn die Heiligen eigenhändig nach Woltorf gezogen, der Wagen im Hof, und unter der Plane lag in Säcken das goldene Korn für die Aussaat.

»Seht, was der Herr euch beschert!« hatte der mürrische Dyant geprahlt. Und: »Verdient habt ihr's nicht!« Und ließ nicht einmal durchblicken, daß Spee den Segen bezahlt hatte, brüstete sich vielmehr, was der Weg ihn selbst gekostet habe an Schweiß und Umsicht und Angst. Führte er doch durchs Schwiechardter Moor, diesen schwappigen Sumpfpfad entlang, diesen Irrlichtpfad der verlorenen Seelen. Dies alles tat Theodatus Dyant, der dienende Bruder, für euch!

So vertrieben sich die Woltorfer an diesem Sonntagvormittag die Zeit und liefen staunend, wie bei der Kirchweih, von Bude zu Bude, vom Kornwagen zu Sankt Cäcilie oder zum heiligen Andreas und wieder zurück zum Wagen – und die Plane gelupft, das Korn zwischen den Fingerkuppen gerieben und mit den Zähnen geprüft.

Tilmanus Walkeling holte nach, was Dyant unterlassen hatte. Während der Laienbruder auf dem Wagen hockte und die Kinder scheuchte, die auf den Säcken federn wollten, schnaufte der Prädikant, mit wimpernlosen Äuglein blinzelnd und, einer kranken Drüse wegen, aufgeschwemmt zum Erbarmen, zwischen den Bauern herum. Die hörten ihm willfährig zu, wie er den Pater einen heiligen Martin nannte, der sich nicht lange bei der Teilung aufhalte, sondern ihnen den Mantel unzerschnitten geopfert habe – also, ohne Metapher gesprochen: sein Gehalt fürs ganze Jahr! Auf daß sie Saatgut hätten, seine lieben Woltorfer Bauern.

Als der Hengst am Bohnhorstschen Hofe das Dorf erreicht und in mäßigen Schritt verfällt, hängt der schwarze Mann noch immer mit dem Kopf auf dem Pferdehals, die Arme schlenkern zu beiden Seiten herab, und in die Mähne tropft das Blut aus der klaffenden Wunde.

So entdeckt ihn wenig später Tilmanus Walkeling, und mit ihm schreien die Woltorfer Bauern auf, die vor der Kirche den

Pater erwarten, und der grämliche Katerkopf des Theodatus Dyant erscheint unter der Plane des Kornwagens – und dann sind alle um Pferd und Reiter herum, und es hebt die Stimme von Woltorf zu klagen an, denn Walkelings Weib in ihrem Entsetzen zieht den Glockenstrang so angstvoll aus der Hüfte heraus, als sei der Däne wieder ins Land gekommen.

Nun bleibt der Hengst vor dem Pfarrhaus stehen. Zu viert heben sie den Pater behutsam herunter. Er schlägt die Augen auf, und während sie ein paar Heilige von der Bank entfernen, um ihn dort zu lagern, greift er sich langsam an den Kopf, hält die Hand vor die Augen und sieht sein Blut. Das macht ihn vollends wach, er schiebt die ihn stützen wollen sanft von sich weg, steht frei, sein Gesicht ist noch bleicher als sonst, und, die Arme zur Seite gestreckt, als balanciere er auf einem Balken, geht er über die Straße zum Kirchenportal – und hier stehen keine Rebellen. Die Woltorfer verfolgen angstvoll seinen Weg, dunkles Blut blinkt im Bart und läuft von der Stirn als Rinnsal die Schläfe herunter.

Sein Schritt wird fester, nun schiebt er seine Bauern mit ausgebreiteten Armen vor sich her, treibt sie, wie eine flügelschlagende Glucke die Küchlein, in die Kirche hinein.

Er ist doch schwer verwundet ... von wem? ... Man muß ihn verbinden ... Er müßte ruhen ... Aber sie denken es nur oder flüstern es der Nachbarin zu – und folgen ihm willenlos. Seht, er kniet vor dem Allerheiligsten, rafft sich auch wieder auf, greift mit beiden Händen nach dem Geländer, will die Stufen zur Kanzel hinauf, aber das zwingt er nicht mehr. So stellt er sich vor den Altar, greift hinter sich an den Tisch, hält sich fest.

»Ich bin der gute Hirte, spricht der Herr. Denn ihr wart wie irrende Schafe. Jetzt aber seid ihr hingewandert zum Hirten und Hüter eurer Seelen ...«

Es läuft ihm das Blut schon in den Mund. Die Kirchentür kreischt, und herein kommt Tilmanus Walkeling mit Weib und Kindern und hinterdrein auch der Dyant, das Antlitz verwüstet von Gram und Bitternis, und wie ein Weihrauchfaß baumelt der Topf voll dampfenden Wassers an seiner Hand.

»Platz da!« Die winzige Kirche ist überfüllt, sie stehen sogar im Mittelgang.

»Ich bin der gute Hirte. Der gute Hirte gibt sein Leben für die Schafe. Der Mietling aber, der nicht Hirte ist, dem die Schafe nicht gehören – er sieht den Wolf kommen, er verläßt die Schafe und flieht. Und der Wolf räubert unter ihnen und zersprengt sie. Der gute Hirte aber, wenn er ausgeharrt hat, trägt die Male des Wolfs an seinem Körper. Seht mich an ...«

Er greift sich mit beiden Händen ins Gesicht, streicht über Augen, Nase, Lippen und hebt die Arme, daß er aussieht wie ein Gekreuzigter, und in seinen Handflächen steht das Blut wie aus Nagelwunden. Dann wendet er sich dem Altar zu und bricht in die Knie.

»Singt!« stöhnt er. »So singt doch endlich! Küster! Fang an!«

GEWÜRM UND WILDE ROTT' ...

Er will, daß sie Gott loben und preisen. Mit schwacher Stimme läßt er, da alle vor Ergriffenheit schweigen und schlucken, die Weise hören: »Te Deum laudamus ... Singt! Singt's auf deutsch! Großer Gott, wir loben Dich ...«

Endlich fallen sie ein, zaghaft – darf man Ihn loben, den Herrn, wenn doch dem Pater so elend ist? Und seht nur: Jetzt fällt er kraftlos zur Seite, der stirbt uns noch weg! Jetzt ist Dyant bei ihm und der Prädikant und sein Weib mit dampfendem Wasser und einer Schüssel mit Eiern – wozu denn die Eier? –, und ein Kind hat die Schafschere mitgebracht.

»Großer Gott, wir loben Dich ...«

GEWÜRM UND WILDE ROTT' ...

Sie haben den Pater auf die Altarstufen gebettet. Tilmanus hatte den Dyant gescholten: »Bring kaltes, du Tropf! Was soll ich mit heißem, das hilft hier nichts!« Und Dyant lief und brachte kaltes Wasser. Walkeling taucht einen Lappen hinein, wringt ihn aus, tupft das Blut von Gesicht und Stirn. Dann hebt er Spees Kopf und sucht mit der anderen Hand, die Wunde freizulegen. »Verdammt!« murmelt er und wendet sich zu Dyant um – aber der ist nicht mehr hinter ihm, wo ist Dyant geblieben?

»Das ist nicht nur die Schwarte ...«, sagt Walkeling zu seinem Weib. Da der Pater wieder bewußtlos ist, riskiert er es und läßt sich die Schafschere reichen. Er schneidet die Haare über der Wunde, und dann sehen sie, sehen's mit Entsetzen, daß der Schädel gebrochen, eingebrochen ist – und wie neben Walkelings tastenden Fingern die blutige Hirnhaut pulsiert.

»Eierpamps, schnell!« fordert der Prädikant und legt, so fett und plump er ist, Spees Kopf unendlich behutsam auf den Läufer zurück. Seine Frau zerschlägt Eier über der Schüssel, vier, fünf, verrührt sie mit dem Finger. Walkeling schneidet noch einen Hautfetzen ab, dann fährt er in die Schüssel und schmiert eine dicke, blutstillende Schicht über das Schädelloch. Wo steckt nur der Dyant? Die Menge in der Kirche lobt Gott.

Den Hengst fanden sie nicht mehr an seinem Pflock, als sie aus der Kirche kamen. Da holte Tilmanus Walkeling seine marode Mähre aus dem Stall, seine Söhne sattelten sie, dann stieg er auf einen Schemel und rollte sich ächzend auf den Gaul, vorsichtig, daß der nicht zusammenbreche unter seinem fetten Herrn.

Der Stukenbauer hatte die Ochsen angeschirrt und den zweiräderigen Karren mit Stroh gepolstert. Sie luden den totenbleichen Pater auf und sagten es einer dem anderen weiter: daß seine Augendeckel zitterten und somit noch Leben sei in dem Mann, und schnaufen und stöhnen tat er ja auch, ab und zu.

Walkelings Weib hockte sich neben ihn und nestelte am Verband, den Tilmanus nicht allzu kunstgerecht angelegt hatte. Der Prädikant ließ sich von seinem Ältesten die hochbetagte Donnerbüchse reichen, und während die Woltorfer sich mit Sensen, Forken und Dreschflegeln bewehrten, dem todwunden Pater gewappnetes Geleit zu geben, prüfte Walkeling Pulver und Blei und fluchte unchristlich auf Theodatus Dyant. Der wäre jetzt hilfreich gewesen und hätte das Bauernvolk, die heulenden Weiber zumal, mit seinem grämlichen Katergesicht zur Raison gebracht. Aber Dyant war weg, und Spees Hengst war weg, und – Walkeling pfiff durch die Zähne: Wenn das nicht irgendwie zueinander paßte …

Dann brachen sie auf, trieben einander zur Eile an, als Walkelings Weib rief: »Er blutet wieder!« Und diesmal kam es ihm nicht aus dem Schädel geflossen, das hinderte wohl der Eierpamps – jetzt näßte es durch den schwarzen Soutanenstoff an seiner Schulter, und so bemerkten sie, daß er auch dort verwundet war.

Die Ochsen zogen an. Auf seinen mannshohen Rädern quietschte und rumpelte der Karren über die Dorfstraße, am Bohnhorstschen Hofe vorbei, in die Wacholderheide. An der Spitze, auf seinem knochigen Roß, Tilmanus Walkeling. So konnte keiner sehen, daß ihm das Wasser in den Augen stand, denn was sein Weib ihm vom Wagen her über des Paters Befinden vermeldete, klang arg und ärger. Hinter dem Karren der ungeordnete Troß: verwegene Männer mit ihren Bauernwaffen, voll blinder Wut auf den Täter und willens, ihn an der nächsten Birke aufzuknüpfen, falls er, wovon sie überzeugt waren, hier noch herumspazierte.

Der Dicke weinte auch ein wenig um sich und die Seinen. Denn wenn es dem Herrn gefiele, den Pater Spee abzuberufen vor der Zeit – wie sollte Walkeling sich jener beamteten Bekehrer und Stiftskommissare erwehren, die ihm der Pater von Leib und Seele fernzuhalten wußte, weil sie nun einmal bei Walkeling nichts zu suchen hatten. Der war ja, anders als die meisten Konvertiten, nicht durch Drohungen oder um des Vorteils willen, sondern allein durch Spees sanfte Argumente katholisch geworden! Sollte der gute Pater heimgerufen werden, dann würden sich die hildesheimschen Spitzel auch in Woltorf einnisten, und wenn der Prädikant sich dann, wie er's gewohnt war, nächtens ins Nachbarhaus zu Ingeborg, seinem ihm lutherisch angetrauten Weibe, schlich – *jene* würden ihn notieren und vermelden.

Ganz windstill war's, und doch hob sich der Rauch, der aus des Torfstechers Hütte stieg, nicht kerzengrad in die Luft, sondern wölkte breit hinterm Wäldchen hervor. Der Mann mußte eingeheizt haben!

Wie sie näherkamen über den kohlschwarzen Buchweizenacker und der Karren auf dem Bohlenweg durchs Sumpfland ratterte, qualmte und glutete es hinter den Bäumen. Und nun sahen sie: Des Torfstechers Hütte war nur noch ein schwarzes Gerüst, beflaggt mit tausend lodernden Wimpeln, und warf Balken um Balken ab in die wabernde Glut.

Tilmanus Walkeling hielt sein Pferd an, und der Ochsenkarren und der ganze Troß, alles blieb stehen. Um die brennende Hütte herum kam Theodatus Dyant getrabt auf des Paters Hengst. Und zum erstenmal sahen die Woltorfer den Laienbruder lachen, nicht eben gelöst und befreit, eher künstlich und ein wenig irr. Er deutete hinter sich – und dort war nun mit Prasseln und Zischen aber auch alles niedergebrochen – und schrie: »Das war das Mördernest! Und der Mörder schmort in der Asche!«

Da lobten und bewunderten sie ihn, nahmen ihn auf in ihren Zug, hinten stimmten einige das Tedeum an, und diesmal fielen sie gar nicht zaghaft – sieghaft fielen sie ein! Singend zogen sie über die Schützenwiesen, in der Vorstadt Gröpern liefen die Leute zusammen, am Tor fragte keiner woher und wohin, und nachdem Apotheker Johannes im Pfarrhaus sich prüfend über den todwunden Pater gebeugt hatte, träufelte er ihm den herzstärkenden Saft des Adonisröschens zwischen die Lippen, und der greise, kranke Pfarrer kam aus dem Bett gekrochen und gebot seiner Schwester, alles zur Letzten Ölung herzurichten.

Doch dann beschlossen sie, den Pater nicht aus seinem vielleicht wohltätigen Schlaf zu wecken, denn der Drost hatte bereits nach Hildesheim geschickt, um vom Kollegium den Medikus Johannes Wellinger zu erbitten.

Am Abend kam der Doktor. Er entfernte den Eierpamps des Walkeling, nicht ohne den Prädikanten zu loben: »Als erste Hilfe nicht übel. Früher goß man kochendes Öl in die Wunde.

Heute streichen wir ein Digestivum aus Eigelb – bitte sehr, auch daran habt ihr gedacht! –, aus Rosenöl und Terpentin hinein. Obenauf fein gezupfte Seide, die bringt etwelche Fäulnis zum Stillstand.«

Dann jedoch, als er den Pater angesehen hatte, schnalzte er mit der Zunge. »Die pia mater lädiert, das ist sehr schlimm. Die dura mater, das ginge noch an – die Arachnoidea, auch Spinnwebhaut genannt, das wäre schon schlimmer. Die pia mater jedoch, die innerste Haut überm Hirn – und, wie ich sehe, fehlt sogar ein Stücklein von der Hirnschale! Ein so arg beschädigtes Leben zu salvieren, dazu bedarf's göttlicher Hilfe und meiner chirurgischen Kunst!«

Dennoch hatte Friedrich Spee eine ruhige Nacht. Spät abends war Pater Adrian Horn vom Schloß herübergekommen, hatte lange an seinem Lager gestanden und mit dem Herrn gehadert. Nun hatte Gott wahrhaftig diesen pflichtvergessenen Bruder, als wolle Er ihn, seinen gehorsamen Knecht Adrian Horn, verhöhnen, zum Märtyrer gemacht! Er wünschte Spee von Herzen baldige Genesung – denn stürbe er ... Nicht auszudenken, wenn sie ihn seligsprechen würden!

Am nächsten Morgen brachten sie Friedrich Spee in einer gefederten Kutsche nach Hildesheim in die Infirmerie des Jesuitenkollegs, wo Doktor Wellinger weiterhin seine Kunst an ihm erprobte.

Die Täter wurden nie gefunden. Die jungen Burschen aus Wolfenbüttel, die gewiß verdächtig waren (wiewohl Spee sich später nur an einen *Graubart* erinnern konnte), waren schon gleich nach des Paters Ausritt aus Peine verschwunden. Offenbar waren sie in der Nähe des Rosentaler Tores über die bröckelnden Mauern geklettert und zur Grenze entwichen.

Als der Torfstecher Hinnerk Wiemer aus dem Braunschweigischen zurückkehrte und vor den schwelenden Trümmern seiner Hütte stand, entdeckte er einen verkohlten Menschenfuß. Er holte Hilfe aus Peine, sie legten den Aschenleib bloß, und es war ein altes, stadtbekanntes Weib gewesen, das im Wäldchen

Frühlingskräuter gesammelt hatte. Wie sie in die Torfhütte gekommen war, ist nie aufgeklärt worden. Einige meinten, sie habe von Wiemers Selbstgebranntem genascht und dabei des Guten zuviel getan. Andere erinnerten sich, daß man sie schon lange für eine Hexe hielt, und da habe sie sich wohl gleich dorthin begeben, wo sie eines Tages doch geendet hätte: auf den Scheiterhaufen.

Auch Dyant wurde befragt. Aber der Laienbruder benahm sich absonderlich, gab nichts von seinem Wissen preis, und erst als Amtmann von Rittersbach ihn streng und obrigkeitlich verhörte, behauptete er, die Hütte bereits in Flammen gefunden zu haben, als er, um mit dem vermeintlichen Attentäter abzurechnen, dort angekommen war. Vielleicht aber stritt Dyant die Tat nur ab, um der Klage zu entgehen, die Hinnerk Wiemer wegen Brandstifterei gegen ihn angestrengt hatte. Nur wenige Wochen nach dem Unglückssonntag wurde der Laienbruder zurück nach Köln befohlen.

Hildesheim

Wenn die Hebammen die Kinder nicht töten, dann tragen sie, gleich als wollten sie etwas besorgen, die Kinder aus der Kammer hinaus, und sie in die Luft hebend, opfern sie dieselben den Dämonen.

Sprenger und Institoris
»Malleus Maleficarum« (Der Hexenhammer)

Den 18. Martii Anno 1628 ist die Lehnesche mit Vorzeigung der Instrumenten terriret, ihr etzliche Attesta vorgehalten und die Wahrheit darauf zu berichten vermahnet worden. Würde sie nun die Wahrheit bekennen, so blieben ihre Glieder unzerrissen, im widrigen Fall aber wirde man den Ernst sehen lassen müssen, und hätte sie sich dann ein solches selbsten zuzuschreiben.

Hildesheimer Turmprotokoll

Pater Augustin Turrianus, Rektor des Hildesheimer Jesuitenkollegs, hatte Angst. Zwar lebte er ohnedies, wie sich's geziemte, in der Furcht des Herrn, und wer sich der in Demut überläßt, den kräftigt und beseligt sie, wie jeder weiß. Schlimm war jedoch, daß Augustin Turrianus sich vor den Menschen fürchtete. Und wie der große Kirchenvater Augustinus, dessen Namen er trug, fragte er sich in Angst und Einsamkeit: Gott ist gut, und Gutes hat Er erschaffen – wie hätte Er, der Gute, anders können? Wie also kam das Böse in Seine Schöpfung? Oder gibt es nichts Böses? Ist, was wir für böse halten, nur scheinbar böse, weil wir seinen wahren Sinn in Gottes guter Schöpfung nicht zu erkennen vermögen? Warum aber fürchten wir es dann? Und wie Augustinus schloß er weiter: Selbst wenn wir uns um nichts fürchten, so ist doch auch die Furcht, die das Herz grundlos beunruhigt und peinigt, ein Übel. Und dieses Übel wiegt um so schwerer, als in Wahrheit nichts vorhanden ist, was zu fürchten wäre …

Allerdings fiel es dem geplagten Rektor schwer, das Böse in der Welt als nicht existent anzusehen – und, wie der Kirchenvater ja zugibt: Geholfen hätte es ihm auch nicht. Zu viele Dinge waren fürchtenswert. Augustin Turrianus fürchtete sich vor der Nacht wie vor dem beginnenden Tag. Vor Post aus Köln, aus Bonn, aus Rom. Vor dem katholischen Tilly ebenso wie vor dem lutherischen Dänenkönig. Er fürchtete eine Verschwörung der ihm anvertrauten Brüder, fürchtete sich vor der feurigen Bildkraft der ignatianischen Exerzitien – ja, selbst vor der heiligen Messe, wenn er sie zelebrieren mußte. Konnte der Kelch nicht seiner Hand entgleiten, der Leib des Herrn zu Boden fallen?

Gar so grundlos waren des Turrianus Ängste nicht. Wann waren denn die Jesuiten schon einmal wohlgelitten gewesen in Hildesheim? Noch heute erzählte man sich Erschreckendes aus der Zeit um die Jahrhundertwende, als der städtische Pritschmeister einen heiteren Sinnes über die Schützenwiese spazierenden Frater unter dem Gejohl der Menge eine halbe Stunde lang verprügelt hatte. Die frommen Brüder waren in Hildesheim ersichtlich unter halsstarrige Leute geraten, die sich ohne äußerste Gewaltanwendung nicht akkomodieren wollten. Aber Gewalt war nicht Sache der Gesellschaft Jesu.

Nah und treu blieb dem Rektor in seiner Einsamkeit die Angst. Was hatte er nicht alles ausstehen müssen in Erwartung des Urteils, als es um Kopf und Kragen jenes störrischen Lutheraners Bissendorf gegangen war. Sogar vor Spee, noch an seinem Krankenbett, hatte Turrianus geglaubt, sich rechtfertigen zu müssen: »Konnte ich ahnen, daß sie in Köln ein so grausames Verdikt fällen würden? Zahllose Tränen hab' ich vergossen, als ich in den Steuerwalder Turm mußte, den Delinquenten auf sein Ende vorzubereiten!« Von der Angst des Verurteilten sprach der Rektor nicht. Sollte er den leidenden Spee auch noch damit beschweren?

Turrianus, wär's allein seine Sache gewesen, hätte sich's schon zugetraut, den Blutbefehl aus Köln zu umgehen, nicht wahrzunehmen, mißzuverstehen – wozu war man Jesuit! Er hätte beim Provinzial der Rheinischen Provinz umständlich rückfragen können, ob es erlaubt sei, Bissendorf dem weltlichen Arm auszuliefern. Sogar den Pater General zu Rom hätte er behelligen dürfen – und das mochte dann mindestens drei Monate Aufschub für den Delinquenten bedeutet haben. Vielerlei wäre ihm noch eingefallen, den verirrten Prädikanten zu retten. Denn Turrianus war ebenso barmherzig, wie er stark im Glauben war. Doch ehe er dergleichen in die Wege leiten konnte, kam Johannes Pelking.

»Der Dortmunder kommt!« hatte es schon Tage zuvor geheißen. Sie nannten ihn so, obwohl Pelking zu Münster geboren war und in Paderborn die höchsten Kirchenämter bekleidete: das Amt des Weihbischofs, als Titularbischof von Cardica, wie auch das Amt des Generalvikars. »Der Dortmunder« – dieser Ehrenname war dem standhaften Minoritenpriester verliehen worden, als er vor Jahren in jener protestantischen Stadt unbeugsamen Sinnes den katholischen Rechtsanspruch demonstriert hatte. Wie einst den heiligen Stefanus hätte man ihn gesteinigt – und eine Narbe auf seiner Stirn erinnerte daran! –, wären seine Getreuen nicht zur Stelle gewesen, um ihn eben noch zur rechten Zeit durch eine Hinterpforte aus der Stadt zu schaffen.

Johannes Pelking, der Dortmunder, dienstbeflissener Untergebener des mächtigen Osnabrücker Bischofs Franz Wilhelm von Wartenberg: Kurfürst Erzbischof Ferdinand zu Bonn hätte sich keinen Besseren als Vollstrecker seiner Bischofsgewalt im Hildesheimschen und Paderbornschen wünschen können.

Und so traf es sich: Kaum war das Bluturteil aus Köln in der Stadt angelangt, näherte sich, von der Ortschaft Lüdke kommend, mit glanzvollem Troß Johannes Pelking, vor wenigen Wochen durch kurfürstlich-erzbischöflichen Erlaß auch zum Generalvikar von Hildesheim ernannt, der die Diözese als Stellvertreter des Bischofs zu verwalten hatte.

Seit Augustin Turrianus dem Johannes Pelking begegnet war, fürchtete er sich nicht mehr vor diesem und jenem, was ihm bis dato Angst gemacht hatte. Ja, man darf sagen: Alles, was Rektor Turrianus an Angst zu leisten imstande war, erschöpfte sich, seit er Pelking kannte, in ehrfurchtsvoller Ansehung dieser erdrückenden Persönlichkeit. Der Weihbischof, mochte er nun in Hildesheim, in Paderborn oder sonstwo weilen, bündelte durch seine bloße Existenz des Rektors verstreute Ängste wie durch eine Linse und zog sie allein auf seine Person. Und dies, ohne daß bis dahin ein einziges böses, ja auch nur kritisches Wort über Pelkings Lippen gekommen wäre. Der Generalvikar war, so erklärt sich das wohl, ein derart makelloser Apostel der tridentinischen Reform, daß einem minder perfekt geratenen Katholiken wie Turrianus, die eigene Unwürdigkeit bedenkend, schon einmal das Heulen und Zähneklappern kommen konnte.

Was hätte, umgekehrt, ein Augustin Turrianus an diesem heiligmäßigen Manne Tadelnswertes finden können? Zu welcher Ansicht oder Weisung hätte ihm eine triftige Widerrede einfallen sollen? Johannes Pelking – man brauchte den erzenen Mann ja nur anzusehen! – war ohne Fehl.

Und war des Weihbischofs Gegenwart nicht auch stets hilfreich und hoch willkommen? Wie zum Zeichen seiner Unterwerfung – einer Unterwerfung, die der Jesuit Turrianus, welcher allein seinen Ordensoberen und dem Heiligen Vater Gehorsam schuldig war, gar nicht nötig gehabt hätte –, zum Zeichen demutvoller Botmäßigkeit also hatte Turrianus dem Generalvikar damals das Urteil des Kölner Gerichts auf den Schreibtisch gelegt. Und ohne den Kurfürstlichen Kanzler zu Hildesheim, der als weltliche Instanz allein zuständig gewesen wäre, auch nur informiert zu haben, hatte Pelking, seine Kompetenzen weit überschreitend, sogleich Ort und Stunde der Hinrichtung angeordnet.

Spätestens jetzt hätte Turrianus eine Widerrede wagen und, wenn nicht das, so doch eine Hand, zumindest eine Braue zum Einspruch heben dürfen! Jedoch der Rektor tat nichts dergleichen. Nicht weil er sich fürchtete – er war gelegentlich Manns genug, seine Furcht zu überwinden –, sondern, und das ist die Wahrheit: Es fiel ihm nicht ein!

Geholfen hätte es dem Bissendorf auch nicht mehr. Pelking, nicht nur streng, auch gewissenhaft, machte sich zwei Wochen später eigens nach Burg Steuerwald auf, um das Haupt des irrgläubigen Verleumders fallen zu sehen.

Dies war gerade erst ausgestanden, als sie dem Rektor vor nunmehr elf Wochen den todwunden Pater Spee ins Haus am Domhof getragen hatten! Und wiederum war des Fürchtens kein Ende. Denn sollte der fromme Bruder sterben: Würden die Oberen in Köln dann nicht ihm, Turrianus, die Schuld an seinem Martyrium geben? Weil er es verabsäumt hatte, ihn hinreichend vor der Rache der Protestanten zu warnen und zu schützen?

Nun aber hatte der Patient die Krisis überstanden, und es ließ sich absehen, wann das Kollegium wieder über Friedrich Spee würde verfügen können.

Elf Wochen. Die ersten drei im Wechsel von tiefer Bewußtlosigkeit zu schriller Todesangst. Von Träumen aus Blut und

Feuer zu beseligtem Hinübergleiten auf einer Woge tiefen Einverständnisses mit Gott und Seiner Welt. Dann, langsam, ganz langsam, die mühevolle Neuerweckung der eigenen Person. Die überquellende Dankbarkeit für jene, die ihn trockenlegten wie ein Kleinkind, ihn wuschen und salbten und seine Verbände wechselten. Ihn um Hals und Hüfte faßten, mit ihm durch die langen Gänge, über die knarrenden Bohlen humpelten und ihn den Gebrauch seiner Gliedmaßen wieder erlernen ließen. Und immer wieder dieses willenlose Hingestrecktsein in Schweiß und Schwäche.

Jeden Tag um die Mittagsstunde saß Doktor Wellinger, Schüler des großen Ambroise Paré, Wundarztes des Königs von Frankreich, an seinem Lager: Doktor Johannes Wellinger, der die gelösten Teile des Schädels entfernt und durch ein Kupferplättchen ersetzt hatte – und dies, ohne eine einzige Hirnzelle zu beschädigen.

Denn Spee konnte denken, beten, träumen, sich erinnern.

»Sie haben in der ersten Zeit oft im Traum geredet und geschrien«, sagte Augustin Turrianus, als Spee vor ihm in seinem wohnlich ausgestatteten Arbeitszimmer saß. »Es konnte einem ganz ängstlich werden, wenn man Sie so hörte. Die Heiligen haben Sie angerufen. Eine vor allen anderen: Katharina.«

Spee richtete sich im Sessel auf. »Katharina?«

»Ja, Die heilige Katharina von Alexandria.«

»Nein«, sagte Spee. »Die ich anrief, war keine Heilige. Das war ein Mensch wie wir. Aber gelitten hat sie wie eine Märtyrerin.« Und als Turrianus nicht verstand: »Ich habe mich vor zweieinhalb Jahren in Köln für die Postmeisterin Katharina Henot eingesetzt, die als Hexe angeklagt und verurteilt wurde. Sie ist – davon bin ich überzeugt – unschuldig gestorben.«

»Das gibt's doch nicht!« rief Augustin Turrianus.

»Das gab es eben doch«, sagte Spee ruhig.

Und nun war alles wieder Gegenwart:

Der stinkende Keller. Die Schöffen beim üppigen Foltermahl. Das zerschlagene Bündel Mensch, im Streckzug ausgereckt, die

Arme verrenkt, die Knechte peitschen grelle Striemen auf die nackte Haut ... Der Schöffe Romeßwinkel greift roh in die Lenden, drängt seinen Bauch an den zuckenden Leib ...

Aufhören! Aufhören! Spee laufen die Tränen übers Gesicht.

Katharina Henot, Postmeisterin von Köln, ungeständig nach blutiger Folter erwürgt und verbrannt als Hexe auf dem Galgenberg zu Melaten, Mittwoch vor Pfingsten, den 19. Mai 1627 ...

Was sagt Turrianus?

»Es darf Sie nicht wundern, lieber Bruder, daß wir Ihre Habseligkeiten ein wenig gesichtet und geordnet haben, ehe wir sie in den Asservatenschrank schlossen. Und da fiel uns auf, daß Sie offenbar an einer Schrift arbeiten, einem Tractatum, das sich mit derlei Unholdinnen und ihren Prozessen befaßt. Sie treten also in die Fußstapfen des großen Bodin oder eines Delrio, Binsfeld und anderer verdienstvoller Hexenwissenschaftler. Besonders Pater Silvester hat sich dafür erwärmt. Er war Beichtvater bei unserem letzten Prozeß, als es um die dicke Lehnesche ging, eine geborene Tieling. Die hatte dem Herrn Rabente, einem angesehenen Bürger unserer Stadt, einen Krug Bier verhext. Aber das war natürlich nur der Anfang.«

Natürlich. So fängt es immer an. Auch bei Katharina Henot. Mit einem Krug Wein. Übelkeit, Krämpfe, Erbrechen, irre Tänze. Raupen im Obstgarten. Kindlein gewürgt, gesotten, verspeist. Pfarrer ermordet. Teufelshurerei auf dem Neumarkt ...

»Pater Silvester hat sich für meine Arbeit interessiert? Haben auch andere darin gelesen?«

»Ich. Aber nur ein wenig. Es hätte – hätte ja auch eine Art Testament sein können. Und darum hätten wir uns ja kümmern müssen, gegebenenfalls ... Oh, was waren Sie doch so krank, lieber Spee! – Nein, Ihre Schrift und was Sie sonst noch in Peine oder Woltorf liegen hatten, das ist seit vielen Wochen bei uns eingeschlossen. Ich habe mich schon gewundert, daß Sie nicht eher danach verlangt haben.«

Darüber wunderte sich auch Spee. Seine Schrift. Begonnen in Köln, drei Wochen nach der Hinrichtung der unschuldigen

Katharina Henot: »Cautio Criminalis oder Rechtliche Bedenken gegen die Hexenprozesse«. In einem kühnen Anlauf hatte er zunächst die Frage aufgeworfen, ob es überhaupt Hexen, Zauberer, Unholde gebe? Es war ihm bewußt, was allein es bedeutete, eine solche Frage zu stellen. Sie implizierte ja den Zweifel, und das war gefährlich. Denn wie konnte man an einer Grundlage geltenden Rechtes zweifeln? An einer Maxime, derzufolge seit rund einhundertfünfzig Jahren in Deutschland und Europa Hunderttausende als überführte Hexen und Zauberer den rechtmäßigen Flammentod gestorben waren! Da kam er, ein kleiner Jesuitenpater, und stellte, wenn auch nur im ganz geheimen, aber immerhin so kühn, daß er sie der Feder anvertraute, die Frage: Gibt es überhaupt Hexen und Zauberer?

Sodann, im 5. Kapitel, hatte er untersucht, ob man im Verfahren gegen ein »Sonderverbrechen«, wie es die Hexerei darstellt, »nach Gutdünken« vorgehen dürfe. Er hatte die Frage verneint: »Bei keiner Straftat, sei sie ein ›Sonderverbrechen‹ oder nicht, darf anders verfahren werden, als die gesunde Vernunft es zuläßt.« Hatte, noch kühner geworden, die Fürsten zu größter Sorgfalt und zur Beaufsichtigung ihrer Beamten ermahnt. Hatte endlich, im 10. Kapitel, für möglich erachtet, Gott könne es zulassen, daß Unschuldige Opfer eines Hexenprozesses werden ...

Warum hatte ihm hier die Feder gestockt? Mußte er sich nicht der Worte jenes Kölner Hexenkommissars Glimbach erinnern, des Mannes, der die Hauptschuld an der Vernichtung Katharinas trug? Wie hatte der kleine, sommersprossige Kanonikus in einem seltsamen Anflug von Schwäche zu ihm gesagt? »Wenn auch nur eine einzige als Hexe verbrannte Frau unschuldig war, dann könnte es sich auch um Hunderttausende handeln ...«

Spee erhob sich. Er fühlte sich dem Ansturm dieser Erinnerungen noch nicht gewachsen. Der heilige Ignatius lehrte seine Jünger in strengen Exerzitien, mit den »Augen der Einbildungskraft« zu sehen; er hielt sie an, die Fähigkeiten der Phantasie, die mehr oder minder einem jeden zugeteilt sind, so zu entwickeln und dem eigenen Willen dienstbar zu machen, daß sie nicht nur jederzeit Selbsterlebtes erneut heraufbeschwören können, sondern auch imstande sind, Niegesehenes, Niegehörtes sinnenhaft zu erfinden. So durchlebt der Exerzitand die ganze Heilsgeschichte von der Geburt im Stall bis zum Kreuzestod, indem er aus den unzähligen Mosaiksteinchen, die ihm aus eigener Erfahrung zu Gebote stehen, ein durchaus neues, so noch nie geschautes Bild zusammenfügt: scharf gezeichnet, leuchtend in den Farben, deutlich in Bewegung, Lauten und Gerüchen, von allen Sinnen erschaffen und allen Sinnen zugänglich.

Wer sah je einen Toten wandeln? Und doch läßt Phantasie den Jesuiten Zeuge werden der Auferweckung des Lazarus. Wer sah die Sonne jäh erlöschen, sah Felsen sich spalten, einen riesigen Tempelvorhang zerreißen? Wem erschien ein Engel? Und doch erfahren die Schüler des Ignatius dies alles in immer wiederholten Übungen mit den Sinnen ihrer Einbildungskraft! Sie schreiten mit den Jüngern des Herrn vom Berge Sion zum Tale Josaphat und kennen jeden Pfad durchs staubgraue Gras unter den Ölbäumen des Gartens Gethsemane.

Wer seine Bilder – die erinnerten wie die erschaffenen – so zu rufen und zu bannen weiß, ganz wie die Stunde es von ihm verlangt, der ist ein König im Reich der Phantasie. Wer aber wie Friedrich Spee in seiner Rekonvaleszenz einen geschwächten Willen hat, ist seinen Bildern, wenn sie ihn jählings überfallen, ausgeliefert – und die grausigsten sind die hartnäckigsten.

»Ich kann mir wohl denken«, sagte Turrianus, der, so war zu hoffen, ebenso wie – vermutlich – Pater Silvester, nichts von Spees Text begriffen hatte, »daß Sie Ihre verdienstvolle Schrift gegen Hexen- und Teufelswerk bald abschließen wollen. Wenn Sie eines Tages wieder im Lehramt sind, wird Ihnen kaum Zeit dafür bleiben. Aber da hat's ja noch ein Weilchen hin. Erst einmal müssen Sie sich gründlich erholen. Und wissen Sie, was ich mir ausgedacht habe? Kennen Sie das Klostergut Falkenhagen?«

Spee verneinte.

»War ehemals ein Kreuzherrenstift. Wir haben es vor bald zwanzig Jahren übernommen und zwischenzeitlich verpachtet. Aber die Pächter taten nicht gut, sie haben in den ausgedehnten Waldungen wie die Wildsäue gehaust, Hunderte von alten Bäumen gefällt, das Holz zum Wucherpreis verhökert, so daß unser Orden das Gut wieder in eigene Regie nehmen mußte. Da schick' ich Sie hin, da wird's Ihnen gefallen! Ein Garten Eden!«

Spee bedankte sich. Also Falkenhagen! An der »Cautio« weiterschreiben – und ab und zu ein paar Verse. Der gute Turrianus hatte schon bisher alles nur Erdenkliche getan, um ihn gesund pflegen zu lassen, und noch immer ließ er sich etwas Neues einfallen.

»Sie sagten: Wenn ich erst einmal wieder im Lehramt sei … Heißt das: Sie schicken mich nicht mehr nach Peine zurück?«

»Wo denken Sie hin, Spee? Nicht nach Peine und überhaupt nicht mehr in die Bekehrungsschlacht! Eine so schwere Blessur genügt doch wohl für dieses Leben! Nein, lieber Bruder, ich könnte ja vor Angst um Sie kein Auge zutun. Wissen Sie was? Der Generalvikar kommt heute wieder nach Hildesheim. Ich spreche mit ihm. Wenn Pelking Ihnen eine Professur in Paderborn verschaffte – wie wäre denn das?«

Spee stand auf. Er lächelte. »Doktor Wellinger sagt, ich dürfe mich nicht aufregen. Aber wenn Sie mir so kommen! Eine Professur in Paderborn? Ich könnte mir nichts Schöneres wünschen.«

Daß er sein halbes Leben lang davon geträumt hatte, einmal in Indien missionieren zu dürfen, verschwieg er. Diese Hoffnung hatte ihm der Pater Provinzial in Köln vor einigen Jahren endgültig zerstört.

»Noch ist nichts beschlossen«, wehrte der Rektor ab. »Aber ich rede mit Pelking. Nehmen Sie doch wieder Platz!«

Aber nun hielt es Spee nicht länger. Er wollte mit sich alleine sein: Erholung in Falkenhagen, Professur in Paderborn – diese Überraschungen waren zu viel für sein in den vergangenen

Wochen endlich zur Ruhe gelangtes Gemüt. Er wollte beten, wo ihn keiner sah, wollte Gott für so viel Gnade danken.

»Erlauben Sie, Pater Rektor, daß ich einen kleinen Weg in die Stadt mache?«

»Doch nicht allein?« fragte Turrianus bestürzt.

»Ich möchte Sie darum bitten.«

Der Rektor kämpfte mit sich. Bis zu diesem Tag hatte er Spee auf seinen kurzen Gängen stets von einem Ordensbruder, oft von mehreren, begleiten lassen. Hildesheim war zu geschwind katholisch geworden; zahlreiche Bürger bekannten sich noch immer in aller Offenheit zur lutherischen Lehre, und anders als in Peine oder auf den Dörfern waren sie hier nicht so streng zu reglementieren. Die Braunschweiger Herzöge, überzeugte Protestanten, blickten argwöhnisch über die Grenze und waren mit Repressalien nicht kleinlich. Das Jesuitenkollegium fühlte sich zuweilen wie die Besatzung einer belagerten Burg – aber da mochten die frommen Väter, vom ängstlichen Turrianus inspiriert, wohl übertreiben. Manchmal dachten sie: Es wäre gut gewesen, wenn der Tilly, wie es Bischof Franz Wilhelm von Wartenberg dem Kurfürsten auch geraten hatte, in Hildesheim reinen Tisch gemacht hätte. Auf seine Art.

»Haben Sie noch nicht genug, Spee?« warnte der Rektor. »Man kann auch mitten in der Stadt in einen Hinterhalt geraten. Viel lieber wär's mir, Sie wandelten ein wenig im Kreuzgang auf und nieder. Unser Rosenstock steht in voller Blüte, dem macht die Dürre gar nichts aus. Und das mit siebenhundert Jahren, denken Sie nur! Aber Sie sind kein solches Gotteswunder, Spee; Sie sind ein krankes, gebrechliches Menschenkind. Ich habe Angst um Sie!«

Eine ängstliche Anwandlung des Augustin Turrianus erschien Spee nicht so gewichtig, daß er von seinem Wunsch abgesehen hätte. Schweren Herzens ließ der Rektor ihn ziehen. Als er jedoch, kaum daß der Pater das Zimmer verlassen hatte, die Fensterklappe öffnete und ihm der Glutatem dieses Sommers entgegenschlug, bedauerte er, nachgegeben zu haben. Er sah den Pater über den Domhof gehen und hinter den Kurienhäusern verschwinden, barhäuptig der prallen Sonne ausgesetzt. Das geschundene Haupt ertrug noch kein Birett.

Das erste Mal allein in der Stadt! Nicht mehr gezwungen, aufmerksam der Rede eines Begleiters zu lauschen oder gar theologisch mit ihm zu disputieren ... Wohltätig unterm Fuß den gewachsenen Boden zu spüren oder die Pflasterbuckel des Marktes ... Im Schatten der Fachwerkfassaden mit ihren bunten Ranken, Bändern, Muscheln und Rosetten, mit frommen Sprüchen unter spiegelnden Fensterreihen, versunkenem Bürgerstolz nachzusinnen ...

Am Hohen Weg, in der Dammstraße, in unzähligen Gassen und Gäßchen drängten sich die Stockwerke, vom steinernen Erdgeschoß mit seinen gespitzten Bogenfenstern aufsteigend, je höher, desto gewagter, zur Straßenmitte vor, bis das steil gegiebelte Dach ihren Übermut bändigte. Zinnengekrönte Treppentürme, Erker mit patinagrünen Helmen, Arkadengängc, auf kannelierte Säulen gestützte Lauben, Balkone mit bauchigen Balustraden brüsteten sich an Kreuzungen und Plätzen. Aus Speicherfenstern ragten altersschwarze Kranbalken, jüngere Häuser schmückten sich mit reichem Schweif- und Volutenwerk wie kleine Paläste; die vornehmsten ließen sich von steinernen, in Mauernischen neben dem Eingang postierten Kriegshelden bewachen.

Und doch – Spee nahm es schmerzlich wahr: Dies war keine Stadt in Blüte oder Reife. An Mauern und Wänden löste sich in breiten Placken der Verputz, zahllose Fensterscheiben waren zersprungen, die dünnen Bleirahmen mit Lappen bespannt, die Traufen verbogen und abgerissen, viele Dächer nur noch lückenhaft, manche Häuser, ganze Straßenzeilen verwahrlost, Flure und Höfe mit Unrat überhäuft. In den Krämer- und Handwerkergassen war fast jedes zweite Gewölbe verödet. Selbst das Gold auf Rüstung und Helm der steinernen Wächter, auf kunstvoll geschmiedeten Gittertoren und vom Taubendreck verkrusteten Brunnenfiguren war blind geworden, und zwischen den Stufen der protzigsten Portale wucherten Taubnessel und Knöterich.

Es waren nur wenige Menschen unterwegs, und was sich sehen ließ, trottete verdrossen durch die den Atem beengende, von keinem Hauch bewegte heiße Mittagsluft.

Welch ein Gegensatz zum geschäftigen Köln, der Freien Reichsstadt, die, höchst wunderbar und dankenswert, der große Krieg noch stets umgangen hatte, als scheute selbst er, dem nichts heilig war, davor zurück, dies Juwel unter allen der Gottesmutter geweihten Städten zu besudeln. Auch Peine, das winzige Ackerbürgernest, wollte dem Pater noch gesünder scheinen als Hildesheim. Diese Stadt hatte sich seit der unseligen Stiftsfehde im vergangenen Jahrhundert und nach wiederholter Besetzung und Ausplünderung in den letzten Jahrzehnten nie mehr so recht erholt. Den Rest hatte ihr der Tilly gegeben, als er sich für Monate mit seinem Stab in der Stadt festgesetzt hatte und von ihren darbenden Bürgern ernährt worden war. Und kaum war er abgezogen, enthüllte sich, was seine Soldaten den Bürgern frei Haus geliefert hatten: Die Pest brach aus und raffte in wenigen Tagen über tausend dahin.

Spee wußte, daß er leichtsinnig handelte. Zwar hatte er sich beim Verlassen des Kollegienhauses einigermaßen kräftig gefühlt, aber nachdem er, sich möglichst im Schatten haltend, eine Viertelstunde durch die Stadt geschlendert war, wurden ihm die Beine schwer, und in der Burgstraße zwang ihn ein gelinder Schwindel, sich auf einen Mauervorsprung zu setzen. Als er den Kopf auf die Hände stützte, beachteten ihn einige der Vorübergehenden; im allgemeinen nahm man einen Priester oder Mönch in dieser von zahlreichen Klerikern bewohnten Stadt schon gar nicht mehr wahr. Bald wurden ihm die spöttischen, nicht selten auch feindseligen Blicke lästig, er raffte sich auf und fühlte sich so weit erholt, daß er nicht an Umkehr dachte, sondern sein Ziel auf jeden Fall erreichen wollte.

Schon bei seinen früheren Besuchen in Hildesheim hatte es ihn immer wieder zur Basilika von Sankt Michael gezogen. Angesichts der sechshundert Jahre alten Klosterkirche des heiligen Bischofs Bernward, dieses gottseligen Künstlers unter den alten Kirchenfürsten, war ihm immer, als habe Gott durch diesen Bau die Menschen lehren wollen, wie eine Kirche, an der Er Wohlgefallen hätte, beschaffen sein müsse. Mittelschiff und Querschiffe in ihren edlen Maßen, der kantige Vierungsturm, die runden Flankentürme, Säulen und Pfeiler im melodischen Wechsel – wenn Spee dieses gedankenklare Bauwerk betrachtete, enthüllte sich ihm an seinen Proportionen etwas vom Geheimnis des Weltenplans.

Diese wenigen Schritte den niederen Hügel hinan machten ihm schon wieder Mühe. Er fühlte sich zerschlagen und deprimiert; weder die Aussicht auf Falkenhagen noch auf die Professur in Paderborn, ja nicht einmal Sankt Michael erhob ihn über sein Elend. Vorsichtig führte er die Hand durchs Haar. Es war schnell und dicht nachgewachsen und verdeckte das über der Schädelwunde eingesetzte Kupferplättchen, das Meisterstück des Doktors Wellinger. Er spürte ein leichtes Brennen, als hätten sich die Haarwurzeln entzündet.

Schwer atmend betrat er den kühlen Kirchenraum, kniete nieder, erhob sich mit Anstrengung. In den Bänken hockten einige Beter, ein Beichtstuhl schien besetzt zu sein, im Engelchor machten sich Benediktinermönche zu schaffen. Spee wandte die Augen zur flachen Holzdecke mit dem wunderbar gemalten Jessebaum, der, überwiegend in blauen und roten Tönen gehalten, die Geschichte des Menschen vom Paradies bis zur Königsherrschaft Christi erzählte. Doch als Spee andächtig den Blick von Feld zu Feld wandern ließ, wobei es ihn jedesmal ein wenig ärgerte, daß der selige Künstler seine Figuren dem Auge des Betrachters gleichsam auf dem Kopf stehend darbot, und als er bedachte, wie Gott das Geschlecht Isais gleich einem Baum gefällt, die Wurzel jedoch gesegnet hatte, so daß der Christusbaum wachsen und erblühen konnte – da verdunkelte ein wütender Schmerz die Bilderpracht. Seine Hand suchte Halt am Chorgestühl, er fürchtete, das Bewußtsein zu verlieren, aber es gelang ihm, sich unter diesem mörderischen Bohren wachzuhalten – und doch brach er zusammen, das Hinterhaupt mit den Händen schirmend, als müsse er einen Schlag abwehren.

Sein Sturz hatte einen jungen Mann aufgeschreckt, der vor dem Altar des heiligen Godehard eine Kerze entzündet hatte. Als er dem Pater die Hand auf die Schulter legte und sich zu ihm niederbeugte, konnte Spee sich schon wieder aufrichten. Sein Augenlicht kehrte zurück, er sah in ein offenes Knabengesicht, sah den blonden Flaum auf der Oberlippe, den besorgten Blick. Er entschuldigte sich für seine Schwäche und wollte gehen, aber der Junge nötigte ihn in die Bank, erkundigte sich nach den Vorzeichen und Merkmalen dieser Anfälle und stellte seine Fragen im Hildesheimer Platt so präzise, als sei er selber Arzt.

»Kommen Sie mit!« sagte er dann. »Es sind nur ein paar Schritte, ich führe Sie. – Wohin? Zu meiner Tante im Turm gleich hinter Sankt Michael. Sie müssen keine Treppen steigen, sie wohnt im Keller. Sie versteht was von Schmerzen, vielleicht mehr als Ihr Doktor. Kommen Sie mit, Hochwürden, sie wird Ihnen helfen, ich schwör's!«

Der Junge in seiner bestimmten Art erinnerte den Pater an seinen Lieblingsschüler, an Philipp von Kronthal. Dieser hier war kein Lateinschüler, vielleicht nur ein Handlanger oder Streuner, die Stadt war voll von jungen Leuten, die keine Arbeit fanden; die Werber der Liga und des Wallenstein wußten das.

Als Spee wieder auf seinen Füßen stand, war ihm klar, daß er aus eigener Kraft nicht zum Kolleg finden würde. Seine Knie zitterten, und der bohrende Schmerz im Hinterhaupt war einem anhaltenden Druck gewichen, als habe man seinen Kopf in einen Schraubstock gezwängt.

»Ich sehe doch, wie schwindelig Ihnen ist«, sagte der Junge mit der brüchigen Stimme des Fünfzehnjährigen. »Ihre Augen schwirren hin und her.«

Spee mußte trotz Schmerz und Schwäche lächeln. »Und deine Tante wird es ihnen verbieten?«

»Warten Sie's ab!«

Spee wandte nichts mehr ein, als der Junge ihn am Ellbogen packte und Schritt für Schritt den Kirchhügel hinab bis zu einem ausgedienten Turm der alten Stadtbefestigung geleitete. Hier, hinter mit Brettern verschlagenen Fensterscharten, hatte sich armes Volk seine dürftigen Behausungen eingerichtet.

Der runde, efeubewachsene Turm wuchs aus einem quadratischen Sockel. Unter einem weit ausgreifenden Vordach aus schimmeligem Stroh, über ein Trümmerfeld aus Holzscheiten, Topfscherben, Faßdauben und Kisten gelangte man zum Eingang. Auf einem Bündel aus Lumpen und Werg saß ein Mann, den nackten Oberkörper an einen Schubkarren gelehnt, den abgegriffenen Hut auf die Nase gezogen. Eine Katze wälzte sich wohlig im Sand zu seinen Füßen und kümmerte sich nicht um die Hühner, die rings um den großen Misthaufen pickten. Es war, trotz aller Anzeichen der Unordnung und des Verfalls, ein Bild mittäglichen Friedens.

Als der Junge ihn unter das vor der Sonne schützende Dach geführt hatte und gleich darauf im Turmeingang verschwunden war, meinte Spee ein wie aus Brunnentiefe kommendes Seufzen und Stöhnen zu hören – doch dann war wieder nichts zu vernehmen als das Gackern der Hühner und das Summen der Schmeißfliegen.

Nach einer Weile kehrte der Junge zurück. »Sie wird gleich kommen«, sagte er.

»Ich habe es mir überlegt«, sagte Spee. »Es geht mir schon viel besser. Es ist unnötig, deine Tante zu belästigen.«

Er wollte den Jungen nicht kränken. Aber es schien ihm absurd, sich von einem alten Kräuterweiblein besprechen zu lassen.

»Warten Sie!« sagte der Junge. »Warten Sie! Bitte! Es dauert bestimmt nicht lange!«

Er zupfte den Pater am Ärmel, war ihm behilflich, sich auf eine Kiste zu setzen. Der Schläfer am Karren schob den Hut zurück, blinzelte und gähnte.

Da hörten sie den Schrei. Zaghaft ansetzend wie zur Erprobung, dann ein lungenstarkes Getön wie aus verbeulter Trompete.

Der Junge grinste. »Wollen Sie noch immer gehen?«

Spee benötigte einige Sekunden, bis er begriff, daß er nicht an Siechtum und Wundenqual zu denken brauchte. Er lächelte und schlug langsam ein Kreuz.

»Wenn das Kind nämlich stürbe ...«

»Es hört sich nicht so an«, sagte Spee.

»... und Sie hätten ihm nicht einmal die Nottaufe gegeben ...«

»Ich dachte, es gehe hier um meine Kopfschmerzen«, sagte der Pater.

Der Alte am Schubkarren rappelte sich auf und entfernte sich schimpfend. In das unterirdische Gebrüll fiel der Hahn ein und spreizte die Flügel.

Sie mußten dann noch eine halbe Stunde warten. Endlich erschien im Turmeingang eine schlanke, stattliche Person in Rock und Bluse, die nackten Arme lösten am Rücken das Schürzenband. Das bräunliche Gesicht unter dem Kopftuch gehörte einer jungen Frau; die großen, blaugrünen, den Besucher intensiv musternden Augen waren von den schwarzen Wimpern wie mit Kohlestift umrissen.

Skeptisch, aus purer Neugier – oder auch nur, weil die Frau ihm gefiel, folgte der Pater ihr mit dem Jungen die Wendelstiege hinunter in einen geweißten Kellerraum. Noch dampfte es aus dem Zuber, in dem das Kind gebadet worden war. Nun lag es schon an der Brust der Mutter. Die hob ihnen, auf eine Pritsche gebettet, das im Kerzenschein schweißnaß glänzende Gesicht entgegen. Als sie den katholischen Priester erkannte, wandte sie sich mit angstvollem Blick der Hebamme zu und schüttelte mehrmals den Kopf, während sie das Neugeborene noch fester umschlang. Erst im Nebenraum trug der Junge zungenfertig Spees Beschwerden vor.

»Leg ihn hin, Barbara! Schmier ihn ein, und wenn er nicht stillhält – na, du weißt schon!« Er sah sich um und nahm einen Napf vom Wandbord. »Bockshornklee und Katzenkraut?«

Spee versuchte, der Frau einzureden, sie werde nebenan nötiger gebraucht. In Wahrheit steckte sein Kopf schon wieder in der eisernen Klemme. Ihm war, als klaffe sein Schädel genau an der Bruchstelle auseinander und werde nun mit aller Gewalt zusammengepreßt. Und als die Frau ihm in die Augen sah, begriff er sofort, daß er ihr nichts vormachen konnte; es blieb ihm nichts übrig, als sich zu fügen. Er tat, was diese Barbara ihm befahl, und legte sich auf eine in die Wand eingelassene Bank. Sie bat ihn, näher an die Mauer zu rücken, und setzte sich neben ihn. Der Junge reichte ihr den Salbtopf. Mit kreisenden Fingerspitzen fuhr sie über Spees Hals die Schläfen hoch bis zum Haaransatz, und in die Stirn rieb sie den betäubend duftenden Kräutersud mit dem Handballen ein. Dann strich sie mit den Fingerspitzen beider Hände über die Stirn, von der Mitte bis zu den Schläfen, und, immer in der gleichen Richtung, noch tiefer, über die Brauen und endlich über die Lider. Er fühlte sich von der Nähe ihrer Augen und ihrer Brüste, die er auf seinem Leib spürte, nicht unkeusch bedrängt, sondern tief befriedet. Wie in den Schlummer gewiegt, schloß er die Lider, vergaß den Schmerz und schlief ein.

Erst als das Kind wieder schrie, erwachte er und fand sich allein. Dann kam Barbara aus dem Nebenraum, er richtete sich auf, empfand auf Stirn und Schläfen eine angenehme Kühle, und als sie sich wieder neben ihn setzte und ihm den Puls fühlte, bekannte er, daß er schmerzfrei war.

»Wie kann ich Ihnen danken?«

»Kommen Sie wieder«, sagte die Frau. Sie hatte das Kopftuch abgenommen, ihr langes, schwarzes Haar glänzte seidig wie auf den Madonnenbildern der Italiener.

»Was bin ich Ihnen schuldig?«

Sie wiederholte: »Kommen Sie wieder!« – und als ihm das nicht genügte: »Verraten Sie niemandem, wo Sie waren. Ich bin katholisch, aber die Frau nebenan ist lutherisch. Wenn es eine Sünde war, ihr zu helfen, dann will ich's beichten.«

Er stand auf. »Gott hat auch dieses Leben gewollt. Es zu bewahren, kann nicht Sünde sein.«

Er legte seine Hand auf ihren Scheitel – und plötzlich dachte er: Sie hat auch an mir so etwas wie einen Segen wirksam gemacht. Kräutersegen ...

Als er am Lager der Wöchnerin vorbeiging, fand er Mutter und Kind schlafend. Er blieb stehen und segnete sie.

»Und wenn sie aufwachen, sind sie katholisch«, sagte Barbara.

»Ja, wenn's so einfach wäre«, sagte er.

Auf der Bank vor dem Turm saßen sie noch für ein paar Minuten im Schatten. Er hörte ihr zu, wie sie von ihrem Leben erzählte. Ihr Mann war als Soldat der Liga in der Schlacht bei Lutter am Barenberg gefallen. Das war vor drei Jahren gewesen, und seither übte sie ihren alten Beruf wieder aus. Solange sie nur ihren Hebammenpflichten nachging, hatte sie nicht viel zu befürchten – es sei denn, ihr unterlief eine Totgeburt. Bisher hatte sie sich noch immer rechtfertigen können. Wichtig war, daß man das tote Kindlein unversehrt vorweisen konnte. War es erst einmal unter der Erde, erhob sich nur allzu schnell der Verdacht, die Hebamme habe es aufgefressen oder im Kräuterkessel zu einem Liebestrank verkocht. Im Tiegel aber, auf der hauchdünnen, in Blasen sprudelnden Haut tanzten, so meinten die gelehrten Herren vom Stadtgericht, die »Hollen« herum.

»Die Hollen?«

»Man merkt, daß Sie kein Hildesheimer sind«, sagte die Hebamme. »Sonst würden Sie die Geisterchen kennen. Sie sind nicht größer als mein Daumennagel und durchscheinend wie ein blaues Flämmchen. Um sie sichtbar zu machen, schlägt man frische Eier in eine zinnerne Schüssel, die zuvor auf einer Leiche gestanden hat. Jeder Körper, den sie befallen, wird krank und siech. Kein Teufelswerk kann gedeihen, helfen die Hollen nicht mit.«

Und wieder wußte er nicht, ob sie das ernst meinte. Aber er wußte, daß die Herren vom Stadtgericht und die Professoren der Universitäten zu Helmstedt und Marburg die Hollen ernst nahmen, sehr ernst sogar, und daß ihre Gutachten schon viele Frauen aufs Gewölbe im Lilienturm gebracht und mancher sogar den Hals gebrochen hatten. Hexenkundige Brüder im Kolleg, Pater Silvester voran, hatten ihm von grauenhaften Tänzen im Steuerwaldschen Felde und vom heulenden Hexensturm auf dem nicht weit entfernten Blocksberg erzählt. Auch auf dem Hohen Weg und sogar auf dem Marktplatz machten sie dem Satan ihre Aufwartung.

Wie eine Frau, die unzweifelhaft Gutes tat, über Nacht in schweren Verdacht geraten, ja sogar der Hexerei bezichtigt werden konnte – die Einsicht also, wie bald Unschuld durch Angst und Mißtrauen der Nachbarn oder der Obrigkeit in tödliche Gefahr geraten kann: Das erinnerte ihn heute schon zum zweitenmal an seine begonnene Schrift. Er beschloß, noch während dieser letzten Tage in Hildesheim die Arbeit an der »Cautio Criminalis« wiederaufzunehmen.

Barbara erzählte weiter, auch von ihren Erfahrungen als Heilkundige:

»Die Ärzte sind hinter uns her, sie dulden unsere Arbeit nicht. Aber zu uns kommen ohnehin nur einfache Leute, nur ganz selten mal einer wie Sie – und dann muß man ihn schon herbeischleppen, wie es mein Neffe getan hat. Arme Leute haben kein Geld, um den Arzt zu bezahlen. Wer krank wird, dem hilft nur der Bader oder die kundige Frau. Aber selbst wenn die Ärzte das arme Volk um Gotteslohn behandeln wollten – sie würden es nicht packen, es gibt doch viel zu wenig. Und doch dürfen wir nicht helfen. Die Bader lassen sie noch gelten, die Herren Doktoren, die nehmen ihnen das Gröbste ab. Auch gegen die armen Lullkebrüder, die Kranke ohne Entgelt pflegen, haben sie nichts. Aber wir ...«

»Weshalb wollen die Ärzte euch nicht dulden?« fragte Spee.

Sie zögerte einen Moment. Dann sagte sie: »Weil wir Frauen sind.« Und das klang so, als sei eine weitere Frage nun nicht mehr nötig.

Die Turmuhr schlug vier. Er mußte vorhin fast zwei Stunden geschlafen haben. Sicher hatten die Brüder schon ausgeschickt nach ihm, suchten ihn in der ganzen Stadt. Er verabschiedete sich von Barbara, fragte nochmals, was er schuldig sei.

»Sie sind ja auch nur ein armer Mönch«, sagte sie.

Er widersprach. »Ich habe mehr, als ich verbrauchen kann.« Er drängte ihr eine Münze auf.

Sie hatte so viel nicht erwartet, und als er das Geldstück nicht zurücknehmen wollte, sagte sie: »Dann haben Sie im voraus bezahlt. Sie müssen also wiederkommen.«

Er nickte. Sie sah so gesund aus: ein braunes, glattes, zum Anschauen gemachtes Gesicht. Sie lachte und zeigte schneeweiße Zähne. Sie gefiel ihm mit ihren resoluten Bewegungen, ihrer rauhen Stimme. Er dachte an die Worte des Hohen Liedes: Gebräunt bin ich zwar, aber doch schön ...«

Und darüber dachte er nach, als er sich mit leichtem Schritt über den Langen Hagen und das Treibe-Brückchen dem Marktplatz näherte. Er merkte gar nicht, daß er einen großen Umweg machte; er wollte doch zum Domhof zurück. Und gleichsam zur Rechtfertigung seines Wohlgefallens an dieser Frau redete er sich ein, daß sie ihn an seine Schwester Sibylle erinnere. Als einziger Junge mit drei Schwestern aufgewachsen, hatte er sich auch in späteren Jahren eine heiter-nachsichtige Sympathie für junge Frauen und Mädchen bewahrt, eine unbefangen brüderliche Neigung, die für einen Ordensmann nicht selbstverständlich war.

Und Barbara? Ihr dankte er es, daß er frei von Schmerzen war. Fürs erste einmal. Sie hatte es ihm unverblümt gesagt: Sollte die Besserung wirklich dauerhaft werden, müßte er wiederkommen. Er schüttelte den Kopf über sich. So einfach einzuschlafen, nur weil eine fremde, schöne, ja doch, eine schöne Frau es so will?!

Kaum nahm er die vielen Menschen wahr, die sich trotz der ungebrochenen Hitze auf dem Marktplatz zusammengefunden hatten. Bürger und Hausfrauen drängten sich vor den Ständen, murrten über das klägliche Angebot und die gepfefferten Preise und zählten mit spitzen Fingern abgegriffene Münzen auf den Tisch. Nach drei Mißernten, nach Einquartierung, Plünderung, Brandschatzung – wen wunderte da die Teuerung! Andere scharten sich um Radschläger und Musikanten oder feilschten an der Fleischbank vor dem vielgeschossigen Knochenhauer-amtshaus mit den Metzgern, während Hunde und Katzen sich um die Abfallkübel rauften.

Da klingen warnende Rufe von weit, von der Steingrube her. Eine vornehme Kutsche nähert sich auf der Rathausstraße dem Markt. An die Hauswand gedrängt, zieht der Bürger den Hut, macht die Frau ihren Knicks, das ist man der Obrigkeit schuldig. Der Wagen, von zwei Rappen gezogen, federt herbei, aus dem Kutschkasten neigt sich ein hoher Prälat und lädt den bärtigen Jesuiten ein, bei ihm Platz zu nehmen. Bald erfährt man vom Nachbarn, wer das ist, dieser hohe geistliche Herr, und schon spricht sein Name sich weiter von Stand zu Stand und von Bude zu Bude, und dann weiß es ein jeder: *Der Dortmunder* ist in der Stadt, und als er kurz auf dem Marktplatz halten ließ, hat er einen bleichen Jesuiten eingeladen, zu seiner Rechten zu sitzen: ein schlichtes Mönchlein neben solch großmächtigem Herrn!

Wo hab' ich den schon gesehen, dachte Spee, als er in der Kutsche des Generalvikars saß – zwar nicht zu seiner Rechten, wohl aber ihm gegenüber. Ein athletischer Fünfziger, der Kopf wie aus Erz gegossen. Der schmale Nasenrücken bildet mit den nur mäßig gebogenen Brauen ein lateinisches T. Tiefe Falten queren wie dreifache Schwingen die Stirn, die als ein Ehrenzeichen die Narbe des Dortmunder Steinwurfs trägt.

Spee hatte Muße genug, ihn zu betrachten. Nachdem ihn der Weihbischof aus der Menge aufgelesen hatte, war er in beharrliches Schweigen verfallen. Aber sein Blick blieb auf Spee gerichtet, und zuweilen schien er durch ihn hindurch in die Ferne zu gehen.

Ihr Weg führte nicht zum Kollegienbau, sondern durchs Hagentor aus der Stadt hinaus. Und als habe der hohe Prälat nur auf die wohltätige Schattenfahrt unter den Eichen der alten Hannoverschen Heerstraße gewartet, begann er aufgeräumt zu reden. Dabei belebte sich das Erzgesicht; aus dem Weihbischof und Generalvikar von Paderborn und Hildesheim wurde ein geschmeidiger Weltmann: der erfahrene Diplomat, dem Fürstbischof Wartenberg zu Osnabrück immer neue, höchst heikle, höchst weltliche Missionen anvertraute.

»Ich hätte Sie schon längst an Ihrem Schmerzenslager aufgesucht, lieber Spee«, sagte Johannes Pelking, »wenn ich nicht eine Sache unseres Kurfürst-Erzbischofs vor dem Reichskammergericht zu Speyer hätte vertreten müssen. Was Sie in Peine vollbracht haben, wird Ihnen die Kirche niemals vergessen. Wehren Sie nicht ab! Es ist, trotz des Krieges, eine feige, nichtswürdige Zeit, in der wir leben. Und die Diener der Kirche sind kleinmütig, wetterwendisch und schnell bereit zum Verrat. Wo fände sich heute ein heiliger Cyprian, ein Thomas Morus?! Aber – der Herr sei gelobt! – wir haben einen Pater Spee. Was Ihnen auf jenem Ritt zwischen Peine und Woltorf widerfahren ist, lieber Bruder, das stieß auch unserer Heiligen katholischen Kirche zu, und – Sie verstehen mich? – ich preise den Herrn dafür! Denn nichts tat uns so bitter not wie ein Martyrium um des Glaubens willen. Ich wünschte, es hätte einen Mann aus meinem Orden getroffen. Nun, Gott hat es anders bestimmt. Was einem Minoriten nicht beschieden war: den Jesuiten zeichnete Er gleich dreifach aus: mit dem Erfolg seines Bekehrungswerkes, mit der Gabe des frommen Gesangs und, endlich, mit der Märtyrerkrone!«

Spee, in seiner Verlegenheit, suchte den durchdringenden Blick des ›Dortmunders‹ zu meiden – zugleich wollte er herausfinden, wohin die Fahrt ging. Aber die ungepflegten Gärten, die nur allzu oft brachliegenden Äcker, die von der Dürre des Sommers gebräunten Wiesen sagten ihm nichts. Die Sonne über dem Innerste-Fluß zu ihrer Linken verriet immerhin, daß sie nach Norden fuhren. In der Hoffnung, die Elogen aus dem Munde des hohen Vorgesetzten beenden zu können, die ihm ebenso peinlich waren, wie sie ihm schmeichelten, griff er das ihm weniger verfänglich scheinende Lob seiner Dichtkunst auf, die der Prälat als eine der drei göttlichen Auszeichnungen gerühmt hatte.

»Sie kennen meine Lieder?«

»Wer kennt sie nicht!« sagte Pelking. Und mit der geübten Stimme des Liturgen begann er zu singen. Als Spee ihm erstaunt und bestätigend zunickte, forderte er ihn auf mitzuhalten, und sogar dem Kutscher klopfte er ermunternd auf den Rücken.

»Wohlauf, ihr holden Saitenspiel',
stimmt an die Silberzungen;
die Saiten stimmet an subtil,
stimmt an, was je geklungen ...«

In einer Pause gelang es Spee, nach dem Ziel der Fahrt zu fragen.

»Die Bischofsburg«, sagte Pelking. »Wir sind schon auf dem Steuerwaldschen Feld.«

»Im Kolleg wird man sich Sorgen machen«, gab Spee zu bedenken.

»Ich habe Turrianus gesagt, daß ich Sie mitnehme, sofern es mir gelingen sollte, Sie aufzugreifen. Er erwartet Sie nicht vor dem Angelus.«

Während Spee noch darüber grübelte, was den Weihbischof in Wahrheit bewogen haben mochte, gerade ihn so sichtbar auszuzeichnen, vertieften sich die Falten auf Pelkings Stirn. Er hatte keinen Blick für die Bauern am Wegrand, die demütig grüßten, als die Kutsche sie überholte. Seine Augen ruhten auf Spee, als erwarte er von ihm die Antwort auf eine nicht gestellte Frage. Endlich brach er abermals das Schweigen, und die weitläufige Art, in der er sich scheinbar ganz unvermittelt über Probleme von höchstem politischen Rang ausließ, machte deutlich, daß ihn nicht nur die Sorge um geistliche Wohlfahrt und wirtschaftliches Gedeihen seiner Diözesen beschwerte: Nicht minder bedrückte ihn das Schicksal des Reiches, des Hauses Österreich vor allem, das sich nicht nur der Türken, der norddeutschen Fürsten und der ruhmsüchtigen Könige Dänemarks und Schwedens zu erwehren hatte, sondern auch das durchtriebene Frankreich fürchten mußte. König Ludwig und sein mächtiger Minister Kardinal Richelieu würden sich nicht scheuen, ein Bündnis mit evangelischen Fürsten einzugehen – und dies, obwohl sie zur gleichen Zeit die hugenottischen Ketzer im eigenen Lande blutig verfolgten! Und damit ihm das Haus Österreich nicht zu sehr erstarke, empfahl der Franzose den deutschen Kurfürsten, als nächsten Kaiser einmal keinen Habsburger, sondern den Bayernherzog Maximilian zu erwählen. So sehr sorgte sich Frankreich um des Heiligen Römischen Reiches Libertät und um die uralten Freiheiten und Gerechtigkeiten der deutschen Fürsten, daß Ludwig XIII. zum nächsten Kurfürstentag eine stattliche Delegation ankündigte, um das Selbstbewußtsein der deutschen Herren zu stärken und sie gleichzeitig nach Kräften zu entzweien. Von *dieser* Absicht allerdings ließ der König nichts verlauten.

Für Spee war das alles neu. Seit Wochen hatte er nichts mehr von den Weltläuften gehört, und auch in Peine hatte er sich weit mehr um die lokalen Verhältnisse kümmern müssen als um die Ränke der Mächtigen – zumal der Krieg sich mehr und mehr aus Deutschland entfernte. Es sah ja schon beinahe nach Frieden aus.

»Der Däne ist erledigt«, sagte Pelking. »Er sitzt nach wilder Flucht in seinem Schloß Rosenborg bei Kopenhagen und mag sich jetzt überlegen, ob er wirklich im rechten Glauben lebt. Jütland hat er verspielt; kein dänisches Segel wagt sich mehr von Seeland oder Fünen über den Sund. Ganz vergebens stellt der Schlick dort noch immer seine Späher an den Strand.«

»Wer ist Schlick?« fragte Spee.

»Wallensteins Feldmarschall in Jütland«, sagte Pelking. »Ein kluger Mann, dieser Friedländer. Der Tilly setzt sich in gut katholischen deutschen Landen fest, die schon dreifach ausgeplündert sind, so daß seine ligistischen Soldaten, weil sie ehrlich Hunger haben, rechtgläubigen Bauern die letzte Sau aus dem Stall rauben. Wenn es um Fourage geht, zählt keine Frömmigkeit; der Glaube stopft keine Mäuler. Aber die Kaiserlichen machen es schlauer: Die gehen in noch unberührtes Feindesland und holen sich dort, was sie brauchen. Feindesland zu plündern, ist immerhin etwas moralischer, als dem Freund die letzte Ration zu stehlen. Der Wallenstein hätte es gar nicht nötig gehabt, die Dänen über Flensburg hinaus zu verfolgen, die waren doch längst geschlagen. Aber es ging ihm um Brot und Beute, um Winter- und Sommerquartier. Und dort, zwischen Glückstadt und Skagen, ist auch heute noch einiges zu holen.«

»Sie werden nicht ewig dort bleiben können«, sagte Spee.

»Man zieht sie ja auch schon ab, sie werden bei Mantua gebraucht. Ein schöner langer Marsch von dort oben! Wir könnten jetzt in aller Ruhe das Decretum Caesareum Restituendis durchführen, und in wenigen Jahren wäre ganz Deutschland katholisch. Wenn nur der Mann im Norden nicht wäre.«

»Der ›Löwe aus Mitternacht‹?«

»Ich liebe solche bombastischen Titulaturen nicht, sie schaffen Legenden und schwächen den Widerstand noch vor der Schlacht. Aber soviel ist gewiß: Gustav Adolf landet eines baldigen Tages an der Ostseeküste. Der stellt sich gescheiter an als der törichte Däne! Und die protestantischen Fürsten werden ihm zufallen wie überreifes Obst. Dann aber gnade uns Gott!«

Burg Steuerwald, vom zweifachen Wassergraben umgeben, nördliche Schutz- und Trutzfeste der bischöflichen Regierung, Zuflucht vor den unbotmäßigen Hildesheimern – Steuerwald, um der Gewalt zu steuern, nicht selten auch Verwahrungs- und Hinrichtungsort, lag eine gute Fußstunde von der Stadt entfernt. Mißtrauisch betrachtete Spee das klobige Mauerwerk, den schmucklosen Mittelbau, den dreihundert Jahre alten Turm. Als der Wagen im Hof hielt, den nur eine alte Kastanie, aber kein grünender Busch zierte, fiel es Spee ein, daß hoch in diesem Turm hinter den vergitterten Fensterläden der lutherische Prediger Bissendorf eingekerkert war, bis man ihn endlich hier im Hof enthauptet hatte. Auf Urteilsspruch des Kurfürstlichen Gerichts zu Köln, letztlich aber auf Weisung des Weihbischofs Pelking, der Ort und Stunde anberaumt hatte.

»Bleiben Sie sitzen«, sagte Pelking und stieg aus der Kutsche. »Ich habe eine Kleinigkeit zu erledigen, es dauert nicht lange.«

Während der Bischof in das Hauptgebäude ging, in dessen Fensterscheiben sich die Sonne des späten Nachmittags spiegelte, spannte der Kutscher die Pferde aus und führte sie zum Brunnen. Kein Laut der Außenwelt drang in diesen tristen Hof, nur das Klirren der Eimerkette und das Schnauben und Schlürfen der Gäule war vernehmbar. Spee allerdings hörte auch den Trommelwirbel und das Aufsetzen der Hellebarden auf den Pflastersteinen, das Jammern und Schreien des unglücklichen Prädikanten, das Hohnlachen der Zuschauer. Er erinnerte sich an Pater Horns abfälligen Bericht, er vermeinte zu sehen, wie sie den Wimmernden schließlich an Armen und Füßen packten und zum Block schleppten: verleugnet von seinem Herrgott, im Stich gelassen von seinem falschen Glauben …

Sie dürften es nicht verbreiten, dachte Spee. Wer von uns weiß, wie er sich in der Todesstunde verhalten wird? Bissendorf war schwach – doch spotten sollte man nicht über sein Versagen. Wer darf sicher sein, daß Gott ihm Stärke verleiht?

Pelking kehrte zurück.

Sie hatten kaum das Tor passiert, da kam ihm, noch ehe Spee ihn wegen des Lutheraners ansprechen konnte, der Weihbischof zuvor:

»Ich mußte den Burgkaplan zur Ordnung rufen. Sehen Sie, das ist einer jener armseligen Pfaffen, von denen ich vorhin sprach. Der Mann verkündet aller Welt, dieser Bissendorf – der

Fall ist Ihnen bekannt? – sei mannhaft gestorben mit dem Psalter in der Hand und seinem Glauben treu bis zum letzten Atemzug. Das Heldenlied vom braven Pfarrer Bissendorf ... Und das sagt er, obwohl es sich längst herumgesprochen haben sollte, wie kläglich dieser Ketzer sich benahm. Es gibt so viele Leute, die noch immer nicht wissen, in welchem Schicksalskampf unsere Heilige Kirche sich befindet. Als habe sie nicht bereits mit hundert- und aberhunderttausend Toten für ihre Torheiten bezahlen müssen. Und dabei hat der große Krieg noch nicht einmal richtig begonnen!«

Des Weihbischofs ohne erkennbaren Bezug auf Bissendorfs Ende vorgetragene Beschwerde über die Ignoranten im Kirchenvolk ließ Spee aufhorchen. Und obwohl Pelking doch hinreichend deutlich gemacht hatte, daß es mit der Tapferkeit des Delinquenten nicht weit her gewesen sein konnte, erlaubte sich Spee dennoch die Frage:

»Wie starb Bissendorf?«

Die Antwort kam nicht gleich. Und ehe Pelking Auskunft gab – keineswegs verärgert, wie es schien –, schloß er für einen Moment die Lider, wie von Erinnerung überwältigt.

»Ich habe es mit eigenen Augen gesehen«, sagte er endlich mit verhaltener Stimme. »Der Herr schenke auch uns, wenn unsere Stunde naht, diesen Stolz, diese Würde.«

Er bemerkte Spees Betroffenheit. Er beugte sich vor und berührte sein Knie.

»Sie machen ein verstörtes Gesicht. Aber gerade Sie sollten wissen, worum es hier geht. So not unserer Heiligen Kirche ein Märtyrer tat und so dankbar wir dem Herrn für diesen Dorn aus Seiner Krone sein müssen, den Er in Ihr Haupt getrieben hat – so ungelegen käme uns ein protestantischer Schmerzensmann. Wäre es nach mir gegangen, ich hätte aus eben diesem Grunde Bissendorf gar nicht zum Tode verurteilt. Aber die Herren in Köln sind weit vom Kriegsschauplatz, die urteilen legalistisch, nicht nach der Opportunität. Um die schlimmsten Folgen zu verhüten, mußte dieses Sterben zumindest lächerlich gemacht, mußte seiner Würde, seiner märtyrerhaften Glorie entkleidet werden. Wem schade ich damit? Dem Andenken eines Lutheraners allenfalls. Gott der Herr, sofern Er sich des verstockten Sünders annehmen sollte, wird *ihn* meine fromme Lüge nicht entgelten lassen.«

Als Spee noch nicht überzeugt schien, wechselte der Generalvikar den Ton, fuhr ihn nachgerade an:

»Und da unterstellt man dem heiligen Ignatius und seinen Jesuiten, der Zweck heilige ihnen die Mittel! Sollte der Mann von Loyola das wirklich gesagt haben – Sie, sein Jünger, haben es wohl vergessen? Lernen Sie, Ihre moralischen Bedenken zurückzustellen, wenn es um erhabene Ziele geht! Der Aufgabe, die ich Ihnen übertragen möchte, werden Sie nur gewachsen sein, wenn Sie sich nicht allein als gehorsam, sondern auch als schlau und verschlagen erweisen. Wir leben in einem Fuchsbau, einer Schlangengrotte, einem Nest voll giftiger Skorpione. Wir leben in der *Welt* – nicht im Paradies.«

Da wußte Friedrich Spee plötzlich, an wen ihn dieser Kopf erinnerte. Das bronzene Taufbecken im Hildesheimer Dom wird von vier kauernden Männern getragen, deren jeder einen der vier Ströme des Paradieses darstellt. Dem Antlitz des Stromes Physon, des Stromes der Klugheit, in Bronze gegossen von der begnadeten Bildnerschule des heiligen Bernward, glich das Gesicht des Johannes Pelking. Und wie jener trug wohl auch er eine schwere Last auf seinen Schultern.

»Weil wir aber in einer vom Satan bedrohten Welt leben«, fuhr Pelking fort, »müssen wir doppelt Sorge tragen, daß, wer heute rechten Glaubens ist, auch morgen noch gut katholisch bleibt. In Peine haben Sie aus überzeugten Protestanten brauchbare Katholiken gemacht. In Corvey werden Sie aus Katholiken, die unsere Kirche in den Schmutz gezogen haben, wieder gehorsame Diener Christi machen.«

»Wie soll ich das verstehen?« fragte Spee.

»Jeder wirke an dem Platz, den Gott ihm bereitet hat! Ihr Platz wird das Kloster Corvey sein.«

»Rektor Turrianus wollte mich nach Falkenhagen schicken.«

»Auch dieser redliche Mann hat die Sturmzeichen der Zeit noch nicht erkannt. Er meint, Sie hätten erst einmal Erholung nötig, beschauliche Waldspaziergänge, Schmetterlingstanz und Hummelgesumm. Nein, Spee, Sie sind nicht nur Dichter. Sie sind auch Soldat, Soldat Christi. Nicht umsonst nennt sich der Oberste Ihres Ordens General. Und ein Soldat, wenn seine Wunden verheilt sind, kehrt unverzüglich zu seinem Regiment zurück. Oder kennen Sie es anders?«

»Nein«, sagte Spee.

»Deshalb werden Sie nicht nach Falkenhagen, sondern nach Corvey reisen. Corvey ist ein Kloster. In der Abtei sind Mönche, Benediktiner, also gute Katholiken. Sollte man denken! In Wahrheit ...« Pelking senkte die Stimme, der Kutscher sollte nicht mithören. »Spee! Ich sende Sie in eine Löwengrube! Sie werden Zustände vorfinden, die Ihre schlimmsten Vorstellungen noch übertreffen. Diese Mönche sind verderbter als die Heiden. Sie leben im Stand der Todsünde – seit Jahren! Sie treiben Unzucht wie die Priester Baals und Ascharoths! Und seit sie keinen Führer mehr haben ...«

»Wie?« fragte Spee. »Keinen Prior? Keinen Abt?«

»Sie hatten einen. Abt Heinrich von Aschebrock. Ein Faulpelz, ein Freßsack, ein Wollüstling! Schlimmer als ein Tier! Er hat die Abtei verdorben bis ins Mark. Sie lesen dort schwarze Messen – wissen Sie, was das ist? Albigensertum! Manichäismus! Die Verhöhnung der Heiligen Dreifaltigkeit auf dem Altar des Fleisches!«

»Man hat ihn natürlich sofort abberufen, als das herauskam?«

»Gewiß. Die Kongregation hat ihn abgewählt, seines Amtes enthoben, verjagt. Das war schon vor drei Monaten.«

»Und der neue Abt?«

»Das eben schmerzt uns! Unser Kurfürst-Erzbischof Ferdinand hatte sofort seinen Anspruch auf die Besetzung des Amtes angemeldet. Aber die Kongregation hat sich nicht daran gehalten; sie hat einen anderen Abt gewählt, einen gewissen

Brambach. Den jedoch erkennen *wir* nicht an. Dieser Abt ist auf seine Weise genauso schlimm wie der vorige. Sehr anders – aber genauso schlimm! Aber ich versichere Ihnen: Christoph Brambach wird nicht Abt von Corvey bleiben! Ich entsende Sie, Spee, in die Abtei mit allen Vollmachten unserer Heiligen Kirche. Halten Sie sich in drei Tagen bereit. Sie waren durch Gottes Gnade Märtyrer, Sie sind mit Gottes Hilfe genesen, Sie werden mit Gottes Segen den Schweinekoben Corvey ausmisten, wie jener Herakles den Stall des Augias! Es ist ein Elend um unsere alleinseligmachende Kirche, Spee. Wissen Sie, was der Wallenstein unlängst gesagt hat? ›Ich sehe nicht ein, daß ich der Kirche ständig Abteien zurückerobern soll, solange sie nicht bessere Äbte hat.‹ Leider nur zu wahr.«

Als die bischöfliche Kalesche vor dem Kollegiumsbau hielt, erlaubte sich Spee, die Berufung nach Paderborn, die Turrianus ihm als Möglichkeit dargestellt hatte, zu erwähnen. Pelking legte sich nicht fest, aber er meinte immerhin: »Ein Mann, der sich in Corvey bewährt hat, wird auch Paderborner Studenten etwas zu sagen haben.«

Inzwischen waren die hochwürdigen Patres wie die Schuljungen auf die Straße gelaufen. Nur mit Mühe widerstand Turrianus dem Drang, ebenfalls vors Haus zu eilen. Er stand am Fenster und gab sich, gefällig hinunterwinkend, den Anschein hausväterlicher Erleichterung über die Rückkehr des verlorenen Sohnes. Als der Weihbischof den Pater Spee zwar aussteigen ließ, selbst jedoch keineswegs weiterfuhr, sondern ebenfalls aus der Kutsche kletterte, obwohl er sich doch schon vor zwei Stunden vom Hildesheimer Kollegium verabschiedet hatte, blieb Turrianus nichts anderes übrig, als nun doch die Treppe hinunterzueilen und dem hohen Herrn, der sie wider Erwarten noch einmal heimsuchte, an der Pforte die Ehre zu erweisen.

»Bringen Sie uns Wein!« befahl Pelking und begab sich ohne Umstände ins Refektorium, wo er mit Turrianus an einem der langen blankgescheuerten Tische Platz nahm.

»Pater Spee wird Sie bereits in wenigen Tagen verlassen«, sagte der Weihbischof. »Ich schicke ihn nach Corvey.«

Als Spee im Obergeschoß seine Zelle betreten wollte, begegnete ihm Doktor Wellinger. »Endlich!« sagte der Arzt. »Wer hat Ihnen denn erlaubt, solche Ausflüge zu machen?«

»Ich hatte nur einen kleinen Stadtbummel vor«, sagte Spee. »Aber Sie haben recht, ich fühle mich schwach. Ich werde mich ein wenig hinlegen.«

Wellinger, der in dem dunklen Zellengang nach Spees Hand gegriffen hatte und seinen Puls fühlte, sagte: »Nach was riechen Sie eigentlich?«

»Nach Schweiß vermutlich«, sagte Spee verlegen. »Ich sagte ja, es war mir ein bißchen zuviel. Ich gehe zum Brunnen und wasche mich.«

»Schweiß?« sagte der Arzt. »Sie stinken – mit Verlaub! Und ich will Ihnen auch sagen, nach was.« Er schnupperte an Spees Stirn. »Katzenkraut – stimmt's? Ist noch was anderes dabei. Bockshornklee?«

»Kann sein«, sagte Spee.

»Wer hat Sie damit behandelt?«

»Behandelt ist zuviel gesagt. Mir ist unterwegs schlecht geworden. Eine Frau nahm sich meiner an. Es hat mir geholfen.«

»Sie lassen sich von alten Weibern behandeln?« fragte der Arzt. Er schien ernstlich ungehalten.

Spee versuchte auszuweichen. »Sie war durchaus nicht alt.«

»Ich kann nicht zulassen, daß Sie fremde Hilfe in Anspruch nehmen. Solange Sie in Hildesheim sind, bin ich Ihr Arzt.«

»Lieber Doktor Wellinger«, sagte Spee. »Wenn ich auf der Straße umfalle ...«

»Sie sind umgefallen? Auf der Straße?«

»In einer Kirche. In Sankt Michael.«

»Und dort war jemand, der Sie mit Katzenkraut beschmierte?«

Spee erinnerte sich: Er durfte Barbara nicht verraten. »Ich weiß es nicht«, sagte er schroff. »Ich war bewußtlos!« Es tat ihm weh, sich mit dem Arzt, dem er sein Leben verdankte, wegen einer Lappalie herumzanken zu müssen.

Doktor Wellinger begriff, daß er keine weiteren Auskünfte zu erwarten hatte. Er wandte sich ab, blieb nach ein paar Schritten stehen und polterte, ohne sich umzusehen: »Wirklich schlimm, wie Sie stinken! Katzenkraut! Das mag dem alten Paracelsus genügt haben. Heutzutage ist die Medizin ein bißchen weiter!«

... und vermag doch meine Kopfschmerzen nicht zu lindern, hätte Spee am liebsten pariert. Aber er hütete sich, den guten Doktor noch mehr zu kränken.

Auch als er sich im Brunnenhof Wasser über den Kopf laufen ließ, wurde er das Unbehagen nicht los. Ihm war, als habe er einen Fehler begangen.

Am Tag, der für die Abreise vorgesehen war, erwachte Spee mit heftigen Kopfschmerzen. Undenkbar, daß er die vielstündige Rüttelei auf der schlechten Landstraße nach Corvey aushalten könnte.

Seltsamerweise hatte er sich nach dem Frühstück mit seinen Schmerzen einigermaßen ausgesöhnt, obwohl sie keineswegs nachgelassen hatten. Immerhin erleichterten sie ihm den Entschluß, noch einmal die Hebamme aufzusuchen, an die er, auch während er schmerzfrei gewesen war, immer wieder hatte denken müssen. Wenn aber diese Barbara ihm wiederum helfen sollte, müßte er heimlich zu ihr gehen. Und wenn sie ihn, was zu erwarten war, abermals mit dieser aromatischen Essenz bestrich, durfte er dem Doktor nicht mehr begegnen. Denn dieser, sein verehrter Arzt, war schlicht eifersüchtig, und zwar so sehr, als habe er's mit einem konkurrierenden Kollegen von Rang zu tun – und es ging doch nur um ein Kräuterweib. Die Frau wird gewußt haben, weshalb sie mich um Verschwiegenheit bat, dachte Spee.

Er war froh, sie nicht durch eine unbedachte Bemerkung verraten zu haben. Aber als er im Turmkeller bei Sankt Michael vor ihr saß, begriff er, daß er sich kaum ungeschickter hätte verhalten können.

Am Vortag hatte er Doktor Wellinger, der gleich hinter dem Kolleg wohnte, seinen Abschiedsbesuch gemacht; der Arzt hatte ihn mit vielen guten Ratschlägen versehen, sich auch erboten, gelegentlich nach Corvey zu fahren, um die Schädelwunde zu versorgen. Im übrigen hatte er nicht erkennen lassen, daß jene Unterhaltung auf dem Zellengang ihn ernstlich gekränkt hatte. Doch als sie sich die Hände schüttelten, sagte der Doktor beiläufig, als sei ihm gerade noch ein letzter, wenngleich nicht besonders wichtiger Rat eingefallen: »Mit Katzenkraut und Bockshornklee sollten Sie sich nicht mehr behandeln lassen.« Und als Spee eine abwertende Geste machte, als habe er diese Methode längst als Scharlatanerie durchschaut, fügte Wellinger hinzu: »Aber dazu werden Sie, in Hildesheim zumindest, auch keine Gelegenheit mehr haben.«

Das klang unwiderruflich – auf eine befremdende Art.

Um so mehr fühlte Spee sich erleichtert, als er die Hebamme Barbara wohlbehalten in ihrem Keller antraf. Es brauchte allerdings nur wenige Sekunden, dann erkannte er, wie begründet sein Unbehagen gewesen war.

Sie hatte ihn mit einem angestrengten Lächeln begrüßt, ihm mit einem Tuch die Schweißtropfen von der Stirn gewischt und sich ihm gegenüber auf einen Schemel gesetzt.

»Ich weiß, daß Sie wieder Schmerzen haben, und ich werde sie Ihnen auch diesmal nehmen. Schade nur ...« Sie stockte.

»Was ist schade? Ich sehe, daß auch Sie sich nicht wohl fühlen. Haben Sie Angst?« Und als sie nicht antwortete, sondern aufstand und nach dem Salbtiegel auf dem Wandbord griff, fragte er eindringlich: »Haben Sie Grund, Angst zu haben?«

Da sagte sie ihm, daß Syndikus Heidemann bei ihr gewesen war und sie vernommen hatte.

Spee erschrak. Doktor Wellinger mußte – es war kaum anders denkbar – im Rathaus vorstellig geworden sein. Und wenn er auch nichts anderes wußte, als daß in oder bei Sankt Michael eine noch junge Frau ärztliche Hilfe geleistet hatte, so konnten diese Indizien den kundigen Herren auf dem Rathaus doch hinreichend erschienen sein, die ihnen nicht unbekannte Frau zu verdächtigen.

»Sie werden mich auch als Hebamme nicht mehr dulden«, sagte Barbara. »Wovon ich dann leben werde, weiß ich noch nicht. Ich muß doch für den Jungen sorgen. – Legen Sie sich!«

Spee gehorchte. Sie bestrich Stirn und Augenlider mit der aromatischen Salbe. Er dachte: Ich höre, daß sie Beruf und Auskommen verlieren wird, weil sie mich behandelt hat – und veranlasse sie zugleich, abermals gegen das Gesetz zu verstoßen. Er schloß die Augen. Die Schmerzen waren während seines eiligen Marsches zum Turm nahezu unerträglich geworden. Er konnte nicht mehr klar denken, er hatte nur diesen besänftigenden Duft wieder einatmen, diese zarten, kreisenden Finger auf seinen Schläfen spüren wollen. Aber jetzt, da er fast augenblicklich Linderung empfand, schämte er sich vor dieser Frau. Er erkannte, wie selbstsüchtig er war, und folgerte, daß er, er allein, schuldig wäre, sollte ihr etwas Ernstliches zustoßen.

»Seien Sie unbesorgt«, sagte er leise. »Ich werde mich um Sie ...« Er sprach den Satz nicht zu Ende. »Um Sie kümmern?« Genau diese Worte hatte er damals in Köln schon einmal zu einer Frau gesagt. Und hatte doch nichts, nichts von dem Schrecklichen, das dann geschah, verhindern können. Dieser Satz war machtlos – oder gar unheilträchtig. Er mußte es anders sagen. Aber er kam nicht mehr dazu, er war eingeschlafen.

Dann standen sie plötzlich im Raum. Einige polterten noch hinterdrein, die Treppe herunter. Er riß die Augen auf: Bewaffnete! Sechs, sieben. Ein Mann in schwarzem Amtsgewand mit breitem fallenden Kragen aus weißer Spitze ... Ein Wink an die Soldaten; sie packen die Hebamme, drehen ihr die Arme auf den Rücken. Drei andere machen sich im Keller zu schaffen, wischen Näpfe und Tiegel vom Wandbord, wühlen im Schrank, stochern im Herd, stülpen Töpfe und Eimer um. Spee ist hellwach, richtet sich auf. Keine Schmerzen mehr! Er sieht die Frau in der Gewalt der Schergen – Christus vor der Geißelung ... Er steht auf, geht auf die Amtsperson zu, die gravitätisch, den Amtsstab in der Rechten, in der Mitte des Kellers steht. Wie der Pater auf sie zukommt, wächst die Person um einiges: »Keine Einmischung, Hochwürden! Ich bin Syndikus Doktor Heidemann. Dies ist eine Amtshandlung. Verdacht auf Hexerei!«

Und nun geschieht etwas, was nicht nur die Amtsperson verwirrt – es erschreckt auch die Schergen so sehr, daß sie in ihren Verrichtungen innehalten. Spee reißt der Amtsperson den Amtsstab aus der Hand, schleudert ihn zu Boden, stampft mit dem Fuß auf, brüllt: »Ich kann es nicht mehr hören!« Und: »Lassen Sie die Frau in Frieden!« Mehr noch: »Im Namen des Weihbischofs! Ich verbiete Ihnen, diese Frau zu belästigen!«

Die Soldaten, bis auf die beiden, die Barbara festhalten, sind schon wieder die Treppe hinauf. Der Syndikus ist weiß geworden. Hastig bückt er sich nach seinem Stab, mißtrauisch aufblickend, als fürchte er, dieser zürnende Jesaia werde ihm eins übern Schädel braten. Er winkt den Soldaten, sie trollen sich alle drei, schwören wiederzukommen.

Erst als ihre Schritte nicht mehr zu hören sind, wird es Spee bewußt, daß er die Frau umschlungen hält, wie sie ihn. Daß Angst und Erlösung sie zueinander getrieben haben, so daß sie sich umklammern wie ein Liebespaar. Sanft schiebt er sie von sich. Auf eine seit Jahren nicht gekannte Weise ist er mit sich zufrieden.

Weihbischof Johannes Pelking erhob sich von den Knien. Er legte das mit bunten Edelsteinen verzierte Missale aufs Betpult unter das metallene Kruzifix mit dem Partikel vom heiligen Kreuz und trat ans Fenster.

Er lächelte verächtlich, als er an die beiden aufgeregten Männer dachte, die ihn vor wenigen Minuten verlassen hatten. Nur allzu sichtbar war der eine darauf bedacht gewesen, seine weltliche Würde gegenüber den geistlichen Herren zu wahren – und doch schien er tief beeindruckt von Pelkings Gelassenheit. Es fühlte sich ja ein jeder, der dem Generalvikar zum erstenmal gegenüberstand, eigentümlich berührt von diesen erzenen Zügen, die keine unkontrollierte Emotion belebte. Ein Zucken des Mundes, ein Aufleuchten des Blicks wurden dem Partner, selten genug, wie eine gnädige Zuwendung gewährt. Wie bald mußte da ein kleiner eifernder Syndikus unterliegen! Und Rektor Turrianus? Ein flatterndes Vögelein, bemüht, dem hohen Prälaten willfährig, dem Herrn Stadtrat nicht zuwider – und zugleich dem beschuldigten Ordensbruder hilfreich zu sein.

Von solchen Leuten ließ der mächtige Mann, der einst den ketzerischen Rüpeln zu Dortmund die Stirn geboten hatte, seine Pläne nicht durchkreuzen. Und Gott, er hatte es soeben im Gebet verspürt, hieß diese Pläne gut.

Es klopfte. Spee trat ein.

Ohne ein Wort der Begrüßung ging der Weihbischof ihm entgegen, legte ihm die Hand auf die Schulter, machte mit ihm den Weg um den Schreibtisch herum und ließ ihn Platz nehmen.

»Sie wundern sich gewiß, daß ich noch in Hildesheim bin? Leider ist unsere hochwürdigste Äbtissin vorgestern im Herrn entschlafen – Sie haben es natürlich gehört. Und Sie wissen ja, daß die Zubereitungen für das Begräbnis in einem solchen Fall immer ein wenig heikel und langwierig sind. Nun, ich wußte mir die Zeit bis zum Tag der Beisetzung auf das angenehmste zu vertreiben: Ich habe den ganzen Nachmittag in Ihren Aufzeichnungen gelesen. Das soll ja wohl einmal so etwas wie ein ›Tugendbuch‹ werden? Sie wundern sich, woher ich die habe? Eben aus der Hinterlassenschaft unserer gottseligen Äbtissin – Sie hatten ihr unlängst eine Abschrift geliehen. Manches ist mir ein wenig zu eigenwillig, aber das läßt sich bereinigen. Vieles hat mich sehr beeindruckt. So stellen Sie einmal die Frage, wie es Menschen geben könne, die, weil sie nur ihren fünf Sinnen trauen, behaupten, das heilige Sakrament sei nichts als Brot und Wein, während doch Gott der Herr eindeutig erklärt hat, es handle sich um den Leib und das Blut

Christi. Sie haben da eine entwaffnende Antwort gefunden, Spee. Wie heißt sie?«

»Ich antworte: Wie kann man dem Geschöpf glauben – dem Schöpfer aber nicht?«

»Vortrefflich! Und weiter?«

»Sollte denn der allmächtige Gott eher trügen als die fünf Sinne des Menschen? Heißt es nicht die Sinne des Menschen über Gott erheben, indem man *ihnen* glaubt und nicht Gott, der diese Sinne doch erst erschaffen hat?«

»Das ist« – Pelking gewährte dem Besucher ein Stocken seiner Rede, als fehlten ihm, von Spees Gescheitheit beeindruckt, die rechten Worte – »das ist genau jene Art der Argumentation, welche die Rhetoriker Ihres Ordens sogar den Dominikanern überlegen macht! Ich denke, es wird Ihnen nicht unlieb sein, daß die Kirche ein wachsames Auge auf Ihre geistlichen Extemporale hat. Sie wird Ihnen Lob spenden, wenn Sie es verdienen, und sie wird unnachsichtig tadeln, sollten Sie sich verirren.«

Jetzt kommt er aufs Thema, dachte Spee. Natürlich war ihm bewußt gewesen, was die Glocke geschlagen hatte, als er zum Generalvikar gerufen wurde. Er hatte sich einer Amtsanmaßung schuldig gemacht. Und er hatte nicht erwarten können, daß jener Syndikus den Affront ohne Rückfrage hinnehmen, und schon gar nicht, daß der Weihbischof, dessen Autorität er mißbraucht hatte, ihm das durchgehen lassen würde. Im ersten Augenblick, als Pelking von seinen »Aufzeichnungen« sprach, hatte er sogar gefürchtet, der Weihbischof habe Einblick in seine begonnene Schrift gegen die Hexenprozesse genommen.

Pelking saß mit übergeschlagenen Beinen, er hatte den Stuhl zur Seite gerückt, der Schreibtisch trennte sie nicht mehr.

»Ich hörte, lieber Pater, daß Sie sich für eine bedrängte Frau eingesetzt haben.«

»Lieber Pater« – auch das war ungewöhnlich. Es war keine Frage, worauf diese höfliche Einleitung hinauswollte. Ade Corvey, ade Paderborn ... Hier half nur noch ein mannhaftes Bekenntnis:

»Ja, Exzellenz, das habe ich getan.«

»Sie bedienten sich dabei – so hörte ich – auch meines Namens?«

»Ihres Namens und Ihres Ranges. Ich brauchte in diesem Augenblick eine Autorität. Ich bin nur ein kleiner Mönch; auf mich allein hätte eine städtische Amtsperson nie gehört.«

»Und da dachten Sie, der Weihbischof könnte Sie mit dieser Autorität ausstatten?«

»Ich setzte voraus, daß Sie an meiner Stelle nicht anders gehandelt hätten.«

Jetzt war er zu weit gegangen. Das war schon impertinent.

»Denn Sie setzten sich ja für eine gute Sache ein«, sagte Johannes Pelking, ohne die Stimme zur Frage anzuheben.

»So ist es.«

»›Im Namen des Weihbischofs‹ – so formulierten Sie, wenn ich zutreffend unterrichtet bin?«

»Ich gebe zu, es war ...«

Pelking fiel ihm ins Wort: »Sie dürfen auch künftig ›im Namen des Weihbischofs‹ sagen, wenn Sie sich für eine gute Sache einsetzen. Auch in Corvey. Dort besonders. Ich ermächtige Sie ausdrücklich: Wenn Sie mit einem Machtwort bewirken können, daß Gutes geschieht, dürfen Sie immer sagen ›Im Namen des Weihbischofs‹. Nur die Bedingung ist: Sie müssen auch sicher sein, daß Sie sich für eine gute Sache einsetzen. Dies festzustellen, liegt zunächst ausschließlich bei Ihnen. Später jedoch werde ich Ihre Entscheidung überprüfen. Sie werden morgen nach Corvey fahren, mit oder ohne Kopfschmerzen. Gott segne Sie!«

Wie betäubt ging Spee in seine Zelle zurück. Welch ein Mann! Wenn Gott unserer heiligen katholischen Kirche nur mehr solcher wahrhaft apostolischen Persönlichkeiten schenken wollte! Dieser Mann belud ihn – und das ängstigte Spee fast ebenso, wie es ihn beglückte – mit einem überreichen Vorschuß an Vertrauen. Dieses Vertrauen war wie eine Last. Er würde sie tragen, freudig. Und nie ausnutzen.

Dann fiel ihm ein, daß er sich gar nicht erkundigt hatte, ob die Hebamme nun außer Verfolgung gesetzt war. Aber er beruhigte sich. Die Stadträte würden erfahren, daß er den Willen des Weihbischofs richtig interpretiert und daß er zu Recht in seinem Namen gesprochen hatte. Mit Pelking aber legte sich die Stadt Hildesheim nicht an.

Jütland

Viva la guerra e l'amor!

Wahlspruch des Herzogs
Franz-Albrecht von Sachsen-Lauenburg

Aber nachdem ihr Adler die Flucht ergriffen hatte, nistete sich der Habicht in ihre Eichwipfel ein und plagte die Vögel des Waldes jämmerlich.

Dänische Chronik

Die Bauern im Lande Thy und Vendsyssel sind ziemlich stark und empfindlich.

Warnung des Feldmarschalls Schlick
an Oberstleutnant von Hatzfeldt

Regimentstagebuch
»Agger im dänischen Thy, den 12. Juni 1629

Auf Befehl Seiner Exzellenz des Herrn Feldmarschalls Heinrich Graf von Schlick, Oberbefehlshaber der Kaiserlichen Regimenter des Generalissimus Albrecht von Wallenstein, Herzogs von Friedland und Mecklenburg, haben sich die Regimenter Strozzi mit sieben Kompagnien zu Roß, Breuner mit zehn Kompagnien zu Fuß, Scherffenberg mit sechs Kompagnien zu Roß sowie das unsrige Kürassier-Regiment Seiner Durchlaucht des Herzogs Franz-Albrecht von Sachsen-Lauenburg unter dem Kommando des Herrn Oberstleutnants Melchior von Hatzfeldt hier, an der Westküste Jütlands, zwischen Agger, Stenbjerg und Vestervig, versammelt, um nach nunmehr zwei in Feindesland verbrachten Wintern zum Abmarsch gen Süden zu rüsten.

Auf die Besetzung Jütlands durch deutsche Armeen kann in Hinkunft verzichtet werden, weil, wie Feldmarschall Schlick unseren Offizieren zu erkennen gab, die Friedensverhandlungen mit König Christian erfolgreich verlaufen. Dem Dänen blieb keine Wahl: Er mußte zu Lübeck sein Einverständnis mit den kaiserlichen Bedingungen erklären, was ihm nicht allzu schwer gefallen sein mag, da dieselben unverdient milde sind und dem König sein Land belassen.

Oberstleutnant von Hatzfeldt hat für die neun Kompagnien unseres Regiments Abmarsch für heute abend sieben Uhr befohlen. Als letzte hat soeben die 6. Kompagnie unter Rittmeister Ohrenstein Agger verlassen. Aller Kompagnien Ziel ist die Stadt Lemvig, die sie nach sechsstündigem Nachtmarsch über die Dünen des Aggersands zu erreichen hoffen. Die Bagage auf einhundertzwanzig Wagen wird gemäß ausdrücklicher Order des Herrn Feldmarschalls erst morgen früh unter starker Bedeckung durch Convoi-Soldaten nachgeführt, da mit räuberischen Überfällen der dänischen Bauern zu rechnen ist. Auch unser Stabsquartier wird erst morgen aufgelöst.«

Leutnant Philipp von Kronthal legte die Feder weg, blies auf die noch feuchte Schrift, klappte das Regimentstagebuch zu und schlug es gleich wieder auf. Er blätterte zurück, verweilte da und dort, und als er von all den gravitätischen Militaria genug hatte, nahm er das Buch vom Stehpult, trat ans Fenster, überzeugte sich, daß es nach wie vor regnete, und setzte sich schließlich in einen der letzten noch brauchbaren Sessel. Er hörte, wie Rittmeister Korteck, der Regimentsadjutant, in der Halle die Meldung des zurückgekehrten Streifenführers entgegennahm: Pastor Bollerup Sörensen, der als Vertrauensmann der unruhigen Bauern galt und bis zum Abmarsch der Truppe vorsorglich gefänglich eingezogen werden sollte, halte sich nicht mehr im Pfarrhaus zu Agger auf. Rittmeister Korteck wünschte den Streifenführer samt Pastor zur Hölle, dann war es wieder still im Haus.

Philipp von Kronthal lehnte sich zurück und schloß die Augen. Achtzehn von seinen zwanzig Jahren hatte er umsorgt dahingelebt: als Kind auf der heimatlichen Burg, später, nicht minder behütet, im Mauerfrieden des Tricoronatums, der Kölner Jesuitenschule. Gestrenge Lehrer in schwarzen Soutanen, ein freundlich polternder Regens, ein knitteriger Pater Horn, der nachsichtig weise Professor Spee. Schlafsaalgespräche, Dachbodenheimlichkeiten. Die immerwährende Angst vor der Sünde. Und die Postmeisterei. Die Seligkeit, aushilfsweise Briefe sortieren zu dürfen, wenn Katharina Henot zugegen war. Zu ahnen, was es mit der Liebe auf sich haben könnte. Augen, Stimme, die Provokation ihrer Brüste. Dann über Nacht ein Gerücht: Verdacht auf Hexerei. Satanische Denunziation und die Schlammflut falscher Beweise. Mitschüler Ignaz Eller, verdienstvoller Ketzerschnüffler, weiß guten Rat. Sie versuchen, die Bedrohte nach Holland zu schaffen, nach Oudewater, wo alle ›Hexen‹ einen Freibrief kriegen, der sie außer Verfolgung setzt. Zu spät. Wie sie's ihr freudig verkünden wollen, ist sie schon inhaftiert. Der unentrinnbare Ritus der Hexenprozesse nimmt seinen Lauf. Vom Frankenturm in die städtische Hacht, von der Hacht in den Folterkeller des Kurfürstlichen Gerichts. Dann der waghalsig-wahnwitzige Versuch, die schon Verlorene im letzten Moment zu befreien: Um Mitternacht stürmt Philipp mit einem Häuflein bezechter Studenten gegen eine hellebardenbewehrte Obrigkeit an. Mit Knüppeln dreschen sie auf die Wächter ein. Schon wälzt sich einer im Blut, Kamerad oder Wachsoldat? Er hat's nie erfahren. Katharina haben sie nicht befreit ... Er sieht sich rennen, hetzen, die Mauer entlang, auf Groß Sankt Martin, aufs Mühlentor zu, erreicht das Fischkaufhaus, schlägt das Fenster ein, tappt im Finstern an Fässern und Tonnen vorbei, springt an der Rheinfront wieder hinaus, jagt am Ufer entlang, schnappt sich ein Boot, gleich haben sie ihn, sie rufen schon, sie schießen auf ihn, er treibt in die Mitte des Stroms, vorbei zieht in schwarzer, barbarischer Pracht die nächtliche Stadt. Kugeln klatschen ins Wasser, vor ihm, hinter ihm. Er treibt an Mülheim vorüber, bei Worringen graut der Morgen, bei Benrath trägt's ihn ans Ufer. Durchnäßt, steifgefroren, die Augen vom wütenden Weinen geschwollen, taumelt er über nasse Wiesen zum Dorf. Hier ist Freiheit, ist Bergisches Land, hier kann ihm kein kölnischer Büttel was wollen.

Immer aufs neue in diesen zwei Jahren hat Philipp von Kronthal jene Nacht, in der ein Ehrsamer Rat von Köln die Postmeisterin Katharina Henot aus dem Hachtgefängnis in den Grevenkeller zu Folter und Tod überstellte, in der Erinnerung nacherlebt.

Er schlug sich durch. Vier, fünf Wochen lang zog er durchs Land. Bald bettelnd und streunend, bald auch, ein Adelssöhnchen, von Adligen ausgehalten, auch mal, den Adel verschweigend, beim Bauern zum Heuen und Melken. Bis er nach Würzburg kam. Hier qualmte der Tod. Fürstbischof Philipp Adolf von Ehrenberg läßt Hexen und Zauberer brennen. Nicht, wie in Köln, die eine erst, dann die andere und übers Jahr eine dritte. Hier gleich ein Dutzend, ein Schock – und Woche um Woche: viele hundert zuhauf. Arme wie Reiche, Bürger und Adel, Mönch und Prälat, Jungfrau und Vettel, Mägdlein und Knaben,

Knecht und Kanzler. Es lag ein Dunst über der Stadt an solch hohen Tagen festlicher Brände und hing noch folgenden Tags über der Feste Marienberg und stach wie Schwefel in Augen und Nase, und was Wunder auch: Man brannte ja Bräute des Teufels.

Nur weg von Würzburg! Noch einen strammen Wandertag – dann ist er daheim auf Schloß Kronthal. Der Vater umarmt ihn, sie schluchzen beide ein wenig, er erzählt von Köln, von Katharina, beschwört, als der Vater das Haupt wiegt, den klugen Friedrich Spee, den Jesuitenprofessor, seinen Lehrer und Freund. Auch der war von Katharinas Unschuld überzeugt, hat gezweifelt auch an der Rechtmäßigkeit der anderen Hexenprozesse. Der alte Ritter will's nicht begreifen. Sein Sohn – von der Schule gelaufen um einer Hexe willen?

Sie trinken, saufen, brüllen sich an. »Meinst du am End', daß auch hierzuland Unrecht geschieht, hier bei uns im Würzburgisch-Fränkischen, wenn der Herr Philipp Adolf die Teuflischen brennt? Wie? Hältst es, was hör' ich, für – denkbar? Wie denn wohl das, mein Sohn? Lehrten sie euch in Köln auf der heiligen Schule, daß man Bischöfe Mörder heißen darf?!« – »Ja, ja und ja, Mörder!« schreit er den Vater an. Der wird ganz ruhig: »Bedenk dich, Bub, es *muß* doch Rechtens sein! Sie haben den Ratsherrn Gehring verbrannt und dem Dompropst seine Vögtin, den Edelknaben von Ratzenstein und den Apotheker zum Hirsch, das Göbel Babelin, Würzburgs schönste Jungfrau, dazu dem Rat Stolzenberger seine ganze Familie, ja, den Herrn Junker Fleischbaum sogar, denk an! Meinst, das dürfte man tun, wenn's nicht Rechtens wär und dem Herrgott nicht wohlgefällig? Sie konfiszieren den Reichen sogar das ganze Vermögen weg, verwenden's höchst sinnvoll zum Bau von Schlössern und Burgen. Meinst, der Herr Fürstbischof baut sich ein Schloß aus unrechtem Gut?!«

So wird's nur ein kurzer Besuch daheim, ohne Abschied geht er davon: seine zweite Flucht. Und wohin er auch kommt: Sie brennen nicht nur in Würzburg. Es muß ja Schuldige geben an Krieg und Mißwuchs und Pestilenz. Sind's die Juden nicht, sind es die Hexen. Brennt ihr die Schädlinge aus, dann wächst euch das Korn, und der Sieche gesundet, und bald auch schalmeit sich der Friede ins Land!

Katharina ... Stochern sie zu Köln auf dem Galgenberg in ihrem verbrannten Leib, harken die schwarzen Reste zusammen, grad' so wie hier – wo bin ich denn heut? – in Quedlinburg vor dem Angertor?

In Stendal sagt er zu allem ja, als die Werber des Friedland ihn schnappen. Ein fahrender Schüler, ein Studierter? Dann dauert's kein halbes Jahr, und du bist Kornett, drei Monate drauf Leutnant! Topp! Und so kam's: vom Landstörz zum Wallensteinschen Kürassier, das nennt man Karriere. Er lernt Soldat. Wird Waffenmeisters Gehilfe. Lernt, was Küraß und Gewehr ist, Kaskett und Brassat, Culott und Cussal, Karabiner, Pike und Bandolier.

Die ersten Scharmützel. Hauen und Stechen. Nun, endlich, lernt er das Töten. Ist leichter als gedacht. Kornett ist er nun, wird stärker, gewandter mit jedem Tag, kann spucken und fluchen. Neunzehn Jahre.

1628, den 2. September, nehmen sie Wolgast, die Stadt am Baltischen Meer. Die ist nicht wie jene andere mit Ketten an den Himmel geschmiedet, die nicht! Da wird sich der Wallenstein schadlos halten für Stralsund, die Spröde, die sich dem Feldherrn verweigert hat.

Als es vorüber ist, trägt der Herr Regimentskommandeur mit noch zitternder Hand ins Tagebuch ein:

»Alles niedergehauen.«

Das ist sie, die Formel der Kriegsleut' für »Ohne Pardon«. Gilt für Krieger und Bürger, für Weib und Kind. »Zu Wolgast alles niedergehauen.« Hingemetzelt wie's hirnlose Vieh. In Blut und Mordbrennerei ist Philipp von Kronthal nun Mann geworden, fürwahr. Und indem sie allen den Tod angetan, trug er selbst eine Wunde davon: am Oberschenkel ein Loch, als hätten's die Hunde herausgefressen, und so tief, daß du's mit einer Zitrone nicht stopfst.

Sein Truppenteil zieht ohne ihn auf Flensburg, zuvor befördern sie ihn noch zum Leutnant. Er heilt sich in Anklam aus, sitzt nach drei Wochen schon wieder im Sattel. Der Oberstwachtmeister Sirot schickt ihn zum Sachsen-Lauenburgschen Regiment des Oberstleutnants von Hatzfeldt nach Jütland, hoch in den Norden, nach Hjörring, unweit der Jammerbucht. Der kann einen Regimentsschreiber brauchen, es fehlt im Heer an Studierten.

Mit einem Trupp Genesener und Neugeworbener bricht er auf, reitet Tage und Wochen über tischflaches Land, durch Gehölze, die einst Eichenwälder waren, wo nun zwischen Stümpfen krüppelige Kiefern wachsen oder ein mutwillig entfachter Brand verkohltes Dickicht hinterließ. Der ewige Westwind hat die Bäume um dic alten Höfe so krumm gebürstet, daß sie ihr Zweigwerk wie schirmend über die Reetdächer recken, und zieht sich am Horizont eine Baumallee entlang, vermeint man in der Dämmerung, es marschiere dort eine Kolonne mit fliegenden Fahnen. – Manchmal reiten sie quer über die Dünen ans Meer. Sie schießen auf Möwen und Seeschwalben und verfehlen sie mit ihren ungefügen Büchsen. Dicht hinter dem Dünenland glänzen Süßwasserseen, dort scheuchen sie Graugans und Bleßhuhn aus dem Schilf. Am Skibstedt-Fjord sind sie selber das Wild, da werfen die Kugeln rebellischer Bauern den jüngsten Kornett aus dem Sattel.

Endlich langt der Trupp in Hjörring an, das liegt nicht weit vom Skagerrak. Dort meldet sich Philipp von Kronthal zur Stelle und bleibt mit dem Hatzfeldtschen Regiment ein halbes Jahr.

Im späten Frühjahr 29 zieht das Regiment aus der Provinz Vendsyssel wieder südwärts den Limfjord entlang zum Thy. Nun plündern sie auch dort die Bauern aus. Der Krieg hat den Krieg zu ernähren, so hat sie's der Friedland gelehrt, so halten sie's treulich bei Feind und Freund.

Dann nimmt auch das ein Ende. Morgen in aller Frühe geht's über den Aggerpaß nach Lemvig. Von dort über Holstebro,

Herning, Vejle, Kolding nach Hadersleben. Zurück in die Heimat. Fürs erste.

Philipp stand auf, legte das Tagebuch aufs Pult und trat wieder ans Fenster. Die armen Kerls, die jetzt unterwegs waren! Man hätte auch noch einen Tag warten können. Das stürmte und platschte, heulte im Kamin! Sie hatten schon manchen Sturm überstanden an der jütischen Küste, wo der salzige West auch an Sonnentagen so ruhelos über die Dünen und Fjorde jagt. Ist aber zweierlei: ob man sich ins Quartier verkriecht oder, wie für morgen befohlen, mit einhundertzwanzig Bagagewagen über den Sand marschieren muß, zur Linken das tückische Wasser des Nissum Bredning, zur Rechten die wütende Meeresbrandung. Hilft aber nichts, es führt kein anderer Weg als über den Aggerpaß vom Thy ins mittlere Jütland, man müßte denn übersetzen, das dauert zu lange.

Nun war er mit seinen Gedanken wieder in Dienst und Pflicht, und das war gut. Er war Soldat geworden, um seine Jugend zu vergessen. Er hatte begriffen: jenes satanische Verfahren, das ihm die geliebte Frau geraubt hatte, stellte, eben weil es grausam und mörderisch war, nichts anderes dar als eines der hunderttausend Exempel, mit denen die menschliche Gesellschaft sich täglich aufs neue beweist, daß sie für ein friedsames Zusammenleben nicht geschaffen ist. Wie sich das mit der Güte Gottes verträgt, mochten die Pfaffen ertüfteln. Philipp war überzeugt, daß selbst Spee, der verehrte Lehrer, wäre er beim Blutbad zu Wolgast Feldprediger gewesen, mehr Tränen vergossen als Rosenkränze gebetet hätte. Anders als dieser nach Branntwein stinkende Regimentskaplan, den man zur Predigt aus Thistedts Hurenhaus prügeln mußte. Der lamentiert des Sonntags auf annektierter Lutherkanzel vom Gottesgericht und allen sieben Plagen Ägyptenlands, und unter der Woche kontribuiert er sich einen Fettwanst heran.

Philipp spuckte in die Ecke, zog die Feldbinde straff und stülpte sich den verschossenen Hut mit der hochgeschlagenen

Krempe auf. In der Wachstube schrieb Oberstleutnant von Hatzfeldt einen Brief nach Köln an den Waffenhändler Hermann Heßling. Philipp konnte die Anrede lesen, als er, vor dem Tisch salutierend, Meldung über den ordnungsgemäßen Abschluß des Kriegstagebuchs erstattete. Es war erst drei Monate her, da hatte der Kommandeur einen Brief von Heßling bekommen und Philipp rufen lassen. Das Schreiben enthielt die Antwort auf eine Frage, die Hatzfeldt dem kölnischen Kaufmann auf Philipps Bitte gestellt hatte. »Traurige Botschaft für Sie«, hatte der Oberstleutnant gesagt. »Die Frau Henot ist in der Tat hingerichtet worden. Schon im Mai siebenundzwanzig.« So wurde Philipp nur bestätigt, womit er längst hatte rechnen müssen. Aber nun war es unwiderrufliche Wahrheit. Er hatte sich eingeschlossen und betrunken. Hatzfeldt, kein schlechter Vorgesetzter, beurlaubte seinen Leutnant für den folgenden Tag. Erst jetzt war Philipp erfahren und verbittert genug, um sich künftig in dieser Welt zurechtfinden zu können.

»Setzen Sie sich«, sagte der Kommandeur und blinzelte in die Kerze. Ohne Licht war an diesem trübseligen Juninachmittag schon nicht mehr zu schreiben. »Sie sehen, ich nehm' Ihnen Arbeit ab. Wenn ich den Heßling nicht von unserem Abmarsch benachrichtige, schickt er mir die angeforderten Sturmhauben, Arkebusen, was weiß ich, am Ende noch hierher! Da würden sich unsere Herren Rebellen freuen, wenn ihnen das Zeug in die Hände fiele!«

Die Inhaber der Wallensteinschen Regimenter mußten für ihre Ausrüstung vom Küraß bis zum Karabiner, von der Kniescheibe bis zum Kaskett aus eigener Kasse Sorge tragen. Dafür stand ihnen dann auch ein hoher Anteil an der Kriegsbeute zu.

»Hören Sie, Philipp«, der Kommandant legte die Feder beiseite, »es wird heute nacht noch hoch hergehen.«

»Daran zweifle ich kaum.« Philipp grinste. Sie würden ungeheuer saufen, und dann würden sie alles kurz und klein schlagen.

»Das meine ich nicht«, brummte Hatzfeldt. Er hielt den Kopf schräg, als lausche er in die Dämmerung. »Ich habe Nachrichten.

Den Pastor Sörensen haben wir nicht erwischt. Der hat Lunte gerochen und wiegelt uns in irgendeinem vermaledeiten Fuchsloch die Bauern auf. Heut' nacht ist die letzte Gelegenheit, sich an uns zu rächen. Das muß man bedenken. Und das Wetter spielt mit. Hören Sie nur!« Der Regen prasselte an die Scheiben. »Da kriechen unsere Wachtposten unter die Dächer, und bei dem Spektakel hören sie keinen Feind, und käm' er mit Trommeln und Pfeifen. Verdammt, Kronthal, ich will nicht noch in der letzten Nacht ein Fischermesser in die Gurgel kriegen. Verkommenes Bauernpack, das! Generalpestilenz! – Aber ganz unter uns: Ich hab' heut' mal ein bißchen Bilanz gezogen, in Kontributionslisten gestöbert. Wir waren, der Himmel weiß es, nicht eben zimperlich hierzuland'. Der Ohrenstein – um nur einen zu nennen von den Herren Rittmeistern: In dreißig Wochen hat er aus einem einzigen Kirchspiel mehr als elfhundert Taler erpreßt. Über tausend Tonnen Roggen, Gerste und Hafer. Dreißig Ochsen dazu!« Er zupfte an seinem blonden Kinnbart. »Ich hoffe, Sie gehen auch nicht ganz arm von hier weg?«

Philipp hob die Schultern. Er hatte hier nichts verloren und nichts gewonnen. Was sollte er auch mit Ochsen und Hafer? Nicht einmal Geld reizte ihn. Er hatte kein Zuhause, beabsichtigte auch nicht, so bald seßhaft zu werden. Vielleicht, wenn sein Vater tot sein würde und Burg Kronthal nicht abgebrannt, vielleicht lockte es ihn dann, auf seine alten Tage, dorthin zurück. Der Krieg würde noch lange dauern, und von Dänemark zog man nach Mantua in einen neuen Krieg, und war das bestanden, dann wartete wohl schon der Schwedenkönig auf würdigen Empfang.

Und weiter resümierte der Kommandant: »Noch letzte Woche hat Rittmeister Mettecoven in Thistedt dreihundert Taler erpreßt, der Schwarzenberg gar vierhundert Lot an Silber. Oberst Bousmard hat zweihundert Ochsen über die legale Kontribution geschlachtet. In Lyngby haben sie vor acht Tagen dreißig alte Eichen umgehauen.«

»Was bringt ihnen das?« fragte Philipp.

»Nichts. Sie haben nicht einmal mehr Zeit, das Holz nach Holland zu verschieben. Aber, Kronthal, Sie sind doch lange genug Soldat. Es ist absolut sinnlos. Und grade drum macht es Spaß!«

Es war Nacht geworden, und Philipp mußte an die Luft. Im Hause des geflüchteten Barons, wo der Regimentsstab sich einquartiert hatte, in der großen Stube, die sie durch Niederreißen einer Wand noch erweitert hatten, war es ihm zu eng, zu stickig. Der Kommandeur und die meisten Offiziere hielten sich noch tapfer. Aber die Rittmeister Strahlkopf und Koeth lagen, wie man so sagt, unterm Tische, und Oberstwachtmeister von Heyking, der morgen den Convoi führen sollte, faselte mit schwerer Zunge von der »Oase Mantua«, wo die Frauen bloßbrüstig unter Palmen wandelten und Freiwild wären »wie eine römische Göttin«. Die Ordonnanzen, als sie die Krüge nachfüllten, schien das kaum zu beeindrucken, sie kannten Heykings Geprahl. Aber daß es in einen neuen Krieg gehen sollte, war nun auch für sie zur Gewißheit geworden; sie stießen einander heimlich an und machten lange Gesichter, und morgen würde das ganze Regiment wissen, daß es zwar nach Deutschland ging, aber nur durchmarschierenderweis'. Des Kaisers Lande sind groß, sein Appetit ist noch größer, und unsere letzte Heimat ist dort, wo Majestät geruht, uns verbluten zu lassen.

Aber der Generalissimus! Was wird denn aus dem? Hatzfeldt, die Arme auf den Tisch gestemmt, hinter ihm an der Wand sein Wappen, ein doppelter Hausanker im goldenen Feld, bringt einen Toast auf den Friedländer aus, den Mecklenburger, wie er ihn vorzugsweis' nennt, seit er das Herzogtum hat. Der war dem Kaiser und selbst den Kurfürsten, die ihn allesamt hassen, noch gut genug, den Dänen zu jagen – aber nun, da sie zu Lübeck den Frieden ausgehandelt haben? »Sie werden ihm den Laufpaß geben!« lallt Rittmeister Königseck. »Und uns dazu! Wir alle kriegen den Abschied!« Darüber sind sie in Streit geraten, der Heyking hat sogar blankgezogen, der Königseck glitt auf den Fliesen in einer Bierlache aus und schlug sich die Nase wund. Da trieb es Philipp in die Nacht.

Der Regen hatte nachgelassen, der Sturm nicht. Die Wolken, schwere Placken, schrubbten den Mond, der war wohlgerundet, und wenn sie ihn, selten genug, hervorlugen ließen, leuchteten auch die weißen Blütenmonde der Holunderbüsche auf. Philipp, selbst nicht mehr ganz nüchtern – der jüngste Leutnant mußte vor- und nach- und immer ex trinken –, legte, während er sein Wasser abschlug, das Gesicht in einen Blütenkranz und schnupperte nach dem süßen Duft. Die weißen Blüten, die schwarzen Beeren ... der Salz- und Tanggeruch der Küste ... die verschilften Seen, der Zug der Kraniche, uralte Eichbäume, um die der weiße Flugsand immer höher wächst ... Er war gerne in Jütland gewesen, hier hatte er Köln und Burg Kronthal und auch Wolgast vergessen, hier hatte er mit keiner Bluttat zu schaffen gehabt.

Seine Hand zuckte zum Degengriff. »Parole?« rief er.

»Salve Regina!« kam es aus der Nacht.

Dann stand der Lutz Keller vor ihm, der blutjunge Sattelknecht des Rittmeisters Fingerling. Was er so spät hier draußen treibe, herrschte Philipp ihn an.

Er mochte das Bürschlein – wie alt kam er sich gegen ihn vor! Etliche stellten ihm nach: ein Mädchengesicht, Haut wie Alabaster, ein Reiterbub »wie knackfrische Dänenbutter«, das sagte Rittmeister Fingerling, ehe sie ihn im Stall überraschten, als er den Burschen sodomitisch bedrängte. Das hätt' ihn woanders Rang und Ehre gekostet, aber Hatzfeldt tat's gnädig ab, schickte ihn zwangsweis' ins Feldbordell, »die rechte Lieb' zu erlernen«. Aber es waren noch andere hinter dem Knaben her, und der lebte nicht schlecht. Selbst Philipp kam's manchmal an, dem Jungen schönzutun. Er hatte seit Wolgast, als er mit ansehen mußte, wie sie die Weiber spießten, keine Frau mehr berührt.

Lutz hatte Angst. Nicht vor Philipp, nicht vor den Bauern. Vom Nachbarregiment seien einige heut' abend noch in die Heide von Ydby geritten. Ja, dort wo die mächtigen Erdbuckel sind, runde Hügel, horizontweit verteilt, und drinnen ruhen riesige Leiber inmitten funkelnder Schätze …

»Sie rauben die Gräber aus! Aber sie werden sich rächen!«

»Die Toten?«

»Die Geister der heidnischen Fürsten!«

»Bist selber ein Heide, wenn du das glaubst!«

»Aber Herr Leutnant! In der Öde von Ydby! Die bringt doch ein jeder im schärfsten Trab hinter sich! Bei Nacht noch dazu! Wie es da geistert! Zwerge, Gespenster. Hexen!«

Da schlägt Philipp ihm auf den Mund. Weiß selbst nicht, warum. Das Wort, natürlich, das war's: Hexe – er kann's nicht mehr hören! Traurig sieht ihn der Junge an. Entgeistert, wahrhaftig. Philipp lächelt.

»Nimm's nicht krumm! Aber nichts mehr von Hexen!«

Der Junge nickt und fährt mit dem Handrücken über die Lippe. Hinter ihnen, im erleuchteten Haus, hören sie Hatzfeldt brüllen: »Sie werden ihn brauchen, den Mecklenburger, uns alle werden sie brauchen! Er kommt über See, der Löwe, verlaßt euch drauf, er wartet nur noch auf günstigen Wind, dann hebt er die Pfoten und tappt durch die See, der Löwe aus Mitternacht!«

»Komm mit mir, Lutz«, sagt Philipp. »Wir wollen auf die Düne. Rekognoszieren.«

Der Junge folgt ihm, versöhnt. Eben hat der Herr Leutnant ihn geschlagen – vielleicht, daß er jetzt mit ihm … Bei dem Sturm?

Auf dem Dünenkamm erkennt Philipp, daß er sich nicht getäuscht hat. Schon während sie durch den Sand aufwärts stapften, hatte er vermeint, einen rötlichen Feuerschein zu sehen.

»Da! Da!« schreit der Junge und klammert sich an Philipps Ärmel, zeigt nach unten, starrt auf die weißen Gischtflocken, die der Sturm aus den Wogenkämmen reißt und über den glattgewaschenen Strand jagt. Das gab es schon hundertmal zu sehen, aber in der Nacht – nun ja, es sieht schon seltsam aus, wie sie zerfledern und gleichsam sich selbst enteilen …

»Kleine weiße Geisterchen – wie?« spottet Philipp. Der Junge schweigt. Denn jetzt sieht auch er im Norden den Schein.

»Verdammt!« schreit Philipp gegen die Brandung. »Das können Bauernsignale sein! So melden sie einander, daß sie bereit zum Aufruhr sind. Wie weit ist das von hier?«

»Vielleicht zwei Stunden. Auf der Höhe von Lodbjerg, schätz' ich.«

Philipp kämpft mit sich. Er müßte zurück, müßte dem Kommandeur Meldung erstatten: Feuersignal, Bauernrebellion ... Was wird dann geschehen? Hatzfeldt wird den Stab und den Troß alarmieren, jeden Zecher wird er am Kragen packen und rütteln, bis er ihm aufrecht bleibt. Da wird die Trommel gerührt, wird die Trompete schreien. Und dann fallen sie über die Bauern von Agger her, und mögen die auch friedlich in den Betten liegen, sie werden gemetzelt, alle, mit Weib und Knecht und dem Kind in der Wiege. Alles niedergehauen.

Es schüttelt ihn. Nun mahnt auch der Junge: »Wir müssen es melden.«

Meldet er's nicht – und die Bauern wären schon auf dem Wege hierher? Mit Äxten, Forken, Sensen. Es ist ein wildes Nordmännervolk, sie haben vor Zeiten sogar gegen England gekämpft, haben auch ihre Barone zum Teufel gejagt, selbst den Truppen des eigenen Königs haben sie zugesetzt ... Soll Philipp die Seinen abschlachten lassen?

»Herr Leutnant! Wir müssen es melden!«

»Lauf zu! Melde dem Kommandeur, was du gesehen hast! Sag ihm – sag ihm, ich sei auf Patrouille geritten.«

Das ist die Lösung. Die Offiziere in ihrem Suff werden ihn auslachen, den kleinen Reiterbuben. Oder er gibt ihnen – auch gut! – ganz andere Gedanken ein ... Den großen Alarm jedenfalls bringt *der* nicht zustande!

Philipp aber wird sich sein Pferd nehmen und auf Patrouille reiten. Und wenn er weiß, was das Feuer bedeutet, kann er's immer noch melden.

Zwei Stunden von Agger, zwischen Eichen, mauerumfriedet und ganz verloren in den Wanderdünen, stand das turmlose Kirchlein von Lodbjerg, und auf der schön bemalten Kanzel stand Pastor Bollerup Sörensen, unter sich dicht gedrängt an die hundert bewaffnete Bauern, auch viele Weiber dabei. Der streitbare Lutheraner brauchte ihnen nicht vorzubeten, was sie gelitten hatten – und nicht allein unter den Kaiserlichen. Lang ehe die Wallensteiner in Jütland eingefallen waren, hatte Seiner Majestät Christians des Vierten zügellose Soldateska, nach vielerlei Verlust und Niederlage, schon nicht mehr zu unterscheiden gewußt zwischen Freund und Feind. Hatte im eigenen Land gehaust »wie Türke, Heid und Jud zusammen«, jedenfalls kaum respektierlicher als jetzt der Feldmarschall Schlick. Also daß die Kaiserlichen sich nur noch holen konnten, was der Calenberg und der Baudissin übriggelassen hatten, und dies war freilich noch immer genug. Aber schließlich, am Ende ihrer Besatzung, blieb ihnen nur das Letzte vom Letzten, und auch das noch verleibten sie sich ein. Ausgeraubt waren die Ställe, das Vieh auf der Weide geschlachtet, die Mühlen ohne Korn, die Äcker ohne Saat, Häuser ohne Hausbrand, Truhen ohne Tuch und Leinen, ohne Silber und Schmuck.

Nein, er brauchte seine Bauern nicht zu erinnern, der Pastor Sörensen; er tat es aber doch. Und so scheuchte er die letzten Skrupel und Ängste aus ihrem verbitterten Gemüt:

»Frongeld, Strafgeld, Kontribution, Einbruch und Raub! So geht es nun seit zwei Jahren. Nicht den Kelch in der Kirche und keine erzene Glocke, ja, nicht das silberbestickte Band an der Wiege hat sie verschont, die Papistenbrut! In Hjörring die Bürgerfahne vom Maste geholt, in Boller und Vjenneberg unser letztes Pulver gestohlen, den Bürgermeister von Aalborg nach Norwegen gejagt, zu Vreilev drei Bauern verhaftet, gestreckt und peinlich aufs schärfste befragt, zu Kolding gar acht Freiheitskämpfer *gerädert!* Und zugleich doch immer von euch verlangt, das Feld zu bestellen! Wo doch kein Saatgut vorhanden, keine Egge, kein Pflug! Und habt ihr euch auf die Äcker gewagt –

schon kam eine fliegende Rotte daher, hat euch geprügelt, geprellt und gestäupt und eure Weiber geschändet! Zu Thistedt der Rittmeister Mettecoven, der gotteslästerliche Pfaffenknecht hat es erst gestern beschworen: Anzünden will er die Stadt an ihren vier Ecken, so ihm die Bürger nicht auch den letzten Zinnkrug noch kontribuieren! Ihr aber wißt es«, schloß Sörensen, »es haben ein jedes Ding und eine jede Tat ihre Zeit und Weise, wie denn geschrieben steht beim Prediger Salomo. Es ist eine Zeit, geboren zu werden, und eine Zeit zu sterben. Eine Zeit zu reden und eine Zeit zu schweigen, eine zu weinen und eine zu lachen. Heute, ihr Männer vom Thy, ist die Zeit, sich zu rächen! Bald haben wir Sonnenwende. Post nubila phoebus!«

Sie verstanden ihn. Auch das letzte, gerade das. Sie hatten gelernt, geduldig auf die Sonne zu warten, die Söhne des nordischen Nebels. Und Pastor Sörensen hatte vor Monaten schon den Spruch zur geheimen Losung erklärt: Die Sonne wird den Nebel bezwingen. So würden sie siegen!

Aber dann, als sie ihre Sensen und Forken grimmig gegen die von Balken getragene Decke schwenkten, die heimlich bewahrten Piken und Feuerrohre über die Schultern legten und im Fackelschein aus der Kirche in die Nacht drängten, den trunkenen Feind zu metzeln – da warf sich vor dem Glockengerüst ein klatschnasser Reiter vom Roß. Sie schlossen den Kreis um ihn, und er schrie: »Ein Schiff! Ein großes Schiff treibt auf den Strand! Kommt alle, kommt!«

Am Strande bei Lodbjerg im verfallenen Küstenfort waren sie aus den Betten gefahren: die Fischerfamilie Torstenson und ein paar Bauern von Tolböl am Fladesee, denen die Kürassiere des Hatzfeldt das Dach überm Kopfe angezündet hatten, also daß sie hatten Notunterkunft suchen müssen im ehemals wehrhaften Mauerwerk. Vom Sturm schon lang um den Schlaf gebracht, spitzten sie nun zum Geläut hin die Ohren, denn wahrlich: Den Ton kannten sie und träumten von ihm manche Nacht: Schiffsglockengeläut in höchster Seenot – und gleich darauf drei Kanonenschüsse! Vielleicht aber auch, daß die alte Prophezeiung sich nun erfüllen würde: In Jütlands höchster Not werde ein Geschwader silberschnabeliger Schiffe übers Meer kommen, und in der »Schlacht von Vendsyssel« werde der Feind aus dem Lande gejagt?

Sie rannten zum Vorwerk, breitbeinig hielten sie stand dem Sturm – und schon schwankte es leuchtend heran durch die brüllende Nacht mit illuminiertem Achterkastell, als wär' auf dem Schiffe ein Fest zugange. Aber es war ein Feuerbrand, der hinter den Fenstern glomm; und bald schon warf er seinen Flackerschein auch auf den Strand.

Nun wagte man ein verzweifeltes Manöver auf dem Schiff: Die Matrosen ließen ein Boot herab. Es saßen aber nur drei Männer darin, und kaum hatte der Kahn das Wasser berührt, verschlang ihn eine Woge, kieloben tanzte er auf dem Kamm der nächsten, die drehte ihn abermals um – nun saß keine Seele mehr drin! – und schleuderte ihn gegen die Bordwand, wo er zerschellte.

Hatte die Dünung das Schiff gebeutelt, der Weststurm es strandwärts getrieben – die Brandung schlug es nun vollends entzwei. Der Großmast war schon gebrochen, das Marssegel schlappte mittschiffs über Bord, die Stückpforten waren aufgesprungen, sie hielten dem Druck der rutschenden Kanonen nicht mehr stand.

Ein Ostindienfahrer, bewaffnet gegen Piraten? Ein Orlogschiff? Ein Holländer jedenfalls: Am Kreuzmast wehte die Flagge: rot-weiß-blau.

Endlich, mit Fackeln und Laternen, keuchten auch die Verschwörer von der Lodbjergkirche heran. Da blickten die Leute vom Fort nicht eben freundlich, denn nun war der Segen zu teilen. Jedoch: Wenn das Schiff von Ostindien kam, brachte es genug für sie alle: Gewürze, Schmuck und schillernde Chinaseide, vielleicht war auch eine bräunliche Sklavin an Deck?

Ein Ostindienfahrer? So sah es nicht aus. Das spitze Heck, das enge Achterkastell – das ist eine schlanke Fleute, kommt aus

Seeland vielleicht, auf Heimfahrt nach Rotterdam oder, andersherum, nach Kopenhagen?

Ächzend hatte das Schiff sich auf die Seite gelegt, die Brandung schlug bis hoch hinauf in den reich vergoldeten Heckpavillon. Das zischte und qualmte, und klatschend brach die schaumige Flut in die entglasten Fenster, schleppte im Rücksog Hausrat, Tischbeine, Krüge heraus, dicke Balken wirbelten auf den Wogenkämmen und schossen hinaus in die Nacht, und dann stießen und zerrten die Wellen das ganze Kastell entzwei, bald würde auch der Rumpf nur noch ein Spantengerippe sein.

Und die Menschen an Bord? Noch regten sich im Feuerschein Gestalten, suchten mühsam Halt auf den steil-schrägen Planken, schrien auch wohl – aber wer hörte das, da selbst der Schrei der kreisenden Möwen nicht zu vernehmen war. Verzweifelt winkende Arme – langes, flatterndes Haar. Ein Weib. Eine Frau war an Bord!

Einige krempelten die Hosen hoch, tapsten ins Wasser. Vom Schiff flog ein Seil, man knüpfte ein zweites daran, schlang es um einen Pfahl. Allmählich schien sich dic See zu beruhigen. Vom kleinen Hafen unter dem Vorwerk näherte sich ein Boot dem Wrack, das lag nur noch einen guten Steinwurf vom Ufer entfernt.

Am Seil entlang hangelte sich als erste die Frau, ließ sich in Männerarme fallen, die setzten sie auf die Bootsbank, warfen ihr eine Jacke über die frierenden Schultern. Dann ließen sich vier Männer über den Schiffsrumpf gleiten, zwei weitere kamen übers Seil. Das waren schon alle, die überlebten.

Sie ruderten strandwärts, ließen die Schiffbrüchigen erzählen, obwohl sie nicht viel verstehen konnten in Wind und Brandung. Jawohl, ein Holländer. Unterwegs von Rotterdam nach Kopenhagen. Der Kapitän mit zwei Offizieren, wohl betrunken, in der Kajüte verbrannt. Drei Passagiere hätten sich sofort ins Boot geflüchtet. Da wäre wohl Platz für ein Dutzend gewesen. Aber sie hätten ja nur an sich gedacht, Feiglinge die. Ein feiner Mijnheer aus Utrecht habe nicht einmal warten wollen, bis … Der das erzählte, warf einen Blick auf die frierende Frau und verstummte. Die saß vornübergebeugt, wie verkrümmt, das klatschnasse schwarze Haar verdeckte ihr Gesicht wie ein Witwenschleier.

Man brachte die Schiffbrüchigen aufs Vorwerk, wo sie sich an einem Feuer wärmen konnten. Man suchte nach trockenen Kleidern, Tüchern, Decken. Die Menge unten am Strand vertäute das Wrack noch fester, und einige fanden, als mit beginnender Ebbe Brand und Brandung sich legten, mit Booten und Seilen einen Weg hinüber und begannen, die Beute zu bergen, die ihnen nach uraltem Strandrecht gehörte.

Auf dem schmalen Landstreifen zwischen dem Meer und der stillen, schilfumwachsenen Spiegelfläche des Fladesees band Philipp sein Pferd an einen gefällten Eichenstamm. Nur noch ein paar Dünenhügel, Dünenschluchten trennten ihn von Strand und Brandung. Er legte die Hand an den Degengriff, daß er nicht über die Waffe stolpere. Durch den lockeren Sand stapfte er aufwärts. Als er die Höhe erreicht hatte, vor sich die rückwärtigen Mauern des verfallenen Küstenforts, sprang ihm der Sturm ins Gesicht. Zwischen den Zinnen loderte vom Meer her ein Feuer. Was am Strande vor sich ging, war nicht auszumachen; der Hauptbau des Kastells versperrte ihm die Sicht. In den Aufruhr der Wellen mischten sich Rufe und immer wieder ein langgezogenes Knarren und Ächzen. Ein brennendes Schiff war gestrandet.

Philipp ahnte, vor welchem Schicksal dieser Schiffbruch die Seinen bewahrt haben mochte. Jetzt hatten die Bauern von Lodbjerg und Tolböl was Besseres zu tun; an Rebellion war nicht mehr zu denken.

Vorsichtig robbte er über den Dünenkamm und kauerte sich in eine flache Mulde, von hier aus hatte er gute Sicht. Noch blieb das Wrack hinter dem Vorwerk verborgen, aber unter dem Mond, der die Wolken jetzt immer öfter bezwang, war eine kleine Völkerschaft unterwegs in gegenläufigen Strömen: Die einen näherten sich, in die verrinnende Brandung patschend und tiefer in die Flut watend, einem unsichtbaren Ziel, andere kamen mit geschulterten Bündeln und Kisten, schleiften Säcke, Truhen, Stangen, Stühle und Tische hinter sich her. Sie überließen das aufgetürmte Gut der Obhut ihrer Frauen; die standen unbeweglich wie Gallionsfiguren, ihre Vogelaugen unter dem flatternden Kopftuch hielten Ausschau nach neuer Beute.

Philipps Auftrag, den er sich selbst erteilt hatte, war erfüllt. Er konnte zurückreiten und seinem Kommandeur melden (falls der noch fähig wäre, ihn anzuhören), daß ein Schiff gestrandet war und die Bauern sich darüber hergemacht hatten. Mehr wußte er nicht. Auch nicht, unter welcher Flagge es fuhr. Doch wenn er sich, um mehr zu erkunden, unter diesen Strandräubern blicken ließ, war er so gut wie tot.

Er mußte noch näher an die gemauerte Bastion herankommen, vielleicht daß er dann ein paar Brocken aus der Unterhaltung der Schiffbrüchigen auffangen konnte. Er versuchte es, ließ sich die Düne hinunterrollen, schlich dicht an der hinteren Umfriedung des Forts entlang; jetzt trennte ihn nur noch die Mauer vom Lagerfeuer, das sie dort entzündet hatten. Das war kein Dänisch, was er da hörte! Das war Holländisch, ohne Zweifel. Eines von vielen Schiffen also, die zwischen Rotterdam und Kopenhagen pendeln. Von den calvinischen Generalstaaten durch den Skagerrak nach dem lutherischen Seeland. Man liebt sich nicht sonderlich, aber der Handel floriert.

Da huscht zwischen Zinne und Zinne eine Gestalt vorbei! Eine Frau. Sie wirft im Laufen den Kopf zurück, ihr langes schwarzes Haar enthüllt das feine Profil. Er meint sich zu erinnern ... An wen denn nur?

Er tastet sich an der Mauer weiter, rutscht immer wieder mit den Füßen am sandigen Steilhang ab, reißt sich den Nagel ein, als er in eine Fuge greift. Dann, an die Steine gepreßt, verharrt er atemlos. Dort, wo der Mauerkranz ganz zerfallen, zerbröckelt ist, übersteigt ihn die Frau, balanciert über das Geröll, macht noch ein paar Schritte über den Dünensand. Dann neigt sie sich vor und drückt die Hände an den Leib. Es ist mehr ein Würgen als ein Brechen.

Plötzlich überschüttet das Mondlicht ihn gnadenlos. Sie wischt den Mund, dreht sich um, sieht den Mann an der Mauer.

Und er sieht Giertchen Kessenich. Und sie sieht ihn, erkennt ihn.

Er legt den Finger an die Lippen und flüstert: »Verrat mich nicht!«

Sie ist klein und zierlich. Hat schwarzes Haar, blaue Augen, einen olivfarbenen Teint. Die Tochter vom Buchhändler Kessenich aus der Lintgasse zu Köln! Couragiert wie damals – couragiert selbst noch in Not und Verlassenheit: Kaum erschrocken, geht sie auf ihn zu, der sich nicht aus dem Schutz der Mauer wagt, faßt ihn an den Schultern, legt für einen Herzschlag ihr Gesicht an seine Brust.

»Giertchen«, sagt er fassungslos. »Giertchen ...«

»Soldat?« fragt sie. Er ist einen guten Kopf größer. Sie betastet die Schärpe, den Koller.

»Leutnant«, sagt er. Als ob's darauf ankäme.

Er kapiert es noch nicht. Giertchen Kessenich. Keine sechzehn war sie damals, als er mit seinem Schulfreund Ignaz Eller heimlich das Schiff im Mülheimer Hafen bestiegen hatte, wo die verfolgten Calviner ihre Morgenandacht hielten, ihre Ketzermesse, die verruchte. So streng dachte er damals – heute nimmt er's nicht mehr so genau.

»Es geht dir nicht gut?«

Sie schüttelt den Kopf. »Ich bin schwanger.«

Warum enttäuscht mich das? Ach was, ich find's nur – unziemlich. Schamlos. Gleich in der ersten Minute ein Frauengeheimnis *mir* – einem fast fremden Mann? Wirklich so fremd? Hab' doch einmal mit ihr geschlafen – im Traum. Aber davon ahnt sie nichts. Was hab' ich mir für Gewissensnot gemacht, dummer Bub, der ich war! Liebte Katharina Henot – und träumte brünstig von Giertchen Kessenich. Zwiefach mit Schuld beladen: Nicht nur sündhaft begierlich – auch noch untreu! Aber Pater Spee hat geschwiegen, nur gelächelt. Wie hat mich dies Lächeln befreit nach der schweren Beichte …

»Wo ist dein Mann?«

»Ertrunken.«

Vergeblich sucht er in ihrem Gesicht ein Zeichen von Trauer, von Verzweiflung. Und ich? Hab' ich nicht eben so etwas wie Freude empfunden?

Wer war ihr Mann? Wie kommt sie nach Holland? Warum ist sie nicht verstört, da doch der Vater ihres Kindes ertrunken ist? Was wollte sie auf See?

Was wird nun aus ihr?

Fragen, die er nicht stellt. Er weiß nur, daß dies ein seltsamer Zufall – mehr: eine Fügung ist. Einmal hat er mit ihr ein Schiff verlassen, damals hatte sie ihn aus Lebensgefahr errettet. Heute wird er sie von einem Schiff herunterholen: von einem gestrandeten Leben, wie's scheint.

»Komm!« Er faßt sie fest an der Hand. Wundert sich nicht, daß sie ohne Widerspruch folgt. Sie stolpern, springen, rutschen über die Dünen. Schon blinkt der See zu ihren Füßen. Kein einziges Mal sieht sie sich um. Das Pferd schnaubt. Er holt die Flasche aus der Satteltasche, läßt sie dran riechen: Rum. Sie wird verzichten? Da nimmt sie ihm die Flasche aus der Hand, setzt an, trinkt wie ein Mann. Er sieht sie vor sich auf dem Calvinerschiff: wie sie den verbotenen Laienkelch empfängt, ansetzt zu einem langen Zug. Die säuft ja, dachte er damals. Und: So trinkt man nicht Christi Blut!

Er rührt an ihren Ellbogen. »Es könnte deinem Kind schaden.«

»Ich will es nicht haben!«

Er hebt sie auf den Sattel. Sie reiten nach Agger.

Sie redeten wenig. Er erfuhr immerhin, wie sie nach Holland gekommen war. Als ein Ehrsamer Rat zu Köln alle Bürger calvinischen Glaubens aus der Stadt gejagt hatte – so Simon Pedius, den Zinngießer, so Gottfried Königshoven, den

Schneider, und viele andere mit ihren Familien, so auch den Buchhändler Kessenich mit Frau und Tochter –, gelang es ihnen, nach Wochen des Herumirrens, ins Holländische, ins Land ihrer Glaubensgenossen, zu entkommen. Dort hatte Giertchen auf Drängen des Vaters, dem eine Geschäftsgründung mißraten war, den reichen Mijnheer van der Stoel, einen viel älteren, durchaus ungeliebten Gewürzkaufmann, ehelichen müssen. Der sorgte dafür, daß sie bald schwanger wurde, und als er sie aus Eifersucht auf eine Einkaufsreise für die Ostindische Kompagnie nach Dänemark mitnahm, brachte er sich als erster, und ohne auch nur nach seiner Frau zu rufen, vor der wütenden See in Sicherheit. So wähnte er.

Philipp verstand jetzt, warum sie keine Träne vergoß. Und ihr Kind? Nun, dachte er, wenn es erst da ist, wird sie's schon lieben.

Ehe die Herren Offiziere sich berauscht zur Ruhe gelegt hatten, war es ihnen, nach Lutz Kellers Meldung, doch noch eingefallen, ein paar zusätzliche Posten aufziehen zu lassen. Philipp wurde vor dem ersten Haus angerufen: »Parole?«

»Salve Regina!«

Der Soldat salutierte und grinste. Wo kommt das Weib denn her? Sieh an, der sonst so sittenstrenge Herr von Kronthal …

Der führt das Pferd in den Stall. Sie wartet vor dem Haus, in dem die Herren vom Stab ihre letzte Nacht in Agger verschnarchen; man hört's weit hinaus. Schwerfällig, tief erschöpft, läßt sie sich nieder auf den steinernen Stufen zum Portal. Ausschweifend duftet der Holunder.

Als Philipp zurückkommt, zittert sie vor Kälte. Er überlegt: Wo schaff' ich sie hin? Der alte Edelsitz, der ihnen als Regimentsquartier dient, ist wie ausgestopft mit Menschenleibern; die Gäste von heute abend sind gar nicht mehr in ihre Unterkünfte zurückgekehrt. Sogar auf den Tischen liegen sie, betäubt vom Abschiedssuff. Und in wenigen Stunden soll Aufbruch sein.

Er will sich noch einmal umtun im Haus, aber schon im Flur liegt Erbrochenes. In den Stall, auf den Heuboden, entscheidet er. Da ist es am wärmsten.

Als sie die Leiter hinaufklettern, er voran, verfehlt sie eine Sprosse, er greift hinter sich, erwischt ihren Arm, rührt auch an ihre Brust. Ihm werden die Knie weich. Was bin ich für ein Mann, denkt er.

Oben tasten sie sich über die knarrenden Bohlen durch die Finsternis, werfen sich erschöpft ins Stroh, kuscheln sich hinein mit geziemendem Abstand, aber doch so, daß einer des anderen Atem spürt.

Ein bißchen »Wie ist's dir ergangen?«, ein bißchen schläfriges »Weißt du noch?«. Da hat er nun eine kleine Frau Mijnheer, oder wie sie's dort nennen, und sie ist schwanger von einem ungeliebten Mann. Damals, vor zwei Jahren in Köln, war sie ein kesses Ding, eben Giertchen Kessenich, und hatte die beiden Jesuitenschüler verspottet – aber immerhin: Erst einmal hatte sie ihnen das Leben gerettet, als Philipp und Ignaz von Giertchens mordwütigen Glaubensgenossen im Rhein ersäuft werden sollten. Da war sie denen in die Parade gefahren – ein zürnender Erzengel ist nichts …

»Weißt du noch?« murmelt er. »Die Chinesen?«

Damit hatte sie die arroganten Jesuitenschüler aufgezogen. »Lernt erst einmal Chinesisch, eh' ihr die Chinesen bekehrt!« Sie befahl ihnen, ihren Glaubensdünkel zu mäßigen.

»Hier bei uns Wallensteinern geht's auch ganz schön chinesisch zu«, warnt er, schon halb im Schlaf.

Im Morgengrauen erwacht er, sieht die mädchenhafte Frau neben sich, betrachtet sie eine Viertelstunde. Dann wird das Verlangen übermächtig. Er nestelt ihr die Bluse auf, tappt mit seinen noch immer ungeschickten Burschenhänden über die nackten Brüste. Sie kommen ihm entgegen. Er sieht, wie ihr Mund sich verzieht – ein schmerzliches Lächeln, aber doch ein Lächeln.

Corvey und Paderborn

Mich packt immer wieder das Staunen, wenn ich bedenke, in was für verdorbene Zeiten wir geraten sind.

Alles ringsum ist erfüllt von Ehrabschneidung und Verleumdung.

Überall wird das Gift des leichtfertigen Aburteilens ausgestreut, und das ist jedenfalls um so schändlicher, je heimlicher und ungestrafter es geschieht, während die Obrigkeit schläft.

Die Zischeleien schleichen durch Häuser und Städte, eine gesellt sich zur anderen, bis sie allmählich stark genug geworden sind, als ein offenes Gerücht aufzutreten, von dem aber dann keiner weiß, wer seine Urheber waren.

Und nicht einmal dann wacht die Obrigkeit auf, um nachzuforschen, wer den Pesthauch verbreitet hat – nein:

Auf das Brausen des bastardischen Geredes wappnet sie sich gegen alle die, welche dieses verbrecherische Geschwätz angeschwärzt hat, forscht nach, fängt sie, foltert sie und will sie um jeden Preis schuldig haben.

Eine Schande ist das!

Friedrich Spee
»Cautio Criminalis«

Corveyer Tagebuch

»Corvey, am 22. Juli 1629,
dem Tag der heiligen Maria Magdalena.

Dank meinem Herrn und Gott, daß er mich wieder heil an Leib und Seele gemacht hat! Dank ihm und dem gehorsamen Vollstrecker seines Willens, Johannes Pelking, der mir kein friedliches Refugium im Klostergut Falkenhagen zuwies, sondern mich nach Corvey zu den Benediktinern schickte, damit ich mich wiederum als Missionar bewähren kann. Nein, mir stockt die Feder nicht bei diesem Wort. Ist mir doch seit dem Tage meiner Ankunft, als sei ich unter die Heiden gefallen, oder doch wie Joseph unter die feindlichen Brüder, und der Brunnen, darein sie mich werfen werden, sei nicht mehr weit. Doch wie ich auch dem ungläubigsten Türken, so er nur vor dem Sterben zur Taufe bereit wäre, das Himmelreich prophezeien würde, so will ich auch diesen verirrten, verstockten, lasterhaften, ganz und gar leichtfertig-schwächlichen Toren im Mönchsgewand die Hoffnung nicht rauben, daß auch sie noch selig werden können.

Corvey, Pflanzstelle der ehrwürdigen Abbaye Royale zu Corbie in Frankreich! Welch stolze Geschichte, welch glänzende Reihe hochbegabter Äbte, wieviel dienende Treue unter der Regel des heiligen Benedikt! Ora et labora. Was aber finde ich hier vor? O Traurigkeit des Herzens, Betrübnis bis ins Mark! Wenn hier einer betete, so könnten's nur wortlose Schreie aus tiefstem Stand der Sünde sein. Und Arbeit? Erst wenn die Kühe vor Euterqual brüllen, macht Bruder Cosmas sich mit dem Eimerwägelchen auf, schüttet, betrunken, die Hälfte daneben und denkt nicht an den Hunger im Land.

In der ersten Nacht erwachte ich von Fideln und stampfenden Schritten, tappte durchs Dormitorium, dort schnarchten nur zwei oder drei, wo waren die anderen? Im Kreuzgang tanzten sie um den Brunnen herum, betrunken natürlich, und junge Weiber aus Höxter dabei – ich schreib's nicht nieder, was ich dann noch sehen mußte. Auch ich bin nicht aus Stein gemacht, weiß, wie Begierlichkeit tut. Aber wer hat sie gezwungen, Mönch zu werden? Was sprangen sie nicht aus der Kutte vor den letzten Gelübden, wenn sie das Fleisch so sticht?

Und ich? Was alles traut der Weihbischof mir zu? Ketzer bekehren ist, fürcht' ich, ein Kinderspiel gegen das Werk, das er mich hier verrichten heißt. Denn der Ketzer, selbst er, glaubt an Gott, wenn auch auf falsche Weise. Aber diese? Diese verwahrlosten struppigen Gesellen haben sich offenbar verschworen, mich gar nicht wahrzunehmen. Spreche ich einen an, macht er auf dem Absatz kehrt oder schüttelt mit nachsichtigem Lächeln den Kopf, als sei ich ein im Geiste Verwirrter aus dem Hundsspital.

Ich muß behutsam sein, das vor allem. Muß Freunde suchen. Muß mich überwinden, ein wenig mit den Wölfen zu heulen nach paulinisch-apostolischer Art.

Fand die Nacht keinen Schlaf mehr. Kopfweh. Frau Barbara ist weit.

Wenn ich am allerschwächsten sein werde, wird Gott mir am allergewissesten beispringen.

Ich muß am ›Tugendbuch‹ weiterschreiben. Vielleicht fallen mir einige durchtriebene Methoden ein, die wilde Rotte zu zähmen. Gewürm und wilde Rott' … Der Herr hat mir schon aus schlimmerer Not geholfen.

Corvey, am 29. Juli 1629,
dem 7. Sonntag nach Trinitatis.

Nach dem, was ich in den letzten Tagen erfahren mußte, hätte ich nie geglaubt, daß dieser verrottete Haufe einem Abt untersteht, mehr noch: daß dieser Abt auch zugegen ist! Freilich, Pelking hat es gesagt – und wie er es sagte! Und nun, nachdem er von einer Reise zurückgekehrt ist, sah ich diesen Abt, habe ihn gesprochen!

Ich war zum Gestade ausgerissen, wo der Weserstrom sich durch eine liebliche Flur wälzt, breit und prächtig behaglich. Am anderen Ufer hockten Fischer mit der Angel, einige warfen von ihren Booten Netze aus; hier soll's, ehe der Krieg begann, von Hechten und Barschen gewimmelt haben. Es war ein güldener Spätsommertag. Wollte Gott, mein Tugendbuch, das ich – der Herr kennt meine Eitelkeit – ›gülden‹ nenne, schenkte dem Leser solche Früchte, wie sie der uralte Birnbaum vor dem hinteren Mauertor trägt.

Erde, du fruchtbare Mutter aller Kreaturen, wie schön bist du, wenn Frieden ist! Ihr feuchten Wiesen, ihr feisten Äcker mit Weizen und Roggen, Gerste und Hafer. Ihr vielhunderttausend Malter Äpfel und Birnen alle Jahr, Kirschen, Pfirsiche, Zitronen, Quitten. Ihr Bäume und Stauden, Pflänzlein und Blumen, Kraut und Unkraut. Ihr tausend, abertausend Zentner Metall und Erz, Eisen, Kupfer und Zinn, Blei, Gold und Silber, edles und unedles Gestein, Kohle, Schwefel, Salz und all ihr wunderbaren Mineralien. Und ist doch alles, alles nichts gegen Gottes und seiner Engel Herrlichkeit!

Ich war also am Weserufer. Nachdem kurz zuvor gut zwanzig von den drei Dutzend rüder Mönche zu erkennen gaben, daß sie mich nun doch wahrzunehmen geruhten, indem sie mein Predigen und Einreden verlacht, einige mich sogar gerempelt und bespien hatten, nahm ich mir die Freiheit, längs der Mauer, die von den Türmen der Abteikirche überragt wird, zu flanieren. Entspannt die Arme schlenkernd, bald einen Vers skandierend, bald stumm nur schauend, wie – es war am späten Nachmittag – die ersten Nebel stiegen. Wenn ich Gott – so dacht' ich zwischendurch – nur vier, nur drei von diesen Mönchen rückgewönne – ich wär's schon fast zufrieden. Fragt sich, ob Pelking *auch* …

So schlenderte ich dahin, da kommt um die entfernte Mauerecke mir ein Mönch entgegen. Nicht in würdeloser Hast, nicht affig tänzelnd, wie man's hier gewohnt ist, sondern gemessenen Schrittes wie ein Bildermönch, gesammelt, sinnend, den Kopf geneigt: benediktinisch. Johann Christoph Brambach, der Abt von Corvey!

Corvey, am 1. August 1629,
Vincula Petri.

Ich stehe nun, da ich Brambach kenne, nicht an, ihn den bemerkenswertesten aller Klostergeistlichen zu nennen, die mir begegnet sind und den unberufensten zugleich. Knapp über sechzig, wurde der Propst zu Marsberg vom Kapitel der Bursfelder Kongregation nach Recht und Regel zum Abt von Corvey gewählt. Ein hochgelehrter Mann und, obwohl er bislang noch nie seine Kutte getragen hatte, ein überzeugter Jünger des heiligen Benedikt. Keine vier Tage sind vergangen, seit ich ihn am Ufer traf, und viele Stunden schon haben wir diskutiert. Er liest, betet, schreibt, denkt, redet, wenn er denn einen findet, mit dem sich reden läßt, lebt keusch und gottgefällig, schätzt den Wein und meidet blähende Speise. Den schon ganz weißen Bart trägt er wie eine weltliche Standesperson: über den Lippen gezwirbelt, unterm Kinn spitz auslaufend. Auch mein Vater, als er Amtmann auf Schloß Kaiserswerth wurde, frisierte sich so, und väterlich mutet mich auch Brambach an. Das Gesicht ist fein modelliert, die Haut erscheint blaß und an den Lidern wie transparent, die glatten Wangen aber sind jugendfrisch gerötet. Jung, unglaublich jung für einen Sechziger sind seine blauen Augen. Wie leicht spricht man doch von einem ›leuchtenden Blick‹. Wie aber soll man dann Brambachs nennen? Man sagt, Frauen, wenn sie eheliche Gemeinschaft gepflogen haben, bekämen glückliche Augen. Aus dem Glück der Vereinigung kommt auch dieses Mannes Blick. Er muß wahrhaftig schon hier auf Erden in Gott selig sein. Und seit ich ihm zuhören darf, weiß ich, daß es so ist.

Denn ich höre ihm zu. Er weiß so viel von allem, was diese Welt immer noch schön macht. Was dünken wir Theologen uns doch so gescheit, wenn wir unseren heiligen Thomas, unseren Aristoteles intus haben. Wie viele gehen mit verschlossenen Augen und um so höher erhobener Nase durch Gottes irdischen Paradiesgarten. Brambach nicht.

Corvey, 3. August 1629,
Iuventio Stephani.

Ich gedenke, morgen dem Abt ins Gewissen zu reden. Mit den Mönchen geht es so nicht weiter. Fast jede Nacht tanzen und huren sie, schweifen bis zum Morgengrauen nach Höxter aus, einige baden nackt in der Weser, manche verschwinden für Tage, kehren aber – was Wunder in dieser Zeit! – immer wieder zu unseren Fleischtöpfen zurück. Ein im Hirn etwas beschränktes, treuherzig dienendes Wirtschafterpaar kocht für die Mönche, auch für mich, und macht ihnen gelegentlich die Wäsche, sofern sie ihre schmutzigen Lumpen einmal ausziehen sollten. Keine Andacht, kein Chorgebet und – wahrlich unvorstellbar! – auch sonntags keine heilige Messe! Kein Ketzer könnte sündhafter leben. Natürlich bitte ich allsonntäglich zum Tisch des Herrn, läute selbst die Glocke, spende dem Dienerpaar die heilige Speise. Die Mönche in rätselhafter Verstocktheit lassen sich gar nicht erst blicken. –

Brambach glaubt, entdeckt zu haben, auf welche Weise das Blut zum Herzen und wieder hinaus in all die Äderchen und Adern fließt. Er kennt die planetarischen ›Gesetze‹ eines Astronomen namens Kepler und hat sie mir interpretiert. Auch sie bestätigen, gleich einer jeglichen Pflanze, die sich nach dem ihr eingegebenen Muster entwickelt, wie auch in himmlischen Sphären die Dinge und Wesen Gottes Geboten gehorsam sind. Brambach gab mir auch ein Buch von Professor Adam Tanner, dem großen Ordensbruder aus Ingolstadt: ›Universalis Theologia Scholastica.‹ Teil I und II kenn' ich schon lange, diesen dritten noch nicht; er soll auch eine erstaunliche Meinung über die Hexenprozesse enthalten. Sogar auf die Bienenzucht versteht sich Brambach; er hat sich an den Uferauen ein Haus für sie bauen lassen und verbringt halbe Tage dort.

Jedoch er ist Abt, und die Mönche verkommen.

Corvey, am 5. August 1629,
Oswaldi regis martiris.

Heute sprach ich mit Brambach und wurde still und klein. Wie konnte ich nur annehmen, der Zustand des Klosters und seiner Insassen könne ihm gleichgültig sein! Er gab sofort zu, daß Pelking nicht übertrieben hat: Aschebrock, Brambachs Vorgänger, hat schreckliche Dinge getan. Ohne Zweifel war er Manichäer, zumindest im Herzen ein Angehöriger jener Sekte, die der Heilige Vater im 13. Jahrhundert, zu des großen Bernhard Zeiten, in Béziers und anderswo ausrotten ließ. Aschebrock glaubte an die absolute Gleichberechtigung des Teufels mit Gott, und so diente er ihm in schaurig ähnlichen Formen: mit konfusen, gebetsartigen Anrufungen, mit heidnischen Räucher-Riten und schwarzen Messen, bei denen er Kerzen auf nackte Leiber stellte – auch Frauen sollen dabeigewesen sein –, und vor diesen fleischlichen Altären ließ er die verführten Mönche niederknien. Ein Unhold, ein Verbrecher. Es dauerte lange, bis man dahinterkam; die Mönche waren verängstigt, und einige fanden Gefallen an diesen abgeschmackten Blasphemien. Bis er eines Tages, wohl von Freunden gewarnt, verschwand und seine schon halb zu Wölfen entarteten Schafe verstört in der Hürde zurückließ.

Noch Schlimmeres wird Aschebrock nachgesagt: Er soll einige von ihm eigens Auserwählte mit den ekligen Wucherungen einer Getreidekrankheit gespeist haben, die gerade in dieser Gegend ganze Felder befallen hat. Der Genuß dieser schwärzlichen Pusteln erzeugt teuflische, verführerische Bilder und Gelüste im Hirn und verleitet zu widerwärtigen Exzessen. Nicht nur daß die bedauernswerten Opfer jenes unwürdigen Abtes damit ihre Gesundheit ruinierten (die meisten sollen gestorben, andere mit ihm geflohen sein) – sie verscherzten sich auch ihr Seelenheil, denn Aschebrock bot ihnen die mißratenen, von Brand befallenen Ähren wie eine heilige Hostie dar – eine unvorstellbare Scheußlichkeit!

›Wenn es nach unserem Weihbischof ginge‹, sagte Brambach, ›würden sie alle eingesperrt und grausam bestraft. Das will ich nicht. Sie sind nur verführt, ich kann sie nicht von heute auf morgen zu Engeln machen. So lasse ich sie eine Weile ihren natürlichen Gelüsten nachgehen, um sie die Unnatur, die Aschebrock ihnen aufgezwungen hat, vergessen zu machen. Ich war ein paar Jahre Obrist, so weiß ich Strategie auf lange Frist zu üben. Und hab' erfahren, was der Krieg aus dem Menschen machen kann, aus jedem. Das aber hat mich nachsichtig gegenüber dem Sünder werden lassen. Denn wäre auch nicht Krieg im Lande, es ist doch ein jeder Tag, im Frieden auch, voll niederzerrender Versuchung. Den Aschebrock, der ja von Adel ist, wird keiner ernstlich strafen, auch Pelking nicht. Sollen's die Mönchlein entgelten, was der vornehme Herr an ihnen gesündigt hat? Inzwischen sprech' ich nun doch mit jedem. Mit diesem heute, mit jenem morgen. Einige lungern schon wieder um die Sakristei herum, wo die geweihten Hostien auf sie warten. Mögen sie ruhig noch eine Weile lungern – ich warte, bis sie hungern und schreien nach dem Leib des Herrn. – Tun auch Sie, was Sie vermögen!‹

Ich war froh, daß er selbst es sagte. Denn Pelking hat mich hierhergeschickt als ein – ich scheue das Wort – als ein Kommissar, wie Kurfürst Ferdinand seine Glaubenskommissare ins Land entsendet, die Häresien zu bekämpfen.

Ich fragte Brambach, was er von den Exerzitien des heiligen Ignatius halte. Er kennt und schätzt sie. ›Fangen Sie an!‹ sagte er. ›Beginnen Sie mit etwas Erquicklichem – nicht mit diesen schaudervollen Gemälden von Engelsturz und Höllenfeuer, sondern etwa mit jener Übung, die von Vögeln, Fischen und Bienen handelt, wie sie dem Menschen dienstbar sind. Sie werden merken: Diese Männer sind so dürr im Geist geworden, daß sie für jedes bunte Bildchen, das Sie ihrer Phantasie bereiten, dankbar sind!‹

Übrigens steht von Bienen nichts in den Exerzitien-Texten.

Corvey, am 10. August 1629,
Laurentii martiris.

Wie doch ein jeder seine geheimen Lehrer hat! Denn die wichtigsten stehen meist auf keiner Kanzel, hinter keinem Pult. Brambach, als wir, das Imkergitter vor Augen, die Bienen an ihrem Wabenwerk betrachteten, bekannte, daß ein Wanderer aus Mähren, dem er einst im böhmischen Riesengebirge begegnet war, seine Begriffe vom Umgang mit Menschen, vielleicht vom Menschen überhaupt, ganz neu geprägt und geordnet habe. Und dies, obwohl er überzeugter Protestant gewesen sei! Dieser Mann – er nannte sich Comenius – sei selbst noch sehr jung gewesen. Aber durch Vertreibung aus der Heimat und früh erworbene Weltläufigkeit – er lebte lange in Deutschland und Holland und soll jetzt Lehrer im polnischen Lissa sein – war er bald aus dem engen Zirkel seiner Herkunft herausgetreten und sah sich nun, wohin er auch kam und kaum daß er den Mund auftat, selbst als Mitte eines Kreises. Es gibt ja Menschen, die als Sonne Planeten um sich sammeln. Brambach war nur ein vorüberziehender Komet und doch für Tage oder Wochen in seinem Bann, und von seinem Licht hat er offenbar viel mitgenommen.

Wir sprachen über Erziehung. Ich sagte: ›Wäre ich Herr der Welt, es würde sich kein Dorf unterm Himmel finden lassen, wo ich nicht Sorge trüge, daß die Jugend nicht nur zu Gottes Ehre, sondern auch zu seiner Erkenntnis erzogen wird. Und wo nur vierzig Häuser stünden, sollte mir die Schule das einundvierzigste sein.‹

›Ja‹, sagte Brambach und erinnerte sich wohl an jenen Mann aus Mähren. ›Man darf aber über so viel Gotteslehre nicht vergessen, dem Menschen sein Handwerkszeug für diese Erde zu geben. Die Bienen brauchen nichts zu lernen, die wissen's von Geburt.‹

Wir beobachteten lange seine brummenden Völker. Und er lehrte mich viele ihrer bewundernswerten Verrichtungen zu begreifen. Ich könnte versuchen, ein großes Bienen-Gedicht zu schreiben. Mir fehlen für meine Liedersammlung noch ein paar

Strophen weltlicher Art; sie werden den Schöpfer nicht minder als die geistlichen loben.

Es ist übrigens nicht zu leugnen, daß Brambach zuweilen Ideen entwickelt, die ein strenger Zensor schwerlich noch rechtgläubig nennen würde. So, wenn er über die Schöpfungsgeschichte spricht und auf erstaunliche Widersprüche hinweist. Folgt man der Genesis – und wie sollte man das nicht? –, so ist der Mensch zweimal erschaffen worden: einmal, wie es das 2. Kapitel des Buches Mose berichtet, als Kreatur aus Lehm, als Adam aus Staub und Schmutz und Kot, wie es der große Papst Innozenz ausdrückte, und ein zweites Mal, wie es das 1. Kapitel erzählt: ›Gott schuf den Menschen nach Seinem Abbild, als männlich und weiblich erschuf Er ihn.‹ Da wird nicht von Adam und auch nicht von Eva gesprochen, die aus Adams Rippe erschaffen wurde. Brambach wies mich ausdrücklich darauf hin, als könne es mir eine Hilfe für mein Hexenbuch sein (ich gab ihm circa fünfzig Seiten zu lesen). Er meinte: Zumindest lasse sich aus dieser ›gleichberechtigten Schöpfung‹ nicht ableiten, daß, wie es die eifernden Verfasser des ›Hexenhammers‹ wahrhaben wollen, das weibliche Geschlecht von minderem Wert, also womöglich auch anfälliger für die Sünde sei. Nein: ›Männlich und weiblich erschuf Er den Menschen – nach Seinem Abbild‹ …

Brambach muß sich vorsehen. Obwohl es in der Heiligen Schrift steht, unwiderlegbar. So etwas sagt man nicht laut.

Corvey, am 15. August 1629,
Assumptio Mariae.

Was Tanner in der 5. Quaestio unter dem Titel ›De iustitia‹ schreibt, ist so erstaunlich, daß ich's dreimal las. Zwar ist es schön verklausuliert, höchst listig eingefügt in Pro und Contra und von gelehrten Schleiern übersponnen. Doch kann dem wachen Leser nicht entgehen, was er meint:

Gewiß sei die Hexerei ein crimen exceptum, doch müsse man auch bei einem Sonderverbrechen darauf achten, daß keine

Unschuldigen gefährdet werden! Ein erschütternder Satz. Und welcher Mut gehört dazu, ihn drucken zu lassen!

Er zweifelt auch, ob die Folter immer zur Erkennung der Wahrheit führe, und hält es für äußerst bedenklich, Personen zu verhaften, die von einer Angeklagten aus Folterqual heraus beschuldigt wurden.

Ich stehe also nicht allein mit meinen geheimen Gedanken! Hätte ich das Buch nur in Köln schon gehabt – es hätte mir Argumente liefern und vielleicht sogar einen so selbstgerechten Verfolger wie den Hexenkommissar Glimbach beeindrucken, hätte am Ende Katharina Henot retten können …

Brambach, mit dem ich – welch ein Glück! – offen über diese Fragen reden kann, sagt mir heute allerdings, daß der große Tanner, diese Leuchte der Moraltheologie, Professor nicht nur in Ingolstadt, auch in Wien und Innsbruck, bereits Ärger mit hohen Richtern in Bayern bekommen habe. Einer soll sogar gesagt haben, den Tanner würde er selber recht gern auf die Folter spannen …

Gottlob höre ich hier nicht viel von Hexenprozessen. Vielleicht begnügt der Teufel sich mit den Kriegsgreueln, an denen kein Mangel ist. Mit meiner Schrift gegen die Prozesse kann ich mir unter diesen Umständen wohl noch etwas Zeit lassen.

Corvey, am 19. August 1629, 10.
Sonntag nach Trinitatis.

Brambach hatte, wenn ich mich nicht sehr täusche, heute keine so ganz glücklichen Augen. Er hat ein Schreiben von hoher Stelle erhalten. Seine Wahl zum Abt wird nun ernstlich angefochten. Er wußte ja schon, was Pelking von ihm hält; auch ich machte kein Hehl daraus, daß der Weihbischof mich in dieser heiklen Sache ins Vertrauen gezogen hat. Nun aber ist Bonn wach geworden; der Erzbischof höchstselber beansprucht die Führung der fürstlichen Abtei! Das bedeutet, daß er einen Mann seiner Couleur als seinen Vertreter berufen wird – und der wird nicht Brambach heißen.

Ich bin zwischen die Fronten geraten: Pelking baut auf mich und meine ›Erfolge‹ (wie kläglich sind sie!), ermächtigte mich sogar, ›im Namen des Weihbischofs‹ zu reden, wo ich's für richtig halte – und Brambach, dem ich eher kritisch gegenüberstehen sollte, hat mein Herz gewonnen.

Mein Gedicht macht Fortschritte. Eine Bienenkunde in gereimten Versen. Ich kenne von deutschen Dichtern nichts Derartiges.

Den Brüdern Peregrinus und Martinus gab ich eine Einführung in die Exerzitien. Ganz wider die Regel, am Weserufer entlangspazierend. Sie zeigten sich – der eine halb voll Schnaps, der andere kaum minder übel aus dem Munde riechend – von der weisen Toleranz des heiligen Ignatius beeindruckt, besonders von diesem Satz: ›Wenn der Exerzitienlehrer sieht, daß der Exerzitand sich in Trostlosigkeit befindet oder daß er vom Bösen Feind versucht wird, so verhalte er sich gegen ihn nicht hart und rauh, sondern mild und sanft, indem er ihm die Trugwerke des Feindes der menschlichen Natur aufdeckt und ihm Mut und Kraft für die Zukunft einflößt.‹

Auch Brambach war begeistert von diesem Rat unseres Ordensgründers. ›Das müssen Sie Pelking zu lesen geben!‹ rief er.

Falkenhagen, am 8. September 1629,
Nativitas Mariae virgine.

Drei Wochen sind vergangen seit meiner letzten Notiz – und höchst Bedauerliches hat sich in Corvey zugetragen. Alles spielte sich in einer einzigen Nacht ab; ich werde es in diesem Leben nicht vergessen. Mit Erschütterung lese ich, was ich in meiner letzten Tagebuchaufzeichnung in Corvey geschrieben hatte: ›Ich bin zwischen die Fronten geraten. Pelking baut auf mich – und Brambach hat mein Herz gewonnen.‹

Wie so sehr wahr! Und wie bitter schmerzhaft zugleich.

Ich trage in gedrängter Form nach, was geschah:

Drei Tage nachdem Brambach – jetzt wieder ganz der alte mit ›glücklichen Augen‹ – mir gesagt hatte, daß er nicht daran denke, das Amt, zu dem er rechtmäßig bestellt worden sei, aus freien Stücken aufzugeben, ging ich zeitig zu Bett; ich fühlte mich nicht wohl. Vielleicht lag's daran, daß ich mehr durch Zufall in die Küche geraten war, wo unser Hausdienerpaar, assistiert von dem besonders gefräßigen Bruder Paulus, ein Schwein zerlegte. Die drei stießen sich nicht an dem, was mich würgen ließ: Schaben und Asseln krochen über den Tisch, ein wohl seit Tagen nicht geleerter Eimer quoll über von stinkendem Gekröse. Von den Speisen, die hier bereitet wurden, hatte ich drei Wochen lang gegessen! Jetzt wußte ich, warum Brambach sich vorzugsweise von Fisch und den Früchten seines hinter dem Bienenhaus gelegenen Gärtchens ernährte.

Ich lag also schon früh am Abend in meiner Stube, schlief auch bald ein. Als ich vom Wiehern eines Pferdes, das, wie sich's anhörte, im Hof unter meinem Fenster stehen mußte, erwachte, flog Fackelschein über die Zimmerdecke, und gleich darauf klirrte es von Rüstungen und Waffen, und vom Dormitorium her erhob sich ein grausamer Spektakel, als werde dort eine Kompagnie Türken niedergemacht. Ich schlupfte in die Kutte. Von meinem Fenster aus konnte ich übers Tor des Abteigeländes in die große Lindenallee sehen, die schnurgerade zur Stadt Höxter führt. Auch dort wurden die Schatten der Nacht von vereinzelten Fackeln erhellt; es hatte den Anschein, als hätten sich dort Reisige um eine Kutsche geschart.

In Pantinen klapperte ich die Treppe hinunter und lief einem schnauzbärtigen Soldaten in die Arme, der mich in rüdem Bayerisch anfuhr, und bayerisch klang's auch ringsum. Das mußten welche von der ligistischen Einquartierung sein, die in Höxter schon seit Monaten die Bürger drangsaliert.

Mit ›Gelobt sei Jesus Christus‹ ließ ich den Kriegsknecht stehen und flatterte mit ungeknöpfter Soutane über den Hof zum Hauptbau. Dort, inmitten eines Geleits in schimmernden Panzern, stand *er*, der ›Dortmunder‹, wie ihn eingedenk ähnlicher Szenen achtungsvoll die Leute nennen, der Glaubensstreiter, der keinen noch so harten Zugriff scheut, wenn's um die heilige Kirche geht: Johannes Pelking.

Wir erkannten uns wohl im selben Moment. Während aus dem zu ebener Erde gelegenen Schlafsaal unsere armseligen Mönche von Kriegsknechten herausgezerrt, ja schlummertrunken fast getragen und mit Musketenstößen zu einer traurig schwankenden Reihe formiert wurden, ging der Weihbischof einen Schritt auf mich zu, gerade so weit, daß seine Hand meine Schulter erreichte, und zog mich an seine Seite, besser: zwei Fuß breit hinter sich und gab mir sozusagen einen Klaps, der wohl bedeuten sollte: Da bleib und mucks dich nicht; wir erledigen das schon. – Das taten sie. Unsere Mönchlein wurden mit Stricken aneinandergebunden; maunzend und blinzelnd – der Rauch der Fackeln stach in die Augen – schwankten sie noch eine Weile, dann wurden sie abgeführt, der Himmel weiß, welchem Schicksal entgegen.

Endlich brachten sie auch Brambach. Ungefesselt und freien Schrittes, akkompagniert von zwei Offizieren, kam er ums Eck des Wirtschaftsgebäudes. Sie hatten ihm wenigstens Zeit gelassen, sich anzukleiden. Aber auch er war verhaftet, kein Zweifel.

Daß dem Menschen in Augenblicken, wo wahrlich andere Worte oder gar befreiende Taten geboten wären, so oft nichts als curiosa im Kopfe spuken! Ich überlegte plötzlich – und, um ganz ehrlich zu sein: Ich schämte mich zwar, und doch lachte es in mir bei dieser Vorstellung! Ich überlegte: Was geschähe wohl, wenn du jetzt deine Stimme erheben würdest: ›Im Namen des Weihbischofs! Lassen Sie diesen Mann frei!‹?

Dabei war ich todtraurig, war tief bestürzt, sagte natürlich etwas ganz anderes, das wagte ich immerhin: ›Exzellenz! Dieser Mann ist an den Zuständen im Kloster nicht schuld. Sie wissen doch, es war Aschebrock!‹

Aber Pelking wandte sich nicht einmal nach mir um. Er nickte den Offizieren zu, auch Brambach schien er gar nicht wahrzunehmen, dann gab es ein allgemeines Aufsitzen, auch der Bischof stieg zu Pferde, die Fackeln wurden geschwenkt, und über den Kies der Klosterstraße marschierten sie durchs Tor. Mich ließen sie stehen. Ich folgte ihnen in einiger Entfernung, überzeugte mich, daß draußen wirklich eine Kutsche wartete und daß Brambach zum Einsteigen genötigt wurde.

Ich war allein im Kloster Corvey …

Zwei Tage lang habe ich mich dann mit Hilfe des Wirtschafterehepaars verpflegt (nicht ohne zum fassungslosen Erstaunen der beiden die Verlegung der Küche in einen blitzsauberen Raum anzuordnen). Dann kam der Bote aus Höxter mit der Anweisung des Generalvikars: Ich hätte mich sofort ›zur Erholung‹ ins Klostergut Falkenhagen zu begeben. Ein Pferd für mich brachte der Bote mit, so daß ich schon am nächsten Tag den Ort meiner Niederlage verlassen konnte. Denn versagt habe ich. Und auch diesen Vorwurf kann ich mir nicht ersparen:

Ich hätte nicht allein für Brambach plädieren sollen – der weiß sich schon selber zu verteidigen! Ich hätte auch ein Wort für die Mönche einlegen müssen. Das wäre auch im Sinne des Abtes gewesen, der sich, der Erziehungsweisheiten jenes Böhmen eingedenk, so geduldig um die verlorenen Schafe bemüht hatte: ein wahrer Hirte im Geiste unseres Herrn Jesus, ein besserer vielleicht als Pelking. Ja, ich bekenne, daß ich mich eines Anflugs von Mißbilligung, des Zorns sogar, nicht erwehren kann, wenn ich an meinen Gönner denke.«

Diese Stadt Paderborn sei ein unfruchtbarer Weinberg, so hatte schon der weise Pater Wachtendonk geseufzt, als er am Ende des letzten Saeculums, erschöpft von mancher vergeblichen Bekehrungsmüh, die Augen schloß. Die frommen Gesellschafter Jesu in ihrer Residenz, die sich seit 1593 »Kollegium« nennen durfte, seufzten ihm nach: Vinea inculta et sterilis!

Ganz so ernst war es freilich nicht gemeint. Die Stadt war seit dem Sündenfall des Jahres 1604, da ein aufsässiger Bürgermeister Wichart seine Rebellion wider den Fürstbischof mit dem Leben hatte bezahlen müssen, dem rechten Glauben treu geblieben – sieht man von vielerlei Versuchungen menschlicher Schwäche während der Herrschaft des tollen Herzogs Christian von Braunschweig ab. Der schändete die Gebeine des heiligen Liborius und ließ den kunstvollen Schrein des Schutzpatrons einschmelzen, um auf die Silberlinge, die er daraus gewann, die lästerliche Parole zu prägen: »Gottes Freund, der Pfaffen Feind«. Das waren finstere Zeiten, doch, gottlob, sie fanden bald ein Ende. Nicht allein, daß der häretische Herzog elendiglich zugrunde ging – es kehrten auch die Gebeine des Heiligen zurück. Und ein neuer Liboriusschrein ward erschaffen, weit schöner und kostbarer noch, als der erste war.

Seither, dank Tillys Sieg am Barenberge, keine Gefährdung durch unheilige Kriegsfürsten.

Aber die Pest!

Immer wenn er am einsam vor den Wällen, hinter hohen Ligusterhecken gelegenen Siechenhaus zu Sankt Georg vorüberkam, hatte Friedrich Spee dieses Bild vor Augen: Damals im Oktober des Jahres 26 war er auf einem Versehgang nach Wewer unterwegs. Da brachen plötzlich aus der dichten Hecke zwei Mönche heraus und rannten mit fliegenden Kutten, Stoßgebete keuchend, aufs Westerntor zu. Sie waren – und trugen es gleich in der Stadt herum – die ersten, die der gräßlichen Erscheinung hatten standhalten müssen, genauer: die vor ihr ausgerissen waren: schwärzliche, stinkende Beulen, die sich über Nacht aus dem Fleisch eines Fiebernden gehoben hatten.

Wer nicht mit Blindheit geschlagen war, hätte schon vorher die Zeichen erkennen müssen. Ganz wie zu Wicharts Zeiten, als der große Aufruhr gegen den rechtmäßigen Herrn von Paderborn begann, vernahm man in gewissen Nächten Lärm und Geschrei von Berittenen, als seien die Apokalyptischen unterwegs, und sie waren's ja auch. Die Feldpader, die sonst rein und klar der Quelle entgegenströmt, nahm, nachdem sie einige Schritte geflossen war, schreckliche Veränderungen an: Wie von Schwefel, Blut und Feuer gefärbt, schimmerte, sprudelte und blitzte das Wasser: ein Grausen erregendes Zeichen.

Da machte sich auf aus der Stadt ein jeder, der anderswo auf Kost und Unterkunft rechnen konnte. Allen voran die Jesuiten. Friedrich Spee hätte eine Anstandsfrist von zwei, drei Tagen für angemessen gehalten, wenn man's denn schon den Kapuzinern überlassen wollte, den bedauernswerten Seuchenopfern die Tröstungen der heiligen Kirche zu spenden. Und auch jenes Arztes war mit Ehrfurcht zu gedenken, der, mit Pestmantel und Maske vermummt, sich der Bresthaften annahm und bald darauf zugrunde ging, nicht anders als seine Kranken.

So überstürzt hatten Spees erste Paderborner Jahre geendet, und wäre der Schwarze Engel nicht erschienen, wie sorglos und tief befriedigt von den Fortschritten seiner Studenten hätte Spee damals auch weiterhin sein Lehramt an der noch jungen Jesuiten-Universität ausüben können! Immerhin hatte er gerade noch den dreijährigen Philosophiekurs abschließen dürfen, mit Logik fürs erste, Physik fürs zweite Jahr und Metaphysik für 1626. Alles in allem war's eine schöne Zeit gewesen, und selbst Hermann Baving, damals Rektor des Paderborner Kollegs, hatte sich noch nicht als der allzu gestrenge Obere erwiesen, mit dem Spee nachmals in Köln, als Baving Provinzial geworden war, so manchen unerfreulichen Disput haben sollte. Vorerst allerdings hatten die leitenden Brüder den jungen Professor nach Speyer versetzt zur Ableistung seines Tertiats, und erst danach hatte man ihn nach Köln ans Tricoronatum berufen, den erkrankten Professor Fekenius zu vertreten.

Doch, doch, es war, in summa, eine ertragreiche Zeit in Paderborn gewesen, und nichts konnte Spee angenehmer sein als die Aussicht, noch einmal einem Ruf an die Academia Theodoriana Paderbornensis zu folgen. Seit Hildesheim, als Turrianus ihm diese Möglichkeit angedeutet und der Weihbischof sie nicht ausgeschlossen hatte, war Friedrich Spee auf die Wiederaufnahme seiner Lehrtätigkeit vorbereitet. In Corvey dann und schließlich in Falkenhagen, in diesen Monaten, die seiner Erholung hätten dienen sollen und die sich doch, läßt man ein paar dort entstandene Gedichte außer acht, als unfruchtbar erwiesen und bald sogar gefährlich verdüstert hatten, war ihm der inbrünstig vorgestellte Turm von Sankt Pankraz wie ein rettendes Seezeichen in Sturmesnot erschienen. Nur erst wieder in Paderborn sein, dann würde sich alles zum Guten wenden!

Am 15. Oktober des Jahres 1629 ging Spees Wunsch in Erfüllung: Er traf auf Weisung des Weihbischofs Pelking in der Hochburg des heiligen Liborius ein und fühlte sich zunächst einmal im Kreise der ihm durchweg fremden Patres verloren und verlassen wie nie zuvor in der einst so vertrauten Stadt.

Es waren eben andere Verhältnisse geworden, mittlerweile. Nicht allein, daß die Pest manch guten Bekannten, ob Kleriker oder Laie, dahingerafft hatte; auch der Lehrkörper hatte sich durch und durch verändert, auf nicht gewaltsame Weise. Viele Professoren waren in andere Kollegien und Residenzen versetzt worden, und der Rektor hieß nicht mehr Baving, sondern Christian Lennep.

Dieser würdige Feuerkopf aber schien von Spees Ankunft gar nicht erbaut zu sein. Und hatte doch zu seiner Begrüßung die gesamte Lehrerschaft im Kapitelsaal aufgestellt. Im Halbrund standen sie und blinzelten in die Oktobersonne, die durch die Fenster flutete, als Spee von Lennep eingeführt wurde.

Ein kraftstrotzendes Mannsbild, dieser Rektor, dem eine Rüstung besser angestanden hätte als die Soutane, aber das ist töricht gedacht: Auch Gott braucht starke Streiter, und ihre Rüstung ist der Glaube. Ein Erzengel? Dazu war er zu fett. Ein Sankt Georg? Das eher. Ein Sünte Jürgen, wie die Paderborner sagen, der hoffentlich auch den Drachen im eigenen Blut erlegt hatte. Denn Christian Lennep, obschon in reifen Jahren, war ein Mann, der mit seinem mächtigen Körperbau, dem imposanten Haupt unterm weißen mönchischen Haarkranz, den bläulich durchbluteten Backen, den schwellend sinnlichen Lippen, dem prall gedoppelten Kinn, vor allem aber mit seinem gewaltigen Baß nicht nur manch einem Nönnchen, sondern auch, nur mal als Beispiel genannt, der Äbtissin von Hardehausen unkeusche

Schauder über den Rücken jagen konnte. Das wußte Lennep und verhielt sich entsprechend: nämlich beherrscht. Auch die spitzesten Zungen wußten nichts Unwürdiges, schon gar nichts Beschämendes über ihn zu sagen – und er selbst gefiel sich in der Gewißheit, daß jedermann sich fragte, wie wohl ein solcher Kerl von Mann mit dem Bösen fertig würde, sollte dieser Erzfeind des Menschengeschlechts sich's einfallen lassen, ihn mit lockenden Lüsten zu versuchen. Derart üppig für Sünde und Laster ausgestattet, war Christian Lennep doch im Herzen ein blitzsauberer Mann. Er war nicht nur zu Sünden, die er verabscheute, sondern auch zum Herrschen gerüstet, und in diesem Punkte entsagte er nicht, zumal es ja um eine Art Gottesherrschaft ging, die er statthalterisch hierzulande auszuüben hatte. Rechtens und seinen Gaben nach wäre er der unangefochtene Herr von Paderborn gewesen. Aber da war noch Johannes Pelking.

Doch von diesem später. Vorab: Wie Lennep den Neuling willkommen hieß! Zunächst einmal rühmte er Spees Leistungen in seiner ersten Paderborner Zeit, wies darauf hin, wie er, von seinen fundierten Vorlesungen einmal ganz abgesehen, noch Kraft gefunden hatte, als Katechet in Sankt Pankraz apostolisch zu wirken, und wie es ihm gar gelungen war, einen querköpfigen Adligen wie den Herrn Walter von Imbsen so gründlich zu bekehren, daß der all seine Habe den Jesuiten vermachte. Und man denke an den ganz und gar verbohrten Herrn Heinrich Dietrich von und zu Niehausen aus Niesen bei Peckelsheim unweit Warburg, den unser begabter Missionspriester allein durch Briefe, zeitverschlingend langen allerdings, von seinem lutherischen Irrglauben erlöst hatte. Ja, und nun weile dieser wundersame Bruder wieder in ihrer Mitte!

»Daß er auch Verse schreibt, deutsche, die sich singen lassen, wer wüßte das nicht! Im neuesten Städtischen Gesangbuch sind etliche abgedruckt. Haben wir nicht alle zu Advent in der Erwartung des Herrn gesungen ›O Heiland reiß die Himmel auf‹?«

Bei diesem Hinweis wandte Professor Johannes Horrion sich dem neben ihm stehenden Pater Turck zu, aber hinter dessen starken Brillengläsern blitzte kein einverständiger Spott. Pater Horrion hatte vor dreizehn Jahren den Festprolog zur Gründung der Universität gedichtet; ein zweiter Poet im Lehrkörper konnte ihm kaum willkommen sein.

»Und wer von den älteren Brüdern erinnert sich nicht jenes leidigen Streites mit dem Domkapitel, dem wir Jesuiten schon damals nicht recht genehm waren und das uns gerade in diesen Tagen wieder so viel Ärger macht? Da war es nun abermals Friedrich Spee, unser wiedergewonnener Bruder, der besänftigend vermittelte, dank seiner für einen Paderborner Jesuiten schon fast *zu* guten Beziehungen zum Dompropst von der Horst, der unseren Orden nun einmal nicht leiden kann!«

Lennep machte eine Pause und strahlte Spee an, als erwarte er eine Geste des Dankes für ein ganz ungewöhnliches Kompliment. Spee aber begriff, daß er hier verdächtig gemacht werden sollte, und wenn er's jetzt noch nicht bemerkt hätte, so wäre es ihm bei den folgenden Sätzen Lenneps nur allzu deutlich geworden:

»Mancher von unseren lehrenden Brüdern wird sich gefragt haben, ob unser Neuling denn überhaupt die erforderliche Lehrbefähigung besitze. Immerhin soll er ja nicht nebenan in unserem Gymnasium kleine Knaben unterrichten, sondern als Universitätsdozent die Edelsten und Besten der Studenten, unseren Ordensnachwuchs nämlich, in die Geheimnisse der Moraltheologie einführen. Nun, ich habe nachgesehen: In seinen Papieren fehlen zwar einige Examina ...«

Hier erhob sich ein Geraun, und Pater Horrion fand wieder einmal seine Theorie bestätigt, daß Gott die Gestirne gelegentlich zu Kundmachungen Seines Willens nutzt, denn just in diesem Augenblick zog sich die Sonne zurück. Wenn diesem nicht mehr jungen Mann Prüfungen fehlen, vom Doktorexamen ganz zu schweigen, dann – so murrte man – kann er doch niemals vollberechtigtes Mitglied der Fakultät werden! Ein gutes Dutzend der immer noch feierlich herumstehenden Professoren schüttelte die Köpfe, bis Lenneps Baß die Unmutsäußerungen überdröhnte:

»Dies aber darf uns nicht hindern, unserem wiedergewonnenen Freund freudigen Herzens die Professur anzuvertrauen. Hat ihn doch kein Geringerer als unser hochwürdiger Weihbischof und Generalvikar Pelking zu uns entsandt und mit dem Lehramte beauftragt!«

Mehr brauchte er nicht zu sagen. Hatte man sich bisher aus Höflichkeit, um den Ankömmling nicht zu beschämen, mit Fragen und Protest zurückgehalten, so nahm man nun keine Rücksicht mehr. Den Neuling selbst vergaß man fast; der Mißmut richtete sich gegen Christian Lennep. Pater Eustachius machte sich zum Sprecher:

»Seit wann, Pater Rektor, hat der Generalvikar ein vakantes Lehramt der Jesuiten-Universität zu besetzen? Hat er wenigstens unseren Pater Provinzial zu Köln, dem diese Bestallung einzig zukäme, um seinen Konsensus gebeten?«

Doch die Vorstellung, der selbstherrliche Pelking könne sich's einfallen lassen, einen Jesuiten, und wär's der General zu Rom, um etwas zu bitten, war lächerlich.

Wie nun auch immer: Die so würdig gedachte Einführung des heimgekehrten Bruders verlor sich, ohne daß der Rektor noch einmal seinen Baß gebieterisch tönen ließ, in fakultätsjuristischem Geplänkel: Ob es Ausnahmen von der regelrechten Bestallung geben könne und, wenn ja, wer sie zu genehmigen habe, und wenn sie genehmigt wären, ob für die Dauer oder nur für eine Warte- und Bewährungszeit. Spee stand herum, und keiner nahm sich seiner an, schon gar nicht Pater Horrion, der Poeta laureatus von Paderborn, der ihn nicht aus den Augen ließ, während er den Umstehenden in verfälschendem Pathos einen Vers aus Spees Kirchenliedern zitierte. Dann aber trat ein zierlicher Mann mit schmalem, ausladendem Hinterhaupt an den Einsamen heran und schenkte ihm einen zwinkernden Blick durch dicke Brillengläser. Es war Pater Turck.

»Der Generalvikar verdrießt uns seit einiger Zeit«, erläuterte er. »Als Minorit mag er die Jesuiten nicht sonderlich, und als Oberster der Weltgeistlichen wiederum grenzt er die Freiheit auch aller anderen Orden ein. So hat er ihnen erst neulich die Domkanzel verboten. Die Situation wird im übrigen dadurch besonders delikat, daß der Generalvikar und Weihbischof letztlich auch den abwesenden Landesherrn vertritt. Wobei man allerdings ein weiteres nicht vergessen sollte: die gewichtige Stimme des Osnabrücker Fürstbischofs. Immerhin ist Herr von Wartenberg ein Vetter unseres Kurfürsten Ferdinand. Pelking aber ist auf Wartenberg eifersüchtig – wiewohl letztendlich auch mit ihm befreundet. Aber der hat es eben weitergebracht, ist Bischof geworden, regierender Herr. Das schafft der Dortmunder, ein Bürgerlicher aus bescheidenen Verhältnissen, nie!«

Es war nicht einfach, sich in Paderborn zu orientieren.

Beim Abendessen im Refektorium ließ man Spee die fehlenden Prüfungen nicht entgelten; während dienende Stipendiaten des Gymnasiums Teller und Krüge füllten, bezog man ihn, als der Wein die Zungen löste, brüderlich in die Gespräche ein. Tatsächlich handelte es sich nur um ein einziges, ein quasi Proforma-Examen, das er längst hätte ablegen können, dem er aber, und das war seine Schuld, keine große Bedeutung beigemessen hatte. Indes, mittlerweile kannte er sich zu gut in Kollegien, Lehrkörpern und verwandten Gremien aus, um nicht zu wissen, daß er in Paderborn den Makel der Unvollkommenheit nicht mehr verlieren würde.

Und wie hatte es eigentlich geschehen können, daß ihm selber nie Bedenken über die Rechtmäßigkeit seiner Berufung gekommen waren? Das hätte er sich doch selber einfallen lassen dürfen, was nun die anderen als triftigen Einwand vorbrachten: Wie kann ein Generalvikar, und genösse er höchstes Ansehen, in personellen Belangen der Gesellschaft Jesu allein entscheiden wollen, eines Ordens, der in direkter Linie dem Heiligen Vater untersteht!

Als Spee mit offenen Augen in seiner zellenartigen Stube auf dem Lager ruhte, wußte er sich seine Unbekümmertheit nicht anders als durch den eigentümlichen Zauber zu erklären, den die Persönlichkeit des Johannes Pelking auf ihn – und wohl auch auf andere – ausübte. Und was das für ein Mann war, hatte er spätestens in Corvey begreifen müssen.

•

Am folgenden Morgen erwachte Spee von einem erbärmlichen Geschrei. Als er das Fenster öffnete, erkannte er, woher das Schreien kam, aus dem Gymnasialtrakt nämlich, und er hörte auch das Klatschen des Zuchtinstruments. Also schlug man in Paderborn!

Angewidert schloß er das Fenster. Da hatte im Kölner Tricoronatum dank Adam Kasen, dem gütigen Regens, doch ein anderer Geist geherrscht. Hier in Paderborn hatten sie vermutlich einen Zuchtmeister, denn Jesuiten verschmähen es – aus Stolz wie aus Weisheit –, den unbotmäßigen Schüler mit eigener Hand zu schlagen. Oder, wie Rektor Lennep, als Spee ihn später befragte, es zu interpretieren wußte: »Wir haben als Zuchtmeister eine Person angestellt, die nicht zum Orden gehört. Denn die Erbitterung, die zugefügter Schmerz beim Schüler erzeugt und die sich gegen den unmittelbaren Urheber des Schmerzes zu kehren pflegt, auf uns selbst zu leiten, finden wir Jesuiten nicht ratsam.« Und als Spee fragte, ob sich die Erbitterung nicht auch gegen den Rektor richte, der die harte Strafe angeordnet habe, erwiderte Lennep mit majestätisch gehobenen Brauen: »Wenn ein Mörder Ihre Mutter erschlägt, kehrt sich Ihre Rache nicht gegen Gott, der die Tat geschehen ließ oder gar angeordnet hat, sondern gegen den Mörder!« Diese Antwort, in der Lennep seine Position mit der Gottes verglich, sollte Spee bald als exemplarisch für den Geist des Paderborner Kollegiums erscheinen.

Da der Unterricht erst am kommenden Montag begann, blieb Spee Zeit, seinen Antrittsbesuch beim Weihbischof zu machen oder sich wenigstens beim Generalvikariat anzumelden. Pelking wohnte und hielt hof in einem palastartigen Haus, dessen oberstes Stockwerk von dem berühmten Bildhauer Heinrich Gröninger bewohnt wurde. Der hielt sich oft in Osnabrück auf, wo Fürstbischof Wartenberg des Meisters Künste für die Ausstattung seiner neuen Residenz »Sankt Petersburg« in Anspruch nahm. Die beiden unteren Etagen stellte Gröninger gegen dreihundert Taler dem Kurfürsten Ferdinand zur Verfügung, der sie seinerseits dem Weihbischof Pelking überließ. Das prächtige Haus entsprach dessen anspruchsvollem Lebensstil.

Zu seiner Enttäuschung hörte Spee, daß Pelking schon seit vierzehn Tagen auf Reisen sei und nicht vor Ablauf einer weiteren Woche zurückkehren werde.

Der freundliche Kaplan Zalusa, Pelkings Sekretär, dem der Jesuit mit den melancholischen Augen kein Unbekannter war, gab bereitwillig Auskunft. So erfuhr Spee, daß Pelking wieder einmal »in heikler Mission« unterwegs war. Ließ sich mittlerweile anderes von dieses Mannes Reisen denken, als daß ihr Anlaß »heikel« war?

»Er soll von der Grafschaft Pyrmont Besitz ergreifen«, sagte der Kaplan mit einer gewissen Feierlichkeit. »Im Auftrag des Kurfürsten. Sie ist ein altes Lehen der Kirche von Paderborn, sie gehört also uns, uns gehört sie. Aber da gibt's eine Komplikation: Der Tilly wünscht sich die Grafschaft zum Lehen. Nun, wir werden darüber befinden. Fürs erste einmal ist Pyrmont wieder kurkölnisch geworden, doch, das ist es.«

Besitz ergreifen. Das paßt zu Pelking, dachte Spee. Besitz ergreifen. Von Bissendorf. Vom Kollegium Hildesheim. Von Brambach. Von der Grafschaft Pyrmont. Und auch von mir?

Der liebenswürdig geschwätzige Kaplan fuhr fort: »Man wird dem Generalleutnant Tilly schon etwas mehr Satisfaktion als bisher geben müssen, doch, das wird man müssen. Dem laufen schon die Offiziere weg, weil sie beim Wallenstein viel mehr Gewinn vom Kriege haben. Der Kaiser sollte das bedenken, er sollte es. Die Engländer werden auch schon wieder unruhig. Haben Sie gehört, daß sie unseren Kaiser auf ihre neblige Insel entführen wollen? Doch, das wollen sie! Ein ungeheuerlicher

Plan, der natürlich von diesem schändlichen Pfalzgrafen, dem wir den ganzen Krieg verdanken, ausgetüftelt wurde. Oder von seiner englischen Frau. Serenissimus wird sich in acht nehmen müssen, doch, das muß er. Gottlob ist das englische Kriegsvolk, das sich bei Stade aufhält, so schlecht und krank und matt, das stirbt weg wie die Fliegen. Kein Wunder: Die haben dort zur Fourage nichts als Bier und Brot! Nur Bier und Brot – wen schafft das nicht?!«

Das Wasserschloß Neuhaus, kaum eine Meile nordwestlich von Paderborn, mit seinen vier von Kuppeln gekrönten Rundtürmen, war eines der drei Bauwerke, die Fürstbischof Dietrich von Fürstenberg hatte errichten lassen und auf die er so stolz gewesen war, daß Heinrich Gröninger ihre fein gebildeten Modelle dem bischöflichen Grabmal im Dom hatte einfügen müssen: die Wewelsburg, südlich von Paderborn gelegen, das Theodorianum mit Jesuitenkolleg, Universität und Gymnasium, und eben Schloß Neuhaus, vor dessen von Rundbögen getragener Brücke der Kutscher den Wagen anhielt.

Spee bat ihn zu warten und schritt über die Brücke auf die beiden Wächter zu, die ihre Koppel und Gehenke zurechtzupften – es geschah selten genug, daß jemand kam. Denn seit Bischof Dietrich das Zeitliche gesegnet und Kurfürst Ferdinand auch das Bistum Paderborn übernommen hatte, war nur noch ein Trakt der ehemaligen fürstbischöflichen Residenz bewohnt von des Bischofs Verwandten, aber auch die weilten oft auswärts.

Wenn Spee an Schloß Neuhaus dachte, hatte er den Geschmack einer köstlichen Kaltschale auf der Zunge, die ihm dort vor Jahren von der Gattin des Drosten serviert worden war. Und bei diesem Besuch hatte er sogar eine adlige Dame lutherischer Konfession für den katholischen Glauben gewinnen können.

»Im Namen des Weihbischofs!« rief er mit gemäßer Betonung. »Ich wünsche den Abt von Corvey, Herrn Christoph Brambach, zu besuchen.«

Was konnte geschehen? Er hatte sich's auf der Fahrt überlegt: Entweder ließen die Posten ihn gleich herein – oder sie wollten eine Legitimation sehen. Da er nichts vorzuweisen hatte, würde er wieder umkehren müssen. Damit war nicht viel verloren, aber auch nichts riskiert. Hatte er nicht Vollmacht, wann immer er es für angebracht fände ... Er fand, es sei nun angebracht. Bereits in Falkenhagen hatte er erkunden können, daß Schloß Neuhaus Brambachs Kerker war.

Einer der beiden schien ihn ohne Umstände einlassen zu wollen. Der andere knurrte:

»Laß dir was zeigen!«

»Haben Sie ein Papier?« fragte der erste.

Spee klopfte auf die Soutane.

»Schon gut, Hochwürden«, sagte der Posten und öffnete die ins Tor eingelassene Durchgangspforte. Der zweite Posten ging mit ihm und meldete in der Wachstube am Hoftor, der Pater wünsche im Auftrag des Weihbischofs den inhaftierten Herrn Brambach zu besuchen, den »ehemaligen Abt«, wie er, Spee mit einem tadelnden Blick streifend, betonte. Es rappelte sich ein weiterer Wächter auf und begleitete Spee zum Eingang eines der Rundtürme.

Doch nicht etwa ins Verlies? Schmachtete der Abt in Ketten? Undenkbar! Ein Pelking wird auch bei seinen Gefangenen den Stand zu achten wissen.

Der Wächter schloß die umständlich gesicherte Tür auf, und dann ging es also nicht nach unten, sondern die Treppe hoch, bis sie nach wiederholten Windungen die Pforte zur Turmstube erreichten. Sie war nicht abgeschlossen. Nachdem er vorweg einen Blick in den Raum geworfen hatte, sagte der Wächter: »Er kommt uns schon nicht aus, der Herr.« Und während er Spee eintreten ließ: »Eine Viertelstunde, nicht länger.«

Aus glücklichen blauen Augen, die noch größer geworden schienen, sah Brambach den Besucher an. Er hatte sich von seinem Lager in der nicht allzu karg eingerichteten Rundstube erhoben, umarmte den Pater und machte kein Hehl daraus, wie überrascht und erfreut er war. Spees Versuch, sein Verhalten bei der Festnahme zu entschuldigen, unterbrach er mit Fragen nach dem Befinden, und als Spee wiederum sich besorgt erkundigte, ob er genug zu essen bekomme, er sei so mager geworden, zwinkerte Brambach listig, nahm ihn bei der Hand und zog ihn, während er selbst sich wieder legte, auf einen Stuhl an seinem Bett.

»Ich bin ein bißchen schwach, das ist wahr. Aber ich werde gut ernährt, bekomme auch Bier und Wein nach Wunsch. Ich könnte sagen, meine Magerkeit sei die Folge ernster Gewissenserforschung. Mag sein, das auch. Aber wird man nicht mager, wenn man fast nichts zu sich nimmt? Meine Mahlzeiten ernähren die Ameisen und Frösche im Schloßgraben.«

»Sie werfen Ihr Essen zum Fenster hinaus?«

Brambach nickte. »Es fällt mir nicht leicht, denn es ist durchaus wohlschmeckend. Aber es hat natürlich seinen Grund. Doch das Ganze ist unappetitlich, reden wir von etwas anderem. Gewissenserforschung, ja. Ich habe mich eindringlich gefragt, weshalb ich so darauf beharre, der gewählte Abt von Corvey zu sein, da es mir doch nichts als Unannehmlichkeiten einbringt. Und da hat mir« – er griff vom Wandbord ein Büchlein, es war eine Ausgabe der ignatianischen Exerzitien-Texte – »da hat mir Ihr heiliger Ordensstifter einen großen Dienst geleistet. Hören Sie!« Er suchte die Stelle, fand sie nicht gleich und fuhr fort: »Nun, ich kann es auch mit meinen Worten sagen: Ignatius meint, man solle sich genau prüfen, ob man ein Amt oder eine kirchliche Pfründe nur um des eigenen Vorteils willen zu behalten wünscht. Wenn ja, solle man Gott darum bitten, er möge sorgen, daß man nicht mehr nach diesem Amt verlange. Ja, und nun kommt ein ›Es sei denn‹. Das möchte ich einmal ›das ignatianische Es sei denn‹ nennen, denn so ausgefuchst – Sie entschuldigen wohl – kann in unseres Herrgotts Kirche nur ein Jesuit sein. Da, jetzt habe ich's: ›Es sei denn, Gott regle meine Begierden und wandle meine erste, eigensüchtige Neigung derart um, daß der Grund, dieses Amt zu erwerben oder behalten zu wollen, einzig der Dienst, die Ehre und die Verherrlichung Seiner göttlichen Majestät sei.‹ Was sagen Sie dazu? Ich habe mich geprüft, und seit einigen Tagen bin ich überzeugt, daß Gott meine Begierden in diesem Sinne geregelt hat.«

»Sie sind ein Zyniker geworden«, sagte Spee etwas unangenehm berührt. »Aber ich sehe es Ihnen nach. Die Haft ist anders wohl kaum zu ertragen.« Er stand auf und sah sich in der Stube um. »Was hat Pelking mit Ihnen vor?«

»Ich dachte, Sie würden es mir vielleicht verkünden.«

»Er ist im Pyrmontschen und ahnt nicht, daß ich Sie besuche; er würde es wohl nicht gerne sehen. Ich habe mich einer List bedient.«

»Nehmen Sie keine zu schlechte Meinung von mir mit«, sagte Brambach. »Ich bin nicht der eitle, weltferne Mann, der sich allenfalls um seine Bienen sorgt und die ihm anvertrauten Menschen vergißt. Obwohl ich mir in der Tat Sorgen um meine Völker mache. Es geht auf den Winter, die letzte Brut ist geschlüpft, die Arbeiterinnen werfen die Drohnen aus dem Stock, und alles muß betreut und beobachtet werden. Was macht übrigens Ihr Gedicht?«

»Es ist fertig«, sagte Spee und setzte sich wieder. »Ich werde es Ihnen schicken, Sie müssen prüfen, ob alles seine Richtigkeit hat.«

Es entstand eine kleine Pause. Dann fragte Brambach leise: »Was ist aus meinen Mönchen geworden?«

Spee hob die Schultern.

»Ich weiß es«, sagte Brambach. »Pelking verkauft sie an den Kaiser.«

»Als – Soldaten?«

»Sie sollen gegen die Türken kämpfen. So erreicht unser Weihbischof zweierlei: Er macht aus in seinen Augen nutzlosen, unwürdigen Mönchen wackere Streiter Christi mit begründeten Aussichten auf einen heiligmäßigen Heldentod. Und er verwendet das Handgeld, das er erzielt, ebenfalls für einen Gott wohlgefälligen Zweck.«

»Sie sind *doch* ein Zyniker!«

»Mir scheint, Sie nehmen mehr Anstoß an der Art meiner Mitteilung als an ihrem Inhalt.«

»Entschuldigen Sie. Natürlich ist es furchtbar ...«

»Auch diesen Satz sollten Sie noch einmal bedenken. Ist es *natürlich*, daß es furchtbar ist?«

Spee erhob sich. Dieser Dialog schmerzte ihn. Auf welch ganz andere Weise hatten sie sich am Weserufer unterhalten!

»Was können wir tun?« sagte er. »Was kann ich für Sie tun? Ich gehe sofort zu Pelking, wenn er wieder in Paderborn ist.«

»Es wird mir nichts nützen«, sagte Brambach. »Selbst wenn Pelking wollte, er könnte mich nicht entlassen. Am Kurfürstlichen Hof liegt eine Anzeige vor. Ich sei ein Ketzer.«

»Das ist unmöglich!« Spee war empört.

»Es ist so. Pelking hat es mir gesagt; er brachte mich ja höchstselber in der Kutsche nach Neuhaus. Glauben Sie, er hätte mich ohne eine so schwerwiegende Beschuldigung verhaften können, mich, den gewählten Abt von Corvey?«

»Das ist eine Bonner Intrige«, sagte Spee. »Und das kann ...« Er führte den Satz nicht zu Ende.

»Das kann sehr gefährlich für mich werden. Vielleicht zieht man Sie noch als Gutachter heran, Jesuiten nimmt man gerne dazu. – Die Viertelstunde ist gleich vorbei. Sie sollen noch erfahren, weshalb ich mein Essen in den Graben werfe: Ich komme sonst nicht durchs Fenster.«

»Wie? Durch dieses?«

»Das wäre ein wenig zu hoch für mich. Nein: Wenn ich ein Bedürfnis habe, führt mich der Posten in den Turmkeller, den auch die Wächter als locus naturali necessitati benutzen. Das einzige Fensterchen dort ist nur unvollkommen mit einem Gitter geschlossen. Es führt in den Burggraben und ist eben nur ein Fensterchen. Um es zu erreichen, muß man durch den ganzen Haufen ... Lassen wir das! Zuweilen sind größere Opfer für eine gelungene Flucht erbracht worden. Das Schlimmste: Ich war zu dick. Ich bin es immer noch. Es wird wohl noch einige Wochen brauchen.«

»Und man würde nicht bemerken, daß ...«

»Der Posten bleibt vor der Tür stehen. Ich habe ihn von Mal zu Mal mehr davon überzeugt, daß ich von großer Leibesträgheit bin. Ich hoffe, diese Details stören Sie nicht allzusehr. Der menschliche Darm ist für die Paderborner Jesuiten sozusagen dialogfähig geworden, seit man damals bei der festlichen Einweihung des neuen Kollegienhauses feststellen mußte, daß die allzu gottseligen Baumeister die Abtritte vergessen hatten. Seither reißen die Witze nicht ab – nun, wem sag ich's!«

Spee war Brambachs Eröffnung peinlich – nicht der dubiosen Umstände wegen, unter denen die Flucht bewerkstelligt werden sollte. Er hätte am liebsten von diesem Plan überhaupt nichts erfahren.

»Und Ihre Hexenschrift?« fragte Brambach. »Ich glaube, ich kann noch ganze Abschnitte auswendig. Sie werden verstehen, daß ich mich in meiner derzeitigen Lage besonders mit den Wechselwirkungen von Obrigkeit und Dienst, von Befehl und Gehorsam beschäftige – beschäftigen muß ...«

Sie hörten den Posten die Treppe heraufkommen.

»Beten Sie für mich!« sagte Brambach. »Wenn ich nur bis Schlangen komme, das sind zwei Fußstunden von hier, bin ich gerettet. Dort gibt's mehr Lutheraner als Rechtgläubige. Die werden einen Ketzer willkommen heißen, auch wenn er etwas übel riechen sollte ... Aber wie sagt Ihr Ignatius so treffend? ›Der Mensch ist eine eiternde Wunde, ein häßliches Geschwür.‹«

In der Folgezeit, nachdem Spee seine Arbeit aufgenommen und seine Vorlesungen mit einem Exkurs »Über die Sünde der Engel« eröffnet hatte, erwies es sich von Woche zu Woche mehr, daß er seinen Kollegen nicht genehm war. Nicht daß sie ihn absichtlich fühlen ließen, er sei hier nicht willkommen, aber es war doch so, daß gelegentlich und immer wieder ein abschätzender Blick oder ein Verstummen im Gespräch, wenn er hinzutrat, ihn daran erinnern mußten, daß er ein Examen noch nicht abgelegt, wie ja auch die letzten Ordensgelübde noch nicht geleistet hatte, so daß er weder ein vollwertiger Universitätsprofessor noch ein der Gesellschaft auf Lebenszeit verschworener Jesuit war. In diesem Verhalten der Kollegen zeigten sich graduelle Unterschiede. Es war schon nicht leicht zu ertragen, wenn Pater Horrion ihn bei jeder Begegnung mit spöttisch verzogenem Mund als ›Fürst der Verse‹ ansprach, aber schlimmer war es noch, wenn Pater Falkland, hochangesehener Scholastiker, sich vor jeder Diskussion im Kreise umsah, wobei er es kunstvoll vermied, Spees Blick zu begegnen, um dann vernehmlich zu seufzen: »Ja, wenn wir Fachleute unter uns wären, man könnte sich schnell verständigen ...«

Spee war nicht ganz ohne Schuld an diesem Übelstand. Hätte er sich lernwillig, seiner Mängel bewußt, unterwürfig gezeigt – gewiß hätte man sich seiner wohlwollend angenommen. Da er aber sehr bald erkannt hatte, daß in diesem Kollegium weder Persönlichkeit noch besseres Wissen zählten, sondern nur pharisäerhafter Dünkel; da er überdies wiederholt jene Koryphäen der theologischen Wissenschaft bei fehlerhaften Schlüssen, ja faustdicken Schnitzern ertappte, setzte er bald selber die arrogante Miene auf – und in diesem Spiel war er geübt, es paßte zur offenkundigsten seiner läßlichen Sünden, zur Eitelkeit.

Mit seinen Schülern, Fünfzehn- bis Achtzehnjährigen, verstand er sich gut. Sie, deren Eltern sich mit ihrem späteren Eintritt in den Jesuitenorden einverstanden erklärt hatten, trugen bereits ein gewisses Elitebewußtsein zur Schau – schlichter ausgedrückt: Sie waren ganz schön eingebildet. Da die meisten von Adel waren, fühlten sie sich ohnedies über die Bürgerlichen erhoben – aber die anderen, die aus braven Bürgerfamilien der Stadt und der weiteren Umgebung stammten, trösteten sich damit, daß sie auserwählt waren, dereinst dem ›adligsten‹ unter den Orden Christi, dem ›Sturmtrupp des Heiligen Vaters‹, anzugehören. Spee tat das Seine, ihnen den Dünkel auszutreiben. Die Bibel, mit der sich diese Theologiestudenten, wohl aus Angst, für lutherisch beeinflußt zu gelten, nicht annähernd so viel wie etwa mit den Kirchenvätern befaßten, half ihm dabei: so durch die Geschichte vom reichen Jüngling oder vom Scherflein der Witwe. Da wurde so manchem verzärtelten Knaben kläglich zumute, als er begreifen mußte, daß Jesus sich vorzugsweise um die Armen bemüht hatte und daß nirgendwo geschrieben stand, die Jünger seien von Adel gewesen oder hätten Liegenschaften und Pfründen besessen.

Die Paderborner Jesuiten besaßen deren reichlich, und zwar nicht nur ihr neues Gymnasiumsgebäude mit der goldenen Inschrift DEO ET PATRIAE über dem Tor und den dazugehörigen Grundbesitz. Ihnen zugesprochen waren auch das Beneficium des heiligen Martinus, die Benefizien des heiligen Fabian und Sebastian, das Beneficium des heiligen Bartholomäus sowie zahlreiche Spenden, Zuwendungen und Lieferungen in Naturalien von frommer oder verpflichteter Hand.

»Es ist zuviel, was wir besitzen«, sagte Friedrich Spee. »Es steht uns nicht zu, und es steht uns auch nicht an.« Aber er vermied das Wort ›Ordensprunk‹, für das ihn in Köln der Pater Provinzial einmal heftig gerügt hatte.

Am Freitag, dem 9. November, wurde bekannt, daß Christoph Brambach aus der Haft in Schloß Neuhaus »unter unwürdigen Umständen« entflohen war. Man hatte sofort Streifen nach Lippstadt und Schlangen ausgesandt, aber seine Spur verlor sich in den Wäldern um Paderborn.

Spee war froh, daß er im Kolleg nichts von seinem Besuch erzählt hatte. Der Weihbischof würde es noch früh genug erfahren. Die Vermutung, Spee könne dem Abt behilflich gewesen sein, lag immerhin nahe. Spee selbst gestand sich ein: Hätte ich von Brambachs Fluchtplan gewußt, ich wäre nicht nach Neuhaus gefahren. Aber er konnte dem Abt keinen Vorwurf daraus machen, daß er seine so mühsam durch Kasteiung gewonnene Chance genutzt hatte.

Im Frühling des Jahres 1630 erreichte die Stadt Paderborn eine Nachricht aus Soest, die Spee aufs tiefste beunruhigte, mehr noch: die ihn so entsetzte, daß er, als Pater Turck, selbst in großer Sorge, sie ihm vor dem Mittagessen zugetragen hatte, auf die Mahlzeit verzichtete und eine gute Stunde lang vor dem Kruzifix in seiner Zelle inbrünstig um Abwehr des Schreckens bat.

Es bewege sich – so bildhaft hatte Pater Turck sich ausgedrückt – mit der Langsamkeit einer Schnecke, doch zugleich mit der Unwiderstehlichkeit der Gezeiten, von Werl kommend, ein reisendes Sondergericht auf sie zu, das von keinem anderen als dem gefürchteten Werler Staatsanwalt Doktor Heinrich Schultheiß angeführt werde, der, mit exklusiven Vollmachten des Kurfürst-Erzbischofs Ferdinand ausgerüstet, von Stadt zu Stadt und Dorf zu Dorf Denunziationen sammle und die beschuldigten Frauen und Mädchen von der jeweils zuständigen Exekutive verhaften, verurteilen und verbrennen lasse, also daß sein Weg gleichsam durch eine feurige Spur gekennzeichnet sei.

Schultheiß. Das war kein Unbekannter. Als Staatsanwalt zu Werl war er ein hoher Justizbeamter. Als Verfasser einer fünfhundert Seiten starken »Instruktion, wie in Inquisitionssachen des greulichen Lasters der Zauberei zu prozedieren sei«, als »Mann der Praxis«, als einer, der die Aufspürung Verdächtiger und ihre Ausmerzung rationalisiert und somit zu hoher Vollkommenheit entwickelt hatte, mußte er eines Tages die allergnädigste Aufmerksamkeit zu Bonn erregt haben.

Und nun kam er dahergezogen mit seinem ambulanten Gericht. Vor ihm fielen, fächerartig ausschwärmend, seine Unterkommissare in die Dörfer zwischen Werl und Soest, zwischen Lippstadt und Warstein ein, beurlaubten die örtlichen Rechtsträger mit fürstlicher Vollmacht und brauchten im allgemeinen nicht länger als zwei Tage, um ein Dorf »zauberfrei« zu machen. Mit Schauder erinnerte sich Spee an Männer wie den kölnischen Hexenkommissar Doktor Glimbach oder die schon damals herumziehenden Schöffen Blankenberg und Romeßwinkel – an den vor allem, der sich bei der Folterung Katharina Henots so abstoßend in seiner mörderischen Geilheit aufgeführt hatte.

Nun ging es wieder an. Nun war die begonnene Schrift »Cautio Criminalis«, auf die er seit Corvey keinen Blick mehr geworfen hatte, wieder bestürzend notwendig geworden. Nun war es Spee, als höre er die Stimme des mutigen Adam Tanner, der ihn aufforderte, sein Werk fortzusetzen.

Aber noch immer wollte Friedrich Spee seinen mühsam gewonnenen Frieden nicht ernstlich stören lassen. Hatte er in dieser Stadt nicht gerade genug um die Ohren? Die Vorbereitung auf seine Vorlesungen – ein schwieriges Thema, »Die Sünde der Engel«. Das mißgünstige Kollegium. Das Stockregiment im Gymnasium. Den ihm keineswegs gewogenen Rektor. Die Sorge um Brambach – und um die Gunst des Weihbischofs …

Es mußte wohl noch ein weiteres geschehen, bis Friedrich Spee begriff, daß Gott ihn nicht nur zum Liederdichten in die Welt geschickt hatte.

Der Geruch hält sich über Jahrzehnte. Verkohlte Balken, brandiger Stein, vom Regen verwaschene Asche, ein süßlich-bitterer Hauch verbrannten Fleisches, menschlicher Exkremente. Keller, Gewölbe, Kamine – Schlupfloch lichtscheuer Gauner, aber auch Rastplatz Verfolgter, Gejagter, aus Haus und Heimat Vertriebener, versprengter, desertierter Soldaten: allerorts ungern gesehenen Volks. In dieser Ruinenlandschaft des großen Brandes von 1616, dem dreihundertfünfundsiebzig Häuser zum Opfer fielen – und über hundert Menschen dazu –, in diesem Totenfeld aus Mauerresten, Turmstümpfen, ragenden Schloten zwischen Giers- und Heiersstraße waren in all den Jahren nur wenige Häuser wieder aufgebaut worden. Es fehlte der Stadt und den Bürgern an Geld, und es war ja auch kurz nach dem Brand der Krieg gekommen. Im Sommer war hier alles von wucherndem Grün bedeckt, Falter und Hummeln tanzten über den Unkrautblüten, Kinder spielten mit Pfeil und Bogen und hölzernen Schwertern, und immer mal fand sich ein Ring, ein Kästchen, ein Knöchlein, ein zinnerner Krug.

Weiß getüncht, von einer aus Trümmersteinen erbauten Mauer umfriedet, nachgerade schamlos in seiner Untadeligkeit, hob sich der bald nach dem Brande neu erbaute Komplex des Kapuzinerklosters aus diesem Areal der Vernichtung. Mit Schutt gepflastert, führte ein Weg über eingeebnete oder zu sanften Hügeln zerfallene Häuser zum Domplatz. Bei Dunkelheit war es der einzige gangbare Pfad vom Kloster in die Stadt und zurück.

Hier, gegen zehn Uhr abends, in einer sternlosen, von Regenböen gepeitschten Aprilnacht, ging Friedrich Spee auf die bleichen Kapuzinermauern zu; aus einzelnen Fenstern des Klosterbaus fiel wärmendes Licht. Spee hatte den kurzen Text im Kopf: »Heute nacht am Stadelhof eine weiße Fahne. Kommen Sie! Große Not. Um Christi Barmherzigkeit willen, kommen Sie! Konrad.«

Der Zettel mit den gekritzelten Zeilen war in eine Falte seines Biretts gesteckt worden, das er heute morgen neben dem Weihwasserbecken am Domeingang abgelegt hatte. Er wußte nicht, wer Konrad war, er wußte aber, daß am Stadelhof kein Haus mehr stand, und er wußte auch, daß er hingehen mußte. Wenn es ihm bestimmt sein sollte, wieder eins über den Schädel zu kriegen, würde es wenigstens das letzte Mal gewesen sein; das könnte auch Doktor Wellingers Kupferplättchen nicht überstehen.

Natürlich ging er hin. Ein Priester, der um Christi Barmherzigkeit willen aus großer Not gerufen wird, darf nicht kneifen. Aber während er alles einpackte, was zu einem Versehgang nötig war, zog er doch einen ins Vertrauen: den stillen, freundlichen Pater Turck, der noch immer der einzige im Kollegium war, der sich um ihn sorgen würde. Man sollte wissen, wo man ihn gegebenenfalls zu suchen hätte.

Zwischen Kloster und Stadtmauer führte einst die Straße Am Stadelhof entlang. Immerhin war der Schutt so weit geräumt, daß der Straßenzug erkennbar blieb. Auch standen hier noch zahlreiche Fassaden mit ihren Fensterlöchern; der Regenwind ließ die Läden in verrosteten Angeln quietschen und schlagen.

Mit angehobener Soutane stolperte Spee über den Trümmerhaufen. Er überblickte die Straße nach Norden und Süden, so weit die Dunkelheit es zuließ, und nun sah er die »weiße Fahne«: ein Lappen, der auf einen Stock gespießt war. Wie er näher herantrat, stieß ihm etwas in den Magen, es war der Holm eines großen Schubkarrens, und auf dem Karren stand eine Kiste, länglich wie ein Sarg. Der Karren stand vor einer noch gut erhaltenen Mauer und erinnerte ihn an etwas. Als er durch das Mauertor trat, sah er sich einem doppelmannshohen Steinhaufen gegenüber. An seinem Fuß klaffte ein Höhleneingang, in dessen Tiefe ein schwacher Lichtschein glomm. Und schon wuchs ein Kopf, eine schmächtige Gestalt aus dem Höhlenloch. Es war der Junge aus Hildesheim, der ihn zur Hebamme geführt hatte.

Er faßte den Pater, ohne ein Wort zu sagen, am Ärmel, drehte sich um und zog ihn hinter sich her, ausgetretene Steinstufen hinunter, bis er in einem überwölbten Raum, vielleicht einem ehemaligen Weinkeller, vor einem Menschen stehenblieb, der auf einer hölzernen Lade lag, es konnte der Deckel der Kiste sein, die draußen auf dem Karren stand. Der Mensch, diese Frau schien ohne Leben.

War er geholt worden, die letzte Zehrung zu spenden? Er wußte nun, wen er vor sich hatte, und während er sein Versehkästchen abstellte, war ihm, als brächen in seinem Geist Stützen ein, als verschöbe sich die seit Jahrzehnten einigermaßen vertraute Ansicht der Welt – verzerrte sich, als habe man vor sein geistiges Auge eine vielfach gesprungene Brille geschoben. Mit einer Geste von grausiger Feierlichkeit hob der Junge das Tuch, mit dem der Körper verhüllt war, und hielt es hoch in seinen Händen, bis Spee sich endlich abwandte und seiner Tränen nicht mehr Herr wurde.

Er hatte einen weißen Frauenleib gesehen, der von Knuten, Peitschen, Stricken, von Folterinstrumenten aller Art so verwüstet war, daß die geschwollenen, kaum vernarbten Wunden der Striemen und Zangenbisse selbst die Konturen der Brüste kaum mehr erkennbar machten. An diesem Leib hatte Satan gewütet – ein Teufel aus Fleisch und Blut!

Spee kniete nieder. »Apage, Satanas, weiche!« betete er. Dann fuhr er zusammen. Sie schrie. Schrie ihn an mit weit aufgerissenen Augen, fand mühsam aus Kreischen und Weinen zu Worten, kaum verständlichen, er hörte, daß sie ihn Henker nannte, Folterknecht, Teufelsscherge …

Der Junge brachte sie zur Ruhe. Behutsam deckte er sie zu, dann flüsterte er unentwegt auf sie ein.

Auf den Knien rutschte Spee zu ihr hin, brachte sein Gesicht ganz nahe an das ihre, das ihm nun um so viel älter erschien mit seinen verquollenen Lidern, den körnigen Ringen um die Augen, dem Schweiß der Schwäche auf der Stirn.

»Es wird alles gut«, sagte er. »Ihr habt mich geholt, also wird alles gut. Wir werden überlegen. Wir werden eine Unterkunft und einen Arzt finden. Schlafen Sie jetzt!«

Und in Jammer und Scham bemerkte er, daß er ihr die Hand auf die gleiche Weise über Stirn und Augenlider führte, wie sie es an ihm getan hatte, und ihr mußte es wohl auch gegenwärtig sein, denn plötzlich verzogen sich ihre Lippen, und er hoffte unsinnigerweise, es könnte ein Lächeln gewesen sein.

Während sie schlief, erfuhr Spee von dem Jungen, was in Hildesheim geschehen war. Sie saßen vor dem Kerzenstumpf einander gegenüber, den Rücken an die Wand gelehnt, die Arme um die Knie geschlungen, es war ja kaum Platz in dem Kellerloch.

Barbara hatte, nachdem der Weihbischof und auch Spee die Stadt verlassen hatten, einige Monate in Frieden leben können – auch den Winter hatte sie leidlich überstanden. Im März des folgenden Jahres jedoch war sie abermals von jenem Syndikus Heidemann aufgesucht und diesmal ohne Umstände verhaftet und in den Lilienturm gesperrt worden. Das Stadtgericht erhob Anklage wegen Hexerei. Sie leugnete, daraufhin wurde das Verfahren auf die übliche Weise fortgesetzt: Man zeigte ihr die Folterinstrumente und erläuterte ihre Funktion. Das war die sogenannte Territion, bei der viele Beschuldigte schon gestehen. Sie stritt alles ab. Dann begann man mit der Folter und setzte sie anderntags und auch am dritten Tag noch fort, und sie bekannte alles, was die Herren hören wollten.

Es fehlte nichts mehr für Urteil und Brand.

Da erreichte den Jungen in seinem Elend, im verwaisten Hebammenkeller, die Botschaft, er solle sofort »die scheckige Hex'« vom Turm abholen; sie seien ausgewiesen, beide, aus der Stadt und sollten sich scheren, wo der Pfeffer wächst oder die Hollen auf dem Hintern Ringelreihn tanzen.

Diese Wendung der Dinge im letzten Augenblick vor der Hinrichtung war ganz und gar ungewöhnlich. Der schreckliche Hergang und der glimpfliche Ausgang mußten von zwei verschiedenen Instanzen bewirkt worden sein, anders konnte Spee sich's nicht erklären. Der Junge hatte von den Hintergründen natürlich keine Ahnung. Offenbar hatten nach der Abreise des Weihbischofs untere Ränge im Stadtregiment geglaubt, freies Spiel zu haben. Später hatte dann wohl ein Oberer Angst vor neuem Verdruß mit dem mächtigen Mann bekommen und das leidige Streitobjekt, die Hebammenhex', lieber nicht aus der Welt, aber doch aus der Stadt geschafft.

»Und wie seid ihr hierhergekommen?« fragte Spee. »Weshalb überhaupt nach Paderborn?«

»Das fragen Sie?« sagte der Junge. »Weil man hier keine Jagd auf Hexen macht. Und natürlich: weil Sie hier sind!«

Spee mochte dem Jungen nichts von der finsteren Zunft erzählen, die auf dem Wege war. Heute noch nicht. Die beiden mußten erst etwas zur Ruhe kommen. Auch der Junge sah schlimm aus. Zwar unversehrt, aber wohl nur am Leibe. Und der starrte vor Schmutz.

»Ihr wußtet, daß ich in Paderborn bin?«

»Sie haben zu Barbara davon gesprochen.«

»Als von einer Möglichkeit, ja. Aber von Hildesheim nach Paderborn, das sind – ich schätze – zwanzig Meilen. Da wart ihr mindestens zehn Tage unterwegs.«

»Mehr! So schnell ging das ja nicht. Die Barbara konnte doch nicht mehr laufen. Ich hab sie in die Kiste gelegt und auf dem Handkarren gezogen. Wenn's bergauf ging, mußt' ich mir manchmal helfen lassen.«

»Und wovon habt ihr gelebt?«

»Wär die Barbara gesund, das wär kein Problem gewesen. Die hätte unterwegs ein paar Kranke geheilt – Kopfschmerzen und so –, das bringt immer gutes Geld.« Er schien einen Augenblick zu überlegen, ob es richtig wäre, mehr zu erzählen. Aber als Spee noch einmal fragte, auf welche Weise sie sich durchgeschlagen hätten in dieser Hungerzeit, packte er doch aus – in einem Ton forcierter Unbefangenheit, der Trotz und Aufmüpfigkeit verriet:

»Wie sollt' ich uns schon durchbringen? Gezeigt hab' ich sie!«

»Wen?«

»Die Barbara. Ich stellte mich auf den Dorfplatz und erzählte unsere Geschichte. Wir kämen von weit hinter Wien, seien geflüchtet aus der Gefangenschaft der Türken. Diese Heiden hätten sie so zugerichtet. Glaubte jeder. Wir Christen tun ja so was nicht. Dann hab' ich sie aufgedeckt als eine christliche Märtyrerin. Die Leute haben das heulende Elend gekriegt – und wir Geld und Brot, sogar Fleisch manches Mal.«

Das war ja nun ungeheuerlich. Der Bursche hatte aus einer als Hexe verdächtigten Person eine Blutzeugin des christlichen Glaubens gemacht!

Spee brauchte nichts zu sagen, Konrad las ihm am Gesicht ab, was er dachte.

»Sie können auch gleich wieder gehen! Wir sind nichts für Sie, ich hätt's mir denken sollen. Aber nun hören Sie schon noch zu Ende. Was wissen die Leute, wie weit Wien weg ist oder wo die Türken sind?! Sogar ein alter Kantor hat's uns abgenommen, das war in Bodenwerder. Er hat uns beherbergt, und abends hat er im Mondschein für uns ein paar Verse gedichtet. Die hab' ich dann in jedem Dorf gesungen.«

Und er begann mit der brüchigen Stimme des Heranwachsenden zu singen, rhythmisch betonte Alexandriner, und so wohltönend, so klagend-verlogen, daß Spee eine Gänsehaut bekam:

»Seht an, wie dieses Weib vom Türkenhund zernaget,
daß keiner sie mehr freit, noch bräutlich sie befraget!
Um Christi willen hat sie Not und Wund' gelitten.
Erbarmt euch, gute Leut', laßt euch nicht lange bitten!«

Spee blickte auf Barbara. Sie wälzte sich stöhnend auf die Seite. Das war die Frau, deren zielbewußte, dabei so fließend schöne Bewegungen ihn entzückt hatten. »Gebräunt bin ich zwar, aber doch schön.« Es waren nicht nur die sichtbaren Wunden, die sie quälten; man hatte ihr im Streckzug auch die Arme ausgerenkt und die Beine so lange mit Gewichten beschwert, bis sie aus den Gelenkpfannen gezerrt wurden.

Aber eine Hexe als christliche Märtyrerin? Er kam nicht darüber hinweg.

»Es ist einigermaßen schändlich«, murmelte er.

»Dann ziehen Sie mal weiter mit ihr, Herr Pater!« sagte der Junge. »Sie brauchen ja in Ihrer heiligen Einfalt nur zu sagen, sie sei eine gefolterte Hex, die entlaufen ist! Dann sind Sie die Frau bald los. Spätestens im übernächsten Dorf schlägt man sie tot.«

Spee wußte, daß der Junge recht hatte. Vorlaut war der schon in Hildesheim gewesen. Aber jetzt mußten das grausige Schicksal seiner Tante, die wie eine Mutter für ihn war, und die Verantwortung, die er trug, einen selbstbewußten Mann aus ihm gemacht haben. Und plötzlich mußte Spee wieder an seinen Kölner Lieblingsschüler Philipp denken, von dem er nie wieder gehört hatte. Er erhob sich etwas mühsam, die Beine waren ihm eingeschlafen.

»Habt ihr noch genug zu essen und zu trinken?«

Der Junge nickte. »Für morgen langt's.«

»Ihr müßt jetzt ein oder zwei Tage hier aushalten. Ich überlege inzwischen, was ich tun kann. Es wird mir schon etwas einfallen. Aber ich muß zur Bedingung machen, daß du damit aufhörst, deine Tante als christliche Märtyrerin auszugeben. Hörst du?«

Der Junge schob die Unterlippe vor. »Sie ist Märtyrerin! Und Christin ist sie auch. Also!«

»Du weißt, was ich meine.«

»Und wenn ich nicht aufhöre? Lassen Sie die Frau dann verkommen?«

Spee wandte sich dem Ausgang zu. »Bis morgen abend also. Spätestens übermorgen.«

Er wurde, als er in der noch finsterer gewordenen Nacht den Weg über den Trümmerschutt, wiederum am Kapuzinerkloster vorbei, zum Kolleg ertastete, das Bild nicht los: ein Dorfplatz, der zweiräderige Karren, dessen Holme gegen den Himmel weisen, auf der schrägen Ladefläche die sargähnliche Kiste, darin, von einem Tuch verdeckt, die Zerschlagene. Vor dem Karren der Junge, wie ein Jahrmarktsgaukler seinen schaurigen Vers singend, und dann, als gelte es ein Medusenhaupt zu enthüllen, der feierliche Griff nach dem Tuch. Und nun die Frau, fast nackt, in ihrer scheußlichen Entstellung den gierigen Blicken der Menge ausgesetzt. Und danach ging er wohl gar mit dem Klingelbeutel herum …

Christliche Märtyrerin!

Dennoch: In den schlaflosen Stunden, die nun folgten und in denen Spee sich den Kopf zergrübelte, wie er die beiden aus dem Trümmerloch herausholen könnte, schlich sich immer wieder ein ganz merkwürdiger Gedanke ein, und daran waren die letzten, fast triumphierend vorgebrachten Behauptungen des Jungen schuld: Sie ist Christin. Und sie ist Märtyrerin. Das letzte stimmte natürlich nicht, da man eben unter einem Märtyrer einen Menschen versteht, der um seines christlichen Glaubens willen gemartert oder gar getötet worden ist. Man tut also gut, das Wort durch ›Gefolterte‹ oder ›Gequälte‹ zu ersetzen. Dann bleibt sie aber immer noch eine christliche Gefolterte. Eine gefolterte Christin. Und wenn sie – so Spees überraschender Gedanke – wenn sie trotz des ihr zugefügten Unrechts, trotz der alle irdische und göttliche Gerechtigkeit verhöhnenden Tortur, Christin geblieben ist, also auch weiterhin auf die Gerechtigkeit Gottes vertraut – hat sie dann nicht auch um ihres Glaubens willen gelitten? Nein, eben nicht um des Glaubens willen. Sie hat gelitten – und dabei ihren Glauben nicht verloren. Das ist ein Unterschied.

Aber weiter: Da sie gewußt hat, daß sie keine Hexe ist – aber unter der Beschuldigung, eine zu sein, verhaftet und gepeinigt wurde und beinahe verbrannt worden wäre: was, außer dem Bewußtsein ihrer Unschuld, konnte ihr beigestanden haben in ihrer Not? Der Christ, der um seines Glaubens willen von Heiden gefoltert wird, hat immerhin die große Christengemeinde, der er zugehört und für die er stellvertretend leidet. Der Kriegsgefangene, der wider das Kriegsrecht gefoltert wird, hat zur moralischen Stütze den Gedanken an sein Volk oder seine Truppe, der er zugehört und die ihn vielleicht heraushauen wird. Die »Hexe« hat nichts außer der Hoffnung auf einen gnädigen Gott, der, anders als die Menschen, die sie in ihrer Verblendung quälen, weiß, daß sie unschuldig ist. Das ist viel – und das ist, wenn die Qual überhand nimmt, auch sehr wenig …

Und wie übersteht eine Barbara, wenn sie überlebt, wenn sie *so* überleben muß, das Wissen, daß sie – sagen wir's rundheraus: für nichts und wieder nichts, um keines Glaubens, keines Volkes, keines Ideales willen ihren Leib zerfleischen lassen mußte? »… Daß keiner sie mehr freit, noch bräutlich sie befraget …«

Mag sein, daß Spees Gedanken sich beim Einschlafen verwirrten. Aber – wie wäre es, wenn es ihm gelänge, aus Barbara, sozusagen im nachhinein, doch noch eine christliche Märtyrerin zu machen? Damit sie weiterleben konnte.

Es war im Jahre 1611 zu Paderborn gestorben Herr Doktor Jacobus Theodori, ein Arzt und hochgelehrter Mann. Nicht einmal der Fürstbischof hatte auf den Rat des Medikus verzichten wollen – und dies, obwohl der Doktor Theodori gottlos war. Jedenfalls mochte der störrische Witwer sich zu keiner Religion, weder zur katholischen noch zur lutherischen, noch auch zum Glauben des Zwingli oder des Calvin bekennen. Ganz ausbündig beschlagene Theologen hatten sich um ihn bemüht; ein Doktor Pistorius soll, eigens für diesen Ungläubigen, eine Epistel verfaßt haben, »die einen Juden, Heiden oder Türken zur Einkehr in Gott hätte bewegen müssen«, wie man ihr noch lange nachrühmte. Doch diesem Mann, der vielen half, war nicht zu helfen. So kam's, wie's jedermann erwartete: Eines Nachts, mitten auf der Domfreiheit, traf ihn der Zorn des Herrn. Wie vom Blitz getroffen fiel Doktor Theodori um und hinterließ einen Knaben von kaum drei Jahren.

Dieser, Albert, wuchs heran. Sein Onkel, ein Apotheker, ließ ihn in einer der vielen wenig glaubenstreuen Winkelschulen unterrichten, die damals, ehe der Bischof seine Stadt aufs neue wetterfest katholisch machte, ihr Unwesen trieben. In solch eine private Schule, die des Herrn Homberg, ging der Knabe, bis sie auf fürstlichen Befehl, wie alle anderen ihrer Art, geschlossen wurde. Inzwischen nämlich hatten die Patres der Gesellschaft Jesu mit Gottes und des Fürsten Hilfe ihr Gymnasium in Paderborn eröffnet, und auch den Knaben Albert hätten sie, des schlimmen Vaters aus Barmherzigkeit nicht achtend, aufgenommen.

Doch Albert wollte nicht. Der Junge, damals zwölf, vergaß den Jesuiten nie, was sie mit der Leiche seines Vaters angestellt hatten. Vom Onkel hatte er es allzuoft gehört: Sie hatten den toten Mann vom Domplatz nächtens abgeholt, hatten ihn seinem Bruder vors Apothekerhaus geschleppt und dort hingesetzt auf einen hölzernen Bock! Das gab am Morgen einen schönen Aufruhr! Der geweihte Gottesacker blieb dem Leichnam verschlossen. Als er sich nach abgeklungener Starre manierlich legen ließ, wurde er nach Schlangen überführt, wo man's bekanntlich mit Ketzern, Heiden und Gottesleugnern hält.

Dies also hatte der Knabe Albert den schwarzen Patres nie verziehen. Jeglichem Drängen dieser frommen Männer widerstand er, und weil er nicht ins Gymnasium gehen wollte, verscherzte er sich auch das Studium an der Universität.

So wurde er, leider, kein Arzt, jedoch mit der Zeit absonderlich. In Zotteln hing das Haar ihm auf die Schultern, tagein, tagaus trug er die abgeschabten Lederhosen, im Sommer wie im Winter dasselbe Hemd. Meistens ging er barfuß und hielt die Augen auf der Erde. Dies nicht aus Demut.

Wenn einer Gottes Schöpfung lobt, pflegt er nichts auszulassen, er lobpreist alles, was da kreucht und fleugt. Albertus Theodori aber, jetzt zweiundzwanzig, fand Spaß und Wissen, Trost und Einsicht beim Kriechenden allein! Ob Lerche, Adler, Hirsch und wilde Sau – er sah sie nicht. Er sah nur, was da kroch. Und es kriecht viel. Frosch, Kröte, Schlange, Feldmaus, Salamander, Eidechs und Tausendfuß, Maulwurf und Raupe, Käfer und Gewürm. Oft lag er auf dem Bauch, der junge Mann, und lauerte begierig auf alles, was ihm an Krauchendem durchs Gras entgegenkommen mochte. Das fing er ein, verwahrte es in einem Büchslein oder trug es, wenn die Kreatur im Wasser heimisch war, im Ledereimer nach Hause.

Der greise Apotheker-Onkel schmunzelte, sah wohl auch zu, wenn Albert mit zierlichen Stiletten die Beute obduzierte. Meist stand er schon am Fenster und harrte des Neffen, dem er's schon von weitem ansah, ob sich der Gang verlohnt hatte. Dann tänzelte Albert nämlich: in einer Hand den Fang, mit der anderen ein ungesungenes Lied taktierend, wobei er allenfalls, den Kopf zurückgelegt und in den Himmel blinzelnd, mit schnutenhaften Lippen summte. Ein Heidenkind, zufrieden mit der Welt.

Friedrich Spee hatte von dem jungen Sonderling gehört. Und weil dessen Vater ihn falsch erzogen hatte und die Jesuiten in der Tat pietätlos mit dem Leichnam umgegangen waren, sah er ihm einiges nach, hoffte natürlich auch, ihn zu bekehren. Während Spees erstem Paderborner Aufenthalt war der Junge siebzehn gewesen. Damals hielt er's mit den Weinbergschnecken, die er sammelte, aber nicht verspeiste – in Westfalen kannte man die welsche Sitte nicht. Vielmehr versah er jedes Schneckenhäuschen mit einer Zahl, wozu er eine regenfeste Liguster-Tinte benutzte. Nach Jahresfrist suchte er seine Schnecken wieder zusammen und legte für jede ein Kärtchen an, auf dem die mutmaßlich von ihr zurückgelegte Wegstrecke eingezeichnet war.

Ein Kauz, fand Spee, aber ein liebenswerter. Und da Albertus, obwohl für die Vögel keinen Blick, doch auch etwas von Spees Lieblingsheiligem hatte – nur daß er offensichtlich nicht begriff, wie franziskanisch fromm er bereits war –, ließ Spee ihn gelten, ja, es fiel ihm ein, daß er selbst als Dichter den »Kriechenden« bisher unrecht getan hatte, da sie von ihm noch in keiner seiner Strophen zu des Allmächtigen Lob erwähnt worden waren. Und waren doch Gottes Geschöpfe wie andere auch.

Spee hatte in jener Nacht alle im Geist vorbeiziehen lassen, die er in Paderborn und auf dem Lande ringsum kannte: die Frommen, die weniger Frommen, die verkappten Lutheraner, die Reihe der Adligen, die er teils bekehrt oder auch nur ein wenig irre an ihrem Luthertum gemacht hatte: Keiner, auch keine der Frauen, deren Beichtvater er gewesen war, schien ihm geeignet, Barbara zu helfen. An christlicher Barmherzigkeit fehlte es nicht, aber sie hat ihre Grenzen, wenn man sich Gefahr ins Haus holen soll. Und die Wahrheit ließ sich nicht zerreden; sollte er vielleicht selber die ebenso törichte wie gotteslästerliche Geschichte vom Martyrium bei den Türken auftischen? Wer aber beherbergt eine als Hexe Verdächtigte? Wenn man sie auch freigelassen hat – etwas wird schon dran sein, sagen die Leute. Und wahrscheinlich ist sie sogar ausgebüchst, denn wer läßt schon eine Hexe frei, und da hätte man sich ja einen schönen Segen ins Haus geholt.

So kam Spee zu der beschämenden und unbehaglichen Erkenntnis, daß unter all den Leuten, von denen er hier wußte, einzig dieser Heidenjüngling samt seinem manchmal schon etwas hirnschwach anmutenden Apotheker-Onkel Gewähr dafür bot, daß Barbara und ihr Neffe für die nächsten Tage Kost und häuslichen Frieden finden würden. In der Apotheke gab's auch genug Salben und Tinkturen für die Wunden der armen Frau, ein Apotheker ist bald so viel wie ein Arzt, er würde ihre Knochen betasten, würde ihre Gliedmaßen mit Hilfe der beiden kräftigen Burschen wieder einrenken können.

Am Tage, der seinem Besuch in der Trümmerstadt folgte, machte Spee sich auf zu jenem Albertus Theodori, dem gelehrten Freund der Schnecken und anderen Gewürms.

In der folgenden Woche rief Rektor Lennep alle Professoren, aber auch die anderen Pater des Kollegs zu einer Sitzung in den Kapitelsaal. Nach dem gemeinsamen Gebet kam er zur Sache:

»Meine Brüder! Ihr alle wißt, was wir unserem Kurfürsten Ferdinand, diesem gottbegnadeten Völker- und Seelenhirten aus dem fernen Bayern, zu verdanken haben. Es hätte in Paderborn nach dem Ableben des großen Bischofs Dietrich Fürstenberg auch anders kommen können. Nicht jeder Landesherr liebt Jesuiten! Der unsre aber tut's. Er hat in Köln eine neue Kirche bauen lassen, eine Jesuitenkirche in der Marzellenstraße neben dem Kolleg! Auch uns in Paderborn hat er schon mehr als tausend Taler zugeschanzt. Wie gerne würden wir ihm unseren Dank erweisen, sichtbarlich! In wie so inniger Demut wollten wir die Knie vor ihm beugen, den Fischerring zu küssen! Nur, liebe Brüder, er läßt sich ja nicht blicken, leider, leider. Gewiß, er hat hier einen Stellvertreter, den Weihbischof und Generalvikar. Doch der ist oftmals unterwegs. Und wenn man Jesuit ist – und nicht gerade wie unser lieber Bruder Fridericus seine Gunst genießt –, wird man von ihm nur selten wahrgenommen, es sei denn, er plane wieder einmal eine neue Beschränkung unserer Rechte.«

Spee hatte schon darauf gewartet. Es war keine längere Rede Lenneps denkbar, ohne daß er den ihm von Pelking wider Brauch und Ordnung zugewiesenen Ordensbruder verspottete oder verdächtigte. Die Brüder saßen steif mit durchgedrücktem Rücken auf der rings an den Wänden entlanglaufenden Bank und hoben die Blicke nicht. Lenneps schlohweißer Haarkranz über der von grandiosen Falten geadelten Stirn leuchtete vor dem Fensterlicht wie ein Heiligenschein. Mit geschmeidigem Baß fuhr der Rektor fort:

»Nun aber, Brüder, bietet sich Gelegenheit, uns dankbar zu bezeigen. Zwar nicht vor unserem Fürsten selbst, wohl aber vor seinem Abgesandten. Wie jeder weiß: Herr Doktor Schultheiß ist unterwegs. Er ist beauftragt, die strengen Verfügungen des Hexendekrets, das Kurfürst Ferdinand im Jahre 27 aus gutem Grund, will heißen: aus bösem Anlaß, erneuern mußte, in praxi durchzuführen. Dabei darf er, wie anderswo, auch hier auf unsere Hilfe bauen, auf den Beistand der Gesellschaft Jesu. Da er in direktem Auftrag unseres Landesherrn reist, bedeutet jede Unterstützung, die wir ihm gewähren, nichts anderes, als bäte uns der Kurfürst selbst um einen Dienst, und wir erfüllten – wie selbstverständlich! – seinen Wunsch. Was also will's besagen? Erstens ...« Er hob den Daumen. »Wir tun uns alle mal ein bißchen um in unserer Stadt. Horchen mal da, mal dort, in Kirchen, auf dem Markt, wo Frauen sind – und Männer auch, versteht sich –, die sich der Zauberei verdächtig machen. Das können sein: Solche, die nicht oft zur Heiligen Messe gehen. Auch solche, die verdächtig oft zur Messe gehen. Solche, die sich dirnenhaft betragen. Auch solche, die im Ruf ausnehmend reinen Wandels stehen. Solche, die abstoßend häßlich sind. Auch solche, die durch ihre Schönheit blenden. Solche, die sich ganz dumm und tölpelhaft gebärden. Auch solche, die klug und vielbelesen sind. Kurzum: Man habe acht auf jede, die, auf welche Weise immer, *auffällt* und sich dem Herdendienst, dem Herdenglück beim guten Hirten, zu dem der Mensch von Gott geschaffen ist, durch *Andersartigkeit* entzieht. Zum zweiten« – er hob Daumen und Zeigefinger – »die Namen dieser Weiber der Männer auch, versteht sich – verzeichnen wir in einer Liste. Ein jeder gehe mit seiner Liste dann zum Bruder« – Lennep überlegte einen Augenblick, während sein Blick auch Spee streifte – »zum Bruder Turck. Der wiederum – das wäre dann das dritte – fertigt aus diesen Listen eine neue Liste. Und wenn Herr Doktor Schultheiß oder einer seiner Kommissare eintrifft, dann werde ich als Willkomm des Kollegiums sozusagen und zu gedeihlichem Gelingen ihres schweren Werkes den Abgesandten Seiner Durchlaucht diese Liste im Rahmen eines festlichen Empfanges überreichen. – Noch Fragen?«

Als sich niemand meldete, klatschte er zufrieden in die Hände und hob die Versammlung auf.

Kurz darauf kam Pater Turck zu Spee. Der zierliche Mann mit dem schmalen Gelehrtenkopf und dem ausladenden Hinterhaupt, der nie ein Wort zuviel sagte, aber im Kreise dieser Kollegen sehr viel Worte hinunterschlucken mußte, klagte sein Leid:

»Mit dieser Aufgabe komme ich nicht zurecht. Soll ich herumgehen und Gerüchte sammeln? Natürlich gibt es Hexen und Zauberer auch in Paderborn. Aber wer bürgt dafür, daß man mir die richtigen Namen nennt?«

Spee sah, daß der Bruder in Gewissensnot war. »Es könnte ja auch sein«, sagte er, »daß es zur Zeit gar keine Hexen in Paderborn gibt.«

»Das ist aber doch ganz unwahrscheinlich«, sagte Pater Turck. »Sie kennen doch das Hexendekret. Nach Auffassung des Kurfürsten gibt es in seinen Landen viele Hexen. Warum also nicht in Paderborn?«

»Nun«, sagte Spee, »sie könnten ausgeflogen sein zu einer abgöttischen Versammlung. Nach dem Blocksberg zum Beispiel ...«

Er hatte es halb im Scherz gesagt, aber Turck nahm das Argument ernst. »Nein, nein, das hilft mir nichts. Mit solchen Sophistereien kann ich mich nicht drücken.«

»Nehmen Sie die Namen entgegen, tragen Sie sie zusammen, und verlieren Sie die Liste rechtzeitig, ehe die Herren Kommissare kommen.«

»Auch das nützt nichts. Rektor Lennep kann sich die Namen von jedem einzelnen wieder besorgen.«

Er schüttelte trübsinnig den Kopf und schlurfte davon.

Das ist unsere Obrigkeit, dachte Spee. Auf ein Gerücht hin setzt sie die Verfolgung in Gang. Ein Gerücht genügt zur Gefangennahme, zur Folterung. Gerüchte aber werden nur allzuoft von Leuten ausgestreut, die jeden, dem sie nicht gewogen sind, der Hexerei verdächtigen. Deshalb müßte die Obrigkeit Sorge tragen, daß diese giftigen Mäuler, die nur Gestank, Qualm und Lügen aushauchen, gestopft werden. Tut sie das nicht, nimmt sie Gerüchte solcher Art als Beweis, dann sind ihre Prozesse auf lügnerischen Schein gegründet.

Und wie schon einmal in Köln, als er mit dem Kommissar Glimbach disputiert hatte, erschrak Friedrich Spee und entsetzte sich vor den Schlüssen, zu denen seine Vernunft ihn unweigerlich führte.

Genügte es nicht schon, sehen zu müssen, wie ein heiter in Selbstbescheidung dahinlebender Mensch, dem Gott Gesundheit, Selbstvertrauen und das Vermögen, anderen Menschen zu helfen, mitgegeben hatte – wie dieser Mensch von einer rechtmäßig eingesetzten Obrigkeit im Laufe weniger Stunden zum jammervollen Krüppel zerschlagen wurde? Und diese Obrigkeit berief sich, durfte sich nach hergebrachtem Recht und Glauben berufen auf eine höhere Obrigkeit: einen Fürsten, der, was er war, von Gottes Gnaden war, und was er tat, mit Gottes Segen oder doch mit Gottes Zulassung tat. Da war es wieder, das furchtbare Problem der »Zulassung Gottes«, was soviel bedeutet wie: Gott sieht den Teufel seine schändlichen Werke in Szene setzen, aber Er greift nicht ein, Er hält ihn nicht auf, Er läßt diese »Werke« zu. Wie – wenn Er gar nicht eingreifen könnte? Aber dann wäre Er nicht allmächtig – und dann wären wir beim Manichäertum eines Aschebrock angelangt …! Vielleicht will Er nicht eingreifen, weil Er auf den Eingriff der Menschen wartet, auf die Guten, die von der Erkenntnis, was Gut und Böse ist, jener Erkenntnis, die sie einst in Sünde fallen ließ, den einzig rechten Gebrauch machen, indem sie das Gute tun und das Böse verhindern? Vielleicht wartet Gott, indem Er das

Böse die ersten schlimmen Schritte tun läßt, auf den guten Menschen, der sich ihm entgegenstellt. Und wenn Er vergeblich wartet? Dann geschieht das Böse ungehindert – und eine Barbara wird sein Opfer. Ist das Gerechtigkeit? Ist das Gottes Gerechtigkeit?

Es wäre nicht auszudenken, wenn die Vergeltung im Jenseits nicht wäre. Der Ausgleich beim Jüngsten Gericht: die ewige Seligkeit für die einen, die ewige Verdammnis für die anderen: zugeteilt nach der Qualität ihrer Werke, ihrer Gedanken und ihres Glaubens.

Und Spee erinnerte sich an die Nacht nach dem Gang in die Trümmerstadt, an die seltsam beunruhigende Überlegung, ob es nicht doch möglich wäre, dem sinnlosen Leiden einen Sinn zu geben und aus dieser um eines Wahnes willen gepeinigten Frau noch nachträglich eine Märtyrerin Christi zu machen.

Im Hause des Apothekers Theodori, am Lager der Hebamme Barbara, saß Friedrich Spee und war beinahe glücklich. Hatte die Frau den nicht ungefährlichen Transport an einem frühen, düsteren Sonntagmorgen, als Paderborns Straßen menschenleer waren, noch im Zustande der Verwirrung und zeitweisen Bewußtlosigkeit erdulden müssen, so war sie nun, seit sie in Theodoris und seines Neffen Albert Obhut war, nicht nur von Schmerzen so gut wie frei: Es hatte auch ihr Geist zu ihr zurückgefunden; sie wußte wieder, wer sie war, sie begriff, wo sie sich befand, und bei seinem ersten Besuch hatte sie auch Spee wiedererkannt, und diesmal war es wirklich ein Lächeln gewesen, das ihre Lippen geöffnet hatte.

Sie konnte nicht wissen, daß Spee bereits überlegte, wohin er sie nun noch verbringen könnte, da Doktor Schultheiß schon in Lippstadt wirkte und sein Vorkommando das Dorf Störmede erreicht hatte. In der letzten Nacht hatte er sich geschworen und Gott und seine Heiligen zum Zeugen angerufen, daß er diesmal nicht kapitulieren, sondern das Leben dieser Frau retten werde – wenn's sein müsse um den Preis seiner Existenz.

Es ging ihm nicht um Barbara allein. Es ging auch darum, daß sich um seiner Selbstachtung willen ein zweiter Fall Katharina Henot nicht wiederholen durfte, nicht vor seinen Augen, nicht mit *seiner* »Zulassung« ... Wenn er es aber so meinte, dann mußte er mehr tun, als eine Hebamme vor dem erneuten Zugriff der Schergen zu bewahren. Dann mußte er niederschreiben, was er schon in Köln, später in Corvey, zuletzt durch Adam Tanners mutige Worte an Erkenntnissen gewonnen hatte. Die »Cautio Criminalis« durfte kein Torso bleiben; sie mußte mit der überzeugenden Logik, mit der er sie begonnen hatte, zu Ende geführt und unter die Leute gebracht werden. Wie aber gerade das anzustellen wäre: dies Unter-die-Leute-Bringen, darüber machte Spee sich noch immer wenig Gedanken. Nur daß an eine Drucklegung nicht zu denken war, darüber bestand für ihn nicht der geringste Zweifel.

Doch davon durfte die Frau nichts wissen, die in einem der zum Hof hinaus gelegenen Zimmer der verwinkelten, wiederholt umgebauten Apotheke von ihrem Neffen Konrad und von Albert Theodori betreut wurde.

Angstvolle Vorsicht, strenge Abschirmung war geboten. Die Mägde, die im Haushalt der Apotheke Dienst taten, durften von Barbaras Anwesenheit nichts erfahren; sie wären wohl die ersten gewesen, die sich geweigert hätten, mit einer »Hexe« unter einem Dach zu wirtschaften. So durfte kein Räuspern, kein Bohlenknarren zur Unzeit aus dem Zimmer dringen, und auch das Heimlichgemach im Erdgeschoß konnte nur unter besonderen Vorkehrungen aufgesucht werden.

Die Jungen hatten, unter Anweisung des Apothekers, die grausam gedehnten Sehnen und Gelenke einigermaßen ins Lot gebracht, wobei Albert, der noch nie eine Frau angefaßt hatte und sich an seine Mutter nicht erinnern konnte, allzu behutsam vorging, so daß Konrad ihn auslachte und seine Muskelkraft anzweifelte. Wütend, da er sich vor Barbara bloßgestellt fühlte, jagte Albertus die Treppe hinunter und aus dem Haus, vor dem er frierend eine Weile herumstand. Er kehrte bald zurück, denn er war auf Konrad eifersüchtig. Dieser übrigens auch auf ihn, aber das wußte keiner vom anderen, und nicht einmal von sich selbst wußten sie's, und es wurde immer schlimmer, je mehr das junge Weib zu sich fand und sich erinnerte, daß sie einmal eine Frau gewesen war.

Das Martyrium um Christi willen ... Spee dankte dem Schöpfer, daß ihm dieses hochbedenkliche Unterfangen einer nachträglichen Sinngebung des Leidens dank Barbaras überaus gesunder Konstitution erspart geblieben war. Denn selbst wenn die »Umwertung« gelungen wäre – vom theologischen Standpunkt aus gesehen, wäre das Verfahren doch einigermaßen dubios gewesen. Nur die Gewißheit, der Mißhandelten damit einen späten Trost spenden zu können, hätte ihn zu diesem Schritt ermutigen können.

Von den Rangeleien der jungen Leute bemerkte Spee wenig. Wenn er zu Besuch kam, herrschte Eintracht zwischen dem Sechzehn- und dem Zweiundzwanzigjährigen. Spee saß dann mit Barbara nicht in der vorübergehend mit einem Bett ausgestatteten Bibliothek, sondern im ansehnlichen Speisezimmer des ersten Stockwerks. Wenn es sich einrichten ließ, traf man sich zu den Mahlzeiten, dann waren auch der Onkel und die Jungen anwesend. Aber manchmal gab Barbara den anderen zu verstehen, daß sie mit Spee als ihrem Beichtvater allein sein wolle, und dann trollten sie sich, ohne auf den Pater eifersüchtig zu werden. Er genoß in ihren Augen das Privileg seiner Jahre und seines Berufs, und sie unterstellten ihm nicht, daß er Barbara zu seiner Konkubine machen könnte. Abwegig war dieser Gedanke nicht – keineswegs nur für überhitzte Knabengemüter. Denn was da in Paderborn immer noch und trotz strengster kirchlicher Erlasse und Verwarnungen als quasi Praepositissa, Decanissa, Cantrix, Custrix hochhackig herumstolzierte, war ein Ärgernis und eine Versuchung zugleich. Der Versuchung, die, unwillentlich, auch von Barbara ausgehen mochte, wußte Spee zu widerstehen. Doch oft, wenn er sie ansah, ging ihm wiederum ein Vers aus dem Hohen Lied durch den Kopf: »Siehe, meine Freundin, du bist schön! Siehe, schön bist du!« Jedoch er kam nur selten ins Apothekerhaus; jedes Aufsehen, jeder Verdacht mußte vermieden werden.

Manchmal, wenn er den Jüngling Albertus betrachtete, wie der Kurzsichtige mit den leicht vorquellenden Augäpfeln auf Barbara starrte und die Blicke zum Ansatz ihres Busens abirren ließ, tat ihm das Herz beim Gedanken an Philipp weh. Immer öfter – wohl auch weil er so viel an die unglückliche Katharina Henot denken mußte – wurde sein ehemaliger Lieblingsschüler zum geheimen Gesprächspartner; war er doch auch in Köln der einzige gewesen, dem Spee gelegentlich seine schweren Bedenken nicht nur gegen den Henot-Prozeß, sondern gegen alle Hexenprozesse hatte anvertrauen können. Er empfand Philipps Nähe so stark, daß er sich nicht gewundert hätte, wenn der Junge plötzlich in ihre Runde getreten wäre. Der »Junge« – nun, er mußte auch schon einundzwanzig sein.

Eines Tages erhielt Rektor Lennep den folgenden Brief:

»Köln, am 2. April 1630

Pater Adrian Horn SJ, Regens des Gymnasiums Tricoronatum zu Köln, an Pater Christian Lennep SJ, Rektor des Jesuitenkollegs zu Paderborn:

Lieber Bruder in Christo!

Mit wachsender Bewunderung spricht man im Kölner Kolleg, wie auch besonders in dem von mir geleiteten Gymnasium Tricoronatum, von Ihren so vielfältigen Eroberungen an Liegenschaften, Benefizien und Seelen. Paderborn, so ist zu hören, komme, was die Zahl der Gymnasiasten betrifft, mit deren 600 gleich hinter Köln und übertreffe noch die Schule von Münster, über deren Disziplin freilich Schlimmes berichtet wird.

Um so mehr bedauere ich, daß es mir auf meiner Visitationsreise im verflossenen Frühjahr nicht vergönnt gewesen ist, Ihnen, lieber Bruder, meinen Besuch abzustatten. Ich war damals bereits vom Bruder Provinzial zum Nachfolger des leider nicht eben rühmlich abgegangenen Regens Kasen bestimmt worden, so daß mir keine Zeit verblieb, den Umkreis meiner Reise, die ich im persönlichen Auftrag Seiner Durchlaucht unternahm, auszuweiten. Gewiß hätte auch ein Mann von meinen nicht eben geringen pädagogischen Erfahrungen von Ihnen noch einiges lernen können. Bleibt zu hoffen, daß Sie, liebwerter Bruder, in abzusehender Zeit ins heilige Köln kommen, das, bislang durch Gottes Fügung vom Kriege verschont, nun womöglich doch noch des grimmen Feindes Beute werden könnte. Der Herr wolle es verhüten.

Eigentlicher Grund meines Schreibens ist ein Gespräch, das ich unlängst mit unserem Pater Provinzial Hermann Baving führte, dem sowohl die Paderborner Verhältnisse aus der Zeit, da er Ihr Vorgänger war, wie auch die Lebensumstände eines Mannes besonders vertraut sind, der vor einigen Monaten in Ihrem Kollegium eine neue Ordensheimat gefunden hat. Ich meine Fridericus Spee. Der Provinzial war von der Tatsache äußerst betroffen, daß Spee ohne seine Anordnung, lediglich auf Weisung des dortigen Generalvikars, aus dem Hildesheimer Kolleg nach Paderborn geschickt wurde. Besagter Spee (den ich gut kenne; er weilte bis Sommer 28 in Köln) hat sich in unserer Stadt mit Gottes Zulassung einen unrühmlichen, leider auch unseren Orden befleckenden Namen gemacht, indem er beim Prozeß gegen eine abgefeimte Zauberin, eine gewisse Katharina Henot, Stellung nicht allein gegen Richter und Schöffen, sondern bedauerlicherweise auch gegen zwei seiner Ordensbrüder, den Pater Mohr und mich, bezog. Fehlte nicht viel, und er wäre selbst in den Verdacht der Hexerei geraten, was Gott jedoch fürs erste nicht zugelassen hat.

Gott duldete auch nicht, daß unsere kölnische Obrigkeit in ihrer Wachsamkeit gegenüber dem Hexengesindel ermattete oder sich gar durch die leichtfertig geäußerten Skrupel unseres Bruders irritieren ließ. So gelang es ihr, in kurzer Zeit weitere dieser Teufelsweiber aufzuspüren und mit dem Feuer zu bestrafen, wie denn geschrieben steht im 2. Buch Mose: ›Du sollst die Zauberer nicht leben lassen.‹

Besagter Spee hat sich später in Partes haereticorum nicht übel bewährt und auf dem Wege von Peine nach Woltorf sogar im Kampfe mit aufrührerischen Ketzern, die ihn überfielen, eine Schädelwunde davongetragen, von der nur Böswillige behaupten können, er habe sie sich, um als Märtyrer zu gelten, selber beigebracht.

Und damit komme ich zum endlichen Anliegen meines Schreibens. Wollen Sie, lieber Bruder, doch bitte im Hinblick auf die zu erwartende Ankunft des Kurfürstlichen Kommissars Doktor Heinrich Schultheiß, herzoglichen Staatsanwalts zu Werl, Sorge tragen, daß unser mehrfach apostrophierter Bruder die von Durchlaucht persönlich angeordnete Verfolgung dieser abscheulichen Sonderverbrechen nicht durch unangemessenes Betragen, ehrfurchtslose Zweifel an der Rechtlichkeit der Exekution oder gar durch Schlimmeres verhindert.

Gott mag alles zum Guten wenden.

Adrian Horn SJ
Regens des Gymnasiums Tricoronatum zu Köln.

Postskriptum: Nicht in Unkenntnis, lieber Bruder, sollte ich Sie darüber lassen, daß ein ehemaliger Schüler Spees, ein gewisser Philipp von Kronthal, vor einiger Zeit an das Gymnasium geschrieben hat. Er sei jetzt Offizier in kaiserlichen Diensten und wünsche zu erfahren, wo Pater Spee sich aufhalte. Kronthal, der gut daran täte, sich in der Stadt Köln nicht mehr blicken zu lassen, wird also, nachdem der gewesene Regens Kasen ihm leider geantwortet hat, bei sich bietender Gelegenheit Verbindung mit Spee aufnehmen. Es handelt sich um ein unbotmäßiges, zu Gewalttaten neigendes Subjekt, vor dessen Auftreten Sie, verehrter Pater Lennep, in brüderlicher Sorge gewarnt sein mögen.

D. O.«

Rektor Lennep hielt den Brief noch eine Weile in der Hand, ehe er ihn auf seinem blanken, von keiner Akte beschwerten Schreibtisch ablegte. Da hatte er nun was Rechtes! Einerseits war es Material, bedeutete eine geringe Erweiterung seiner Kenntnisse von Spees Vorleben, die er sich längst besorgt hatte. Dieser reichlich perfide Hinweis auf die Schädelwunde ... Andererseits: Was fiel dem Horn eigentlich ein? Den kannte er nämlich sehr wohl – aus zahlreichen Berichten, die über ihn eingelaufen waren. Neuerdings sprach man sogar davon, er habe einen leiblichen Sohn besessen und sich nicht entblödet, diese Frucht eines sündhaften Konkubinats, natürlich wohlbemäntelt, in dasselbe Gymnasium aufnehmen zu lassen, in welchem er als Lehrer tätig war. Bis Gott dann allerdings hart zuschlug und den Bankert, der zu allem Überfluß auch noch den verehrungswürdigen Namen Ignaz trug, sechzehnjährig sterben ließ. Nein, Horn war nicht der Mann, einem Lennep Warnungen oder Belehrungen zu erteilen. Und was sollte das: »Der Provinzial war äußerst betroffen ...«? Wenn er es war, konnte er ja wohl selber nach Paderborn schreiben, brauchte nicht den Bruder Horn als Zwischenträger!

Verdrossen faltete Lennep den Brief wieder zusammen und verwahrte ihn in der Lade.

Ob Spee, gegen den sich im Grunde wenig vorbringen ließ – Lennep störte lediglich die beispiellose Methode, mit der man ihm hier ein Lehramt besorgt hatte, dem er von seiner mangelhaften Ausbildung her gar nicht gewachsen sein konnte –, ob dieser Spee wirklich eine so dubiose Rolle beim Kölner Henot-Prozeß gespielt hat? Je nun, man wird der Sache nachgehen. Aufsässig ist er, das ist wahr. Und sehr oft aushäusig, läßt sich merkwürdig oft in die Stadt beurlauben. Man wird sehen.

Daß ein ehemaliger Schüler sich nach ihm erkundigt hatte, teilte Lennep dem Pater bei sich bietender Gelegenheit mit. Spee nahm die Nachricht mit großer Freude auf.

Doktor Heinrich Schultheiß, Westfälischer Rat und Fiskaladvokat, will sagen Staatsanwalt für das Herzogtum Westfalen, hatte wie so oft eine unruhige Nacht hinter sich. Nicht daß ihn bedrückende Träume gequält hätten – er träumte nie, weder schreckhaft noch anmutig –, auch seine Verdauung war ungestört, und an den häufigen Wechsel der Schlafstätte hatte er sich in den drei Wochen, die er bereits unterwegs war, gewöhnt. Was ihn jedoch in der Nacht immer wieder erwachen ließ, war das lästige Kribbeln in den Extremitäten. Er erwachte, weil sie einschliefen, und jeden Morgen besah er seine weißlichen, kaum behaarten Arme und rätselte an den Mustern herum, die ein faltiges Kopfkissen oder andere Unebenheiten seines Lagers eingedrückt hatten.

Manchmal waren es leicht deutbare Zeichen, das versöhnte ihn dann mit der gestörten Nachtruhe: ein Kreuz, ein Mistelzweig, ein fischförmiges Ornament. Er war dankbar für jeden Hinweis, jeden Befehl, den der Herr ihm auf solch signifikante Weise schickte, und um so dankbarer, als er nicht träumte und also des Mediums entbehrte, durch das Gott zu vielen Menschen spricht. Es waren übrigens keineswegs nur diese Hautsignale, mit denen Gott ihm seinen Willen mitteilte. Schultheiß achtete gleichermaßen auf die Lage von Strohhalmen an der Türschwelle, auf die Muster, die eingetrocknete Säfte in einer Tasse hinterließen, oder auf den wiederholten Ruf des Wiedehopfs. Er wußte die *Zeichen* zu deuten.

An diesem Morgen hatte sich auf seinem rechten Oberarm in zarten, rötlich getönten Bälkchen ein lateinisches G abgezeichnet. Erst dachte er natürlich an GOTT, aber das erschien ihm doch sehr vermessen: zu wähnen, daß Gott der Herr über Nacht auf des Doktors Schultheiß sündigen Leib gleichsam sein Initial geprägt hätte. So kam er auf Näherliegendes, Demutvolleres: G hieß GESEKE – und das war der Name dieser kleinen, von wehrhaften Mauern umgürteten Stadt zwischen Soest und Paderborn, in der sich Doktor Schultheiß vor drei Tagen niedergelassen hatte.

»Nun denn! Das ist keineswegs nur ein Hinweis, das ist ein Gebot!« sagte er nicht unzufrieden, als er auf den Hof trat, um trotz der Kälte seinen nackten Oberkörper vom eisigen Pumpenstrahl bespülen zu lassen; ein Diener drückte den Schwengel.

Es kam ihm gelegen. Denn die Prozedur der »heimatgebundenen Vollstreckung«, wie er das bisher geübte Verfahren nannte, wies Mängel und sogar Risiken auf. Mögen die Leute mancherorts noch so sehr überzeugt sein, daß die Trine Möllers eine Hexe ist, mögen sie die Folter gutheißen, auch noch das Urteil mit Befriedigung zur Kenntnis nehmen – es gibt, wenn's dann zum Brande kommt, doch immer wieder Angehörige und von diesen irregemachte Inkonsequente, die Ärgernis verursachen: Da wollen manche als Gegenzeugen dienen, andere tragen des Nachts klammheimlich den Scheiterhaufen ab, ganz Widerborstige, nicht achtend, daß sie sich damit selbst als Teufelsbrut entlarven, gehen gar mit Knüppeln und Forken gegen die Diener des Gerichtes vor.

Aus diesem Grunde ist die heimatgebundene Vollstreckung eine Erschwernis. Viel besser wär's, die Inculpatinnen aus vielen Orten in einer Stadt, in einem Dorf fern ihrer Heimat dem Brand zu übergeben. Das schaffte dieses lästig Familiäre der Heimatbrände ab, es sparte Holz und Teer und Stroh, und auch die Henkers- und Schergenkosten reduzierten sich um einiges; darauf hatte schon Johannes Romeßwinkel hingewiesen.

Für einen Mann wie Romeßwinkel, der ihm bei dem neuerdings geübten Verfahren so nützlich war, empfand Doktor Schultheiß nur Verachtung, obwohl er sich seiner bedienen mußte und von ihm auch gut bedient wurde. Er hatte ihn wiederholt bei Folterungen beobachtet und mit Entsetzen wahrgenommen, daß dieser Mensch pures Vergnügen an diesen allein der Wahrheitsermittlung förderlichen Maßnahmen zu empfinden schien, und zwar um so mehr, je jünger und hübscher das Opfer war. Zur Rede gestellt, stritt der unwürdige Inhaber des Doktorgrades dies zwar ab, aber es war – Schultheiß schüttelte sich, wenn er daran dachte –, es war unübersehbar.

Jedoch: Die Hände waren ihm gebunden. Der Kurfürst persönlich, wie so oft falsch beraten, hatte die Gerichts-Equipe zusammengestellt, hatte auch ihn selber, Schultheiß, zum »Sonderkommissar zur Bekämpfung des Hexenunwesens« für das Herzogtum Westfalen sowohl wie für das Hochstift Paderborn ernannt, und daran gab's ja wohl nichts zu bekritteln. Aber daß dem Fürsten solch ein Peiniger aus niederer Lust, daß ihm ein Romeßwinkel unterlaufen war, blieb unentschuldbar.

Zu allem Überfluß war Romeßwinkel, als ihn der Kurfürst zum Schultheißschen Kommando befohlen hatte, darauf erpicht gewesen, seine Ehefrau Theresa mitzunehmen, und die war schwanger. Nun vermutete in Köln zwar jeder, der in den Belangen der guten Gesellschaft nur halbwegs beschlagen war, daß Romeßwinkel mit seiner Gattin, wenn denn überhaupt noch, nur äußerst selten ehelichen Verkehr pflog – ein Umstand, den manche einer den fleischlichen Freuden zunehmend abholden Frömmigkeit, andere übermäßigem Branntweingenuß, Kundigere jedoch gewissen seltsamen Lustgewohnheiten zuschrieben, über die mindestens soviel bekannt war, daß sie ihn zu außerordentlicher Tractation seiner weiblichen Folteropfer befähigten. Immerhin: Frau Theresa Romeßwinkel, die in Kölns Breite Straße einen scheinbar zurückgezogenen Lebenswandel führte, war gesegneten Leibes, und so mußte denn – wollte man nicht Unausdenkbares denken! – beider Gattenliebe noch nicht vollends erloschen sein. Wurde gelegentlich auch und nur hinter vorgehaltener Hand gemunkelt, Theresa Romeßwinkel pflege geheime Buhlschaft mit Melchior Geil, einem der beiden Bürgermeister, die bis vor kurzem in Köln regiert hatten, und treffe sich mit ihm im Gasthaus Ursulinenhof zwei Meilen vor der Stadt: zu Romeßwinkels Ohren war dieses schändliche Gerücht noch nicht gedrungen – und die Obrigkeit hätte sich, sollte sie Wind bekommen haben, vermutlich taub gestellt. Ein Ehebruchsverfahren mit seinen entwürdigenden Strafen – im

Büßerhemd durch die Stadt, vom Pöbel verspottet! – konnte Kölns achtbarer Bürgerschaft nur äußerst unwillkommen sein. Wie nähmen die Hüter des Rechtes sich dann wohl aus vor dem gemeinen Mann! Es war durchaus nicht zumutbar.

Von diesen Hintergründen hatte Doktor Schultheiß aus Werl nicht die geringste Kenntnis. Er wohnte in der Stadtkirchen-Vikarie, auch Regentenhaus genannt, und im gleichen Haus, ein Stockwerk höher, hatte Romeßwinkel Quartier bezogen.

Nachdem Schultheiß – spätestens in Soest bei der Tortur der Agatha Landmann – dahintergekommen war, welch schlimmen Wicht Durchlaucht zu Bonn ihm zugeordnet hatte, überlegte er, auf welche Weise er sich seiner entledigen könnte, ohne ihn allzu sichtbarlich zu degradieren. Mit dem Einfall, ihn vom eigentlichen Vollzuge dadurch auszuschließen, daß er ihn vom Ort der Folter entfernte, und zwar unter einem gewichtigen, höchst ehrenvoll anmutenden Vorwand, hatte er sich von seiner beschämenden Gegenwart befreit. Assistiert von einer subalternen Kreatur namens Rotaug, reiste der kölnische Schöffe dem Gericht voraus und stellte in den Dörfern und Städten jeweils die zur »Abschaffung« in Frage kommenden Opfer bereit. Das machte er gut, da ließ er nichts aus, da war er gründlich. Und sollte er etwa auch bei diesem doch streng wissenschaftlichen Geschäfte sträfliche Emotionen haben – der Doktor Schultheiß sah sie nicht und brauchte also sein Gewissen nicht beschweren zu lassen. Auf den Gedanken, das Verfahren, das Romeßwinkel bei der Selektion anwandte, könne fehlerhaft sein oder willkürlich falsch angewendet werden, kam Doktor Schultheiß nicht. Das hing einmal zusammen mit seiner Hochachtung vor der Wissenschaft (die er etwa mit dem kölnischen Hexenkommissar Glimbach teilte), zum andern aber auch mit seinem schlichten Gottvertrauen: eine bei solch gelehrten Männern sehr seltene Kombination guter Gaben, aus der sich manches, was bei Doktor Schultheiß rätselhaft oder unstimmig oder einen besonders kritischen Geist schlechthin albern anmuten könnte, ohne weiteres erklärt.

Er war gelehrt, war von seiner Ausbildung, von seiner jahrzehntelangen richterlichen Erfahrung her der gegebene Mann, die Durchführung des kurfürstlichen Hexendekrets nun endlich einmal zu garantieren. Die Obrigkeit von Gottes Gnaden hatte ihn bestallt, Gott selber sprach zu ihm durch eingedrückte Bälkchen auf seinem weißen, haarlosen Leib: Es war alles im Lot, war in der Ordnung.

Schon halb verblaßt unterm Wasserschwall waren die Zeichen auf dem Oberarm. Doch deutlich war das G. Ich will heute alles richten lassen, dachte Doktor Heinrich Schultheiß, für einen großen Brand zu Geseke.

Spee ging durch den Kötterhagen zum Marktplatz, um nach Barbara zu sehen. Er wunderte sich, daß vor der Apotheke mit dem vergoldeten Zunftschild so viele Leute standen. Und dann sah er zwischen fleckigen Platanenstämmen die Kutsche und am Wagenschlag die Initialen IP und den Adler, das Tier des Evangelisten Johannes: die Kutsche Pelkings.

Der Schreck fuhr ihm ins Herz.

Am Hause des Bäckers Strothotte, dort, wo der Kötterhagen auf den Marktplatz mündete, schob sich die Backstube, statt wie sonst üblich zum Hof hin, ein Stück in die Straße hinein. Im Schutz dieses Anbaus konnte Spee das Geschehen vor der Apotheke beobachten, mit bis zum Hals klopfendem Puls und verzweifelt bemüht, alle Möglichkeiten zu durchdenken, die sich daraus ergaben, daß der Weihbischof Barbaras Unterschlupf ausfindig gemacht hatte. Daß Pelking sein Verhalten in Hildesheim toleriert hatte, bedeutete ja keineswegs, daß er nun auch das Verstecken einer »Hexe« in Paderborn billigen mußte.

Die Leute standen wie zwischen die groben Pflastersteine gepflanzt. Der Kutscher, es war wohl derselbe, der sie damals nach Burg Steuerwald gefahren hatte, saß kerzengerade und unnahbar auf dem Bock; die Grauschimmel warteten würdig mit sanft wedelnden Schweifen.

War nicht zu befürchten, daß der Weihbischof auf Grund einer Denunziation ... Spee verbot es sich weiterzudenken. Er mußte warten. Es war ja auch nicht gesagt, daß im Hause sein Name fiel. Der Apotheker und die Jungen würden dichthalten, von Barbara ganz zu schweigen. Die Mägde wußten nichts von dem Gast – hoffentlich nicht. Das beste war abzuwarten, bis die Tür sich öffnete. Kam Pelking alleine, durfte man hoffen. Erschien mit ihm Barbara, womöglich von Schergen begleitet, wäre immer noch Zeit, dem Bischof entgegenzutreten und alle Schuld auf sich zu nehmen. Bei dem Gedanken, die schon einmal unmenschlich Entstellte erneut der Folterjustiz ausgeliefert zu wissen, mußte er sich ans Herz fassen. Und plötzlich wußte er, was er zu tun hatte: Wenn Barbara erst verhaftet ist, dann ist es zu spät. Wenn du was retten willst, mußt du es gleich tun.

Mit ruhigen, nur leicht beschleunigten Schritten ging er auf die Apotheke zu. In diesem Augenblick, als bereits einige der Wartenden auf ihn aufmerksam wurden, öffnete sich die Tür, und die hohe Gestalt des Weihbischofs erschien. Er war allein. Der Kutscher sprang vom Bock, zwei Frauen sanken in die Knie, in der Hoffnung auf einen Segen. Noch ehe der Bischof einsteigen konnte, stand Spee ihm gegenüber.

Als Pelking erkannte, wen er vor sich hatte, zog er die Mundwinkel ein und sagte: »Also gut! Gehen wir noch einmal ins Haus.« Vor der Tür wandte er sich um und hob die Hand zum Segen.

Albert und Konrad wuchteten gerade den Sessel, den man für den Weihbischof in die Offizin gestellt hatte, über die Theke. In ihrer Überraschung ließen sie ihn auf dem Ladentisch stehen. Der alte Apotheker kam aus dem Hinterzimmer und fragte unter Bücklingen: »Haben Exzellenz noch einen Wunsch?«

»Lassen Sie uns allein«, gebot Pelking. Darauf verschwanden alle drei.

»Sie wundern sich, was ich hier mache, Spee? Nun, es liegt eine Anzeige gegen Sie vor. Sie sollen eine Konkubine im Hause des Apothekers versteckt haben. Ich bin der Sache nachgegangen und überzeugte mich, daß hier wohl eine Frau wohnt – aber es ist die von Ihnen in meinem Namen beschützte Hebamme aus Hildesheim. Ich habe nichts dagegen, wenn Sie in diesem Fall konsequent sind. Die Frau steht ab sofort auch unter meinem persönlichen Schutz. Halten Sie Ihre Beziehung so einwandfrei, daß die Schmutzfinken keinen Grund zum Lästern haben.«

Er wandte sich zur Tür. Da fiel Spee – er konnte nicht anders – vor ihm aufs Knie und küßte seinen Ring. Pelking ließ es mit der gleichsam rituellen Gelassenheit geschehen, mit der er die Neugierigen gesegnet hatte.

Als Spee aufstand, sagte der Generalvikar:

»Noch etwas. Ich habe von Ihrem Besuch bei Brambach gehört. Das war sehr ungeschickt. Ich halte es Ihrer Unerfahrenheit in politicis zugute. Da ich noch immer einiges mit Ihnen vorhabe, muß ich Sie ersuchen, sich künftig solcher Aktionen zu enthalten. Haben Sie Brambach zur Flucht verholfen?«

Es klang nicht anders, als hätte er gefragt: Wie ist der kürzeste Weg zum Generalvikariat?

»Nein«, sagte Spee.

»Ich glaube Ihnen. Er wird unserem Fürsten und mir noch viel Verdruß bereiten. Bis nach Wien, bis zum Reichshofrat wird er reisen, um sein vermeintliches Recht durchzusetzen. Ein unangenehmer Mann.«

Er reichte Spee die Hand und fing ihn gleichzeitig am Ellbogen auf, um den Kniefall zu verhindern. Spee küßte den Ring. Er kam nicht mehr dazu, die Tür zu öffnen, so schnell war Pelking wieder draußen.

Im nächsten Augenblick füllte sich die Apotheke mit Menschen. Nicht allein daß der alte Theodori hereinkam und die beiden jungen Leute: die Müßiggänger, welche die Kutsche belagert hatten, auch Lohndiener, Marktfrauen, Handwerksgesellen, zwei Kapuziner – alle drängten in den Laden mit vielen »Was gab's denn?«, »Was wollte der Dortmunder?«. Und einer fragte sogar: »Stimmt's, daß hier eine Hexe versteckt wird?« Das wiederholte er hartnäckig; vielleicht war's der Denunziant.

Aber der alte Apotheker, der sich immer, wenn's hoch herging, als gar nicht so tapsig im Geiste erwies, hob die vom Umgang mit seinen Tinkturen fleckig gewordenen Hände.

»Nur eine Behandlung! Ein kleines Leiden, nicht wert, den Arzt zu befragen. Geringe Mühe für einen kundigen Apotheker!«

Obwohl die Natur des bischöflichen Leidens zu erfahren auch nicht ohne Reiz gewesen wäre, machten sich die Leute allmählich davon, zumal der langmähnige Albert mit würdiger Famulusmiene sie abzufragen begann: »Ihr Wunsch? Womit können wir dienen?« Für unnötige Medizinen wollte niemand berappen.

Als man endlich unter sich war, begann Albert zu tanzen. Er hob, während er die Arme mit hängenden Händen in Brusthöhe führte, die Schenkel, stampfte wie ein Bär an der Kette, drehte sich mit schaukelndem Oberkörper im Kreise, machte sich, schneller werdend, an Konrad heran, hakte sich bei ihm ein und riß ihn mit, und der wagte sich an Spee, während Albertus den alten Onkel in den Reigen schleppte, so daß sie schließlich zu viert herumtanzten, indes Albertus, schon leicht außer Atem, unentwegt skandierte:

»Wenn jeder wie der Bischof wär,
dann gäb's bald keine Hexen mehr!«

Und Konrad, der als Dichter nicht zurückstehen wollte, fand nach zwei weiteren Runden eine Fortsetzung:

»Dann stünden alle schuldlos da
wie unsre Hexe Barbara!«

Und sie freuten sich, daß der alte Onkel sich mitschleifen ließ und auch der bärtige Pater, nicht im mindesten geniert, die Beine unter der Soutane hob.

Als erster scherte der Apotheker aus. Schwindelig geworden, hielt er sich am Fensterknauf fest, und da mußte er etwas gesehen haben, denn er riß den Flügel auf und wies auf den Marktbrunnen.

Dort verhielt in diesem Augenblick ein Reitertrupp. Angeführt wurde er von einem vornehmen Herrn, der einen schwarzen breitrandigen Hut trug. Er sprang vom Pferd, während seine Begleiter im Sattel blieben, schlug, indem er den Degengriff faßte, den Umhang zurück, so daß eine rot-weiße Schärpe sichtbar wurde, stakste in Stiefeln, deren Schäfte bis hoch über die Knie gezogen waren, ein paar Schritte auf die Apotheke zu, blieb stehen und breitete, während er sich seiner Begleitung wieder zuwandte, die Arme, als wolle er sagen: Da wären wir nun also in Paderborn!

Spee hatte ihn schon erkannt, als er noch im Sattel saß. Es war der Anführer des Schultheißschen Vorkommandos: Herr Doktor Johannes Romeßwinkel.

Zweites Buch

Der Auftrag

Geseke

Wir sehen immer wieder, wie ein einmal begonnener Hexenprozeß sich durch mehrere Jahre hinzieht und die Zahl der Verurteilten derart anwächst, daß ganze Dörfer ausgerottet werden, während doch nichts ausgerichtet wird, als daß sich die Protokolle mit den Namen weiterer Verdächtiger anfüllen. Wenn das weiter so fortgehen soll, so ist kein Ende der Hexenverbrennungen abzusehen, bis nicht das ganze Land menschenleer geworden ist.

[…]

Ich höre, daß an manchen Orten als Gehalt für die von den Fürsten für die Prozesse eingesetzten Richter und Inquisitoren eine nach der Kopfzahl der Verurteilten bestimmte Summe festgesetzt ist, so zum Beispiel vier oder fünf Taler für jeden Schuldigen. Wer sieht hier nicht, wie sorgfältig schon allein aus diesem Grunde darüber gewacht werden muß, daß nicht die Hoffnung auf Gewinn das Verfahren beeinflußt.

Friedrich Spee
»Cautio Criminalis«

Dann muß Gott sich erbarmen, wenn wirklich der Teufel seinen Schwanz an mir abgewischt hat …

Ausruf einer als Hexe verdächtigten Frau zu Geseke

Seit drei Tagen weilte Dr. Heinrich Schultheiß schon in Geseke, diesem schmucken, von wehrhaften Mauern umschlossenen Ackerstädtchen, das sich mit seinen knapp zweieinhalbtausend Einwohnern und einer über siebenhundert Jahre alten Stiftskirche der Schirmherrschaft des heiligen Cyriakus anheimgegeben hatte und dabei nicht schlecht gefahren war. Vor dem Kriege, als Geseke noch blühte, vermeinte mancher Reisende, wenn er sich einem der sechs Tore näherte, die Stadt sei belagert – nicht von Menschen zwar, doch von ganzen Heerhaufen blökender Schafe, die sich vor und auf den Wällen gütlich taten. An die zweitausend meinte ein Zeitgenosse gezählt zu haben, dazu noch zahlreiche Mühlenesel. Damit war's längst vorbei; nicht allein der Werwölfe wegen, die, in menschlicher Gestalt, doch mit großen Hauern bewaffnet, nächtens die Schafe rissen. Wer heutigentags heimlich ein Schwein halten konnte, war schon gut dran in dieser schlimmen Hungerzeit.

Im Krieg jedoch war Gott mit Geseke gewesen, bislang. Vor acht Jahren erst hatte der Tolle Christian im Land gewütet, hatte das Hochstift Paderborn besetzt, saß in eigener Person in Lippstadt und drangsalierte das Volk, das nach den unverschämten Spaniern den Braunschweiger nur zähneknirschend ertrug. Der warf ein Auge auch auf Geseke, umringte und belagerte die Stadt mit zehn Fähnlein Fußvolks, vierundzwanzig Reiterkompagnien und vier Geschützen. Da war es der Reiteroberst Dietrich Othmar von Erwitte mit seinen tausend Kürassieren gewesen, der ihm die Beute streitig gemacht hatte. Paderborn, Peckelsheim, Borgentreich, Warburg, Brakel, Lippstadt – sie alle hatte Christian eingenommen. Doch Geseke blieb ihm versagt. Seither feierte man zu Gottes Lob, der die Stadt vor dem Tollen bewahrt hatte, jeweils am Dienstag nach Misericordia Domini mit einer Prozession den Lobe- oder Tollentag. Durfte die Stadt sich nun, im Frühling 1630, einer neuen Gunst erfreuen?

Seit Doktor Schultheiß durchs Lüdische Tor Einzug gehalten, der Äbtissin des Kanonissenstiftes seine Aufwartung gemacht und sein Quartier im Regentenhause bezogen hatte, waren die Tage mit Besuchen, Konferenzen, abendlichem Bechern und nicht zuletzt mit der Entgegennahme von Huldigungen des einfachen Volkes ausgefüllt. Schultheiß kam ja nicht daher als einer der vielen reisenden Hexenrichter, die gleichsam auf eigene Rechnung richteten und meist ohne ausreichende Bestallung den Zehnten, oft genug auch mehr vom Vermögen verurteilter Hexen und Zauberer einstrichen: Der Kommissar von Werl erschien im Auftrage des Landesherrn, und alles, was er tat, geschah auf Weisung oder mit Billigung Bonns. So trug man dem hohen Beamten an jedem Ort, wo er weilte, hundertfach Beschwerden, Klagen, prozessuale Streitigkeiten vor – sehr zum Verdruß der ansässigen Go- oder Gaugerichte. Die übten ja bereits landesherrliche Funktionen aus und hatten ohnedies schon genug Ärger mit den städtischen Gerichten, die ihrerseits eifersüchtig auf ihre Kompetenzen sahen und sich nur allzu gerne auch bei Kapitalverbrechen, wie etwa Blutrunst auf der Geseker Feldmark, für zuständig erklärt hätten, wozu sie jedoch durchaus nicht legitimiert waren. Da nun sogar die Bauernschaften ihre eigenen Gerichte hatten, war des Richtens und des Streitens ums Richten- und Strafendürfen kein Ende, und mancher Sünder zog seinen Nutzen daraus, indem er ein ungünstiges Urteil mit dem Hinweis auf die Inkompetenz des erkennenden Gerichtes anfechten konnte.

So auch in Geseke. Schultheiß und die Seinen konferierten pro forma mit den ansässigen Richtern, lediglich um ihnen zu bedeuten, daß sie bei der nun bald beginnenden überregionalen Exekution allenfalls Amtshilfe leisten dürften, sich im übrigen aber gefälligst jeglichen Eingriffs zu enthalten hätten.

Das mußte einen würdigen und verdienten Mann wie Richter Hermann Mattenkloidt vom Go-Gericht erbittern. Von einem jahrelangen Streit mit dem Herrn von Meschede aus Alme, der zu gerne Drost von Geseke geworden wäre, keineswegs zermürbt, eher zu immer neuen Händeln aufgelegt, verwies der selbstbewußte Sechziger auf die Hexenprozesse, die er »vollauf zur Zufriedenheit Seiner Durchlaucht« in den letzten Jahren in Geseke durchgeführt habe. Schultheiß winkte freundlich ab: »Schon recht, lieber Herr. Doch zu wenig, zu wenig!«

Es war eben keineswegs alles im rechten Lot zu Geseke. Vor wenigen Jahren noch hatten kurfürstliche Visitatoren in der Stadtparochie an die dreißig Irrgläubige ausfindig gemacht und, kaum glaublich: Von den achtzehn Stiftsfräulein pflegten nur sechs zu kommunizieren. Während des Gottesdienstes saßen manche Männer im Branntweinhaus, bis man sie für einen jeden solcher Besuche mit zwei Talern belegte.

Man hatte seither auch in Geseke gelernt, daß unkatholisches Verhalten sich nicht auszahlte. Und darum ging es ja auch gar nicht bei den Disputations- und Informationsbegegnungen des Doktors Schultheiß mit den städtischen und landesfürstlichen Verwaltungs- und Gerichtsherren. Es ging um etwa noch nicht erkannte und ergriffene Hexen, und Richter Mattenkloidt, in seiner Ehre gekränkt, besorgte die Hebamme Walburga Flinders her, die in der Düsteren Gasse wohnte. Er hatte sie vor Jahr und Tag schon einmal verhört und wieder nach Hause geschickt. Aber verdächtig, das war und blieb sie, und nun bot sie sich gleichsam an, wenn denn schon so gründlich nach Teufelsbräuten geforscht werden sollte. Die also wanderte in den Pulverturm, von wo es nicht weit bis zum Rathaus war, in dem nach altem Herkommen die Prozesse verhandelt wurden.

Sonst noch wer? Mattenkloidt dachte an die alte Pavenstroth im Kotten hinter dem Böddeker Hof, aber er sagte nichts, behielt sie nur im Gedächtnis, falls dieser hergereiste Hexenjägermeister noch mehr von ihm verlangen würde.

Als weit williger, den Abgesandten des Kurfürsten zu unterstützen, erwies sich Philipp zum Holtze. Er war, seit 1618, in gewissen Abständen vom Rat immer aufs neue zum Bürgermeister gewählt worden; ihm war, als sei sein geliebtes Städtchen durch des Hexenkommissars Entscheidung, den »Groß- und Hauptbrand« in Geseke zu vollziehen, von einer hohen Behörde belobigt worden und unter vielen auserwählt.

So hatte Doktor Schultheiß auch in dieser Stadt Räte und Richter willfährig gemacht und hätte nun in Ruhe auf die Zutreiber warten dürfen, die ihm die Satansbuhlinnen aus Störmede in die Geseker Falle führen sollten. Aber dann trug sich am vierten Tag seines Verweilens das Ärgernis zu mit Pater Roderich, dem Benediktiner.

Getrunken hatte der Mann schon immer. Das ist nichts Ungewöhnliches bei Mönchen, die oft die besten Bierbrauer sind und auch die Rebe anbauen, sogar in westfälischen Landen, wo der Wein freilich stocksauer gerät. Getrunken also hatte Pater Roderich zeitlebens, doch eher aus heiterer Gotteskindschaft, aus schlichter, ungezähmter Lust an einem guten Tropfen. Dies auch eingedenk der Hochzeit zu Kana, da Christus Wasser in Wein verwandelt und somit für alle Zeiten den Rebensaft als einem Christenmenschen zuträglich legitimiert hatte. Bei seinen Beichtkindern in Soest, seiner Heimatstadt, war Roderich sehr beliebt; er war niemals kleinlich. Doch den Ansprüchen seines neuen Amtes, um das er sich keineswegs beworben hatte, war er nicht gewachsen, leider. Er hörte sich die Beichte der Hexen an, sofern sie ihn nicht gleich beschimpften und bespuckten und aus dem Kerker jagten, und verhieß ihnen, falls sie sich bekehrten, göttliche Vergebung. Aber schon vor dem dritten oder vierten Feuer, da noch der Brandgeruch des ersten an seiner Kutte haftete, betrank er sich unmenschlich. Zu sich gekommen und von Schultheiß zur Rede gestellt, behauptete er, nur durch unflätigen Suff seines Jammers Herr werden zu können, und wenn er nicht saufe, kämen ihm sogar Zweifel an der Schuld all dieser verhärmten, zermarterten, von Todesängsten geschüttelten Weiber – und da sehe der Kommissar ja selber, wohin es führe, wenn er nicht saufe. Er klagte und barmte so lange, bis Schultheiß ihm zu schweigen befahl, und dann verkroch er sich wiederum in sein Quartier und zapfte ein neues Fäßchen an.

So schleppte der unwürdige Mönch sich bis Geseke hin. Klugerweise hatte man ihm nichts vom anberaumten Großbrand erzählt. Den würde er noch früh genug wittern, wenn sie anmarschiert kämen aus allen Winden und auf vielerlei Straßen.

Und dann erfuhr er's, durch einen Zufall, doch vor der Zeit. Er leerte sein Fäßchen zur Neige und hängte sich auf dem Speicher seines Quartierwirts an der Kordel seiner Kutte auf.

So fuhr Roderich im Stande der Todsünde dahin und war ein Ärgernis nicht nur für Schultheiß; er war's auch für Geseke.

Stadtpfarrer Bernhard Rogener ordnete an, den Leichnam in ungeweihter Erde zu bestatten, was sich von selbst verstand. Als Grabstätte kam nur die Westenfeldmark südlich der Seuchenlinde in Frage: der Galgenplatz.

Die Hexen aber mußten fortan des geistlichen Beistands entraten. Das war wider das Gesetz, und Doktor Schultheiß war entschlossen, eher einen Brand zu vertagen als Ungesetzlichkeit zu tolerieren. So beauftragte er Doktor Romeßwinkel, der sich ohnehin auf dem Wege nach Paderborn befand, den Rektor Lennep um Entsendung eines Hexenbeichtigers zu bitten. Ein ausgekochter Jesuit, so überlegte Schultheiß, würde dem Amte, das gewiß kein Zuckerschlecken war, eher gewachsen sein als jener Trunkenbold und Selbstentleiber, Gott hab' ihn trotzdem selig.

Wiederholt hatte die Küchenmagd nach dem Herrn Leutnant gefragt, aber Giertchen Kessenich wußte es auch nicht anders, als daß er noch immer im Fälinger Hof zu Büren sein müsse, wohin der Hauptmann ihn zum Rapport bestellt hatte. Endlich, als es eine Stunde über die Essenszeit war, kehrte Philipp ins Quartier zurück, schnallte den Säbel ab, streifte die Schärpe über den Kopf und ließ sich am gedeckten Tisch nieder. Während er wie verhungert die Suppe schlürfte, gab er Giertchen Auskunft:

»Sie verfolgen mich! Sogar bis hierher, nach Büren! Nein, nicht die Holländer, das ließ ich mir noch gefallen. Die Hexen! Ich werd' sie nicht los. Auf Burg Ringelstein haben sie an die dreißig festgesetzt. Wußtest du das?«

Giertchen nickte. »Ich weiß es von den Nachbarn.«

»Nun kommt es auf mich zu. Morgen muß ich sie nach Geseke bringen. Sie werden dort freigelassen, sagt der Hauptmann. Der Werler Fiskaladvokat ist im Lande und korrigiert die Urteile. Es ist ein Pro-forma-Akt – sonst könnte man sie gleich von hier aus nach Hause schicken. Aber wenn unsere Beamten schon einmal großzügig sind, dann soll's gleich alle Welt zur Kenntnis nehmen.«

»Ist Geseke alle Welt?« sagte Giertchen trocken. Aber dann schwieg sie. Merkwürdig, daß Philipp nicht mißtrauisch war. Sie wußte, weshalb sie ihm bislang nichts von den auf der nahe gelegenen Burg Ringelstein inhaftierten Frauen erzählt hatte. Zu oft hatte sie erleben müssen, wie schmerzhaft die Erinnerung an Katharina Henot in ihm brannte und wie maßlos, noch immer, die Wut auf ihre Richter war. Oft genug auf ihrem langen Zug von Jütland bis hinunter ins Würzburgische und wieder hinauf ins westfälische Land bis nach Büren waren sie an den rauchenden Stätten des Gerichts vorbeigekommen, ohnmächtig vor den Brandmalen einer Justiz, die Philipp schändlich und verblendet nannte.

Giertchen war sonst nicht so rücksichtsvoll. Aber an offene Wunden zu rühren, bestand kein Anlaß – und gerade auch dieser Wunden wegen liebte sie ihn. Er war kein in tausend Metzeleien abgestumpfter Kriegsmann wie die anderen; er blieb, obschon meist ohne jeden Erfolg, bemüht, auch als Soldat noch christlich zu handeln. Gewiß: Daß der Auftrag des Heilands »Liebet eure Feinde, tut wohl denen, die euch hassen!« – auch in Kriegszeiten gültig sein sollte, da er doch schon im Frieden nicht erfüllbar schien, war kaum zu begreifen. Und doch mußte man, so dachte Giertchen Kessenich, die Calvinistin, diese Worte der Bergpredigt gerade in den Schrecken des Krieges unablässig vor sich herbeten. Für sie galt nur das Wort des Herrn, wie es in der Schrift steht. Für Philipp, den Katholiken, gab es viele Instanzen und Befehlshaber in der kirchlichen wie in der weltlichen Hierarchie.

Sie wären ja längst Mann und Frau geworden, wenn die Religion es nicht verhindert hätte. Schon bald nachdem sie Dänemark verlassen hatten und während die Hatzfeldtschen Kürassiere auf ihrem langen Marsch durch Deutschland schon von Mantuas braunhäutigen Weibern träumten, hatte sich Philipp entschlossen, seinen Abschied zu nehmen. Was ging ihn Mantua an? Ihm war es gleichgültig, ob dort ein Franzose oder ein Spanier regierte. Doch eben darum führte man Krieg – mit deutschen Söldnern. Der Kaiser wollte den Spanier haben, der Papst den Franzosen, und so bekriegte die katholische Majestät im Grunde auch den Heiligen Vater, und das behagte Philipp, dem Jesuitenschüler, durchaus nicht.

Giertchen ahnte, daß dies nur ein Vorwand war. Er hatte genug vom Krieg, das war's. Und er liebte sie, wäre am liebsten mit ihr nach Burg Kronthal gezogen. Dazu kam es dann eher als gedacht.

Am 20. August des Jahres 29 traf das Hatzfeldtsche Regiment in Nüdlingen vor Schweinfurt ein. Dort erreichte Philipp die Nachricht, daß sein Vater gestorben war. Er kam um Urlaub ein und zog mit Giertchen – sie war im fünften Monat schwanger – nach Burg Kronthal im Würzburgischen. Der Vater lag längst unter der Erde, und was er über der Erde besessen hatte, war hochverschuldet; die Bauern waren in den letzten Jahren bis aufs Hemd ausgeplündert worden, vom alten Grafen ebenso wie von marodierender Soldateska, ein jeder tat's auf seine Weise. Philipp setzte einen Verwalter ins verwahrloste Schloß, nahm das restliche Geld an sich, eh' es die Räuber bekamen, und sah zu, daß er sich aus dem Staube machte, solange er Giertchen die Reise noch zumuten konnte. Sie dauerte länger als veranschlagt; in Fulda und Marburg herrschte die Pest, so mußten sie weite Umwege machen.

In Wittgenstein erfährt Philipp, daß die calvinischen Holländer die Festung Wesel genommen haben, provoziert durch den Grafen Ernst Kasimir von Nassau-Diez, einen Wallensteinschen Kriegsobersten, der bis nach Utrecht vorgestoßen war. Im Spätsommer fallen auch Duisburg, Essen und Ruhrort. Die Bürger feiern die Sieger als Befreier vom papistischen Joch. Das macht die Holländer noch kühner. Sie tummeln sich nun auch im Bergischen, lassen Jülich nicht aus, scharmützeln weit hinein ins westfälische Land.

In der Herrschaft Büren sucht der aus Holland verjagte Graf Nassau seine halbverhungerten Krieger wieder zu sammeln, um für den Kaiser ein neues Regiment aufzustellen. Philipp, der nicht warten will, bis Hatzfeldt heimkehrt, kommt gerade zurecht. Der Traum vom friedvollen Residieren auf der Burg seiner Väter ist dahin; er muß sehen, wie er für Giertchen und sich sein Brot verdient.

Der Krieg will nicht so recht voran. Der Wallenstein sitzt in Prunk und Prächten auf seinem Schloß Gitschin, und wenn ihn wieder das Podagra zwickt, geht er nach Karlsbad zur Kur, indes die Kurfürsten beraten, wie sie ihn loswerden können: ihn, des Kaisers weit über des Kaisers und aller Fürsten Macht mächtig gewordene Kreatur! Und auch vom Tilly hört man seit dem Lübecker Frieden nicht viel; es ist, als fürchte er jenen weh zu tun, die sich schon um die deutsche Beute streiten: den Niederländern, Franzosen, Schweden.

Schweden. Ihr König Gustav Adolf hat mit den Polen Waffenstillstand geschlossen. Französische und englische Agenten hatten da fleißig mitgespielt, auf daß der Löwe aus Mitternacht endlich die Pranke wider Deutschland erhebe. So spricht auch in Büren alles davon, daß der Schwede bald landen werde, man weiß nur nicht, wann und wo – aber vor Wismar, Stolp, Kamin und Kolberg liegen schon seine Schiffe, und wenn sie kommen, des Königs lutherische Armeen, das gelbe Kreuz auf ihren blauen Fahnen, dann werden sie übers Land fallen wie die apokalyptischen Reiter, aber man kann es nicht hindern, nur warten darf man und beten: Gnade Gott uns Katholischen!

Ein Christkind wird Giertchens Kind: am Heiligen Abend 1629. Sie holt einen calvinischen Prediger zur Taufe. Philipp soll der Knabe heißen.

Philipp von Kronthal, der sich als Vater hergibt, so war es schon in Jütland ausgemacht, ziert sich: »Nenn ihn doch Ignaz!«

»Nach eurem Ignatius? Ich denk' nicht daran!«

»Nicht doch! Nach meinem toten Freund. Nach Ignaz Eller.«

Sie kennt die Geschichte, hat sie miterlebt, hat dem Ignaz sogar das Leben gerettet – wenn auch nur für ein paar Stunden –, aber sie läßt sich nicht beirren: »Der hieß Ignaz nach eurem Ignatius!«

Sie streiten sich eine Weile, und dann heißt der Junge Philipp-Ignaz.

Sie haben sich arrangiert – wie sie auch ihr Zusammenleben seit dem Rückzug aus Dänemark arrangiert haben.

Er faulenzt nun schon seit vier Monaten, beim Bürgermeister nicht übel einquartiert, mit Giertchen und dem Knäblein in Büren, der Stadt, und kommandiert ein Reiterfähnlein, das sich vor Langeweile dem Spiel, dem Suff und allen Wollüsten ergibt. Er wüßte nicht, wie er's ändern sollte, er trinkt ja selber zuviel, vor allem wenn ihn die Schenkelwunde aus Wolgast plagt. Man hat reichlich Weiber im Troß – wie anders soll man leben als Mann? Konkubinen, Huren, Marketenderinnen, schockweise Kinder dazu. In Zelt und Quartier liegen auch etliche Ehefrauen bei ihren Männern und andere, die's hätten werden können wie Giertchen und doch vor Gott keine Gattinnen sind: wohl aber geachtete Kriegsgefährtinnen, Beutebürgerinnen aus mancher erstürmten Festung, Vergewaltigte erst, dann geliebte Verliebte, wie es gelockerte Mannszucht und der Weiber Art so mit sich bringen: Quasi-Ehen, gewiß nicht im Himmel geschlossen, doch hartgeschmiedet in Feuer und Blut.

Giertchen katholisch? Das war undenkbar.

»Sie haben uns aus Köln geprügelt! Mein Vater hat's denen nie vergessen, daß sie ihm sogar seine Bücher zerrissen haben. Ich bin nicht nach Holland geflohen, ich habe keinen ungeliebten Mann geheiratet, Gott hat mir beim Schiffbruch nicht das Leben gerettet, damit ich jetzt, wo ich das Glück gefunden habe, meinen Glauben aufgebe! Das mögen deine Adelsgenossen tun! Denen bedeutet's nicht viel mehr, als wechselten sie nur das Tafeltuch, und handelt es sich um eine lohnende Partie, sieht der Herrgott schon gar nicht hin! Ihr mögt das so halten – ich nicht! Ich zahl' nicht mit meinem Glauben fürs Glück!«

Sie urteilte hart und klar. Sie gab auch zu, daß die Evangelischen, wo sie die Macht hatten, kaum zimperlicher mit den Katholischen umsprangen. Sie hatte nicht mehr viel Achtung vor den Menschen. Sie achtete Philipp, weil er zu den wenigen zählte, die sich überhaupt noch Gedanken machten – nicht nur um ihren Nächsten, sondern auch um den »Übernächsten«, wie Giertchen es ausdrückte. Die Übernächsten, das waren die anderen, die Andersgläubigen, die unter anderen Fahnen kämpften, die Gott mit anderen Bräuchen ehrten. Die Übernächsten mochten ein Ärgernis sein – aber deshalb blieben sie immer noch Menschen, Kinder eines einzigen Gottes. Philipp hatte in Köln eine Verfemte, eine »Hexe« schützen wollen: Das war nicht nur für einen Knaben eine tapfere Tat. Als er zu erkennen glaubte, daß man sich ohne Gewalt nicht gegen Gewalt durchsetzen kann, beschloß er, die Gewalt zu erlernen. Deshalb war er Soldat geworden. Und wollte es bleiben. »Wer so viel Blut an den Händen hat wie ich«, sagte er, »wirkt nur lächerlich, wenn er sich mit frommen Sprüchen durchs Leben lügt.«

»Und der Mann aus Loyola?« fragte Giertchen. »War der nicht auch ein großer Kriegsheld – und wurde doch fromm und züchtig?«

»Ignatius ist immer ein Kriegsheld geblieben. Er tauschte nur sein Schwert gegen einen kämpferischen Geist. Er hat mit dem Kopf mehr Häretiker vernichtet als der wildeste Krieger. Man kann Krieg führen auf vielerlei Art. Krieg muß sein.«

»Aber es steht fest: Petrus hat dem Kriegsknecht ein Ohr abgeschlagen. Er hätte auch die ganze Meute der Häscher in die Flucht jagen können. Habe ich recht?«

»Bestimmt!« sagte Philipp. »Denn die anderen Jünger hätten ihm natürlich geholfen.«

»Aber Christus hieß ihn sein Schwert einstecken. Meinst du, das war nur eine Laune des Heilands?«

Er versuchte, ihr klarzumachen, daß auch das Christentum bald vom Erdboden verschwunden sein würde, wenn es sich nicht zu wehren wisse.

Sie widersprach: »Es hat die Erde erobert, weil die ersten Christen sich nicht gewehrt haben, sondern sich lieber wie Fackeln verbrennen oder vor die wilden Tiere werfen ließen.«

»Nun gut«, sagte er und wandte das Gespräch ins Scherzhafte, »du willst ja nur, daß ich deinen Holländern nichts tue, wenn sie frech in Deutschland einfallen und bis nach Paderborn scharmützeln. Die werden, wenn du mit deinem Glauben an die Sanftmut recht behältst, also nicht die Erde erobern.«

»Das brauchen sie auch nicht«, sagte Giertchen und ging auf seinen Ton ein. »Die sind schon mit Ostindien zufrieden.«

Darauf sagte Philipp nichts mehr. Es war ihm genug, daß er ihr Glück war und sie das seine. Denn er liebte sie sehr. Ihre Unbeugsamkeit, wenn es um Glaubensdinge ging, ihre Kratzbürstigkeit, wenn sie sich neckten, ihre Zärtlichkeit und Hingabe in den Liebesnächten, ihre Zielsicherheit, wenn es galt, sich dem Geliebten unentbehrlich zu machen und dem Kind des ungeliebten Mannes einen seiner Liebe würdigen Vater zu geben – dergleichen hatte er noch an keiner Frau wahrgenommen, es sei denn einiges davon und nur wie von fern an Katharina, aber das war lange her.

Eine einzige große Freude erlebte Philipp in diesen Monaten. Das war, als ihn auf Umwegen ein Brief von Spee erreicht hatte, dem ein Kapitel aus seiner begonnenen Schrift »Cautio Criminalis« beigefügt war. Philipp und Giertchen lasen es mit Begeisterung und fühlten sich in ihrem Abscheu vor der Hexenjustiz nun auch durch unwiderlegbare sachliche Argumente bestärkt. Von dieser Schrift, davon waren beide überzeugt, würde den schuldlosen Opfern die Erlösung kommen.

Und wenn er nun schon nach Geseke marschieren mußte – vielleicht ergab sich Gelegenheit, nach Paderborn weiterzureiten, um den geliebten Lehrer endlich wiederzusehen?

Man feierte gern in Paderborn, und besonders viel ließen sich die frommen Brüder der Gesellschaft Jesu einfallen. Ungewöhnliche Erfindungsgabe bewiesen sie bei Prozessionen. Wenn sie mit dem Muttergottesbild am Feste des heiligen Laurentius zur alten Römischen Kapelle zogen, wegen großer Dürre einen Bittgang durch die Felder machten oder am Fronleichnamstag das Allerheiligste, von Blumen streuenden, als Engel verkleideten Knaben begleitet, durch die mit Birkengrün geschmückten Straßen trugen – immer hatten diese festlichen Umzüge den Prozessionen in anderen Städten, wo es keine Jesuiten gab, etwas Unnachahmliches voraus: den mit Geschmack und Sachverstand erzielten Zusammenklang aller Künste zur größeren Ehre Gottes. Auch wenn's ums Theater ging – an Einfällen fehlte es nicht. Man spielte nicht nur auf der Bühne der putzblanken neuen Aula oder unter freiem Himmel im Wirtschaftshof, wo Teufel und böse Geister besonders effektvoll im Brauhaus poltern konnten, sondern gelegentlich inszenierte man lehrhafte Dramen auch im Schloß Neuhaus, der hohen Weltpriesterschaft zu Gefallen, so zu Sankt Nikolaus die Tragödie »Aman und Esther«.

Für Doktor Schultheiß hatte man dergleichen nicht vorbereitet, und das war gut so, denn Romeßwinkel hielt nicht lange hinterm Berg. »Der Kommissar hat keine Zeit«, verkündete er lakonisch, nachdem er mit seinem aufsässig dreinschauenden Gehilfen Rotaug den frommen Patres ohne Umstände ins Haus gefallen war. »Alles konzentriert sich auf Geseke. Wenn Sie also, meine Herren, einen Empfang für Doktor Schultheiß vorbereitet haben sollten – ich bin bereit, die Ehrungen an seiner Statt entgegenzunehmen.«

Das war unüberhörbar. Aber wie, wenn der hohe Richter doch noch käme? Dann wollte man nicht all sein Pulver verschossen haben. Jedoch man verstand zu improvisieren. Vielleicht ein besonders festliches Hochamt, vielleicht auch fiel dem Pater Horrion ein Lobgedicht auf Iustitia ein; Buchdrucker Brückner, genannt Pontanus, gleich gegenüber an der Kampstraße, würde es in zierlichen Lettern zu setzen wissen.

Lennep, gefolgt von den älteren Patres, übernahm nun die Führung durchs Haus. Keines der Gebäude, die sich zu einem unregelmäßig geschnittenen Komplex zusammenfügten, war älter als fünfunddreißig Jahre. Von dem mächtigen, mit Helm, Laterne und Wetterfahne den Gesamtbau beherrschenden Turm zweigte der erst 1614 fertiggestellte Aula- und Gymnasialflügel ab und schob sich, im rechten Winkel fortgesetzt, bis an die Straße vor. Dieser Aulaflügel war aus den Quadern des alten Minoritenklosters errichtet worden, das man an dieser Stelle eingerissen und als Steinbruch benutzt hatte, was Weihbischof Pelking den Jesuiten bis heute verübelte. Die Repräsentationsräume waren mit edlen, zum Teil aus Übersee stammenden Hölzern getäfelt, und das Erdgeschoß besaß bereits einen gemusterten Marmorestrich, während man in den oberen Gängen, zu denen ein lichtdurchflutetes Treppenhaus führte, noch über nackte Bohlen schritt.

Mißmutig ließ Romeßwinkel, der nach Bier roch, des Rektors Erläuterungen über sich ergehen. Vor den nachgedunkelten Porträts ehemaliger Jesuitengenerale wollte er durchaus nicht verweilen; für das von Fürstbischof Dietrich geschenkte türmchenhafte Ziborium, welches das Allerheiligste barg, hatte er kaum einen Blick, und auf dem von Äbtissin Ottilie gestifteten Chorgestühl lümmelte er sich herum, als sei's ein Lotterbett.

Das befremdete. Jedoch der Mann war einflußreich. Es hieß auch, nicht Schultheiß, sondern Romeßwinkel werde den Bericht an den Kurfürsten verfassen – und davon hing so vieles ab, nicht zuletzt die Spendenfreudigkeit des hohen Herrn.

So nahm man das plumpe Gebaren des Schöffen als gelinde Heimsuchung hin und beendete die Führung vorzeitig. Rektor Lennep rief laut nach Pater Turck, der sich in seine Zelle im Südflügel zurückgezogen hatte und erst auf wiederholte Mahnung erschien. In der Soutane hielt er die geforderte Liste verborgen, aber es half nichts, er mußte sie herausrücken. Lennep übergab sie dem Besucher mit großer Geste und schwingendem Baß: »Wir waren auch nicht faul, hier, bitte, zur gefälligen Bedienung!« Und was ihm an burschikos-höflichen Floskeln sonst noch einfiel.

Das Papier enthielt nur wenige Namen. Pater Turck war auf einen Ausweg verfallen. Er wußte, daß er Ärger bekommen würde, doch das nahm er seufzend und tapfer in Kauf.

Romeßwinkel faltete die Liste zu Lenneps Enttäuschung liederlich zusammen, steckte sie in die Tasche und wandte sich unaufgefordert dem Refektorium zu. Von dort kam ein Duft nach Salbei, Lorbeer, Puter und Spanferkel.

»Ach ja«, sagte der Schöffe, dem Rotaug, sein Assistent, gerade etwas ins Ohr geflüstert hatte. »Ach ja, Herr Rektor: Da wir mit Hexen gut versorgt sind – auch hier in Paderborn haben wir einige erwischt, wie ich gerade höre –, da wir also viel zu brennen haben, brauchen wir als Beistand einen Priester, der sich auskennt. Der letzte, den wir hatten, hat sich totgesoffen.«

»Im Absolvieren kennt sich jeder Priester aus«, sagte Lennep indigniert und hofierte den Schöffen ins Refektorium. Romeßwinkel stand und schnüffelte. »Wo sitz' ich?«

Lennep geleitete ihn an den Ehrenplatz. Die weißgedeckten Tische mit den silbernen Tafelaufsätzen und schillernden Römern waren hufeisenförmig zusammengestellt.

»Einen Priester, der sich nicht blenden läßt von den Lügereien dieses Teufelspacks!« beharrte Romeßwinkel. »Einen, der sich nichts vormachen lägt. Der die Absolution verweigert, wenn sie ihr Geständnis widerrufen.« Und, wie tadelnd: »Ich denke, man kennt sich aus in diesen Sachen?«

»Ich werde überlegen«, murmelte Lennep verstimmt. Von seinen Patres kamen für dieses Amt nur zwei in Frage. Bis nach Tisch würde er sich für einen entschieden haben.

Der vorlaute Gast begann ihn zu verdrießen. Es behagte ihm auch nicht, daß der und sein unsauberer Gehilfe sich aus usurpierter Machtvollkommenheit in Paderborn nach Hexen umtaten. Wozu hatte er ihm die Liste gegeben? Der ignorierte sie. War das Lebensart? Und bald fand er es seltsam, daß er, der sich für einen würdigen Empfang des Doktors Schultheiß eingesetzt und an seinem Recht, Paderborn nach Hexen zu inspizieren, nicht im mindesten gezweifelt hatte, nun ein starkes Unbehagen verspürte, da diese zwei schmierigen Gesellen sich in seiner Stadt, wenn auch in höherem Auftrag, derart mausig machten. Und nun sollte er auch noch einen Pater zu Diensten des Herrn Schultheiß abstellen? Wo kommt man da hin! Erst schickt der Pelking, als sei er mein Provinzial, mir den Spee ins Haus – und jetzt kommt der Romeßwinkel und schnappt mir die besten Priester weg! Bei einem bleibt's doch nicht, das kennt man ja! Totgesoffen! Hätten sie besser aufgepaßt auf ihren Hexenpfaffen!

Alle Patres hatten Platz genommen. Nun erhob man sich zum Gebet.

Als der Wein seine Wirkung zeigte, begann Romeßwinkel zu schwadronieren, rühmte sich seiner Sonderaufträge, die ihn, mit dem Vertrauen des Kurfürsten ausgestattet, bereits im Jahre 27 weit ins Kölnische Land geführt und zum Herrn der Brände zwischen Rhein und Ruhr gemacht hatten, wo es »in summa dreiundvierzig Teuflischen an den Leib gegangen war«. Pater Horrion, der neben ihm saß, konnte nicht genug erfahren von fleischlicher Kopulation mit dem Satan und von den Sylvani oder Waldmännlein, auch Incubos oder Aufhocker geheißen, wie denn dies alles, sehr nützlich zu lesen, in dem berühmten Lehrbuch der Hexenverfolger, genannt »Der Hexenhammer«, verzeichnet steht.

Viele selbsterlebte Fälle wußte Romeßwinkel zu berichten: Wie die Lore Mummsaß aus Mantinghausen bei hellem Tage auf dem Felde mit dem leidigen Feinde des Menschengeschlechts Gemeinschaft gepflogen habe, und zwar nackt; wie der Klaus Arnstein aus Rietberg sein eigenes Eheweib mit dem Teufel verkuppelt und wie man unlängst in Kölns Hoher Schule disputiert habe, ob aus solcher Vermischung etwas Menschenartiges könne gezeugt und geboren werden, wozu man den heiligen Thomas ebenso befragte wie das 1. Buch Mosis. Und dann sei ein Streit entbrannt zwischen den gelehrten Doktoren, ob, wenn es denn tatsächlich zur Nachzucht komme, der Teufel dies vollbringe dank seinem eigenen Samen oder ob (wofür etliche Professoren halten) der Satan sich menschlichen Samens bemächtige und sodann mit diesem, den er von irgendwem gestohlen habe, seine Buhlweiber schwängere.

»Da kommt's sehr auf die Aussage unserer Hexen an!« triumphierte Romeßwinkel, denn nun vermochte er zum strittigen Thema als Fachmann etwas Apartes beizusteuern. »Du mußt sie nur fragen« – und in rüder Vertraulichkeit wandte er sich an Lennep, als habe der ihn um Rat gebeten, aber schon längst machte er sich auch mit den anderen Patres gemein, versuchte es jedenfalls, und das war den meisten zuwider. Lustlos nagten sie an Flügeln und Beinen, und als Pater Nepomuk die Hände am Tischtuch reinigte, sah es aus, als streife er Ekliges ab. »Du mußt sie nur fragen, die Teufelshuren«, eiferte Romeßwinkel, »wie sie den Samen verspürt haben, ob heiß oder kalt, denn darauf kommt's an. Hast du sie richtig befragt mit geeignetem Gerät, dann gestehen sie dir, daß er eisig wie Schnee ist, der Samen, wie auch des Satans Membrum virile selbst ...«

»Herr Doktor Romeßwinkel!« Lennep erhob sich, obwohl sie alle noch aßen und tranken. »Wir haben Sie willkommen geheißen bei uns, wiewohl wir, ich wiederhole es, von Herzen bedauern, daß der würdige Herr Fiskal Schultheiß aus Werl, Doktor beider Rechte, ein ebenso gelehrter wie taktvoller Mann, taktvoll, jawohl, so rühmt man allerorten, nicht zu uns kam und statt seiner Sie entsandte, von dem wir mancherlei Wissenswertes erfahren haben. Soeben aber waren wir im Begriffe, weitere Einzelheiten zu vernehmen, die, so möchte ich denn doch sagen, keineswegs wissenswert sind, sondern überaus widrig und deshalb ohne Nutzen zu hören. Ja, sie könnten sogar geeignet sein, unsere frommen Gemüter heimlicherweis' zu erregen. Also daß wir uns nachgerade an unserer beschworenen Keuschheit versündigen müßten, legten wir nicht Verwahrung ein gegen Ihre Alfanzereien von Hitze und Kälte und aufhockenden Waldmännlein! Wir wollen dergleichen durchaus nicht erfahren« – und dabei sah er unvermutet den Pater Horrion an, der sich so wißbegierig gezeigt hatte – »denn wir sind schlichte Gottesknechte und wissen schon lange nicht mehr, daß wir einst Männer waren, wollen's auch nie mehr wissen, und – und – nun weiter guten Appetit!«

Er setzte sich und leerte unter beifälligem Gemurmel den Römer bis zur Neige.

Romeßwinkel war ernüchtert. Wieder einmal mußte er einsehen: Diese Repräsentationspflichten, zumal sie mit dem Betrachten alter Generalsporträts und wurmstichiger Chorgestühle verbunden waren, lagen ihm nicht. Er war ein Mann der Praxis wie der Theorie, er wußte die peinlichen Instrumente zu bedienen wie kein zweiter, er hatte mit seinem Kölner Kollegen Walram Blankenberg ein Spezialwerk über Hexenmale verfaßt, den »Processus et forma procedendi per Stigmata contra sagas«; ihm war es auch gelungen, die »Nadelprobe« – wissenschaftliche Stechereien in den nackten Leib der Hexe – zur Vollendung zu entwickeln. Aber wenn es, wie in diesem muffigen Kollegium, darum ging, fromme Sprüche zu klopfen und sich gar als willfähriges Werkzeug dieser falschzüngigen Jesuiter-Bruderschaft zu verhalten, dann war ein Romeßwinkel fehl am Platze. Hätte er nicht den Rotaug bei sich, der ihm die Last der Verhaftungen abnahm, er würde dem Schultheiß die Spürhundtätigkeit aufkündigen, zu der man ihn erniedrigt hatte. Denn auch dazu war Romeßwinkel nicht geboren, er, der erst in Kerker und Kammer so richtig seinen Mann zu stehen wußte! – Und wer war denn das, der Bärtige ganz am Ende der Tafel? Das war doch …

»He!« rief er und schwenkte sein Glas. »He, Bruder Fridericus!« Den hatte er zuletzt in Köln gesehen. Ein aufmüpfiger Pfaff von der weinerlichen Sorte. Hatte des Schöffen wissenschaftliche Methoden als Firlefanz erachtet und sich später, als man die Henot-Schlampe torturierte, ganz ungebührlich aufgeführt, obwohl ihn Romeßwinkel sehr bestimmt gebeten hatte, sich zurückzuhalten. Doch vorbei und vergeben; man trägt nicht nach, schon gar nicht, wenn man Hexenrichter ist; ein solcher hat sich nun einmal mit frömmelnden Phraseuren und tüftelnden Advokaten herumzuschlagen. »Stoßt ihn an!« rief Romeßwinkel über den Tisch, das Glas zum Zutrunk erhoben. »Will er dem alten Freund aus Kölner Tagen nicht Bescheid tun?«

Spee starrte auf den abgenagten Ferkelknochen. Sollte er's zum Eklat kommen lassen – jetzt? Die Confratres würden sein Verhalten nicht verstehen; er konnte nicht jedem erzählen, wie er diesen Mann im Folterkeller erlebt hatte: als erbärmlichen Wüstling, der seine Triebe an hilflosen, bis aufs Blut gepeinigten Frauen befriedigte. Und hatte Rektor Lennep – am Ende *doch* kein übler Mann? – den Unhold nicht soeben schon abgekanzelt wie einen Schulbuben? Spee hob den Kopf und sah dem ziegenbärtigen Schöffen ins Gesicht. Zutrinken – das war zuviel! Weit ausholend griff er nach seinem Glas und stieß es um. Ein Mißgeschick. Der rote Wein färbte das Tischtuch, auftragende Stipendiaten eilten beflissen herbei.

Lennep sprach das Dankgebet und hob die Tafel auf. Man schlenderte vom Refektorium auf den geräumigen, mit den Bildnissen der Jesuitenoberen geschmückten Flur hinaus und warf durch die hohen Fenster einen Blick auf den Hof, wo Arbeiter Regenwasser aus einer Baugrube schöpften. Während sich einige Brüder bereits zu stiller Andacht in ihre Zellen begaben, hatte sich um Lennep und Romeßwinkel eine kleine Gruppe gebildet, zu der auch die Patres Falkland und Horrion gehörten. Da vernahm Spee, der mit Turck etwas abseits stand, wie Romeßwinkel sich über die zu Paderborn sistierten Weiber ausließ: »Sogar im Apothekerhaus haben wir eine geschnappt.«

Mehr verstand Spee nicht – aber das war auch genug. Er ließ Turck stehen, schob Falkland beiseite, stand vor dem Schöffen.

»Wen, sagten Sie, haben Sie arretiert?«

»Eine Hexe beim Apotheker«, sagte Romeßwinkel mit etwas unsicherer Stimme.

»Wer hat Ihnen gesagt, daß diese Frau eine Hexe sei?«

»Man hat seine Quellen«, sagte Romeßwinkel. »Fragen Sie Herrn Rotaug, der kann Ihnen Näheres sagen. – Wieso eigentlich? Haben Sie Umgang mit diesem Weib?«

»Jawohl«, sagte Spee. »Ich und Weihbischof Pelking. Sie steht unter seinem Schutz!«

»Aber Spee!« Lennep mischte sich ein. »Eine Hexe – und Exzellenz Pelking?!«

»Barbara ist keine Hexe!« rief Spee außer sich.

»Man kennt sogar ihren Namen? Man ist auf du und du?« spottete Romeßwinkel und blickte belustigt auf die konsternierten Patres.

»Haben Sie mich nicht verstanden?« rief Spee nun so ungehemmt laut, daß auch die entfernter Stehenden aufmerksam wurden und näher kamen. »Der Weihbischof und Generalvikar hat diese Frau unter seinen persönlichen Schutz gestellt! Glauben Sie immer noch, daß sie eine Hexe ist?«

»Es gibt genügend Exempel ...«

Ehe der Schöffe weitersprechen konnte, hatte Spee ihn an den Schultern gepackt. Er schüttelte ihn, derangierte seine speckige Halskrause und schrie ihm ins Gesicht:

»Wo ist sie? Ich will sie sehen! Sie werden sie sofort freilassen!«

Romeßwinkel, zornrot, riß ihm die Hände herunter. »Herr Rektor! Dies dem kurkölnischen Abgesandten in Ihrem heiligen Hause?!«

»Heilig??« rief Spee. »Unheilig ist dieses Haus geworden!« – »Aber, aber!« rief Lennep dazwischen. – »Jawohl, unheilig durch dieses Mannes Gegenwart! Das ist ein Folterknecht, ein Frauenschänder, ein bestallter Mörder! Pater Rektor! Weisen Sie diesem Strolch die Tür!«

Nun war nichts mehr zu retten. Von allen Seiten kamen die Patres angestürzt, auch die in den Zellen folgten dem Aufruhr, selbst die Küchenjungen wagten sich auf den Gang, und Pater Turck rief nach einem Arzt, denn Spee war weiß und zitterte, während er immer neue Anwürfe erhob und – wer hatte den stillen, in sich gekehrten Mann je so erlebt?! – seine Stimme zu äußerster Lautstärke steigerte.

In Wahrheit war er über das pure Entsetzen, Barbara abermals im Kerker zu wissen, schon hinaus. Denn während er die baßgewaltigen Mahnungen des Rektors überhörte und seinem

Ekel und Abscheu ungehemmten Lauf ließ, überwältigte ihn die Gewißheit, zugleich mit der schrecklichen Nachricht den Auftrag Gottes vernommen zu haben. Nicht daß der Herr ihm Seinen Willen in Worten bekundet hätte. Aber mitten in seinem Zornesausbruch fühlte Spee sich eingebettet in ein Glücksgefühl von überwältigender Kraft: Was Gott ihn soeben auf rätselhafte Weise hatte wissen lassen, war nichts Geringeres, als daß Er seinen Aufstand billigte, ja, daß Er gedenke, Seinen Knecht Friedrich Spee noch tiefer in das Zerwürfnis mit seiner Umwelt zu stoßen. Und also war es, als wollte Er sagen: Nun ist's genug mit deiner Duldsamkeit und übergroßen Vorsicht! Wieviel Unschuldige sollen noch zugrunde gehen, weil du zu feige bist?

Es war schon sehr ärgerlich. Die Patres standen eng im Kreis, und Lennep, der Menschenkenner, sah ihnen an, wie sehr sie sich freuten. Ein Jesuit, ein Gottesmann, einer der Ihren schrie einen fürstlichen Beamten an! Wies ihn, obwohl dazu nicht im mindesten befugt, aus dem Hause! Das war nun einmal ein Höhepunkt im ereignisarmen Leben dieser redlichen Brüder, und es klang ganz anders als Exerzitiengemurmel und fromme Litanei. Lennep mißbilligte zwar ihre glitzernden Augen, ihre klaffenden Münder, die scheu konspirierenden Blicke zum Nebenmann – aber er sah's ihnen nach. Zunächst galt es, mit diesem glutäugigen Bruder Schwarzbart ins reine zu kommen, der sich aufführte, als sei er ein rächender Erzengel!

Doch immerhin: Seine Philippika machte in Lenneps und wohl aller Brüder Augen diesen undelikaten Herrn aus Köln noch um einige Grade gewöhnlicher; in seinem Gegengezeter wirkte er noch erbärmlicher, als er sich schon bei Tisch benommen hatte. Was Wunder bei einem, der sich an aufhockenden Waldmännlein delektiert!

Während ihn diese Empfindungen bewegten, hatte Lennep durch beherztes Dazwischentreten die Eifernden voneinander getrennt. Es war auch höchste Zeit; der Schöffe rief bereits nach seinem Degen.

»In Ihre Zelle, Bruder Spee, sogleich!« hatte Lennep gerufen. Spee hatte geziemend die Handflächen auf die Brust gelegt und sich über die Treppe in den Oberstock begeben.

Den Schöffen bat Lennep ins Rektorzimmer, beruhigte ihn mit dem Hinweis auf den geschwächten Gesundheits- und Gemütszustand des Bruders, auf seine anfallweise auftretenden Kopfschmerzen und allerdings auch auf seine betrübliche Neigung zur Unbotmäßigkeit, gegen die man jedoch, zumal nach dem heutigen Vorfall, die segensreichen Mittel mönchischer Disziplinierung anzuwenden wisse. So gelang es Lennep, Romeßwinkel und seinen Gehilfen Rotaug (der, mittlerweile volltrunken, gestützt werden mußte) aus dem Hause zu komplimentieren. Doch an der Pforte fiel es dem Schöffen ein: »Und wann kriegen wir unseren Hexenpriester?«

»Sie sollen ihn haben«, sagte Lennep.

Kopfschüttelnd ging er ins Haus zurück und bat die Brüder, in ihre Zellen zu gehen und gefälligst dort zu bleiben. Dann begab er sich in den Oberstock.

Lennep meinte es nicht schlecht mit Spee. Dieser Bruder hatte – das war dem Rektor klargeworden – völlig unzureichende Begriffe von der behandelten Materie. Er war sich offenbar der Gefahren nicht bewußt, die von diesen teuflischen Weibern ausgehen. Es fehlte ihm auch an Kenntnis der einschlägigen Literatur. Von der Praxis mochte er gleich gar keine Ahnung haben. Dem wäre abzuhelfen.

Als der Rektor die Zelle betrat, kniete Spee im Gebet vor dem Kruzifix und ließ sich, wie es Brauch war, auch durch den Vorgesetzten nicht stören. Lennep kniete neben ihm nieder und fiel in den Text ein, den Spee halblaut sprach. Nach dem Amen erhoben sie sich. Lennep machte keine Umstände:

»Ich habe, Bruder Fridericus, den Eindruck gewonnen, daß Ihnen vor den Hexenprozessen graust. Das erklärt sich ohne Zweifel daraus, daß es Ihnen bislang vor den Hexen und ihrem Satanswerk noch nicht hinlänglich gegraust hat. Es ist also erforderlich, daß Sie zunächst über das Ausmaß ihrer Untaten belehrt werden. Und da Sie an der Führung der Prozesse oder, noch kurioser, sogar an den Exekutionen Anstoß nehmen, wird es hohe Zeit, daß Sie sich über ihren Verlauf mittels der sinnlichen Wahrnehmung unterrichten. Dazu will ich Ihnen verhelfen. Ich dispensiere Sie für eine gewisse Zeit von Ihrem Lehramt und entsende Sie als Hexenbeichtvater nach Geseke zu Doktor Schultheiß.«

Spee neigte den Kopf. Er war nicht überrascht, viel weniger bestürzt. Er hatte vernommen, daß Gott mit seinem Aufruhr einverstanden war – und nun genoß er, als gehöre eins zum anderen, die Wollust des Gehorsams vor seinen Oberen. Wie es denn auch in den Exerzitien des heiligen Ignatius geschrieben steht: »Indem wir jedes eigene Urteil beiseite setzen, müssen wir unseren Geist willig und bereit halten, in allem der wahren Braut Christi, unseres Herrn, zu gehorchen, die da ist unsere heilige Mutter, die hierarchische Kirche.«

Und wurde ihm der Gehorsam nicht leichtgemacht? Nun war ihm ja durch den Mund des Mannes, dem er Gehorsam schuldig war, zugewiesen worden, wonach er insgeheim verlangte! Hatte es ihn nicht oft verdrossen, daß er so vieles über Rechtsgrundlage und Ablauf der Prozesse noch nicht wußte? Daß es ihm an Wissen über die Realität, die Praxis mangelte? Gewiß, er kannte jene abscheulichen Prozeduren nicht nur vom Hörensagen. Was in seiner Gegenwart im Folterkeller zu Köln der unglücklichen Katharina Henot angetan worden war, mochte sich tausendfach und Tag für Tag im ganzen Reich wiederholen. Aber hatte er Beweise, daß es überall so ungerecht zuging, so grausam, so wider alle Vernunft? War's nicht nur Vermutung – wenn auch sehr nahe der Gewißheit? Und würde er bestehen können, wenn man ihn vor ein hohes Gremium zitierte, vor Richter, Theologen, Hochschullehrer, die sich anschickten, mit dem Gewicht ihrer Autorität seine aufwieglerischen Theorien zu verdammen? Nicht daß er begonnen hätte, an sich selbst zu zweifeln! Jedoch: sich mit dem besten Rüstzeug zu versehen, war seine Pflicht. Einer weltlichen Obrigkeit

Gehorsam zu leisten um den Preis seines Gewissens – und bestünde dieser Gehorsam nur darin, daß er die Augen vor der erkannten Wahrheit verschlösse –, das war undenkbar! Welche Gnade, daß es ihm so leichtgemacht wurde, denen zu gehorchen, denen er Gehorsam gelobt hatte: der Kirche, dem Orden, dem Rektor.

»Ja, Pater Lennep«, sagte er. Und: »Wann muß ich aufbrechen?«

»Sie schließen sich dem Schöffen Romeßwinkel an, der morgen in aller Frühe nach Geseke reitet. Bis dahin verlassen Sie dieses Haus nicht mehr. Ich erwarte, daß Sie den Rest des Tages und die Nacht in Betrachtung des Banners Luzifers und der drei Stufen seiner Versuchungen verbringen. Nennen Sie mir die erste!«

»Die Liebe zu den Reichtümern«, antwortete Spee.

»Die zweite?«

»Die Ehrsucht vor den Menschen.«

»Die dritte Stufe?«

»Der Hochmut vor Gott.«

»Und von diesen drei Stufen aus ...«

»... verführt Luzifer zu allen übrigen Lastern.«

»Was aber, mein Sohn, setzest du gegen den Reichtum?«

»Die Armut.«

»Was ziehst du der weltlichen Ehre vor?«

»Die Schmach und die Verachtung.«

»Und womit bekämpfst du den Hochmut?«

»Mit der Demut.«

»Wohlan«, sagte Lennep. »Über diese drei Stufen geleitet Christus der Herr dich zu allen übrigen Tugenden.«

Sie hatten Frage und Antwort in liturgischer Weise gewechselt: längst Vertrautes, doch immer wieder zu Bedenkendes, neu zu Gelobendes als Einstimmung in die nächsten Stunden der Einkehr und Reinigung.

Doch als die Glocke zum Angelus rief und Spee in seiner Zelle das Talglicht entzündete, löste er sich wieder aus den Banden des Gehorsams, die seinen Willen so zärtlich geschwächt hatten. War es denn nichts gewesen als ein Professorenstreit um die rechte Auslegung eines Textes?! Oder eine blutleere Diskussion über die Berechtigung der Hexenprozesse? Was hatte ihn denn dazu gebracht, den Schöffen Romeßwinkel so beispiellos zu beschimpfen? Ganz gewiß nichts Theoretisches! Um Leben und Tod eines Menschen war es ihm gegangen! Um Barbara! Um die Frau, von der er hatte sagen dürfen wie Salomo: Siehe, du bist schön, meine Freundin ... Und sie, die nach grausam entstellender Peinigung wieder schön geworden war, nun aufs neue ein Opfer der Mordjustiz?

Agatha, Ursula! Margarete! Felizitas! All ihr unsäglich leidenden Heiligen und du, adventliche Barbara, und du, Maria, heilige Mutter Gottes, steht ihr bei! Steht mir bei – um ihretwillen!

Ausgehverbot bis zum anderen Morgen?

Gehorsam?

Hatte er nicht vor wenigen Stunden erst erfahren, um wieviel süßer es sein kann, Gott mehr zu gehorchen als den Menschen? Die Worte Samuels kamen ihm in den Sinn: Meinst du, daß der Herr Lust habe am Schlacht- und Brandopfer? Gehorsam ist besser denn Opfer! – Gehorsam vor Gott!

Opfer. Brandopfer?

Gehorsam vor Gott!

Er blies das Licht aus und öffnete vorsichtig die Tür.

Johannes Pelking war müde. Der scharfe Ritt von Osnabrück, zwei Tage im Sattel, hatte ihm zugesetzt. Die Wadenmuskeln schmerzten, er betrachtete seine Hände, spreizte die Finger, sie zitterten. Er ging ins siebenundfünfzigste Jahr. Vor zwei Monaten hatte ihm sein Herr, der Kurfürst, auf seinen Antrag eine neue Kutsche bewilligt, eine mit holländischer Federung, wie sie der Kurfürst auch besaß. Aber Kanzler und Räte in Hildesheim hatten erklärt, sie hätten kein Geld dafür. Auf solch schäbige Art rügten sie seine geistliche Herrschaft, die sie als angemaßt empfanden, weil er den weltlichen Bereich, den ihrigen, nicht respektierte. Die alte Kutsche taugte allenfalls, nach Neuhaus oder Schlangen zu rattern. Über Land, in harter Wagenspur, bräche sie ihm nach zwei Meilen zusammen. So ritt er denn lieber.

Johannes Pelking saß im weitläufigen Arbeitszimmer im Mittelstock des Gröninger-Hauses. Dombildhauer Heinrich Gröninger war noch immer der Besitzer, wenngleich er nur noch das zweite Stockwerk bewohnte. In jüngeren Jahren hatte er den fast doppelmannshohen Raum als Malatelier benutzt; als er in Holland weilte, hatte er sich wohl vom großen Rubens was abgesehen an Würde und Repräsentation. So waren auch hier die Wände durch kannelierte Pilaster gegliedert, die Edelholztäfelung reichte bis hinauf zur Kassettendecke mit ihren geometrischen Feldern. Durch drei achtfach geteilte Fenster sah man auf die Volutengiebel des neuen Rathauses; sie glühten im letzten Abendschein.

Johannes Pelking war tief verstimmt. Was sollte ihm dieser Bescheid aus Bonn: Der Herr Weihbischof und Generalvikar möge künftig bei Visitationen mit der normalen Klosterkost vorliebnehmen! Wer wollte ihm übel bei Hofe? War er ein Vielfraß? Das konnte sich nur auf das Gastmahl beziehen, das die frommen Fräulein vom Damenstift Schildesche ihm bereitet hatten, und das war, zugegeben, opulent gewesen. Aber was sollte diese Kleinkrämerei? War er beim Kurfürsten in Ungnade gefallen? Sollte am Ende gar Wartenberg, der Fürstbischof, dem zu Gefallen er doch alles Erdenkliche tat, ihn bei Ferdinand angeschwärzt haben?

Auch Herr von Wartenberg sparte mitnichten. Noch immer war er Obersthofmeister, Erster Minister Seiner Durchlaucht, raunender, eifernder Mund am Ohr des hohen Herrn, obwohl er sich, seit er auch Fürstbischof von Osnabrück war, in der Hauptstadt und bei den Regierungsgeschäften kaum mehr blicken ließ. Doch fällt dem Wartenberg ein Wunsch, ein Vorschlag ein, dann braucht's nur einen Eilkurier nach Bonn, und morgen schon ist sein Wunsch der Wille des hohen Herrn – und übermorgen Landesgesetz! Wen wundert's? Er ist von hohem Adel und blutsverwandt dem Erzbischof: er, Franz Wilhelm von Wartenberg, der Wiederhersteller des Glaubens, als den er sich nur allzu gerne feiern läßt.

Man selbst ist nur Vikar, nur Stellvertreter, ist nicht von Adel, ist nur Weihbischof, wird nie regierender Bischof werden. Man stammt aus Münster, ist eines kleinen Mannes Sohn. Ist auch kein hochfahrender Jesuit geworden, ist immer ein dienender Mönch geblieben, ein Franziskaner, ein Minorit. Man bleibt eines Boten Sohn sein Leben lang. Aber man hadert nicht. Man hat seinen Auftrag; auch in Münster walten Gottes Engel. Großvater hat sie noch hängen sehen hoch oben am Turm von Sankt Lamberti, die abgöttischen Wiedertäufer in ihren eisernen Käfigen: den Leyden, den Krechting, den Knipperdolling. Ich hör's noch, wie der Greis mich beschwört mit dünnen Lippen: »So tut's, so endet's, wenn einer die Heilige Kirche verrät!« So ist man denn ihr treuer Sohn geblieben, ein Diener, und wie der Vater ein Bote. Bote des Glaubens. Was anders waren die Apostel?

Es plätschert so dahin, was Korbinian Zalusa, der schwarzlockige Sekretär, ihm aus den Aktenfaszikeln liest:

»Berichte aus den Pfarreien des Archidiakonats: In Türpe, Brenken und Wevelsburg haben sich apostasierte Prädikanten eingeschlichen. Halten in Hegensdorf sektische Kommunionen.«

»Also gut denn. Schickt ihnen Aufpasser hinterher. Und wenn ihr sie habt, Meldung an mich. Ich weise sie aus, sollen ins Braunschweigische gehen.«

Ich brauche den Wartenberg. Das wurmt mich immer aufs neue – aber ich brauche ihn. Auch für Hildesheim. Die Braunschweiger Herzöge geben uns die geraubten Landstriche nicht zurück. Scheren sich den Teufel ums Urteil des Reichskammergerichtes. Nur der Wartenberg kann die Restitution durchsetzen. Nur er hat die Mittel: Waffen, Soldaten. Sein Name allein macht jeden schaudern, der auf Abfall und Empörung sinnt. Ihn nennen sie den »Diamanten« – ich bin nur der »Dortmunder«.

Johannes Pelking denkt an Dortmund, 1604. Wie sie ihn ein zweites Mal aus der Stadt geprügelt haben. Da steht er, der streitbare Minorit, der Kommissar und Restitutor, steht barfüßig, nicht viel mehr als ein Hemd auf dem Leib, die Schuhe in der Hand, die sie ihm nachts aus seinem Zimmer praktiziert und an die Tür gehängt haben: das Zeichen des Verweises aus der Stadt. Die johlende Meute vor seinem Haus. Und dann der Stein. Sein Beinahe-Martyrium.

Er tastet über die breite bucklige Narbe auf seiner Stirn. Er ist der »Dortmunder«. Der Mann, der weichen mußte, um wiederzukehren. Und mußte doch wiederum weichen. Man nennt ihn den Dortmunder, weil er dort so unbeugsam war, weil er es aber- und abermals versuchte. Weil er aufs neue in die Löwengrube ging. Aber er liebt den Titel nicht. Dortmund – das heißt für ihn Niederlage. Und wenn man einen Menschen nach seiner Niederlage nennt …

»Bericht des Dompropstes über den baulichen Zustand der Kirchen und Heiligtümer: Kirchen und Kapellen in Thüle, Delbrück, Salzkotten verfallen, verwahrlost. In Borchen, Hegensdorf, Schwaney verödet, einsturzbedroht. Sakristei in Brenken ausgeplündert, zahlreiche Kirchen ohne heilige Gerätschaften, oft auch entweiht durch Unzucht im Chorgestühl und hinterlassene Exkremente.«

So sieht es im Lande aus mit all unserer Heiligkeit! Doch sei getrost: Sankt Petersburg wird gebaut! Wartenberg, Wartenberg! Dich ficht das alles nicht an!

Johannes Pelking schließt die Augen. Läßt es noch einmal über sich ergehen, das fahnenbunte Spectaculum von Osnabrück. Rings im Lande frißt der Bauer dem eigenen Vieh die Nahrung weg – und ist nicht einmal so schlimm daran wie das Volk in der Pfalz; dort nagen die Leute die Rinde von den Bäumen. Aber Sankt Petersburg wächst! Die Iburg, Schloß und Kloster – dem Bischof Eitel Friedrich, dem Hohenzollern, war sie noch gut genug. Dem Wartenberg, der ihm folgte, ist sie zu ärmlich, zu alt. Nur als Jagdschloß läßt er sie noch gelten.

Schützt ihn nicht hinlänglich vor seinen Untertanen. Die sind ja schon mit der Axt auf ihn los! Sankt Petersburg. Trutzburg des Glaubens – so stellt er sie dar, nennt sie in seinem Hochmut nach dem Jünger des Herrn! Er selber, Wartenberg, will der Felsen sein, auf *ihn* soll die Heilige Kirche bauen! Und schon ging's an: Dienste, Fuhren, Lieferungen noch und noch aus diesem zerrütteten Land. Steine karren, Mörtel mischen, graben, hacken, roden, schachten: rings um das Zwinggemäuer nochmals einen Kranz Mauern gebaut: vorkragende Bastionen, schwer bestückte Wälle.

Nein, lieben tun sie ihn nicht, seine Osnabrücker, diesen »weisen Salomo«, wie ihn die Jesuiten nennen, Speichellecker die! Doch man pariert zu Osnabrück, hat's lernen müssen. Genüßlich hat er mir die stolze Liste vorgehalten, mein feister Herr: Vier Kathedralen, fünfzehn Kollegiatskirchen, Hunderte von Klöstern und Pfarrkirchen hat er allein im letzten Jahr dem wahren Glauben zurückgewonnen. Und stets mit Gewalt!

Das Richtfest hat er gerade noch vor den Fasten anberaumt, so durfte man pokulieren im großen Saal. Die Fenster noch ohne Glas, mit dicken Samtbehängen abgeschirmt vor dem eiskalten Aprilwind und dem gaffenden Werkmannsvolk. Nun, Freibier gab's immerhin. Viel hohe Gäste aus Bonn, auch aus Münster, aus Köln. Verdächtig viel aufgeputzte Damen. Und eine schön wie Salome: Maria Clara, des Bischofs Schwester, Äbtissin von Herford. Maria Clara … Der Gröninger war ganz aus dem Häuschen, als er sie sah, ganz närrisch war der! Schwärmt für Maria Clara! – Aber nun tut er's wohl nicht mehr lang, der alte Heinrich. Hat eine wässerige Lunge heimgebracht aus Osnabrück.

»Wie steht's denn da oben, Zalusa? Geh gleich mal hinauf, erkundige dich in meinem Namen. Gibt's noch was Dringendes?«

»Ich habe es bis zum Schluß aufgehoben. Leider nichts Gutes. Ein Brief aus Wien.«

»Vom Doktor Leucker?«

»Vom Bayerischen Gesandten, jawohl.«

Zalua las vor.

Der Brambach sei in Wien eingetroffen, habe seine Sache beim Reichshofrat vorgebracht. Habe Gönner dort gefunden: den Abt von Kremsmünster. Auch der Schreiber dieses Briefes, der Leucker, mache kein Hehl daraus, daß er die Absetzung des Abtes von Corvey und seine Inhaftierung für unrechtmäßig halte. Das Ärgste: Pater Lamormaini, auch Lämmermann genannt, Jesuit und Beichtvater Seiner Kaiserlichen Majestät, habe geäußert, der Brambach sei rechtens Abt von Corvey, und demgemäß solle entschieden werden. So der Lamormaini. –

Werde nach Wien fahren müssen, wieder einmal. Falls Durchlaucht mich beauftragt. Muß mich zuvor mit Wartenberg besprechen. Ich bin betroffen in der leidigen Sache – also befangen, werden sie sagen. Aber Wartenberg könnte es noch zum Guten wenden, der allein. Ich brauche Wartenberg. – »Was poltern sie da oben? Sollen den alten Gröninger doch in Frieden sterben lassen! So kann der Alte doch nie zur Ruhe kommen, nicht mal zur letzten ...«

»Ich fürchte, eher als Sie denken, Exzellenz.«

»Steht es so schlimm, Zalusa?«

Jetzt geht's da treppauf, treppab. Die Hoftür knarrt, sie holen wohl frisches Wasser vom Brunnen. Zalusa zündet die Wachskerzen im Leuchter an. Was hat der Kerl für große, schwarze Augen. Wie Kohlen – aber sie brennen ohne Licht. Schwarze Glut. Bildschöner Bursche. Polnisches Blut wahrscheinlich. Ähnlich mag auch dieser Jesuit, der Spee, ausgesehen haben, als er noch jung war. Eindrucksvoller Kopf noch heute – aber so recht in Saft kommt der auch nicht mehr; den haben sie in Peine fürs Leben krank geschlagen. Den brauch ich aber noch, den auch. Geht mir, blasphemischerweis', nicht aus dem Sinn, das heilige Wort, wenn ich ihn sehe: »Dies ist mein lieber Sohn, an dem ich Wohlgefallen habe ...« Hab ich mir den erst mächtig gemacht, dann werd ich – mit ihm! – dem Wartenberg beweisen, daß man die Ketzer rings im Lande auch ohne Schwert bekehren kann. Besser. Nachhaltiger. Erfolg brauch' ich, Erfolge ...

Immer wieder, wenn Pelking die dürftigen Nachrichten über zwangsweise vorgenommene Bekehrungen in seinen Diözesen entgegennahm und mit den triumphalen Erfolgsmeldungen Wartenbergs verglich oder wenn sein Sekretär von der Verwahrlosung der Gotteshäuser und dem moralischen Tiefstand des Klerus berichtete, entschloß sich der Weihbischof, alle gebotenen Mittel zur Beseitigung dieser zum Himmel schreienden Zustände einzusetzen.

Aber welches waren die gebotenen Mittel? Etwa Wartenbergs brutale Niederknüppelung der Häretiker? Oder die Bekehrungswut des niederen Klerus, der Mönchsorden zumal? Mit Weihwasser wie mit Waffengewalt gehen sie gegen die Ketzerkanzeln vor; auch jeder Drost, jeder Amtmann, jeder Abt, jeder Bauernpfaff, jeder falschzüngige Jesuit führt da seinen eigenen Glaubenskrieg – und fehlt nur noch, man zahlt ihnen Prämien!

Für Pelking war das nichts Neues. Er hatte ein Jahrzehnt lang und noch das letzte Jahr fleißig mitgehalten. Ein Wartenberg ist er trotzdem nicht geworden, sosehr er versucht hat, ihm ebenbürtig zu sein. Er schafft es nie, wenn es ihm nicht gelingt, *auf seine eigene Art* zu missionieren. Nicht niederknüppeln – überzeugen! Am Ende zählt nur der Erfolg – nicht die Methode. Und er kennt einen, der die Methode beherrscht, die den Erfolg verspricht.

»Nun geh schon, Zalusa!«

Wäre mir doch leid um den Gröninger. Mochte ihn gern, obwohl er Jesuitenschüler war. Wer was kann, der kommt aus diesem Stall, ist leider so. Nun ringt er um sein Leben, der grimmige Querkopf. Sie haben's ihm weidlich schwergemacht, die lieben Collega, die strohdummen Meister von der Bildhauergilde. Hat keine Lehrlinge ausbilden dürfen, weil er sein Handwerk nicht zünftig bei ihnen gelernt hat, so Schrittchen für Schrittchen nach Vorschrift, der hochberühmte Mann! Weil er

»nur«, wie sie's nennen, ein »selbstgewachsener Meister« ist. So wie die Herren vom Kollegium den Spee nicht lehren lassen wollen an ihrer krüppeligen Universität, obwohl der die Engel was lehren könnte mit seinen Nachtigall-Liedern!

Also Brambach in Wien. Und der Beichtvater des Kaisers auf seiner Seite! Pelking richtet sich auf, reckt die Arme, jetzt spreizt er nicht die Finger, ihr Zittern zu betrachten, jetzt ballt er beide Hände zur Faust, spannt die Muskeln. Er fühlt sich aufgerufen, wieder einmal. Dem Herrn sei Dank! Noch ist er nicht so weit wie der alte Steinmetz da oben. Noch lange nicht! Schwer fällt die Faust auf den Tisch, auf den ärgerlichen Brief.

Er nimmt ihn, liest ihn zu Ende:

»Die Sympathie des Jesuiten Lamormaini, ohne die hier jeder Appellant gar sehr verloren wäre, erwarb sich Brambach, wie es scheint, durch seine Behauptung, er habe mit den Jesuiten, besonders in Paderborn, auf bestem Fuße gestanden. Daraus könne man entnehmen, daß in der Westfälischen Kirche auch noch ganz andere Meinungen über seinen Rechtsfall im Schwange seien als die vom Kurfürsten und seinem Paderborner Weihbischof vertretenen.

Wie's denn auch komme – der Herr wende alles zum Guten. Verbleibe Euer Exzellenz zur Erweisung angenehmer Freundschaft wohl zugetaner

Dr. Leucker.
Kurfürstlich-bayerischer Gesandter am Hof
Seiner Kaiserlichen Majestät Ferdinands
des Anderen zu Wien.«

Mit Jesuiten auf bestem Fuße? In Paderborn? Mit *einem* wohl ganz besonders? Man kennt sich aus Corvey ...

Nun hält es ihn nicht hinterm Tisch. Er steht auf, geht zum Mittelfenster, blickt auf die trüb von einer Eckenfunzel erleuchtete Gasse, auf den geschweiften Rathausgiebel vor dem bleiernen Abendhimmel. Er beißt sich auf die Lippen. Der Spee? Sollte *er* am Ende dem Brambach zur Flucht ... Und hat doch, ausdrücklich befragt, von seinem Bischof befragt, sein »Nein!« geschmettert erhobenen Hauptes. Man hat ein geheimes Dossier über ihn im Generalvikariat, wie über alle, die einem wert und wichtig sind – in welchem Sinn auch immer. Nichts steht darin, was auf so plumpen Verrat schließen ließe. Nichts! Mein Sohn, an dem ich Wohlgefallen habe ... Ein frecher Lügner? Nein, es ist offenkundig: Brambach spielt sich auf! Paßt sich den Wiener Gepflogenheiten an; wer flunkert nicht im Bannkreis dieser zaudernden Majestät, wenn's seiner Sache dienlich ist! In Wien lügt und buckelt man sich hinauf – was soll der Brambach dort anderes tun, wenn er sein Recht kriegen will? Vielleicht – auch so wär's denkbar – vielleicht hat dem Brambach ein anderer Schwarzer geholfen, vielleicht dieser Rektor sogar, der Lennep, der schwärzt mich schon lange an, wo er kann, selbst beim Nuntius Carafa zu Brüssel wegen meines Kanzelverbots für die Mönchspriesterschaft. Freilich: Der Spee hat ihn in Neuhaus besucht, hat er mir zugegeben, der Dummkopf, der gottbeseligte Liedermacher ...

Was soll's! Ich entscheide, nur ich. Ich brauche ihn noch. Ich, kraft der Gewalt meiner Ämter, verfüge, daß dieser Mann schuldlos sei! –

Der Sekretär tritt ein.

»Was ist, Zalusa? Wie steht's?«

Der Schwarzgelockte hebt bedauernd die Hände. »Er fiebert. Es sticht ihm tief in die Lungen mit jedem Atemzug. Der Arzt ist bei ihm. Er hat zum Theodori geschickt. Aber die Apotheke ist geschlossen. Man soll da eine Frau verhaftet haben, als Hexe, wie es heißt.«

»Wer hat verhaftet?«

»Ein Kommando des Doktor Schultheiß.«

»Wo ist die Frau?«

»Wahrscheinlich im Turm. Vielleicht auch nicht. Diese Leute haben einen Käfigwagen mitgeführt. Ja, einen großen Karren mit einem vergitterten Aufbau. Damit bringen sie die Verdächtigen nach Geseke. – Soll ich den Brief zu Ende lesen?«

Pelking winkt ab. »Räum deinen Kram zusammen. Ich möchte allein sein.«

Er nützt die Zeit zur Versenkung, kniet vor der Nische mit dem metallenen Kruzifix, das, den Blicken verborgen, einen Splitter des heiligen Kreuzes umschließt. Dann erhebt er sich ein wenig mühsam, noch immer schmerzen die Waden. Er tritt ans Fenster und – es überrascht ihn kaum: Da kommt er um die Ecke in großer Eile, kommt ganz ungeziemend angerannt, wer anders als dieser, »sein« Jesuit! Er stemmt sich gegen das Portal, überredet, wie's scheint, die Wachen, jagt die Treppen hinauf.

Der Mann ist außer sich, das war zu erwarten. Späte Stunde ... unangemeldet ... die Dringlichkeit des Falles ... Ich schenk ihm seine Entschuldigungen. Soll zur Sache kommen, schnell; ich weiß ohnehin, was er will. Ja, ja, die Frau steht unter meinem Schutz, ich hab's gesagt. Warum hab ich's gesagt? Aus Laune? Oder um diesen Mann bei Laune zu halten? Wollte wohl auch den Herren von der hildesheimschen Obrigkeit eins auswischen, die mir in all den Jahren mehr verweigert haben als nur eine neue Kutsche. Auch – weil sie wohl wirklich keine Hexe ist, dies Hebammenweib, diese – Barbara, richtig! Und nur um die geht's dem Manne auch jetzt: Barbara und wieder Barbara, eine Litanei ...

»Sagen Sie, Spee«, Pelking schreitet gesenkten Hauptes, die Handflächen auf der Brust, an seinem aufgeregten Besucher vorbei. »Die stete Gegenwart dieses Weibes – ich sage ›stet‹, denn Sie weilten oft für Stunden in der Apotheke –, hat sie Ihnen nicht zugesetzt? Warum ließen Sie's nicht genug damit sein, das Weib verborgen und somit fürs erste vor Verfolgung bewahrt zu haben? Sind Sie nicht von der Ordensregel gehalten, jede Versuchung zu meiden? *Suchten* Sie etwa ihre Gegenwart?«

»Die Frau ist unbarmherzig gefoltert worden, Euer Exzellenz! Sie schwebte lange zwischen Leben und Tod. Ich habe mich gelegentlich nach ihrem Ergehen erkundigt, das ist alles.

Auch mit dem Apotheker und seinem Neffen verstehe ich mich gut.«

»Wie ist das denkbar, da doch sein Bruder ein Gottesleugner war, den der Blitzstrahl des Herrn zu Boden warf?«

»Sein Bruder – nicht er! Er ist, soweit ich sehe, ein gläubiger Katholik.«

»Soweit Sie sehen. Aber Sie sehen nicht sehr weit, Spee. Sie handelten unüberlegt, als Sie sich dieser Hexe annahmen ...«

»Sie ist keine Hexe!«

»... dieser der Hexerei beschuldigten Frau. Sie verhielten sich auch unklug, indem Sie das Weib wiederholt besuchten. Wußten Sie nicht, daß Sie beobachtet werden?«

»Beobachtet?«

»Gott ist allgegenwärtig – und dies nicht zuletzt dank der Wachsamkeit Seiner Diener. – Was also erwarten Sie von mir?«

»Daß Sie die Verhaftung dieser Frau rückgängig machen. Sie können gar nicht anders. Sie haben sie unter Ihren persönlichen Schutz gestellt.«

»Wer weiß davon?«

Spee sah ihn verwundert an. »Wer davon weiß? Wir, die Beteiligten. Und wenn nur *ich* es wüßte. Und wenn nur *Sie!*«

»Sie stand unter meinem Schutz, solange sie in der Apotheke war. Nun hat sie sich diesem Bereich entzogen – ob freiwillig oder nicht, tut nichts zur Sache. Wie könnte ich ihr jetzt noch helfen?«

»Aber Sie dürfen doch nicht zulassen, daß sie sozusagen vor Ihren Augen gewaltsam von der Stätte entfernt wird, die Sie ihr als Zuflucht zugebilligt haben! Das ist doch ein ungeheurer Affront. Gegen Sie, Exzellenz! Gegen die Kirche!«

»Und wer beging den Affront?«

»Diese Henkersknechte. Der Romeßwinkel. Die Schergen des Schultheiß!«

»Und wer ist Doktor Schultheiß?«

»Der Staatsanwalt von Werl. Aber Sie könnten doch ...«

»Zur Zeit in welcher zusätzlichen Funktion?«

»Als Kommissar ...«

»Hexenkommissar, jawohl. Und in wessen Auftrag?«

»Des Kurfürsten. Aber ...«

»Des Kurfürsten und des Obersthofmeisters von Wartenberg – seines und *meines* Vorgesetzten, Spee!«

»Dann wenden Sie sich an Wartenberg! Aber beeilen Sie sich! Man schafft sie nach Geseke – Barbara und noch andere Frauen! Tun Sie ein übriges: In Geseke wird – das ist ausgemacht, dieser Romeßwinkel hat im Kollegium ganz unverblümt davon gesprochen – in Geseke wird ein Riesenbrand gerichtet. Dort will man arme Weiber aus vielen Dörfern gleich schockweis' verbrennen! Das werden Sie nicht dulden, Exzellenz! Das werden Sie verhindern! Ich helfe Ihnen. Ich gebe Ihnen, wenn Sie's brauchen sollten, das geistige Rüstzeug in die Hand. Ich hab' es mir, habe es uns erarbeitet. Ihre Güte, Ihre wohlmeinende Voraussicht hat mich nach Corvey und nach Falkenhagen geschickt. Ich habe die Zeit genützt. Erlebnisse, die mir sehr zu schaffen machten – in Hildesheim, in Köln –, haben mich nachdenklich gestimmt. Ich habe gewisse Konsequenzen gezogen ...«

»Ich weiß es, Spee. Sie sind überzeugt, daß diese Barbara unschuldig ist – und daß auch jene Katharina in Köln keine Hexe war. Wir haben bereits darüber gesprochen. Ich weiß es, Spee.«

»Sie wissen noch nicht alles, Exzellenz! Ich – habe Zweifel an der Rechtmäßigkeit des Verfahrens gegen vorgebliche Hexen und Zauberer. Also an den Prozessen überhaupt! Ernsthafte, wissenschaftlich begründete Zweifel. Ich stehe nicht allein. Professor Tanner, mein Ordensbruder in Ingolstadt, hat erst kürzlich ganz ähnliche Einwände gegen die Prozesse erhoben!«

»Sie schweifen ab«, sagte Pelking ungeduldig.

Da kündigte sich etwas an, was zu gegebener Zeit untersucht werden mußte. Wenn, so dachte der Weihbischof, dieser Spee noch immer ausersehen bleiben soll für das wichtige Amt, das ich ihm zugedacht habe, dann darf er sich nicht in Thesen verstricken, die ihn in Konflikt sowohl mit der weltlichen Gerichtsbarkeit als auch mit der Kirche bringen müssen. Es ist gerade genug, daß er Jesuit ist, das macht ihm schon vorab genügend Feinde bei meiner Weltgeistlichkeit, auf die er doch mäßigend einwirken soll. Macht ihm sogar Feinde im eigenen Orden. Denn wenn ich, der Jesuitenfeind, einen Jesuiten zur Mitarbeit berufe, dann wird man, *muß* man schließen, daß dieser Mann kein guter Jesuit ist ... Nun, mir macht es nichts aus, wenn er den Rückhalt im Orden verliert. Um so mehr wird er auf mich angewiesen sein als mein Geschöpf. Mein Sohn, an dem ich Wohlgefallen habe ... Also, er hat's wohl begriffen?

»Sie haben recht«, hatte Spee gesagt. »Ich schweife ab.« Und als er merkte, daß Pelking ihm wieder zuhörte: »Natürlich geht es zunächst nur um Barbara. Aber ich dachte auch an Geseke, dachte an die vielen anderen Frauen und Mädchen, die man aus den Familien reißt auf Grund haltloser Verdächtigungen oder weil Prämien auf jeden Kopf gesetzt sind, der dem Teufel gehört! Und solche Köpfe, Exzellenz, die weiß man sich zu beschaffen! Denn sind sie einmal im Kerker, die armen Weiber, dann verhört man sie. Gestehen sie nicht, dann werden sie gefoltert. Gestehen sie auf der Folter, dann sind sie schuldig: Sie haben's ja bekannt! Gestehen sie aber nicht, dann sind sie ebenfalls schuldig. Denn wenn sie trotz so furchtbarer Folterqualen nicht gestehen, kann ihnen nur der Teufel geholfen haben. Ergo: Ob sie gestehen oder nicht gestehen, in jedem Falle hält man sie für schuldig und richtet sie erbarmungslos hin! Diese Methode ist ja auch sehr einleuchtend. Denn haben wir keine Hexen, dann können wir keine Scheiterhaufen mehr errichten. Aber ein alter Brauch will es nun einmal, daß Scheiterhaufen errichtet werden. Also müssen wir Hexen haben. Und so hat man's gelernt, sich Hexen zu besorgen, allen Gesetzen zum Trotz und ganz gleichgültig auch, woher! Gebrannt muß werden, da darf das Holz nicht fehlen!«

Der Mann ist ja wie besessen von seinem Thema! Der muß eine andere Aufgabe bekommen, es ist hohe Zeit, der Scheiterhaufenqualm vernebelt ihm das Hirn. Ich muß ihn da rausholen, ohne daß er mir mißtrauisch wird.

»Verdienstvoll ohne Zweifel, was Sie da sagen, Spee. Schreiben Sie's nur nieder! Doch fürs erste hab' ich Besseres mit Ihnen vor. Ich machte ihnen schon im letzten Sommer einige Andeutungen. Jetzt ist es soweit. Nehmen Sie Platz!«

Pelking faßte mit beiden Händen einen Stuhl an der Lehne und setzte ihn vor Spee ab. Der ließ sich, von dieser ganz ungewöhnlichen Geste verwirrt, nur zögernd nieder, erst auf den herrischen Wink Pelkings, der stehenblieb, sich zu ihm herabbeugte und mit verhaltener Stimme verkündete: »Ich berufe Sie, Friedrich Spee, an meine Seite: als Kommissar für die friedsame Rekatholisierung in meinen Diözesen Hildesheim und Paderborn.«

Pelking richtete sich auf, entfernte sich um einige Schritte und beobachtete die Wirkung seiner Worte auf den völlig überraschten Jesuiten.

Merkwürdigerweise waren es hierarchische Überlegungen, die Spee als erstes durch den Kopf gingen: Wie vertrug sich diese Berufung mit seiner Bindung an den Orden? Das wäre ja wiederum ein ganz unerhörter Eingriff in die Kompetenzen der Gesellschaft Jesu. Eine massive Provokation. Erst Sekunden später begann er das volle Gewicht dieses Vertrauensbeweises und den Umfang der Aufgabe zu ermessen, die Pelking ihm zu übertragen gedachte: Diese Berufung bedeutete ein Leben ausschließlich im Dienste der Beschlüsse des Tridentinischen Konzils, im Dienste Gottes mithin, zwecks Rückführung der abgefallenen Landeskinder zum alleinseligmachenden Glauben. So wie er seinerzeit viele hundert Menschen in Peine, in Woltorf, gleichsam von Tür zu Türe wandernd, bekehrt hatte, so sollte er nun für Tausende zum Bekehrer und Retter werden. Freilich wohl auf andere Weise: Nicht indem er selbst sich Aug' in Auge um die Verirrten bemühte, sondern indem er den ihm anvertrauten Klerus unterwies, wie er sich künftig, ebenso behutsam wie – hoffentlich – erfolgreich, bei der Rekatholisierung zu verhalten habe.

Pelking sprach es aus:

»Was ich von Ihnen erwarte, ist Bekehrungsdienst im Geiste Ihres Tugendbuches, in das ich seinerzeit Einblick nehmen konnte – Sie erinnern sich an unser Gespräch in Hildesheim? Die Zeit der gewaltsamen Unterdrückung, der Zwangsbekehrungen, der erpressenden Einquartierungen und Landesverweise ist vorbei. Bischof Franz Wilhelm mag fürs erste mit diesen Mitteln einiges erreicht haben. Lassen Sie aber den Schweden kommen – was meinen Sie, wie lange man katholisch bleibt? Hat dieser Krieg uns etwa weitergebracht? Fällt nicht allerorten der Glaube der Macht zum Opfer? Wer will noch treu bis in den Tod, wer will noch Märtyrer sein? Man streift den Glauben so mühelos ab, wie man ein Hemd wechselt. Aber die Herzen, Spee, die kann man nicht tauschen! Also muß der Glaube seine Wurzeln im Herzen schlagen. Sursum corda! Das vermögen Sie zu bewirken. Wehren Sie nicht so bescheiden ab, ich weiß es. Sie finden den Ton, Sie treffen tief ins Herz. ›Ach wann doch, Jesu, Liebster mein, wann wirst dich mein erbarmen?‹«

Ohne sich diesmal von der Liebenswürdigkeit des Weihbischofs beirren zu lassen, der ihn mit seinen eigenen Liedern betören wollte, erkannte Spee doch sofort, welche Möglichkeiten diese Berufung noch zusätzlich bot. Konnte er, ausgestattet mit den Kompetenzen seines neuen Amtes und jetzt wahrhaft »im Namen des Weihbischofs« handelnd, nicht auch auf die Führung der Hexenprozesse korrigierend einwirken? Ganz gewiß weit eher, als es dem kleinen, noch nicht einmal voll zur Lehre berechtigten Jesuitenprofessor gegeben war! Vernunft und Gefühl sagten ja zu dieser Ernennung.

Und dann lag es ihm plötzlich wie ein Strick um den Hals: zu spät! Du mußt nach Geseke! Schon morgen früh. Du mußt in die Kerker gehen, mußt trösten, Hoffnung wecken. Sie brauchen den Priester, sie haben ein Recht auf ihn. Niemand kann dich ersetzen! – Wohl überlegte er, daß es Pelking gelingen müßte, Lennep zum Widerruf seines Befehls zu bewegen. Aber – wer rettete Barbara?

»Wie gerne würde ich Eurem Ruf folgen, Exzellenz. Aber ich darf nicht. Noch nicht. Rektor Lennep hat mir befohlen, nach Geseke zu gehen, gleich morgen früh, um den Verurteilten geistlichen Beistand zu leisten …«

»Das kann doch jeder Schweinepfaff!« schrie Pelking unbeherrscht. Schließlich, nach einer stummen Wanderung durch das große Zimmer, sagte er: »Gut denn.« Aus einer fernen Ecke, ganz aus dem Dunklen kam seine Stimme, sie klang erschöpft: »Gehen Sie also zu Ihren Hexen. Beeilen Sie sich!«

»Und was tun Sie – für Barbara?«

»Was könnte ich mehr für diese Frau tun als Sie? Sie werden ihr die Pforte zur ewigen Seligkeit öffnen.«

»Das kann nicht ihr Ernst sein!« rief Spee. »Sie ist jung, sie muß noch nicht sterben! Und sie ist unschuldig!«

Die Tür hinter ihm öffnete sich. Sie hatten Zalusas Klopfen überhört. Der Sekretär suchte mit großen schwarzen Augen nach seinem Herrn. »Es ist soweit«, sagte er. »Der alte Gröninger verlangt nach der letzten Zehrung.«

»Besorg mir, was ich zum Versehgang brauche«, sagte Pelking. »Und weck die Zwillingsknaben nebenan beim Kürschner Volkening, sie sollen mich begleiten.« Zu Spee sagte er, nun wieder Herr seiner Emotionen: »So ist es, lieber Freund. Man wird gebraucht, man muß bereit sein. Sie haben doch eine gesegnete Zunge, Spee. Vielleicht gelingt es ihr, diese Frau *freizubekommen* – sie freizusprechen, so darf man dann im ursprünglichen Wortsinn wohl sagen. Mein Auftrag an Sie bleibt bestehen. Sofern Sie keine neuen Torheiten begehen. Und Geseke könnte Sie leider dazu verleiten. Also: Bedenken Sie's wohl!«

Eine halbe Meile vor Geseke befahl Philipp eine kurze Rast. Sie hielten nach mühseligem Marsch auf den vom gestrigen Regen noch aufgeweichten Straßen am Rande eines dichten Gehölzes, in das sich nun mit ihren scheppernden Ketten die Frauen schleppten, um ihre Notdurft zu verrichten. Schon als die armseligen Gestalten in Büren eingetroffen waren, hatte Philipp sie von ihren Fesseln befreien wollen. Aber der Vogt von Burg Ringelstein, der den Transport bis Büren begleitet hatte, verwies auf den Marschbefehl, und da stand geschrieben: »In Banden abzuführen.« Philipp wollte die hohen Richter zu Geseke nicht unnötig verstimmen.

Schlimmer als die Belastung durch die Ketten war der leibliche Zustand der Frauen. Einige hatten schon seit Monaten in feuchtkalten Kerkern gelegen, vom Hunger wie skelettiert, von Ungeziefer gequält, durch Beulen und Narben entstellt. Es waren graue, wie alterslose Wesen mit hohen, vom Schluchzen brüchig gewordenen Stimmen; einige hatten Mühe, das Gleichgewicht zu halten nach wochenlangem Liegen auf dem verfaulten, kribbeligen Stroh.

Diese zweiunddreißig Frauen und Mädchen waren Philipp von Kronthal am frühen Morgen des 16. Mai vor seinem Quartier in Büren durch den Burgvogt überstellt worden zwecks Entgegennahme gerichtlicher Entlassungsorder, wie es hieß. Dann saßen sie auf, Philipp mit sieben Reitern, und auch Giertchen Kessenich ritt mit, den kleinen Philipp-Ignaz vor sich auf dem Sattel. Sie hielt sich am Ende des Zuges, sprach den dahinschlurfenden Gefangenen zu, leistete fraulichen Beistand und ließ sich von dieser und jener berichten, wie man sie zum Geständnis gezwungen hatte. Die Folter wurde auf Ringelstein, einer neueren Weisung des Edelherrn von Büren gemäß, nur sparsam angewendet; man beließ es im allgemeinen beim Aufziehen über die Rolle und angemessener Geißelung. Nicht einmal die Beinschrauben setzte man an, da mußte denn eine schon sehr störrisch sein. Nein, in Ringelstein hielt man es seit neuerem anders: Man versprach den Gefangenen, durchweg Mädchen und Frauen aus Dörfern und Flecken der Herrschaft, sie freizulassen – sie brauchten nur ein weniges an Buhlschaft mit dem Teufel und möglichst noch einige andere Verbrechen zu gestehen, dann werde es, so verhieß man ihnen, mit Vermahnung und Strafgeld sein Bewenden haben. Also gestanden sie, was man von ihnen verlangte:

Trine Bobbe bekannte, daß sie das Weib des Kämper Jaspar mit einer Schüssel grünen Muses nahezu vergiftet und sich, noch angesichts der wie leblos liegenden Frau, mit dem Teufel leiblich vermischt habe; Elisabeth Deitlef, daß sie Raupen und anderes Ungeziefer verfertigt und auf Bäume und Sträucher gestreut habe; Waltraud Kakel, daß sie Menschen und Vieh, Wasser und Weide vergiftet und den Pferden der Familie Sengermann einen Wurm in den Bauch gezaubert habe; Sibylle Bröder, daß sie sich in eine Krähe verwandelt und teilgenommen habe an teuflischer Beratschlagung, wie man die Stadt Büren in Brand und Asche legen könne.

Trotz dieser schweren Anschuldigungen, die durch die Geständnisse als bewiesen galten, glaubte Philipp, man werde den Frauen, wie ihm eröffnet worden war, zu Geseke die Freiheit schenken. Er hielt es immerhin für möglich, daß man höheren Ortes nun doch Irrtum und Unrecht vergangener Jahrhunderte einzusehen beginne.

Doch Giertchen glaubte den Ringelsteinern kein Wort. Zuviel Blut war auf jener Feste schon geflossen. Seit einiger Zeit brannte man dort nicht mehr, der Feuersgefahr wegen: Man exekutierte mit dem Schwert, und es waren in den letzten Jahren Hunderte, die dort, als Hexen und Zauberer beschuldigt, ihr Leben gelassen hatten. Sollte unversehens der Herr von Büren anderen Sinnes geworden sein?

Nun saßen die beiden am Rande des Holzes auf einem gefällten Baum nebeneinander, hinter ihnen knackten die Zweige, die Soldaten riefen den armseligen Schlottergestalten, wenn sie aus dem Dickicht herausstolperten, rüde Witze zu, und Giertchen redete auf Philipp ein: »Sie lassen sie nicht frei! Ich sag's dir! Sie werden nur in die landesherrliche Hoheit überstellt oder wie man das nennt. Sie kommen von einem Turm in den anderen, das ist alles. Man hat uns belogen!«

»Selbst wenn man *sie* belügen würde«, sagte Philipp, »*mich* führt man doch nicht hinters Licht! Glaubst du, man gibt einem kaiserlichen Offizier gefälschte Order auf den Weg? Der

Hauptmann hat's mir gesagt, nüchtern, unmißverständlich: Sie werden freigelassen.«

Aber während er das sagte, spürte er Schweiß an den Haarwurzeln, ihm war nicht wohl.

»Schick doch einen voraus, den Jürgens vielleicht, der ist gescheit und zuverlässig«, sagte Giertchen. »Er soll erkunden, wie es in Geseke steht. Vielleicht hast du ja recht, und ich bin eine Unke.«

Aber Philipp wandte ein, daß der Unterwachtmeister Jürgens auch nichts ausrichten könnte, denn ein kurfürstlicher Richter werde einem Subalternen schwerlich Rechenschaft ablegen über seine Vorhaben.

Doch nun sprengte ein Fähnlein heran, und das war angeführt von Herrn Bertram, dem Sekretär und Schwager des Geseker Richters Hermann Mattenkloidt. Der dicke Herr plumpste vom Roß und lüftete seinen kegeligen Hut, als Philipp sich erhob und ihm entgegenging. Bertram hatte wohl so etwas wie einen Willkommensbecher erwartet, aber als er hinter dem Leutnant all diese verwelkten Satansbuhlinnen mit ihren leichenfarbenen Visagen sah und schon Kerker- und Moderduft zu riechen vermeinte, beschied er sich und wollte nur bald wieder heim.

»Dem Herrn zur gefälligen Kenntnis«, keuchte er, »daß man ihn und seine Fracht zu Geseke gern erwartet, den Herrn aber bittet, nicht durchs Steintor zu reiten, vielmehr diese Stadt im Süden zu umgehen und an der Störmeder Landstraße unweit der Seuchenlinde vor dem Lüdischen Tor mit seiner Zaubersippschaft zu verharren, wo denn weitere Weisung erfolgen werde.«

»Warum der Umweg?« fragte Giertchen, die Philipp gefolgt war. »Die Frauen sind müde, sie haben kein Schuhwerk, ihre Füße sind voller Blasen.«

»Befehl des Herrn Kommissars«, sagte der dicke Bote.

»Vielleicht, daß Sie uns diesen Befehl erläutern können?« schlug Giertchen vor.

Das fand der stattliche Herr, man merkte es ihm an, ganz überflüssig. Mit verächtlichem Schulterschwung wandte er sich von Giertchen ab und richtete seine Rede allein an Philipp: »Die Türme zu Geseke sind überfüllt. Pulverturm, Schmachtturm, Padbergturm – alles voll! Da hat's Hexen von Soest, von Lippstadt, von Erwitte, weiß Gott von wo noch. Sogar im Weinkeller unterm Rathaus hat man etwelche eingesperrt. Drum läßt man die Euren erst gar nicht hinter die Mauer, man spart ja auch neun Groschen pro Kopf und Tag an Ration. Indem Ihr die Stadt südlich umgeht, kommt Ihr direkt ins hergerichtete Gelände. Da geht denn alles viel schneller vonstatten. Jene dort« – er zeigte auf die Frauen, die erschöpft im Gras lagen – »werden die ersten sein.«

»Die man freiläßt?« fragte Philipp.

»Es wird dort ein Freies Stuhlgericht gehalten werden«, sagte der dicke Bote und faßte sein Pferd am Zügel.

Als er mit den Seinen fortgeritten war, sagte Giertchen: »Weißt du, wie es da aussieht, westlich der Stadt, nach Störmede zu?«

Philipp hob die Schultern.

»Aber ich weiß es«, sagte Giertchen. »Die Frauen von Büren haben es mir erzählt. Vor dem Lüdischen Tor ist das Spital der Aussätzigen. Und den Platz vor der Seuchenlinde nennen sie den ›Galgenpatt‹. Dort also sollen wir unsere Hexen abliefern. Wie hat er gesagt: ein freies Stuhlgericht?«

»Ja, das ist so eine Einrichtung …«, murmelte Philipp. Er kannte sich nicht aus. Sein Mund war trocken, er holte die Flasche aus der Satteltasche und nahm einen kräftigen Schluck. Dem Befehl war zu folgen. Es gab kein Zurück. Dann rief er: »Aufgesessen!«

Aber Giertchen verlor den Satz nicht aus dem Kopf: »… kommt Ihr direkt ins hergerichtete Gelände.«

Zu welchem Behufe wohl jenes Gelände hergerichtet war?

Die Regenwolken kamen von Westen, zogen schwarz über Störmede hin, Sturm trieb die Nässe in Schwaden über die Westenfeldmark. Die Herren beugten die Köpfe gegen den Wind, aus den breiten Krempen der Hüte lief das Wasser und sammelte sich in Pfützen. Erst halbverkohlt hing die Walburga Flinders am Pfahl; nur mit Anstrengung ließ sich hinter dem weißlichen Qualm auch der Leichnam der alten Pavenstroth ausmachen.

Das waren die Geseker Frauen, mit denen das Gericht des Doktors Heinrich Schultheiß diesen Tag begonnen hatte.

Die Henkersknechte stocherten in den benäßten Scheiten, sie fragten, ob sie aus dem Schuppen trockenes Brennmaterial holen sollten – die Stadt hatte eigens für diese Tage sechs Wagen Holz vom Go-Grafen auf Wevelsburg gekauft –, aber Richter Mattenkloidt gebot Einhalt aus Sparsamkeit, und schließlich waren sie ja bereits tot, die beiden.

Er befahl, ein paar Bund Stroh heranzuschaffen und für die nächsten Brände auf günstigere Witterung zu warten; es war ohnedies nur ein warmer, stürmischer Mairegen gewesen, eine Husche – und nun brach auch schon die Sonne aus dem glitzernd umrandeten Gewölk.

Unweit des Siechenspitals der Jakobus-Bruderschaft, zwischen Seuchenlinde und Galgenplatz – »Galgenpatt«, wie die Geseker sagten –, auf einem offenen Feld, mit dem Blick auf die heckenbesetzten Wälle und vorgelagerten Astverhaue am Lüdischen Tor, waren die Urteile vollstreckt worden, die ein Kurfürstliches Gericht unter Doktor Heinrich Schultheiß, assistiert von Richter Mattenkloidt und einigen Ratsherren, am Vorabend im Rathaus über die beiden Frauen gefällt hatte. Man war ihnen tags zuvor in der Tortur so ausgiebig und so hart auf Haut und Gebein gefallen, hatte sie dermaßen traktiert und angegriffen, daß sie endlich all ihre Verbrechen eingestanden hatten.

Schon vor einigen Tagen waren vorsorglich die Eigentumsverhältnisse notariell überprüft und aufgezeichnet worden. Denn vom kargen Besitz der Frauen stand ein geringer Anteil –

und auch der nur aus Gnade des Doktors Schultheiß – den Hinterbliebenen, ein größerer dem Herzogtum, ein mittlerer den Richtern für ihre Mühewaltung zu, diesen jedoch pro Kopf mindestens vier bis fünf Taler. Größere Beträge waren erst zu erwarten, wenn die im Pulver- und im Padbergturm inhaftierten Hexen aus der Umgebung, darunter einige wohlhabende Bürgerfrauen, exekutiert wurden. Die Beschlagnahme ihres Vermögens war, so befand jeder an der Ausschüttung Beteiligte, eine geringe Entschädigung für geleistete Mühewaltung um Reinigung des Gemeinwesens und, insonderheit, auch für die Gefahr der Ansteckung, in die man sich, dienstlicherweise, durch den Umgang mit diesen teuflischen Weibern begab.

Unterdessen war der Schinderkarren vorgefahren, die Gehilfen des Scharfrichters Michael Berg kletterten auf die wackligen Holzstöße und lösten die Walburga Flinders, gewesene Hebamme zu Geseke, von dem schwarzgebrannten Pfahl, während gleich nebenan die sterblichen Überreste der alten Pavenstroth aufgesammelt werden mußten. Es war ein Geschäft, das die halbnackten Schergen ohne viel Aufhebens besorgten. Und auch wer von den Bürgermeistern, Ratsherren und Juristen, die sich jetzt zu einem Maitrunk ins Zelt des Doktors Schultheiß begaben, im Vorübergehen einen Blick auf diese Verrichtungen warf, fand nichts Erstaunliches oder gar Abscheuliches daran. Man war an öffentliche Exekutionen in den gesetzlich vorgeschriebenen Macharten gewohnt, und ob nun das Abhauen der Hände, das Zwicken mit glühenden Zangen oder die Auspeitschung bis aufs rohe Fleisch der eigentlichen Hinrichtung – dem Köpfen, Vierteilen, Rädern, Verbrennen – vorausging: Es waren nach Recht und Gesetz vollzogene obrigkeitliche Akte. Wie hätte man sich da entrüsten, sich auch nur gruseln mögen vor ein paar kreischenden Teufelsweibern, denen der Schwelbrand ohnedies bald Stimme und Atem benahm?!

So waren denn auch auf der Westenfeldmark, in gebührendem Abstand zur Obrigkeit allerdings, einige hundert Geseker

Bürger versammelt, dem vormittäglichen Schauspiel beizuwohnen: Männer, Frauen und Kinder. Die Kleinen nahm man gern zu derlei Spektakeln mit, war ihnen doch auf andere Art kaum anschaulicher darzutun, wohin unrechter Wandel führt. Auf diese Deutung des Geschehens kam es natürlich an – das wußten die Eltern, und das wußte auch Stadtpfarrer Bernard Rogener, der sich, während er im Zelt des Werler Staatsanwalts mit Richtern, Schöffen und städtischen Würdenträgern den Bierkrug schwenkte, im stillen bereits für die Sonntagspredigt in Sankt Petri präparierte. Er war von Herzen froh. Denn es war nun endlich einmal hart durchgegriffen worden nach so viel Geheimbündelei mit dem Gottseibeiuns, diesen abgöttischen Beschwörungen im mondlichtüberfluteten Hagedorn an der Velmeder Linde, nach all den stinkenden Sudeleien in unterirdischen Gewölben, wo diese Weiber aus Zaunrübe und Fliegenpilz, Bilsenkraut, Stechapfel, Tollkirsche und Schierling einen Absud zusammenschmierten, der sie befähigte, auf ihrem Tanzplatz vor Eringerfeld dem Satan abscheulich schönzutun. Man hat ja auch nicht vergessen, wie Heinrich Buschmann – einer der seltenen Satansbündler männlichen Geschlechts – sich unversehens in einen Wolf verändert, etliche Schafe geschlagen und schließlich seine eigenen und anderer Leute Kinder gerissen hat. Man erinnert sich, wie Bauer Tiling eine vorwitzige Krähe mit dem Kopf gegen einen Baumstumpf schlug – und wie ihm anderntags die Trine Iseken begegnete: mit zerschlagenem, geschwollenem Haupte. Wer's aber noch immer nicht wahrhaben wollte, was unsere liebe Stadt Geseke in jüngster Zeit an Heimsuchung hat erleiden müssen – und durch wen! –, der besinne sich doch, wie im letzten Herbst alle Waldpfade übersät waren mit Schleimpilzen, die man auch Hexenbutter nennt, weil sie nichts sind als die Ausleerung übersatter Hexen auf dem Heimweg vom nächtlichen Teufelssabbat.

So überdachte Pfarrer Rogener, was mit Zulassung Gottes dieser Stadt geschehen war. Und während er mit Behagen das hierorts selten gewordene lippische Bier kostete, das Doktor

Schultheiß aus seinen mitgeführten Fäßlein den geladenen Herren spendiert hatte, erinnerte er sich mit Schaudern an die letzte Nacht, da er in den Kerker hatte gehen müssen, die beiden Verurteilten zu Einkehr und Buße zu bewegen. Nichts war ihm gelungen! Kaum daß sie ihn gewähren ließen, als er sich bemühte, ihre Untaten der Reihe nach aufzuzählen, da sie schon selber nicht dazu bereit waren, wie's Beichtkindern doch wohl angestanden hätte. Die eine, Walburga Flinders, die Hebamme, hatte nur unentwegt geschluchzt – doch als der Pfarrer ihr den Kopf am Haar hochriß, hatte sie keine Träne im Gesicht, solch eine Teufelsjüngerin war das! Und die alte Pavenstroth gar schrie ihn an: Sie habe mit ihrem Herrgott Frieden gemacht und brauche ihn, den Pfaffenesel, nicht dazu. Mit »ihrem« Herrgott! Als stünde ihr wie einem Lutheraner eine eigene Pforte ins Himmelreich offen! Nun mag sie sehen, ob der Herr, dessen geweihten Priester sie verschmähte, ihr noch gnädig ist.

Doktor Heinrich Schultheiß, umdrängt von den Geseker Richtern, die wissen wollten, wie es nun weiter geplant sei und welche der Inhaftierten man als nächste aus den Türmen zur Aburteilung und Vollstreckung holen werde – geständig waren sie ja alle –, Doktor Schultheiß sah auf seine silberne, mit dem Arnsberger Wappen geschmückte Taschenuhr. Es ging auf zehn, und die Ringelsteiner Hexen, zu deren Begleitoffizier er den Herrn Bertram entsandt hatte, mußten bald eintreffen. Und der Romeßwinkel würde wohl auch einige Hexen aus Paderborn mit sich führen. Doch auch ohne die Neuankömmlinge war hier noch genug zu tun, und des Romeßwinkelschen Beistands bedurfte Schultheiß nicht, denn die Geseker Richter wie die Bürgerschaft fügten sich auch ohne Nachhilfe widerspruchslos der kurfürstlichen Autorität.

Hinter Salzkotten, wo schon mit sumpfigen Wiesen die Geseker Feldmark beginnt, saß der Käfigwagen im Morast fest. Doktor Johannes Romeßwinkel, der den traurigen Zug anführte, hatte die kleine, wegen ihrer aufmüpfigen Bauern berüchtigte Ortschaft Upsprung umgehen wollen, und da der knochendürre Gaul nicht von der Stelle wich, mühte sich Spee mit Konrad und Albertus, den zweiräderigen Karren aus dem Sumpfloch zu ziehen und zu stoßen. Leichter wär's ihnen geworden, hätte man die drei Frauen aus dem Käfig gelassen, aber Romeßwinkel untersagte es mit schriller Stimme, und während er sein über dem schwankenden Boden unruhig tänzelndes Pferd zügelte, ließ er die Reitgerte sausen. »Beeilt euch, Schlappschwänze ihr!«

Schließlich schafften es die jungen Burschen; Spee hatte aufgegeben, die ungewohnte Anstrengung hatte wieder die schmerzende Klammer um seinen Kopf gelegt – und die einzige, die ihm hätte helfen können, saß hinter Gittern, hautnah mit zwei anderen Frauen zusammen. Als Barbara bemerkte, wie er zur Seite trat und sich an die Stirn fuhr, hob sie die Hände und strich über ihre Brauen und von den Brauen hoch an die Schläfen und von dort über den Hinterkopf und wiederholte, ihn anschauend, die Bewegung, bis er begriff und es ihr nachtat, und schon sehr bald spürte er Linderung.

Und war tief beschämt. Da fuhr die Frau einem schrecklichen Sterben entgegen – und nicht allein, daß er ihr nicht helfen konnte: *Sie* war es nun, die ihm half.

Wie bitter hatte ihn Pelking enttäuscht mit der unwürdigen Ausflucht, sein Schutzversprechen habe nur für die Zeit gegolten, da Barbara in der Apotheke verborgen war – und nun, so hatte er ungerührt hinzugefügt, bleibe Spee nichts übrig, als ihr den Weg in die ewige Seligkeit zu bereiten!

Natürlich hatte er immer wieder mit ihr gesprochen während vieler Stunden auf dem traurigen Weg, obwohl Romeßwinkel maulte und sich auch einmal dick aufspielte. Aber Spee ließ es sich nicht nehmen, seiner Pflicht als Beichtvater nachzukommen. Barbaras Tapferkeit war unnatürlich; ihre Gefaßtheit mutete an, als habe sie einen dämpfenden Trank zu sich genommen. War es denn denkbar, daß eine Frau, die noch nicht einmal genesen war von den Verwüstungen der Tortur, einer Wiederholung so schrecklicher Qualen und sogar dem Flammentod derart gelassen entgegensah?

Es dauerte nicht lange, dann begriff Spee mit steigendem Entsetzen, daß es kein betäubender Trank war, der Barbara so zuversichtlich stimmte. Es war nichts anderes als ihr Vertrauen auf ihn; sie war, das sagte sie ihm lächelnd – und wieder fast so, als ob *sie* zu trösten hätte –, sie war überzeugt, war ihrer Sache ganz sicher: Pater Spee würde nicht nur sie, sondern auch alle anderen »Hexen« vor dem Feuer retten. Er war ein Engel Gottes – und ihres Amtes war es, sich um ihre beiden Mitgefangenen zu sorgen, ihnen zuzusprechen, damit auch sie erführen, was nicht zu bezweifeln war: Wo Pater Spee zugegen ist, kann kein Unrecht geschehen.

Sein Entsetzen über soviel ungerechtfertigtes Vertrauen wurde nur noch von seiner Beschämung übertroffen. In welch unwürdige Situation hatte er sich treiben lassen! Als Glaubenskommissar von Paderborn und Hildesheim hätte er über hunderttausend Seelen herrschen können – und nun stolperte er seit vier Stunden neben dem Käfigwagen dahin. Er hätte ein Pferd haben können; Lennep, plötzlich sehr besorgt um ihn, hatte es ihm angeboten, aber sollte es ihm besser ergehen als den jungen Leuten? So hatte er's abgelehnt in törichtem Stolz. Jedoch drei Meilen auf solchen Wegen, das brauchte seine sieben Stunden. Schon sehr erschöpft und wie mit gelähmter Zunge, zu keinem stärkenden Wort befähigt, murmelte er Gebete wie sinnlose Kinderreime, stotterte trockenen Mundes einen Allerweltstrost: Das Gericht wird eure Unschuld erkennen … Es gibt noch Gerechtigkeit … Ich selbst werde mich bemühen …

Da war es wieder! Ich, ich, immer nur ich … Wer hört denn auf mich? Wer bin ich denn? Ein Jesuit, der noch nicht einmal zu den letzten Gelübden zugelassen wurde. Ein Universitätslehrer, der mit neununddreißig Jahren noch nicht promoviert hat. Ein Sänger, der's mit der Nachtigall aufnehmen will – und auch nicht das bescheidenste Versbüchlein zustande bringt. Ein

Wissender, dessen Erkenntnisse Deutschlands stolze Rechtsfakultäten erzittern lassen könnten – und trottet doch nur wie stumpfsinnig neben einem Schinderkarren zur Brandstelle, ein paar Dutzend beschriebene Blätter im Wandersack. Und könnte doch längst ein Buch daraus geworden sein, das dem sinnlosen Morden ein Ende macht! »Ich selbst werde mich bemühen ...« Bin ich Herr über Leben und Tod? Kann ich Richter und Henker mit akademischen Reden betören? Wie sagte der Romeßwinkel, als ich mich heute früh bei ihm melden mußte, dienstbeflissen – bei ihm, den ich am Vortag noch einen Jungfrauenschänder und bestallten Mörder genannt hatte? Nun wollte ich's anders beginnen, wollte mit wohlüberlegter Beweisführung seine mörderische Mission als Folge einer weltweiten Verblendung entlarven ... »Sie können mich lecken!« sagte er, der noch halb besoffene Wicht – und da stand ich nun mit meiner Gelehrsamkeit! Und das gleiche, nur mit anderen Worten, werden mir die Richter sagen. Sofern ich's überhaupt wage, mit meiner Ansicht herauszurücken. Und wären sie nicht im Recht? Dies ist ein Kurfürstliches Gericht, das nach den unantastbaren Gesetzen Kaiser Karls verhandelt und sein Urteil spricht wie ein jedes Gericht in Deutschland seit über hundert Jahren. Und diese Deutschen sind ein braves, duldsames Volk, das sich von seiner Pein und Not befreien will. Wer aber strafte dieses fromme Volk mit solch vernichtenden Plagen? Gott? Wirklich? Er selber? Ist das zu denken? Er, der Allgütige? Wie hätt' es solches Leid um Ihn verdient? Wer aber war es dann, der dieses Volk mit Mißwuchs und Dürre schlug, mit Hunger, Krieg und Pestilenz? Wer anders als der Teufel? Der aber ist nicht wie Gott allmächtig, allgegenwärtig. Der braucht seine Helfer und Helfershelfer! So erwählt er sich Weiber aus diesem Volke, macht sie sich hörig, indem er Unzucht mit ihnen treibt. Verschwört sich mit Menschenweibern wider Gott und das Menschengeschlecht. Und daher kommt's! Der Satan ist schuld. Die Bräute Satans sind schuld. Die Hexen sind schuld.

Das ist ihre Beweisführung, so urteilt die Obrigkeit. Wen wundert's, wenn auch das Volk so denkt und sich des Schrekkens erwehrt? Nach Recht und Gesetz!

Der Karren ist wieder flott. Voran die breiten Pferdeärsche mit Romeßwinkel und zwei Bewaffneten. Dahinter der Käfigwagen; auf dem dürren Zugpferd hält sich mühsam der Rotaug im Sattel, auch er noch voll von der letzten Nacht. Hinter den Eisenstäben Barbara. Mit gesenktem Kopf spricht sie begütigend einem sabbernden Weiblein zu, das hat den Kopf in ihren Schoß gelegt, er wackelt mit dem Stuckern des Karrens. Manchmal richtet das Weiblein sich auf, sitzt steif gespannt, schlägt die Augen zum Himmel und jault wie ein Hündchen. Das ist die Ohnhorstsche, die, das weiß man schon lang, ist wirren, verängstigten Geistes, aber der Rotaug wußte es besser: Vom Teufel ist sie besessen. Auf den Knien, die Hände ums Eisen geklammert, hockt mit aufgerissenen Augen, die Haare wie Würmer um den grindigen Kopf, die Friddelsche, die aus dem Lippischen kommt und zum zweitenmal unerlaubt in der Stadt Paderborn angetroffen wurde. Diebische Landstörzerin, stand just am Schandpfahl, als der Rotaug des Weges kam, um sie als Zauberische zu erkennen. Nur diese drei bringt er mit aus Paderborn, und nimmt man's genau, ist's nur eine: Die Friddelsche kommt von außerhalb und die Hebamme auch, aus Hildesheim. So bleibt aus der Stadt nur die Ohnhorstsche, und die großkotzigen Jesuiter mit ihrer Liste haben den Herrn Romeßwinkel hinters Licht geführt. Das war Pater Turcks mutige Tat: Dreizehn Namen standen auf seiner Liste, doch als man ihre Trägerinnen dingfest machen wollte, waren sieben verstorben, drei schon lange verzogen, der elfte war ein Säugling, die zwölfte lag mit der roten Ruhr im Spital, da steckt sich keiner gern an, und die dreizehnte war die Schwester vom Dompropst, von der läßt man besser die Hände weg.

Die beiden Jungen, links und rechts vom Wagen: Konrad, mit wie witternd erhobenem Kopf, hält Ausschau nach allen Seiten, Gelegenheiten erkundend, Zufälle, Chancen. Der kalkuliert wohl alles, was ihm vor die Augen kommt, in seinen Fluchtplan ein, sei's Hindernis oder Helfer: den Rebhuhnfänger, der über den brachen Acker stiefelt, den Müllerknecht auf seinem Esel, wie er den seltsamen Zug begafft, gewiß auch die wühlenden Schweine auf den sumpfigen Koppelhuden. Flucht mit Barbara – nichts anderes, Spee kann sich's denken, hat der Junge im Sinn. Der gibt nicht auf, ist auch nicht wählerisch, wenn es ums Überleben geht. »Seht an, wie dieses Weib vom Türkenhund zernaget ...« Oh, du mein Herr und Gott! Es braucht nicht den Türken, um Märtyrer zu schaffen. Nicht in diesem meinem deutschen Vaterland. Vielleicht ist die Stunde schon sehr nahe, da ich um des Trostes und der Barmherzigkeit willen Gott versuchen muß.

Und da geht Albertus. Hat unter dem wirr fallenden Haar die Augen niedergeschlagen, schwerlich aus Demut. Der hat wohl selbst jetzt noch nur Kriechendes im Sinn. Bleibt stehen, bückt sich, stopft was Lebendiges ins Sacktuch, das er verknotet in der Rechten trägt, läuft mit seinen überlangen Beinen dem Wagen nach, könnte auch zurückbleiben, verschwinden; um den kümmert sich keiner, auch Konrad nicht, der rechnet wohl kaum auf Hilfe durch den vernagelten Kerl. Albertus tröstet die Barbara auf seine Weise, umspringt den Käfig wie ein Hündlein, läßt sie ins Sacktuch blicken, wo was Kriechendes sich herausbewegen will, und bringt's fertig, daß sie lächelt, die unglückliche Frau – sei's über das Getier oder eher über den jungen Wunderling.

Nun wird die Straße fester, unter alten Linden führt sie zur Geseker Landwehr, wo sich nach kurzer Prüfung durch die Wachen der erste Schlagbaum hebt. Durchs Osttor rattert der Karren, an wenigen, mißtrauisch blickenden Bürgern vorbei, auf dem uralten Hellweg und nordwärts dann über Steinweg und Bachstraße zum Rathausplatz. Nur ein paar Gassenjungen folgen ihm.

Die Stadt mutet an, als sei sie von Angst gelähmt, aber Romeßwinkel weiß es besser, weiß, wo ihre Bürger sind, weiß, was sich vor dem Lüdischen Tor zuträgt, wie seit Stunden schon, so auch in dieser Minute.

Romeßwinkel verhandelt auf der Rathaustreppe mit einem Herrn vom Amt, läßt seine Bewaffneten absitzen und den Käfig öffnen. Erst mußten sie die Ohnhorstsche mit Gewalt von Barbaras Schoß entfernen, dann torkelt die verwahrloste Friddelsche heraus, endlich die Hebamme, sie allein scheinbar ungezeichnet von Wahn und Entsetzen. Und als der Pater zu ihr tritt, weist sie auf die anderen und sagt: »Die haben's nötiger.«

»Wir sind jetzt am Ort des Gerichts«, sagt Spee. »Ich werde mich sofort bei Doktor Schultheiß melden. Ich bin überzeugt, daß er dich freilassen wird – dich und die anderen.« Er sagt längst du zu ihr, seit sie bei ihm gebeichtet hat.

Es bedrückt ihn, daß Barbara zustimmend nickt. Sie hat nicht den geringsten Zweifel an seinen Worten.

Dann werden die Frauen durch das um einige städtische Bedienstete verstärkte Begleitkommando abgeführt in den Padbergturm, wie Spee den Anweisungen des Schöffen entnimmt. Die Jungen trotten hinterher, sie wollen sehen, wohin man ihre Barbara verschleppt. Auch Albertus hat den Kopf erhoben. In den leicht vorquellenden Augen steht das helle Wasser. Der begreift wohl erst jetzt, was mit der Frau geschieht, der einzigen, die ihn nie verspottet hat.

Romeßwinkel tritt auf den Pater zu und legt ihm, schrecklich kumpanenhaft, die Hand auf die Schulter, spielt mit der anderen in seinem schütteren Ziegenbart, knurrt mit verlegenem Grinsen:

»Tut mir leid, Hochwürden, was ich heute früh zu Ihnen sagte. Ich krieg' diesen verdammten Paderborner Schnaps erst jetzt aus dem Schädel. Wir müssen zusammenhalten, wir zwei. Sind ja jetzt beide in seinen Diensten.« Er meint den Kommissar.

»Wo ist Doktor Schultheiß?« fragt Spee. Er ist froh, daß Romeßwinkel die Hand von seiner Schulter genommen hat. Der will ihn herabziehen zu sich, zu seinesgleichen, will Halbpart mit ihm machen bei seiner Mordbrennerei.

Der Schöffe zeigt mit dem Kinnbart nach Westen. »Im Dienst.« Er hebt bedeutungsvoll die Stimme: »Auf der Westenfeldmark. Ich zeige Ihnen Ihr Quartier, und dann machen wir uns auf den Weg. Muß nur erst nach meiner Frau sehen. Ich hole Sie ab. Habe den Eindruck, Sie werden dort« – der Bart weist die Richtung – »dringend gebraucht.«

Dann blickt er zum Himmel. Es steigt über den Dächern der Weststadt eine leicht zerzauste Rauchsäule auf und vermischt sich mit dem grauen Regengewölk.

Spee folgt seinem Blick. Aber er will nicht begreifen, was er sieht.

Die ehrbare Hausfrau Annegret, Ehegattin des Ratsschreibers und Kamerarius Wulbert Nolte, schätzte die Ehre hoch ein, dem gelehrten Pater aus Paderborn das Quartier bereiten zu dürfen. Derart ausgezeichnet, sah sie sich wiederum in ihrem rechtschaffenen Wandel bestätigt und gewürdigt – wie schon so oft in diesen Tagen, da sie an den nun ruchbar gewordenen Untaten jener Zauberweiber, an dieser Schande ihres Geschlechts, den eigenen Wert, die eigene Würde um so beglückender ermaß.

»Man war sein Lebtag um Sitte und Anstand bemüht«, sagte sie, das s sorgsam vom t trennend, denn sie stammte aus Bremen. »Unsereins darf wohl ein wenig stolz sein auf seine Tugend, in aller Demut, versteht sich. Und da hat man nun eine Nachbarin wie diese Hebamme Flinders, die einem alle elf Kinder geholt hat, und nur vier sind gestorben mit den Jahren, und war eine redliche Frau, so stellte sich das dar. Und doch wird sie eines Morgens abgeschleppt und ist eine Hexe. Da steht nun einer doch ganz bestürzt. Sie nicht auch, Hochwürden?«

Spee auch. Er sagte, während er sein behaglich eingerichtetes Zimmer besah: »Geben Sie acht, daß es Ihnen nicht so ergeht!«

Da setzte sich Frau Annegret Nolte auf das gemachte Bett und faltete die Hände. »Mir?« Ihre Lippen bebten. »Ja – halten Sie mich für eine Hexe, Hochwürden?«

»Eben nicht«, sagte Spee. »Deshalb sind Sie besonders verdächtig. Es kann durchaus sein, daß Sie morgen oder übermorgen abgeholt werden. – Haben Sie einen Schluck zu trinken?«

Er wußte nicht, weshalb er das arme Weib so erschreckte. Vielleicht, weil sie so pharisäisch dumm war, vielleicht deshalb. Oder einfach nur, weil ihm schon jetzt alles zuviel wurde. Weil ihn die seltsam menschenleere Stadt bedrückte, weil Romeßwinkel das Wort »Westenfeldmark« so eigentümlich betont hatte, weil Barbara so überzeugt war, daß er alles zum Guten wenden werde – er, dem nichts gelingen wollte!

Die Frau saß noch immer auf der Bettkante. »Aber ich bin doch keine Zauberische!« beteuerte sie. »Ich habe doch nie mit dem Teufel was Unanständiges ... habe nie mit ihm unter einer Decke gesteckt ... Also nie und nimmer, das schwör ich bei Gott und allen Heiligen!«

Spee legte den Finger an die Lippen. »Ich habe nicht gesagt, daß Sie eine Hexe sind. Ich habe gesagt, es wäre denkbar, daß man Sie abholt. Und ich sage Ihnen weiter, daß Sie dann wie jetzt alles ableugnen werden. Denn Sie sind ja unschuldig. Dann werden Sie gefoltert. Dann werden Sie gestehen. Dann werden Sie verurteilt. Und dann werden Sie verbrannt.« Und als die Frau ihn immer noch ohne Verständnis mit ihren wasserblauen Augen anglotzte, ging's mit ihm durch: »Wann werdet ihr törichten Weiber kapieren, daß ihr eines Tages allesamt Hexen sein werdet! Ihr alle, ohne Ausnahme! Wenn's dann aus Millionen Scheiterhaufen zum Himmel stinkt, mag der Herrgott sehen, wie Er ohne euch dieses Menschengeschlecht erhält. Aber wahrscheinlich« – das murmelte er nur – »liegt Ihm dann schon nichts mehr daran. – Kommen Sie!« Er griff der Frau unter die Achsel und stellte sie auf die Beine. »Verzeihen Sie mir bitte! Ich hatte nicht bedacht, daß Sie mich nicht verstehen können. Haben Sie keine Furcht, ich werde für Sie beten.«

Sie sah ihn kummervoll an und schüttelte den Kopf. »Ich bin des Herrn Ratsschreibers Wulbert Nolte rechtmäßig vor Gott und den Menschen angetraute Ehehausfrau. Ich gehe jeden Mittwoch zur Beichte bei Herrn Stadtpfarrer Rogener.« Sie hatte ihre Sicherheit wiedergewonnen und musterte ihn betulich wie eine besorgte Mutter. »Was trinken Sie denn?«

Spee bat um eine Tasse Kräutertee.

Als sie das Zimmer verlassen hatte, ließ er sich aufs Bett fallen. Im Erdgeschoß tobte ein Rudel Kinder. Er hatte nicht übertrieben; sie konnten schon morgen mutterlos sein.

Nur mit Mühe sammelte er sich zum Gebet. Er betete zu Gott um Stärke. Wenn er nicht erhört würde, wäre er dem, was sich auf jener Westenfeldmark abspielte, nicht gewachsen. Er brauchte Kraft. Die Kraft, das Unerträgliche zu bestehen.

»Als ich ihm den Tee brachte«, konnte Frau Annegret ihrem Mann am Abend dieses Tages berichten, »hatte er ganz und gar rote Augen. Ich war schon sehr bestürzt, muß ich sagen. Ein Priester, der weint?«

Philipp von Kronthal hatte mit seinem Reitertrupp und den Gefangenen die Stadt Geseke, wie ihm befohlen war, im Süden umgangen. Eine Viertelmeile vor der Umwallung erhob sich eine gemauerte Schanze, die, da mit kriegerischen Angriffen derzeit nicht gerechnet werden mußte, von der Wachmannschaft verlassen war. Philipp erlaubte den Gefangenen, sich hinter dem Vorwerk zu lagern. Er selbst ritt mit Giertchen, die das schreiende Kind beschwichtigte, über die aufwärts führende Rampe auf den Wehrgang. Von hier aus ließ sich das Gelände zwischen Galgenpatt und Seuchenlinde bis zu den Mauern der in einer sanften Mulde gelegenen Stadt überblicken. Auf den Wiesen der Westenfeldmark standen viele Menschen, sicher mehrere hundert. Sie wandten ihnen den Rücken zu und verfolgten reglos wie Puppen ein Schauspiel, dessen Bewandtnis sich durch zwei Qualmsäulen verriet, aus denen es schrie. So hatte Philipp nicht einmal zu Wolgast schreien hören.

Er und Giertchen rührten sich nicht im Sattel, erstarrt wie die Menge. Sie kniffen die Augen gegen die Blitze, die aus dem üppig quellenden, lilafarbenen Rauch schossen; man hatte die Holzstöße mit Pulversäckchen gespickt. Während die gräßlichen Schreie in Gurgeln und Röhren erstickten, wurde das Knistern und Aufbrechen der Scheite vernehmbar, und endlich, nach einem letzten unsäglichen Röcheln, löste sich der Bann, die reglose Masse zersplitterte in gestikulierende Gestalten, und es begann ein schwirrendes Geschwätz.

Giertchen warf einen scheuen Blick über die rückwärtige Mauer des Wehrgangs, hinab auf die gefangenen Frauen. Zu Tode erschöpft, waren sie ins Gras gesunken, aber schon richteten einige sich auf, sie schienen, von Unruhe gepackt, die Mauern nach Luken und Durchbrüchen abzusuchen, um mit eigenen Augen zu erkunden, woher die schrecklichen Schreie kamen. Es war keine Zeit zu verlieren.

»Der Brief«, sagte Giertchen, ohne Philipp anzusehen. »Du mußt den Brief öffnen!«

»Darf ich doch nicht! Er ist versiegelt«, sagte Philipp.

»Man hat dich betrogen! Hier wird nicht begnadigt, hier wird gerichtet. Willst du Henkersknecht sein? Du mußt den Brief öffnen!«

Er biß sich auf die Lippen, schüttelte den Kopf und ließ den Blick nicht von diesem Volksfest eigener Art. Er wollte vielleicht nicht wahrnehmen, daß Giertchen ihr Pferd noch dichter an das seine führte, daß ihre Hand in die Satteltasche griff und den Brief »An das Hohe Kurfürstliche Gericht zu Geseke« herauszog. Als er sich erlaubte, es zu bemerken, war Giertchen schon die Rampe hinunter. Sie riß ohne Sorgfalt das Schreiben auf, überflog es und ritt zu Philipp zurück.

Er nahm und las. Der Edelherr von Büren entbot dem Kurfürstlichen Kommissar seinen Gruß und führte ihm »zweiunddreißig zauberische Weiber« zu. Des Näheren erläuterte er:

»Es handelt sich durchweg um Teufelsbuhlinnen. Meine Richter versprachen ihnen die Freiheit, wenn sie gestehen würden, und sie taten es. Dieses Verfahren, das inzwischen von zahlreichen Autoritäten bestätigt und angewendet wird, ist, auch nach dem Dafürhalten der gelehrten Verfasser des ›Hexenhammers‹, der Herren Sprenger und Institoris, eine legitime Methode zur Erzielung von Geständnissen, wie Ihnen, hochverehrter Herr Doktor, wohlbekannt sein dürfte. Bedenkt man zudem, daß den Inculpatinnen durch dieses Verfahren die Folter weitgehend erspart bleibt, so darf die Prozedur bis zur nachfolgenden Hinrichtung als durchaus gnädig empfunden werden.«

Es folgte unter Hinweis auf frühere Vereinbarungen die Versicherung, daß man bürenerseits die Hälfte der anfallenden Kosten für Holz, Teer, Schergen und Scharfrichter übernehmen werde; für letzteren die Hälfte des Höchstsatzes von sechs kölnischen Reichstalern pro Verbrennung bei lebendigem Leibe, zuzüglich zwei Gulden kölnisch Reise- und Tagegeld, entsprechend dem Punkt 31 der Kurfürstlich-kölnischen Verordnung über den Scharfrichter-Tarif.

Die beträchtlichen Kosten für Gewahrsam und Hinrichtung, so schloß der Edelherr, seien es ja vor allem gewesen, die ihn bewogen hätten, die Exekution dem hohen Beamten aus dem Herzogtum Westfalen anzuvertrauen, wiewohl eigentlich das Hochstift Paderborn sie hätte übernehmen müssen, doch dessen Knauserigkeit sei ja bekannt.

Noch während Philipp die letzten Zeilen las, brach es hinter ihm los. Einigen Frauen war es gelungen, von den Wachen unbemerkt auf die Mauer des Vorwerks zu klettern, um selber zu sehen, was sich vor der Stadt tat. Da hub nun auch bald bei den anderen ein Wimmern und Schreien an, sie deuteten auf die Pfähle, die hinter dem verblassenden Qualm erkennbar wurden, sie schrien vor Entsetzen über die schwärzlichen Gebilde, die an den Pfählen hingen, und ohne recht zu wissen, welche schreckliche Wahrnehmung ihre Leidensgenossinnen so verstört hatte, warfen sich die am Lagerplatz Verbliebenen auf den Boden und wühlten mit den Händen, als wollten sie sich eingraben. Die Soldaten warteten keinen Befehl ab, sie sprangen von den Pferden und hieben mit dem flachen Degen auf die Verzweifelten ein.

Erst dadurch kam Philipp zur Besinnung. Er hatte eine Minute gebraucht, um zu begreifen, daß er nun wohl seinen Abschied nehmen mußte. Er wagte es nicht, Giertchen darzulegen, was sie mit dem Öffnen des Briefes angerichtet hatte. Nicht jetzt. Es war, als habe sie das Kommando übernommen. Aber sie stellte ihn nicht vor seinen Soldaten bloß. Sie sagte nur: »Du mußt etwas tun!«

Er stopfte den Brief in die Satteltasche, riß das Pferd herum und schrie die Soldaten an. Zu den Frauen sagte er, weithin vernehmbar: »Was da drüben geschieht, soll euch nicht ängstigen. Es sind schlimme Weiber gewesen, überführte Mörderinnen vermutlich, die man gerichtet hat. Ihr kommt frei! Es ist euch versprochen, und es wird gehalten.«

Er ließ die Soldaten aufsitzen und befahl Rückzug bis auf den Eichenhain, den sie auf dem Herweg zur Linken gelassen hatten. Er ritt neben Giertchen, suchte ihre Hand.

In dem Wäldchen ließen sie sich nieder. Philipp befahl, die Verpflegung auszuteilen und den Frauen die Ketten abzunehmen. Eine Korbflasche mit Branntwein ging reihum, auch die Frauen bekamen ihren Teil. Sie beruhigten sich.

»Am besten, du reitest zu Schultheiß und besprichst dich mit ihm«, sagte Giertchen. »Du hast Befehl bekommen, die Frauen zu übergeben, damit sie freigelassen werden. Von dem, was in dem Brief steht, brauchst du nichts zu wissen, darfst es gar nicht wissen. Wer also kann dich tadeln, wenn du dem mündlichen Befehl deines Hauptmanns nachkommst? Und sollte etwas anderes von dir verlangt werden, wer kann dich zwingen, etwas auszuführen, was diesem Befehl widerspricht?«

Ihre Logik war überzeugend, er hatte wieder Anlaß, sie zu bewundern. Aber was sollte er bei Schultheiß?

»Natürlich mußt du zu Schultheiß gehen! Was du hier gesehen hast – daß die Frauen verbrannt wurden –, beweist noch nicht, daß es unseren hier ähnlich ergehen soll. Und vom Inhalt des Briefes darfst du ja nichts wissen. Du mußt also, um vor deinen Vorgesetzten bestehen zu können, erst von Schultheiß Gewißheit bekommen, daß er unsere Frauen wirklich hinrichten will. Er muß es *ausgesprochen* haben. Erst wenn er das getan hat, kannst du dich auf den gegenteiligen Befehl deines Hauptmanns berufen.«

Es fiel Philipp nicht leicht, Giertchen und das Kind mit den Soldaten zurückzulassen. Sie zerstreute seine Bedenken. Er übergab das Kommando dem bewährten Unterwachtmeister Jürgens und machte sich auf den Weg zum Richtplatz.

Als Romeßwinkel nach einer Stunde noch nicht gekommen war, ihn abzuholen, hielt es Spee nicht länger im Haus. Von Frau Nolte erfuhr er, wo Doktor Schultheiß wohnte. Aber dort sagte man ihm, und er hatte es kaum anders erwartet, der Herr Kommissar weile noch immer dienstlich auf der Westenfeldmark. Der Hausknecht erbot sich, den Pater mit dem Wagen dorthin zu fahren, aber Spee zog es vor, zu Fuß zu gehen.

Der Ausbruch in der stillen Kammer, den er sich gleichsam »gewährt« hatte, war seiner Verfassung zuträglich gewesen. Der heilige Ignatius, dieser Menschenkenner, hatte seine Schüler gelehrt, Christi Passion in allen ihren Stationen nicht nur mit den Sinnen der Einbildungskraft nachzuerleben, sondern auch mit staunenden, teilnehmenden Ausrufen, mit Seufzern und Tränen zu begleiten. Und in seinen Exerzitienregeln schrieb er sogar vor, wann man zu staunen und wann zu seufzen habe. Derart ermuntert, mit ihren Gefühlen nicht zurückzuhalten, ja, sie zu jedem angemessenen Zeitpunkt *darzustellen*, waren diese Jünger Jesu allesamt vollendete Schauspieler geworden, was sie nicht allein durch ihre Vorliebe fürs Theater, sondern auch durch die Fähigkeit bewiesen, mittels perfekter Darstellung wiederum erst – und zwar durchaus echte! – Gefühle in sich zu erzeugen, sie gleichsam *abzurufen*, wenn nur ein würdiger Anlaß gegeben war.

Spees Tränen allerdings, wiewohl »gewährt«, waren aus seinem Herzen gekommen; da war nichts zu erzeugen, nichts darzustellen gewesen. Aber er hatte es nun fürs erste hinter sich gebracht, und das war wichtig. Denn ein weinender Pater wäre nicht nur für Frau Annegret beunruhigend, sondern für einen Mann wie Schultheiß kein ernstzunehmender Gegner gewesen.

Über die Zugbrücke, durch Schlagbaumpforten, Wälle hinauf und hinab passierte er ohne Beanstandung die Wachen, bemüht, alles, was sich auf freiem Felde seinen Blicken bot, lediglich nüchtern zu registrieren. Und das gelang ihm, mit großer Anstrengung. Wie mit dem Stichel in die Kupferplatte gruben sich diese Bilder seinem Gedächtnis ein: die schwarzen Pfähle mit halbverbrannten, herabbaumelnden Stricken, die zusammengefallenen, noch glimmenden Holzstöße – Schergen stießen mit Feuerhaken und Harken Fleisch- und Knochenreste hinein –, und nur wenige Schritte daneben stand schon die Nahrung des nächsten Brandes: drei ältere Frauen und ein blutjunges Mädchen, mit aschgrauen Gesichtern, in zersplissenen Kerkerhemden, die Hände auf den Rücken gebunden und bewacht von gesindelhaftem Kriegsvolk, das ihnen, wenn der Wachtmeister nicht hinsah, roh an die Brüste griff. Zwischendrein, wie spazierend, Herren mit Amtsmiene in schwarzen Röcken und blütenweißen Faltenkragen.

Es hatte mit der Zurichtung der Delinquentinnen seine Art nach Recht und Brauch gehabt: Sie hatten Butterbrote mit Fleisch bekommen und Wein aus hölzernen Bechern, wie man sie auch von hölzernen Tellern hatte essen lassen; die ließen sich verbrennen, so daß niemand sich später am Geschirr der Hexen anstecken konnte.

Nun war Pause im feurigen Vollzug; man wartete auf den Karren, der aus dem Schuppen neues Brennholz brachte.

Neugierig gemustert, von einigen höflich gegrüßt, näherte Spee sich dem in kölnischem Rotweiß gestreiften Zelt, vor dem zwei Wachtposten standen. Sie ließen ihn, nachdem sie ihn angemeldet hatten, eintreten, und dann sah er sich seinem neuen Dienstherrn gegenüber.

Doktor Schultheiß hatte gerade ein zweites Frühstück beendet; er trocknete die Hände am Tafeltuch, erhob sich und verabschiedete zwei Herren, die ihm Gesellschaft geleistet hatten: den Bürgermeister mit der goldenen Amtskette und den Richter Hermann Mattenkloidt. Der Kommissar leerte den Pokal, ehe er ihn einem der Diener in die Hand drückte, die nun das Tischtuch mitsamt Gedeck und Speiseresten zusammenrafften und sich aus dem Zelt entfernten.

»Sie sind also mein neuer Seelsorger«, sagte Doktor Schultheiß und ersuchte, Platz zu nehmen. »Ich bin sehr froh, daß Ihr Rektor, Pater Lennep, meiner Bitte entsprochen hat. Bis zu diesem Augenblick habe ich immer noch fürchten müssen, er werde mich im Stich lassen.«

»Hat Doktor Romeßwinkel Ihnen noch nichts aus Paderborn berichtet?« fragte Spee. Er schöpfte Hoffnung. Der Mann sah nicht übel aus: Gelehrtenkopf. Allerdings – was er in seinen »Instruktionen«, diesem in Juristenkreisen gerühmten Buch, von sich gegeben hatte, war hahnebüchen …

»Ist er denn schon zurück?« fragte Schultheiß. Es wunderte ihn, von Spee zu hören, daß Romeßwinkel mit dem Pater und drei gefangenen Weibern bereits am Vormittag in Geseke eingetroffen war.

Sie unterhielten sich über den Jesuitenorden, den Schultheiß zu schätzen schien, und wechselten mehrmals das Thema. Der Kommissar erwies sich als ein rundum gebildeter Mann. Seine Augen blickten matt, wie vom vielen Studieren ermüdet; zuweilen strich er sich mit Daumen und Zeigefinger über Lider und Nasenrücken.

»Zu diesen Gefangenen, die Ihr Vertreter mit sich geführt hat und die jetzt im Padbergturm einsitzen, hätte ich zu bemerken …«

»Darauf kommen wir noch«, unterbrach Schultheiß. »Mein Gott, wie unaufmerksam! Sie haben einen strapaziösen Marsch hinter sich – und ich sitze hier satt und voll des guten Weines.« Er rief nach der Ordonnanz. Spee wehrte ab, aber Schultheiß befahl dem Diener, Krug und Gläser zu bringen. Sie tranken einander zu.

»Wie alt sind Sie, Pater?« fragte Schultheiß.

»Vierzig«, sagte Spee.

»Ihr Lehrfach?«

»Moraltheologie.«

»Kennen Sie meine Arbeiten über das Hexenproblem?«

»Zum Teil.«

»Ihr Eindruck?«

»Sie sind – sehr ausführlich«, sagte Spee ausweichend.

»Können Sie sie – aus Ihrer Sicht – näher charakterisieren?«

Ich bin im Examen, dachte Spee. Ich könnte ihn dazu bringen, daß er mich als ungeeignet zurückschickt; ich brauchte nur zu sagen, was ich in Wahrheit denke. Aber die Wahrheit zu sagen, ist gefährlich – und, was hier mehr zählt: Sie ist unangemessen. Wenn er mich zurückschickt – wer hilft dann der Barbara und den anderen? Wollte ich nicht sogar *allen* helfen? Er sah die unglücklichen Frauen vor sich, die draußen auf ihre Verbrennung warteten. Ein Mädchen, kaum sechzehn …

»Sie gehen«, sagte er, »in Ihren Schlußfolgerungen, besonders in den Anweisungen für die Durchführung der Prozesse, noch erheblich über den ›Malleus Maleficarum‹ hinaus.«

»Der ›Hexenhammer‹ ist einhundertfünfzig Jahre alt«, sagte Schultheiß nachsichtig. »Ich mußte den Erfahrungsschatz von fünf Generationen verarbeiten.«

»Es sind – sehr deprimierende Erfahrungen.«

»Als Wissenschaftler darf man nicht werten; man hat die Tatsachen zu respektieren.« Der Kommissar legte die Fingerspitzen aneinander und drehte die Hände. »Als Jurist muß man sie, sofern sie dazu angetan sind, die menschliche Gesellschaft zu zerstören, klassifizieren und das Kriminalgesetz um die nötigen Paragraphen ergänzen. Ich meine den Begriff des Sonderverbrechens – crimen exceptum – und die daraus abzuleitende Sonderbehandlung. – Aber ich hoffe, Sie beschränken sich auf die Moraltheologie.«

»Das war meine Absicht«, sagte Spee. »Aber meine Oberen denken wohl anders über meine berufliche Zukunft. Man hätte mich sonst kaum zu Ihnen geschickt.«

»Nun, nun!« sagte Schultheiß. »Sie werden Erfahrungen sammeln. Das kann nicht schaden. Die Praxis! Hier wird zwar nicht Theologie getrieben, wohl aber moralisch gehandelt. Und dies mit jener letzten Konsequenz, die uns Menschen eben noch erlaubt ist. Ein noch höheres Maß an Bestrafung steht allein bei Gott. – Sie wissen, daß unser alter Hexenbeichtiger gestorben ist?«

»Sein Herz war den Belastungen dieses Amtes nicht gewachsen, hörte ich.«

Schultheiß lachte. »So?« Und immer noch lachend: »Man könnte auch sagen, er hat sich totgesoffen. Blicken Sie nicht so bestürzt, Hochwürden. Allerdings: Die Arbeit, die hier geleistet werden muß, ist kein Hallelujasingen. Sie erfordert Männer, die stark im Glauben sind und harte Herzen haben. Unser alter Bruder Roderich war nicht nur weichherzig und lässig im Glauben – er war auch ein Rebell von jener Art, die seit Jahrhunderten bewährte Gesetze nicht mehr gelten läßt. Stellen Sie sich vor« – er beugte sich über den Tisch und senkte die Stimme, als habe er selber Repressalien zu befürchten – »dieser Mönch, ein Benediktiner, es ist eine Schande, äußerte Zweifel an unserer Justiz! Er behauptete, manche der von mir verurteilten Hexen seien unschuldig! Mit anderen Worten: Sie seien gar keine Hexen gewesen. Als ob ich Unschuldige ins Feuer schickte!« Er schnalzte empört mit der Zunge.

Spee hatte einen Verdacht: War Schultheiß vor ihm gewarnt worden? Hatte er Romeßwinkel wirklich noch nicht gesprochen? Auf jeden Fall wußte Spee jetzt, was er zu erwarten hätte, wollte er Zweifel äußern. Dennoch sah er eine Chance, zumindest für die Frauen von Paderborn. Denn sie waren ja noch nicht verurteilt, schon gar nicht von Schultheiß.

»Dieses Amt – Sie merken es – ist gefährlich«, fuhr der Kommissar fort. »Im geistlichen Sinne. Und auch sonst. Sie wissen, was ich meine? Wollen Sie es übernehmen?«

»Ich wurde nicht gefragt«, erwiderte Spee.

»Deshalb frage ich Sie jetzt.«

»Der Orden hat es mir befohlen.«

»Sie haben einen freien Willen, so lehrt es die Kirche. Sie hätten ablehnen können.«

»Mein Entschluß, Jesuit zu werden, war eine freie Willensentscheidung. Sie bedeutet, daß ich mich verpflichtet habe, gehorsam zu sein, also meinen freien Willen hintanzustellen.«

»Das gilt nicht nur für den Ordensmann. Es ist auch die Erklärung dafür, daß *ich* in meinem Amt ausharre. Denn ich bin meinem Landesherrn Gehorsam schuldig.«

»Sie sind nicht aus freiem Willen Hexenkommissar geworden?«

»Wo denken Sie hin! Glauben Sie, das sei ein Vergnügen für mich? Ich wurde Jurist aus freien Stücken, das wohl! Aber Kommissar? Ein so blutiges Amt? Abend für Abend, eh es zum Angelus läutet, grüble ich über den verflossenen Gerichtstag nach. Überdenke jeden einzelnen Fall. Lasse die Gerichteten vor meinem geistigen Auge vorüberziehen. Gehe sogar so weit, wie es der Henker tut, ehe er seines Amtes waltet: Ich bitte meine Opfer um Vergebung. Postum. Eine menschliche Schwäche, wenn Sie so wollen …«

»Das Gewissen – wäre eine Schwäche?«

Dieser Mann, so schien es Spee, war guten Glaubens. Kein Einzelfall. Sie waren fast alle guten Glaubens – das mußte er in seiner Schrift an geeigneter Stelle hervorheben. Es gab gewissenlose Wüstlinge wie diesen Romeßwinkel, es gab von ihren eigenen Ängsten und Unvollkommenheiten Gejagte wie jenen Kommissar Glimbach in Köln. Und es gab solche frommen, guten Männer wie diesen Schultheiß. Was soll man mit ihnen anfangen, da sie doch nur das Allerbeste wollen? Wenn sie wüßten, wie sehr all diese Prozesse von Bosheit und Dummheit, nicht zuletzt von ihrer eigenen Dummheit, beherrscht werden, so würden sie das Unkraut getrost neben dem Weizen wachsen lassen und die Lese einem Höheren anheimstellen, wie denn auch Christus gesagt hat: »Lasset beides zusammen wachsen bis zur Ernte!« Denn man soll es den Engeln überlassen, das Verborgene zu erkennen, das Unkraut vom Weizen zu scheiden und es in den Feuerofen zu werfen. Aber soviel sehe ich jetzt: Ein Mann wie dieser Schultheiß ist zu rechtschaffen und zu einfältig, um das einsehen zu können. Er ist vor lauter Gelehrsamkeit töricht geworden.

»Natürlich ist das Gewissen keine Schwäche!« hatte Schultheiß inzwischen festgestellt. »Im Gegenteil: Es ist der Ausweis der rechtgläubigen Christen. Aber es gibt genug Kollegen, die keine Skrupel haben. Sie kassieren ohne Gewissenserforschung den ihnen gesetzlich zustehenden Anteil am Vermögen der Verurteilten und lassen Asche bei Asche. – Ja, was ist denn?«

Ein Soldat war ins Zelt getreten. »Eine Nachricht für Euer Wohlgeboren!«

Schultheiß winkte ärgerlich ab und führte seine Rede zu Ende: »Ich weiß um den Segen der Gewissenserforschung! Ich wäre kein schlechter Jesuit geworden. – Was gibt's?«

»Der Herr Hauptmann meldet, daß man das Kommando mit den Ringelsteiner Hexen gesichtet hat.«

»Na und? Es wird höchste Zeit, daß sie kommen.«

»Der Herr Hauptmann meldet, man habe sie beim lüdischen Vorwerk gesichtet, aber wieder aus den Augen verloren.«

»Ja, was soll denn das heißen! Aus den Augen verloren? Sind wir im Wald – oder auf hoher See? Also was?«

Man habe die Soldaten mit den Hexen südlich der Seuchenlinde gesehen, aber dann hätten sie sich wieder zurückgezogen, und nun wisse man nicht, wohin, erklärte der Soldat.

Schultheiß erwog, ihnen ein paar Reiter entgegenzuschicken, doch dann verzichtete er; er hatte ohnedies zu wenig Wachen für die Gefangenen.

»Sie machen sich von der Dummheit meiner Leute keine Vorstellung«, seufzte er entschuldigend. »Sogar die Richter, die ich hier vorfinde ... Im Vertrauen: Dieser Mattenkloidt ist ein armseliger Ignorant. Aber eben um solch tölpelhaften Richtern beizubringen, was rechtens ist, da sie's schon selber nicht wissen – dazu hat unser Kurfürst das Amt der Kommissare geschaffen.«

Er wurde abermals gestört. Diesmal gab es ein Geschrei vor dem Zelt, und offenbar ohne daß es die Wachen hatten verhindern können, erschien ein aufgeregtes Weib vor dem Kommissar: Annegret Nolte, Spees Zimmerwirtin.

Zunächst beschwerte sie sich, daß man sie gezwungen habe, »um Haaresbreite« an den zauberischen Weibern vorbeizugehen – ja, ob es denn keinen anderen Weg zum Zelt gebe als in der Nähe solcher Verurteilter, denen die Verderbtheit ins Gesicht geschrieben sei, so daß ein ehrliches Weib in die Gefahr der Ansteckung gerate, aber das sei es nicht, weshalb sie komme, sie wolle nicht über ihr Kommen, sondern über den Grund ihres Kommens berichten, und was sich in dem Hause, wo der Herr Romeßwinkel mit seiner Ehefrau wohne, abspiele, sei allen Jammers wert, und sie habe es sich nicht nehmen lassen, nunmehr beim Herrn Hexenkommissar selber um Hilfe einzukommen, denn nur er kraft seiner Ämter und Würden sei befähigt, die alte Flinders freizugeben, vorübergehend, versteht sich, denn wer sonst vermöge der armen Frau Theresa Romeßwinkel zu helfen, die sich in unfruchtbaren Wehen winde, und viele Frauen aus Geseke, die schon geboren hätten, umstünden ihr Lager, zu schweigen vom ratlosen Gatten, doch keiner geläng's, das Kind aus dem Leibe zu holen, das liege so falsch und verquer, als sei's mit der Forke gewendet.

»Ja, liebe Frau«, sagte Schultheiß, sichtlich verlegen, »da ist guter Rat teuer. Ich würde Euch ja gern helfen und natürlich besonders meinem Schöffen und seiner liebwerten Ehehausfrau. Wenn ich Euch recht verstanden habe, verlangt Ihr nach der Walburga Flinders, weil sie eine Hebamme ist. Aber, wenn man's genau betrachtet, *war* sie das, denn die haben wir heute morgen als erste verbrannt. Ruft eine andere!«

»Es gibt keine mehr in Geseke und auch in Störmede nicht«, klagte Frau Nolte, nicht sonderlich überrascht von dem, was sie eben erfahren hatte. »Die Liese Andernach, die wir noch hatten, ist aus der Stadt geflohen, als Ihr die Flinders verhaftet habt. Sie fürchtete wohl, sie werde die nächste sein.«

Spee begriff, was hier geschah, als Fügung Gottes. Er überlegte keinen Augenblick – erst hinterher sollten ihm einige

Bedenken kommen. So sagte er Schultheiß, was hier zu sagen war, und er hatte die Genugtuung, daß der Mann auf ihn hörte.

Als er mit dem Kommissar vor das Zelt trat, waren die Holzstöße bereits für den nächsten Brand präpariert, und die vier Frauen wurden, da die Pfähle schon brüchig geworden waren, auf Leitern gebunden, um dem Feuer übergeben zu werden.

»Nun sind Sie an der Reihe«, sagte Schultheiß. »Ich lasse inzwischen Ihre Hebammenhexe aus dem Kerker holen.«

Kaum hatte er diesen Befehl weitergegeben, wurde er wieder ins Zelt gerufen. Vor der Absperrung, hieß es, warte ein Offizier aus Büren; er wünsche den Kommissar wegen der Ringelsteiner Hexen zu sprechen.

Spee beugte sich über die erste der auf die Leitern gebundenen Frauen und erteilte ihr die Absolution.

Barbara fand die Frau Romeßwinkel in Angst und Verzweiflung. Doktor Maternus, Arzt aus Störmede, hatte mit allzu lauter Stimme eine bereits eingetretene Fäulnis des Kindes diagnostiziert. Die Mutterscheide, befand er, sei angeschwollen, trocken und heiß, man müsse zur Ader lassen, um einer Entzündung vorzubeugen. Auch sei ein Klystier aus Fleischsuppe, Öl und Honig zu empfehlen, am besten gewürzt mit zwei Gran Bibergeil. Sodann bleibe nichts anderes mehr zu besorgen als, nach ausgiebigem Einschmalzen der Geburtsteile, das »stückweise Herausholen der Frucht«, um das Leben der Mutter zu retten.

Da kam er aber bei Romeßwinkel, der doch Vater werden wollte, schlecht an! Der ziegenbärtige Schöffe, auch er ein Studierter, wiewohl in weiblicher Anatomie nur als Autodidakt bewandert, wies den Geburtshelfer kurzerhand aus dem Hause, nachdem er erfahren hatte, daß ihm von anderer Seite, aus dem Kerker nämlich, Hilfe kommen würde.

Allein gelassen mit den schwatzenden Frauen am Bett der armen Theresa, die in der Tat gottserbärmlich aussah, führte Romeßwinkel sich nun höchst äffisch auf – so meinten die einen, während Frau Nolte sein Verhalten »fein und verständig« fand, mit einem Wort rührend. Der Schöffe konnte sich seinem Vaterstolz und Vaterkummer in Geseke, wo keiner wußte, wie übel er mit seinem Weib in all den Jahren umgesprungen war, ganz unbefangen hingeben. Er wünschte sich so sehr einen kleinen Romeßwinkel, und wenn es ihm gelegentlich einfiel nachzusinnen, wann und wie er wohl den Keimling gesetzt haben mochte, und sich dann durchaus nicht an Tag und Stunde erinnern konnte, beschied er aufkommende böse Verdächte mit dem Trost, er müsse, wie so oft, eben auch bei jener Verrichtung betrunken gewesen sein, so daß er sich an nichts mehr erinnern könne. Dies, was da kommen wollte und nicht kam, was sein schönes Weib so jammervoll entstellte, was es in schweren Wehen fast von der Bettstatt schleuderte und ihr den kalten Schweiß aus allen Poren trieb: Dies sollte, so hatte es Romeßwinkel mit seinem Herrgott ausgehandelt, sein Sohn Hieronymus werden. Der aber streckte sein winziges Haupt nicht aus der mütterlichen Höhle, vermochte es trotz heftigen Umtriebs nicht, denn er lag mit dem Steiß zum Muttermund. Eine zeitige Wendung hatte man verabsäumt, weil Gesekes derzeit einzige Hebamme in den Zustand der Asche versetzt worden war.

Nun aber kam Frau Barbara aus Paderborn, auch eine Hexe, wie man hörte, als solche vieler Künste kundig und insofern als Hebamme zumindest ebenso tüchtig wie andere, die der Satan noch keine bösen Wissenschaften gelehrt hatte. So wich man wohl scheu zurück, als sie eintraf, von einem verlegen grinsenden Soldaten ins Wöchnerinnenzimmer geleitet, aus dem er sich, erschrocken vor so viel Weiberdunst, schleunigst wieder entfernte. Man wich zurück, folgte aber wie dienstbeflissen ihren knappen Weisungen. Mit Essig getränkte Bäusche, einen Eichenschwamm und eine Tasse Eibischtee verlangte sie sogleich, auch Butter, Öl, warme Milch und ein Fläschchen Hirschhorngeist. Ein Zuber mit heißem Wasser war schon gerichtet, aber die Schlinge fehlte. Eine Frau, die sich im Haushalt der judizierten Flinders auskannte, eilte sofort in die Düstere Gasse, das wichtige Instrument herbeizuschaffen.

In der Zwischenzeit machte sich Barbara daran, die Lage des Kindes festzustellen. Sie ließ sich von der betrüblichen Diagnose des Arztes nicht beirren, fettete die Hand mit Butter und führte sie in die Gebärmutter ein, wobei sie erheblichen Widerstand verspürte, da das Wasser schon abgeflossen und die Federkraft der Gebärmutter so außerordentlich war, daß Barbara Mühe hatte, die Hand zur Seite des Kindes einzuschieben. Dennoch gelang es ihr, die Lage zu erfühlen – sie fand einen Fuß, den sie an seiner Ferse leicht von einem Händchen zu unterscheiden wußte, umfaßte ihn und zog ihn, wobei sie, um das Bein nicht zu brechen, behutsam das winzige Knie gegen den Bauch des Kindes beugte, bis in die Beckenhöhle. Doch gerade in diesem kritischen Augenblick schrie Frau Annegret Nolte: »Die Taufe! Ihr müßt es mit Bedingnis taufen!«

Tief aufatmend zog Barbara die Hand aus der Scheide. Daran hatte sie nicht gedacht – das war ihr noch nie unterlaufen. Und sie war doch wie jede Hebamme darauf eingeschworen worden, vor einer schwierigen Geburt dem Kindlein im Mutterleibe aus Not und Vorsicht das heilige Sakrament der Taufe zu spenden. Sie begriff sofort, daß dieses Versäumnis bei dem kurzen Prozeß, den man mit ihr machen würde, als weiteres Indiz für ein Bündnis mit dem Teufel geltend gemacht werden konnte.

Man hatte aber kein geweihtes Wasser zur Hand. So erbot sich eine Nachbarin, aus der Kirche des heiligen Cyriakus welches zu holen; im Hinausgehen stieß sie fast mit jener anderen zusammen, die, keuchend vor Hast, die Schlinge brachte und gleich noch ein paar Salbtiegel dazu, man konnte ja nie wissen.

Barbara wollte sofort mit der Schlinge hantieren, aber die Frauen verboten ihr das; es bestand, so meinten sie, die Gefahr, daß das Kind dennoch in Stücken abging, und dann wäre es ungetauft dahingefahren. Man mußte also warten, bis das heilige Wasser eintraf, und legte die zinnerne Taufspritze schon immer bereit.

In seiner Ecke, ein bebendes Bündel, hockte Romeßwinkel. Er richtete kein tröstendes Wort an seine Frau, die schon kaum mehr bei Bewußtsein war, weshalb ihr Barbara eine Essenz aus Wasser und Hirschhorngeist zwischen die Lippen träufelte und mit der anderen Hand besorgt den immer schwächer werdenden Puls fühlte. Nur an den Sohn dachte Romeßwinkel. »Hieronymus soll er heißen«, flüsterte er. Und: »Wenn er nur erst aus seinem Gehäuse käm' …« Und weil ihm das wie ein Witz erschien, geriet er in ein schütterndes, glucksendes Lachen, das ihm befremdete Blicke eintrug, aber man hütete sich, ihn zu tadeln, denn er war des Hohen Kommissars Gehilfe, und zuweilen, in ihren Träumen, wenn auch, bei Gott, nur geringfügig, hatte sich jede dieser Frauen schon einmal als Hexe gefühlt.

Endlich erschien das Weib mit dem geweihten Wasser. Barbara entnahm ihm eine Handvoll mit der Taufspritze und führte diese in die Scheide ein, wobei sie den Text der Nottaufe sprach: »Ich taufe dich im Namen des Vaters und des Sohnes und des Heiligen Geistes.«

»Aber sie ist doch eine Hexe! Wie kann eine Hexe ein Kind taufen!« hörte sie murmeln. Auch Romeßwinkel hörte es. Da erhob er sich zum Entsetzen aller, denn er sah gar nicht mehr hilflos und ängstlich aus, sondern mannhaft und grimmig, und sagte mit fester Stimme: »So wahr ich kurfürstlicher Schöffe bin: Wenn dieses Weib meinen Sohn lebendig aus der Mutterhöhle holt, soll es frei und aller Schuld ledig sein und mag sich wenden, wohin es ihm beliebt!«

Er setzte sich und verfiel bald wieder in seine bebende Angst.

Jetzt endlich konnte Barbara beginnen. Sie nahm die aus roter Seide gestrickte Schlinge, führte sie langsam in die Gebärmutter ein bis zu dem herabgezogenen Füßchen, schob die Schlinge über den Knöchel, hielt mit dem Mittelfinger den Vorderfuß und zog nun von außen die Schlinge fest zu. Und während sie den angeschlungenen Fuß vorsichtig in die Mutterscheide zog, schob sie gleichzeitig mit gemäßigter Kraft und äußerster Behutsamkeit den Kopf des Kindes zurück, sorgsamst darauf bedacht, die Gebärmutter nicht von der Mutterscheide abzureißen, was den Tod der Mutter wie des Kindes hätte bedeuten müssen.

Nach einiger guter Mithilfe der wieder zu vollem Bewußtsein erwachten Frau Theresa gelang es Barbara, das Mittelfleisch vollständig zu dehnen und die unzureichend gelagerte Frucht herauszuheben, indem sie ihren Zeigefinger in den Kindesmund einhakte und den Kopf herauszog. Hieronymus Romeßwinkel erblickte, während kräftige Klapse auf sein winziges Gesäß ihn unbändig brüllen ließen, das Licht der Welt.

Die Unterhaltung, die Philipp von Kronthal mit Doktor Schultheiß im Zelt des Kommissars führte, setzte ihren Stimmbändern zu. Zeitweise war das Gejammer der Frauen, die man, jede auf eine Leiter gebunden, in die noch nicht zu voller Flamme gediehene Glut geworfen hatte, so unerträglich laut, daß Richter und Leutnant sich anschreien mußten, um einer den anderen zu verstehen. Freilich: Was sich da draußen nach ehrwürdig schauerlichem Brauch vollzog, war für Philipp ohnedies Grund genug, vor dem selbstgefälligen Herrn in der Richterrobe lauthals seinen Standpunkt zu vertreten. Auf dem Weg zum Zelt war er Zeuge der letzten Zurichtungen geworden, hatte auch einen Geistlichen gesehen, der sich im Knien über eine Gefesselte beugte, hatte in die gutmütig stumpfen Gesichter der Henkersknechte geblickt, für die das jammervolle Aufbegehren der Verurteilten ganz selbstverständlich zum hundertfach geübten Zeremoniell einer Exekution gehörte. Und so gewiß es für Philipp war, daß er diesen Weibern nicht mehr helfen konnte, so entschlossen war er, jene, die *ihm* anvertraut waren, nicht in diese Hölle zu schicken.

So war er dem Kommissar gleich mit der Mitteilung gekommen, er habe sich zu Geseke eingefunden, um zweiunddreißig Frauen und Mädchen aus der Festung Ringelstein dem Kurfürstlichen Fiskaladvokaten zwecks sofortiger Freilassung zu überliefern. Schultheiß hatte nachsichtig den Kopf geschüttelt und mit der Zunge geschnalzt – was schwätzte der kleine Leutnant da? Ob er denn kein Schreiben des Edelherrn zu überbringen habe? Nein, sagte Philipp, ein Schreiben habe er nicht (und besaß es ja in der Tat nicht mehr, das ließ sich behaupten, wozu war er Jesuitenschüler?), wohl aber folge er seiner Order. Und die besage, daß er die vorgeblichen Hexen zwar abzuliefern habe, jedoch zwecks Freilassung und zu nichts anderem. Schultheiß wurde patzig, er pflegte mit Obristen, allenfalls mit Hauptleuten zu verhandeln, was mutete man ihm zu, was erlaubte sich dieses Milchgesicht! »Sie werden Ihre Weiber sogleich hier abliefern!« schrie er. »Und dann scheren Sie sich nach Büren zurück! Ich werde mich bei Ihrem Kommandeur beschweren!« Der letzte Teil des Satzes tönte überlaut in die Stille. Die drei Frauen und das junge Mädchen hatten wohl ausgelitten.

Philipp stand mit halbgeschlossenen Lidern und sah nur eine vor sich: Katharina. Sah sich im nächtlichen Köln, von betrunkenen Kumpanen begleitet, den Domplatz anpirschen, sah das Tor des Hachtkerkers aufspringen, sah in ohnmächtiger Wut, wie sie, die scheu Verehrte, die heimlich Geliebte, von den Schergen herausgeführt wurde, und dann stürmte er mit den Seinen brüllend gegen Schwerter und Hellebarden an, jagte, kläglich in die Flucht geschlagen, die Stadtmauer entlang, kaperte ein Boot, trieb rheinabwärts, während die pfeifenden Kugeln vor ihm, hinter ihm ins Wasser schlugen, trieb hinaus in die Nacht, in eine unbekannte, fragwürdige Existenz. Er hatte Katharina nicht retten können. Die »Hexe« wurde verbrannt.

Und nun sollte er zweiunddreißig Frauen, die – er war überzeugt – so unschuldig waren wie die Kölner Postmeisterin, in die Flammen schicken? Sollte selber Scherge sein?

Er nahm sich zusammen. Er war nicht mehr achtzehn. Es empfahl sich, nicht zu widersprechen. Schultheiß hatte gedroht, ihn bei seinen Vorgesetzten anzuschwärzen; der Mann rechnete wohl damit, daß vor einer solchen Gefahr auch dem tapfersten Haudegen das Herz in die Hose fällt. Also verhielt Philipp sich, wie es von ihm erwartet wurde: »Wenn es auf Ihre Verantwortung geschieht, Herr Kommissar, bin ich bereit, die Frauen auszuliefern ...«

Aber da war sein Entschluß schon gefaßt.

Schultheiß lächelte. »Dachte mir, daß Sie vernünftig sind. Liefern Sie die Hexen ab, und unsere kleine Meinungsverschiedenheit soll vergessen sein.«

Ein Diener riß die Plane vom Zelteingang zurück. Philipp trat hinaus, wandte sich um; Schultheiß folgte ihm nicht. Draußen qualmte es. Ein unerträglicher Gestank nach Holzkohlenfeuer, verbranntem Tuch und süßlichem Bratendunst verschlug ihm den Atem. Er wollte sich zwingen, nicht nach den Scheiterhaufen zu sehen. Aber die Augen ließen sich nicht kommandieren. Verqueres, Gebäumtes, schwarz Verbrutzeltes lag da herum. Gliedmaßenhaftes, umspielt von bläulichen Flämmchen. Im Grunde nichts Neues, er war ja Soldat; in Wolgast hatte, was Mensch gewesen war, am Ende kaum anders ausgesehen.

Und dann kam ihm dieser totenbleiche Pater entgegen – du gütiger Himmel, was war der alt und grau geworden!

»Pater Spee!«

Sie fielen sich in die Arme, legten Wange an Wange, traten zurück, packten sich an den Schultern, sahen sich in die Augen. Es war eine Begegnung, auf die hier in Geseke keiner vorbereitet war, und doch kam sie beiden nicht ganz überraschend. In Paderborn, so hatte Philipp sich's immer vorgestellt, würden sie einander wiedersehen. Nun trug sich's hier zu, im ekligen Dunst einer Untat, gegen deren unentwegte, länderweit praktizierte Wiederholung sie beide aufbegehrt hatten, jeder auf seine Weise. Beide hilflos, erfolglos. Aber nun würde es anders werden. Philipp glaubte zu wissen, weshalb Spee nach Geseke gekommen war. Die »Cautio Criminalis« war fertiggeschrieben, vielleicht schon gedruckt – und Spee hatte dem Kommissar seine Schrift übergeben! Hatte zwar den schrecklichen Brand nicht mehr verhindern können, natürlich, das setzte ihm zu, mein Gott, wie sah der

Mann nur aus! – aber es würde, im Kurkölnischen zumindest, der letzte Brand gewesen sein. Schon dieses eine Kapitel, das Philipp gelesen hatte, war so überzeugend, daß für keinen, der Vernunft besaß, noch Zweifel oder Widerspruch denkbar war.

Sie suchten sich unauffällig aus der Umgebung der Richtstätte zu entfernen. Die Schergen und Hilfsarbeiter räumten die Holzstöße ab, warfen die glimmenden Überreste auf einen Karren, um sie in die Westernschledde zu versenken. In Kürze würde der Schauplatz für den nächsten Brand präpariert sein.

Spee und Philipp wechselten noch kaum ein Wort; erst als sie sich in der Menge der Zuschauer, die befriedigt zum Mittagsmahl in die Stadt aufbrachen, unbeobachtet fühlten, schilderte einer dem anderen die Situation, in der er sich befand: Philipp in Eile, mit hastig hingeworfenen Worten; er mußte ja zu Giertchen zurück, zu seinen Reitern, die womöglich schon Anstalten trafen, die Frauen gegen seinen Befehl dem Kommissar auszuliefern.

Spees Nerven bebten, seine Stimme hatte keinen Halt. Zum erstenmal in seinem Leben war er Zeuge einer Exekution geworden, hatte – anders als damals bei Katharina, deren Hinrichtung beizuwohnen er sich nicht hatte zumuten wollen – mit einer ihm selbst unheimlichen, geradezu wissenschaftlich engagierten Neugier jede Phase des qualvollen Verbrennens registriert, war also, wie schon auf dem Weg zur Richtstätte, bemüht geblieben, jede Emotion als unzulässig, zumindest unzweckmäßig auszuschalten. Wie anders sollte er diesen Schrecken, der Tage, vielleicht Wochen währen würde, bestehen? Woher sollte er, wenn Mitleid und Grauen ihn übermannt hatten, noch die Kraft nehmen, zitternde, Gott und die Schöpfung verfluchende Frauen zu beschwichtigen, ihnen den Glauben an Gottes Gerechtigkeit wiederzugeben, ihnen die Wonnen der ewigen Glückseligkeit zu verheißen?

Es war ihm nur bei einer der Verurteilten gelungen; nur das junge Mädchen schied versöhnt mit Gott. Die Frauen jedoch hatten unter Tränen und Flüchen nur immer ihre Unschuld beteuert, und eine hatte sich, noch auf dem Holzstoß brüllend, dem Satan verschrieben, da man sie schon als Satansbraut umbringen wollte. Es war zuviel für diesen sanften Mann. Sein »Neugierpanzer« war bald zerbrochen. Die Tränen liefen ihm über die Wangen, unaufhörlich.

Anders war Philipp gerüstet für diese Welt des Wahns: Bestürzt erkannte er, in welcher Verfassung sein Lehrer, sein Vorbild und Mentor sich befand. Der hatte nur die Augen niedergeschlagen, als Philipp ihn nach der »Cautio« fragte, hatte mit einer kaum merklichen Kopfbewegung verneint.

»Sie müssen das Buch vollenden!« mahnte Philipp. »Alle Welt wartet darauf.«

Spee: »Die Welt wartet? Wer weiß, daß ich schreibe?«

»Keiner. Aber viele warten auf ein solches Buch. Es kann das Leben von Tausenden retten!« Er mußte zurück zum Vorwerk, Giertchen war bestimmt schon in Sorge. »Wir sehen uns wieder, Pater Spee! Und seien Sie klug! Es kann sein, daß es hier in wenigen Minuten etwas unordentlich zugehen wird. Halten Sie sich da heraus, entfernen Sie sich, eh' Sie mir ins Getümmel geraten!« Er wandte sich um, wollte nicht deutlicher werden.

»Wo sehen wir uns wieder?« fragte Spee, ohne auf die seltsame Warnung einzugehen.

»Kehren Sie nach Paderborn zurück?«

Spee nickte. »Irgendwann. Ich hoffe bald.«

»Dann sehen wir uns dort!«

Philipp ging zur Seuchenlinde, wo ein Reitknecht mit den Pferden auf ihn wartete. Als er im Sattel saß, sah er, wie ein Ochsenkarren weitere Frauen aus Geseke zur Richtstätte brachte. Drei Bewaffnete ritten dem Wagen voran. »Euch seh' ich bald wieder«, murmelte Philipp.

Der Taufrosch lugt im jungen Jahr als erster aus dem Eise. Unverzüglich macht er sich an sein Laichgeschäft und quakt dabei so laut, daß es seinen weitläufig Verwandten in Teich und Sumpf, in Schlamm und Schilf wie ein Wecksignal in die verborgenen Ohren klingt. Nun regen und wickeln sich die Reptilia aus ihrem winterlichen Schlaf. Es quaddelt, paddelt, quakt und rülpst, der geile Frosch umarmt die Fröschin, die Knoblauchkröte läutet hochzeitlich, und alles Kriechende, Schwimmende, Schleichende, Hüpfende jagt und besamt einander, neckt sich und heckt.

Albertus Theodori hatte seine helle Freude daran. Doch nicht nur deshalb war er guten Mutes. Mit dem schweigsamen, dennoch unentwegt Fluchtpläne schmiedenden Konrad hatte er sich einige Stunden in der Nähe des Padbergturmes herumgedrückt, immer wartend auf ein Zeichen, eine Botschaft oder gar auf das Erscheinen des Paters, der Barbara die Freiheit bringen würde, obwohl keiner wußte, wie er das anstellen sollte.

Endlich ließen sich ein paar Bewaffnete blicken, schlossen die Pforte auf und kamen kurz danach mit Barbara aus dem Turm.

»Wohin führt ihr sie?« fragte Konrad.

Barbara antwortete selbst: »Macht euch keine Sorgen. Man braucht mich. Es gibt eine schwierige Geburt.«

Konrad blieb skeptisch, er kalkulierte immer das Schlimmste mit ein; wenn sie als Hebamme versagte, war ihr der Tod noch gewisser als zuvor. Albertus dagegen gab sich auch mit dürftigem Trost zufrieden. Zumal die Sonne durchs Gewölk brach und das Weideland rings um Geseke, er hatte es unterwegs wahrgenommen, voller Teiche und Tümpel war. So ließ er in stiller Zuversicht Konrad mit Barbara und den Soldaten zum Haus der Wöchnerin marschieren, versprach, bald nachzukommen, und machte sich auf die Suche nach einem dieser Eimer, die jeder Bürger für den Fall einer Feuersbrunst im Hause bereithalten mußte. Im Geräteschuppen eines Gärtchens an der Stadtmauer fand er einen aus Leder, und durch die Mauerpforte ließ man ihn auch, nach einigem Woher und Wohin.

Das Jagdglück war ihm hold. Er fing eine Ringelnatter, ein paar Tritone, zwei Kröten, eine Unke und eine zierliche Zaun-Lacerta. Dann verfolgte er das Liebesspiel des gelbgefleckten, wie aus schwarzem Erz gegossenen Feuersalamanders, sah ihn das Weibchen hetzen und erhaschen, beobachtete mit angehaltenem Atem, wie er es von hinten bestieg und ihm, so wütig wie lüstern, in die Flanken biß, und endlich, wie er sich die Ermattete auf den Rücken lud und, das winzige Maul an ihre Kehle stupsend, mit seiner Fracht in den Teich platschte. Da fing Albertus beide ein, schöpfte ein wenig Wasser in den Eimer und tat einen großen Stein hinzu, damit Eidechs und Natter sich aufs Trockene retten konnten. Frohgemut kehrte er nach einer guten Stunde zurück, wußte freilich noch nicht, wo er die Tiere lassen sollte, denn bislang hatten weder er noch Konrad eine Unterkunft in der Stadt.

Als er das Haus, in dem die Wöchnerin Quartier genommen hatte, erreichte, stand dort hinter zwei Grauschimmeln eine vornehme Kutsche, vom Wagenschlag leuchtete in Rot und Weiß das kurfürstliche Wappen. Der Kutscher ließ wortkarg erraten, daß dies der Wagen des Kommissars Doktor Schultheiß war.

Albertus hatte kaum den Hausflur betreten, da hörte er schon ein aufgeregtes, unzweifelhaft heiter-ausgelassenes Schwatzen, ein vielstimmiges Lachen und Rufen, ein Preisen und Frohlocken, und so wagte er sich einige Stufen die knarrende Treppe hinauf. Jetzt plärrte auch ein Säugling, doch ein Mann übertönte Quäken und Weibergeschnatter, und Albertus erkannte sogleich die Stimme Romeßwinkels:

»Sie sei frei! Frei, frei! Sie hat meinem Sohn Hieronymus das Leben geschenkt. Also schenke ich *ihr* das Leben!«

Eine andere Männerstimme antwortete, das konnte nur der schreckliche Doktor Schultheiß sein: »Es steht dir nicht zu, Romeßwinkel, Gnadensprüche zu verkünden! Indes: Auch ich fühle mit dir. Und sollte uns gerade hier ein junges Leben nicht erfreuen – nach so viel Sterben, das wir, dem Herrgott sei's geklagt, dieser unserer lieben Stadt Geseke bereiten müssen?!«

Jetzt hielt es Albertus nicht länger. Er stürmte die Treppe hinauf und öffnete die Tür. Ein Dunst aus Wasserdampf, Schweiß und verbrauchter Luft schlug ihm entgegen. Er sah, als läge sie auf einem hochgestellten Totenbrett, die Wöchnerin, bleich und wie ausgeblutet, aber mit übergroßen, lebendigen Augen; um sie herum hilfreich bemühte Frauen. Er sah das quäkende Würmchen, wie man's in den Bottich tunkte, erfaßte mit einem Seitenblick Konrad, in eine Ecke gedrückt, mit zweiflerisch gekrauster Stirn, und dann hatte er nur noch Augen für Barbara, die verschwitzt, mit aufgekrempelten Ärmeln, ein wenig verlegen, aber mit einem entspannten Lächeln zwischen ihren Richtern stand. Romeßwinkel, von Vaterstolz gebläht, tätschelte ihr die Hinterbacken, was sie klugerweise duldete, und in angemessenem Abstand führte der hohe Kommissar, der die Mittagspause nutzte, um sich von den Fähigkeiten der Hebammenhexe zu überzeugen, seinen Gedankengang in wohlgesetzter Rede zu Ende:

»Denn Gott der Herr läßt dieses Volk nicht zugrunde gehen, wie denn auch bei Jesaia geschrieben steht: Ich tilge deine Übertretungen um meinetwillen und gedenke deiner Sünden nicht.«

Albertus, der seinen Ledereimer abgestellt und die Tür hinter sich geschlossen hatte, war kaum beachtet worden. Zu wunderbar mußte allen Anwesenden erscheinen, was sich hier dank Gottes Barmherzigkeit hatte ereignen dürfen: eine Hexe, die ein für tot erklärtes Kind samt seiner Mutter lebendig erhalten hatte, ein Richter, der die Hebamme ins Feuer hatte werfen wollen und sie nun pries, als sei sie, wenn schon kein Engel Gottes, so doch zumindest eine der drei Nothelferinnen, und ein ob seiner Bluturteile gefürchteter Kommissar, der mit feuchten Augen über das Wunder des Lebens predigte – höchst wunderbar dies alles in der Tat und eigentlich zuviel für diese Frauen, die heute morgen aufgestanden waren in freudiger Erwartung des feurigen Vollzuges der Gerechtigkeit, die sich aber fürs erste mit Handreichungen am Wochenbett hatten begnügen müssen, bis es dann ebenso unverhofft zu solch hohem Besuch und zu dieser alle Herzen tief bewegenden Begnadigung gekommen war.

Und da stieß jemand an den Eimer, und der kippte um.

Zunächst wäre das wohl kaum bemerkt worden, denn ein Ledereimer macht, auch wenn er mutwillig umgestoßen wird, keinen Lärm. Die kleine Lache auf dem Estrich war nicht der Rede wert. Jedoch: Obgleich im Zimmer jedermann beschäftigt war, sei es mit Säuglingsbad und Kindbettpflege, Lobpreis des Herrn oder Gnadenerweis – eine sich ringelnde Schlange zwischen den Füßen, ein Eidechs in glitzerndem Schuppenkleid, warzige Kröten und feuerfleckige Salamander, die molchigen Tritone nicht zu vergessen, sie alle nur für Sekunden benommen, gleich darauf im Zimmer herumwuselnd, die Natter gar schnellend und flitzend: Das war nicht allein verwirrend und unbequem, es rief bei jedermann das kalte Grausen hervor.

Frau Nolte hatte die Untiere als erste bemerkt, sie sprang auf einen Stuhl und schrie ganz herzzerreißend nach der Dreieinigkeit und der Gemeinschaft der Heiligen. Alle folgten ihrem Blick, der starr auf die behäbig voranknechenden Salamander gerichtet war, und dann erst bemerkten sie, was sich an Gruseligem sonst noch im Zimmer regte. Man tat es ihr nach und sprang auf Stühle und Tische. Die Kindbetterin hob den Kopf und stöhnte. Sie konnte von ihrem Lager aus nichts sehen, aber da nun alles schrie »Teufelsbrut! Molchsgeziefer! Zauberei!«, fürchtete sie Schlimmes für sich und ihr Kind. Dem wäre es allerdings übel ergangen, hätte Barbara es nicht aus dem umkippenden Bottich gerettet. Während ein Schwall heißen Wassers den Raum überschwemmte, so daß trockenen Fußes nur blieb, wer sich auf ein Möbel hatte retten können, fischte die Hebamme den Säugling aus der stürzenden Wanne und drückte ihn an ihre Brust. Dies nicht für lange.

Denn nun machte sich mannhaft der Kindsvater aus seiner Fluchtecke auf. Peinlich genau die Schritte setzend, um keines der Reptilia zu zertreten – wer weiß, in was es sich dann verwandeln mochte?! –, näherte er sich Barbara und forderte ihr mit dumpfer Stimme seinen Hieronymus ab. Dieser Vorgang fesselte alle so sehr, daß sie bis auf die noch immer kreischende Frau Nolte verstummten, schon voller Neugier auf eine spektakuläre Wende. Die aber, das wußten alle, konnte nur von Doktor Schultheiß kommen.

Des Kommissars besonders ansprechbare Haut hatte ein Schauer überlaufen, und auch nach wiederholtem Schlagen des Kreuzes blieb's eine Gänsehaut. Schließlich wußte gerade er weit besser als die hier Versammelten, was es mit diesem Molchs- und Otterngezücht auf sich hatte.

»Kapitel neununddreißig ...«, sagte er mit bebenden Lippen vor sich hin. Tatsächlich hatte der gelehrte Mann in seinen »Instruktionen« auf einen von vielen Hexen geübten Brauch verwiesen. »Sie hat Molche gemacht«, sagte er mit vernehmlicher Stimme. Und dies schon sehr laut: »Ich habe es in meinem Buch beschrieben. Kapitel neununddreißig. Hexen machen Molche. Und Kröten. Verfertigen sie mittels übler Zaubersprüche, die sie vom Satan lernten. Auch Salamander übrigens.«

Betreten blickten alle auf das gefleckte Pärchen hinab, das sich, von der warmen Wasserflut wollüstig angeregt, ganz ungeniert zu neuerlicher Unzucht anzuschicken schien.

»Sie hat es gemacht, die Hexe!« schrie Frau Nolte auf ihrem Stuhl. Die Kindbetterin, um die sich keiner mehr gekümmert hatte, wimmerte. Romeßwinkel, das krebsrote, krähende Wurm im unbeholfenen Arm, begab sich zu Schultheiß und sprach auf ihn ein.

Barbara stand wie vereinsamt und wischte langsam die feuchten Hände an der ohnehin klitschnassen Schürze ab. Endlich fiel es Albertus ein, daß nun er an der Reihe war; Konrad hatte ihm vor Wut über seine Tapsigkeit in die Rippen geknufft. Albertus bückte sich, richtete den Eimer auf und hielt ihn hoch. »Die Tiere sind von mir! Ich habe sie mitgebracht. Hab sie gesammelt am Teich vor der Mauer!«

Aber er überzeugte keinen mit dieser absurden Behauptung. Wer sammelt schon Molche? Und zu welchem Nutzen denn wohl? Zum Verspeisen? – Albertus wurde niedergeschrien, und man nahm keine Notiz mehr von ihm.

»Zum Teufel mit der Hex!« riefen die Frauen im Chor, und sie sahen nicht die Hebamme an, sondern den hohen Kommissar, von dem nun das Heil kommen mußte, und immer wieder suchten ihre Augen auf dem Boden herum, wo sich die beiden Kröten mühsam vorwärtsbewegten und die Salamander sich immer schamloser gebärdeten.

»Zum Teufel mit der Hex! Ins Feuer mit ihr!«

Doktor Schultheiß, den der umkippende Badebottich bis zu den Knien benäßt hatte, trat vor. Und während er noch Luft holte, um, daran bestand kein Zweifel mehr, die Hebamme endgültig als Hexe und abscheuliche Molchsmacherin zum Tode zu verurteilen, verschwand Barbara. Man kann es kaum anders ausdrücken: Sie war weg!

Sicher nicht vom Fußboden verschluckt, denn die Tür schwang in den Angeln, und auf der Treppe verklangen jagende Schritte. Einige liefen ihr nach, mit viel Geschrei und wenig Atem. Und als man später den schläfrigen Kutscher befragte, erfuhr man, daß ihm die Grauschimmel bald durchgegangen wären, als ein weißer Blitz an ihnen vorüberhuschte. Und das mußte wohl die Barbara gewesen sein.

Sie wurde nicht mehr gesehen, auch Konrad und Albertus hörten nichts von ihr, bis nach einigen Jahren Friedrich Spee erfahren würde, daß es dazumal auch in der Stadt Geseke einige beherzte und sogar mit Vernunft begnadete Menschen gegeben hat.

An diesem ersten Montag im Mai um die Nachmittagszeit, als Schultheiß und Romeßwinkel, die sich beide, der Geburt und ihrer Folgen wegen, arg verspätet hatten, im Rathaus mit Gesekes angesehenen Bürgern zu Tische saßen und über die Wiederergreifung der Hebamme berieten, stürmte Leutnant Philipp von Kronthal mit seinen sieben Reitern die Richtstätte.

Es war der günstigste Zeitpunkt. Vor dem Zelt des Kommissars lümmelten sich Diener und Soldaten in der Frühlingssonne; an die Holzstöße gelehnt, saßen die Schergen und verzehrten ihre Brote; nur wenige Schritte entfernt stand der zweiräderige Karren mit den sechs Frauen, die als nächste in die Flamme sollten. Die Deichsel wies schräg in die Luft, der Wagenkasten stand schief, nur mühsam, zumal sie gefesselt waren, hielten sich die Gefangenen an den Seitenwänden fest, immer wieder rutschten sie übereinander, keiner störte sich an ihrem Wimmern und Weinen. Nur der Jesuit stand bei den Frauen und suchte sie durch Zuspruch und Gebet zu beschwichtigen.

Trotz dieses unverhüllten Elends, ungeachtet auch der frisch gesetzten Pfähle, die aus den Scheiterhaufen ragten, lag über der mit Gänseblümchen und rotem Klee gesprenkelten Wiese der Friede großer Teilnahmslosigkeit. Es war die Stunde des Atemholens im harten Geschäft der Exekution.

In diesen Frieden fegten Philipps gepanzerte Reiter. Sie machten keine Umstände, forderten nicht erst Ergebung, sondern schlugen gleich alles zusammen: Nicht nur, was sich ihnen entgegenstellte, auch die Dösenden und Essenden, sie alle bekamen die Klinge in ihre verdutzten Köpfe oder eine Kugel in den Leib, denn auch geschossen wurde nicht schlecht.

Nach zwei Minuten lagen die Schergen und Wachsoldaten in ihrem Blut, und als, eine unerwartete Erscheinung, der Richtergehilfe Rotaug aus dem Zelt wankte – er mußte, vom Morgentrunk ermüdet, den Aufbruch in die Stadt verschlafen haben –, fuhr ihm ein Schwert in die Rippen, und er würde nun kein Weib mehr zur Hexe machen.

Alles niedergehauen.

Philipp sprang vom Pferd und ging, den blutigen Säbel noch in der Faust, auf den Karren zu, wo zwei seiner Reiter den gefangenen Frauen die Fesseln lösten. Als der Pater ihn ansah, hielt Philipp seinem Blick stand.

»Das hast du also gelernt inzwischen?« fragte Spee.

»Heute war ich zum erstenmal froh, daß ich's gelernt habe«, sagte Philipp. »Es tut mir leid: Den Schultheiß habe ich nicht erwischt.«

»Diese Menschen waren nicht schuldiger als wir«, sagte Spee.

»Sie sorgten dafür, daß Unschuldige sterben mußten. Hätten Sie einen anderen Weg gewußt, das zu verhindern, Pater Spee?«

»Ich habe für ihre Seelen gebetet. Mehr kann unsereins nicht tun.«

»Sie irren sich, Professor Spee. Sie tun ja nicht einmal das, was Sie tun könnten!«

Spee kam nicht zum Antworten. Die befreiten Frauen umdrängten ihn, fielen auf die Knie, küßten seine Soutane. Eine stimmte das Tedeum an.

Spee schob die Frauen zur Seite. Einer der am Holzstoß niedergestreckten Schergen bewegte sich noch. Spee ging zu ihm und spendete ihm mit dem Krankenöl die Salbung. Dann ging er reihum zu den Toten und gewährte ihnen den Sterbeablaß.

Philipps Reiter nahmen die Frauen vor sich auf den Sattel. Auch er lud sich ein altes Weiblein auf. Dann lenkte er das Pferd zu Spee, der, vor einem Erschlagenen kniend, zu ihm aufsah.

»Sie dürfen mir's glauben, Pater Spee: So leicht ist es mir nicht geworden.«

»Was willst du jetzt anfangen?« fragte Spee. »Das – hier – kannst du vor keiner Obrigkeit verantworten.«

»Aber vor Gott, allenfalls«, sagte Philipp. Er riß das Pferd herum und galoppierte mit den Seinen dem Vorwerk zu.

Nein, so leicht war es ihm nicht geworden. So schnell er sich auch nach der deprimierenden Unterredung mit Schultheiß zur Tat entschlossen hatte (den letzten Anstoß hatte der Anblick der Scheiterhaufen mit den qualmenden Überresten gegeben), so schwer war es ihm gefallen, seine Reiter, sogar Giertchen, zu überzeugen, daß die Attacke geritten sein mußte. Aber er wußte: Wenn sie mich alle im Stich lassen sollten, unternehm' ich's allein.

Er hatte die Niederlage von Köln noch keineswegs verwunden. War er Mann geworden, hatte er deshalb das Töten gelernt, um, wiederum mit mörderischem Unrecht konfrontiert, tatenlos zu kapitulieren? Ohne auch nur den Versuch gemacht zu haben, es zu verhindern? Damals in Köln hatte sich ein Knabe im Grunde ohne jede Hoffnung gegen eine Übermacht aufgelehnt. Und war die Befreiung Katharinas auch mißlungen, so hatte er sich doch sagen dürfen: Ich hab's gewagt! Hier auf dem Feld vor Geseke hatte ihn die Unschuld wiederum zu Hilfe gerufen, und diesmal hatte er eine Chance gehabt. Denn das Wagnis bestand nicht in der Ausführung der Attacke – es war keine Kunst, ahnungslose, kaum bewaffnete Mittagsschläfer zu überrumpeln –, sondern in ihren Folgen. Mochte er es vor seinen Vorgesetzten noch eben rechtfertigen können, daß er die Ringelsteiner Frauen nicht ausgeliefert hatte, konnte er sich allenfalls darauf hinausreden, den Brief des Bürener Edelherrn verloren zu haben, so war ein Überfall, bei dem es Tote gab, war die Befreiung rechtmäßig Inhaftierter aus kurkölnischem Gewahrsam nichts anderes als Rebellion. Mochten Philipp und seine Reiter auch dem Grafen von Nassau dienstverpflichtet sein, so war dessen Regiment doch nur aufgestellt worden, um so bald als möglich der kaiserlichen Streitmacht eingegliedert zu werden. Allein die Ungewißheit, ob des Kaisers Generalissimus Wallenstein die Befehlsgewalt behalten oder auf dem Kurfürstentag zu Regensburg seines Amtes enthoben würde, hatte die reguläre Überstellung bislang verhindert. Einzig dieser Umstand: daß Philipp noch Angehöriger einer gleichsam privaten Söldnertruppe war, bot ihm vielleicht – eine Lücke im Gesetz, durch die er schlüpfen konnte.

Doch wie auch immer: Er hatte es getan. Um die Schergen und Büttel war's ihm nicht leid, hier gab's für ihn nichts über Schuld und Unschuld zu meditieren; das überließ er dem einst so verehrten Professor. Der hatte ihn tief enttäuscht. Sollte Spee doch erst einmal nach *seiner* Schuld suchen – und vielleicht hatte er's auch so gemeint mit seinem »Diese Menschen waren nicht schuldiger als wir«? Denn schuldig war Spee in Philipps Augen. Einer, der alles so klar durchschaute; einer, dem die Gabe verliehen war, seine Erkenntnis in Worte zu fassen, die auch den ärgsten Ignoranten überzeugen mußten; einer, der gleichsam den Zauberspruch kannte, mit dem er das Unrecht von einhundertfünfzig Jahren mit einem Schlage aus der Welt schaffen und unzählige Menschen vor Folter und Flammentod bewahren könnte – und der ihn doch nicht auszusprechen wagte, ja, der, immer nur zaudernd, sein Buch, das erlösende, nicht einmal zu Ende schrieb! Jedoch für die befreiende Tat seines Schülers, die, zugegeben, nur sechs Frauen, statt, wie Spee es vermöchte, Hunderttausenden das Leben rettete, hatte dieser Mann nichts übriggehabt als ein säuerliches »Das hast du also gelernt?«.

Verdammt! Wie hatte er sich auf dieses Wiedersehen gefreut!

Giertchen hatte vom Vorwerk aus das Gemetzel beobachtet. Sie erwartete ihn zu Pferde, fluchtbereit, den kleinen Philipp-Ignaz vor sich auf dem Sattel. Sie war mit dem Kind allein geblieben. Die Frauen aus Ringelstein hatten sich, kaum daß ihre Bewacher davongestürmt waren, in das Wäldchen verzogen, waren wohl auch noch weiter gelaufen, einige mochten schon auf dem Weg in ihre Heimatdörfer sein.

Als die acht Reiter den Hügel heraufsprengten, sah's aus, als kehrten sie vom Frauenraub zurück. Sie wollten die Befreiten absitzen lassen, aber Philipp wandte sich um und sah, was nun aus dem Lüdischen Tor an Volk und Berittenen hervorbrach.

»Nichts wie fort!« rief er. Die Frauen krallten sich in die Mähnen, und sie jagten davon.

Eine halbe Meile südlich von Geseke, in einem Buchenwald, sammelten sie sich um Philipp. Er wartete, bis Roß und Reiter zu Atem gekommen waren. Dann sagte er:

»Was heute geschehen ist, habt ihr nicht gewollt ...« Einige versuchten zu protestieren, aber Philipp hob die Hand und bekräftigte: »Ihr habt es nicht gewollt! Ihr habt euch gegen meinen Befehl gewehrt, wolltet den Gehorsam verweigern!« Er versuchte, ihnen einzureden, was nicht stattgefunden hatte; alle hatten ihm schließlich doch gehorcht. Aber sie sollten ein sauberes Gewissen haben, wenn sie in Büren zur Rede gestellt wurden. »Ich habe euch bedrängt, hab euch als Meuterer und Deserteure beschimpft, habe gedroht, euch durch die Ruten zu jagen. Erst dann habt ihr pariert! – Gib mir das Schreibzeug, Jürgens!«

Er stieg vom Pferd, kümmerte sich nicht um das Gebrumm der Leute, setzte sich auf einen Baumstumpf und schrieb. Er mußte sich beeilen, man würde sie auch hier bald finden.

»Das ist euer Freibrief!« sagte Philipp und saß wieder auf. »Ich habe dem Grafen von Nassau geschrieben, daß allein ich zu verantworten habe, was geschehen ist.« Er drückte dem Unterwachtmeister Jürgens Brief und Schreibzeug in die Hand. »Und nun seid ihr in Ehren entlassen. Macht euch so schnell wie möglich nach Büren! Ja – und viel Glück weiterhin!«

Die Männer ließen die völlig erschöpften Frauen von den Sätteln gleiten; zwei jüngere, hübsche hatten sich überreden lassen, mit den Reitern nach Büren zu ziehen. Die anderen wohnten nicht allzu weit entfernt, begriffen aber, daß an Heimkehr vorerst nicht zu denken war.

Es blieb nichts anderes übrig, man mußte sie Gottes Gnade anvertrauen. Giertchen verschenkte ihr letztes Brot. Philipp riet ihnen, sich bis zur Dunkelheit im Wald zu verbergen und in der Nacht zu versuchen, Delbrück zu erreichen. Vielleicht daß sie dort eine erste Unterkunft fänden.

»Ich weiß, wohin wir gehen«, sagte Giertchen. »Zu Leocadia.«

»Nach Rinteln?« fragte Philipp. Er überlegte. Ins Schaumburgische also. »Das sind gut drei Tagesreisen.«

»Meine Schwester kann uns bestimmt unterbringen.«

»Rinteln ist protestantisch?«

»Ja«, sagte Giertchen. Sie legte das Kind in einen Tuchsack und knotete ihn wie einen Tornister auf den Rücken; Philipp war ihr behilflich. »Sie sind dort Lutheraner. Auch mein Schwager.«

Philipp war einverstanden. Bis in die Grafschaft Schaumburg reichte der rächende Arm des Kurfürsten nicht.

Der Wärter murrte, als Spee am dritten Abend nach dem Überfall das »Pothuiseken«, das westliche Torhaus am Fillerturm, betrat, wo die Verurteilten die letzte Nacht vor der Hinrichtung verbrachten. »Die führt kein Engel Gottes mehr zu unserer heiligen Kirche zurück. Auch kein schwarzer Todesengel wie Sie, Hochwürden, denn was sind Sie für die schon anderes? Hören Sie nur, wie's wieder tobt! Daß Sie es da drinnen so lange aushalten können bei dem Geschrei und Gestank ...«

Spee beachtete ihn nicht. Der Wärter hatte Order, ihn jederzeit zu den Gefangenen zu lassen – das hatte Doktor Schultheiß dem Pater zugebilligt.

Der Kommissar war in den ersten Tagen nach dem Überfall doch etwas bedenklich geworden. Wie es zu dieser blutigen Attacke hatte kommen können – Schultheiß begriff es ganz und gar nicht. Er hatte am Abend jenes Tages Tränen vergossen, jedoch nicht aus Kummer um die Niedergestreckten. Sieben Schergen und Diener waren das Opfer der Meute geworden, dazu der stets betrunkene Hilfsrichter Rotaug; die waren nun bei Gott, da gab's für einen frommen Mann wie Schultheiß nichts zu hadern. Nein, er hatte geweint über den Unverstand von Menschen, die sich Katholiken nannten wie er und sich doch anmaßten, Kreaturen zu befreien, deren irreparable Schlechtigkeit gerichtsnotorisch festgestellt war und an deren Bündnis mit dem Satan nicht der geringste Zweifel bestand.

Den einzigen Zeugen der Untat – Spee – hatte er gründlich befragt, jedoch nicht mehr erfahren, als er ohnehin schon wußte. Im Gegenteil: Der Jesuit – er hatte wohl in seiner Angst die Augen zugekniffen – erwies sich als unfähig, auch nur einen einzigen der Marodeure zu beschreiben, während es für Schultheiß feststand: Es waren die Bürener Dragoner unter Führung jenes aufsässigen Leutnants gewesen, mit dem er sich im Zelt herumgestritten hatte. Da gab's kein Rätselraten, der Bursche hatte sich sogar vorgestellt, ein Fronthal oder Kronthal, man würde es bald aus Büren erfahren. Erwischen konnte man ihn ohnehin nicht mehr; zu nah waren die Grenzen, kaum länger als einen Tagesritt brauchte man ins Braunschweigische, Waldecksche, Lippische.

Drei Tage lang setzte Schultheiß die Brände aus. Sechs Hexen waren befreit, zwei allerdings im Wäldchen an der Schledde wieder eingefangen und, zuvor gehörig verprügelt, in den Padbergturm gesperrt worden. Dort und in den anderen Kerkern hockten noch zweiundzwanzig, und morgen schon, nachdem die Opfer des Unglückstages mit den gebührenden Exequien unter die Erde gebracht waren, würde es weitergehen. Oder sollte auch nur ein einziger in Geseke geglaubt haben, der kurfürstliche Kommissar werde an seiner richterlichen Unfehlbarkeit zu zweifeln beginnen und gebrochenen Mutes nach Werl zurückkehren?

Spee hatte es gehofft. Er hatte Schultheiß zur Mäßigung ermahnt, hatte auch – obwohl er selbst nicht so recht an diese Deutung zu glauben wagte – auf die »wundersame Flucht« der Hebamme Barbara verwiesen, deren Errettung man als einen Wink Gottes verstehen müsse, sich künftig vor Urteil und Vollstreckung ein wenig gründlicher zu bedenken.

Doch dieser Hinweis beeindruckte Schultheiß nicht im geringsten. Auf Winke Gottes verstand er sich besser; gerade diesen Morgen hatte er auf seiner zarten Armhaut ein Druckmal entdeckt, das einem zierlichen Flämmchen glich, und wenn das nun kein Wink gewesen war!

So war auch der Pater gezwungen, seinen düsteren Dienst wieder aufzunehmen, ja, der begann nun erst richtig. Spee beschränkte sich nicht allein auf eine letzte, geistlichen Trost anbietende Vermahnung unmittelbar vor dem Brand, sondern schon Tage vor der Vollstreckung ging er in die Türme, predigte vielen, besänftigte Tobende, versammelte die Trostbedürftigen in Gruppen um sich und empfand in all diesem Elend von Mal zu Mal mehr eine Art von Genugtuung, die ihm die Kraft verlieh, auch die folgenden Tage leidlich zu überstehen.

Denn in diesen finsteren, eiskalten Gelassen, wo die in Lumpen gehüllten Opfer auf feuchtem, von Läusen wimmelndem Stroh hockten, viele in Ketten an die nassen Mauern geschmiedet, stinkend von Urin, Kot und Tageblut – in diesem Vorhof der Hölle, wo Hoffnung nur ein Indiz des Irrsinns sein konnte, gelang es Friedrich Spee, einige der in Todesangst bebenden Beichtkinder vertraut zu machen mit seiner unerhörten Idee.

Immer wieder hatte sie ihn beschäftigt, seit er sich in Paderborn, wo Konrad die Barbara zu Unrecht als Märtyrerin ausgegeben hatte, zum erstenmal mit ihr auseinandergesetzt hatte. Dem Gotteswissenschaftler tat sich ein Zugang zu ihr durch den Begriff des »Martyriums in voto« auf. Bedeutende Theologen wie Suarez, Gregor von Valentia, auch Tanner übrigens, bestätigten, daß dieses »Verlangen nach dem Martertod« als ein gangbarer Weg zur ebenbildlichen Verschmelzung mit dem leidenden Heiland, zur »Configuratio Christi«, zu akzeptieren sei, ja, daß es kaum ein weniger fehlbares Mittel gebe, dem Fegefeuer zu entgehen. Wenn aber bereits das *Verlangen* nach dem Martyrium so hoch zu bewerten war (zumal man es einem frommen Christen nicht gut als Schuld oder Versäumnis ankreiden darf, wenn sich ihm keine Gelegenheit bietet, den gewünschten Martertod auch wirklich zu erleiden) – um wieviel eher war es denkbar, ein leibhaft geleistetes Martyrium als ein um Christi willen erlittenes anzusehen!

Spee wußte natürlich, wie empört rechtschaffene Theologen auf eine solche These reagieren würden, wenn er es wagen sollte, sie auf Folter und Exekution der Hexenprozesse anzuwenden. Wie durfte er sich erlauben, Menschen, die von einer christlichen Gerichtsbarkeit und gerade wegen ihres Bündnisses mit Satan verurteilt worden waren, als beispielhafte Christen hinzustellen, die um ihres Glaubens willen Verfolgung erleiden?! Das war ja wohl ganz unerhört – und auch Spee hätte dem Tadel beipflichten müssen, wären die Verurteilten des Verbrechens, für das man sie anklagte, in der Tat schuldig gewesen. Da Spee aber, wie schon bei Katharina und Barbara, so auch hier in Geseke nach dem Studium der Akten und langen Gesprächen mit den gefangenen Frauen in jedem einzelnen Fall von ihrer Unschuld überzeugt war, stand für ihn der Sinngebung ihres Opferganges als christliches Martyrium nichts mehr im Wege. Ja, dieser kühne Gedanke erwies sich bald als der einzig wirksame Trost in dieser irdischen Verdammnis.

»Hört«, sagte er zu den Frauen, »da ich euch unschuldig weiß, mir aber nicht die Macht gegeben ist, eure Bande zu lösen, blieb mir nichts, als mich an Gott selbst zu wenden. Ich stellte Ihm dar, wie nichts schrecklicher sei auf Erden, als einen martervollen Tod in Unschuld zu erleiden, denn es sei ein sinnloser Tod. Da hielt Gott mir entgegen, wieviel Unschuldige um Seinetwillen grausame Pein haben erdulden müssen: wie sie an Pfähle, Säulen, Bäume gebunden und genagelt wurden, wie man sie mit eisernen Kämmen und Haken, mit Ruten, Riemen und Peitschen zerfleischte, mit Pfeilen durchschoß oder reißenden Tieren zum Fraß vorwarf – so Markus, Blandina, Marcellinus und unzählige andere. Wie man sie auf Folterbänke spannte, an Galgen hängte, sie übergoß mit siedendem Öl und Blei, sie mit Fackeln sengte, mit Rädern, Walzen, Schrauben dehnte, preßte, zerquetschte – so Felix, Fortunatus, Servus, Jonas und zahllose andere. ›Und wie man sie‹ – so sprach der Herr – ›auch ans Kreuz schlug wie meinen eigenen Sohn, so Andreas Philippus und Sankt Petrus zu Rom!‹ –

Als Gott mich so beschämte, indem Er mir nachwies, daß dieses grausame Sterben in Unschuld durchaus nicht so sinnlos war, denn nur diesen Blutzeugen verdankt es ja unsere Religion, daß sie Europa gewann und sich nun anschickt, die ganze Welt, auch Indien und Japan, zu erobern – da fragte ich den Herrn, wie es denn nun um euch bestellt sei, die ihr doch wie jene fromme Christen seid und in Unschuld sterben werdet. Da sprach Er zu mir:

›Ich habe ihr Bildnis in meine Hände gezeichnet, wie denn auch in der Schrift gesagt ist. Ich habe auch jegliches ihrer Haare gezählt, so daß kein einziges ohne mein Wissen und Wollen aus ihrem Haupte fallen kann.‹

Ich hätte mit dieser Auskunft zufrieden sein können, aber es gelüstete mich, noch eine Frage an Ihn, unseren Gott und Herrn, zu stellen, da Er mir schon Rede und Antwort stand. Ich werde, sagte ich, Dir nicht immer sanfte und wohlvorbereitete Dulderinnen vor Dein Gericht führen können. Ich habe sie zweifeln und jammern gehört und auch wie sie auf der Folter Deinen Namen verflucht haben in ihrer grenzenlosen Pein. Wie willst Du ihnen, nachdem sie Dich verleugnet haben, ja, oft genug unter Zangen und Schrauben bekannten, daß sie des Satans Bräute sind – wie willst Du ihnen da noch gnädig sein?

Da sprach der Herr zu mir: ›Stelle dir einen Haufen Pulver vor, groß wie ein Berg, und halte ein Flämmchen daran. Er wird explodieren, und nichts mehr wird erinnern an ihn. Also möge der Mensch seine Sünden häufen vor mir, indem er sie reuig bekennt. Es wird meine Barmherzigkeit sich entflammen, und ein Funke meiner Barmherzigkeit wird genügen, den Berg seiner Sünden zu vertilgen, und nichts mehr wird erinnern an ihn.‹

So sprach Gott zu mir. Wenn also der Richter euch ruft, geht in die Flammen wie jene Christen, die ins Martyrium gingen. Wenn es euch ernst ist, dieses für Gott zu erleiden und im Leiden des leidenden Heilands Ebenbild zu werden, dann seid ihr, indes euer Leib verbrennt, schon Kinder des ewigen Lebens geworden.«

An diesem Tag hörte der Wärter aus den Modergrüften Gesang. »Te Deum laudamus« sangen die Hexen.

»Er muß ihnen was vorgekohlt haben«, murmelte er. »Hat ihnen sicher was von Begnadigung erzählt. Nun, wenn er's damit erreicht, daß sie sich endlich nach der Ordnung verhalten, bis man sie holt – mir soll es recht sein.«

Rinteln

Wie macht man sich an fremden Sünden, die nicht wir, sondern andere begehen, dennoch mitschuldig und strafwürdig, ganz so, als hätten wir selbst sie persönlich begangen? Wie steht da geschrieben? Es steht, daß man sich der fremden Sünden schuldig macht, wenn man:

zu der Sünde rät,
einen anderen auffordert zu sündigen,
in anderer Sünden einwilligt,
andere zur Sünde anreizt,
anderer Sünden lobt
oder dazu stillschweigt …

Friedrich Spee
»Güldenes Tugendbuch«

Gutmütig lästernd ließ der Ritter Johann von Rietberg auf Schloß Holte die »Heilige Familie« in einer unbewohnten Kemenate nächtigen. Spätabends unter Fackelschein war er von der Jagd zurückgekehrt mit einer stattlichen Strecke und aufgekratzten Gesellen. Ein Betrunkener sprang von der Brücke in den Graben, wollte der Küchenmagd eine Teichrose pflücken und verfing sich kläglich im Geschling, seine Kumpane bogen sich vor Lachen. Philipp watete ins Wasser und zog den Ernüchterten an Land. Da hieß der Herr auf Schloß Holte ihn willkommen, und Philipp mußte ihm die ganze Nacht vom Krieg in Jütland erzählen, erst bei Morgengrauen entließ der Ritter seine Gäste ins Bett.

Anderntags ging's über Senne und Lippischen Wald bis nach Lemgo. Das war eine bunte, selbstbewußte Stadt mit reichgegliederten Fassaden unter Treppengiebeln; auf der Brüstung über den spiegelblanken Fenstern der Ratsapotheke standen in Stein gemeißelt berühmte Ärzte: Galen, Avicenna, Paracelsus. Im Rottmannschen Gasthof fanden sie Quartier. Sehr früh brachen sie auf, am Begafluß klapperte ein großes Wasserrad, der winzige Philipp-Ignaz quietschte vor Freude. Sie ritten weiter nach Norden, erreichten bei Alemna die Exter und drückten sich an einem Waldlager vorbei, wo allerlei unheimlich Volk eine Sau überm Feuer wendete.

Als sie am frühen Abend des dritten Tages auf Rinteln herniedersahen, hatten sie seit Geseke gute sechzehn Meilen zurückgelegt und waren nun dicht vor dem Ziel. Doch als sie auf die Landstraße kamen, die längs des Exterflusses über Außenwälle zum Ostertor führt, hatte Giertchen Kessenich Grund, um das fröhliche Wiedersehen mit Schwester und Schwager zu bangen.

Denn Rinteln war, so schien es auf den ersten Blick, belagert von einem feindlichen Heer. Es mußten Flüchtlinge sein, die mit hochbeladenen Wagen, mit Schub- und Ochsenkarren die Straßen verstopften. Und schon kamen aufgeregte Reiter im Küraß herangetrabt, schrien die Wagenführer an, forderten

Umkehr, zeterten »Diebstahl!« und »Unterschleif!«. Und als das nichts nützte, zogen sie blank und riefen: »Befehl vom Grafen Jost Hermann!«

Erst jetzt gaben die Flüchtlinge, die Diebe oder Räuber oder was sie nun sein mochten, auf, ließen umständlich wenden mitten auf der schmalen Straße zwischen den alten Ulmen, so daß sie alles noch mehr verstopften, und zurück ging's aufs Ostertor zu. Das war gepfropft zum Erbarmen, es war ein Geschrei und Geflenn im Durchgang und auf der Brücke, und dazwischen rüde Soldaten, die mit ihren Hellebarden auf krumme Rücken klopften und »Vorwärts! Vorwärts!« schrien, aber bald gelang ihnen auch das nicht mehr, denn sie waren selber so eingekeilt, daß sie um Luft und Leben japsten.

Jetzt ließ sich auf dem kleinen Balkon über der Toreinfahrt sogar ein – ja, war das zu glauben im lutherischen Rinteln?! –, ließ sich ein schwarzer Benediktiner blicken, der rief:

»Unrecht geraubtes Gut zurück in die Stadt! Alles Gestühl zurück in die Hörsäle! Alle Bücher gefälligst zurück in unser Jakobskloster! Herr Graf hat's befohlen, weil's der Kaiser so will, und wenn ihr nicht folgt, Ketzerpack freches, dann holt euch der – na, ihr wißt schon wer!«

Man schrie den Mönch nieder. Zornig die gereckten Arme schüttelnd, verschwand er vom Balkon.

Giertchen, das von dem Lärm erwachte Kind vor sich auf dem Sattel, neben ihr Philipp, beide wie eingepflanzt in die Menge, die so heftig ins Tor drängte wie andere heraus wollten, begriff, daß es mit dem protestantischen Rinteln, auf das sie sich gefreut hatte, so weit her nicht sein konnte. Freilich, dachte sie verächtlich, es sind ja auch nur Lutheraner; die lassen sich viel gefallen, sind richtig servil geworden, seit der Kaiser sie anerkannt hat zu Augsburg vor einhundert Jahren. Wir vogelfreien Calviner würden uns nicht von schwarzen Mönchen – ja, was denn eigentlich? ... Sie blickte nicht durch, und wer konnte das von ihr verlangen, nach drei Tagen im Sattel, mit schmerzendem Hintern, das durchgerüttelte brüllende

Knäblein im lahmen Arm, nun fast ohne Hoffnung aufs freudige Wiedersehen.

Ein Torwächter herrschte sie an: »Herunter von den Gäulen!« – aber sie scherten sich nicht darum, ließen den Pferden, die schon bös die Ohren stellten, die Zügel und erlaubten ihnen, ihrer Angst nachzugeben. Schon warfen die Tiere sich mit Gewieher und gefletschtem Gebiß gegen die Menge und drängten sich zwischen dem Mauerwerk der Toreinfahrt und der lebendigen Mauer, die Schenkel ihrer Reiter nicht schonend, derart wütend hindurch, daß Giertchen laut fluchte, so zerschunden fühlte sie ihre Hüfte.

In der Stadt sah es nicht friedlicher aus, es waren wohl alle Einwohner auf der Straße. Wieder schwankten beladene Wagen heran, kamen über den Kirchplatz gerattert, wurden aber vor Sankt Nikolai von Soldaten sistiert, und aus dem Rathaus trat mit blinkender Amtskette Bürgermeister Tönnies Hasphurt heraus und schaffte sich mühsam Gehör:

Es sei nun mal das bewußte Edikt zu erfüllen, und dem Kaiser müsse sogar der Herr Graf von Schaumburg, ihr Landesherr, parieren; müsse, Gott sei's geklagt, dieser katholischen Majestät noch immer folgen, zumal in den Landstrichen rings um Rinteln katholische Ligatruppen in Masse lägen, und so sei es nun einmal bestimmt, daß alles ehemals kirchliche Gut, welches zu Passau 1552 verweltlicht worden sei, der katholischen Kirche zurückerstattet werden müsse, und eben das heiße ja »Restitution«. Hier in Rinteln sei das nun besonders schmerzhaft, dieweil ja leider die junge Universität, unsere edle Academia Holsato-Schaumburgica, auf die man mit Recht so stolz sei, bis zum heutigen Tage im nunmehr wieder den Benediktinermönchen gehörenden Jakobskloster untergebracht gewesen sei. Nun aber müsse sie ihr schönes Quartier auf kaiserliche Weisung Hals über Kopf räumen, und zwar unter Zurücklassung des gesamten Inventars, weshalb alle Wagen, die voreilig mit Gestühl, Kathedern, Schränken, Regalen, Truhen, Teppichen und etwa noch kostbareren Gütern befrachtet worden seien, wieder umkehren und schleunigst entladen werden müßten. Das gab nun auf dem Kirchplatz ein großes Murren und Fluchen, es ging auch plötzlich ein Wogen durch die Menge, als habe sich einer hingestellt und offenen Aufruhr gepredigt, aber es war nur ein zartes Männchen, ein Professor, der lauthals den Bürgermeister attackierte: »Und wo sollen wir unsere Vorlesungen halten?!«

»Fürs erste muß in den Wohnungen der Herren Professoren gelesen werden!« rief der Bürgermeister. Dann verstand man ihn nicht mehr vor Gelächter und Pfiffen.

Endlich fanden Giertchen und Philipp, die auf ihrem Weg durch die Stadt immer wieder als berittene Fremde bestaunt wurden, in einer stilleren Straße die Buchhandlung des Herrn »Philipp Wagner aus Frankfurt«, wie ein Schild über dem Haustor vermeldete. Frankfurt, die Stadt der Buchmesse, als Herkunftsort des Inhabers, das bürgte für Fachkenntnis und erhöhte die Reputation.

Als sie abstiegen und die Zügel durch die eisernen Ringe an der Hauswand zogen, sahen sie sich durch große, vielfach geteilte Fenster im Erdgeschoß beobachtet; es schienen etliche Leute im Laden zu sein, und man hörte ein Lachen, ein Giertchen wohlvertrautes, und bald kam auch eine lachende Frau heraus, und das war Giertchens Schwester Leocadia.

Giertchen, aufs Wiedersehen vorbereitet, erkannte sie sofort. Die beiden hatten sich seit bald zwölf Jahren nicht mehr gesehen, und seit im Jahre 27 die calvinischen Kessenichs aus Köln verjagt worden waren, war die Verbindung zwischen der verheirateten Schwester und ihrer ins Ungewisse vertriebenen Familie abgerissen.

Frau Leocadia begrüßte Philipp als Giertchens Mann und den Kleinen als beider Kind, ohne daß es gleich zur Richtigstellung kam. »O weh«, sagte sie, »jetzt haben wir drei Philipps im Haus, wie soll man sich da noch auskennen! Ach, nennen wir ihn« – sie wies ins Haus – »Philippus; das hört er gern, mein versierter Lateiner. Ihr Lieben habt euch einen schlimmen Tag für die Ankunft ausgesucht. Fast alle Bürger unserer Stadt sind seit über hundert Jahren gut lutherisch – und plötzlich fallen hier ganze Schwärme schwarzer Mönche aus Corvey ein, einige auch aus Frankreich, sogar aus England, wie man hört, und spielen sich auf wie die Würgeengel.« Leocadia hatte eine wohlakzentuierte Sprache, sie verschluckte und vernuschelte nichts, gefiel sich vielmehr in fein konstruierten Sätzen, und selbst Unangenehmes wußte sie mit einem beschwichtigenden Lächeln zu präsentieren: Da ich's dir so hübsch sage – was gäbe es dagegen noch einzuwenden? – »Aber nun kommt!« sagte sie. »Gewiß, Herr Philipp, für eure Pferde wird gesorgt. Aber erst ist Klein-Philipp an der Reihe. Hat er nicht noch einen zweiten Namen?«

Sie schüttelten den Kopf. »Ignatius« war zu entlarvend.

»Und nun kommt endlich ins Haus! Das ist so ein Treffpunkt für Unzufriedene, und heute gibt's davon so viele, da fallt ihr gar nicht auf, euch platzt der Frohsinn auch nicht aus den Knopflöchern.«

Die Frau gefiel Philipp, sie hatte fröhliche Augen, war gut zehn Jahre älter als Giertchen, schien jedoch nicht so schlimme Erfahrungen gemacht zu haben wie ihre Schwester – aber diese Ansicht mußte er bald revidieren; vor vier Jahren hatte die Pest in Rinteln gehaust und dem Ehepaar Wagner zwei seiner vier Kinder genommen.

Im Laden saß man zwischen Büchertischen und Regalen, im hinteren Teil brannte schon eine Kerze. Als die Gäste mit der Hausfrau eintraten, erhob man sich, Philipp Wagner ging ihnen entgegen, ein fülliger Mann mit schweren Lidern, die wie kleine Helme die Augen fast zur Hälfte bedeckten. Er schnaufte, als habe das Aufstehen ihm Mühe gemacht. »Mein Haus ist das eure«, sagte er und fügte mit biblischem Ernst hinzu: »Der Herr segne euren Eingang.«

Die anderen nickten und machten sich bekannt: ein Drucker aus dem benachbarten Stadthagen namens Reineking, zwei Universitätsprofessoren und der schlanke, elegante Professor der Medizin Arnold Lotichius. In seinem gegen Brauch und Mode auf Taille geschnittenen Talar sah der Lutheraner fast wie ein Jesuit aus. Als der Professor das adrette Giertchen erblickte, ließ er fast ungezogen laut ein »Fürtrefflich!« vernehmen, und das sollte man im Laufe des Abends noch öfter von ihm hören.

Die Ankömmlinge erfrischten sich zunächst an der Pumpe im Hof, dann ging Frau Leocadia mit Giertchen ins Obergeschoß, wo ihre Kinder, zwei Jungen von acht und sechs, auf einem hölzernen Pferd ritten und ein Schmählied auf die »Papistenbrut« schmetterten. Die Frauen versorgten den kleinen Philipp. Leocadia holte eine alte, schön geschnitzte Wiege vom Speicher.

»Ich bring euch drei schon unter«, sagte Leocadia. »Ich weiß nur noch nicht, wie.«

»Wir wollen nicht länger als zwei, drei Tage bleiben«, sagte Giertchen schnell.

»Und dann? Wohin?«

Sie hob die Schultern, sagte aber gleich darauf: »Wir wohnten zuletzt in Büren. Es gab dort Ärger für Philipp, er überwarf sich mit seinem Hauptmann. Aber unser bißchen Besitz ist dortgeblieben. Wir wollen bald wieder zurück.«

»Bald heißt für mich: drei Monate mindestens. So wünsch ich's mir wenigstens. Einigen wir uns darauf?« sagte Leocadia und zog eine Schublade auf, um ihrer Schwester Laken und Windeln zu zeigen. Dann trat sie ans Fenster. Auch Giertchen hatte es schon gehört: Es kam Gesang die Straße herauf, und nun sah man eine Schar Studenten, alle mit dem kleinen Degen an der Seite, dem Abzeichen ihrer akademischen Würde. Voran, im schwarzen Talar, das bleiche, hagere Gesicht über dem weißen Umlegekragen stolz erhoben, schritt – Leocadia nannte den Namen – Professor Josua Stegmann. Er sang mit seinen Theologiestudenten einen der feierlichen Choräle, die er, der Stolz der Rintelner Lutheraner, selbst gedichtet hatte:

»Ach bleib mit deiner Gnade
bei uns, Herr Jesu Christ,
daß uns hinfort nicht schade
des bösen Feindes List.

Ach bleib mit deinem Worte
bei uns, Erlöser wert,
daß uns – beid, hier und dorte –
sei Güt und Heil beschert ...«

Giertchen erschrak vor der Wunde, die Stegmanns Gesicht von der rechten Schläfe bis hinunter zum Kinn blutig entstellte. Sie legte das Kind in die Wiege, küßte es und eilte noch einmal zum Fenster.

Die Studenten standen im Halbkreis vor dem Professor und sangen die letzte Strophe, als brächten sie dem Lehrer ein ehrendes Ständchen dar:

»Ach bleib mit deiner Treue
bei uns, mein Herr und Gott;
Beständigkeit verleihe,
hilf uns aus aller Not!«

Dann verliefen sie sich in verschiedene Richtungen.

Wenig später wurde Stegmann in der Buchhandlung mit Teilnahme empfangen; man ließ sich von seiner melodischen Kanzelstimme gern erzählen, wie es zu der Blessur gekommen war. Der Theologe und Poet hatte sich mit seinen Studenten geweigert, den seit zehn Jahren angestammten Hörsaal zu verlassen, sich jedoch zu einer Disputation mit den Benediktinern bereit erklärt. Die aber hatten darauf beharrt, daß *sie* jetzt die Rintelnsche Universität darstellten, und folglich hätten *sie* die Einladenden zu sein. Und zu einer Disputation empfänden sie schlankweg keine Lust. Darüber kam es zu einem hitzigen Streit, unversehens bekam Professor Stegmann von einem der rüden, unlängst aus Corvey hier eingetroffenen Mönche sein Leidensmal ins Gesicht gewischt.

»Die Corveyer sind schlimm«, sagte Professor Lotichius. »Es heißt, daß ihr Hildesheimer Bischof sie auf die Galeere schicken wollte, weil das Gesindel sogar ihm zu widerborstig war. Offenbar sind sie wieder zurückgekehrt.« Er hatte dem Gelehrten ein Pflaster aufgepappt. »Und Ihre Schüler haben Sie nicht besser beschützt? Ich frage mich: Was ist aus unseren Studenten geworden? Zu meiner Zeit wäre das undenkbar gewesen. Wir hätten eher die halbe Stadt angezündet, als uns wie geprügelte Hunde davonzuschleichen.«

»Man muß sie verstehen, die jungen Leute«, sagte Josua Stegmann ernst. »Einmal wollten sie mir wohl nicht verwehren, als rechter Christ auch den anderen Backen hinzuhalten. Zum anderen aber hütet sich heute ein jeglicher, der Obrigkeit ein Ärgernis zu bieten. Ein Wink an den Landesherrn – und schon ist einer relegiert, da kann auch unsereins nichts mehr machen.«

»Eine Studentenrevolte«, sagte Philippus Wagner, »das wäre genau das, was dem Adel hierzuland noch fehlte! Auf so etwas warten die doch nur!« Er besann sich, daß ein Adliger neben ihm saß, und beugte sich zu ihm. »Ich wollte Sie nicht verletzen, Herr von Kronthal, Sie waren nicht gemeint. Aber Sie müssen wissen: Unsere schaumburgische Ritterschaft war von Anfang an gegen die Rintelner Universität eingestellt. Bildung gilt bei denen nichts. Meinen Sie, es hätte sich einer von denen schon mal ein Buch bei mir gekauft?«

Der Eindruck, den Philipp und Giertchen an diesem Abend gewinnen mußten, bestärkte sie in der Auffassung, daß die katholische Kirche im Vormarsch war und daß jenes kaiserliche Edikt auch in den protestantischen Landesteilen konsequent durchgeführt wurde. Rinteln lieferte dafür ein nachgerade groteskes Exempel mit seiner erst zehn Jahre alten Universität, der »Ernestina«, wie man sie nach ihrem Gründer nannte, die nun von heut' auf morgen gleichsam in den Lüften schwebte: eine schöne Allegorie, nicht mehr.

Inzwischen hatte Professor Lotichius ohne erkennbaren Anlaß – wollte man nicht den Umstand, daß er fortwährend Giertchen anblickte, als solchen gelten lassen – das Loblied des weiblichen Geschlechts zu singen begonnen: Im Weibe stimme inwendig alles höchst wunderbar zusammen; man möge sich nur einmal sinnenhaft vorstellen, wie so ein Kindlein gedeihe im Mutterschoß, wie all die mütterlichen Sehnlein und Stränglein und Nervlein und Äderlein sich dehnten und streckten und wüchsen, ihr Teil zu geben der reifenden Frucht. »Jawohl!« schloß der Professor. »Das Weib ist fürtrefflich und perfekt vom Schöpfer erdacht!«

»Ein Mann, der die Frauen lobt, ist schon etwas Seltenes«, flüsterte Giertchen ihrer Schwester zu.

»Doch, der Professor tut das gern«, sagte Leocadia. »Er ist in unsere Anatomie verliebt – von unserem Verstand hält er nicht soviel. Sein Hauptwerk – wir haben's im Laden – heißt ›Gynäcologia. Von der Perfektion und Fürtrefflichkeit des Frauenzimmers‹.« Sie kicherte. »Übrigens hast du wohl bemerkt: Er hat sich in dich vergafft. Bisher war ich sein Idol. Nun, ich werd's überstehen.«

Lotichius hatte sich inzwischen einem neuen Thema zugewandt: »Ich darf Ihnen mitteilen, daß ich mich entschlossen habe, Feldchirurgus zu werden. Auf dem Schlachtfeld kann ich mich nützlicher machen, und Sie werden sehen: An Schlachtfeldern wird kein Mangel sein.«

»Aber Rinteln kann nicht auf Sie verzichten!« rief Frau Leocadia entrüstet. »Ob evangelisch, ob katholisch: Die gleichen Leiber und die gleichen Gebresten sind's doch allemal!«

Und Philippus Wagner brummte: »Was ist eine Hohe Schule ohne medizinische Fakultät? Sie sind unentbehrlich, Professor Lotichius!«

Lächelnd erwiderte der Professor: »Nehmen Sie's als gewiß, verehrter Freund: Sobald man einen Chirurgus römischen Glaubens gefunden hat, wird mein Theatrum Anatomicum für mich verschlossen bleiben. Dann muß ich Sie, meine Lieben, alle – ob als Patient oder Leiche – daheim auf dem Eßtisch tranchieren.«

Philippus Wagner hatte weitere Kerzen anzünden und Bier aus dem Keller holen lassen. Die Köchin und eine Magd brachten die Krüge und boten Mandeln und Rosinen zum Knabbern an. In Rinteln lebte man noch leidlich.

Philipp kam ins Gespräch mit Reineking, der seine Offizin im benachbarten Stadthagen hatte. Der Buchdrucker sagte, er habe sich all die Jahre vergeblich bemüht, mit der Universität ins gute Geschäft zu kommen. Aber seit sich in Rinteln vor ein paar Jahren ein Drucker Lucius aus Gießen niedergelassen habe, der sich auch stolz »Verleger« nenne, gingen die Aufträge nach Stadthagen nur noch spärlich ein.

»Dieser Lucius hat sich frech im Gebäude der Universität einquartiert, also im Jakobskloster. Da hat er natürlich alles zu drucken gekriegt, was da so anfällt: Dissertationen, Habilitationen, Disputationen. In Stadthagen habe ich nur eine Hochdruckpresse. Das ist natürlich ein Nachteil, ich kann nur Holzschnitte drucken, keine Kupferstiche. Und die sind im Kommen, der Holzschnitt ist passé. Und Lucius, natürlich, der hat alles, auch Tiefdruck. Aber jetzt wird er, der bislang nur protestantische Schriften gedruckt hat, die Katholiken kennenlernen! Die werden seine Maschinen konfiszieren – und ihn werden sie hinauskomplimentieren. So wird es kommen, und es wäre nur gerecht!«

Von der Straße her kam ein Hornsignal.

»Die Post!« sagte Leocadia. »Eine letzte Erinnerung. Morgen früh reitet der Kurier nach Frankfurt – ja, durch Paderborn kommt er auch.«

Philipp beschloß, ihm einen Brief an Pater Spee mitzugeben. Er sollte erfahren, wohin es ihn verschlagen hatte.

»Friedrich Spee an Philipp von Kronthal Paderborn,
am 29. August 1630
Decollatio Johannis baptistae

Mein lieber Philipp!

Wie sollte ich leugnen, daß die Nachricht, die ich von Dir erhielt, mir eine Last von der Seele nahm! Du bist also mit Deiner Gefährtin, der Du in Deinem Brief so liebevolle Worte widmest, unbeschädigt ins Schaumburgische entkommen und wohnst nun schon seit drei Monaten bei Verwandten. Daß Du des Kriegshandwerks nun für immer überdrüssig geworden bist – wer verstünde das besser als ich?

Ich habe oft über das nachgedacht, was ich Dir auf dem Schlachtfeld von Geseke, wenn man die Stätte der Metzelei so nennen will, glaubte sagen zu müssen. Ging es mir damals allein um die Frage, ob es notwendig war, Menschen zu opfern ohne Ansehung ihrer persönlichen Schuld, so haderte ich in den folgenden schrecklichen Wochen mit dem Problem: ob es denn überhaupt gestattet oder gar geboten sei, unrechte Gewalt, die sich im Schein des irdischen Rechts brüstet, mittels Gegengewalt, die sich auf höheres Recht beruft, zu brechen. Obwohl ich in der Schrift und bei den Kirchenvätern keine erlösende Antwort fand, muß ich doch bekennen: Fern jeder theoretischen Überlegung und unbeschwert von moralischen Skrupeln, habe ich vor jeder Exekution, der ich beiwohnen mußte, Ausschau gehalten nach einer rettenden Reiterschar. Ja, ich habe Dein Erscheinen oder die Ankunft eines Dir vergleichbaren Racheengels in Wut und Tränen von Gott erfleht. Vergebens. Bis ich mit Schultheiß Geseke verließ, haben wir in dieser Stadt noch zweiundzwanzig Unglückliche – Frauen zwischen zwanzig und achtzig, dazu drei Mädchen von kaum mehr als fünfzehn Jahren – zum Tode bereitet. Ich sage *wir* – denn ich diente dem Kommissar dazu, sein Gewissen, sofern es je beunruhigt gewesen sein sollte, zu befrieden: Indem ich die Ärmsten mit geistlichem Zuspruch versah, erlaubte ich jenem Mann, sich der Zustimmung, zumindest der Toleranz des Höchsten versichert zu fühlen. Durch mich, den Priester, so dachte dieser Verblendete und sprach es gegen meinen Protest gelassen aus, nahm Gott als wohlgefällig nickender Zeuge an seinen schlimmen Handlungen teil.

Ich muß Dir sagen, daß ich die Frage nach der Rechtmäßigkeit von Gewalt, die zur Verhinderung einer von Gott offenbar zugelassenen Untat geschieht und die durch den Erfolg beweist, daß Gott eben doch nicht gewillt war, Unrecht geschehen zu lassen – daß ich diese Frage noch immer als schmerzenden Stachel empfinde. Für Dich war's ein wilder Triumph, zumal Du als Dank für Deine Tat den Jubel der Befreiten und Bewahrten erleben durftest. Ich aber ging in dieser Stunde von einem der Toten oder Sterbenden zum anderen. Diese Schergen und Knechte, sie alle, das weiß ich, fühlten sich als rechtschaffene Diener der Obrigkeit, und keiner war sich einer Schuld oder gar einer schweren Sünde bewußt.

Ich darf Dir, glaube ich, mit solchen Nachdenklichkeiten um so eher kommen, als in diesen Monaten kein Tag verging, an dem ich mich nicht Deines bitteren Satzes erinnert hätte: »Sie tun ja nicht einmal das, was Sie tun *könnten*.« Wenn etwas geeignet war, mich für meine Saumseligkeit zu bestrafen, dann dieses Wort. So ist denn seit Deinem Eingreifen in Geseke auch kein Tag, besser: keine Nacht vergangen, ohne daß ich an der »Cautio« gearbeitet hätte.

Der Auftrag war allein durch Deine Attacke und das, was sie an Überlegungen in mir bewirkte, so dringlich geworden. Wie, so dachte ich, sollen die Hexenprozesse jemals aufhören, da allein die Denunziationen, die den in Folterqual befragten Menschen über die Lippen kommen, ausreichen, um des Denunzierens, Verhaftens, Torturierens und Brennens auch in hundert Jahren noch kein Ende zu machen? Wäre es denn denkbar, daß beherzte Männer wie Du, Philipp, überall, wo im deutschen Reich dies flammende Unrecht geschieht, also an tausend Orten zugleich, wie die Reiter der Apokalypse hereinbrächen und dem Spuk ein Ende bereiteten? Nein, dies wäre unmöglich. Mit anderen Worten: *Gewalt im Großen ist durch vereinzelte gewalttätige Aktionen nicht zu beseitigen* – allenfalls kann hie und da eine Hinrichtung durch derartige Unternehmungen verhindert werden. Das Übel von Grund auf und im Großen wäre nur zu beseitigen, wenn einer es vermöchte, *seine geistigen Wurzeln auszureißen,* indem er bewiese, daß jene Thesen, die den Richtern zur Legitimation ihres Handelns dienen, irrig sind und der Vernunft, die Gott dem Menschen verliehen hat, widersprechen. Nur wenn es gelingt, alle, die als Fürsten, Richter, Priester oder untergeordnete Beamte Verantwortung tragen, durch unwiderlegbare Beweisführung zur Vernunft zu bringen, kann dem Morden Einhalt geboten werden.

Es blieb mir also gar nichts anderes übrig, als »zu tun, was ich tun kann« – und das heißt: die »Cautio Criminalis« zu Ende zu schreiben. Und heute nacht ist dies geschehen. Und Du, Philipp, bist der erste, der das Werk zu lesen bekommt; keinem unter meinen Ordensbrüdern und sonstigen Bekannten hier in Paderborn traue ich, auch den verständigsten nicht. Es wird auch Dir bald klarwerden, daß in diesem Buch viele Thesen aufgestellt werden, die scheinbar gesicherten, ich möchte fast sagen, geheiligten Ansichten und Bräuchen widersprechen. Das Urteil erhabener Autoritäten vergangener Jahrhunderte wird in Zweifel gezogen, unsere Gesetze und ihre Auslegung durch den Richter erfahren strenge Kritik, und die für die Prozesse Zuständigen werden mit herben Worten an ihre Verantwortung erinnert. Dabei scheue ich, Du wirst es sehen, auch nicht davor zurück, hohen und höchsten Beamten, selbst unseren Fürsten, und nicht zuletzt den Geistlichen ins Gewissen zu reden und sie an die Stunde zu mahnen, da sie vor Gottes Richterstuhl treten müssen.

Nun, ich will Dein Urteil abwarten und Fehler, die Du entdecken magst, korrigieren. Freilich werde ich mich bis zu unserem Wiedersehen noch gedulden müssen, denn ich fürchte, Du darfst Dich in unserer Gegend nie mehr blicken lassen. Die Erregung über Deine Attacke empörte auch unsere Stadt, und Dein

Name (den Schultheiß bald ermittelte) ist hier so bekannt, daß ich nicht einmal weiß, wem ich diesen Brief zur Beförderung anvertrauen soll, ohne befürchten zu müssen, daß er von Amts wegen geöffnet wird. Gott, der über Raum und Zeit herrscht, wird einen Weg wissen.

Der Herr sei mit Dir, Deiner Gefährtin und eurem Kind.

Friedrich Spee

Postskriptum:
Du wirst Dich wundern, daß ich mich so bald von dieser Schrift trenne, zumal ich doch ihren Verlust auf dem Postweg riskieren muß. Nun, ich habe jedes Kapitel, nachdem ich es beendet hatte, gleich abgeschrieben, so daß ich immer eine Zweitschrift besaß, die ich an einem sicheren Ort verwahrte. Diese Abschrift ist es, die ich Dir schicke. Du wirst sie nicht leichtfertig herumliegen lassen. Unausdenkbar, was mein Rektor Lennep mit mir anstellen würde, bekäme er dieses Manuskript zu Gesicht.«

Spee faltete den Brief, versiegelte ihn und adressierte ihn, ohne Philipps Namen zu nennen, an den Rintelner Buchhändler Wagner. Er würde versuchen, ihn einem Benediktinerbruder mitzugeben. Seit Rinteln wieder unter katholischen Einfluß geraten war, wurden einzelne hervorragend befähigte Mönche des Paderborner Klosters Abdinghof nach Rinteln zur »Congregatio Anglicana« geschickt, um von den gelehrten Brüdern in Moraltheologie und Dogmatik unterrichtet zu werden.

Im Kollegienbau hatte der Tag mit der morgendlichen Andacht längst begonnen; bis zum gemeinsamen Frühstück blieb noch etwas Zeit. Spee ließ den Brief auf dem Stehpult liegen und setzte sich auf sein Lager. Er hatte ein niedriges Tischchen davorgestellt, darauf lag ein Stoß Papier, über dreihundert Blatt: der in tadelsfreiem Latein verfaßte Text seines »Warnbuches gegen die Hexenprozesse« oder wie immer man »Cautio Criminalis seu de processibus contra sagas liber« übersetzen mochte. Er nahm den Stoß in die Hände, stellte ihn aufrecht und schüttelte und stieß die Blätter zurecht, bis sie säuberlich wie die Seiten eines gehefteten Buches aufeinanderlagen. Er war stolz auf sein Werk.

Er lehnte den Rücken an die kalte, unverkleidete Wand, schloß die Augen. Gegen welche Widerstände hatte er kämpfen müssen ...

Wie er eintraf an einem heißen Julitag, von Soest kommend, wo Pater Nußbaum ihm die Rückberufung nach Paderborn im Auftrag des Rektors überbracht hatte: der wortkarge, ernste Johannes Nußbaum, der erst nach Spees Abreise ins Kolleg gekommen war, Moraltheologe auch er, offiziell als Vertreter Spees für die Zeit seiner Abwesenheit ans Gymnasium berufen, in Wahrheit – das erkannte Spee bald – sein designierter Nachfolger. Nußbaum kam aus Köln, er wußte einiges vom Tricoronatum zu erzählen, und wie der neue Regens, Pater Adrian Horn, dort ein strenges Regiment errichtet, die Schüler zu Buße und Askese angehalten und sogar das Einstudieren frommer Dramen, sonst stolzer Leistungsnachweis jeder Jesuitenschule, für ein volles Jahr untersagt habe.

Sie trafen, obwohl sie die Pferde auf der letzten Meile nur noch im Schritt hatten gehen lassen, verschwitzt und staubverkrustet in Paderborn ein. Lennep begegnete ihnen auf der Treppe – doch keineswegs, um Spee zu begrüßen. Johannes Nußbaum nickte er freundlich zu, Spee nahm er sofort in sein Zimmer.

Der mächtige Weißkopf mit den blauen, vor Sendungsbewußtsein strahlenden Augen hielt Spee für eine knappe Viertelstunde alle Verstöße gegen die Pflichten seines Lehramtes und die Regeln des Ordens vor, die er sich hatte zuschulden kommen lassen, und das waren nicht wenige.

Es begann damit, daß Spee sich seinerzeit, obwohl von Lennep mit strengem Ausgehverbot belegt, spätabends aus dem Kollegienbau entfernt und zum Generalvikariat begeben hatte, um den Weihbischof gegen Lenneps Entscheidung, ihn nach Geseke zu schicken, einzunehmen. Eine grobe Insubordination, leider zu spät entdeckt und mittlerweile – man ist nicht kleinlich! – sozusagen verjährt. Dann in Geseke der wiederholte Versuch, den Hohen Kommissar bei der Ausübung seines schwierigen Amtes zu behindern, Zweifel an der Rechtmäßigkeit der Prozesse auszusäen, mit ausgemachten Hexenweibern im Kerker zu konspirieren, ja, sogar, es ist nicht zu fassen, ihren verdienten Flammentod mit dem Martyrium christlicher Blutzeugen gleichzusetzen!

»Ich habe mir – weil ich's einfach nicht glauben mochte, daß ein Jesuit derart, ich muß schon sagen, lästerliche Gedanken entwickeln kann, eine Abschrift Ihres ›Güldenen Tugendbuchs‹ besorgt. Spee, Sie haben eine Art, sich auszudrücken, ein vulgäres, der Sprache des niederen Volkes entlehntes Vokabular, das Sie allenfalls anwenden können, wenn es um sehr irdische Belange geht – aber doch nicht, wenn Sie von heiligmäßigen Dingen sprechen! Sie fühlen sich bemüßigt, sogar unserem Heiland Worte in den Mund zu legen, die er so nie gesagt haben kann. So behaupten Sie einmal« – er blätterte in einem Manuskript, das er aus der Lade geholt hatte – »Christus habe vom Kreuz herunter den Trauernden bedeutet, sie ›sollten das Maul halten‹! Unerhört! Aber kein Wunder wiederum, wenn Sie an anderer Stelle sich erkühnen, zu Gott zu sprechen wie folgt: ›Wenn ich in den Himmel kommen werde, will ich wider Dich murren, will ich wider Dich klagen, o Herr!‹ ... Ja, Spee, um unseres gepeinigten Herrgotts willen, was nehmen Sie sich eigentlich heraus? Das ist ja ganz schrecklich! Und woher, wenn ich fragen darf, haben Sie denn *diese* Weisheit: ›Gott hat mehr Engel erschaffen als alle Sandkörner am Meeresstrand, alle Blätter auf den Bäumen, alle Stäubchen in der Sonne‹? Haben Sie die Engel gezählt? Oder die Sandkörner? Oder beides? Sehr anmaßend, Spee. Und nun wirklich nicht mehr auf dem Boden der Wissenschaft! Wundert mich aber gar nicht, wenn ich lesen muß, daß Sie Ihren Beichtkindern – es sind wohl immer nur Mädchen und Frauen, wie? – empfehlen, auf eigene Faust in der Heiligen Schrift zu schmökern! Vielleicht gar in der Luther-Bibel ...«

Erst jetzt gelang es Spee, dem aufgebrachten Rektor zu widersprechen: »Ich habe ausdrücklich auf die von der geistlichen Obrigkeit approbierten und zugelassenen Übersetzungen von Dietenberger und Ulenberg verwiesen ...«

»Spielt doch keine Rolle!« rief Lennep und fuhr mit der Zunge über die schwellenden Lippen. Auf seinen gesund durchbluteten Wangen traten die Äderchen bläulich hervor. »Wer Laien unberaten in der Bibel lesen läßt, verleitet sie auch zu unberatenem *Denken*! Das ist der direkte Weg in die Häresie!«

»Ein theologisch so versierter Kirchenoberer wie Weihbischof Pelking schätzt mein ›Tugendbuch‹, Pater Rektor!«

»Hat mal ein bißchen drin gespickt, das wird alles sein!« rief Lennep. »Genug jetzt. Sie werden mir gelegentlich noch von diesem blutigen Vorfall erzählen, dem Sie selber durch die Gnade des Herrn unversehrt entronnen sind. Nun, immerhin haben Sie dabei Mut bewiesen und unbeirrt von dem mörderischen Kriegsvolk die Sterbesakramente gespendet. Ich werde das dem Pater Provinzial und dem Pater General in Rom schreiben – genauso wie ich beiden leider meine tiefe Betrübnis über Ihr enttäuschendes Verhalten nicht länger habe verbergen können.«

»Sie haben sich – beim Pater General über mich beschwert?!«

»Ich habe ihn *informiert,* das ist ein Unterschied. Wir haben die Pflicht, unsere Oberen über Entwicklungen zu unterrichten, die uns Kummer machen. Wenn ein so begabter Mensch wie Sie Sorglosigkeit im Glauben und mangelnden Gehorsam erkennen läßt, dann ist nicht nur die Harmonie im Kollegium, sondern die Ordensdisziplin überhaupt gefährdet. Sie sollten das einsehen. Und nun gehen Sie, und schlafen Sie sich erst einmal aus!« – Doch dazu kam es nicht.

Denn was sich nun ereignete, entsetzte nicht nur die Patres im Kolleg. Es schreckte die gesamte Bevölkerung der in der Mittagshitze dösenden Stadt Paderborn auf, als sei eine Kanonenkugel ins neue Rathaus eingeschlagen.

Keuchend brach – man kann es kaum anders ausdrücken – brach Pater Horrion ins Rektorzimmer ein und stieß mit allem Pathos, das dem Poeten zu Gebote steht, die Worte heraus:

»Er ist gelandet!« Und auf verwirrte Nachfrage: »Nun, *er*! Der Löwe aus Mitternacht!«

Wenige Tage später wurde die Nachricht auch behördlicherseits bestätigt. Am 6. Juli 1630 hatte der Schwedenkönig Gustav Adolf mit dreizehntausend Mann die Insel Usedom besetzt. Er befand sich bereits auf dem Vormarsch nach Stettin.

Nun würde, so mußte man fürchten, das Kriegsglück auf protestantischer Seite sein.

An einem späten Vormittag im September hielt Friedrich Spee, wie jeden Dienstag und Freitag, im kleinen Auditorium mit seinen hochgestaffelten Bank- und Pultreihen Unterricht bei der Elite des Gymnasiums, den sechzehn- bis siebzehnjährigen Schülern der Octavia-Metaphysica, die ausersehen waren, dereinst in den Jesuitenorden aufgenommen zu werden. Gleich zu Beginn der Stunde fiel den Jungen auf, daß der Lehrer einen dickleibigen Faszikel im Kasten des Katheders verstaute, ehe er mit dem Unterricht begann. Ungewöhnlich war auch, daß er sehr bald vom eigentlichen Thema – den Begriffen der »curiositas« und der »studiositas« beim heiligen Thomas von Aquin – abwich, um mit den Schülern ein juristisches Problem zu erörtern. Es ging um das sogenannte »Sonder- oder Ausnahmeverbrechen«, das gerade in den letzten Monaten dank der Aktivitäten des Kommissars Schultheiß viel im Gespräch gewesen war.

Dem Schüler Wilhelm Radbruch gelang eine zutreffende Definition: »Das Sonderverbrechen ist ein so schweres, so schreckliches Verbrechen, daß alle Mittel erlaubt sind, die Schuldigen aufzuspüren, sie zum Bekenntnis ihrer Schuld zu zwingen und sie abzuurteilen.«

»Das Sonderverbrechen«, ergänzte Spee, »bedarf also zu seiner Sühne des Sonderverfahrens. Ist das richtig?«

Die Schüler stimmten zu.

»Und welches sind die klassischen Merkmale des Sonderverfahrens?«

»Verhaftung auf bloße Denunziation. Verweigerung des Rechtsbeistandes. Erzwingung des Geständnisses durch die Tortur.«

Spee lobte den Schüler Hermann Busenbaum für diese Antwort. Dann verlangte er, daß man ihm einige besonders charakteristische Sonderverbrechen nenne.

»Ketzerei! Majestätsbeleidigung!« riefen die Schüler. »Hexerei! Falschmünzerei!«

Von diesen Antworten befriedigt, sagte Spee: »Es sind also jene Verbrechen, die unmittelbar auf eine Schädigung des Gemeinwesens ausgehen und die Staatssicherheit besonders gefährden. Greifen wir nun eins dieser Verbrechen heraus: die Hexerei. Hier also sind wie bei den anderen Sonderverbrechen Denunziation, Verweigerung des Rechtsbeistandes und Folter erlaubte Mittel zur Wahrheitsfindung. Allerdings ist, seit man so rigoros vorgeht, die Zahl der verurteilten Hexen und Zauberer immer größer geworden. Bleibt man nun weiter so konsequent: denunziert, foltert, verurteilt und brennt – was geschieht dann?«

»Dann wird unser Land bald von Hexen befreit sein«, sagte Wilpert Schaffner, Sohn eines Paderborner Ratsherrn.

»Kommt uns nun angesichts der riesigen Zahl verurteilter Hexen nicht gelegentlich der Gedanke, es könnten sich darunter auch Unschuldige befinden?« Spee wandte sich an Beatus Westerhellweg, der wegen seines asketischen Lebenswandels und seiner in allen Fächern herausragenden Leistungen bei den Professoren sehr, bei den Mitschülern weniger beliebt war.

»Dieser Gedanke kommt uns nicht«, sagte Beatus überzeugt. »Denn schließlich haben wir unsere Beamten, die als Juristen und Gutachter auf das Phänomen der Hexerei spezialisiert sind!«

»Aber wäre es nicht denkbar«, wandte Spee ein, „daß solch ein Richter oder Sachverständiger sich auch einmal irrt – oder sogar böswillig handelt?«

Beatus Westerhellweg schüttelte den Kopf und schnalzte empört mit der Zunge. »Das kann nicht sein, da ein Beamter ja von seinem Fürsten kontrolliert wird!«

»Wenn dieser Fürst sich aber einmal irren sollte ...«

»Ein Fürst irrt nicht«, erklärte Beatus und setzte sich wieder. Er konnte sich offenbar nicht vorstellen, daß dagegen noch etwas einzuwenden wäre. Zur geheimen Freude der Klasse schien der Lehrer jedoch nicht aufgeben zu wollen.

»Er könnte aber, überlastet wie unsere Fürsten nun einmal sind, zumindest etwas unaufmerksam sein?«

Unlustig erhob Beatus sich noch einmal. »In diesem Fall hat er ja seine Beamten, auf die er sich verlassen kann.«

Spee hatte die Genugtuung, daß einige lachten. Zur Klasse gewandt, sagte er: »Dieser – logische Purzelbaum wird nicht jedes Gewissen befriedigen können ...«

Nun lachten alle bis auf Beatus Westerhellweg, der sich aufs Pult duckte.

»Wie erfährt man denn überhaupt, ob eine Frau, die der Hexerei verdächtig ist, auch wirklich eine Hexe ist?« Wieder fragte er, während er durch den ansteigenden Mittelgang und wieder zurück zum Katheder ging, einen nach dem anderen ab, und keiner zögerte mit der Antwort:

»Man muß sie zum Geständnis bringen.«

»Und wenn sie nicht gesteht?«

»Muß man sie foltern.«

»Und wenn sie auch dann nicht gesteht?«

»Muß man so lange foltern, bis sie gesteht.«

»Aha ...«, sagte Spee. Er ließ den Blick wie in großer Ratlosigkeit über seine Schüler gleiten, und während sie tuschelnd die Köpfe zusammensteckten, klappte er den Pultdeckel auf, holte das dicke Manuskript hervor und sagte: »Ich habe hier eine Schrift. Der Verfasser schreibt – recht kühn, wie ich finde – folgendes: ›Die Obrigkeit ist offensichtlich der Meinung, unsere Prozeßordnung lasse dem Angeklagten durchaus die Möglichkeit, seine Unschuld zu beweisen. Mit dieser Ansicht aber gibt sie nur zu erkennen, daß sie überhaupt nicht weiß, was hier in Deutschland vorgeht. Weiß einer *das* aber nicht, so ist sein Seelenheil in Gefahr. Denn *er sollte es wissen!‹* Und an anderer Stelle noch deutlicher: ›Wenn einer hierzulande nur wagt, den Angeklagten beizustehen, dann macht er sich schon selbst verdächtig. Verdächtig oder verhaßt macht er sich auch, wenn er es nur wagt, in aller Freundschaft die Richter zu warnen. So ist es heutzutage um die Freiheit bestellt!‹«

Dergleichen hatten die Schüler des Gymnasiums Theodorianum noch nie vernommen. Sie vergewisserten sich, daß soeben wirklich von der deutschen Obrigkeit und von der Freiheit in Deutschland die Rede gewesen war. Als der Lehrer ihnen das bestätigte, wurden sie neugierig und verlangten, mehr zu hören.

»Dieser Autor behauptet, er habe – als Hexenbeichtvater – noch keine als Hexe verurteilte Frau zum Scheiterhaufen geleitet, von der er unter Berücksichtigung aller Gesichtspunkte aus Überzeugung hätte sagen können, sie sei wirklich *schuldig* gewesen.«

»Widerspruch! Verurteilt – und unschuldig? Das paßt doch nicht zusammen!« Beatus Westerhellweg hatte den Zwischenruf gewagt.

»Weiter! Weiter!« riefen die Schüler.

Spee hob die Hand, mit der anderen blätterte er im Manuskript. »Hier steht etwas Ungeheuerliches: ›Zunächst habe ich nie daran gedacht, zu bezweifeln, daß es viele Hexen auf der Welt gibt. Nun aber, da ich die Tätigkeit unserer Gerichte näher kennengelernt habe, beginne ich zu zweifeln, ob es *überhaupt* Hexen gibt!‹«

Das schien nun selbst den eigenwilligsten Schülern etwas zu weit zu gehen. Doch als Beatus Westerhellweg den Finger hob und, von Spee aufgerufen, mit scharfer Stimme erklärte: »Dieser Autor muß selbst ein Hexenmeister sein!«, wurde er von seinen Kameraden niedergezischt. Sie fanden diesen vom Lehrplan abweichenden Unterricht großartig, wollten noch mehr Zitate aus dem ungewöhnlichen Werk hören, und tatsächlich vermochten sie mit klugen Einwürfen und Fragen ihren Lehrer zu bewegen, die ganze Stunde dem aufregenden Thema zu widmen. Doch als der Schüler Christoph Kattenstroth wissen wollte, ob dieses Werk käuflich zu erwerben sei, verwies Spee auf die schon zitierte Absicht des Verfassers, seine Niederschrift nur im Freundeskreis zirkulieren zu lassen.

»Er wird sich ans ›Buch der Sprüche‹ erinnert haben«, sagte er nicht ohne Sarkasmus. »Dort heißt es: ›Wer seinen Mund hütet, der bewahrt sein Leben. Wer seine Lippen aufreißt, dem droht Einsturz.‹ Und noch etwas findet sich dort: ›Ein kluger Mann verbirgt sein Wissen.‹«

Aber sosehr ihm die Schüler daraufhin Beifall trampelten – Friedrich Spee wagte zu bezweifeln, ob die Anwendung dieser Bibelsprüche auf ihn und seine »Cautio Criminalis« vom moralischen Standpunkt aus gerechtfertigt wäre.

»Rinteln, am 17. September 1630
Philipp von Kronthal an Pater Friedrich Spee.

In vielen Nächten geschrieben – in einer einzigen Nacht gelesen: Dies ist das Buch, das den Unglücklichen Erlösung bringt! Denn so töricht kann kein Ankläger, so schlecht kein Richter sein, daß er diese Schrift zur Seite legen und in seinem verblendeten Tun fortfahren könnte, als habe er sie nie gelesen. Von dem Tage an, da dieses Manuskript ein Buch geworden und damit jedermann zugänglich sein wird, kann es für die Hexenbrenner keine Entschuldigung geben; Nichtwissen kann keinen Dispens mehr von der Verantwortung erteilen. Denunziation und Folter werden jegliche Beweiskraft verloren haben und deshalb auch nicht mehr angewendet werden. Ihr Buch, verehrungswürdiger Pater, den ich nun mit doppeltem Recht meinen Lehrer nennen darf, wird das Gesetzbuch der Zukunft sein, das die überlebten, unmenschlichen Gepflogenheiten der Peinlichen Halsgerichtsordnung Kaiser Karls ad absurdum führt!

Ich lebe hier mit meiner Gefährtin und unserem Kind bei guten, gebildeten Menschen, wenn auch in etwas beengten Verhältnissen. Im Kreise meines Gastgebers, eines Protestanten, tut sich auch ein glaubenseifriger Theologe hervor, der Lieder dichtet – nicht zu vergleichen mit den Ihren: dürr und bilderarm, wie diese lutherischen Choräle nun einmal sind. Angenehmer als dieser hagere Tugendbold ist mir Professor Lotichius, ein Chirurgus, und dies, obwohl er meinem Giertchen schöne Augen macht. Er geht in diesen Tagen ein und aus bei uns; der kleine Philipp ist krank und fiebert, aber Lotichius müht sich sehr um ihn, wofür ihn denn Giertchen mit noch schöneren Augen belohnt.

Am ehesten findet sich Giertchen in dieser mir manchmal allzu traulichen Enge und Beschränktheit zurecht. Es sind ihre Verwandten, bei denen wir leben; und daß sie wieder frisch gedruckte Bücher riechen, in Quart- und Foliobänden blättern, kunstvolle Holzschnitte und Stiche bewundern darf, das gibt ihr ein Stück ihrer kölnischen Heimat in der Lintgasse zurück, aus der sie von unseren Glaubensgenossen vertrieben wurde; das haben wir ja seinerzeit mitansehen müssen.

Doch zurück zu Ihrem Manuskript; es gibt nichts, was wichtiger wäre. Ich lernte einen Drucker Reineking aus dem benachbarten Stadthagen kennen. Zwar nehme ich an, daß Sie den Druck der »Cautio« in Paderborn (bei Pontanus?) besorgen lassen, bin andernfalls aber mit Eifer bereit, das in meinem Besitz befindliche Exemplar diesem Reineking zu übergeben, gedächte auch den Druck zu beaufsichtigen und die Kosten zumindest vorzuschießen.

Ich höre eben von Giertchen, Professor Lotichius sei mit dem Befinden des kleinen Philipp-Ignaz sehr zufrieden. Schade, daß dieser tüchtige Mann solch ein Schürzenjäger ist.

In treuer Verbundenheit und tiefer Bewunderung Ihres segensreichen Werkes bin ich

Ihr Philipp von Kronthal.

Postskriptum:
Das Vordringen des Schwedenkönigs wird von den hiesigen Lutheranern mit unverhohlener Freude begrüßt – wie begreiflich! Giertchens, der Calvinerin, Gefühle sind eher zwiespältig. Die wenigen Katholiken, mit denen wir hier bislang zu tun hatten, dürfen sich wieder einmal daran delektieren, daß der Protestantismus in einander so mißgünstig gesonnene Sekten zerfallen ist.«

»Paderborn, am 29. September 1630
Michaelis archangelus.
Friedrich Spee an Philipp von Kronthal.
Lieber Philipp, was Du gegen Ende Deines Briefes, für den ich Dir herzlich danke, andeutest, veranlaßt mich, Dir noch heute zu antworten. Ich entnehme Deiner Bemerkung über den Drucker aus Stadthagen, daß Du offenbar der Meinung bist, ich wolle mein Manuskript drucken lassen. Lieber Philipp, das kann nie und nimmer sein! Wie könnte ich, der Ordensmann, ein Schriftwerk ohne kirchliche Druckerlaubnis, ja, ohne die prononcierte Zustimmung meiner Ordensoberen, in Druck geben?! Und gar dieses, das so gefährlichen Inhalts ist! Hast Du Dir überlegt, was geschehen würde, wenn dieses Manuskript als Buch erschiene? Die Ausstoßung aus dem Orden wäre noch nicht einmal das Schlimmste. Dieses Buch, gespickt mit schärfsten Angriffen auf eine schlafende oder gewissenlose Obrigkeit, voll des Hohns auf törichte oder pflichtvergessene Richter und Beamte, nicht ohne bittere Vorwürfe auch gegen manche Fürsten, gelegentlich sogar, kaum verhüllt, den Kaiser tadelnd, vor allem aber auch die Geistlichkeit nicht schonend – wo, glaubst Du, werde ich enden, wenn ruchbar wird, daß ich der Autor bin? Schon jetzt habe ich unter dem Mißtrauen, um nicht zu sagen der Mißgunst meiner Oberen und meiner Brüder zu leiden. Ein Versuch, Probleme des Hexenprozesses im Unterricht zu erörtern, wurde mir, nachdem ein Schüler mich beim Rektor angeschwärzt hatte, von diesem als Unbotmäßigkeit und Auf-

stachelung zum Aufruhr ausgelegt. Beschwerdebriefe wegen angeblicher Insubordination gingen schon vor Monaten an den Provinzial und sogar an den Pater General in Rom. Letzterem habe ich allerdings, kaum daß ich von diesen Verleumdungen erfuhr, meinen Standpunkt in einem Verteidigungsbrief deutlich gemacht. Ich bin gespannt, ob Pater Vitelleschi mir antworten wird. Wie auch immer: Du siehst, man hat mich und meinen Eigensinn bereits wahrgenommen – weit mehr, als mir lieb sein kann.

Ich weiß, ich weiß, was Du erwidern könntest, ich kenne die Waffe, mit der Du mich entwaffnen willst. Habe ich doch, in der Vorrede zu meinem Buch, selbst geschrieben, daß jene Obrigkeiten, die so sorglos vorgehen, mein Buch gewiß nicht lesen wollen, obwohl gerade sie es bitter nötig hätten, ›um aus ihm Sorgfalt und Behutsamkeit zu lernen‹. Wie aber – so dürftest Du mit vollem Recht fragen – sollen die Obrigkeiten mein Buch lesen, wenn es nicht gedruckt vorliegt?

Nach dem oben Ausgeführten wird Dir dennoch verständlich sein, daß ich, jener Frage ungeachtet, das Manuskript nicht in Druck geben darf. Andererseits weiß ich – Du hast es mir geschrieben –, daß Du in beengten Verhältnissen lebst, keinen Schreibtisch, keine Truhe Dein eigen nennst. Wie leicht könnte da mein Manuskript ganz ohne Dein Verschulden abhanden kommen. Oder ein flinker Drucker, der im Rufe steht, sich schnell entscheiden zu können, findet solch ein besonders brisantes Manuskript schon einmal auf der Schwelle seiner Tür. Das wäre allerdings eine Fügung, die Gott zugelassen und die man in Demut anzunehmen hätte.

Ich hätte noch viel mit Dir zu reden, aber die Zeit will es nicht leiden.

Weshalb ich Dich, lieber Philipp, samt Deiner Gefährtin, Eurem Knaben, Deinen Gastgebern und allem Hausgesinde nunmehr in den Schutz und Schirm des Allerhöchsten befehle.

Friedrich Spee.«

Philipp las den Brief dreimal hintereinander. Dann ging er in das Hinterzimmer der Buchhandlung, wo sich der Benediktiner, der ihm die Post gebracht hatte, bei Bier und Schmalzbroten stärken durfte. Der hatte es verdient; er war auf dem Weg durch die Stadt von aufgebrachten Rintelner Bürgern beschimpft und ums Haar mißhandelt worden. Sie mochten die schwarzen Kutten in ihren Straßen noch nicht dulden, und so taten die Mönche im Jakobskloster gut daran, sich fürs erste nicht zu weit über ihren Bereich, den sie stolz ›Campus‹ nannten, hinauszuwagen. Philipp setzte sich zu dem Boten und schwieg eine Weile, ehe er übers Wetter und die Strapazen der Reise sprach. Er hatte gehofft, der Mönch werde dem Schreiben eine mündliche Botschaft, eine Erläuterung folgen lassen; und mochte sie auch chiffriert sein, er würde sich schon seinen Reim darauf machen. Der Brief allein jedoch …

Als der Mönch gegangen war, beriet Philipp sich mit Giertchen.

»Hier, gleich anfangs, steht es unmißverständlich: Er will sein Werk nicht drucken lassen: ›Wie könnte ich, der Ordensmann, ein Schriftwerk ohne kirchliche Druckerlaubnis, ja, ohne die prononcierte Zustimmung meiner Ordensoberen, in Druck geben?‹«

»Er will es nicht in Druck geben«, sagte Giertchen, die ihm über die Schulter sah. »Das ist allerdings unmißverständlich.«

»Aber weiter, hier: Er schreibt doch ganz allgemein, daß Schlimmes geschehen würde, wenn das Buch im Druck erschiene. Also auch wenn nicht er selber, sondern ein anderer den Druck veranlaßt. ›Wo, glaubst du, werde ich enden …‹, schreibt er!«

»›… wenn ruchbar wird, daß ich der Autor bin‹«, ergänzte Giertchen den Satz. Und bemerkte kühl: »Das muß er in Kauf nehmen! Nennen sich die Jesuiten nicht Soldaten Christi? Und hier geht's nicht um irgendeine Festung, um Suff und Beute und Weiber – hier geht's – wie schreibt er? – ›um anhaltenden Segen für die Ärmsten und Elendesten‹!«

»Du hast keine Ahnung, wie sie ihn quälen werden«, murmelte Philipp. Dieser Brief war zum Verzweifeln. Und was sollte das nun wieder heißen: Ein Drucker könne auch einmal ein Manuskript vor seiner Tür finden? Es war nicht Spees Art, sich so dubios auszudrücken. Daß er es in diesem Brief trotzdem tat, konnte keinesfalls aus Nachlässigkeit geschehen sein.

Giertchen sah ein, daß jener Friedrich Spee, vielleicht ohne sich dessen bewußt zu sein, ihrem Philipp eine Verantwortung aufbürdete, für die er nicht hinlänglich gerüstet war. Obwohl er wußte, daß die Drucklegung des Werkes vielen tausend unschuldigen Menschen das Leben retten konnte, mußte er doch gleichzeitig um das Leben des verehrten Lehrers besorgt sein, mit dem man kurzen Prozeß machen würde. Denn was in der »Cautio Criminalis« stand – und Giertchen hatte das Buch wie im Fieber gelesen –, war ja nichts Geringeres als die Bankrotterklärung der deutschen Justiz. Die »Cautio Criminalis« war der kühne, lebensgefährliche Versuch, die deutschen Fürsten, ihre Richter und Gutachter zum Eingeständnis zu zwingen, daß ihre seit Jahrhunderten vertretene Theorie und geübte Praxis nichts als ein schauriger Irrtum war, der Ströme von Blut entfesselt und Hunderttausende menschlicher Fackeln entzündet hatte.

Wer, so fragte sich Giertchen, wird schon zugeben, daß er sein Leben lang ein Verblendeter war, ein Dummkopf – oder gar ein gemeiner Mörder?

Spee war also ernstlich in Gefahr, denn eine Gewähr, daß seine Name geheimblieb, gab es nicht. Allzuoft schon hatte dieser Mann Zweifel an den Prozessen geäußert; der Verdacht würde sofort auf ihn fallen.

Dennoch: Wenn Giertchen erwog, daß es um die Rettung Hunderttausender, vielleicht, bis in die fernere Zukunft gerechnet, von Millionen ging – und auf der anderen Seite um das Leben eines einzigen Mannes, der gewiß in einer späteren Zeit, wenn schon nicht von seiner Kirche, so doch von freien, vernunftbegabten Menschen mit der Krone des Märtyrers geschmückt werden würde, dann konnte sie nicht im Zweifel sein, wie sie sich, läge es in ihrer Hand, zu entscheiden hätte. Sie stand, das Manuskript an die Brust gepreßt, mit erhitzten Wangen vor Philipp und blaffte ihn an:

»Treibt's nur so weiter in eurem traurigen Deutschland! Daß ihr euch nicht in Grund und Boden schämt! Ich habe zwei Jahre in einem freien Land gelebt, wo man schon lange keine Hexen mehr verbrennt! Wo's auch gar keine gibt! Weil's nämlich überhaupt keine Hexen gibt, nirgendwo auf der Welt. Weil alles ein dummer, schändlicher, verbrecherischer Aberglaube ist! Und was in Holland jedes Schulkind weiß, das traut sich ja nicht einmal dein Pater auszusprechen. Jedenfalls nicht so klar, daß man's auf Anhieb kapierte. Versteh ich ja auch! Er hat keine Lust, selber zu brennen. Aber warum, wenn er's nicht drucken lassen will – warum hat er's dann überhaupt geschrieben? Damit es Leute lesen, die ohnedies schon lange so denken wie er selber? Es müßten doch aber gerade die anderen lesen! Aber wie? Denk doch mal nach, Philipp! Mir ist schon klar: *Er* kann's nicht drucken lassen! Er muß, wenn seine Oberen ihn fragen, mit gutem Gewissen sagen können: ›Nein, ich war es nicht!‹ – Aber warum hat er's dir geschickt? Warum wohl? Warum beläßt er's bei dir? Warum fordert er es nicht zurück? Hat er dir nicht geschrieben, daß Gewalt gegen Gewalt auf die Dauer nichts ausrichten kann? Daß nur der Geist die Gewalt besiegt? Du mußt dafür sorgen, daß der Geist nicht in Rinteln vermodert! Du mußt ihn befreien! Und der befreite Geist wird die Frauen befreien – all diese armen, gemarterten Weiber, die zu Zehntausenden in euren Kerkern auf die Hinrichtung warten!«

»Du redest, als seist du keine Deutsche mehr«, schimpfte Philipp. Zur Sache selbst wußte er nichts zu sagen.

Giertchen antwortete: »Es wird mir auch schwerfallen, eine zu bleiben – wenn ihr so weitermacht.«

Der kleine Philipp wurde munter in seiner Wiege. »Als ob er wüßte, daß der Professor gleich nach ihm sehen wird«, sagte

Giertchen und stand auf. Philipp entging nicht, daß sie die Schürze abband und sich das Haar richtete. »Auf dem Titelblatt dürfte nur stehen ›Von einem römischen Theologen‹ – oder so ähnlich. Du wirst das schon machen!«

Als er erstaunt aufblickte, war sie schon aus dem Zimmer.

Unten ging die Ladentür. Des Buchhändlers sonore Stimme begrüßte Professor Lotichius. Leichtfüßig kam der elegante Mann die Treppe empor. Philipp stand auf und schloß verdrossen die Tür zum Nebenzimmer. Er hörte, wie der Kleine, der kein Fieber mehr hatte, in dieses keckernde Lachen verfiel, das ihm weder seine Mutter noch Philipp zu entlocken vermochten – nur der Professor verstand es dank einer, wie Philipp meinte, besonders albernen Geste. Aber er hatte den Jungen gesund gemacht, und so war ihm einiges nachzusehen, woran zumal Giertchen es nicht fehlen ließ; sie unterhielt sich nun einmal gern mit gelehrten Leuten. Was, dachte Philipp, habe ich, ein entlaufener Jesuitenschüler, ein desertierter Totschläger, ihr schon zu bieten!

Und plötzlich wurde ihm bewußt, daß er sich ihr in diesem Augenblick genauso unterlegen fühlte wie nun vor bald vier Jahren, als ihn die kleine Buchhändlerstochter zum erstenmal, wenn auch gutmütig, verspottet hatte.

Giertchen ließ nicht locker. Zwei Tage darauf traf sie auf der Weserbrücke den Drucker Reineking aus Stadthagen. Der Mann sah unter seinem übergroßen Hut aus wie ein ambulanter Krämer; er trug einen Korb mit Flugschriften, die er gedruckt hatte und nun auf eigene Rechnung verkaufte, es fehlte ihm ja an Aufträgen. So verwunderte es Giertchen nicht, daß Reineking, als sie ihn fragte, ob er geneigt sei, ein Manuskript anzunehmen, freudig zustimmte. Doch ebenso schnell lehnte er mit erhobenen Händen, ja, geradezu angewidert ab, als er erfuhr, daß es sich um ein Werk aus katholischer Feder handelte. Giertchen hatte das nicht verschweigen können; schon nach flüchtigem Durchblättern konnte es keinen Zweifel über das Bekenntnis des Autors geben. Es war nichts zu wollen; Reineking verriet seinen Glauben nicht, obwohl Giertchen ihm einen ansehnlichen Vorschuß geboten hatte.

So fragte sie am Abend dieses Tages wie beiläufig den Professor, was er von dem Drucker und Verleger Lucius halte.

»Lucius? Du lieber Himmel!« Lotichius, der sich, seit der kleine Philipp-Ignaz wieder pudelgesund und somit ein Grund für häufige Visiten in der Buchhandlung entfallen war, auf einmal für die »Annalen der brabantischen Herzöge« mit dem Titelkupfer des Peter Paul Rubens interessierte, dem derzeitigen Prunkstück auf Philippus Wagners Büchertisch, das ihm glaubhafte Veranlassung gab, wiederholt die Buchhandlung aufzusuchen und beiläufig auch den Damen seine Aufwartung zu machen – Professor Lotichius zeigte sich auf Giertchens Frage amüsiert und gern zur Auskunft bereit.

»Peter Lucius? Ach, entschuldigen Sie mich! Ich lache zwar – doch ich lache nicht herzlos! Sie müssen verstehen, daß es einem Mediziner possierlich erscheint, wenn ein einigermaßen gebildeter Mann wie dieser Drucker sich vor einem sauber zubereiteten Leichnam fürchtet. Nun, ich nehm's dem Mann nicht übel, er macht sich nur selber das Leben schwer.«

Lotichius erzählte Giertchen und Leocadia, der das nichts Neues war, daß Lucius, ein begabter, fleißiger, allerdings auch vom Ehrgeiz gebeutelter, reichlich hiddeliger Mann, seit bald zehn Jahren mit ihm, Lotichius, einen zermürbenden Kampf um die Räumlichkeiten im Südflügel des Jakobsklosters ausfocht, der wie das ganze Gebäude noch vor wenigen Wochen Eigentum der Evangelischen Universität gewesen war. Lucius wollte seine Druckerei, der Professor sein Theatrum Anatomicum auf Kosten des anderen erweitern. Wand an Wand belästigten sie einander durch Lärmentfaltung nach Kräften: Lucius den Mediziner mittels seiner Druckerpressen, deren mächtige Holzschrauben er niemals schmierte – und Lotichius den Drucker dank seiner stets zu trampelndem Beifall aufgelegten Hörerschaft.

Seit der Besetzung des Klosters durch die Benediktiner hätten die beiden Lutheraner allen Grund gehabt, Frieden zu schließen. Lotichius war gern dazu bereit, zumal er Lucius aufrichtig bedauerte. Denn während die neuen Herren in ihrem Ehrgeiz, so schnell wie möglich eine vollwertige Katholische Universität zu werden, mit ihm, einer Leuchte der medizinischen Wissenschaft, behutsam und höflich umgingen, reizten sie den unglücklichen Lucius durch tölpelhafte Drohungen bis aufs Blut. Er war ihnen ein Stachel im Fleisch, eine stete Erinnerung an die unzähligen protestantischen Bibeln, Katechismen, Gesangbücher, Traktate und Dissertationen, mit denen er »jahrelang ganz Schaumburg verseucht« hatte. Und nur der Umstand, daß es rechtlich noch ungeklärt war, wem eigentlich die technische Einrichtung der Druckerei gehörte – der Evangelischen Universität oder der Congregatio Anglicana oder gar Lucius persönlich –, hatte bislang eine Austreibung des Drukkers aus dem Jakobskloster verhindert.

So behalf und rächte man sich fürs erste mit Schikanen, deren abgefeimteste darin bestand, daß man dem Lucius das Tor zur Straße verriegelte. Nun hatten er und seine Gesellen keine andere Möglichkeit, die Druckerei zu verlassen oder zu betreten, als durch das angrenzende Anatomicum, einem Saal mit amphitheatralisch ansteigenden Bänken, dem breiten, für Operationen wie Obduktionen geeigneten Tisch als zentralem Blickpunkt und mit Wandschränken, hinter deren Glastüren in einer gelblichen Flüssigkeit schwimmende mißgestaltete Kleinkörper mit wie schützend vor dem Schädel erhobenen Pfötchen ihr lautloses Unwesen trieben und dem armen Drucker, wenn er sich schon einmal nach draußen wagte, eine Gänsehaut über den Rücken jagten.

»Aber selbstverständlich, meine liebe Frau Giertchen, führe ich Sie zu Lucius!« sagte der Professor auf ihre vorsichtige Anfrage. »Mit dem größten Vergnügen! Ich werde auch dafür sorgen, daß alles, was Ihren zarten Sinnen zuwider sein könnte, durch meine Schüler rechtzeitig abgeräumt wird – seien es nun amputierte Beine, konservierte Innereien, enthäutete Schädel oder …« Auf einen strafenden Blick Leocadias brach er die Aufzählung ab und schloß: »Wann darf ich Sie zu Herrn Lucius geleiten?«

Doch während Giertchen noch überlegte, wie sie dem Professor begründen könnte, weshalb sie so dringend mit dem Drucker zu sprechen wünschte, schlug er sich an die Stirn. »Wie töricht von mir! Daß ich daran nicht dachte! Wie soll ich ein Frauenzimmer, und sei es noch so fürtrefflich – oder besser: gerade ein so fürtreffliches –, in ein Mönchskloster schaffen?! Schon beim Pförtner müßten wir scheitern!«

»Kloster?« sagte Giertchen. »Die wollen doch eine Universität sein!«

»Ändert nichts! Haben Sie schon einmal einen weiblichen Studenten gesehen? – Zu schade!« Der vielbewanderte Mann kaute auf seiner Lippe. »Es sei denn, Sie wären tot …«, sagte er dann wie aus tiefem Nachdenken.

»Wen – meinen Sie?« fragte Leocadia.

»Sie, Frau Giertchen!« – Er begriff, was er gesagt hatte, und flüchtete sich in ein breites Lächeln. »Ja, gewiß, wenn ich Sie als Leiche in die Anatomie brächte … Tote Frauen, so sie nur wohlverhüllt sind, läßt man ein!«

»Nun hören Sie aber auf!« schimpfte Leocadia.

»Wäre das nicht wirklich eine Möglichkeit, an diesen Lucius heranzukommen?« scherzte Giertchen, nachdem sie Philipp von dieser Unterhaltung erzählt hatte.

»Es gibt noch eine andere«, sagte Philipp und stand auf. Er war wütend auf sie, wütend auf sich. Er hatte sich in diesen Tagen zaudernd und weibisch verhalten, bestimmt nicht wie ein Soldat. Diese Frau beschämte ihn mit ihrer Unbeirrbarkeit. Das würde nun so weitergehen. Sie fing ja schon an, ihm vorzurechnen, wie viele verbrannte Weiber er sich Tag für Tag durch seine Unentschlossenheit auf sein Gewissen lade.

Er ging in den Oberstock, nahm das Manuskript aus dem Alkoven und ging an Giertchen vorbei und ohne noch ein Wort zu verlieren aus dem Laden.

Er kam aber nicht weit. Noch vor dem Markt stiegen zwei Offiziere vom fürstlichen Leibregiment zu ihm, die während der unruhigen Wochen von Bückeburg nach Rinteln abkommandiert waren. Philipp hatte vor vierzehn Tagen einen Wirtshausabend mit ihnen verbracht, schließlich auch ausgeplaudert, daß er mit den Kaiserlichen in Dänemark gewesen war. Aber die beiden hatten's nicht krummgenommen; der eine war selber dem Pappenheim ausgerückt und lutherisch geworden, der andere fluchte auf die Dänen, die vor fünf Jahren das Schaumburger Land kaum weniger schlimm als nachmals der Tilly geplündert hatten. Was die Kriegsläufte und -zufälle da so zueinander spülten, vertrug sich in der Regel nicht übel, schon gar, wenn's bei Rintelner Bier ans Bramarbasieren ging. Philipp hatte seinen katholischen Glauben schon längst nicht mehr verheimlichen können, auch bei seinen Gastgebern nicht, denen er nie zu Professor Stegmanns Predigten in die Nikolaikirche gefolgt war. Wie sollte er auch über so viele Wochen Beichte und heilige Kommunion entbehren, ohne Schaden an seiner Seele zu nehmen? So schlich er sich sonntags zu den Benediktinern in die Klosterabtei; daß er dort wohlgelitten war, würde ihm bald noch auf andere Weise nützlich sein.

Das Manuskript unter den Arm geklemmt, tratschte er mit den Kumpanen, bis sie ihn überzeugten, daß sich's im »Löwen« weit besser tratschen ließ. So machte er kehrt, lud die »Cautio« bei Giertchen ab, wohl wissend, daß sein pompöser Abgang nun im nachhinein ganz und gar lächerlich wirkte. Aber Giertchen musterte ihn besorgt. Er war in den letzten Wochen dicklich geworden; schon in Büren war er ans Saufen geraten, und hier in Rinteln gab es noch weniger zu schaffen für einen gesunden, kräftigen Burschen, der von der Fahne gelaufen war – weniger noch als in Büren, wo er immerhin sieben Reiter zu kommandieren hatte.

Als er ihr, Ausreden murmelnd, das Manuskript in die Hand drückte, begriff sie, daß es lieber morgen als übermorgen ein Ende haben mußte mit dem Rintelner Etappenlager, wie sie es nannte; auch Leocadia war reizbar geworden, zwar sagte sie nie ein böses Wort, aber das Haus in der Ostertorstraße war zu klein für so lange währende Einquartierung.

»Verdammt!« fluchte Giertchen unchristlich, als Philipp wieder gegangen war. Sie spazierte im Laden auf und ab, griff nach diesem Buch und nach jenem, fand alle langweilig, stampfte endlich sogar mit dem kleinen Fuß auf und schnaubte: »Dann eben doch als Leiche!«

Sie ging früh zu Bett; sie wußte, daß Philipp kaum vor Mitternacht, natürlich betrunken, heimkehren würde, und dann war's mit dem Schlaf erst einmal vorbei. Lange lag sie noch wach mit unter dem Kopf verschränkten Händen. Plötzlich vernahm sie Unruhe in den Straßen, ein Wehgeschrei vom Markt her, und sie fuhr hoch im Bett und hatte Angst um Philipp und wußte wieder einmal, wie sehr sie ihn liebte.

Um diese Zeit gingen, gefolgt von Männern und Frauen, die zum Teil nur notdürftig bekleidet waren, zwei Männer durch die nächtliche Stadt, die auf einer Bahre den zerschmetterten Körper eines jungen Mädchens trugen. Das Haupt war fast unversehrt; bald hatte man das arme Ding als Roswitha, Tochter des Bäckermeisters Wilsnack, erkannt. Vom Marktplatz, wo man sie nach vernehmlichem Aufprall zu Füßen des Turms der Stadtpfarrkirche aufgelesen hatte, ging, auf Weisung des alarmierten Ratsschreibers, der Weg zum Jakobskloster, zur Anatomie. Es bestand Übereinkunft mit der Universität, wonach jeder Selbstmörder wie auch jeder Gerichtete der Wissenschaft zu dienen hatte, ehe man ihn verscharrte.

Wenig später hatte man die Eltern des Mädchens aus den Betten geholt, und da kam denn, bei Fackelschein und mitten auf dem Marktplatz, aus dem Geschluchz der Frau Wilsnack heraus, daß die Roswitha sich hatte vom Teufel besessen gewähnt, und mehr noch: geschwängert! Überfallsweise natürlich, nicht einverständig, vergewaltigt von Junker Eisenschwanz; und wenn's auch nur ein töricht-sündhafter Jungmädchenwahn gewesen sei – schwermütig sei sie doch darüber geworden, und gewandelt sei sie bei Mondschein bis zum First und nun, wie man sehe, sogar den Kirchturm hinauf.

Warum sich die Eltern nicht dem Pfarrer anvertraut hätten oder, besser, gleich der Juristenfakultät; man habe doch wohl die drei Taler Gebühr für ein Gutachten noch aufbringen können? »Zum Goehausen?« schrie die Frau. »Da hätt' ich mein Kind wohl gleich aus dem Fenster stürzen mögen!«

Was aber die Schwangerschaft betraf, man würde ja sehen; Professor Lotichius, Chirurg und Gynäkologe, würde schon fündig werden, wenn denn tatsächlich Satans Same aufgegangen sein sollte.

Als Philipp mit seinen Zechbrüdern, vom Lärm und Getrappel und Nachtwächterhorn aufgeschreckt, aus der Kneipe trat, verhuschten die Fackeln und Windlichter schon um die Ecke. Ein altes Ehepaar, sie in der Nachthaube, blieb zurück und erstattete freudig Bericht.

Als er von Teufelsspuk und Zaubereiverdacht hörte, verging Philipp der Durst. Ihm war, als trage er Schuld am Tod des Mädchens, als könnte das arme Geschöpf noch leben, wenn er nur das Manuskript, wie er's doch so mannhaft vorgehabt, noch diesen Abend zu Lucius getragen hätte. Und so abwegig dieser Gedanke auch sein mochte, er wurde ihn nicht mehr los, und kein Versuch einer vernunftgemäßen Korrektur schlug durch.

»Natürlich ist sie schwanger gewesen, die Roswitha«, sagte noch in der Nacht Philippus Wagner. »Aber der Teufel war es nicht. Einer von den Corveyer Benediktinermönchen, ein junger Blonder mit nußbraunen Augen, ist es gewesen, und ehe das ruchbar werden konnte, hat der Prior ihn nach Frankreich geschickt.«

Sie wollten hören, woher er das wisse, aber das gab er nicht preis, und man beschied sich damit, daß Philippus Wagner schon immer etwas mehr gewußt hatte, als auszuplaudern er für angemessen hielt.

»Was blieb der Roswitha übrig? Die Schande, wenn man sie dick werden sah – nun, ihr wißt ja selbst. Verliebt, verführt und endlich bitter enttäuscht, mußte sie den Galan in der Kutte wohl für den Teufel halten. Ließ sich auch von der Mutter nicht abbringen von ihrem Wahn. Vielleicht – so ein blutjunges Ding ist ja halb töricht, halb auch verschlagen – dachte sie, man werde nachsichtiger mit ihr verfahren, wenn's der Teufel gewesen war.«

»Aber warum, wenn sie denn schon den Teufel bemühte und deshalb meinte, als unschuldig davonkommen zu dürfen, warum hat sie sich dann umgebracht?« Frau Leocadia stellte die Frage.

»Vielleicht ist ihr heute nacht erst klargeworden, daß sie's dann auch mit Professor Goehausen zu tun kriegen würde, schließlich wohnt er ja gleich nebenan im Noellenbeckschen Stadthof. Und was der angestellt hat in all diesen Jahren mit Frauen, die erst gar nichts und dann auf der Folter alles gestanden, brauche ich euch nicht zu sagen. Ja, so wird es gewesen sein: Sie hat erst spät, leider zu spät, an den unausweichlichen Herrn Goehausen gedacht.«

»Treten Sie näher, junger Freund!« sagte Professor Lotichius, als Philipp am folgenden Tag vorsichtig die Tür zum Hörsaal der Anatomie öffnete. Der Chirurg und einige seiner Schüler umringten den Sektionstisch, der, da Philipp angeklopft hatte, eilig mit einer Decke verhüllt worden war. Unter ihren sanften Hügeln durfte man die armseligen Reste der unglücklichen Roswitha Wilsnack vermuten.

»Leider darf ich Sie nicht zu meinen Schülern zählen«, fuhr der Professor fort, »auch sind Sie keine schaumburgische Amtsperson; also ist es mir nicht gestattet, Sie mit dem Ergebnis der Autopsie vertraut zu machen. Doch immerhin soviel: Von einer außernatürlichen Zeugung der Frucht, gar einer satansmäßigen, wie hierorts manche argwöhnen, kann keine Rede sein. Weder weist der Fötus eine klümpchenhafte Verhufung der Füße auf, noch lassen etwa kleine Wucherungen der Stirn auf das Wachstum von Hörnern schließen; auch einen Schweif, und wäre er noch so zierlich, vermochten wir nicht einmal im Ansatz zu entdecken.«

Die Schüler, während sie Lotichius die Ärmel aufkrempelten, nickten zustimmend. Dann beugte sich der Professor über einen Zuber und wusch sich Hände und Arme bis zu den Ellbogen. Während er sich abtrocknete, entließ er die Studenten und lud Philipp zu einem Rundgang durch das Theatrum Anatomicum ein.

»Wenigstens den Sündenfall müssen Sie sehen!« beharrte er, als Philipp gestand, daß er nicht ihn, sondern den Drucker Lucius hatte besuchen wollen.

Sie stiegen die Treppe zur Galerie hoch und zwängten sich durch die Bankreihen bis zur Rückwand, wo, eingelassen in die Mauer, vergleichbar einer der großen Weihnachtskrippen in den Kirchen, die Szenerie des Paradieses, im Mittelpunkt, plastisch und bunt bemalt, der Baum der Erkenntnis mit der sich aus dem Gezweig herausringelnden Schlange zu sehen war. Zu beiden Seiten des Baumes standen zwei menschliche Skelette: Adam und ihm gegenüber Eva, die mit anmutig gespreizter Knochenhand den Apfel zum nahezu vollständig erhaltenen Gebiß führte.

»Schaudervoll!« bekannte Philipp.

»Aber auch lehrreich!« korrigierte der Professor. »Wir hatten etwas Verdruß mit dieser Darstellung, die noch mein Vorgänger, ein eigentümlich gearteter Herr, erdacht hatte. Unser lutherischer Rektor befand eines Tages, den beiden müsse ein Tuch um die Lenden geschlungen werden, des Anstands halber. Da ist der neue Prior großzügiger. Als er mit mir zum erstenmal den Saal besichtigte, fragte er mich, auf die Lendentücher deutend: ›Sie vermuten doch wohl nichts Anstößiges mehr darunter?‹ – ›Nein, Hochwürden‹, erwiderte ich. ›Einmal in diesen

Zustand versetzt, hat der Mensch dergleichen für immer abgelegt.‹ – ›Recht gesprochen!‹ erwiderte der Prior und befreite die Gerippe mit eigener Hand von der Verhüllung. ›Nur, freilich‹, sagte er, als wir die Treppe hinuntergingen, ›stellt sich dem Theologen die Frage, ob es denn überhaupt denkbar sei, daß ein Knochenmensch in Sünde fallen könne. Sie verstehen: nichts als Knochen! – Und ob dann dies Bild vom Sündenfall nicht eigentlich eine contradictio in adjecto sei ...‹ – Ich zog es vor, darauf zu schweigen; es ist nicht mein Fach.«

Die Porträts bedeutender Wundärzte schmückten die Wände, vor allem aber die weißlich in Spiritus schwimmenden Zeugnisse »so manchen Mißgriffs der Natur«, wie Lotichius das ausdrückte: diese unförmigen Föten, diese Wasser-, Kiel- und Kropfköpfe, diese Händchen und Füßchen mit Überbeinen und Schwimmhäuten: »Es sind«, versicherte der Professor nicht ohne Stolz, »Präparate, wie sie in gleicher Fülle und Qualität allenfalls noch in Amsterdam bei Professor Tulp zu besichtigen sind.«

Philipp nickte bemüht. Er suchte sich, so schnell es ging, von den spiegelnden Schränken und Vitrinen zu entfernen und unauffällig in die Nähe des Zubers zu gelangen; es war ihm recht elend zumute.

Endlich hatte der Professor ein Einsehen und öffnete ihm die schmale Tür, hinter der ein enger dunkler Gang abwärts in die Druckerei führte. Der überraschend groß bemessene Raum mit den vier hohen, zu einem spitzen Bogen verjüngten Fenstern aus undurchsichtigem Glas ließ zwischen Regalen, Pressen und Bindemaschinen, gestapelten Rohbögen und scharf riechenden Farbtiegeln nur schmale Gassen frei. Philipps Schritt auf den gerillten Fliesen widerhallte von der nackten Bretterdecke; kein Setzer stand vor den Regalen, keine Hand griff in die Schriftkästen, kein Farbmischer mengte Ruß und Firnis, und über die Zahnräder der größten Druckerpresse spannten sich Spinnenfäden.

»Herr Lucius!« rief Philipp, es hallte nach. Er blieb ohne Antwort. Er durchschritt den Saal in seiner ganzen Länge, bis einige Stufen wiederum abwärts zu einer Holztür führten, in die ein Klappfenster eingelassen war. Als Philipp ans Glas klopfte, wurde die Klappe geöffnet, und es erschien das Gesicht eines alternden Mannes mit abstehenden Ohren und nervös zwinkernden Augen. Philipp nannte seinen Namen, erklärte, er wohne beim Buchhändler Wagner und habe einen Druckauftrag zu überbringen.

»Um Himmels willen!« sagte der Mann. »Sie kompromittieren mich. Bitte entfernen Sie sich, und machen Sie keinen Lärm, ich bitte doch sehr!«

Er schlug die Klappe nicht zu; offenbar wünschte er Gewißheit zu haben, daß der Besucher sich davonmachte.

»Ich will Sie nicht kompromittieren. Ich habe ein Manuskript, das ich Ihnen zum Druck anbiete.«

Der Mann wirkte übernächtigt, die eingefallenen Wangen waren ein graues Stoppelfeld, auch die Nasenflügel zuckten.

»Ich bin hier nur noch geduldet, das sehen Sie doch. Meine Gesellen sind auf und davon, ich konnte sie nicht mehr bezahlen.«

»Die Benediktiner«, sagte Philipp, »sind von jeher Freunde der Wissenschaft gewesen. Sie werden Ihre Druckerei nicht verrotten lassen.«

»Aber mich!« sagte Lucius. »Mich lassen sie verrotten. Was die Benediktiner zu drucken haben, geben sie nach Höxter oder zu Pontanus nach Paderborn, jedenfalls nicht zu mir. Und Protestantisches darf ich schon gar nicht mehr drucken, das macht der Reineking in Stadthagen. Gehen Sie zu Reineking, verehrter Herr!«

»Ich habe nicht Zeit noch Gelegenheit, mein Manuskript nach Höxter oder Paderborn zu geben«, sagte Philipp und gab damit zu erkennen, daß er Lucius' Hinweis auf den protestantischen Kollegen bewußt ignorierte. »Die Sache eilt. Lassen Sie mich nicht länger vor der Tür stehen.«

Die Klappe schlug zu, ein Schlüssel drehte sich, die Tür wurde geöffnet. Es roch nach Druckerschwärze und ungelüfteten Betten. Philipp befand sich in einem Gewölberaum, dessen Wände bis ans Gesims mit aufgestapelten Büchern verstellt waren. Auch Tische und Stühle waren belegt; Lucius mußte erst eine Bank freimachen, ehe Philipp sich setzen konnte. Wo keine Bücher lagerten, standen Gerätschaften, technische Werkzeuge herum: ein Globus, Zirkel und Winkelmaß, ein Sextant, eine Wanduhr mit zersprungenem Zifferblatt, ein Tischregal mit Phiolen aus buntem Glas, auch ein getrockneter Seestern, Schneckenhäuser und perlmuttene Muscheln hatten zwischen quarzglimmernden Steinen Platz gefunden. Von der Decke herab hing das Modell einer Korvette mit bemalten Segeln.

»Höxter und Paderborn? …« Lucius wiederholte Philipps Worte. Im verschlissenen Schlafrock stand er vor seinem Besucher, ein kleiner, grauer, von Nachtwachen, Enttäuschungen und Zweifeln beschädigter Mann. »Wollen Sie damit sagen, Sie hätten etwas Katholisches zu drucken?«

»Das will ich«, sagte Philipp. »Sie dürfen gern einen Blick hineinwerfen.« Er übergab ihm das lose geheftete Manuskript.

Der Drucker stellte sich unter das Oberlicht; man befand sich hier wohl bereits im Keller. »Gutes, flüssiges Latein«, murmelte er, nachdem er einige Seiten überflogen hatte. »Und katholisch, das will ich meinen!« Er hörte auf zu lesen und zwinkerte in den Sonnenschein, der sich in einem dünnen Streifen durchs Fensterchen schob. »Katholisch!« wiederholte er. »Und so viele Seiten! Das gibt ein ansehnliches Oktavbuch. Katholisch! … – Wer sind Sie?«

»Der Beauftragte eines bedeutenden Autors«, sagte Philipp. »Sie bekommen einen Vorschuß von hundert Reichstalern. Dafür verpflichten Sie sich, das Werk innerhalb von drei Monaten setzen und drucken zu lassen. Auch die Festlegung des Preises und der Vertrieb ist Ihre Sache. Danach erhalte ich von Ihnen die Summe von insgesamt dreihundert Reichstalern, sobald Sie die ersten Exemplare ausgeliefert und dafür gesorgt haben, daß das Werk in den wichtigsten Buchhandlungen des katholischen Deutschlands vorrätig ist. Was Sie über dic dreihundert Reichstaler hinaus erlösen, ist Ihr Gewinn.«

»Ein theologisches Werk, wie es scheint?« vergewisserte sich Lucius. Das unwahrscheinlich günstige Angebot seines Besuchers stimmte ihn bereits euphorisch.

»Ein Buch, das sich mit dem Verfahren bei Hexenprozessen beschäftigt. Aus katholischer Sicht. Sein Verfasser ist ein Priester.«

»Ein römischer Priester ...«, sagte Lucius. Es klang fast andächtig.

»Ein Jesuit.«

»Ist das wahr? Ein Jesuit!«

»Das scheint Sie zu beglücken?«

»Ja – wie denn anders?« sagte der Drucker. Wiederholt strich er sich über das stoppelige Kinn, die tiefliegenden Augen glitten unruhig hin und her, vielleicht suchte er im Geiste bereits seine entlaufenen Gesellen wieder zusammen.

»Ich sitze hier, vergessen, gefangen, verrottet: ein protestantischer Verleger im katholischen Kloster, ein geprügelter Hund, dem keiner mehr was zu beißen gibt. Evangelisches ist mir verboten – Katholisches kriege ich nicht! Und da kommen Sie und bringen mir das Buch eines katholischen Priesters! Eines Jesuiten! Dem Herrn sei Dank – und der heiligen Maria Mutter Gottes auch schon mal immer!« Er blätterte wieder im Manuskript. »Hexen ... Teufelsspuk ... Vor einiger Zeit habe ich das Werk unseres großen Goehausen über die Hexenprozesse gedruckt. Es war mein letzter Auftrag für die evangelische Universität. Sie kennen Goehausen? Ein bedeutender Mann. Der erste gelehrte Jurist, der es fertiggebracht hat, Ankläger, Gutachter und Richter in einer Person zu sein! Er verstand es, den Behörden im Schaumburgischen und besonders hier in Rinteln das Verfahren aus der Hand zu nehmen. Sie zeichnen zwar noch pro forma verantwortlich, aber tatsächlich erledigt hier alles die Juristenfakultät, und das will sagen: Professor Goehausen ganz allein!«

Lucius war von einer kumpanenhaften Schwatzhaftigkeit befallen worden. »Sehen Sie«, sagte er, »zu uns nach Rinteln kommen Anfragen aus allen Landesteilen, auch aus anderen Fürstentümern, sogar aus Hessen oder Magdeburg – von wo Sie wollen. Man erbittet ein Gutachten über beschuldigte Weiber. Goehausen erstattet es, so auf die Ferne hin, das kann er, für gutes Geld. Und nach seinem Gutachten werden die betreffenden Weiber dann von den Richtern verurteilt. Das kann man bei uns einfacher haben, sagten sich unsere Behörden. Wer in der Lage ist, durch ein Gutachten nachzuweisen, daß eine Beklagte schuldig sein muß, der kann sie dann auch gleich als Richter schuldig sprechen und hinrichten lassen. Das hat Goehausen hundertfach getan. Und das vereinfacht und verbilligt das Verfahren.«

»Das wird sich bald ändern«, sagte Philipp und erhob sich.

»Das fürchte ich auch«, sagte Lucius. »Wir werden eine katholische Universität in Rinteln bekommen, und dann muß auch unser vortrefflicher Goehausen das Feld räumen. Und sein Buch – ich habe – wenn Sie's nicht weitersagen – noch über zweihundert Druckbogen, die nicht aufgebunden sind – wird leider Makulatur.«

»Wie gut, daß Sie dann an seiner Stelle ein neues, katholisches Buch zum gleichen Thema anbieten können«, sagte Philipp.

»Ja«, erwiderte Lucius und seufzte. »Die Hauptsache bleibt: Man geht mit der Zeit!«

Paderborn

Kann denn ein deutscher Fürst so gesonnen sein, daß es ihm gleichgültig ist, ob ordnungsmäßig verfahren werde, wenn nur eifrig verfahren wird? … Sollten deutsche Fürsten solche Diener, und dazu deutsche haben, die auch gegen ihr eigenes Gewissen die Prozesse fortführen, nur um ihren Fürsten zu befriedigen?

Friedrich Spee
»Cautio Criminalis«

Wann schon bist jung an Jahren,
Wann schon bist hübsch und fein,
Doch mußt von hinnen fahren,
Fort, fort muß dennoch sein.

Friedrich Spee
»Trutznachtigall«

Seit Beatus Westerhellweg seinen Lehrer beim Pater Rektor angezeigt hatte, waren einige Brüder im Kollegium um noch mehr Distanz zu Spee bemüht und versuchten nun auch, andere Professoren gegen ihn einzunehmen. Weniger der Umstand, daß Spee seine Schüler an Recht und Gesetz hatte zweifeln lassen, als vielmehr der Verweis, den Rektor Lennep ihm erteilt hatte, war es, der einige Mitglieder des Lehrkörpers bewog, nun auch ihrerseits dem irrenden Bruder Enttäuschung und Mißbilligung zu bekunden. Friedrich Spee, der ohnehin von diesen Herren nie ohne Vorbehalt akzeptiert worden war, machte sich nicht viel daraus. Um so mehr beglückte ihn das feine, ermunternde Lächeln des zartgliedrigen Paters Turck oder die bedächtig motivierte Zustimmung des Johannes Nußbaum, der es sogar wagte, sich auf einer Konferenz in Gegenwart des Rektors Spees Zweifeln an der Rechtmäßigkeit der Hexenprozesse anzuschließen.

»Hat denn keiner von Ihnen gemerkt, daß dieser Romeßwinkel nichts als ein versoffener Mörder ist?« erdreistete sich Nußbaum zu fragen. »Wie konnte man diesem Burschen einen solchen Empfang bereiten?«

Nußbaum hatte allerdings gut reden; er war ja erst lange nach jener Affäre in Paderborn eingetroffen. Deshalb verschmähte man es auch, ihm auf diese Ungezogenheit zu antworten. Lennep nahm sich immerhin vor, den respektlosen Bruder bei der ersten Verfehlung zu maßregeln.

Mehr noch als über die offen bekundete Sympathie einiger Brüder oder das geheime Einverständnis anderer, die es auf ein Zerwürfnis mit dem Rektor nicht ankommen lassen wollten, freute sich Spee über seine Schüler. Er hatte die Jungen seiner Metaphysica für sich gewonnen, und zwar so gründlich, daß er eingreifen mußte, um zu verhindern, daß der von allen Klassenkameraden verachtete »Verräter« Beatus Westerhellweg aus der Schule lief oder sich gar ein Leid antat. Spee benutzte eine Erkrankung des Schülers (die sich leicht aus seinem Seelenzustand erklärte), um die Klasse auf Vergeben und Vergessen einzuschwören.

»Ihr müßt zusammenhalten, jetzt besonders. Ihr wißt schon, warum!« sagte er zu ihnen. Und sie wußten, warum.

Vor einem Vierteljahr war zur Entlastung des Rektors ein Pater Felix Hudrich eingetroffen, der als Studienpräfekt die noch vakante Position des Gymnasialregenten vorübergehend besetzen sollte. Dieser herbe Asket zeichnete sich durch eherne Prinzipien und eine gnadenlose Strenge gegen jene aus, die sie mißachteten. Kein Tag verging, ohne daß Schüler mit der Rute gestrichen wurden, und keineswegs nur vom Stockmeister, sondern oft genug vom Studienpräfekten mit eigener Hand. Bald verliehen die Schüler dem Pater Hudrich mit verzweifeltem Witz den Necknamen Pater Huldreich.

Es war allerdings, das mußte auch Spee einräumen, in den letzten Monaten reichlich lotterhaft zugegangen, weniger in der Schule als in der Stadt, wo die älteren Schüler durch nächtliches Umherschwärmen, Kartenspielen und Saufen in übel beleumundeten Kneipen, durch pöbelhafte Belästigung ehrenwerter Bürger, selbst durch unsittlichen Umgang mit anderen Knaben, ja durch unmäßigen Branntweingenuß sogar in der Kirche von sich reden machten. Am schlimmsten verhielten sich die Pensionäre, also jene Schüler, die nicht im Gymnasium, sondern bei Quartiergebern in der Stadt wohnten. Da hatten zwei aus der Rhetorica eine Magd des Bürgermeisters (bei dem sie wohnten) trunken gemacht, in einer Scheune entblößt und sündhaft berührt; gezüchtigt wurde auch der Logiker Pape, der zum Unterricht des Studienpräfekten eine Katze mitgebracht und dieselbe zu lauthalsigem Miauen veranlaßt hatte, wie später im Tagebuch des Präfekten verzeichnet stand. Sein Klassengefährte Lothar Wilhage wurde von Nachbarn angezeigt, weil er mit seiner Hauswirtin, zu allem Überdruß einem alten und häßlichen Weibe, verbotenen Umgang pflog. Nur weil er ein Neffe des hochwürdigen Abtes in Hardehausen war, wurde er von der Rutenstrafe befreit (die den adeligen Schülern im allgemeinen erspart blieb). Während einige bedürftige »Pauperes«, also Stipendiaten, die Fleischreste aus der Küche stibitzt hatten, hart gestrichen wurden, begnügte der Präfekt sich bei Lothar Wilhage mit einer saftigen Geldstrafe, die der bedauernswerte Abt bezahlen mußte.

Gewiß mangelte es vielen Schülern an Einsicht und Disziplin, aber Spee war sich mit Pater Turck darüber einig, daß wahrhaft schlimme Streiche und Verstöße gegen die Sittlichkeit erst an der Tagesordnung waren, seit der neue Studienpräfekt sein Amt angetreten hatte. Schon in den ersten Wochen seines Wirkens hatte er ein Dutzend Schüler wegen Bagatellvergehen auspeitschen lassen. Es blieb nicht aus, daß der Präfekt sich mit Spee anlegte, sich auch einmal unangemeldet in seine Klasse setzte und ihn nach Schluß der Stunde wegen »allzu eigenwilliger Auslegung« eines Thomas-Textes rügte.

Einige Wochen nachdem Pater Felix Hudrich das Paderborner Gymnasium übernommen hatte, hieß es bereits, Spee wiegele seine Klasse auf, und zwar sowohl gegen Recht und Gesetz (Beispiel: seine mehr als eigentümliche Einstellung zu den Hexenprozessen) als auch gegen gewisse Lehrmeinungen der Kirche (Beispiel: die Interpretation des heiligen Thomas von Aquino), wie, nicht zuletzt, gegen den Studienpräfekten selbst, dem es dann auch nicht schwerfiel, den Rektor Lennep vor diesem unbotmäßigen Bruder zu warnen.

Im November 1630 änderten sich die Verhältnisse am Paderborner Kolleg wie im Gymnasium mit einem Schlage. Dafür hatte der Pater General in Rom gesorgt.

Noch vor den Herbstferien war in einer würdigen Feier Rektor Christian Lennep verabschiedet worden. Der blutvolle Schlohkopf hatte seine Versetzung nach Speyer hinnehmen müssen; er ging nicht gern, beschied sich aber in der Gewißheit, auf diese anständige Weise, nämlich befehlshalber, den immer näher rückenden Schweden zu entkommen.

Der General hatte in der Rheinischen Ordensprovinz noch weitere Umbesetzungen veranlaßt. So war die Amtszeit des Paters Provinzial Hermann Baving in Köln abgelaufen; an seine Stelle trat der hochangesehene, vielseitig gebildete, ob seiner

Sanftmut weithin gepriesene Pater Goswinus Nickel. Versöhnlichkeit und Menschenliebe – diese Eigenschaften vor allem waren es, die Nickel von seinem Vorgänger Baving unterschieden, dem man ebenfalls vorzügliche Qualitäten, aber gewiß nicht jene, nachzurühmen wußte. Hermann Baving aber wurde vom Pater General nach Paderborn entsandt als Nachfolger von Christian Lennep – und damit wiederum an das Kolleg, das er in den zwanziger Jahren schon einmal geleitet hatte.

Ein solches Revirement war in der Gesellschaft Jesu nichts Ungewöhnliches. In ihrer Weisheit sorgten die frommen Väter an der Spitze des Ordens dafür, daß allzu enge Bindungen, Freundschaften, undurchsichtige Verfilzungen, auch kleinliche Rangeleien oder gar Feindschaften, wie sie im engen Wirkungskreis eines Kollegiums im Laufe der Jahre natürlicherweise entstehen, durch Ablösung und Austausch der Führenden sowohl wie auch der Lehrkräfte gegenstandslos wurden.

Spee hatte keinen Grund, Lennep nachzuweinen. Daß dieser Mann sich beim Provinzial Baving und beim General Mutius Vitelleschi über ihn beschwert hatte – darüber war er nicht hinweggekommen. Er hatte die ohne jede »Vorwarnung« erfolgte Maßnahme als groben Vertrauensbruch empfunden. So hätte Friedrich Spee sogar froh sein dürfen, daß dieser Obere, der ihm Leben und Lehre sauer gemacht hatte, ihn nicht mehr plagen konnte, hätte nur der Nachfolger nicht Hermann Baving geheißen. Mit Baving nämlich kam für Spee die Vergangenheit nach Paderborn: die Erinnerung an Köln, an das Jahr 1627, an sein Versagen, seine Demütigung, seine Niederlage. Die Erinnerung an Katharina Henot.

Es sollte nicht nur die Erinnerung sein, die ihn bedrückte. Auch die Gegenwart, die Hermann Baving durch sein Erscheinen nach Paderborn brachte, war schlimm genug. Als das Gymnasium am 4. November, dem Montag nach Allerheiligen, seine Pforten öffnete, sehr zum Verdruß der achthundert Schüler, die lärmend Einzug ins Gymnasium hielten, wurde Friedrich Spee zum Rektor befohlen.

Spee hatte im Oktober, während der Ferien also, die er mit dem Ordnen seiner Lieder und mit der Arbeit an neuen Gedichten verbracht hatte, wiederholt versucht, sich endlich in aller Form bei Weihbischof Pelking zurückzumelden. Das war jedesmal mißlungen. Entweder residierte Pelking in Hildesheim – er war ja auch der Generalvikar jener Diözese –, oder er hielt sich in Osnabrück bei seinem Vorgesetzten, Bischof Franz Wilhelm von Wartenberg, auf, oder er weilte, wie sein Sekretär, Kaplan Zalusa, freimütig bestätigte, im Gröninger-Palais zu Paderborn, ließ sich aber, und das war beunruhigend, von Spee durchaus nicht sprechen – wenn auch unter Vorwänden, die darauf angelegt zu sein schienen, den Bittsteller nicht zu verletzen. Da hieß es einmal, der Bischof verharre im vierzigstündigen Gebet, ein andermal war er leidend, und bei Spees drittem und vorläufig letztem Versuch bedeutete ihm Zalusa, der Generalvikar sei mit der Vorbereitung einer großartigen Heiligenfeier auf Schloß Neuhaus befaßt. »Und das ist eine Sache«, betonte der Kaplan mit hochgezogenen Brauen, »von der Sie, Pater Spee, mit Sicherheit und auf bevorzugte Weise noch hören werden. – Wie meinen? Aber selbstverständlich erinnert Exzellenz sich an Sie – und wie gut!«

So blieb Spee nichts anderes übrig, als abzuwarten, bis Pelking ihn »auf bevorzugte Weise« von »einer Sache« hören lassen würde.

Zunächst aber verlangte Pater Baving nach ihm.

Der ehemalige Provinzial und nunmehrige Rektor war erst vor drei Tagen nach beschwerlicher Reise in Paderborn eingetroffen, jammervoll erkältet. Gerade noch, daß Lennep ihn eilfertig in die Belange des Kollegiums hatte einweisen können, und eben, daß er's noch vermochte, dem Weihbischof einen Höflichkeitsbesuch abzustatten – schon fiel Baving in die Kissen und überließ sich schnaubend und röchelnd der Betreuung des heilkundigen Paters Damianus, der ihn vor allem über einen Punkt beruhigte: Es waren keineswegs die Vorboten der Pest, die seine Nase schwellen und seinen Rachen schmerzen ließen.

Bavings Sorge war so unbegründet nicht. Doch immerhin hatte er vermuten dürfen, Gott der Herr sei ihm wohlgesinnt, indem er den General bewogen hatte, ihn just im Herbst dieses Jahres 1630 nach dem Norden zu versetzen. Denn schon seit April hatte die Pest zu Köln ihren ersten Tribut gefordert, und im September, als Baving die Order aus Rom erreichte, holten die Schlepper in jeder Woche an die einhundertachtzig schwarze Leichen aus den Häusern; ein ehrsamer Rat zählte gewissenhaft die Opfer. Bereits im August war das Gymnasium Triconoratum geschlossen worden. Allzu viele Schüler, vor allem mittellose Franzosen und Luxemburger, pflegten von Haus zu Haus ihren Unterhalt zu erbetteln; es konnte nicht ausbleiben, daß sie unwissentlich auch verseuchte Wohnungen betraten.

Auch auf dem letzten Stück des Weges wollte Rektor Baving nicht leichtfertig sein. Er suchte in Soest einen weithin gerühmten Arzt auf, der ihn mit den für nötig erachteten Prophylaktika versah: Pomus ambrae, Riechäpfel – aber auch eine holländische Pfeife, da der Tabak, wie der Doktor erklärte, »die infizierten Atomi abzuführen geneigt« sei. Als weitere Präparatorien solle er Wacholderfeuer in Zimmern und Fluren entzünden oder des Abends mit Rautenessig auf einem glühenden Ziegelstein Dampf erzeugen, um ihn zu inhalieren. Auch das Räuchern mit Majoran, Birkenrinde, Kampfer und Lorbeer schien dem Doktor empfehlenswert. Befragt, was er wohl vom vielerorts gepriesenen wohltätigen Einfluß des Latrinenunflats halte, verwahrte sich der Arzt: Er zähle nicht zu den Schmutzdoktoren, die dem Verzehr der eigenen Ausscheidung vorbeugende Wirkung zuschrieben. Dringend warne er jedoch davor, der Geilheit nachzugeben. Denn »in peste Venus pestem provocat«, was bedeutet, daß in Pestzeiten körperliche Vermischung die Leiber zur Pestilenz besonders tauglich mache, wobei es verwunderlicherweise keine Rolle zu spielen scheine, ob die Copulatio unter dem Sakrament der Ehe oder im Stande der Todsünde vollzogen werde.

Diese Warnung vor der Geilheit mochte Pater Baving allerdings nicht auf sich bezogen wissen. Voller Empörung brach er auf, nachdem er die stattliche Liquidation beglichen hatte, und vergaß sogar, die Tonpfeife mitzunehmen.

Nun also spuckte und hustete er lediglich, der große ernste Mann, und als Friedrich Spee ihn auf seinem Lager sah, den Rücken mit dicken Kissen abgestützt, die Arme auf dem weißen Linnen ruhend, das kaum merklich gealterte Cäsarenhaupt von ritterlich fallendem, leicht ergrautem Haar umrahmt, mußte er sich eingestehen, daß Hermann Baving, auch wenn er wie bei Spees Eintritt wiederholt und heftig nieste, nichts von seiner Würde und Autorität verloren hatte.

Während der Rektor sich mit der Linken schneuzte, winkte die Rechte den Pater ans Fußende des Bettes heran. Der Rede wieder mächtig, begrüßte er Spee mit freundlichen, ermunternden Worten, erinnerte daran, daß er in Köln einigen Ärger mit ihm gehabt, verschwieg aber auch nicht, daß Spee ihm trotz allem stets den gebührenden Respekt und Gehorsam erwiesen hatte.

Spee hatte sich nicht erklären können, wieso Baving ihn vor allen anderen Brüdern zu dieser »Privataudienz« gerufen hatte. Sollte es ihn wirklich nur aus einer melancholischen Laune heraus verlangt haben, den einst so widerspenstigen Bruder bald wiederzusehen? Schon nach wenigen Minuten indes mußte Spee erkennen, daß Rektor Lennep, der nun bereits auf dem Wege nach Speyer war, nichts versäumt hatte, um Hermann Bavings altes Mißtrauen erneut zu schüren.

»Die Weisung aus Rom hat uns wieder zusammengeführt«, sagte Baving. »Und ich bin Gott und dem Pater General dankbar dafür. Nun versetzen Sie sich aber bitte in meine Lage: Nach strapaziöser Reise komm' ich hier an, durchblasen vom rauhen Nord über dem Rhein – ich fuhr ja zu Schiff bis Wesel, dann ging's zu Roß den Lippefluß entlang –, und freue mich, bald unter all den fremden Gesichtern, die mich in Paderborn erwarten würden, ein vertrautes, das Ihrige, zu finden. Doch als ich mich bei Bruder Lennep nach Ihnen erkundige, bekennt er mir kummervoll, wieviel Sorgen Sie ihm bereitet haben. Sie enttäuschen und beleidigen einen gelehrten Richter zu Geseke, Sie zweifeln am kaiserlichen wie am landesherrlichen Recht, Sie wiegeln Ihre Schüler auf, indem Sie aus dubiosen Manuskripten vorlesen, Sie …«

»Pater Rektor!« unterbrach Spee. »Diese Vorwürfe können Ihnen so neu nicht gewesen sein. Pater Lennep hatte sich brieflich nicht nur beim General, sondern auch bei Ihnen über mich beschwert.«

»Das wissen Sie also?« sagte Baving. Er schien über Lennep verärgert zu sein.

»So gut wie ich weiß, daß ich selber an den Pater General geschrieben habe!«

»Ach?« Baving stemmte sich hoch. »Das ist ja genau wie damals! Sie können es nicht lassen. Sie haben sich vor Jahren beim General beschwert, weil Sie Ihr Tertiat lieber in Italien als in Speyer zu absolvieren gedachten. Sie haben später wieder an ihn geschrieben, weil Sie in Indien missionieren wollten. Es hat Ihnen nichts genützt.«

»Aber nicht, weil der General meine Wünsche abgelehnt hätte!« trumpfte Spee auf. Es erschreckte ihn, wie schnell Baving in den alten befehlsgewohnten Ton verfiel, und er beabsichtigte, ihn merken zu lassen, daß er auf solche Weise nicht mehr mit sich umspringen ließ, daß er reifer und selbstbewußter geworden war. »Der General hat meinen Wunsch in beiden Fällen befürwortet. *Sie* waren es, der mir Italien und Indien verboten hat!«

»Aus gutem Grund, wie Sie mittlerweile wohl eingesehen haben.« Baving ließ sich in die Kissen zurückfallen, sein Atem ging laut und schwer. »Hat der General Ihnen geantwortet?«

»Ja«, sagte Spee. Er stand noch immer am Fuß des Bettes, die eine Hand flach aufs Herz, die andere daneben gelegt.

»Wann?« fragte Baving.

»Gestern kam der Brief.«

»Und? Was schreibt er?«

»Er schreibt, er werde meine Oberen bitten, die gegen mich erhobenen Vorwürfe sorgfältig zu untersuchen. Sollte die

Untersuchung Tadelnswertes ergeben, würde ich – so drückt er es aus – zur Besserung vermahnt werden. Sollten sich die Vorwürfe jedoch als haltlos erweisen, werde er Sorge tragen, daß – auch dies ist seine Formulierung – diejenigen bestraft werden, die meinem guten Namen zu Unrecht Schaden zugefügt haben.«

Baving lag unbeweglich. Er hatte die Augen geschlossen, seine Stirn glänzte. Endlich fragte er leise:

»Was macht Ihre Verwundung, Bruder Spee? Es war ohne Zweifel ein arges Martyrium damals in Peine, wie?«

»Ich habe noch sehr oft Kopfschmerzen«, sagte Spee. Er verriet nicht, wie es wirklich um ihn stand. Seit er von der Blutreise mit Schultheiß zurückgekehrt war, wiederholten sich die Schmerzanfälle in immer kürzeren Abständen. Manchmal kamen sie unvermutet, ohne jede Warnung, so daß es ihm während des Gehens oder am Katheder plötzlich den Kopf herumriß; er wähnte, es stünde da jemand, der ihm einen Keil ins Hinterhaupt trieb. Er suchte dann seine Zelle auf, aber das war nicht immer möglich, und auch wenn er schließlich im abgedunkelten Raum auf der Pritsche lag, versagten die Griffe, die Barbara ihn gelehrt hatte; es waren nicht die Griffe, die ihm geholfen hatten, es war ihre Gegenwart gewesen.

»Setzen Sie sich doch«, sagte Baving sanft. »Wird Ihnen die Arbeit hier zuviel? Ich könnte dafür sorgen, daß Sie entlastet werden.«

Spee verneinte. Er setzte sich auf einen geflochtenen Schemel. »Ich bin sehr glücklich mit meinen Schülern.«

»Das überrascht mich nicht«, sagte Baving und schlug die Augen auf. »Wenn Sie sich sogar außerhalb des Unterrichts mit ihnen treffen! Heimlich sozusagen. Im Hausgärtchen beispielsweise. Und dort predigen Sie über dasselbe leidige Thema, das in der Klasse zu behandeln man Ihnen verboten hat.«

Das war der alte Baving, auch in der Krankheit. Scheinbar sanftmütig, verständnisvoll zumindest, schoß er unvermittelt seine unfehlbaren Pfeile ab.

Spee versuchte nicht, sich zu verteidigen. »Ich bin betrübt«, sagte er nur, »daß mich abermals einer meiner Schüler angeschwärzt hat.«

»Angeschwärzt?« Baving stützte sich wieder auf die Ellbogen, ganz aufgeräumt gab er sich. »Oh, nein, Spee, Sie irren sich. Sie irren sich sehr! Nicht daß sie Anstoß nahmen, Ihre Schüler! Die Zustimmung, die Begeisterung ist es, die ihre Zunge nicht im Zaume hält! Und glauben Sie, die Professoren, Ihre Kollegen, wären blind oder taub? Ich bin keine drei Tage hier – und doch werden Sie zugeben, daß ich gut unterrichtet bin. Ihre Schüler rühmen sich, Ihre seltsamen Ansichten zu teilen! Sagen Sie, Spee, was ist es, daß Sie noch immer an diesen elenden Verdächtigungen unserer Justiz festhalten läßt? Sind Sie denn seit damals um keinen Schritt weitergekommen? Gehen Sie mal nach Köln, sehen Sie sich an, wie's die Hexen mittlerweile dort treiben! Herrgott, Spee, diese schrecklichen Weiber haben uns sogar die Pest in die Stadt gezaubert! Und Sie weinen noch immer ihrer verfluchten Asche nach!«

Ein heftiger Anfall schüttelte ihn, er mußte mehrmals niesen. Während er sich das Gesicht mit dem Bettlaken abwischte, sagte Spee leise: »Erzählen Sie von Köln, Pater Rektor. Aber nur, wenn es Sie nicht zu sehr anstrengt.«

»Was wollen Sie hören?« fragte Baving.

Spee war froh, daß es ihm gelungen war, den Rektor abzulenken. Hätte Baving ihn gezwungen, auf seine Vorwürfe einzugehen – Spee wäre nicht bereit gewesen, auf den Zustand des Kranken Rücksicht zu nehmen. Er gedachte keine Konzessionen mehr um des lieben Friedens willen zu machen. Nicht vor den Mitbrüdern, nicht vor Baving, nicht vor dem Pater General. Er hatte die Folterkammern von Geseke, von Lippstadt, von Meschede betreten. Er hatte die weißen gebrechlichen Leiber gesehen, wie sie unter den furchtbaren Zangen, den Schrauben, den glühenden Klammern Unsägliches erlitten. Er verlor aus den Ohren nicht das Gebrüll der Geschundenen. Er fühlte sich oft nicht mehr in der Lage zu argumentieren. Seine Argumente waren zu Papier gebracht. ›Es steht geschrieben‹, dachte er manchmal verwegen, als spreche er von Gottes Wort. Es steht geschrieben. Wenn es auch keiner liest … So angegangen wie eben von Baving, blieb auch ihm kaum anderes mehr übrig als zu schreien. Aus Qual und Widersinn, aus Überdruß vor Ignoranz und Dummheit. Aus Gottverlassenheit. Und wenn er's mit aller Kraft und Gewalt zuwege brachte, nicht zu schreien – was blieb ihm noch? Nur eben ganz bescheiden zu bitten: Erzählen Sie von Köln, Pater Rektor …

Verstummt war der fröhliche Hörnerklang, das Horodohohaho der Schweinehatz und das Geläut der Rüden. Allein das Rattern der Jagdwagen, die in den Hof der Iburg rollten, lockte die Herren immer wieder von der üppig bestellten Tafel ans Fenster. Rötlicher Fackelschein huschte über die bleigefaßten Scheiben: Treiber und Jäger, viele mit schweißigem Bruch an den Hüten, marschierten durchs Burgtor. Waldknechte zerrten Hirsch, Rehbock und Schwein von den Wagen herunter, reihten sie weidgerecht aufs gebuckelte Pflaster, legten auch einen Wolf, einen Fuchs dazu.

Die beiden geistlichen Herren waren mit der Jagdbeute zufrieden: dreiundzwanzig Hirsche, dreiundvierzig Stück Kahlwild, fünfzehn Rotwildkälber, zwölf Rehe und sechs Wildschweine. Das konnte sich gewiß nicht messen mit des Kurfürsten Strecke, die er so stolz dem Vetter Wartenberg vermeldet hatte: einhundertdreißig Hirsche und vierzig Sauen an einem einzigen Tag! Aber es war doch gesorgt für die Tafel der nächsten Wochen. Und die fronenden Bauern sollten, fällt gleich kein Stück für sie ab, dennoch dem Fürsten Dankbarkeit schulden: Weniger Wild ist Segen für Acker und Weide.

Sie haben gejagt, die Bischöfe; der Heilige Stuhl sieht's nicht gern, doch der Papst und sein Legat sind weit – und wer sonst dürfte Ärgernis nehmen? Sie haben feine Ragouts nach französischer Art, ein Frikassee von jungen Hühnern und ein gebratenes Geißlein in Rotweinsoße verspeist. Des Fürstbischofs

Schwester, Maria Clara von Wartenberg, Äbtissin zu Herford, weltlich prangend in Brokat und Brüsseler Spitze, hatte die beiden zu Tisch gebeten: den Paderborner Johannes Pelking, der noch immer, obschon ein hoher Fünfziger, nur ungelenk posierte vor schönen Frauen, und ihren Bruder Franz Wilhelm, den Bischof zu Osnabrück, Schloßherr auf Iburg am Teutoburger Wald.

Bald nach dem Mahl erklang von nebenan ein zaghafter Anschlag auf dem Klavicimbel. Das Stiftsfräulein von Roseneck bekundete seine Anwesenheit mit einem Thema des Girolamo Frescobaldi. Maria Clara erhob sich. Die Männer wollten jetzt ohnehin unter sich sein; auch war ihr der Pelking zu plump galant, gaffte sie an, als sei sie ein Marmorbild – doch als der blutjunge Page mit dem Weinkrug gekommen war, hatte er ihm verstohlen das Händchen getätschelt.

Die Herren traten vom Fenster zurück und setzten ihr Gespräch fort. Ernste Probleme bedrückten sie: die Kriegsläufte schlimm genug; die Restitution – verschleppt und allzuoft rechtlich blockiert; der beständige Ärger mit dem Domkapitel zu Minden; und heut' auch noch die traurige Nachricht vom Lungentode des Anholt, Feldherr der Liga, der vor zwei Jahren die Unterweser so glorreich vom Dänen gesäubert hatte. Zu schweigen, ach, von Frankreichs Allianz mit dem Schwedenkönig, der sich nun sogar mit dem Türken verbündete, dem Erbfeind der Christenheit! Dem Wartenberg tat das weh, er hatte ein Faible für die Franzosen – aber jetzt steckten sie mit Hugenotten, Calvinisten, Rebellen, Malcontenten unter einer Decke! Näherliegendes sodann, nicht minder verdrießlich:

»Sie müssen meiner Schwester helfen, Pelking! Der Kaiser selbst hat sie zur Äbtissin ernannt – und nun macht ihr die lippische Gräfin, die Magdalena, die Würde streitig. Eine Protestantin in Herford, denken Sie nur! Nehmen Sie sich Soldaten, zieh'n Sie nach Herford, gehen Sie rücksichtslos vor! Wie Sie's zu Marsberg und Höxter hielten. Ganz unvergeßlich auch, wie Sie in Minden die Ketzerkanzeln mit Ruten gestrichen haben, grad als wenn das leblose Holz gesündigt hätte! Großartig, Pelking! Und damals in Corvey, mit Waffengewalt gegen Brambach! Nicht minder wirksam und konsequent!«

Pelking nickte, aber er antwortete nicht. Zu schmerzlich war die Erinnerung. Es mußte heraus, lang schon plagte er sich mit dem Verdacht: »Ist Kurfürstliche Durchlaucht wirklich ungehalten? Ich meine: zornig auf mich?«

Wartenberg schenkte nach, wich aus. »Sie taten, was Sie konnten. Daß Brambach entfloh, daß er in Wien gewann, daß er als Triumphator zurückgekehrt ist nach Corvey – Ihre Schuld ist es nicht! Nein, Pelking, wegen Brambach machen Sie sich keine Sorgen mehr, das ist vergessen. Sie sollten ...« Er hob das Glas. »Trinken wir! Trinken wir unsere Hirsche tot!« Er schluckte, setzte ab, strich sich den Kinnbart. »Nur künftig sollten Sie ein wenig – behutsamer sein.«

Pelking ahnte, was auf ihn zukam. Er hatte kein Wohlgefallen mehr an seinem Sohn zu Paderborn.

»Sie haben mir, es war im April oder Mai, einen Jesuitenpater ans Herz gelegt. Wollten ihn beachtlich erhöhen, rühmten seine ›sanfte Überredungskunst‹, so drückten Sie's wohl aus. Hielten ihn für befähigt, Glaubenskommissar zu werden, die Diözesen Paderborn und Hildesheim zu reformieren: auf andere Weise, als Sie und ich das bisher zu vollbringen pflegten. Ohne Zwang. Mit Gesang!« Er unterbrach sich, sah Pelking groß an, lachte dröhnend. »Ohne Zwang, mit Gesang!« Lachte, verschluckte sich, hustete, ließ sich vom Weihbischof den Rücken klopfen. Die Tür zum Nebenraum öffnete sich. Maria Clara schaute herein, schüttelte lächelnd den Kopf über den Bruder, zog sich wieder zurück.

»Nichts für ungut, Pelking!« Er spülte den Anfall mit Wein hinunter. »Aber wenn ich an Ihren zündenden Brief von damals denke – und mir den anderen daneben halte, den mein Hexenkommissar, der Doktor Schultheiß, mir schrieb aus Geseke ... Da hat derselbe Mann, der uns so viele gute Katholiken machen sollte – ohne Zwang, mit Gesang! –, hat dieser holdselige Poet und Gottesminner meinem Kommissar gar gewaltig ins Handwerk gepfuscht! Unserer heiligen Kirche, lieber Pelking, hat das nicht gedient!«

Unwillig wandte er den Kopf. Nebenan malträtierten sie das Klavicimbel. Er ist ein Freund der Musen, schätzt auch den Meister aus Ferrara – aber wie seine Schwester die Toccata über die Tasten quält … Oder spielte die spillrige Roseneck?

»Ich war es nicht, der den Jesuiten zu Schultheiß schickte«, sagte der Weihbischof. »Ich habe es verhindern wollen. Lennep, der Rektor, der war's! Der hat das Lamm in den Löwenzwinger gejagt!«

»Kam aber fein ungeschoren wieder heraus! Und die Löwen lagen in ihrem Blute! – Pelking, ich habe einen bösen Verdacht! Es gab ein Gemetzel, dem dieser Spee als einziger entkam. Wir wissen, wer die Attacke ritt. Ein Leutnant aus dem Regiment des Grafen von Nassau. Tat zuletzt Dienst in Büren.«

»Ich verstehe nicht …«

»Sie verstehen sofort. Dieser Leutnant kannte Ihren Pater Spee. Er ist zu Köln sein Schüler gewesen.«

»Woher – wollen Sie das wissen?«

»Wir haben's ermittelt, Pelking. Er hat sich im Bürener Quartier seiner Bekanntschaft gerühmt, der junge Mann! Und nun sagen Sie mir – aber nein, das ist unerträglich!« Er stürmte ins Nebenzimmer. »Hört endlich auf mit dem Gedudel!«

Maria Clara protestierte. »In Rom, zu Sankt Peter kamen dreißigtausend, dies ›Gedudel‹ zu hören!«

»Ja«, schimpfte Wartenberg, »da hat auch der Meister selber gespielt! Und auf der Orgel!« Er zog die Tür wieder zu, feixte Pelking an, nahm seine Rede wieder auf: »Und nun sagen Sie mir: Soll das noch Zufall sein, daß dieser junge Mann die Hexen befreit hat? Dieselben, gegen deren Verbrennung jener Spee beim Kommissar Einspruch erhoben hat?«

»Ein ungeheuerlicher Verdacht!«

»Für mich Gewißheit. Aber gut, Pelking, beweisen kann ich's nicht. Jedenfalls nicht, solange wir diesen Herrn von Kronthal nicht nachdrücklich in Gewahrsam haben. Ich laß ja schon längst nach ihm spüren in meinen Krummstabslanden, seit Wochen schon. Was hilft's! Halten wir uns an den, den wir haben! Was gedenken Sie mit diesem Spee zu tun? Wollen Sie ihn mir noch immer als Glaubenskommissar empfehlen?«

Anfang Dezember, am Barbaratag, der ihn am Morgen inbrünstig für die geflüchtete Hebamme hatte beten lassen, wurde Friedrich Spee zum Weihbischof gerufen. Kaum hatte der Pater das Vorzimmer betreten, zog ihn Kaplan Zalusa in ein Gespräch über das deutsche Elend. Der schwarzlockige Sekretär durfte sich für besser informiert halten als andere Gebildete in Paderborn. Er führte nicht nur Pelkings Korrespondenz mit Wartenberg und anderen Kirchenfürsten, gelegentlich auch mit den Obristen der Liga – er hatte auch Einblick in die Diplomatenpost zwischen Bonn, München und Wien, ja, er kannte sogar den Code der Geheimschrift, in welcher der Kurfürst-Erzbischof und der Bischof von Osnabrück miteinander verkehrten. Zalusa malte ein düsteres Bild der politischen Lage.

»Wenn der Schwedenkönig schlau ist, woran wohl keiner zweifelt, dann nimmt er sich zunächst *der* deutschen Länder an, die vor nicht langer Zeit noch protestantisch waren. Die fallen ihm wie reife Äpfel in den Schoß. Ja, verehrter Freund, eines nicht zu fernen Tages werden auch Sie mit Ihren frommen Brüdern das Bündel schnüren müssen.« Und in der ihm eigenen Art fügte er nachdrücklich hinzu: »O doch, das werden Sie!«

»Vom Tilly halten Sie wohl nicht viel?« fragte Spee.

»Ein alter, müder Mann«, sagte der Sekretär.

»Und von der kaiserlichen Armee?«

»Noch weniger. Nicht einmal auf den Kaiser halt' ich noch große Stücke, seit die Majestät sich von gewissen Kurfürsten beschwatzen ließ, ihren besten General in die Wüste zu schikken! Den Wallenstein! Den grandiosesten Feldherrn unter Deutschlands Sonne. Und der Schwede im siegreichen Vormarsch!«

Der schöne Jüngling bespiegelte sein rosenfarbenes Antlitz im Glas des Aktenschrankes.

»Fast könnte man an Sabotage denken«, sagte er leise. »O doch, das könnte man!«

Trotz Zalusas Beschlagenheit in politischen Dingen hatte Spee nur unaufmerksam zugehört. Er grübelte darüber nach, was ihm bevorstehen mochte, denn daß er von Pelking nicht viel Gutes zu erwarten hatte, war ihm bewußt. Seit Zalusa so geheimnisvoll angedeutet hatte, der Generalvikar wolle ihn über »eine Sache« informieren, und zwar »auf bevorzugte Weise«, waren schon wieder Wochen verstrichen, und Geseke, das ahnte Spee, war noch längst nicht ausgestanden.

Eine Glocke unterbrach Zalusas Analyse; der Sekretär eilte ins Nebenzimmer, kehrte sofort zurück, ließ Spee eintreten und zog die Tür hinter ihm zu.

Das war das große, üppig ausgestattete Zimmer, eher ein Saal, in dem Pelking ihn in jener Nacht empfangen hatte, als Barbaras und der anderen Frauen Schicksal entschieden werden sollte. Hier hatte ihn der Weihbischof mit seiner und der angeklagten Frauen Not alleingelassen – und hier hatte er ihm den ehrenvollen Auftrag erteilt, als Glaubenskommissar mit Milde und Überredungskunst die noch verirrten Bürger der Diözesen Paderborn und Hildesheim in den Schoß der heiligen Kirche zurückzuführen. Würde er sein Angebot erneuern?

Pelking trug bereits zum feierlichen Einzug in den Dom die violette Chorkleidung: Talar, weißes Rochett und umgehängt die Manteletta, dazu rote Handschuhe und auf dem Haupt eine kleine Kappe, den Solideo. Mitra und Stab lagen neben ihm auf einem Stuhl. In einer knappen Stunde begann die Heilige Messe im Dom. Über der feingewebten bunten Gewandung nahm sich das »erzene« Antlitz mit den drei geschwungenen Stirnfalten seltsam robust aus – nicht anders, als habe man Physon, den paradiesischen Taufschalenträger aus Hildesheim, an den sich Spee beim Anblick Pelkings stets erinnert fühlte, in ein ungehöriges Kostüm gesteckt.

Pelking vermied eine wortreiche Begrüßung, er deutete auf zwei Stühle, sie nahmen Platz, und der Weihbischof erkundigte sich nach den Verhältnissen im Kolleg und Gymnasium seit Lenneps Verabschiedung. Er begrüßte es, daß der bisherige Ordensprovinzial nun »in die Sielen« zurückgekehrt sei – und dann bewies Pelking wieder einmal, wie eingehend er sich mit Spees Gedichten beschäftigt hatte. Dies war um so erstaunlicher, als diese Lieder, von wenigen Strophen im neuesten Paderborner Gesangbuch abgesehen, im Druck, oder gar gesammelt unter dem Titel »Trutznachtigall«, wie Spee es sich wünschte, noch gar nicht erschienen waren.

»Man hört jetzt gelegentlich Ihr sehr poetisches Gedicht vom seligen Franz Xaver singen. Sehr hübsch, wie Sie eingangs die Feiglinge verspotten, die sich vor der Seereise nach Japan fürchten. ›Lasset Wind und Wetter blasen, Flamm' der Lieb' vom Blasen wächst. Lasset Meer und Wellen rasen …‹ Sehr hübsch, sehr moralisch, wie Sie gleichsam die Elemente zum Blasebalg Gottes machen, der das Flämmlein der Menschen und Gottesliebe zur Lohe entfacht. Und wie fordernd, wie besessen von gottseliger Gewinnsucht zu Nutzen unserer heiligen Kirche erklingt es da, so trochäisch befeuernd: ›Seelen, Seelen muß ich haben! …‹ Ja, Spee, wenn ich das höre, frage ich mich, ob Hermann Baving, den ich sehr schätze, recht getan hat, als er Ihnen damals die Missionsreise nach Indien verweigerte. Man muß doch wissen, mit wem man's zu tun hat, ehe man solche folgenschweren Entscheidungen trifft. Und sehen Sie: Auch ich habe einen Fehler begangen. Wußte ich, als ich mir einfallen ließ, Sie zum Glaubenskommissar ernennen zu wollen, wirklich, wer Sie sind und wo Ihre wahren Talente liegen? Gewiß, Sie haben damals in Peine große Erfolge gehabt. Aber das verdanken wir Ihren feinsinnigen Gesprächen, den Einwirkungen und Überredungen von Mensch zu Mensch. Und gerade dazu hätten Sie doch keine Gelegenheit mehr, wenn Sie hinter dem Schreibtisch sitzen müßten – von nichts als lauter Rechtgläubigen umgeben. Irre ich mich, oder darf ich Ihr Kopfnicken als Zustimmung deuten?«

Spee war allerdings erleichtert. Es war damals eine Verlockung gewesen. Wer die Qualen wie die Wonnen des Gehorsams erfahren hat, ist den Versuchungen, die der Besitz der Macht an ihn heranträgt, am hilflosesten ausgeliefert. Aber seit Geseke wußte Spee, daß auch jenes Argument, das allenfalls für das Pelkingsche Angebot gesprochen hätte, nicht mehr stichhaltig sein würde, sobald er ein Funktionär der kirchlichen Verwaltung geworden wäre: die Einbildung, er könne in dieser Position das Unrecht der Hexenprozesse lindern. Es wäre ihm ähnlich ergangen wie dem Helden eines derzeit in Spanien vielgelesenen Ritterromans: Da reitet ein verwirrter Edelmann auf einer lahmen Mähre gegen Windmühlen an, in der Meinung, es werde ihm ein leichtes sein, diese »Riesen« zu bezwingen. Gegen die Übermacht des Bündnisses arroganter Juristen mit verblendeten Kirchenmännern und der Unwissenheit des Volkes konnte ein kleiner Glaubenskommissar von Hildesheim und Paderborn, der für jeden seiner Schritte dem Generalvikar Rechenschaft schuldig wäre, nichts ausrichten. Nein, es gab nur den Weg, den er gegangen war: mit geistiger Disziplin, mit streng logischer Beweisführung die morsche Bühne zu zertrümmern, auf der sich über Jahrhunderte jene schreckliche Tragödie aus Wahn und Mord zugetragen hat. Das hatte er vollbracht, aber er wußte auch, daß wenig getan war, solange seine Stimme nur ein Flüstern war, das bestenfalls ein paar Freunde vernehmen konnten, die ohnehin nicht anders dachten als er.

»Exzellenz«, sagte er. »Ich weiß, daß ich seit jener Nacht in Ihrer Schuld stehe. Sie erwiesen mir unverdiente Zuneigung, wollten mir ein Amt anvertrauen, dem ich wahrscheinlich nicht gewachsen wäre. Sie hätten mich zwingen können. Aber Sie ließen der Menschlichkeit den Vortritt – ohne Ihre Genehmigung hätte ich mich nicht um die unschuldig Verdächtigten kümmern können.«

»Sie überschätzen meine Möglichkeiten«, sagte Pelking. »Sie folgten dem Befehl Ihres Ordensoberen. Man weiß, daß ich die Jesuiten nicht sonderlich liebe. Aber so töricht, in die Interna des Ordens einzugreifen, bin ich nicht. Lenneps Weisung hatte Priorität. Ob sie vernünftig war, das steht auf einem anderen

Blatt.« – Spee senkte den Kopf. »Ich weiß«, sagte er. »Ich habe meine Aufgabe als Beichtvater der Verurteilten nur unvollkommen erfüllt. In Geseke ...«

Er kam nicht weiter. Er hatte gar nicht bemerkt, daß Pelking sich erhoben hatte, jäh – er sah nur, als er den Kopf hob, daß der Generalvikar vor ihm stand und mit vor Zorn verdunkelten Augen auf ihn niederblickte. Als Spee sich, wie es die Form verlangte, ebenfalls erheben wollte, drückte Pelking ihn an den Schultern auf den Sitz zurück.

»Unvollkommen!« rief er und wandte sich ab. »Das kann ich mir denken!« Er machte einige Schritte, dann sagte er, ohne sich umzuwenden: »Sie hätten dem Herrn von Kronthal einen weit größeren Erfolg gegönnt. *Alle* Hexen hätte er befreien sollen, auch die in den Türmen und Kerkern von Geseke, Lippstadt, Meschede? Vielleicht auch alles, was einsitzt in kurkölnischen Landen? In ganz Deutschland vielleicht? Alle, alle!« Er fuhr herum und schrie: »Also haben die Protestanten recht? Jesuiten sind – Teufelsgenossen?!«

Als Spee, der nun doch aufgestanden war, darauf nichts erwiderte, fuhr Pelking, während er den Schreibtisch umkreiste, in gemäßigtem Ton fort: »Sie haben sich in Ihrem Wahn, es handle sich nicht um überführte Zauberinnen, sondern um die blanke Unschuld, auf ein Abenteuer eingelassen, das Sie Kopf und Kragen kosten kann. Die Entscheidung über Ihr weiteres Schicksal liegt schon gar nicht mehr bei mir – sie wird in Osnabrück gefällt. Bischof Franz Wilhelm ist genau unterrichtet, dafür haben andere gesorgt. – Sie sind sehr blaß geworden, Spee. Nun, wen soll's wundern! Der Verdacht einer Verschwörung mit Ihrem ehemaligen Schüler ist bestürzend! Allerdings hat Wartenberg, solange man dieses Herrn von Kronthal nicht habhaft wird, keine Beweise. Und ich – darauf können Sie sich etwas zugute halten, Spee –, ich habe keine *Lust* nachzuforschen. Mir genügt, daß ich Ihre Einstellung zu den Prozessen kenne. Sie wissen, daß ich sie eine gute Weile toleriert habe. Solange sich Ihr Einsatz gewissermaßen aus – wie soll ich sagen? – aus sehr privaten Motiven erklären ließ: eine Frau in Köln, eine andere in Paderborn und beide wohl nicht ohne menschliche, auch weibliche Qualitäten – unterbrechen Sie mich nicht! Solange das mitfühlende Herz, das auch unter einer Soutane zuweilen etwas leidenschaftlicher schlagen darf, für die Unschuld dieser Weiber plädierte, solange habe ich auch Ihre weit über den privaten Bereich hinausweisenden Theorien toleriert. Sollte es aber wahr sein, daß Sie begonnen haben, diese Theorien in der Praxis zu erproben, indem Sie sich auf meuterische, blutrünstige Weise gegen Kaiser und Landesfürst erheben – dann würde meine Güte zur Sünde wider Gott und sein von ihm auf Erden eingesetztes Regiment. Und nun reden Sie, wenn Ihnen noch etwas einfällt!«

»Sie stellen es so dar, Exzellenz, als hätten mich unerlaubte Bande mit diesen Frauen verknüpft. So war es nicht …«

»Ach, spielen Sie sich nicht auf!« unterbrach Pelking. »Warum sollte ich einem kleinen Pfaffen nicht eine Liebschaft nachsehen, wenn fast alle Prälaten im Konkubinat leben!«

In seinem Ärger gefiel sich Pelking in jenem Zynismus, der in diesen Zeiten die Rede kirchlicher Würdenträger, sofern sie unter sich waren, beherrschte. Der Krieg, der die Sitten verrohte, war auch ein Feind bequemer Lügen; er, der das wahre Wesen des Menschen enthüllte, ließ keine Illusionen mehr aufkommen. Und obwohl Spee sich von Pelkings Unterstellung verletzt fühlte, empfand er doch die tiefe Resignation dieses Mannes und das – trotz allem – immer noch wache Vertrauen zu seinem einstigen Schützling. Deshalb antwortete er so behutsam, wie es ihm in seiner Erregung möglich war:

»Das Herz, das auch unter einer Soutane leidenschaftlich schlagen darf – ja, Exzellenz, für dieses Wort danke ich Ihnen, das akzeptiere ich. Auch dem ungerechtfertigten Verdacht auf Unkeuschheit beuge ich mich – mit Überwindung, aber ohne Widerspruch. Warum sollten Sie mich für besser halten als andere Sünder? Nicht hinnehmen aber kann ich, daß Sie der Vermutung Raum geben, die Attacke in Geseke sei mit meinem Wissen und Einverständnis geschehen. Obwohl ...« Er stockte.

»Obwohl?« fragte Pelking.

»Obwohl ich – und das ist wohl die Stunde der Beichte – obwohl ich, als alles vorüber war, Gott gedankt habe, daß es geschah.«

Pelking blieb vor Spee stehen. Die Stirnfalten, die sich während seines zornigen Ausbruchs vertieft hatten, glätteten sich. In unverhohlenem Erstaunen betrachtete er den Pater.

»A la bonheur!« – die Wendung hatte er von Wartenberg übernommen. »Ehrlich sind Sie!« Er gebot Spee, sich zu setzen; er selbst ließ sich hinter dem Schreibtisch nieder. Mit der veränderten Position wechselte er wiederum den Ton, und Spee ging darauf ein. Sie gaben sich wie zwei Gelehrte, die ohne sonderliche Emotionen über ihr Fachgebiet diskutierten.

»Sie haben also Gott dafür gedankt, daß Er dieses eine Mal verhindert hat, was Er im allgemeinen geschehen läßt?«

»Ja«, sagte Spee. »So kann man es ausdrücken.«

»Wenn ich Ihre Auffassung richtig verstehe, läßt Gott in vielen anderen Fällen zu, daß Unschuldige sterben?«

»Er läßt es zu – in der Hoffnung, daß wir Menschen es dennoch zu verhindern wissen.«

»Also Gott korrigieren?«

Spee mußte vorsichtig sein. Er wußte nicht, ob der Weihbischof ehrlich diskutieren – oder ihm eine Falle stellen wollte. »Gott wünscht, daß wir Seinen wahren Willen erkennen – und die Konsequenzen daraus ziehen«, sagte er.

»Und Sie haben Gottes wahren Willen erkannt?« Es klang nicht nach Spott.

»Ich weiß«, sagte Spee, »daß es Gottes Absicht nicht sein kann, Unschuldige vor der Zeit sterben zu lassen.«

Pelking lehnte sich zurück und spielte mit dem diamantenbesetzten Kreuz auf seiner Brust. »Sie sollten andere Bereiche unserer irdischen Wirklichkeit nicht außer acht lassen. Gott, nach Seinem unbegreiflichen Willen, schlägt Schuldige und

Unschuldige, Verbrecher und Heilige. Denken Sie nur an die Pest! Und an den Krieg. Säuglinge verhungern an der verdorrten Mutterbrust, Jungfrauen werden geschändet und ermordet, Kindlein und alte Weiber ans Scheunentor genagelt. Muß ich Ihnen die Grausamkeiten des Krieges ausmalen? Das kann ein Künstler wie jener Callot um vieles besser. Aber ist Gott deshalb weniger groß? Weniger anbetenswert? Im Gegenteil. Je unverständlicher Er uns ist, um so mehr beweist Er, daß Sein Verstand weit verständiger ist als der unsere. Aber wie wollen Sie das der Masse des Volkes klarmachen? Der einfache Mann muß Fakten haben, an die er sich halten kann. Und eindeutige moralische Kategorien, nach denen sich in seiner Vorstellung auch Gott zu richten hat. Der einfache Mann glaubt, daß die Gesetze Mose oder Christi Gebote aus der Bergpredigt auch für Gott selber zu gelten hätten. Welcher Unverstand, die Macht des Allmächtigen durch moralische Vorschriften beeinträchtigen zu wollen, mögen sie gleich von ihm selber stammen! Da den Menschen diese Einsicht fehlt, denken sie: Man kann doch nicht alles, was sich hier an Unrecht und Plagen begibt, Gott anlasten!«

»Nicht Gott – aber dem Teufel«, wandte Spee ein.

»Sehr richtig! So unfaßlich, so unanschaulich Gott für die meisten Menschen ist, so greifbar, so durchschaubar in seinen Manipulationen muß ihnen der Satan werden. Wie aber das? Wer hat ihn denn schon gesehen? Er ist so unsichtbar wie Gott. Man kann ihn aber nur bekämpfen, wenn man seiner habhaft wird – und wenn schon nicht Satans selbst, so doch seiner Helfershelfer. In dem Maße, wie er sich gewisser Menschenweiber als Vollstrecker seines Willens bedient, ist Satan verwundbar geworden.«

»Wäre wirklich bewiesen, daß der Teufel Gottes Weltordnung mit Hilfe armseliger Weiber gefährdet«, erwiderte Spee, »dann hätte auch ich gegen die Prozesse nichts einzuwenden. Aber eben daran zweifle ich. Mehr noch: Ich habe einwandfrei festgestellt, daß alle, mit denen ich es zu tun hatte, unschuldig waren!«

»Und? Was wollen Sie damit sagen? Daß es Hexen gibt – darüber brauchen wir wohl nicht zu streiten. Ob es so *viele* gibt, wie in den letzten Jahrzehnten verurteilt wurden – das ist eine andere Frage.« Pelking machte eine kleine Pause, um dann im gleichen Ton fortzufahren: »Ich sage Ihnen ehrlich: Auch ich bin überzeugt, daß sehr viele, vielleicht sogar die meisten, unschuldig waren.«

Hatte Spee richtig verstanden? War das denkbar? War Pelking sich so einig mit ihm? Er mußte sich vergewissern.

»Und das sagen Sie so gelassen? Nehmen es ohne weiteres hin, daß Unschuldige sinnlos sterben?«

Pelking lächelte, nachsichtig, wie es Spee schien. »Aber lieber Pater! Wer ist schon unschuldig! Wer wollte das wissen? Denken Sie an die Frage des Pilatus. Oder muß ich Sie an Ihren Ordensstifter erinnern: ›Was meinen Augen weiß erscheint, halte ich für schwarz, wenn die hierarchische Kirche so entscheidet.‹ Sie glauben doch nicht, daß Ignatius das nur auf die sinnliche Wahrnehmung bezogen hat. Gemeint sind ebenso die moralischen Kategorien. Wenn also die Heilige Kirche erklärt, daß ›unschuldig‹ in Wahrheit ›schuldig‹ sei oder aus höherer Einsicht hinfort als schuldig zu *gelten* habe – dann haben wir diese Entscheidung zu respektieren.«

»Aber die Kirche erklärt das ja gar nicht!« rief Spee. »Die Richter, die Schöffen, die Gutachter, die Juristen in den Universitäten – alles *weltliche* Personen! –, *sie* sind es, die Unschuldige für schuldig erklären!«

»Und die Kirche, sofern sie erkennt, daß es ihr und Gott dienlich ist, akzeptiert diese Entscheidungen. Und damit wären wir an dem wichtigsten Punkt: Es ist nicht wahr, daß diese Menschen, wie Sie vorhin gesagt haben, *sinnlos* sterben. Ihr durch die Folter befördertes Eingeständnis, daß sie Sklaven des Teufels waren, erfüllt einen heiligen Zweck: Mit diesem Geständnis ist die moralische Weltordnung wiederhergestellt. Sie sterben in Wahrheit für Gott. Indem sie sich als Diener Satans bekennen, verhindern sie, daß die Menschheit

Gott die Plagen dieser Erde anlastet. Sie werfen sich für *Gott* in die Bresche.«

Wiederum lächelnd, beobachtete Pelking die Wirkung seiner Worte. Mit Genugtuung bemerkte er, daß der Pater verwirrt, ja für einige Sekunden der Rede nicht mächtig schien. Endlich formulierte Spee mit großer Behutsamkeit: »Wenn die Unschuldigen, wie Sie sagten, Exzellenz, in Wahrheit für Gott sterben, wenn sie für Ihn in die Bresche springen – was sind sie dann anderes als Märtyrer?«

»In gewissem Sinne sind diese ›Unschuldigen‹ in der Tat Märtyrer«, sagte Pelking ohne zu zögern. »Das sollte Sie doch sehr beglücken, Spee! Verderben Sie den Menschen künftig nicht mehr die Gelegenheit zum erhabenen Opfer. Lassen Sie sie als Erwählte Gottes sterben! Das ewige Heil ist ihnen gewiß. Weshalb sonst legt denn die Kirche so großen Wert darauf, daß alle Verurteilten vom Priester geleitet und mit der himmlischen Wegzehrung versehen werden?«

Daß Pelking zu einer Theorie über die Märtyrerschaft der Hingerichteten gefunden zu haben schien, ohne daß Spee die seine bislang preisgegeben hatte, vermochte den Pater allerdings nur für Augenblicke zu beeindrucken. Es bestand ein gravierender Unterschied zwischen Spees und Pelkings Hypothesen. Denn Spee *rechtfertigte* ja nicht, was an Unrecht geschah. Er hatte die Märtyrer-Theorie nur aus *Not* erdacht, aus Verzweiflung über das geschehene Unrecht, in dem Wunsch, der Ungerechtigkeit, wenigstens postum, so etwas wie einen Sinn zu geben und damit zugleich die Opfer zu trösten. Nach Pelkings Auffassung jedoch war es nur richtig, wenn man mehr und mehr Unschuldige »für Gott in die Bresche springen« ließ. Spee wollte das Unrecht austilgen. Pelking ließ es nicht nur geschehen, er hieß es ausdrücklich gut. Er warf Unschuldige einem Moloch, den er Gott nannte, zum Fraße vor! Er drückte jedem dieser Unglücklichen einen Heiligenschein aufs Haupt und glaubte sich auf diese Weise moralische Skrupel ersparen zu können. Wenn man *so* dachte, konnten die Prozesse in alle

Ewigkeit weitergehen. Dann war es den Henkern sogar erlaubt, sich als »Heiligmacher« zu brüsten. Und als ob es noch einer Unterstreichung seiner zynischen Theorie bedurft hätte, sagte Pelking:

»Die Quintessenz lautet also: Man muß die Hexenverfolgung billigen, solange sie Gottes Ansehen bei den Menschen nützt. Und das tut sie, indem sie Zweifel an Seiner Güte und Gerechtigkeit beseitigen hilft. Sollten die Prozesse eines Tages diesen Zweck nicht mehr erfüllen, könnten sie sofort eingestellt werden. Vielleicht wird man dann, dem löblichen Zweck zuliebe, etwas anderes ersinnen müssen. Und wer weiß, lieber Bruder, ob das dann Ihren Augen nicht genauso ungerecht erscheinen wird?«

Spee erhob sich, obwohl es ihm nicht zustand, die Unterredung zu beenden. »Ich habe Ihnen eines voraus, Exzellenz. *Ich habe die Schreie der Opfer gehört.«*

Er verneigte sich steif und wollte sich gegen alle Etikette entfernen. Aber Pelking hielt ihn zurück.

»Bleiben Sie noch! « Er folgte Spee bis zur Tür und berührte ihn an der Schulter. »Ich habe ein Herzensanliegen – und Sie müssen mir helfen. Meine Mutter, die ich sehr liebte, wurde am Tage der heiligen Agatha geboren, am 5. Februar. Deshalb habe ich zu ihren und Agathas Ehren ein großes Heiligenfest auf Schloß Neuhaus anberaumt – zumal ich zu Allerheiligen nicht in Paderborn sein konnte. Wir holen also das Märtyrerfest nach. Und ihr Jesuiten müßt mir behilflich sein. Die Heiligen erwählen Sie aus Ihren Oberklassen – an Milchgesichtern für die Märtyrerinnen wird auch kein Mangel sein. – Was sagen Sie dazu?«

»Sie denken an lebende Bilder?« fragte Spee. Er war mit seinen Gedanken noch bei Pelkings unglaublicher Märtyrer-Theorie.

»So ungefähr. Wir werden die Martyrien unserer bedeutendsten Heiligen gefällig demonstrieren lassen – der Apostel Andreas, Bartholomäus, Petrus – kurz, solcher, die hingerichtet wurden – und noch vieler anderer. Agatha, Katharina, Sankt

Georg, Stephanus, Virginia – wen Sie wollen. In kostbaren Gewändern und würdigen Posen, ein jeder mit seinem Leidenswerkzeug, so wünsche ich das dargestellt zu sehen; ein Henkersknecht, die Marterung vollziehend, mag diesem oder jener beigesellt werden. Ihrer Phantasie sei keine Fessel auferlegt. Und da Sie wissen, wie hoch ich Ihre Dichtkunst schätze, wird es Sie nicht wundern, wenn ich Sie beauftrage, die Verse zu unserer Figuratio zu ersinnen. Ich wünsche mir zu jedem Martyrium etliche Strophen. Sie sollen erkennen lassen, wie der Heilige zum Christen und wie er zum Blutzeugen Christi wurde. Und sie sollen dem Hörer frommen Schauder bescheren, indem sie die Art der Folter und die Qualen, die sie verursacht, präzise beschreiben und sie zugleich, dank der Zauberkraft der Poesie, aufs anmutigste verklären. Machen Sie sich sofort ans Werk; wir haben nur noch wenige Wochen bis zum 5. Februar. Gleich nach dem Weihnachtsfest sollten Sie mit der Einstudierung beginnen.«

Christi Nagelwunden an Händen und Füßen, die Spur der Dornenkrone und die Lanzenwunde nächst dem Herzen – nicht nur Friedrich Spee: Viele Christen verehrten die blutigen Male und suchten in mystischer Versenkung die Leiden des Herrn nachzuempfinden, aber auch die tröstende Wohltat zu erfahren, die seine Wunden dem Gläubigen bescheren. Dazu jedoch bedurfte es fürs erste einer Vision von unbarmherziger Deutlichkeit: Hier war nichts zu verniedlichen, zu bekränzen, zu versüßen. In seiner zergeißelten, zergerbten Nacktheit, gleichsam umhüllt von Pein und Tod, von Ruten aufgerissen, von Blut überflutet, die Lippen vom falben Tod gebleicht, hängt der Schmerzensmann am Marterholz – und nur wer den Anblick des grausig zerstörten Fleisches nicht scheut, kann der zweiten Erfahrung teilhaftig werden: der Gnade, diese Wunden als Kelch begreifen zu dürfen, in dessen Blut sich Sünde und Laster aller Welt versenken lassen. Daß Seine Marter für uns nicht verloren sei, löscht der Erlöser mit dem eigenen Blute des Vatergottes Zorn auf die mißratene Menschheit aus. Getrieben von der Geißel der Liebe, sucht die verirrte Menschenseele den Leichnam des Herrn als ein Herbergslicht am Ende ihres Lebensweges: Im Wundenblut Christi wird sie von den Schlacken der Sünde gereinigt. So wandelte sich in den Versen des Dichters Spee um Jesu Leiden und um die Suche der »Gespons Christi« nach ihrem geliebten Herrn der abscheulich verwüstete Corpus Domini in den im purpurnen Wundenglanz am Kreuz erglühenden Triumphator.

Solche Betrachtungen waren Friedrich Spee seit früher Jugend nicht fremd; die ignatianischen Exerzitien hatten seine Vorstellungskraft noch geschärft und »abrufbar« gemacht, vornehmlich die Übung des fünften Tages der dritten Woche, die dem Leiden Christi gilt, hatte ihn gelehrt, den geschundenen Leib des Herrn so deutlich wahrzunehmen, daß er die Blutstropfen hätte zählen können, die aus Seinen Wunden flossen.

Und doch war es eines: das Leiden des Mannes am Kreuz in der Vorstellung nachzuvollziehen im seligen Bewußtsein, daß dies Gottes Sohn ist, von dessen Qualen der Welt das Heil kommen wird – und ein anderes: in Qualm und Gestank der Folterkammern der Zerfleischung eines armseligen Menschen beiwohnen zu müssen, sein Gebrüll, sein Flehen um Gnade, seine erpreßten »Geständnisse« anhören, die Lüsternheit, das schadenfrohe Grinsen der Henkersknechte ansehen und schaudernd die Augen schließen zu müssen, wenn unter den Hieben der Knute ein weißer Leib aufplatzt in blutige Striemen.

Was hatte Pelking gefordert? Die Leiden der christlichen Märtyrer »in würdigen Posen gefällig zu demonstrieren ...«, Strophen zu dichten, die ihre Qualen »präzise beschreiben und sie zugleich aufs anmutigste verklären« ...

Seit Spee erfahren hatte – in Köln, aber auch in Geseke und den anderen Städten, deren Kerker er im Gefolge des Richters Schultheiß hatte betreten müssen –, wie irdische Wundenqual und Verzweiflung beschaffen sind, auf die kein Glanz von oben fällt – seither wußte er auch, daß Maler und Dichter sich's allzu leicht machten mit ihren »anmutigen« Folter- und Hinrichtungsdarstellungen. Bilder brüllen nicht – und Verse verhehlen die Passion, die zu schildern sie vorgeben, durch ihre harmonischen Rhythmen und Reime. Dies aber war es, was Pelking wollte: Lebende Andachtsbilder und lehrhafte Strophen, die der schreienden Qual der Märtyrer allenfalls die Qualität einer behutsamen Mahnung verliehen, über das Ausmaß des leibhaftigen Schmerzes jedoch so gut wie nichts aussagen konnten.

Es hätte nicht des Zufalls bedurft – wenn es denn einer war – daß Spee für ein erstes Märtyrergedicht die heilige Katharina erwählte, um ihn erkennen zu lassen, daß er der gestellten Aufgabe nicht gewachsen war. Richtiger: daß sie ihm, erhob man den Anspruch auf Wahrhaftigkeit, unlösbar schien. An ihr mochte sich versuchen, wer wollte: Ein jeder, wenn er aufrichtig war, mußte vor der Realität dieser gnadenlosen Torturen kapitulieren; Vers und Reim würden den Dienst verweigern.

Unmutig wischte Spee das Papier, auf das er die ersten Strophen hatte schreiben wollen, vom Tisch. Das konnte nicht mehr Sache des Mannes sein, dem widerfahren war, was ihn die »Cautio Criminalis« schreiben ließ. Der Versuchung, sich seiner Aufgabe mit einigen Versen herkömmlicher Art zu entledigen, um den mächtigen Mann, dessen Geduld er schon allzusehr strapaziert hatte, nicht noch mehr zu verstimmen, würde er widerstehen. Eitelkeit half ihm dabei: Niemand sollte Unvollkommenes aus seiner Feder lesen dürfen.

Als Friedrich Spee sich Hermann Baving anvertraute, rechnete er mit einer heftigen Reaktion. Zu seinem Erstaunen erwies sich der von seiner Krankheit genesene Rektor als einsichtig, ja, er bestärkte ihn sogar in seinen Skrupeln.

»Wenn Ihnen nichts einfällt, können Sie auch nichts niederschreiben«, sagte er. »Dazu kann man doch keinen Menschen zwingen. Nein, Sie brauchen sich nicht beim Weihbischof zu entschuldigen, das übernehme ich gerne für Sie. Meine Schüler, wenn es denn schon sein muß, will ich allenfalls für das Spectaculum zur Verfügung stellen. Und einen Bruder, der uns schöne

Verse schreibt und sie mit den Jungen einstudiert, haben wir ja auch: Pater Horrion! Der kümmert, wie ich mir sagen ließ, als Dichter nur noch so dahin, seit Sie hier aufgetaucht sind. Der Mann ist viel geringer begabt als Sie – aber für Pelking gut genug. Wenden Sie sich nur wieder Ihrem Unterricht zu, Bruder Spee. Und, bitte: korrekt nach dem Lehrplan! Was Sie und Pelking betrifft – ich veranlasse alles Notwendige.«

Spee schrieb trotzdem, gegen Bavings Rat, an Pelking einen ehrlichen Brief, in dem er seine seelische Verfassung schilderte und höflich um Dispens von seiner Aufgabe bat. »Bilder brüllen nicht« – den Satz ließ er nicht aus.

Einige Tage wartete er sorgenvoll auf Antwort aus dem Generalvikariat. Als zwei Wochen verstrichen waren, wollte er nicht mehr daran denken. Jedoch die Vorbereitungen für die Märtyrerfeier beeinträchtigten den geregelten Tagesablauf erheblich. Pater Johannes Horrion, dem Baving nicht verriet, daß er als Dichter nur »zweite Wahl« war, blähte sich vor Stolz und ließ Spee fühlen, daß man in Paderborn endlich begriffen hatte, wer der wahre Poeta laureatus dieser Stadt war. Seine Darsteller wählte er vorzugsweise aus Spees Metaphysica; in manchen Stunden war nur die Hälfte der Klasse anwesend, weil Horrion die Schüler mitten aus dem Unterricht zu den Proben holte.

Nachdem sich bei allen Patres die Meinung festgesetzt hatte, Spee sei, aus welchem Grunde auch immer, beim Generalvikar in Ungnade gefallen, sahen auch die vorsichtigsten Brüder keinen Anlaß mehr, dem schwarzbärtigen Sonderling freundschaftliche Gesinnung vorzutäuschen. Schon allzuoft hatte er bewiesen, daß er nicht gewillt war, sich in die Disziplin der Gemeinschaft einzufügen. Unvergessen war der häßliche Auftritt gegenüber dem Abgesandten des Kommissars Schultheiß, sein nächtliches Ausbüchsen gegen den Befehl des Rektors, seine Strafversetzung nach Geseke und seine seltsame Auslegung des Lehrplans, in dem doch von Hexenprozessen kein Wort zu lesen war.

Dies alles aber war nichts gegen den abscheulichen Verdacht, der eines Tages wie ein seuchentragender Wind fast alle Brüder des Paderborner Kollegiums vergiftete: diese beklemmende Mutmaßung, der Pater Friedrich Spee könne, wenn schon nicht Urheber, so doch verschwörerischer Mitwisser jener Bluttat in Geseke sein. Der Offizier jedenfalls, nach dem man seit Monaten vergeblich fahndete, war sein Schüler gewesen – und schon erhoben sich Stimmen, die sich für eine Durchsuchung von Spees Zelle aussprachen. Eine solche Maßnahme wurde bei den Jesuiten gar nicht so selten getroffen; meistens ging es dabei um den Verdacht auf Besitz häretischer oder unsittlicher Bücher. Wer weiß, vielleicht würde man Beweise dafür finden, daß die Verbindung zwischen Lehrer und mörderischem Schüler noch immer bestand?

Pater Turck war es, der Spee warnte. In der Tat sah Spee sich daraufhin veranlaßt, Philipps Briefe zu vernichten. Schon seit vielen Wochen hatte er nichts mehr von ihm gehört. Ein Schreiben nach Rinteln war unbeantwortet geblieben; er wußte nicht einmal, ob Philipp und seine Gefährtin diese Stadt schon wieder verlassen hatten. Beunruhigt war er auch über den Verbleib seiner Manuskript-Abschrift; Philipp hätte sie längst zurückschicken müssen.

Um nicht auch noch das Original zu verlieren, brachte Spee die Urschrift der »Cautio Criminalis«, die er inzwischen mit Korrekturen und etlichen noch schärfer formulierten Thesen versehen hatte, zu einem der wenigen Menschen in Paderborn, denen er vertraute: zum Apotheker Theodori. Dort hielt er sich mit Vorliebe auf, sprach über die von Angst und mancher beglückenden Heimlichkeit erfüllten Tage mit Barbara, Albertus und Konrad und rätselte mit dem alten Herrn über den Verbleib der schönen Hebamme.

Albertus war nicht mehr im Hause. Als Barbara in Geseke plötzlich das Weite gesucht hatte, war er ihr nachgefolgt; jedenfalls hatte man ihn, wie auch Konrad, von Stund an dort nicht mehr gesehen. Einige Tage später erschien er in Paderborn bei seinem Onkel, ohne »Kriechendes«, jedoch mit einem permanent verschmitzten Lächeln. Dic Begegnung mit der schönen Hebamme hatte ihn männlicher und selbstbewußter gemacht. Er stand unmittelbar vor der Wende seines Lebens. Ein durchreisender Arzt, Doktor François Kesselmann, fand Gefallen an dem Burschen, der ein waches Auge hatte für die unscheinbare Kreatur; er pfiff darauf, daß der Junge kein Studierter war, nahm ihn mit des Onkels Segen nach Frankreich mit und würde, so stand zu vermuten, im Laufe der Jahre einen tüchtigen Famulus aus ihm machen.

Als Professor Adrian Horn, auf dem Heimweg von beschwerlicher Mission zu Pyrmont, im Paderborner Kolleg eintraf, war für den unangemeldeten Bruder kein Zimmer, keine Zelle, kein Notbett mehr frei. Seit Tagen schon hatten sich Gäste hohen Ranges, die klirrende Februarkälte nicht scheuend, in der Domstadt eingefunden – viele auf Einladung des Weihbischofs, andere, die sich, obwohl nicht ausdrücklich gebeten, das festliche Spectaculum des Agatha-Tages nicht entgehen lassen wollten, endlich auch manche, die in Geschäften oder auf zielloser Flucht vor Krieg und Pest unterwegs waren.

»Eine Bodenkammer allenfalls …« stellte Rektor Baving anheim. »Hätte ich nur geahnt, daß Sie uns besuchen würden, lieber Bruder! Aber wen soll ich jetzt ausquartieren? Es sind ja alles Prälaten – sogar den flandrischen Provinzial habe ich zu Gast!«

Der Kölner Jesuit wehrte ab. Obwohl todmüde und von der Kutschenfahrt durchfroren, verbat er sich jeglichen Umstand und folgte Bavings Rat, im Benediktinerkloster Abdinghof vorzusprechen, wo noch Gastzimmer frei sein sollten.

Die schwarzen Mönche, die nicht selber brauten, aber ein vorzügliches Bier aus Warstein bezogen, hatten während der Festtage aus dem Kloster eine Herberge und aus dem Refektorium eine Wirtsstube gemacht. So saß auch der Pater, nachdem er eine bescheidene Zelle hatte beziehen dürfen, mit Mönchen, reisenden Kaufleuten, kirchlichen Würdenträgern und anderen

Hausgästen an einem langen Tisch und wandte das faltenreiche Gesicht dem Bruder Kellermeister zu, der ihm den Bierkrug brachte.

Adrian Horn, in Köln und Bonn dank seiner Zuverlässigkeit und seinen Lebensprinzipien ein vielbegehrter Mann, den sogar der Kurfürst schätzte – er hatte ihn wiederholt mit delikaten Sonderaufgaben betraut –, durfte auch diesmal mit dem Fazit seiner Erkundungen zufrieden sein. Obwohl Horn kein Jurist war, hatte der Erzbischof ihn beauftragt, die komplizierte Rechtslage in Pyrmont zu prüfen, aus der kein Geringerer als der Feldherr der Katholischen Liga, der Generalleutnant Tilly, Besitzansprüche herzuleiten glaubte. Genauer gesagt: Der große Soldat begehrte das ehemals fette, noch immer ergiebige Pyrmont zum Lehen als angemessenen Dank für seine Verdienste – und das Geplänkel zwischen ihm und anderen scheinbar Berechtigten zog sich schon lange hin; auch Weihbischof Pelking hatte seine Finger im Spiel. Der Kurfürst wollte Klarheit, ehe er sich entschied, und so hatte er den glaubensstrengen, niemals lächelnden Jesuiten in das umstrittene Ländchen entsandt, um dort mit Dompropst und Domdechant zu verhandeln – so wie er ihn vor drei Jahren schon einmal nach Peine und anderswohin geschickt hatte, über die Durchführung des Restitutions-Ediktes zu wachen. Daß er mit solchen Aufträgen die Kölner Schule nur zu oft ihres Oberhauptes beraubte, focht den hohen Herrn zum Kummer des Ordens wenig an.

Wie Adrian Horn nun zur Abendstunde in dem überfüllten, von Bier- und Bratendunst gesättigten Refektorium des Klosters Abdinghof saß und bei all dem Kommen und Gehen, Plaudern und Bramarbasieren überlegte, was er dem durchlauchtigsten Ferdinand zu berichten haben werde, bemerkte er, daß an einem der entfernteren Tische ein junger Benediktiner Platz nahm, dessen intelligent anmutendes Gesicht ihm bekannt vorkam. Als der Mönch sich hungrig über den dampfenden Teller mit Hafergrütze beugte, streifte Horns prüfender Blick ihn ein zweites Mal – und da war es eine merkwürdige Bewegung, die ihn mißtrauisch machte. Der junge Mann fuhr sich bedächtig unters Kinn, als wolle er einen Spitzbart durch die Hand gleiten lassen – dann, als stelle er erst jetzt fest, daß da kein Härchen zu finden war, ließ er die Hand wie erschrocken fallen und nach dem Löffel greifen. Und als der Fremde nun die Augen hob und nach dem Brotkorb Ausschau hielt, zweifelte Adrian Horn nicht mehr daran, daß dies sein ehemaliger Schüler Philipp von Kronthal war: im Jahre 27 aus Köln nach blutigem Aufruhr entlaufen und für Jahre verschollen geblieben – bis zu seinem unrühmlichen Wiederauftauchen als Deserteur, Rebell und Gefangenenbefreier, als der Mordbube von Geseke, den die Polizei des ganzen Landes ebenso suchte wie der Graf von Nassau, sein Regimentskommandeur.

Wenn dieser Mann Philipp war, dann war er auch kein Benediktiner, dann war er in einer Vermummung nach Paderborn gekommen und führte wiederum Schändliches im Schilde – wie damals, wie neulich, wie immer!

Was Adrian Horn noch zögern ließ, war eine zärtliche Erinnerung, der er wissentlich niemals Macht über sich eingeräumt hätte, die aber auch unreflektiert wirksam genug war, seinen Entschluß um einige Sekunden hinauszuschieben: Er dachte an Ignaz Eller, seinen Lieblingsschüler im Tricoronatum, der in Wahrheit die verbotene Frucht seiner Lenden und einer schönen Simone gewesen war: seinen heiß und verschwiegen geliebten Sohn, um dessen Geheimnis in Köln nur einer gewußt hatte: Horns uralter Beichtvater Roestius. Philipp von Kronthal, Ignaz Ellers Freund, war es gewesen, der den Jungen ins Unglück gestürzt hatte – so jedenfalls sah es Horn. Und während ihn das Vorgefühl der Rache schon kitzelte, mußte Horn zugleich dem Drang widerstehen, sich dem ehemaligen Schüler und Hexenfreund zu erkennen zu geben, ihm den Arm um die Schulter zu legen und zu bitten: ›Erzähl von damals! Erzähl von Ignaz! Ich kannte ihn ja viel zuwenig, obwohl er doch mein … Erzähle! Alles, alles will ich wissen, erzähl aus deiner knabenhaften Sicht von einst! …‹

Nein. Das verbot er sich. Gott hatte ihn, den Vielgeprüften, sichtbar ausgezeichnet, indem er ihn an diesem Tag nach Paderborn geführt hatte: also daß er offenbar der einzige in dieser Stadt war, der den gesuchten Rebellen kannte und auf Anhieb trotz mönchischer Vermummung zu identifizieren vermochte. Da hatte der sich, darauf bauend, daß ihn das hierzulande vollends unkenntlich machen werde, seinen Kriegerbart abrasiert – und konnte nicht ahnen, daß er ebendeshalb erkannt werden würde: von seinem alten Lehrer, der ihn nur ohne die männliche Zier im Gedächtnis haben konnte. Und abermals schloß Horn: Wenn ein so Vielgesuchter, der weiß, daß Tod auf sein Vergehen steht, sich als ein gejagtes Wild in des Löwen Höhle begibt, dann muß er einen gewichtigen Grund haben, der den Einsatz seines Lebens lohnt.

Nach dem Essen ging Horn zum Abt und fragte ihn, ohne seinen Verdacht zu äußern, um welchen Jünger des heiligen Benedikt es sich da handeln könne. Der Abt hob die Schultern und verwies ihn an den Bruder Cirkator, der die Aufsicht über die Schlafsäle hatte. »Ein Bruder Bernardus aus Rinteln«, sagte der Mönch.

Horn beschloß, bis zur Morgenandacht zu warten. Nach einer unruhigen Nacht, in der er sich wegen seines Zauderns Vorwürfe machte und fürchtete, der Verbrecher könne Lunte gerochen haben und ihm entwischen, machte er sich auf den Weg zu Baving. Dann fiel ihm ein, daß Hermann Baving schließlich kein Provinzial mehr war und somit auch nicht mehr sein Vorgesetzter – warum also der Umweg? Baving, wie er ihn kannte, würde die Festnahme des Deserteurs doch nur als sein Verdienst ausgeben.

So kam es, daß Pater Adrian Horn von der Gesellschaft Jesu zu Köln sich am Morgen des Märtyrerfestes zum Bürgermeister der Stadt Paderborn begab, auf daß er seine Knechte schicke, den Philipp von Kronthal, einen entlaufenen Jesuitenschüler und desertierten Offizier, um der irdischen Gerechtigkeit willen zu verhaften.

Feierte man in Paderborn ein Fest, so gedachte man auch stets des heiligen Liborius', des Schutzpatrons dieser Stadt, dessen Gebeine vor vielen hundert Jahren der Bischof Badurad dem Volk und Klerus der Franzosenstadt Le Mans – ja, man muß schon sagen: abgeschwätzt hatte. Seither hatte der Heilige, sieht man einmal von seiner Verschleppung durch den verrückten Christian ab, sich nicht nur in vielerlei Stürmen und Drangsalen als nutzbringend erwiesen: Sankt Liborius bewährte sich auch als Heilkundiger, und zwar vornehmlich bei Steinleiden aller Art.

So sang man denn auch dieses Mal, als die Prozession nach der Messe im Dom zum Liboriusberg an der Stadtmauer zog, das volkstümliche Liedlein zu Ehren des Wundertäters, obwohl es nicht der 23. Juli, sondern ein bitterkalter 5. Februar war:

»Du großer Hirt und Gottesmann,
Liborius, halt für uns an,
auf daß nicht Gries und Nierenstein
die Strafe unserer Sünden sein.«

Auf dem Rückweg – den bei Liborius-Feiern üblichen Weg um die Mauern ersparte man sich – hielt die Prozession vor dem mit Girlanden behängten Rathaus, wo sich das Volk zur Festpredigt versammelt hatte. Weihbischof Pelking stieg auf eine improvisierte Kanzel und rühmte »die jedermann sichtbare Devotion, Untertänig- und Ehrerbietsamkeit des Volkes«, die man Liborius zu verdanken habe – wie übrigens auch der heiligen Agatha. Und damit hatte er dem Tag den ihm gebührenden Namen gegeben.

Pelking widerstrebten die frommen Übertreibungen mancher Kanzelredner, der Klostergeistlichen zumal, die da kühnlich behaupteten, jedermann gehorche dem heiligen Liborius: sogar das Meer samt allen Walfischen, der Tod, der Teufel und die anderen höllischen Geister ebenfalls. Um solche Auswüchse gar nicht erst sprießen zu lassen, ließ Pelking die Reliquien des Heiligen in den Dom zurücktragen; ein Alumnus des Priesterseminars schritt mit einem großen Pfauenschweif voran.

Nach kurzer Rast und wiederholtem Tedeum brachen die Bürger und Bürgerinnen Paderborns nach Schloß Neuhaus auf, angeführt vom Bürgermeister und dem Ehrbaren Rat, von der hohen Geistlichkeit, den fürstlichen Beamten, der Ritterschaft, den Drosten, dem Domkapitel und den Amtsleuten des Bistums, gefolgt von Bruderschaften, Kongregationen und Sodalitäten, von Nonnen, Mönchen – darunter dem Jesuitenkolleg und allen Lehrkräften und Schülern des Gymnasiums –, von Zünften, Gewerbetreibenden und Kriegsleuten. Den Beschluß machten, als ein Orden der Demut und der Arbeit, die Benediktiner des Klosters Abdinghof in ihren schwarzen Kutten.

Zwar würden nur Auserwählte zum Spiel ins Schloß gelassen werden, doch lag für die Ausgesperrten ein großes Faß Freibier bereit. Es gab freilich unter den Teilnehmern viele, denen es schlichtweg zu kalt war, so daß sie, die kein Fett auf den Rippen hatten, schon kurz hinter den Toren der Stadt umkehrten und ihre Behausungen aufsuchten, wo sie fröstelnd in den erloschenen Feuerstellen stocherten.

Zwischen Paderborn und Neuhaus war mit vielerlei Stationen ein Kreuzweg aufgebaut: Da sah man Christus, wie er am Ölberg Blut schwitzte, sah ihn bei Annas den Backenstreich erleiden, vor Kaiphas angespien, vor Herodes verspottet und von Pilatus zum Kreuz verdammt, sah ihn siebenmal niederfallen unter des Kreuzes Last und endlich sterben am Marterholz auf dem Berge Calvariä. Daran zogen, hinter den farbenfroh bemalten Kirchenfahnen, die Gläubigen mit vielen Fußfällen vorbei, sangen Lieder auf die Gottesmutter, die Domina, die Kaiserin, beteten ungezählte Rosenkränze und beugten das Haupt beim Klang der Fanfaren und Posaunen.

Das Laudate pueri Dominum nach dem 112. Psalm aus der Marienvesper des begnadeten Italieners Monteverdi, des »divino Claudio«, wie man ihn sogar in Paderborn nannte, leitete die Märtyrerfeier im überfüllten Festsaal des Schlosses Neuhaus ein. Pelking hatte keine Kosten gescheut; aus Münster, aus Telgte, aus Minden und Lippstadt waren die leuchtendsten Tenöre, die süßesten Knabenstimmen gekommen. Wartenberg hatte sein Osnabrücker Orchester und seinen Kapellmeister zur Verfügung gestellt; beide strengten sich vernehmlich an, um den unkonventionellen Neuerungen des Italieners einigermaßen gerecht zu werden. Der geübte Chor jedoch fing ihre Schwächen auf. Wie aus Himmelsfernen, so silberzart, setzt er ein, engelhaft preist der Sopran den Namen des Herrn, als nähere er sich in feierlichem Aufschwung dem Thron des Allmächtigen: Deus noster, qui in altis habitat, gefolgt von einem triumphierenden Tenor, der mit Liebeskraft die Armen und Hilflosen aus dem Staube hebt. Und nun schweben, ja hüpfen die Stimmen, freudig bewegt ob der Verheißung, daß dereinst auch die Unfruchtbaren der Gnade der Mutterschaft teilhaftig werden sollen, von ihren Kindern umspielt: matrem filiorum laetantem. Und als auch das Gloria fast allzu munter von den Lippen geht, hält ein ernster Tenor dagegen: Würdig zelebriert er den Lobgesang, bis aus der Tiefe der sieben Himmel das Saecula saeculorum ertönt und ein vielfältig aus dem Chor erblühendes Amen den Psalm beschließt.

Die Musiker stimmten ihre Instrumente aufs neue, geheimnisvoll bauschte sich der Vorhang der improvisierten Bühne. Den Augen der erwartungsvollen Menge noch verborgen, traf man dort letzte Vorbereitungen zum Märtyrerspiel.

Friedrich Spee hatte mit den anderen Professoren in den hinteren Reihen Platz genommen. Er versuchte, da er Horrions Verse bereits kannte und wußte, daß sie ihn nicht andächtig stimmen konnten, sich auf andere Weise dem Ernst der ihn umgebenden Gemeinde anzupassen. Er erinnerte sich, wie er in manchen seiner Gedichte zur Andacht vor Christi Wunden aufgerufen hatte. Jetzt war ihm, als habe er geradezu leichtfertig über sie *verfügt*. Im Entwurf seines »Tugendbuchs« hatte er geschrieben: »Wenn nach der Elevation der Priester still betet, sollst du die ganze Welt in die fünf Wunden Christi legen« – und dann hatte er alle Menschen, vom Papst bis zum letzten Sünder, gleichsam auf die gnadenreichen Wundmale verteilt. Dafür hätte er von den Oberen und Zensoren, die seine Texte beurteilten, wohl nur Lob geerntet – wäre es ihm nicht eingefallen, auch »Ungläubige, Juden und Türken« in die Obhut der vierten Wunde zu betten, womit er wieder einmal bewiesen hatte, daß er, wo immer sich Gelegenheit bot, aus der Reihe tanzte.

In dem bis auf den letzten Platz mit auserwählten Gästen besetzten Theatersaal, den zwei mit Kerzen bestückte Kandelaber zu beiden Seiten des Proszeniums nur notdürftig beleuchteten, klangen nun die Stimmen gedämpfter. Drei Posaunenstöße kündeten den Beginn der Vorstellung an – dann tat sich der Vorhang ratschend und etwas schwerfällig nach beiden Seiten auf, und vor einem aus vielen hundert brennenden Kerzen gefügten Prospekt war die Heilige dieses Festtages zu sehen: Agatha, die keusche Patriziertochter aus Sizilien. Wunderlieblich dargestellt von Benno Östersötebier, einem Schüler der Octavia-Metaphysica, saß sie züchtig, an die Maria der Verkündigungsbilder erinnernd, vor einem aufgepflanzten Marterholz in Form des Buchstabens T. Aus den Seitenkulissen, die, bemalt mit römischen Säulen und Arkaden, die Szenerie bis hin zur flimmernden Rückwand perspektivisch vertieften, trat nun ein Herold an die Rampe: Hendrik Vordermann, auch er, wie fast alle Darsteller, ein Jesuitenschüler. Er entrollte ein langes Pergament, hielt es, da er kurzsichtig war, dicht vor die Augen, so daß sein niedlicher Pagenkopf fast dahinter verschwand, und trug mit freudigem Pathos das erste der Märtyrergedichte des Paters Johannes Horrion vor:

»Agatha, edler Sproß der vornehmsten Familien,
begehrt von Quintian, Statthalter von Sizilien!
Doch sie war fromme Christin – dieser war ein Heide,
unstatthaft war somit der Ehebund für beide.

Er stellt ihr lüstern nach, die Jungfrau zu verführen,
zuchtlosen Sinns die Unberührte zu berühren ...«

Bereits bei »er stellt ihr lüstern nach« schlich sich ein durch stechenden Blick und ungepflegten Bart als Bösewicht erkennbarer Quintian an Agatha heran und machte in der Tat Anstalten, »die Unberührte zu berühren«. Immerhin streifte er ihre Schulter. Agatha sprang auf und folgte der Beschreibung des Gedichtes mit abwehrenden Gesten, zumal jetzt auch einige halbnackte Schergen überraschend die Bühne betreten hatten.

»Sie weist ihn kühnlich ab. Da legt er sie in Eisen,
nun muß das edle Weib des Glaubens Kraft beweisen!
Und sie vollbringt's getrost in heitrem Gottverlangen!
Doch des Verruchten Knechte schüren schon die Zangen.«

Das taten sie. Zwei Knechte packten die holde Agatha und spannten und fesselten sie auf das Marterholz, während zwei andere eine langstielige Zange in einen dampfenden Tiegel tunkten. Und während Agatha-Bennos rosiges Antlitz sich in rührender Angst verzerrte, triumphierte der jugendliche Herold:

»Und da sie immer noch sich sträubt, ihn zu erhören,
läßt dieser Elende Agathas Brust zerstören.
Da sie verscheidet nun mit unbefleckter Ehre,
hebt Gott der Herr sie auf zur Ehre der Altäre!«

Das Martyrium gerade der heiligen Agatha hatte Pater Horrion vor eine fast unlösbare Aufgabe gestellt. Wußte er dank seiner Imagination und Könnerschaft als *Dichter* das Grausige noch mit Anstand zu schildern, so hatte er sich's als Leiter des Spieles doch zu versagen, die Zerfleischung der Jungfrauenbrust mit glühender Zange anschaulich darstellen zu lassen. Wie denn auch? Das Äußerste, was in diesem Falle denk- und machbar war, hatte die Kostümierung des Benno Östersötebier schon gewagt: Unter dem fließenden Gewand war mit Hilfe geballter Tücher eine weibliche Brust angedeutet worden. So mußte es denn mit einer furchterregenden Gebärde sein Bewenden haben: Einer der Schergen riß die Zange aus dem Tiegel und näherte sich der Unglücklichen mit überlautem Gebrüll, während der Vorhang eilig zugezogen wurde und der Organist von Sankt Pankraz einige versöhnliche Akkorde auf dem Cembalo griff. Schon nach wenigen Sekunden öffnete sich die Bühne aufs neue, und die Zuschauer, noch seltsam angerührt von dem erbarmungslosen Martyrium, dessen Zeuge sie – beinahe – geworden waren, sahen nun einen fast unverhüllten Jünglingskörper vor sich, der, an einen Pfahl gebunden, den Schießkünsten martialischer Legionäre ausgeliefert war: der heilige Sebastian.

Als jedoch der Herold begann, auch dieses Schauspiel mit Versen aus seiner Schriftrolle zu begleiten, entstand Unruhe im hinteren Teil des Saales.

Die Ehrengäste versuchten, die Störung zu ignorieren, verboten sich, den Kopf zu wenden, blickten starr auf das anmutige Opfer der Bogenschützen – aber dann hörte man Rufe »Mordanschlag!« – »Blut!« – »Ein Arzt!« Und jetzt zog es kalt von draußen herein, offenbar war das Treppenhaus voller Leute. Und schon standen die ersten auf und zwängten sich durch die Reihen, als fürchteten sie um ihr eigenes Leben. Und als der Vorhang sich schloß – wenn auch unvollkommen, so daß man noch sehen konnte, wie Sebastian sich kopfschüttelnd vom Pfahl entfernte –, tat sich gleichsam ein anderer Vorhang auf, und einige, die bislang wie blind gewesen waren, erkannten, wer unter ihnen geweilt hatte.

Rings um den zugefrorenen Graben des Wasserschlosses hatten sich etliche hundert Gläubige eingefunden. Die Sonne war durch die bislang noch geschlossene Wolkendecke gedrungen, und als sie auf den patinagrünen Turmhelmen und auf den versilberten, über die Eisdecke hängenden Weidenzweigen glitzerte, sah es schon ein bißchen nach Vorfrühling aus. Wer es hier in dem am Vortag aufgeschlagenen Zelt oder draußen vor dem großen Bierfaß noch aushielt, obwohl sich – es war ja Notzeit – kein Ochse am Spieß drehte, der begehrte nichts anderes, als die hohen Herrschaften wieder aus dem Tor kommen zu sehen, einen Hauch von Glanz und Gnade zu verspüren, vielleicht eine Neuigkeit vom Kriegstheater aufzuschnappen oder gar vom Weihbischof einen persönlich gemeinten Segen zu erhaschen.

Auch die Kapuziner, Franziskaner und Benediktiner, die, anders als die stets privilegierten Jesuiten, keinen Einlaß gefunden hatten, standen in Gruppen herum, bewegten die von Lappen umwickelten Füße in den ärmlichen Sandalen und schlugen weit ausholend die Arme über der Brust zusammen. Einige scharten sich um einen purzelbaumschlagenden Gaukler oder lauschten für geringe Münze einem Bänkelsänger.

Philipp von Kronthal fühlte sich in seiner Verkleidung sicher. Als nützlich erwies es sich nun, daß er in Rinteln bei den Benediktinern die Messe gehört hatte, daß er das »Anatomicum« des Professors Lotichius und die Druckerei beschreiben konnte und auch einige der Brüder mit Namen kannte. Keiner der Mönche, die ihm hier seit gestern Gastrecht gewährten, zweifelte daran, daß er einer der Ihren vom Rintelner Bruderkloster war.

Das Abenteuer, auf das Philipp sich eingelassen hatte – nein, es war kein Abenteuer! Er war schon zu alt, als daß er's noch nötig gehabt hätte, sich seinen Mut durch Tollkühnheit zu bestätigen. Und er fühlte sich für Giertchen und das Kind verantwortlich, er liebte sie beide. Leichtsinnig durfte er nicht sein. Er lebte auch viel zu gern.

Aber man kann nur gern leben, wenn man seine Würde und seine Ehre nicht verspielt. Und so befriedigt er gewesen war, als er das Manuskript der »Cautio Criminalis« endlich zum Drucker Lucius getragen hatte, um so bedrückter hatte er sich zwei Monate später gefühlt, als er wieder in die Druckerei geschlichen war. Stolz hatte ihm Peter Lucius die Druckbögen gezeigt, ein gebundenes Vorausexemplar konnte Philipp gleich mitnehmen, und in wenigen Tagen würde ein Wagen die Hälfte der Auflage zu den Buchhändlern ins Paderbornsche bringen. Denn dort sollte mit dem Verkauf begonnen werden: im flammenden Wirkungskreis des Doktors Schultheiß aus Werl.

So war also alles nach Wunsch gegangen – und doch war Philipp niedergeschlagen und voller Sorgen. Er sprach mit Giertchen darüber, aber sie verstand ihn nicht.

»Du willst Pater Spee vorbereiten? Warum? Waren wir uns nicht einig, daß ihm am besten gedient ist, wenn er mit reinem Gewissen sagen kann: Ich weiß von nichts?«

»Er muß erfahren, was ihn erwartet. Er muß sich präparieren können, muß Antworten zur Hand haben, die nicht gleich als Ausflüchte entlarvt werden!«

»Dann schick ihm doch das Buch! Das erste Exemplar. Schick es ihm – und erkläre dich in einem Brief!«

Er zögerte einen Augenblick. »Nein«, sagte er dann. »Das kann man nicht schriftlich machen. Ich habe ihn furchtbar enttäuscht, ich habe sein Vertrauen mißbraucht – ich stehe dazu, nach wie vor, aber ich kann ihn nicht blind ins Unglück tappen lassen. Giertchen, es kann sein Verhängnis sein, wenn er sich ungeschickt verhält!«

Er hatte sich entschlossen. Er war kein Feigling. Was er begonnen hatte, konnte nur er selbst zu einem guten Ende führen. Natürlich wußte er, daß er noch immer der meistgesuchte Mann im Paderbornschen war. Aber wer kannte ihn dort schon? Und schließlich würde er nicht gerade hoch zu Roß als kaiserlicher Offizier daherkommen ... Und länger als einen Tag, höchstens zwei, brauchte er sich nicht in Gefahr zu begeben – wenn es denn überhaupt gefährlich war.

Um ganz ehrlich zu sein: Er war des faulen Lebens in Rinteln längst überdrüssig. Auch das Saufen bekam ihm nicht mehr. Den gelehrten Gesprächen mit Lotichius, Philippus Wagner und den verbitterten Professoren der theologischen Fakultät war er auf die Dauer nicht gewachsen; er war ein entlaufener

Schüler, hatte seit Jahren kaum mehr ein Buch gelesen. Es wurde aus mancherlei Gründen Zeit, Rinteln zu verlassen.

Es war nicht schwierig, sich eine Benediktinerkutte zu besorgen. Eines frühen Morgens verabschiedete er sich von Giertchen und dem Kind und ritt, als Offizier gekleidet, die Kutte in der Satteltasche, nach Süden.

Pater Horn hatte auf das Schauspiel verzichtet; er gedachte anderer Märtyrer: der braven Henkersknechte zu Geseke, die, so war's ihm ausgemalt worden, mit dem Rosenkranz auf erbleichender Lippe jenem Mordbuben zum Opfer gefallen waren. Pater Horn, hier nichts als ein unscheinbarer Priester in der frierenden Menge vor Schloß Neuhaus, mußte den Bütteln der Paderborner Gewaltrichter, die da mit Spießen und langen Schwerten aufwendig herangeklirrt kamen, den Weg zum Mörder weisen. Mit ausgestrecktem Arm wies er auf ihn, mit der anderen Hand packte er den Büttelmeister am Ellbogen und stieß ihn, nicht etwa konspiratorisch flüsternd, sondern mit einem schrillen »Den holt euch!« gegen den Delinquenten.

Da senkten sie ihre Spieße, der Büttelmeister und sein Stellvertreter zogen das Schwert, und nun brachen sie auf den jungen Benediktiner ein. Der, noch im Disput mit einem seiner vorgeblichen Ordensbrüder, fuhr herum, sah, was da, fünf Männer stark, auf ihn zukam – und dahinter das faltige Antlitz des alten Lehrers, und aus dessen Augen eiferte der Haß. Schon beim Umwenden war Philipps Hand zum Griff des kurzen italienischen Stiletts gefahren – er riß es aus der Kutte, sprang drei Schritte zurück gegen eine Mauer, um sich den Rücken zu decken. Aber sie hatten ihn schon umzingelt, und der Büttelmeister rief: »Ergib dich, Mörder von Geseke!«

Damit war's heraus. Es konnte keine törichte Verwechslung sein, ging nicht um Zollvergehen oder sonst eine Bagatelle. Sie hatten erwischt, wen sie haben wollten; sie wollten sein Blut, ob unterm Rad oder auf dem Block. Aber so kriegt ihr mich nicht! Ade nun, Giertchen, Klein-Philipp, ade, ade, Rinteln und alle

Zukunft ade, ade auch Pater Spee – und nur eine halbe Stunde hätte ich noch gebraucht, und mein Auftrag wäre erfüllt …

Sie zögerten. Das blitzende Stilett in der Hand eines Mönchs befremdete die Büttel für eine Sekunde. Das war die Chance zur Flucht. Doch da war kein Weg durch die Menge. Der »Mörder von Geseke« – das hatte sie alle wachgemacht: Bürger, Mönche, Lumpenbrüder, Gaukler, Wirtsknechte, Mägde, Pfaffen und Landstreicher – da war kein Durchkommen mehr, die waren allesamt nur darauf aus, ihn zu erwürgen.

Nun denn, Soldat Philipp von Kronthal, alter Wallensteiner, Gott befohlen, stell dich zum Kampf und wage du getrost den ersten Stich! Es hätte am Schluß noch können ein sinnvolles Leben geworden sein – durch eine einzige Tat. Vorbei.

Sie zerhauen ihm die Schulter, den Arm, zerschlagen die Rippen, durchbohren den Bauch, und als er ihnen in einer verzweifelten Fluchtgebärde hilflos den Rücken kehrt, geben sie ihm den Rest. Vornüber mit der Stirn schlägt er auf den Boden.

Als sie meinten, es sei kein Leben mehr in ihm, wichen die Büttel und die Zuschauer etwas zurück. Adrian Horn stand vereinsamt im Hintergrund, die anderen umstanden das blutende Bündel in der schwarzen Kutte mit der Betroffenheit voreiliger Täter. Nahezu schüchtern machten sie Baving Platz, der als einer der ersten aus dem Schloß gekommen war. Der Rektor war sich nicht zu schade, neben dem Bewußtlosen hinzuknien.

»Einen Priester brauchst du, mein Sohn«, sagte Hermann Baving. »Aber nicht *einen* Priester wirst du verlangen, sondern einen ganz bestimmten. Doch bis der kommt, sollst du nicht ungetröstet bleiben.«

Er schickte nach Spee ins Schloß. Dann machte er über der zerschundenen Stirn des Sterbenden die Geste der Salbung.

Im Theatersaal hatte Pelking sich machtvoll erhoben und Ruhe geboten. Doch auf die Nachricht, es sei ein »feindlicher Anführer« erschlagen worden, legte sich niemand Rechenschaft ab, woher der wohl gekommen sei und welchem Volk er angehören mochte: Die würdigsten Priester stolperten über die Bänke, zankten sich mit bunt kostümierten »Märtyrern«, deren junge Beine sie von der Bühne geschwinder ins Treppenhaus trugen, und trippelten, Soutanen und Chorröcke raffend, die Stiegen hinunter ins Freie, in die aufgerührte Menge hinein. Dort jedenfalls gab's Blut zu sehen, und echteres als auf der Bühne. Unter ihnen war auch Spee; Pater Turck hatte ihm zugerufen, man habe den Leutnant von Geseke aufgegriffen.

Nun kniete er sich neben dem Sterbenden hin. Es kam kein Leuchten des Erkennens mehr in die schon erloschenen Augen, aber ein paar Worte vernahm der Pater noch, das Ohr nahe an Philipps Mund: »Es mußte sein ... die Opfer ...«

»In nomine Patris et Filii et Spiritus Sancti ...« Spee sprach die uralten Worte und machte die geheiligten Zeichen. »Der allmächtige Gott erbarme sich deiner. Er lasse dir die Sünden nach. Absolvo te. Ego te absolvo.«

Und noch ehe er um Philipp weinen konnte, legte sich ihm von hinten eine Hand auf die Schulter. Hermann Baving war es, der ihm väterlich riet:

»Steig in meinen Wagen, Bruder Fridericus. Der Kutscher wird dich zum Kolleg fahren. Begib dich in deine Zelle und warte ab, was man dir auftragen wird. Bete viel und erforsche, wo du gefehlt hast. Wenn du Bedürfnisse hast: Der Bruder Circator wird jede zweite Stunde nach dir sehen.«

Als Spee in die Kutsche stieg, begab sich Rektor Baving ins Schloß zurück. Dort sollte nach dem Willen des Weihbischofs das Märtyrerspiel seinen Fortgang nehmen. Auf der Brücke kamen ihm jedoch noch immer aufgeregte Gäste entgegen. Und wer von denen Glück hatte, erspähte eben noch den Saum eines Mönchsgewands und ein Paar Füße, die über den Rand des Planwagens hinaushingen, mit dem der Mörder von Geseke zu näherem Befund nach Paderborn gekarrt wurde.

Pater Adrian Horn, der mit einigen anderen den Verendeten noch einige Schritte begleitete, sah aus dem Leiterwagen ein Büchlein fallen, vielleicht das Brevier des vorgeblichen Mönches. Er hob es auf, blieb stehen und tat, während die anderen mit Verwünschungen dem Wagen folgten, einen Blick hinein. Über sein von zahllosen Falten und Fältchen durchzogenes Gesicht ging ein erstauntes Lächeln.

Adrian Horn hatte eine unruhige Nacht hinter sich. Er war spät ins Bett gekommen, hatte noch lange im Refektorium des Klosters Abdinghof gesessen, wo es hoch herging; allzu turbulent war der Tag gewesen. Nach all dem schön gemalten Marterblut hatte das wahrhaftige Blut eines einzigen, der wie ein Soldat im Kampf gefallen war, die Paderborner erinnert, daß Krieg im Reiche tobte, wenn auch noch weit im Nordosten, im Brandenburgischen, doch immerhin. Der Schwedenkönig griff sich dort oben eine Stadt nach der anderen und preßte sie aus in seiner gepanzerten Faust, und über geschleiften Mauern und brennenden Schlössern sangen die Seinen das deutsche Lutherlied »Ein feste Burg ist unser Gott«.

Horn saß vor seinem Bier und grollte. Obwohl sie alle vom gerechten Tod des Mörders von Geseke sprachen, gesellte sich doch kaum einer zu ihm, seinem Entlarver, ohne den der falsche Mönch auch heute noch sein Unwesen treiben würde. Man wußte nichts von Horns Wachsamkeit – das war es! Vergeblich wartete er auch auf einen Abgesandten des Bürgermeisters, der ihn zu Lob und Ehrentrunk ins Rathaus lüde. Bis gegen Mitternacht brütete der einsame Mann an seinem Tisch. Zum Glück besaß er das Büchlein, an das er sich halten konnte. Wo er's auch aufschlug – bald verwunderte, bald entsetzte es ihn: klein, doch umfangreich, vierhundert Seiten stark, betitelt: Cautio Criminalis seu de processibus contra sagas liber. Sein Autor stellte sich vor – oder besser verbarg sich als »ein unbekannter rechtgläubiger Theologe«.

Dieses in einundfünfzig Kapitel eingeteilte Buch, in dessen Beschnitt ein frischer roter, ins Bräunliche spielender Fleck an den erinnerte, dem es gehört hatte, zwang Adrian Horn, auch inmitten des Lärms halbtrunkener Gäste und oftmals von ahnungslosen Tischgenossen bedrängt, zu einer Disziplin des Denkens, die ihn frösteln machte, obwohl doch sein Hauptfach am Gymnasium die Logik war. Denn – davon war er überzeugt – auch das Denken mußte sich, um des Bestandes der gottgesetzten Ordnung willen, in Grenzen bewegen, die, wenn schon nicht von einer weisen und strengen Obrigkeit, so doch von Takt und Selbstbescheidung des Denkers gezogen werden mußten. Davon war in diesem beunruhigenden Buch nichts zu bemerken. Der Autor, der aus gutem Grunde anonym blieb, griff nämlich sowohl die Ordnung wie die Obrigkeit, die sie garantiert, mit einer Vehemenz an, die allenfalls einem Propheten des Alten Bundes gegenüber Baalspriestern angestanden hätte. Zudem war dieser Anonymus ein hochgebildeter Mann – sein Latein war einwandfrei, für die vielen Druckfehler konnte er nichts, und seine literarische Beschlagenheit erwies sich an vielen Zitaten und gelehrten, oft in Kursivschrift gesetzten Noten und Verweisen.

Gerade der Umstand, daß Adrian Horn die fachliche Qualifikation des Autors anerkannte, ja bewunderte, war es, der ihn nicht auf den Gedanken brachte, sein Ordensbruder Spee könne der Verfasser sein. Dabei lag der Verdacht doch wirklich nahe. Das Buch setzte sich mit der Hexenverfolgung auseinander, mit einem Thema also, das Spee seit dem Prozeß der Katharina Henot beschäftigte, und – ein zweites Indiz – es war gefunden worden bei Philipp von Kronthal, Spees Schüler, der ihn ohne Zweifel in Paderborn hatte aufsuchen wollen. Gewiß um ihm dieses Buch zu bringen, das offenbar einen wichtigen Beitrag zu Spees eigenen schändlichen Theorien leistete. Und damit gab Horn sich zufrieden, in einer Verblendung, die sich nur daraus erklären läßt, daß er, wie es häufig geschieht, diesem ihm in seiner Alltäglichkeit allzu geläufigen Bruder gar nicht die Fähigkeit zutraute, ein so bittergescheites Buch zu schreiben. Es fehlte nicht viel, und Adrian Horn hätte sich das Büchlein angeeignet; es reizte ihn, des Verfassers Thesen dubio pro dubio zu widerlegen.

Am anderen Morgen jedoch glaubte er sich verpflichtet, das Fundstück abzuliefern, zumal es geeignet war, den verhaßten Bruder Spee zu belasten. Bewies es doch, daß die Verbindung zwischen ihm und dem ehemaligen Schüler auch nach dem Mord von Geseke noch immer verdächtig eng war. So beschloß er beim Frühstück, das Buch zu Baving zu bringen und ihn gleichzeitig auf die heimlichen Aktivitäten des unseligen Bruders aufmerksam zu machen. Aber schon als er den Mund abwischte und von der Tafel aufstand, hatte er sich's wieder anders überlegt. Rektor Baving war ihm nicht konsequent genug. Schon einmal hatte er sich als zu weich erwiesen: damals, als er in Köln den renitenten Spee, statt ihn ernsthaft zu maßregeln, lediglich zur Missionsarbeit nach Peine geschickt und ihm damit nur Gelegenheit geboten hatte, sich gewisse Meriten zu erwerben. Nein, viel besser war es, zum Weihbischof und Generalvikar zu gehen. Johannes Pelking hatte als Vertreter des Fürstbischofs Wartenberg auch weltliche Macht; der wüßte wohl besser, wie man mit aufsässigen Pfäfflein verfährt.

Als Weihbischof Pelking an diesem Morgen von seinem Sekretär Zalusa vernahm, daß Regens Horn aus Köln um Vorsprache bitte, beschied er den Wartenden ungnädig. Er habe keine Zeit, sei im Aufbruch nach Herford begriffen, der Herr solle schriftlich hinterlassen, um was es ihm zu tun sei; man gedenke wohlwollend zu befinden.

»Das fehlte mir noch, diesen intriganten Jesuiten zu empfangen!« polterte Pelking. »Daß er die Stirne hat, sich zu melden! Ich weiß doch, daß er im Auftrag des Kurfürsten die Angelegenheit Pyrmont betreibt. Er steht auf Tillys Seite, will ihm mit einem geschönten Gutachten dies fette Lehen zuschanzen. Und wagt sich zu mir!«

»Er wird nicht wissen, Exzellenz«, wandte Zalusa vorsichtig ein, »daß Sie selber an Pyrmont interessiert sind …«

»Sollte er das nicht wissen?« Pelking stutzte. »Mag sein. Woher auch? Aber empfangen tu ich ihn trotzdem nicht!«

»Er betonte, daß es allein seiner Aufmerksamkeit zu verdanken sei, daß man den Kronthal erwischt habe.«

»Ein Grund mehr, ihn nicht zu sehen. Ich hasse Denunzianten.«

Zalusa blickte verwundert auf. Sein Vorgesetzter verstand es immer wieder, mit neuartigen Ansichten zu überraschen.

»Aber Exzellenz! Dieser Kronthal war ein Deserteur und Mörder!«

»Es gab einmal eine Zeit«, erwiderte Pelking nachdenklich, »da fanden auch Mörder im Gotteshaus Schutz vor Verfolgung. Erst den englischen Ketzern blieb es vorbehalten, sogar einen Bischof im Dom umzubringen. Man hätte es mit jenem Kronthal eleganter anfangen sollen. Ganz Paderborn samt Neuhaus war gestern, zu Ehren der Märtyrer, ein riesenhafter Dom.«

So blieb Pater Horn nichts übrig, als das Büchlein mit submissester Empfehlung dem Sekretär zu überreichen, der es, den Blutfleck entdeckend, mit spitzen Fingern entgegennahm und zunächst einmal in eine Lade schloß. Als Pelking nach Herford aufbrach, gab er es ihm als Reiselektüre mit. Sie wiegte den Bischof auch in der stuckernden Kutsche nicht in den Schlaf. Denn besser, als es Horn vermochte, wußte Johannes Pelking den Friedrich Spee einzuschätzen.

Zeit genug für Tränen und Selbstvorwürfe im Arrest, in den Rektor Baving den durch die Umstände des gestrigen Tages abermals schwer belasteten Bruder verbannt hatte. Tränen um einen begabten, um Recht und Gerechtigkeit besorgten Schüler, um einen unbeugsamen Gegner der schrecklichen Prozesse. Tränen auch um den ruhelosen Mahner, ohne den Friedrich Spee vielleicht niemals seine Warnschrift zu Ende gebracht hätte. Tränen um einen, um seinen einzigen Freund. Tränen endlich um eine junge Frau und ein Kind, die dieser Mann geliebt und, wie er wohl hatte glauben dürfen, nur für ein paar Tage verlassen hatte, um …

Ja, warum? Spee würde versuchen, mit dieser Frau, von der er wußte, daß sie die Tochter des ehemaligen Kölner Buchhändlers Kessenich war, Verbindung aufzunehmen – vielleicht, daß sie ihm sagen konnte, was er hier vorgehabt hatte.

Seit zwei Tagen grübelte Spee in seiner Zelle darüber nach. Und das Ergebnis, zu dem er kam, konnte ihn nur beunruhigen. Es gab keinen anderen Grund für Philipp, die Gefahr des Entdecktwerdens in Paderborn auf sich zu nehmen, als diesen: Er hatte Spee das Manuskript der »Cautio« zurückbringen wollen! Diese Schrift der unzuverlässigen Post oder einem Boten anzuvertrauen, war ihm zu leichtsinnig erschienen. Gewissenhaft, wie der Junge war, durfte er nur dem Autor zubilligen, ein solches Risiko einzugehen – er selber hatte den sichersten Weg zu wählen.

Nun würden sie längst in seiner Hinterlassenschaft, dort, wo er in Paderborn sein Quartier gehabt hatte, gewühlt und die »Cautio« entdeckt haben. Die »Cautio Criminalis« – in Spees Handschrift. Kein Leugnen würde helfen. – Nun gut, warum auch leugnen? Wenn das schreckliche Sterben dieses tapferen Jungen einen Sinn haben sollte, dann konnte er nur darin bestehen, daß der Mann, für den er sein Leben gewagt und geopfert hatte, von jetzt an unerbittlich blieb: genauso tapfer und bereit zur letzten Konsequenz wie Philipp.

Und es gingen ihm auch die Worte nicht aus dem Kopf, die Worte des Sterbenden, der ihn nicht mehr erkannt und doch etwas gesagt hatte, das nur Friedrich Spee begreifen konnte:

»Es mußte sein … die Opfer …«

Am Abend erinnerte sich Spee an die Tröstung, die er einmal für einen Schüler gefunden hatte, dessen Vater im Krieg geblieben war:

»Mag unser Leib auch zerschlagen werden, gevierteilt oder verbrannt: Am letzten aller Tage wird er sich schöner und reiner als zuvor zusammenfügen – und nicht nur er: alles, alles! Gottes Schöpfung, vom Menschen zertrümmert, auferstehen wird sie vor unserem beseligten Blick: herrlich und vollkommen wie einst, da das *Wort* den Anfang machte.«

Am Abend des zweiten Tages holte ihn Baving zum Verhör. Spee gab sofort zu, daß er auch nach dem Vorfall von Geseke mit Philipp Verbindung gehabt hatte. Vom Inhalt ihres Briefwechsels sagte er freilich nichts. Als Baving wissen wollte, was ihn denn bewogen habe, mit einem vielfachen Mörder Kontakt zu halten, sagte Spee:

»Mit wem anders als einem Priester soll einer reden, den die Gemeinschaft ausgestoßen hat?«

Damit gab Baving sich zufrieden. Von der Hexenschrift schien er nichts zu wissen – und solange Spee nicht danach gefragt wurde, brauchte er auch nichts zu offenbaren.

Baving entließ ihn aus dem Arrest und erklärte den Brüdern, Spee sei rehabilitiert.

Gezwungen, den Unterricht wiederaufzunehmen, meinte Friedrich Spee in den Augen seiner Schüler Philipps vorwurfsvollem Blick zu begegnen. Die behutsamen Hinweise auf den verbrecherischen Leichtsinn der Hexenprozesse, wie er sie sich gelegentlich erlaubt hatte, wollten ihm nun wie eine Verhöhnung der Kompromißlosigkeit seines toten Schülers erscheinen, der ihm vorgemacht hatte, auf welche Weise allein man offenbar die Untaten jener Richter verhindern konnte: mit Gewalt.

Das Elend seines Zauderns, seiner Unentschiedenheit, seines Schwankens zwischen Aufruhr und Unterwerfung überfiel ihn unbarmherzig, als Philipp zu Grabe getragen wurde.

Man hatte einen stillen Winkel auf dem Friedhof der Jesuiten für ihn ausgesucht, doch auch dies war geweihte Erde. Der »Mörder von Geseke« war gewiß ein großer Sünder gewesen – doch unbestritten Katholik, Ordensschüler zumal, wenn auch ein entlaufener, und wohlversehen war er dahingefahren. So nahmen sich denn auch die Jesuiten wie selbstverständlich des Leichnams an, und zu Spees Überraschung hielt Baving selbst die Trauerrede. Er machte das sehr geschickt. Nur von »Verirrung nach einem tapferen Leben im Dienste der Kirche« sprach er, und die Kriegstaten des Leutnants Philipp von Kronthal, diese vor allem, wußte er nicht genug zu rühmen. Bei der behördlichen Nachforschung nach dem Verbleib des Attentäters war man bis zum Kommandeur seines Bürener Regimentes vorgedrungen, und der hatte einiges aus Philipps Soldatenlaufbahn erzählen können.

Er sei also, belehrte Baving das knappe Dutzend Patres, die er zum Leichenbegängnis befohlen hatte, ein wackerer Kriegsheld im Dienste des Generalissimus Wallenstein gewesen, habe sich zu Wolgast im edlen Streit Mann gegen Mann ausgezeichnet, sei in Jütland den flüchtenden Kohorten des Dänenkönigs dicht auf den Fersen geblieben, und alles wäre weiterhin gutgegangen, wenn er nicht – auch das wisse man jetzt! – einem ketzerischen Weibsbild ins Garn gegangen wäre, das ihn zu Desertion, zu Aufruhr wider Gott und die Obrigkeit und endlich zu vielfachem Mord verleitet habe. Des ungeachtet, Friede seiner Asche, und der Herr lasse ihm die Sünden nach und requiescat in pace.

Als Spee nach der Bestattung, von zwiespältigen Gefühlen bedrängt, dem Pater Rektor immerhin dankte für seine christliche Barmherzigkeit, die er auch einem, der in seinen Augen ein Mörder war, nicht versagte, gelang es ihm, einigermaßen unverfänglich nach Philipps Hinterlassenschaft zu fragen. Da sei nichts gewesen, sagte Baving – ein Hemd zum Wechseln, ein Paar Wanderschuhe, ein geschnitzter Stock – nein, nichts.

Professor Lotichius hatte die Kutsche besorgt – wer sonst. Philippus Wagner weilte mit seinen Gedanken schon nicht mehr in Rinteln; es traute sich ja kaum noch einer in seine Buchhandlung, die von den die Stadt kujonierenden Benediktinern als »lutherische Giftküche« verschrien war, übrigens zu Unrecht, denn Philippus Wagner war zwar gottesfürchtig, aber auch ein Freund der Philosophen, Astronomen und Mystiker, ein universaler Kopf, und entsprechend sah auch sein Sortiment aus. Natürlich hatte er auch schon etliche Exemplare der »Cautio Criminalis« verkauft. Bis eines Tages Professor Goehausen im Laden stand. Der gefürchtete Jurist und Autor eines mörderischen Hexenbuches machte Spektakel, fand es unerhört, daß Wagner das Machwerk eines anonymen katholischen Theologen verkaufte, während seine, Goehausens, grundlegende Schrift verramscht worden sei – drohte auch, er werde sowohl ihn wie den Drucker Lucius anzeigen, und gab im übrigen zu erkennen, daß er sich mit den Benediktinern arrangiert hatte. Denn der evangelische Herr Goehausen, das erboste die Rintelner, hatte sich schon wieder als Gutachter empfohlen. Diesmal bereitete er einen Prozeß gegen die unglückliche Frau Wilsnack vor, die als Mutter jener in Sünden vom Kirchturm gesprungenen Roswitha nun selbst in den Verdacht der Hexerei geraten war.

Philippus Wagner entledigte sich des bösartigen Alten, indem er ihn aus dem Laden wies. Das mußte Folgen haben. Und so ist doppelt verständlich, daß der Buchhändler keine Zeit gefunden hatte, sich um eine Kutsche für Giertchen zu bemühen, zumal seine Schwägerin für den Vorschlag, sie solle »wohlgefedert« nach Paderborn schaukeln, nur Verachtung übrig hatte. »Warum nicht gleich auch geteert?« ulkte sie, nur allzu sichtbar um Haltung bemüht. Sie wollte keine Kutsche. Sie wollte zu Roß nach ihrem Philipp sehen; was bedeuteten ihr, die mit ihm durch halb Deutschland geritten war, lächerliche fünfzehn Meilen! Und daß sie alleine reiten wollte – was regten sie sich so auf: Leocadia und ihr Schwager, sogar Josua Stegmann, der Theologe? Aber das war nichts gegen die Lamentatio des Professors Lotichius:

»Ja, wissen Sie denn, was das heißt: eine so wohlgeratene Frau auf Pferderücken mitten durch Feindesland?! Doch, doch, dies alles ringsherum ist Feindesland – wie auch unser Rinteln, leider, seit die Schwarzen hier das Sagen haben. Hinter jedem Busch, in jeder Hütte lauert der Feind! Ja, wollen Sie denn, Frau Giertchen, Ihre – wenn ich mich so ausdrücken darf – Ihre gesamte Fürtrefflichkeit aufs Spiel setzen?«

»Sie vergessen, weshalb ich reiten muß«, sagte Giertchen kurz angebunden.

Es war der zehnte Tag seit Philipps Fortgang. Nach drei Tagen, längstens vier, hatte er zurück sein wollen. Als der fünfte Tag zu Ende ging, wurde Giertchen unruhig. Am siebenten Tag ging sie vors Tor hinaus und ihm entgegen, wie sie meinte, beinahe bis Langenholzhausen.

Am folgenden Tag traf sie alle Vorbereitungen für einen Ritt nach Paderborn. Sie mietete ein Pferd, versah sich mit Mundvorrat und erklärte Leocadia, wie der kleine Philipp zu ernähren sei.

Ihr Schwager war auch an diesem Tag kaum zugänglich; er hatte Post aus Frankfurt erhalten. Ein ehemaliger Geschäftsfreund teilte ihm mit, daß er dort sein Auskommen finden könne – er solle nur so bald wie möglich die Buchhandlung auflösen und in die Freie Reichsstadt zurückkehren. Die werde vermutlich dem Schwedenkönig als Winterquartier dienen, so daß mit unverschämten Mönchen dort keinesfalls zu rechnen sei. Philippus Wagner hatte also nur mit halbem Ohr zugehört und auch nur halbherzig vor den Gefahren des Rittes gewarnt.

Doch dann griff Professor Lotichius ein. Der elegante Mann, diesmal in Wams und Koller, fallendem Spitzenkragen und einer Bandrosette in Höhe des Knies, nahm die Sache in die Hand. Binnen weniger Stunden hatte er die Kutsche beschafft, zwei rüstige Grauschimmel mit einem verläßlichen Kutscher dazu, und er selbst würde am Reisetag auf einem Rappen daherkommen, bewaffnet mit zwei Pistolen, um, bald vorne sichernd, bald als Nachhut trabend, der tapferen Dame das Geleit bis Paderborn zu geben.

Er hatte nicht lange überlegt. Als er, am sechsten Tag, Giertchens verweinte Augen gesehen und ihr übertrieben burschikoses Gebaren nicht ohne männliche Rührung durchschaut hatte, war sein Entschluß gefaßt. Er dachte sogar noch weiter, gewissermaßen über Paderborn hinaus. Aber als Mann von Anstand und Takt verbot er sich solche Visionen und hielt sich ans Nächste. Und das waren Kutsche, Pferde, Pistolen. Die Vorlesungen sagte er ab. Er würde vielleicht noch viel mehr, und dies dann endgültig, absagen müssen.

Am Morgen des Reisetags – Giertchen hatte sich endlich gefügt und auf den einsamen Ritt verzichtet – stand die Kutsche vor der Buchhandlung; den Pferden, darunter auch des Professors Rappen, wölkte es aus den Nüstern, der Kutscher schlug weit ausholend die Arme um den Leib. Es war ein kalter Februar. Professor Lotichius, im pelzgefütterten Mantel, öffnete den Wagenschlag und ließ Giertchen, die einen Umhang ihrer Schwester trug, einsteigen. Dann sah er den Benediktiner.

Der Mönch kam die Ostertorstraße hoch und hielt, Lotichius bemerkte es sofort, einen Brief in der Hand. Es war der gleiche Mann, der schon einige Briefe von Spee nach Rinteln gebracht hatte. Sie waren immer an Philippus Wagner adressiert gewesen – denn an Philipp von Kronthal zu schreiben, hätte Spee in Paderborn nicht wagen dürfen.

Lotichius öffnete noch einmal kurz die Wagentür und behauptete, während er Giertchen die Decke über dem Schoß zurechtzupfte, er habe noch etwas vergessen. Inzwischen waren auch der Buchhändler und Leocadia, die den dick eingewickelten Philipp im Arm hielt, zur Verabschiedung auf die Straße getreten. Der Professor ging dem Benediktiner entgegen, nahm ihm den Brief ab, entlohnte ihn großzügig und winkte das Ehepaar Wagner in den Laden zurück.

Nachdem sie den Brief überflogen hatten, erschien auch Giertchen, die nicht zu täuschen war.

Der Professor, sonst allen Lebenslagen gewachsen, versagte. Er postierte sich hinter einen der Büchertische, blätterte in den »Annalen der brabantischen Herzöge«, empfand das als ungezogen, setzte sich, fand dies noch ungehöriger, stand schließlich nur so herum, schlug mit der rechten Faust in die geöffnete Linke und vermied es, Giertchen anzusehen; er wollte nicht vollends die Fassung verlieren.

Giertchen, von ihrer Schwester gestützt und, halb flüsternd, in das Schreckliche eingeweiht, stand mit hängenden Armen, die blauen Augen füllten sich mit Wasser, sie atmete einmal tief durch, aber nur mit Mühe, setzte mehrmals zu einer Klage an, zu einem Schrei oder sonst einem Ausbruch – aber dann sah sie auf dem Büchertisch das kleine Buch, die »Cautio Criminalis«, liegen, ergriff es, schlug es auf – und zerriß es mit Kraft. Und so stand sie, die beiden Hälften in den Händen, eine Weile fast unbeweglich. Dann brach das Schluchzen aus ihr heraus – sie blickte auf das zerrissene Buch – erst auf die eine, dann auf die andere Hälfte, und fügte endlich, als wollte sie die Hände zum Gebet falten, die Teile wieder zusammen, drückte das Buch, als wär's ihr Kind, fest an die Brust und ließ sich mit gesenktem Kopf von Leocadia die Treppe hinauf in ihr Zimmer führen.

Professor Lotichius trat hinaus zu dem frierenden Kutscher und sagte die Fahrt nach Paderborn ab. Und sicher nicht nur, um den Mann zu versöhnen, fügte er hinzu: »Wir fahren ein andermal. Und dann sehr viel weiter. Nach Holland vielleicht.«

Der Chirurg war kein Träumer. Nach einigen Tagen – der Buchhändler hatte sich jetzt endgültig entschlossen, nach Frankfurt zu ziehen – erklärte Giertchen bei Tisch, daß sie, da nun doch kein Bleiben in Rinteln mehr möglich sei und alles hier sie nur an Philipp erinnere, nach Amsterdam zurückgehen werde. Dort warte ja auch die Erbschaft ihres Mannes, die sie schon des kleinen Philipps wegen nicht ausschlagen wolle.

»Amsterdam?« wiederholte Professor Lotichius, der sich in den letzten Tagen öfter an den Wagnerschen Mittagstisch hatte einladen lassen. »Wie sich das trifft! Auch ich bin drauf und dran, nach Amsterdam zu verziehen!«

Alle waren überrascht.

»Habe ich Ihnen nicht wiederholt von Professor Tulp, dem hochberühmten Chirurgen, erzählt? Ich bin überzeugt, er würde für mich – was sag' ich: Es ist sozusagen alles nahezu perfekt ... Wenn Sie also, Frau Giertchen, in der Tat nach Amsterdam reisen wollen und Ihnen meine Begleitung konvenieren sollte: Mich hält in Rinteln nichts mehr!«

»Ich dachte, Sie wollten Feldchirurgus werden?« fragte Leocadia. Der Professor überhörte die kleine Bosheit. Er blickte scheu auf Giertchen, die ihm weder zustimmte noch widersprach.

»Und Ihr Anatomicum?« fragte Philippus Wagner.

»Einige meiner schönsten Präparate nehme ich natürlich mit«, entgegnete Lotichius eifrig. »Besonders für den Fötus mit zwei Köpfen dürfte sich Tulp ...« Er brach ab und bekam einen roten Kopf.

Aber Leocadia konnte nach Tisch dem Professor vertraulich bestätigen, daß Giertchen, als von seiner Begleitung die Rede gewesen war, wirklich für einen Augenblick den Kopf gehoben und ihm zugenickt hatte.

Seit dem unglückseligen Agathentag waren bald vier Wochen vergangen, und während dieser Zeit war es Spee, als fresse sich das Feuer der Wahrheit an einer Zündschnur entlang: Nichts war ausgestanden, im geheimen bereitete sich, daran zweifelte er nicht mehr, eine Katastrophe vor.

Vieles erregte sein Mißtrauen. Die Süffisanz der Kollegen war nichts Neues – nur daß sie jetzt auch einen Anflug von Nachsicht bekam, wie man sie gegenüber jemandem aufbringt, dem im Grunde nicht mehr zu helfen ist. Selbst ein so eigenwilliger Kopf wie Pater Nußbaum suchte Spee nicht mehr als Gesprächspartner, und nur Pater Turck, mit feinem Lächeln auf den dünnen Lippen und schon sehr gelichtetem Haupthaar, gesellte sich gern und ohne Scheu vor den Augen der anderen Brüder zu Spee. Er informierte ihn über wichtige Vorgänge in der Diözese, und von ihm erfuhr Spee auch, daß die Rückkehr Pelkings sich verzögerte; freilich jetzt, Mitte März, dürfe man mit ihm rechnen.

Dann kam der Tag, da schien es Friedrich Spee, als sei der zündende Funke nun dicht vor dem Pulverhaufen angelangt.

Er hatte im Unterricht vor seiner Klasse der Fünfzehn- bis Siebzehnjährigen schon lange nicht mehr über die Hexenprozesse gesprochen. Das Pensum – das Geheimnis des Dreieinigen

Gottes – war auch nicht dazu angetan. Da meldete sich an diesem Morgen der Schüler Beatus Westerhellweg, derselbe, der ihn damals bei Lennep angezeigt hatte, und fragte ohne erkennbaren Bezug auf Vorangegangenes: »Ist es wahr, Professor Spee, daß in Deutschland niemand wagt, die Hexenprozesse anzufechten? Ist es wahr, daß man zu glauben hat, daß in der Prozeßführung alles seine Ordnung hat? Stimmt es, daß, wer in einem Prozeß zur Hexe erklärt wird, auch wirklich eine ist? Und ist es wahr, daß, wer zu widersprechen wagt, selber in Verdacht gerät?«

Das trug er so fließend vor, als habe er es auswendig gelernt. Und als Spee, der nur mit Mühe seine Irritation verbarg, ausweichend antwortete, stieß der Schüler nach: »Ist es wahr, daß lüsterne Wüstlinge sich an angeblichen Hexen gern mit unzüchtigen Berührungen vergreifen? Und daß es ihnen nicht an Vorwänden fehlt, wenn es sie reizt, ihrer Zügellosigkeit noch mehr nachzugeben?«

Die Klasse begann zu kichern; allzu selten wurde im Unterricht von den Verlockungen des Geschlechts geredet. Man nickte dem Westerhellweg zu und blickte gebannt auf den Lehrer, der sich vom Kathedersitz erhoben hatte und ans Fenster getreten war.

Konnte nach den ersten Sätzen mit ihren allgemeinen Formulierungen noch an eine zufällige Ähnlichkeit gedacht werden – die weiteren Fragen, da gab es nicht den geringsten Zweifel, waren wortwörtlich der »Cautio«, und zwar dem 31. Dubio, entnommen. Und das konnte nur bedeuten: Der Schüler besaß das vermißte Manuskript, Philipps Exemplar! Hatte es zumindest gelesen.

Spee mußte antworten.

»Der Mensch, wenn er seinen Gelüsten folgt, verliert sehr leicht die Kontrolle über sie. Das gilt besonders, wenn er Macht über Wehrlose hat.«

Dann fuhr er eilig im Pensum fort.

Noch am selben Tag ging er zur Apotheke und vergewisserte sich, daß sein Manuskript noch am Platz lag. Der alte Theodori schwor, daß es auch niemand abgeholt und wieder zurückgebracht hatte. Das war der Beweis. *Philipps* Exemplar war in unrechte Hände geraten! Es blieb Spee nichts anderes übrig: Er mußte mit Beatus Westerhellweg vertraulich sprechen und ihm die Schrift wieder abspenstig machen.

Doch dazu kam es nicht mehr.

Da Friedrich Spee der kranken Witwe Reifferscheidt auf Bitten ihres Beichtvaters Turck ein Fläschchen mit heilsamem Wasser aus Fieberklee ins Heisingsche Haus bringen wollte, nahm er nicht den gewohnten Weg zum Generalvikariat, der ihn an der Druckerei in der Kampstraße vorbeigeführt hätte. So entging ihm, daß an diesem Morgen die Offizin Pontanus im Haus an der Stegge einer Inspektion der kirchlichen Behörde unterworfen war. Sie endete damit, daß Arbeiter einige Kisten mit konfiszierten oder fürs erste verdächtig erscheinenden Büchern aus dem Lager schleppten und auf einen Wagen luden. Nachdem der Drucker, in der Tür seines Ladens stehend, mit betrübtem Kopfschütteln die Beraubung hatte dulden müssen, warf er sich in seinen guten Rock und machte sich auf den Weg zum Generalvikariat. Denn die Herren Inspektoren hatten ihm eine Vorladung des Weihbischofs überbracht, der man, wie die Erfahrung lehrte, am besten ohne Einspruch folgte.

Auch einige andere waren geladen worden. Auch Friedrich Spee.

Die Bediensteten im Gröninger-Haus wiesen ihn nicht, wie sonst üblich, zum Sekretariat oder zum Amtszimmer Pelkings, sondern eine Treppe höher, und als er den mit heidnischer Marmorpracht ausgestatteten Sitzungssaal betrat, sah er sich nicht nur Pelking gegenüber, der, am Ende des Saales hinter einem quergestellten Tisch thronend, allein noch auf ihn zu warten schien: Zu seiner Linken, scheinbar in einem Buch lesend, saß Rektor Baving, zu seiner Rechten saß jemand vor dem überhohen, in viele kleine Quadrate gegliederten Fenster, der sich im Gegenlicht erst allmählich als Rektor Augustin Turrianus vom

Hildesheimer Kollegium entpuppte. Er sah aus, als wisse er nicht, wie er an diesen Tisch geraten sei, vermied es auch, Spee in die Augen zu sehen, und blickte immer wieder ängstlich auf den Weihbischof.

Spee befand sich unversehens vor einer Art Tribunal. Abseits, an einem Schreibpult spitzte der Sekretär Zalusa eine Feder, und ihm gegenüber, auf der anderen Seite, stand der Buchhändler und -drucker Pontanus – mit einer Hand klammerte er sich an eine Stuhllehne, in der anderen hielt er ein kleines Buch.

Der Weihbischof bedeutete Spee, er möge bis auf zehn Schritte an den Tisch herantreten.

»Ich habe es für richtig befunden, unser heutiges Gespräch in Gegenwart einiger ehrenwerter Zeugen zu führen. Unsere letzten Unterhaltungen, Pater Spee, fanden unter vier Augen statt. Sie sind nicht eben von nachhaltiger Wirkung gewesen. Es war mir offenbar nicht vergönnt, meine Ansichten mit den überzeugenden Argumenten zu stützen, auf die Sie, ein Mann von bewundernswerter Intelligenz, Anspruch haben. So mußte ich mir diese Ihnen gut bekannten, wahrhaft vorzüglichen Männer zur Assistenz erbitten. Soviel zur Form dieser Vernehmung – nein, sagen wir besser: dieser Disputation.«

Er blickte die Beisitzer an, als wolle er sich vergewissern, ob er auch in ihrem Sinne gesprochen habe. Turrianus nickte heftig; Bavings ernsten Zügen war weder Zustimmung noch Kritik zu entnehmen.

»Wir ließen Sie kommen, Pater Spee«, fuhr Pelking fort, und dabei nahm er Baving das Buch aus der Hand und schlug es auf, »um Ihnen ein Buch zu zeigen. Es heißt ›Cautio Criminalis seu de Processibus contra sagas liber‹. Der Verfasser ist – so steht es jedenfalls hier – ›ein unbekannter rechtgläubiger Theologe‹. Bitte bestätigen Sie mir, daß ich richtig gelesen habe.«

Er reichte Spee das Buch. Der nahm es, es war noch aufgeschlagen, er starrte auf das Titelblatt. Es gab keinen Zweifel. Es war sein Manuskript – nein: sein *Buch*. Die Cautio Criminalis – *gedruckt!*

Jetzt ruhig bleiben ... ruhig, besonnen, überlegen ... Er sagte sich alle Vokabeln vor, die seiner Lage angemessen waren. Grübeln kannst du später, du wirst genug Zeit zum Nachdenken bekommen ...

»Nun, Pater Spee?« Bezwingend sanft fragte der Weihbischof. »Haben Sie dieses Buch schon einmal gesehen?«

»Nein!« Die Antwort kam ohne Überlegung, klang fast empört. Sein Blick fiel auf Pontanus. Der war's! Deshalb stand der hier – angeklagt wie er! Aber wie kam Pontanus an sein Manuskript?

»Wir möchten, daß Sie Ihre Antworten nach reiflicher Überlegung geben«, sagte Pelking ruhig. »Ich wiederhole meine Frage.«

»Dieses Buch, Exzellenz, habe ich nie zuvor gesehen.«

Leicht verstimmt entgegnete Pelking: »Ich wünsche keine Haarspaltereien. Ich weiß, daß Sie Jesuit sind, aber wir sind in gewisser Weise unter uns. Sie besitzen natürlich ein Exemplar des Werkes – wenn auch ein anderes als dieses hier.«

»Nein«, sagte Spee.

Pelking schien zu überlegen, ob er den Ton wechseln solle. Doch entschloß er sich offenbar, es weiter im Guten zu versuchen. »Aber gewiß kennen Sie das Werk?«

»Ja«, sagte Spee.

»Sie erweckten aber vorhin den Eindruck, als hätten Sie das Buch noch nie in der Hand gehabt. Täusche ich mich da? Oder wie soll ich mir den Widerspruch erklären?«

Spee hielt dem Blick des Weihbischofs stand. Dann sagte er langsam: »Ich kenne – das Manuskript.«

»Vielleicht kennen Sie auch den Verfasser?«

Es war im Grunde ein törichtes, sinnlos verzögerndes Versteckspiel. Dennoch: Jede Sekunde war wertvoll, die ihn noch nicht in der kläglichen Position des Entlarvten sah. Während er scheinbar nach einer Antwort suchte, verarbeitete sein Gehirn die Überraschung und stellte sich auf die Herausforderung ein. – Ob er den Verfasser kenne?

»Ja«, sagte er.

»Wer also ist dieser ›unbekannte rechtgläubige Theologe‹?«

»Ich bin es«, sagte Friedrich Spee.

Die Herren reagierten unterschiedlich. Während Pelking das Buch von Spee zurückforderte, um es mit einer verächtlichen Handbewegung auf die Tischplatte fallen zu lassen, hob Baving, dem Pilatus gleich, beide Hände und ließ sie resigniert sinken. Turrianus, von Ängsten gejagt, hatte ein lautloses Stoßgebet auf den Lippen.

»Wie kommen Sie dazu, Pater Spee, ein solches Buch ohne Erlaubnis des Ordens drucken zu lassen?« fragte Pelking mit bedrohlicher Ruhe.

»Ich ließ es nicht drucken!«

»Ach? Ist das so? – Es ist bei einem Drucker und Verleger Peter Lucius in Rinteln, Grafschaft Schaumburg, gedruckt worden.«

Philipp ... Er hat erreicht, was er wollte ... Also Philipp!

»Da Sie den Druck nicht veranlagt haben, wie – wie soll ich sagen? – wie ›ereignete‹ sich dieses Buch?«

»Ich weiß es nicht.«

»Wollen Sie uns weismachen: Der Drucker Lucius empfing eines Tages eine Eingebung von oben, seine Setzer griffen frohgemut in die Setzkästen – und unversehens war die Schrift gedruckt, gebunden und ausgeliefert?«

»Ich vermisse das Manuskript seit einiger Zeit ...«

Philipp tat nur, was ich selbst längst hätte tun müssen. Er hat mich gezwungen, endlich die Wahrheit zu bekennen. Er hat dieser unwürdigen Halbheit ein Ende gesetzt.

»Vielleicht – ist es mir entwendet worden?«

Es *war* mir ja »entwendet« worden. Philipp hatte es mir entzogen, hatte es weitergegeben ohne mein Wissen.

»Aha. Vielleicht – pium furtum?«

Ein frommer Diebstahl? Das trifft ziemlich genau.

»Und Sie wollen nicht wissen, daß es dieses Buch gibt?« Nun schien Pelking doch die Geduld zu verlieren. »Wollen nicht wissen, daß es seit Wochen auf dem Markt ist? Daß dieser Herr« – er wies auf den Buchhändler –, »dieser unser Meister Pontanus Ihr Buch in zwanzig Exemplaren auf Lager hat und weitere fünf bereits verkaufte?! Und an wen? Nun, zum Beispiel, Herr Pontanus?«

»An – den Herrn Prior vom Kloster Abdinghof«, stammelte Pontanus. »Und an den Guardian der Kapuziner …«

»Und an wen noch?«

»An den Schüler Westerhellweg.«

»Ihre Schüler, Pater Spee«, höhnte Pelking, »besitzen Ihr Buch! Und Sie – wissen es nicht! Sie selbst besitzen kein einziges Exemplar, haben es bis zum heutigen Tag nicht gesehen, haben keine Ahnung, daß das Buch zu Hunderten, vielleicht zu Tausenden in Deutschland verkauft wird? Ich selbst habe in Herford fünfunddreißig Stück beschlagnahmt! Und Sie wissen nicht einmal, daß es dieses Buch gibt!«

»Ich werde Ihnen berichten, auf welche Weise es – vielleicht – dazu gekommen ist, Exzellenz. Wenn ich mir nur erst einmal selber ein Bild gemacht habe. Aber bitte unterstellen Sie, daß mir selbst an der Aufklärung liegt! Ein Jesuit, der seinen Oberen gegenüber unaufrichtig wäre, müßte sich an den Geboten versündigen, denen er sich freiwillig unterworfen hat.«

»Ich danke Ihnen für die Belehrung in Sachen Ordensdisziplin«, sagte Pelking grimmig. Doch dann erklärte er unvermittelt, es sei schließlich gar nicht so wichtig, auf welche Weise es zum Druck gekommen sei. »Uns, die wir auf die Reinheit der Lehre und auf die Wahrung der von uns gebilligten staatlichen Gesetze zu achten haben, sollte eher interessieren, wie Sie sich einfallen lassen konnten, ein Buch so aufrührerischen Inhalts zu *schreiben*!« Als Spee antworten wollte, hob Pelking abwehrend die Hand. »Ersparen Sie uns Ihre Theorien! Die können wir ja nun nachlesen. Ich will mich deutlich ausdrücken: Ich möchte wissen, wie Sie unter Aufsicht Ihrer Oberen« – er sah Baving an, der trotzig auf den Tisch blickte – »ein Buch schreiben durften, das an die Grundfesten unserer Justiz rüttelt. So ist es mir unbegreiflich, daß – nach Ihren eigenen Worten, Rektor Turrianus! – in Hildesheim vor bald zwei Jahren bereits ganze Kapitel dieses Manuskriptes unter Pater Spees Habseligkeiten registriert wurden. Registriert – und gelesen! Auch von Ihnen, Pater Turrianus!«

Der Hildesheimer Rektor stotterte: »Es ist mir heute auch rätselhaft, daß wir die wahre Tendenz nicht erkannten. Pater Silvester und ich glaubten, wir hätten es mit einer Schrift gegen das Übel der Hexerei zu tun. Wie soll man auch darauf kommen, daß jemand die *Richter* ein Übel nennt?!«

»Sie machen in Ihrem Buch an einer Stelle eine sehr gescheite Bemerkung.« Pelking wandte sich wieder an Spee. »Da heißt es, es gebe Dummköpfe auch in unserem Stande, also unter den Priestern. Es tut mir leid, daß ich Ihnen in diesem Punkte nicht widersprechen kann.«

Turrianus bekam einen roten Kopf. Er kam sich verprügelt vor und wußte nicht, ob er sich das als Rektor und Jesuit gefallen lassen mußte oder ob er es dem Ansehen der Gesellschaft schuldig sei, sich zu verwahren. Er hoffte auf einen ermunternden Blick Bavings, aber der hatte Pelkings Anwurf anscheinend – und offenbar gern – überhört.

»Ich warte noch auf Ihre Antwort. Wie konnten Sie es wagen, diese Schrift unter den Augen Ihrer Oberen zu verfassen?«

»Es ist nicht verboten, sich über weltliche Einrichtungen wie etwa unsere Justiz Gedanken zu machen und sie zu notieren. Ich dachte ja nicht an Druck und Veröffentlichung. Und im übrigen: Ich habe sogar Ihnen, Exzellenz, als Sie mich zum ...« Er stockte. Nein, zu welchem Amt Pelking ihn damals ausersehen hatte, durfte er in diesem Kreis nicht erwähnen. »Als ich zu Ihnen flüchtete, ehe ich nach Geseke mußte, da habe ich ihnen ganz offen gesagt, daß ich dabei bin, meine Gedanken über die Hexenprozesse aufzuschreiben. Und ich habe Ihnen damals – und auch später noch! – bekannt, welcher Art diese Gedanken sind! Und Sie? ›Schreiben Sie's nur nieder!‹ haben Sie gesagt!«

»So kommen wir nicht weiter«, sagte Pelking verärgert und erhob sich. »Ich danke Ihnen, meine Herren. Ich wünsche mit Pater Spee allein zu sein.«

Turrianus ging gern. Pontanus auch. Einzig Baving erhob Einspruch: »Wenn Sie, Exzellenz, mit Pater Spee allein zu sein wünschen, so bietet sich dazu noch hinlänglich Gelegenheit. Da Sie mich jedoch zu sich gebeten haben und ich zudem der disziplinarische Vorgesetzte dieses meines Ordensbruders bin, habe ich Anspruch darauf, bei einer Vernehmung gegenwärtig zu sein.«

Es war gewiß nicht leicht, Pelking zu widersprechen. Baving, der noch vor kurzem Provinzial gewesen war, unterstrich jedoch auch vor dem Generalvikar die Eigenständigkeit seines Kollegiums, das letzten Endes nur dem Ordensgeneral in Rom Gehorsam schuldig war.

»Sie haben vollkommen recht«, sagte Pelking unbeeindruckt. »Selbstverständlich können Sie bei Vernehmungen zugegen sein. Eine solche Vernehmung – ich nenne es lieber Disputation – hat soeben stattgefunden. Anschließen wird sich ein persönliches Gespräch zwischen meinem alten Bekannten, um nicht zu sagen Schützling, und mir. Sie werden verstehen ...«

»Ohne Frage, Exzellenz.« Baving erhob sich und griff, erleichtert über diese Wendung, die ihn das Gesicht wahren ließ, nach seinem Birett. Als auch Zalusa seinen Platz geräumt hatte, blieb Spee mit Pelking allein.

Langsam schritt der Generalvikar vor der Wand mit den hohen Fenstern hin und her und gedachte offenbar nicht, das qualvolle Schweigen abzubrechen. Spee sah sein Profil als Schattenriß, wenn Pelking vor einem der blendend hellen Fenster erschien. Von einer Seite gesehen, wirkte es fast erschrekkend in seinem brutalen Zuschnitt, von der anderen eher zart und empfindsam. Endlich blieb der Weihbischof stehen und machte eine unwirsche Geste: Spee sollte Platz nehmen.

Er wollte sich auf den Stuhl setzen, an dem Pontanus sich festgehalten hatte. Dort hatte der Drucker das Buch – Spees

Buch – liegengelassen. Es überkam ihn eine fast unbezwingbare Lust, es anzufassen, einzustecken, damit zu verschwinden. Er war ein Autor, der sein eigenes Buch nicht lesen, nicht darin blättern, nicht daran riechen durfte. Wer weiß, ob er jemals ein Exemplar besitzen würde.

Da er sich setzen sollte, mußte er das Buch vom Stuhl nehmen. Er preßte es an seine Brust und beließ es dort, als der Weihbischof endlich seinen Gang unterbrach und auf ihn zukam. Seine Stimme bebte vor Erregung und Zynismus:

»Ein wahrhaft Rechtgläubiger, ein Missionar, ein kritischer Menschenkenner: ein Jesuit, wie er im Buche steht! Ein Lehrer der Tugend in Prosa und Vers. Ein virtuoser Lateiner, ein Dichter der deutschen Sprache, so mächtig wie keiner seit Luther! Freund und Führer seiner Schüler, böses Gewissen gottverlassener Priester, leichtfertiger Richter pflichtvergessener Fürsten …« Er schien nach weiteren Charakteristika zu suchen. Dann kehrte er sich schroff ab und nahm seine Wanderung wieder auf.

»Ich frage mich«, sagte er, als spräche er zu sich, »wie so ein Mann bestehen will, wenn er selber in den Prozeß gerät. Sie sind doch auch nicht gerade aus Stahl und Eisen. Ich habe Ihr Buch sehr aufmerksam gelesen. Ich frage mich, wie ein Mensch, der ganz unmißverständlich schreibt, er sei körperlichen Quälereien nicht im mindesten gewachsen und werde, wenn man ihn foltert, alles, aber auch alles bekennen, was man von ihm verlangt – ich frage mich, woher ein so schwacher Mensch den Mut nimmt, eine solche Situation vorsätzlich zu provozieren. Allenfalls könnte ich mir vorstellen, daß man am hellichten Tage noch stolz und unbeugsam sein kann – wenn man noch nicht entlarvt ist … Aber wie sieht es mit Ihren Nächten aus, Spee?«

»Ich vertraue darauf, daß, sollte ich vor Gericht gestellt werden, Gott mir zur Seite stehen wird. Er wird mir eingeben, was ich zu sagen habe.«

»Wie es geschrieben steht, ja, ja, ja … Aber es gibt Situationen, Spee, da ist es – ein wenig laut um einen herum. Man hört dann nicht gut, was Gott zu einem sagt, und Er selbst zieht es in

Seiner Unbegreiflichkeit vor, gerade in solchen Momenten nicht besonders deutlich zu reden. Spee, ich sage Ihnen: Mögen Sie bis heute noch gut geschlafen haben – jetzt, da dieses Buch vieltausendfach in ganz Deutschland Unruhe stiftet, ist es mit Ihrem Seelenfrieden vorbei!« Er blieb stehen und schüttelte den Kopf. »Sie tun mir fast leid. Ich frage Sie noch einmal: Wie sieht es in Ihren Nächten aus?«

»Ja«, sagte Spee gequält. »Ich habe zuweilen Angst.«

»Sie haben – zuweilen – Angst! Seit Ihnen diese Schrift, wie Sie es ausdrücken, abhanden gekommen ist, stellen Sie sich jede Nacht vor, was geschehen wird, wenn Sie eines Tages in die Gewalt jener Fürsten und Richter, jener Henker und Schergen geraten, die Sie so gnadenlos schmähen und kritisieren. Sie schreiben es ja: Wer die Rechtmäßigkeit der Verfahren bezweifelt, ja, wer Hexen und Zauberer auch nur zu verteidigen wagt, setzt sich sehr schnell dem Verdacht aus, selber ein Hexenmeister zu sein. Nun also! Nehmen wir an, es wäre soweit!«

Er rückte sich einen Stuhl zurecht und setzte sich dicht vor Spee.

»Sie werden eines Tages abgeholt. Mit Zustimmung Ihrer Oberen natürlich. Ihrer *ehemaligen* Oberen – denn man wird Sie aus dem Orden entfernt haben; ein ansteckendes Geschwür brennt man aus. Des einzigen Schutzes verlustig, den Sie noch hatten, werden Sie befragt, wer Ihnen Ihre aberwitzigen Thesen eingegeben hat. – Nun also, Spee: Wer hat sie Ihnen eingegeben?«

»Meine Vernunft. Und meine Liebe zu den Menschen.«

»Das werden Sie auch Ihren Richtern antworten, ich zweifle nicht daran. Nur – Ihre Richter werden mit dieser Antwort nicht zufrieden sein, genausowenig wie ich es bin. Man wird Sie in den Kerker werfen, und anderntags wird man Ihnen die Instrumente zeigen. Sie werden noch immer auf Ihrer Antwort beharren. Also wird man Ihnen die Daumenschrauben und die Wadeneisen ansetzen. Ihr Blut wird durch die malmenden Zähne quillen. Sie werden schreien, Sie werden brüllen. Man wird Sie an den Seilzug hängen und Ihnen die Arme aus den Gelenken zerren. Der Henker bestürmt Sie: Wer hat's dir eingegeben? Noch immer die Vernunft? Die Menschenliebe? Er nimmt die Peitsche. Er zeichnet Ihre nackte Haut mit feurigen Striemen, reißt sie in Fetzen. Nun? Wer hat's dir eingegeben? Was wirst du sagen, Delinquent??«

Spee stöhnte. Pelkings Visionen konnten morgen Wirklichkeit sein.

»Der Teufel hat es mir eingegeben! Jawohl, das werde ich sagen! Ich werde alles sagen, was sie hören wollen. Ich werde genauso lügen, wie hunderttausend Hexen in ihrer Not gelogen haben!«

»Der Teufel also! Das wollten wir hören! Und nun wir's gehört haben, wissen wir, daß du selber ein Zauberer bist, ein Teufelsknecht, und noch weit schlimmere Qualen verdienst! Man wird dich mit schwefligen Bränden versengen, Friedrich Spee, wird dir das Fleisch mit glühenden Zangen reißen, wird ...«

»Hören Sie auf!« schrie Spee. Schweißtropfen traten auf seine Stirn. »Sie versündigen sich! Sie sind nicht Gott! Er allein darf mich so quälen!«

»Er quält Sie durch Seinen Diener«, sagte Pelking kalt. »Sie haben gestanden, wessen Diktat Sie Ihre Theorien verdanken. Und schon schichtet man die Scheiter, auf denen Sie brennen werden. Freilich, den Unglücklichen, die Ihr Buch gelesen haben, hilft das wenig. All diesen redlichen Christen, die Sie in schwere Gewissenskonflikte stürzten. Was wird man also von Ihnen verlangen, damit diese Verführten wieder Vertrauen gewinnen zu Kirche und Obrigkeit? Was wird von Ihnen gefordert werden, Spee?«

Erst nachdem Pelking die Frage wiederholt hatte, kam die Antwort, fast tonlos: »Daß ich – widerrufe ...«

»Daß Sie bekennen vor Gott und den Menschen: Ich habe geirrt! Bekennen Sie es vor mir, Spee, hier und jetzt; das ist soviel wie vor Gott und den Menschen! Sprechen Sie mir nach: ›Ich, Friedrich Spee, bekenne ...‹«

Aber der Mann, der vor ihm saß, wiederholte die Worte nicht. Er saß auch nicht mehr aufrecht; der Kopf war nach vorn gesunken, die zur Faust geballten Hände auf seinen Knien stützten die Stirn.

»Machen Sie mir nichts vor!« rief Pelking erzürnt. »Sehen Sie mir gefälligst in die Augen!« Er sprang, als Spee sich nicht rührte, auf, packte ihn am Haarschopf, riß den Kopf hoch. Er sah in ein totenbleiches Gesicht, in das Weiß der Augäpfel.

»Das wollte ich nicht ...«, sagte er betroffen. »Daran habe ich nicht gedacht ...« Er eilte zur Kredenz, schenkte aus einer Karaffe Wein in ein Glas und brachte es Spee. Der trank fast gierig. Er tastete mit der Rechten über den Hinterkopf.

»Danke«, sagte er. »Es hat nur im Augenblick etwas weh getan ...« Er lächelte sogar.

Pelking nahm das Lächeln auf: »Wir zwei mit unseren Schädelnarben ...« Er schritt zum Fenster und blickte hinaus.

»Ich habe es jetzt begriffen«, sagte er nach längerem Schweigen. »Sie sind nicht der Mann, mit dem man so verfahren darf. Sie sind einer, den man nicht zu zwingen braucht. Denn Sie – Sie werden *beschenkt!* Von Gott. Und wissen Sie, womit Er Sie beschenken wird?«

Ratlos hob Spee die Hand.

»Mit der Gnade des Widerrufs«, sagte der Weihbischof. »Nicht heute, nicht morgen. Aber so gewiß, wie Ihre Todesangst wachsen wird von heute an Nacht um Nacht bis ins Unerträgliche, so gewiß werden Sie eines Tages widerrufen. Nein, nein, Sie sind nicht verloren. Unsere heilige Kirche wird Ihnen verzeihen und den verirrten Sohn aufs neue in ihre Arme schließen. Ich danke dir, Friedrich Spee.«

Er stand und winkte, winkte ihn gleichsam von sich weg, als dränge er einen Menschen aus dem Saal, den er so, wie er bislang gewesen war, nicht wiederzusehen wünsche. Gehen Sie, gehen Sie, hieß dieses Winken – und wenn ich Sie wieder wahrzunehmen geruhe, werden Sie ein demütiger, der Hoffart für alle Zeit lediger Diener unserer heiligen Kirche geworden sein. Sie werden tun, was von Ihnen verlangt wird, und eine eigene Meinung werden Sie nicht mehr besitzen.

Als Spee sich verneigte – ohne zu denken, ohne zu fühlen, wie ausgelöscht –, sagte der Weihbischof auf eine sehr persönliche Art und in einem traurigen Ton: »Sie haben mich neulich sehr enttäuscht. Ich hatte Sie so herzlich gebeten, die Märtyrerverse zu schreiben. Die Reimereien dieses Horrion, oder wie er heißt, waren geradezu erbärmlich!«

Erst im Treppenhaus kam Spee wieder zu sich. Er hörte Musik, ein Klavichord. Und Gesang. Betroffen blieb er stehen. Der Weihbischof spielte, ungeschickt, vertat sich mehrmals. Aber seine Stimme war kräftig, traf sicher den Ton:

»Geschwind, geschwind, all Uhr und Stund'
der Tod auf uns kommt eilen.
Ist ungewiß, wen er verwundt
mit seinen bleichen Pfeilen.
Wer Buß zu rechter Zeit verricht,
der soll in Wahrheit leben.
Gott will den Tod des Sünders nicht.
Wann wirst du dich ergeben?«

Es war Spees Lied, das der Weihbischof sang.

Spee aber hielt noch immer Philipps Geschenk an sein Herz gepreßt: das Buch »Cautio Criminalis«, gedruckt in diesem Jahr 1631 bei Peter Lucius in Rinteln.

Rektor Baving konfiszierte es nicht. Doch am folgenden Tag enthob er Spee mitten im Schuljahr seines akademischen Amtes, entzog ihm die Lehrbefähigung und beließ ihn lediglich als Beichtvater im Ordenshaus. Zu seinem Nachfolger ernannte er den Pater Nußbaum. Dem Provinzial Goswinus Nickel in Köln erstattete er schriftlich Bericht.

Friedrich Spee schrieb einen langen Brief an seinen höchsten Vorgesetzten: an Mutius Vitelleschi, den Jesuitengeneral in Rom.

Unterwegs

Ich mueß bekennen, unser armee hat ein grobe Kappen vom Feindt bekommen, aber es ist, gottlob, noch so desperat nit. Tilli ist ubel bei dem rukhen gradt geschlagen, der linke arm mit einer pistoll (:wie er unbekhandt gefangen wahr:) übel zuschlagen, aber gottlob nunmehr gantz auß der gefahr, frisch und gesund, wie ich gleich in diser stundt schreiben bekommen, und daß er jetzt gegen Hessen marschire, nimbt den weg uber Hoxar auf Marburg, E.c.Dt. stifft Paderborn zu versichern und Cur-Mentz Fritzlar und Naumburg wieder ein zu gewinnen … Gott gebe gnadt …

Fürstbischof Franz Wilhelm von Wartenberg
an Kurfürst Ferdinand, Petersburg (Osnabrück)
am 4. Oktober 1631

Wer sich im Zustand des Trostes befindet, möge erwägen, wie er sich zur Zeit der Trostlosigkeit, die später über ihn hereinbrechen wird, verhalten werde und für jene Zeit neue Kräfte sammeln.

Ignatius von Loyola
»Geistliche Übungen«

Am 25. September des Jahres 1631, im vierzehnten Jahr des Krieges, bat der Generalleutnant der Katholischen Liga, Feldherr des Kurfürsten Maximilian von Bayern und seit Amtsenthebung des Generalissimus Wallenstein auch Oberbefehlshaber der Kaiserlichen Truppen, Graf Tserclas von Tilly, die hochwürdigen Patres der Gesellschaft Jesu zu Paderborn um Entsendung einiger Priester, die das Zeug zum Feldgeistlichen hätten. Von solchen könne er nicht genug bekommen, denn seine Soldaten seien nach der schrecklichen Staubschlacht auf dem Breiten Felde zwischen Leipzig und Düben totaliter in Desordre geraten, viele wüßten nicht einmal mehr, weshalb sie kämpften, und was den leidigen Krieg angehe, so sei dieser, da Sachsen und Brandenburg nun doch zum Schweden hielten, nur noch mit Gottes allmächtigem Beistand zu gewinnen.

Einige Priester gedachte Rektor Baving nicht zu entsenden, wohl aber einen, der sowieso nichts Rechtes mehr tat, kaum noch aus seiner Zelle kam und nicht einmal in der ihm verbliebenen Rolle als Beichtvater seiner ehemaligen Schüler untadelig, da viel zu nachsichtig war. Den wollte Baving dem alten Haudegen ins Feld schicken, zumal es nur wenige Meilen ins »Feld« waren: Unweit Höxter, bei Corvey, war Tilly mit seinen zerrütteten Haufen auf einer Schiffsbrücke über die Weser gegangen.

Der greise Feldherr war ein Cunctator, ein Zauderer geworden; auch die ihn stets bewundert hatten, mußten sich's eingestehen. Es war wohl, seit er im Mai zu Magdeburg so gewaltig und furchtbar gesiegt hatte, etwas zerbrochen in seinem ohnehin nicht gar so robusten Gemüt. Sein Unterfeldherr Pappenheim, der den Wallenstein – und nur ihn! – verehrte, hielt nicht länger mit seinem Spott zurück, zumal in seinen Augen nicht der Tilly, sondern er selbst es gewesen war, der Magdeburg, die »stolze Magd bezwungen und gedämpfet hatte, so daß ihre Jungfernschaft endgültig dahin«.

Nun sah sich der große Alte, vom Schwedenkönig verjagt aus Sachsens fetten Fluren, mit den zehntausend Mann, die ihm nach der jüngsten Schlacht geblieben waren, im ausgeplünderten Lande links der Weser dem nackten Hunger konfrontiert, und wußte nicht recht, wohin. Angeschossen war er auch, doch hatte Gott ihn so weit behütet, daß er mit zwei Quetschungen, einer am Arm und einer an der Lende, glimpflich davongekommen war. Der Wundarzt in Halle faselte von »magisch gefrorenem Leibe« und »talismanischen Zeichen«, die den großen Mann so gut wie unverwundbar gemacht hätten. Doch der Alte verbat sich solch gotteslästerliche Sprüche. Er hatte brennende Schmerzen, nichts war gefroren.

Vor Wochen noch hatte Rektor Baving sich Hoffnung auf erneuten Besuch Tillys im Paderborner Kolleg machen können, wo der Feldherr, im Jahre 25, schon einmal geweilt und, als flandrischer Jesuitenschüler, der er einst war, vielerlei Ehrung empfangen hatte. Diesmal, nach dem Triumph von Magdeburg, wollte er den General bitten, den Verlauf der Belagerung und des Sturms vor den versammelten Schülern aufs anschaulichste zu demonstrieren. Zu diesem Zweck ließ Baving die handwerklich geschicktesten Schüler kleine Häuser aus Holz und Papier bauen; Drucker Pontanus, seit seinem »Sündenfall« den Jesuiten willfährig, wo er nur konnte, beschaffte einen Plan von Magdeburg mit allen Fortifikationen, und so wurden auch diese nachgebaut, und in die Mitte setzte man mit seinen beiden Türmen den Dom, der in der verbrannten Stadt allein unversehrt geblieben war. Wehrhafte, schön bemalte Männlein aus Ton, bald zu Fuß, bald zu Pferde, stellten die Feldherrn dar: den Tilly, den Mansfeld, den Pappenheim auf ligistischer, den Gouverneur Falkenberg, den Generalwachtmeister Amsteroth und den Markgrafen von Brandenburg auf evangelischer Seite. So hätte Tilly prächtig dartun können, wie dank seiner Kriegskunst in Magdeburg an die dreißigtausend Menschen auf der Strecke geblieben waren, also daß alle Glocken im katholischen Deutschland ein Gloria und Jubilate singen durften.

Aber leider, der Feldherr kam umständehalber nicht nach Paderborn. Doch Spee zu ihm.

Biwak am Weserstrom. Manches, was er hier sah, erinnerte ihn an Kindheit und Jugend, an waffenstarrende Besucher auf Burg Kaiserswerth, wo sein Vater herzoglicher Amtmann gewesen war. Da fanden sich Obristen, Söldnerführer, wappenstolze Adelige zu harten Gelagen ein, während ihre Mannschaft am Rhein kampierte und bis in die Nacht alte Landsknechtslieder sang – da war auch der Kurfürst mit seinem militärischen Stab hin und wieder zu Gast gewesen.

Doch als er nun Höxter betrat, erkannte er die Stadt kaum wieder: Im Schatten von Sankt Kilian streunte arg gebeuteltes Kriegsvolk, klirrten gespornte Stiefel, tappten barfüßige Bettler, stolzierten in blinkendem Harnisch, die weißen Kennbinden der Liga noch an Helm und Arm, Offiziere und Weibel, standen auch Schlange vorm Feldbordell beim Roten Turm, wo manche unbescholtene Hausfrau aus Not zur Hure geworden war. Manche stolperten in monströsen Wundverbänden einher, auf krummem Rücken ein Bündel mit Leipziger Beutegut; das meiste freilich war längst verloren.

Auf den Weserwiesen und, weil's dort bald zu naß wurde, auch weiter ins Land hinein wurde gehämmert und gepflockt, und da nicht nur ein Drittel der Artillerie nebst Fahnen und Standarten, sondern auch Hunderte von Bagagewagen mit Decken und Zelten in Leipzig geblieben waren, mußte mancher unter dem Herbsthimmel frieren. Überall aber, in Häusern und Zelten und selbst in der bewegten Luft, nistete sich der Geruch des Krieges ein, er quoll aus Kübeln mit miesen Wassersuppen, dünstete aus schweißdurchtränkten Kollern, aus Stiefelschäften, schnapsschwitzenden Poren und gebeulten Hosenlätzen, mischte sich mit dem Qualm der Lagerfeuer und dem Gestank aus Kot, Urin und eiterigen Wunden.

Im »Krokodil-Haus« zu Höxter, wo Tilly vor Jahren schon einmal Quartier bezogen hatte, meldete sich Spee zur Audienz. Seinen seltsamen Namen verdankte das Haus einem Spruch auf dem Erker: »Ruhm ist wie ein Krokodil, die himmlische Kraft liegt in der Tugend.«

Tilly, der wohl wußte, daß der Ruhm seinen Mann auch fressen kann, empfing den Pater in papageienhafter Montur: Lederweste, rote Schärpe, bunter Federhut, Stiefel bis hoch übers Knie und Spitzenmanschetten – es wollte so recht nicht zueinander passen. Gleichwohl, dieser kleine, zerknitterte Mann war nun leibhaftig der Tilly, und auch Spee konnte sich der, wenngleich ermatteten, Strahlkraft des alten Helden nicht entziehen.

Der humpelte, die Hand auf der Lende, hinter seinem Kartentisch hervor und besah sich mit verzerrter Miene den bärtigen Priester, den ihm die Paderborner für seine Soldaten geschickt hatten. Dann lud er Spee zum Sitzen ein; er selber stelzte, trotz erkennbarer Schmerzen, steifbeinig auf und ab.

»Siebentausend Tote hab' ich bei Leipzig gelassen. An die dreitausend haben vor dem Schweden kapituliert – schlechte Völker, um die ist's mir nicht leid. In Merseburg wurden mir nochmals tausend erschlagen, und ebensoviel von den Meinen hat mir der Schwede umgedreht, die fechten jetzt unterm König.«

Er spricht von seinen Soldaten, als seien sie sein Eigentum, dachte Spee. »Ich hab Tote gelassen …« Als hätten sie *ihn* zur Ader gelassen, als wär's sein eigen Blut, das da geflossen ist. Vielleicht nicht die übelste Einstellung für einen Feldherrn. Nur: Dieses »eigene« Blut kostet *ihn* keinen Tropfen …

»Was mir blieb, das sehen Sie in Höxter und auf den Weserwiesen. Gute, tapfere Völker, viele marod. Haben auch manche den Glauben verloren, wissen nicht mehr, wofür sie Soldat geworden. Dabei hatten wir immerhin zu Leipzig wie auch in Magdeburg eine verläßliche Losung: ›Jesus Maria!‹ Hilft wohl auch nicht mehr viel. Haben alle verlernt, sich in Gottes Ratschluß zu schicken.

Auch ich hab' niemals wollen ein Feldherr sein – doch, leider, der Herr hat's anders mit mir versehen, bin zum Kampf genötigt, gezwungen worden. So hilft uns nur noch der Glaube. Uns allen, ob Feldherr, ob Mann. Nur noch der Glaube. Ein Rosenkranz. Ein Ave-Maria. Gebet, viel Gebet. Gut, daß Sie hier sind. – Was starren Sie mich so an?«

»Ich – habe eine Frage«, sagte Spee. Und als Tilly nickte: »Ich habe schon mit einigen Ihrer Soldaten gesprochen, Exzellenz. Sie meinten, es habe wohl ein Gericht Gottes über die Armee kommen müssen – wegen des Blutbads von Magdeburg.«

»Magdeburg! Magdeburg! Wer spricht von Wolgast, von Neubrandenburg? Auch da ist Blut übers Maß geflossen. Exorbitantien gibt's allerwege. Und was erst der Schwede zu Frankfurt an der Oder getan! Magdeburg! Ich hab's mit stürmender Hand genommen. Angesteckt hab' ich's nicht. Wär ja auch ohne Verstand gewesen; zündet man an, was man plündern will?«

»Wenn ich Ihren Soldaten helfen soll, Exzellenz, dann muß ich wissen, ob sie Grund haben, bedrückt zu sein, sich schuldig zu fühlen. Sie müssen mir die Wahrheit sagen. Ich weiß, daß der Krieg schrecklich ist. Aber mußten auch Greise, Frauen, Kinder gemordet, geschändet werden? Zu Tausenden?«

Der Feldherr unterbrach seinen Humpelgang und zupfte an seinem weißen Spitzbart. Wurde der Pfaffe unverschämt?

»David erschlug am Jordan vierzigtausend Aramäer an einem einzigen Tag«, sagte er grimmig. »Meinen Sie, das waren alles Soldaten?« Er merkte, daß Spee sich nicht zufriedengab. »Im übrigen – es waren die Kroaten.«

»Auch die kroatischen Musketiere standen unter Ihrem Befehl.«

»Drum steh' ich auch für sie gerade. Aber nicht vor Ihnen, hochwürdiger Herr!« fauchte der Alte. »Vor Gott!«

»Wie rechtfertigen Sie sich vor Gott?«

»Mit keinem Wort.«

»Wie sonst?«

»Gar nicht. Überhaupt nicht.« Der General blickte den Pater böse an, machte wieder einige Schritte, die Federn seines Hutes streiften das Ölbild an der Wand, ein Porträt des Kurfürsten Maximilian von Bayern, des Herrn der Liga, das ihn, wie jedermann wußte, auf allen Feldzügen begleitete. Dann blieb er stehen und schüttelte, ohne sich nach Spee umzuwenden, den Kopf. »Es gibt nichts, was man da vorbringen könnte. Man tut das – hier unten. Ich sage dem Herrn allenfalls: Man tat das hier. Es war hier üblich. Man besteht hier nicht anders. Man muß es tun. Der Herr weiß es. Der Herr ist gnädig.«

»Und Sie werden gerechtfertigt sein?«

»Gott kann alles verzeihen. Das sollten Sie doch wissen!«

»Auch Magdeburg?«

»Ich habe den Krieg nicht gemacht. Der geht noch lange, und Deutschland hat noch viele Magdeburgs. Und Feldherrn genug. Selbst wenn es eines Tages den Tilly nicht mehr gibt – das ist kein Grund zum Verzagen. *Das wächst nach! ...*«

Die Audienz war beendet.

Als Spee sich an der Tür noch einmal umwandte, hatte der Generalleutnant sich über den Kartentisch gebeugt und fuhr mit dem Zeigefinger darauf hin und her.

»Man muß es tun ...«, hörte Spee.

Erst später wurde ihm klar, daß es ihm bei seinen bohrenden Fragen gar nicht allein um Tilly und Magdeburg gegangen war. Da man ihn hierhergeschickt hatte, um Soldaten zu trösten, Verwundete, Amputierte, Demoralisierte, gewiß auch solche, die des ewigen Mordens müde waren, wollte er erfahren, wie sich der Krieg und das Töten in den Augen eines Kriegers rechtfertigten. Tilly machte es sich wohl zu einfach. Der schob alles auf Gott und Seine Einrichtung der Welt. Die Menschen aber begriffen nicht, daß Gott die Welt nur *entworfen* hatte, und zwar *gut*. Diesen Entwurf auszuführen – und zwar *gut* –, war Sache des Menschen. Der Mensch besitzt alle Eigenschaften, die ihn dazu befähigen würden. Aber er tut es nicht.

Auf kleinstem Raum, in bescheidenstem Rahmen Gottes Schöpfergedanken widerzuspiegeln – das war der Ehrgeiz des Christoph Brambach, Abtes von Corvey. Als Spee ihm, vom nahe gelegenen Höxter kommend, seine Aufwartung machte, fielen die beiden Männer sich in die Arme.

Spee sah es auf den ersten Blick: Brambach hatte wieder »glückliche Augen«. Er hatte einen harten, guten Kampf am kaiserlichen Hof zu Wien gekämpft – und hatte ihn gewonnen.

Zu Kreuze kriechen mußte der stolze Kurfürst-Erzbischof Ferdinand zu Köln, der ihm die Abtei Corvey streitig gemacht hatte; zu ohnmächtiger Duldung verurteilt war auch sein Vollzugsgehilfe, Weihbischof Johannes Pelking. Lange, fast ein Jahr, war Brambach unterwegs gewesen. Als er nach Corvey heimgekehrt war, hatte er als erstes seine alten Mönche von Pelking zurückgefordert. Der hatte sie weder zum Türken noch auf die Galeere, sondern in ein Kloster strengster Observanz geschickt. Geläutert und gezähmt freilich kehrten sie nicht zurück; Brambach war nicht traurig, daß er sie gleich nach Rinteln entsenden mußte, wo man fromme und forsche Brüder brauchte, um das von den Evangelischen geräumte Kloster der Benediktinerinnen wieder in Besitz zu nehmen. Dazu mochten sie geeignet sein, die allzu rüden Brüder: als großspurig auftretende Usurpatoren in einer eroberten Stadt.

So wüst es am Weserufer aussah, dort, wo Tillys Regimenter über den Strom gegangen waren, so peinlich sauber und korrekt ging es jetzt im Kloster zu: eine Gemeinschaft auserlesener Brüder aus allen Ständen hatte hier in den letzten Monaten aus der verrotteten Abtei eine Insel der Arbeit zu Gottes Ehre gemacht. Im Kapitelsaal, wo einst nächtliche Orgien gefeiert wurden, versammelten sich die Mönche allmorgendlich, um Brambachs Weisungen zu empfangen. Er selbst sprach nur von »Vorschlägen«, aber es wäre keinem der Brüder eingefallen, sie nicht gutzuheißen. Zur Auswahl seiner Mönche hatte Brambach strapaziöse Reisen durch den Niedersächsischen Kreis nicht gescheut; es lag ihm daran, tüchtige Handwerker und in Wissenschaft und schönen Künsten bewanderte Jünger des heiligen Benedikt zu gewinnen. Ihm schwebte eine Gemeinschaft auserlesener Gottesdiener vor. Für ihn hieß das ›Ora et labora‹ des heiligen Benedikt von Nursia: Laborando oramus: Bete, indem du arbeitest! Arbeit, wie Brambach sie verstand, war Lobpreis der Schöpfung durch Wissenschaft und Künste.

So wurde das Kloster von weltlichen Dienstleuten unabhängig, und ob es galt, ausgeblichene oder zerstörte Gemälde zu restaurieren, zerbröckelnde Mauern zu stützen, ein Saiteninstrument zu bespannen, zu stimmen, zu spielen oder ein Loch im Kochkessel zu flicken: Immer fand sich unter den Brüdern einer, der die Sache verstand. Pater Severus ordnete die verbliebenen achthundert Bände der Bibliothek nach einem neuen Prinzip (vor der unseligen Herrschaft des Aschebrock waren es über fünftausend gewesen); Frater Maurus legte ein Herbarium an (auch im sinnvollen Bau der Pflanzen bekundete sich Gottes Weisheit), und Bruder Thomas kümmerte sich um die Bienenvölker, für die der Abt kaum mehr Zeit aufwenden konnte.

Brambach sah aber auch darauf, daß einer aus des anderen Kenntnissen Gewinn zog. Er ließ Studierte bei den Handwerkern lernen und hielt diese an, nicht nur das Brevier, sondern ebenso die alten Philosophen und Dichter zu lesen. Er folgte auch damit getreulich den Regeln des heiligen Benedikt, seiner Ermahnung an die Mönche, sie sollten »Gott mit gutem Eifer suchen«.

Nun also das Wiedersehen nach zwei Jahren!

Als sie den altvertrauten Weg am Weserufer entlangschritten – im Bereich der Abtei hatte man keine Zelte aufgeschlagen, doch lag dort allerlei Gerümpel von Tillys zerlumpten Dragonern herum –, befreite sich Spee von der Qual der letzten Monate in einer »Generalbeichte«, die kaum eine Zwischenfrage duldete.

Er schilderte dem Abt die zermürbenden Vorwürfe, die er sich nach Philipps Tod gemacht, die Verzweiflung, in die Pelkings Aufforderung zum Widerruf ihn gestürzt hatte, er ließ nicht aus, wie nach seiner Rückkehr vom Weihbischof die Brüder im Kollegium sich buchstäblich von ihm abgewendet hatten, wie einige sogar noch beim Gebet auf den Knien von ihm abgerückt waren, wie Rektor Baving ihn gar nicht mehr wahrnahm, wie Gespräche verstummten, wenn er eintrat, wie man Schüler gegen ihn aufgehetzt hatte, so daß sie mit frechen, zotigen Worten an ihm vorbeischlichen, um dann lachend davonzulaufen – nur ganz wenige, wie der begabte Hermann Busenbaum, hielten noch zu ihm –, und wie man endlich sogar das ihm verbliebene Amt des Beichtvaters im Ordenshaus zur Farce machte, indem kaum einer noch den Weg zu ihm fand.

»Wenn aber doch jemand unverhofft mit mir spricht, dann scheinbar um mich besorgt, mit hochgezogenen Brauen: ›Ich fürchte, lieber Bruder, Ihre Angelegenheit wird noch böse Folgen zeitigen. Fürstbischof Wartenberg soll ja getobt haben.‹ So, auf diese Art. Und der einzige, der auch jetzt noch zu mir stand, Pater Turck, wurde, als wolle man *mich* damit strafen, vor einigen Wochen nach Trier versetzt.«

»Und der Widerruf?« fragte Brambach.

»So einfach geht das nicht«, sagte Spee. »Ich habe nicht zugestimmt. Obwohl Pelking mich nach jenem Verhör, als ich alleine mit ihm war, auf eine infernalische Weise entwürdigt, ja entblößt hat. Er hat mich – davon bin ich heute überzeugt – mit unmenschlichen, ich meine mit unheimlichen, eines normalen Menschen Kräfte übersteigenden Mitteln in den Stand abgründiger Trostlosigkeit versetzt. Er ist ein Seelenmörder.«

»Ein Zauberer – wie?« Brambach lächelte.

»Wenn es nicht so absurd wäre – selbst ich könnte an dergleichen glauben nach dieser Erniedrigung. Sie sollte mir den Dünkel austreiben. Aber sie hat mich beinahe vernichtet.«

»Du hast dem Widerruf nicht zugestimmt«, sagte Brambach. Sie sagten jetzt du zueinander, es hatte sich wie selbstverständlich ergeben. »Aber sie könnten dich zwingen.«

»So weit ist es noch nicht. Sie können von sich aus keine Entscheidung treffen, auch Pelking kann es nicht. Es ist eine Sache der Ordenszensur, und die übt in meinem Falle nicht einmal der Provinzial aus. Ich weiß, daß sie in dieser Angelegenheit an den General geschrieben haben. Aber auch von mir hat Mutius Vitelleschi einen Brief bekommen. Und ich habe bereits seine Antwort.«

Spee zeigte Brambach den Brief aus Rom. Das schrieb der Ordensgeneral unterm Datum des 2. August 1631:

»Sehr aufmerksam habe ich trotz seiner Länge das Schriftstück gelesen, das Euer Hochwürden zu Ihrer Rechtfertigung verfaßt und mit dem Briefe vom 22. März hierhin geschickt haben. Infolgedessen geht mein Urteil über die Ihnen gemachten Vorwürfe dahin, daß Sie zu Unrecht bei den Oberen verdächtigt worden sind. Deshalb habe ich vor einigen Tagen dem Pater Provinzial geschrieben, daß er, wenn nichts anderes vorliege, Euer Hochwürden von jeder Verdächtigung befreien und zu den letzten Gelübden zulassen solle.«

»Das ist doch großartig!« rief Brambach. »Damit bist du rehabilitiert!«

»Dieser Brief bezieht sich noch nicht auf mein Buch«, schränkte Spee ein. »Davon konnte der General noch nichts wissen. Er ist lediglich die Antwort auf meine Beschwerde über die ungerechten Verdächtigungen wegen meiner Tätigkeit in Geseke. Nein, jetzt werden sie erst recht nicht lockerlassen – ich meine Rektor Baving und auch den Weihbischof. Sie werden mir stets die letzten Gelübde verweigern; ich werde ewig Scholastiker bleiben, werde nie Profeß, nie Koadjutor werden!«

Brambach überlegte einige Sekunden. »Kann sein«, sagte er dann, »daß jene Brüder ›mit den erhobenen Augenbrauen‹ so unrecht nicht haben. Ausgestanden ist das alles noch nicht. Aber du darfst dich nicht entmutigen lassen. Denke daran, wie es mir erging. Ich saß schon im Turm, war ein verlorener Mann. Wenig später war ich in Wien und bekam doch noch mein Recht.«

In den folgenden Tagen traf Spee, der im Kloster wohnte, erst abends mit Brambach zusammen. Sie saßen dann beim Wein vor dem Kaminfeuer; die Nächte waren schon sehr kühl. Spee brauchte lange, bis er zu einem Gespräch imstande war. Was er tagsüber zu sehen und zu hören bekam, war so entsetzlich, daß ihm oft genug auch kein geistlicher Trost mehr wirksam, ja auch nur angemessen schien. Es fiel ihm, wie seinerzeit auf dem jammervollen Marsch nach Geseke, nichts mehr ein.

Sein tägliches Ziel – so grauenhaft, daß die wenigen Feldkaplane, die noch bei der Armee geblieben waren, einen Bogen um die Zelte machten – war die Infirmerie, das Wundspital. Hier wimmerten in ihrem Kot, vom Brand zerfressen, gepeinigt von

Fliegen und Maden, die armseligen Heldensöhne des Tilly, mit Kugeln und Splittern im Leib, oft auch erblindet und heiser vom Schreien und Fluchen. Nicht anders, das ließ sich denken, verkamen unweit von hier die Schlachtopfer des ehrgeizigen Schweden in Blut und Dreck. Wie der Florentiner durch das Inferno schritt Spee, mit würgender Kehle, stammelnder Zunge, von Ekel geschüttelt und zugleich vom Mitleid wie auf einer Wolke getragen und wie besessen von der Vorstellung, es müsse ihm gelingen, die Elendesten dieser Kreaturen neben sich zu betten, sich aufzuschwingen mit ihnen, sie aus der Hölle in die Wonnen des Paradieses zu entführen. Doch es blieb ihm nichts, als sich von Lager zu Lager zu schleppen, sich hinzuknien vor den Krüppeln und Sterbenden, ob sie auch brüllten und um sich schlugen, ihm ihre zerschmetterten Gliedmaßen drohend entgegenreckten oder ihn mit Fluch und Lästerung überschütteten.

Er versuchte, ihnen darzustellen, daß keine Nacht so dunkel, kein Wetter so ungestüm, keine Kälte so bitter sein könne, als daß nicht Gottes Liebe die Sonne herbeizurufen vermöchte. Er beschwor sie, ihm zu glauben, daß der Schmerz grausam und kurz, Gottes Liebe aber süß und ewig sei. Er tröstete die wenigen, die zerknirscht den Lohn ihrer Sünden fürchteten, indem er auf Gottes Gnade verwies: »Und hättest du alle Sünde der Welt auf deinem Hals, nicht nur der Menschen, auch aller verdammten und bösen Geister – es brauchte dennoch nichts, als daß dein Herz in Liebe zu Gott erglühte, und du wärest gerechtfertigt und im Stande der Gnade.«

Bei einigen verfing dieser Trost, bei vielen verschlug er nicht: Da war nur Klage und Aufruhr gegen Gott als den Verursacher allen Elends – und daß sein geliebter Sohn am Kreuz sein Blut zu unser aller Heil vergossen hat, auch diese frohe Botschaft war nur ein machtloses Lispeln vor den Chören der Agonie.

Und dennoch und trotz allem: Wenn Spee an die Verzweiflung in den Hexentürmen und Folterkammern dachte, an das Elend dieser von aller Welt Verstoßenen, denen keiner in ihrer Todesqual den süßen Trost einredete, sie stürben für einen Kaiser, ein Reich, einen Glauben oder gar für Gott – dann wollte ihm scheinen, als hätten diese Männer hier doch noch ein besseres Los gezogen. Jedoch die schwere Last ihrer Gegenwart verschlug ihm den Atem und ließ letzten Endes jedes Abwägen, jeden Vergleich der Qual als frivol, als freventlich erscheinen. – Die Rückkehr in den Abendfrieden der Abtei, die stillen Wege durch den Kreuzgang, wo noch die Rosen blühten, die Zwiesprache mit dem Freund, der, wie Spee manchmal meinte, vom Leid der Welt kaum mehr angerührt wurde – es waren Stunden der Erholung, aber auch der Einsicht, daß kein Wort aus der Welt des Friedens die Opfer des Krieges erreichen kann und daß, noch schrecklicher, die Stimme Gottes nicht in die Abgründe der irdischen Hölle dringt.

Noch vor Ablauf der Woche wurde Friedrich Spee abermals zum Generalleutnant befohlen. Der alte Soldat war diesmal von seinen Obristen umgeben; die Audienz fand auch nicht im Krokodil-Haus statt, sondern im standartengeschmückten Zelt, und ringsum sah alles nach Aufbruch aus.

»Sie haben meinen armen Völkern himmlischen Trost gespendet«, sagte Tilly. »Das habe ich hier« – er schwenkte einen bereits versiegelten Brief – »vor Ihren Oberen gerühmt. Würde Sie gerne mitnehmen, wenn ich nun nach Süden ziehe. Aber damit wäre Hochwürden Baving wohl kaum einverstanden; tüchtige Priester braucht man auch in Paderborn. Allerdings« – er sah reihum seine Obristen an, die seinem Blick mit großem Ernst begegneten – »allerdings, und darum geht es nun: In Paderborn wird Ihres Bleibens nicht länger sein. Hier« – er klopfte auf den Brief – »steht's geschrieben. Packt eure Koffer, schickt eure Schüler nach Haus! Der Tilly zieht davon, der kann euch nicht mehr vor den Schweden schützen, auch vor den Sachsen und Hessen nicht. Ich weiß zwar nicht, was der Herr Landgraf im Schilde führt. Aber daß ihm Paderborn vor der Nase liegt, das weiß ich immerhin. Machen Sie sich auf den Heimweg, Hochwürden, noch heute. Es geht um Tage, wenn nicht um Stunden.«

»Aber wohin?« fragte Spee. »In welcher Richtung sollen wir fliehen? Was raten Sie uns?«

»Es steht im Brief«, sagte Tilly. »An den Rhein. Am besten nach Köln, in die Stadt. Eurem Kurfürsten ist es sogar in Bonn schon zu heiß geworden. Zieht nach Köln! Das ist eine Freie Reichsstadt, wohlbefestigt, hat sich bislang neutral gehalten. Da überlegt der Schwede sich's gründlich, ob er die knacken will. Geht nach Köln!«

Am frühen Nachmittag verabschiedete Spee sich von Brambach. »Und was wird aus dir und der Abtei, wenn die Schweden kommen?«

»Ich bleibe«, sagte Brambach.«Und ich halte auch Tillys Rat nicht für gut. Es ziemt sich nicht für euch, eure Schüler im Stich zu lassen. Was sollen sie von euren Beteuerungen halten, der Herr werde alles zum Besten wenden, wenn ihre Priester und Lehrer auf bloßen Verdacht hin wie die aufgescheuchten Hühner das Weite suchen?«

»Wir Jesuiten sind dem Schwedenkönig besonders verhaßt«, wandte Spee ein. »Er wird ein blutiges Gericht halten.«

»Weißt du, wie er's in anderen Städten mit ihnen hielt? Eine Strafpredigt haben sie zu hören gekriegt – das war alles. Und gewiß auch das: gehörige Kontributionen gezahlt. Sie sollten sich ›nicht in Staatshändel mischen und aus der Welt keinen Blutsee machen‹, das hat der König ihnen gesagt. Wenn sie sich brav und fromm wie andere katholische Christen gebärdeten, würde ihnen kein Haar gekrümmt.«

»Wir verhalten uns aber nicht brav und fromm, wie dieser Herr aus Schweden sich das vorstellen mag. Und was den Blutsee betrifft: Wie mag dieser lutherische Gott wohl beschaffen sein, der einem derart mit Blut besudelten Mann ein so sündhaft gutes Gewissen beschert?«

»Leb wohl, mein Freund!« Brambach lächelte. »Es steht mir wohl nicht an, euch von der Flucht abzuraten. Mir – der ich sogar vor einem katholischen Bischof geflohen bin ...«

Seit der Unbotmäßige Paderborn verlassen hatte, in diesen

wenigen Tagen hatte Rektor Baving einige Beobachtungen gemacht, die ihn beunruhigten. War es bisher gelungen, dem irrenden Bruder durch distanziertes Verhalten oder demonstrativ bekundeten Unwillen deutlich zu machen, in welche Betrübnis er Professoren und Zöglinge mit seiner Schrift versetzt hatte, so bahnte sich jetzt ganz unübersehbar vor allem unter den Schülern eine Wendung an. Man traf sich in den Pausen und diskutierte; der Aufsicht führende Lehrer vernahm immer wieder die gleichen Worte: Hexe, Zauber, Folter, Juristen, Fürsten, Henker – die Terminologie der »Cautio«. Und was sich weiter aus Worten und Mienen der Schüler erraten ließ, war dies: Sie hatten inzwischen alle das Buch gelesen und, weit schlimmer noch: Sie hießen gut, was sie gelesen hatten!

So wunderte es allenfalls nur Spee selber, als er zurückkehrte, vor der Schule aus dem Wagen stieg und sich umringt sah von den Schülern seiner ehemaligen Klasse, und nicht nur von diesen. Sie kamen aus dem Hof auf ihn zugerannt, drückten ihm die Hand, lachten ihn aufmunternd an, verrieten mit schelmischem Augenzwinkern, sie hätten inzwischen »ein gutes Buch gelesen«, kurzum: Sie freuten sich über alle Maßen, daß er wieder da war. Es war ein Wandel, der dem Pater das Wasser in die Augen trieb, und als in dem Gewühl einige ein Buch in die Höhe hoben, unverkennbar das seine, und als er sich überlegte, wie viele Exemplare mittlerweile in ganz Deutschland von Hand zu Hand gehen mochten, da war er sehr glücklich.

Kein Wunder, daß Baving ihn mit aller Strenge empfing.

»Jeglicher Kontakt mit den Schülern ist Ihnen untersagt. Sie werden schon an einem der nächsten Tage Ihre verhängnisvollen Irrtümer feierlich widerrufen. Bis dahin begeben Sie sich in Klausur. Über Ihre Erfahrungen als Feldkaplan können Sie mir schriftlich berichten.« Er drehte sich brüsk um und wartete darauf, daß Spee das Zimmer verließ. Als das nicht geschah, polterte er: »Haben Sie mich nicht verstanden?«

»Doch«, sagte Spee. »Aber wir werden jetzt jeden Mann und jede Hand benötigen. Vor Paderborn steht der Feind!«

Er zog den Brief aus seiner Reisetasche. Baving erkannte Tillys Siegel, ging wortlos zum Schreibtisch und brach es auf. Spee kannte Baving. Für diesen Mann, der seine Macht immer nur als ein Lehen der wahrhaft Mächtigen dieser Welt verstanden hatte, würde der Rat des Feldherrn den Rang eines Befehls haben. Er täuschte sich nicht.

»Der Herr sei mit uns!« flüsterte der Rektor. »Die Zeiten des Tollen Christian kehren wieder. – Sie wissen also, was in diesem Schreiben steht?«

»Der Herr Generalleutnant, mit dem mich ein Vertrauensverhältnis verbindet, hat es mir gesagt.«

Ein Vertrauensverhältnis ... Endlich begann auch er jene Spielarten der Lebenskunst zu beherrschen, denen sein Orden den Ruf der Weltläufigkeit, ja der Durchtriebenheit verdankte.

»So?« Baving schien aufs neue irritiert. »Dann wissen Sie vielleicht auch, was nicht in diesem Brief steht? Warum verläßt Tilly unser Land? Und wohin begibt er sich?«

»Er glaubt, woanders nötiger gebraucht zu werden. Er muß vor allem Bayern schützen; sein Herzog erwartet es von ihm. Zunächst geht er nach Warburg, seine Regimenter aufzufüllen. Dort stoßen fünftausend Mann kurkölnischer Völker zu ihm. Dann wohl nach Fritzlar über Volkmarsen. Bis er an Kassel vorüber ist, wird Wilhelm von Hessen stillhalten. Aber danach wird den Landgrafen nichts mehr hindern. Dann ist der Weg nach Paderborn für seine Truppen frei.«

Er hatte von den Offizieren einiges über Tillys Pläne gehört.

Baving entsann sich, daß er Spee in Klausur hatte schicken wollen, zur Vorbereitung auf seinen Widerruf. Die Hiobsbotschaft aus Höxter ließ nicht nur dieses Vorhaben als inopportun erscheinen. Der Krieg stand vor den Toren. Und Baving war der Herr über fast tausend Seelen – Lehrer, dienende Brüder und Schüler zusammengenommen. Das Kollegiatsgebäude mußte evakuiert werden. Lieber heute als morgen. Und mit dem geringsten Aufsehen!

»Wir packen und räumen!« entschied er. »Aber keiner erfährt den Grund! Ich sage den Brüdern, der Provinzial habe uns nach Köln gerufen. Aus – ordensinternen Überlegungen ... Würden wir den wahren Grund nennen – was meinen Sie, was dann in Paderborn geschieht? Natürlich werde ich den Bürgermeister verständigen.« Er sprach mehr zu sich selbst. »Und den Generalvikar. Aber erst später. Vielleicht übermorgen. Fürs erste müssen wir Pferde und Wagen beschaffen. In ausreichender Zahl. Das wichtigste Mobiliar nehmen wir mit. Und natürlich die Bibliothek, die Akten ... Pater Laurentius muß sich um die Bagagewagen kümmern, das ist das wichtigste. Er soll im Land ringsum anmieten, was er nur kriegen kann. – Und Sie, Spee, Sie sagen kein Wort! Das ist Ihre Chance. Ein Prüfstein – ob ich Ihnen künftig wieder vertrauen darf. Gehen Sie, und rufen Sie die Patres in den Kapitelsaal!«

Baving wußte mehr als seine Schutzbefohlenen, mehr auch als Spee: Wilhelm, der Landgraf von Hessen – wenn *der* Paderborn eroberte, von dem war nur das Schlimmste zu erwarten. Dieser rabiate Calviner war den Schweden hörig – und konsequenter und grausamer als diese! Der hätte am liebsten ganz Deutschland reformiert; der hatte gedroht, er werde die geistlichen Kurfürstentümer abschaffen und, horribile dictu, »die überwitzige jesuitische Rotte« aus dem Reich verjagen! Da sollte wohl ein Gottesknecht der Societas Jesu das Fürchten lernen.

Johannes Pelking stöhnte, wand sich in seinen Kissen, rang mit dem Übermächtigen, umklammerte seine Gelenke, suchte die würgenden Hände zu lösen, die Finger zu brechen – und sank doch nur röchelnd aufs Lager zurück. Für eine Sekunde lockerte der Schwarze, der über ihm hockte, den Drosselgriff – doch auch jetzt versagte der Schrei, der Atem entlud sich, aber kein Laut entfuhr den Lippen. Gelähmt lag Johannes Pelking und mußte dem Alp in die leblosen Augen sehen: dem erstandenen Geist aus Burg Steuerwald, hohlwangig, kahlgeschoren, die

Finger wie skelettiert – mußt' ihn ertragen ohne Widerspruch, ohne Schrei, diesen toten Mann, der Bissendorf hieß und begehrte: »Gib mir mein ehrlich anständiges Sterben zurück, Dortmunder! Meinen *wahrhaftigen* Tod!«

Mit Urkraft drehte Pelking den Kopf zur Seite, entwich den blicklosen Augen, hob, vom Ärgsten befreit, unendlich mühsam, als müsse er einen Sargdeckel durchstoßen, die Arme, schaufelte, ruderte, schlug um sich, riß die Lider auf. Begriff nicht, wer vor ihm stand.

»Die Jesuiten ziehen davon!«

Zalusa war froh, die Exzellenz von ihrem bösen Traum erlöst zu haben; der Mann sah ja aus, als käm' er aus einer Schlacht! Zerrte, noch immer nicht hell im Kopf, am Klingelzug, fiel wieder in die Kissen. Allmählich nur festigte sich sein Blick, die Stirn entspannte.

»Ja, wie denn wohl?« fragte er. Und: »Sag's noch einmal!«

»Die Jesuiten brechen auf!«

Jetzt endlich war er wach, sprang auch gleich aus dem Bett.

»Und der Landgraf? Schon in der Stadt?«

»Der hält erst bei Buke«, sagte Zalusa, wie stets wohlinformiert, und legte alle Verachtung, die er den schwarzen Brüdern gegenüber empfand, in seine Stimme.

»Und die entblöden sich nicht ...« Pelking spürte das Blut in seiner Stirnnarbe klopfen. »Halten sich für kostbar genug, ihr verlogenes Leben zu retten, dünken sich besser als meine braven Paderborner?! Wer hat das angeordnet?«

»Ihr Rektor«, sagte Zalusa.

»Und die Stadt? Die Leute? Was sagen sie?«

Der Sekretär berichtete, das Gerücht vom Aufbruch sei schon gestern umgegangen. Die Patres hätten sich in der Stadt und auf dem Lande wie ein kurfürstliches Requisitionskommando aufgeführt, hätten Pferde und Wagen und Hafer und auch noch zwei Kühe und ein paar Ziegen gekauft als Wegzehrung für den Notfall. Aber das sei gleichsam ein Kauf mit aufgesetzter Pistole gewesen – nur daß sie statt mit der Kugel mit der ewigen Verdammnis gedroht hätten, wenn einer ihre Preise nicht akzeptieren wollte.

»Die halbe Stadt ist in Aufruhr«, sagte Zalusa. »Es gab auch schon Tätlichkeiten. – Hören Sie!«

Am Gröninger-Haus zog eine aufgebrachte Menge vorbei; sie strömte zum Rathaus.

»Sie werden vom Bürgermeister wissen wollen, ob die Stadt übergeben wird.«

»Untilgbare Schmach!« stöhnte Pelking. »Sie wissen nicht einmal, ob der Landgraf überhaupt angreifen will, und schon denken sie an nichts als an Flucht und Übergabe!«

Pelking hatte sich angekleidet, Zalusa richtete ihm den Kragen.

»Und die Kapuziner?« fragte der Weihbischof. »Die Benediktiner von Abdinghof?«

»Die bleiben, allem Anschein nach.«

»Wenn das stimmt, hebe ich das Kanzelverbot für sie auf.« Er verzog den Mund. »Es wird ihnen freilich nichts mehr nützen, wenn der Hesse im Lande ist ... Sagen Sie« – er trat ans Fenster, blickte auf die Vorüberziehenden – »ist dieser Spee schon vom Tilly zurück?«

Zalusa nickte. »Er soll sogar Baving eine spezielle Warnung übermittelt haben.«

»Wissen Sie, ob er widerrufen hat inzwischen?«

Das wußte nicht einmal Zalusa.

Pelking riß das Fenster auf, atmete tief, winkte, ehrfürchtige Grüße erwidernd, hinunter.

»Also die Hessen kommen«, sagte er, ohne daß Zalusa ihn verstehen konnte.« Da werden denn auch die Toten wach. Es wäre kein Wunder. Kein Wunder ...«

Im Hof des Kollegiengebäudes, vor dem Aula- und dem Gymnasialtrakt und bis weit übers eingefriedete Gelände hinaus standen Wagen und Pferde, stauten sich Fahrzeuge, die vom Lande zum Markttag in die Stadt gekommen waren, stapelte sich Hausrat und persönliche Habe. Hudrich, der Pater Präfekt, berichtete dem vor Aufregung unaufmerksamen Rektor, daß außer den Gespannpferden zehn Reittiere, zwei Kutschen, fünf Planwagen und etliche Zieh- und Schubkarren, sogar ein Hundewägelchen bereitstünden. Und das war nicht zuviel. Denn die frommen Brüder gedachten nicht nur einen großen Teil ihrer Bibliothek mitzunehmen, sondern, versteht sich, auch alle Devotionalien und Paramente, das Tafelsilber, die Porträts der Generale und Rektoren, das überlebensgroße Bildnis des heiligen Ignatius, die geschnitzten, schön bemalten Statuen der Apostel, auch jenes Reliquiar des heiligen Liborius, ein Fingerknöchlein enthaltend, das man vor dem besitzgierigen Stadtklerus immer eifersüchtig verborgen hatte, ferner alle Urkunden über Belehnung, Benefizien, Legate. Und Geld natürlich, beträchtliche Summen.

Dem Feind sollte nichts in die Hände fallen, was ihm nützlich sein oder womit er seinen unchristlichen Schabernack treiben könnte; man hatte aus den Tagen des Tollen Christian gelernt.

Am Rande des Hofes ließ der Präfekt die Schüler antreten. Nur an die dreihundert waren es noch; viele hatten sich schon aus dem Staube gemacht. Es galt, die in Paderborn und Umgebung Ansässigen nach Hause zu schicken, andere, die irgendwo auf der Wegstrecke nach Köln daheim waren, fürs erste mitzunehmen, um sie am geeigneten Ort in die Obhut ihrer Eltern zu entlassen, schließlich jene, die aus anderen Gegenden des Reiches stammten, bis in die Freie Reichsstadt mitzuführen in der Hoffnung, sie werde noch nicht überfüllt mit Flüchtlingen sein.

Die Nachrichten, die von dort durchsickerten, waren erschreckend genug. Es bestätigte sich: Sogar der Kurfürst-Erzbischof hatte sich aus seiner Residenz Bonn hinter die schützenden Mauern der ungeliebten Stadt begeben, die ihm in all den Jahren immer nur Verdruß bereitet hatte. Wenn also selbst Ferdinand – das erwog Baving gegenüber dem Pater Hudrich mit gekrauster Stirn – sich überwinde, ins noch neutrale Schlupfloch zu kriechen, dann müsse es ringsum hoch hergehen.

In den ersten Vormittagsstunden des 23. Oktober 1631 erkannte Baving, daß seine Hoffnung, die Paderborner könnten den Auszug als »organisatorisch bedingt« akzeptieren, nichts als Illusion gewesen war. Er mußte jetzt, da es schlicht hieß »Die Jesuiter verdrücken sich«, sogar einen Wutausbruch der Bevölkerung befürchten, mit all den Schrecknissen, die eine solche Explosion mit sich bringen würde: Plünderung des allzu sichtbar aufgehäuften Ordensschatzes, Zertrümmerung der Fahrzeuge, Mord und Totschlag womöglich. Daß es dazu nicht kam, war vermutlich nur den Eltern der hiesigen Schüler zu verdanken, die es mit den Professoren im Hinblick auf bessere Zeiten nicht verderben wollten und die erbitterten Paderborner nach Kräften beschwichtigten.

Am Nachmittag des folgenden Tages wurde die Lage kritisch. Unvermutet schnell war Landgraf Wilhelm mit seinen Hessen auf den Hängen des Egge-Gebirges erschienen und hatte, noch ehe seine Hauptmacht um ihn versammelt war, einen Herold in die Stadt geschickt. Trompetend ritt dieser hochnäsige Herr durch die Straßen, ließ sich nicht einmal vom Roß herab und motzte den erschrockenen Bürgermeister auf der Rathaustreppe an:

Der Herr Landgraf Wilhelm lasse ihm bestellen, er sei vor Paderborn erschienen mit dreitausend Mann, mit Feldschlangen auch, mit Haubitzen und Falkaunen, und die seien schon aufgebaut und ausgerichtet auf die ersichtlich schwachen Fortifikationen. Wenn also der Bürgermeister seine Stadt nicht augenblicklich übergebe, werde Wilhelm, des Herolds hoher Herr, der nicht ein beliebiger Landgraf sei, sondern den Respekt und Furcht erweckenden Titel eines »Schwedischen Obergenerals zwischen dem Rheine und der Weser« führe, sich gezwungen sehen, mit Feuer und Schwert gegen die Widerspenstigen vorzurücken.

Soweit der Herold, der, als er das trotzige Kopfschütteln des Bürgermeisters und seiner Räte bemerkte, hier nichts mehr verloren hatte, auch wohl um seine Sicherheit bangte und deshalb mit seinem Gefolge, von erhobenen Bürgerfäusten pathetisch bedroht, durchs Ostertor die Stadt verließ.

Nun war mit dem Schlimmsten zu rechnen. Bürgermeister und Rat hatten es mit ihrer stummen Ablehnung gar so ernst nicht gemeint; man hatte sich, der Nachrede kommender Geschlechter wegen, nur geziemend standhaft aufführen wollen, um endlich doch in Verhandlung und Übergabe einzuwilligen. Zumindest eine Bedenkfrist hätte man sich gern erbeten – aber nun war's verspielt. Sogleich wurden alle männlichen Bürger über fünfzehn, soweit sie nicht schon auf den Wällen waren, zu den Waffen gerufen; die Frauen ließ man Wasser kochen und Teer erhitzen; kriegerisch aufgeputzte Greise schulterten Hellebarden und Äxte, Knaben mit Forken, Bratenspießen und schartigen Säbeln formierten sich zu Rotten und sangen trutzige Lieder.

Um so kläglicher erschien den tapferen Paderbornern der Anblick der scheinbar ziellos herumwuselnden Jesuiten inmitten ihrer aufgetürmten, über Nacht gehörig verregneten Schätze. Immer noch fanden sich ausreichend Schüler zum Verladen; sie freuten sich auf den Marsch zum vielgerühmten heiligen Köln und fürchteten nur, der Hesse werde Paderborn bald umzingelt haben, so daß kein Entkommen mehr wäre.

Ein letztes Mal vor dem Aufbruch versammelte Baving die Seinen um sich zum Gebet. Und als wollte Gott selber diesen Männern mit donnernder Stimme bewußt machen, wie weise ihr Rektor beraten war, als er den Befehl zum Abzug gegeben hatte, brachte ein explosionsartiger Knall die Fensterfront zum Erbeben. Einige fielen in die Knie, andere drückten die Nasen an die Scheiben und sahen, wie sich hinter dem neuen Rathaus, etwa dort, wo sich das Gröninger-Haus befand, eine dunkelgraue Wolke erhob.

»Das, meine Brüder«, sagte Baving nach einigen Sekunden mit beschlagener Stimme, »war eine Bombe. Der Landgraf nimmt die Stadt unter Beschuß. Alles zu den Wagen und auf die Pferde, sofort! Wir ziehen durchs Westerntor, der Herr möge uns weiterhelfen!«

Als sie auf die Straße rannten, waren all die Müßigen und Neugierigen, die in den letzten Tagen die Aufbruchsvorbereitungen mit Spott und Verachtung begleitet hatten, verschwunden; etliche sah man eben noch zum Gröninger-Haus enteilen. Schüler und angemietete Troßknechte, die bei den vollbepackten Wagen ausgeharrt hatten, verbreiteten das Gerücht, die Residenz des Weihbischofs sei durch eine schwere Eisenkugel, eine einzige nur, aber gewiß war's ein Sechzigpfünder, getroffen worden. Eine ermüdete Kugel offenbar, denn sie sei nicht ins Dach, sondern seitlich in das erste Stockwerk eingebrochen und müsse wohl auch die darunter gelegenen Wohnräume des Weihbischofs beschädigt haben. Nun werde man sich wohl auf ein Bombardement schwedischen Stils einrichten müssen, meinten die Leute.

Sie wußten noch nicht, daß Bürgermeister und Rat, als das Geschoß so nahe beim Rathaus eingeschlagen war, einen schnellen Entschluß gefaßt hatten; jetzt konnten sie reinen Gewissens vor der Nachwelt bestehen: Nur unter hartem Beschuß ergab sich Paderborn schwedisch-hessischer Übermacht.

Wenig später ritt ein Parlamentär durchs Ostertor.

Mit Ellbogenstößen erzwang sich Friedrich Spee den Weg zum Gröninger-Haus. Die edle Fassade war erheblich beschädigt; eingestürzt war, man sah es von außen, ein Teil der Decke des prächtigen Arbeitszimmers, in dem Pelking seine Besucher zu empfangen pflegte. Vor dem Haus, den Zugang halb versperrend, türmte sich der Schutt, die bronzenen Arme eines Kandelabers ragten heraus, und die Luft war getrübt von einer beharrlichen Wolke feinen Staubs aus Kalk und Mörtel. Vielleicht wagte sich deshalb die Menge – einige husteten – nicht näher an das Haus heran; es hieß aber, man habe nach einem Wundarzt geschickt; der Sekretär habe aus dem Fenster geschrien, der Weihbischof sei verletzt, und auch Zalusa habe reichlich ramponiert ausgesehen. Da hätten einige den Weihbischof rausholen wollen, aber der Kaplan habe abgewehrt: Der hochwürdigste Herr liege unter einem Balken und sei nur mit ärztlichem Beistand zu befreien, wenn seine Schulter nicht vollends zerquetscht werden solle.

Spee wollte Zalusa sprechen. Er balancierte über den Schutthaufen ins Haus, im Pförtnerzimmer hockten zwei verängstigte Mönche, und eben kam der Kaplan die Treppe herunter. In diesem Augenblick erschien von der Straße her auch Doktor Nottbrock mit zwei athletisch gebauten Männern. Zalusa nötigte sie, ohne den Pater wahrzunehmen, sofort die Treppe hinauf.

Spee hatte sich schon auf dem Wege gefragt, was ihn trieb: War es nur Neugier, von der er sich nicht frei wußte, war es die Sorge um einen vielleicht verwundeten Christenmenschen – oder war es nicht eher der kaum eingestandene Wunsch, von dem Mann, der sein Leben in diesen Jahren im Guten wie im Bösen so verändert hatte, nicht ohne ein letztes Wort zu scheiden? Auf jeden Fall wollte er Näheres über die Art der Verwundung erfahren. Er lauschte nach oben, hörte ein Poltern, hörte, wie Zalusa »Vorsicht!« und »Behutsamer!« rief – und dann ein schmerzliches Stöhnen. Endlich schoben sich doch einige aus der wartenden Menge in den Hausflur, andere folgten nach und wollten sogar die Treppe hinauf, so daß Spee sich als ein Cerberus vor den Aufgang stellen und lauthals gegen die Leute angehen mußte. Um sie zur Einsicht zu bringen, schwindelte er sogar: »Der Weihbischof hat nach einem Seelsorger schicken lassen – nun laßt mich zu ihm gehen und folgt mir nicht!«

Und als stehe es wirklich so schlimm um Johannes Pelking, erschien in diesem Augenblick einer der kräftigen Männer auf dem Treppenabsatz und rief: »Sind Sie Pater Spee? Kommen Sie bitte; Exzellenz verlangt nach Ihnen.« Dann übernahm er die Wache an der Treppe.

Spee ging hinauf, fand an der Tür zum Arbeitszimmer den Doktor Nottbrock, der ihn in den gegenüberliegenden Raum wies. Dort lag der Weihbischof mit nacktem Oberkörper auf seinem Bett. Die Schulter war ihm verbunden, die Leinenstreifen waren über der Brust verknotet. Sonst schien er nicht verletzt zu sein.

»Sie haben eine gute Kanzelstimme«, sagte Pelking. »Was Sie betrifft, da lerne ich nie aus.« Er klopfte auf die Matratze. »Bleiben Sie ein paar Minuten!«

Spee setzte sich zögernd. Die Frage, ob er Schmerzen habe, wischte der Weihbischof mit einer Handbewegung weg.

»Natürlich tut's ein bißchen weh, es war ein kapitaler Balken. Kein Kreuzbalken allerdings … Ich mußte an unser Märtyrerspiel denken, bei dem Sie mich leider im Stich gelassen haben. Die Verse waren doch dürftig – was meinen Sie?«

»Pater Horrion gilt als begnadeter Poet«, sagte Spee.

»Nicht in meinen Ohren«, sagte der Weihbischof. »Ja, ich mußte, als ich unter dem Plafond lag, den Mund und die halbe Kehle voll Dreck, an jene so anmutig dargestellten Leiden denken. Viel mehr als ein Darsteller bin ich jetzt wohl auch nicht. Wie sagten Sie so schön von den Gemälden? Sie schreien nicht … Nun, das wahre Martyrium bleibt mir versagt. Es sei denn« – er richtete sich mit großer Mühe auf – »es sei denn, der Herr Landgraf hätte einiges mit mir vor …«

»Kommen Sie mit uns!« sagte Spee. »Im Westen sind die Straßen noch frei. Die Stadt gibt uns bis« – er stockte, »bis Geseke gibt man uns bewaffnete Reiter mit.«

»Sie können sich wohl nicht von mir trennen?« sagte Pelking grimmig. »Was hat Sie überhaupt hierhergeführt? Ich hörte Ihre Stimme. Unser Honigmond ist doch wohl vorbei?«

Ächzend ließ er sich zurücksinken. Das war keine ›Darstellung‹.

»Ich werde Ihnen, Exzellenz, obwohl Sie meinen Ansichten nicht mehr folgen konnten, nie vergessen, was Sie für mich getan haben.«

»Und noch tun wollten! Vergessen Sie das nicht, Spee. – Mein Sohn, an dem ich Wohlgefallen habe …«

»Wie meinen Sie?«

Aber was er nur gemurmelt hatte, wiederholte der Weihbischof nicht. »Nein«, bekräftigte er, »Ihren Ansichten kann ich allerdings nicht folgen. Ich habe zu spät erkannt, daß Sie kein

Mann sind, der die große Linie hält. Sie verkrampfen sich in einen Teilbereich, der nicht unwichtig sein mag, aber doch in Ansehung der gewaltigen Aufgabe, vor die unsere Kirche gestellt wurde, ganz irrelevant ist. Ich habe Ihr Schicksal sein wollen. Davon mußte ich Abstand nehmen. Nun sind Sie das meine geworden. – Doch, doch. In einem gewissen Sinne. Auch ich habe Vorgesetzte, vor denen ich bestehen muß. Als Ihr Buch erschienen war, habe ich lange gezögert, zu lange. Fürstbischof Wartenberg, der längst alles wußte, demütigte mich: Er bestand auf einer amtlichen Meldung. Ich selber hatte zu Protokoll zu geben, wie unachtsam ich als Hirt meiner Diözese gewesen war. – Zalusa!«

Der Sekretär steckte den Kopf zur Tür herein. Pelking verlangte die Abschrift seines letzten Briefes nach Osnabrück.

»Und nun hören Sie!« sagte der Weihbischof, als er mit Spee wieder alleine war. »Das habe ich Wartenberg schreiben müssen.« Er las: »›Das überaus verderbliche Buch Cautio Criminalis, dessen Verfasser ein Pater Friedrich Spee von der Gesellschaft Jesu ist, wurde bereits in zahlreichen Exemplaren in ganz Deutschland verbreitet und übt einen schädlichen Einfluß vor allem auf die Jugend aus. Leider hat dieser Autor Gönner – wenn auch von einer sehr verdächtigen Sorte …‹ Nun, wie gefällt Ihnen das?«

Spee stieg das Blut zu Kopfe. »Gönner!« sagte er abschätzig. »Von einer verdächtigen Sorte? Ich wäre schon froh, wenn ich nur einen einzigen Freund hätte – von ›Gönnern‹ zu schweigen!«

Er wollte aufstehen und sich entfernen – aber es war etwas im Gesicht Pelkings, das ihn zum Bleiben bewog. Es wurde immer deutlicher, daß der Weihbischof von Schmerzen gepeinigt wurde.

Zwei Einschläge kurz hintereinander! Aber diesmal mußten die Kugeln ein entfernteres Ziel gefunden haben. Vom Hausflur her hörte man Schreien und Fluchen. Spee trat ans Fenster und sah, wie die Menge auf der Straße sich zerstreute. Die Leute – fast nur noch Frauen – hatten Angst um ihre Häuser.

»Sie wollen gehen?« sagte Pelking. »Es wird auch Zeit für Sie. Der Sturmtrupp des Heiligen Vaters ergreift das Hasenpanier. Aber ehe Sie mich verlassen, sollen Sie erfahren, daß Sie mindestens *einen* Gönner noch haben – wenn auch« – er zog die Mundwinkel ein – »von einer verdächtigen Sorte.« Er klopfte ungeduldig auf die Matratze, Spee setzte sich wieder zu ihm. Pelking richtete sich mit Anstrengung auf, griff nach Spees Arm, zog sich daran empor, näherte das Gesicht dem seinen. Auch das Sprechen schien ihm jetzt Mühe zu bereiten.

»Einen Gönner«, wiederholte er heiser, »einen dem Fürstbischof Wartenberg schon längst Verdächtigen. Ich werde es Ihnen beweisen durch meinen Rat: Gehen Sie nicht nach Köln, Spee! Sie werden dort umkommen! Bleiben Sie in Paderborn. Gehen Sie gar nicht erst zu Ihren Leuten zurück! Bleiben Sie bei mir! Wir werden uns gemeinsam dem Landgrafen stellen. Mag sein« – es kam ein Flackern in seine Augen – »mag sein, wir werden dann gemeinsam untergehen!«

Spee schwieg. Unter allzu vielen Widersprüchen in Pelkings Handlungen hatte er in diesen Jahren zu leiden gehabt; so schnell löste sich das Rätsel nicht, das diesen Mann umgab.

»Sie antworten mir nicht? Ich will Ihnen noch etwas anvertrauen. Heute nacht hatte ich einen Traum. Jener Bissendorf – Sie erinnern sich? – setzte mir gewaltig zu. Er wollte – auf was so ein Toter nicht kommt! – er wollte sein anständiges Sterben von mir zurückhaben. Als ich unter dem Balken lag, ging es mir wieder durch den Kopf. Es wird sich machen lassen. Ich werde, wenn der Landgraf kommt, die Legende, die immerhin sehr nützlich war, vor ihm und seinen Pfaffen korrigieren. Ich hoffe, Herrn Bissendorf wird dann von oben auch Gelegenheit gegeben werden, mir zuzuhören ...«

»Sie haben den Wunsch, Ihr Leben zu bereinigen – soweit das einem Menschen möglich ist«, sagte Spee und erhob sich. »Ich verstehe das gut; ich habe ihn auch. Und eben deshalb kann ich Ihrem Vorschlag nicht folgen – obwohl ich dankbar für Ihre Warnung bin.«

»Sie werden umkommen in Köln«, wiederholte Pelking. Er stöhnte, seine Schmerzen schienen immer qualvoller zu werden. Spee fragte, ob er den Arzt rufen solle. Aber Pelking schüttelte den Kopf, fuhr fort, beschwörend fast; es erinnerte Spee daran, wie dieser Mann ihm vor wenigen Wochen mit seiner unerbittlichen Inquisition zugesetzt hatte.

»Wartenberg hat durch meinen Brief alles in der Hand, was er braucht, um den Kurfürsten zu überzeugen, wer der Verfasser dieses Buches ist. Ein Buch, in dem nur allzu deutlich durchscheint, wer vor allen anderen mit den ›schlafenden‹ und ›pflichtvergessenen‹ Fürsten gemeint ist. Und dieser Fürst ist in Köln. Die Falle ist weit geöffnet. Wenn sie erst zugeschnappt ist, Spee, dann rettet Sie nichts mehr. Gehen Sie nicht nach Köln!«

Friedrich Spee erhob sich, neigte sich zu dem Leidenden und küßte ein letztes Mal den Fischerring. Dann verließ er das Zimmer und bat Zalusa, den Arzt zu unterrichten.

Es war ein mühseliges Vorwärtskommen auf den Straßen, aus denen ein weinerlicher Herbstregen Sümpfe und Tümpel machte. Immer wieder mußten die Brüder aussteigen, absitzen, den verschlammten Rädern in die Speichen greifen. Manchmal mußte sogar die Fracht abgeladen und am Wegrand gestapelt werden, bis eine gebrochene Achse ersetzt, ein umgestürztes Fahrzeug aufgerichtet war. Gottlob waren Schüler dabei, so hatte man kräftige Arme zur Hilfe.

Als die frommen Brüder Paderborn um etwa zwölf Meilen hinter sich gelassen hatten – es war am späten Nachmittag des zweiten Tages ihrer Reise –, kam der Reiter, den sie, ein Nachtquartier zu erkunden, ins nächste Dorf vorausgeschickt hatten, zurück und meldete dem Rektor: »Die Leute dort sind so gut wie verhungert. Sie stellen auch nur Quartier bereit, wenn sie von unseren Vorräten bekommen, reichlich. Geben wir ihnen nichts, werden sie sich's holen mit ihrer letzten Kraft. Ich habe sie gesehen. Sie haben Gesichter wie zerknülltes Papier.«

Da machten sie einen Bogen um das Dorf und verbrachten, in Decken gehüllt, die Nacht auf den Wagen unter der schützenden Plane.

Am anderen Morgen ließ der Regen nach. Sie zogen weiter durch Wüstungen, verödete Felder, verkarstendes Land, durch zu Feuerholz geschlagene Waldruinen und totenstille Weiler, wo die Verhungernden gelb und hohläugig im fauligen Stroh kauerten und Rinde mümmelten, und auf der Straße lag einer bleich, dem hing ein Büschel Gras aus dem Mund.

Hier nun, bedenkend, daß sie nur noch zwanzig Meilen bis Köln hatten und für die äußerste Not ja immer noch die Kühe und Ziegen im Gefolge, besannen sich die frommen Väter auf ihre Christenpflicht und speisten die Entkräfteten mit Brot und Speckseiten, obschon sie wußten, daß die entwöhnten Mägen solche Kost nicht vertragen konnten.

Zwei Dörfer weiter betraten sie einen Bauernhof. Die Scheune war abgebrannt, und im Wohnhaus lag eine ganze Familie in ihrem Blut. Schränke und Truhen waren geplündert, und ans Hoftor, wie der heilige Petrus kopfunter, war der Bauer genagelt.

Wenig später kamen sie durch ein fast wohlhabend anmutendes Städtchen. Das gehörte zu den Kuriosa des Krieges, der keine Fronten kannte: Da und dort behauptete sich selbst noch in einem mörderisch verheerten Landstrich eine Insel des Friedens – manchmal unter dem Schutz eines vom Glück oder durch gescheite Verträge begünstigten Grundherrn oder auch nur durch Zufall verschont von den mächtigen Kriegsobristen und streunendem Raubgesindel. Das war eine Gnade auf Frist, und die es betraf, dankten dem Herrn Tag um Tag. Die calvinischen Gemeinden allerdings, deren es hier einige gab, hielten sich ihren Verdiensten gemäß, an denen sie nie zweifelten, für auserwählt von Gott. Bis dann etwa ein Spinola kam und dem Auserwähltsein ein Ende machte, auf seine spanische Art.

Als der Zug der Vertriebenen sich den zerschlissenen Bollwerken der Stadt Lennep näherte, war keine Wache zu sehen, und auch als sie vor dem Tor standen, hielt sie kein Posten auf.

Beklommenen Herzens lugten sie in die Torgasse, da kam aus einem Haus ein Mann heraus, der hatte statt eines menschlichen Hauptes einen Vogelkopf und stieß, als er am Nebenhaus pochte, mit seinem langen Schnabel an die Tür.

Da wußten sie, daß sie den Pestdoktor mit seiner Schnabelmaske gesehen hatten. Und damit hatte auch Baving genug gesehen. Die Angst, die ihn auf der Reise nach Paderborn begleitet hatte, war ihm noch allzu gegenwärtig. »Zurück!« rief er. »Zurück!«

Entsetzt rissen sie die Pferde herum, schoben, zerrten, stießen mit aller Kraft die Wagen aus der Spur, zogen sie seitab übers Feld wieder auf die Straße und machten sich mit Peitschengeknall davon.

Nichts hatte sie gewarnt vor der Weißgewandeten, Flügelstarken, die ihre rote Schärpe im Seuchenwind flattern läßt. Es war die Unbarmherzige, die Unbestechliche, die heidnisch Gefräßige, die ihnen den Zutritt in die Stadt verwehrte: Es war die Pestjungfrau!

Einer der Schüler, der in Lennep zu Hause war und dem die Vorfreude auf Eltern und Geschwister schon bis an den Hals klopfte, hatte natürlich auch »Pest« und »Ansteckung«, all das Geschrei gehört. Da hielt ihn nichts, er rannte aufs Tor zu, aber zwei Patres erwischten ihn noch am Rockzipfel, er schrie und bettelte, doch Baving legte die Hände auf seine Schultern und ermahnte ihn, sich dem Willen des Herrn zu fügen.

Jetzt, auf dem ratlosen Rückzug, kam ihnen einer entgegen, den sie auf dem Herweg nicht wahrgenommen hatten. Er war wohl abseits der Hauptstraße marschiert und kehrte nun, sichtlich erschöpft und enttäuscht, zurück: ein müder Mann um die sechzig. Der bat sie um Gottes willen, da sie doch allesamt Priester wären und er nur ausgezogen sei, einen einzigen zu finden – bat sie um Christi Blut, doch wenigstens diesen einen in seine sterbende Stadt zu entsenden. Der Pfarrer von Lennep sei vor drei Tagen der Seuche erlegen, und wer nähme nun den Verscheidenden die letzte Beichte ab und söhne sie aus mit Gott?

Baving, auf dem Fahrerbock des ersten Wagens hockend, wandte sich um. Sie alle hatten gehört, was der Alte sich erbeten hatte.

Pater Nepomuk, der fürchtete, daß der Ruf an ihn ergehen könnte, empfahl dem Alten zungenfertig einen in seiner Heimat, der Lausitz, bewährten Brauch: Die Lenneper sollten sechs reine Jungfrauen, dazu zwei junge keusche Knechte und eine Witwe, die seit sieben Jahren in diesem Stande lebe, um Mitternacht vor den Mauern der Stadt versammeln. Darauf sollte ein Pflug gebracht werden, und die sieben Frauen sollten sich splitternackt entkleiden. Sodann hätten sie sich vor die Pflugschar zu spannen und eine Furche um die ganze Stadt zu ziehen, wobei sie sprechen sollten: »Jesus Christus natus est; Jesus Christus crucifixus est; Jesus Christus sepultus est. Amen.« Dies unentwegt, während die Knechte ihre Kleider hüteten. Ein dergestalt umpflügter Ort verwehre der Pestjungfrau unfehlbar den Eintritt.

Doch Rektor Baving hielt nichts von dem geschwätzig vorgetragenen Rezept. Wo sollten auch die Lenneper zwei keusche Knechte und sechs reine Jungfrauen hernehmen?

»Wer geht?« fragte Baving und wandte sich abermals zu seinen Fratres um. Es meldete sich nur einer: Spee. »Wer noch?« fragte der Rektor. Zögernd hob sich noch eine Hand, nur eine. Es war Pater Horrion, der sich auch hier zum Wettstreit aufgerufen fühlte. Und Baving wählte ihn. Es ärgerte den Rektor, daß Spee sich wieder »hervortun« wollte. Konnte dieser Mann denn nie beim Fußvolk bleiben?

Pater Horrion ging. Beklommen sahen sie ihn durch die Allee mit den gekappten Weiden dem unheilvoll klaffenden Tor entgegenschreiten. Der Mann aus Lennep tappte zufrieden hinterdrein.

Die Brüder kampierten auf dem Feld. Es war ein schöner Tag geworden.

Nach drei Stunden kehrte Horrion zurück. Keiner sprach mit ihm. Durch abweisende Winke, und indem man sich Tücher vor Mund und Nase hielt, wurde er bewogen, im Abstand von dreißig Schritten hinter dem Zug herzugehen. Bis Köln würde sich erwiesen haben, ob er den giftigen Keim gefangen hatte und also eine Leibesgefahr für seine Brüder wäre. Er fügte sich, hatte wohl auch nichts anderes erwartet. Er mußte Schreckliches in der Stadt gesehen haben; viel später erst erzählte er davon. – Sein Mut wurde belohnt; nach drei Tagen erwies sich, daß er nicht befallen war.

Spee begegnete ihm von nun an nie mehr ohne Beschämung und tiefen Respekt. Pater Horrion war wohl ein schlechter Verseschmied, eitel und selbstgerecht. Doch er war auch ein tapferer Mann und ein wahrer Christ.

Als sie bei Fröndenberg über die Ruhr setzten, kamen sie ins Herzogtum Berg, das 1614 nach blutigem Streit dem katholisch gewordenen Pfälzer Wolfgang Wilhelm zugefallen war. Im Krug zu Iserlohn prasselte das Kaminfeuer, und Küche und Keller waren wohlbestückt. Während die Patres bei Bier und westfälischem Rauchspeck schon von Köln schwadronierten, diesem deutschen Rom, auch »Mariens Zwillingsschwester« genannt, unterhielt sich Spee mit einem jungen Juristen aus Lüdenscheid. Man kam auch aufs Hexenthema, und da wußte der Advokat eine Neuigkeit.

Der Herzog von Pfalz-Neuburg, Herr auch von Jülich-Berg, habe vor wenigen Tagen verfügt – und das habe in Juristenkreisen erhebliches Aufsehen erregt –, daß bei künftigen Hexenprozessen »mit großer Behutsamkeit« zu verfahren sei. Und dies, obwohl man bislang in Jülich-Berg auch nicht eben sparsam gebrannt hatte.

Wie diese Sinneswandlung sich wohl erkläre, wagte Spee, seine Aufregung mühsam verbergend, den jungen Mann zu fragen.

»Wahrscheinlich hat er die ›Cautio Criminalis‹ gelesen«, erwiderte der Jurist, als setze er voraus, daß ein gebildeter Mann wisse, wovon die Rede sei.

Spee schluckte. »Und Sie meinen, die Lektüre eines einzigen Buches könnte ihn zur Einsicht gebracht haben?«

»*Dieses* Buches – ja«, sagte der Mann aus Lüdenscheid. Im übrigen war er an der Sache nicht sonderlich interessiert, und Spee verzichtete auf weitere Fragen. Was er gehört hatte, war genug. Es waren Schlüsselwörter, die ihm die Pforte zur Hoffnung, vielleicht sogar zum Triumph öffneten. Sein Buch, die »Cautio Criminalis«, hatte Herz und Verstand eines deutschen Fürsten angerührt! Und bei diesem einen würde es nicht bleiben.

Am Abend des 1. November 1631, Allerheiligen, trug die Fähre bei Worringen die Paderborner Jesuiten über den Rhein. Nicht weit nördlich von hier war Spee zu Hause. Er freute sich auf einen Besuch bei seinen Schwestern, die noch auf Burg Kaiserswerth wohnten. Und er fürchtete sich ein wenig vor den Erinnerungen, die ihm in Köln zusetzen mußten. Er würde wiederum trauern um Katharina Henot, die Postmeisterin, deren Leben er nicht hatte retten können, und um Philipp von Kronthal, der für ihn und die Opfer, denen sein letzter Gedanke gegolten hatte, gestorben war.

Aber seit wenigen Tagen wußte Friedrich Spee, daß er vor diesen Erinnerungen, auch wenn sie ihn noch immer anklagen sollten, würde bestehen können. Und nicht nur vor den Erinnerungen – auch vor allem, was ihn in dieser Stadt noch erwarten mochte.

»Gehen Sie nicht nach Köln …« Er dachte an den einsamen Mann in Paderborn, der vielleicht doch noch das Martyrium erleiden mußte. Er aber stand nun – und sein Herz schlug schneller – vor diesen ungeheuren Wällen, die drohend vor ihm aufragten, grau und glatt und unersteigbar: ein schlafender Leviathan.

Das Kölner Tribunal

Warum ein historischer Roman und nicht die Historie selbst? Für mich liegt der Reiz des historischen Romans darin, daß man als Autor genau so sorgfältig (oder so nachlässig!) vorgehen kann wie der Historiker und sich dennoch das Recht vorbehält, Ereignisse umzuarrangieren und, wichtiger noch, den handelnden Personen Beweggründe zu »unterschieben« – etwas, das der gewissenhafte Historiker oder Biograph nie tun sollte.

Gore Vidal

Erstes Buch

Gar viele, ja unzählbar viele, werden unschuldig gefoltert, gepeinigt, gereckt, gegeißelt, geschraubt und immer neuer grausamer, unmenschlicher Marter unterworfen. Sie müssen vor unerträglicher Pein von sich und anderen Dinge bekennen, an die sie nie gedacht haben. Und wenn sie schon tausendmal vor Gott unschuldig sind: Man will es ihnen nicht glauben.

Friedrich Spee
»Güldenes Tugendbuch«

Die Wächter schlossen das Eigelsteintor; vom Rhein stieg der Nebel und kroch um die Mauern. Ein Häuflein maulwurfschwarzer Gesellen schlurfte durch die Novembernacht. Wie Wände einer Schlucht standen die Häuser am Eigelstein, schmalbrüstig, mit hohen, blinden Fenstern. Schwarz und glanzlos, ein Sargdeckel, lastete der Himmel auf den Treppengiebeln; nur an den Straßenecken blakte da und dort ein Licht. Die Nässe tropfte von Wasserspeiern und Gesimsen auf Leiterwagen, Pferdekruppen und Kapuzen.

In der schnurgeraden Straße, die vom nördlichen Stadttor, Weidgasse und Maximinsstraße querend, bis zum unvollendeten Dom von Sankt Peter führte, scheuchte das Rattern und Ächzen der Räder die Bürger aus den Betten. Teilnehmend schauderten sie mit den erbarmenswerten Gestalten, die auf dem Kutschbock und unter klatschnassen Planen kauerten oder unter schweren Bündeln dahinstapften, zu müde, die Pfützen zu meiden.

Unweit Sankt Ursula sprang Fackelschein die Hauswände hoch; Nachtreiter vom Streifendienst nahmen, nach kurzem Woher und Wohin, die frommen Brüder ins Geleit.

Die Straße am Eigelstein mündete in die Marzellenstraße, und dort, vor dem Kollegienhaus, neben der neuerbauten Kirche Sankt Mariä Himmelfahrt, ließ mitten im Regen, umgeben von seinen Patres und Professoren, Goswinus Nickel, der Rheinische Provinzial des Jesuitenordens, den Rosenkranz durch die Finger gleiten. Schüler und dienende Brüder in ihren langen Soutanen halfen den Gästen aus Westfalenland vom Fahrzeug, griffen den Erschöpften unter die Arme und schleppten ihr Gepäck in die Halle. Andere kümmerten sich um Rösser und Wagen, wiesen die Fuhrknechte in die Stallungen ein und schickten sie ins Quartier. Mit Handschlag begrüßte Goswinus Nickel jeden der Ankömmlinge. Umstrahlt vom warmen Kerzenlicht aus der Eingangshalle, stand er auf den Stufen des Portals mit dem griechischen Giebel: ein Cherub vor der Pforte des Paradieses.

»Gott mit euch!« rief er. »Willkommen, Bruder Baving mit all den Euren, im friedlichen Köln!«

Hinter dem Provinzial standen junge Frater bereit. Sie führten die Frierenden, Durchnäßten ins Dormitorium, ließen sie im angrenzenden Waschraum die Kleidung ablegen, den Leib mit vorgewärmten Tüchern trocknen und frischgebügelte Soutanen anziehen. Dreiundzwanzig Professoren des Paderborner Jesuitenkollegs, vierzehn dienende Brüder und siebzehn Schüler aller Jahrgänge hatten Köln, das Ziel ihrer Flucht, erreicht. Über hundert waren aus Paderborn aufgebrochen, doch hatten die meisten schon in anderen Orten, manche sogar in ihren Heimatstädten, Zuflucht gefunden. Jedoch nur Köln, die Freie Reichsstadt, vom großen Krieg noch immer unberührt, bot Schutz hinter turmhohen Mauern und Geborgenheit in der Gemeinschaft des wahren Glaubens.

Einer der Patres, die zuletzt das Haus betreten hatten, schien den Provinzial für einen Augenblick zu verwirren. Nickel vergaß sogar, ihm die Hand zu geben, so verblüfft war er vom Erscheinen dieses Mannes.

»Pater Spee?! Weshalb sind Sie nicht in Flandern?«

Der bleiche Priester mit den kohlschwarzen Augen und dem dichten, schon leicht ergrauten Bart um Lippen und Kinn, blickte seinem Oberen erstaunt ins Gesicht.

»Was sollte ich in Flandern, Pater Provinzial?«

»Hat mein Kurier Sie nicht erreicht? Ich hatte Ihnen befohlen, nach Brügge zu gehen. Köln ist nichts für Sie.«

»Nein, Pater Provinzial, davon weiß ich nichts.« Goswinus Nickel sah sich um, als fürchte er einen Zuhörer. Dann faßte er den Pater am Ellbogen und zog ihn in eine Nische.

»Hören Sie mir gut zu, Spee. Ich hatte Ihrem Rektor Baving einen Boten entgegengeschickt. Baving sollte dafür sorgen, daß Sie nach Brügge gehen, zu Pater Trigault. Der ist gerade aus China zurückgekehrt, von Pater Schall, der drüben ja sehr erfolgreich wirken soll. Es wäre nicht uninteressant für Sie gewesen; Sie wollten ja schon immer in China missionieren.«

»In Indien«, verbesserte Spee.

»Nun also denn, ob Gelb oder Braun, Heiden sind es dort allemal. Und wenn sich's nicht hätte machen lassen mit der Reise nach Flandern – wegen der Kriegsereignisse –, dann eben woandershin, nach Antwerpen, nach Metz, was weiß ich. Nur nicht nach Köln! – Aber auch ohne daß Sie mein Befehl erreichte« – Nickel sah den Pater tadelnd an – »das hätten Sie sich doch selber denken können, Friedrich Spee: Köln ist gefährlich für Sie. Lebensgefährlich!«

»Ich war sogar gewarnt, Pater Provinzial«, sagte der Pater. »Weihbischof Pelking in Paderborn hat mir dringend abgeraten, nach Köln zu gehen.«

»Und trotzdem sind Sie gekommen? Wollen Sie Gott versuchen? Bald wird Kurfürst Ferdinand in der Stadt sein, dem ist es in Bonn schon längst zu heiß geworden. Wissen Sie, was das für Sie bedeuten kann?«

»Ich hörte, der Kurfürst sei bereits in Köln.«

»Gerüchte! Aber lange dauert es bestimmt nicht mehr – so wenig er auch die Kölner leiden kann. Was meinen Sie, wen wir hier schon alles hocken haben: Großmächtige Herren, die hat der Schwedenkönig wie Füchse ins Kölner Loch gejagt! Im Hatzfelder Hof liegt der Bischof von Bamberg, und Sie wissen ja, was der mit seinen Hexen und Zauberern angestellt hat ... Nun, er ist ein todkranker Mann, das ist vielleicht Ihr Glück. Und im Domkloster ist der Wormser eingezogen – und auch der Herr von Wartenberg aus Osnabrück wird nicht mehr lange auf sich warten lassen, und mit dem dürften Sie's ja weidlich verdorben haben. Alles Herren, Spee, denen Ihr problematisches Buch über die Hexenprozesse sicher schwer verdaulich ist. Aber auch bei uns im Kolleg gibt's einige Brüder, denen Sie nicht gut ausweichen können.«

Er hatte sich wieder umgesehen. Die Treppe herunter kam ein Pater, dessen Gesicht von Falten und Fältchen so gezeichnet war, als sei es in tausend Scherben zersprungen.

»Rektor Horn!« rief Goswinus Nickel. »Sehen Sie, wer mitgekommen ist! Unerwartet allerdings – aber nun sollten wir gerade um diesen Bruder besonders bemüht sein!«

Adrian Horn nickte von der Treppe herunter dem Provinzial zu. Es blieb ungewiß, ob sein Gruß auch Spee galt. Brüsk wandte er sich um und ging wieder hinauf.

Der Provinzial entschuldigte ihn mit einer Handbewegung.

»Nun ja, Sie beide haben wohl ein paar unbeglichene Rechnungen. Aber« – er hoffte, daß auch Horn es noch mitbekäme – »Eifersucht und Rankūne in unserem Kollegium dulde ich nicht! Sie werden sehen müssen, Spee, wie Sie sich's einrichten können. Innerhalb dieser Mauern – und draußen. Denn schließlich bin nicht nur *ich* Ihr Vorgesetzter, sondern hier in Köln ist es auch Rektor Horn.«

Einige der Paderborner kehrten schon in den Empfangssaal zurück, um sich ins Refektorium zu begeben. Dort setzte man sich im Halbrund um den bullernden Kamin. Stipendiaten des dem Kolleg angeschlossenen Gymnasiums »Tricoronatum« reichten süße Brote, Melonen und, in zinnernen Bechern, vorjährigen Wein oder Bier aus der Kollegiumsbrauerei.

Nun erzählten die Exulanten den Kölner Brüdern von ihren Leiden. Wie die Stadt Paderborn, nachdem der hessische Landgraf sie mit schwerem Geschütz bestrichen hatte, dem Zugriff dieses rüden Calviners und Schwedengünstlings erlegen und wie der mächtige Weihbischof Johannes Pelking, fast auf den Tod verwundet, den Häretikern in die Hände gefallen war – und Gott allein mochte wissen, was sie mit ihm angestellt hatten. Wie sie ihr schönes, neu erbautes Kollegium, das der selige Paderborner Fürstbischof Theodor gar zur Universität erhoben hatte, verlassen mußten, samt allen Büchern, Devotionalien und Paramenten; nur einige Reliquien hatte man mitnehmen können, alles andere war ohne viel Müh' und Blut des Landgrafen Beute geworden. Und dann dieser trostlose Marsch durch verheertes Land: an Wüstungen, verbrannten Wäldern, verlassenen Gehöften vorbei, wo der Bauer mit den Seinen im Blute lag, vorbei auch an der Stadt Lennep, die wie entseelt war von der schrecklichen Geißel, der Pest. Sie zeigten auf einen der Ihren, Pater Horrion, den kunstreichen Poeten, den Meister des lateinischen Preisgedichts, der hineingeschritten war in die sterbende Stadt, die Toten mit der heiligen Ölung zu versehen und den noch Lebendigen die Beichte abzunehmen. Eine tapfere Tat, um deretwillen der Herr ihn vor Ansteckung bewahrt hatte.

Die Kölner nickten anerkennend, obschon sie insgeheim meinten, die Gäste rühmten sich allzu selbstgefällig der überstandenen Gefahren und machten sie im nachhinein noch um einiges schlimmer.

»Die Pest hatten wir auch«, sagte Pater Marcellus trocken. »Die Rassel, straßauf, straßab, die ging Tag und Nacht. Allein im August waren's noch achthundertneunzehn Tote.«

Die anderen nickten zustimmend. Noch bis vor zwei Monaten hatte man allwöchentlich an die hundert schwarze Leichen aus den Häusern getragen.

Die Paderborner schwiegen. Und die Kölner merkten, daß sie den Leidensstolz der heimatlosen Brüder nicht hinreichend geachtet hatten. Alle waren nun müde; man sprach gemeinsam ein Gebet und dankte für die wunderbare Errettung vor den Anschlägen Satans. Nickel lud die Gäste zur Frühmesse ein und kündigte an, daß er mit Rektor Horn und den Paderborner Lehrkräften beraten werde, wie sie im Unterricht einzusetzen seien. Er befahl ihren Schlaf der Obhut des Herrn und der Heiligen Jungfrau und wies die aufwartenden Schüler an, das Feuer zu bewahren.

Nach der Morgenmesse bat Goswinus Nickel den Paderborner Rektor Hermann Baving zum Frühstück. Er war dem um bald zehn Jahre Älteren gegenüber noch etwas befangen. Immerhin war Baving, als Nickel sich noch als Gymnasiallehrer zu Ingolstadt bewähren mußte, bereits Provinzial gewesen. Erst vor zwei Jahren hatte er das Amt an Goswinus Nickel abtreten müssen. Solche Versetzungen und Verschiebungen innerhalb der hierarchischen Ordnung waren im Jesuitenorden allerdings gang und gäbe; sie bedeuteten nur selten eine Diskriminierung.

Der Dritte am Tisch war Adrian Horn; das verstand sich von der Sache her, die es zu verhandeln galt, und natürlich auch, was Position und Ansehen dieses Paters betraf. Denn Adrian Horn war Regens, also Direktor des Gymnasiums Tricoronatum, dieser vielgerühmten Pflanzstätte jesuitischen Geistes. Und seit einiger Zeit hatte er, noch zusätzlich, als Rektor die Leitung des Kölner Jesuitenkollegiums übernommen; nur Nickel, als Oberster der Rheinischen Ordensprovinz, hatte ihm zu befehlen.

Mit Horns Regentschaft – er hatte den leider schwer erkrankten, allseits beliebten Regens Hermann Kasen abgelöst – war ein neuer Geist ins Dreikronengymnasium eingezogen. Nach Horns Auffassung hatte sich unter Kasen in der Schule eine ungesunde Liberalität ausgebreitet, eine Grundstimmung des Gemüts, die sich als gottseliger Frohsinn gebärdete, in Wahrheit aber nur Symptom der Hingabe an weltliche Vergnügungen war. Und gerade bei den begabtesten Schülern hatte das, nach Horns Überzeugung, zu einer erschreckenden, alarmierenden Verselbständigung des Denkens geführt.

Dem hatte Horn abzuhelfen gewußt. Er war ein Mann von strengen Grundsätzen, und nach ihnen richtete er das Gymnasium aus. Urlaub und Ausgang reduzierte er auf ein Mindestmaß; die Theatervorstellungen, den Stolz anderer Jesuitenschulen, schaffte er ab, und die unter Kasen nicht mehr praktizierte Züchtigung führte er wieder ein, auch für Vergehen minderen Ranges. Er meinte, nicht zuletzt am Beispiel eines auf gottferne Abwege geratenen Schülers, erfahren zu haben, wohin zu viel Nachsicht führt.

Goswinus Nickel hielt es an diesem Morgen für angebracht, dem Paderborner Rektor Baving einen Überblick über die politische Lage zu geben, wie sie sich am Ende dieses Jahres 1631 in Köln darstellte. Als er auf die sehr delikaten Beziehungen zwischen der Freien Reichsstadt Köln, die keinem anderen als allein dem Kaiser untertan war, und dem Herrn von Kurköln, des Landes also, in dessen Territorium die souveräne Stadt lag, zu sprechen kam, mußte er berücksichtigen, daß der aufmerksam zuhörende Horn im Herzen ein Mann des Kurfürsten war. Horn war nicht der einzige im Kolleg, der es mit dem Kurfürst-Erzbischof Ferdinand hielt. Weil dieser – sehr im Gegensatz zu vielen anderen Kirchenfürsten und Klerikern – die Jesuiten schätzte, hatte er sich, wann immer sie seiner Unterstützung bedurften, als höchst freigebig erwiesen. Auch Sankt Mariä Himmelfahrt, diese unvergleichlich prächtige Kirche, die gleich nebenan in der Marzellenstraße gebaut wurde, gedachte er zu bezahlen.

Baving wußte das natürlich, und die Querelen zwischen Köln und Kurköln waren ihm schon gar nichts Neues, da er ja selber etliche Jahre in der Freien Reichsstadt verbracht hatte und oft genug ins Kreuzfeuer geraten war. So hütete er sich, Partei zu ergreifen, als Nickel behutsam andeutete, daß der Orden sich natürlich auch mit den Bürgermeistern und Räten der Freien Reichsstadt gutstellen müsse – aber eben das errege stets den Argwohn des hohen Herrn in Bonn. Ferdinand freilich bleibe, wenn der Schwede wirklich anrücken sollte, auch nichts anderes übrig, als sich dem Mauerschutz und damit der Gunst der ungeliebten Stadt anzuvertrauen. Schon jetzt sah's schlimm aus ringsum im Lande; davon konnten die Paderborner, die auf ihrem Zug mehr verbrannte als lebendige Städte und Dörfer gesehen hatten, ein Lied singen.

Nickel war froh, als er von diesem traurigen Thema zu einem anderen überwechseln konnte, dessen Behandlung freilich nicht minder heikel war.

»Es ist mir nicht entgangen, Pater Horn«, sagte er und packte den Stier bei den Hörnern, »daß Sie von der Ankunft des Bruders Spee nicht eben entzückt sind. Leider hat mein Kurier Sie verfehlt, Pater Baving, und somit haben wir den Unglücksmenschen hier.«

»Unglücksmensch, sehr wahr!« sagte Adrian Horn.

»Womit ich sagen wollte, daß es mehr Unglück als Verschulden war, was unser Sorgenkind in eine so prekäre Lage gebracht hat. Denn was hat er schon verbrochen? Er hat ein Buch geschrieben, das sich einigermaßen kritisch mit der deutschen Justiz befaßt, jedenfalls soweit es Geist und Verfahren der Hexenprozesse betrifft. Für die Drucklegung dieses Buches hat er bedauerlicherweise die Erlaubnis des Ordens nicht eingeholt. Es war auf einmal da, und …«

»In jeder Buchhandlung!« warf Adrian Horn ein.

»Und eben davon war nicht zuletzt unser Autor aufs äußerste überrascht!«

»Hat er behauptet!« sagte Horn.

»Nun, er hat es auch glaubhaft machen können. Dieses Buch ist – in Rinteln, nicht wahr? – ohne sein Wissen gedruckt worden. Es trägt ja nicht einmal seinen Namen. Was meinen Sie, Baving?«

Der Paderborner Rektor hatte die Ungelegenheiten, die der eigensinnige Bruder Spee ihm immer aufs neue bereitete, gründlich satt. Nie würde er vergessen, welche Aufregung es im Kollegium gegeben hatte, als bekannt wurde, daß jeder Schüler in Paderborn diese »Cautio Criminalis« gelesen hatte, und nur der Verfasser (den man als solchen erst einmal hatte überführen müssen) – nur Pater Friedrich Spee tat, als habe er kein Wässerchen getrübt. In Wahrheit ergoß sich aus dieser Schrift eine Schlammflut an Anschuldigungen, Verdächtigungen und Vorwürfen über Richter, Beamte, Gelehrte, Kommissare und Folterknechte. Nicht einmal die deutschen Fürsten, die für die Rechtsprechung verantwortlichen Landesherren, hatte der freche Ordensbruder mit seinen Injurien verschont!

»Nur gut, daß er die Herren nicht auch noch beim Namen genannt hat«, seufzte Baving.

»Feige, wie er ist!« setzte Horn hinzu. »Und dumm zugleich. Denn wer erkennt im 9. Kapitel nicht, wer gemeint ist?«

»Ich würde das nicht so laut sagen, Bruder Horn«, sagte Nickel mit einem etwas mokanten Lächeln. »Denn wenn Sie unterstellen, daß man einen Fürsten nach der Beschreibung im 9. Kapitel zu identifizieren vermag, dann müssen Sie auch zugeben, daß diese Beschreibung so unzutreffend nicht sein kann. Und damit sind wir beim Thema. Natürlich weiß alle Welt, daß unser Bruder im 9. Kapitel, übrigens auch an vielen anderen Stellen, unseren verehrten Kurfürsten Ferdinand kritisiert. Und auch in Bonn kann man schließlich lesen.«

»Das beste wäre, niemand erführe, daß Spee in Köln ist«, schlug Baving vor.

»Und das halten Sie für möglich? Bei fünfzig Professoren und fast sechshundert Schülern, die täglich mit ihm zusammen sind?« Nickel schüttelte den Kopf. »Nein, meine Herren, wir müssen eine andere Haltung einnehmen. Wo leben wir denn, wenn ich bitten darf? Wir leben in einer Stadt, die, dank unserem Herrn und der Jungfrau Maria, ganz unverdienterweise bislang vor den Schrecken des Krieges bewahrt geblieben ist. Aber ringsumher plündert und mordet der Feind! Worms und Würzburg sind gefallen, Frankfurt und Rüsselsheim sind vom Schwedenkönig besetzt, seine Truppen marschieren auf Mainz! Wie lange wird da unserem Kurfürsten noch seine Ausflucht helfen, er wünsche neutral zu sein – er, der Jesuitenschüler, der Bruder des Bayernherzogs Maximilian, der Seele des Widerstandes gegen Gustav Adolf?! Nein, meine Brüder! Kriegszeit ist, Notzeit ist, Prüfungszeit, Gottesgericht! Da haben alle zusammenzuhalten, die des rechten Glaubens sind! Da wird untereinander gefälligst erst einmal vergeben und vergessen – und dann mit des alten Tilly Schlachtruf voran: Jesus Maria! Ich erwarte von allen Patres dieses Kollegiums – und besonders von Ihnen, Horn, als Rektor und Schulleiter –, daß Sie den unbequemen Gast aus Paderborn in unsere Gemeinschaft aufnehmen, ihn respektieren und im Rahmen des Lehrauftrags, den ich ihm erteilen werde, gewähren lassen. Der Mann ist schließlich nicht ganz gesund – auch das sollten wir bedenken. Seit ihn auf seiner sehr erfolgreichen Bekehrungsmission in Peine zwei Straßenräuber überfallen und bös aufs Haupt geschlagen haben, leidet er – stimmt's, Baving? – von Fall zu Fall unter schrecklichen Kopfschmerzen. Auch das ist zu berücksichtigen, im Geiste des barmherzigen Samariters. Kurzum, und dies vor allem: Wie eine Mauer haben wir um ihn zu stehen, wenn ein Angriff von außen ihn bedrohen sollte!«

Er machte eine kleine Pause und prüfte die Mienen seiner Zuhörer. Baving nickte zustimmend. In der Tat, er war jenes Bruders überdrüssig und heilfroh, daß Nickel jetzt die Verantwortung übernahm. Der Elan wird ihm schon vergehen, dachte er, wenn er erst einmal selber mit dem störrischen Burschen zu tun kriegt. Auch Horn zog es vor zu schweigen, aber der Zweifel stand ihm im Gesicht geschrieben.

»Natürlich« – Goswinus Nickel lächelte – »wir werden dem Bruder Spee nicht sagen, daß wir uns zu seinem Schutz verschworen haben. Es kann nichts schaden, wenn er sich zuweilen ein wenig – gefährdet fühlt.«

Kölns Straßen und Plätze, seine Kirchen und Paläste hatten sich kaum verändert, seit Friedrich Spee vor vier Jahren ins Hildesheimsche Land entsandt worden war, um es dem katholischen Glauben zurückzugewinnen. Rings um den gewaltigen Torso der Haupt- und Domkirche von Sankt Peter spiegelten sich in den fensterreichen Fassaden die alten Patrizierhäuser noch unversehrt. Wappenstolz prangten die Portale, von griechischen Säulen und kannelierten Pilastern eingefaßt; von mancher Tür grinste der Grienkopf, eine steinerne, glotzäugige Maske, auf den eingeschüchterten Besucher herab. Dank Kaufmannsfleiß und kühner Spekulation, handwerklicher Meisterschaft und einträglichem Spürsinn für Mode und Bedarf, waren Kölns Kaufleute und Gewerbetreibende in friedlichen Jahrzehnten zu Wohlstand und Reichtum gekommen. Zwischen Weißmarkt und Neumarkt, Heumarkt und Alter Markt hatten sie sich Häuser erbaut, die eher Palästen glichen, und selbst in dieser Kriegszeit zeugten die wohlgegliederten Fassaden noch immer von Würde und Properté ihrer Besitzer.

Weiter im Süden jedoch, in den von Gärten und Weinfeldern der Klöster bedrängten Quartieren des ärmeren Volks, bröckelte der Putz von den Wänden, wurden die Gassen schmuddelig, erstarrte im Frost der vor den Türen aufgetürmte Unrat. Seit jener mörderischen Sommerpest war die Stadt nicht mehr die stolze »Zwillingsschwester Mariens«. Vampirisch hatte die schreckliche Seuche gerade das frischeste, gesündeste Blut aus der Gemeinde gesaugt; vor tausend Kindersärgen war der Rasselmann gegangen, ungelöscht warnte an vielen Häusern noch immer das Kreidekreuz. Und als, nach Gottes gütigem Ratschluß, die Wut des schwarzen Engels endlich ermattet war, stürmten zahllose Flüchtlinge aus den kurkölnischen Landen in die Stadt. Zu Hunderten kampierten sie in Schuppen und Speichern oder wurden von einem überforderten Rat in die verwanzten, von Ratten bewohnten Quartiere der Toten eingewiesen, so daß bald darauf die Seuche noch ein zweites Mal aufflammte. In den Straßen und Gassen zwischen Heumarkt und Domhof und am Quatermarkt rings um das Gürzenich-Kaufhaus, wo an Sonn- und Feiertagen aufgeputzte Frauen und würdige Männer im Biberpelz zu stolzieren pflegten, stellten jetzt Kranke und Invalide ihre Gebresten zur Schau. Auf dem Alter Markt klapperten die Almosenteller, und an den Bäcker- und Fleischerständen war Mundraub alltäglich. Alles Land jenseits der Mauern war bereits – die Jesuiten hatten's auf ihrer Flucht erleben müssen – von der Kriegswoge überschwemmt; nun schwappte die schmutzige Flut auch in die letzten Refugien.

In Spees Augen aber schien, trotz allem, die Stadt noch immer leidlich heil zu sein; zu viel Elend hatte er in den letzten Jahren mit ansehen müssen, als daß er in diesen Drangsalen mehr hätte erblicken können als ein Warnzeichen des erzürnten Gottes. In den Nächten, wenn ihm der Angstschweiß auf der Stirn stand, war er noch immer das Opfer seiner Erinnerungen, war ausgeliefert den allergrausigsten Bildern und einem unbarmherzigen Gewissen, das kaum eine seiner Handlungen unbeanstandet ließ. Die Wochen der Ohnmacht und Qual, als er unzählige von der Folter halb tot geschundene Frauen auf Befehl des Hexenkommissars Schultheiß zum Scheiterhaufen hatte begleiten müssen, die Brandorgien in Paderborn, Geseke und vielen anderen Städten Westfalens hatten seine Seele verdüstert und sein Herz geschwächt. Übermäßig und unchristlich war sein Haß auf den Landesherrn gewesen, der diesen Mord an Schuldlosen in letzter Instanz zu verantworten hatte: Ferdinand II. von BayernWittelsbach, Fürst von Kurköln, schrieb, wie so viele seiner Standesgenossen, alles Übel, ob Seuchen, Mißwuchs, Hunger oder Krieg, alten oder jungen Weibern zu, die zum Verderb des Menschengeschlechtes mit dem Teufel im Bunde sein sollten. Dieser erzbischöflich-fürstlichen Durchlaucht zu Bonn, aber nicht minder den noch grausameren Hexenbrennern in Bamberg und Würzburg, hatten die Angriffe der »Cautio Criminalis« gegolten. Was Wunder, daß schon die ersten Reaktionen nach Erscheinen des Buches zumindest in den höheren Kreisen nur Entrüstung, Empörung und Wut erkennen ließen. Im günstigsten Fall stießen seine Argumente auf Ratlosigkeit und blankes Unverständnis.

Weihbischof Pelking in Paderborn, dessen Günstling Spee immerhin über Jahre gewesen war, hatte ihn tief gedemütigt und den Widerruf seiner »gotteslästerlichen und gesetzesfeindlichen Thesen« verlangt, und von Rektor Baving war er, zur Strafe für seine Aufsässigkeit, als Feldprediger zur geschlagenen Armee des Generals Tilly geschickt worden. Nun war er, trotz der Warnung des Weihbischofs, der ihm immer noch einen Rest von Sympathie bewahrt hatte, mit den anderen Brüdern nach Köln gegangen – und auch hier, wie schon in Paderborn, hatte er das Gefühl, das Feuer an die Lunte sei bereits gelegt, und es frage sich nur, an welcher Stelle und in welchem Augenblick das Pulver unter seinen Füßen explodieren werde.

Vor solchen Anfechtungen flüchtete Spee sich am liebsten in die Kollegien-Bibliothek, wo der pfeifeschmauchende Pater Marcellus ihn mit den Werken der Kirchenväter wie mit den letzten Neuerscheinungen, zuweilen sogar solchen aus protestantischer Feder, versorgte.

Unter den Büchern, die Spee sich an diesem grauen Dezembertag auslieh, befand sich auch ein Werk von Nikolaus Bell über »Die vornehmsten Potentaten, Kaiser, Könige, Fürsten, Grafen und Kriegsobersten, die im gegenwärtigen Krieg eine führende Rolle spielen«. Während er am Stehpult darin blätterte und sich einige Kupfer mit den von ovalen Spruchbändern umrahmten Helden in ihrer prunkvollen Rüstung betrachtete, sah ihm Adrian Horn, der unbemerkt die Bibliothek betreten hatte, über die Schulter.

»So, so, man informiert sich«, sagte Horn. »Man möchte wohl selber ein Kriegsheld werden, nachdem man zu Geseke nur Zuschauer gewesen ist, ein allerdings sehr beteiligter Zeuge des abscheulichen Gemetzels.«

Vor vier Jahren, als die Kölner Postmeisterin Katharina Henot, für deren Errettung Spee sich eingesetzt hatte, verbrannt worden war, hatte Horn den Mitbruder beschuldigt, hexerischer Untat Vorschub zu leisten. Diese Sympathie für eine vermeintliche Hexe hatte ihm Horn auch jetzt noch nicht vergessen oder verziehen. Mit dem blutigen Geschehen jedoch, auf das er nun anspielte, war eine Reiterattacke unter Führung von Spees ehemaligem Schüler Philipp von Kronthal gemeint. Es war dem Kürassierleutnant gelungen, einige Frauen in letzter Minute ihren Bewachern zu entreißen.

»Mit dem Herzen war ich allerdings dabei, Pater Horn«, sagte Spee, klappte das Buch zu und wandte sich zum Gehen. »Ich konnte diese Gewalttat nicht verurteilen, denn sie hat Unschuldige vor dem Scheiterhaufen errettet. Vorbereitet oder auch nur vorab gutgeheißen habe ich sie nicht. Ich wußte nicht einmal, daß sie beabsichtigt war.«

»Sie konnten sie nicht verurteilen! Das genügt doch wohl«, sagte Horn zornig. Er blickte zu Bruder Marcellus hinüber, der sich jedoch beim Einstellen neuer Bücher in die Regale nicht stören ließ. »Ein entlaufener Wallensteiner überfällt mit seinem ehrvergessenen Gesindel ein kurkölnisches Gericht! Metzelt brave Soldaten nieder! Ihr Lieblingsschüler, Friedrich Spee!«

Vor Zorn bebend, verließ er die Bibliothek und schlug die Tür hinter sich zu.

Spee fuhr zusammen. Jede Erinnerung an Philipp tat ihm weh. Und daß gerade Horn es wagte, die noch kaum vernarbte Wunde aufzureißen, empörte ihn. Denn Adrian Horn war es gewesen, der Philipp, den tapferen Hexenbefreier, in Paderborn erkannt und der Obrigkeit überliefert hatte. Auf seine Anzeige waren die Stadtsoldaten ausgerückt und hatten den jungen Mann, der es auf Folter und Verhör nicht ankommen lassen wollte, erschlagen. Ohne Adrian Horns Denunziation hätte Philipp seinem alten Lehrer stolz das erste Exemplar der in Rinteln heimlich gedruckten »Cautio Criminalis« überreichen können und Spee wäre nicht mit dem Anteil an jener Blutschuld belastet worden, von dem sein Gewissen ihn bis ans Ende seines Lebens nicht freisprechen würde. Horn freilich – und diese Einsicht war es, die Spee so ohnmächtig machte und ihn schweigen ließ – Horn hatte, ein treuer Diener der weltlichen wie der geistlichen Obrigkeit, von seinem Standpunkt aus richtig gehandelt. Das war es ja eben – und es galt für alle Verblendeten unter Deutschlands Herrschern, Priestern, Gelehrten und Juristen: Sie wußten's nicht anders, sie konnten nicht anders, sie taten allein ihre Pflicht …

Nach wenigen Wochen sah Goswinus Nickel ein, daß Spee gegen den Widerstand des Rektors nicht im Gymnasium unterrichten konnte, zumal die Mehrheit der Professoren Horns Ansicht teilte.

Es wurde ein trauriges Weihnachtsfest. Zwar hörte Spee zu seiner Freude, daß in vielen Familien Kölns sein Lied »Zu Bethlehem geboren ist uns ein Kindelein« gesungen wurde, aber er sah sich doch schon wieder auf der Flucht, ein ewig Unbehauster, von seinen Brüdern im Orden verachtet oder gehaßt.

Da nahm ihn, es war in den ersten Märztagen, Goswinus Nickel beiseite: »Sie dürfen lesen, Bruder Friedrich. Ja, Sie haben richtig gehört: Ich habe Ihnen bei Magnifizenz Severin Binius einen Lehrauftrag an der Universität verschafft. Sie werden moraltheologische Vorlesungen als Lector casuum conscientiae in der Artistenfakultät halten.«

Nickel verschwieg, auf welche Weise er den Rektor hatte überreden können. Da ein Jesuit kein Privateigentum haben durfte, sparte die Universität das Professorengehalt ein, das im wesentlichen aus Naturalien bestand: aus Wein, Kaninchen, Hammeln, Lämmchen, Puten und Täubchen sowie im Jahr ein Viertel Kalb und hundert Krebse.

Lehrer an der Universität. Hatte man auf der Hohen Schule etwa noch nichts von seinem Buch gehört, fragte sich Spee. Oder sollten Kölns Juristen und Theologen so vorurteilsfrei denken, daß sie seine Argumentation einer ernsthaften Prüfung für wert befunden hätten? Er hütete sich, den Provinzial mit solchen Fragen zu bedrängen, ihn womöglich unsicher zu machen. Die Aussicht, im Lehrkörper der Alma Mater vielleicht doch Männer zu finden, die, geistig von anderem Zuschnitt als die meisten seiner Mitbrüder, dem Verfasser der »Cautio Criminalis« mit weniger Vorbehalten, vielleicht sogar mit Zustimmung begegnen würden, beflügelte ihn. Überschwenglich dankte er Nickel, ging in seine Zelle, schrieb einen Brief an Sibylle und Elsa, seine Schwestern im heimatlichen Kaiserswerth, und teilte ihnen die Neuigkeit mit. Er hatte sie beinahe vier Jahre nicht mehr gesehen und bekam Heimweh, wenn er an sie dachte, auch nach der kurfürstlichen Burg, deren Amtmann sein Vater gewesen war, und nach den verschwiegenen, schilfreichen Rheinauen, wo er so ehrfürchtig Gottes Schöpfung im geheimnisvollen Leben der Tiere und Pflanzen bewundert hatte.

Die fromme Jungfrau Gertrude beendete den Katechismusunterricht mit einem Rosenkranz und entließ ihre dreizehn Schülerinnen nach Hause. Die Kinder vergaßen die Tür zu schließen, doch Gertrude störte sich nicht an dem kühlen Hauch, der aus dem Kreuzgang hereinwehte. Sie hatte nur noch Schleier, Sammetkragen und Chormantel umzulegen – die Haube trug sie schon auf dem flachsgelben Haar – und das Katechismusbüchlein mitsamt der kostbaren Abschrift eines »Güldenen Tugendbuchs«, aus dem sie gelegentlich im Unterricht zitierte, im Pult zu verstauen. Dann wandte sie sich dem Kruzifix zu, beugte das Knie und verließ den Raum.

Die Sonne des schönen, nicht zu kalten Vorfrühlingstages warf die Schatten der Spitzbögen scharf umrissen auf das Steinpflaster des Kreuzgangs. Gertrude trat an die Brüstung und blickte zu den drei mächtigen Türmen empor, die Sankt Maria im Kapitol gegen Westen wie eine Burgfront beschützten. Jedesmal, wenn sie sich vergegenwärtigte, daß sie eine »devota virgo«, eine der jungfräulichen Dienerinnen des Stiftes sein durfte, das den Namen dieser ehrwürdigen Kirche trug, empfand sie ganz unbändige Freude. Und seit sie unter den sieben Devotessen als einzige für würdig befunden worden war, den jungen Mädchen des Sprengels Katechismusunterricht zu erteilen, tat sie sich in ihrem Stolz schon etwas schwer mit Demut und Kasteiung.

Es gab viele Nonnenorden in Köln. Aber Sankt Maria im Kapitol war nicht zu vergleichen mit den düsteren, sich ihrer unsauberen Armut gar noch rühmenden Klöstern einer oftmals nur scheinbar strengen Observanz, hinter deren Mauern Völlerei und Unzucht eine Freistatt hatten. In Kölns Damenstiften bewahrte man sich ein Herz für unberührte Jugend wie für spät erworbene Tugend; vermögende Eltern schenkten ihre dem Himmel geweihten Töchter dorthin, alternde Damen von Welt entrannen in der Klosterzelle dem unbarmherzigen Spiegel, und gelegentlich stellte sich auch eine reife Schönheit ein, die ein Familienbeschluß ins Stift verwiesen hatte.

Mit dem Eifer der Konvertitin hatte Gertrude sich vor drei Jahren in die Obhut der Kanonissen begeben – es war nicht einfach für sie gewesen.

Um Stiftsdame, Devotesse, im Stift von Sankt Maria im Kapitol zu werden, bedurfte es einer langen adeligen Ahnenreihe. Mindestens vier »Agnaten«, Väter und Vorväter des Vaters in lückenloser Folge, hatte die Bewerberin vorzuweisen. Man nannte ja die vornehmen Damen nicht allein »devotae«, Gottgeweihte, sondern gelegentlich auch ganz weltlich »Töchter des Adels«.

Als Gertrude von Mater Anna Franziska, der Äbtissin des Stiftes, examiniert worden war, hatte sie also ihre Eltern nicht verleugnen können; die aber waren Protestanten. Das Geschlecht derer von Stein auf Burg Lülsdorf hoch überm Rhein, nicht weit von Bonn, war im ganzen Rheinland und weit darüber hinaus angesehen. Die Äbtissin war froh, daß die Bewerberin katholisch werden wollte, und hatte nicht lange nach dem Wann und Wieso gefragt. Und Gertrude hatte verschwiegen, daß sie noch immer nicht begriff, weshalb sie den Argumenten des Paters Spee von der Gesellschaft Jesu, der vor vier Jahren als erster um ihr Seelenheil bemüht gewesen war, noch so viele Monate widerstanden hatte. Erst als seine Überzeugungskraft, je weiter er sich in Zeit und Raum von ihr entfernte, immer mächtiger in ihr zu wirken begann, war sie zum Übertritt reif gewesen. Und dann war es abermals ein Jesuit gewesen, der die Häretikerin nach gründlichem Unterricht in die Gemeinschaft des rechten Glaubens aufgenommen hatte.

Erst viel später fragte Gertrude sich, weshalb sie über die Geschichte ihrer Bekehrung mit anderen nicht sprechen mochte. Und wenn sie sich dann den Grund eingestand, errötete sie, auch wenn sie allein war. Noch heute empfand sie, daß in ihrer Erinnerung ein nur sehr dünner Schleier gnädig verhüllte, was an der so schicksalhaften Begegnung vor vier Jahren wohl doch Sünde gewesen war. Und weil es ihr, zumal in den Nächten, die sie mit den sechs Mitschwestern im Dormitorium verbrachte, nicht gelingen wollte, das Bild jenes Mannes zu vertreiben, der verbotene Wünsche in ihr weckte, war sie dem heiligen Sebastian um so dankbarer. In seinen Zügen glaubte sie den Pater wiederzuerkennen, und wenn sie vor dem Standbild des Märtyrers betete, fühlte sie sich dem verehrten Mann, der im fernen Westfalen Ketzer bekehrte, so nahe wie an keinem anderen Ort.

Daß sie dem pfeilbestückten Heiligen in der Ursulinenkirche ihre Zuwendung in überreichem Maße schenkte, und zwar unter Vernachlässigung aller anderen Blutzeugen, ja, sogar der Heiligen Jungfrau, war ihr erst bewußt geworden, als Mater Anna Franziska sich über ihre allzu häufigen Ausflüge nach Sankt Ursula zu wundern begann. Gertrude mußte ja, obwohl sie keine Nonne, sondern eine von der Welt nicht allzu streng abgeschiedene Stiftsjungfrau war, die Äbtissin vor jedem Ausgang um Erlaubnis fragen, durfte auch Absicht und Ziel nicht verschweigen. Als die fromme Mutter erfuhr, daß es der heilige Sebastian war, dem Gertrudes Vorliebe galt, fragte sie, ein wenig besorgt, ihren Beichtvater um Rat. Sie erhielt die Auskunft, daß gegen wiederholte Andachten vor der Statue des Märtyrers, auch wenn dadurch die Verehrung anderer Heiliger vernachlässigt werde, nichts einzuwenden sei. Dies um so weniger, als man Sebastian, neben Sankt Rochus der hilfreichste Schutzpatron gegen die Pest, gerade in dieser unseligen Seuchenzeit nicht genugsam um seinen Beistand bitten könne.

So war Gertrude auch an diesem Nachmittag wieder zu der Ursulinenkirche geeilt. Auf den eiskalten Fliesen vor dem Altar des Heiligen kniete sie und blickte andächtig empor zum kunstvoll geschnitzten Jüngling am Pfahl. Nackt bis aufs Lendentuch, wand der Gebundene sich unter der Wucht der Pfeile, die ihn in Hals und Schulter, wie auch knapp unterm Herzen und eine Handbreit über dem Nabel, zudem gleich zwiefach ins linke Bein und, dicht über dem Knoten des Tuches, auch in die Lende getroffen hatten. Das edle Antlitz, Wange und Kinn vom Anflug eines Bartes getönt, war in gebändigtem Schmerz verzogen, der Blick zum Himmel gekehrt. Im Flackerschein der Kerzen ging's wie ein Muskelzucken über Brust und Bauch, spielten in vergeblichem Widerstand die Sehnen an Arm und Bein, vibrierten die Rundeisen der Pfeile, als hätten sie sich ihm soeben erst ins Fleisch gebohrt.

Gertrude senkte den Blick vom Gesicht des Schwergeprüften; verschämt und dennoch zärtlich folgte sie den gefiederten Wegzeichen, die ihr, je inniger sie Wunde für Wunde den Schmerz nachvollzog, fast wie dem Körper zugehörig erschienen – als sei er unwiderruflich mit Pfeilen, Liebespfeilen des Herrn, begnadet und geheiligt. Und doch empfand das Mädchen den brennenden Wunsch, diesen Leib von solch unerbetenen Heilsbringern zu befreien, Pfeil um Pfeil behutsam zu umfassen, ihr Nachzittern mit kleiner kräftiger Hand zu beruhigen, sie, wie es einst die heilige Witwe Irene vermocht hatte, beherzt aus den Wunden zu ziehen und das nachfließende Blut im Kelch ihrer Hände zu sammeln. Und wäre vor der Figur nicht die Barriere der Kerzen gewesen – Gertrude hätte ihren Wünschen vielleicht doch nachgegeben: Aufgerichtet hätte sie sich, den ersten Pfeil zu ziehen, und dann einen um den anderen herauszuschmeicheln, bis diese himmelwärts gerichteten Augen zu ihr hinunterfinden würden und der gemarterte Leib sich in die Stricke fallen ließ, ihren ausgebreiteten Armen entgegen: Gertrude und Sankt Sebastian – eine gottselige Pietà.

Als Friedrich Spee über den Heumarkt ging, wunderte er sich über das reichhaltige Angebot auf den Fleisch- und Speckbänken. Die Verpflegung der Stadt schien gesichert zu sein, wenn auch die Preise gepfeffert waren. Und am Eingang des vom Rathausturm überragten Alter Marktes schüttelte er den Kopf über die auf Puppen drapierten Modetorheiten der Gewandschneider. Am Nordende des Marktes bog er in die Botengasse ein, um über den Domplatz ohne weiteren Aufenthalt zum Kolleg zu gelangen. Dort aber überkam ihn der Wunsch, noch ein bißchen weiter zu gehen, bis zur Kirche der heiligen Ursula, und als er vor ihr stand, trieb es ihn hinein. Er hatte die letzte Ruhestätte der elftausend Märtyrerinnen immer geliebt, besonders seit er zum Anwalt verfolgter »Hexen« geworden war. Denn was die heidnischen Hunnen den ahnungslos in Köln gelandeten Jungfrauen angetan hatten, das besorgte nun die christliche Folter und Mordjustiz an vielen tausend unschuldigen Frauen.

Hochwürden Hyazinthus Klock, der Pfarrer von Sankt Ursula, schätzte die Jesuiten nicht sonderlich; er hatte ihnen einmal Hochmut und Putzsucht vorgeworfen. So ganz unrecht hatte der Mann nicht, fand Spee. Und da keiner von seinen Mitbrüdern sich jemals zu Sankt Ursula blicken ließ, konnte er hier auch an diesem Nachmittag ungestört seine Andacht halten.

Er erkannte Gertrude sofort. Gerade als er die Kirche betrat, richtete sie sich auf, strich den Rock glatt und kam auf ihn zu. Er hatte die Arme nach den Seiten gehoben, wie um zu verhindern, daß sie ihm entwische. Als auch sie ihn erkannte, stürzte sie ihm entgegen, als verlange sie seine Umarmung.

»Gertrude«, sagte er und trat einen Schritt zurück. »Gertrude von Stein …«

Sie nickte heftig, mußte schlucken, überwältigt. Ehe er es verhindern konnte, sank sie in die Knie und griff nach seiner Hand, um sie zu küssen. Er entzog sich dieser Geste der Demut, indem er ihr auf die Beine half.

Sie verließen die Kirche. Während er die schwere Pfortentür aufhielt, bemerkte er den Chormantel und den über die Schulter geschlagenen Schleier.

»Du hast also doch noch zu uns gefunden?« fragte er hocherfreut.

»Durch Sie, Pater Spee«, sagte sie mit singender Stimme.

»Du warst damals sehr wißbegierig.«

»Ich war dumm«, sagte sie. »Dumm und frech.«

Vor vier Jahren hatte er mit ihr Briefe gewechselt. Dann hatte sie ihn in Köln besucht, in Begleitung ihrer Amme, auch sie eine Calvinerin. Der Tag endete mit Entsetzen: Die Amme war ermordet worden, die Protestanten wurden aus der Stadt gewiesen. Spee hatte das von Weinkrämpfen geschüttelte Mädchen für die Nacht unterbringen müssen; es war nur der Dachboden des Gymnasiums geblieben. Er hatte, sie bestand darauf, neben ihr gewacht, bis es ihm gelungen war, sie in den Schlaf zu sprechen. Es war ein gewagtes Spiel gewesen; er wäre streng bestraft worden, hätte man sie entdeckt. Aber bereut hatte er es nicht. Ihre Nähe hatte Zärtlichkeit in ihm geweckt. Das konnte nicht Sünde sein.

Für Gertrude mußte es weit mehr bedeutet haben. Jetzt, da sie neben ihm ging, von ihrer Seelenunrast und der Entfremdung von den Eltern erzählte, wurde es offenkundig. Sie wußte noch alles, worüber sie gesprochen hatten, Wort für Wort. Von der »Liebe der Begehrlichkeit« und der »Liebe der Freundschaft«, die empfinden wird, wer dereinst die Herrlichkeit Gottes schauen darf.

Sie waren vor Sankt Maria im Kapitol angelangt.

»Wann darf ich Euch wiedersehen, Pater Spee?«

Er sagte ihr, daß er manchmal, am frühen Nachmittag, wenn er keine Verpflichtungen habe, am Rhein, auf dem Treidelweg zwischen Trankgassenpforte und Sankt Kunibert, promeniere. Gelegentlich könnten sie sich dort treffen; es müsse sich allerdings wie eine zufällige Begegnung ausnehmen.

Wie es ihm in den vergangenen Jahren ergangen sei, hatte sie nicht gefragt. Sie hatte ihn im Gedächtnis behalten, wie er an jenem Tag in Köln gewesen war – und sie war glücklich, daß sie ihn wiederhatte. Was kümmerten sie nun noch die öden Jahre dazwischen? Als die Eltern mit der Überläuferin ins Katholische nichts mehr zu schaffen haben wollten, als auch die Schwestern sich von ihr abgekehrt hatten und Burg Lülsdorf ihr für immer verschlossen blieb, war sie Schaustellern nachgelaufen. Man gab ihr Kost und beschäftigte sie mit niederen Diensten. Bis der Bär seinem Bändiger den Arm zerfetzt und der Patron endlich ein Erbarmen, aber auch seinen Gewinn mit ihr hatte: Sie allein war mutig genug gewesen, das Untier fortan zu füttern und bald sogar mit ihm den Tanz an der Kette zu wagen. Sie hatte den Fluch ihrer Eltern auf sich genommen, um katholisch, hatte Nächte studiert, um Katechetin zu werden, und endlich hatte sie es sogar fertiggebracht, sich ihren Pater Spee in den heiligen Sebastian hineinzusehen. So hatte sie ihn, auf ihre geheime Weise, eben *doch* gehabt.

Später, im Tricoronatum, mit unter dem Kopf verschränkten Händen auf seinem Lager ruhend, meditierte Friedlich Spee über diese Begegnung. Gewohnt, gerade unverhoffte Ereignisse als einen Wink Gottes zu verstehen, neigte er nicht ohne Selbstgefälligkeit dazu, Gertrudes Bekehrung für die, wenngleich ein wenig verspätete, Anerkennung seines missionarischen Eifers zu halten. Andererseits sagte ihm sein kritischer Verstand: Die Mühe, die ich mir um Gertrude machte, ist nicht zu vergleichen mit dem, was ich vor zwei Jahren in Peine und all den Dörfern ringsum habe leisten müssen. Damals hatte ich dickfellige Bauern und adelige, auf die Freiheit eines Christenmenschen pochende Lutheraner zu bekehren; das war harte Arbeit, und gefährliche überdies. Nein, er machte sich nichts vor: Gertrudes Bekehrung war weniger seinen Argumenten zu verdanken als seiner Person. Gleichviel: Wenn es, in diesem Fall, Gottes Wille gewesen war, ihn, den Priester und Mann, als schlüssigstes aller Argumente einzusetzen, brauchte er keine Skrupel zu haben. In Frauen und Mädchen das Licht des wahren Glaubens zu entzünden, war ihm immer leicht gefallen. Mit nachsichtigem Lächeln erinnerte er sich, daß ihm ein Paderborner Rektor daraus einen Vorwurf gemacht hatte. So unrecht mochte der nicht gehabt haben. Als Spee vor Jahren das Manuskript seines »Güldenen Tugendbuches«, einer Anweisung zum religiösen Leben, abgeschlossen hatte – ja, erst in diesem Augenblick war ihm bewußt geworden, daß in diesen lehrhaften Dialogen der Priester, also er selbst als Autor, sich stets mit einem weiblichen Beichtkind unterhielt. »Lassen Sie doch die Frauen aus dem Spiel!« hatte der Theologe getadelt. »Wenden Sie sich an die Männer! Frauen glauben sowieso alles, was ihnen vorgebetet wird.« Er dachte anders. Wenn Männer sich zu einer Konfession bekehrten, waren nur allzu oft politische, wirtschaftliche Überlegungen im Spiel. Kein Wunder, wenn man andernfalls des Landes verwiesen wurde und Hab und Gut im Stich lassen mußte. Trat aber eine Frau, ein Mädchen aus freien Stücken über, dann war sie auch überzeugt. Und nur auf *solche* Menschen kam es ihm an.

Er freute sich auf das nächste Gespräch mit Gertrude. Und doch fiel ein Schatten auf dieses Wiedersehen. Er hatte ihrer Erzählung entnehmen müssen: Der Mann, dem das Mädchen die Erhebung zur Katechismuslehrerin verdankte, Gertrudes Mentor und Beichtvater, hieß Adrian Horn.

Vom Rathaus kam die Kutsche, ein Planwagen folgte ihr durch die Pfaffenpforte bis zur Marzellenstraße. Vor dem Tor mit dem griechischen Porticus hielten sie an. Die Kutscher blieben auf dem Bock, dem Planwagen entstiegen zwei Stadtsoldaten, die Sturmhauben tief ins Gesicht gedrückt, Pistolen im Halfter. Einer sprang nach vorn und öffnete den Wagenschlag, der andere stemmte sich mit der Schulter gegen das schwere Eichentor, bis es sich knarrend öffnete.

Aus der Kutsche kletterte ein kleiner, rötlichblonder Mann. Er trug weiße Strümpfe zu schwarzen Kniehosen, einen schwarzen Umhang und einen schwarzen, kegelförmigen Hut. In der von feinsten Spitzen umrieselten Hand hielt er einen kleinen Stab mit ziseliertem Silberknauf.

Als die Besucher in die Empfangshalle traten, kam ihnen mit abweisender Miene der Pater Kastellan entgegen. Als der schwarze Herr jedoch seinen Namen nannte – »Doktor Glimbach« –, verbeugte sich der Pater respektvoll.

»Ich wünsche den Pater Regens zu sprechen.«

Der Kastellan bedauerte; Regens Horn befinde sich in Geschäften auswärts.

»Auch gut«, sagte Doktor Glimbach. »Dann führen Sie mich gleich zum Provinzial.«

»Da haben Ehrwürden Glück«, sagte der Kastellan. »Üblicherweise treffen Sie den Pater Provinzial im Kollegienbau an. Aber heute hält er sich ausnahmsweise im Gymnasium auf.«

Glimbach wies die Soldaten an, auf ihn zu warten. Dann stieg er, geführt vom Kastellan, hinauf ins Obergeschoß. Vom Treppenabsatz aus erstreckte sich nach beiden Seiten, durchflutet vom Licht der Fensterfront, ein langer Gang, der Tür um

Tür in die Klassenzimmer führte. Man hörte die Stimmen der Lehrer, psalmodierendes Nachsprechen der Schüler, einen lateinischen Vers, zu dem im Rhythmus aufs Katheder geklopft wurde. Am Ende des Ganges pochte der Kastellan an die Tür des Gymnasialbüros. Goswinus Nickel öffnete selbst und hob die Brauen, als er den Besucher erkannte. Während er ihn eintreten ließ, wies der Kastellan flüsternd auf die Anwesenheit der Soldaten hin. Dann schloß er die Tür und ließ die Herren allein.

Kaum hatten sie Platz genommen, setzte Doktor Glimbach seine eckige Brille auf und verlas eine Namensliste.

Bei jedem Namen hob er den Kopf und sah den hinter seinem Schreibtisch lauernden Provinzial prüfend an, als warte er auf Einwände. Doch Nickel ließ die Lesung über sich ergehen, und erst als Glimbach ihm die Liste über die Tischplatte schob, sagte er:

»Das sind durchweg Schüler unserer Rhetorica. Darf ich fragen, womit diese Klasse sich die Aufmerksamkeit des Dechanten von Sankt Severin verdient hat?«

»Nicht in dieser Eigenschaft, sondern als städtischer Kommissar bin ich hier«, belehrte ihn Glimbach. »Und was die Aufmerksamkeit betrifft – nun, ich darf von der obersten Aufsichtsbehörde des Gymnasiums Tricoronatum wohl erwarten, daß ihr die Umtriebe dieser Knaben so wenig entgangen sind wie einem Ehrsamen Rat.«

Nickel wußte Bescheid. Nun traf doch noch ein, was er mit pädagogischer Geschicklichkeit und auf die Verschwiegenheit seiner Patres bauend, fünf Monate lang hatte verhindern können. Mit ausgreifenden Armen hielt er sich am Tisch fest.

»Bitte führen Sie mich in die Rhetorica«, sagte der kleine Doktor. »Zu meinem Bedauern bin ich gezwungen, fünf Knaben aus dieser Klasse in Gewahrsam zu nehmen.«

»Was, um Christi willen, werfen Sie ihnen vor?!«

Warum fragte er überhaupt? Um Zeit zu gewinnen? Er wußte doch, was dieses Mannes Amt war.

»Sie stehen im Verdacht der zauberischen Geheimbündelei«, erwiderte Glimbach. »Leider hat meine Behörde erst sehr spät von den unfaßlichen Vorgängen erfahren, die sich im Spätsommer, während der schlimmsten Pestzeit, in Ihrem Gymnasium zugetragen haben. Wer weiß, wieviel Schüler noch in den jüngst vergangenen Monaten von diesen Knaben verdorben worden sind. Es kann also sein, daß es keinesfalls bei diesen fünfen bleibt. Vielleicht müssen wir die ganze Klasse …«

»Herr Kommissar!« rief Nickel und richtete sich auf. »Diese beklagten Jungen sind vierzehn, fünfzehn Jahre alt. Fleißige, willfährige Schüler, recht verständig für ihr Alter – aber doch noch Kinder! Wollen Sie Kinder in den Kerker werfen, Herr Doktor Glimbach?«

»Es wäre nicht das erste Mal. Die Bonner Priesterseminaristen, die der Kurfürst vor drei Jahren verhaften ließ, waren kaum älter. Satan bevorzugt Seelen, die noch nicht im Glauben gefestigt sind.«

»Diese fünf haben bereits die Gnade der heiligen Firmung erfahren!« verwahrte sich Nickel. »Aber gut, daß Sie das Bonner Beispiel erwähnen! Auch dort hat man alle wieder freilassen müssen. Wegen erwiesener Unschuld!«

»Das lag nur daran, daß man sie nicht auf der *Folter* verhört hat. Übrigens hat damals ein sehr leichtfertiger Pfarrer, der Herr Jordaneus, Kurfürstliche Durchlaucht beeinflußt. Sonst …« Er blinzelte gegen die Sonne, die hoch in der Fensterecke erschien.

»Sonst?« rief Goswinus Nickel. »Was wäre, Ihrer Meinung nach, geschehen, wenn der prächtige Jordaneus den Kurfürsten nicht umgestimmt hätte?«

»Sie hätten alle brennen müssen. Wegen fleischlicher Vermischung mit dem Satan und Verschwörung zum Verderb des Menschengeschlechts.«

Nickel stapfte durchs Zimmer, einmal, zweimal im Kreis, warf einen verzweifelten Blick zum Gekreuzigten über dem Betschemel und blieb schnaufend vor Glimbach stehen.

»Herr Kommissar! Hexenkommissar, wie Ihr kompletter

Titel wohl lautet. Ich weigere mich, Ihnen meine Schüler auszuliefern! Das ist doch alles nur Geschwätz, ein faules Gerücht, ein stinkender Nachwind der Pest! Meine Schüler – Hexen und Zauberer!«

Aber Nickel wußte, daß es mit bloßem Ableugnen nicht getan war. So ganz aus der Luft gegriffen war der Verdacht ja nicht.

»Es ist wahr«, sagte er und machte eine konziliante Handbewegung, »ich hatte Ärger. Es war einer unter ihnen, der Gescheiteste, Durchtriebenste, Vorlauteste – von altem Adel übrigens, man mußte vorsichtig mit ihm umgehen. Dieser Junge, Gott schenke ihm die ewige Ruhe, hat uns allerdings Kummer gemacht. Er war von den Strahlenden einer, die geistige Pfeile verschießen, solche mit Widerhaken, die zieht kein Wundarzt heraus. Aber es war Pestzeit – Sie haben es gesagt. Jeden Tag über hundert Tote. Ich habe meine Stipendiaten heimschicken müssen, man nennt sie die ›Bettel-Alumnen‹, die ärmsten meiner Schüler, die sich ein Zubrot verdienen, indem ich sie betteln schicke von Haus zu Haus. Wie leicht konnten die sich anstecken, und dann womöglich auch andere, die ganze Schule! Die also schickte ich weg, und die an deren hielt ich im Haus, in strenger Klausur. Aber das kümmerte den Tod keineswegs! Botschaften kamen, Tag um Tag: Dem war die Mutter, dem der Vater gestorben, dem beide Eltern, die Geschwister dazu. Da lagen meine Schäflein heulend auf ihren Betten, da war kein Unterricht mehr möglich. Meinen Lehrern hockte ja selber die Angst im Genick. Da stellte sich, ich bekenne es Ihnen, auch die furchtbare Frage nach Gottes Güte, nach Seiner Gerechtigkeit. Warum hielt Er die Pforten des Himmels verschlossen, warum gab Er kein Zeichen, weshalb ließ Er zu, daß der Fromme mit dem Sünder dahinging, schwärzlich verfault?«

»Meine Zeit ist bemessen«, sagte der Kommissar. »Was hat das alles mit den Umtrieben jener Schüler zu tun?«

»Sie haben sich – wie fast alle anderen auch – im geheimen gefragt, ob die Weltordnung in Wahrheit nicht ein wenig anders beschaffen sein könnte, als sie von uns gelehrt wird.«

»Ketzerische Gedanken mithin!«

»Gedanken. Das ja. Aber doch nicht gleich –«

Er verstummte. Freilich, freilich, diese geheimen Treffen unter der Asen-Eiche im verwahrlosten alten Kirchgarten hinter der Schulmauer! Die fünf, geschart um Veit von Eschwege, den Verführer, schwarzlockig, mit schwellenden Lippen. Erst ließ er sie beten zum Allmächtigen, Allgütigen, Alliebenden – demütiger, inbrünstiger noch, als sie's von Messe und Schulandacht gewohnt waren: hingestreckt auf die Bäuche, Nasen und Münder im Gras, und ins Nachtdunkel die Ohren gespitzt, ob Gott nicht erlösende Antwort gab. Nimm von uns die Seuche, o Herr, wenn Du so bist, wie wir es lernen! So ließ er sie liegen, der Versucher, eine Stunde lang, in ihrem geheimen nächtlichen Elend. Dann hieß er sie aufstehen, sich um ihn scharen. Träufelte manichäisches Gift in ihre törichten Köpfe. Erzählte von Mani, dem Vater der Häresie, die schon den Katharern die ewige Verdammnis bereitet hat, faselte von paradiesischen Welten, in denen das Urlicht lebt, der *gute* Gott – und von der finsteren Hyle, dem Reich der Dämonen unter der Herrschaft des *bösen*. Und wie sich das Gute mit dem Bösen bekriegt, gleich mächtig, gleich unversehrbar die beiden, bis einst, am Ende aller Tage, entschieden sein wird, wer das Ringen gewann.

Nickel holte tief Luft. »Schlimme, dualistische Ketzereien allerdings – und schuldig, schuldig, schuldig jener, der meinen verwirrten Kindern zum falschen Propheten geworden war! So traf ihn, den Veit von Eschwege, denn auch als einzigen unserer Schüler die Pest, verdarb dem Verderber das Fleisch. Nur einen Tag, mehr brauchte es nicht, und er faulte ins Grab.«

Glimbach hatte sich bei den letzten Worten Nickels erhoben.

»Und nach diesen erschreckenden Bekenntnissen, Pater Provinzial, verweilen Sie noch immer in diesem Raum? Sind nicht schon längst unterwegs mit mir, die Ketzer und Hexer ihrer gerechten Strafe zuzuführen?«

»Hören Sie, Doktor Glimbach!« Nickel faßte ihn, alle Höflichkeit mißachtend, am Ärmel. »Ketzerische Ideen – mag sein.

Aber das ist nicht Ihres Amtes, sondern Sache der Kirche. Das hat mit Hexerei nichts zu tun – und was zu besorgen war, damals, das haben wir, die Oberen, die Gesellschaft Jesu in meiner Person, getan. Und wenn wir, des Heiligen Vaters Glaubenswächter, unsere Maßnahmen ergriffen haben, dann bedarf es, mein würdiger Herr, gewiß keines Kommissars vom Rathaus mehr!«

Noch einmal versuchte Glimbach deutlich zu machen, daß für ihn Ketzerei und Hexerei auf demselben Holze wuchsen. Aber Goswinus Nickel war entschlossen, es notfalls auch mit den Stadtsoldaten aufzunehmen. Einen städtischen Eingriff auf jesuitischem Territorium, eine Polizeimaßnahme im Gottesstaat des heiligen Ignatius von Loyola – was erlaubte er sich denn, dieser kleine Dechant von Sankt Severin mit seinem gravitätischen Gehabe? Nun drohte er gar! Er werde wiederkommen, und dann mit einer ganzen Kompagnie! Ihre Pißpötte werden dir meine Schüler auf deinen Kegelkopf leeren, dachte Goswinus Nickel.

Tief befriedigt kehrte Pater Horn vom Treffen der Marianischen Schülerkongregationen nach Köln zurück. Die Vorstände des Montaner-Gymnasiums, des Laurentianer-Gymnasiums und des Tricoronatums hatten im Kapitelsaal der ehrwürdigen Abtei Brauweiler ihre alljährliche Zusammenkunft abgehalten und diesmal volles Einvernehmen und brüderliche Harmonie im marianischen Geiste erzielt. Und das war durchaus nicht selbstverständlich. Die Regenten der drei bedeutenden Lateinschulen Kölns waren eifersüchtig auf das Renommee ihrer Anstalt bedacht. Die Montaner und Laurentianer scheuten sich nicht, der einige Jahrzehnte später gegründeten Jesuitenschule parvenühaftes Gebahren des Lehrkörpers und elitäre Flausen ihrer Schüler vorzuwerfen. Streng orthodoxe Kritiker vermeinten auch, zumindest solange Hermann Kasen das Tricoronatum geleitet hatte, aus gewissen Vorfällen auf unziemlich lockere Lehrmethoden schließen zu müssen, worauf sie ihre Zöglinge anhielten, den Umgang mit Jesuitenschülern zu meiden. Von Umgang konnte denn auch bald keine Rede mehr sein; begegnete etwa eine Gruppe ärmerer Schüler aus dem Dreikronen-Gymnasium in ihren schlichten blauen Mänteln einem Haufen Laurentianer auf der Straße oder beim Ballspiel in den Wallgräben, dann kam es fast immer zu Prügeleien und dabei nicht selten zu ernsthaften Verletzungen.

Seit jedoch Adrian Horn am Ruder war, konnte von lockeren Sitten nicht mehr gesprochen werden. Insbesondere den sinnlichen Versuchungen hatte der neue Regens sein Augenmerk gewidmet. Vermochte bei morgendlicher Visitation der Schlafräume ein Schüler eindeutige Indizien nicht zu verbergen, wurde ihm der Bußgürtel verordnet. Kasen, Horns Vorgänger, hatte dieses schmerzhafte Instrument nicht länger dulden mögen; er beließ es bei Ermahnungen oder ignorierte mit erstaunlichem Gleichmut auch die offenkundigsten Symptome der Wollust. Horn aber begrüßte die segensreichen Wirkungen des Stachelreifs, und war gerade keiner zur Hand, ließ er dem Knaben Kiesel, Feldsteine oder schartige Eisenstücke ins Bett legen.

Das Gerücht, das in Köln seit Jahren über Horn umging, war längst Gewißheit geworden. Man wußte, daß er, ein Priester und Lehrer der Jugend, einst einen leiblichen Sohn besessen hatte, den er, unter fremdem Namen, vom Tricoronatum als Schüler hatte aufnehmen lassen – und man begriff, daß ein solcher Pädagoge und Gottesmann mehr als jeder andere darauf bedacht sein mußte, wenigstens im Alter ein besonders gottgefälliges Leben zu führen.

Nun war jener Sohn, sein Ignaz, vor vier Jahren unter dubiosen Umständen verstorben. Für Horn war es nie zweifelhaft gewesen, daß er ein Zauberopfer der Hexe Katharina Henot geworden war. Zwar nahm er es demütig hin, daß Gott sich dieses bösen Weibes bedient hatte, um die Frucht seiner Sünde vorzeitig vom Baum des Lebens zu pflücken – aber das hinderte ihn nicht, sie, die es getan, und einen anderen, Friedrich Spee, der die Hexe in Schutz genommen hatte, mit unversöhnlichem Haß zu verfolgen.

Denn Adrian Horn hatte seinen Ignaz geliebt. Das Kind der bei der Geburt verstorbenen Schultheißtochter von Altrip hatte er zu ehrlichen Leuten in Pflege gegeben und es später aufs Tricoronatum geholt. Nicht ahnend, daß der strenge, kaum nahbare Lehrer sein leiblicher Vater war, hatte Ignaz doch gerade zu ihm ein besonderes, geheimnisvoll einverständiges Verhältnis gewonnen. Das mochte wohl auch an Horn gelegen haben, der nur allzu oft einen zärtlich-stolzen Blick auf das Kind seiner Schwäche geworfen hatte.

All die Jahre über hatte er glauben dürfen, Gott habe ihm verziehen. Nun war er durch die Untat jener Hexe belehrt worden, daß Gott so leicht nicht zu versöhnen ist. Und war's auch nicht ihr Zauberfluch, sondern nur eine schlichte Lungenentzündung gewesen, wie ihn die Ärzte glauben machen wollten: Gott hatte den Knaben heimgeholt – ob so oder so.

Seither lebte Adrian Horn ohne Liebe. Er vermochte seine Liebeskraft nicht auf das Verhältnis zu seinen Schülern zu übertragen. Im Gegenteil: Jeder dieser Jungen, zumal jene, die im Alter des verstorbenen Ignaz waren, also die Fünfzehn- bis Sechzehnjährigen, erinnerten ihn an Gottes Zorn, und nur mühsam bändigte er Neid und Haß.

Seit einem Jahr jedoch, seit jener glücklichen Stunde zu Sankt Maria im Kapitol, war vieles anders. Vom Generalvikar zum Beichtvater und Aufseher des Katechismusunterrichts im Stift der Devotessen bestellt, war er zum Seelenfreund der tugendhaften Jungfrauen geworden – besonders einer, die nicht allein fromm, sondern auch gelehrig und ihrerseits befähigt zum Lehren war. Keine wußte die Regeln und Leitsätze des Katechismus so musterhaft herzubeten und mit der Strebsamkeit der Konvertitin so trefflich zu interpretieren wie dieses Fräulein von Stein.

Zunächst fühlte sich Horn durch den Umstand befremdet, ja abgestoßen, daß der Priester, der als erster das Saatkorn des rechten Glaubens in die irregeleitete Calvinerseele gesenkt hatte, kein anderer war als sein Mitbruder Friedrich Spee. Bald aber – Spee war weit – hatte es Adrian Horn mit Genugtuung erfüllt, daß es jenem Hexenfreund nicht gelungen war, Gertrude gleich beim ersten Anlauf zur Konversion zu bewegen. Nein, das hatte Gott dem Adrian Horn vorbehalten. Und wenn, so dachte er, der Herr alle meine Taten, meine Reue und meine Sühne verwirft – dieses eine muß Er bestehen lassen; um dieses Kindes willen wird Er mir endlich verzeihen.

Gertrude war schön, aber auch kühl und so unnahbar, wie ihr Beichtvater gefeit und reinen Herzens war. Und nicht anders als einst auf dem in Sünde gezeugten Sohn ruhten jetzt seine keuschen, zärtlichen Blicke auf dieser Magd des Herrn.

Zwischen Stadtmauer und Rhein, auf dem Treidelweg, fuhr die leichte Kutsche, in der, gewickelt in warme Decken, Adrian Horn vom Marianischen Kongreß heimkehrte. Zufrieden lehnte sich der Rektor zurück, ließ, durchs Fensterchen gegen die späte Sonne blinzelnd, zur Rechten die wehrhaft eintönige Stadtmauer an sich vorüberziehen und freute sich, sah er nach links, über den regen Schiffsverkehr, der ihm zu beweisen schien, daß der Herr seine segnende Hand vom heiligen Köln noch nicht abgezogen hatte. Stromabwärts glitten dickbäuchige Aaken, holländische Heringsfrachter und schlichte Lauertannen mit Elsässer Wein, die nur eine einzige Talfahrt machten, ehe sie in Amsterdam als Nutzholz abgewrackt wurden. Zweimal überholte die Kutsche auch Treidelpferde, die endlich verschnaufen durften, wenn die stattlichen Samoureusen nach großer Bergfahrt am Buttermarkt anlegten, um, wie das Kölner Stapelrecht es gebot, ihre Fracht kurzfristig zu entladen. Horn kannte sich aus; er verkehrte in Kaufmannskreisen und hatte auch schon manch heftigen Disput mit Weingutbesitzern gehabt, die, nur um in Frieden ihren Geschäften nachgehen zu können, die Freie Reichsstadt zur Not sogar an die Schweden verschachert hätten.

Als er wieder einmal nach rechts schaute, bemerkte er ein Paar, einen Priester in schwarzer Soutane und eine Frau, ein

Mädchen, eine Nonne wohl gar. Der Wagen überholte die beiden, und da genügte ein Blick aus den Augenwinkeln, um zu erfahren, wer sich da, höchst einverständig plaudernd, weltlichem Lustwandel ergab: sein Erzfeind Friedrich Spee und Gertrude von Stein, die Gottgeweihte von Sankt Maria im Kapitol.

Es war Spee nicht entgangen, wer an ihnen vorbeigefahren war. Und als hätte es nur noch dieser Begegnung bedurft, begriff er nun, wo seine Freundschaft mit der jungen Devotesse – wenn man es Freundschaft nennen durfte – ihre Grenzen zu finden hatte. Nicht nur Sitte und Anstand mußten sie setzen, sondern auch der Respekt vor dem Wirkungskreis des anderen. Daß Adrian Horn sein Feind war, durfte dabei keine Rolle spielen. Gertrude hatte wiederholt begeistert von ihrem Beichtvater erzählt. Horn war ein untadeliger Priester; man scheute zunächst seinen Ernst, seine Strenge, aber wer ihn so gut und so lange kannte wie Gertrude, mußte seine Gelehrsamkeit ebenso wie das Vertrauen schätzen, das er Menschen entgegenbrachte, die zu akzeptieren der mißtrauische Mann sich einmal entschlossen hatte. Gertrude gehörte zu diesen wenigen, und daß sie Lehrerin geworden war, verdankte sie allein Adrian Horn.

Natürlich hatte Gertrude auch ihm, und zwar schon vor Jahr und Tag, von jenem Besuch in Köln erzählt, der so grausig geendet, aber doch den ersten Anstoß zu ihrer Bekehrung gegeben hatte. Spee wagte nicht zu fragen, ob sie Horn auch die Dachbodennacht gebeichtet hatte. Sie sprachen nicht über dieses Geheimnis, von dem Spee annehmen wollte, daß es nur ihnen beiden gehörte. Wußte Horn davon, dann konnte das nur ein weiteres Argument für den Verdacht sein, daß Spee auch seine priesterlichen Pflichten nicht ernst nahm.

»Nun sind *Sie* da, Pater Spee«, plauderte Gertrude unbefangen, »und dadurch ist natürlich alles anders geworden. Ich werde die heilige Mutter Anna Franziska darum bitten, daß künftig *Sie* mein Beichtvater sein dürfen.«

Spee erschrak. »Dafür gibt es doch gar keinen Grund«, entgegnete er. »Du hast mir erzählt, daß du Pater Horn schätzt und wie sehr du ihm verpflichtet bist. Es müßte ihn verletzen, wolltest du dich von ihm trennen.«

Darauf lächelte Gertrude hintergründig. Es sah nicht so aus, als ließe sie sich von ihrem Vorhaben abbringen.

Es war nicht ihre Bedenkenlosigkeit allein, die Spee behutsam werden ließ. Während des Spaziergangs auf dem Treidelweg erzählte er von seinem Leben in den letzten Jahren. Er berichtete von dem Buch, das er in aller Heimlichkeit geschrieben hatte, und von den Restriktionen und Erniedrigungen durch unverständige Obere seines Ordens. Mit Dankbarkeit und Trauer sprach er von Philipp von Kronthal, der dafür gesorgt hatte, daß das Manuskript gedruckt wurde – wenn auch ohne die ausdrückliche Billigung des Verfassers. Und ohne Gertrude zu schonen, schilderte er die Verbrennung der Frauen im Westfälischen und Philipps erfolgreiche Reiterattacke zur Befreiung der Unschuldigen. Endlich sprach er von seinen bitteren Erfahrungen als Hexenbeichtvater des Kurfürstlichen Kommissars Doktor Schultheiß, der den Schöffen Romeßwinkel, eine abartige Kreatur, unter den Opfern wüten ließ. Er gestand, wie schwer es ihm gefallen war, den zum Flammentod verurteilten Frauen Trost zuzusprechen, und verschwieg nicht, daß er auch jenen, die, an Gott und seinen Dienern verzweifelnd, weder beichten noch kommunizieren wollten, die ewige Glückseligkeit verheißen hatte.

Aber dadurch habe er sich als Priester doch mit schwerer Schuld beladen, warf Gertrude ihm vor. Und bald verrieten ihre Bemerkungen sogar, daß sie jene Frauen und Mädchen für so schuldlos nicht hielt. Spee, so meinte sie, hätte wohl besser daran getan, die von Gott eingesetzte Obrigkeit, die ja wissen müsse, was rechtens sei, nicht zu kritisieren.

Es war Spee, wenn sie von jenen Frauen sprach, als mißbillige sie, daß er seine »reichen Gaben«, wie sie es ausdrückte, »an Weiber verschwende«, die so viel Liebesmüh, mochten sie nun mehr oder weniger schuldig sein, nicht verdienten – zumal es unzählige unbescholtene Frauen gebe, die geistlich darben müßten. Er wurde traurig und beschloß, sich künftig rar zu machen und den Treidelweg in den nächsten Wochen zu meiden.

Goswinus Nickel war es gelungen, Glimbachs Besuch vor den Schülern zu verbergen. Gleich nachdem er den Kommissar – man mußte wohl sagen: hinausgeworfen hatte, war er zum Rathaus geeilt, um formell Protest gegen die Störung des Hausfriedens einzulegen. Er war nicht gesonnen, dem rabiaten Doktor und seinen Soldaten noch einmal Gelegenheit zu geben, geistliches Territorium zu betreten.

Im Rathaus jedoch erwies sich keiner der Herren als zuständig. Es stand ja schon seit Weihnachten um Kölns städtische Belange nicht zum besten, da beide vom Rat gewählten Bürgermeister ihre Amtsgeschäfte nicht wahrnehmen konnten. Der eine, Herr Johann ter Lahn zu Lennep, liebte seine Frau zu sehr. In der Tat war das der Grund seines Fernbleibens. Die Ärmste lag, von einem krebsigen Geschwür zerfressen, zu Bett, und Herr ter Lahn wich nicht von ihrer Seite. Da mochten dringende Ratssitzungen anstehen, waren Morgensprachen zu verfassen, wollten Kuriere empfangen werden: Der Bürgermeister machte seiner Ehehausfrau kalte Wadenwickel und rührte sich nicht aus dem übelriechenden Gemach im Oberstock.

Auch der andere Bürgermeister ließ sich nicht blicken – und der war nun wirklich entschuldigt. Herr Constantin von Lyskirchen lag auf den Tod, mit seinem Ableben war Tag für Tag zu rechnen. Es stand schon recht erbärmlich um die Obrigkeit.

Goswinus Nickel war nichts anderes übriggeblieben, als im Amtszimmer des Ratsschreibers eine Protestnote zu verfassen, sehr improvisiert natürlich, und gegen Quittung zu hinterlegen.

»Die Vorgesetzten unserer Referenten sind zur Zeit dieselben selbst«, so hatte sich der Ratsschreiber in seinem Amtsdeutsch ausgedrückt und es Nickel anheimgestellt, sich über Glimbach bei Glimbach zu beschweren.

»Legen Sie diese Note oder dieses Pasquill, wie Sie wollen, dem Herrn Kommissar auf den Schreibtisch!« forderte Nickel und verließ das herrenlose Rathaus.

Tröstlicheres konnte er auch seinen Patres nicht erzählen. Er befahl ihnen Wachsamkeit und wies den Kastellan an, den Haupteingang verschlossen zu halten und nur auf vereinbarte Klopfzeichen zu öffnen.

»Bin ich verstanden worden?«

Der Provinzial blickte, reihum, jedem ins Gesicht. An einem glitt sein Blick vorbei. Goswinus Nickel glaubte zu wissen, wem er Glimbachs Besuch zu verdanken hatte.

Wie es Brauch war, hatte am folgenden Donnerstag, nach der Frühmesse, der Schüler Wilhelm Haichstein aus dem 5. Kursus, der Rhetorica, in wohlgesetztem Latein beim Studienpräfekten um die Erlaubnis zur wöchentlichen Spielstunde angehalten. Der Präfekt, der auf den Namen Jacobus Kritzraedt Gangeldiensis hörte, hatte die Bewilligung erteilt; die Schüler formierten sich vor der Anstalt. Diesmal waren die Vierzehn- und Fünfzehnjährigen der Klassen Poetica und Rhetorica des Humanistischen Kursus an der Reihe. Der Pater Präfekt und zwei andere Lehrer begleiteten die Jungen. Adrett sahen sie aus: die Schüler adeliger Abkunft in roten Mänteln mit in Gold eingefaßten Kragen, die Söhne von Kaufleuten in weißen Mänteln mit silbernen Borten, und jene aus weniger begüterten Familien, die Stipendiaten oder Pauperes, in schlichten dunkelblauen Umhängen. Alle trugen den hohen Anstaltshut, den sie auch beim Unterricht nicht ablegen durften.

Die Jesuiten hatten ihren eigenen Spielplatz vor dem Eigelsteintor, oberhalb von Merrheim. Da es jedoch in jüngster Zeit vor den Toren zu Scharmützeln und räuberischen Überfällen, einmal sogar zu Mordbrennerei gekommen war, hatte man sich entschlossen, die Spielstunden dort abzuhalten, wo auch die beiden anderen Gymnasien ihre traditionellen Ballplätze hatten: im Bereich der Wallgräben. In der Tiefe des Grabens, begrenzt von der gewaltigen Stadtmauer, deren Steinblöcke festgefügt wie Harnischplatten waren, und zur Stadt hin abgeschirmt vom schräg ansteigenden, mit Sträuchern und kleinen Bäumen befestigten Wall, konnte man ungestört von Wagen, Reitern und Kutschen Ball spielen oder auch um die Wette laufen, bis zur Höhe des Walles, wo der Präfekt dem Sieger ein schön auf Pergament gemaltes Heiligenbild überreichte. Auf der Talsohle standen, in einiger Entfernung vom Spielgelände, etliche Hütten, die zur Unterkunft der Schanzarbeiter dienten; Wälle und Mauern mußten ja ständig inspiziert und ausgebessert werden.

Einer der drei Lehrer, die heute Aufsicht hatten, war Friedrich Spee. Der Provinzial hatte den Regens angewiesen, Spee so lange noch im Gymnasium zu beschäftigen, bis er seine Vorlesungen an der Universität aufnehmen könnte. Widerwillig hatte sich Horn gefügt. Nun spielte der Pater Ball mit den Jungen, beteiligte sich mit hochgeschürzter Soutane auch am Wettlauf und beaufsichtigte den Reiterkampf, bei dem die Schüler einander auf die Schulter kletterten und den Gegner von seinem zweibeinigen Roß zu zerren suchten.

Als alle außer Atem waren, schleppte Markus Senkpiehl die Zahlentafel herbei. Die war Spees Erfindung; er hatte das Spiel in seinem »Tugendbuch« beschrieben. Die mannshohe Tafel war mit einhundertvierundvierzig Zahlen in regelloser Folge beschriftet; der Schüler stellte sie aufrecht vor sich hin, hielt sie mit beiden Händen, und in einigem Abstand warteten die anderen. Dann wurden einem der Jungen die Augen verbunden, er bekam einen Stock in die Hand und wurde vor das Brett geführt. Mit dem Stab tippte er auf eine Zahl. Dann durfte er die Binde abstreifen. Spee entnahm einer Liste, was die Zahl zu bedeuten hatte. Es handelte sich immer um Aufgaben, bescheidene Zumutungen, kleine Werke im Dienst der Barmherzigkeit.

So wurde Bernhard Böltjens aufgefordert, noch heute von seinen Tischgenossen ihre süße Nachspeise zu erbetteln und sie ins »Hundhaus«, das Spital der geistig Verwirrten, zu tragen. Andreas Schluckbier sollte dem alten Drögemüller im Hause

»Zum halben Mond« ein Buch aus der Schulbibliothek bringen, Peter von Halfingen hatte am kommenden Sonntag die gelähmte Frau Niederkehl im Wägelchen zur Messe zu fahren, und Stefan Kranefuß sollte einem blinden Knaben aus dem Heiligenleben vorlesen. Den Schülern machte das Spaß, zumal die meisten dieser Pflichten nur außerhalb des Hauses erfüllt werden konnten; Ausgang aus anderen Gründen wurde selten gewährt.

Als Walter Polt auf eine Zahl getippt hatte und Spee ihm gerade seine gute Tat zuweisen wollte, sprangen an zwei der Arbeiterhütten die Türen auf. Bewaffnete mit gefällten Hellebarden stürmten heraus und umstellten die kleine Gruppe. Das war kein marodierendes Pack, das waren reguläre Stadtsoldaten! Der Wachtmeister zog einen Zettel aus dem Lederkoller und erklärte, von einem hochweisen Rat beauftragt zu sein, die Schüler Stefan Kranefuß, Matthäus Obermaier, Johannes von Erbfeldt, Hieronymus Übelacker und Martin Salm zwecks amtlicher Einvernahme gefänglich abzuführen.

Spee und Studienpräfekt Kritzraedt zögerten keine Sekunde und erhoben mit lauter Stimme Einspruch; der andere Lehrer, Pater Bolte, brachte kein Wort heraus. Die Schüler wirkten eher verlegen als ängstlich, und die, deren Name gefallen war, fühlten sich beinahe bevorzugt. Zwei hatten züchtig die Lider gesenkt, die anderen lasen aus den Gesichtern der Mitschüler nicht allein Neugier, sondern auch Bewunderung, vielleicht sogar Neid.

Der Studienpräfekt zwang sich dem Wachtmeister gegenüber zu äußerster Höflichkeit.

»Der Herr wolle bedenken, daß diese Zöglinge der priesterlichen Jurisdiction unterstehen. Somit kann seinem Ersuchen nicht Folge geleistet werden. Mein Auftrag – dies nehme der Herr zur Kenntnis – verpflichtet mich, diese siebenundzwanzig Knaben der Klassen Poetica und Rhetorica vollzählig zurück ins Gymnasium zu bringen.«

Der Wachtmeister verlegte sich gar nicht erst auf eine Entgegnung; er sah zum Stadtwall hinüber, über dessen winterlich bereiften Rasen ein kleiner Mann in schwarzem Umhang mit kegelförmigem Hut herunterstolperte. Dem wollte der Wachtmeister das Weitere überlassen. Seine Leute blieben mit ihren waagerecht gehaltenen Hellebarden unbeweglich stehen, bis sie dem zierlichen Herrn, der gestikulierend näher kam, einen Durchlaß öffnen mußten.

Nun, nach vier Jahren, sah Spee ihn wieder: Kölns Hexenkommissar, mit dem er sich seinerzeit, um Katharina Henots willen, in lange Dispute eingelassen hatte: Doktor Heinrich Tectorius Glimbach, dem sie, als er zwölf Jahre alt war, die Mutter als Hexe abgeholt und verbrannt hatten. Heute noch konnte er die Narbe am Hals vorzeigen, wo der Büttel ihn, der in kindlicher Unterschätzung obrigkeitlicher Gewalt der Mutter zu Hilfe geeilt war, mit dem Degen getroffen hatte. Glimbach also, der in den letzten Jahren selber zum rücksichtslosen Hexenbrenner geworden war!

Sein sommersprossiges Haupt schien im Verhältnis zum Körper noch an Umfang gewonnen zu haben. Seine Gesten waren fahrig, seine Stimme war noch schriller geworden. Er wirkte überarbeitet, immer wieder rollten ihm die Augen wie unter Zwang nach oben; es sah aus, als erflehe er für jeden Satz die Zustimmung des Himmels. Er hatte Spee sofort erkannt.

Der Studienpräfekt überfiel den Kommissar mit heftigen Vorwürfen, verlangte, er solle seinen Leuten befehlen, »die alberne Umzäunung« zu unterlassen, und begründete seinen Protest mit dem Hinweis, die Stadt habe kein Recht, auf dem »kirchlichen Territorium des Spielplatzes« Sistierungen vorzunehmen.

Dem widersprach der Kanonikus aufs liebenswürdigste.

»In der Tat hat Ihr verehrter Provinzial mich unlängst belehrt, daß der Stadt eine Verhaftung im Gymnasium als einem kirchlichen Besitz nicht erlaubt sei. Ich mußte mich fügen, denn er hatte recht. Die Wallgräben jedoch, hochwürdiger Pater Kritzraedt, sind unumstritten städtisches Gelände. Sie werden mir das Gleichnis verzeihen: Aus einem Badhaus wird kein Gotteshaus, nur weil ein Mönch es betritt.«

Dann verlangte er, daß man ihm die genannten Zöglinge bezeichne. Ohne den Präfekten, der nichts mehr zu entgegnen wußte, zu befragen, schob Pater Bolte die inkriminierten Schüler in die Mitte des Kreises. Das Murren der anderen half nichts, die fünf mußten sich hintereinander aufstellen, und schon marschierten die Soldaten mit ihnen davon, Glimbach an der Spitze.

So jäh von den Kameraden getrennt, wurde den Abgeführten nun doch bänglich zumute; der kleine Übelacker verbiß sich das Weinen, und Matthäus Obermaier schimpfte grob bairisch vor sich hin.

Die Zurückgebliebenen empörten sich laut, einige Adelsschüler drohten offen, sie würden ihre Eltern benachrichtigen; der Vorfall werde schlimme Folgen haben.

»Auch für das Gymnasium!« rief Thomas von Röthlinghof. Das zielte auf die Lehrer, denen er lasches, eines ignatianischen Gottesstreiters unwürdiges Verhalten vorwarf. Markus Senkpiehl, der sich hinter der Zahlentafel als einem Schild versteckt hatte, um nicht auch noch die Aufmerksamkeit des Kommissars zu erregen, gab ihr einen Tritt und trampelte in einem Wutanfall darauf herum.

»Pater Präfekt«, sagte Spee. »Sie werden mich für eine Weile beurlauben müssen.« Und ohne die Antwort abzuwarten, folgte er den verhafteten Schülern.

Schon am Eigelstein holte er Glimbach ein und ließ nicht locker, bis der Kommissar geruhte, auf seine scharfen Proteste zu reagieren. Er wandte nur den Kopf, sah den unliebsamen Begleiter von der Seite her an und sagte: »Sie sind alt geworden, Spee. Ihr Haar ist früh ergraut, Ihre Augen sind müde. Sie sind doch erst um die vierzig – wie? Nun, das überrascht mich nicht. Wie alt und krank Sie in Wahrheit sind, das hat mir bereits Ihr Buch verraten. Jedes Ihrer sogenannten Argumente läßt darauf schließen, daß es einem Hirn entsprossen ist, das … Nun, ich will das nicht weiter ausführen.«

Spee begriff, daß er den Dingen ihren Lauf lassen mußte.

Fürs erste.

Soeben erst hatte der Außerordentliche Gesandte König Ludwigs XIII. von Frankreich den Audienzsaal zu Schloß Brühl bei Bonn verlassen – und schon führte Ferdinand, Herr von Kurköln, sich vor seinen Geheimen Räten auf, als habe der Diplomat ihm eine Kriegserklärung überbracht. Doch galt sein unchristliches Fluchen weniger der Allerchristlichsten Majestät als seinem nächsten Nachbarn, dem Herrn Philipp Christoph von Sötern, Kurfürst und Erzbischof von Trier.

»Der allein hat uns das eingebrockt, diese ständigen Zumutungen aus Paris!« rief Ferdinand und verließ seinen Sessel, um mit ausgreifenden Schritten den Saal zu durchmessen. »Gichtiger Glatzkopf, der! Weil er die französische Karte spielt – nicht ohne Glück, man muß es ihm lassen –, glaubt er auch uns den Abfall vom Kaiser empfehlen zu dürfen! Und immer dieser Hinweis auf die Herren Franzosen, wie die es doch so gut mit dem Schwedenkönig können! Ein einziges empfehlendes Wörtlein aus Paris werde den großen Herrn so gnädig stimmen, daß er uns die Neutralität gewährt! Was aber ist der Preis, den wir ihm zahlen sollen? Verrat am Kaiser! Das muten sie einem deutschen Landesherrn zu, einem Erzbischof und Kurfürsten!«

Ferdinand war erregt; sein Leibarzt Doktor Holzemius, der ihn kaum mehr aus den Augen ließ, sah es mit Sorge. Durchlaucht war schon immer schwach auf der Brust gewesen, und nun halfen die schwefeligen Wasser aus Niederbaden auch nicht mehr so recht.

»Kardinal Richelieu denkt eben noch weiter«, sagte Herr Petrus Nikolartius, der kleine drahtige Generalvikar aus Münster. »Er empfiehlt uns nicht nur die Neutralität, sondern sogar das Bündnis mit den Schweden! Er meint, wir schlügen unseren Vorteil leichtfertig in den Wind, wenn wir uns für das Kaiserliche Haus Habsburg aufopferten.«

Ferdinand war empört.

»Mich mit den Schweden verbünden! Dann noch eher mit den Franzosen. Die sind wenigstens keine Ketzer.«

»Das wird sich eben auch der Trierer Kurfürst gesagt haben«, gab Nikolartius zu bedenken.

»Dieser Lump! Den Franzosen Ehrenbreitstein zu überlassen! Und die Passage über die Koblenzer Brücke! Ein feiger Kujon, mein Vetter Philipp Christoph! Ein Hoch- und Landesverräter!«

Mit betonter Höflichkeit, aber so nachdrücklich, wie es ihm seine Stellung als erster Mann bei Hofe erlaubte, griff nun Obersthofmeister Franz Wilhelm von Wartenberg in die Diskussion ein. Der Fürstbischof und Direktor des Geheimen Rates war erst vorgestern aus seiner Diözese Osnabrück eingetroffen – auch er, wie so viele geistliche Landesfürsten, auf der Flucht vor den Schweden und Hessen.

»Ich darf Euer Durchlaucht respektvollst daran erinnern, daß *Neutralität* auch anderen deutschen Fürsten nicht gar so abwegig erscheint.«

»Sie denken an meinen Bruder«, sagte Ferdinand trocken.

»In der Tat. Kurfürst Maximilian hat, was sein Bayern betrifft, sehr wohl an Neutralität gedacht.«

»Das war vor zwei Jahren. Da sah die Welt noch anders aus.«

»Man müsse an die eigene Rettung denken, hat er gesagt.«

»Na und? Das ist keine Schande.« Ferdinand setzte sich. Er schien sich einen Moment zu besinnen. Dann sagte er mit großem Ernst: »Solange es kein Verrat ist.«

»Aber Gott sei Dank war er dann doch katholisch genug, sich nicht darauf einzulassen«, sagte Wartenberg. Der mokante Ton brachte den Kurfürsten auf.

»Was hat das mit der Konfession zu tun? Kardinal Richelieu läßt sich auch nicht gern unkatholisches Verhalten vorwerfen und paktiert doch mit dem schwedischen Ketzer. Der Franzose will nur eins: das Haus Habsburg vernichten. Und eben darin ist er sich mit Gustav Adolf einig. Gegen einen Maximilian als König der Bayern oder gar als Kaiser der Deutschen hätte er nichts einzuwenden – jedenfalls solange der ihm nicht auch so mächtig würde wie die Habsburger. Das war schon eine gehörige Versuchung für meinen Herrn Bruder in München, als die Franzosen ihm den Abfall nahelegten. Und ihm klarmachten, was er dafür bekommen könnte. Aber Verrat? Um einen Judaslohn? Obwohl's nicht um dreißig Silberlinge gegangen wär', sondern um eine Königs-, eine Kaiserkrone! Immerhin. Nein, nein, das ist nicht Maxens Art. Die Entscheidung ist längst gefallen. Die Katholische Liga wird wieder mobilgemacht.«

»Mit einem maroden Greis an der Spitze ihrer Armee!« sagte Wartenberg.

»Unterschätzen Sie den Tilly nicht!« empfahl Nikolartius. »Der hat sich von der Niederlage zu Breitenfeld schon wieder ausgezeichnet erholt.«

»Der Kaiser wird seinen entlassenen Feldherrn zurückrufen müssen«, erlaubte sich Doktor Holzemius einzuwerfen, obwohl er sich im allgemeinen nicht in politische Gespräche mischte. »Ohne den Wallenstein geht es nicht.«

Ferdinand beschloß nun, das Thema zu wechseln. Über die Schulter fragte er den hinter ihm sitzenden Leibarzt: »Wie geht's eigentlich meinem armen Vetter aus Bamberg?«

»Leider nicht besser«, sagte Doktor Holzemius. »Man läßt Exzellenz zwar täglich zur Ader, aber er wird trotzdem immer schwächer. Jetzt hat man sogar nach einem Arzt aus den Generalstaaten geschickt. Als hätten die calvinischen Niederländer die besseren Mediziner! Ich selber würde mich einer Bitte nicht versagen – aber es ist noch kein Ruf an mich ergangen.«

»Was Ruf!« fiel ihm der Kurfürst ins Wort. »Ich entsende Sie! Sie sind ein trefflicher Arzt – wie könnt' ich Sie meinem lieben Vetter vorenthalten? Schauen Sie auch beim Bürgermeister mal nach; dem ist die Ehehausfrau erkrankt.«

Holzemius verneigte sich. Natürlich fühlte er sich geehrt – aber die Frau ter Lahn und der Bamberger, das waren hoffnungslose Fälle; Ruhm gab's da nicht zu ernten.

»Ein guter, ein redlicher Mann, mein Vetter Fuchs von Dornheim«, fuhr der Kurfürst fort. »Einer, der sich nicht dreinreden läßt, der durchführt, was er als recht und billig erkannt hat. Es gehört schon einiges dazu, seine engsten Ratgeber und Minister hinrichten zu lassen! Jesus Maria, das muß ganz schön gequalmt haben im Erzbistum Bamberg. Und nebenan, in Würzburg, nicht minder!« Er schneuzte sich. »Das ist es, was ich am Bamberger bewundere: die Konsequenz!«

Daß ihm jetzt keiner zustimmte, überraschte ihn nicht. Dennoch verweilte Ferdinand noch länger bei Teufelsbündnis und Hexerei: »Was tut sich übrigens in Köln? Habe gehört, bei meinen lieben Jesuiten stimmt was nicht?«

»Im Tricoronatum, ja«, sagte Nikolartius. »Scheint eine ähnliche Affäre zu sein wie vor drei Jahren hier in Bonn mit unserem Priesterseminar.«

»Erinnern Sie mich nicht daran! So schmucke, hoffnungsvolle Knaben …«

Nicht nur der Kurfürst schauderte im Gedenken an die Scheiterhaufen, die seinerzeit am Rheinufer errichtet worden waren.

»Finden Euer Durchlaucht nicht auch die allgemeinen Fluchtbewegungen etwas beschämend?« lenkte Nikolartius ab, wohl zur Erleichterung aller. »Ein geistlicher Fürst sollte, zumal wenn er in einer gut bestückten Festung sitzt, in seiner Stadt bleiben und sie verteidigen. Wie kann er erwarten, daß seine Truppen sie halten, wenn er selbst das Hasenpanier ergreift?«

Nikolartius wußte, ohne hinzusehen, daß der Osnabrücker Fürstbischof ihn jetzt wütend anblickte. Schließlich war auch Wartenberg aus einer reich armierten Zwingburg geflohen. Betont konziliant fügte er deshalb an: »Etwas anderes ist es natürlich, wenn man, wie Herr von Wartenberg, von seinem Herrn ausdrücklich gerufen wird …«

»Recht haben Sie, Nikolartius!« sagte der Kurfürst. »Alles flieht nach Köln! Die Stadt muß ja schon aus den Nähten platzen!«

Der Kurfürst erwähnte nicht, daß längst Vorkehrungen getroffen waren, auch ihn mitsamt seinem Bonner Hofstaat in die Mauern der Reichsstadt zu überführen. Aber das wußte ohnedies jeder. Immerhin, so meinte er, war die Situation hier genauso gefährlich wie kürzlich in Würzburg und Bamberg, und diese Städte waren ja auch dem Feinde zum Opfer gefallen. Auch hier lag man, seit der Schwede nicht nur in Mainz und Frankfurt saß, sondern im Dezember auch Bingen besetzt und sich gar in Koblenz mit einem ganzen Korps eingenistet hatte, sozusagen in Schußweite des Gegners.

Ging Ferdinand vielleicht gerne nach Köln? In diese Löwenhöhle? Das war ja, als flüchte er von einem Feind zum anderen! Ihm graute vor der stickigen Luft im Erzbischöflichen Palais in der Trankgasse. Und gleich nebenan und ums Eck herum die ewig grantelnden geistlichen Herren aus Würzburg und Mainz! Und dieser moribunde Bamberger! Da wetteifert man doch nur miteinander in Todesangst und sündhafter Menschenfurcht! Neutralität für Kurköln – schlecht wär's gewiß nicht. Wenn doch sogar die *Stadt* – des Kaisers Stadt! – beim Schweden antichambriert. Oh, Politik …

Als die anderen Herren gegangen waren, blieb Ferdinand mit Wartenberg zurück. Der Obersthofmeister hatte die Geheimen Räte und den Leibarzt noch vor die Tür begleitet. Als er wieder in den Saal kam, empfing der Kurfürst ihn mit ausgebreiteten Armen und schlug ihm die Hände auf die Schultern. Sie hatten sich, seit Wartenberg in Brühl eingetroffen war, noch gar nicht richtig begrüßt.

Sie waren etwa gleich groß: Ferdinand hager, mit eingefallenen Wangen und modischem Spitz- und Knebelbart. Der Fürstbischof von Osnabrück trug, wie der Erzbischof, weltliche Kleidung – sie hatten ja beide nicht die gehörigen Weihen, die sie in Wahrheit erst zum Priesteramt befähigt hätten. Wartenberg erfreute sich robuster Gesundheit; er war ein athletisch gebauter Mann um die vierzig, wegen seines militanten Glaubenseifers gefürchtet von allen Protestanten zwischen Rhein und Weser.

»Hab' dich arg vermißt, lieber Vetter«, sagte der Kurfürst und fiel ins vertraute Du. »Immer nur Briefe! Und seit ich die, der ledigen Spione wegen, auch noch chiffrieren lassen muß, haben sie schon gar nichts Persönliches mehr. Glaub mir, ich werde von Tag zu Tag einsamer. Doch schon übergenug von mir! Wie bist du dem Feind entronnen? Erzähl!«

Der Fürstbischof war mit knapper Not aus seiner Stadt entwischt. Er hatte ja nicht nur vor Schweden und Hessen fliehen, sondern auch ein wachsames Auge auf seine Osnabrücker haben müssen. Die liebten ihn nicht. Seit er sich von ihnen seine »Petersburg« – eine Zwingfeste, nichts anderes – hatte erbauen lassen, ballten die Osnabrücker die Faust in der Tasche, wenn er, von der Sauhatz heimkehrend, durch ihre ärmlichen Straßen trabte. Daß sie den Flüchtenden und seine lange, mit Schätzen beladene Wagenkolonne sogar mit Steinen beworfen hatten, als er den Burgweg hinunterritt – das verschwieg er seinem Herrn und Freund. Ferdinand brauchte nicht zu wissen, daß Franz Wilhelm von Wartenberg sein eigenes Bistum noch immer nicht befriedet hatte.

»In Telgte war's wieder Winter geworden, wir mußten Schlitten requirieren«, sagte er. »Alle Straßen waren verweht, der Schneesturm lockte keinen Hund und erst recht keinen Schweden vor die Tür. In Münster stieß Nikolartius zu uns …« Er stockte, entsann sich dessen süffisanter Bemerkung von vorhin, und beendete den Satz: »… der dort äußerst unbeliebt zu sein scheint. Fehlte nicht viel, und man hätte ihn gesteinigt, als er zu mir in die Kutsche stieg.«

Ferdinand schüttelte den Kopf. Er hatte geglaubt, sein tüchtiger Münsterscher Generalvikar beherrsche die Stadt wie ein Türkensultan. Oder wie Wartenberg seine Osnabrücker.

»Hast du etwas von Pelking gehört? Weiß man Neues von ihm?«

»Nichts anderes, als daß der Hesse ihn hat.«

Das Schicksal des Paderborner Weihbischofs Johannes Pelking bekümmerte Ferdinand sehr. Pelking war einer seiner besten Leute, ein Sturmbock der Gegenreformation. Und der ließ sich gefangennehmen!

»Was ich weiß, weiß ich natürlich auch nur vom Hörensagen«, erwiderte Wartenberg. »Die letzte Nachricht, die ich von ihm erhielt, war ein Brief: Es ging da um eine ziemlich unangenehme Sache. Um den Verfasser dieses Buches über die Hexenprozesse.«

»Um wen?« fragte der Kurfürst. Er war mit seinen Gedanken noch bei Nikolartius.

»Man hat bald herausbekommen, wer der Autor ist. Ein Jesuit, Spee heißt er. Er war zu feige, seinen Namen aufs Titelblatt zu setzen.«

»Und was hat Pelking mit diesem Mann zu tun?«

»Er hatte mich auf ihn und sein Buch aufmerksam gemacht. Und auf die sehr bedenkliche Resonanz, die es in Schülerkreisen gefunden hat – und leider nicht nur bei Schülern! Das Kuriose ist, daß Pelking auf diesen Spee einmal große Stücke hielt.«

»Und wo ist er jetzt?«

»Ich werde es herausbekommen«, sagte Wartenberg. »Im Jesuitenkolleg wird man Näheres wissen. Vielleicht ist er sogar in Köln.«

»Was steht in dem Buch?«

»Ihr kennt es also nicht? Keiner Eurer Herren hat es Euch vorgelegt?«

»Ich kann mich nicht um jeden juristischen Disput kümmern.«

»Es ist kein Disput – es ist eine Empörung«, sagte Wartenberg. »Eine gedruckte Rebellion gegen Recht und Gesetz. Und deshalb – so wenig man das einem Jesuiten zutrauen mag – auch ein Angriff auf unseren Staat und sogar auf unsere Religion!«

»Der Mann lebt in meinen Landen?«

»Könnte sein. Aber wahrscheinlich hält er sich in der Reichsstadt auf.«

Der Kurfürst schien zu überlegen. Dann fragte er, lauernd: »Du sagst: Angriff auf Recht und Gesetz. Das heißt also: auch auf mich?«

»Das versteht sich«, erwiderte Wartenberg.

»Du erlaubst, daß ich wiederhole«, sagte der Kurfürst. Beunruhigt sah Wartenberg kleine Schweißperlen auf der Stirn des Vetters. »Auf mich? Ein Jesuit greift mich an? Undenkbar!«

»Was habt Ihr?« rief Wartenberg. »Soll ich den Arzt rufen?«

Der Kurfürst zitterte. Dicke Tropfen traten auf seine Stirn. Und schon rollte es aus der Tiefe der Lunge hervor und versetzte den ganzen Körper in Erschütterung; ein Husten begann, der kein Ende nehmen wollte, der sein Opfer auf die Knie zwang und wild um sich speien ließ. Mit angstvoll geweiteten Augen schien Ferdinand um Luft zu flehen, während Wartenberg zur Tür stürzte, um nach Doktor Holzemius zu rufen.

Doch so plötzlich wie er gekommen war, ließ der Anfall nach. Mit ein paar langen keuchenden Atemzügen fand der Erschöpfte zur Ruhe, fand auch die Stimme wieder, tat, als sei ihr Gespräch nicht unterbrochen worden.

Wartenberg hätte das Thema wechseln können, zumal es ja wohl sein Bericht gewesen war, der seinen Herrn so aufgeregt hatte. Er tat es nicht. Er war selbst so empört über jenen unverschämten Ordensmann, der ja schon beinahe, wie einst der Doktor Luther, an unverrückbaren Fundamenten rüttelte, daß er die günstige Gelegenheit nicht versäumen wollte, diesem Jesuiten, und mit ihm dem gesamten Orden des heiligen Ignatius, eins auszuwischen. Denn, anders als Ferdinand, liebte Wartenberg sie nicht, diese »Geheimagenten des Heiligen Vaters«, wie er sie gern nannte. Er hielt zur Weltgeistlichkeit, die auch seine eigene Stellung gegen den imperialen Anspruch mancher Orden, der Jesuiten zumal, verteidigte. Aber Ferdinand, das war hinlänglich bekannt, hatte einen Narren an den schwarzen Brüdern gefressen – wie sonst hätte er, der oft nicht wußte, wovon seinen nicht einmal üppigen Hofstaat bezahlen, ihnen eine so pompöse Kirche wie Sankt Mariä Himmelfahrt in der Marzellenstraße stiften können – eine Großzügigkeit, die ihm im Klerus mehr Feinde als Freunde gemacht hatte.

»Wenn Ihr gestattet, werde ich mich beim Provinzial erkundigen, wo der Mann sich zur Zeit befindet.«

»Ja, bitte!« sagte Ferdinand und betupfte Kinn und Wangen mit einem Spitzentuch. »Und beschaff mir dieses Buch! Ich will mit eigenen Augen prüfen, ob es wahr ist, daß ausgerechnet ein Jesuit Unruh' und Rebellion in meine Lande trägt. Als machte uns nicht schon der Feind genug zu schaffen!«

»Lamentatio animae suspirantis ad Deum pro exstirpatione magiae«* – so hatte, nicht ohne Sinn für Poesie, Kanonikus Glimbach sein Traktat genannt. Auch er war nun endlich Schriftsteller geworden. Das ganze letzte Jahr über hatte er abends in seiner gemütlichen Kaminecke zu Sankt Severin gesessen, zahllose Gänsekiele zerdrückt, zuweilen, wenn es um eine besonders heikle Formulierung ging, auch zerbissen – und eines Tages war er, steifbeinig vom vielen Sitzen und unterm Arm sein Manuskript, zum Druckhaus Quenteley des Herrn Johannes Krebs im Hause »Zum Palast« am Domhof geschritten. Endlich sollte die Quintessenz seiner Erfahrungen als Hexenkommissar gedruckt und somit einer breiteren Öffentlichkeit, die sich entsetzen würde, zugänglich gemacht werden.

Der erste, der sich entsetzte, war der Drucker. Er hatte nur das Resümee auf der letzten Seite gelesen – aber das genügte ihm, um zum Verfasser aufs Rathaus zu eilen. Es sei da, so wagte Johannes Krebs mit gebotener Vorsicht zu vermuten, dem Herrn Kommissar wohl ein Irrtum unterlaufen, der, so geringfügig er sich ausnehme, am Ende vielleicht doch schlimme Folgen, nicht wiedergutzumachende, haben könnte.

Glimbach wußte sofort, was der Drucker meinte, und durfte sich in der Hoffnung wiegen, diese erste Reaktion sei gewiß nur ein matter Reflex, verglichen mit den feurigen Erleuchtungen, die seine Schrift noch bewirken werde.

Weiter dachte er nicht. Der Umstand, daß er sich mit seinem Buch würdig in die Reihe angesehener Hexenwissenschaftler, wie Delrio, Bodin, Binsfeld, Schultheiß, Blankenberg und

* Klageruf einer Seele, die um Ausrottung der Zauberei zu Gott emporruft.

Romeßwinkel, gestellt hatte, mußte seine Fähigkeit zur Selbstkritik beeinträchtigt haben. Vielleicht war es auch schon das Alter, das dem bald Fünfzigjährigen zu schaffen machte. Immerhin ließ sein Gedächtnis nach; er vergaß wichtige Vorhaben von einer Minute zur anderen, während er sich an Ereignisse aus seiner Jugend erinnerte, als seien sie gestern geschehen.

Wie sie seine Mutter abgeholt hatten, das hatte er nie vergessen. Aber seit einiger Zeit überfiel ihn die schreckliche Szene immer wieder mit Urgewalt; er hätte sich nicht gewundert, wenn die Halsnarbe aufgesprungen und, wie damals, das Blut herausgeschossen wäre. Und weiter sah er im Geiste sogar, was zu sehen dem Knaben gütig erspart geblieben war: wie sie die Mutter zum Holzstoß führten und verbrannten. Er war ja nur deshalb Hexenverfolger geworden, weil er sich immer aufs neue die Berechtigung solcher Anklagen vor Augen führen mußte. Aus der Vielzahl der Fälle, aus der Menge der von ihm für schuldig Befundenen leitete er nachträglich auch die Schuld seiner Mutter ab. So hatte er zu Friedrich Spee vor vier Jahren, als es um das Schicksal Katharina Henots ging, gesagt: »Sie war schuldig – weil sie schuldig sein muß. Denn wäre sie nicht schuldig gewesen, dann könnte man das von anderen Verurteilten, die bis zur Folter ebenfalls alles abgestritten haben, auch annehmen. Und denkt man, rein versuchshalber, weiter, dann könnte es sich sogar um Tausende, Zehntausende, Hunderttausende handeln ...«

Als das Gespräch mit Spee an diesem Punkt angelangt war, hatte Glimbach sich das Weiterdenken untersagt.

Seit einer Woche war nun die »Lamentatio« ausgeliefert, und wer in Köln mit der Entwicklung der Wissenschaft Schritt halten wollte, hatte sich das Buch gekauft.

»Der Mann ist wirklich beschlagen«, murmelte Bürgermeister Johann ter Lahn von Lennep. Er saß, wie all die Tage, am Krankenbett seiner Frau Mathilde und hatte gerade die oft unterbrochene Lektüre wieder aufgenommen.

»Alle drei Stunden ein Klystier. Und viel Wasser trinken! Sie werden sehen, die Digestion belebt sich alsbald!«

Gläubig hatte er die Anweisung des Arztes befolgt. Schließlich war es nicht der alte Medikus Schraderus von nebenan gewesen, der schon ter Lahns erste Frau zu Tode kuriert hatte, sondern der Herr Doktor Balthasar Holzemius, der Leibarzt des Kurfürsten, und der war gestern, eigens aus Bonn kommend, zu ter Lahns Überraschung und Rührung im Hause am Heumarkt erschienen, vom kurkölnischen Landesherrn beauftragt, der Bürgermeistergattin Hilfe zu leisten.

Das war durchaus ungewöhnlich. In noch nicht lange verlebten Zeiten waren der Fürstbischof von Kurköln und die Bürgermeister der Freien Reichsstadt einander spinnefeind gewesen – wenn nicht aus bestimmten Anlässen, an denen nie Mangel war, so doch aus Tradition. Und nun schickte Ferdinand seinen Leibarzt! Ter Lahn schüttelte, noch immer verwundert, ja befremdet den Kopf. Aber er war Realist genug, sich einzugestehen: So viel Fürsorge hatte er nicht seinen Meriten zu verdanken, sondern höchstwahrscheinlich allein dem Umstand, daß der Kurfürst bereits die Koffer gepackt hatte, um vor den Schweden aus dem schlecht befestigten Bonn ins wohlverwahrte Köln zu fliehen. Da mußte er bei den Oberen der Stadt schon rechtzeitig gut Wetter machen, um es nicht allzu unbequem in seinem städtischen Exil in der Trankgasse zu haben.

»Gewiß, meine Liebe, ich richte dir's.«

Mathilde, die starke Leibschmerzen hatte, lag verkrümmt im Bett; ihr Mann schüttelte die Kissen auf, faßte den arg vom Fleische gefallenen Leib unter die Achseln, setzte sie aufrecht und strich ihr die schweißnassen Strähnen aus der Stirn. Sie hatte ihm sechs Kinder geboren, drei waren gestorben, die anderen waren seit der Krankheit der Mutter in guten Häusern untergebracht. Herr ter Lahn fürchtete, sie könne ohne ihn sterben, deshalb vermied er es, sich aus dem Hause zu entfernen. Trotzdem war er bereit, die Amtsgeschäfte zu erledigen, aber die Ehrgeizlinge im Rathaus brachten ihm keine Akten! Es liege nichts vor, sagten sie schlicht. Dabei warteten sie, das war doch sonnenklar, nur auf die nächste Wahl, die am 27. Juni fällig war. Sie standen ja schon Schlange, die Bolandt, Geil, Rodtkirchen, Hardenrath, Scharpfenstein, die Ältesten jener angesehenen Familien, aus denen allein der Rat seine Häupter wählte.

Da er nun einmal aufgestanden war, ging er auch gleich zur Tür und rief seiner Haushälterin zu, sie solle das nächste Klystier bereiten. Dann füllte er aus dem Fäßlein, das Doktor Holzemius hinterlassen hatte, heilendes Wasser aus Griesbach in ein Glas. Der Griesbacher Brunnen wirke, so Doktor Holzemius, sänftigend auf eine hitzige Leber, lockere einen leidigen Stein, stärke und purgiere das Gedärm und setze sich wohltuend auf die Nieren. Und da auch Doktor Holzemius nicht wußte, wie er sich die Krankheit der Bürgermeisterin erklären sollte, verließ er sich auf die guten alten, vielfach bewährten und vielfältigst anzuwendenden Arzeneien der Väter: Wasser und Klystier.

Der Bürgermeister setzte sich wieder und griff abermals zu Glimbachs Buch. Da pochte es unten an die Haustür, der Diener kam und kündigte einen aufgeregten Jesuitenpater an. Unwillig brummend verließ Herr ter Lahn das Krankenzimmer.

Spee war außer Atem. »Ihr Ratskommissar, Herr Bürgermeister, hat fünf unserer Schüler in den Turm gesperrt! Ich habe darauf bestanden, mit ihnen eingeschlossen zu werden. Sie brauchen geistlichen Beistand. Aber die Ratssoldaten haben mich brutal auf die Straße gestoßen.«

Herr ter Lahn versuchte, ihn zu besänftigen. Zutritt werde er ihm gewiß verschaffen können – doch, ja, er werde ihm einen »Laissez-Passer« ausstellen. Er rief nach Tinte und Papier.

»Immerhin versieht Herr Doktor Glimbach sein Amt seit vier Jahren mit großer Zuverlässigkeit. Und er ist ja auch wirklich ein erstklassiger Spezialist. Gerade lese ich sein Buch, die ›Lamentatio‹; bin auf den letzten Seiten. Kennen Sie es?«

»Ich habe es nicht gelesen«, sagte Spee.

Der Diener brachte das Schreibzeug. Herr ter Lahn fertigte einen Revers für den Frankenturm aus und versicherte dem Pater, er werde sich »très loyalement« um die Angelegenheit kümmern. Dann bat er ihn, für seine Frau zu beten. Spee versprach es. Er ging mit schwerem Herzen.

Im Frankenturm fand er den Turmwärter Schlingerer vor, der ihn an den Burggrafen Ludolphus verwies. Der allein sei bevollmächtigt, Besuchserlaubnis zu erteilen. Spee bemühte sich, dem behäbigen Mann klarzumachen, daß er diese Erlaubnis bereits besitze. Gewiß, gewiß, meinte Schlingerer, er werde den Turm ja auch betreten dürfen, jedoch müsse zuvor, so wolle es die Vorschrift, die Erlaubnis des Bürgermeisters beglaubigt werden. Im übrigen: Den Jungen gehe es ja gut. Er habe auch dafür gesorgt, daß sie Unterhaltung hätten. Das Pitterche, seinen eigenen Sohn, habe er ihnen zeitweilig zugesellt, damit der Filius auch einmal mit anderen Knaben zusammenkomme. Er brauche ja nicht zu befürchten, daß sein Söhnchen von Ketzer und Zauberthesen verdorben werde. Denn das Söhnchen sei ihm leider von der Hebamme »versaut« worden und verstehe die menschliche Sprache so wenig, wie es sich ihrer bedienen könne. Ja, also Burggraf Ludolphus wohne gleich gegenüber.

Der Burggraf, dessen Verwaltung alle Türme der Stadtbefestigung unterstanden, zeigte sich nicht sehr beeindruckt vom Passierschein des Bürgermeisters. Als Beichtvater wolle Spee zugelassen werden, so, so. Es sei aber von der Diözese bereits ein Beichtvater für die Gefangenen eingeteilt worden, Pater Theobald von den Franziskanern; das sei dem Herrn Bürgermeister wohl nicht bekannt gewesen. Es müsse also zunächst geklärt werden, ob Herr ter Lahn die Permission auch in Kenntnis des vorerwähnten Umstandes ausgestellt hätte. Spee verließ den liebenswürdigen Herrn zornig, aber machtlos. Man werde es beschleunigen, hatte der Burggraf versichert; nach drei Tagen möge Spee noch einmal vorsprechen.

Drei Tage. Bis dahin konnten die Kinder so verängstigt sein, daß sie auch die absurdesten Verbrechen eingestehen würden.

Ich entgehe diesem Auftrag nicht, murmelte Spee, als er, mit seiner Erbitterung allein gelassen, auf der Domfreiheit, im Schatten des gewaltigen Spinnenkörpers von Sankt Peter stand. Ich kann ihn nicht abtun wie ein zu lange getragenes Hemd. Seit ich in Köln bin, habe ich mir die Augen verbunden, den kritischen Blick versagt; wollte nicht länger mehr der vom Odium der Auflehnung umwitterte Außenseiter sein; genoß es, mich wieder gehorsam einzufügen in die Gemeinschaft des Ordens; vertraute auf die Wirkung, die mein Buch da und dort schon gezeigt haben mochte; gab mich der Hoffnung hin, es werde auch ohne mein Zutun weiterwirken. Und obwohl mir bekannt war, daß in Deutschland gefoltert und gebrannt wird, als hätte ich nie meine Stimme erhoben, beschied ich mich damit, daß in Köln, seit ich wieder hier bin, von Hexenprozessen nichts wahrzunehmen war. Ich beschied mich damit – obwohl ich wußte, daß Heinrich Glimbach noch immer das Amt des Hexenkommissars versieht.

Er mußte sich beeilen; ab zwei Uhr hatte er die Aufsicht bei den Schularbeiten. Noch einmal sah er zum Frankenturm hinüber und entschloß sich, nicht drei Tage zu warten, bis der Herr Burggraf geruhte, ihn wieder zu empfangen. Gleich morgen wollte er noch einmal zum Bürgermeister gehen.

Als er dann am nächsten Vormittag zum Heumarkt kam, hatten sich vor dem Haus ter Lahn einige Dutzend Leute, meist Frauen, versammelt. Sie blickten neugierig, jedoch still und mit würdigen Mienen, auf das herrschaftliche Portal und die Fenster im ersten Stockwerk. Spee ahnte, was geschehen war. Die Hausbesorgerin, die mit verweinten Augen in der Tür erschien, brachte Gewißheit. Sie sparte nicht mit Details, ließ auch Undelikates nicht aus. Madame ter Lahn – requiescat in pace – sei in der Frühe um fünf am Morgenklystier, das Doktor Holzemius, der Leibarzt des Kurfürsten, verordnet habe, schlichtweg »zerplatzt« – mit einem Schrei auf den Lippen, so zum Gotterbarmen, daß allen im Hause das Mark gefror, und selbst die Katze sei erstarrt, buchstäblich, wie Lots Weib, das könne man sagen, und die Maus, mit der sie gespielt habe, sei unbehelligt ins Loch geschlüpft. »Mit erhobener Tatze – erstarrt!« Die rundliche Frau rief es über die Straße, aber nun kam man schon auf sie zu, umringte sie und wollte es noch genauer wissen.

Spee machte sich wieder auf den Weg ins Gymnasium.

»Gut, daß Sie da sind«, sagte Pater Bolte, als er ihm auf der Treppe begegnete. »Sie sollen zum Provinzial kommen.«

Spee begab sich ins Kollegienhaus. Goswinus Nickel begrüßte ihn freundlich, wie immer. Vor dem Fenster saß ein weltlich gekleideter Mann, der sich erhob und Spee mit einem gewinnenden Lächeln entgegenkam.

»Das ist er, unser Bruder Spee«, sagte Nickel. Er schien ungewöhnlich aufgeräumt und schob den Pater, daß der Gast ihn nur recht gründlich anschaue, noch näher ans Fenster.

»Man verlangt nach Ihnen, Spee. Nicht nach irgendeinem Priester – nein: ausdrücklich nach Pater Friedrich Spee von Langenfeld. Und wer ist es, der Ihres Beistandes bedarf – nun, sagen Sie's ihm selber!« Während er dem Besucher zunickte, fiel ihm ein, daß er dessen Namen noch nicht genannt hatte. »Der Herr Ritter Johann Philipp von Schönborn ist hier sozusagen als Kurier erschienen.«

Schönborn war vielleicht Mitte zwanzig, groß, elegant gekleidet; straffe Haltung und eingesteckter Degen verrieten den Offizier. Sein Lächeln war bezwingend; er war ein Mann, so schien es, der Freunde gewinnen konnte.

»Ich habe einen Auftrag von meinem derzeitigen Herrn«, sagte der Ritter, und sein Lächeln verlor sich. »Sie haben es wahrscheinlich schon gehört, Hochwürden: Herr Johann Georg Fuchs von Dornheim, der Fürstbischof von Bamberg, hat seine Stadt verlassen müssen und befindet sich seit einiger Zeit als Flüchtling in Köln. Er ist alt und sehr krank. Er hat von Ihnen gehört und bittet Sie, sich übermorgen vormittag um elf im Hatzfelder Hof einzufinden.«

»Eine große Ehre für unser Kollegium – wirklich!« sagte Nickel. Aber so recht überzeugend klang es nicht.

Spee blickte auf Nickel. Der spielte nervös mit dem Gänsekiel.

»Soll ich mich auf – einen Versehgang vorbereiten?« fragte Spee.

Wenn der Herr von Schönborn darauf mit einem klaren Ja antwortete, war nicht gleich das Schlimmste zu befürchten. Aber – warum verlangte ein Bischof, den eine kriegsstarke Kompagnie von Priestern begleiten mochte, nach dem Priester Friedrich Spee?

Der Ritter sagte: »So weit ist es, Gottlob, noch nicht. Exzellenz Dornheim befindet sich allerdings in ärztlicher Behandlung. Man hat sogar nach Amsterdam zu einem erstklassigen Chirurgen geschickt, mit dessen Eintreffen wir heut' oder morgen rechnen. Aber natürlich haben die vielen Aderlasse ihn geschwächt. Nein, Hochwürden, Sie werden nicht zur Letzten Ölung gerufen. Es handelt sich lediglich um ein Gespräch, von dessen Ergebnis die bischöfliche Exzellenz sich einen förderlichen Einfluß auf ihre Genesung verspricht.«

Nun wieder herzlich lächelnd, verabschiedete sich Herr von Schönborn.

Nickel machte aus seiner Besorgnis keinen Hehl mehr.

»Natürlich muß man damit rechnen, daß der Herr von Dornheim Ihr Buch gelesen hat«, sagte er. »Wie käme er sonst ausgerechnet auf Sie? Der Himmel weiß, wer ihm gesteckt hat, daß Sie in Köln sind. Ein angenehmer Mann, der Herr von Schönborn, finden Sie nicht? Er hat, wie er mir erzählte, einige Monate als Kapitänleutnant bei den Wallensteinschen Kürassieren gedient, ist bereits Domherr in Mainz und Propst von Comburg, stellen Sie sich vor! Sollte mich nicht wundern, wenn der noch eine ganz große Karriere macht; er kommt aus einer Familie, die's ihm ermöglichen könnte. Nun, Spee, ich werde schon dafür sorgen, daß Ihnen nichts geschieht. Schließlich ist der Herr aus Bamberg nur zu Gast auf kölnischem Boden. Und im

Exil wird sich doch keiner erlauben …« Er führte den Satz nicht zu Ende; seine Nervosität übertrug sich auf Spee. Sie standen am Fenster. »Auf jeden Fall: Sollten Sie bis nachmittags um drei nicht zurück sein, schicke ich zum Hatzfelder Hof. Nein – ich gehe selber hin. – Sehen Sie mal!«

Er lenkte Spees Blick auf die Straße. Im Eingang des gegenüberliegenden Hauses »Zur Rübe« stand eine weibliche Gestalt, der Kleidung nach eine Kanonisse oder Devotesse.

»Die war gestern auch schon da. Als ob sie auf jemanden warte. Na ja, vielleicht die Schwester eines unserer Frater. – Guten Mut, lieber Spee! Wir lassen Sie schon nicht umkommen.«

Am Morgen des folgenden Tages, zu ungewohnter Stunde, läutete es von Sankt Peter, und bald darauf fielen die Glocken aller Kirchen von Sankt Kunibert bis Sankt Severin ein und vereinigten sich zu einem gigantischen Totengeläut.

Das konnte nicht der Bürgermeistergattin gelten; sie war ja schon gestern gestorben, und erst morgen würde die Beisetzung sein. Auf den Gängen des Tricoronatums standen die Patres beisammen, bis mit feierlicher Miene Rektor Horn erschien: Heute nacht habe sich auch Bürgermeister von Lyskirchen zur ewigen Ruhe gelegt.

Etwas später erfuhr man, Bürgermeister ter Lahn, der nun seiner Pflichten am Krankenbett ledig war, sei ins Rathaus gefahren und habe als derzeit einziges Stadtoberhaupt das Regiment übernommen.

Auf dem Wege zum Rathaus – die halbe Stadt war auf den Beinen – begegnete Spee dem Burggrafen. Der rief ihn sogar an und kam von der anderen Straßenseite herüber. »Sie können die Jungen besuchen. Ich habe dem Turmwächter gesagt, daß Ihr Passierschein gültig ist. Also gehen Sie nur, Hochwürden. Und lassen Sie sich durch die Leute vor dem Turm nicht beirren. Die dürfen natürlich nicht hinein.«

Weinende Mütter, zornige Väter, auch Geschwister – das waren die Leute vor dem Turm. Sie wurden von Stadtsoldaten in geziemender Entfernung gehalten. Als sie erkannten, daß der Jesuit Zutritt hatte, bestürmten sie ihn. Er ließ sich auf ein Gespräch ein; die Mutter des kleinen Übelacker, die den Behörden sehr couragiert drohte, war ihm bekannt. Er weigerte sich jedoch, ein Lebensmittelpäckchen mitzunehmen. Er wolle sein Besuchsrecht nicht aufs Spiel setzen, zumal er in den nächsten Tagen wiederkommen werde.

»Was heißt in den nächsten Tagen?« rief David Salm, ein Schneidermeister. »Wir verlangen, daß unsere Kinder noch heute freigelassen werden!«

»Wenn die da oben der Meinung sind, unsere Söhne hätten ketzerische Ansichten, dann ist das eine Sache für den Herrn Generalvikar oder den Weihbischof, aber nicht für den Hexenkommissar!« So ereiferte sich, unter dem Beifall der anderen, die energische Frau Übelacker.

Turmwächter Schlingerer nahm den Passierschein in Empfang und ließ es, da er nicht lesen konnte, mit einem Blick auf den Namenskrakel des Bürgermeisters bewenden. Dann stiegen sie die Wendeltreppe zum dritten Stockwerk hoch.

Noch ehe Schlingerer die eisenbeschlagene Eichentür geöffnet hatte, hörten sie merkwürdige Laute, als plumpse ein Sack auf den Boden, und danach keckerndes Lachen – und wieder das Plumpsen.

»Das Pitterche«, sagte Schlingerer und lächelte. Während die Tür aufschwang und übler Gestank ihnen entgegenschlug, sprang ein koboldartiges Wesen auf den Turmwächter zu und barg den zu groß geratenen Stoppelkopf an seinem Schoß. Schlingerer tätschelte das Kind und ließ Spee eintreten. Der suchte im Halbdunkel – das Gelaß hatte nur ein einziges, hochgelegenes Gitterfenster – seine Schüler zusammen. Zwei lagen auf Pritschen und hoben nur den Kopf ein wenig; einer – es war Martin Salm – saß auf dem Boden mit angezogenen Knien, das Gesicht in den Armen versteckt. Stefan Kranefuß war unruhig auf und ab gegangen und stehengeblieben, als er den Schlüssel im Schloß gehört hatte; und in der Ecke auf einem Hocker saß

Johannes von Erbfeldt mit hochmütiger Miene, die Arme vor der Brust gekreuzt.

Nun wollte das Pitterche auch dem Besucher zeigen, wozu es imstande war. Es tollte umher, warf sich auf den Estrich, schlug Purzelbäume, wobei es sich immer wieder hart auf den Rücken plumpsen ließ und sich ausschütten wollte vor Lachen über seine Späße.

Schlingerer nahm das Kind wieder an sich und verließ den Raum. Als alle den Lehrer erkannt hatten, versammelten sie sich um ihn. Auch Hieronymus Übelacker, der verweinte Augen hatte, und Matthäus Obermaier, der Bayer, hatten sich von ihren dürftigen Lagern erhoben. Nur Johannes von Erbfeldt blieb sitzen; er wartete wohl, bis Spee sich allein ihm zuwenden würde.

Alle redeten durcheinander. »Kommen wir frei?« – »Holen Sie uns ab?« – »Wissen meine Eltern Bescheid?« – »Wer hat uns angezeigt?« – Spee antwortete, so gut er konnte.

Verpflegt wurden die Jungen gerade so, daß sie nicht Hunger litten. Auf den Abtritt durften sie nicht; ein Kübel diente allen, geleert wurde er selten. Matthäus Obermaier schien noch in der besten Verfassung zu sein; er hatte sogar einen kernigen Witz gemacht. Salm nannte sich selbst »ganz stumpf geworden«; ihm konnte Spee sagen, daß sein Vater vor dem Turm auf ihn warte, und den kleinen Übelacker mit den roten Augenlidern tröstete er mit der Versicherung, seine energische Mutter werde ihm schon zu helfen wissen. Aufsässig war Stefan Kranefuß. Er war vielleicht der einzige, der auch die Patres des Kollegiums für seine Lage verantwortlich machte. »Daß wir hier sitzen und keiner holt uns raus – wie wär's denn, Professor Spee, wenn Sie sich heut' selber mal vor die Zahlentafel stellten? Und eine gute Tat extra täten? ›Geh mal eben in den Turm und hole die Schüler raus!‹?«

Es klang zynisch, aber vielleicht meinte er es auch ernst.

Scheinbar unbeteiligt, saß abseits noch immer Johannes von Erbfeldt. Spee mußte sich eigens zu ihm bemühen.

»Ich möchte hier raus«, sagte der Junge, ohne Spee anzusehen.

»Das wollt ihr doch alle«, sagte Spee. Und indem er sich wieder den anderen zuwandte, fuhr er fort: »Der Tod von Bürgermeister Lyskirchen wird sicher im Stadtregiment einiges verändern. Vielleicht auch im Hexenkommissariat. Es wird nicht mehr lange dauern, und ihr seid frei.« Er wandte sich wieder Erbfeldt zu.

»Das meinte ich nicht«, sagte der. »Wenn wir alle rauskommen – gut. Aber wenn wir noch im Turm bleiben müssen, verlange ich ein eigenes Zimmer für mich. Schließlich hat ein Jüngling von Stand auch in der Haft, wie im Gymnasium, seine Vorrechte. Ich bin der Freiherr von Erbfeldt. Es ist eine Schmach, mich in ein so stinkiges Loch zu sperren!«

»Du solltest froh sein, daß du Genossen hast, die dein Schicksal teilen«, sagte Spee. »Trägt es sich so nicht leichter?«

»Nein«, sagte der junge Freiherr, »das ist keine Wohltat. Sie benehmen sich wie die Ferkel – und überhaupt: Wenn ich schon leiden muß, möchte ich *allein* dafür erwählt sein. Für Allerweltsleiden bin ich mir zu gut.«

Ein konsequenter Aristokrat. Spee lächelte nachsichtig.

Als er den Turm verließ, war er traurig. Er hatte den Jungen nicht viel Hoffnung machen können. Und das war doch das einzige, das ihm zu tun übrigblieb. Nickel hatte ihm, mit Rücksicht auf Horn, keine Klasse mehr anvertraut, obwohl jedermann wußte, daß er ein guter Lehrer war. Nun gut, er hielt sich nicht für unersetzlich. Aber bei diesen hier im Turm ging es ums Leben! Und das war ihnen noch nicht einmal bewußt. Sie schimpften, sie weinten, sie beschwerten sich über ihre Haft – aber sie ahnten kaum, in welcher Gefahr sie schwebten. In Wahrheit standen sie schon dicht vor der schrecklichen Mühle, in der noch jeder umgekommen war, den das Mahlwerk einmal erfaßt hatte. Ihre Jugend war kein Schutz. Im Gegenteil: Wer jung büßen durfte, den würde Gott vielleicht nachsichtiger beurteilen. So dachten sie doch, die blutigen Herren. Und kamen sich noch besonders gnädig vor. In Bonn wär's um ein Haar den Priesterschülern ans Leben gegangen. Und in Bamberg hatten des Bischofs Gerichte zweiundzwanzig kleine Mädchen zwischen sieben und zwölf Jahren wegen Zauberei verbrennen lassen! Wer wird Glimbach hindern, auch hier die tödliche Anklage zu erheben, dachte Spee. Und wer, wenn nicht ich, rettet diese Kinder?

Auch in der vergangenen Woche war es Gertrude zweimal erlaubt worden, vor dem Märtyrer Sebastian zu Sankt Ursula ihre Andacht zu verrichten. Sie war jedoch, so schwer es ihr fiel, den Heiligen im Stich zu lassen, in die Marzellenstraße, zum Jesuitenkolleg gegangen. Und als sie dort an zwei Tagen jeweils eine Stunde gestanden und gewartet hatte, mußte jemand sie gesehen und es im Stift gemeldet haben.

Die ehrwürdige Mutter wußte freilich nicht, wem Gertrudes Warten gegolten hatte. Sie sagte: »Pater Horn kommt jede Woche ins Stift, um die Messe zu lesen und die Beichte zu hören. Wenn du also ein Anliegen hast, bring' es an diesen Tagen vor. Es ist wirklich nicht nötig, daß du den hochwürdigen Pater auch noch vor dem Kollegium belästigst. Du wirst jetzt für eine Woche im Haus bleiben.«

Gertrude senkte den Kopf und nahm den Tadel an. Sie war froh, daß Mutter Anna Franziska es so verstanden hatte.

Manchmal, wenn der Tag mit seinen Pflichten – Katechismusunterricht, Paramentenstickerei, Chorgebet – ihre allzu inbrünstigen Träume verdrängt hatte, haderte sie mit Spee. Er selbst hatte ihr doch vorgeschlagen, ihn auf dem Treidelweg zu treffen. Weshalb war es nur ein einziges Mal geschehen? Weshalb war er am anderen Tag nicht gekommen und auch an den folgenden nicht? Glaubte er wirklich, sie werde sich mit Horn zufriedengeben? Sie hatte ja nichts gegen Horn, sie war ihm sogar dankbar – aber war das nicht genug? Horn hatte nur besiegelt, was bereits Pater Spee vor Jahren an ihr bewirkt hatte. Sie vergaß, daß sie damals noch eine militante Calvinerin und voller Empörung über die Austreibung ihrer Glaubensgenossen aus Köln gewesen war. Sie wollte nicht Horn, sie wollte Spee.

In diesen Nächten träumte sie, sie selbst sei Sebastian, nackt an den Pfahl gefesselt und schon mit den ersten Pfeilen bestückt. Und weitere kamen auf sie zugeschwirrt und senkten sich, unsäglich süßen Schmerz bereitend, in ihr Fleisch. Es war aber nur *ein* Schütze, der auf sie zielte, und er trug die Züge Sebastians, die Züge Pater Spees.

Eines Tages saß sie mit anderen Stiftsdamen über eine Stickerei gebeugt, als die Schwester von der Pforte kam: Ein Jesuitenpater wünsche sie zu sprechen. Die Devotessen bekamen rote Köpfe; es war immer Anlaß zu dubiosen Empfindungen, wenn ein anderer Mann als ihr Beichtvater im Hause erschien. Horn hatte natürlich jederzeit Zutritt, er las ja auch die Messe in der Stiftskapelle, aber männliche Besucher, auch Väter oder Brüder, mußten auf der Straße, am Fenster der Pförtnerin, um Sprecherlaubnis einkommen.

Betont langsam legte Gertrude ihre Stickerei zur Seite, ehe sie sich erhob.

»Du darfst nicht mehr vor dem Kollegium stehen, Gertrude«, sagte Spee, als das Mädchen am Sprechfenster erschien. »Man wird sonst über uns reden. Auch Pater Horn würde hart mit dir ins Gericht gehen – und ich könnte es ihm nicht einmal übelnehmen.«

»Wenn ich Ausgang habe, darf ich gehen und stehen, wo ich will«, sagte Gertrude patzig. Sie verschwieg, daß sie bereits gesehen worden war.

»Auch wenn du mir damit schadest?«

»Das könnte ich gar nicht, Pater Spee. Ich bin viel zu unwürdig, als daß ich Euch schaden könnte.«

»Wir alle sind Gottes Kinder. Es bedarf weder der Macht, noch der Würde, um anderen Gutes – oder Böses zu tun.«

»Warum wollt Ihr mich nicht mehr sehen?«

»Ich sehe dich immer gerne, Gertrude.« Er lächelte. »Du bist ja auch ein sehr hübsches Mädchen.«

»Das dürft Ihr gar nicht sagen – als Priester!«

»Warum sollte ich nicht? Wer Gottes Schöpfung mißachtet – gerade solche Geschöpfe, die Ihm besonders gut gelungen sind –, der verdient sie nicht.”

Sie schlug die Augen nieder, sie konnte kaum mehr atmen. Sie war schön! Pater Horn hätte das nicht gesagt, nie, obwohl auch sein Blick stets wohlgefällig auf ihr zu ruhen pflegte.

»Aber meine Rede langweilt Euch«, sagte sie, begierig, auch diesmal widerlegt zu werden.

»Nicht – wenn du über deinen Worten die Werke nicht vergißt. Du liebst deinen Schöpfer, du betest inbrünstig zu unseren Heiligen – alles sehr schön und gut, Gertrude. Aber du vergißt manchmal, daß es nicht nur verewigte Blutzeugen unserer Kirche gibt, sondern auch lebendige Menschen, die dein Erbarmen nötig haben.«

»Ich erbarme mich.«

»Wie?«

»Durch mein Gebet.«

»Das genügt nicht.«

»Wie könnte ich ihnen anders helfen als durch mein Gebet?«

»Indem du versuchst, ihnen gerecht zu werden. Indem du anders über sie denkst. Indem du über arme Frauen, die von einer verirrten Justiz gequält und umgebracht werden, nicht, wie neulich, von Weibern sprichst, ›die so viel Liebesmüh nicht verdienen‹.«

»Wenn Euch das so wichtig ist …«

»Es ist mir wichtig, Gertrude. Ich habe diesen Frauen einige Jahre meines Lebens gewidmet. Es sind unendlich einsame Geschöpfe, die unseres Erbarmens weiß Gott würdig sind.«

»Ich kann nichts dafür, daß ich keine Hexe bin.«

»Was soll nun das? Das ist doch absurd!«

»Im Kerker müßt' man liegen! In Ketten! Mit Striemen auf der Haut! Damit man überhaupt wahrgenommen wird von Euch! Zum Scheiterhaufen müßt' man sich schleifen lassen, damit Ihr nur neben einem geht und Euch nicht geniert!«

Es war ein erschreckender – und dennoch fast komischer Ausbruch. Im Nu hatten sich ihre Augen mit Tränen gefüllt, sie liefen ihr über die Wangen. Dann, hochrot im Gesicht, warf sie das Fensterchen zu, daß die Scheibe bebte, und war verschwunden.

Noch ehe Spee sich entfernen konnte, tat sich die Klappe wieder auf. In ihrer strengen Haube zeigte sich die Pförtnernonne und sagte spitz: »Die ehrwürdige Mutter Anna Franziska bittet Sie um Ihren Besuch, Hochwürden. Nein, nicht heute. Sie wollen sich für die nächsten Tage um eine genehme Stunde bemühen.«

Kurz vor elf Uhr betrat Spee den Hatzfelder Hof. Das im Laufe der letzten Jahrzehnte arg heruntergekommene Palais befand sich zwar noch im Besitz der mit den Würzburger Fürstbischöfen eng verbundenen Familie Hatzfeld, wurde aber nur noch gelegentlich bewohnt, wenn einer aus der Sippe auf Durchreise war. Zwei Lohndiener gingen von Zeit zu Zeit durch die stickigen Gemächer, schwenkten das Staubtuch und rüttelten, meist vergeblich, an den verklemmten Fensterläden.

Seit Köln jedoch letzte Zuflucht für vertriebene Fürstlichkeiten war, kam auch der Hatzfelder Hof zu neuen Ehren. Der Würzburger Fürstbischof hatte gut die Hälfte seines Hofstaats hier einquartiert – manche sagten: »Nur noch die Hälfte der Hälfte«, denn sein erst vor kurzem verstorbener Vorgänger hatte ja, wie sein Vetter aus Bamberg, den Kanzler und viele hohe Beamte samt ihren Familien verbrennen lassen. Er selbst bewohnte eine Suite von dreieinhalb Zimmern; alle anderen mußten sich zu dritt oder viert mit einem Raum begnügen; die unteren Chargen nächtigten auf Matratzen im großen und kleinen Saal. Fürs erste war man nur heilfroh, dem Gemetzel auf Schloß Marienberg entkommen zu sein; der Schwede hatte dort alles niedergehauen, und wenn des Bischofs Vermögensverwalter nicht noch im letzten Augenblick die wertvollsten Stücke aus der Schatzkammer sechsspännig hätte abfahren lassen – der unersättliche Ketzer hätte auch sie erbeutet. Seit einigen Wochen hatte der Hatzfelder Hof nun auch den Herrn Fuchs von Dornheim aus Bamberg und seine Equipe – auch hier nur »die Hälfte der Hälfte« – aufnehmen müssen.

In der Eingangshalle hatte Spee nur Leute vom Troß wahrgenommen; sie lungerten beschäftigungslos herum oder spielten Karten, wußten nichts von seinem Besuch, machten auch keine Anstalten, ihn zum Bischof zu führen. Doch dann kam der Ritter Schönborn die Treppe herunter; mit ausgestreckten Armen ging er dem Pater entgegen und geleitete ihn ins obere Stockwerk, vorbei an mißgünstig blickenden Prälaten, an Hofbeamten, die gelangweilt in Gruppen herumstanden, die Durchgänge blockierten, nur widerwillig zur Seite wichen und vor dem jungen Herrn genauso wenig Respekt zu haben schienen wie vor dem schwarzen Jesuiten.

Die fürstbischöfliche Exzellenz, so berichtete Schönborn, habe heute morgen einen Rückfall erlitten. Doktor Holzemius, Leibarzt der kurfürstlichen Durchlaucht zu Bonn, der seit einigen Tagen auch den Bamberger Herrn betreue, habe einen neuen Aderlaß für dringend geboten erachtet. Ganz anderer Meinung sei Professor Lotichius aus Amsterdam, Chirurg aus der Schule des berühmten Anatomen Doktor Tulp. Gestern, am späten Abend, sei er mit seiner Gattin hier eingetroffen, habe den hohen Patienten gleich untersucht und sich heute morgen gehörig mit dem Kollegen Holzemius angelegt. Nicht einmal Schröpfkopf oder Blutegel wollte er zulassen. Da sei der Herr Leibarzt höchst aufgebracht nach Bonn zurückgefahren, Professor Lotichius aber wisse noch nicht, wie er, nach Besichtigung des Harns, dem Geschwür zu Leibe rücken wolle: ob nur mit »extractiones« und »destillationes« oder auch mit dem Skalpell. Wie auch immer: Der Bischof habe, ungeachtet seines geschwächten Zustandes, ausdrücklich angeordnet, den geladenen Jesuiten »nicht entwischen zu lassen«.

Wie aufgebahrt auf hochgestelltem Katafalk, leichenbleich und gedunsen, lag Fuchs von Dornheim, Bischof von Bamberg, unter dem silberblauen Fransenhimmel. Seine Räte umgaben ihn, mit bebenden Nasenflügeln in all dem Stank nach Harn und Pfanne und schwitziger Todesangst, vom Protokoll zu Zeugen seines Absterbens delegiert. Zehn waren es oder zwölf, die rings an den Wänden des mit vergoldetem Stuck garnierten Krankengemachs saßen: Prälaten in hektischem Rot und Violett, Juristen, Verwalter, Schreiberlinge in Schwarz mit weißen, rundum gefächerten Kragen. Am Kopfende des Bettes stand ein hochgewachsener Mann, auch er ganz in Schwarz, und fühlte dem Kranken den Puls: Professor Lotichius.

Blutspritzer auf den Spitzenärmeln gemahnten an den letzten Aderlaß. Tief erschöpft schien die Exzellenz, doch als der Besucher eintrat, hob der Bischof die blaugeäderte Hand. Kommen Sie näher, setzen Sie sich, gebot die Hand. Man stellte Spee einen Stuhl hinter den Rücken, und da er noch stehenblieb, drückte ihn einer auf den Sitz.

»Sie also. Sie sind's«, sagte eine hohe Greisenstimme.

Der Kranke hatte nur kurzen Atem, schloß oft die wimpernlosen Augen, auch während er sprach.

»Wo ist« – er versuchte sich aufzurichten – »wo ist die Liste? Ich will die Liste haben, sofort!« Ungeduldig sah er sich um, bis ein Sekretär herbeieilte und ihm einen Aktenfaszikel in die Hand gab. »Hier – das müssen Sie lesen. Ist wichtig.«

Er übergab Spee das Konvolut, doch ehe der zugreifen konnte, nahm er es wieder an sich. Er schlug es auf, blätterte darin. »Seelenmessen!« rief er, unerwartet laut. »Seelenmessen für alle! – Und Sie« – er wies auf Spee – »Sie sorgen mir dafür. Alle. Achthundert … wieviel?«

Der Sekretär kam ihm zu Hilfe: »Achthundertzweiunddreißig, Exzellenz.«

»Achthundertzweiunddreißig Seelenmessen für alle unter meiner Regierung verbrannten Hexen und Zauberer!«

Er hielt die Akte dicht vor die kurzsichtigen Augen. »Mein Herr Kanzler und seine Familie – der Herr Bürgermeister Stephan Bauer, der Herr Bürgermeister Lambrecht und seine beiden Söhne – die Metzgerin Schnur und ihr klein Töchterlein – der Spielmann Lüderich – der Rektor Wischer, der Ratsherr Silberstein – vier Mägdlein von sieben oder acht – Ach, es strengt mich zu sehr an. Da!« Wieder schob er Spee die Liste zu, und diesmal überließ er sie ihm. »Seelenmessen! Sie sorgen dafür! Wird Zeit. Ist ja auch schon drei Jahre her, daß mir die letzten brannten.«

Wieder versuchte er, sich aufzurichten. Der Professor und zwei andere Herren stopften ihm Kissen hinter den Rücken. Seine Stirn glänzte. Der Arzt trocknete sie ab, wischte ihm auch den Speichel aus den Mundwinkeln.

»Daß die Satansbräute mir das ganze Land verdarben – mußt' ich's nicht fürchten? Allerorts umzingelt von solch scheußlicher Kumpanei! Verleugnung des himmlischen Heeres ... Verpflichtung zu jederlei Untat ... Aufkündigung aller guten Werke ... Dutzende, Hunderte mußt' ich ins Feuer schicken. Hab' auch nicht die geschont, die mir am nächsten standen. Die Herren dort« – er wandte mühsam den Kopf – »die Herren werden sich erinnern.«

Die Herren sahen betreten zu Boden oder starr geradeaus. Sie erinnerten sich. Keiner hatte gewußt, ob er nicht morgen der nächste wäre. Sie hatten genug zu tun gehabt, andere ins Feuer zu denunzieren, damit es nur nicht sie träfe. O ja, sie erinnerten sich.

»Da hat man mir also Ihr Buch gebracht. Wer war das doch gleich?«

»Ein Jesuit vom hiesigen Kollegium, Euer bischöfliche Gnaden«, sagte der Sekretär.

»Richtig, ein Jesuit. Bringt mir Ihr Buch. Mir! Als ob – als ob ich's nicht schon längst – längst gelesen hätte, in Bamberg, schon längst ... Halten mich für vertrottelt, die flotten Herrchen in Köln. Aber sei's drum. Erfuhr immerhin von dem Herrn – wie hieß er doch gleich?«

»Adrian Horn«, sagte Spee. Es war sein erstes Wort, aufs Geratewohl, aber er hatte nicht den geringsten Zweifel.

»Richtig, Pater Horn«, sagte der Fürstbischof. »Daß Sie hier in Köln sind, hat er gesagt. Und das war ja nun wirklich was Neues. Und da sind Sie nun. – Gern gekommen?«

Seine Stimme war so brüchig noch nicht, daß sie keiner Nuance fähig gewesen wäre. Es klang bissig, dies »gern gekommen«.

»Nein, fürstbischöfliche Durchlaucht«, sagte Spee. »Aber wenn ich reden, wenn ich begründen dürfte, weshalb ich mein Buch geschrieben habe ...«

»Reden? Was noch reden? Bin ich so tapsig im Hirn? Steht doch alles im Buch! Nein, ich bin noch nicht tapsig. Ich hab's begriffen. Aber – das weckt die auch nicht mehr auf.« Er schloß die Augen. Sein Atem ging schwer und keuchend.

Einer der Herren trat zu Lotichius.

»Man sollte die Audienz beenden. Sie greift Exzellenz zu sehr an.«

Aber der Professor schüttelte den Kopf. Der alte Mann schlug die Augen wieder auf.

»Zu spät«, sagte er. »Das ist *Ihre* Schuld! Hätt' ich Ihr Buch schon damals lesen können ...«

Spee horchte auf. Dieser Mann hält es für nötig, sich zu entschuldigen! Er beginnt sich zu rechtfertigen. Vor wem? Vor seinen schlotternden Räten? Vor mir? Nein, nicht vor mir. Vor Gott? Ja, er fürchtet das Gericht. Und er fürchtet es erst, seit er mein Buch gelesen hat!

Der Bischof hatte sich hoch aufgerichtet. Jetzt fiel er zurück. Lotichius und seine Helfer waren wieder zur Stelle. »Sie sind schuld!« Die dürre Hand wies auf Spee. »Geschrieben, ja! Aber zu spät geschrieben! Drei Jahre zu spät! Sie müssen jetzt büßen dafür. Büßen für Ihr Versäumnis. Sie haben die Liste. Das sind die Namen. Alle, die ich richten ließ. Alle. Achthundert. Und einige. Wieviel?«

»Achthundertzweiunddreißig«, wiederholte der Sekretär.

»... und dreißig. Richtig. Auf den Kopf genau. Alle gerichtet. Geköpft, erwürgt, verbrannt. Und die meisten – nicht alle! – die meisten ohne Schuld. Ein Irrtum. Ich bin ein ehrlicher Mann. Ihr Buch hat mich überzeugt. Kein böser Wille, Pater! Ein Irrtum. Sonst nichts ...«

Die Stimme versagte. Der Kopf fiel zur Seite.

Spee kannte die hohen Herren. Sie gaben allenfalls einen Irrtum zu. Voraussetzung war nur, daß sie einen Schuldigen fanden, einen falschen Ratgeber, einen, den sie mit ihrer eigenen Gewissenslast beladen konnten.

Und dennoch: Es war Spee, als habe Gott selber dem alten Mann ein Zeichen zur Einkehr und Reue gegeben. Durch ihn, Friedrich Spee.

Professor Lotichius zog ein Fläschchen aus seiner Weste und ließ den Kranken daran riechen.

»Wir müssen abbrechen«, sagte er. »Es ist nicht besorgniserregend, aber es hat den hohen Herrn doch mitgenommen. Man sollte ihn jetzt in Frieden lassen.«

Spee erhob sich. Der Mann aus Bamberg hatte gebeichtet – Spee faßte es so auf. Und hatte sich gleich selber absolviert! »Ein Irrtum, sonst nichts ...« Er hat ja recht, dachte Spee. Wie lange habe ich gezögert, hinausgeschoben, tausend Entschuldigungen für mein Zaudern gefunden, bis ich endlich angefangen habe. Und wie lange hab' ich's anstehen lassen, bis ich die letzte Zeile schrieb. Und hätte Philipp mich nicht gedrängt: Bis heute wäre das Manuskript nicht gedruckt!

»Auf ein Wort noch, Pater Spee!«

Er hatte die Tür schon geöffnet, als der Sekretär ihn ansprach.

»Sie haben gehört: Durchlaucht wünschen, daß Seelenmessen gelesen werden, für alle achthundertzweiunddreißig Judifizierten. Sie sollen das veranlassen, und Ihr Orden, die Gesellschaft Jesu, möge es durchführen. Und bezahlen. Ich brauche Ihnen ja nicht eigens zu sagen, daß Durchlaucht ein mittelloser Flüchtling ist.«

Der Sekretär verneigte sich und zog die Tür hinter sich zu. Spee stand im Vorzimmer. Aber er war nicht allein. Noch während er mit dem Sekretär sprach, hatte sich eine zierliche, nach niederländischer Sitte gekleidete Dame von einem Stuhl erhoben und war ihm einige Schritte entgegengekommen. Kaum hatte die Tür sich geschlossen, kam sie noch näher. Ihre intensiv blauen, von schwarzen Wimpern umrahmten Augen kontrastierten reizvoll mit dem bräunlich getönten Gesicht und dem blauschwarzen Haar unter der Biberpelzmütze.

»Friedrich Spee?« fragte sie. »Sie sind Pater Friedrich Spee?«

Er nickte. – Ihr Gesicht leuchtete, wie überwältigt von unverhoffter Freude. Sie hob sich, klein, wie sie war, für einen Moment auf die Zehen, fast, als wolle sie ihm beide Hände auf die Schultern legen, fast, als wolle sie ihn küssen. Er blickte auf sie herab – und hatte keine Ahnung, wer ihm den Hof machte.

Und plötzlich fiel ihm alles ein. Lotichius! Warum war er nicht schon stutzig geworden, als er von Schönborn den Namen des Arztes gehört hatte?

»Dann sind Sie – Giertchen Kessenich? Aus Rinteln?«

Sie nickte. »Eigentlich aus Köln, aus der Lintgasse. Dann Rinteln. Und jetzt Frau Lotichius in Amsterdam. Seit einiger Zeit. Kommen Sie! Setzen Sie sich zu mir!«

Giertchen – die Freundin seines toten Freundes Philipp!

Sie faßte ihn an der Hand und führte ihn zu ihrem Sitz. Sie, die Calvinerin, hatte keinen Respekt vor einem katholischen Priester. Aber große Achtung vor Friedrich Spee, dem Kämpfer gegen den Hexenwahn.

Er saß neben ihr, und sie besah ihn, die Hände im Schoß, ganz ungeniert und mit so kindlicher Freude, daß er nur mit einem Lächeln antworten konnte, obwohl ihn plötzlich die Trauer packte, die Trauer um Philipp.

Die Tür zum Krankenzimmer öffnete sich; heraus kam Professor Lotichius. Giertchen stand auf, faßte Spee am Ellbogen und führte ihn zu ihrem Mann.

»Peter, das ist der Tapferste aller Deutschen: Philipps Lehrer und Freund, Verfasser der ›Cautio Criminalis‹!«

»Ich weiß, ich weiß!« rief der Professor. »Ich hätte Sie gern begrüßt, Pater Spee – aber Sie haben ja erlebt, wie's da drin zugeht. Puls vierzig – da muß man schon ein bißchen aufpassen.« Er drückte Spee herzhaft die Hand.

»Sie müssen so bald wie möglich zu uns in die Trankgasse kommen«, sagte Giertchen. »Wir werden uns viel zu erzählen haben!«

»Keine Sekunde glaub' ich, daß er's redlich meint!« polterte Goswinus Nickel. Der Provinzial war bereits auf dem Wege zum Hatzfelder Hof gewesen, als Spee ihm begegnete. Gemeinsam gingen sie nun zum Kollegium zurück. »Ich habe in meinem Leben genug Leute sterben gesehen – nicht anders als Sie. Wer auf sein letztes Stündlein wartet, will keine Chance ungenützt lassen. Was kostet ihn schon das Gelaber von ›Irrtum‹ und ›gutem Willen‹? Es kostet ihn genauso wenig wie die Seelenmessen aus den Taschen anderer Leute. Wir sollen es bezahlen – ja, Spee? Das hat er Ihnen sagen lassen? Na, dann ziehen Sie mal los mit dem Klingelbeutel – vielleicht gleich zum Kurfürsten nach Bonn? Aber seien Sie beruhigt: Ich denke nicht daran, für jeden einzelnen dieser landfremden Hexen und Zauberer Messen lesen zu lassen! Für alle zusammen, meinetwegen. Nächsten Sonntag. Das mach' ich umsonst. Aber das braucht der Bischof nicht zu erfahren. Sonst macht das noch Schule!«

»Sie haben den Mann nicht gesehen«, sagte Spee. »Mag sein, daß er sich auf diese seltsame Weise salvieren will. Aber sagen Sie, Pater Provinzial: Sollte die Bekehrung eines Mannes, der die ›Cautio‹ gelesen hat, wirklich so unwahrscheinlich sein?«

»Es ist schon mancher Saulus zum Paulus geworden«, brummte Nickel. »Gewiß auch dank Ihrer Beweisführung, ich will das gar nicht abstreiten. Aber der Fuchs von Dornheim? Nie und nimmer, Spee! Seien Sie froh, daß Sie dem nicht in Bamberg begegnet sind.«

»Ich weiß«, sagte Spee. »Was mir in Bamberg nicht zustoßen konnte – weil ich nie in Bamberg war –, in Köln kann es mir um so eher passieren.«

»Wieso denn das?«

»Weil es hier sogar in unserem Orden Leute gibt, die sich nicht scheuen, zu ›landfremden‹ Bischöfen zu laufen und gegen mich zu klagen.«

Nickel fragte nicht, wen Spee gemeint hatte.

Giertchen Lotichius, geborene Kessenich, an ihre Schwester Leocadia Wagner in Frankfurt am Main.

»Köln, im April 1632

Liebste Schwester!

Nach langer Zeit hörst Du wieder von mir – und gleich sehr viel Neues, das Dich bewegen wird. Ich habe den Mann kennengelernt, dessen Mut schon zahllosen Menschen das Leben gerettet – und dessen Saumseligkeit meinen Philipp das Leben gekostet hat. So jedenfalls sah ich es damals in Rinteln.

Der Reihe nach:

Meinen Mann hatte ein Hilfeersuchen aus der Umgebung des Bamberger Fürstbischofs erreicht, der als Flüchtling zu Köln im Quartier liegt, und zwar auf den Tod. Peter war natürlich nicht wenig geschmeichelt; durfte er aus diesem Ruf doch schließen, daß er als Chirurg nun auch in Deutschland in nicht geringem Ansehen stehe. Professor Tulp ist ohne Zweifel ein großartiger Anatom und als Lehrer der medizinischen Wissenschaft unübertrefflich. Doch bei Eingriffen hat er keine ruhige Hand, und der Jüngste ist er ja auch nicht mehr. Da nimmt es nicht wunder, daß sein Assistent (und Peter war ja in unserem ersten Amsterdamer Jahr nichts anderes) bald das Vertrauen der Tulpschen Patienten in höherem Maße gewann als dieser selbst. Es ist Tulp hoch anzurechnen, daß er nicht eifersüchtig wurde.

Man berief Peter also ans Krankenlager des Bischofs von Bamberg und fragte nicht einmal nach der Konfession. Vorgestern trafen wir nach fünf Tage währender Reise von Amsterdam hier ein. Es war ein bedrückendes Wiedersehen, Leocadia. Unser Vaterhaus in der Lintgasse wird von fremden Leuten bewohnt, aus der Buchhandlung haben sie einen Lagerraum für

Heringsfässer gemacht, und die Straßen sind voll schrecklicher Erinnerungen an unsere Austreibung vor vier Jahren.

Obwohl die Stadt überfüllt ist – unzählige Flüchtlinge aus dem Umland, aber auch aus Würzburg, Worms und Westfalen sind eingetroffen –, hat uns die bischöfliche Administration (ein Herr von Schönborn nahm sich sehr liebenswürdig unser an) eine passable Unterkunft im ›Braunsfelder Hof‹ besorgt. Aber Peter fühlte sich bedrückt von den vielen schwarzen und bunten Pfaffenröcken, die dort die Gaststube besetzt halten; er kam auf das Angebot zurück, das liebenswürdige Leute uns bei einer Zufallsbegegnung gemacht hatten. In der Trankgasse hat sich ein neuer Buchladen aufgetan. Als wir uns die Auslagen betrachteten, kam der Besitzer heraus: ein reizender junger Mann mit blondem Wuschelkopf und ansprechenden Manieren. Er lud uns, in seiner lustigen Pfälzer Mundart, ein, die Verkaufsräume zu besichtigen, und als er hörte, daß ich eine Kessenich-Tochter bin, schien sich in die Freude, eine ›vom Fach‹ getroffen zu haben, auch so etwas wie Schuldgefühl zu mischen. Jedenfalls bekannte er mehrmals, wenn man unsere Buchhandlung nicht ruiniert und die Besitzer vertrieben hätte, wäre er wohl nie darauf verfallen, in der Trankgasse, im Hause ›Erzengel Gabriel‹, eine neue zu eröffnen.

Ach, Leocadia, es rührte mich alles so vertraut an, während wir die Tische und Regale betrachteten – auch Peter sieht gern schöne Bücher. Daran fehlte es nun wirklich nicht; ihr hättet eure Freude daran gehabt. Friessems – so heißen die Leute – besitzen herrliche Werke von der Officina Plantiniana, so das ›Breviarium Romanum‹ und des Bosius' ›Crux triumphans‹ mit den Titelkupfern von Rubens. Ich habe mir die Titel für Deinen Mann eigens aufgeschrieben. Die diplomatischen Winkelzüge von Fürstenhof zu Fürstenhof, mit denen der vielbefähigte Herr Rubens papistische Politik betreibt, kann man natürlich nicht gutheißen, aber als Maler ist er immerhin schätzenswert.

Im Hinterzimmer schrie ein Säugling, und dann erschien auch Frau Friessem mit dem Kind auf dem Arm. Sie ist ein winziges Persönchen, noch einen halben Zoll kleiner als ich, aber sehr hübsch und mit dem kleinen Johannes recht lieblich und madonnenhaft anzusehen.

Unsere Begeisterung für ihr wirklich beachtenswertes Sortiment hatte es ihnen so angetan, daß sie uns einluden, bei ihnen Quartier zu nehmen. Ich zögerte noch, aber Peter, der Frau Friessem samt ihrem Johannes ›ganz fürtrefflich‹ (Du kennst seinen Lieblingsausdruck) fand, sagte sofort zu, und wir haben es dann auch nicht bereut.

Noch am selben Nachmittag machte Peter seine erste Visite beim Bischof von Bamberg – und zum ersten Mal habe ich erlebt, daß er ungern zu einem Patienten ging. Die Friessems hatten uns nämlich gesteckt, welch einen blutigen Herrn er da am Leben erhalten sollte. Es kamen Worte über Peters Lippen, die ich ihm nie zugetraut hätte: ›Soll froh sein, wenn ich ihn den Strohtod sterben lasse – ohne das Stroh vorher anzuzünden.‹ Und in dieser Art noch etliches.

Anderntags, als mein Mann wieder zu seinem Patienten ging, wartete ich im Vorzimmer auf ihn. Und dort begegnete mir Friedrich Spee, der Jesuit, der Verfasser der ›Cautio Criminalis seu de processibus contra sagas liber*‹, dieses unbeschreiblich tapferen Buches gegen Hexenwahn und Hexenprozesse! Sie lassen ja, wie Du weißt, in Deutschland noch immer die Scheiterhaufen brennen, während bei uns in den Generalstaaten jedermann nur den Kopf schüttelt über so viel mörderische Verblendung.

Nun stand ich ihm also gegenüber, dem vielgelobten, weit mehr gehaßten Mann, der Lehrer und Freund meines Philipp war und zugleich Ursach' seines Todes. Ich hatte Philipp damals in Rinteln, nach der Lektüre der Handschrift, ja selbst zugeredet, sie auch ohne ausdrückliche Einwilligung des Autors in die Druckerei zu geben – und damit den gefährlichsten Angriff in Gang zu setzen, den die Hexenbrenner in

* In freier Übersetzung etwa: Buch zur Warnung vor den Hexenprozessen.

Deutschland jemals zu überstehen haben würden. Ich hatte nur schwache Einwände erhoben, als Philipp später darauf bestand, dem Verfasser das erste Exemplar persönlich nach Paderborn zu bringen – also die Reise anzutreten, die mit seinem schrecklichen Tod enden sollte.

Ich hatte ihn mir jünger vorgestellt, den Pater Spee. Auf den ersten Blick sieht er fast furchterregend aus, mit dem zu früh ergrauten dichten Bart und den kohlschwarzen Augen. Düsternis prägt sein Gesicht – aber aus welchem Grunde! Wer gesehen hat, was zu sehen diesem Mann nicht erspart wurde – die Finsternis der Kerker, die schändlichen Manipulationen der Folterknechte, das flammende Hochgericht – der sollte wohl düster blicken dürfen. Aber wenn er lächelt – das *muß* ja ein besonderes Lächeln sein, das endlosen Nächten der Anfechtung, des Verzagens, der Verzweiflung abgetrotzt wurde!

Wenn Spee uns bei Friessems besucht, werde ich eine Frage aufwerfen, die mich in Amsterdam schon beschäftigte, als ich in keiner der großen Buchhandlungen ein Exemplar der ›Cautio‹ fand. Es kann sein, daß ich mich in dieser Angelegenheit auch gleich an Deinen Mann wende; er mag es dann seinem Prinzipal, dem Herrn Gronäus, weitersagen. Vielleicht springt kein schlechtes Geschäft für ihn heraus.

Das bringt mich zu euch. Wie habt ihr euch in Frankfurt eingelebt? Ist es wahr, daß Gustav Adolfs Anwesenheit die Freie Reichsstadt nicht allzu teuer zu stehen kommt, weil dort die meisten Einwohner Lutheraner sind? Die Herbstmesse soll trotz des Krieges nicht übel beschickt worden sein, und zur Frühjahrsmesse sind, wie hier zu erfahren ist, die Kölner Kaufleute schon unterwegs.

Und nun, Leocadia, kommt das Erfreulichste; ich habe es bis zum Schluß aufgespart. Nun wir schon einmal bis nach Köln gekommen sind, werden wir auch noch weiter reisen: nach Frankfurt! Die Landstraßen in Deutschland sind allerdings sehr unsicher geworden, zumal sich überall heimatloses Kriegsvolk herumtreiben soll. Aber so Gott will, sehen wir uns trotzdem bald wieder, wenn es auch nur für einige Tage sein kann. Natürlich müssen wir noch so lange in Köln bleiben, bis Peter den Bischof geheilt – oder bis der Herr anders über den schlimmen Mann entschieden hat.

Ich muß schließen; die Taxis-Post nimmt morgen den Brief mit. Freue Dich also auf unser Wiedersehen, liebste Leocadia. Gott sei mit Dir, mit Deinem Mann und den Kindern!

Giertchen.

PS. Natürlich muß ich oft voller Unruhe an meinen kleinen Jungen denken, den ich bei guten Leuten in Amsterdam zurücklassen mußte. Ich werde doch froh sein, wenn wir wieder zu Hause sind.«

Gewiß hätte Herr Johann ter Lahn zu Lennep, derzeit alleiniger Bürgermeister der Freien Reichsstadt Köln, in ruhigen Zeiten das Protestschreiben des Jesuitenprovinzials nicht übersehen. Aber da gab es, da er nun schon so lange dem Rathaus ferngeblieben war, zunächst noch wichtigere Dinge, Sachen von staatspolitischem Rang, zu erledigen, und nicht umsonst lag obenauf die Mitteilung des Rentmeisters, man habe im Stadtarchiv vergeblich nach den alten Dokumenten gesucht, mit denen sich Kölns traditionelle Neutralität aktenkundig machen ließe.

Diese Dokumente waren für die Korrespondenz mit dem zu Frankfurt residierenden Schwedenkönig von eminenter Bedeutung; der selige Bürgermeister Lyskirchen hatte, der Blamage wohlbewußt, nicht umhin gekonnt, dem Schweden wörtlich einzugestehen, »man habe die Akte« – einen Grundbrief Kaiser Ludwigs des Bayern aus dem Jahre 1330 – »mehrfach gesucht, aber nicht gefunden«.

Heiliges Köln, seufzte Herr ter Lahn, was ist aus dir geworden! Du bekommst die Neutralität vom Schweden nicht zugestanden, weil dir ein paar stockfleckige Aktenfaszikel perdu gegangen sind!

Inzwischen hatten sich die Vorsteher der Schneider und der Brauergaffel, Angehörige des Vierundvierzigerrates, dringend anmelden lassen – natürlich würde sich's um die Jungen im Frankenturm handeln. Des einen Vater war Schneider, ein anderer Brauer und noch dazu Braumeister der Brauerei, die dem Gymnasium Tricoronatum gehörte und im Verbund mit der Brauerei stand, die sich, unter stillschweigender Zahlung einer höheren Akzise, die, wie man munkelte, in die Tasche einiger Ratsherren floß, seit einhundertfünfzig Jahren des Privilegs erfreute, das köstliche Ratsbier brauen zu dürfen. Eine sehr glückliche Hand bei der Auswahl seiner Delinquenten hatte dieser Glimbach offenbar nicht gehabt.

Nur mit Unbehagen entsann sich Herr ter Lahn der Affäre Christina Plum, die vor einigen Jahren der halben Stadt aufs Gemüt geschlagen war: Diese Frau hatte auf der Folter dem Doktor Glimbach Namen hochansehnlicher Persönlichkeiten genannt, die sie beim Hexentanz auf dem Neumarkt gesehen haben wollte. Und wäre sie nicht mit Hilfe des Kurfürstlichen Gerichts zum Schweigen gebracht worden, wer weiß, wer alles noch mit ihr auf den Holzstoß hätte wandern müssen; hohe und allerhöchste Herrschaften hatte das Weib denunziert!

Kaum hatte Herr ter Lahn sich wieder der Korrespondenz mit König Gustav Adolf zugewandt, da hörte er Lärm im Treppenhaus, aufgeregte Stimmen, den lauten Protest der Sekretäre im Vorzimmer, und schon wurde die Tür aufgestoßen, und es erschien, vergeblich von den Schreibern behindert, ein fetter, aufwendig gekleideter Mann, ein adeliger Herr ohne Zweifel, mit krebsrotem Gesicht und wasserblauen, hervorquellenden Augen, der so ungehemmt auf den Bürgermeister einredete, daß dieser fürs erste einmal hinter dem hochlehnigen Schreibtischsessel Schutz suchte. Der mächtige Herr blieb jedoch vor dem Tisch stehen und begann, nahezu brüllend, mit seiner Rede noch einmal von vorn:

»Damian Friedrich Graf von und zu der Leyen und Gerolsegg, Domkapitular zu Mainz und Ziehvater des hierorts widerrechtlich inhaftierten Gymnasialschülers Johannes von Erbfeldt! So, jetzt wissen Sie, wer ich bin, und nun hören Sie mir gefälligst gut zu: Diese Stadt erdreistet sich, ihr Rathaus mit einem Relief zu schmücken, das einen gewesenen Bürgermeister darstellt, der einen Löwen würgt. So stark ist man in Köln! Und übers Portal stellt man Justitia, mit Waage und Schwert. So gerecht ist man in Köln! In den Turm aber wirft man wegen Hexerei den jungen Herrn Johannes von Erbfeldt, Sohn meines Vetters Balthasar Graf von Erbfeldt, der als Dragonerobrist der Liga unter Generalleutnant Tilly am 20. Mai vergangenen Jahres vor Magdeburg für unsere heilige katholische Kirche unter dem Schlachtruf ›Jesus Maria!‹ Blut und Leben gab. Und den Sohn eines solchen Mannes sperrt man ein! So dumm ist man in Köln!«

Der mächtige Herr fuhr sich mit dem Ärmel über die feuchte Stirn, ließ sich auf einen Stuhl fallen und rief nach Bier. Die Schreiber entfernten sich auf einen Wink des Bürgermeisters und kehrten wenig später mit Kanne und Becher zurück.

Herr ter Lahn nickte ein paar Mal, gewissermaßen ins Leere, denn allzu deutlich zustimmen mochte er dem Grafen nun doch nicht. Aber wie sollte man sich schon verhalten, wenn einem in dieser unseligen Stadt die Wogen der Dummheit, der Schlamperei und Ignoranz über dem Haupt zusammenschlugen? Es gehörte kaum Phantasie dazu, sich auszumalen, was dieser großmächtige Herr – Domkapitular zu Kurmainz! – anstellen würde, käme man seiner Forderung (die er noch nicht einmal vorgebracht hatte) nicht nach.

»Der Schüler Johannes von Erbfeldt wird noch heute freigelassen«, sagte Herr ter Lahn mit trockenem Mund; dieser Idiot von Schreiber hatte nur einen einzigen Becher gebracht.

»Und?« grunzte der Graf, während er mit dem Handrücken über die Lippen wischte.

»Wie meinen?«

»Es sind doch fünf – insgesamt.«

»Fünf? Ja, richtig. Fünf Schüler sind im Turm.«

»Die kommen noch heute frei. Alle!«

»Das ist – darüber kann ich als Bürgermeister nicht allein befinden. Es bedarf eines Ratsbeschlusses, eventuell muß sogar der Rat der Gaffelfreunde hinzugezogen werden; auf jeden Fall muß ich mich zunächst mit unserem Hexenkommissar verständigen.«

»Und das brauchen Sie im Falle meines Mündels nicht?«

In der Tat: In diesem einen Fall hielt Herr ter Lahn sich für berechtigt, der Opportunität Vorrang vor der Legalität zu gewähren.

»So ist es, verehrter Graf«, sagte er. »Im Falle Ihres Mündels kann ich eine Entscheidung aus eigener Machtvollkommenheit treffen.«

Der Graf erhob sich. »Und Sie glauben allen Ernstes, ein stolzer junger Mann aus dem ruhmreichen Geschlechte der Erbfeldt läßt um eines persönlichen Vorteils willen seine Mitschüler und Schicksalsgenossen im Stich? Ich will Ihnen etwas sagen: Wenn bis heute nachmittag um vier Uhr nicht alle fünf Schüler aus dem Turm entlassen sind, begebe ich mich zum Fürstbischof von Mainz, der, wie Ihnen nicht unbekannt sein dürfte, als Gast der Stadt im Braunsfelder Hof wohnt. Er wird unseren Kaiser Ferdinand über die Zustände in seiner Freien Reichsstadt Köln unter einem Bürgermeister ter Lahn von Lennep informieren. Ich habe die Ehre!«

Er trank den Becher leer und verließ das Amtszimmer.

Herr ter Lahn lehnte sich zurück und schloß für einige Sekunden die Augen. Dann ging schon wieder die Tür, die Sekretäre erschienen.

»Holt mir den Glimbach!« sagte er erschöpft.

Kommissar Glimbach hatte bislang das hohe Ziel, das er sich schon vor Jahren gesteckt hatte, nicht erreicht: Er war nicht Rektor der Universität geworden. Severin Binius, der mit seiner Ernennung zum Generalvikar doch eigentlich hätte zufrieden sein dürfen, war ihm zuvorgekommen.

Nach dieser Enttäuschung hatte der Dechant sich nur noch tiefer in seine Dienstwohnung zu Sankt Severin im Süden der

Stadt vergraben. Er ging nur aus, wenn er im ärmlichen Vringsveedel, unter den rauschenden Flügeln der Bottmühle, die kirchlichen Rebhügel inspizierte oder Arme und Gebrechliche besuchte. Abends studierte er dann die grundlegenden Werke der großen Hexenforscher, jetzt noch eingehender als in früheren Jahren.

Seit er sein Buch herausgebracht hatte, begegneten ihm etliche Leute nicht nur in respektvoller Distanz wie bisher, sondern sie machten einen Bogen um ihn. Blieben allenfalls stehen, musterten ihn aus der Ferne und gingen beklommen weiter. Will sagen: Man zog es vor, ihm so lange nicht zu nahe zu kommen, bis auf höherer Ebene einiges geklärt wäre.

Glimbach bemerkte dieses auffällig veränderte Verhalten natürlich – und war tief befriedigt. Er wußte, das waren Reaktionen auf sein Werk. In Köln kam die große Bußbereitschaft auf, und er hatte sie zwiefach eingeläutet: mit der Verhaftung gottloser Schüler wie mit seinem überwältigend logischen Buch.

So hätte Glimbach zufrieden sein können. Seit bald vier Jahren versah er das Amt des Kommissars, und zahlreiche Frauen und Mädchen, gelegentlich auch Männer, hatte er der kurfürstlichen Blutgerichtsbarkeit als schuldig überliefern dürfen. Doch wer nicht in angemessenen Intervallen an die Bedeutung seines Amtes zu erinnern weiß, darf sich nicht wundern, wenn andere es vergessen oder gar als überflüssig erachten. Diese Gefahr war nun nach Erscheinen seines Buches nicht mehr gegeben.

So wunderte er sich durchaus nicht, als die Haushälterin ihm meldete, ein Bote vom Rathaus sei gekommen; Kölns Stadtoberhaupt, Herr Johann ter Lahn zu Lennep, wünsche ihn dringend zu sprechen.

Wider Erwarten war es Herrn ter Lahn in der kurzen ihm bis zu Glimbachs Eintreffen verbleibenden Zeit noch gelungen, einige Ratsherren in seinem Büro zu versammeln, um ihnen das Ansinnen des Grafen vorzutragen. Die Sache eilte, und er wollte die schwierige Entscheidung nicht alleine verantworten. Zu seiner Erleichterung bemerkte er bald, daß die Herren längst Anstoß an der Einkerkerung der Jungen genommen hatten; es waren eben alte Kölner Familien betroffen. Die Herren Caspar Rath vom Wollenamt und Andreas Sittardt vom Eisenmarkt wußten bereits, daß der Jesuitenprovinzial sich inzwischen auch beim Generalvikar beschwert hatte.

Man unterschätze ja nicht die Bedeutung des Hexenkommissariats, sagte Stimmeister Oeckhoven, aber was habe denn der, der es bekleide, in den letzten Jahren schon groß geleistet? Ja, setzte der Fischmarktmeister Beywegh hinzu, im Jahre 27 und danach, nachdem er die Henot zur Strecke gebracht und, außer der Christina Plum, auch noch etliche andere Teufelsbräute verascht hatte, da konnte man in Köln noch ruhig schlafen. Aber jetzt, da ihm nichts anderes mehr einfiel, als Jesuitenschüler einzusperren, noch dazu aus den Familien Salm und Übelacker, und auch noch einen Grafensohn, wäre doch sehr zu überlegen, ob er der richtige Mann für diesen heiklen Posten war.

Es stellte sich heraus, daß viele die »Lamentatio animae suspirantis« zwar in der Hand gehabt und wohl auch darin gelesen hatten, daß aber die meisten mit Glimbachs reichlich verquastem juristisch-theologischen Latein nicht zu Rande gekommen, jedenfalls nicht bis zum Schlußabsatz vorgedrungen waren, und auf den kam es nun einmal an.

Nicht ohne ein gewisses Zeremoniell bereitete der Bürgermeister die Lesung vor; er ließ sich das Buch, obwohl es vor ihm auf dem Schreibtisch lag, von seinem Sekretär aufschlagen, stand auf, räusperte sich und las, als sei er mit dem Inhalt einverstanden, seinen Räten den Schlußabsatz vor:

»Somit, nach allem Erschrecklichen, das wir über den durch und durch verhexten Zustand dieser einst so gottesfürchtigen Stadt vernommen und bis ins einzelne dargestellt und bewiesen haben, kommen wir zu dem überaus betrüblichen und alarmierenden Schluß, daß alle Bürger Kölns, den Rat der Stadt und den Vierundvierzigerrat inbegriffen, mit der zwiefachen Ausnahme Seiner Durchlaucht des Herrn Kurfürsten sowie der Person des Verfassers, der sich aufgrund seines langjährigen Studiums der Hexenwissenschaft gar wohl vor Satans Fallstricken zu hüten wußte, vom Teufel besessen sind.«

Vielleicht hätten die Anwesenden die These des Kommissars immer noch mit einem Achselzucken als *skurril* oder *verstiegen* abtun oder auch schlicht verlachen können – wäre nicht der Hinweis auf den unverzauberten Herrn von Kurköln gewesen. Daß ein Kölner alle Einwohner seiner Vaterstadt, von sich selbst abgesehen, für verhext erklären konnte, gleichzeitig aber ihrem traditionellen Widerpart und unentwegten Prozeßgegner Ferdinand von Bayern bescheinigte, er sei von Teufels- und Hexenkünsten unberührt – das mußte jeden aufrechten Mann in Köln, und wie erst einen gestandenen Ratsherrn, zutiefst erbittern! Wenn das ernst gemeint war, und dieser Kommissar könnte weiter seines Amtes walten, dann hätte man in Köln ja wohl bald Zustände wie unlängst in Bamberg oder Würzburg! Und was dort an der Tagesordnung gewesen war, davon bekamen die vornehmen Flüchtlinge im Hatzfelder Hof, wenn man sie zum Erzählen brachte, noch heute eine Gänsehaut. Bei solchen Praktiken, wie sie da eingerissen waren, konnte man ja Kanzler, Truchseß, Richter und sonst noch was hoch Beamtetes sein, am Ende gar Stadtrat zu Köln – und wäre doch seines Lebens nicht mehr sicher!

So kam es, daß sich Doktor Glimbach, als er das Bürgermeisterzimmer betrat, unvermutet einem Gremium ehrenwerter, ihm gut bekannter Herren gegenübersah, die ihm, teils stehend, teils würdevoll sitzend, aus ihren weißen gestärkten Halskrösen streng wie die Marmorköpfe römischer Senatoren entgegenblickten.

Aber es waren ja gediegene Männer, mit denen er schon manchen Krug guten Ratsbieres geleert hatte: der spitznasige Ratsrichter Jabach, Weinmeister Feist und Fischmarktmeister

Beywegh, der vor jeder Hexenverbrennung den Markt zu schließen pflegte, auf daß kein Kunde den Vollzug der Gerechtigkeit versäumen müsse; auch Jakob von Rodtkirchen war zugegen, der wohl in wenigen Tagen schon Bürgermeister sein würde.

»Wir hätten, Herr Doktor Glimbach«, sagte Bürgermeister ter Lahn, »gern einmal gewußt, wer Ihnen eingegeben hat, jene fünf Schüler aus dem Tricoronatum gefänglich einzuziehen.«

Ach, darum ging's? Um nichts anderes? Glimbach sah sich nach einem Stuhl um, und da er keinen fand, zog er es vor, gelassen auf und ab zu schreiten und sich nur gelegentlich den Herren zuzuwenden, die ihn mit unbewegten Mienen anstarrten.

»Sie wurden angezeigt«, sagte er mit feinem Lächeln, »von einem hochangesehenen Mann, der Zeuge ihrer hexerischen Umtriebe gewesen ist.«

»War Ihnen nicht bewußt, daß Sie mit einer so spektakulären Verhaftung nur die Argumente jener Leute stärken, denen die Anwesenheit des Jesuitenordens in unseren Mauern ein stetes Ärgernis ist?«

»Dieser Gedanke kam mir durchaus nicht«, sagte Glimbach. »Denn der Mann, der diese Schüler als erster beschuldigt und formell bei meinem Kommissariat angezeigt hat, war kein geringerer als der Regens des Jesuitengymnasiums, Pater Adrian Horn.«

In dieser Sache, das sahen die Herren ein, war Glimbach Sieger geblieben. Es würde auch keinen Zweck haben, sich bei Horn zu beschweren. Denn der würde um gute Gründe nicht verlegen sein: »Tiefe Sorge um den Geist der Anstalt ...« – »Angst vor Ansteckung durch hexerisch verseuchte Knaben ...« – »Betroffenheit über die Vielzahl von Kaninchen, die plötzlich im Anstaltsgärtchen herumhoppelten und ohne Frage aus geknüllten Tüchern gezaubert waren ...« Man kannte solche Argumente, da brauchte man gar nicht erst nachzufragen.

»Lassen wir das!« sagte Bürgermeister ter Lahn. »Es gibt andere Gründe, die uns genötigt haben, Sie zu uns zu bestellen.

Sagen Sie, Glimbach, wann haben Sie eigentlich die letzten Hexen aufgespürt und dem Kurfürstlichen Gericht zur Aburteilung übergeben?«

Worauf wollte der nun hinaus? Da gab's doch wohl Ratsprotokolle. Sollte Glimbach vielleicht die Daten im Kopf haben? Ratsrichter Jabach kam zu Hilfe. Er las aus einem Aktenstück:

»Im Jahre 1630 wurden folgende Weiber als Hexen hingerichtet: Im Februar die Mechthild Worringen, die Hebamme Braun, die Sophie Haas und eine Käthe – hier steht kein Nachname. Im März war es das Ännchen Schilts, und im Juli waren's die beiden Hebammen Vollmers und Königs.«

»Nun gut, nun gut«, unterbrach der Bürgermeister. »Und 1631 waren's ja auch noch einige. Dennoch, lieber Glimbach, dennoch: Wie verträgt sich diese vergleichsweise geringe Zahl von Überführten, Geständigen, Verurteilten und Verbrannten mit der Behauptung, die Sie am Ende Ihres ansonsten ja ganz verdienstvollen Buches aufstellen?«

Endlich kam man auf sein Werk zu sprechen! Jetzt fühlte Glimbach wieder Boden unter den Füßen.

»Auf welche Sätze heben Sie in Sonderheit ab?«

Er hielt es für angebracht, sich nach Gelehrtenart auszudrücken.

»Auf die Behauptung, alle Kölner, mit Ausnahme des Kurfürsten und Ihrer Person, seien vom Teufel besessen.«

»Ja. Leider«, sagte Glimbach und blickte reihum jeden der Herren mit ehrlicher Betrübnis an.

»Aber – wenn das sich wirklich so verhielte: Müßten Sie dann nicht – nein, es ist zu absurd!«

Eine gewisse Scheu empfand der Bürgermeister nun doch davor, jene Schlußfolgerung auszusprechen, mit der er Glimbach zur Strecke bringen wollte. Aber auch diesmal griff Richter Jabach ein:

»Der Herr Bürgermeister meint: Wenn alle Kölner vom Teufel besessen wären, dann hätten Sie doch in den letzten Jahren nicht nur diese wenigen Frauen, sondern die ganze Stadt vor Ihr Kommissariat schleppen müssen?!«

»Und da Sie das offenkundig nicht taten, haben Sie sich in Ihrer Amtsführung eines schwerwiegenden Versäumnisses schuldig gemacht!«

Es war der Fleischmarktmeister Coinsen, der mit seiner überlauten Stimme sowohl dem Bürgermeister wie dem Richter Jabach die entscheidende Schlußfolgerung erspart hatte.

»Ja – wie denn?« Glimbach hatte seine Wanderung aufgegeben. Er stand vor Johann ter Lahn, nur durch den Tisch von ihm getrennt, und sah ihn mit angstvoll geweiteten Augen an. »Das ist doch nicht dasselbe: vom Teufel besessen – also, das ist doch ein Passivum! Wer besessen ist, der tut doch nichts, der kann doch gar nichts tun! Wer hext und zaubert – ja, der ist mit dem Teufel *verbündet.* Das ist doch ganz etwas anderes!«

Einige der Herren blickten ihren Nachbarn an, einige hoben zweifelnd die Schultern. Etliche mochten wohl auch meinen, der Kommissar habe so unrecht nicht – aber es half Glimbach jetzt auch nicht mehr, daß er gegen das Schweigen mit einem wahrhaften Verzweiflungsausbruch anging: »Ja, meine Herren, wenn Sie nicht lesen können! Das ist doch Wissenschaft! Eine wissenschaftliche Formulierung! Ich bin Hexenforscher, bin Verfasser eines Buches! Ich werde nächstens Rektor der Universität! Der Kurfürst höchstselbst hat mich …«

Nun war's ganz aus. Den Kurfürsten hätte er in keinem Fall als Zeugen seiner Qualifikation aufbieten dürfen. Der Bürgermeister erhob sich, die anderen standen ebenfalls auf.

»Herr Doktor Glimbach!« sagte der Bürgermeister. »Sie haben mit Ihrem Buch die gesamte Kölner Bürgerschaft, von einem Ehrenwerten und Hochweisen Rat ganz zu schweigen, aufs ärgerlichste denunziert und beleidigt. Ich entbinde Sie deshalb von Ihrem Amt als Hexenkommissar. Der Rat wird in den nächsten Tagen befinden, auf welche Weise Sie in aller Öffentlichkeit, vor Kölns Bürgern und allen Ratspersonen, Abbitte leisten werden. Die Sitzung ist geschlossen.«

Die Staatsjacht legte vom Bayenturm ab und setzte mit der Strömung über nach Deutz. Nun war auch die städtische Deputation, geführt von Bürgermeister ter Lahn, an Bord gegangen: Rentmeister Doktor Cronenburg, Stadtsyndikus Doktor Friedrich Wissius und Hochwürden Hyazinth Klock von Sankt Ursula. Wichtigster Mann aus Köln war jedoch Stadtbaumeister Düllmann; nur er verstand, worum es heut' gehen sollte, nur er hatte Erfahrung mit Courtinen und Bastionen, Brustwehren und Glacis. Er würde sein Wissen gebrauchen können, denn auf der Jacht befand sich bereits, auf Einladung des Kurfürsten, der Chevalier Gérard de Villée, Festungsbaumeister am französischen Hof, ein Fachmann par excellence.

Es ging um die Befestigung von Deutz.

Allzu lange hatte man das Unternehmen schon verzögert. Deutz lag als Enklave Kurkölns auf bergischem Gebiet, wo Herzog Wolfgang Wilhelm regierte, der glücklicherweise rechtzeitig katholisch geworden war, so daß er im Kriege nicht zur Gegenpartei gehörte. So wäre die Befestigung des Ortes wider den Schweden und seine Verbündeten eigentlich Sache des Kurfürsten gewesen. Doch so wichtig war dem Herrn in Bonn der Flecken nun auch wieder nicht, daß er ihm die gewaltige Summe, die man für den Ausbau errechnet hatte, wert gewesen wäre. Wichtig war's, so meinte er, im Grunde nur für die Kölner, daß der ihnen auf Schußweite gegenüberliegende Ort befestigt wurde. Aber zahlen wollten die auch nicht.

Nun aber wurde die Lage prekär. Und ganz vertrackt für Ferdinand, der schon längst seine Wagen beladen ließ, um sich und seine Habe nach Köln zu retten. Kanonenkugeln aus schwedischen Feldschlangen und Falkaunen konnten, so gut wie ins Rathaus, auch in sein Quartier in der Trankgasse einschlagen.

Deshalb war der Kurfürst heute – es war einer der letzten Apriltage – mit seiner Staatsjacht von Bonn nach Deutz unterwegs und hatte die Kölner Delegation am Bayenturm aufgenommen. Franz Wilhelm von Wartenberg begleitete ihn, auch Generalvikar Nikolartius aus Münster, Finanzrat Doktor von

Aldenhoven und Leibarzt Holzemius. Um den Ausführungen des Chevalier besser folgen zu können, hatte der Kurfürst sich den Ritter Johann von Schönborn aus dem Stabe des Bamberger Bischofs erbeten; Schönborn sprach französisch; er hatte zwei Jahre in Orleans studiert.

Beim Aufenthalt am Landungssteg unter dem Bayenturm hatte es Verdruß gegeben. Zwei Schiffer hatten sich nicht gescheut, mit Rudern aufeinander einzuschlagen – und das im Angesicht der hohen Herren! Ein frecher Jude sei der eine, und der sei auch schuld, versicherte Rentmeister Doktor Cronenburg; er wolle unberechtigt Fährgeld kassieren. Der Kurfürst fühlte sich angesprochen, denn ein Jude konnte nur aus Deutz stammen, in Köln gab's ja keine, und somit fiel der Casus unter sein Hoheitsrecht. Er befahl, daß man den Mann aufs Schiff nehme und ihm nach der Landung in Deutz vorführe.

Sie legten ab, und als sie die im Rhein verankerten Wassermühlen passierten, entdeckte Hyazinth Klock, der seiner wortgewaltigen Bußpredigten wegen gefürchtete Priester von Sankt Ursula, daß da nur noch fünf Mühlen waren. Wo war die sechste geblieben? Rentmeister Cronenburg wußte Bescheid:

»Die hat sich neulich beim Sturm vom Anker gerissen, ist an die Deutzer Landungsbrücke getrieben, hat sie beschädigt und ist unweit von ihr gestrandet. Die Deutzer haben sie beschlagnahmt und rücken sie erst wieder heraus, wenn der Schiffsmüller den Schaden bezahlt hat.«

Das fand der Kurfürst komisch, und so lachten auch alle anderen, und heiter verfolgte man das Schiffsgewimmel auf dem glitzernden Strom: Niederländer mit ihren übergroßen Heckrudern, prall gewölbte Aaken, flachgehende Oberländer und flinke Lauertannen, beladen mit Siegburger Steinzeug.

In Deutz, als sie das Schiff verließen, gab's wiederum einen Zwischenfall, der vor allem den Unmut der Bonner Hofgesellschaft weckte, obgleich Durchlaucht heute besonders leutselig war. Man hatte bemerkt, daß, während alles Volk sich um den Landesherrn drängte, der selten genug herüberkam, ein junger

Mann abseits auf einem Erdhügel saß und sich weder zu neugierigem Näherkommen, noch gar zu Beifallklatschen und Segenswünschen bemüßigt fühlte. Er zeichnete! Und ehe man ihn vor Ferdinand abschirmen konnte, hatte der den Respektlosen schon entdeckt und schritt, in seinem hermelinverbrämten Überrock wahrhaft majestätisch anzusehen, auf ihn zu, blickte, sich leicht niederbeugend, auf das Zeichenblatt – und der Kerl stand noch immer nicht auf!

Der Bursche hatte die Landung skizziert, die prächtige Staatsjacht mit der blanken Reihe ihrer Kajütenfenster, die beschädigte Brücke, die Herren, wie sie ausstiegen, den Kurfürsten selbst mit seinem Federhut, und dahinter, nur angedeutet freilich, die Stadt Köln.

»Wo kommst du her?« fragte Ferdinand. Und als der Kerl ihn nur freundlich anblinzelte: »Steh gefälligst auf, Du weißt wohl nicht, mit wem du redest!«

Jetzt endlich legte der junge Mann Stift und Blatt beiseite und erhob sich.

»Wie heißt du?«

»Wenzel. Mit Vatersnamen Hollar.«

»Wenzel? Ein Böhm' – wie?«

»Aus Prag.«

»Und was spionierst du hier mit deinem Zeichenstift?«

»Spionieren? Dem Herrgott spionier' ich nach, wie er die Bäume und Flüsse gemacht hat.«

»Ich seh auf deinem Blatt nur Schiffe und Häuser. Die hat der Herrgott nicht gebaut.«

»Ohne Seinen Segen wär' kein Stein auf dem andern.«

»Hm. Man ist nicht aufs Maul gefallen. Wo kommst du jetzt her?«

»Aus Frankfurt.«

»Was hast dort getrieben?«

»Studiert.«

»Was?«

»Zwei Jahre beim Meister Merian.«

»Dann mußt du was können. Gib das Blatt her!«

Der Kurfürst nahm es, warf noch einmal einen Blick darauf und zerriß es.

»Mich darf man nur malen, wenn ich es erlaubt habe.«

»Es war nicht gemalt«, sagte der junge Mann mit rotem Kopf. »Nur gezeichnet.«

»Das bleibt sich gleich. Hör zu: Wir sehen uns jetzt den Ort an. Das dauert zwei Stunden. Wenn ich wiederkomme, hast du, wie sich's hier so prächtig bietet, die ganze Stadt Köln vom Bayenturm bis zur Kunibertspforte gemalt.«

»Gezeichnet!«

»Nun also denn auch das!«

Er wandte sich zungenschnalzend zu seinen Leuten, die den Kopf schüttelten und den frechen Böhmen am liebsten arretiert hätten. Doch offensichtlich höchst befriedigt von der Unterhaltung, lud der Kurfürst nunmehr den Stadtbaumeister Düllmann und den Chevalier de Villée an seine Seite und ermunterte sie, während er mit reichem Gefolge den Ort besichtigte, ihre Theorien darzulegen und, wenn angängig, aufeinander abzustimmen.

»Den Herren ist bekannt, worum sich's handelt. Es gilt, Flecken und Freiheit Deutz zu konservieren. Das geht nicht ohne Fortifikation. Gilt nun zu untersuchen, was praktikabel sein mag.«

»Wir sollten's auf die italienische Weise machen, Euer Durchlaucht«, empfahl der Stadtbaumeister. »Kurze Fronten, gerade Bastionen. Auch die Niederländer halten es so.«

»C'est possible«, sagte der Franzose. »Aber wenn es modern sein soll, nach dem neuesten Stande, brauchen wir auch ein Glacis, eine Gegenwall, Laufgänge und Brustwehren, ein Bankett für die Schützen.«

Düllmann, der wußte, daß der Kurfürst so gut wie nichts zahlen wollte, widersprach. Weil er dem Franzosen aus vaterländischem Stolz verschwieg, daß es nur um die Kosten ging, versuchte er's mit sachlichen Argumenten, geriet nun aber, da er ja nur ein schlichter Baumeister war, dem ausgepichten Spezialisten gegenüber in Verlegenheit. Es brach ein heftiger Disput aus, der es dem jungen Schönborn als Dolmetsch nicht leicht machte. Da ging's um Courtinen und Vorterrain, um Saillant und Bollwerkswinkel, um Pünten, Facen, Defenslinien, Streichwinkel und Kehlen, um hohles Bollwerk und detachierte Bastion, und das wollte kein Ende nehmen, bis der Kurfürst entschied, es müsse aus Holz ein Modell gebaut werden – eins für die billige, eins für die teure Lösung, und dann werde man weitersehen. Damit war erst einmal Zeit gewonnen. Und so bald würde der Schwede wohl nicht nach Deutz kommen.

Die Soldaten im Gefolge hatten die Deutzer in gebührender Entfernung gehalten, auch die Juden, die wie zur Feier ihre spitzen Hüte aufgesetzt hatten, wozu sie hier nicht einmal verpflichtet waren. Und jetzt brachte man auch den Mann, der sich am Bayenturm an einem christlichen Fährmann vergriffen hatte. Ferdinand nahm, wie zur Erholung nach all dem Festungskauderwelsch, den Juden ins Gebet:

»Du bist auch Fährmann?«

»Veitel Jacobs, der Judenfährmann, Herr Kurfürst. Mit fürstlichem Privileg, wenn der Herr Kurfürst verstatten. Der Herr Kurfürst hat uns gnädig gewährt, eine eigene Fähre von Deutz nach Köln und zurück zu unterhalten.«

»Was heißt gewährt? Was soll ich mit euch machen, da doch kein ehrlicher Christenmensch mit einem Jud' in einem Boot sitzen mag. Es ist auch ein Privileg, daß ihr in Deutz leben dürft, da man euch in Köln nicht leidet. Wieviel seid ihr jetzt?«

»An die siebzig mit Weib und Kind, Herr Kurfürst.«

»Das ist auch genug. Ich laß euch leben, weil auch der Gottessohn, den ihr gemordet habt, barmherzig war. Aber deshalb wird mir mein Deutz noch lange keine Judenstadt! Haltet also an euch! Und jetzt will ich wissen: Was fällt dir ein, dich mit einem Christen zu prügeln?«

»Der Fährmeister Krummling von Köln, Herr Kurfürst, zwingt die Unsrigen, wenn sie von der Reise kommen, in seine

Fähre zu steigen, statt in die unsere, die Judenfähre mit fürstlichem Privileg. Sie werden auch oft, wenn sie warten müssen, bis es dem Krummling gefällt, sie überzusetzen, von allerlei Gesindel, Schiffsrangen und Rollenbatzen, belästigt. Die werfen mit Steinen und Kot. Und wenn er endlich übersetzt, verlangt er saftigen Lohn, und unsere Judenfähre schwimmt leer daneben.«

»Ist das so?« Der Kurfürst wandte sich an ter Lahn.

»Ich werde im Rat den Schiffsmeister danach fragen«, erwiderte der Bürgermeister.

»Wenn es so ist, soll's mir anders werden«, entschied der Kurfürst. »Meine Deutzer Juden haben nicht viele Rechte. Aber die habe *ich* verliehen, und deshalb sollen sie sie auch behalten. Schließlich vergiften sie keine Brunnen mehr und schächten auch keine Christenkinder. Das war einmal. Solang' sie redlich Handel treiben, wird ihnen von mir kein Haar gekrümmt. – Nun denn, meine Herren, für heute war's getan.«

»Wollen Euer Durchlaucht bitte noch einen Blick in die Kirche werfen!« bat Domkapitular Hyazinthus Klock. »Rektor Horn von den Jesuiten möchte Euch den neuen Prediger von Sankt Urban vorstellen, Hochwürden Eberhard Bleckmann.«

Wenn es um Jesuiten ging, brauchte man Ferdinand nicht zu bitten. So schritten sie über den kleinen Friedhof zur Sankt-Urban-Kapelle; auch die hatte der Truchseßsche Krieg schwer mitgenommen. Rektor Horn empfing den Landesherrn am Kirchentor und stellte ihm den dicklichen Pfarrer vor. Aufmunternd klopfte Ferdinand dem Herrn Bleckmann auf die Schulter und verglich ihn, der rosenrot anlief, mit dem »Außenposten einer Festung im Heiligen Lande in Erwartung des Heidensturms« – obwohl ja hier von Festung noch keine oder eben *nur* die Rede war. Und dann fragte er noch so einiges:

»Wie geht's Ihren Schülern, Horn?«

»Sie gedeihen in der Ordnung des heiligen Ignatius.«

»Und die im Turm? Gedeihen die auch?«

Horn schluckte vor Ingrimm. Ging ihm heut' alles daneben? Noch immer hatte er den Brief nicht verwunden, den er gestern erhalten hatte. Ein Brief aus Rom: die sehnsüchtig erwartete Antwort auf sein Schreiben an den Pater General, ein Schreiben, in dem er sich über den verderblichen Einfluß seines Ordensbruders Spee beschwert hatte. Und wie lautete diese Antwort? Kurz und bündig: *Der Mann ist in Ruhe zu lassen!* – Und nun auch noch dies: als habe *er* es so eingerichtet, daß die Ketzerknaben immer noch im Gefängnis saßen! Er war doch nicht Glimbach! Glimbach war ein Tropf, der nicht wußte, daß, wie jedes Ding, auch die Sühne ihre Zeit hat, die man einhalten muß, soll sie nicht zu Unrecht oder zumindest zum Ärgernis werden.

»Man hört, daß der Rat sich mit der leidigen Affäre befassen will«, sagte Horn schließlich und suchte im Gefolge den Herrn ter Lahn, aber der blieb stumm.

»Sie müssen sich selbst um Ihre Schüler kümmern, lieber Horn«, mahnte der Kurfürst. »Als Rektor und Regens haben Sie die Pflicht dazu. Übrigens« – er winkte Wartenberg zu sich – »ich habe dieses Buch noch immer nicht bekommen. Haben Sie wenigstens herausgefunden, wo der Verfasser steckt?« Wie immer, wenn andere zugegen waren, vermied er das Du.

Wartenberg hatte, wie auch der Kurfürst, in den vergangenen Wochen keine Sekunde mehr an den unbotmäßigen Jesuiten gedacht. Er hatte ihn schlicht vergessen. Und gerade jetzt, im zugigen, halb zerstörten Kapellenraum, wo man nicht ausweichen, sich nicht einmal zu einer geschwinden Erkundigung zurückziehen konnte, fragte der hohe Herr! Doch konnte Wartenberg die Karte immerhin weiterreichen: Als habe er sich beim Rektor schon vor längerer Zeit einmal nach dem Verbleib des Autors der »Cautio Criminalis« erkundigt, fragte er ihn wie beiläufig:

»Sie haben ja wohl inzwischen herausgefunden, wo dieser Spee sich aufhält?«

Horn, obwohl er begriff, daß Wartenberg sich mit dieser Frage auf seine Kosten entlasten wollte, hörte nichts lieber, als daß nun auch der Kurfürst – und wer hätte das so bald zu hoffen gewagt! – hinter Spee her war.

Hier und jetzt war die Gelegenheit, dem Erzbischof nahezulegen, den verbrecherischen Bruder in seine Obhut zu nehmen. Dies um so mehr, als jener Bamberger auf seinem Krankenbett sich so enttäuschend zurückhaltend geäußert hatte. Und gestern war nun auch noch dieser Brief aus Rom gekommen!

So richtete Horn sich stramm auf und meldete mit lauter Stimme: »Wenn Euer Durchlaucht den Bruder Friedrich Spee von der Gesellschaft Jesu meinen: Der befindet sich seit Allerheiligen vergangenen Jahres in meinem Kolleg zu Köln.«

Kein Wort mehr. Denn so souverän Adrian Horn auch im Kolleg und Gymnasium zu schalten pflegte, sosehr er die Kunst des inneren Vorbehalts gelegentlich nutzte, so wenig durfte er daran denken, eine so klipp und klar formulierte Weisung des Paters General Mutius Vitelleschi zu mißachten: *Der Mann ist in Ruhe zu lassen.*

Ordensintern war derzeit also nichts zu machen. Aber wenn der Kurfürst als Erzbischof, als Herr der Diözese, sich des Mannes annähme?

Doch zu Horns Enttäuschung sagte Durchlaucht lediglich zu Wartenberg: »Erinnern Sie mich daran, wenn ich in Köln sein werde.« Dann allerdings – Horn starrte gebannt in das Gesicht des hohen Herrn – krauste sich seine Stirn, er schien sich auf etwas zu besinnen, die Ader an der Schläfe schwoll an, eine gewundene Schlange, und nun sah es ganz so aus, als komme ihm erst jetzt zu Bewußtsein, welche Impertinenz sich hinter Horns Mitteilung, der gesuchte Rebell befinde sich seit fast einem halben Jahr im Schutz des Kölner Kollegs, versteckt haben mußte. Doch zum Ausbruch des Gewitters kam es nicht. Denn plötzlich öffnete sich im Gefolge, das bis auf den Kirchhof hinausdrängte, eine Gasse; man ließ einen aufgeregten Soldaten passieren, einen Offizier, der schwenkte ein Blatt Papier, nahm sich kaum Zeit, vor seinem Herrn den Hut zu lüften, und rief:

»Der Schwedenkönig ist gestern mit drei Regimentern und großer Bagage aus Frankfurt abgezogen!«

Die Nachricht begeisterte alle. Es war zwar kein Sieg mit den Waffen, aber immerhin: Gustav Adolf wandte sich augenscheinlich dem Tilly zu, zog ins Bayerische, belästigte Ferdinands Bruder Maximilian und kam fürs erste nicht nach Köln! Und so hätte man sich eigentlich – Doktor Aldenhoven flüsterte es dem Leibarzt zu – den Tag in Deutz mit seinem vertrackten Fortifikationsgeschwätz sparen können.

»Man soll ein Tedeum singen«, befahl der Kurfürst. Und als sie sich schon wieder der Landungsbrücke näherten, dröhnte es ihnen nach von der Orgel.

»Laß sehen!« sagte der Kurfürst und nahm dem Wenzel Hollar, der sich offenbar durch nichts hatte stören lassen, das Blatt aus der Hand. Und da breitete sich nun wahrhaftig die ganze langgestreckte, mauerbewehrte, an Türmen reiche, mit Kirchen, Kapellen und Klöstern gesegnete Stadt, das unversehrte deutsche Rom, vor seinen Augen aus – gewiß noch nicht exakt bis ins letzte durchgeführt mit allen Häuserfronten und Gassenpforten und dem Gewirr der Dächer, die terrassenhaft einander zu überklettern schienen – aber welcher Künstler, wenn's mit rechten Dingen zuging, hätte ein solches Werk in zwei Stunden vollenden können?

Nein, er zerriß es nicht. Behutsam legte der Kurfürst das Blatt dem Zeichner, der wieder sitzen geblieben war, auf die Knie, zupfte es sogar noch, sich niederbeugend, in die rechte Lage und sagte:

»Wenn du das fertig hast, wirst du's ja wohl dem Rat von Köln zum Erwerb anbieten.« Er sah den Bürgermeister an, der nickte zustimmend. »Danach magst du dann einmal zu mir kommen. Aber bald, solang' ich noch in Brühl bin! Du sollst mir mein Bonn genauso akkurat malen – ja, ja, ich weiß schon: zeichnen. Der Herr allein mag wissen« – er seufzte tief und blickte nach Süden über den Rhein – »wie lang mir die Stadt noch erhalten bleibt.«

Dennoch ging man nicht traurig zu Schiff. Der Schwede zog nach Bayern. Ferdinand ordnete ein vierzigstündiges Gebet für seinen bedrängten Bruder an. Und vierzig Faß Pulver spendete er für die Verteidigung von Deutz.

»Gertrude findet ihr Glück darin, in unserem kleinen Kreis dem Herrn zu dienen. Verwirren Sie das Kind nicht mit Ihren Erzählungen aus der sündigen Welt«, bat die Oberin. Es klang eher wie ein Befehl.

»Ich habe nicht die Absicht, sie ihren Pflichten zu entziehen«, sagte Spee. Sie wandelten auf und nieder im Quadrum, dem großen Hof, der das Stiftsgebäude mit der Kirche Sankt Maria im Kapitol verband. »Aber ich bin nun einmal der erste gewesen, ehrwürdige Mutter, der Gertrude mit unserem Glauben vertraut gemacht hat. Ich kann nichts für den Zufall, der uns in Sankt Ursula wieder zusammenführte.« Und nach einer Sekunde des Zögerns erlaubte er sich eine Empfehlung, die auch als sanfte Kritik verstanden werden konnte: »Vielleicht täten Sie gut daran, die ungewöhnlich starke Gebetsinbrunst dieses Mädchens von der Verehrung Sankt Sebastians auf andere Heilige hinzulenken?«

»Andere Heilige?« Sie sah ihn aufmerksam an. »Kommen Sie einmal mit!«

Sie betraten die Kirche durchs Nordportal. Spee stemmte sich gegen die schwere, zweiflügelige Holztür mit den bunt bemalten Relieftafeln. Die Oberin legte den Finger auf die Lippen und nötigte ihn gleich bei der ersten Arkade ins Seitenschiff, damit sie ungesehen bis zur Vierung gelangen konnten.

Vor dem Kleeblattchor stand erhöht der Sarkophag der heiligen Plektrudis. An seiner Seite, auf dem schmalen Sockelvorsprung, kauerte, den Kopf an die steinerne Sargwand gelehnt, bitterlich schluchzend Gertrude.

Die Oberin wandte sich um. Spee folgte ihr.

»Das wollte ich Ihnen zeigen«, sagte sie, als sie wieder im Kreuzgang waren. »Sie kennen die Geschichte unserer Heiligen?«

Spee antwortete nicht. Sie nahm es als Aufforderung, ihm die Legende zu erzählen. Plektrudis sei die Gattin Pippins, eines mächtigen fränkischen Hofbeamten, und dieser ein sündhafter, ehebrecherischer Patron gewesen, aber sie habe ihn nun einmal geliebt. Endlich habe er sie sogar verstoßen, und da habe der Herr ihr in ihrer Seelennot eingegeben, Kirche und Kloster von Sankt Maria zu gründen.

»Sie hatten von anderen Heiligen gesprochen, Pater. Nun, Sie haben gesehen: Das Mädchen hat sich eine Schutzheilige ausgesucht, die während ihres Erdenlebens einen, wie das Kind wohl meint, ähnlichen Kummer hat erleiden müssen wie sie selbst. Eine Verstoßene. Verstoßen von dem Mann, den sie liebte.«

Spee blieb stehen. Wie meinte sie das? Er war nicht begriffsstutzig. Der Anblick des Mädchens in seinem Kummer hatte auch ihn bewegt, natürlich. Aber was hatte er getan, daß Gertrude sich um ihn verzehrte?

»Jetzt ist Ihnen wohl klargeworden, was Sie angerichtet haben«, sagte die Oberin. Sie sagte es ganz ruhig, aber der Vorwurf war unüberhörbar.

»Eine Mädchenschwärmerei!« wehrte er sich. »Fehlgeleitete Inbrunst, auch das. Aber – Liebe? Hochwürdigste Mutter, ist Ihre Vermutung nicht allzu gewagt?«

Die Oberin hob die Brauen. »Vermutung? Es ist eine Gewißheit. Aber weshalb wundert Sie das? Ist dieser – Sebastian nicht in der Tat ein sehr begehrenswerter Mann?«

Er schwieg.

Nach einer Weile sagte sie: »Versprechen Sie mir eins: Meiden Sie unser Stift! Und verabreden Sie sich auch nicht auf andere Weise mit dem Mädchen.«

Sie konnte ihm ihr Haus verbieten, das war ihr gutes Recht. Aber sie wollte ihm auch vorschreiben, wie er sich als Priester und Freund zu verhalten habe.

»Eben haben Sie mir Gertrude gezeigt«, sagte er. »Sie weint, weil sie sich verstoßen fühlt – wie jene Heilige. Sie irrt sich. Ich habe sie nicht verstoßen. Und, hochwürdigste Mutter, ich gedenke es auch in Zukunft nicht zu tun. Wenn sie mir begegnet und wenn sie mich braucht, schicke ich sie nicht weg. Dafür erbitte ich Ihr Verständnis.«

»Sie wird Ihnen nicht begegnen.«

Mit diesen Worten verabschiedete ihn die Oberin.

In der folgenden Nacht, vor dem Einschlafen, legte Spee sich Rechenschaft ab. Die Oberin beschuldigte ihn unverhohlen, das Mädchen verliebt gemacht zu haben. Gewiß nicht, weil er sie begehrte – das mochte sie ihm wohl doch nicht unterstellen –, sondern wohl nur aus Eitelkeit. Ein Priester schmückt sich gern mit hübschen Beichtkindern. Und die vertrauen ihre sinnlichen Sünden lieber einem noch jungen Priester an, dem solche Gefühle auch nicht ganz fremd sein können. Das durfte auch der Mutter Anna Franziska nichts Neues sein, die, als Witwe eines Advokaten, einiges von der Welt wußte und erst als Spätberufene den Schleier genommen hatte. Ein bißchen Verehrung und scheues Anhimmeln – was ließ sich dagegen ausrichten! Und weshalb auch? Frauen, die für ihren Priester schwärmen, sind nicht weniger fromm als andere, ganz gewiß nicht! Er mußte lächeln. Darüber könnte er viel erzählen.

Aber Schwärmerei von der einen, zartsinnige Zuneigung von der anderen Seite – das war noch kein Konkubinat, wie bei so vielen anderen. Es stank ja längst zum Himmel, wie es der Klerus trieb, vom Landpfarrer bis zum Prälaten! Wozu sonst die ständigen Ermahnungen aus Rom, die Visitationen und Strafversetzungen? Sollte die Mutter Oberin sich doch einmal über den verstohlenen Umgang ihrer geistlichen Gönner informieren, dann würde sie schnell das Interesse an seiner zarten Seelenfreundschaft verlieren. Spee gedachte, auch um Gertrudes willen, sich diese keusche Freundschaft zu bewahren. Und deshalb bemühte er sich, das Bild zu verdrängen, das ihm, während er vergeblich einzuschlafen suchte, so hartnäckig zusetzte: Gertrude, am Sarkophag der Plektrudis schluchzend, aus Leidenschaft zu *ihm*.

»Wie konnten Sie noch schreiben?« fragte Giertchen Lotichius. »Gedichte! Verse! In dieser Welt, in der Sie leben mußten?!«

Spee wußte, was sie meinte, wußte auch, daß die Antwort, die er für sich gefunden hatte, sie kaum befriedigen würde.

»Ich kann Gott, der diese Welt erschaffen und sinnvoll ausgestattet hat – auch den Menschen! –, ich kann Ihn nicht tadeln, weil einige Seiner Geschöpfe gegen Seine Absichten handeln. Und ich wäre sehr undankbar, wollte ich über dem Schrecklichen, das Er geschehen läßt, die Schönheit Seiner Schöpfung mißachten.«

Sie hatten nach dem Abendbrot um den Kamin gesessen: die Gastgeber, das Ehepaar Lotichius und Spee. Die Friessems wußten nur eben, daß Spee fromme Verse geschrieben hatte, die, bis auf die wenigen im »Kölner Psalter«, nie gedruckt worden waren; einige kursierten in Abschriften oder gingen von Mund zu Mund.

Friessems waren neugierig und hatten ihn gebeten, etwas vorzutragen. Einige Gedichte wußte er auswendig: das »Lob Gottes in der fröhlichen Sommerzeit« oder »Tu auf, tu auf, du schönes Blut« oder das »Lied von der Welt und weltlicher Pracht«. Frau Friessem meinte, aus diesen Versen müsse sich ein gut verkäufliches Buch zusammenstellen lassen. Er zierte sich etwas; man brauche Zeit dazu, die er nicht habe, und mit manchem sei er noch gar nicht zufrieden.

»Und wie soll der Band einmal heißen?« hatte der Buchhändler gefragt.

»Ich dachte an ›Trutz Nachtigall‹. Weil – es klingt wohl ein bißchen überheblich –, weil ich der Ansicht bin, daß sich meine Lieder, trotz aller noch so süß singenden Nachtigallen, hören lassen können.«

»Wobei Sie gewiß nicht an die gefiederten Nachtigallen denken?«

»Nein«, hatte er lächelnd erwidert, »die kann kein Dichter übertreffen. Ich meine jene, die lediglich *eine* Feder führen – die lateinische. Ich bin nämlich überzeugt, daß man auch in deutsch recht gut poetisch reden kann. Es hat bislang nicht so sehr an der Sprache gemangelt als an den Dichtern, die sich an die Sprache gewagt haben – an die deutsche.«

Und dann hatte Giertchen, die anscheinend nur mit großer Selbstbeherrschung an sich gehalten hatte, ihre Frage gestellt: Wie konnten Sie noch dichten?

»Sie sind in den Folterkammern gewesen. Sie haben erlebt, was der Mensch dem Menschen antut. Sie mußten hilflos hören, wie Unschuldige zum Tode verurteilt wurden. Sie haben gesehen, wie man Frauen und Mädchen bei lebendigem Leibe verbrannte. Und danach sind Sie in Ihre Klause gegangen und haben fromme Verse geschmiedet!«

Sie hatte sich ereifert, und seine Antwort klang nachsichtig, fast ein wenig verächtlich: »Was wissen Sie schon, verehrte Frau, zu welchen Mitteln einer wie ich greifen muß, um sich am Leben zu erhalten!«

Für einen Augenblick hörte man nur das Knacken der Scheite im Kamin. Wilhelm Friessem räusperte sich. Seine Frau stand auf, um nach dem kleinen Johannes zu sehen.

Giertchen hatte den schmalen Kopf gesenkt, der Flammenschein tanzte auf ihrem glatten schwarzen Haar. Sie billigte ihm zu, daß er, der so wissend Unrecht ertragen mußte, sich vor der letzten Verzweiflung bewahrte, mit welchen Mitteln auch immer. Trotzdem wehrte sie sich dagegen, daß der Mann, der die »Cautio« geschrieben hatte, sich Trost bei Sonne, Mond und Sternen holte. Wäre sie an seiner Seite, sie würde Sorge tragen, daß er an nichts anderes mehr denken könnte als an seinen gerechten Kampf gegen die deutsche Obrigkeit.

Es klopfte heftig an die Ladentür. Ehe Frau Friessem hinunterging, legte sie Spee den winzigen Johannes in die Arme. Zum ersten Mal seit langer Zeit hielt er ein kleines Kind an seiner Brust. Er mühte sich, es richtig zu machen: den Kopf zu stützen und, obwohl das eng gewickelte Knäblein sich kaum rühren konnte, sorgsam die Balance zu wahren. Das kleine Geschöpf teilte ihm seine Wärme mit, bis tief in Magen und Bauch hinein, und er fühlte: Dies ist das Leben, und Gott hat es so gewollt.

Der späte Besucher war ein Bote vom Hatzfelder Hof, der den Arzt dringend zu seinem fürstlichen Patienten bat.

Professor Lotichius war nicht allzu ungehalten, denn von Gedichten verstand er nichts. Er holte seine Arzneitasche und folgte dem Boten in die Nacht.

»Der Bamberger Bischof kann sich vielleicht schon bald auf den Heimweg machen«, sagte Wilhelm Friessem, als die kleine Runde zusammenrückte. Man hatte dieser Tage erfahren, daß der Schwede Stadt und Feste Bamberg überstürzt hatte räumen müssen; die Truppen der Liga unter dem wiedergenesenen Tilly hatten sie »mit stürmender Hand« genommen.

Als sie dann auf die Hexenbrände in den fränkischen Bistümern zu sprechen kamen, konnten die Gastgeber daran nichts Unrechtes finden. Das brachte Giertchen abermals auf, und sie erzählte von Spees Buch. Die Friessems wußten zunächst mit dem Titel nichts anzufangen, doch dann schlug sich der Buchhändler vor die Stirn.

»Neulich kam Professor Ostermann, der Dekan unserer juristischen Fakultät, in den Laden und wollte das Buch kaufen. Er meinte allerdings, es sei wohl in ganz Deutschland vergriffen.«

»Wer druckt die nächste Auflage? Und wann?« Giertchen wandte sich an Spee.

»Eine neue Auflage? Daran habe ich noch nicht gedacht.«

»Sie hatten mit der ersten genug Ärger, ich weiß«, winkte Giertchen ab. »Verwerten Sie also Ihre Erfahrungen, und bringen Sie eine zweite, verbesserte Auflage heraus!«

»Ich glaube, daß alle, die es angeht, mein Buch gelesen haben«, sagte Spee. »Und daß es seinen Zweck erfüllt hat, weiß ich vom Bischof von Bamberg.«

»Ob es auch der Bischof von Würzburg kennt?« fragte Giertchen unbeirrt. »Und der Kurfürst von Köln? Und all die protestantischen Hexenbrenner?«

Spee wich aus. »Man müßte schon sehr vorsichtig taktieren. Es ist gerade etwas Gras über die Sache gewachsen.«

Das war eine Bemerkung, die er sich vor Giertchen Lotichius nicht hätte erlauben dürfen. Mit einer Schärfe, die nicht nur die

Gastgeber bestürzte, erwiderte sie: »Wer soll sich denn als nächster für Sie und Ihr Buch opfern, hochwürdigster Pater?«

Bleich saß er im Sessel, die Hände krampften sich um die Armstützen. Und damit das böse Wort nicht zu lange nachklinge, sprach sie schnell weiter: »Sie können ohnedies nicht verhindern, daß nachgedruckt wird. Sie wissen doch, wie das zugeht? Sie werden, wenn Sie sich nicht selber darum kümmern, noch ganz sinnentstellende Nachdrucke von fremder Hand erleben.« Friessem stimmte ihr zu. »Ich mache Ihnen einen Vorschlag«, sagte sie. »Mein Mann und ich nützen den Aufenthalt in Deutschland, um meine Schwester in Frankfurt zu besuchen. Mein Schwager, der Buchhändler Wagner, ist Teilhaber der Druckerei Gronäus. Er könnte eine neue Auflage der ›Cautio Criminalis‹ herausbringen. In Köln würde sich das kein Drukker trauen, in Frankfurt denkt man freier. Führen Sie Ihre Änderungen so schnell wie möglich aus. Wir nehmen das korrigierte Exemplar nach Frankfurt mit – und im Juni könnte das Buch schon wieder auf dem Markt sein.«

Spee wollte es sich überlegen. Sie sprachen noch eine Weile über den Krieg. Dann hörten sie die Kutsche vorfahren, die den Professor zurückbrachte.

Er kam die Treppe heraufgestapft, stieß beinahe mit dem Kopf an die Tür, warf die Arzneitasche auf einen Stuhl und setzte sich erschöpft.

»Hattest du Ärger mit der Exzellenz?« fragte Giertchen.

Der Professor winkte ab und nahm dankbar ein Glas Wein aus der Hand der Gastgeberin. Er trank es in einem Zuge aus.

»Oder bist du mit deiner Kunst am Ende?«

»Das wohl auch«, sagte Lotichius. Er schüttelte sich. »Ich hatte ein seltsames Erlebnis. Sehr unerfreulich. Gerade als ich mit der Behandlung fertig war, hörte ich im Treppenhaus Spektakel. Ich sah übers Geländer, wie ein dicker Mann einen Jungen, so um die fünfzehn, mit Maulschellen traktierte. Der Junge schrie: ›Ich habe genug Prügel im Turm gekriegt!‹ Aber der fette Kerl ließ nicht locker und rief: ›Ein Erbfeldt‹ – ja, ich glaube, das war der Name –, ›ein Erbfeldt läßt seine Kameraden nicht im Stich, ein Erbfeldt erleidet lieber den Tod!‹ – Und immer weiter Ohrfeigen und Prügel. Ich lief die Treppe hinunter und stellte den Kerl zur Rede. Der plusterte sich wie ein Puter: ›Ich bin der Graf von der Leyen!‹ Als ob damit alles entschuldigt wäre.«

»Und der Junge?« fragte Giertchen.

»Der rollte sich in der Eingangshalle zusammen wie ein Hund und wollte sich nicht behandeln lassen. Nun, er wird's überleben. Aber draußen, bei den Kutschern, gab's noch mal große Aufregung. Sie waren am Frankenturm vorbeigefahren, und da sei ein höllischer Lärm gewesen; so richtig wie Heulen und Zähneklappern soll sich's angehört haben – schauderhaft! Ich habe meinen Kutscher dann ebenfalls vorbeifahren lassen. In allen Stockwerken war Licht. Und aus dem obersten hörte man – ich kann es auch nicht besser ausdrücken – Heulen und Zähneklappern.«

»Protokoll der Geschehnisse im Frankenturm zu Köln am Abend des 28. April 1632, einem Ehrsamen, Hochweisen Rat zur gefälligen Kenntnisnahme vorgelegt von Herrn Werner Ludolphus, Turmmeister und Burggraf des Frankenturms.

An oben gemeldetem Tage, gegen die neunte Abendstunde, befand ich mich im Untergeschoß des Frankenturms, um mit dem für Betreuung und Fürsorge der Gefangenen zuständigen Turmaufseher David Schlingerer die Facturae durchzusehen.

Derweil besagter Schlingerer und ich damit befaßt waren, erschien unverhofft Herr Dechant und Kanonikus, auch Lizentiat, Doktor Heinrich Tectorius Glimbach, gewesener städtischer Kommissarius in Hexensachen, begleitet von zwei Stadtsoldaten.

Obgemeldeter Herr Doktor Glimbach, dessen Besuche in hiesigen Türmen nicht ungewöhnlich sind, legte dieses Mal ein von aller sonstigen Experienz abweichendes, höchst alteriertes

Verhalten an den Tag; mit anderen Worten und pflichtschuldigem Respekt vor einer so hochgestellten Amtsperson: Er war in allerhöchstem Maße von Sinnen.

Nachdem er sich in überaus heftigen, mich aufs äußerste befremdenden Invektiven wider einen Hochweisen Rat ergangen hatte, begab er sich mit den beiden Soldaten in die im dritten Stock gelegene Kerkerstube, wo die vier Dreikronenschüler – der von Erbfeldt war zu Mittag auf hochweisen Ratsbeschluß bereits freigelassen worden – gefänglich eingeschlossen sind. Den aus dem Schlaf geschreckten Knaben machte er alsbald die heftigsten Vorwürfe, gab ihnen die Schuld an seinem ›Mißgeschick‹ und drohte ihnen samt und sonders Überstellung an das Hohe Kurfürstliche Gericht an, welche Absicht einige der Schüler, wohl in Befürchtung schwerster Leib- und Lebensstrafen, in Tränen ausbrechen ließ. Des ohngeachtet, befahl Herr Doktor Glimbach nunmehr den Stadtsoldaten, die inhaftierten Knaben, wie er sich ausdrückte, ›mit ungestümer Gewalt‹ am Leibe zu strafen.

Diesem Befehl glaubten die – übrigens betrunkenen – Soldaten Folge leisten zu müssen, mit dem Effectus, daß alsbald ein Prügeln mit Fäusten und flacher Klinge und, entsprechend, ein Brüllen und Wehklagen begann, wie man's wohl im Kurfürstlichen Grevenkeller bei Vollzug richterlich angeordneter Folterung zu vernehmen gewohnt (so man torturierter Person nicht zuvor das Capistrum ins Maul gestopft), keineswegs jedoch in unseren städtischen Türmen.

In summa: Ein erschreckendes Geschehen, das jedes Maß und alle Rechtfertigung durch hergebrachten Brauch oder richterliche Weisung vermissen ließ und dem in beklagenswerter Machtlosigkeit beizuwohnen mir nicht erspart geblieben ist.

Nachdem die Soldaten, unter beständiger Anfeuerung durch den abgedankten, also zu seinem Vorgehen keinesfalls berechtigt gewesenen Herrn Kommissarius, die jugendlichen Delinquenten in derart desolaten Zustand versetzt, daß ihnen mögen die Sinne geschwunden sein, verließ Herr Doktor Glimbach ohne ein weiteres Wort den Turm.

Unterfertigter trug sodann Sorge, solcherart abgestraften Knaben unter Beiziehung des Medikus Doktor Sagittarius aus der Breite Straße erste Linderung ihrer Blessuren zuteil werden zu lassen.

Gott möge alles zum Guten wenden.«

Drei Tage nachdem ein Hochweiser Rat den Bericht des Burggrafen mit Bestürzung zur Kenntnis genommen hatte, wurden die vier Schüler freigelassen, versehen mit guten Ermahnungen des Rates und dem Hinweis von Rektor Horn, daß sie zwecks allenfallsiger disziplinarischer Bestrafung bis auf weiteres Hausarrest hätten. Goswinus Nickel ließ sie jedoch in die Infirmerie des Kollegs verbringen, da die erlittenen Blessuren noch nicht abgeheilt waren. Er meinte auch, sie seien genug gemaßregelt worden, und ließ sie, nicht zuletzt auf den wütenden Einspruch des Schneidermeisters Salm, der das Gymnasium beim Rat anschwärzen wollte, auch weiterhin ungeschoren.

Spee atmete auf. Auch im Stadtregiment machte sich offenbar ein neuer, von Vernunft gelenkter Geist bemerkbar. Er hatte sich Giertchens Vorschlag durch den Kopf gehen lassen, auch ihre bittere Bemerkung nicht vergessen. Gestern war ein Brief von ihr in der Schule abgegeben worden: Sie habe erfahren, daß Richter und Räte des Reichskammergerichtes zu Speyer, wie auch des Reichshofrates zu Wien, einen Neudruck der »Cautio« wünschten. Er hatte keinen Grund, ihr zu mißtrauen. Wenn sogar diese höchstgestellten Gerichte und Gremien sein Werk so ernst und wichtig nahmen, dann durfte er sich ihrem Ansinnen nicht verschließen. Anscheinend erkannten jetzt auch Juristen die Bedeutung der »Cautio«, so daß ihr Verfasser wenigstens von dieser Seite keine Verfolgung mehr zu befürchten hatte.

Spee nahm das einzige Exemplar, das er noch besaß, ging es Satz für Satz durch, korrigierte Druckfehler und formulierte einige Stellen deutlicher und schärfer. So tadelte er ausdrücklich geistliche Vorgesetzte, weil sie jene Priester nicht maßregelten, die von den Angeklagten erst ein öffentliches Schuldbekenntnis verlangten, ehe sie ihnen Beichte und Abendmahl gewährten. Er fügte hinzu: »Ich weiß nicht, wie diese Oberen das mit ihrem Gewissen vereinbaren können!«

Unter den Titel setzte er auch wieder den Spruch des Römers Seneca, der schon im Manuskript gestanden, den er aber seinerzeit, ehe die Handschrift an Philipp gegangen war, doch wieder gestrichen hatte; er war ihm zu kühn erschienen: »Ich will dir zeigen, was den großen Herren mangelt und was denen fehlt, die alles besitzen: einer, der ihnen die Wahrheit sagt.«

Es war die Arbeit einer einzigen Nacht; schon am anderen Morgen ging er zu Friessems, wo er Giertchen antraf und ihr das korrigierte Exemplar überreichte. Monate später, als er die Folgen seiner Entscheidung zu tragen hatte, fragte er sich, wieso er, von dem Augenblick an, da Giertchen ihn so barsch bei der Ehre gepackt hatte, die mögliche Reaktion der Öffentlichkeit und seiner Oberen auf eine neue Auflage überhaupt nicht mehr in seine Überlegungen einbezogen hatte. War aus dem Zauderer und Taktiker über Nacht ein Tollkopf – oder ein kompromißloser Streiter für die Wahrheit geworden, der nun auch das Martyrium nicht mehr scheute, wenn nicht gar ersehnte?

An diesem Apriltag jedenfalls fühlte er sich zufrieden und befreit; sogar die immerwährende Schuld, die er Philipp gegenüber empfand, schien ihm heute leichter zu tragen.

»Ich baue auf Ihre Überredungskunst, Spee«, sagte Goswinus Nickel, als er in der schon wärmenden Frühlingssonne auf der Marmorbank des Hausgartens saß und sich an Krokus und goldenen Himmelschlüsseln erfreute. »Sie kennen Propst Henot doch von früher, und Ihnen ist er nicht so gram wie anderen Jesuiten, die sich in der Tat seiner Schwester gegenüber – nun, Sie wissen, was ich meine … Also mir geht's darum: Der Propst will eine Stiftung ins Leben rufen – Geld hat er ja genug! –, und die soll ausgerechnet dem Montaner-Gymnasium zugute kommen! Ist doch unerhört – wie? Aber wenn Sie zu ihm gingen, Spee, und versuchten, ihn umzustimmen oder wenigstens zu erreichen, daß er auch uns einen Anteil gönnt, das könnte eventuell einiges ändern.« Er stand plötzlich auf und begab sich, noch immer entrüstet, ins Haus.

Spee hätte den Propst, der nun wohl ein alter, gebrochener Mann war, schon längst besuchen sollen. So kam ihm der Wunsch des Provinzials nicht ungelegen. Henot hatte – das war in Köln bald bekannt geworden – erst vor wenigen Tagen seine Amtsgeschäfte zu Sankt Severin wieder aufgenommen, zum Erstaunen vieler, denn er hatte seinerzeit allen Grund gehabt, sie niederzulegen.

Spee machte sich keine Hoffnung, Henot beeinflussen zu können; zu tief mußte den Propst das Verhalten der Jesuiten Horn und Mohr getroffen haben, die alles getan hatten, um seine Schwester auf den Scheiterhaufen zu bringen. Jedoch: Nach ihm zu sehen, gegebenenfalls auch Hilfe anzubieten, war Christenpflicht.

Am Sankt-Severins-Bollwerk rissen Arbeiter einen ausgedienten Befestigungsturm ein, indem sie die eiserne Demolierkugel vom hohen Gerüst weit ausschwingend gegen die Mauern schlagen ließen. Die Steine wurden woanders gebraucht, in vorgeschobenen Bastionen, die man seit einigen Monaten mit Brustwehren erheblich verstärkte und mit basaltenen Sockeln unterbaute. Der Stadtrat hatte für diese Arbeiten überwiegend Volk aus dem Vringsveedel rekrutiert, auch Frauen. Sie brachten den Männern in der Mittagspause Verpflegung, schafften in lebenden Ketten auch Steine, Mörtel und Wasser heran.

Die Leute im Vringsveedel hatte ihre Armut nicht stumpf, sondern hellhörig und schlagfertig gemacht, und schon gar nicht waren die Pfaffen, an denen es auch hier nicht mangelte, sicher vor ihrem Spott. Kein Wunder, daß Hartger Henot die Propstei nach dem schrecklichen Ende seiner Schwester gemieden hatte, denn auch im Vringsveedel hatte man die Vollstreckung begrüßt; mit Hexen und Hexensippschaft wollten es nicht einmal die ärmsten Leute zu tun haben.

Als Spee durch die Gartenpforte des dicht neben die Kirche gesetzten, von Efeu umrankten Pfarrhauses trat, kam ihm eine junge Frau entgegen. Sie war zum Stadtgang angekleidet, trug einen lichtgrünen, silbern durchwirkten Taftrock, die Taille der Schnürbrust tief herabgezogen, auf dem hochgesteckten Haar saß eine blütenweiße Haube.

Spee erschrak. Dieses Kleid war ihm bekannt – aber die, die es getragen hatte, war schon lange tot. Nun, als die Frau sich näherte, erkannte er Drutgin, die Hausmagd der Henots, eine etwas derbe Schönheit, die im Gewand ihrer hingerichteten Herrin stolzierte. Auch sie erinnerte sich sofort, zeigte aber keine Verlegenheit.

Er fragte nach Mariechen, Katharinas Tochter. Seinerzeit hatte er Henot vorgeschlagen, das Kind zu seinen Schwestern nach Kaiserswerth zu schicken. Dort würde es die schrecklichen Ereignisse, die ihm die Mutter genommen hatten, am ehesten vergessen können. Nun mußte er erfahren, daß die Zwölfjährige sich nach wie vor in der Obhut der Klarissen am Alten Römerturm befand. Jedoch sei es ihr gestattet, alle vierzehn Tage Onkel Henot in der Sternengasse zu besuchen.

»Von der Mutter dürfen wir ihr allerdings nicht sprechen«, sagte Drutgin. »Ich tu es natürlich doch.«

»Wie?« fragte Spee. »Der Propst spricht mit Mariechen nicht über ihre Mutter?«

Drutgin schüttelte den Kopf. Spee sah sie verstohlen an. Sie hielt sich würdig in ihrem kostbaren Gewand.

»Und du? Glaubst du etwa, daß Frau Henot eine Hexe war?«

»Und wenn!« sagte die Magd. »Zu mir war sie gut.«

»Du darfst die Kleider der Postmeisterin tragen«, sagte Spee. »Denn du sorgst besser für ihr Andenken als mancher, dem es weit eher zukäme.«

Als sie sich trennten, machte sie einen Kniefall und küßte seine Hand.

Henots Arbeitsräume lagen im Erdgeschoß. Mit Kisten und Kasten war er damals, nach dem Bluturteil, ausgezogen, hatte alle Habe in sein Haus in der Sternengasse bringen lassen, wollte vor allem mit Dechant Glimbach nicht mehr unter einem Dache tätig sein. Vor einigen Tagen war er zurückgekehrt.

Als Spee eintrat, blickte Hartger Henot ihm aus düster grundierter Leinwand entgegen. Vor einer Staffelei stand ein junger Mann und rührte den Pinsel auf der Palette. Erst als die Tür sich weit vor Spee geöffnet hatte, sah er den Propst neben dem halbfertigen Bildnis im Fensterlicht sitzen; er wandte langsam den Kopf und hieß den Gast mit brüchiger Stimme willkommen.

»Drei Jahre, lieber Spee. Und was für Jahre! Aber nehmen Sie Platz! Was darf ich Ihnen anbieten?«

Spee setzte sich; trinken wollte er nichts. Und es sei nicht drei, sondern bald vier Jahre her, daß man sich zuletzt gesehen habe.

»Nun denn, also vier«, seufzte der Propst. »Vier Jahre der Reue, der Buße. Aber grau sind Sie geworden, Spee! So alt sind Sie doch noch nicht?«

»Einundvierzig«, sagte der Pater.

»Nun ja, wen wundert's. Der Kummer, die Angst, die Zeitläufte. Und dieser schreckliche Krieg natürlich. Und all die Vorwürfe, die eine empfindsame Seele sich nicht zu ersparen weiß. Die Versäumnisse. Die Voreiligkeit. Ja, und diese – diese Selbstgerechtigkeit. Finden Sie nicht auch?«

»Ja«, sagte Spee. »Die Selbstgerechtigkeit der Gerichte. Die Verblendung der Richter.«

»Das meinte ich nicht«, korrigierte der Propst mit einem entschuldigenden Blick zu dem jungen Maler. »Ich dachte an *unsere* Selbstgerechtigkeit. Wie verblendet waren wir doch! Es steht geschrieben: ›Du sollst gehorsam sein der Obrigkeit!‹ Was aber taten wir?«

Was war mit Henot geschehen? Dieser Mann schien wirklich von Trauer und Gram gebrochen.

»Sie war meine Schwester, gewiß«, fuhr der Propst fort. »Ich habe sie sehr geliebt. Aber mußte sie deshalb unschuldig sein? Durfte die Obrigkeit Rücksicht darauf nehmen, daß sie meine Schwester war?«

Wie war das? ›Mußte sie deshalb unschuldig sein?‹ Spee zwang sich zur Ruhe.

»Natürlich brauchte die Obrigkeit keine Rücksicht darauf zu nehmen. Sie hätte aber erkennen müssen, daß Katharina unschuldig war!«

»Gewiß, gewiß. Nur – es fehlte an Beweisen.«

»*Wer* sollte beweisen? Und *was*? Katharina? Daß sie unschuldig ist?«

»Ja«, sagte der Propst. »Was denn sonst?«

»Hören Sie« – Spee fuhr mit erhobener Stimme fort, als zitiere er eins der Zehn Gebote – »es gehört zu den unabdingbaren Voraussetzungen eines gerechten Verfahrens, daß nicht der Beschuldigte seine Unschuld, sondern der Ankläger dem Angeklagten seine Schuld beweisen muß!«

»Ja, ja«, sagte der Propst, »so sollte es wohl sein. Aber bei Hexenprozessen?« Und als Spee scharf erwidern wollte, kam er ihm zuvor: »Ich habe Kathrinchen nicht verdammt, damals so wenig wie heute. Das Fleisch der Weiber ist ja nur allzu schwach. Der Herr möge ihr gnädig sein, da sie wohl doch eine war.«

Spee sprang auf. Das war Verrat! Infame Anbiederung bei der Obrigkeit!

»Propst Henot!« rief er zornig. »Sie sitzen hier und lassen sich malen. Ein Bild von Katharina hätten Sie in Auftrag geben sollen! Damit es hier hängt und Sie ständig an Ihre Pflicht erinnert. Denn Sie haben eine Pflicht ihr gegenüber – auch jetzt noch! Jetzt erst recht. Sie haben überall, wo Sie auch hinkommen, gefragt oder ungefragt, zu erklären: Meine Schwester Katharina Henot ist unschuldig hingerichtet worden!«

Er wandte sich an den jungen Maler.

»Was sagen denn Sie? Glauben Sie, daß die Postmeisterin von Köln zu Recht verurteilt wurde?«

Der Maler hob die Schultern. »Man sagt es.«

»Man sagt es! Und wem sollte man's auch verübeln, wenn er so denkt? Da doch der eigene Bruder – ach, pfui Teufel!«

Henot war aufgestanden, um das Bildnis zu betrachten. Es war fast vollendet. Über dem Propst, der mit Leidensblick und herabgezogenen Mundwinkeln, die Hände im Schoß gefaltet, vor einem Betpult kniete, tat sich ein überwältigend großer Himmel auf. Durch Wolkenschwärme galoppierten jene vom Evangelisten auf Patmos erschauten furchtbaren Männer mit Waage, Schwert und Stundenglas: die apokalyptischen Reiter.

»Da sehen Sie's«, sagte Henot mit weicher Stimme. »Das ist mein Schicksal. Ich habe es malen lassen zur Lehre für die Nachwelt. Sie soll erfahren, wie traurig mein Leben seit Kathrinchens Hinrichtung verlief. Ach, Spee, Sie ahnen nicht, wie tief ich leiden mußte!«

»*Sie* mußten leiden, jawohl. Sie sehen noch viel zu heiter aus auf diesem Bild. Wie wär's, wenn Sie sich im Folterstuhl porträtieren ließen? Im Streckzug? Mit Daumenschrauben und Wadeneisen? Mit Striemen auf dem ganzen Körper, mit versengter Haut? Dann, Herr Propst, würde man vielleicht glauben, daß Sie gelitten haben. So gelitten – wie Ihre Schwester!«

»Sie sind ungerecht«, klagte Henot. »Sie gehen zu streng mit mir ins Gericht.« Er schüttelte traurig den Kopf, trottete zu seinem Sessel, drehte sich um mit hilflos erhobenen Armen. »Was sollte ich denn machen? Ich war ihr Bruder – aber gerade deshalb war ich selber in höchster Gefahr. Dankbar mußte ich sein, daß man am Ende nicht auch mich – Sie wissen doch, wie man's andernorts hält!«

Er setzte sich, bat den Maler, zur Seite zu treten, und betrachtete aufmerksam das Bild.

»Mein Gast hat recht«, sagte er. »Vollendet ist mein Schmerz noch nicht getroffen. Das müssen Sie korrigieren.«

Der Maler nickte und vertiefte die Leidensmiene durch zwei Tupfer auf die Mundwinkel. Dann legte er die Palette ab und verließ den Raum. Nun litt er wirklich, der Propst.

Spee konnte das Bild nicht länger ansehen. Hier bemühte einer die Vision vom Weltgericht, um darzustellen, welch schreckliches Schicksal ihn, allein ihn, überkommen hatte. Hier war nicht Demut, hier war Hybris – aber eine erbärmliche. Hier schmückte sich einer mit Gottes Zorn.

Spee wollte sich nur noch seines Auftrags entledigen.

»Sie wollen eine Stiftung machen«, sagte er ohne Übergang. »Weshalb soll sie den Montanern zugute kommen und nicht dem Tricoronatum?«

»Schließlich haben auch die Montaner bedeutende Persönlichkeiten hervorgebracht«, erwiderte Henot. »Nicht nur unseren Generalvikar Binius, um ein Beispiel zu nennen. Auch ein Neffe des Kurfürsten ging aufs Montanum. Und, nicht zu vergessen: Doktor Glimbach hat einige Jahre bei ihnen gelehrt!«

»Ist auch Glimbach für Sie eine – bedeutende Persönlichkeit?«

»Weshalb nicht? Er war mein Gegner, zu Katharinas Zeit, gewiß. Aber ein bedeutender Mann bleibt er deshalb doch.«

Draußen ging, schon seit Minuten, ein heftiger Regen nieder, es war vor der Zeit dunkel geworden. Der Propst entzündete das Licht am Wandleuchter. Man sprach über den Krieg, über Tilly, der sich zu Ingolstadt mit seinem Herrn, dem Kurfürsten Maximilian von Bayern, getroffen hatte.

Plötzlich erschütterte ein dumpfer Schlag die Zimmerdecke, Kalk rieselte herab. Der Propst fuhr auf, starrte nach oben.

»Das war doch ...«

»Es klang, als sei jemand hingefallen.«

»Glimbach«, sagte der Propst. Sein Mund blieb offen, die Unterlippe bebte. »Es wird ihm doch nichts – Sie entschuldigen mich!«

Er eilte ins Treppenhaus und kehrte nach kurzer Zeit sehr blaß zurück.

»Welch ein Unglück! So weit haben sie's gebracht, die hohen Herren vom Rat! So ein frommer Mann – und legt Hand an sich!«

Spee sprang auf. »Sie wollen doch nicht sagen, daß er sich getötet hat?!«

»Doch, doch«, der Propst nickte bekümmert. »Um ein Haar. Aber um Himmels willen, lieber Spee, das muß unter uns bleiben! Bedenken Sie nur: eine Todsünde! Ein so gottesfürchtiger Mann!«

»Also – mißlungen?«

»Der Herr hat's nicht leiden wollen, Sein Name sei gelobt«, sagte Henot. Er machte das Zeichen des Kreuzes und senkte die Knie auf den Betschemel.

»Aber man kann ihn doch jetzt nicht allein lassen!« rief Spee, ohne Rücksicht auf Henots lautes Dankgebet. »Sie müssen bei ihm bleiben! Er könnte einen neuen Versuch machen!«

»Ich?« Der Propst erhob sich und schlug mehrmals das Kreuz. »Wer bin denn ich, daß ich's vermöchte? – Gehen *Sie* zu ihm, Spee! Sie sind ein wahrer Seelentröster. Und sein Gegner zudem – ich meine als Hexenforscher. Es wird ihn rühren! Gehen Sie, lieber Freund, Sie sind aufgerufen!«

Die dicken Tränen liefen dem kleinen Mann herunter, der auf dem Boden saß, die Knie hochgestellt, die Arme rückwärts abgestützt, als sei er ausgerutscht und gerade im Begriff, sich wieder aufzurappeln.

Wie eine Schlange umringelte ihn der Strick, der an einem Ende zur Schleife geschlungen, am anderen von einem gebogenen Nagel durchbohrt war. Spee sah, daß dieser Haken in einem der Deckenbalken gesteckt und das Gewicht des Selbstmörders vermutlich nicht ausgehalten hatte.

Spee griff kräftig zu, zog den verweinten Mann hoch, legte den Arm um seine Hüfte, führte ihn zu einem Stuhl, drückte ihn aufs Polster, holte sich einen Hocker heran und setzte sich zu ihm.

Glimbach wischte sich mit dem Ärmel über die Augen und räusperte sich. »Ich wußte nicht, daß Sie im Hause sind.« Es hörte sich an, als wollte er sich dafür entschuldigen, daß er Spee die Unannehmlichkeit der Zeugenschaft bereitet hatte. »Aber glauben Sie mir: Ich war voll bei Sinnen. Und ich werde es wiederum tun.«

»Das werden Sie nicht«, sagte Spee. »Sie werden sich als Christ, als Priester noch dazu, nicht so versündigen! Wollen Sie sich denn selbst in die Verdammnis stürzen? Seien Sie diesem mürben Holz dankbar, daß es so hart nicht war wie jenes Kreuz, an dem die Nägel besser hafteten!«

Glimbach schüttelte den Kopf. »Sie sollten froh sein, wenn ich dahin wäre. Ich bin doch Ihr Feind. Sie hätten in Köln keine Gegner mehr! Selbst der Bischof von Bamberg hat seinen Frieden mit Ihnen gemacht. Lassen Sie mich sterben!«

»Ich habe Sie nie gehaßt«, sagte Spee. »Ich weiß, was Ihnen als Kind zugestoßen ist, und habe Ihnen viel nachgesehen. Trotzdem mußte ich Sie und Ihre Theorien bekämpfen. Das Leben der unschuldigen Frauen, die Sie töten ließen, war mir wichtiger als das Ihre. Aber auch Sie hat der Herr erschaffen, und offenbar hat Er noch etwas vor mit Ihnen. Und nachdem dies hier anders verlaufen ist, als Sie es beabsichtigt hatten, möchte ich fast annehmen, daß Gott schon vor Zeiten, als dieses Haus gebaut wurde, gewußt hat, warum er die Zimmerleute so weiches Holz wählen ließ.«

Spee meinte es so, wie er es sagte. Als Jesuit war er, wo nicht überzeugt, so doch stark beeinflußt von der Prädestinationslehre, vom Glauben, daß alles im göttlichen Weltenplan unabänderlich vorbestimmt sei – eine Annahme, welche die Jesuiten absonderlicherweise in die Nähe der calvinischen Ketzer rückte.

»Sie meinen es nicht gut mit mir«, sagte Glimbach und hob sein Hinterteil zur Hälfte aus dem Polster, es schmerzte wohl noch vom Sturz. »Sonst würden Sie mich nicht dieser entsetzlichen Pein ausliefern wollen.«

»Welche Pein könnte schlimmer sein als das Höllenfeuer?«

»Schlimmeres als mir bevorsteht, wenn ich am Leben bleibe, kann ich mir nicht ausmalen. Wissen Sie denn überhaupt, wozu die Herren vom Rat mich verdammt haben?«

»Ja, Sie sind Ihres Postens enthoben worden«, sagte Spee.

»Wär's das allein! Viel Schrecklicheres hat man über mich verhängt. Zwei Kerzen, eine jede acht Pfund schwer, soll ich tragen! Auf den Stufen der Rathaustreppe soll ich hocken, eine Kerze in jeder Hand. Knien soll ich dort, im Angesicht des Pöbels, bis die Kerzen abgebrannt sind! Und wenn ich dort knie und die Kerzen brennen, Stunde um Stunde, und wollen nicht niederbrennen, und die Arme sind mir längst erlahmt, soll ich Abbitte leisten, mit lauter Stimme, so wird es verlangt! Soll mein Buch widerrufen, meiner These abschwören, meiner *Erkenntnis,* Spee, meiner wissenschaftlich fundierten Erkenntnis, daß alle Kölner vom Teufel besessen sind!«

»Mit Ausnahme des Kurfürsten und Ihrer Person«, sagte Spee trocken. Und dann überkam ihn wieder das Mitleid. Dieser Mann sollte immerhin seiner ehrlichen Überzeugung abschwören. Doch die Herren Räte mußten wohl diese Forderung erheben. Denn wenn sie Glimbach durchgehen ließen, was er geschrieben hatte, fänden sie sich womöglich bald selber vor Gericht gestellt, als Teufelsbündler und Hexer angeklagt – und der Scheiterhaufen wäre dann gleich nebenan. Wer kannte diesen entsetzlichen Automatismus besser als Spee: die Kette von Beschuldigung, Folter, neuen Beschuldigungen, Folter, neuer Denunziation … Wahrhaft ein Teufelskreis.

War aber Mitleid angebracht bei einem Mann, der eben diesen schaurigen Totentanz erneut in Szene setzen wollte? Vielleicht nicht Mitleid. Aber auch kein Rachegelüst. Zur besseren Einsicht bekehrt mußte einer werden, wenn sein Widerruf mehr sein sollte als eine Demütigung, die ihrerseits nur Verzweiflung und Rache gebären konnte. Es schien ihm einen Versuch wert zu sein – obwohl er in den letzten Wochen schon fest überzeugt gewesen war, daß dieser Mann keine Gewalt mehr über sich hatte. Glimbach war nervlich überreizt und nicht mehr in der Lage, die Wirkung seiner Handlungen auf andere zutreffend einzuschätzen. Sonst hätte er seine Thesen für sich behalten.

Und mit einer Art absurder Sympathie vermeinte Spee zumindest *eine* Ähnlichkeit zwischen sich und Glimbach zu entdecken: Sie beide hatten etwas geschrieben und veröffentlicht, von dem sie hätten wissen müssen, daß es ihnen äußersten Verdruß, wenn nicht Schlimmeres bereiten würde. Aber das war wohl auch das einzige, das sie verband.

»Haben Sie eigentlich mein Buch gelesen?« fragte Spee.

Glimbach schüttelte wie tadelnd den Kopf.

»Sie sollten es lesen. Und wenn Sie fertig sind, kommen Sie zu mir oder rufen mich zu sich und bedrängen mich mit Ihren Fragen, Zweifeln, Argumenten. Und lassen nicht nach – bis Sie zu dem unwiderruflichen Schluß gelangt sind, daß die Wahrheit entweder auf meiner oder auf Ihrer Seite ist. Wollen Sie das tun?«

»Knien soll ich, Kerzen tragen, acht Pfund! Im Angesicht des Pöbels!«

»Und danach werden Sie nach Hause gehen können und, wie bisher, Dechant von Sankt Severin sein, und nach wenigen Wochen ist alles vergessen.«

»Nein, Spee«, Glimbach tupfte sich die Tränen ab. »Danach, nach diesem schrecklichen Niederknien mit den Kerzen, werde ich nie mehr so leben können wie früher.«

»Sie werden immerhin *leben*, Glimbach«, sagte Spee hart und erhob sich. »Die unschuldigen Frauen, die Sie verurteilen ließen, durften nicht mehr leben. Sie wurden, zu Krüppeln gefoltert, im Schinderkarren zum Scheiterhaufen gefahren. Das ist der Unterschied.«

»Es ist keine Totengräberarbeit, Hochwürden«, sagte ärgerlich der dürre Mann, der vor dem langgestreckten Tisch in der Sakristei stand und mit Menschenknochen wie mit handlichem Werkzeug umging. Noch vielerlei Gebein lag in den Ecken des Raumes: wohl über tausend Jahre blank genagt von Wurm und Engerling und bereits grob vorsortiert, wie schon ein flüchtiger Blick erwies. Hier lagerten Arm- und Beinknochen, dort türmten sich Beckenschaufeln und Schulterblätter, in einer anderen Ecke Brustkörbe und Rippen, und vor der Fensterbank, diese noch überragend, Schädel auf Schädel.

Adrian Horn hatte die Sakristei zu Sankt Ursula mit ehrfürchtigen Empfindungen betreten; immerhin sollte er die bereits vor fünfhundert Jahren entdeckten Überreste jener elftausend heiligen Jungfrauen zu Gesicht bekommen, die von den Hunnen so erbarmungslos abgeschlachtet worden waren.

Doch dieser magere Mensch, selbst ein Knochenmann, bereitete ihm Mißbehagen. Ohne sich stören zu lassen, fügte er aus Rippenbögen und vielgestaltigem Gebein, nachdem er es durch wiederholtes Klopfen auf die Tischplatte von letzten Erdresten befreit hatte, kunstvolle Ornamente, legte auch Buchstaben und sogar, unter Zuhilfenahme winziger Knöchlein und Knorpel, christliche Symbole: ein Kreuz, einen Fisch, eine Mitra. Horn war drauf und dran, zu Hyazinthus Klock zu eilen und sich über solch abscheuliches Knochenbildwerk zu empören.

»Es ist keine Totengräberarbeit, Hochwürden, es ist Kunst«, sagte der dürre Mann, ohne aufzublicken, und fuhr mit seinem Hinlegen, Zusammenfügen, Austauschen und erneuten Probieren fort. »Diese Fläche« – er wies auf die Schmalwand, deren obere, sich im spitzen Bogen verjüngende Hälfte bereits mit kassettenartig umrahmten Knochenornamenten beklebt war – »wird noch in kommenden Jahrhunderten andächtige Pilger an den Märtyrertod unserer Elftausend erinnern – eindringlicher noch als draußen im Querschiff das Gemälde von Sankt Ursulas Ankunft in Köln.«

Adrian Horn hatte keine Vorbehalte gegen die Verehrung von Reliquien. Jedoch die Umgestaltung der alten Sakristei in eine »Güldene Kammer«, eine Knochenkammer, nach den Wünschen des stets exaltierten Pfarrers Klock konnte dem asketischen, durchaus unmusischen Mann keineswegs gefallen. So ließ er den Knochenkünstler ohne Ermunterung weiterwerken und begab sich in den Chor, um nachzuprüfen, ob die Statue des heiligen Sebastian, wie er es mit Hyazinth Klock abgesprochen hatte, auch wirklich mit einem Tuch verhängt worden war. Am liebsten hätte Horn die Holzfigur aus der Kirche schaffen lassen; er begriff ohnehin nicht, was ein Sebastian bei der heiligen Ursula zu suchen hatte.

Doch Hyazinthus Klock hatte seine Einwände mit einem einzigen Satz entkräftet: »Es sind nun einmal unsere Pfeilheiligen; wie Sebastian, wurde auch Ursula von Bogenschützen beschossen.«

So beschied sich Horn damit, daß Klock einverstanden gewesen war, »aus sonderlich bewegenden Umständen« das Bild des Märtyrers, für heute jedenfalls, mit undurchsichtigen Tüchern zu verhängen.

Er setzte sich in einen Beichtstuhl und brauchte nicht lange zu warten. Gertrude betrat den Kirchenraum, eilte auf die Nische ihres Heiligen zu – und fuhr zurück, als sei sie gegen eine Glaswand geprallt. Ihr Versuch, die schwarzen Vorhänge zu lüften, scheiterte am eisernen Gitter mit den aufgesetzten Kerzenhaltern; sie hätte schon hinüberklettern müssen. Für einen Augenblick stand sie unschlüssig, dann hörte sie Klopfgeräusche aus der Sakristei und stürmte dorthin wie ein kleines Mädchen, mit wehendem Schleier. Doch jetzt trat Horn aus dem Beichtstuhl und hielt sie auf.

»Genug jetzt der allzu brennenden Brunst!« gebot Horn.

Er hatte Zeit gehabt, sich den Satz zurechtzulegen. Dann wies er mit ausgestrecktem Arm auf den Beichtstuhl.

»Was habt ihr mit dem Heiligen gemacht?!« rief das Mädchen.

»Wir haben ihn deinen unkeuschen Blicken entzogen«, sagte Horn. »Ab heute wirst du dieses Gotteshaus nicht mehr betreten. Zunächst aber wirst du mir bekennen, welche Empfindungen dich bewegen und wem in Wahrheit deine Gedanken gelten, wenn du dem Märtyrer ins Antlitz siehst.«

Im Gesicht Gertrudes spielte sich eine so schnelle, so erschreckende Verwandlung ab, daß Horn, obwohl auf eine heftige Reaktion gefaßt, einen Schritt zurücktrat. Aber nach wenigen, ihm unendlich lang scheinenden Sekunden schien der Engel über den Teufel in ihr gesiegt zu haben, denn Gertrude senkte ergeben den Kopf und folgte dem Pater, der nochmals auf das uraltwürdige Gestühl wies, zum Bekenntnis ihrer Sünden.

Er war froh, ihr nicht mehr in die Augen, nicht mehr dieses Gesicht in seiner makellosen Frische sehen zu müssen: diesen Zauberspiegel, der, immer wenn er hineinsah, seine eigenen durchfurchten Züge zu glätten schien. Seine Seele zumindest besänftigte dieser Spiegel, und deshalb fand Horn seit einiger Zeit immer neue Vorwände, das Mädchen im Stift zu besuchen. Heute aber mußte er sein eigenes Wohl vernachlässigen, heute hatte er unerbittlich zu sein, hatte das Kind vom Pfad der Sünde, den es ahnungslos eingeschlagen hatte, zurückzureißen. Da war es besser, ihren Blick zu meiden, die Augen niederzuschlagen, in dunkler Kirche, im dunklen Beichtstuhl das Ohr ans Gitter zu legen und den schlimmen Bekenntnissen zu lauschen, die, nach allem, was er in letzter Zeit hatte beobachten müssen, von ihr zu erwarten waren.

»Du kniest nicht vor dem Heiligen«, sagte er. »Du kniest vor einem anderen.«

»Ich knie, weil man vor Heiligen knien muß«, sagte Gertrude. »Weil man mich hier in der Kirche sehen kann. Sonst würde ich ihn küssen.«

Horn glaubte, nicht recht zu hören. Sie machte keine Ausflüchte, brauchte nicht zur Wahrheit ermahnt zu werden. Hatte der Engel gesiegt – oder der Teufel?

»Du weißt, das ist eine zwiefache Sünde. Denn nicht allein, daß du einen Heiligen mit sinnlicher Glut bedrängst – du stellst dir dabei einen Unheiligen vor!«

»Ich stelle mir den Pater Spee vor«, sagte das Mädchen einfach.

Darauf war er nicht vorbereitet. Auf so viel Offenheit nicht. Er begriff, sie war entschlossen, ihm die Wahrheit zu sagen, die schamlose, ihn tief verletzende Wahrheit.

»Du liebst ihn?«

»Ja«, sagte das Mädchen, so laut, daß man es draußen hören mußte.

»Habe ich dich richtig verstanden? Du, eine Dienerin des Herrn, eine Devotesse, eine Gott Geweihte, die Keuschheit gelobt hat, bist in sündiger Liebe zu einem Priester entbrannt?«

»Er hat mich zu Gott geführt«, sagte Gertrude. »Er hat mich den rechten Glauben gelehrt.«

»Du lügst!« rief Horn. »*Ich* war es, der dich in unsere Kirche aufgenommen hat! Und du dankst es mir, indem du dich an ihren heiligen Regeln versündigst. Nicht genug, daß *du* unkeusch bist – du verleitest auch einen Geweihten, sein Gelübde zu brechen!« Er wendete den Kopf, so daß er ihr durch das Gitter voll ins Gesicht blicken konnte. »Du wirst ihn nie mehr sehen«, sagte er dumpf. »Nie mehr wird er sich dem Stift von Sankt Maria nähern dürfen. Ich werde Sorge tragen, daß die Mutter Oberin dich mit strenger Klausur belegt, am besten sogar aus Köln entfernt. Selbstverständlich bist du auch nicht mehr würdig, unschuldige Kindlein im Katechismus zu unterweisen. Jedes deiner Worte müßte sie vergiften. – Geh jetzt und warte bis morgen. Dann wirst du erfahren, welche Bußübungen ich dir auferlege. Und merke dir eins: Niemand sonst darf von deiner sündhaften Neigung erfahren. Das Ansehen des frommen Stiftes und meines Ordens steht auf dem Spiel!«

Er schlug das Kreuz und öffnete die Tür.

Sie rührte sich nicht.

»Ihr spendet mir nicht die Absolution?« flüsterte sie.

»Ich dürfte es gar nicht!« Seine Stimme hallte im leeren Kirchenraum. »Du hast mir nicht die volle Wahrheit gesagt.«

Nun kam auch sie aus dem Beichtstuhl.

»Ich soll ihn nicht mehr sehen?«

»Nie mehr.«

Ehe er das Funkeln in ihren Augen wahrnehmen konnte, geschah es: Sie riß die Haube vom Kopf, die Haare fielen ihr ins Gesicht und über die Schultern, sie schien zu wanken, griff mit beiden Händen hinter sich, suchte Halt.

»Dann sollt Ihr auch alles wissen!« schrie sie. »Die Wahrheit! Die volle Wahrheit! Ich lieb' ihn nicht nur – ich bete ihn an! Ich knie, ich rutsch' auf den Knien zu ihm, Nacht für Nacht – seht, sie sind geschunden, sind wund!« Sie riß das Gewand hoch, daß Horn ihre Knie sehen konnte, sie waren rot und aufgesprungen. »Ich faß ihn, ich küß ihn!« – ihre Stimme überschlug sich. »Ich spür' ihn auf meiner Zunge, er ist der Leib des Herrn, ich eß' seinen Leib, ich trinke sein Blut, ich füg' ihm die heiligen Wunden zu – ich! Ich!«

Sie schnellte die kleinen Fäuste nach vorn, dreimal, fünfmal, als wollte sie einen Leib stigmatisieren, den geliebten Leib, den sie vor sich sah, vor ihren starr geweiteten Augen.

Horn schlug das Kreuz über ihr. Mehrmals. Immer wieder. »Apage Satanas!« flüsterte er und blickte sich scheu um, voller Angst, es könnten Zeugen in den Altarnischen verborgen sein.

Sie schrie so laut, daß auch der Knochenmann in der Sakristei es hören mußte – und da kam er auch schon heraus, einen Schädel in der Hand, und sie sah ihn, hielt ihn wohl für den Tod und fiel, während ihre Hände vergeblich Halt an der Tür des Beichtstuhls suchten, in Horns Arme. Er spürte ihre Brüste, als sie an ihm heruntergleitt, fühlte sich zärtlich berührt und schändlich befleckt und forderte den Knochenmann, der endlich das Totenhaupt aus der Hand legte, auf, ihm zu helfen, das Mädchen auf eine Kirchenbank zu betten.

Dann standen sie beide ratlos herum, Horn zu ihren Häupten, der Künstler zu ihren Füßen, mit gefalteten Händen.

Plötzlich schlug sie die Lider auf, sah verwundert und ganz blankäugig um sich, stemmte sich hoch, so daß sie halbwegs saß, und bat mit hoher Mädchenstimme um Entschuldigung; es sei ihr wohl ein bißchen schlecht gewesen.

In diesem Augenblick beschloß Adrian Horn, das Ungeheuerliche, das er gehört hatte, ja, alles, was in den letzten Minuten geschehen war, zu vergessen. Er baute auf die Güte des Herrn, der ein Einsehen haben und das Mädchen von seiner schrecklichen Leidenschaft heilen würde.

Der Knochenmann hatte sich mit verlegenem Gemurmel zurückgezogen; Horn faßte das Mädchen an der Schulter, er hatte das noch nie zuvor getan. Die Vorstellung, sie nie mehr wiedersehen zu können, falls er bei der Oberin auf ihre Entfernung drängte, tat ihm nun so weh, daß er meinte, man dürfe die Buße wohl auf ein paar Rosenkränze beschränken. Nein, er wollte diesem Kind nichts Schlimmes antun, zumal es wohl wirklich das Opfer eines bösen Geistes geworden war, eines dieser geflügelten Unholde, die es verstanden, auch das unschuldigste Mädchenherz zu besudeln. Allenfalls konnte er Pater Mohr zu einem Exorzismus veranlassen.

Wie verwundert, als könne sie sich an nichts erinnern, suchte Gertrude ihre Haube. Er bückte sich danach und war ihr behilflich, sie aufzusetzen, wobei er ihr sogar half, ein paar Haarsträhnen unter dem Tuch zu verstauen.

Dann begleitete er sie schweigend nach Sankt Maria. Er würde mit der Oberin sprechen; Sankt Ursula nebst Sankt Sebastian würden ihr verboten werden, und am kommenden Mittwoch würde er ihr, wie üblich, die Beichte abnehmen. Er würde sie absolvieren, und alle Gefahr für ihr Seelenheil wäre vorbei.

Wäre vorbei, wenn jener Mann nicht wäre. Horn kannte nun keine Bruderschaft und keine Gnade mehr.

Zweites Buch

Gott weiß es, wie oft ich das unter tiefen Seufzern, in durchwachten Nächten überdacht habe, und mir doch kein Mittel einfallen wollte, der Wucht der öffentlichen Meinung Einhalt zu gebieten, bis die Menschen unvoreingenommen und von Leidenschaften ungetrübt die Sache gründlicher überdenken können.

Friedrich Spee
»Cautio Criminalis«

Sie pfiffen und schlugen den Marsch zu heiter-festlichem Auftakt: Pfeifer und Trommler in ehrwürdig alter Montur, mit Federbarett, geschlitzten Ärmeln und Hosen, umtanzt von Kindern, die Blumen und bunte Schnitzel verstreuten. Wohl über tausend Mönche und fromme Frauen folgten gemessenen Schrittes; unter ihnen Mater Anna Franziska vom Damenstift zu Sankt Maria im Kapitol. Grau, eine Büßerin unter vielen, schritt gesenkten Hauptes auch die Devotesse Gertrude von Stein dahin.

Den Barfüßigen Brüdern vom Karmeliterorden, den Antonitern und schwarzweißen Dominikanern folgten in diesem »Zug der Unschuld und der Wissenschaften« mit ihren spitzen Kappen die verehrungswürdigen Kapuziner, vom Volk »die Engelgleichen« genannt; benötigten sie doch, so erzählte man sich, zu ihrer Ernährung nichts anderes als die Versenkung ins Gebet und zum Trost allein die schmerzende Geißel. Demütig schlossen sich, in erdbraunen Kutten, die Franziskaner an, die Hüften umschnürt mit dem knotigen Strick, und hinter ihnen, als vornehmster all dieser Orden, nahmen sich die Benediktiner in schwarzer Kukulle und Tunika besonders andächtig aus.

Nicht würdiger hätte die Fronleichnamsprozession an diesem 10. Juni nach dem feierlichen Hochamt im Dom eröffnet werden können als mit solch frommen Gottesmännern, denen, wie immer ihre ungeschriebenen Privilegien wahrend, in einigem Abstand die Patres der Gesellschaft Jesu folgten: Provinzial Nickel, Adrian Horn und das gesamte Kollegium, dazu ihr Nestor, der greise Pater Roestius, im Rollstuhl, geschoben vom Primus des Tricoronatums.

In ihren liturgischen Prachtgewändern – violett, grünweiß, blaugolden und rot – wandelten Dechanten, Pröpste und Domherren, so Hyazinthus Klock, der Bußprediger von Sankt Ursula, so Propst Henot und Heinrich Tectorius Glimbach, Dechant von Sankt Severin, der den Tag seiner Demütigung überlebt hatte und, wenn auch hinfort ohne städtisches Amt, seinen kirchlichen Pflichten nachkam wie einst.

An der Spitze seiner Studenten schritt Rektor Magnificus und Generalvikar Severin Binius, und nicht weit hinter den streunenden Völkern vom Campus erstrahlte, von kräftigen Mönchen hochgestemmt, das achtundsiebzig Pfund Silber schwere wundertätige Kreuz der Augustiner, vor dem alles Volk zu Boden sank und auch gleich auf den Knien blieb, denn schon schwankte, von Fahnen umwallt, die Spitze des zweiten Zuges, des »Zuges der Heiligtümer«, heran. Und Heiliges fürwahr bargen die dreiundzwanzig Särge und Schreine aus Silber und Gold und vergoldetem Silber: von Domherren auf den Schultern getragen, die Sarkophage der Heiligen Severinus und Cunibert und all die reich ziselierten, diamantfunkelnden Kästen mit den Reliquien von Sankt Albinus, Sankt Evergislus und Sankt Agilolyphus: eine Hand, ein Fußknöchlein, eine Schädeldecke, sowie, besonders verehrungswürdig, Kette und Stab des heiligen Petrus. Vornehme Bürger mit Fackeln umgaben, einem Hofstaat gleich, jeden der heiligen Körper.

All diesen Fürbittern, auch der erhabenen »Mutter vom guten Rat«, der Schutzherrin Kölns, wie allen Engeln, Patriarchen, Propheten, Aposteln und Märtyrern, galt die feierliche Litanei aus reinen Jünglingsstimmen:

> Sancta sanctorum concio
> una quidem communio,
> mihi simul succurite
> et Christum intercedite.

Die Luft schwoll an von Lobgesang und Wohlgeruch: Im Ministrantengewand nahten, Weihrauchfäßchen schwenkend, lockige Knaben mit hohen brennenden Wachskerzen, anzukünden das Allerheiligste, Allererhabenste: Corpus Christi, den Leib des Herrn, in güldener Monstranz, geleitet von bischöflichen Kaplänen und den vier hochwürdigen Äbten von Sankt Pantaleon, Sankt Martin, Deutz und Brauweiler. Vor dem Sanctissimum schritten die höchsten Prälaten: die Fürstbischöfe von

Mainz, Würzburg und Worms. Und endlich kam auch Weihbischof Otto Gereon Gutmann zu Sobernheim, genannt der »Leuchtturm des Glaubens«, der unter dem purpurseidenen Baldachin das Sanctissimum trug und zu Gebet und Verehrung in die Höhe hob.

Nicht allein des verstorbenen Bambergers wegen, der trotz ärztlicher Kunst und vieler Gebete dahingeschieden war, wirkten aller Mienen ernst und gesammelt. Es war, als erflehe ein jeder Hilfe vom Himmel wider die weit geöffneten Pforten der Hölle. Bekümmernis und Herzeleid erfüllten alle Gemüter, seit Generalleutnant Graf Tserclas von Tilly seinen bei Oberndorf erlittenen Wunden erlegen und der Erzketzer aus Schweden siegreich in München eingezogen war. Flüchten mußte Kurfürst Maximilian von Bayern, geschlagen war die Katholische Liga; die letzte Hoffnung des Kaisers und aller Rechtgläubigen ruhte auf dem Böhmen Wallenstein, der bereits siegreich die Sachsen bekämpfte.

Im Zeichen der Hoffnung stand auch die Prozession, vor allem dieser Dritte Zug, genannt »Der Göttliche«. Er vereinte nicht nur die mächtigsten Kirchenfürsten, sondern auch die schwarze Schar der Kölner Ratsherren, die mit ihren hohen Hüten unter der rotweißen Stadtfahne den würdigen Beschluß des Zuges bildeten, dem nur noch ein Haufe von Hofjunkern der Erzbischöfe und Fürstlichkeiten und viel Volk, bis hinab zu den untersten Ständen, hinterdreinschwärmte.

Wo aber war in all dem Pomp und Glanz der Kurfürst? Wo war Ferdinand, Erzbischof von Köln, höchster Kirchenfürst nicht nur des Landes, sondern auch der Freien Reichsstadt? Hätte *er* nicht durch seine Gegenwart der Prozession die höchste Würde verleihen und unserem Herrn Jesus Christus die demütigste Verehrung erweisen müssen? Im Zuge hätte er doch wenigstens mitgehen sollen; es hätte ja niemand von ihm verlangt, sich den nackten Rücken zu geißeln, wie er es allerdings schon in mancher Bußprozession zum ehrfürchtigen Schrecken der Bürger und zum Degout seiner Hofbeamten über sich gebracht hatte.

Ferdinand schritt nicht im Zuge – aber er weilte in Köln. Durchs Severinstor war er gekommen in seiner leichten Reisekutsche, war am frühen Morgen dieses strahlend schönen Junitages aus seinem Schloß Brühl aufgebrochen, begleitet nur von einigen Berittenen und gefolgt von wenigen, allerdings hoch beladenen Wagen. Den Großteil seiner Schätze hatte er bereits vor Wochen und Monaten, ohne Aufsehen zu erregen, in Kölns sicheren Mauerkranz bringen lassen.

Man hatte ihn schon im Winter erwartet, als es am Rhein in der Tat bedrohlich zugegangen war. Doch da hatte er, was ihm beim Volk viel Respekt verschaffte, tapfer ausgeharrt in Bonn. Jetzt war die Hauptmacht der Schweden in Bayern, und Köln schien, bis auf weiteres, nicht mehr bedroht.

In Bayern aber herrschte Ferdinands Bruder, den er liebte und verehrte. Daß Maximilian, der großmächtige Partner und – oft genug – auch Gegenspieler des Kaisers, der Herr der Katholischen Liga, nun gleichsam vogelfrei auf der Flucht vor den Schweden und ihren deutschen Verbündeten war, hatte Ferdinand tiefer getroffen als die unmittelbare Nachbarschaft der schwedischen Heere in den vergangenen Monaten. Schmerzhaft war ihm am Schicksal des Bruders bewußt geworden, daß auch er so unversehrbar nicht war.

Dennoch war es nicht Angst um sein Leben, die Kurfürst Ferdinand nach Köln getrieben hatte. Wie es ein Kind zur Mutterbrust zieht, verlangte es ihn nach der Nähe all jener wundertätigen Heiligtümer, denen Köln seinen ersten Rang unter den deutschen Gottesstädten verdankte. Sie sollten ihm Trost spenden; allein in ihrer Gegenwart würde er, ein kranker Mann, die Kraft zu den Entschlüssen finden, die jetzt von ihm erwartet wurden.

Der Weg des Kurfürsten führte durch eine wie ausgestorbene Stadt: Vom Severinstor bog er bei Sankt Katharina in die Weberstraße ein, folgte der Kleinen Witschgasse bis zum Holzmarkt und führte von dort, an der inneren Stadtmauer entlang, rheinabwärts zum Buttermarkt und, zwischen Groß Sankt Martin und Fischkaufhaus, durchs Wehrgäßchen bis zur Trankgasse. Dort schwenkte der kleine Zug nach Westen und hielt vor der Front des alten Erzbischöflichen Palastes, wo ebenfalls kaum eine Menschenseele zu sehen war, denn alles Volk in Köln folgte der Prozession.

Warum dieser heimliche Weg? Ferdinand, in früheren Zeiten einem prunkvollen Einzug gewiß nicht abgeneigt, scheute die hämische Nachrede der Kölner, die ihn nicht liebten, die er nicht liebte. Es war ihm nur recht, daß Bürgermeister und Rat im Zuge gingen und sich der lästigen Pflicht, ihn mit salbungsvoll verlogener Rede zu begrüßen, nicht unterziehen mußten. Deshalb hatte er diesen Tag und diese Zeit gewählt.

Im Rat verstand man den Wink, fühlte sich dennoch nicht wohl, denn ganz ohne Protokoll ging es nun wirklich nicht – und da war dem Bürgermeister, noch eben zur rechten Zeit, der Doktor Friedrich Wissius eingefallen.

Bürgermeister Johann ter Lahn – bis zur neuen Wahl, die Ende Juni anstand, noch Stadtoberhaupt – hatte sich, indem er den Syndikus beauftragte, Ferdinand im Namen der Stadt zu empfangen, eine doppelte Bosheit einfallen lassen. Er wußte sehr gut, daß Wissius vom Eintreffen des Kurfürsten in Köln nicht erbaut sein konnte. Zu oft und zu leidenschaftlich hatte der Syndicus sich in den vergangenen Monaten vor dem Rat für die Neutralität der Stadt eingesetzt. Neutralität aber, wenn sie von den Schweden respektiert werden sollte, bedingte, daß man weder den spanischen Truppen, wie leider erst unlängst geschehen, freien Durchzug durch Köln gestattete, noch einem so treuen Sympathisanten des Kaisers und der Katholischen Liga wie Kurfürst Ferdinand Asyl gewährte. Umgekehrt konnte Ferdinand von einer Begrüßung durch den Mann, der in Frankfurt mit dem schwedischen Kanzler Oxenstierna – eben wegen Kölns Neutralität – verhandelt hatte, nicht angetan sein. Wenn es der Stadt wirklich gelang, sich aus den kriegerischen Verwicklungen herauszuhalten, dann würde es dem Lande Kurköln nur um so schlimmer ergehen. Dann würden Schweden,

Hessen und Engländer sich an seinen Dörfern und Flecken schadlos halten, wie sie es hie und da schon jetzt ohne die geringsten Hemmungen taten.

Doktor Friedrich Wissius stand im zweiundfünfzigsten Jahr und war gebürtig zu Wetzlar, wo er die Rechtsverhältnisse einer Freien Reichsstadt sozusagen von Kindesbeinen an hatte studieren können. Seine mangelhafte Statur – er war bucklig – verstand er nicht allein durch die Kunst eines geschickten und teuren Schneiders, sondern auch durch konziliantes Wesen und einen überaus wendigen Geist auszugleichen. Offenbar führte er ein untadeliges Familienleben. Sieben Kinder hatte ihm sein Weib geboren, von denen nur noch zwei Töchter und die beiden Söhne lebten. Frau Wissius kränkelte. Er ließ es sie jedoch nicht entgelten, daß sie seiner männlichen Vitalität nicht mehr genügte; rücksichtsvoll verschwieg er auch, auf welche Weise er sich schadlos hielt, war freundlich und angenehm und ließ seinen Trieben mindestens alle zwei Wochen anderswo freien Lauf.

Doktor Wissius, geboren im Zeichen des Skorpion, liebte die Frauen ganz außerordentlich, und schon in jungen Jahren war über ihn getuschelt worden, in seinem Buckel müsse ein dritter Hoden stecken, denn sein Drang sei übergroß und unersättlich. Es war auch keineswegs so, daß das weibliche Geschlecht sich vor seiner Mißbildung zurückgezogen hätte. Mit dem sicheren Instinkt, den Frauen oft gerade in diesem Punkte haben, nahmen sie die körperliche Unvollkommenheit gerne in Kauf, wenn sie zum Trost Freuden der Liebe im Übermaß ernten konnten.

Sein Ehrgeiz hatte ihn von Jugend an nicht ruhen lassen. Er suchte den Umgang mit einflußreichen Persönlichkeiten der höheren Stände, die ihrerseits Nutzen aus seiner profunden Bildung zu ziehen wußten, wie etwa der junge Johann von Schönborn, mit dem er sich, seit der Ritter in Köln weilte, freundschaftlich verbunden fühlte. Beide, Schönborn wie Wissius, waren sich übrigens nicht zu schade, gelegentlich Vorlesungen in der Universität zu besuchen, und sei es nur, um sich auf jungenhafte Art über den Niedergang der Wissenschaften zu mokieren.

Einmal in Köln seßhaft geworden, mußte Wissius mit seinen Amouren vorsichtiger sein, denn in Köln blieb nichts geheim. Allein, das Zweiwochenfieber überfiel ihn nach wie vor, und so blieb ihm nichts anderes, als sich des Nachts unter außerordentlichen Vorsichtsmaßnahmen in jenes Viertel um Schemmer- und Waisenhausgasse zu stehlen, wo ein Frauenhaus neben dem anderen stand und neben billigen Dirnen auch zu einigem Wohlstand gelangte Freitöchter ihre Quartiere hatten. Für den Fall, daß ihn die Nachtreiter einmal bei einem Besuch ertappten, hatte Wissius vorgesorgt: Ohne weiteres hätte er glaubhaft machen können, er sei zu einem amtlichen Kontrollgang unterwegs, zumal er es nie unterließ, seine beiden Kerfstöcke, das Zeichen ratsherrlicher Würde, mit sich zu führen. Schließlich wußte man von Wissius, daß er sich immer noch um einiges mehr zu kümmern pflegte als allein um das, wozu er als einer der drei Ratssyndizi eigentlich bestellt war.

Wissius war allem Anschein nach weder ein guter Katholik noch Lutheraner oder Calviner, Zwinglianer oder Wiedertäufer, sondern, indem er sich auf gewisse Schriften des großen Erasmus von Rotterdam berief, ein »gottesfürchtiger Mann ohne gehörige Kirche«. Er hatte sich angewöhnt, seine Umwelt mit den Augen des Historikers wahrzunehmen, der ein vergangenes Zeitalter studiert, und er wußte sehr gut, daß es den vielerlei Seltsamkeiten, inkonsequenten Verhaltensweisen, Verquickungen von Privilegien, Sonderrechten, Freibriefen und willkürlichen Toleranzerweisen dieser Tage zuzuschreiben war, wenn im heiligen Köln ein Mann wie er nicht allein unbehelligt bleiben, sondern sogar zu Ämtern und Würden gelangen konnte.

Mit dieser bedenklich schillernden Persönlichkeit also hatte Bürgermeister ter Lahn den Kurfürsten zu seinem Einzug konfrontiert.

Auf den Stufen des Erzbischöflichen Palastes stand Doktor Wissius mit seinen Kerfstöcken, angetan mit dem schwarzen Ratshabit und einem Umhang, der, den Buckel ebenso umschmeichelnd wie verhüllend, der Schneidergaffel alle Ehre machte. Ratsboten hatten sich versammelt, aber auch des Fürsten treuer Kammerdiener Khümmerl war schon zugegen und dirigierte die Fahrzeuge vor die Remisen.

Doktor Wissius eilte die Stufen hinab, begrüßte den Gast im Namen der Freien Reichsstadt, bedauerte, daß auf Ferdinands Begehr kein Würdigerer ihn empfange – und damit war dem Protokoll schon Genüge getan.

Es überraschte alle, daß Ferdinand den Wunsch äußerte, die Zeit bis zur Rückkehr der Prozession im Gespräch mit Doktor Wissius zu verbringen. So nahm man Platz im einst ansehnlichen, nun arg heruntergekommenen kleinen Saal des Palastes; das Haus war seit Jahrzehnten nicht renoviert worden – wann war der Kurfürst auch schon einmal in Köln?

Ferdinand ließ sich auf kein Geplänkel ein. Hier hatte er den Unterhändler vor sich, über dessen höchst heikle Gespräche mit dem Kanzler des Schwedenkönigs ihm unlängst berichtet worden war. Die Chance, aus erster Quelle zu erfahren, wie Oxenstierna sich vor dem Kölner Bittsteller aufgeführt hatte, wollte er sich nicht entgehen lassen.

»Sie sollen sich ja mit dem Schweden prächtig verstanden haben.«

»Ich war in der Tat bemüht, als Abgesandter der Stadt Köln keinen schlechten Eindruck zu hinterlassen«, erwiderte Wissius.

»Und welche Bedingungen stellte Oxenstierna für die erwünschte Neutralität?«

»In der Hauptsache: unbeschränkt freie Religionsausübung für die Protestanten.«

»Daran denkt ihr doch nicht im Ernst?«

»Der Preis ist hoch«, gab Wissius zu. »Aber man sollte ihn zahlen.«

Der Kurfürst brauste auf: »Ihr seid feig, das ist alles! Was braucht ihr Neutralität? Hat man euch nicht Hilfe genug angeboten? Die Statthalterin der Niederlande hat euch starken Sukkurs schicken wollen: dreitausend Italiener zu Fuß und zu Pferde! Und was gabt ihr zur Antwort? Ihr hättet Soldaten in Fülle!«

»Die Generalstaaten der Niederlande hatten uns zuvor ernstlich gewarnt, Euer Durchlaucht«, sagte Wissius. »Wären wir auf das Angebot eingegangen, hätten wir mit den Schweden über Neutralität nicht einmal mehr sprechen dürfen.«

»Und trotzdem macht ihr eure Stadt immer fester! Ganze Schiffe voll Bauhölzern und gebrannten Ziegeln aus Rodenkirchen hab' ich am Bayenturm liegen gesehn!«

»Wir wollen uns verteidigen können. Aber nicht angreifen, Euer Durchlaucht.«

»Die Ausrede aller Hosenscheißer!« zürnte der Kurfürst. Er vergaß, daß er zu Gast in der verachteten Stadt war. »Es gibt in Wahrheit nur einen Grund für eure Feigheit: Eure Weinpanscher wollen sich ihre Geschäfte nicht stören lassen! Aber der Kaiser wird's ihnen verhageln. Zu meiner höchsten Genugtuung hat die Kaiserliche Majestät euren Pfeffersäcken verboten, zur Messe nach Frankfurt zu fahren.«

»Sie hat nur *ersucht,* Euer Durchlaucht, und das um einige Tage zu spät. Die Herren kamen ja schon wieder aus Frankfurt zurück, als der Brief eintraf.«

»Und *wie* sie zurückkamen!« Ferdinand lachte grimmig. »Mit vollen Hosen und gleich noch mit ein paar Zusatzbedingungen für eure Neutralität! Die hat ihnen der Ochsenstirn noch flink ins Reisegepäck bugsiert. Der Kaiser hat schon gewußt, weshalb er die Krämer nicht ziehen lassen wollte. – Und welche Bedingungen sind das?«

»Der Kanzler hat nun auch die Ausweisung der Jesuiten aus Köln gefordert.«

Der Kurfürst gab sich den Anschein, nicht recht gehört zu haben.

»*Meiner* Jesuiten?! Und man hat ihn nicht sogleich in seine Schranken verwiesen, den Oxenstierna?«

»Man befand sich in Frankfurt unter schwedischem Besatzungsrecht, Euer Durchlaucht. Der König, so sagte Oxenstierna, schreibe den Jesuiten alles gegenwärtige Übel im Deutschen Reiche zu. Womit er natürlich in erster Linie die Kraft zum Widerstand gegen die schwedische Invasion meint.«

»Und diese Kraft«, fiel Ferdinand ihm ins Wort, »verdanken wir in der Tat den Jesuiten! Also, um diese Bedingung gibt es keine Diskussion!« Er überlegte einen Moment, ehe er mit erhobenen Augenbrauen fragte: »Ich hoffe doch nicht, daß die Stadt Köln sich zu solch einem Schurkenstreich hergeben wird?«

»Es ist noch kein derartiger Beschluß gefaßt worden«, sagte Wissius ausweichend.

»Noch! Das find' ich herrlich! Sie selbst, Herr Wissius – man hat's mir hinterbracht –, haben gesagt, mit dieser Sorte Pfaffen habe man in der Tat nichts zu schaffen, es schade durchaus nichts, wenn man sie zum Teufel schicke.«

»Es gibt diesen oder jenen, den ich schätze, auch unter den Jesuiten«, sagte Wissius bedächtig. »Aber viele sind Unruhestifter. Oder schlicht überflüssig.«

Der Kurfürst, solch freie Rede nicht gewohnt, erboste sich über die Unehrerbietigkeit dieses mediokren Stadtfunktionärs – aber schließlich war das in Köln nichts Neues für ihn.

»Sie wissen, daß ein Abgesandter des Kaisers nach Köln unterwegs ist?« fragte er lauernd. Vermutlich war der Kaiser der einzige, der, als ihr Herr und Herrscher, den Kölnern noch imponieren konnte.

»Viele Gesandte kommen zu uns«, sagte Wissius gelassen. »Kaiserliche, ligistische, Emissäre, Legaten. Erst unlängst wollte der Oberst Camaro für den Feldmarschall Pappenheim Musketen von uns beziehen. Die brauchten wir freilich selber. Aber einen Wunsch können wir dem Pappenheim erfüllen: Zur Freude unserer Schustergaffel hat er für seine Armee Fußbekleidung bei uns bestellt: 20 000 Paar Schuhe und 3 000 Paar Stiefel. Zum Vorzugspreis – aber immerhin gegen bar!«

»Sie brauchen mir nichts mehr zu erzählen. Euch geht's nur um euren Profit!« Angewidert wandte der Kurfürst sich ab. »Ich bin euer Gast; danach werde ich mich zu richten haben. Aber wer kann sich, in solchen Zeiten, seine Herberge schon aussuchen!«

Als die Prozession sich am Domplatz auflöste und im Gewimmel jedermann seinen Nachbarn bedrängte, stieß Friedrich Spee auf einen Angestellten der Kaiserlich-Kölnischen Taxis-Post. Der Mann kannte ihn von früher; er war seinerzeit bei der Henot-Post gewesen.

»Es ist ein Päckchen für Sie gekommen, Herr Pater. Gestern, mit dem Spätkurier aus Frankfurt. Ich wußte ja nicht, daß ich Sie treffen würde, sonst hätte ich's Ihnen gleich mitgebracht. Nun muß ich Sie leider bitten, mit mir in die Straßburger Gasse zu kommen.«

Auf dem Postamt nahm Spee das Päckchen in Empfang. Die Drucker des Herrn Gronäus in Frankfurt mußten bewundernswert schnell gearbeitet haben. Der Umschlag, so viel sah man schon, enthielt ein Exemplar der Editio Secunda, der Neuauflage der »Cautio Criminalis«!

Spee wollte sich in ein Wirtshaus setzen, wollte versuchen, irgendwo einen stillen Winkel zu finden.

Als er auf die Straße trat, stand Gertrude vor ihm.

Er hatte sie mindestens zwei Monate nicht mehr gesehen. Seit Mater Anna Franziska ihm so deutlich ihr Mißfallen ausgesprochen hatte, konnte er auch nicht mehr ins Stift gehen. Blieb der Treidelweg. Mindestens zweimal in der Woche promenierte er dort; das schwierige Mädchen sollte sich nicht von ihm verlassen fühlen. Aber Gertrude kam nicht, und er konnte sich denken, weshalb. Sittlich gefährdete Devotessen wurden von der Oberin in Klausur gehalten – bis sie sich durch Fasten, Geißeln und das Anlegen schmerzender Bußgürtel hinreichend kasteit hatten, um keiner Versuchung mehr zu erliegen. Er lächelte im stillen über ihre Findigkeit. Die Prozession – natürlich, das war endlich wieder eine Gelegenheit gewesen.

Wortlos stand sie vor ihm, sah ihn nur an mit diesem Blick voller Vorwurf und Forderung; er fürchtete schon, sie könne sich, ungeachtet des Straßentreibens, in seine Arme stürzen. So nahm er sie gleich an seine rechte Seite und schritt kräftig aus, um den neugierigen Blicken des Postmeisters Coesfeld zu entrinnen, der am Fenster stand und nach gewohnter Manier nicht nur aus heimlich geöffneten Briefen »Material« sammelte, das er schon irgendwann einmal würde gebrauchen können.

Um sich erst gar nicht anklagen zu lassen, bedauerte Spee gleich seinerseits, daß man sich aus den Augen verloren hatte. Aber Gertrude werde ja nach wie vor von ihrem Beichtvater Horn betreut, und somit sei für Geborgenheit im Glauben und christliches Verhalten in Stunden der Anfechtung gesorgt. Er konnte es nicht lassen, sie immer wieder, und diesmal reichlich salbungsvoll, auf Horns Priesterqualitäten hinzuweisen – am Ende gar, weil er ihren Widerspruch provozieren wollte?

»Er ist böse. Ich hasse ihn!«

»Wie kannst du deinen Beichtvater hassen? Was hat er dir getan?«

»Er spricht schlecht über Euch.«

»Dann schweige von mir – und er wird auch schweigen.«

»Er sagt, Pater Spee habe nur teuflische Weiber im Sinn. Er habe sich zum Amt des Hexenbeichtigers gedrängt, um aus dem Munde dieser verworfenen Dirnen Unkeusches zu hören.« Sie machte eine kleine Pause, als wolle sie ihre Worte auf ihn wirken lassen. Dann sagte sie: »Und er hat noch mehr gesagt.« Spee verbot es sich nachzufragen.

»Er hat gesagt, daß Ihr Euch schon einige dieser Hexen – willfährig gemacht habt.«

Spee preßte mit dem Ellenbogen das Päckchen an seine Rippen. Horns Infamie und die neu erschienene »Cautio« – da konnte sich etwas zusammenbrauen.

Er warf einen Blick auf Gertrude. Sie war rot geworden; es konnte ihr nicht leichtgefallen sein, an derart Unzüchtiges zu denken, ja, sogar zu wiederholen, was Horn sich nicht gescheut hatte, vor ihren jungfräulichen Ohren auszusprechen.

»Ich habe dir erzählt, wer diese ›Hexen‹ in Wahrheit sind: so unschuldig wie du und ich. Aber du schließt deine Augen und willst nicht wissen, wie es in der Welt zugeht. Deine Gedanken kreisen immer nur um dich. Es ist schön, wenn du die Kinder den Katechismus lehrst. Aber die Nächstenliebe darf sich darin nicht erschöpfen. Wenn du immer noch meinst, für die, die in den Gefängnissen verkommen, nichts übrig zu haben, dann kümmere dich wenigstens um die Kranken!«

»Dazu sind die Spitalnonnen da«, sagte Gertrude patzig.

»Nein, dazu ist jeder von uns da. Gott zuliebe solltest auch du wenigstens ein einziges Mal in ein Spital gehen, den üblen Gestank, das Elend der Kranken nicht scheuen, solltest fragen, ob du ihre Wunden verbinden, ihnen das Essen bereiten, ihre Betten machen, ihre Bettücher auswaschen darfst.«

»Ich ekle mich vor Kranken«, sagte sie. »Ich weiß, daß es häßlich und gemein ist. Aber ich könnte es gar nicht vor ihnen verbergen – und das müßte sie betrüben.«

»Welch ein Fortschritt!« sagte Spee ironisch. »Du machst dir zum ersten Mal Gedanken über den Seelenzustand anderer Leute. Nun gut, wenn du's wirklich nicht über dich bringst, dann schick ihnen wenigstens etwas ins Spital: ein Buch, ein Spiel, eine Süßspeise, einen Korb weißes Brot. Die heilige Elisabeth von Ungarn hat den Armen ihre Kleider geflickt. Die heilige Radegundis war Königin von Frankreich und hat sich nicht geniert, arme und kranke Kinder zu waschen und zu kämmen. Christus hat befohlen, daß man seinen Feinden Gutes tun solle. Wieviel mehr müssen wir denen Gutes tun, die uns nichts Übles wünschen. Die nur krank und gebrechlich sind.«

Sie machte nicht den Eindruck, als habe sie seine Worte verstanden. Mit leicht vorgeneigtem Kopf, als müsse sie sich konzentrieren, schritt sie neben ihm her und nahm nichts wahr vom Treiben auf dem riesigen Heumarkt, dessen Buden, Fleischbänke und Gemüsestände schon von Käufern umlagert wurden, während die Hutmacher und Gewandschneider noch die Tische schrubbten, ehe sie ihre Modelle auslegten. In der Mitte des Platzes stand der Pranger, doch war heute kein armer Sünder zur Schau gestellt. Vor dem Pfahl und den Schandbrettern mit den Löchern für Kopf und Arme blieb das Mädchen stehen.

»Da gehöre ich hin, Pater Spee! Wißt Ihr das noch immer nicht? Ich bin schlecht. Bin verworfen.«

Sie sagte das ohne Leidenschaft, stellte es lediglich fest.

In gespielter Verzweiflung schlug Spee die Hände zusammen.

»Ja, natürlich! Ein abgrundtief verworfenes Geschöpf! Was redest du nur für einen Unsinn!« Er zog sie vom Pranger fort; sie ließ ihre Hand in der seinen.

»Unser Christus am Gabelkreuz – Ihr kennt ihn doch?«

»Wer kennt ihn nicht«, sagte Spee. »Der ist seine dreihundert Jahre alt. Viele pilgern allein seinetwegen nach Sankt Maria im Kapitol.«

»Unser heiliger Christus am Gabelkreuz, der das Haupt so tief über seine blutige Rippenbrust hängen läßt.«

»Ja, Gertrude, ich weiß, was du meinst.«

Sie blieb stehen und sah ihn an, mit aufgerissenen Augen.

»Sein Haupt ist gesunken!«

»Was heißt das?«

»Abgesackt. Um eine Daumenbreite!«

Was wollte sie damit sagen? Ja, es gab da eine Legende. Oder eine Prophezeiung: Wenn das Haupt dieses Gekreuzigten eines Tages noch tiefer sinke, sei der Jüngste Tag nicht mehr fern. Als wolle sie den Pater belehren, fuhr sie fort: »Und wißt Ihr, wer ihm den neuen Kummer beschert hat? Wer ihn so traurig gemacht hat, daß er sein Haupt so tief sinken ließ?«

»Wenn es sich wirklich so verhielte – mich wunderte es nicht«, sagte Spee. »Um die Menschen, wie sie sich in diesen Kriegszeiten aufführen, mag der Herr sich schon betrüben.«

»Es sind nicht *die* Menschen, Pater Spee. *Ich* bin es, die ihn betrübt!«

»Kind!« rief er. »Wie kommst du auf so absurdes Zeug?«

»Sie sagen es.«

»Wer?«

»Alle bei uns im Stift. Aber sie sagen es nicht *mir*. Sie sagen es unter sich. Aber ich weiß es auch, daß ich schuld bin. Ich allein.«

»Was ist in dich gefahren, daß du allein dich für Christi Trauer verantwortlich machst? Das ist Vermessenheit!«

»Ich will Euch etwas verraten, Pater Spee«, sagte sie langsam.

»Sag mir alles, ganz ehrlich! Ich werde versuchen, dich zu verstehen.«

»Seit sie mir den Sebastian verboten haben ...«

»Wer hat ihn dir verboten?«

»Pater Horn. Ich darf nicht mehr nach Sankt Ursula.«

»Und? Weiter?«

»Seit ich nicht mehr zum heiligen Sebastian darf, bete ich viel mehr als früher zum Christus am Gabelkreuz.«

»Sei doch glücklich, daß du es darfst, weil du in seiner Nähe wohnst.«

»Ich hab ihn mir jetzt genauer angesehen, den Herrn am Gabelkreuz. Er hat Euer Gesicht.«

Sie blieb wieder stehen. Ein Zittern durchlief sie, ein Kälteschauer. Sie schlug dreimal das Kreuz, haspelte ein Ave-Maria herunter. Dann drehte sie sich um und war augenblicklich in der Menge verschwunden.

In tiefer Sorge suchte Spee sich eine Wirtschaft. Er kehrte in der Botengasse ein, im Gasthaus »Zum heiligen Rosenkranz«, beim Wirt Johannes Thergaten. Wider Erwarten fand er eine halbwegs ruhige Ecke, ließ sich von den Betrunkenen am Nachbartisch wenig stören, schüttelte das Buch aus dem schon halb geöffneten Päckchen, fand einen Brief darin und begann zu lesen:

»Frankfurt, 10. Juni 1632

Hochwürdigster Pater!

Verwandte meines Kompagnons, des Herrn Philippus Wagner, die auch Ihnen nicht unbekannt sind, haben mir dankenswerterweise eines der mittlerweile rar und kostbar gewordenen Exemplare Ihres Werkes ›Cautio Criminalis‹ übergeben. Es enthält Ergänzungen aus Ihrer Feder sowie die Korrektur zahlreicher vom Drucker der Erstausgabe in Rinteln zu verantwortender, unserer Kunst nicht eben zum Ruhme gereichender Satzfehler.

Wie Ihnen bekannt sein dürfte, hat die erste Auflage bei vielen frommen und gelehrten Männern Aufsehen erregt und sie davon überzeugt, daß die Obrigkeiten in Deutschland künftig mehr Sorgfalt auf die Überwachung der Hexenprozesse verwenden müssen. Auch scheint einigen Fürsten das Gewissen geschlagen zu haben, so daß sie nach der Lektüre des Buches ihre Prozesse abgebrochen haben. Aus diesen Gründen haben viele hochgestellte Persönlichkeiten, darunter auch Mitglieder des Reichskammergerichtes zu Speyer und Angehörige des Kaiserlichen Hofes, eine Neuauflage für wünschenswert, ja, dringend geboten erachtet. Dies vor allem, weil es hier um Menschenleben und das Ansehen nicht allein Deutschlands, sondern auch der katholischen Religion geht.

Diese Tatsachen und Überlegungen sind Ihnen, höchst würdiger Pater, natürlich längst geläufig. Um sie aber auch den Lesern der Editio Secunda zugänglich zu machen, habe ich es für angebracht befunden, die zweite Auflage mit einem ›Gruß an den Leser‹ zu eröffnen; also das oben Mitgeteilte in geeigneter Form für diesen zu wiederholen. Ich hoffe, damit auch in Ihrem Sinne gehandelt zu haben.

Möge das Werk in neuer Gestalt nun seinen Weg zu den Herzen und Hirnen der Mächtigen nehmen und ihre künftigen Entschlüsse im Sinne der Menschlichkeit und Gerechtigkeit beeinflussen!

Ich möchte diese Zeilen nicht abschließen, ohne mich der angenehmen Pflicht entledigt zu haben, Ihnen, hochwürdiger Pater Spee, die verbindlichsten Grüße des hochangesehenen Doktors Lotichius, Professor der Medizin zu Amsterdam, und seiner Gemahlin zu übermitteln. Beide haben, zu meinem Bedauern und zur Betrübnis meines Kompagnons, ihres Schwagers Philippus Wagner, unser immer noch gastliches Frankfurt verlassen und sich heimwärts in die von allen Kriegsdrangsalen verschonten Generalstaaten begeben.

Gottes Segen sei mit Ihnen und Ihrem verdienstvollen Werk!

Johannes Gronäus,
Drucker und Verleger
zu Frankfurt am Main.

Postskriptum:

In diesem Augenblick habe ich Auftrag erteilt, einige hundert Exemplare Ihres Werkes nicht allein an die Herren Kommissionäre und Grossisten zu versenden, sondern auch eine Spezialaussendung an solche Persönlichkeiten vorzunehmen, von denen ich aufgrund meiner Kundenliste, aber auch aus allgemeiner Lebenserfahrung annehmen darf, daß sie Ihr Buch kennenlernen wollen. Ungeachtet des kaufmännischen Risikos, das ich mit dieser unverlangten Zusendung eingehe, schien es mir geboten, gewissen Fürstlichkeiten, Adelsherren, Ministern, Richtern, Amtsleuten, Drosten, Zentgrafen, Bischöfen, Prälaten und Professoren besonders im kurkölnischen und stadtkölnischen Raum durch die Beschickung mit je einem Exemplar Ihres Buches auf Ihre bedeutsamen Thesen und Konsequenzen hinzuweisen. Gewißlich wird man, die Gunst der nachbarschaftlichen Nähe nutzend, nicht verfehlen, Ihnen ganz persönliche Zeichen der Zustimmung wie, unvermeidlicherweise, auch der schroffsten Ablehnung zukommen zu lassen.

Der Obige.«

Spee legte den Brief zur Seite. Ein Schankbursche brachte ihm Bier. Der Pater schlug das Buch auf, überprüfte hier und da den Text. Es war sorgfältiger gesetzt als die Rintelner Ausgabe, die Druckfehler waren beseitigt, das Schriftbild war ruhiger.

Nein, gegen die »Anrede an den Leser« war nichts einzuwenden – wenngleich der Herr Gronäus dafür getrost die Zustimmung des Autors hätte einholen dürfen. Und wem mochte er all die unverlangten Exemplare geschickt haben? Wollte man seiner Liste Glauben schenken, dann bekamen das Buch jetzt in der Tat diejenigen in die Hand, die es »von Berufs wegen« nötig hatten. Aber das waren auch jene, die es bei der Lektüre nicht bewenden lassen würden: »die, von denen Gefahr ausging« – für den Autor. Denn so, wie er jetzt im »Rosenkranz« saß und in seinem Buch blätterte, würden in dieser Minute auch jene Herren in ihren Palästen oder Amtsstuben sitzen und blättern und lesen – und sich entrüsten.

War das überraschend? War ihm das nicht alles schon bewußt gewesen, als er Giertchens Drängen nachgegeben und sich mit der zweiten Auflage einverstanden erklärt hatte?

Er hatte gewußt, wie schwer der Orden sich mit ihm tat. Es war ihm zu Paderborn von Weihbischof Pelking und von Rektor Baving unmißverständlich klargemacht worden, welches Ärgernis er der Gesellschaft Jesu, ja, der katholischen Kirche mit seinem Buch bereitet hatte. Und Baving wie Pelking hatten verlangt, er solle feierlich seinen Thesen abschwören. Dazu war es zwar nicht gekommen – aber nicht aufgrund eines Sinneswandels seiner Oberen, sondern weil die Kriegsereignisse das Kollegium in Panik versetzt und endlich in die Flucht geschlagen hatten.

Dennoch hatte er den Druck der Editio Secunda nicht nur zugelassen, sondern ihn ausdrücklich in Auftrag gegeben.

Jetzt würden sie über ihn herfallen. Oder ihm, wie der Herr Gronäus es so trefflich ausdrückte, »Zeichen der schroffsten Ablehnung zukommen lassen«.

Wohlan, dann mußte es wohl so sein.

Sorge machte ihm seine Gesundheit. Die Kopfschmerzen hatten ihn in letzter Zeit immer häufiger geplagt. Er fühlte sich müde und überfordert. Schon damals, in Paderborn, war er nicht in der besten Verfassung gewesen, hatte aber die Angriffe gegen ihn leidlich überstanden. Besonders tief hatte ihn dann der Tod Philipps getroffen, an dem er sich mitschuldig glaubte. Jetzt aber fühlte er sich noch weniger widerstandsfähig, hatte erschreckende Träume, war tagsüber oft geängstigt, wähnte sich zuweilen gejagt, verfolgt.

Und nun noch die Sorge um Gertrude! In welch schlimmem Zustand befand sich das Mädchen: dem leidenden Christus *seine* Züge anzudichten! Sah sie, dachte sie – fühlte sie nichts anderes mehr als *ihn*? Er kannte einige Geistliche, die sich nur mit Mühe der Zuneigung ihrer Beichtkinder erwehren konnten. Und auch solche, die erst gar nicht versuchten, sich ihrer zu erwehren. Wie leicht konnte Inbrunst zur Verzückung entflammen, Hingabe an Gott zum schamlosen Antrag an den Mittler entarten. Das war nichts Neues. Und Gertrude hielt sich ja noch zurück. Offenbar hatte sie es nicht darauf abgesehen, ihn zu verführen. Sie wollte nur in einem ganz ungewöhnlichen Maße wahrgenommen, wollte zum Mittelpunkt seines Denkens und Empfindens werden, war eifersüchtig auf alles, was ihn ihrer brünstigen Verehrung entzog.

Er sah sie wieder, wie sie sich mit einer gewaltigen Willensanstrengung von ihm losriß und im Gewühl des Heumarktes verschwand. Wohin? Würde sie überhaupt ins Stift zurückkehren? Mußte er sich nicht um sie kümmern? Zumindest bei der Oberin nachfragen, ob sie eingetroffen war? Er war entschlossen, die nächste Begegnung – und Gertrude würde sie herbeizuführen wissen – besser zu nutzen und sich so lange um sie zu bemühen, bis sie, mit Gottes Hilfe, zu Beruhigung und Einsicht gelangt wäre. –

»Hochwürden – so allein unter meinen allzu weltlichen Gästen?«

Ein riesiger Schatten verstellte den Blick in die Schankstube. Johannes Thergaten, der schnauzbärtige Wirt vom »heiligen Rosenkranz«, war an den Tisch getreten, gerade als Spee sich erhoben hatte. Und als er noch einen Schritt näher kam, blieb Spee nichts übrig, als sich wieder zu setzen.

»Wir kennen uns noch nicht«, sagte der Wirt. »Wie kommt's? Viele Ihrer Ordensbrüder kehren bei mir ein, besonders am Freitag; mein Rheinsalm wird allgemein geschätzt.«

»Ich komme gern ein anderes Mal wieder«, sagte Spee. »Jetzt möchte ich zahlen.«

»Sie sind mein Gast, Hochwürden. Noch ein Bier?«

Spee dankte; sein Kopf vertrug den Lärm nicht, der immer aufdringlicher wurde.

Dem Wirt fiel es leicht, sich verständlich zu machen. Seine Stimme hatte ein angenehm dunkles Timbre und vibrierte stets ein wenig, als habe er Feierliches zu verkünden.

»Oder kommen Sie doch einmal zu unserem Donnerstagabend ins ›Sälchen‹«, lud ihn Thergaten ein. »Sie werden bekannte Gesichter sehen, keineswegs nur Geistliche. Ratsherren, Meister von Zünften und Gaffeln, ehemalige Bürgermeister sogar. Doch, bitte, kommen Sie, Hochwürden!«

Adrian Horn sah all seine Bemühungen als gescheitert an. Unlängst hatte er sich mit einigen seiner Ordensbrüder, die, wie er, gegen Spee eingestellt waren, beraten. Aber die Zusammenkunft hatte kein Ergebnis gebracht, man war vielmehr in Uneinigkeit und mit gegenseitigen Beschuldigungen auseinandergegangen. Der Störenfried, dessen Widersetzlichkeit das Mißgeschick ausgelöst hatte, war Pater Horrion gewesen, der zwar, eitler Dichter, der er war, an Spees Versen heftige Kritik geübt, dafür aber um so überzeugter dessen Thesen gegen die Hexenprozesse verteidigt hatte. Horn hatte sich schließlich gezwungen gesehen, ihn aus Thergatens Hinterzimmer, dem »Sälchen«, zu weisen, wozu er sich sowohl als Regent wie auch als Vorsitzender dieser Runde berechtigt gefühlt hatte.

Und mit dem uralten Pater Roestius, dem Senior der Jesuiten, war schon gar nichts mehr anzufangen. Der ehrwürdige, schon reichlich jenseitige Greis wußte nicht mehr so recht, worum es ging. Er hatte, wenn von der »Cautio« die Rede war, nur immer mit erstaunlicher Kraft die Faust auf den Tisch gehauen und gerufen: »Auf den Index damit! Auf den Index!«

Es klang wie: Auf den Scheiterhaufen!

Auf den Index, so hatte Horn damals gedacht – wenn das gelänge, hätte er endgültig gesiegt. Aber ein Werk auf die Liste der für Katholiken verbotenen Bücher zu setzen, das brachte nicht einmal der General in Rom so leicht zuwege. Das war allein Sache des Papstes, des Heiligen Offiziums, des Vatikans in jedem Falle. Ein umständliches, langwieriges Verfahren. Gewiß keine Lösung für jetzt, da Eile geboten war.

»Welch eine Gefolgschaft habe ich da!« stöhnte Adrian Horn. Selbst dem Juristen Ostermann, der ebenfalls zu der Runde gehört hatte, schien nichts mehr einzufallen.

Mit Doktor Glimbach, ja, mit dem hätte man vielleicht etwas ins Werk setzen können. So hätte Horn noch vor einem halben Jahr gedacht. Aber inzwischen benahm der sich wie ein unvernünftiger Tölpel, der Horn mit seiner verspäteten Schülerverhaftung nur Unannehmlichkeiten bereitet hatte.

Von solchen Enttäuschungen abgesehen, hatte Horn auch gegen Ermüdung und Indolenz anzukämpfen, die mit der Zeit selbst die leidenschaftlichsten Gegner des Speeschen Buches befallen hatten. Die »Cautio« war vor gut einem Jahr erschienen; sie war vergriffen, und wem sie ein Ärgernis gewesen war, der hatte längst seine Meinung gesagt. In Köln war ja auch kein Hexenprozeß mehr im Gange, seit Glimbachs alberner Vorstoß so kläglich gescheitert war. Und wer den Dechanten, auf wunden Knien wackelnd, vor der Rathauslaube gesehen hatte, mit erlahmenden Armen, denen zweimal die brennenden Kerzen entfallen waren, verspürte sicher nicht allzu viel Ehrgeiz, sein Nachfolger im Amt des Hexenkommissars zu werden. Bürgermeister ter Lahn dachte auch gar nicht daran, zum Ende seiner Amtszeit die Stelle neu zu besetzen; sollten sich mit diesem kniffligen Problem doch die künftigen Stadtoberhäupter befassen.

Wer nämlich in der Stadt Köln einiges zu sagen hatte, sei er nun Bürgermeister, Ratsherr, Domkapitular oder Ordensmann, wandte in diesen Tagen Vernunft und Leidenschaft allein an die elementaren Lebensfragen der Stadt, und die waren politisch-militärischer Art. Es ging nach wie vor um den Status der Neutralität, dem alle zuneigten, die am weiteren Florieren ihrer Geschäfte interessiert und im übrigen wohl keine allzu eifrigen Katholiken waren.

Es versteht sich, daß die Geistlichkeit nicht solch schnöden Sinnes war. Doch die »Weinpanscher«, wie der Kurfürst die kölnischen Handelsleute in seinem Zorn zu nennen pflegte, wollten sich um des lieben Friedens willen sogar mit den schwedischen Ketzern arrangieren, wobei sich gute Nachbarschaft mit Frankreich von selbst verstand. Ein Mann wie Hyazinthus Klock, der Pfarrer von Sankt Ursula, hieb mit seinen gewaltigen Predigten auf Abtrünnige und Defätisten wie mit Peitschenschlägen ein, und, gottlob, es fanden sich unter den Bürgern der Stadt noch genügend aufrechte Männer, die für das weibische Taktieren des Stadtrates nur Verachtung übrig hatten. Und ein Mordskerl wie Johannes Thergaten vom »heiligen Rosenkranz« ließ es mit der Verachtung nicht genug sein. Im »Sälchen« versammelte er zum Widerstand entschlossene Männer, die sich mit gleichgesinnten Priestern verbündeten. Nicht der gesamte Klerus war dem Kaiser vorbehaltlos ergeben. Es gab unter den Prälaten auch Parteigänger des Kurfürsten – schließlich war Ferdinand ihr Erzbischof –, und solange der sich nicht entschieden hatte, welchen Kurs er einschlagen wollte, ob strikt kaisertreu, bayerisch-ligistisch oder gar neutralistisch, oder ob er am Ende taub und blind und tatenlos Gottes weitere Ratschlüsse abzuwarten gedachte –, so lange durfte wohl auch ein kleiner Pfaff noch zu den Lauen zählen, ohne daß der Herr ihn gleich ausspeien würde aus seinem Munde.

Just mit dieser biblischen Drohung schreckte Hyazinthus Klock in Sankt Ursula, und an manchen Sonntagen auch von der Domkanzel herunter, die Unentschlossenen auf. Und seit er Gewißheit hatte, wer es zuvörderst war, der Bürgermeister und Ratsherren mit seiner Neutralitätspropaganda vergiftete, verfolgte Klock, ähnlich wie Adrian Horn seinen Ordensbruder Spee, den Ratsherrn und Syndikus Doktor Friedrich Wissius mit erschreckend unchristlichem Haß.

Da sich nun beide, Horn wie Klock, verpflichtet fühlten, Unheil von der Stadt Köln abzuwenden, hatte es kaum ausbleiben können, daß sie eines Tages zueinander fanden, indem jeder den anderen auf seinen persönlichen Feind aufmerksam machte und um Unterstützung in seinem Kampfe bat.

Daß nicht nur Friedrich Wissius, sondern auch Friedrich Spee ein Feind des Kaisers war – wer konnte daran zweifeln, wenn er die »Cautio« gelesen hatte! Mit seiner unehrerbietigen Kritik an der deutschen Obrigkeit übte Spee eben auch Kritik an den deutschen Fürsten und nicht zuletzt am Kaiser, und damit war er ein Feind des Reiches und hatte – dieser abschließende Gedanke kam von Klock, und Horn war erstaunt, daß er nicht selber darauf gekommen war – das Recht verwirkt, die Gastfreundschaft der Freien Reichsstadt zu genießen.

»Politisch untragbar« – so lautete das Urteil, das über Spee zu fällen wäre: Und mit einem solchen Verdikt war, in allen Zeiten und Ländern, noch jeder zu Fall gebracht worden.

Da der greise Pater Roestius nun auch nicht mehr in der Lage war, eine der letzten ihm verbliebenen Aufgaben wahrzunehmen, wählte Adrian Horn sich den Hyazinthus Klock zum neuen Beichtvater. Ihm, dem Mann nach seinem Herzen, gestand er nun, daß es auch noch andere Gründe für ihn gab, den ungeliebten Bruder Spee unschädlich zu machen. Es war ja nicht nur sein Eifer für Recht und Ordnung – es war auch noch dunkler, dumpfer Trieb im Spiele. Adrian Horn war kein Mann, der seine Träume nicht wahrhaben oder gar vor Gott verleugnen wollte. Also mußte er sie auch seinem Beichtvater bekennen.

»Es kann geschehen, Hyazinthus« – Horn würgte es gleichsam heraus – »daß ich im Traum Gertrude, das heiligmäßige Kind, unkeusch berühre.«

Er brauchte keinen Beichtstuhl für sein Bekenntnis. Die beiden Priester saßen in bequemen Sesseln im Refektorium des Ursula-Klosters einander gegenüber.

»Und was sprichst du dann, im Traum, zu ihr, Adrian?« fragte Hyazinthus Klock.

»Unflat!« rief Horn verzweifelt. »Lauter Unflat!«

»Und wie vollzieht sich's weiter?«

»Ich – gebe meinen unkeuschen Vorsätzen nach.«

»Wie weit?«

»Bis ich erwache. Ich bin dann jedesmal aufs tiefste zerknirscht, du mußt es mir glauben, Hyazinthus! Ich, der Rektor des Jesuitenkollegs – und solche Träume!«

»Ist es immer nur jene Devotesse, die dich bedrängt?«

»Stets dieselbe!«

»Sagtest du nicht vor einigen Tagen, du habest Sorge, dein Ordensbruder Spee könne sich unsittlich an ihr vergreifen?«

»So ist es, Hyazinthus.«

»Dann ist es offenbar!«

Pfarrer Klock erhob sich und berührte Horn, während er zum Fenster schritt, wie tröstend an der Schulter.

»Nicht du bist es, der sich an ihr vergeht! Es ist nicht deine Sünde, Adrian. Es sind die Sünden deines Ordensbruders, die dich zutiefst besorgt machen und sich in deiner empfindsamen Seele spiegeln. Und weil du ein Christ bist, nimmst du im Traum gleichsam seine Sünde auf dich. Stellvertretend für ihn begehst du die Verführung. Dies aber geschieht nur aus Sorge um die Unschuld dieses Mädchens.«

»Du meinst, nicht *ich* wäre es, der im Traum sündigt?«

»Du sündigst im Traum so wenig wie im Wachen, Adrian. Tag und Nacht treibt dich die Sorge um ihre Keuschheit um.

Die Träume schickt der Herr. Gott will dich mit diesen Träumen an deine Pflicht erinnern. Du sollst verhüten, daß der schlimme Bruder sich an der Jungfrau vergreift.«

»Dann wäre ich schuldlos?«

»Schuldlos und ohne Sünde. Absolvo te!«

»Ich danke dir, Hyazinthus.«

»Du bist zwar eine Hure«, sagte Doktor Friedrich Wissius zu dem schwarzhaarigen Mädchen, das halbnackt neben ihm unter dem blauseidenen Betthimmel im Haus »Zum letzten Almosen« in der Schemmergasse lag. »Aber es ist eine Binsenweisheit, daß Huren die geduldigsten Zuhörer sind. Und oft genug auch die verständigsten. Mädchen, du bist vielleicht der einzige Mensch in Köln, der mir glaubt, daß ich nicht aus ehrgeizigen und hochpolitischen Gründen für die Neutralität bin, sondern ganz einfach ...«

»Ganz einfach?« Sie zog die Knie an, richtete sich etwas auf und streichelte seine Brust.

»Nun, zum Beispiel: weil ich dich liebhabe. Weil ich nicht will, daß du von einem Schwedenlümmel durchgezogen und danach aufgespießt wirst.«

»Und welche Gründe hast du noch?«

»Daß ich am Leben bleiben möchte, versteht sich von selbst. Aber ich habe auch einiges für meine Frau und meine Kinder übrig. Ich möchte nicht einmal, daß meinen Feinden etwas Ernsthaftes zustößt. Ich hasse die Menschen nicht. Obwohl ich oft Grund dazu gehabt hätte – mit meinem Buckel. Am schwersten hatte ich's als Kind – mit den Kindern, die mich ausgelacht haben. Aber als ich verständig wurde, war ich sehr bald verständiger als die anderen. Sieh mich an! Was fällt dir an meinem Gesicht auf?«

»Daß es spitz ist. Und blaß.«

»Was noch?«

»Als sei die Haut ganz straff über deine Nase und die Wangenknochen gespannt.«

Sie prüfte es mit der Kuppe eines Fingers nach.

»Das stimmt. Das wirst du bei vielen Buckligen sehen. Ihr Gesicht sieht gespannt aus – in doppeltem Sinne, wenn du das verstehst. Wir sind immer um eine Nuance wacher als die anderen. Wir begreifen schneller und fassen unsere Entschlüsse geschwinder.«

»Du lobst dich nicht schlecht.«

»Ich analysiere nur, Monika. Als die Menschen, die es mit mir zutun bekamen, mich respektierten, weil sie erkannt hatten, daß ich schneller und gespannter, angespannter war als sie, war ich mit meinem Schicksal versöhnt.«

»Und die Frauen?«

»Sie schätzten mein – Vermögen richtig ein. Aber ich wollte sie später noch lieber durch meinen Geist gewinnen. Mein größter Triumph war, daß ich es mir erlauben konnte, einer sehr, sehr schönen Frau, die mich begehrte, vorzuschlagen, sich doch lieber mit meinen geistigen Fähigkeiten zu begnügen. Ein Buckel, der zugunsten von Pallas Athene auf eine Venus verzichtet – das ist einigermaßen selten.«

Ihr Lager stand in einem kleinen, üppig mit Wandbehängen, Teppichen und Kissen ausgestatteten Raum, »einem Bett mit Lustgärtlein drum herum«, wie Wissius ihn nannte. Seit einiger Zeit war er dieser Monika treu geblieben, die mehr für ihn zu empfinden schien, als die Pflicht ihres Gewerbes gebot. Überdies war sie verschwiegen und hörte ihm, wenn er vor sich hin philosophierte und polemisierte, aufmerksam zu.

Es war noch immer nicht ganz dunkel hinter dem hochgelegenen Fensterchen; der längste Tag des Jahres stand bevor. Wissius wollte sich der Kleinen noch einmal zuwenden; dann wurde es Zeit, Frau und Kinder aufzusuchen. Gegen Mitternacht schloß auch die Ratsschenke; danach ließ sich seine lange Abwesenheit schwerlich begründen. Als er sich neben dem Mädchen ausstreckte, wurden im Nebenzimmer Stimmen laut. Das war nicht ungewöhnlich; in dem alten mauerrissigen Bau mußte man sich mit Geräuschen von nebenan abfinden. Diesmal aber waren es zwei Frauenstimmen. Die eine klang sehr aufgeregt, die andere beschwichtigend.

»Das ist nur Laurentia, die kennst du doch schon auswendig«, spottete Monika. »Die andere – nein, das weiß ich nicht. Vielleicht eine Neue.«

Jetzt verstanden sie, worum es ging. Die Unbekannte forderte von der Hausbewohnerin Laurentia eine Auskunft, wollte zumindest erfahren, an wen sie sich wenden könne. Dann sprach Laurentia sehr leise und geheimnisvoll; es war nichts mehr zu verstehen. Das fremde Mädchen entfernte sich bald, Treppenstufen knarrten. Kurz darauf steckte Laurentia, eine üppige blonde Flämin, den Kopf zur Tür herein und trat näher, als sie die beiden friedlich unter der Decke liegen sah.

»Die hat, vor Jahren, mal ein paar Wochen bei unserer Truppe genächtigt – du weißt, Monika, als ich noch mit den Tierbändigern unterwegs war. Sie hat uns leid getan, war von den Eltern verstoßen – und wer von Adel ist, den trifft so was ja härter als unsereinen. Also, von da her kennt sie mich. Sie ist ausgerissen vom Stift der heiligen Fräulein; sah ziemlich erbarmungswürdig aus. Ich hab' ihr unten was zu essen gegeben, aber mit ihrem Wunsch ist sie erst im Zimmer herausgerückt. – Ich störe euch doch nicht?«

»Nein, nein«, sagte Wissius schnell und klopfte auf die Bettkante. »Setz dich nur!«

Als sie saß, griff er auch nach ihr. Er hätte sich gern mit beiden vergnügt, aber dergleichen wollte geruhsam eingeleitet werden, und dafür war's heute zu spät.

»Sie wollte etwas von dir?« fragte Monika und rückte näher an den Buckligen heran.

»Ja. Einen Liebestrank! Als ob *wir* solche Tränke brauchten! Wißt ihr, was ich gesagt habe? Ich habe gesagt: Wir in der Schemmergasse benötigen keine Liebestränke. Aber die Ehefrauen unserer Freier flößen ihren Männern manchmal welche ein, damit sie munter werden. Und es tut seine Wirkung: Sie kommen zu *uns!*«

Die Mädchen lachten herzlich.

»Und? Hast du ihr eine Quelle genannt?« fragte Monika.

»Ja. Die Löberin in Deutz.«

»Die braut noch ganz andere Tränke!« murmelte Monika.

»Wen will sie denn verführen?« fragte Wissius.

»Es bleibt in ihren Kreisen«, sagte Monika. »Einen Jesuitenpater.«

Ein Sittenskandal bei den Jesuiten, überlegte Wissius. Das könnte eine willkommene Begründung sein, falls man sich wirklich entschlösse, sie auszuweisen.

»Wie heißt er denn?« fragte er scheinbar gelangweilt.

»Das wollte sie nicht sagen. Aber sie hat sich dann doch verplappert. Spee, glaube ich.«

Wissius richtete sich auf. »Etwa Friedrich Spee?

»Kann wohl sein.«

Friedrich Spee? Der Mann, der das großartige Buch gegen die Hexenjäger geschrieben hat! Das will ich glauben, dachte Wissius, daß der so leicht nicht zu verführen ist. Ein sittenstrenger Mann, ohne Zweifel. Sauber, integer, unbestechlich.

Natürlich hatte Wissius die »Cautio« gelesen. Respekt vor so viel Mut! Gewiß, manchmal war er ihm zu fromm, beschwor ihm allzu oft die christliche Barmherzigkeit, von der er doch eigentlich wissen sollte, daß sie nur noch in Traktätchen zu finden ist. Nun ja, ein Pfaff blieb er eben doch – trotz seines scharfen Verstandes.

»Du hättest dem Weib keine Adresse geben sollen«, sagte er tadelnd zu Laurentia. »Ich habe eine Schwäche für jungfräuliche Männer. Müßt ihr denn wirklich *alle* in eure Niederungen ziehen!?«

Es war nicht klar, ob Laurentia beleidigt war, jedenfalls sprang sie auf und lief aus dem Zimmer. Er grinste. Monika legte ihm die Hände auf die verwachsene Schulter und zog ihn nieder.

Er preßte ihre Brüste.

»Tut es weh?«

Während er seine Hände erproben ließ, wie streng sie sein durften, ohne ihr ernstlich weh zu tun, dachte er wieder an diesen Jesuiten. Der hatte über die Folterknechte geschrieben, die sich eine Lust daraus machten, gefangene »Hexen« zu torturieren. Es ist nur eine kleine, ganz flache Schwelle, dachte Doktor Wissius. Nur einen einzigen Schritt darüber – und schon bist du ein Quäler, Schänder, Mörder. Er dachte an einen der berüchtigtsten Hexenschinder, den kurfürstlichen Schöffen Johannes Romeßwinkel, der jetzt sogar als Nachfolger Glimbachs im Gespräch war. Von dem wußte jedermann, daß Quälereien bis aufs Blut ihm männliche Lust bereiteten. Und *er?* Wissius? Stöhnend wand sich die kleine Schwarze unter seinen Griffen.

Es ist nicht unser Verdienst, daß man nicht so ist wie jene, dachte er. Es ist Gnade – allenfalls. Oder eine Laune der Natur. Sie baut dem einen die warnende Schwelle vor den Abgrund zum Verbrechen, die sie dem anderen – zu seinem und seiner Opfer Verhängnis – vorenthält. Darüber würde ich gern einmal mit diesem Spee reden. Wir werden die Jesuiten aus der Stadt jagen müssen. Aber um diesen einen wär's mir leid.

Und ehe er sich, ohne weitere Reflexion, seiner Monika widmete, beschloß er, sich diesen schwarzen Bruder einmal näher anzusehen.

Auch Scholaren reiferen Alters saßen zuweilen in den reichlich verwahrlosten Hörsälen der Universität. In letzter Zeit erfreuten sich vor allem die Professoren der theologischen Fakultät des Besuches würdiger Herren, die nicht nur zuhörten, sondern auch fleißig mitschrieben. Auch in der Domkirche konnte man etliche dieser Glatz- und Grauköpfe bei gleicher Verrichtung antreffen, vor allem wenn Pfarrer Hyazinthus Klock von Sankt Ursula eine seiner Bußpredigten gegen das Stadtregiment hielt.

So fiel es nicht sonderlich auf, daß in der Vorlesung des Gastprofessors aus dem Jesuitenkolleg heute zum ersten Mal ein buckliger Mann saß, der, als stadtbekannte Persönlichkeit, auch den meisten Studenten kein Fremder war.

Spee stellte seinen Schülern dar, wie der heilige Thomas von Aquino die Philosophie des großen Aristoteles weiterentwikkelt hatte, indem er zu den alten Kardinaltugenden des Menschen – Weisheit, Tapferkeit, Mäßigung und Gerechtigkeit – aus christlicher Sicht weitere hinzufügte: Glaube, Liebe und Hoffnung. Hier lag es nahe, auf den heiligen Paulus zu verweisen, der die Liebe als »die größte unter ihnen« gepriesen hatte.

Wie Spee dann, »mit einem intellektuellen Seitensprung«, so nannte einer der Studenten derlei überraschende Wendungen, auf das Unrecht der Hexenprozesse zu sprechen kam – ein Thema, das er in keiner seiner Vorlesungen ausließ –, das beeindruckte die Hörer, die schon darauf gewartet hatten, sehr: Die Liebe kenne nämlich keine Vorbehalte, schon gar nicht, wenn man einem Menschen in Herzens- oder Leibesnot begegne, wie beispielsweise einer unschuldig in den Verdacht der Hexerei geratenen Frau. Und dann, nachdem ihm die Studenten, trampelnd und auf die Pultdeckel klopfend, zugestimmt hatten, kam er vom Besonderen aufs Allgemeine zurück und zog, mit dem heiligen Thomas, die Nutzanwendung für den Gläubigen, deren letzter Satz, so wie er ihn formulierte, schon beinahe nach Ketzerei klang:

»Die vollendete Art, Gott zu lieben«, sagte er, »besteht darin, daß man notfalls sogar auf die geistliche Kontemplation verzichtet, wenn es gilt, dem Heil des Nächsten zu dienen, also ein Werk der Liebe zu üben. Denn für Gott steht die Liebe höher als die Erkenntnis. Und deshalb überragt die Liebe sogar den Glauben.«

Dies schrieb der Doktor Wissius mit – aber nicht, weil ihn jemand dazu beauftragt hätte. Ihm gefiel einfach, was dieser Mann sagte, der bleich und schwarzbärtig mit leicht geröteten Lidern hinter dem Katheder stand und sich nicht übermäßig zu wundern schien, als plötzlich der Pedell den Saal betrat und mit unnötig lauter Stimme ausrichtete, Seine Magnifizenz, Hochwürden Severin Binius, bescheide den Herrn Professor Spee unverzüglich zu sich in sein Amtszimmer.

Den Studenten war nicht allein diese Unterbrechung, sondern auch der Befehl selbst zuwider; sie scharrten und zischten den Pedell, und damit auch ihren Rektor, aus, und als Spee sein Konzeptpapier einsteckte, scharrten sie noch zorniger, und einer schrie sogar, der Dozent solle sich nicht von diesem »Oberpfaffen« herumkommandieren lassen, und ein anderer dieser jungen Theologen rief, die Herrschaft der Pfaffen sei überhaupt vorbei, und sogar das schlimme Wort »Zeit, daß der Schwede kommt!« war zu vernehmen.

Es war schon eine recht aufsässige Gesellschaft, die Kölns ehrwürdiger Alma Mater langsam beschwerlich wurde: eine kaum noch hinreichend beaufsichtigte Kriegsjugend, die aus den Brüsten ihrer Nährmutter nicht nur die kräftigende Milch erlauchter und erlaubter Wissenschaft, sondern gewiß auch manch giftigen Keim des Irrglaubens und gottlosen Forscherdrangs gesogen hatte.

Doktor Friedrich Wissius gedachte mit den Studenten auf die Rückkehr des Professors zu warten. Er hatte das Gefühl, gerade im richtigen Augenblick gekommen zu sein.

Oft genug war Spee in den letzten Jahren zu einem seiner Oberen gerufen und mit gütigen Ermahnungen, mehr aber noch mit strengen Verweisen bedacht worden. Er schritt, obwohl er wußte, was ihm bevorstand, gelassen durch den langen Gang und stand alsbald im Zimmer des Rektors einem Mann gegenüber, der sich vorgenommen hatte, seinen Emotionen genausowenig nachzugeben.

Denn Severin Binius war herzkrank.

Dies hatte ihm jedenfalls, vor einigen Jahren, kein Geringerer als Doktor Holzemius, der Leibarzt des Kurfürsten, versichert. Seither verstand es Binius, jedwede Aufregung wie die Pest zu meiden.

Er hatte sich angewöhnt, häufig den Puls zu fühlen, gewöhnlich indem er den Ringfinger der einen ans Gelenk der anderen Hand legte; zuweilen aber auch indem er den Finger an die Nasenwurzel oder hart neben dem Ohrläppchen an die Ader hielt; diese Geste vermittelte überdies den Eindruck, er sinne über ein Argument seines Gesprächspartners nach.

Aus der Erfahrung heraus, ein bestimmtes, zunächst sogar wesensfremdes Verhalten könne, wird es nur lange genug geübt, auch das Wesen eines Menschen verändern, hatte der Rektor und Generalvikar sich dazu erzogen, seiner Rede jede Hebung oder Senkung zu versagen, aus der man etwa auf eine wie immer geartete Emotion hätte schließen können. In beruhigtem Gleichmaß, als lese er Zeile für Zeile einen sich ständig wiederholenden Text, spulte er sein Garn von der Spindel und ließ sich weder durch Einwürfe noch durch Fragen, ja nicht einmal durch Renitenz oder zornige Widerrede aus dem sonoren Rhythmus bringen.

So setzte er denn, nachdem er das Buch – die zweite Auflage der »Cautio Criminalis« – mitten in die Sonne gerückt hatte, die einen Teil des Fensterkreuzes auf die Schreibtischplatte zeichnete, zu folgender eintöniger Rede an:

»Sie wissen, weshalb ich Sie hergebeten habe. Die Lehren, die Sie in dieser Schrift vertreten, widersprechen dem allgemein geübten Brauch und der gültigen Erfahrung von Generationen. Sie sind mir gewiß nichts Neues; schließlich habe ich Ihr Buch schon vor Monaten gelesen. Dennoch hatte ich Ihnen, trotz schwerer Bedenken, einen Lehrauftrag erteilt, weil Ihr Provinzial sich so für Sie einsetzte und weil ich, aus übergeordneten Gründen, glaubte, dem Schirmherrn unserer Universität, unserem verehrten Kurfürsten und Erzbischof, durch die Berufung eines Jesuiten eine Gefälligkeit erweisen zu können. Diese meine Motive sind Ihnen wohlbekannt. Ich ging davon aus, daß Sie innerlich von Ihrer Schrift, in der ich damals einen freilich arg verspäteten Jugendstreich zu sehen geneigt war, abgerückt sind. Die Neuauflage beweist: Dies ist nicht der Fall. Ich habe nun keine Lust, in dieser politisch so schwierigen und gefährlichen Zeit die Konzeption meiner Universität durch das Wirken eines Lehrers gefährden zu lassen, der seine eigenen abwegigen, der Vernunft wie erst recht der Prozeßpraxis widersprechenden Thesen höher bewertet als das Wohlergehen des Institutes, dessen Ruhm zu mehren er gehalten ist. Wenn wir erst in den Geruch der Abhängigkeit von ausgefallenen, ich möchte fast sagen sektiererischen Ideen kommen, wird man uns künftig die Kompetenz auch auf Sachgebieten bestreiten, deren souveräne Beherrschung bislang unser Ansehen in der wissenschaftlichen Welt wesentlich gefördert hat. Ich gebe Ihnen dazu ein Beispiel.«

Für einige Herzschläge nur hielt er inne – eben ausreichend, dieselben durch einen leichten Druck des Mittelfingers auf die Ader am linken Ohr wahrzunehmen und befriedigt festzustellen, daß sie ohne Hast aufeinander folgten.

»Unsere juristische wie auch unsere theologische Fakultät werden von auswärtigen Gerichten immer wieder um Gutachten in Hexenprozessen gebeten. Wie soll man sich in Zukunft noch an uns wenden, wenn bekannt wird, daß Sie nicht nur bei uns Moraltheologie lesen – das habe ich ja, wie gesagt unter schweren Bedenken, zugelassen –, sondern nach wie vor Lehren verbreiten, gewissermaßen unter der Schirmherrschaft Ihres Ordens und, was schlimmer ist, auch unserer Universität – Lehren, die, wollte man sich nach ihnen richten, eine objektive Gutachtertätigkeit unmöglich machten. Ein anderes Beispiel: Der Rat der Stadt Köln hat dieser Tage ein Gutachten von uns gefordert, ob es statthaft sei, den Bedingungen des Schwedenkönigs für Neutralität nachzugeben und freie Religionsausübung für Protestanten zu garantieren. Meinen Sie wirklich, man werde uns in Hinkunft noch mit so diffizilen und in der Tat nur von einer hochweisen Fakultät zu lösenden Problemen betrauen, wenn in unserem Lehrkörper ein Mann sitzt, der sich als Verächter des Guten und Hergebrachten und tausendfach Bewährten ausgewiesen hat? Sie sollten wissen, wie sehr uns gerade die Obrigkeiten der Stadt in letzter Zeit mißtrauen; die Spitzel in unseren Hörsälen kommen ja nicht von ungefähr. Meinen Sie nicht, daß es gewissen Leuten in unserem Stadtrat gerade jetzt äußerst gelegen käme, wenn offenkundig würde:

Die von unseren Feinden verleumdete und beschimpfte Gesellschaft Jesu hat in der Tat faule Früchte hervorgebracht?«

Er prüfte, diesmal am Handgelenk, den Puls und mußte feststellen, daß der Herzschlag sich beschleunigte, als Spee sich zu einem scharfen Protest erdreistete:

»Ich weiß nicht, Magnifizenz, ob Sie mit den ›faulen Früchten‹ mein Werk oder meine Person meinen. Das letztere ließe ich hingehen; wir alle sind nicht so beschaffen, wie Gott uns gewollt hat. Mein Buch aber – nun gut, vielleicht ist es überhaupt keine Frucht, sondern ein Baum, ein junger, eben gepflanzter. Aber Früchte wird er tragen – mag sein, nicht mehr in unserer Zeit. Sie ist dafür wohl noch nicht reif genug.«

Für Severin Binius wurde das Gespräch zur Bedrohung. Mit den Fingerspitzen schob er das Buch über den Tisch, bis Spee es an sich nahm.

»Nun, ich darf mich nicht aufregen«, sagte er. »Sie sehen, ich fühle meinen Puls, ich bin ein kranker Mann, ich bin nicht gesonnen, das bißchen Gesundheit, das der Herr mir noch zubilligt, leichtfertig aufs Spiel zu setzen, nur weil Sie nicht einsehen wollen, daß Sie des Lehrstuhls unwürdig sind. Sie sind suspendiert. Und nun gehen Sie. Gehen Sie mit Gott; Sie werden Seiner bedürfen.«

Am späten Mittag dieses Tages saß Friedrich Spee wieder im Wirtshaus »Zum heiligen Rosenkranz«. Er war nicht allein.

Als Spee zum Rektor gegangen war, hatte Doktor Friedrich Wissius sich vorgenommen, ihn auf das Hexenproblem anzusprechen. Wissius gehörte zu den wenigen Gebildeten, die sich schon seit Jahren eines unguten Gefühls nicht erwehren konnten, wenn wieder einmal ein Prozeß mit dem Todesurteil geendet hatte. Er wollte diesen eigenwilligen Kopf und unerschrockenen Autor näher kennenlernen.

Doch als Spee zurückgekehrt war, vielleicht um eine Spur bleicher als sonst, war er nur aufs Katheder gestiegen, hatte seine Unterlagen an sich genommen und wie beiläufig gesagt:

»Die Vorlesungsreihe über den heiligen Thomas und die Philosophie des Aristoteles ist mit dieser abgebrochenen Stunde vorzeitig beendet worden.«

Darauf hatte es einen kleinen Tumult gegeben. Die Studenten, gut zwei Dutzend, versperrten ihm den Ausgang und wollten den Grund für den Abbruch erfahren. Spee bat, man möge nicht auf Einzelheiten dringen; es müsse genügen zu wissen, daß es ihm an der moralischen Qualifikation für eine Dozentur an Kölns Hoher Schule mangele. Daß dieses keineswegs in ironischem Ton vorgetragene Bekenntnis seiner Unzulänglichkeit nicht gerade mäßigend auf die Schüler wirken konnte, mußte ihm klar gewesen sein – und in der Tat war ihm nach der Suada des Rektors auch keineswegs nach Resignation zumute.

Die Studenten gaben zu erkennen, daß sie genug erfahren hätten; noch im Hörsaal versammelten sie sich im Kreis zu einem aufgeregten Kolloquium, und einer der jungen Leute prophezeite Spee, der im Gespräch mit Wissius war, man werde den Lehrer schon bald wieder im Auditorium begrüßen, und die Engel würden ihr Halleluja dazu singen.

Spee, aufgewühlt, wenngleich auch stolz auf die Reaktion seiner Hörer, erkannte, daß es dem buckeligen Herrn um ganz etwas anderes als die Lehrsätze des Aristoteles ging. Da er noch früh genug die hämischen Mienen seiner Brüder im Kollegium sehen würde, nahm er den Vorschlag des Doktors an, auf einen Krug Bier in den »heiligen Rosenkranz« zu gehen.

»Der Wirt liebt mich zwar nicht«, schränkte Wissius ein, »aber daß ich heute in geistlicher Begleitung komme, wird ihn wieder ein wenig für mich hoffen lassen.«

Nein, Spee zog es nicht ins Kollegium. Es war anzunehmen, daß alle Kölner Adressaten inzwischen sein Buch bekommen hatten. Der tüchtige Herr Gronäus würde keinen, der Rang und Einfluß besaß, ausgelassen haben.

Gut, dachte Spee. Sollen sie mich demütigen, ich will es leiden. Will es gern leiden, weil *Gott* es über mich verhängt hat. Meinen Stolz wird es nicht treffen. Wer wüßte nicht, daß es für einen Christen keinen reineren, gerechteren Stolz gibt als den, der ihn in der tiefsten Demütigung wie eine Gnade überkommt. *Sofern* – und diese Bedingung erfüllte er – sofern er die Tat oder die Überzeugung, für die er gedemütigt wird, weiterhin als richtig und notwendig anerkennt, unbeirrt von jeglicher Erniedrigung und Beleidigung, bis zum bitteren Ende.

»So wenig Gäste?« fragte Wissius die Schankmaid. Es saßen nur ein paar würfelspielende Männer in einer Ecke. »Wo ist der Wirt?«

»Der Herr Thergaten lehrt seine Söhne«, sagte die Magd geziert und wies ihnen einen Tisch an.

»Was lehrt er sie denn?«

Die Magd öffnete die Tür zum Hof. Dort sah man den baumlangen Wirt mit seinen drei Söhnen – der Älteste mochte achtzehn, der Jüngste zwölf sein – bei einer wehrhaften Übung. Alle vier trugen Spieße, der Vater voran, die Söhne nebeneinander hinter ihm. Auf ein kehliges Kommando folgten die Söhne dem Vater, der ihnen vormachte, wie man, ein Bein schrittweit vor das andere gesetzt, leicht in den Knien federt und sodann mit ausholendem Schwung den beidarmig gepackten Spieß einem Gegner ins Gekröse treibt. Alsbald die Waffe aus dem Leib des gedachten Schweden zerrend, traten die vier einige Schritte zurück, um mit dem befreiten Spieß sogleich einen neuen Feind zu bedenken. Und dies – Knie beugen, dann strecken, mit den Armen ausholen, dann zustoßen unter heiserem Schrei – ergab, beständig wiederholt, ein zielbewußtes Gehüpf über den weitläufigen Hof, an dessen Mauer die Rotte endlich anhalten mußte. Vater Thergaten wandte sich um und nickte seinen Söhnen beifällig zu.

»Der Mann kann es nicht erwarten«, sagte Doktor Wissius, als sie der Feldübung eine Weile zugesehen hatten. »Er ist ja nicht nur Wirt, sondern auch einer der Kommandanten unserer Bürgerwehr. Er führt die 4. Colonellschaft, also die Männer vom Marzellenviertel.«

Als Herr Thergaten mit schweißiger Stirn eintrat, den Bart zwirbelte und sich zu ihnen setzte, erläuterte er auf eine Frage

Spees: »Die 4. Colonellschaft hat acht Fahnen. Jede Fahne hat sechzehn Schützen und vier Mann mit langen Spießen. Von meinen Söhnen erwarte ich, daß sie tapfere Spießträger sind. Wenn der Baudissin seine Drohung wahrmacht und Deutz angreift – und das heißt, weil der Ort nicht befestigt wird, eben auch: daß er Deutz *nimmt* –, dann bleibt Köln außer seinen Mauern nur noch die Bürgerwehr. Ein Bier, die Herren?«

Wissius wünschte Niedericher Wein. Der Wirt bedauerte: »Der kommt aus dem Wingert des Herrn Schlehbusch. Von dem bezieh' ich nichts mehr. Der hat damals zu Ihrer unwürdigen Delegation gehört, Herr Doktor Wissius, mit der Sie sich vom Schwedenkanzler beschwatzen ließen.«

Wissius fühlte sich nicht beleidigt.

»Wenn Sie so nachtragend sind, Thergaten, werden Ihre Fässer bald leer sein. Es war ja nicht nur der Herr Schlehbusch mit mir, es waren auch andere ehrenwerte Winzer und Weinhändler dabei. Die ganze Zunft wünscht eben keinen Krieg. Und was den General Baudissin betrifft: Der hat gedroht, er werde Deutz nehmen, *wenn* es befestigt wird. Lassen wir also alles beim alten ...«

»Heilige Barmherzigkeit!« unterbrach der Wirt. »Das nenn' ich mannhaft christliche Politik! Ich bin nur froh, daß der Kurfürst jetzt in der Stadt ist. Er wird euch Herren vom Rat schon zeigen, wie ein Mann sich in Notzeiten verhält.«

»Das hätte er schon längst tun können«, sagte Wissius, der nun doch einen Wein bekommen hatte. »Zugegeben: Deutz ist Kölns weicher Bauch. Wer Deutz hat, kann Köln in Trümmer schießen. Warum sorgt der Kurfürst nicht dafür, daß Deutz befestigt wird? Selbst wenn ihm die Stadt Köln gleichgültig wäre (was sie jetzt, da er selbst auf ihren Schutz angewiesen ist, kaum sein kann), müßte er doch um seinen Besitz fürchten. Denn Deutz ist nun einmal kurkölnisch. Weshalb also tut er nichts, um den Ort zu befestigen?«

Thergaten verteidigte Ferdinand nicht ungeschickt. Er setzte seine ganze Hoffnung auf den Kurfürsten. Die Stadt war ihm zu korrupt, zu feig. »Was kann man von einem Stadtrat schon erwarten, der nur aus Krämern besteht!« pflegte er in diesen Tagen oft zu sagen – freilich nur zu seiner Frau oder zu seinen Söhnen, denn den Verlust guter Kundschaft aus dem Rathaus mochte er nicht riskieren. Dabei war es ihm weniger um die stattliche Zeche als um die Gelegenheit zu tun, diesen hochmögenden, wohlbestallten Herren jeweils die neuesten Nachrichten, Gerüchte und Beschlüsse sowie im Rat zu erwartende personelle Veränderungen entlocken zu können. Selbst wenn er nur hinter seinem Tresen stand und Bier oder Wein zapfte, vernahm er immer noch genug. Und er brauchte diese Informationen, gedachte er doch eines baldigen Tages mehr als ein Wirt, mehr auch als Kommandant der Bürgerwehr zu sein.

»Der Kurfürst allein«, sagte Thergaten, »kann die Fortifikation nicht bezahlen. Das geht nur, wenn die Stadt mithält. Aber das läßt ihr Geiz nicht zu. Nun, gottlob ist wenigstens die Geistlichkeit meiner Ansicht, und mit der hat der Stadtrat schon lange seine Not!«

Wissius lächelte zu Spee hinüber.

»Er meint, der Klerus halte fester zum Kaiser und sorge sich mehr um die Verteidigung der Stadt als der Rat, dem das eigentlich anstünde.«

»So ist es!« rief Thergaten. »Gehen Sie übermorgen früh, wenn die Bürgermeisterwahl vorbei ist, zum Dom und hören Sie, wie Hyazinthus Klock uns die Leviten liest! Nach einer solchen Predigt greift auch der größte Feigling zu Spieß und Hellebarde. Habe ich recht, Hochwürden?«

Spee empfand bei solchen Auseinandersetzungen ein tiefes Unbehagen. Er war – und das hielt er manchmal für einen ernsten Mangel, manchmal auch für einen Vorzug – nicht geschaffen, in der Politik Partei zu ergreifen. Natürlich lag ihm die katholische Sache am Herzen. Natürlich wollte er, daß der schreckliche Krieg bald ein Ende fände. Natürlich wünschte er nicht den Sieg der Schweden und ihrer Verbündeten. Was er von Gott für seine deutsche Heimat erflehte, war der Frieden – und das durfte, natürlich, nur ein katholischer Frieden sein. Aber auf welchem Wege man dieses Ziel am besten erreichte, wo man hart bleiben und wo man Zugeständnisse machen mußte und welche Winkelzüge dann unvermeidlich wären – das zu entscheiden oder dies und jenes einer anderen Möglichkeit vorzuziehen, hielt er sich für inkompetent.

Er achtete, während er zuhörte, in diesem Syndikus Wissius einen anständigen Mann, dem es offenkundig darum ging, durch geschickte Neutralitätspolitik so viel Menschenleben wie möglich zu bewahren. Aber er konnte auch den Wirt verstehen, der nicht müde wurde zu betonen, daß man nicht im Garten Eden, sondern in einer Welt voller Teufel lebe; das habe der Doktor Luther in seinem Lied ganz richtig erkannt.

»Mit Zugeständnissen und Wohlverhalten ist's eine Zeitlang getan. Der Kurfürst – auch er! – ist friedlich gesinnt. Und was hat der Schwede ihm jetzt ausrichten lassen zum Dank? Der Herr Obrist Kniephausen werde bald kommen, ihn in seiner Kölner Schlafkammer heimzusuchen! So geht's allen, die den Spieß nicht zu führen wissen. Stimmt's?«

Die letzten Sätze rief der Wirt seinen drei Söhnen zu, die hereingekommen waren, um sich nach ihrer Schlacht mit einem Krug Bier zu erfrischen. Dann klopfte er Spee auf die Schulter.

»Gerade Sie, Hochwürden, geht es an! Was, meinen Sie, geschieht mit Kölns Priestern, Mönchen, Nönnlein, wenn der Baudissin seine Soldateska den Karneval auf schwedisch feiern läßt? Doch wie er's auch treiben mag: Den Jesuiten geht's auf jeden Fall an den Kragen!«

»Deshalb sollte man ihren Provinzial bewegen, das Kollegium schon jetzt aus der Stadt zu verlegen«, schlug Wissius vor.

Er grübelte schon seit Wochen darüber nach, wie man die beiden Bedingungen des schwedischen Kanzlers erfüllen könne. Zur ersten – freie Religionsausübung für die Protestanten – brauchte es nicht viel Phantasie. Es gab ja kaum noch Irrgläubige in der Stadt, und wenn die wenigen Verbliebenen aus ihren Mauselöchern herausschlüpfen würden, konnte man sie entweder in aller Heimlichkeit über den Rhein nach Mülheim verschiffen oder, wenn's denn durchaus sein mußte, auch ein Bethaus für sie einrichten. Köln würde deshalb nicht lutherisch oder calvinisch werden. Dies war also kein Problem. Auch die 250 000 Taler, die Gustav Adolf verlangte, ließen sich beschaffen. Weit schwieriger wäre es, die dritte Bedingung zu erfüllen, welche die Kaufleute von der Frankfurter Messe mitgebracht hatten. War es denn denkbar, daß eine Stadt des Kaisers, der im fernen Wien ohne die Zustimmung seines jesuitischen Beichtvaters Lamormaini keine Entscheidung fällte, die Jesuiten aus ihren Mauern wies? Oder würde vielleicht der Kurfürst, der seit vielen Jahren an den Jesuiten einen Narren gefressen hatte, den Stadträten empfehlen, sie aus der Stadt zu jagen? Niemals! Ganz abgesehen davon, daß ein Kölner Bürgermeister sich von Ferdinand keinen noch so guten Rat würde erteilen lassen.

Seit jenem Treffen mit Oxenstierna zu Frankfurt hatte Wissius über dieses Problem nachgedacht. Wenn man den frommen Brüdern Angst machte? Thergaten hatte das Stichwort gegeben, obwohl der bestimmt kein Jesuitenfeind war. Freilich waren die eitlen Herren zäh und eigensinnig. Aus Paderborn waren sie geflohen, gewiß, aber da hatte der hessische Landgraf seine Vierzigpfünder auch schon über die Mauern grüßen lassen. Um seine Haut zu retten, retirierte auch ein Jesuit. Um Köln neutral zu halten – und damit den Kaiser zu verraten, der auf Kölns Wehr und Waffen baute –, würde keiner auch nur um eine Handbreit weichen.

Wissius stützte das Kinn auf die Faust und betrachtete Spee. Er empfand Hochachtung vor diesem Mann. Wissius gehörte nun einmal zu denen, welche die »Spielregeln« nie ohne Not verletzen würden. Die Spielregeln schrieben vor, daß man die Machtverhältnisse, wenn schon nicht akzeptierte, so doch respektierte. Er hatte mit Spee auf dem Weg zu Thergatens Taverne über die Hexenjustiz gesprochen, hatte angedeutet, daß es sich manchmal nicht anders einrichten lasse: Da müsse man, um des Bestandes der »Generalordnung« willen, eben auch in Kauf nehmen, daß einige Unschuldige Rauch schluckten. Darauf war der Jesuit ganz wild geworden: Es sei besser, dreißig Schuldige laufen zu lassen, als einen einzigen Unschuldigen zu verurteilen! – Ein Mann von hohen Idealen, zweifellos. Man mußte sich allerdings fragen: Was hatte *dieser* Mann in *diesem* Orden zu suchen? In einem Orden, der nach Wissius' Überzeugung die Moral zugunsten höherer Ziele ohne allzuviel Skrupel hintanzustellen pflegte?

Wie vertreibt man die Jesuiten aus der Stadt?

In dieser Frage mündeten alle Überlegungen des Buckligen.

»Ich wäre«, sagte er zu Spee, »wenn schon Geistlicher, gern Jesuit geworden. Aber Ihr Orden ist ja, mit seinem Anspruch auf körperliches Ebenmaß und sonstige Wohlgeratenheit, besonders pingelig, wie man in Köln zu sagen pflegt. Es ist – Sie erlauben mir wohl diese Kritik – eine der skandalösesten Forderungen Ihrer Kirche, daß nur Männer ohne körperliche Gebrechen zum Priesteramt zugelassen werden. Da verrät sich noch sehr viel Heidnisches, mein Herr: Der Gott soll durch den Anblick der Gezeichneten nicht beleidigt werden! So wird wieder einmal der Stifter des Christentums, der sich vornehmlich mit Krüppeln und Bresthaften umgab, mißachtet oder schlicht vergessen.«

»Sie wollten also Jesuit werden?« fragte Spee.

Wissius nickte. »Heute bin ich froh, daß ich's nicht geworden bin. Ich habe meine eigenen Ansichten über diesen Jesus von Nazareth und kann mir kaum vorstellen, daß ich ihm in einer Soutane noch näher gekommen wäre.«

Da war Goswinus Nickel nun ein halbes Jahr lang bemüht gewesen, dem Ordensbruder aus Paderborn ein seinen Fähigkeiten angemessenes Leben im Kölner Kolleg zu ermöglichen, hatte sowohl von Spee selbst, wie erst recht von seinen Confratres, Disziplin und gegenseitige Duldung verlangt, nur um der Ordnung und des lieben Friedens willen – und nun mußte er sich am Ende noch vor seinen Untergebenen verteidigen!

Umringt von den älteren Patres, stand er in der Mitte des großen Saales und hielt, hilflos darin blätternd, das Buch in den Händen, das ihm ein Frankfurter Drucker mit der dringenden Empfehlung, es käuflich zu erwerben, zugesandt hatte.

Der ehemalige Rektor von Paderborn, Pater Hermann Baving, war es, der sich, nachdem er monatelang über den renitenten Spee geschwiegen und äußerste Zurückhaltung auch den anderen Brüdern gegenüber bewahrt hatte, nun mit einer Art Schuldbekenntnis zu Wort meldete: »Es ist leider ganz in Vergessenheit geraten«, klagte er.

»Was?« fragte Nickel ungeduldig. »Was ist vergessen worden?«

»Daß er abschwören sollte! Es war in Paderborn beschlossen worden, daß Bruder Spee die Thesen seines Buches zu widerrufen habe. In einer feierlichen Zeremonie, in Gegenwart aller Brüder. Weihbischof Pelking – jawohl, er selber! – hat das angeordnet.«

»Wie kann man so etwas vergessen?« schrie Nickel.

Hermann Baving geriet ins Stottern. Diesen Ton war er nicht gewöhnt; schließlich war er nicht nur Rektor, sondern auch Vorgänger Nickels als Provinzial gewesen.

»Nun – es war nicht eigentlich Vergeßlichkeit. Es war der Schwede. Oder vielmehr der Hesse. Der geschlagene Tilly. Es ging ja, Sie wissen es, Pater Provinzial, alles drunter und drüber im Herbst letzten Jahres!«

»Zu dieser Abschwörungszeremonie hätte es höchstens einer halben Stunde bedurft. Dann wäre alles erledigt gewesen. Und dies« – Nickel hielt das Buch in die Höhe – »diese zweite Auflage, die nichts anderes ist als eine ganz bewußte, ungeheuerliche Provokation, wäre uns erspart geblieben!«

»Ignorieren wir sie einfach!« schlug Horrion vor.

»Ihnen ist schon Besseres eingefallen, Sie Poet!« zürnte Nickel. »Wissen Sie, wessen dieser Drucker sich in seinem Anschreiben rühmt? Er habe weit über hundert Exemplare an bedeutende Persönlichkeiten im kölnischen Raum geschickt! Es kann sich nur noch um Tage, vielleicht um Stunden handeln, dann haben wir hier ein Spectaculum, das Bruder Horns Entscheidung, keine Theaterspiele mehr zu veranstalten, im nachhinein rechtfertigt. Wie könnte uns je ein Schauspiel in solche Gewissensqual und Zerknirschung stürzen, wie sie uns jetzt die Wirklichkeit bereiten wird?!«

Als darauf alle schwiegen, entließ der Provinzial die Patres und zog sich bekümmert in seine Amtsstube zurück, um auf Spee zu warten. Ein zweiter, schlimmerer Fall Glimbach bahnte sich an. Schlimmer deshalb, weil diesmal nicht ein einzelner törichter Schreiberling, sondern die ganze hochangesehene, vielgelobte, wütend bekämpfte, arg verleumdete Gesellschaft Jesu auf die Armsünderbank geraten würde – wenn sie sich nicht endlich, und diesmal unmißverständlich, von Friedrich Spee und seiner neuerlichen Provokation distanzierte.

Nickel wartete zwei Stunden, dann kam Spee. Er ließ ihn vor seinem Schreibtisch stehen und schrie ihn, ohne auch nur ein einleitendes Wort, wie einen ungehorsamen Schüler an: »Ja, wenn Sie sich alles selber verderben! Jawohl, alles verderben Sie sich! Das ist doch ungeheuerlich: Der Orden drückt beide Augen zu, will Ihre Verirrung entschuldigen, ich selber sorge dafür, daß Sie eine würdige Aufgabe bekommen, in der Annahme, Sie hätten die heilsame Belehrung des letzten Jahres nicht vergessen – aber Sie? Was tun Sie? In aller Heimlichkeit präparieren Sie eine neue Auflage Ihrer längst widerlegten Thesen! – Was fällt Ihnen ein?«

Nickel hatte in den vergangenen Monaten ein fast freundschaftliches, zumindest ein vertrauensvolles Verhältnis zu Spee gewonnen, hatte sich von Horns Einflüsterungen nicht beirren lassen – und sah sich jetzt von seinem Schützling mißbraucht und hinters Licht geführt.

»Was soll ich nun mit Ihnen anstellen?« Er erhob sich hinter seinem Schreibtisch. »Ich weiß nichts mehr, mir fällt nichts mehr ein. In der Schule kann ich Sie nicht beschäftigen, das würde Rektor Horn sich mit Recht verbitten. Von der Universität wird man Sie auch bald relegieren …«

Hier unterbrach ihn Spee.

»Es ist bereits geschehen«, sagte er.

Nickel hatte es geahnt – aber jetzt, da nichts mehr zu retten war, überdachte er gleich, welche Scherereien mit dem Generalvikar ihm nun bevorstanden, und diese Aussicht machte ihn noch wütender.

»So, so: ist geschehen! Wie Sie das sagen! Als hätten Sie einen Knopf an Ihrer Soutane verloren! – Also, was jetzt? Soll ich Ihnen einen Ihren Kenntnissen angemessenen Posten im Kollegium anvertrauen? Das hieße ja wohl den Bock zum Gärtner machen! Wie wollten Sie etwa als Novizenmeister Aufsicht führen, wenn jeder Rotzbub sich über Sie und Ihre Ansichten lustig machen kann?! Missionieren kann ich Sie auch nicht lassen; wir können ja gar nicht mehr aus Köln hinaus! Es sei denn, eines baldigen Tages werden wir hinaus *müssen*; gewisse Herren im Stadtrat haben ja nichts Eiligeres im Sinn, als sich unserer verhaßten Gesellschaft zu entledigen. Und Sie, Sie liefern Ihnen auch noch die willkommene Begründung dafür!«

Er setzte sich wieder, trommelte auf die Schreibtischplatte und wartete auf eine Antwort. Doch ehe Spee ihm aus seiner Ratlosigkeit helfen konnte, erschien der Pförtner und meldete, die Abgesandten der Apotheker und der Brauergaffel hätten sich, wie für diese Stunde angekündigt, im Vorzimmer versammelt.

»Nun auch noch dies!« Nickel warf die Arme in die Luft. »Soll doch der Pater Minister sich um diese Querulanten kümmern!«

»Bruder Korbinian liegt im Spital«, sagte der Pförtner.

»Hatt' ich vergessen«, bedauerte Nickel. »Der wird so bald auch nicht wiederkommen.« Er sah Spee an, als erwarte er von ihm einen Einfall. Dann nickte er dem Pförtner zu. »Ist schon gut. Sollen noch warten!«

Als die Tür sich wieder geschlossen hatte, sagte er erläuternd und in ganz sachlichem Ton zu Spee: »Eine sehr unangenehme

Angelegenheit. Die Brauer beschweren sich ja schon lange, daß wir unser Bier auch an Kundschaft verkaufen, die über die Straße kommt. Und nun haben die Apotheker herausgefunden, daß Bruder Tobias mit unseren Arzeneien eigener Herstellung einen stattlichen Handel betreibt. Wir kriegen noch alle Gaffeln auf den Hals, wenn das so weitergeht. Aber Bruder Korbinian, der als Disponent viel zu großzügig einkauft, verschafft uns eben auf solche Weise eine gute Einnahmequelle. Na ja, nun liegt er im Spital.« Wieder sah er Spee an, als erwarte er von ihm die Lösung seiner Probleme. Dann kam ihm eine Idee. »Disponent! Bruder Korbinian wird noch lange krank sein. Sie können doch rechnen, nicht wahr? Es ist eine Degradierung, vielleicht sogar eine Demütigung, ich weiß. Aber Sie haben's nicht anders verdient. Aber schließlich ist es kein unwichtiges Amt, den Köchen auf die Finger zu sehen. Ich setze Sie, vertretungsweise, als Einkäufer ein. Imponierende Karriere, nicht wahr: vom Hochschullehrer zum Küchenkontrolleur!«

Spee, der sich inzwischen einen Stuhl genommen hatte, stellte zu seinem Erstaunen fest, daß er in den vergangenen Minuten nur von einem Gefühl beherrscht worden war: von aufrichtigem Mitleid mit dem vielgeplagten Mann, seinem wohlmeinenden Vorgesetzten, den er so bitter hatte enttäuschen müssen. Und jetzt, da Nickel eine Lösung gefunden zu haben glaubte – eine groteske, diskriminierende –, fühlte Spee sich mit ihm erleichtert. Nicht so sehr, weil es ja hätte schlimmer kommen können (er wußte, daß dies alles nur der Anfang war); aber, wie sich die Tragödie vor Peripetie und blutigem Schlußakt noch einmal Heiterkeit erlauben darf, so schien es jetzt Spee durchaus angemessen, daß noch einmal gelacht wurde: Er sah sich bereits den Deckel von den Töpfen heben und an den Speisen schnuppern. Und da Nickel gern und gut aß, war es nicht überraschend, daß er vergaß, seine Strafpredigt fortzusetzen. Offensichtlich belehrte er Spee viel lieber über seine künftigen Aufgaben:

»Man muß haushalten können. Nicht immer gleich große Mengen einkaufen, vor allem nicht Fleisch und Fisch. Für vierundzwanzig Personen, wie sie bei uns im Refektorium an einem Tisch sitzen, genügen doch wohl an Rindfleisch acht Pfund? Gut, wenn man im August oder September reichlich Aale einkauft – da habe ich nichts dagegen. Da sind sie am wohlfeilsten und können in Ruhe geräuchert werden. Und jetzt, im Sommer, sollte man viel Cucumer und grüne Bohnen einmachen, für die Fastenzeit. Und auf eins müssen Sie besonders achten, Spee: Es ist ein Unfug mit dem vielen Würzen! Da wird in ein und dasselbe Gericht Pfeffer, Ingwer, Nelke, Muskat und was weiß ich noch gemengt. Das ist nicht nur teuer, sondern da verdirbt doch eins das andere, weil man keins mehr schmeckt. Vor allem gepfeffert wird zu viel! Das macht unseren Knaben nur ungute Hitze, das stellen Sie bitte ab!«

Es wurde angeklopft. Ohne Spee zunächst zu bemerken, trat Adrian Horn ein und rief: »Wir müssen sofort etwas unternehmen, Pater Provinzial! Ich komme von Sankt Maria im Kapitol. Die heilige Mutter ist verzweifelt: Seit Tagen wird mein Beichtkind, die Katechetin Gertrude, vermißt! Wie vom Erdboden verschwunden! Einfach nicht wiedergekehrt von der Prozession!«

Spee war aufgesprungen.

Als habe man auf ihn geschossen, fuhr Horn herum, sah den verhaßten Bruder, auch ihn in großer Erregung, unverkennbar, wen wundert's auch, da er doch der Verführer ist, der Lüsterne, der's ihm abspenstig gemacht hat, sein holdseliges Beichtkind, wie er ihm auch den Ignaz hat sterben lassen, damals, mit Hilfe der teuflischen Hex', der Katharina.

So übermächtig war sein Haß in diesem Augenblick, daß er sich vergaß, Spee an den obersten Knöpfen seiner Soutane faßte und ihn mit wiederholter Drehung der Faust zu würgen begann.

»Gehen Sie in die Knie!« keuchte er. »Büßen Sie endlich ab, was Sie verbrochen haben! Wo Sie auch hinkommen, stiften Sie Zweifel und Zwietracht! Verdammt sollen Sie sein!«

»Rektor Horn, um Himmels willen, Sie versündigen sich!« rief Nickel und sprang dazwischen.

Jetzt kam, durch die andere Tür, auch der Pförtner wieder ins Zimmer, zum Glück erst, nachdem Nickel die beiden getrennt hatte, und meldete, die Herren Brauer und Apotheker würden nunmehr ernstlich ungehalten. Und dann sei da noch etwas.

»Ja, um Himmels willen, was denn noch?« rief Goswinus Nickel. Er stand zwischen Spee und Horn, der die Augen nicht von seinem Erzfeind ließ und nach wie vor mit bebender Stimme verlangte, es müsse »sofort etwas unternommen werden«, um die Vermißte zu finden und womöglich noch aus den Fluten des Rheins zu fischen.

Nun erschien hinter dem Pförtner durchaus kein Brauer oder Apotheker, sondern ein schneidiger Krieger, ein Offizier, der höflich grüßte und nicht erst wartete, bis er gefragt wurde, sondern sich gleich seines Auftrags entledigte: »Seine Kurfürstliche Durchlaucht, unser hochwürdigster Herr Erzbischof, entbietet die Herren Patres Nickel und Horn zur Audienz auf den heutigen Nachmittag Schlag vier Uhr ins Bischöfliche Palais in der Trankgasse!«

Er grüßte, indem er den Hut von sich streckte, machte kehrt und stapfte auf seinen bis zu den Oberschenkeln reichenden Stulpenstiefeln davon.

Der Kurfürst war außer sich.

Und Obersthofmeister Franz Wilhelm von Wartenberg war in diesem Augenblick nicht der geeignete Mann, seinen Herrn zu besänftigen. Kaum daß er das Kabinett in der Trankgasse betreten hatte, war Ferdinand zornig über ihn hergefallen, und wenn er dabei auch das verwandtschaftliche Du gebraucht hatte – die Vorwürfe, die er gegen seinen Vetter erhob, wogen deshalb nicht minder schwer.

Ferdinand hatte nun endlich die »Cautio Criminalis« bekommen. Sie war ihm jedoch nicht von der Hofmeisterei besorgt worden, wie er's befohlen hatte, sondern ein Drucker und Verleger aus Frankfurt hatte sie ihm geschickt. Sein Hofamt war unfähig gewesen, ihm das Buch zu beschaffen, und der Obersthofmeister hatte den Auftrag schlicht verschwitzt. Oder sollte er ihm die Schrift absichtlich vorenthalten haben?

Mit dieser Vermutung kam der Kurfürst der Wahrheit sehr nahe. Es ist richtig, daß Wartenberg viele Wochen lang nicht mehr an das Buch des Jesuiten gedacht hatte. Allerdings: Seit er mit Ferdinand in Köln leben mußte, war ihm die »Cautio« nicht aus dem Kopf gegangen. Er hatte es jedoch für inopportun gehalten, den hohen Herrn in seiner väterlichen Neigung zu den Jesuiten zu irritieren.

Wartenberg war gewiß kein Freund der Gesellschaft Jesu. Aber hier in Köln, wo manche Leute ein Kesseltreiben gegen die Jünger des heiligen Ignatius begannen, weil sie glaubten, dadurch ihren Pelz retten zu können – hier ging es nicht mehr um Ordensdünkel und klerikale Eifersüchtelei, sondern um nichts Geringeres als die Existenz der heiligen katholischen Kirche. Deshalb hatte Wartenberg das Exemplar der »Cautio«, als er sie endlich aufgetrieben hatte, zwar gelesen, sich aber nach der unerfreulichen Lektüre nur um so mehr in seinem Entschluß bestärkt gefühlt, das Elaborat unter den Tisch fallen zu lassen beziehungsweise sich die Abrechnung mit dem Rebellen – denn ein solcher war dieser Spee! – für beruhigtere Zeiten aufzusparen.

Nun jedoch hatte der Kurfürst die Editio Secunda bekommen dank einer Unachtsamkeit des Hofrats Schilling, der die für Durchlaucht eingehende Post kritisch zu sortieren und dubiose Eingänge zunächst dem Obersthofmeister vorzulegen hatte. Gestern morgen hatte Ferdinand die Sendung aus Frankfurt auf seinem Schreibtisch gefunden, sich sofort mit dem Buch zurückgezogen und die Nacht über darin gelesen.

Nun war er übermüdet und tief verstört.

Das wenige an Liebe und Zuneigung, das die strengen Erziehungsgrundsätze seiner Eltern ihm in der Jugend zugebilligt hatten, war Ferdinand von den Jesuiten widerfahren. Mit dem älteren Bruder Max hatte er in Ingolstadt an der Jesuiten-Universität studiert, und seither liebte er die schwarzen Brüder – zunächst wie ein Kind das Vaterhaus, später wie ein Vater seine Kinder – und tat ihnen Gutes, wo er's vermochte. Und sie waren ihm dankbar dafür.

Und nun dies!

»Manchmal« – der große dürre Mann hatte nach seinem Zornausbruch lange geschwiegen – »manchmal, wenn der Husten mich überfällt, sticht's mir zugleich im Herzen. Ganz so hat's mir zugesetzt, als ich dies las. Ich bin, wahrhaftig doch, ein Mann, der Tag und Nacht um Gottes Beistand ringt. Werde nicht müde, Ihn zu bitten, daß Er mich erleuchte und vor Satans Fallstricken bewahre. Weiß auch, daß ich dereinst werde Rechenschaft ablegen müssen für alles, was ich tat und unterließ. Wie stünd' ich aber da vor Gott, wenn Er mich fragte: Was tatest du, um Unheil abzuwenden von deinem Land? Was unternahmst du wider Viehsterben, Hagelschlag, Mißernte, Pestilenz? Wie wehrtest du dem bösen Feind? Wie seinen Helfershelfern? Hast ihnen gar freies Spiel gelassen bei ihrem mörderischen Werk? Nein, Herr, so werd' ich sagen dürfen, wohlweislich war ich auf der Wacht. Ich habe meine Richter angewiesen, das Übel auszurotten, gnadenlos. Sie haben Recht gesprochen in meinem Namen, und in meinem Namen wurde sie ausgebrannt, die Teufelsbrut. Ich habe ...«

»Aber Kurfürstliche Durchlaucht, lieber Vetter!« – endlich gelang es Wartenberg zu unterbrechen – »weshalb rechtfertigt Ihr Euch? Und vor wem? Ihr steht noch nicht vor Gottes Thron!«

»Wer weiß, wie bald ...« Der Kurfürst strich mit dem Handballen über sein Herz. »Doch gut, mag's eine Weile noch währen. Vor meinem Gewissen aber steh ich schon jetzt! Und vor diesem Priesterlein, das mich bezichtigt, saumselig, blind und verschlafen zu sein!«

»Nirgendwo im Buch steht Euer Name!«

»Das fehlte auch noch, mich an den Pranger zu stellen: ›Ferdinand der Verschlafene‹!«

Gut, gut, er fand zu seinem grimmigen Humor, zu dem er durchaus fähig war, der aber sehr schnell wieder in maßlosen Zorn oder tiefe Resignation umschlagen konnte.

»Wartenberg, noch einmal: Um das alles geht's ja gar nicht! Mir ist, als hätt' ich Kinder, brave, treue Söhne, alle wohlgeraten. Und alle liebten mich. Und alle wären so klug, daß sogar ich, da sie herangewachsen sind, von ihnen lernen kann. Nur einer, ein einziger, empört sich wider mich, sagt sich vom Vater los, wirft ihm Versäumnis, Torheit vor, Gewissenlosigkeit! Was meint Ihr? Kann ein Vater, dem das geschieht – und ob's von seinen Söhnen auch nur *einer* war –, kann ein Vater, denkt er hinfort an seine Söhne, verleugnen, daß er enttäuscht, verbittert ist?«

»Er sollte sich jedoch um Gerechtigkeit bemühen«, sagte Wartenberg. »Den anderen Söhnen gegenüber. Sie sind schuldlos.«

»Sind sie auch schuldlos, wenn sie alle wissen, daß der eine den Vater so verwundet hat? Wenn sie das wissen – und ihn trotzdem nicht aus ihren Reihen stoßen!? Nicht bestrafen? So tun, als wäre nichts geschehen?!«

»Die Jesuiten halten nun einmal wie Pech und Schwefel zusammen«, sagte Wartenberg ohne weitere Umschweife. Ihm mißfiel die erhabene Gleichnissprache des Vetters, der sonst ein kerniges Schimpfwort nicht scheute. Das Pathos des Poeten half ihm wohl, sich von der erlittenen Kränkung schneller zu erholen.

»Es böte sich doch viel eher an«, fuhr Wartenberg fort, »diesen einen Abtrünnigen die ganze Härte des Gesetzes spüren zu lassen. Ich sage: Es *böte*. Denn unter den gegenwärtigen Umständen halte ich ein solches Vorgehen, das in Köln nicht geheim bleiben könnte, für unklug.«

»Was hindert den Landesherrn, einen Untertan, der sich wider ihn erhoben hat, vor sein Gericht zu stellen?!«

»Die Vernunft, Euer Durchlaucht. Nur kein Spectaculum! Nicht jetzt! Wenn ruchbar würde, daß dieser Orden in der Tat seinem üblen Ruf gerecht wird, indem er unterirdisch Rebellion und Umsturz fördert – und zwar derart, daß sich der Landesfürst genötigt sieht, gegen einen dieser Brüder, und womöglich auch noch gegen seine Oberen (wegen Unterstützung und Camouflage des Rebellen) einzuschreiten –, dann haben wir *den* Kräften in die Hand gespielt, die um ihres feigen Krämerfriedens willen keine Skrupel hätten, den Jesuiten jede erdenkliche Schandtat anzulasten. Denn dann hätte man endlich einen plausiblen Grund, sie aus der Stadt zu jagen.«

Der Kurfürst biß sich auf die Lippen. »Was also ratet Ihr?«

»Ich rate Euch ein Gespräch mit den Oberen. Mit Nickel und Horn. Streng geheim. Das ganze muß ordensintern geregelt werden. Und von dem Buch würde ich, an Eurer Stelle, überhaupt nicht Kenntnis nehmen. Nicht offiziell. Und spricht Euch einer darauf an, so stellt Euch, als wüßtet Ihr von nichts. Der Feigling hat – das ist jetzt *sein* und *Euer* Glück! – keinen Namen genannt. Auch nicht den Euren! So fällt der Schmutz, den er auf Deutschlands Fürsten schleudert, auf keinen oder auf einige – jedoch nicht unbedingt auf Euch. Laßt die Sache ordensintern regeln!«

Das war am Vormittag des 25. Juni gewesen. Der Kurfürst hatte in die Marzellenstraße geschickt und Provinzial und Rektor zu sich entboten.

Am Nachmittag meldete Kammerdiener Khümmerl zunächst die beiden Ratsherren, die aus der gestrigen Bürgermeisterwahl als Sieger hervorgegangen und soeben vierspännig zur Antrittsvisite beim Erzbischof vorgefahren waren.

Natürlich kannte Ferdinand das Ergebnis der Wahl bereits, und es ließ ihn kalt. Von denen war einer wie der andere.

Herr Jakob von Rodtkirchen und Herr Constantin von Judden, die Gewählten, goldene Ketten um den Hals, die Amtsstäbe in der Linken, mit der Rechten die Hüte haltend, verneigten sich, ließen sich nieder. Die Herren vom Gefolge standen hinter ihnen, auch sie mit entblößten Häuptern. Die Bürgermeister konnten von ihrem Sitz aus durch das große Fenster auf den Rhein sehen. Gegenüber lag das noch immer unbefestigte Deutz. Und schon ging die alte Litanei wieder los, wenn auch aus unverbrauchter Kehle: Was Herr ter Lahn, der alte Bürgermeister, dem Kurfürsten, zuletzt an Ort und Stelle, über Deutz und daß man es befestigen müsse, vorgejammert hatte, das ließ, mit fast den gleichen Worten, nun der Herr von Rodtkirchen hören, und Herr von Judden nickte bedeutsam dazu, und es lief immer auf dasselbe hinaus: Ferdinand sollte berappen, sollte die gesamte Fortifikation aus eigener Tasche bezahlen, Deutz war schließlich sein Territorium.

Ferdinand aber, das war nun sattsam bekannt, mochte sich weder für das eine noch für das andere entscheiden, gemäß seinem Lieblingsspruch »Es wird sich finden«. Außerdem hatte er noch eine gewisse diplomatische Aktion vor, deren Ausgang es abzuwarten galt. Er vertröstete die Herren auf baldige Entscheidung, und so gab's keine Diskussion, sondern nur den Abtausch bewährter Floskeln.

Die Bürgermeister erhoben sich. Als die Tür hinter der Delegation ins Schloß fiel, fragte Ferdinand den Obersthofmeister, ob die Jesuiten schon eingetroffen seien. Da erschien, zu beider Überraschung, Altbürgermeister ter Lahn, der sich unauffällig im Gefolge gehalten hatte, noch einmal, bat um kurzes Gehör, und Ferdinand, von so viel Unverfrorenheit betroffen, ließ ihn reden.

»Ich glaubte Euer Durchlaucht nicht vorenthalten zu sollen, daß die leidige Deutzer Angelegenheit nun auch schon schlichtere Gemüter beschäftigt. Mit anderen Worten: Das Volk von Köln erwartet, daß Euer Durchlaucht sich entscheiden. Man klebt schon rebellische Zettel an die Mauern, verteilt Pasquille, Schmähschriften gegen Euer Durchlaucht. Ich dachte nur, es könnte von Nutzen sein, wenn Euer Durchlaucht davon erführen.«

Der Kurfürst nickte, sah Wartenberg an, dann ter Lahn, nickte wieder. Am liebsten hätte er den Kerl hinausgeworfen.

»Ein wichtiger Hinweis, Herr ter Lahn«, sagte er. »Ich danke Ihnen. Doch – seit wann läßt ein Landesherr sich vom Volk erpressen? Noch dazu von einem ganz fremden Volk: dem Pöbel von Köln?«

Er kehrte ter Lahn den Rücken zu, während Wartenberg den Altbürgermeister hinausgeleitete.

Im Vorzimmer standen schon Nickel und Horn, und auch Pater Hermann Baving war dabei, Spees ehemaliger Rektor aus Paderborn.

Nickel meinte sich allein auf Horns Unterstützung bei diesem schweren Gang nicht verlassen zu können. Der Mann war ja ganz aus den Fugen geraten, und wäre die Ladung zur Audienz nicht gekommen – Nickel hätte seinen Rektor für drei Tage in Klausur geschickt. Der war ja, Herr des Himmels, ganz rappelköpfig geworden: auf seinen Ordensbruder mit bloßen Händen loszugehen! Um eines Weibes willen! Ein Priester, hoch in den Fünfzigern – und zittert und tobt, weil ihm ein Schäflein verlorenging!

Adrian Horn freilich hätte schon in Ohnmacht liegen müssen, um nicht mitzugehen, da ihn sein Bischof rief, und er konnte sich wohl denken, weshalb er rief. Was Horn im April zu Deutz nicht gelungen war: den hohen Herrn aufzustacheln wider den hoffärtigen Bruder – heute, da Ferdinand den Rektor eigens des bösen Buches wegen zu sich beschied, mußte er die Stunde nützen.

Und weil es um Spee und das verhängnisvolle Buch ging, hatte sich Nickel entschlossen, auch Baving mitzunehmen. Denn von allen war der ehemalige Paderborner Rektor auf die Fragen, die Durchlaucht stellen würde, am besten präpariert. Und, schließlich: Trug Baving für die allzu nachsichtige Behandlung des renitenten Bruders nicht mindestens ebenso viel Verantwortung wie Nickel? Die Last des Tadels, mit welcher der Kurfürst sie beladen würde, verteilte sich besser auf zwei Schultern. Nur Horn durfte sich schuldlos fühlen; er hatte wahrlich genug gemäkelt und gewarnt.

»Du bleibst!« rief Ferdinand, als Wartenberg Anstalten machte, sich zu entfernen. Für die eintretenden Patres hatte er kein Wort der Begrüßung. Sie verneigten sich mit einem »Gelobt sei Jesus Christus!«, worauf er das »In Ewigkeit. Amen« nicht schuldig bleiben konnte, doch er murmelte es nur, während er den Besuchern den Rücken kehrte und zu seinem Sitz am Fenster strebte. Wartenberg stellte sich neben ihn; die drei Jesuiten verharrten im Abstand von fünfzehn Schritten, wie es nicht allein die Ehrfurcht gebot, sondern auch der nur allzu spürbare Wunsch des Fürsten, sich zum Zeichen seiner Ungnade von ihnen zu distanzieren.

Ferdinand griff hinter sich nach dem unscheinbaren Büchlein, das auf der Fensterbank lag. Er hielt es in die Höhe, warf es aber gleich wieder wie einen abgenagten Knochen über seine Schulter.

»Ich habe das gelesen«, begann er, in einem Ton, der verraten sollte, daß er sich nur mit Anstrengung beherrschte. »Ich versage es mir, des Näheren auf den Inhalt einzugehen. Ich selbst und meine hochgeborenen Vettern in deutschen Landen, wir werden darin beschuldigt, die Befestigung ...« Er unterbrach sich. Da war ihm was Falsches in den Sinn gekommen. Die Befestigung von Deutz, die bislang nicht erfolgte, spukte ihm noch im Hirn. »... werden beschuldigt, die Augen vor angeblichen Verfahrensfehlern bei Hexenprozessen geschlossen zu haben. Der Kerl, der das geschrieben hat, tut ja beinahe so, als wären überhaupt alle Prozesse ganz und gar überflüssig gewesen! Nun, so viel steht fest: Was er da schreibt, ist von A bis Z konfuses Zeug. Und ohne jeden Respekt! Nicht vor Richtern und Schöffen, nicht vor Religion und Wissenschaft – nicht einmal vor mir!« (Pasquille, Schmähschriften hefteten sie an die Mauern? Da fehlte wohl nicht mehr viel, und sie würden vor seinem Palais in der Trankgasse randalieren. Dieses elende Deutz, dies Juden- und Schmugglernest! Schließlich war's schon einmal, im Truchseßschen Kriege, dem Erdboden gleichgemacht worden.) »Ich erwarte von Ihnen, meine Herren, daß Sie mir darlegen, wann und auf welche Weise Sie Ihren Ordensbruder zur Raison bringen werden!«

(Ob der ter Lahn einen Grund hatte, mir das heute mitzuteilen? Knistert's etwa schon in den Quartieren des ewig unzufriedenen Pöbels? Und sollte am Ende das eine, um das ich mich hier vor den Herren erregen muß, mit dem anderen, das mich als Vorwurf trifft, wenn ich nur aus dem Fenster sehe, insgeheim zu tun haben? Rebellion ist's in beiden Fällen: einmal aus hündischer Angst ums liebe Leben – das andere Mal aus purer Aufsässigkeit und Besserwisserei. Und beide Male zielt der Speer auf mich! – Eija, der Horn redet ja schon!)

»… wäre es vielleicht am besten, wenn Euer Erzbischöfliche Exzellenz sich entschließen könnten, den Verfasser dieses üblen Traktates zu sich zu entbieten, ihn scharf zu examinieren und möglichst auch gleich einzubehalten. Zu einer besonderen Art von Exerzitien, aus denen« – Horn zögerte eine Sekunde – »aus denen der Unbotmäßige geläutert hervorgehen könnte.«

»Ich bin kein Exerzitienmeister!« rief Ferdinand ärgerlich. »Das solltet ihr doch besser können! Den Flegel auch noch in meinen Palast einladen – das fehlte noch!«

»Euer Durchlaucht!« Nickel hatte sich Horns Vorschlag, der nicht mit ihm abgesprochen war, mit großem Verdruß angehört. »Meine Empfehlung als Provinzial ist die folgende. Und ich darf gleich vorausschicken, daß alle Vorbereitungen für diese von Euer Durchlaucht allerdings noch gutzuheißende Maßnahme bereits eingeleitet sind. Pater Baving kann Näheres darüber berichten.«

Baving trat einen Schritt vor.

»Die Vorbereitungen, von denen Pater Nickel sprach, betreffen den Entwurf eines Textes, mit dem unser Bruder seinen verderblichen Thesen, also dem gesamten Inhalt seines Buches, abschwören soll. Man hat ja mit diesem Verfahren in letzter Zeit große Erfolge erzielt. So mancher verirrte Geist konnte zum Widerruf genötigt werden und damit Konsequenzen von sich abwenden, die – nun gut. Erst unlängst hat sich in Rom, wie man hört, ein Gelehrter den eindringlichen Empfehlungen des Heiligen Offiziums nicht verschließen mögen, wobei es allerdings um kosmische Aspekte ging, also nicht um derart Triviales wie die Bestrafung von Teufelsbräuten.

Wir haben also für unseren Bruder Spee eine Widerrufsformel entworfen, die er schon morgen in feierlichem Rahmen aussprechen wird, womit denn, wenigstens fürs erste, die Sache aus der Welt geschafft wäre.«

Dieser Meinung mochte sich der Kurfürst nicht anschließen.

»Wer weiß denn, was ihr da in eurer schwarzen Höhle zustande bringt! Ihr seid doch Meister im Zwiedenken und Camouflieren. Das kann doch kein Mensch kontrollieren!«

»Wir wollen doch nicht fürchten müssen«, sagte Nickel indigniert, »daß Euer Durchlaucht uns Unaufrichtigkeit, am Ende gar arglistige Täuschung zutrauen?«

Der Kurfürst winkte ab; es war nicht ersichtlich, ob er seinen Verdacht zurücknehmen oder Nickel zum Schweigen bringen wollte.

»Aber bitte«, setzte der Provinzial hinzu, »wenn Durchlaucht der Zeremonie beizuwohnen wünschen – man könnte sie ja hier im Palais stattfinden lassen.«

»Ich denke nicht daran!« Der Kurfürst wandte sich an den Obersthofmeister. »Aber Sie, Wartenberg! Sie könnten sich in die Marzellenstraße begeben und mir dann berichten, ob alles ordnungsgemäß verlaufen ist. Und dieser Bursche« – er wandte sich wieder an Nickel – »wenn er abgeschworen hat – was gedenken Sie danach mit ihm zu tun?«

»Er ist bereits disziplinarisch bestraft worden«, sagte Nickel eifrig. »Er darf nicht mehr lesen, nicht lehren, nicht einmal mehr die Aufsicht auf dem Schulhof führen. Er sorgt jetzt dafür, daß die Köche größere Sparsamkeit walten lassen, zum Beispiel durch rechtzeitiges Einmachen von Cucumern und grünen Bohnen und ...«

»Ach, verschonen Sie mich gefälligst mit Ihrem Küchenlatein!« rief Ferdinand erbost. »Das ist doch keine Strafe! Ja, denkt denn von den Herrschaften niemand daran, ihn aus dem Orden zu stoßen?!«

Die drei Patres blickten einander an. Dann sagte Horn:

»Selbstverständlich wurde das erwogen. Und, was das Kölner Kolleg betrifft, im Grunde auch schon beschlossen. Aber ...«

»Aber?«

»Der Pater General hat uns bislang die Genehmigung für diesen Schritt verweigert.«

Ferdinand hatte es selber so weit kommen lassen, daß er wieder einmal vor den Grenzen seiner Machtbefugnisse stand. Er war Erzbischof – aber diesem Orden hatte er nichts zu befehlen. Bislang war das auch nicht nötig gewesen; seine Jesuiten waren allzeit brave Kinder. Nun jedoch brachten sie es nicht fertig, die faule Stelle auszumerzen. So würde *er* dafür sorgen, daß sie sich an den üblen Geruch auch mit der Zeit nicht gewöhnen konnten. Er lächelte behaglich und winkte die drei mit beiden Händen zu sich heran.

»Mal etwas ganz anderes: Wie steht's mit Sankt Mariä Himmelfahrt?«

Nickel war über die Wendung des Gesprächs äußerst erfreut.

»Die Kirche steht, die Fassade wird in diesen Tagen verputzt, der Innenausbau braucht noch gute Weile. Die Ausstattung – alles vom Kostbarsten, Erlesensten – ist bestellt. Im Dezember werden wir das Gotteshaus weihen können.«

Der Kurfürst wandte sich an Wartenberg.

»Haben wir vor einigen Tagen nicht eine saftige Rechnung bekommen?«

»Jawohl, Durchlaucht. Vom Architekten Christoph Wamser, der ja für seine happigen Liquidationen bekannt ist. Und natürlich noch eine Menge Handwerkerrechnungen. Einige von den Leuten wollen erst weiterarbeiten, wenn diese Summen beglichen sind.«

»Nun«, sagte Ferdinand, noch immer lächelnd, »man kann das ja verstehen; die Rechnungen sind schon alt. Wir hätten sie jetzt bezahlt. Stimmt's, Wartenberg?«

Der Minister nickte.

»Aber wir sollten nun doch noch so lange warten, bis dieser Bursche abgeschworen hat. Sie sprachen ja, lieber Nickel, von der bevorstehenden Weihe des Gotteshauses. Nun stellen Sie sich einmal vor: Ihre Jesuiten ziehen festlich ein – und es befindet sich solch ein ungeläuterter Kerl unter ihnen! Nun, der Actus des Widerrufs soll ja morgen stattfinden, nicht wahr, meine Herren?«

Nickel und die beiden anderen bestätigten das. Sie empfanden die Bedingung als zumutbar. Denn morgen, daran gab's ja keinen Zweifel mehr, würde Friedrich Spee lauthals verdammen, was er getrübten Geistes geschrieben und, als Aufrührer wider Recht und Gesetz, zum Schaden des Landes verbreitet hatte.

»Und wenn ich mich weigere?«

»Wie denn das? Eine rhetorische Frage!«

»Nein, Pater Provinzial«, beharrte Friedrich Spee, und er rang die Hände vor Nickel – eine Geste, die ihm eigentlich fremd war, die ihm aber jetzt die Verzweiflung eingab. »Sie kennen mich doch! Wie soll ich verleugnen und verdammen, was ich in Jahren der Forschung und Prüfung als wahr erkannt habe?«

»Sie wären der erste nicht, der es täte«, sagte Nickel. Und fügte hinzu: »Der es tun müßte.«

»Noch einmal: Wenn ich mich weigere? Wie gedenken Sie dann mit mir zu verfahren?«

»Dann kann ich Sie nicht mehr schützen«, sagte Nickel. »Weder vor Ihrem Erzfeind Horn noch vor dem Kurfürsten, noch vor dem Zorn Ihrer Mitbrüder. Ich werde sogar gezwungen sein, Sie einzusperren, bis der Bescheid aus Rom kommt. Und wie dieser Bescheid aussehen wird, brauche ich Ihnen nicht zu sagen.«

»Man wird mich – aus dem Orden entlassen?«

»Das ist sehr sanft formuliert.«

»Ausstoßen? Davonjagen?«

Der Provinzial nickte.

»Und wenn mich dieses Gewand nicht mehr schützt ...«

»Wenn die Gemeinschaft des Ordens Sie ausgemerzt hat, brauchen die Gerichte unseres Landes keine Rücksicht mehr zu nehmen. Dann sind Sie vogelfrei, Spee.«

Das Gespräch fand im Tricoronatum statt, in einem leeren Klassenzimmer. Spee war Nickel auf dem Flur begegnet, nachdem der Provinzial, vom Kurfürsten zurückgekehrt, sich gerade von Horn und Baving getrennt hatte.

»Ich danke Ihnen für Ihre Offenheit, Pater Provinzial«, sagte Spee.

»Noch etwas«, sagte Goswinus Nickel. »Hier ist das Gebet, mit dem alle Angehörigen des Kollegiums Ihren Widerruf einleiten werden. Pater Horn hat den Text verfaßt.«

»Pater Horn?« Spee sah auf das Blatt, das Nickel ihm überreicht hatte. »Es hat ihm sicher nicht viel Mühe bereitet.«

»Ja, bitte, lesen Sie nur!« Nickel hatte bemerkt, daß Spee die Lippen bewegte, während er den Text überflog.

»Lesen Sie laut!«

Aber Spee las nur den Schluß:

»... und danken Gott dem Herrn,
daß wir nur seine Schrift
und nicht etwa ihn selbst,
unseren geliebten,
nur zeitweilig verirrten Bruder,
verbrennen müssen.«

Spee blickte auf.

»Deutlicher kann man es kaum ausdrücken«, sagte Nickel.

»Nein«, sagte Spee. Er schluckte, als er Nickel das Papier zurückgab. »Deutlicher geht es nicht.«

»Die Zeremonie findet morgen um elf Uhr statt«, sagte der Provinzial. »Als hoher Zeuge wird Obersthofmeister von Wartenberg zugegen sein.« Und als Spee ihn stumm ansah, fuhr er fort: »Nehmen Sie's als Prüfung. Als Kasteiung, als – als gelindes Martyrium, in Gottes Namen, wenn diese Vorstellung Ihnen helfen kann!« Er ging zur Tür. Ohne sich umzusehen, sagte er mit gesenktem Kopf: »Ich habe noch einmal in Ihrer Schrift gelesen, heute nacht. Sie hat mich doch – sehr nachdenklich gemacht. Vielleicht freut es Sie, wenn ich das sage.«

Er ging hinaus.

Spee ließ sich auf eine Bank fallen. Ein Saatkorn – ging es auf? Hatte nicht auch Pater Horrion ihm vor wenigen Wochen bekannt, daß er heute anders über die »Cautio« denke als damals in Paderborn? Die Saat ging auf, sein Wort bewegte die versteinerten Herzen. Die von Gott gegebene Vernunft überwand den blutigen Wahn. Und jetzt sollte er abschwören? Sollte all jene im Stich lassen, in deren Hirnen der Funke der Wahrheit endlich gezündet hatte? ... Und danken Gott, daß wir nur seine Schrift, und nicht ihn, unseren Bruder, verbrennen müssen ...

Er trat ans Fenster. Unten, auf dem Schulhof, spielten sie Federball. Die Secunda. Vor drei Monaten hatte er noch, in Vertretung eines erkrankten Lehrers, rhetorische Übungen mit ihnen gehalten. Cicero, Seneca, Horaz. Hatte das Logik-Kompendium des Philipp de Trieu mit ihnen durchgeackert. Hochbegabte Jungen; zwei, drei unter ihnen gar so gescheit, daß ein Glimbach, käme er dahinter, sie für teuflisch infiziert halten würde. Gut, Glimbach konnte nicht mehr gefährlich werden. Aber wer kam nach ihm? Wenn Romeßwinkel, dieser Schlimmste aller Hexenmörder, erst im Rathaus residierte – wie viele Scheiterhaufen würden dann in Flammen stehen! Dann fängt die Jagd von neuem an: Junge, alte, schöne, häßliche, kluge, törichte, fromme, sündige Mädchen, Frauen, Mütter, Greisinnen, Kinder. Keiner würde mehr sicher sein, daß es im Morgengrauen nicht an seine Türe klopfte. Und wer ihnen beizustehen wagte, wäre selbst ein Hexenmeister! Morgen ist's nur die Schrift. Übermorgen der Autor.

Spee verließ das Klassenzimmer, begab sich in den Kollegientrakt, ging in seine Zelle, kniete auf dem Betschemel vor dem Kruzifix.

Aber er fand nicht zur Andacht. Er blickte in das Gesicht des Herrn – und erinnerte sich an Gertrude. Und plötzlich spürte er einen gelinden Schmerz am Hals, dort, wo Horn ihn gewürgt hatte. Dieses Mädchen – über welche Kräfte verfügte es, daß es den Frieden zweier ernster Gottesmänner zerstören konnte? Genügte allein dies Frätzchen wie aus zart bemaltem Chinaporzellan? Oder war's am Ende mehr? Ein Zauber? Ja, ein Zauber: die Urmacht des Geschlechts. Doch dieser Zauber kam von Gott. Sie freilich, die Kuttenmänner, die Geweihten, die gottgefällig Verzichtenden – wohin führte ihre vielbewährte Keuschheit, wenn zwar ihre Leiber den Versuchungen der Wollust widerstanden, nicht jedoch ihre Hirne den Orgien der Phantasie? Auch Friedrich Spee wußte sich nicht frei davon. Wie sonst konnte er jetzt an Gertrude denken und, statt zu beten, darüber grübeln, wo sie sich befand? Und wie brachte er es fertig, statt um sein eigenes Schicksal zu bangen, sich auszumalen, wie es in Adrian Horn aussehen mochte?

Erst als es zum Angelus läutete, hatte er das Gefühl, daß Gott bereit war, ihn anzuhören. Und es war ihm, als erinnere Gott ihn an die Worte des Weihbischofs Pelking, der ihm prophezeit hatte, eines Tages werde er widerrufen und seinen Widerruf als Gnade, als Geschenk Gottes empfinden.

Nun bat er Gott um die Gnade, dieses Geschenk ablehnen zu dürfen. Und fand Trost und Ermutigung in der Meditation aus den Exerzitien des heiligen Ignatius, die ihn in ihrer nüchternen, ja, kargen Sprache und mit ihrer vorbehaltlosen Anerkennung des Primats der Vernunft schon manches Mal von seinen Skrupeln befreit hatten:

> Nachdem ich den vorliegenden Gegenstand
> überdacht und nach allen Seiten erwogen habe,

stelle ich fest, nach welcher Seite
sich die Vernunft stärker hinneigt.
Und so muß ich
nach dem stärkeren Antrieb der Vernunft
und nicht nach irgendeinem sinnlichen Antrieb
die Entscheidung fällen.

Durch die Weingärten von Niederich ging Friedrich Spee. Ein silberweißer Sommermorgen hatte ihn früh geweckt: so rein und klar, als sei's der erste Sonnentag, den Gott sich einfallen ließ. Es war fünf Uhr. Er hatte noch sechs Stunden Zeit. Dann sollte er sein Leben für verirrt, seine Arbeit für verfehlt erklären. Er wußte, daß er es nicht tun würde, aber er wußte nicht, auf welche Weise er es verhindern könnte. Die offene Rebellion blieb ihm noch immer – aber dann würde man ihn einsperren; Nickel hatte es angekündigt.

Er hatte sich beeilen müssen, um das Haus ungesehen verlassen zu können. Die Brüder versammelten sich nach der Prim zum Frühstück im Refektorium. Das war der günstigste Augenblick, um am verschlafenen Pförtner vorbei durchs Tor zu schlüpfen.

Sechs Stunden, bis sie mich einsperren. Die Stadt ist wach, schon kommen die Frauen – die Männer schlafen länger – von der Frühmesse zurück. Sie kommen von Sankt Peter, Sankt Andreas, Sankt Ursula.

Hinter Sankt Maria Ablaß folgte er dem gewundenen Pfad durch Obst- und Gemüsegärten, an rotdurchperlten Johannisbeersträuchern vorbei, in das Rebland zwischen Sankt Clara und der Gereonspforte. Die Wingerte mit ihrem kargen, doch stets gut gedüngten Boden gehörten den Klöstern ringsum, wie auch die geringen Flächen fruchtbaren Ackerlands. Hier stand der Weizen schon hoch für die Jahreszeit; was innerhalb der Stadtmauern wachsen darf, gedeiht. Jenseits verödet das Land; wer will's noch bebauen, wenn er den Menschen mehr fürchten muß als Dürre und Hagelschlag?

Aber hier! Grillen zirpen, die Luft klingt wie Musik, auch den jüngsten Spatzen sind die Nester zu eng geworden, Amseln, Meisen, Kleiber und Buntspecht flattern durch Büsche und Hecken, foppen und schnäbeln sich, zapfen die jungen Beeren an, naschen vom roten Traubenschaum. Die Lerche steigt und jubelt.

Wer singt ihnen die Töne vor, wer ersinnt die Melodien und legt sie in ihren Mund? Wer leiht ihnen den Atem für so anhaltend süßen Gesang? Wer treibt das Getreide aus der Erde und schärft den Grannen ihre Spitzen? Wer teilt den Ähren die Körner zu, und wer gibt's den Körnern ein, daß sie Art und Gestalt nicht verfehlen? Wer schreibt den Samen das Muster vor, danach sich Rose, Veilchen, Akelei vieltausendfach kopieren? Wo ist ihr Vorbild hinterlegt? Wer hat es ausgedacht?

Immer sind es diese Fragen, die ihn nicht loslassen. Auch Spee hat Plato gelesen, weiß vom Reich der Ideen. Aber er weiß mehr als der heidnische Philosoph: Er weiß, wer die Ideen erdacht und als Leitbild allem, was Leben tragen soll, eingegeben hat.

Die Sonne steigt und wärmt, lockt Duft aus tausend Blumen. Auf Mäanderwegen wandelt Spee zwischen den Weinterrassen. Es sind nur sanfte Hügel, aber hoch genug, ihn hinter Sankt Kunibert zwischen hundert spitzen Giebeln den Rhein entdecken zu lassen, auf dem sich hochbeladene Schiffe begegnen.

Er setzt sich auf eine Bank, Winzer haben sie aus grobem Holz gezimmert. Nicht weit von ihm befreien zwei Arbeiter Rebstöcke von überflüssigen Trieben. Ein anderer flicht aus Weidenruten eine Kiepe.

Der Rebstock. Davids Stamm, die Wurzel Jesse. Erst Noah, später Sankt Tychon haben's uns gelehrt. Sankt Tychon zeigte den ersten Winzern, wie sie ihre Rebstöcke beschneiden sollten. Dann steckte er eine abgeschnittene Rebe in den Boden und erbat von Gott für den Schößling viererlei Gnaden: Lebenssaft, Fruchtbarkeit, frühe Reife und süße Trauben. Seither ist Sankt Tychon Schutzpatron der Winzer.

Spee blinzelt, wendet die Augen vom gleißenden Strom, sieht unten, dort wo die letzten Häuser sich im Gartenland verlieren, einen Menschen den gleichen Weg einschlagen, den auch er genommen hat: einen Wanderer im langen Gewand, sieht wie ein Priester aus.

Wer ist's?

»Wer ist's, der von Edom kommt?« Der Vers des Jesaia fällt ihm ein.

»Ich bin's, der Gerechtigkeit lehrt und Kraft hat zu helfen. – Warum ist so rot dein Gewand? – Ich habe die Kelter getreten. Ich habe die Völker gekeltert in meinem Zorn und zertreten in meinem Grimm. Daher ist ihr Blut auf mein Kleid gespritzt, und all mein Gewand ist besudelt.«

So herrscht er wieder, wie zu Jesaias Zeiten, der grimmige Gott des Alten Bundes: grausam, gerecht und unversöhnlich. Er war der Gott des Krieges – und Er ist es wieder. Ist Er, der die Völker keltert in seinem Zorn, wirklich derselbe Gott, der, aus Liebe zu den Menschen, Seinen eigenen Sohn in die Kelter schickte, auf daß er sich zerstampfen lasse um der Versöhnung willen? Jesus Christus, der in die Kelter steigen mußte, um für die Menschheit zu verbluten. Und wie sie ihn treten, wir alle, wie wir ihn treten, zerquetschen, schächten. Dies ist mein Blut. Der Wein der Eucharistie.

Die Gestalt im langen Gewand – jetzt zeigt ihr Kopf sich wieder über den Rebstöcken. Goldenes, im Morgenwind flatterndes Haar.

Er steht auf und geht ihr entgegen, langsam. Auch sie beschleunigt die Schritte nicht. Gelassen kommt sie auf ihn zu, und sie lächelt ihn an. Gertrude.

Er weiß: Sie erwartet jetzt, daß er sie mit Fragen überfällt – und deshalb tut er's nicht. Ihr Lächeln, so scheint es, bietet ihm eine andere Begegnung an als die letzte, auf dem Heumarkt. Er geht darauf ein. Vielleicht erfüllt sich eine Hoffnung?

So drückt er ihr die Hand, die sie ihm gibt, nein, *reicht*, wie ein adeliges Fräulein – sie *ist* es ja auch! Kein Zeichen von Überraschung, nicht bei ihr, nicht bei ihm. Gelassen wendet er sich um, geht mit ihr, weist auf die Bank, setzt sich neben sie. Sie hat den Schleier abgelegt – endgültig? Hat sich sogar ein wenig herausgeputzt, mit etwas Farbe auf Wangen und Lippen. Sie erinnert ihn an die blutjunge Gertrude, die er vor fünf Jahren auf dem Holzmarkt vom Schiff abgeholt hat, als sie ihn mit ihrer Amme besuchte: frisch, neugierig, unverstellt. Das Dachbodenmädchen, das neben dem Priester die Nacht verbringen und sich wie ein Kind in den Schlaf weinen konnte. Ja, solange sie schweigt, erscheint sie ihm wie damals. Kein frömmelnder Katechetenstolz, kein patziges Auftrumpfen, kein zweideutiger Besitzanspruch.

Sie sehen über die abfallenden Rebenterrassen und das Dächermosaik bis zu den Türmen von Sankt Kunibert und auf den funkelnden Rhein.

»Wie hast du mich hier aufgespürt?«

»Ich hab' eine Stellung als Magd angetreten. Im Haus bei euch gegenüber, in der Marzellenstraße. Wenn ich will, kann ich den ganzen Tag über beobachten, wer aus dem Tor kommt.«

»Damit wird deine Hausfrau aber kaum einverstanden sein.«

»Ich bleib' ja auch nicht! Was ich wollte, hab' ich erreicht.«

»Und bist mir nachgeschlichen! Du weißt, daß man sich große Sorgen um dich macht in Sankt Maria. Und nicht nur dort. Man fürchtet, dir sei etwas zugestoßen. Solch kindische Streiche traut dir eben keiner zu. Auch ich nicht – bislang.«

Sie richtet sich auf.

»Ich bin nicht kindisch! Ich bin viel älter geworden, Pater Spee!«

»In den paar Wochen, die wir uns nicht sahen? Nun gut, ich freue mich, wenn du reifer geworden bist.«

»Ich habe viel erlebt. Und viel nachgedacht. Ich weiß nun, daß ich auf einem Irrweg war.«

»Das macht mich froh. Du hattest eine Vorstellung von unserem – unserer Beziehung entwickelt, die sich nie hätte verwirklichen lassen.«

Sollte ihm wenigstens das beschieden sein, heute, auf diesem vielleicht letzten Gang in Freiheit? Daß er dieses Mädchen zur Vernunft gebracht hätte? Und ganz unverhofft überkommt ihn, wie er ihr das Gesicht zuwendet und seine Freude an ihrem vorwitzigen, wie schnuppernd erhobenen Näschen hat, eine himmlische Heiterkeit, in seiner Lage so unangebracht wie nur etwas – aber um so beglückender.

»Das meinte ich nicht mit dem Irrweg«, sagt sie und blickt starr vor sich hin. »Ich hätte nie meine calvinische Religion verlassen sollen. Aber ich kann ja wieder zurückkehren.«

Das hatte sie ihm sagen wollen? Dann hatte sich nichts geändert in ihrem Verhalten, in ihrem Anspruch auf ihn. Es war nur eine neue Methode. Dann war diese Drohung mit dem Abfall von der katholischen Kirche nichts als ein neuer, diesmal erfolgversprechender Versuch, ihn wiederum an sich zu fesseln. Denn wie konnte er eine gefährdete Seele im Stich lassen? Aber sie sollte sich getäuscht haben:

»Mit mir darfst du nicht mehr rechnen. Ich habe Schwierigkeiten mit meinen Oberen, ernste Schwierigkeiten. Sie werden dafür sorgen, daß ich meine Freiheit verliere. In Köln jedenfalls wirst du mich nicht mehr finden. Vielleicht muß ich sogar meinen Orden verlassen.«

»Darüber kann ich nicht traurig sein!« Es war der alte, patzige Ton. »Weil Ihr dann endlich einsehen werdet, daß Ihr so nicht weiterleben könnt. Ihr werdet erkennen, daß Ihr das falsche Kleid getragen habt. *Euch* hat es *nicht* gepaßt. Ihr werdet Euch bekehren!«

»Bist du närrisch?« Er rückt zur Seite, als brauche er Abstand, um sich zu vergewissern, ob diese Zumutung wirklich ernst gemeint war. »Glaubst du, ich könnte jemals unsere heilige Kirche verleugnen?«

»Das muß nicht sein«, sagt sie schnippisch. »Aber Ihr könntet immerhin einsehen lernen, Pater Spee, daß Ihr bisher falsch gelebt habt. Warum sollten wir nicht ein neues Leben anfangen?«

»Was sollten wir?«

»Ja! Nicht jeder für sich. Wir beide zusammen!«

Sie geht zu weit. »Ich bin nicht Luther! Ich renne keiner entlaufenen Nonne nach!«

»Wenn Ihr nicht mehr im Orden seid, könntet Ihr doch auch Euren Hexen viel besser helfen!« Sie blickt ihn nachgerade lauernd an. »Dann braucht Ihr für Euer nächstes Buch keine Druckerlaubnis mehr. Dann seid Ihr ein freier Mann.«

Ähnliches hat er auch schon gedacht. Aber er weiß, anders als sie, in welcher Welt er lebt.

»Und weißt du auch, wo dieser freie Mann enden wird? Auf dem Scheiterhaufen! Heutzutage kann so gewagte Wahrheiten nur von sich geben, wer sich im Schutz einer Gemeinschaft geborgen weiß: in einer Armee vielleicht, einem Kloster, in einer mächtigen Sippe. Allein bist du verloren.«

»Aber ist das Urteil nicht schon gefällt worden? Ihr werdet den Schutz des Ordens verlieren und allein sein. Aber nicht ganz allein. Es liegt an Euch, dann von Eurer Freiheit Gebrauch zu machen. Ihr braucht Euch ja nicht schuldig zu fühlen, Ihr seid nicht desertiert. Man hat sie Euch aufgezwungen, die Freiheit! Und nun müßt Ihr nur noch lernen, damit zu leben. Ihr werdet Eure Gemeinschaft verlieren – und eine weit schönere gewinnen.«

»Du meinst …«

»Ja! Die Liebe!«

Er hat sich nach den Arbeitern umgesehen, sie sind nicht mehr da. Sie deutet seinen Blick falsch, meint wohl, ihm entgegenzukommen, als sie sich in seine Arme wirft.

»Ich habe alles aufgegeben!« ruft sie. »Ich bin auf der Flucht. Ihr wißt, was mit mir geschieht, wenn sie mich finden. Morgen können sie auch Euch einsperren! Warum zieht Ihr die Flucht nicht dem Gefängnis vor? Sie werden Euch einsperren, Ihr selber habt es gesagt! Ich bin erfahren. Ich war bei den Dirnen! Ich geh in der Schemmergasse aus und ein. Ich weiß schon lange, wie die Welt beschaffen ist. Immer habt Ihr mich für ein Kind gehalten. Aber ich bin kein Kind mehr!«

Er hält sie noch in seinen Armen, hält sie weiter – wie anders als ein Kind?

Plötzlich stemmt sie sich von ihm ab, kniet sich hin, verschränkt die Arme auf seinem Schoß, legt den Kopf darauf, blickt zu ihm hoch. Und sie läßt ihn nicht aus den Augen, als sie ganz ruhig sagt:

»Ich möchte ein Kind von dir.«

Er schiebt sie von sich, steht auf, streicht die Soutane glatt.

»Du hast alles verlernt, alles! Weißt du nicht mehr, was ich dir gesagt habe über die Liebe der Freundschaft und die Liebe der Begehrlichkeit? Und wie man die Liebe der Begehrlichkeit niederringen muß, um die Liebe der Freundschaft zu erfahren?«

»Ich weiß noch alles. Aber es ist falsch! Es ist falsch, aus der Liebe zweierlei zu machen. Sie zu teilen! Du hast gesagt, ich sei schön. Ich bin es gar nicht. Aber ich werde schön, wenn ich dich sehe. Du verwandelst mich.«

Sie geht wirklich zu weit.

»Du weißt, daß ich zu deiner Oberin gehen und ihr sagen werde, wo ich dich getroffen habe. Sie wird dich überall suchen lassen. Auch in der Schemmergasse. Sie wird dafür sorgen, daß dich kein Torwächter aus der Stadt läßt.«

»Das wirst du nicht tun! Denn dann würdest du untergehen – mit mir!«

Er weiß nicht, was sie meint, aber ihr Geschwätz ist unwichtig. Er würde ja auch kaum mehr in der Lage sein, die Oberin zu verständigen.

»Gut«, sagt er seufzend. »Dann muß ich dich dem Herrgott überlassen. Mir ist viel mißlungen in den letzten Jahren. Nun verscherzt also noch eine ihr Seelenheil, die beinahe mein Beichtkind geworden wäre.«

»Beinahe! Das war dein Fehler. Ich wollte, daß du mein Beichtvater wirst. Du hast mich zurückgestoßen.«

»Noch einmal: Es kann doch nicht dein Ernst sein, was du vorhin gesagt hast! Tu, was du willst; Gott läßt dich nicht aus dem Auge. Aber versprich mir, daß du unserer Kirche nicht untreu wirst! Du gehst sonst zugrunde. Wenn nicht in diesem Leben – im anderen bestimmt!«

»Du wirst mich nicht verraten?«

»Wenn du mir versprichst, unserem Glauben treu zu bleiben.«

»Du erpreßt mich! Ist es keine Sünde, den Glauben zur Erpressung zu nutzen?«

»Natürlich ist es eine. Eine von vielen, die ich in meinem Leben begangen habe. Was glaubst du denn, wer ich bin? Ein Heiliger?«

»Ja. Sankt Sebastian.«

Und plötzlich schluchzt sie.

Und wieder hält er sie in den Armen.

Und für einen Augenblick stellt er sich das Unmögliche vor: Wie das wohl aussehen würde: Er, in weltlichem Gewand, heimkehrend zu seinen Schwestern nach Kaiserswerth, auf die Burg seiner Jugend, und vor sich auf dem Pferd, wie ein Ritter auf Brautraub, das Mädchen. Und beide frei, ledig aller Gelübde, eingeschworen allein auf ihre Liebe, die nur einen Mangel hätte, einen tödlichen: daß Gott sie nie und nimmer segnen würde.

Es wird Zeit, sich zu trennen; Leute kommen den Weg herauf. Sie schluchzt, es schüttelt sie, sie blickt durch Tränen zu ihm auf.

Ach Mädchen! Ich werde dich wiedersehen, irgendwann. Du wirst, wenn es dich schon in die Welt treibt, bald einen tüchtigen Mann finden. Und einmal werden wir zu dritt in einer Wirtschaft am Rhein einen guten Aßmannshäuser trinken. Oder bei dir zu Hause, wo immer das sein mag. Der Krieg wird vorbei sein, und du wirst sieben Kinder haben, eins hübscher als das andere.

Er faßt sie an den Schultern, drängt sie von sich, sieht ihr in die verheulten Augen.

»Nun geh!« sagt er. »Wohin du willst. Mit Gott. Und bleib Ihm treu, so wie ich's dich gelehrt habe.«

»Und du?« Sie legt den Finger an die Lippen und sieht ihn fragend an.

Er wendet sich um. Sie soll allein zur Stadt zurückgehen. Von den Türmen hat es sieben geschlagen, er hat noch viel Zeit. Nicht weit von hier, man sieht es schon durch die Rebstöcke, liegt das Kloster Herrenleichnam mit seinem vielgerühmten Spital. Ich könnte Korbinian besuchen, denkt er, unseren Pater Minister, der sich dort von den Kapuzinermönchen gesund pflegen läßt. Pater Korbinian ist ein Mann mit Geist und Humor, er wird mir für ein Stündchen die trüben Gedanken verscheuchen.

Er dreht sich um und sieht Gertrude nach. Sie läuft den Pfad hinunter, hüpft und springt. Vielleicht hat auch Gott mehr Wohlgefallen an dem wilden jungen Mädchen als an der strengen Katechetin?

Aber wie er sie länger mit dem Blick verfolgt, kommt es ihm vor, als habe sich in ihrem Laufen und Springen ein Wandel vollzogen: Gewagter sind ihre Sprünge geworden, manchmal sieht's aus, als stoße sie mit den Ellenbogen etwas zur Seite, das sie bedrängt, und als sie stolpert, schüttelt sie die Haare aus dem Gesicht, wie in Zorn und Trotz.

Das war kein sanfter Abschied, denkt er. So läuft jemand, der sich etwas vorgenommen hat. Er weiß jetzt, wie gefährdet das Mädchen ist. Und er denkt an die Meditation, die er im »Tugendbuch«, von dem auch Gertrude eine Abschrift besaß, seinen Beichtkindern aufgegeben hatte. Er ließ Jesus zu ihnen sprechen und verlangte, daß sie Ihm, kraft ihrer Vorstellungsgabe, in das befohlene Leid folgten. Und er wiederholt, was er damals geschrieben hat, und es klingt, als spräche der Herr. Zu ihr? Zu ihm?

»Nimm einen Korb zur Hand, geh durch die Straßen und bettle! Des Nachts sollst du an der Stadtmauer unter einem Bogen schlafen, von allen Menschen sollst du verlassen sein, und alle sollen glauben, du seist toll oder närrisch geworden. Ich, Jesus, aber habe mein Wohlgefallen daran, daß du um meinetwillen gern für eine Törin gehalten und verspottet werden willst. Doch nicht genug: Ich will dich voller Wunden und Schwären machen, und du sollst vor den Türen liegen wie Lazarus. Wirst du auch dann noch zufrieden sein? Du fragst vielleicht nicht viel danach, ob du für eine Närrin gehalten oder von einer ekligen Krankheit befallen wirst; es wär' ja keine Schande. Deshalb will ich noch mehr über dich verhängen: Ich will, daß man dich wegen eines schändlichen Lasters beschreit und daß du seinetwegen verhaftet wirst. Im Turm sollst du liegen, wo weder Sonne noch Mond dich bescheint. Keiner soll zu dir gelassen werden, und wenn ein Priester zu dir kommt, soll er dir deine Unschuld nicht glauben. Dein ganzes Geschlecht soll geschändet sein, und endlich sollst du verbrannt werden. Stell dir das alles vor, so gut du kannst, und bedenke, ob du noch immer zufrieden mit deinem Schicksal wärst!«

So hatte er Christus zu seinen Beichtkindern reden lassen, um sie im Glauben zu festigen. Und hatte ihnen gleich die erwünschte Antwort in den Mund gelegt:

»Was frag' ich danach, ob die Menschen mich für ein Teufelskind halten. Wenn ich nur weiß, daß Du mich für Deine liebe Tochter halten wirst!«

»Gib ihr die Kraft, mein Herr Jesus«, fleht er, als er sich auf den Weg ins Kloster macht, »gib ihr die Stärke, so fest an Dich zu glauben! Denn sie wird ihrer bedürfen. Und gib diese Kraft auch mir, wenn sie mich in den Kerker werfen, den nicht Sonne noch Mond bescheint.«

Pater Korbinian war sehr krank. Darauf bereitete Spee schon der Destillator vor, an dessen dampfender Destille mit dem Kuppeldach der Weg zum Infirmatorium des Klosters vorbeiführte.

»Als sie ihn hier einlieferten, den guten Pater, hatte er nur einen Bruch des Leibes nebst rotem Durchfall gehabt. Nun schmerzt ihn auch noch der Magen, es fehlt an Zulauf cholerischer Feuchte. Hinzu kommt das bohrende Hauptweh. Wie? Sie leiden auch daran? Ochsenzungenwasser, das ist's! Das lindert den Schmerz und dünstet die Melancholie aus dem Hirn. Nun, ich habe unserem Freund Spicanardi-Saft bereitet, aus Lorbeer und Spica romana. Nehmen Sie's ihm gleich mit? Das hilft gegen die kalte Darmgicht, und dazu ein Destillat aus Gundelrebe, das beschwichtigt den Magen, reinigt die Nieren und befördert den Harn. Treten Sie ein, Bruder! Werfen Sie getrost einen Blick auf mein dampfendes Reich! Riecht es nicht köstlich?«

Spee fand es eher hirnverdüsternd, was da aus kupfernen und tönernen Kesseln quoll und in Töpfen, aus weißer Erde gebrannt, brühte und brodelte, während aus storchschnabeligen Retorten und langhälsigen Phiolen von feuerfestem venezianischen Glas ein Brodem wölkte, der eher an Verwesung gemahnte denn an die heilenden Kräuter des Paracelsus, auf die der tüchtige Mönch sich berief.

Vom Destillatorium führte eine schattige Eschenallee bis zur Infirmerie. Dort huschten geschäftige Mönche in schwarzwollenen Skapulieren von Bett zu Bett. Vierzig bis fünfzig dieser Schmerzenslager, manche gegen den Nachbarn durch einen Zugvorhang abgeschirmt, verteilten sich über den riesigen Krankensaal. Ein übler Gestank schlug Spee entgegen, schlimmer noch als das Gewölk im Destillatorium, aber diesen Dunst kannte er von unzähligen Krankenbesuchen und Versehgängen, und ärger als im Feldlazarett des Tilly konnte es hier auch nicht zugehen.

Ein Mönch geleitete ihn zum Bett des Korbinian. Der einst so muntere Bruder sah zum Gotterbarmen elend aus, lächelte aber doch dankbar, als er Spee erkannte, und nötigte ihn auf den Stuhl zu seinen Füßen. Er hatte zu den wenigen gehört, die Spee seit seiner Ankunft aus Paderborn liebenswürdig und hilfsbereit entgegengekommen waren. Bald kam er, trotz merklicher Schwäche, vielleicht vom Spicanardi-Saft angeregt, lebhaft ins Plaudern, erzählte Curiosa von den Mitpatienten und machte sich mit verhaltener Stimme über seinen Nachbarn, einen Subregens vom Montaner-Gymnasium, lustig, der allzu laut »vor sich hin frömmele«, so daß er mit seinen Seufzern und Gebeten andere Kranke am Schlafen hindere. Wegen eines winzigen Pickels an der Nase habe er neulich, mitten in der Nacht, den Arzt gerufen, ihn insgeheim gefragt, ob er nicht gar die Franzosenkrankheit habe, und inständig nach »Guajak« verlangt. Der Arzt aber sei nicht gesonnen gewesen, ihm das teure Harz aus Westindien zu besorgen. Mit beiden Daumennägeln habe er ihm das Ding ausgedrückt und dem Patienten, als der weiter geklagt und gejammert habe, versichert, es könnten ja schon deshalb nicht die »Franzosen« sein, weil er auf Grund seines geistlichen Standes stets ein sittlich einwandfreies Leben geführt haben müsse. Mit diesem Trost war der Kranke jedoch nicht zu beruhigen.

Mit ermattender Stimme – er hatte über den Guajakpriester bis zur Erschöpfung gekichert – gab Pater Korbinian seinem Stellvertreter noch einige praktische Ratschläge. Er solle achtgeben, daß die Kupferkessel in der Küche keinen giftigen Grünspan ansetzten, und Löffel und Gabeln solle er gut verschlossen halten; Besteck finde stets seine Liebhaber.

Als Spee aufbrechen wollte, näherte sich ihm vom Eingang her ein Laienbruder, der sich mit einiger Verlegenheit an ihn wandte.

»Dürfen wir fragen, Hochwürden, ob Sie geneigt wären, sich zu einem eiligen Versehgang bereitzufinden?«

Spee wunderte sich. »Gibt's nicht genug Priester im Kloster?«

»Schon, schon«, sagte der Bruder und lief vor Unbehagen rot an. »Aber sie sind beim Chorgebet. Oder gerade anderweitig – und ein Jesuit wäre in diesem Falle besonders geeignet. Kurzum, auch der Herr Prior wäre Ihnen unendlich dankbar.«

Das alles war keine Erklärung, aber Spee mochte nicht länger fragen.

»Gut denn. Aber ich habe nicht viel Zeit. Bereitet alles vor!«

»Es ist schon geschehen«, stammelte der Kapuziner. »Bitte, wenn Sie mir folgen wollen.«

Sie brauchten nicht weit zu gehen. Als habe man am Eingang des Krankensaals schon auf ihn gewartet, traf Spee auf einen Bruder mit dem Weihwassergefäß und zwei Ampullen, die eine mit Wein, die andere mit Wasser. Daneben standen ein Bruder mit entzündeter Laterne und dem Glöckchen sowie zwei Mönche mit brennenden Kerzen. Ein fünfter trug den Kelch.

»Friede diesem Hause!« sagte Spee und beugte das Knie vor dem hochheiligsten Sakrament.

»Und all denen, die in ihm wohnen«, antworteten die Kapuziner.

Spee nahm den Kelch, bedeckt mit der Patene und einem gestickten Tuch, in Empfang.

»Wohin?« fragte er.

Der Zug formierte sich, das Glöcklein erklang. Sie verließen das Infirmatorium, eine Weile ging's durch die Eschenallee, dann bog man in einen Seitenweg, der zu einem kleinen, hinter hohen Hecken liegenden Haus führte. Am Eingang ließen die Kapuziner Spee den Vortritt und blieben selber zurück. Lediglich der Bruder mit dem geweihten Wasser folgte ihm, doch auch er nur zögernd.

»Dort!« flüsterte er, als sie im Flur standen. Dann öffnete er eine Tür, blieb stehen und wies in das kleine, zellenartige Gemach, in dem, unter Kissen wie begraben, der Kranke lag.

»Es ist der hochwürdigste Abt von Sankt Pantaleon«, flüsterte der Mönch. »Wir haben ihn hierher geschafft, weil er – nun, Sie werden schon sehen.«

Er schob Spee hinein und zog die Tür hinter sich zu.

Spee sah, daß der Sterbende nicht mehr anzusprechen war; die Facies hippocratica hatte das totenbleiche Gesicht schon gezeichnet.

Er besprengte den Bewußtlosen mit dem gesegneten Wasser und legte ihm mit der Hostie den Leichnam des Herrn auf die Lippen. Er sprach: »Es erbarme sich deiner der allmächtige Gott und führe dich, nachdem er dir deine Sünden erlassen hat, zum ewigen Leben. Amen.«

Dann salbte er ihn. Und dabei bemerkte er an dem faltigen Hals ein dickes, übelriechendes, schwärzliches Geschwür. Nur für einen Augenblick unterbrach er die heilige Verrichtung, dann führte er sie zu Ende. Nachdem er noch einmal das Kreuzeszeichen über dem Sterbenden gemacht hatte, riß er die Tür auf. Im Flur war niemand.

Er trat, den Kelch und das Wassergefäß in den Händen, ins Freie und sah gerade noch, wie die Kapuzinermönche in wilder Flucht, als würden sie von bösen Geistern gejagt, im Schatten der Alleebäume verschwanden.

Pater Horrion war unruhig geworden. Im großen Saal stand schon seit zwei Stunden der Dreifuß mit der Kupferschale. Zwei Kustoden hatten sie mit Brennholz und Spiritus gefüllt, auf einem kleinen Pult lag ein Exemplar der »Cautio Criminalis«, und alle zehn Minuten schaute, seinerseits ungeduldig, Regens Horn in den Saal und überprüfte die getroffenen Vorbereitungen. Den Unterricht im Gymnasium hatte er für zwei Stunden ausfallen lassen, damit alle Lehrer der Zeremonie beiwohnen könnten.

Daß Spee, wie man bald festgestellt hatte, früh aus dem Haus gegangen war, beschwerte nicht einmal Goswinus Nickel sonderlich; er meinte, es sei dem gefährdeten Bruder nachzusehen, daß er sich unter diesem strahlenden Gotteshimmel für seine schwere Stunde sammeln wollte.

Pater Horrion, der, seit er die Berechtigung der meisten Argumente Spees erkannt hatte, zu seinem Mitbruder in einem eigentümlich ambivalenten Verhältnis stand, hatte seine unbestimmte Sorge den jungen Fratres Busenbaum und Nakatenus anvertraut, die zu den wenigen überzeugten Anhängern Spees im Kollegium zählten.

»Er wird doch nicht etwa geflohen sein?« argwöhnte Horrion. Busenbaum hielt das für ausgeschlossen. Nakatenus zuckte die Achseln und meinte, in einer solchen Situation könne einer schon mal die Nerven verlieren.

»Nein, nein«, protestierte Busenbaum. »Ein Spee kneift nicht! Und sollte ihm der Verdruß ins Hirn steigen, dann wird er sich eher wie Christus im Tempel gebärden, als zu resignieren. Dann wirft er eher dem Horn die Kupferschale an den Kopf oder schlägt ihn mit dem Dreifuß zusammen!«

»Nun, nun«, beschwichtigte Horrion. »Das wäre nicht eben christlich gehandelt.«

»Was man mit ihm anstellt, ist es genausowenig!« maulte Nakatenus.

Sie traten hinaus auf die Marzellenstraße und gingen dort ein wenig auf und ab, wobei Horrion immer wieder auf seine Deckeluhr blickte.

Endlich entdeckten sie in der Menschenmenge Spee. Es war halb elf.

Die drei gingen auf ihn zu, um ihm ermutigend die Hand zu schütteln. Aber er nahm sie auf eine verwunderliche Weise nicht wahr und ging ohne Gruß an ihnen vorbei, wie um deutlich zu machen, daß er mit ihnen nichts zu schaffen haben wolle. Und schon fiel die schwere Pfortentür hinter ihm ins Schloß.

Die Patres blieben verstört zurück.

Kurz vor elf hielt die Kutsche mit dem Wappen des Kurfürsten von Köln vor dem Kollegienbau. Zahlreiche Schaulustige, darunter viele Schüler, hatten sich eingefunden. Einige schienen enttäuscht, weil statt Ferdinand nur der bullige Obersthofmeister ausstieg. Wartenberg deutete mit wedelnder Hand halb Gruß, halb Segen an und ließ sich von Nickel, Horn und Baving, die ihn auf den Eingangsstufen erwartet hatten, ins Haus hofieren. Dann schritt man zum Großen Saal.

Hier standen die Brüder bereits rundum an den vier Wänden. Franz Wilhelm von Wartenberg betrat ein niedriges Podest, auf dem ein Sessel für ihn bereitgestellt war. An seiner Seite, jedoch auf normaler Höhe, nahmen Nickel und Baving Platz. Der Provinzial klatschte in die Hände und befahl, man solle den Bruder Spee kommen lassen.

Adrian Horn war es, der ihn brachte. Ernst, bleicher noch als sonst, die Augen gesenkt, ließ Spee sich vor den Dreifuß führen. Er verneigte sich vor Wartenberg und erregte gleich darauf Befremden, als er Horns Hand, die ihn noch etwas näher an die Schale schieben wollte, mit dem Ellenbogen zurückstieß, als müßte er sich von dieser Berührung befleckt fühlen.

Horn ließ ihn stehen und begab sich kopfschüttelnd zu Baving und Nickel.

Nickel erhob sich.

»Hochwürdigster Bischof, verehrte Exzellenz, liebe Brüder! Wir haben uns versammelt, um unserem geliebten Bruder Spee Gelegenheit zu geben, die vielen Irrtümer zu korrigieren, die ihm bei der Niederschrift seines Manuskriptes unterlaufen sind. Eines Manuskriptes, das nun schon zum zweiten Mal als Buch erschienen ist und bei einer unkritischen Leserschaft nicht wiedergutzumachenden Schaden gestiftet hat. Das ganze Buch ist nämlich ein Irrtum! Unter der Zeugenschaft Seiner Exzellenz des Herrn Obersthofmeisters von Wartenberg, der uns im Auftrage unseres hochverehrten Kurfürsten und Erzbischofs mit seiner Gegenwart beehrt, darf nunmehr mit der Zeremonie begonnen werden.«

Der Provinzial hielt einen Moment inne, blickte in die Runde, um sich zu vergewissern, daß alle bereit waren, und begann sodann in psalmodierendem Ton das von Adrian Horn verfaßte Gebet vorzutragen, in das alle Anwesenden einstimmten, mit Ausnahme von Spee und des Herrn von Wartenberg, der den Text nicht kannte, seinen Inhalt aber, je mehr er davon zu hören bekam, durch wiederholtes Kopfnicken ausdrücklich zu billigen schien.

»Wir bitten Gott den Herrn,
daß Er unseren geliebten Bruder Spee
aus den Klauen der Zweifelsucht
und Besserwisserei
erlösen möge.

Wir bitten Gott,
daß Er unseren Bruder bewege,
auf Kritik und Verdächtigungen
unserer von Gott eingesetzten Obrigkeit
fürderhin zu verzichten
und sich wieder einzufügen
als ein gehorsames Schaf
in den Pferch des Guten Hirten.
Zum Zeichen dessen
verbrennen wir seine Schrift
und danken Gott dem Herrn,
daß wir nur seine Schrift,
und nicht etwa ihn selbst,
unseren geliebten,
nur zeitweilig verirrten Bruder,
verbrennen müssen.«

Einer der jüngeren Lehrer schritt nun zum Pult, ergriff das Buch, hielt es hoch, so daß jeder noch einmal den Titel »Cautio Criminalis« lesen konnte, und legte es behutsam in die Kupferschale. Ein anderer hielt eine brennende Kerze bereit, so daß Spee selbst auf einen Wink des Provinzials das Feuer in der Schale entzünden und damit symbolisch seine Thesen für null und nichtig erklären konnte.

Noch einmal ergriff Nickel das Wort:

»Ehe du dein ungutes Werk dem reinigenden Brande übergibst, lieber Bruder, wird ein jeder von uns, wie es der alte Brauch verlangt, zu dir kommen, um dir mit Umarmung und Bruderkuß darzutun, daß du dich durch deinen feierlichen Widerruf weder gedemütigt, noch gar aus unserer Gesellschaft ausgestoßen fühlen sollst. Im Gegenteil: Demut sollte nun gerade unsere Sache sein, da wir doch wissen, daß unser Urteil über dein irrendes Werk eitel und fehlerhaft wäre, hätten wir nicht den Beistand des Heiligen Geistes gehabt, der uns wissen ließ, wie wir zu urteilen haben.«

Langsam, den Schritt der Feierlichkeit halber verzögernd, ging er auf Spee zu und breitete die Arme aus, ihn brüderlich zu umfangen. Die anderen Brüder reihten sich hinter ihm ein.

Jedoch – Friedrich Spee wich zurück.

Er wich zurück, zwei, drei Schritte, hätte beinahe den Dreifuß samt Kupferschale umgestoßen, streckte auch seinerseits die Arme aus, aber nicht zur Umarmung, sondern zur Abwehr, und wich abermals um einige Schritte, so daß er sich schon der Wand näherte.

Nickel blieb ratlos stehen.

Aber er brauchte nicht lange zu grübeln, was Spee bewegt haben mochte, den versöhnlichen Bruderkuß abzulehnen.

Spee sagte es ihm, sagte es allen, die hier versammelt waren:

»Fürstbischöfliche Durchlaucht – hochwürdigster Pater Provinzial, liebe Brüder! Vor wenig mehr als einer Stunde weilte ich im Kloster Herrenleichnam beim Bruder Korbinian, der euch durch mich seine Grüße und Gottes Segen entbietet. Dort rief man mich zu einem Todkranken. Ich gab ihm die heilige Wegzehrung – und mußte, allein gelassen am Lager des Sterbenden, an seinem Hals eine schwarze, äußerst übelriechende Beule entdecken. Dies konnte mich natürlich nicht hindern, die Salbung fortzusetzen, obwohl mir bewußt wurde, aus welchem Grunde man gerade mich, einen *fremden* Priester, zu diesem Kranken geschickt und warum man mir bei der Darreichung des Sakramentes nicht assistiert, sondern mich mit dem Sterbenden allein gelassen hatte.«

Es war, als sei der Ring um Spee wie durch eine Explosion gesprengt und als wären die Menschen, aus denen er gebildet war, gleichsam an die Mauern und in die Nischen der Fenster und Ausgänge geschleudert und gepreßt worden. So schamlos ehrlich war die Reaktion auf Spees dürren Bericht, daß er selbst erschrak. Ihre Würde bewahrten lediglich der Provinzial und der hohe Gast, während Adrian Horn nur allzu deutlich das Entsetzen auf der Stirne stand.

Spee hob die Hand und begann aufs neue: »Nicht, daß ich behaupten will, die Krankheit, mit der ich in allzu enge Berührung gekommen bin, könne am Ende gar die Pest sein! Nein, nichts ist erwiesen! Gewiß, der Mann hatte Beulen, war vermutlich am ganzen Leibe schwärzlich angefault, der bekannte Geruch – dies alles ja! Aber doch keine Diagnose. Woher auch? Ich habe ja keinen einzigen Arzt zu Gesicht bekommen, keinen Krankenpfleger! Selbst die Ministranten zogen sich zurück. Und daß man mich, den unbekannten Priester, vorschickte, von dem man wußte, daß er das Kloster gleich wieder verlassen würde, spricht natürlich auch dafür, daß man an das Schlimmste glaubte.«

Er schwieg. Schon in der Mitte seiner Rede, als er den »bekannten Geruch« erwähnt hatte, war ein Tumult ausgebrochen. Die Patres flüchteten samt und sonders aus dem Saal, auch Horrion, Nakatenus und Busenbaum. Einzig der Obersthofmeister, der Provinzial und Regens Horn waren geblieben.

Wartenberg erhob sich als letzter. Ohne noch einen Blick auf Spee zu werfen, wandte er sich zum Ausgang. Spee hörte, daß er sich wie beiläufig an die beiden Patres wandte: »Sie treffen ja wohl die in solchen Fällen üblichen Maßnahmen. Über die eigentümlichen Gesetze und Regeln, die in diesem Hause gelten und die es einem zum Widerruf Verurteilten gestatten, in Köln herumzuspazieren und sich und andere mit der *Pest* zu infizieren, werden Sie, Pater Nickel, zu gegebener Zeit Seiner Durchlaucht zu berichten haben. Leben Sie wohl, meine Herren – solange Sie es vermögen!«

Drittes Buch

Auflauern wollen wir dem Gerechten, weil er uns unbequem ist und unseren Werken entgegensteht, Sünden wider das Gesetz uns vorwirft und unsere Verfehlungen gegen die Zucht uns vorhält.

Buch der Weisheit 2, 12

Brief des Syndikus Doktor Friedrich Wissius an den Ritter Johann Philipp von Schönborn, Mitglied der Außerordentlichen Delegation des Erzstifts und Kurfürstentums Köln bei Seiner Allerchristlichsten Majestät König Ludwig XIII. von Frankreich, derzeit in Metz.

»Köln, am 29. Oktober 1632

Wohledler Ritter, lieber Freund!

Erst wenige Tage ist es her, daß der Gesandte des Kaisers, Herr von Griesheim, einen Hochweisen Rat, nun schon zum wiederholten Male, mit seinem Besuch beehrte. Wie jedermann vermutet hat, ersucht die Majestät das Erzstift und ›des Heiligen Römischen Reiches getreueste Stadt‹ erneut, ›ihre hergebrachte Libertät nebst allen Privilegien zu konservieren‹ und warnt Stadt wie Kurstaat eindringlichst davor, sich auf Neutralität mit Schweden oder gar auf ein Sonderbündnis mit Frankreich einzulassen. Letzteres war natürlich ein vergrämter Hinweis auf Ihres Herrn, des Bischofs von Würzburg, derzeitige Bemühung, die französische Krone um Vermittlung beim Schwedenkönig zu ersuchen. Falls Sie, lieber Freund, nicht ohnedies bald unverrichteter Dinge Metz den Rücken kehren müssen, werden Sie mir gewiß noch ausführlich über den Stand der Verhandlungen berichten. Wie auch immer sie verlaufen mögen: Ich bin sicher, daß Sie Ihren Aufenthalt zumindest dazu nutzen werden, kundigen Gaumens den letzten Jahrgang des vielgerühmten welschen Weines zu prüfen.

Selbst Kurfürst Ferdinand, gewiß ein Mann des Maßes, soll jetzt zuweilen über den Durst trinken und danach todtraurige Briefe an seinen unglücklichen Bruder Maximilian im österreichischen Exil diktieren – dies erzählte mir Postmeister Coesfeld, der, wie jedermann weiß, durch versiegelte Hüllen zu lesen versteht. Das gesamte Bayernland wird ja nun von der schwedischen Soldateska beherrscht, die sich in großen Städten wie München einigermaßen passabel aufführen, auf dem Lande dagegen um so wüster hausen soll.

Zu allem Überfluß sieht sich der Kurfürst, ob er will oder nicht, unentwegt mit der Deutzer Frage konfrontiert, die mittlerweile auch im Volk die Leidenschaften in bedrohlicher Weise aufputscht. Man macht ihm nun sowohl im Rat wie in der Bürgerschaft zum Vorwurf, daß er den Beginn der Bauarbeiten unnötig verzögert und somit dem Feind geradezu in die Hand gespielt habe. Kaum minder laut läßt sich die Geistlichkeit vernehmen, deren vornehmste Vertreter gebieterisch, sogar von der Kanzel herab, vom Kurfürsten nicht nur die Fortifikation von Deutz, sondern auch die Beschaffung von Waffen und Kriegsmaterial, wie Blei, Lunten, Feuermörser, sowie zu den vorhandenen sechstausend Soldaten weitere eintausend für Kölns Verteidigung fordern. Selbst Regens Adrian Horn von den Jesuiten zieht da mit – und auch das ist ein Grund für den sich immer mehr vom Kaiser entfernenden Kurfürsten, seinem einst so geliebten Orden gram zu sein.

Ich sagte ›auch‹ – denn es war ja zunächst allein die Affäre Spee, die Sie, liebwerter Freund, noch miterlebt haben, die in Durchlaucht den Keim zu immerwährendem Verdruß gelegt hat. Es ist ja ein solcher Fall von Insubordination dem Kurfürsten noch kaum jemals begegnet – aber, und das ist das Vertrackte: der Verdacht, es könne sich um die Pest handeln, der ja für Spee der Beweggrund (oder der Vorwand?) war, sich der Abschwörzeremonie zu entziehen, bestand, wie eine strenge Rückfrage beim Kloster Herrenleichnam ergab, in der Tat (wenn auch nicht zu Recht), also daß es unverantwortlich von Spee gewesen wäre, hätte er geschwiegen.

Den Verursacher all solchen Verdrusses hat Goswinus Nickel gleich nach dem Eklat in eine Art Quarantäne gesteckt. Während einiger Monate hat unser Freund in einer Hütte inmitten von Weingärten dicht an der Stadtmauer gewohnt – gar nicht übel, aber eben doch sehr einsam, versorgt von einer alten Nonne aus dem Weißfrauenkloster, und ansonsten gleichsam in Acht und Bann; auch von seinen Mitbrüdern traute sich kaum einer zu ihm hinaus. Seit ein paar Tagen soll er übrigens, mit

Erlaubnis des Provinzials, bei Bekannten irgendwo in der Stadt wohnen.

Im Gymnasium pflegt man derweil andere Sorgen: Die Frage, ob es den Schülern gestattet sein dürfe, die Haare lang zu tragen, beschäftigt die Oberen offenbar bis zur Grenze ihrer intellektuellen Kapazität. Den salomonischen Spruch, den Goswinus Nickel inzwischen als verpflichtend für die gesamte rheinische Ordensprovinz gefällt hat, habe ich mir von meinem Neffen, der das Tricoronatum als Externer besucht, aufschreiben lassen:

›Wo lange Haare und Locken noch nicht allgemein üblich sind, soll man an der alten Gewohnheit des kurzen Haarschnitts festhalten. Wo sie aber bereits Sitte geworden, können sie mit dezenter Maßhaltung geduldet werden.‹

Solche Toleranz, auf die Politik oder gar auf den leidigen Abendmahlsstreit übertragen: wieviel Kummer und Elend wäre der deutschen Nation erspart geblieben.

Doch zurück zu unserem Rebellen.

Nachdem Ärzte beglaubigt hatten, daß der Abt von Sankt Pantaleon nicht an der Pest gestorben war, habe ich ›Sankt Hieronymus‹ in seinem Gehäuse aufgesucht. Spee, der weiß, daß ich vom Ordenskram nicht viel halte, teilte mir dennoch, höchst aufgebracht, mit, er sei jetzt offiziell informiert worden, daß der Orden ihn nicht mehr zu den letzten Gelübden zulassen werde. Das wiederum läßt darauf schließen, daß man in Rom nunmehr ernsthaft erwägt, den Unruhestifter aus der Gesellschaft Jesu zu stoßen. Dann aber gnade ihm Gott!

Seine Aufregung war mir also verständlich. Um so beschämter fühlte ich mich von dem Umstand, daß er, sein Herz zu erleichtern, keinen anderen Gesprächspartner und potentiellen Trostspender hatte als ausgerechnet mich, den in religiösen Dingen allzu indifferenten Weltmann.

Nachdem die Pfaffen im Kollegium sich letzten Endes doch gar gewaltig an der Nase herumgeführt sahen, hatte Spee sich, wie um sein Narrenspiel wiedergutzumachen, erboten, nach Mainz zu gehen, wo die Pest nun wirklich herrscht. Er wollte auf diese Weise, dienend und Trost spendend, gleichsam abbüßen, was er in Köln an Verwirrung gestiftet hatte. Doch sollte diese bis zur Selbstaufopferung getriebene Demut uns nicht täuschen: Bis zum heutigen Tage hat er seinen Ideen nicht abgeschworen, und ich bin sicher, er denkt heute so wenig wie damals daran, sein Buch in die Feuerschale zu legen. Seine Oberen haben im übrigen das Anerbieten als unziemlich abgewiesen und zu erkennen gegeben, daß sie in diesem scheinbar so demütigen Wunsch auch nur wieder die Absicht spüren, sich durch ungewöhnliches Verhalten aus der Masse der Ordensbrüder herauszuheben.

Was mich betrifft: Ich habe die ›Cautio Criminalis‹ ein weiteres Mal gelesen; sie hat mich wiederum stark beeindruckt. Das meiste klingt plausibel, und wenn man bedenkt, daß – sofern dieser Mann recht hat – Hunderttausende von Menschen allein in den letzten Jahrzehnten zwar ›von Gesetzes wegen‹, aber dennoch unschuldig umgebracht worden sind, könnt's einen schon grausen. Es fragt sich nur, ob es opportun ist, das auszusprechen. Auf meine Frage herrschte Spee mich geradezu an: Ob ich denn wisse, was ich da von mir gebe? Wenn ja, machte ich mich mitschuldig – gerade ich! Denn ich sei intelligent und gebildet und durch die Lektüre seines Buches schon so gut wie überzeugt. Wer das aber sei und ziehe es trotzdem vor zu schweigen, der sei schlimmer noch als die Obrigkeit, der man, wenigstens in vielen Fällen, Ahnungslosigkeit und Verblendung zubilligen müsse.

In der Tat befinde ich mich, was diesen Mann angeht, in einem gewissen Zwiespalt: Einerseits möchte ich zu ihm halten, ihm bei dem Bemühen helfen, Irrtümer und abgelebte Glaubenssätze zu überwinden. Andererseits paßt mir, ehrlich gesagt, der Ärger, den die Jesuiten mit diesem Außenseiter haben, gut in den Kram. Und zwar so sehr, daß ich ihn am liebsten noch schüren und politisch ausmünzen möchte, wobei ich denn auch keine Rücksicht mehr darauf nehmen dürfte, was schließlich und endlich mit diesem mir so willkommenen Stein des Anstoßes geschieht. Der Kurfürst hat sich über ›seine‹ Jesuiten immerhin schon derart aufgeregt, daß er ihnen nicht nur die Mittel für Sankt Mariä Himmelfahrt gestrichen hat, sondern, wie man hört, bereits ernstlich erwägt, das Kollegium aus Köln zu verlegen, in irgendeinen kleineren Ort seines Erzstiftes, wo die leidigen Brüder dann eben auch vom Schwedenkönig nicht mehr wahrgenommen würden. So könnte Köln – und im Stadtrat denkt man, nicht zuletzt dank meiner unermüdlichen Einwirkung, schon lange so – die Bedingung Gustav Adolfs erfüllen, ohne daß es Gewissensbisse haben müßte. Denn dann wäre ja die Austreibung der Schwarzen nicht auf Anmahnung oder gar auf Druck des Feindes, sondern aus freiem Entschluß des Erzbischofs und aus ganz anders gearteter Ursache erfolgt. Es wäre eine sozusagen mit jesuitischer Verschlagenheit getroffene Entscheidung.«

Hier endet der Brief des Syndikus. Zweifellos waren es die Ereignisse des Nachmittags und Abends, die Doktor Wissius an der Fortsetzung gehindert und ihn später vielleicht auch bewogen haben, das Schreiben nicht abzuschicken.

Am frühen Nachmittag des 29. Oktober 1632, dem Freitag nach Simon und Judas Thaddäus, kam ein Wagen vom Eigelsteintor über die Marzellenstraße gerattert, fuhr durch die Pfaffenpforte am Dom vorbei und bog an der Straße Unter Wappensticker zum Quatermarkt ein. Auf dem Wagen saßen, mit einer Plane vor dem Nieselregen geschützt, ein gutes Dutzend martialisch aussehender Männer mit spitzen Kinnbärten und kühn gezwirbelten Schnäuzern. Da sie wie Krieger gekleidet, doch ohne Waffen waren, konnte man sie für Gefangene halten, dies um so mehr, als der Wagen von berittener Stadtpolizei begleitet war.

Die Fuhre langte, von den Leuten auf der Straße kaum beachtet, vor dem zinnenbekränzten Gürzenich-Kaufhaus an; die Reiter saßen ab, und die fremden Männer stiegen aus. Dann standen sie eine Weile, Instruktionen erteilend und empfangend, vor dem Kaufhaus, wobei sich die eindringlich gestikulierenden Stadtsoldaten eher wie besorgte Begleiter denn als finstere Bewacher benahmen, und die Leute vom Wagen führten sich auch nicht wie Gefangene auf. Sie redeten untereinander in einer fremden Sprache; Neugierige hielten sie für Französisch oder Spanisch, vielleicht auch für Italienisch. Bis einer, der im Krieg gewesen war, es besser wußte: »*Das sind ja Schweden!*«

Es war, als habe er zum Sturmangriff geblasen. Die Soldaten umringten die Fremden, schützten sie vor der Wut des Volkes und schubsten und drängelten sie ins Kaufhaus. Zwei der Städtischen blieben zurück, holten vom Wagen leere Beutel und Säcke herunter und trugen sie den anderen nach.

Als die Soldaten und die Schweden nach einer knappen Stunde aus dem Kaufhaus kamen, warteten auf sie am Quatermarkt schon viele zornige Männer und Frauen. Von den Schweden trug jeder einen Sack, ein Faß oder einen dicken Packen mit Gott weiß welcher Ware, und die Stadtsoldaten halfen ihnen sogar noch beim Tragen und Aufladen.

»Die plündern uns aus!« rief einer der Umstehenden, und ein anderer: »Das ist die Vorhut des Feindes! Spione des Baudissin!« Und noch einer: »Ist das zu fassen? *Die kaufen hier ein!*« Und damit hatte er den Nagel auf den Kopf getroffen. Die Schweden aber zogen mit Sack und Pack unter gutkaiserlicher Bedeckung friedlich zum Tor hinaus.

Bis zum späten Nachmittag wußte die ganze Stadt, was sich zugetragen hatte. Ein Haufen johlenden Volkes zog vors Rathaus und brüllte so lange, bis Bürgermeister von Rodtkirchen sich unter einer Arkade der Rathauslaube sehen ließ und mit beschwörender Stimme die Meinung eines Hochweisen Rats verkündete:

»Volk von Köln! Du weißt wohl nicht, wo der Schwedengeneral mit seiner Hauptmacht schon angelangt ist? Im Westerwald steht er, der Baudissin, und sein Vortrab hat bereits Andernach genommen und alles niedergemacht! Der Schwede sitzt auch schon in Rheineck, Remagen, Linz und Oberwinter!

Das Kloster Nonnenwerth hat er gestürmt und all seiner Schätze beraubt! Willst du denn, Volk von Köln, daß es auch uns so ergehe?«

Und dann schilderte er in schlichten, dem gemeinen Mann verständlichen Worten, wie der Baudissin, von Altenkirchen aus, den Kölner Stadtrat ganz manierlich darum ersucht habe, ein paar ausgewählten Leuten den Einkauf von Lebensmitteln, insbesondere Wein, in Köln zu gestatten; er werde sich, zum Dank, in Hinkunft auch ganz friedlich und sittsam halten.

»Aber wir mästen den *Feind!*« rief es aus der Menge. Und: »Köln nährt die Schlange an seinem Busen!« Und: »Wir haben ein trojanisches Pferd in unsere Mauern gelassen!« Das freilich verstanden nur die wenigsten. Was alle verstanden, war, daß es wieder einmal ums Geschäft ging und daß die Kölner Kaufleute an dem Handel ganz ausgezeichnet verdient hatten, und diese Kaufleute saßen allesamt im Ehrsamen Rat.

Als nun der Bürgermeister nichts mehr zu sagen wußte, auch nichts hätte sagen können, da die Leute ihn niederbrüllten, und es mochten mittlerweile an die zweitausend sein, und aus allen Gassen kamen immer noch mehr und mehr –, als es Herrn von Rodtkirchen also bänglich zumute wurde, zog er sich zurück und wies die Stadtsoldaten an, einen wehrhaften Ring ums Rathaus zu bilden, und er selbst beriet sich mit seinem Mitbürgermeister, Herrn Konstantin von Judden, denn einen solchen Aufstand hatte man in Köln seit Jahrzehnten nicht mehr erlebt.

»Die Wut ist nun einmal da«, sagte er erschöpft. »Die läßt sich so bald auch nicht zähmen. Man müßte sie auf – ein gescheiteres Objekt umlenken.«

»Ja. Auf den Kurfürsten«, sagte Herr von Judden.

Vielleicht hätten die Leute noch lange, trotz des Regens, vor dem Rathaus ausgeharrt und ihrem Unmut mit Rufen und Sprechchören Luft gemacht, wenn nicht zur gleichen Zeit Hyazinthus Klock, Domkapitular und Pfarrer von Sankt Ursula, im Dom gepredigt hätte. Und eine Predigt von Klock ließ sich so leicht keiner entgehen, schon gar nicht, wenn man, wie heute, seinen hellen Zorn auf die Obrigkeit hatte. Schon dreimal war Hyazinthus Klock auf inständiges Ersuchen des Stadtrats von Generalvikar Binius wegen seiner quasi aufrührerischen Predigten gerüffelt worden. Aber derlei disziplinarische Verwarnungen, die Binius so wenig ernst nahm wie Klock, waren nur geeignet, Klocks Ansehen beim Volke noch zu erhöhen. So ging's denn auch heute im Dom gleich so bildhaft und gleichnisstark an, daß jedermann die Nässe vergaß, die ins nur notdürftig gedeckte Langhaus tropfte.

»Der Teufel ist überall«, so begann Klock seine Philippika. »Als er nämlich vom Erzengel Michael aus dem Himmel gestoßen wurde, fiel er ganz und gar auseinander, und seine Stücke sind in alle Winde zerstreut! So gibt's kein Land unter der Sonne, wo nicht, so einer nur gehörig sucht, eine Reliquie vom zerfallenen Teufel aufzufinden wär'. Die Franzosen, zum Exempel, haben die Füß' bekommen, deshalb sind sie auch so aufs Marschieren aus. In Italien die Italiener fanden sein Herz, deshalb sind sie allzeit so liebebegierig. Aus dem Kattegat haben sie die Hände gefischt, deshalb weiß der Schwede so flink zu stibitzen. In Spanien fand man des Teufels Haupt, woher der Spanier so hoffärtig ist. Und in Deutschland? In Deutschland, meine Lieben, hat der Teufel den Bauch verloren, drum ihr das Fressen, Saufen und Huren nicht lassen könnt!

Ja, meine Brüder und Schwestern im Herrn, armselige Sünder sind wir allemal. Müßt aber dennoch nicht handeln nach dem bösen Wort ›Bist du Hur' oder bist du Dieb, hast du nur Geld, so bist du mir lieb‹. Sondern sollt an euch halten mit euren schmutzigen Gelüsten und euch das Fleisch aus dem Sinne schlagen, denn ›Fleisch, Teufel und Welt zieh'n wider uns zu Feld‹. Und wo's nicht die Wollust ist, die zur Sünde verleitet, ist's doch die eitle Liebe zum Leben, die Feigheit, die Unterwürfigkeit, die weibische, knochenschlotternde Angst!«

So hatte Klock mühelos den Übergang zur Kritik an den Oberen gefunden, und als er von der knochenschlotternden

Angst gesprochen hatte, war ein Wogen und Wispern durch die Reihen gegangen, denn jeder wußte, wer da gemeint war. Und als ein Ministrant zur Kanzel hochstieg und dem Prediger einen Zettel aufs Pult legte, durfte man doppelt gespannt sein, denn wenn das eine brandneue Nachricht sein sollte, würde Klock sie sogleich in seiner Rede zu verwerten wissen.

»Da sind doch«, fuhr er fort, »etliche in unserem Hochweisen Ratskollegium darauf aus, durch höchst seltsame Anschläge und fragwürdige Praktiken die Macht dieser Stadt zu schmälern – auch wenn die äußere Not keineswegs so groß, daß sie dies geböte. Mehr noch: Sie schämen sich nicht, den Feind wegen seiner vorgeblichen Güte und Weisheit zu preisen! Schämen sich nicht, von hochschädlicher Neutralität und partikularer Akkomodation zu träumen, als ob die aufrichtige, edle deutsche Nation sich jemals von ihrem Oberhaupt und römischen Kaiser würde abtrennen lassen! Und dennoch gibt's in dieser Stadt Leute, die solch üblen Sinnes sind: atheos, pseudopoliticos, neutralistas, simulistas, salvaguardistas und accomodantes, was da heißen will: Gottlose, Neutralitätsbefürworter und Anpasser. Ich aber sage euch: Hütet euch vor solchem Gezücht! Hütet euch vor einer Obrigkeit, die für dreißig Silberlinge unsere Vorräte an den Feind verschachert und gar nicht merkt, daß es ihre eigene Haut ist, die sie dem Schweden zu Markte trägt!«

Hier nun jubelten alle dem Prediger zu, die wußten, was auf dem Zettel gestanden hatte, die Nachricht vom Gürzenich nämlich, und die anderen konnten sich's denken, denn daß die Räte von Köln, sollten sie eines Tages nichts anderes mehr besitzen als ihre knauserigen Seelen, auch diese gegen bar an den Meistbietenden verkaufen würden, war jedermann bewußt.

»Denn es wird kommen der Tag« – Klock setzte zu seinem machtvollen Schlußwort an – »da am Kruzifixus in meiner Kirche zur heiligen Ursula der Gottessohn, so dort hanget, sich regen wird! Es wird – und nun höret und erzittert! – sein rechter Arm vom Kreuze sich lösen, wird aus der Seitenwunde eine Handvoll Blutes sich greifen und wird's werfen den Verstockten ins Angesicht! Aber leide es nicht, heilige Jungfrau, dies erbitten wir flehentlich! Breit aus deinen Schutzmantel über diese deine geliebte Stadt Köln und das ganze Hochstift dazu! Und wenn dein göttlicher Sohn seine Rachepfeile will hinabfallen lassen auf Stadt und Land, so fange sie auf mit deinem Mantel, unter dem wir uns verbergen, gleich wie die Küchlein sich bergen, daß nicht der Stoßvogel auf sie herniederfahre! – Ihr aber, meine Lieben, sagt ab allem Gewinsel von des Feindes vorgeblicher Gerechtigkeit, sagt ab der knechtischen Neutralität und besinnt euch darauf, daß Köln des Kaisers freie Reichsstadt ist! Bleibt treu in kaiserlicher Devotion!«

Nachdem Hyazinthus Klock also gepredigt, auch die heilige Kommunion ausgeteilt und den Segen gesprochen hatte, blieben alle, die bänglich seinen Worten gefolgt waren, erregt zurück, aufgebracht gegen die »Neutralistas« und somit auch gleich gegen den ganzen Stadtrat, der sich zu keiner befreienden Tat aufraffen wollte. Die meisten wären bereit gewesen, dem machtvollen Prediger bis vors Rathaus zu folgen, wenn der nur dazu aufgerufen hätte.

Dies aber tat Klock mitnichten. Wenn er den Rat kritisierte, so meinte er gewisse Räte und ihre Gesinnung, jenen Wissius beispielsweise – nicht aber die Institution des Rates. Klock wollte lediglich den hochmögenden Herren auf dem Rathaus ein Feuerchen unter ihre feisten Hintern machen, und wenn solche Dinge passierten wie heute der schwedische Einkauf, dann war es dafür wieder einmal höchste Zeit!

Auch Johann Thergaten, der Wirt vom »heiligen Rosenkranz«, hatte im Dom die Predigt des Hyazinthus Klock gehört, mit hochklopfendem Herzen und patriotischer Tatenlust. Nun beeilte er sich, nach Hause zu kommen, es war ja Freitag, und da kamen die Gäste zum Rheinsalm. Zur Botengasse waren es nur ein paar Schritte, aber die Leute waren, trotz des Regens, außer Rand und Band, strömten vom Rathaus, wo sie wohl nichts mehr ausrichten konnten, zum Dom, und eine Gegenwoge wälzte sich, wilde Verwünschungen ausstoßend und angeheizt von Klocks Sprüchen, zum Rathaus, und mitten in diesem Gewühl und Geschimpf vernahm Thergaten plötzlich den Namen »Wissius« und wieder »Wissius«, jetzt schon von vielen, und das klang nicht gut und hörte sich an wie »Rache« und »Mord«. Und es wunderte ihn nicht.

Denn auch Thergaten verachtete ja die Kriecher und Speichellecker, die Kaiserverräter und Schwedensöldlinge nach Art des Friedrich Wissius, die nichts anderes im Sinne hatten, als ihre jämmerliche Haut zu retten. Aus Gesprächen der Ratsherren an seinen Donnerstagabenden wußte er, daß sich auch im Stadtrat eine starke Fraktion taub und lahm stellte – in der fragwürdigen Hoffnung, wenn man den Schweden durch die Befestigung von Deutz nicht »reize«, werde dieser mit klingendem Spiel an Köln vorüberziehen.

Vor einigen Monaten noch hatte er den Kurfürsten verteidigt. Hatte geglaubt, der Fürst werde alles daransetzen, sich mit der Stadt zu einigen. Seit aber Ferdinand trotzig darauf beharrte, daß er kein Geld besitze, andererseits aber den Kölnern verwehrte, die Ortschaft auf eigene Kosten zu befestigen, indem er sich weigerte, ihnen das Terrain für die Dauer der Arbeiten abzutreten, hatte Thergaten sich voll auf die Seite der Stadt geschlagen, wie es sich für einen kaisertreuen Kölner geziemte.

Und nun stand er eingekeilt in der Masse, zwischen Rathaus und Dom, nicht weit vom vornehmen Haus Saaleck, und dort, das wußte jeder in Köln, wohnte mit seiner Familie der Syndikus Doktor Friedrich Wissius.

Schon flog ein Stein gegen das Haus, und ein zweiter machte Scherben, und im oberen Stockwerk zeigten sich Gesichter, um gleich wieder zu verschwinden, während die Menge unter wütenden Rufen gegen die Haustür klopfte und trat: »Verräter! Schwedensöldling! Neutralist! Holt ihn aus seinem Bau, den buckligen Fuchs! Räuchert ihn aus!« Und schon schwang einer einen gewaltigen Fidibus und warf die flammende Lunte aus

Werg und Papier unterm Jubelgeschrei der Menge durch eins der eingeschlagenen Fenster ins Erdgeschoß.

In diesem Augenblick öffnete sich das Portal, und der bucklige Doktor erschien. Hinter ihm, im Hausflur, stand, angstvoll die Hand auf den Mund gepreßt, seine Frau, und auf der Treppe ins Obergeschoß sah man die Söhne und Töchter. Nur Jobst Maria, der Älteste, war ins vordere Zimmer gerannt und schlug sich mit der Brandfackel herum, die schon den Wandbehang erfaßt hatte.

Unbeweglich stand Wissius, und für einen Augenblick schienen die Leute sich zu beruhigen. Thergaten benutzte die Verblüffung, um sich nach vorn zu drängeln. Viele riefen ihn jetzt beim Namen, er sah bekannte Gesichter: den Goldschmied Rumpell, Jacob Butgen vom Fleischmarkt mit seiner Frau, den Hauptmann Möller vom 6. Regiment der Fahnenwacht, und auch die Gaffelherren Stummel, Kraus und Düssel.

Wissius, im leichten Hausgewand, dessen raffinierter Schnitt den Buckel ein wenig zu glätten schien, hielt in der Hand noch den Gänsekiel. So bot er der Menge das Bild des verhaßten Federfuchsers, den sie für alle Versäumnisse verantwortlich machen durfte.

Zu mehr als einem »Liebe Leute, hört mich an ...« kam der Syndikus nicht. Zwei bullige Handwerksburschen packten ihn an beiden Händen und schwenkten ihn, wie Eltern ihr Kind zuweilen beim Spaziergang schwenken, in die Menge hinein, immer vor und zurück, so daß die Vordersten sich lachend vor seinen strampelnden Füßen in Sicherheit brachten, während andere seinen Peinigern zuriefen: »Laßt ihn los! Laßt ihn doch fliegen! Bei uns ist er gut aufgehoben!«

Wenn sie das tun, dachte Thergaten, wenn die ihn loslassen und er fliegt mitten hinein in die erbarmungslose Menge, dann halten die sich nicht auf mit Teeren und Federn, die reißen ihn bei lebendigem Leibe in Stücke. Der Wirt hatte begriffen, daß die Menge ein Opfer brauchte, aber auch, daß Wissius nicht das richtige war. Mochte der Doktor auch viele Gegner im Stadtrat haben – er war ein Ratsherr und war Syndikus; niemals würde der Rat es hingehen lassen, daß einer der Seinen vom Pöbel gemeuchelt wurde. Mord an Wissius – das konnte nur Bürgerkrieg bedeuten, und dann würde die Schweden wohl nichts mehr halten können.

Und während er schon die ersten Schreie »An den Galgen!« hörte und »Hängt ihn auf, den Buckel, Gott selber hat ihn gezeichnet!«, stieß Thergaten mit den Ellenbogen alle zur Seite, die ihm noch im Wege standen, und stellte sich in seiner imponierenden Größe auf die Stufen zur Haustür, und als er die Arme hob, die Leute zum Schweigen zu bringen, verstanden sie's als ein Siegeszeichen und riefen, erst einzeln und dann im Chor: »Ther-ga-ten! Ther-ga-ten!« – und so war nun die Stunde gekommen, von der er so lange geträumt hatte.

Er ließ die Arme sinken, zwirbelte seinen Schnurrbart, und als die beiden, die den Wissius geschwenkt hatten, schon wieder anfangen wollten, puffte er den, der ihm am nächsten stand, grob in die Rippen, und sie ließen's bleiben.

»Bürger von Köln!« rief Thergaten und mußte husten, denn aus dem Fenster hinter ihm schwelte es noch. »Bürger von Köln! Den Mann laßt in Frieden! Gewiß, er hat an Neutralität gedacht, und das mag mancher für feige halten. Auch ich nenn' es Feigheit – wenn einer *ohne Not* daran denkt. Denn wir sind des Kaisers gut katholische Stadt, und ein Hundsfott ist, wer sich dem schwedischen Ketzer an den Hals wirft und, *ohne Not*, den Kaiser im Stiche läßt! Aber ich frage mich – und das hat sich wohl auch der Doktor Wissius gefragt: Wie wollen wir wehrhaft diese Stadt verteidigen, wenn unser Köln nach dem Rhein hin so schutzlos offenliegt wie ein aufgeschlagenes Ei? Denn das ist doch jedermann klar: Wer Deutz hat, der schießt uns auch Köln zusammen, als wenn's eine Zielscheibe auf dem Jahrmarkt wär'! Wer aber ist schuld, daß Deutz nicht befestigt wird? *So* befestigt und wohlarmiert, daß der Feind nicht hineinspazieren und sich behaglich einrichten kann auf seinem vortrefflichen Schießstand? Wer ist schuld? Doch nicht dieser

Doktor! Der hat nur ein bißchen mehr Phantasie im Buckel als unsereiner im Schädel! Der malt sich aus, was aus euren Frauen und Kindern wird, wenn der Schwed' sich mit stürmischer Hand erst jenen Flecken und dann unsere Stadt gewinnt! Wie er in Würzburg gemetzelt hat und in Greifenhagen – genauso wird es auch uns ergehen, wenn Deutz nicht befestigt wird! Nicht also der Wissius ist schuld, wiewohl er, gelegentlich, von einer Absprache mit den Schweden träumt, aber nur, wenn's denn anders nicht geht, wenn wir zu schwach sein sollten, den Feind zu besiegen, ja, auch nur hinhaltend Widerstand zu leisten! Und wir *sind* zu schwach, solange Deutz nicht befestigt ist! Schuld ist aber auch nicht unser Ehrsamer Rat, der sich seit langem erbietet, den Ort zu armieren. Schuld ist ein anderer. Schuld ist der *Kurfürst!*«

Hier wurde Thergaten von einem zustimmenden Aufschrei aus tausend Kehlen unterbrochen. Und hatte dem sonst so bärenruhigen Mann anfangs noch heftig das Herz geklopft, so ließ er sich bald tragen vom Strom seiner Rede. Er, der immer nur hatte zuhören dürfen in seiner Schankstube oder hinten im »Sälchen«, wenn die Herren beisammen saßen und große Politik machten, während sie ihm nur gelegentlich ein Wörtchen, ein beifälliges natürlich, zugestanden – er sah sich nun als das schlechte Gewissen des Kurfürsten, als den Erbauer der Festung Deutz und schließlich gar als den Erretter Kölns. Und, ganz nebenbei, hatte er auch noch den elenden Wissius vor dem Strick bewahrt.

»Schuld ist der Kurfürst – ihr sagt es, Bürger von Köln! Schuld ist der Kurfürst«, wiederholte er. »Seit Jahr und Tag kann er sich nicht entscheiden, ob *er* den Flecken befestigen will oder ob er das *uns* überläßt. Wollte er es tun, so hätt' es längst geschehen müssen. Aber es ist ja dort noch kein Spatenstich getan! Wir, unsere Stadt, wir würden es tun – aber der Kurfürst erlaubt uns ja nicht, auch nur einen einzigen Arbeiter oder Soldaten nach Deutz zu schiffen. Längst sind die Pläne fertig für Schanzen und Bastionen. Und doch ist noch immer kein Stein bewegt! Wißt ihr, Bürger, wie ich das nenne? Dafür gibt's nur ein französisches Wort, aber das kennt ihr alle. Es heißt: *Sabotage!*«

Sie nahmen es auf, das böse Wort, mit Empörung, mit »Pfui!« und »Verrat!«. Und da ihnen der Wissius nichts mehr wert war, wie er da, armselig und mit verrutschtem Hausmantel, noch immer in der Tür stand, mußten sie den wirklich Schuldigen finden, und Thergaten hatte ihn benannt. Schon rannten die ersten auf das Drachenpförtchen zu, auf diesen schmalen Durchgang zum Domhof, und das Treppchen bei Sankt Mariegraden hinunter, und weiter in die Trankgasse: wütendes, tobendes Volk, das sich unterwegs, man weiß nicht wie, mit Stöcken, Besen und Hacken bewehrte und wieder und wieder brüllte: »Auf zum Palais! Zum Palais!«

Und damit er's sich nicht noch anders überlegte, hoben die zwei Stämmigen, die den Wissius geschwenkt hatten, den Wirt Thergaten auf ihre Schultern und trugen ihn im Triumph der Menge, die schon weit voraus war, hinterher.

Am Vormittag hatten sie ihm den Leichnam gebracht, und nun, da der Sarg in seiner frischgoldenen Pracht, von Kerzen umstellt, im Großen Saal des Trankgassenpalais stand, näherte sich Ferdinand, gefolgt von Höflingen und Prälaten, ehrerbietig dem glitzernden Totenhaus. An die vierhundert Jahre hatte Bischof Engelbert im schlichten Bleisarg ausgeharrt; nun endlich hatte sein später Nachfolger dafür gesorgt, daß der mit siebenundvierzig Messerstichen gemeuchelte Kirchenfürst, eben noch rechtzeitig zum Engelbertusfest am 7. November, in einem Schrein aus vergoldetem Silber ruhen konnte. Der hatte Bistum und Erzstift viel Geld gekostet – doch dürfte, so dachte Ferdinand, die Fürbitte des heiligen Mannes, der man nach dieser Investition sicherer denn je zu sein glaubte, mindestens so viel wert sein wie, beispielsweise, eine neu zu errichtende Deutzer Bastion.

In tiefer Andacht ließ der Erzbischof sich auf dem Betschemel nieder, und, wie so oft, wenn er sich seiner Unvollkommenheit bewußt wurde, gingen ihm die Worte jenes Mönches von Heisterbach über den heiligen Engelbert durch den Kopf, von denen er nur wünschen konnte, daß sie dereinst ebenso für ihn gelten würden: »Hat es ihm zu Lebzeiten auch an Heiligkeit gemangelt, so hat ein kostbarer Tod das wettgemacht, und war sein Wandel nicht ganz vollkommen, so ist er doch durch sein Leiden geheiligt worden.«

An Leiden, ach, fehlte es Ferdinand nicht. Seit er im Kölner Palais wie eingesperrt leben und auf die Jagd und selbst auf die heilenden Bäder von Andernach verzichten mußte, litt er nicht nur verstärkt an katarrhalischem Husten, sondern mehr noch an sich selbst: weniger an seinen Lastern – die hielten sich in Grenzen –, als an seiner Unheiligkeit, die ihm in der Tat vom päpstlichen Nuntius Carafa immer wieder vorgehalten wurde. Denn Ferdinand hatte zwar vor Jahrzehnten die Tonsur und die vier niederen Weihen empfangen, aber dabei war's auch geblieben: von Priesterweihe keine Rede! Er war ein Erzbischof, der nicht taufen, der keinem Sterbenden die Letzte Ölung spenden und keine Hostie in den Leib des Herrn verwandeln konnte. Es waren die Frauen, die ihm stets hinderlich gewesen waren, wenn es galt, den letzten, jede Fleischeslust verbietenden Schritt zu tun. Und wenn ihm auch keiner nachsagen konnte, daß er ausschweifend lebe, so bedrängten ihn doch lüsterne Visionen, auch jetzt noch, im gesetzten Alter. Wie oft beschwor er deshalb, sich zum Troste, die versöhnlichen Worte des Cäsarius von Heisterbach!

Während Ferdinand noch kniete, und hinter ihm die Räte und Prälaten, Herr von Wartenberg und Doktor Holzemius darunter, auch Geheimer Rat von der Recke und Hofkammerrat Daniel Schilling, kam Kammerdiener Khümmerl in den Saal geschlichen, stand ein paar Sekunden unschlüssig, faßte sich endlich ein Herz und ging auf Zehenspitzen zum Kurfürsten, ihm etwas ins Ohr zu flüstern. Auch die anderen Herren waren unruhig geworden, denn was sich draußen auf der Straße tat, war nicht zu überhören. Jäh war die Andacht beendet, einige eilten ans Fenster, andere forderten Auskunft von Khümmerl, der nun laut wiederholte:

»Da kommt eine Menge Volks vom Domhof herüber! Ganz übellaunig, wie's scheint. Aufsässig geradezu!«

»Was heißt herüber?« fragte Herr von Aldenhoven. »Etwa zu uns?«

»Jawohl. Zum Palais. Sehen Sie nur!«

Sie traten zum Fenster. Nun sahen sie's auch: Rauflustige Burschen belästigten die Posten vor dem Palast. Erst waren's nur einige, dann schon ein Dutzend, und hinter ihnen, von beiden Seiten, drängten sie in die Straße. Rufe waren zu hören: »Verrat!« – »Felonie!« – »Sabotage!« und »Deutz!« Immer wieder »Deutz!«.

Jetzt erst erhob sich der Kurfürst, schwerfällig, wie weit über seine Jahre gebrechlich. Khümmerl mußte ihm unter die Arme greifen.

»Eine Rebellion!« rief Doktor Holzemius. »Ihr müßt ins Kellergemach, Durchlaucht! Der Pöbel darf Euch nicht finden!«

Ferdinand schob ihn beiseite. Hochaufgerichtet nun, und so würdevoll, als trüge er den Hermelin, schritt er zum Fenster und ließ die Flügel öffnen. Die Leute erkannten ihn. Es wurde still.

»Was wollt ihr?« rief er hinunter.

Die Aufrührer zögerten, man hörte nur Murmeln und Scharren. Dann riefen sie nach dem Wirt.

»Thergaten! Thergaten soll reden!«

Den hatten starke Männer wiederum auf die Schultern gehoben, und so antwortete er dem Kurfürsten: »Am Domhof tagt das Domkapitel. Es geht um Deutz! Wir wollen, daß Ihr an der Sitzung teilnehmt und Euch noch heute verbindlich erklärt!«

Die Herren am Sarge empörten sich gegen diese Impertinenz. Ihr Kurfürst sollte Rede und Antwort stehen! Diesem Bettelpack? Hofrat Schilling wollte ihn vom Fenster ziehen, aber Ferdinand schlug ihm auf die Finger.

»Ich werde mich äußern!« rief er nach draußen. »Aber zu gegebener Zeit. Wann es *mir* beliebt!«

Er selbst schloß das Fenster. Die Herren applaudierten.

Von unten – die Menge zählte jetzt bald an die tausend Köpfe – kamen wütende Schreie. Steine flogen, ein Fenster ging zu Bruch, es war wie vorm Haus Saaleck, fehlte nur noch die Brandfackel. Entsetzt sah Herr von der Recke, vorsichtig durchs Fenster spähend, wie die beiden Wachposten von den Aufrührern überrannt wurden. Plötzlich hatten sie einen baumlangen Balken zur Hand und wuchteten ihn mehrmals mit wildem Hauruck gegen das verschlossene Tor. Schon krachte und splitterte es.

Die Hofbeamten drückten sich in eine Ecke. Der Kurfürst blieb am Fenster, neben ihm, entschlossen, seinen Herrn zu beschützen, der Kammerdiener.

Die Flügeltür sprang auf, der diensthabende Lakai lag schon am Boden, die Männer stolperten über ihn ins Zimmer. Hier blieben sie erst einmal stehen, wie geblendet vom Kerzenglanz, und verwirrt vom goldenen Sarg, als habe der Heilige ihnen das Konzept verdorben.

Nur gut, daß Thergaten kam. Der stellte sich breitbeinig vor den Kurfürsten hin, der nicht gewichen, sogar vorgetreten war, die gespreizte Rechte auf dem Sarg des Heiligen, als wolle er sich seines Beistands versichern.

Sieg oder Galgen, dachte Thergaten und sagte mit fester Stimme: »Es tut uns leid, Herr Kurfürst. Aber Ihr müßt uns folgen. Mit unserer Geduld geht's zu Ende.«

Er sah hinter sich und winkte seine Leute heran, Kameraden von der 4. Colonellschaft. Die Söhne warteten im Treppenhaus; sie sollten, wenn es mißglückte, nicht mit ihm büßen müssen.

Als die Männer Ferdinand umringten, ermannte sich Wartenberg: »Dieses Palais ist kurkölnischer Besitz, kurkölnischer Boden! Ich befehle euch, das Haus sofort zu verlassen. Wenn ihr nicht Folge leistet, seid ihr Majestätsbeleidiger und Attentäter und werdet als solche behandelt!«

»Ich weiß, was uns blüht, wenn wir so dumm sind, uns fangen zu lassen«, sagte Thergaten. »Deshalb holen wir euch auf die Straße. Dann sind wir wieder auf städtischem Boden und können handeln, wie es der Kaiser in Notzeiten von kölnischen Bürgern erwarten darf. Auf jetzt zum Domhof!«

Vergebens drängte Khümmerl sich zwischen Ferdinand und seine Bewacher. Einer trat ihm in den Hintern. Nase voran, flog er auf den Teppich. Den Kurfürsten berührten sie nicht. Sie blieben höflich, auch als es die Treppe hinunterging, auch auf der Straße.

Thergaten wartete noch einen Moment an der Tür. Als er sah, daß keiner der hohen Herren seinen Fürsten begleiten wollte, spuckte er aus und folgte den anderen. Im Vorraum entdeckte er einen Kerl, der schob einen silbernen Leuchter unter den Mantel. Er packte ihn am Schlafittchen und stieß ihn die Treppe hinunter. Andere kamen bepackt aus Nebenräumen. Sie legten, als sie Thergaten erblickten, die Beute wieder ab.

Und jetzt trennten die Herren sich doch noch vom Sarge des heiligen Engelbert: Herr von Wartenberg, Herr von der Recke, Herr Schilling und Doktor Holzemius folgten mit betretener Miene dem Kammerdiener, als habe erst dessen blutende Nase sie an ihre Pflichten erinnert.

Friedrich Spee unterbrach seine Arbeit, als er den Tumult vernahm. Seit zwei Wochen bewohnte er im Hause »Zum Erzengel Gabriel« beim Buchhändler Friessem ein Zimmer im Obergeschoß. Während er an diesem späten Regennachmittag mit seiner feinen, gut lesbaren Handschrift den Studienplan der Rhetorica kopierte – Abschreiben war die einzige Arbeit, die Goswinus Nickel ihm noch anvertraute –, hörte er Lärm vom unteren Ende der Trankgasse her. Er beugte sich weit aus dem Fenster, so daß der Regen sein Haar näßte, und konnte nun deutlich sehen, wie eine wütende Menge ins Kurfürstliche Palais eindrang. Ihr Triumphgeschrei trieb erschrockene Bürger auf die Straße, auch Friessem und seine

Frau waren vors Haus getreten und fragten hinauf, ob Spee mitkommen wolle.

Als sie mit vielen anderen vor dem Palast eintrafen, sorgten von Thergaten bestellte Ordner dafür, daß keiner mehr ins Haus durfte. Es dauerte nicht lange, dann trat, flankiert von kräftigen Burschen, geleitet von Fackelträgern und gefolgt von den hohen Hofbeamten, der Kurfürst auf die Stufen der Freitreppe. Er hatte den Reisemantel übergehängt und gegen den Regen ein Barett aufgesetzt.

Das also war der Mann, der für den Tod zahlloser Unschuldiger verantwortlich war. Doch als Spee ihn nun so ausgeliefert sah, beschlich ihn doch ein gewisses Unbehagen, wie es sich bei sensiblen Naturen leicht einstellt, wenn einem Mann von Rang und Würde unversehens der Respekt verweigert wird.

Es war nicht beabsichtigt, daß der hohe Herr in eine Rangelei zwischen aufsässigen Bürgern und jenen Wachsoldaten geriet, die in diesem Augenblick, ahnungslos, zur routinemäßigen Ablösung heranmarschierten. Der Kurfürst strauchelte, stützte sich auf dem schmierigen Boden ab, und während Rat Schilling ihm auf die Beine half, bemerkte Spee, den der Zufall in seine Nähe geführt hatte, wie Ferdinand die besudelte Hand langsam vor die kurzsichtigen Augen führte, den Schmutz nahezu ungläubig betrachtete und dann den Blick mit Ekelmiene abwandte, so fassungslos, als sei ihm in dieser Sekunde aufgegangen, daß der Mensch nichts als Speise der Würmer ist. Dieser Blick aber traf Spee, nur ihn, und blieb haften, auch als der Kurfürst längst von der Menge fortgerissen war: ein Blick de profundis, aus der Tiefe des Leidens und Nichtverstehens, an den Spee sich bis ans Ende seiner Tage erinnern würde.

Er hatte nicht vorgehabt, mit der Menge zu gehen. Aber nun, dem hilflosen Mann auf so beklemmende Weise verbunden, konnte er nicht anders, er mußte ihm folgen.

Keiner der Herren vom Domkapitel hatte mit einem Aufruhr gerechnet. Auch als die Menge zwei Stunden zuvor den Herren Bürgermeistern auf dem Rathausplatz ihre unwillkommene

Aufwartung gemacht hatte, war im Kapitelhaus niemand in Panik geraten. Denn wenn das Volk sich gegen den Stadtrat wandte, konnte das die Stellung Kurkölns bei den Verhandlungen nur stärken; sollten sie also wettern und wüten, die Schreihälse.

Jetzt saß man um den riesigen, ringförmigen Tisch herum; vierundzwanzig Herren des Domkapitels und drei Abgesandte vom Rathaus, die sich wieder einmal lauthals über Deutz ereifert hatten, aber den Lärm vom Palais nicht mehr überhören konnten. Hilflos mußte man das Gesindel erwarten, Gesindel, jawohl, das waren doch keine gehorsamen Bürger in der Furcht ihrer Herren! Und welch ein trauriges Schauspiel, als nun, von einem Cordon muskulöser Kerle umringt, die hohe Gestalt des Kurfürsten in den Saal genötigt wurde! Wer noch saß, erhob sich; Contenance bewahren war das Gebot dieser jammervollen Stunde. Einzig Herr Doktor Colin, Domherr zu Köln und Lüttich, protestierte laut und energisch gegen die »Störung«.

Aber der lange Anführer schwang sich mit einer Flanke über den Ring aus Tischen und Bänken, so daß er nun mitten unter den geduckt sitzenden Domkapitularen stand, und wandte sich, die Herren ignorierend, an den Kurfürsten:

»Ihr wißt, Durchlaucht, worum es geht. Wir wollen nichts überstürzen, wollen Euch Zeit zum Überlegen geben. Also nehmen wir eine Kerze, keine zu kleine – wie wär's mit dieser hier?« Er drehte eine Kerze aus ihrem Leuchter, blies sie aus und zog ein Messer aus dem Gürtel. »Die ist nun doch ein bißchen zu stattlich, wir werden sie kürzen.« Er schnitt ein zwei Zoll langes Stück vom unteren Ende ab und zündete den Docht an einer anderen Kerze wieder an. »Jetzt brennt sie noch immer ihre zwei Stunden, und solange sie brennt, dürft Ihr denken!«

Die Herren vom Domkapitel glaubten zu wissen, worüber ihr Erzbischof und Landesherr nachdenken sollte. »Unverschämtheit!« riefen sie. »Gewalt! Nichts als Gewalt! Wo ist die Stadtpolizei?!« Und Doktor Aldenhoven aus Bonn schrie die drei Ratsherren an, die als Unterhändler der Stadt in der Deutzer Angelegenheit entsandt worden waren: »Ist das Kölns gepriesene Gastfreundschaft? Ist dieser Hochweise Rat in seiner eigenen Stadt unfähig, ein würdiges Domkapitel vor den Exzessen des Pöbels zu schützen?!«

Man zog ihn auf seinen Sitz zurück. Den meisten schien es unklug zu sein, sich angesichts solcher Übermacht groß aufzuspielen. Und der lange Wirt ließ sich schon gar nicht aus der Ruhe bringen.

»Ehe sie aber niedergebrannt ist«, fuhr er fort, die brennende Kerze in der Hand, »müßt Ihr Euch entschieden haben. Endgültig, verbindlich, ob Ihr, also Kurköln, Deutz selber befestigen wollt mit Eurem Geld – oder ob Ihr den Ort für die Dauer des Krieges der Stadt Köln überlaßt, samt allem Grund und allen Rechten.«

Er ließ Wachs auf die Tischdecke tropfen und klebte die Kerze fest. Dann sah er sich um, beugte sich weit über den ringförmigen Tisch, wuchtete einen Stuhl in den Kreis und forderte den Kurfürsten auf, sich zu setzen. Darauf verließ er die Runde und wandte sich den Bürgern zu, die mittlerweile zu Hunderten in den Saal eingedrungen waren und jeden Winkel besetzt hielten; auf den Fenstersimsen saßen und standen sie, auf Truhen und Konsolen, auch auf die ehrwürdigen Archivschränke waren einige geklettert, selbst das Treppenhaus schien von Menschen verstopft zu sein.

Thergaten hob die Hand und gebot: »Wir wollen nun zeigen, daß wir disziplinierte Bürger sind und die Entscheidung der Obrigkeit zu achten wissen. Ich erwarte von euch, daß ihr den Herrn Kurfürsten in Ruhe überlegen laßt. Und wem das zu lange dauert, der soll lieber gehen, als daß er hier nur herumlungert und den Herrn beim Denken stört.«

Einige murmelten beifällig, die anderen waren still. Manche hatten auch schon genug gesehen und drängten zum Ausgang. Johannes Thergaten ließ sich im Schneidersitz auf dem Boden nieder und betrachtete fast andächtig den Kurfürsten, der sich endlich auch gesetzt hatte und mit halbgeschlossenen Lidern auf die Kerze blickte, die, eine unerbittliche Uhr, vor ihm niederbrannte.

Diese Demütigung meinte Herr von Aldenhoven nicht länger ertragen zu können. Zornig sprang er auf und rief dem Kurfürsten zu: »Was hier geschieht, Euer Durchlaucht, das ist Erpressung! Wie immer Ihr Euch entscheiden möget: Ihr braucht Euch an Euer Wort nicht zu halten!«

Ferdinand jedoch hob nur leicht die Hand, schon wurden alle still.

»Herr von Aldenhoven! Ein Wort des Fürsten bleibt ein Fürstenwort. Unter welchen Umständen es auch gesprochen sein mag.«

»Dann schweigt lieber! Schweigen ist besser!« beschwor ihn Herr von Aldenhoven und fiel auf seinen Sitz zurück.

»Ich glaube nicht, daß es besser wäre«, ließ sich Johannes Thergaten vom Fußboden her vernehmen. »Wenn die Kerze abgebrannt ist, und Ihr habt Euch nicht geäußert, wird es hier finster werden. Sehr finster. – Wir sollten übrigens« – er wandte sich an die Nächststehenden – »alle anderen Lichter löschen.«

Im ganzen Saal wurden nun die Kerzen ausgeblasen. Die Stille wurde beklemmend. Zuweilen hustete einer, sonst hörte man nur den röchelnden Atem des Fürsten. Auf Armeslänge saß er der Kerze gegenüber, mit gesenkten Lidern; das Licht spiegelte sich auf seiner Stirnglatze, und ein Schatten ließ die Wangen unnatürlich hohl erscheinen.

Für Spee blieb es ein unwürdiges Spiel, eine Farce, und was immer dabei herauskommen mochte: In seinen Augen hatte es kaum mehr Verbindlichkeit als ein auf der Folter erzwungenes Geständnis.

Sehr lange konnte der Kurfürst das Diktat der Kerze kaum durchhalten. Jede Minute des Schweigens mußte seine Qual verlängern und bei seinen Peinigern den Eindruck erwecken, er beginne tatsächlich erst jetzt, sich ernsthaft mit der Frage zu befassen, über die sich Rat und Kapitel und die gesamte Bürgerschaft bereits seit Jahr und Tag den Kopf zerbrachen. Wenn er sich aber nicht verbindlich äußern, wenn er die Erpresser mit Nichtachtung strafen wollte, dann brauchte er auch nicht zu warten, bis die »Finsternis« einbrach. Dann sollte er – so dachte Spee – ohne Verzögerung erklären, daß man so lange kein Wort von ihm hören werde, bis er unbehelligt wieder in seinem Palast angelangt sei.

Ferdinand entschied sich anders. Ohne den Blick zu heben, langsam, wie zu sich selbst, aber laut genug, daß alle ihn verstehen konnten, sagte er:

»Ich überlasse den Flecken Deutz samt allen Rechten und Pflichten für die Dauer des Krieges der Freien Reichsstadt Köln, mit der Auflage, diesen Ort auf ihre Kosten mit allen Bastionen und sonstigen Fortifikationen zu versehen, deren sie zum Schutze ihrer Unversehrtheit bedarf.«

Gertrude hatte an eine der Fährhütten am Holzmarkt geklopft, da war um Mitternacht noch Licht, aber es kam keine Antwort, und so ging sie weiter, stolperte über Steine, Säcke, gerollte Stricke, Kisten und Korbgeflecht, bis sie zu einem größeren Fährhaus kam; die Fähre lag vertäut am Steg und dümpelte in der Strömung. Auch in diesem Haus entdeckte Gertrude noch einen schwachen Lichtschein. Als sie klopfte, kam der Fährmann heraus, vierschrötig, im Nachtgewand, die Zipfelmütze auf dem Schädel: So, nach Deutz? Und mitten in der Nacht? Und wer sie denn sei?

Sie zupfte das Häubchen zurecht, gab sich schüchtern und fromm. Ein Krankenbesuch; man verlange nach ihr.

Eine dicke Frau mit gelöstem Haar sah dem Fährmann an der Schulter vorbei.

»In Deutz gibt's Wartenonnen genug!« rief die Frau. Der Fährmann schlug Gertrude die Tür vor der Nase zu.

Jetzt begann es zu regnen; ein robuster Wind fuhr von Nordwesten übers Gestade, wirbelte nasse Schwaden heran und machte die Masten der Schiffe schwanken, die Bauch an Bauch, bis weit zum Fischmarkt hinunter, verankert waren.

Gertrude schlug den Schleier vors Gesicht und tastete sich weiter voran. Sie mußte heute nacht über den Strom; es blieb ihr keine Wahl. Am Tag waren die Fähren randvoll, da fiele sie auf, so, wie sie aussieht. Sie ist ja auf der Flucht, seit fast drei Monaten schon, hat sich bald hier, bald dort verdingt, immer in Angst, entdeckt zu werden, obwohl sie ja, zum Glück, kaum einer kennt in Köln. Zuletzt hat sie sich mit üblen Quartieren behelfen müssen, war die vergangene Nacht wieder einmal in der Schemmergasse bei Laurentia geblieben, anderntags, wie damals im Sommer, in den Weingärten am Eigelstein umhergeirrt, wo sie *ihm* zuletzt begegnet war.

Die Löberin, das hatte ihr Laurentia heut' nacht erzählt, wohnte noch nicht lange in Deutz. Sie wäre in Köln um ein Haar in einen Hexenprozeß geraten, war aber gewarnt worden, noch ehe man zupacken konnte. Dann war sie nach Mülheim gezogen, das nicht nur Protestanten als Freistatt galt. Dort habe sie gegen reichliche Kasse Englein gemacht, bis ihr ein Weib, ein halbes Kind noch, unter den Händen verblutet sei. Wiederum auf der Flucht, sei sie ins kurkölnische Deutz gelangt, wo sie hinfort auf Kindsmord verzichtet, sich dafür jedoch einen hohen Protektor eingehandelt habe. Sie war ja eine schöne Frau, wie Laurentia behauptete. Wer ihr Beschützer war, das wußte man nicht einmal in der Schemmergasse; bald sollte es ein Priester sein, bald der Schultheiß von Deutz.

Ich schlag' mich schon durch, denkt sie, es ist mir nicht neu, ich werde wohl auch heut' nacht nach Deutz übersetzen können, und müßt' ich es selber riskieren mit einem gestohlenen Boot.

Hier aber, in dieser abseits gelegenen Hütte, war's auch noch hell, und nachdem sie an der Tür gekratzt hatte, kam der Fährmann mit einem Windlicht heraus. Sie wußte nicht, daß es der Judenfährmann war, aber sie wär' auch mit einem Türken gefahren, hätte er sie nur über den Rhein genommen.

Veitel Jacobs erschrak, als er das Mädchen im Regensturm vor sich sah. Nonne, christliche Jungfer von Stand, wie's schien, aber schon arg zerrupft. In nassen Strähnen hing ihr das Haar aus der Haube; das war also keine von den Armen, die sich den Kopf müssen scheren lassen aus Abscheu vor weltlicher Eitelkeit.

»Nehmt mich nach Deutz!«

»Ich bin der Judenfährmann«, sagte Veitel Jacobs. »Und Ihr seid eine Christin. Wird eine fromme Christin wohl mit dem Juden übers Wasser fahren wollen des Nachts?«

Sie hielt ihm die offene Hand mit drei Albus entgegen. Das war ein Weißpfennig über die Rate – aber es war ja Nacht und stürmte und goß. Er winkte sie in die Hütte.

»Es ist dem Judenfährmann verboten, Christen zu nehmen aufs Schiff, und wer wollt' auch schon fahren mit dem Juden?«

Gertrude legte noch einen Albus dazu. Veitel Jacobs zog sich den Mantel an, drückte die Kappe tief in die Stirn. Meinte, es sei nicht ungefährlich; man müsse ja an der Sandbank vorbei und an den Rheinmühlen auch, und am Ende reiße sich wieder eine vom Anker los bei diesem Sturm, es wär' ja nicht die erste; da sei in Deutz ja schon eine Mühle auf den Strand gelaufen – und endlich, so kam es Gertrude vor, beschwor er sogar den Gott seiner Väter, und sie hatte nichts dagegen, half er ihr nur über den Strom.

Die Fähre war klein und von klobiger Bauart, nicht eingerichtet für Fuhrmann und Pferde; die Juden fuhren ja nur mit dem Schnappsack von Deutz nach Köln und zurück. Veitel Jacobs legte sich mächtig in die Riemen, und als er hörte, daß Gertrude es erst bei den christlichen Fährleuten versucht hatte, mußte er lachen. Deren Fähren waren so groß, daß ein Fährmann ohne Ruderknechte ganz hilflos wäre – und wo nähme selbst Krummling Knechte her in der Nacht? Gewiß, es trieb ja die Strömung nach Deutz, aber Sandbank und Wassermühlen wollten kundig umschifft sein, und zum Holzmarkt zurück ging's nur mit gewaltiger Muskelkraft. Wo sie denn hin wolle um Mitternacht, und wer sie wohl an der Brücke erwarte?

»Setzt mich nur ab«, sagte Gertrude. »Ich warte, bis es hell wird.«

»In Regen und Sturm?«

»Ein Dach wird sich finden.«

Der klatschnasse Schleier fuhr ihr ins Gesicht; er schützte sie schon längst nicht mehr.

»Ich wüßte Euch was«, murmelte der Fährmann. »Die Mühle. Solch eine Mühle ist wie ein Haus. Auf den fünfen im Rhein, da wohnen die Mühlenpächter, mit Weib und Kind und Habe. Aber die abgerissene, die's nach Deutz getrieben hat, ist unbewohnt. Da könnt Ihr denTag erwarten.«

Gertrude nickte. Sie fror, aber sie war es zufrieden. In wenigen Minuten würde sie am Deutzer Ufer sein, hätte ein Dach überm Kopf, und den Hunger hielte sie auch noch aus; sie hatte Geld, und die Löberin würde Brot und Milch für sie haben.

»Zu wem wollt Ihr in Deutz?« fragte der Fährmann.

»Zur Äbtissin von Sankt Rupertus«, antwortete Gertrude.

»Die ist nicht in Deutz. Ist vor drei Tagen nach Brauweiler.«

»Dann wird die Frau Priorin mich erwarten.«

Die Frau Priorin war vor zwei Monaten gestorben, das wußte der Judenfährmann; er wußte über alles Bescheid, was in Deutz unter Juden und Christen geschah. Mit seinem Fahrgast war's nicht ganz geheuer, das hatte er sich gleich gedacht, aber was focht es einen frommen Israeliten an, wenn von den Christinnen eine auf krummen Wegen ging.

Doch dann, als der Fährkahn hart an der gestrandeten Wassermühle anlegte und Veitel Jacobs das Seil festzurrte, damit Gertrude umsteigen konnte, fragte das Mädchen ganz unverblümt: »Wo geht's zu der Löberin?«

»Steht's so mit Euch?« fragte der Judenfährmann.

»Wenn's Tag wird, will ich zu ihr. Wo geht's lang?«

Sie wohnte in der Schneebergsgasse. Veitel Jacobs beschrieb den Weg.

Gertrude tappte, während das Fährboot anlegte und in der Nacht verschwand, einmal ums Mühlenhaus herum – es war ja wie ein Haus, mit starken Brettern aufs breite Schiff gebaut, und lag etwas schief nach dem Wasser zu; es war hart auf den Strand gelaufen. Das Strombett fiel hier so steil ab, daß das Mühlrad frei in der Strömung lag und wohl immer weiter geschaufelt hätte, wäre der Bremsklotz nicht angelegt gewesen.

Der Regen hatte nachgelassen. Gertrude betrat das Haus mit dem gewaltigen Mühlstein, der durch kunstvolles Achs- und Räderwerk mit dem unterschlächtigen Mühlrad verbunden war. Eine Stiege führte zum Dachgeschoß; dort hatte der Müller sich behaglich eingerichtet und nach der Havarie alles im Stich gelassen. Auch ein Bett war noch vorhanden, eine Truhe und ein paar Stühle. In der Truhe ertastete Gertrude einige Tücher, eine Joppe und einen alten Rock. Sie riß sich das klatschnasse Kleid herunter, rieb sich trocken und warf sich dann nackt auf das Lager, bäuchlings, und klammerte sich an die Bettpfosten. Als sie zu frieren begann, zog sie sich eine Decke über den Leib, und am Morgen, als die Sonne über die Dächer stieg, lag sie in tiefem Schlaf.

Sie erwachte von einem gräßlichen Knirschen und Quietschen und einer schweren, rhythmisch sich steigernden Erschütterung, die durch die Bohlen des Fußbodens lief und Bett und Stühle beben und wackeln machte. Als sie aufsprang, sah sie, wie im Untergeschoß der gewaltige Mühlstein sich langsam drehte, und als ihre Blicke der Achse folgten, erkannte sie: das Schaufelrad hatte sich aus der Verklammerung gelöst und war in Bewegung geraten. Sie eilte die Stiege hinab, fand den Kurbelgriff und hatte noch Kraft genug, die Bremsklötze wieder anzuziehen. Die Strömung hatte nicht nur Rad und Mühlstein angetrieben, sondern das ganze Schiff erschüttert, so daß es sich womöglich losgerissen hätte und abermals den Strom hinuntergetrieben wäre.

Als sie wieder im Obergeschoß war, lugte sie durch eins der Fenster und erblickte im gleißenden Sonnenlicht das erhabene Panorama Kölns vom Bayenturm bis nach Sankt Kunibert, hinter Mauern und Toren aufgebaut als eine breit gelagerte Riesenburg und wie geschmückt zu einem immerwährenden Fest.

Sie wandte sich ab. Ihr Blick hätte nur Sankt Mariä Himmelfahrt gegolten, doch lag die Jesuitenkirche, wie auch Kolleg und

Gymnasium, hinter Palästen und Türmen versteckt – und was lockte sie sonst noch in Köln? Durch ein anderes Fenster sah sie die Deutzer Landungsbrücke. Ein Schiff mußte in der Frühe angelegt haben und wurde wohl schon seit einiger Zeit entladen. Knechte wuchteten sich eisenbeschlagene Kisten auf den Rücken und verließen die Planken über den Laufsteg mit stampfendem Schritt. Eine ganze Kolonne – einige schleppten auch Fässer – bewegte sich vom Hafen aufwärts zur Kirche, über die Steine des alten Friedhofs bis zum Portal, wo der dicke Pfarrer stand. Als Gertrude, mit den Gewändern aus der Truhe ausstaffiert wie eine Bauernmagd und das Gesicht halb unterm Kopftuch verborgen, nach allen Seiten spähend das Mühlschiff verlassen und den Weg der Lastträger gekreuzt hatte, hörte sie den Pfarrer barmen und wehklagen und Gottes Zorn beschwören. Einer der Knechte erwiderte:

»Wär' Euch wohl lieber, der General Baudissin ließe seine Gäule aus Eurem Chorgestühl Hafer fressen?« Dann nahm der Aufseher den Pfarrer beiseite, um ihm, offenbar im geheimen, etwas mitzuteilen. Der Pfarrer bekreuzigte sich und wagte keinen Widerspruch mehr.

Der Judenfährmann hatte das Haus der Löberin gut beschrieben; es war das dritte in der Schneebergsgasse, die leicht bergan zum Kloster führte, ein winziges, mit roten Fensterläden und vom Efeu ganz überwachsen.

Sie blickte sich um. Es war ihr keiner gefolgt. Neben der Tür fand sich ein Klingelzug; sie zerrte daran.

Kurz darauf öffnete sich die Tür, nur so weit, daß sie hineinschlüpfen konnte. Die Löberin, das wußte sie, als sie ihr jetzt zum erstenmal ins Antlitz sah, würde ihr helfen.

»Schließ die Augen und laß dich fallen! Öffne die Augen und sieh mich an! Schließe sie wieder! Und weiter so, bis du müde wirst. Willst du vom Flug erzählen, mußt du auch einmal geflogen sein. Wie willst du reden von Flügen und Tänzen, hast du noch nie getanzt und bist niemals geflogen?«

Gehorsam schließt Gertrude die Augen und tut sie wieder auf. Tief über sie gebeugt, atemnah ihrem Gesicht: das große, ebenmäßige Antlitz der Löberin, ihr ruhig forschender Blick, die grüne Iris mit goldenen Pünktchen.

Da war kein Aufbegehren mehr und kein Widerstand – weshalb auch? Sie hatte es so gewollt. Ganz hingegeben, tief einverstanden, dehnt sie sich in ihrer Nacktheit unter den salbenden Händen.

Dieser Duft aus feuchter Erde, frisch gemähter Wiese und, in schweren Schwaden das Hirn umnebelnd, Eisenkraut, Gundermann, Tollkirsch und Bilsenkraut. Die Löberin hatte ihr verraten, woraus sie gemengt war, die Zauberpaste. Und waren allein die Namen nicht schon Verheißung? Kein Liebestrank, nein.

»Was willst du, Kind, mit einem Liebestrank? Wie willst du ihn deinem Endymion kredenzen? Pflegt ihr zu trinken miteinander? Oder bringst du ihm üblicherweis' ein Fläschchen ins Kollegium? Träufelst ihm gar den betörenden Liquor in den Meßwein hinein?«

Agatha Maria Löberin. Kein zahnloses Kräuterweib, keine geldgeile Vettel. Groß, von schönem Wuchs und gelassenem Gang: sanfte Herrin, wissende Mutter. Und wie es sich weinen ließ in ihren Armen, eingehüllt in den goldfarbenen Sturzbach ihres Haars. Weinen und bekennen.

Die kühle Essenz, verrieben auf ihren Brüsten: Sie fühlt, wie die Spitzen sich härten, den Kuppen der salbenden Finger entgegenschwellen. Kühl fließt es herab von den Hügeln, kundig verteilt über den bebenden Leib, über den Nabel bis zum Bauch und zwischen die leicht gespreizten Beine. Sie spürt die Kühle zuerst, dann die Wärme, eine das Allerinnerste durchströmende Hitze, und begreift schaudernd, daß ihr geheimstes Fleisch, durch keinen Willensakt mehr zu zähmen, sich diesen wissenden Händen auszuliefern wünscht.

»Kein Liebestrank also. Doch wenn er nur Hexen wahrnimmt, wie du sagst, muß er in dir eine Hexe sehen. Wenn er nur Hexen lieben kann, mußt du ihm zur Hexe werden.«

»Wie soll ich das werden, Mutter Löberin, so, daß er's mir glaubt?«

»Mußt ihm erzählen, mit wem du dich triffst über Nacht. Mit wem du ausreitest, geflügelt oder auf dem Besen. Wohin du fliegst des Nachts, mit wem du zu tanzen pflegst, wo du dem Großbock die Ehre erweist und wie er dich männlich durchdringt.«

»Wie soll ich tanzen mit dem Unaussprechlichen und seiner gehörnten Dienerschaft, wenn ich den Ort und den Ritus nicht weiß? Genügt's nicht, wenn ich nur sage: Ich *bin* eine Hexe?«

»Dann lacht er dich aus. Hättest du's gern, wenn er dich verlachte, dein keuscher Schatz?«

»Nein, das ertrüge ich nicht!«

»Also wirst du's erfahren müssen, von mir, der Löberin, wie es die Hexen treiben, wenn sie des Nachts in tiefem Schlaf neben dem Eheherrn liegen, und ein jeder könnte sie wahrnehmen unter dem Laken, und sind doch zur selbigen Zeit unterwegs mit der heulenden Rotte, über die Dächer und bis in die Wolken hinein, unterwegs zum Tanzplatz, zur höllischen Orgie, zum Verderber des Menschengeschlechts! Wirst es eben einmal erleben müssen, dank meiner wirksamen Säfte, damit du's deinem Schatz auch recht anschaulich darstellen kannst und er dich nicht auslacht als Dummchen, sondern zu Tode erschrocken den Arm um dich legt, der stoffelige Pfaff, und dich beiseite nimmt in einen verschwiegenen Winkel, wo du ihm alles erzählen mußt: wie's der Großbock mit dir getrieben hat und wie es beschaffen ist, sein unmäßiges Glied, und wie sein Samen, ob heiß oder kalt.«

Ist sie's denn noch? Ist's überhaupt noch die Löberin, die ihr die Wollust in den Schoß schmeichelt? Ist's nicht am Ende schon *er*, für den sie hier liegt, für den sie sich wandeln will, unwiderruflich, von der Gottgeweihten zur Teufelsbraut? Sie hält's nicht mehr aus, die unmenschlich süße Hantierung mit dem zauberischen Balsam. »Nein!« schreit sie. »Nein, nein!« – und hebt doch den Leib und stemmt sich den salbenden Händen entgegen.

Dann sinkt ein weiches Tuch, schwer, überwältigend duftend, auf ihr Gesicht.

»Schließ die Augen und laß dich fallen! Schlaf jetzt! Schlaf lang und tief! Spürst du das Keimen der Schwingen schon? Fühlst du sie wachsen, Fledermausflügel, starr und hautig aus deinen Schultern? Komm, leg dich auf den Bauch, daß sie sich freier entfalten können! Erprob deine Muskeln schon immer, die neuen, die du jetzt brauchen wirst zum Flug. Schlaf ein, schlafe, damit du fliegen kannst ...«

Und sie fliegt. Ist schon hoch, schon sternennah, hoch über dem silberig gesprenkelten Strom, strebt mit flatterndem Flügelschlag der im Mondlicht badenden Stadt entgegen. Tief unter ihr liegt sie, halbmondförmig an den Rhein geschmiegt, mit ihren vieltausend winzigen Dächern, eine Riesenrabatte aus säuberlich hingeschüttetem Kies. Spitzkegelige Steinchen dazwischen: die Türme, die Kirchen. Laß sehen, ob du sie wiedererkennst, schwäche den Willen zum Flug – schon sinkst du und sinkst!

Auf ihren Flügeln aus Fledermaushaut schwenkt sie ein, schwebt in fallendem Bogen über die Weingärten längs der südlichen Mauer, streift fast den Turm von Sankt Severin, umkreist das Kloster der Frauenbrüder und den Sankt-Georgs-Turm, vertraut sich, die Flügel kaum rührend, einem weichwarmen Wind an, der sie weit über den Neumarkt bis Sankt Aposteln treibt und, wie im Sog, zurück bis zum Neumarkt, und dort versagen die Schwingen, lehnen sich aneinander wie Falterflügel, sie taumelt, sie stürzt.

Flügellos sitzt sie nun, im weißen Nachtgewand, auf dem Brunnenrand unter Ahornbäumen, umgeben von Marktbuden, Kisten, Fässern, Brettgestellen. Vom Mond übergossen der riesige Platz. An seinem Ende Sankt Aposteln, die Gottesburg – ihr so fremd und bizarr wie ein Heidentempel.

Sie sitzt und lauscht, vernimmt nur das Plätschern des Brunnens und jetzt auch das rasselnde Glockenwerk vom Apostelturm, und langsam, atemlos zählt sie mit: zwölf dröhnende Schläge.

Geduckt sitzt sie, wagt kaum den Blick zu heben, weiß, was geschehen wird. Wider Willen, aus unbezwinglicher Neugier, hebt sie den Kopf und sieht in den Himmel. Und wie sie noch starrt und träumt, ädert sich ein Riß durch den Himmel, bricht das Gewölbe entzwei, färbt sich bräunlich, wird schwefelgelb an den geborstenen Rändern. Und nun kommt von den vier Enden der Welt Satans Sippschaft geflogen: bocksfüßige Teufel, nackte Hexen auf Schulter und Rücken, andere reiten auf Besenstielen, auf Säuen und Böcken: meckernde, fauchende, johlende Weiber mit Hängebrüsten und Schlangenhaar, bresthafte Alte mit Pusteln und Schwären, Kindshexen auch, im Flug kopulierend mit Hunden und Ebern, bleiche Jungfern mit feurigem Mal auf der Stirn, fette Matronen in fliegenden Kutschen, Geier und Raben davorgespannt; endlich, wirbelnd im Sturm, um Leben und Taufe Geprellte: Embryos, eingerollt wie blutjunger Farn, die kugeligen Häupter verschämt hinter den winzigen Fäustlein. Das stöhnt und grunzt und keucht und schüttelt sich in unerschöpflichen Schwärmen aus dem Schwefelgewölk, verschlingt sich zu wuchernden Arabesken und bläst weithin über die Stadt und das Land einen Stank von Verwesung, als gälte es zu ersticken alles Lebendige.

Und schon läßt es sich nieder, das Hexen- und Teufelsgeschmeiß, erobert den riesigen Neumarkt für sich, hockt bald in Rudeln auf Mauern und Zäunen und Zelten, taucht in Brunnen und Pütze, nistet sich ein in den Ahornwipfeln, hangelt sich äffisch von Ast zu Ast, glotzt aus den Fenstern, reitet auf Firsten, suhlt sich im Gossenfluß, und etliche staksen gar, langbeinige Weberknechte, am Turm von Sankt Aposteln hinauf bis zum Petrushahn!

Nicht weit von Gertrude, im Vordergrund, hocken nackte Frauen um einen Kessel. Mit hölzernem Löffel heben sie Gliedmaßenhaftes heraus, tunken's in Sauce, nagen es ab, saugen das Mark aus den Knöchlein. Mit kleinen Schädeln schöpfen sie

Blut aus Kindersärgen und schütten es sich in den Schlund. Ungeborene mit übergroßen Köpfen und kreisrunden Augenlöchern tanzen, mühsam einander mit klumpigen Händchen im Gleichgewicht haltend, um den Kessel herum. Mit dem Dreizack pieksen die Weiber ein Glotzmännlein aus dem Reigen heraus, streifen's am Kesselrand ab, lassen's im Kochenden zappeln. Dampf zischt auf, zerteilt und verdichtet sich zu zierlichen Silberfigürchen: Frösche, Lurche, Kröten und Salamander fallen vom Himmel, eine ägyptische Plage.

Endlich meckert und ruft, von seinem Menschenknochenthron herab, der zweifach gehörnte Großbock die Seinen auf zum orgiastischen Tanz. Was eben noch buhlte, fraß oder soff, rappelt sich hoch und tapst auf den Höllischen zu, schiebt ihm zur Opfergabe allerlei heiliges Gut unter den stampfenden Huf: Kruzifixe, geweihte Oblaten, Monstranzen. Der Großbock trampelt's zu Splittern und Scherben, und wer ihm den Obolus dargebracht, darf, ist es ein Weib, die Beine spreizen, darf ihm, als Mann, den Hintern bieten.

»Da fehlt doch noch eine?!«

Der stinkende Ziegenbock reckt, nachdem er sie alle mit seinem Samen gesegnet hat, witternd den bärtigen Schädel, bläst Feuer aus seinen Nüstern. Und dann entdeckt er es, das Mädchen auf dem Brunnenrand, und schon schickt er seine geflügelten Rotten aus, die Unbefleckte zu holen. Noch will sie fliehen – da wird sie von Krallen gepackt, von Hufen getreten, zum Herrn der schwarzen Messe geprügelt, geschleift, und der Schrei erstickt ihr im Munde, als sie begreift, jetzt erst begreift, für *wen* sie hier träumt und für wen sie die Weihen empfangen soll und was ihr beschieden sein wird als irdischer Lohn dafür, daß sie den Hexensabbath sich mit einer Salbe erschlich. Und sie fällt in die Knie, nackt, wie sie nun ist, und vermählt sich dem Bock.

Nachdem die Angst vor einer Epidemie verflogen war, vermuteten nun auch die Wohlwollenden, daß dieser Jesuit, einzig um sich seiner peinlichen Situation zu entziehen, eine böse Mär in die Welt gesetzt hatte. Auch im Kollegium gab es, sieht man von Horrion und den getreuen Fratres Busenbaum und Nakatenus ab, keinen mehr, der es gut mit ihm meinte.

Um eine neue Konfrontation zu vermeiden, hatte ihm Nikkel gestattet, sich in Köln ein Zimmer zu suchen. Er beschäftigte ihn mit Abschriften von Zeugnissen und Studienplänen, um ihn so einigermaßen nützlich über den Herbst zu bringen. Ohnedies wartete er Tag für Tag auf das entscheidende Schreiben des Paters General, dem man, nach der mißglückten Abschwörzeremonie, in aller Ausführlichkeit dargestellt hatte, welch immerwährendes Ärgernis dieser Mann für den Orden war.

Und weil sicher schien, daß Rom seine Entlassung verfügen würde, beschloß Nickel, nicht mehr auf dem öffentlichen Widerruf zu bestehen, der doch nur alles wieder aufgerührt hätte. Allerdings mußte er befürchten, daß der Kurfürst ihn sehr ungnädig daran erinnern würde. Solange dies aber nicht der Fall war, mußte alles vermieden werden, was geeignet sein konnte, die Jesuiten auf dubiose Weise ins Gespräch zu bringen. Noch war Sankt Mariä Himmelfahrt nicht geweiht, und obwohl der Kurfürst Baumeister und Handwerker endlich doch noch bezahlt hatte (es waren Ratsmitglieder darunter, die Ferdinand nicht gegen sich aufbringen wollte): mit neuen Zuwendungen war keineswegs zu rechnen, und so fehlten denn noch immer die Seitenflügel des Hochaltars, die Leuchter, die Eisengitter und das Gestühl, zu schweigen von Weihrauch, Kerzen und Paramenten. Nicht einen Albus mehr würde der Kurfürst herausrücken, solange er nicht die Meldung vom Widerruf oder vom Ausschluß Spees aus dem Orden erhielt. Jetzt mußte also eine Entscheidung fallen.

Spee war von dem jungen Buchhändlerpaar gern aufgenommen worden. Die Friessems hatten dreiundzwanzig Exemplare der Frankfurter »Cautio« verkauft und waren auf diese Weise immer wieder an den Pater erinnert worden. Jetzt, beim Aufräumen, entging es Frau Friessem nicht, daß ihr Gast mit unwürdigen Kopierarbeiten beschäftigt war. Und nachdem ein Käufer der »Cautio« verwundert gefragt hatte, ob sie denn nicht wisse, wie sehr der Autor durch sein Verhalten die Stadt, den Kurfürsten und seinen eigenen Orden gegen sich aufbringe, was sicher nicht ohne Folgen bleiben könne, kam es zu einem langen abendlichen Gespräch, bei dem Spee seinen Wirtsleuten anheimstellte, ob sie einen so umstrittenen Mann noch länger beherbergen wollten.

Friessems waren fast beleidigt über sein Angebot, und Spee war froh darüber. Ihn machte die Nähe des kleinen Johannes so glücklich; der Winzling konnte schon krabbeln, und da beide Eltern oft im Laden und Köchin und Hausmagd in der Küche beschäftigt waren, übernahm er zuweilen die Aufsicht und hatte wiederum das Gefühl, es gebe eigentlich nichts Wichtigeres auf der Welt, als Leben, wo immer es sich regt, zu schützen. Ein Gedanke – so abwegig nicht in einer Zeit, in der die Kunst des Tötens in so hohem Ansehen stand.

Gelegentlich trug er sich auch mit dem Plan, eine deutsche Version seiner lateinisch geschriebenen »Cautio« zu verfassen. Aber immer wieder überfiel ihn lähmende Schwermut. Die Botschaften, die ihn aus deutschen Ländern erreichten, wußten auch nur von neuen Hexenbränden zu berichten; manchmal meinte er, es sei alles vergeblich gewesen, und von der Zuversicht, die ihn bei seiner Ankunft in Köln erfüllt hatte, war nichts mehr zu spüren.

Schmerzlich berührte ihn auch der Überfall auf das Haus des Doktors Wissius, der in seinen Augen zwar ein allzu kühl kalkulierender Pragmatiker war, aber immerhin zu den wenigen Leuten gehörte, die sich nicht gescheut hatten, ihn in seiner Weinberghütte aufzusuchen. Ein interessanter, zum Zynismus neigender Mann, der offenbar gar nicht merkte, daß ihm die Leitschnur mangelte, ohne die der Mensch nicht bestehen kann: der rechte Glaube. Als geradezu ruchlos empfand Spee seine Überlegung, ob es denn »opportun« sei, eine Wahrheit, die Hunderttausenden das Leben retten konnte, »preiszugeben«.

Spee hätte den Doktor beinahe aus der Hütte gejagt. Und dennoch: Wissius war ein Mann, mit dem man über diese Dinge wenigstens reden, ja, auch streiten konnte. Und man brauchte nicht zu befürchten, daß er zur Obrigkeit lief, den allzu selbständigen Denker anzuschwärzen. Mit wem sonst konnte Spee denn reden? Gewiß, es mußte Leute geben, auch in dieser Stadt ein Dutzend, vielleicht auch hundert, mit denen sich diskutieren ließ. Alle, die sein Buch gekauft hatten – die doch zumindest! Aber sie getrauten sich nicht einzugestehen, daß sie seine Meinung teilten. Sie lasen, nickten vielleicht einverständig in ihrem Kämmerlein, blieben jedoch anonym und hüteten »auf dem Markt« ihre Zunge.

Andere, wie der Kurfürst, lasen auch. Und fühlten sich beleidigt. Sie begriffen gar nicht, daß es um Menschenleben ging. Sie fühlten sich allein in ihrer Eitelkeit getroffen, und wer die zu verletzen wagte, war ein Verbrecher.

Spee hoffte allerdings, daß der Kurfürst, nachdem er so gedemütigt worden war, seine Irrtümer einsehen und sich läutern würde. Spee liebte die Menschen sehr. Aber er kannte sie nicht so gut, wie er sie liebte.

»Kommen Sie, Herr Doktor Holzemius! Schnell! Um Christi Blut!«

Heinrich Khümmerl, fürstlicher Kammerdiener, rüttelte an der Tür zum Schlafgemach des Arztes. Endlich öffnete der Doktor, im Nachtgewand, die Leinenmütze auf dem Kopf.

»Seine Durchlaucht ...«, stammelte Khümmerl. »Durchlaucht regt sich nicht mehr!«

»Ach, Unsinn!« wies ihn Holzemius zurecht. »Er schläft nur besonders tief. Ich habe ihm Schafgarbentee für die Nacht gegeben.«

»Aber er hat die Augen offen! Ich habe ihn angerührt. Er kommt mir ganz kalt vor.«

»Schafskopf!« brummte Holzemius. Aber er schlurfte doch sehr geschwind in seine Beinkleider, warf den Frisiermantel über, griff nach seinem Täschchen und folgte dem Kammerdiener die Stiege hoch zur Suite des Kurfürsten.

Der hohe Herr war, das erkannte Holzemius sofort, von progressiver Melancholie befallen, von einer Erkältung und Blödigkeit des Geäders, die, ließe man sie unbehandelt, in der Tat zu völliger Apathie und endlich zum Tode führen könnte. Gesicht und Hände waren kalkig weiß und eiskalt, die innere Lidhaut bläßlich, der Puls ging um die Fünfzig in der Minute, höchst bedenklich. Mancher Kollege hätte jetzt einen Aderlaß verordnet, aber Holzemius meinte, auf diese Weise brächte er das Blut schwerlich in Wallung. So beschränkte er sich, nachdem er Khümmerl aus dem Zimmer geschickt hatte, zunächst auf Beklopfen der Wangen, Reiben der Hände und, dies vor allem, auf herzhaften Zuspruch.

Die Ursache dieses betrüblichen Zustandes war bekannt und noch in aller Gedächtnis. So darf man eben nicht umspringen mit einem Herrn von Gottes Gnaden, dachte der Arzt. Da hat man's nun! Und schuld ist am Ende – Gott erspar's mir! – der Doktor.

Er setzte sich auf den Bettrand und fühlte noch einmal den Puls. Unverändert.

»Euer Durchlaucht! Kommt zu Euch! Es war ein schwerwiegender Affront, ganz gewiß. Aber Ihr seid unversehrt!«

Gottlob, er reagierte! Wandte die Augen, sogar das Haupt dem Doktor zu, bewegte die Lippen.

»Was sagen Sie da, Holzemius? Unversehrt?«

»Aber gewiß, Durchlaucht! Keiner von diesen Strolchen hat gewagt, die Hand wider Euch zu erheben.«

»Unversehrt? Tief, tief versehrt bin ich, Holzemius.« Mühsam führte er die Rechte zum Herzen. »Ein Schwert – ich will mich nicht durch unstatthaften Vergleich versündigen; die heilige Mutter Gottes ertrug sieben Schwerter im Herzen. Aber eines – eines trage auch ich, und mir ist, als dreht' es mir einer um, unaufhörlich um und um …«

»Wollen Durchlaucht sich bitte freimachen. Wartet, ich helfe Euch.«

Er zog das Hörrohr aus dem Täschchen, aber Ferdinand warf sich unwillig auf die Seite. Der Kerl war ihm zu dumm, der wußte mit der Physis ganz gut Bescheid, aber was verstand der schon vom Gemüt? Ein Knochenhacker, wie die meisten Ärzte.

»Meinen Beichtvater!« stöhnte Ferdinand.

»Sehr wohl«, sagte Holzemius steif und erhob sich. »Aber Wadenwickel mach ich Euch doch!«

Er verbeugte sich, obwohl der Kurfürst das nicht sehen konnte, und schickte den vor der Tür lauernden Khümmerl nach Monsignore Sabatanus. Doch der, so erfuhr er, war verreist.

Während Ferdinand auf den Beichtvater wartete, löste sich sein nahezu apoplektischer Zustand in einem Tränenausbruch, dem ein schrecklicher, brustsüchtiger Husten folgte.

Dennoch, als die Anfälle vorüber waren und nur die Tränen noch rannen, fühlte er sich befreit, und er dankte Gott für die Zähren, denn er wußte, daß sie es waren, die seiner Demütigung noch gemangelt hatten, und er hatte sich in der schlaflosen Nacht ja entschlossen, das Geschehen von gestern als eine von Gott geschenkte Gnade – die Gnade der Zernichtung – anzunehmen. Nachdem er sie, wie er doch meinte, hinlänglich durchlitten und geistlich gewürdigt hatte, stand den Beschlüssen, die nun von ihm, als dem weltlichen Herrscher, verlangt wurden, nichts mehr im Wege.

Obwohl er im Bett blieb, befahl er, außer dem Beichtvater, noch die Herren Wartenberg, Doktor Aldenhoven und den Geheimen Rat von der Recke zu sich. Wartenberg, als er von Ferdinands Wunsch nach dem Monsignore erfahren hatte, ließ sogleich Regens Horn von den Jesuiten rufen. Er meinte, hier könne sich eine Gelegenheit bieten, den Kurfürsten dem in Ungnade gefallenen Orden gegenüber etwas versöhnlicher zu stimmen. Wartenberg wußte, daß es jetzt darauf ankam, alle kaiserlich-katholischen Kräfte zu vereinigen, wenn nicht Stadt und Kurstaat in Anarchie zerfallen sollten. Persönliche Feindschaften, Intrigen und Animositäten konnte sich jetzt keiner mehr leisten – auch Ferdinand nicht.

Eine Stunde danach waren alle, bis auf Horn, um das Lager des Herrn versammelt; auch Doktor Holzemius hielt sich für unentbehrlich. Wartenberg hatte inzwischen Erkundigungen über den Wirt Thergaten eingezogen, denn um diesen würde es bei der Besprechung wohl vor allem anderen gehen.

»Thergaten«, so berichtete er, »genießt in Köln einiges Ansehen. Die Herren vom Rat verkehren bei ihm, sein Rheinsalm ist ausgezeichnet, und patriotisch ist der Kerl auch; er bildet seine noch unmündigen Söhne zu Kriegern aus und lehnt es ab, Wein auszuschenken, der aus den Weinbergen neutralistisch gesinnter Winzer kommt.«

»Und? Was wollen Sie mit dieser Auskunft sagen?« fragte der Kurfürst. »Daß der Bursche ungeschoren bleiben soll?«

»Nicht ›soll‹, aber wohl, leider Gottes, bleiben *muß*«, sagte Wartenberg. »Unsere kurstaatliche Polizei hat kein Zugriffsrecht. Und, die städtische …«

»Man könnte die Stadt ernstlich ersuchen, den Aufrührer festzunehmen«, sagte Herr von der Recke. »Unter Androhung allerhöchster Ungnade.«

»Das wird die Herren Bürgermeister wenig beeindrucken«, spöttelte Wartenberg. »Ihr entschuldigt schon, Durchlaucht, aber es hat ja keinen Sinn, sich Illusionen über die Machtverhältnisse innerhalb dieser Mauern zu machen. Und es wäre auch ganz verfehlt zu glauben, daß die Stadt Euch nach Eurer gestrigen Entscheidung günstiger gesonnen wäre als bislang. Zwar habt Ihr Deutz abgetreten, aber für Köln ist das ein Danaergeschenk, denn nun heißt es berappen. Ich bin nur neugierig, wo die Kölner das Geld für die Befestigung hernehmen wollen.«

»Das kann ich Ihnen verraten«, sagte Herr von Aldenhoven schmunzelnd. »Sie werden eine geharnischte Steuer erheben, eine Grundsteuer auf jedes Haus. Die Pläne dafür liegen längst bereit.«

»Was machen wir mit dem Aufrührer?!« Der Kurfürst wurde ungeduldig.

»Großzügig sein! Vergessen!« empfahl Wartenberg. »Der Mann hat nicht nur viele Freunde im Rat, er ist auch Kommandant einer Colonellschaft der Bürgerwehr, hat das Marzellenviertel unter sich. Wenn er seine Leute gegen unsere paar Bonner Polizeisoldaten zu Hilfe riefe – die Unsrigen hätten nicht die geringste Chance.«

»Ich soll also«, ereiferte sich der Kurfürst und richtete sich steil in seinem Bette auf, »einen Mann ungestraft lassen, einen Mann aus dem gemeinen Volk, der die höchste weltliche und geistliche Autorität dieses Landes zum Gespött des Pöbels gemacht hat? Das raten mir meine Räte! Ich weiß wirklich nicht, meine Herren, weshalb ich Sie hierher gerufen habe, weiß es wirklich nicht. Wo ist Regens Horn?«

Erschöpft ließ er sich in die Kissen sinken. Doktor Holzemius trat zu ihm, fühlte den Puls und blickte vorwurfsvoll auf die Herren. Die nahmen den Tadel nicht allzu ernst, sie waren dergleichen gewohnt, und das Recht war auf ihrer Seite: Es gab derzeit, wollte man nicht an eine sehr unchristliche Aktion im Dunkel der Nacht denken, kein Mittel, den Wirt Thergaten festzunehmen und zu bestrafen.

Endlich kam, noch außer Atem, Adrian Horn. Und nun nahm die Sitzung einen anderen Verlauf. Denn Horn, der glücklich war, so unverhofft noch einmal vom Fürstbischof gehört zu werden, verstand es, die Überlegungen der Herren auf eine ganz andere Bahn zu lenken: fort von kleinlichen Rachegelüsten, hin zu einer umfassenden politischen und geistlichen Bestandsaufnahme von höchster Warte aus. Und so fragte Horn sich und alle Anwesenden, ob sie sich überhaupt schon einmal Gedanken über die wahren Ursachen der erschreckenden Amoralität gemacht hätten, deren Wachstum nunmehr für jedermann unübersehbar geworden sei.

»Das ist doch nicht mit der verzögerten Entscheidung über die Befestigung von Deutz zu erklären! Auch nicht mit dem

Ehrgeiz eines betrunkenen Schankwirts. Nicht einmal mit der verkrusteten Rivalität zwischen dem Staat und der Stadt. Es hat auch nichts mit Neutralismus und Kaisertreue zu tun. Nein, Euer Durchlaucht, meine Herren, das ist ganz etwas anderes!«

Horn machte eine Pause. Er merkte, daß alle gespannt auf das Ergebnis seiner Analyse warteten, und er wußte, wenn es ihm jetzt nicht gelänge, abzurechnen mit dem, der ihm das Leben in den letzten Jahren verleidet hatte, würde er nie mehr Gelegenheit dazu bekommen.

»Das Bestürzende an unserer Situation, hochwerte Herren, ist, daß wir alle von den Ereignissen wissen, die symptomatisch für den Zustand sind, in dem wir uns befinden. Und obwohl jeder von uns Kenntnis von diesen Ereignissen hatte, vermieden wir es, die Konsequenzen daraus zu ziehen. Das erste: Im Frühjahr erschien ›De animae suspirantis‹, das Buch eines hochangesehenen Theologen und Zauberwissenschaftlers, des Dechanten Doktor Heinrich Tectorius Glimbach von Sankt Severin. Dieses Buch hätte uns allen eine Warnung sein müssen, denn es sprach unumwunden aus, daß, nach Meinung des Verfassers, alle Kölner – ausgenommen der Kurfürst und der Autor – vom Teufel besessen sind. Da hätte man nun doch die Ohren aufstellen müssen! Da wäre es doch hoch an der Zeit für rettende Maßnahmen gewesen! Was aber geschah? Ein Hochweiser Rat von Köln hat den Autor seines Amtes als Hexenkommissar enthoben, hat ihn auf schändliche Weise in aller Öffentlichkeit gedemütigt und nichts, rein gar nichts gegen die Mißstände unternommen, die Doktor Glimbach so unwiderleglich angeprangert hat!«

»Glimbach?« sagte der Kurfürst nachdenklich. »Ein guter Mann. Kenne ihn seit Jahren. Hat er nicht seinerzeit auch mit dem Henot-Prozeß zu tun gehabt?«

»Nur die Voruntersuchung hat er geführt«, sagte Horn eilig. Er wußte, daß der Kurfürst bald Zweifel an der Rechtmäßigkeit des Todesurteils bekommen hatte. »Nur die Voruntersuchung, Euer Durchlaucht. Vom Urteil hat er sich später distanziert.«

Das war schlicht gelogen. Aber es durften in dieser Stunde keine Zweifel an Glimbachs Qualifikation aufkommen, sonst bräche Horns Konzept zusammen.

»Dieser treffliche Mann wurde also mit Schimpf und Schande davongejagt, und nur sein unbeugsamer christlicher Glaube hat ihn vor Verzweiflung und seelischem Siechtum bewahrt. Zur gleichen Zeit aber« – Horn hob die Stimme – »erdreistete sich ein anderer Mann zum wiederholten Male – und nun sage ich ja wirklich nichts Neues –, dafür zu sorgen, daß auch noch die letzten Reste von Gottesliebe und Teufelsfurcht in dieser Stadt zugrunde gingen. Dieser Spee hat mit seiner verruchten Schrift dafür gesorgt – und man stelle sich das nur einmal vor! –, daß in Köln seit Jahr und Tag keine einzige Hexe mehr verbrannt wurde!« Das war in der Tat eine erschreckende Bilanz, und Horn folgerte weiter: »Tatenlos hat man zugesehen, wie eine vom Teufel besessene Bevölkerung, ein vom Teufel besessener Rat nichts unternahm, um jenen verworfenen Kreaturen das Handwerk zu legen, denen diese Besessenheit ursprünglich unbescholtener Menschen zu verdanken ist: den Hexen und Zauberern! Wer aber weiß, wie ansteckend das Hexentum ist – Doktor Glimbach gibt uns ja erschreckende Exempel –, der kann sich jetzt ausmalen, wie viele dieser Teufelsbräute seit dem letzten Brand in Köln ihr Unwesen treiben mögen! Ich vermute – und nun entsetzen Sie sich mit mir, meine Herren! –, es sind Tausende!«

Horns aufmerksamster, ergriffenster Zuhörer war der Kurfürst, und der Regens hatte es bemerkt. Er blieb am Lager des Leidenden stehen und richtete die abschließenden Worte, eindringlich auf ihn hinunterblickend, allein an Ferdinand:

»Was ist zu tun? Die gestrige Demütigung Eurer Durchlaucht muß von uns als allerletzte Warnung durch den gnädigen Gott verstanden werden. Und in Wahrheit ohne Hoffnung ist, wer diese Zeichen nicht zu deuten weiß. Was also, so wiederhole ich, ist zu tun? Rücksicht auf die Gesellschaft Jesu braucht nicht mehr genommen zu werden, denn dieser Mann, dem die moralische

Verwahrlosung unseres Landes anzulasten ist, hat im Grunde mit unserem Orden nicht so viel mehr zu schaffen wie ein Türk' oder Heide. Da er nicht nur erwiesenermaßen falsche und verderbliche Thesen in die Welt gesetzt, sondern auch die Obrigkeit, vor allem in Gestalt Eurer kurfürstlichen Durchlaucht, grob angegriffen hat, ist er vor ein Gremium zu zitieren, dessen Zusammensetzung Sache Eurer Durchlaucht ist. Ich selbst stelle mich, wenn das gewünscht wird, gern zur Verfügung.

Zum anderen: Der hochachtbare Doktor Glimbach, dem die Stadt so bitter Unrecht tat und der gerade Euer Durchlaucht als allein vom Teufel *nicht* besessen so hoch gerühmt hat, ist, da die Stadt nicht daran denkt, durch das Land Kurköln, durch Erzstift und Erzbistum, zu rehabilitieren und – dies wäre mein Vorschlag – von Eurer Durchlaucht persönlich in ein seinen außerordentlichen Fähigkeiten als Hexenriecher und Hexenrichter entsprechendes Amt einzusetzen. Selbstverständlich müßte auch er Mitglied des Gremiums sein. – Euer Durchlaucht, meine Herren, ich habe gesagt, was Hirn und Herz zu sagen mir befohlen haben.«

Zwei Wochen nach dem Fest des heiligen Engelbert, das mit großem Pomp und in Anwesenheit des Kurfürst-Erzbischofs begangen worden war, am Morgen des 22. November, eines Montags, wurde Friedrich Spee durch einen Novizen ins Kollegium befohlen. Er glaubte, man habe sich nun doch besonnen, und Nickel werde ihm eine angemessenere Arbeit als das Abschreiben von Studienplänen geben. Er hatte eine schlechte Nacht gehabt, sich im Traum an der Seite des Kurfürsten und mit ihm angeklagt im Kapitelsaal gesehen. Den Vorsitz bei Gericht führte der Bischof von Bamberg; sein Kopf war ein skelettierter Fuchsschädel, dessen blanke Hirnschale eine Dornenkrone trug. Beide – der Kurfürst und Spee – wurden beschuldigt, tatenlos zugesehen zu haben, wie man in Köln die 833. Hexe verbrannte. Der Bamberger fühlte sich dadurch in seiner eigenen Leistung unerlaubt übertrumpft, die Zähne in seiner spitzen beinernen Schnauze klapperten empört; er hatte es nur auf 832 gebracht. Der Kurfürst entlastete sich auf Kosten Spees: Dessen »Cautio Criminalis« habe ihn zu dieser großen Zahl von Verbrennungen veranlaßt! Es war ein Traum, den man, glücklich erwacht, komisch finden konnte, aber während er träumte, war Spee überzeugt gewesen, daß man ihn zu Recht für alle Morde verantwortlich machte.

»Es tut mir leid, es tut mir im tiefsten Herzen leid«, sagte Goswinus Nickel, als Spee ihm in der Aula begegnete, »aber ich muß Ihnen eröffnen, daß wir Nachricht vom Pater General bekommen haben.« Seine Stimme hallte in dem großen Saal. »Mutius Vitelleschi hat verfügt, daß Sie aus dem Orden entfernt werden sollen. Nach der Ordensregel ist das in Ihrem Fall möglich, da Sie ja noch nicht zu den letzten Gelübden zugelassen waren. Freilich, um es präzise zu sagen: Der General ordnet Ihre Entfernung nicht unmittelbar an; er stellt sie uns, Ihren Kölner Vorgesetzten, lediglich anheim.«

Spee stieg das Blut zu Kopf. »Stellt anheim?« brachte er mit Not heraus. »Aber das heißt doch noch nicht, daß Sie, Pater Provinzial – daß Sie es auch tun werden?«

»Wissen Sie denn nicht, Spee, wie der General seine Befehle einzukleiden pflegt?« fragte Nickel. Er verschränkte die Hände, bewegte sie, wie um Verständnis flehend, vor der Brust. »Denken Sie doch einmal an uns, an den Orden! Nicht immer nur an sich und Ihre verbiesterten Ideen. Man hat uns wissen lassen, von höchster Stelle, daß wir aus der Stadt gewiesen werden, sofern wir nicht ...«

»Was? Was meinen Sie, Pater Provinzial?«

»Sofern wir nicht für – Selbstreinigung sorgen.«

Spee senkte den Kopf.

Er fühlte, wie seine Lider anschwollen, und hielt mit Mühe die Tränen zurück. Das war das Ende.

»Schmutz also. Ja? Ich bin Schmutz in den Augen des Ordens. Der muß abgekratzt, muß in die Gosse gespült werden. Schmutz ...«

»Aber Spee!« Nickel trat auf ihn zu und berührte ihn an der Schulter. »Sehen Sie mich nicht so todtraurig an! Und nehmen Sie nicht Anstoß an einem leichtfertig hingeworfenen Wort. Ich bezweifle doch nicht Ihren guten Willen, habe das nie getan! Und Sie können doch weiter wirken – in Ihrem Sinne. Sie können sogar ein neues Buch schreiben und brauchen nicht einmal die Erlaubnis des Ordens, wenn Sie – wenn Sie nicht mehr im Orden sind.«

Wo hatte er das schon einmal gehört? Das Mädchen, natürlich, Gertrude, die war auch schon so schlau gewesen. Eine trügerische Hoffnung, die ihm da vorgespiegelt wurde. Eine gefährliche Hoffnung. Wer im Gefängnis sitzt und auf den Scheiterhaufen wartet, schreibt keine Bücher mehr.

»Ich will – dies sag' ich Ihnen zum Troste, Spee – in dieser Angelegenheit aber nicht allein entscheiden.«

»Ich weiß, Sie werden, der Objektivität halber, auch Regens Horn befragen.«

»Seien Sie nicht so verbittert! Ich brauche Horn nicht zu fragen – obwohl er natürlich informiert werden muß. Aber ich werde für Sie beten, Spee, und mich der Erleuchtung durch den Heiligen Geist anvertrauen. In einigen Tagen hören Sie wieder von mir. Und jetzt gehen Sie. Schreiben Sie doch wieder einmal ein schönes Gedicht! Dann kommen Sie leichter über die Zeit der Prüfung hinweg. Gott sei mit Ihnen!«

In der Trankgasse packte Spee in Hast und Sorge ein, was ihm für die nächsten Tage unerläßlich schien. Es war nicht viel: die Handschrift seiner Gedichte, das Manuskript des »Güldenen Tugendbuchs«, die Frankfurter »Cautio«. Dazu etwas Wäsche, sein Rasierzeug, das Brevier und das »Kölner Liederbuch«. Auch die Tabakpfeife aus Ton fiel ihm noch ein; er hatte sich in letzter Zeit im Rauchen versucht.

Unten im Laden hörte er die Familie Friessem, der kleine Johannes krähte vergnügt. Der Abschied von ihm würde am schwersten fallen. Für das Buchhändlerpaar schrieb er ein paar freundliche Zeilen, bat um Verständnis für seine Abreise. Er wollte die treuen Freunde nicht mit der Wahrheit belasten, zudem waren seine Nerven so überreizt, daß er den Abschied nicht in der gebotenen Haltung überstanden hätte.

»Ich gehe nach Mainz«, schrieb er. »Aber meine Vorgesetzten sollen es erst erfahren, wenn ich dort bin. In jener Stadt herrscht die Pest, und ich weiß, daß ich mich dort nützlicher machen kann als mit dem Kopieren von Lehrplänen.« Er dankte den Friessems für ihre Gastfreundschaft und ihr Verständnis und hoffte auf ein Wiedersehen. »Vielleicht«, so schloß er, »wird eines Tages doch noch etwas aus der ›Trutz Nachtigall‹. Dann wäre ich glücklich, lieber Wilhelm Friessem, wenn Sie mein Verleger würden.«

Es gelang ihm, unbemerkt aus dem Haus zu kommen. In der stets mit Menschen und Wagen überfüllten Trankgasse schritt er mit seinem Sack, den er an einem Stock über der Schulter trug, wie ein fahrender Bettelmönch dahin. Keiner beachtete ihn. Natürlich mied er Marzellenstraße und Eigelstein; da hätte er am Gymnasium vorbeigehen müssen. Er entschied sich fürs Severinstor; er wollte ja nach Süden, nach Mainz. Am Vilzengraben ließ ihn ein Fuhrknecht, der Getreidesäcke für die Bottmühle geladen hatte, auf seinem zweiräderigen Ochsenkarren aufsitzen. Über den Holzmarkt bis zum Bayenturm ließ er sich durchrütteln, und mit der Torwache gab es für den Ordensmann keine Schwierigkeiten.

Er glaubte, alles bedacht zu haben. Seine Flucht, die er als Flucht in die Pflicht empfand, mußte die Oberen endgültig dazu bringen, ihn aus dem Orden auszustoßen. Er wollte sich zumindest die Illusion gönnen, den Zeitpunkt seines Ausscheidens durch eine neuerliche Insubordination selbst bestimmt zu haben. Sich noch einmal vor den hohen Herren verantworten zu müssen, Schuld zu bekennen, Buße zu leisten, die Weisheit ihrer Entschlüsse zu würdigen – um dann doch heimatlos, ein Priester, der vor Gott und den Menschen versagt hat, herumzuirren und zu warten, bis die Schergen eines beleidigten Fürsten ihn, den kein mächtiger Orden mehr schützte, vor ihr Tribunal schleppen würden – dazu fühlte Friedrich Spee sich nicht mehr verpflichtet. Schon in Paderborn war ihm bewußt geworden, daß der Gehorsam vor Gott wichtiger ist als der vor den Menschen; er hatte es nur immer wieder vergessen.

An der Poststation hinter dem Bayenturm mietete er sich ein Pferd. Vielleicht wäre es ratsam, sich einem Kurier anzuschließen; diese Leute waren bewaffnet. Mit Attacken räuberischen Gesindels mußte er schließlich rechnen; seit man ihn zwischen Peine und Woltorp überfallen hatte, war er gewarnt. Aber es begegneten ihm nur Bauern auf den abgeernteten Feldern, gelegentlich ein Ochsenkarren oder eine Kutsche. Vor der Rheinschleife bei Rodenkirchen kürzte er den Weg ab, indem er den Strom verließ und die Straße nach Sürth nahm.

Bald merkte er, daß er das Reiten nicht mehr vertrug. Zwar tat die alte Kopfwunde nicht mehr weh, aber der Schmerz, der ihn im Trab überfallen hatte, zog sich jetzt gleichmäßig über den ganzen Schädel hin und legte ihm einen grauen Schleier vor die Augen. Er ließ das Pferd gehen, wie es wollte. Wenn an Trab und Galopp nicht zu denken war, würde er lange brauchen bis Mainz. Oder nie dort eintreffen. Denn bald würde man nach ihm suchen. Ein Mann wie Nickel gab nicht klein bei. Von Horn zu schweigen.

In der Dämmerung jagte ein Reiter an ihm vorüber und wandte sich wiederholt nach ihm um, vielleicht ein Kurier nach Bonn. Als Spee den Rhein wieder erreicht hatte und aus dem Uferwäldchen herauskam, sah er in der Ferne Lichter. Das mußte Wesseling sein.

Am Ortsrand stand der Gasthof »Zum roten Lämmlein«. Da ging's hoch her, wurde gesungen, musiziert, getanzt. Und immer wieder brüllend gelacht.

Er überlegte, ob er noch weiterreiten solle, aber die Schmerzen waren zu stark, und es war schon stockfinster. So überließ er sein Pferd dem angetrunkenen Knecht, der aus dem Haus gekommen war.

»Was wird da gefeiert?« fragte Spee. »Eine Hochzeit?«

»Eine Hochzeit? So kann man's auch nennen! Eine blutige Hochzeit.«

Und mit biertiefer Stimme, nach seltsam melancholischer Weise, begann der Knecht zu singen:

»Im dicken Nebel mit Schuß und Stich
der Friedland gewann eine Schlacht für sich,
mit Schuß und Stich in des Königs Leib,
da mag der Schwede nun seh'n, wo er bleib'.«

Dann riß er die Tür zur Schankstube auf und rief: »Der Pfaff weiß noch nicht, was zu Leipzig geschah!«

Er schob Spee in den Raum, ging wieder hinaus und kümmerte sich um das Pferd.

»So ist es, so ist es«, sagte der Wirt, glücklich, daß er noch einen Ahnungslosen gefunden hatte. »Den König Gustav Adolf hat der Teufel geholt! Bei Leipzig auf dem Felde.« Er forderte die Gäste auf, zusammenzurücken. »Unseren Pappenheim hat's auch erwischt. Aber was tut's! Die königlich schwedische Majestät ist tot, und nun gibt's bald Frieden in Deutschland. Was trinken Sie?«

Die Leute grölten wieder, Fäuste hieben den Takt: Im dicken Nebel mit Schuß und Stich …

Diesen Schlag werden die Protestanten so bald nicht verwinden, dachte Spee. Vielleicht gibt's wirklich Frieden.

Das Bier machte nicht munter. Er ließ sich sein Zimmer zeigen.

»Wo soll's hingehen?« fragte der Wirt.

»Nach Mainz. Glauben Sie, daß ich morgen bis Remagen komme?«

»Nach Mainz?« rief der Wirt. »Da könnten Sie auch übersetzen, mit der Fähre nach Lülsdorf. Und dann weiter durchs Bergische Land. Sie müßten nur die Ortschaften meiden, da sitzt überall der Schwede.«

Nach Lülsdorf? Das lag also hier gegenüber. Gertrude stammte von dort.

»Es ist gut«, sagte er. »Ich will's überschlafen.«

Aber an Schlaf war noch nicht zu denken. Unten war ein Höllenlärm. Und immer wieder sangen sie dieses triumphierende Lied mit seiner todtraurigen Melodie.

Ganz so sieht's aus in mir, dachte er. Endlich hab' ich mich zu einer Tat ermannt: zum Ungehorsam. Ich dürfte stolz darauf sein. Aber ich bin todtraurig. Und habe Angst.

Natürlich habe ich Angst! Sie werden mich jagen. Mein Orden schützt mich nicht mehr. Es ist nicht mehr mein Orden. Er hat mich ausgestoßen. Nein: Ich selbst hab' ihn verlassen. – Nach Lülsdorf? Ins Bergische? Könnte ja dem Herrn von Stein einen Besuch abstatten. Ihm die Leviten lesen. Verflucht der Alte doch seine Tochter – weil sie katholisch geworden ist! Werde ihn selber bekehren, den Polterkopf! Aber im Bergischen sitzt der Schwede. Ein Schwede ohne König ... Seine Gedanken verwirrten sich, er schlief ein.

Am Morgen war sein Kopf klar. Das Pferd war gut versorgt worden. Durchs Fenster der Schankstube blickte er über den Rhein, der hier sehr schmal war: ein paar ärmliche Häuser am anderen Ufer und darüber mit stattlichem Bergfried Burg Lülsdorf. Nein, dachte er, ich will's nicht riskieren. Bis Remagen schaff ich's schon noch, vielleicht auch mal im Galopp.

Im Trab ging es durch die Auwälder oder auf dem Treidelweg, wo er viele Gespanne überholte, die ihr Schiff mühsam stromaufwärts schleppten. Alte Verse, vor Jahren gedichtet, gingen ihm durch den Kopf:

Der Wind auf leeren Straßen streckt aus die Flügel sein ...

Das war das richtige Lied für diesen Ritt unter vergilbten Laubgewölben, durch die der Morgennebel seine bleichen Schleifen zog.

Jetzt wurden ihm die beiden Reiter doch lästig, die ihm seit Wesseling folgten. Merkwürdig, daß sie ihn nie überholten –

nur einmal, als er sich in die Büsche schlagen mußte. Im Schritt ritt er weiter, kam aber trotzdem an den Herren vorbei; sie hatten sich am Rand eines Wäldchens zur Rast niedergelassen. Gekleidet waren sie wie Offiziere, grüßten ihn höflich und fragten, wie weit er's heute noch habe.

»Nur bis Mainz«, erwiderte er lächelnd.

Sie gingen auf den Scherz ein. »Seien Sie zufrieden, wenn Sie heut' noch bis Weißenthurm kommen. Dann hätten Sie schon viel geschafft. Nicht wahr, das müßte er doch schaffen, bis Weißenthurm, stimmt's?«

Der Ältere wandte sich an seinen Begleiter. Der grinste.

»Ja, ja, bis Weißenthurm. Wenn Sie's bis Weißenthurm schaffen, darf man Ihnen gratulieren.«

Sie nickten ihm aufmunternd zu.

»Bis Weißenthurm ist es noch sehr weit«, sagte der Ältere. »Sie sollten sich ein bißchen ausruhen. Sitzen Sie ab, trinken Sie einen Schluck Wein mit uns!« Er winkte mit der Lederflasche.

Was wollten die immer mit Weißenthurm? Und warum grinsten sie so?

»Nun kommen Sie schon!« rief der Ältere und schwenkte die Flasche.

Sie waren ihm unheimlich, die beiden, mit ihrem freundlichen Grinsen. Aber er wollte sie nicht gegen sich aufbringen. So stieg er vom Pferd und ließ es grasen.

Als der Pater auf sie zukam, mit der zum Reiten hochgeschlagenen Soutane, unter der die nackten behaarten Beine zu sehen waren, lachten sie abermals. Spee teilte mit ihnen Brot und Wurst, die er sich beim Wirt in Wesseling besorgt hatte.

Fern schlug eine Turmuhr.

»Schon elf!« rief der Ältere. »Höchste Zeit, wenn wir noch nach Köln wollen!«

»Sie reiten wieder zurück?« fragte Spee verwundert.

»Ja, Herr Pater. Höchstwahrscheinlich. Aber das liegt ganz bei Ihnen.«

»Was geht mich Ihr Reiseziel an?«

»Sehen Sie, die Sache ist so«, sagte der Offizier gemütlich, während er Flasche und Wegzehrung in seinem Proviantbeutel verstaute. »Da Sie ja nun leider nicht mehr bis Weißenthurm gekommen sind ...«

Und plötzlich begriff er. Es gab keinen Zweifel. Nur keine unbedachte Bewegung jetzt! Sie durften nicht mißtrauisch werden. Er blickte zu seinem Pferd, das friedlich graste.

Der Offizier redete noch immer: »Wären Sie bis Weißenthurm gekommen, sähe ja alles ganz anders aus.« Er reckte behaglich die Arme über dem Kopf. »Dort hätten wir keine Vollmacht mehr gehabt.«

Daß einer so schnell auf dem Pferd war, ein Priester noch dazu, das hatten sie wohl noch nie gesehen! Ein Pfaff, der nicht einmal Sporen trug – und hieb dem Tier so hart in die Weichen, daß es davonstob, als wär' ihm der Wolf hinterher!

Spee sprengte quer übers Feld auf den Treidelweg zu. Er mußte über den Rhein, es gab nichts anderes. Aber wo und wie? Er riß das Pferd herum, mußte die Kerls in die Irre führen. Der Kurfürst! Wer hatte ihn alarmiert?

Er saß ab, stolperte ins Dickicht, zerrte das schnaubende Pferd am Zaum. Tief im Gestrüpp versteckt, sah er drüben auf der Straße, die parallel zum Treidelweg verlief, die Häscher im gestreckten Galopp. Sie ritten nach Süden. Er atmete auf. Jetzt blieb ihm nichts anderes, er mußte zurück nach Wesseling, zur Lülsdorfer Fähre. Nach Bonn zu würden sie alles alarmieren, die Poststationen, die Wirtshäuser.

Bin ich ein Hochverräter? Ein Ketzer? Staatsverbrecher? Ein Rebell? Weit schlimmer: ein Hexer! Ein Mann, den man jagen muß. Wo schichten sie mir den Scheiterhaufen? Am Heumarkt? Am Neumarkt? Oder gleich hinter dem Hahnentor – wie für Katharina?

Wer hat mich verraten? Die Friessems? Undenkbar!

Er meidet das Wirtshaus, wartet lieber unten am Anleger, bis die Fähre aus Lülsdorf herüberkommt. Er sieht sie am anderen Ufer liegen, vor den Häusern des kleinen Ortes, darüber die Burg.

Der Kurfürst – warum hat er bis heute gewartet? Wer hat ihn solange besänftigt? Wer ihn jetzt aufgehetzt?

Aber Gott hat mir geholfen. Bis hierher. Hab' nicht geahnt, wie schnell und gewandt ich noch bin. Der lächerliche Pater mit den nackten Beinen!

Endlich legt drüben die Fähre ab. Sie hat einen Ochsenkarren mit dem Fuhrmann aufgenommen. Im Bergischen sitzen die Schweden. Aber die sind ihm jetzt lieber als die Schergen des Kurfürsten.

Eine Staubwolke auf der Straße beunruhigt ihn. Die Fähre ist noch einen guten Steinwurf entfernt. Hufschlag. Sie kommen die Böschung herunter, machen keine Umstände mehr. Einer schlingt ihm von hinten den Arm um den Hals und zwingt ihn in die Knie. Der andere fesselt ihm die Hände auf den Rücken.

»Tut uns leid, Hochwürden. Aber bitte, stehen Sie doch wieder auf!«

Der Fährmann hat, wie der Ochsenfahrer, alles gesehen. Aber mit der Obrigkeit legt man sich nicht an.

Der Ältere sagt: »Damit Sie keine zweite Dummheit mehr machen, die Sie teuer zu stehen käme, teile ich Ihnen jetzt in aller Form mit: Wir sind von Kurfürstlicher Durchlaucht angewiesen, Sie festzunehmen und nach Bonn zu bringen. Es sei denn, Sie entschieden sich anders.«

»Was habe ich noch zu entscheiden?« fragt Spee. Er ist jetzt ganz ruhig.

»Es gibt zwei Möglichkeiten«, sagt der Offizier. »Entweder Sie reiten mit uns nach Bonn und werden dort in Haft gehalten, bis über Sie des weiteren befunden wird. Aber das kann lange dauern. Und Sie sollten auch bedenken, daß Ihr Orden Sie nicht vermissen wird. Man wird annehmen, Sie seien in Mainz und meldeten sich eben nicht mehr. Oder Sie seien dort ein Opfer der Pest geworden. Sie verstehen: In Bonn könnten Sie für die Ihren sehr schnell nicht mehr auf dieser Welt sein.«

»Und vielleicht nicht nur für die Ihren«, sagt der Jüngere.

»Ich verstehe«, sagt Spee. »Und – die andere Möglichkeit?«

»Sie kehren mit uns nach Köln zurück. Freiwillig. Sie müßten sich lediglich verpflichten, einem Gremium von Sachverständigen Rede und Antwort zu stehen. Was wählen Sie?«

»Ich komme mit nach Köln.«

Sie lösen ihm die Fesseln, lassen ihn aufsitzen und nehmen ihn in die Mitte.

»Eines interessiert mich noch«, sagt Spee, als sie Wesseling schon weit hinter sich gelassen haben. »Wenn der Kurfürst mich arretieren wollte – warum hat er es nicht in Köln getan?«

Die Offiziere blicken einander an und lächeln. Nachsichtig sagt der Ältere: »Wie soll der Kurfürst von Köln auf reichsstädtischem Gebiet jemanden dingfest machen? Wie sollte er wohl? Er hat sich ja nicht 'mal den Thergaten schnappen können. Sie hätten sich nie und nimmer auf kurkölnisches Gebiet begeben dürfen.«

»Bis Weißenthurm, das liegt im Kurtrierischen«, fügt der Jüngere hinzu, »bis Weißenthurm hätten Sie's schon noch schaffen sollen.«

Sume cado, cecidi, casum: cape caedo, cecidi, caesum: dat tentum vel tensum tendo tetendi …

Während er auf seine Patres wartete, memorierte Goswinus Nickel die Strophen, die Pater Horrion unlängst für den Schulgebrauch gedichtet hatte: Merkverse zum Einprägen von Konjugation und Deklinationen. Tensum, tendo, tetendi … Hier ließ den Provinzial das Gedächtnis im Stich, aber er war ja kein Schüler mehr, und in der Grammatik machte ihm ohnedies keiner was vor.

Geführt von Adrian Horn, traten jetzt die Patres ins Zimmer, die er zur Besichtigung des einzigartigen Instrumentes geladen hatte, das ihm vor einigen Tagen von einem hochgewandten Mechanicus vorgeführt worden war. Es handelte sich um einen optischen Apparat in Gestalt eines auf hohem Gestell montierten Oktogons. Nickel zündete eine Kerze an und befestigte sie innerhalb der Papphülle.

»Sehen Sie nur hinein!« ermunterte er den Regens und wies auf einen der vier Schlitze in Augenhöhe. Mißtrauisch näherte sich Horn, konnte dann aber nicht lange genug stehen und staunen: Er blickte in eine Schulklasse; lauter kleine Jesuitenschüler saßen in den Bänken, ein bärtiger Lehrer zeigte mit ausgestrecktem Arm auf ein Porträt des heiligen Ignatius, das an der Wand hing, und durch die Fensterlein sah man sogar auf den Rhein. Allerliebst bunt und plastisch war das, als wären's richtige kleine Menschlein. Inzwischen sahen auch Baving, Horrion, die Patres Falkland und Nußbaum, die Nickel ebenfalls zu sich gebeten hatte, abwechselnd durch die anderen Schlitze und erkannten, von sinnreich arrangierten Prismen vorgespiegelt, bedeutende Szenen aus der Geschichte der Gesellschaft Jesu: ihre feierliche Bestätigung durch den Papst, die Einschiffung Franz Xavers in Lissabon, die Kreuzigung der Jesuitenmissionare in Japan.

Horn, als er den Einblick endlich freigab, brummte etwas von »Tand« und »unwürdiger Spielerei«, aber die anderen waren begeistert, und als Nickel ihnen erklärte, er habe das kunstvolle Spiegelwerk erworben, um mit diesem Geschenk den Kurfürsten, der Sinn für derlei kuriose Raritäten habe, ein wenig zu versöhnen, widersprach niemand.

Aber noch ehe sie jedes der niedlichen Schaubildchen hatten betrachten können, erschien der Novize Busenbaum, äußerst aufgeregt, und meldete Unglaubliches: »Sie haben Pater Spee verhaftet!«

»Wer? – Wieso? – Wo ist er?« Alle fragten durcheinander.

Nickel gebot Ruhe. »Berichten Sie, Busenbaum!«

Was er zu erzählen hatte, klang unglaubwürdig. Wie konnte man Spee kurz vor Bonn verhaftet haben? Er hatte doch gar keine Erlaubnis gehabt, Köln zu verlassen. Und wer hatte gewagt, Hand an ihn zu legen? Und wo war er jetzt?

»Im Trankgassen-Palais!« rief Busenbaum. »Doch, doch, es ist wahr. Bekannte von mir haben beobachtet, wie er eingeliefert wurde. Ich traf sie in der Stadt, sie haben es mir erzählt. Ich bin dann gleich hin, ich kenne einen von der Wache. Der hat mir versichert, daß Pater Spee von kurfürstlicher Polizei in der Nähe von Bonn …«

»Pater Provinzial!« Horn unterbrach den jungen Mann. »Ich ersuche um ein Gespräch unter vier Augen.«

Nickel, der, wie die anderen, die Nachricht für eine böswillige Erfindung hielt, befahl Busenbaum, er solle sich sofort in die Trankgasse zu den Friessems begeben, um nach Spees Verbleib zu fragen.

Die Patres gingen, und Nickel bat den Regens, sich zu setzen. Als er in sein verkniffenes Gesicht sah, ahnte er einen gewissen Zusammenhang.

»Machen Sie's kurz, Horn!«

»Es stimmt«, sagte Adrian Horn. »Unser – ich darf wohl sagen ehemaliger – Ordensbruder befindet sich in der Gewalt des Kurfürst-Erzbischofs.«

»Aber woher wissen Sie das? Und weshalb erfahre ich das erst jetzt? Und nicht von Ihnen, sondern von einem Novizen, der zufällig …«

»Sie hatten Spee vorgestern – es war in der Aula – eröffnet, daß er mit seiner Entlassung rechnen müsse. Ich bekam alles mit, weil ich auf der Orgelempore war. Vom Emporenfenster aus sah ich dann, wie er auf die Straße trat und mit unziemlicher Eile zur Trankgasse strebte. Da überfiel mich ein Verdacht. Mir war, als sei dieser Mann im Begriff, eine unüberlegte Handlung zu begehen, die unserem Orden nicht wiedergutzumachenden Schaden zufügen würde. Aber bis ich meinen Mantel angezogen hatte, war er im Gewühl verschwunden. Trotzdem versuchte ich, ihm zu folgen. Ich wollte mir Gewißheit verschaffen. Also ging ich zu den Friessems in die Trankgasse. Die Leute waren im Buchladen, sie hatten Spee nicht kommen sehen; sie meinten, er müsse oben in seinem Zimmer sein. Also ging ich hinauf. Ihn fand ich nicht. Wohl aber auf dem Tisch einen Zettel. Darauf stand, in seiner Schrift: »Ich gehe nach Mainz, um Pestkranke zu pflegen.«

Nickel stöhnte nur.

»Er hatte sich also der zu erwartenden Disziplinarstrafe durch die Flucht entzogen«, fuhr Horn fort. »Sie werden mir zugeben, daß höchste Eile geboten war. Ich hielt es deshalb für richtig, gleich ein paar Häuser weiter zu gehen und Seiner Durchlaucht im Palais die Nachricht zukommen zu lassen.«

Das war – Nickel wich der Wahrheit nicht aus – die zweite Rebellion in diesem seinem Hause! Regens Horn, anstatt zunächst seinem Vorgesetzten Meldung zu machen, verriet einen Mitbruder an die Büttel des Kurfürsten! Da waren also zwei feindliche Brüder, so verschieden wie zwei Menschen nur sein können, und doch schuldig der gleichen Übeltat: überführt, das Fundament des Ordens mutwillig beschädigt zu haben: den Gehorsam.

»Sie hielten es für richtig«, sagte Nickel, nahezu tonlos. »Und warum« – und plötzlich brüllte er und schlug auf den Tisch, daß Horn zusammenfuhr – »warum schleichen Sie zwei Tage um mich herum und sagen mir immer noch nichts?! Sie sind ja schlimmer als der Spee! Ich werde Sie ablösen, ich werde Meldung nach Rom machen! Sie sind ein Verräter und ein Rebell!«

Horn stand auf. Er war gelb im Gesicht. »Ich habe längst nach Rom geschrieben«, sagte er. »Was dieser Friedrich Spee sich erlauben durfte, ohne von Ihnen gerügt zu werden, wird wohl auch mir gestattet sein. Ich werde noch einmal an den Pater General schreiben und ihm mitteilen: Ihre Nachsicht mit Spee ist es gewesen, die unseren Orden so weit gebracht hat, daß er unglaubwürdig geworden ist vor Gott und der Obrigkeit.«

»Hinaus!« schrie Nickel. Er sprang auf und deutete auf die Tür. Doch der Arm, wie er ihn so jäh ausstreckte, stieß an das optische Wunderwerk. Nur auf drei Füße gestützt, wankte und stürzte das Gestell, das mit seinem schweren, ausladenden Guckkasten ohnehin reichlich kopflastig war. Ehe Nickel es auffangen konnte, zerscherbte die schöne Spiegelwelt auf dem steinernen Estrich; ein paar zierliche Pappjesuitlein purzelten heraus, und schlimmer noch: Die ungelöschte Kerzenflamme begann ein weiteres Zerstörungswerk. Außer sich vor Zorn und Angst, zerrte Nickel seine Soutane bis zu den Hüften hoch und trampelte auf dem zertrümmerten Oktogon herum, bis das Feuer ausgetreten war. Während Holz und Pappe noch schwelten, rannte er auf den Flur und befahl zwei dienenden Brüdern, das Versöhnungsgeschenk für den Kurfürsten auf den Müll zu werfen.

Seit der Bischof von Würzburg ihm angeboten hatte, den Franzosenkönig für Kurköln um Vermittlung bei den Schweden zu ersuchen, glaubte Kurfürst Ferdinand freier atmen zu dürfen. In seiner Not und Hilflosigkeit war er seit einiger Zeit sehr für die Neutralität eingenommen, und was der Würzburger vom Hoflager König Ludwigs in Metz mitgebracht hatte, klang auch hoffnungsvoll. Der Tod Gustav Adolfs auf dem Schlachtfeld bei Lützen konnte nun allerdings die politische Lage entscheidend verändern, und es gab einige, die den Kanzler Oxenstierna für noch unnachgiebiger hielten als den verblichenen König, so daß an einen Friedensschluß jetzt weniger zu denken wäre als zuvor.

Und nun war auch noch die Nachricht von dem schändlichen Überfall auf Siegburg gekommen, das zwar nicht auf kurkölnischem Territorium, sondern gegenüber, im Bergischen Lande, lag, sich aber dennoch vortrefflich als Sammel- und Ausgangspunkt für eine Unternehmung gegen Bonn oder Deutz eignete.

Trotz allem: Eine Atempause war, nach dem Besuch in Metz und dem Tode des schwedischen Usurpators, gewonnen, und Ferdinand war entschlossen, sie zu nützen, um mit so manchem, der ihn in letzter Zeit gedemütigt hatte, abzurechnen. Den Wirt Thergaten mußte er sich für einen günstigeren Zeitpunkt aufheben, aber mit dem unverschämten Jesuiten, der nun endlich in seinem Gewahrsam war, gedachte er kurzen Prozeß zu machen. Das Gezeter des Provinzials, der ein paar Tage nach Spees Verhaftung bei ihm erschien, hörte er sich nur wenige Minuten lang an. Dann erklärte er die Audienz für beendet, nicht ohne Nickel zu eröffnen, daß er Regens Horn als Beisitzer in das zu bildende Tribunal berufen werde.

Hierauf hob Nickel, der bereits zur letzten ehrerbietigen Verneigung angesetzt hatte, noch einmal den Kopf und erklärte mit unerwartet mannhaften Worten: »Euer Durchlaucht möge zur Kenntnis nehmen, daß ich dem Pater Horn die Annahme dieser Berufung kraft disziplinarischer Gewalt untersagen werde.«

Darauf führte er die Verneigung zu Ende und empfahl sich. Ferdinand hütete sich, ihn zurückzurufen. Er wußte sehr gut, daß er einem Jesuiten nicht einmal als Erzbischof Vorschriften machen konnte, sofern es um Ordensinterna ging.

Einige Tage benötigte der Kurfürst noch, um sich mit seinen Nächsten über die Zusammensetzung des Gremiums zu beraten, dem dieser Spee vorgeführt werden sollte. Er selbst würde den Vorsitz übernehmen, und zwar in seiner Doppelrolle als kurkölnischer Landesfürst und geistliches Oberhaupt der Erzdiözese. Neben Obersthofmeister von Wartenberg und Generalvikar Binius empfahl sich, da Spee die Rechtsgelehrten scharf angegriffen hatte, die Teilnahme eines Volljuristen; Wartenberg schlug Professor Ostermann vor, Dekan der Fakultät und Fachmann für Staatsrecht aus der Schule des großen Franzosen Jean Bodin, eines Gelehrten von europäischem Rang, der sich durch erbarmungslose Empfehlungen zur Bekämpfung der Hexenplage ausgezeichnet hatte.

Für die Geistlichkeit bot sich natürlich Weihbischof Otto Gereon an. Und warum nicht auch einen Mann berufen, von dem jedermann wußte, wie sehr Spee, seit den Tagen des unseligen Prozesses um die Postmeisterin, mit ihm verbunden, wenn nicht gar befreundet war: den Propst Hartger Henot von Sankt Severin? Der hatte sich jahrelang der Öffentlichkeit ferngehalten – nun aber, da es galt, ein Wort für den Freund einzulegen, würde er nicht kneifen. Und noch weiter ging der Kurfürst: Es konnte nur für seinen Gerechtigkeitssinn sprechen, wenn er auch einen Beisitzer berief, der nicht als sein Anhänger galt. Da der Prozeß – wenn man das Verfahren, von dem er selbst nicht wußte, welchen Charakter es annehmen werde, einmal so nennen wollte – weit über Köln hinaus Aufsehen erregen würde, lag ihm um so mehr daran, auch einige selbständig denkende Leute hinzuzuziehen.

»Geben Sie acht, junger Freund«, sagte der Kurfürst zu Johann von Schönborn, diesem trefflichen jungen Ritter, der vor wenigen Wochen mit dem Würzburger Bischof aus Metz zurückgekehrt war, »geben Sie acht, Sie sind doch mit Syndikus Wissius befreundet – ein merkwürdiges Paar, muß ich schon sagen: Sie, ein stattlicher, kerniger deutscher Jüngling, blond und rank, und dazu dieser schwarzhaarige, wachsbleiche Bukkel höchst unbestimmter Rasse: Wie reimt sich das?«

»Ich bin sehr ehrgeizig, Durchlaucht«, antwortete Schönborn. »Mein Herkommen befähigt mich zwar zu den höchsten geistlichen Ämtern, und ich habe auch gar keinen Zweifel, daß ich eines Tages Erzbischof werde. Nur geht mein Ehrgeiz eben so weit, daß mich das Amt erst dann befriedigen würde, wenn nicht nur meine Statur und mein Adelsbrief, sondern auch mein Geist ihm gewachsen wären. Wenn ich mich in diesem Punkt nicht selbst enttäuschen werde, verdanke ich das allein dem Umgang mit Doktor Wissius.«

»Nun denn, um so besser!« sagte Ferdinand, der dem Jüngling sehr zugetan war. »Sie werden also in meinem Auftrag zu Doktor Wissius gehen, der ja, wie ich hörte, vom Kölner Pöbel auch einiges zu erdulden hatte, und werden ihn zur Verhandlung über diesen Spee einladen. Als Beisitzer.« Und nach kurzem Bedenken fügte er hinzu: »Ich könnte ja auch Sie berufen, Schönborn – aber Sie sind mir im Kreise all dieser würdigen Grauköpfe denn doch etwas zu jung. Aber um den Wissius für uns zu gewinnen, sind Sie der richtige Mann.«

So überzeugt davon war Schönborn nicht. Voraussetzen durfte er lediglich, daß Wissius entrüstet war über das Verhalten der beiden Bürgermeister, die es nicht für nötig befunden hatten, ihren Syndikus durch Entsendung von Stadtsoldaten vor der wütenden Menge zu schützen. Jene gräßlichen Minuten kosteten den Doktor noch heute schlaflose Nächte. Immer wieder schrak er auf und fühlte sich, buchstäblich, in der Hand seiner Schergen, vor- und zurück- und wieder vorgeschwenkt, und immer wenn er der brüllenden Meute am nächsten war, in der geradezu viehischen Angst, sie könnten jetzt loslassen, so daß er in die Menge stürzen müßte wie in eine mit spitzen Messern gespickte Grube. Dazu die Schreie seines Eheweibes, das Prasseln der Flammen im Wohnzimmer, die Angst um den tapferen Sohn, der gegen das Feuer kämpfte, und, dies vor allem, die tiefe Empörung über den Verlust seiner Würde. Ein handliches Spielzeugmännlein war er nun für alle geworden, die ihn so gesehen hatten, eine zum Beschuß freigegebene Figur aus dem Jahrmarktszelt, von schmutzigen Fäusten besudelt und, im Wortsinn, verschaukelt.

Nach dem schändlichen Auftritt blieb Wissius für ein paar Tage in der Wohnung, obwohl ihm das unaufhörliche Gejammer seiner Frau arg zusetzte und er überdies große Sehnsucht nach der Schemmergasse hatte. Dort allein würde er Trost finden, zumal die Mädchen bald feststellen würden, daß er von seinem spezifisch männlichen Vermögen nicht das geringste eingebüßt hatte.

Als er sich endlich wieder zu Monika wagte, eröffnete ihm Markus Weidenpesch, der bullige Besitzer des Etablissements, das Mädchen sei in dieser Woche nicht verfügbar. Er könne ihm jedoch, gegen angemessene Vergütung, mit besonders delikater Speise dienen: mit einem Mädchen, das, auf Bitten von Laurentia, schon einmal, und seit einigen Tagen wiederum, bei ihm Unterschlupf gefunden habe, um Gotteslohn, versteht sich. Nun sei es aber an der Zeit, daß sie sich für seine Gastfreundschaft auf irdische Art erkenntlich zeige.

»Gertrude!« rief er. Aber es rührte sich nichts. Weidenpesch ging, etwas geduckt, wie immer, wenn er zornig wurde, in den Flur und stieß eine Tür auf. Dann verschwand er und zerrte gleich darauf Laurentia am Handgelenk auf den Gang.

»Was kluckst du immer bei der Nonnenschlampe herum!« schrie er. »Los, mach dem Herrn Syndikus deine Aufwartung! – Und was ist mit der da? Denkt die vielleicht, sie kann bei mir Tag und Nacht verschnarchen? Aufstehn! Kundschaft! Feine sogar! Nicht jede darf ihr Handwerk bei so hohen Herrschaften lernen.«

Wissius war näher gekommen und lugte neugierig ins Zimmer. Im Kerzenschein sah er einen ebenmäßigen Mädchenleib, nahezu entblößt, auf das Lager hingestreckt und, halb in den Kissen verborgen, unter blonden Locken ein Gesicht von nymphenhafter Anmut, offenbar in tiefem Schlummer, wenngleich über die geschlossenen Lider dann und wann ein kaum wahrzunehmendes Zucken ging.

»Sie kann doch nichts dafür!« rechtfertigte Laurentia ihre Gefährtin. »Es kommt über sie – und dann ist sie weg.«

»Riecht aber merkwürdig, was da über sie kommt!« polterte Weidenpesch. Er zog die Nase kraus und schnüffelte laut. Auch Wissius roch den intensiven, leicht betäubenden Duft.

»Wenn sie nicht arbeiten will, muß sie verschwinden«, entschied der Wirt. »Ich bin kein Unmensch, aber sie nimmt mir die Plätze weg. Geh jetzt, Laurentia, und kümmere dich um den Herrn Doktor.«

Er zog die Tür zu und schickte die beiden ins obere Stockwerk.

Wissius, mit der bewährten Freundin allein, wollte Näheres über das Mädchen erfahren. Laurentia erinnerte ihn daran, daß er aus ihrem Munde schon einiges über Gertrude gehört hatte. Gewiß, ja, das war dieses unglückliche Kind, das in den Spee verliebt war.

»Und nun wird sie erst recht untröstlich sein«, sagte er.

»Weshalb?« fragte Laurentia, während sie sich auszog.

»Weil ihr Idol im Gefängnis sitzt.«

Laurentia schlug die Hände vors Gesicht. Sie hatte keine Ahnung von der Verhaftung des Paters.

»Wenn sie's gar nicht weiß – weshalb betäubt sie sich dann? Gibt es einen anderen Grund?« fragte Wissius.

»Sie hat sich aus Deutz was mitgebracht«, sagte Gertrude und kroch zu dem Buckligen zwischen die Laken. »Eine Salbe, mit der sie sich in andere Welten versetzt. Sie spricht nicht darüber, nicht einmal mit mir, aber es muß sehr schön sein – und manchmal auch sehr gräßlich, was sie im Traum erlebt.« Sie stockte. »Ach, dann wißt Ihr ja noch gar nicht, wo ich sie wiedergefunden habe?«

»Nein, das weiß ich nicht«, sagte Wissius gelangweilt. Wenn er schon nicht beide genießen konnte, wollte er wenigstens mit der einen sein Vergnügen haben – ohne Ablenkung.

»Vor ein paar Tagen, frühmorgens am Neumarkt. Ich ging zur Messe nach Sankt Aposteln. Sonst geh ich immer nach Sankt Columban. Und während die Marktweiber schon ihre Stände füllten, sah ich, auf einer Gemüsekiste, ein verfrorenes Geschöpf sitzen, noch halb im Traum, mit schweren Augendeckeln, und wenn sie die aufschlug, waren die Pupillen ganz starr, sie sah zum Fürchten aus. Als sie halbwegs wach war, bekam ich ein bißchen aus ihr heraus, aber es war lauter Unfug. Sie sei von Deutz über den Rhein geflogen – geflogen, ganz recht! – und habe wie ein Schwan über Köln gekreist, bis ihr die Flügel schmerzten – die Flügel, ja! – und sie niedergehen mußte, die Füße voraus, wie ein Schwan auf dem Wasser landet, aber als Flügelmensch eben, und nachts und mitten auf dem Neumarkt! Schlimm schon, ziemlich schlimm, findet Ihr nicht auch?«

»Hm«, machte Wissius. »Wenn sie's so weitertreibt, wird ihr frommer Jesuit sie einem kräftigen Exorzismus unterziehen müssen. – Leg dich anders herum!«

»Um Himmels willen!« rief Laurentia und folgte seinem Wunsch. »Wenn sie erfährt, daß ihr Angebeteter im Kerker sitzt. – Wo übrigens?«

»Im Palast des Kurfürsten«, sagte Wissius. Und nach ein paar Sekunden: »Ich kann auch fliegen. Mit dir.«

Als Wissius spätnachts nach Hause ging, mußte er mehr an diese Gertrude denken als an die bewährte Laurentia. Sie hatte ihn ja auch wieder an Spee erinnert, dessen Schicksal ihm in der vergangenen Woche sicher noch näher hätte gehen müssen, wäre er nicht so sehr mit sich selbst beschäftigt gewesen. Jetzt hatte er die Handwerker im Hause, und als er, am anderen Tag, zu seiner Freude Besuch vom Ritter Schönborn bekam, mußte er ihn im Speisesaal empfangen, wo seine Frau vor dem Stickrahmen saß.

Schönborn hielt sich nicht mit einem Bericht über seine Erfahrungen in Metz auf, sondern überbrachte dem Syndikus als erstes die erstaunliche Einladung. Wissius witterte zunächst eine Falle, aber Schönborn deutete an, daß der Kurfürst sich an jenem unseligen 29. Oktober in einer Art Schicksalsgemeinschaft mit ihm befunden, zumindest wohl eine gewisse Sympathie mit dem bürgerlichen Kölner verspürt habe, der, wie er, ein Opfer des widerwärtigen Pöbels geworden war. Überdies sei der hohe Herr an der Teilnahme eines Ratsmitgliedes interessiert.

»Das wird doch ein Tribunal!« grollte Wissius. »Wer soll da über den armen Mann zu Gericht sitzen? Wartenberg? Binius? – So, auch Propst Henot? Nun, der wenigstens wird ihm nicht schaden. Wer noch? Ostermann? Schrecklich! Ein echter Schafskopf! Weiter?«

»Einer Empfehlung Adrian Horns folgend, auch Dechant Glimbach.«

»Entsetzlich!« Wissius verlangte nach Wein, seine Frau legte den Stickrahmen beiseite und holte Gläser aus der Kredenz. »Das sind doch alles Leute, die von diesem vorzüglichen Buch, um das es da geht, nichts, aber auch gar nichts begriffen haben!«

»Auch Weihbischof Gereon soll teilnehmen.«

»Der eitelste Pfaff in der ganzen Diözese! Beklagenswert, Schönborn, bitter, bitter.«

»Und deshalb können Sie sich gar nicht entziehen, Doktor Wissius!« rief Schönborn. »Unser Pater, den auch ich außerordentlich schätze und schon seines Mutes wegen verehre – wenn der einer solchen Hydra schutzlos ausgeliefert wird, ist er doch so gut wie verloren. Und Sie wissen ja wohl, was das heißt.«

Wissius nickte. Er stand auf, ging zum Kamin und stocherte mit dem Schürhaken die Scheite zurecht, bis die Flamme wieder zugriff. Frau Hilda brachte den Weinkrug; sie tranken. Wissius überlegte, daß mehrere Gründe für seine Teilnahme sprachen – und keiner dagegen:

Nachdem die Bürgermeister ihn offenbar fallengelassen hatten, tat er gut daran, sich auf die Seite des Kurfürsten zu schlagen. Eine Ablehnung hätte ihn völlig isoliert. Weiter bot sich wieder einmal Gelegenheit, darauf hinzuweisen, daß die Anwesenheit des Jesuitenordens in Köln den Frieden gefährdet. Und – er konnte den leichtsinnigen Pater ein wenig in Schutz nehmen, wenn sie's gar zu grimmig mit ihm trieben.

»Gut denn«, sagte er zu dem Ritter. »Ich akzeptiere.«

Sie hatten ihn in ein kleines Haus hinter dem Palais geführt, in eine Kammer, aus der sie zuvor Säcke mit Mehl und Kleie und andere Vorräte entfernt hatten. Durch das einzige Fensterchen konnte man auf einen verwilderten Garten sehen, hinter dem sich, wie eine verwitterte Felsenwand, die Nordflanke des Domes auftürmte. Unter dem Fenster stand ein Bettgestell mit dürftigem Strohsack und zerlumpter Decke; auch ein Schemel mit Schüssel und Waschkrug war vorhanden.

Als sie ihn einlieferten, hatte Spee fast so etwas wie Enttäuschung über den »Komfort« dieses Gemachs empfunden. Er hatte angenommen, man werde ihn, wie die vielen »Hexen«, die er hatte trösten müssen, in ein übles Loch werfen, in dessen Finsternis weder Sonne noch Mond einen Strahl schicken könnten. Dies aber war kein Kerker, sondern eine Unterkunft, um die ihn mancher arme Mann in Köln beneiden würde.

Er verlangte nach einem Kruzifix und erbat sich auch einen Tisch, an dem er schreiben könnte. Beides wurde ihm gewährt. Der Wärter, ein vergrämter Mann, der den Gefangenen von den beiden Offizieren übernommen hatte, entschuldigte sich sogar für »die karge Kammer«.

»Immerhin haben Sie einen Raum für sich allein, was nur wenigen unserer Hofbeamten vergönnt ist. Das Palais drüben ist voll bis unter den Dachboden.«

Und als der Wärter ihn auch noch des harten Lagers wegen bedauerte, sagte Spee nur: »Christi Kreuz war ein härteres Bett.«

Nur zu gut war ihm diese bittersüße Sucht vertraut, die nach dem Martyrium verlangte. Und wenn sie ihn, als eine vermessene Hoffnung, überfiel, entsann er sich, wie eines Trostes, der Behandlung, die man seinerzeit der Postmeisterin Katharina Henot hatte angedeihen lassen: Erst war sie, wie es einer Dame von Rang zukam, im Frankenturm einquartiert worden, bei reichlicher Kost und höflicher Bedienung. Dann jedoch hatte man sie in den Keller des Hachtgefängnisses überführt, wo sie, von der Tortur mißhandelt bis aufs Blut, in ihrem Kot hatte liegen müssen. Gedulde dich, ermahnte sich Spee, wenn ihn die Leidenssehnsucht überfiel: Bist du zur Qual berufen, so wird's auch dir an Kellern und Folterknechten nicht mangeln.

Wenn ich gedenk an Strick und Schwert,
mein Herz in Freud' tut schweben:
weil ich mit Christo leiden werd',
mit ihm auch werd' ich leben.

Jedoch in diesen Stunden und Tagen, da ihn keiner wahrnahm außer dem Wärter, der ihm Nahrung brachte und ihn auf den Abtritt führte, wurde ihm immer wieder bewußt, daß seine Natur viel zu schwach war, um große Pein und Marter aushalten zu können. Dann bat er Gott, er möge ihn nicht der Versuchung aussetzen, sich für stärker zu erachten, als er war, und nach dem Martyrium zu verlangen. Wenn Gott es dennoch über ihn verhängen wollte, würde Er ihm in Seiner Barmherzigkeit beistehen müssen, sollte er nicht vollends zu Grunde gehen.

In solcher Traurigkeit erinnerte er sich wiederum an eine Ermahnung, die er für seine Beichtkinder einst im »Güldenen Tugendbuch« niedergeschrieben hatte:

»Wir wandern hier auf Erden gleichsam in der Nacht, und führten wir kein Licht mit uns, wir kämen ohne Gefahr keinen Schritt mehr voran. Das Licht aber ist unsere Vernunft und unser rechtes Urteil. Wenn uns nun durch eine unmäßige Traurigkeit dieses Licht ausgeblasen wird, dann müssen wir stehenbleiben und um Hilfe rufen, daß uns das Licht wieder angezündet werde und der Wind der Versuchung aufhöre zu wehen. Fange also niemals etwas aus Bitterkeit des Herzens an, leiste in dieser Verfassung auch kein Gelübde, noch tue etwas Unwiderrufliches, das dich nachher reuen könnte.«

Das war es. Darauf kam es jetzt an. Wenn ich nur reden dürfte, dachte Spee. Mögen sie mich vor ein Tribunal stellen aus Fürsten, Richtern, Geistlichen, Theologen – ich wüßte auf jede Frage zu antworten, mich jedes Vorwurfs zu erwehren. Nein, ich werde nicht verzweifeln! Aus tiefstem Grund meines Herzens werde ich zu Gott rufen. Im Vertrauen auf Christus werde ich hoffen und glauben, daß Er mir dennoch helfen wird, wenn ich es nur über mich bringen kann, Ihn auch in den Stunden der Qual, die Er mir zuteilen wird, über alles zu lieben. Denn wo Er ist, da ist auch Seine Barmherzigkeit.

An einem adventlichen Freitag – es war schon der dritte in der Gefangenschaft –, als der graue Dezembertag im Fenster verdämmerte, ging ihm ein Vers durch den Kopf. Und da sie ihm das Schreibzeug gelassen hatten, hielt er ihn fest:

Bei stiller Nacht, zur ersten Wacht
ein' Stimm' hub an zu klagen …

Und weiter schrieb er, fast als sei er dabeigewesen damals, im Garten von Gethsemane, und hätte, anders als die schlafenden Jünger, das Flehen des Gottessohnes in seiner Todeinsamkeit vernommen. Ja, er sah ihn: hingestreckt auf die Erde, das Haupt in den Armen verborgen:

Ach Vater, liebster Vater mein,
und muß den Kelch ich trinken?

Und er hörte den Zuspruch des Vaters und das Ja des Sohnes, dem Gehorsam das *eine* Unausweichliche war und Angst und Not vor dem Tode das *andere.* Angst vor dem Martertod: vor Ruten, Geißel und Skorpion, Angst vor der allerletzten Stunde.

Ein Kreuz mir vor den Augen schwebt,
o weh der Pein und Schmerzen …

Sie schlafen, keiner wacht mit ihm im Ölbaumgarten. Der Vater verlangt Gehorsam, mag er auch sanft sein »liebes Kind« beschwichtigen: Der Kelch geht nicht an ihm vorbei.

Auch Maria, die milde Mutter, weiß keinen Trost. Wie sollte aller Trost der Nacht – der bleiche Mond, die glitzernden Steine, die Vögel, die Tiere in Steinen und Klüften – wie sollten sie noch trösten können, wenn selbst Gott nur den Todesbefehl wiederholt, um dann seinen Sohn im Martyrium endgültig allein zu lassen.

»Franz Wilhelm von Wartenberg, Obersthofmeister Seiner Durchlaucht Ferdinand von Wittelsbach, Kurfürst Erzbischof von Köln, an den hochwohlgeborenen Herrn Doktor Heinrich Tectorius Glimbach, Dechant zu Sankt Severin.

Euer Liebden!

Obwohl Kurfürst Ferdinand erstmals im Jahre 1622, wiederholt Anno 1627, in einem Dekret auf das beängstigende Zunehmen der leidigen Hexenplage nebst Teufelsbündelei hingewiesen, hat die Stadt Köln all seine Mahnungen und wohlgemeinten Assistenz- wie Succurs-Angebote in den Wind geschlagen. Dies ist um so unverständlicher, als das inzwischen erschienene hochgelehrte Tractatum aus Euer Liebden kundiger Feder es an Hinweisen auf das schändliche Treiben des bösen Feindes gerade in dieser Stadt wahrlich nicht hat fehlen lassen. Mit Genugtuung habe ich vermerkt, daß Euer Liebden nicht versäumt haben, deutlich darzutun, daß dic Person des Herrn Kurfürsten von den Versuchungen obvermeldeten Feindes mit Gottes Hilfe unberührt geblieben.

Dieweil es nun Unserer Kurfürstlichen Polizei gelungen, einen der Haupträdelsführer hiesiger Unruhen, einen Jesuiten namens Spee, dingfest zu machen, hat Durchlaucht sich entschlossen, denselben vor ein Tribunal zu stellen, dessen Schöffenbank mit den erlesenstenGeistern hiesiger Stadt besetzt werden soll.

In Verfolg dieses ersuche ich Euer Liebden, sich am 20. Dezember, einen Tag vor Thome apostoli, um 11 Uhr pünktlich im Kapitelsaal am Domhof einzufinden, um anberaumte Versammlung von Euren wissenschaftlichen consilia profitieren zu lassen.

Euer Liebden wohlaffectionierter
Franz Wilhelm von Wartenberg,
Obersthofmeister.«

Glimbach saß am Kamin, die Füße der Flamme entgegengestreckt, wie all die Wochen, die Monate seit dem schrecklichen Tag seiner Demütigung. Auf die Stufen vor dem Rathaus hatten sie ihn gezwungen, ihn, gleich einem Büßer vor Gott, um Verzeihung flehen lassen!

Um Verzeihung wofür? Dafür, daß er als einziger in dieser verblendeten Stadt den Seuchenwind wahrgenommen hatte, der durch die Gassen strich und mitnichten aus dem Munde der Pestgöttin kam, sondern aus des Teufels stinkendem After! Darum, daß er seine Stadt vor Hexenzauberwerk bewahren wollte, hatten sie ihn so grausam bestraft, daß er fortan kaum mehr aus seiner Wohnung zu Sankt Severin gehen, seine Pflichten als Dechant nicht mehr wahrnehmen, auch keine Messe mehr lesen, ja nicht einmal das Wirtshaus besuchen mochte. Einziger Trost in dieser umdüsterten Zeit waren ihm die Bücher der großen Hexenspürer und Hexenbrenner gewesen, und allein aus den unwiderlegbaren Erkenntnissen dieser Weisen ward ihm die Hoffnung gespendet, es werde einst kommen der Tag, da die Stadt sich reuevoll seiner erinnern müsse: als eines Rufers in der Wüste, eines verkannten Propheten, dessen schändliche Demütigung wiedergutzumachen heiligste Pflicht der neugewählten Bürgermeister zu sein hätte.

Nun war es nicht die Stadt, die sich besann. Es war der Kurfürst, sein Erzbischof, der ihn berief – und welch hohes, verantwortungsvolles Amt hatte er seinem Diener zugedacht!

Glimbach, fahl im Gesicht, tappte mit dem Brief, den ihm ein blauberockter Reiter des Kurfürsten überbracht hatte, freudig klopfenden Herzens hinunter zu Hartger Henot. Er war ein wenig enttäuscht, als er erfuhr, daß auch der Propst auf die Schöffenbank geladen war. Die Auszeichnung erschien Glimbach nun, für einige Minuten wenigstens, von minderem Wert. Denn dann wäre ja wohl in den Augen des Herrn Obersthofmeisters auch Henot einer der »erlesensten Geister«? Dennoch: Im Vergleich mit diesem, dem es an theologischer Bildung beträchtlich mangelte, würde ein Glimbach sich schon hinreichend darzustellen wissen. Und vollends verflog sein Groll, als er den kargen Text von Henots Einladung gegen die schmeichelnden Sätze hielt, mit denen der gnädige Herr Obersthofmeister *ihn* bedacht hatte.

Er stiefelte wieder hinauf, schleuderte die Pantoffeln in die Ecke, tänzelte ausgelassen in der Stube herum, wozu er sich mit gespitzten Lippen, wenn auch mit etwas verblasenem Ton, eins pfiff, und setzte seine Brille bald ab, bald auf, um wieder und wieder mit bebenden Lippen nachzusprechen, was der gnädigste Herr ihm in würdigem Kanzley-Stil an Teilnahme und Anerkennung gespendet hatte: »… mit Genugtuung habe ich vermerkt, daß Euer Liebden nicht versäumt haben … hochgelehrter Tractatus aus kundiger Feder … die Versammlung von Euren wissenschaftlichen consilia profitieren zu lassen …«

Es war ihm zumute wie Hiob, als der Herr den Eliphas und alle, die dem armen Mann Unrecht getan, zu ihm geschickt und sie Abbitte hatte leisten lassen. Heinrich Tectorius Glimbach, einst Hexenkommissar der Stadt Köln, zum Opfer gefallen einem schändlichen Komplott, gewaltsam entkleidet all seiner Ämter und Würden, viele Monate darbend in der Wüste der Diskriminierung und zum Gespött geworden den Menschen – Doktor Heinrich Tectorius Glimbach, endlich erhoben aus dem Staube von höchster Hand und gesetzt auf den Stuhl, zu richten …

Ja, was? Ja, wen? Ein Tribunal, eine Schöffenbank – so stand's im fürstlichen Schreiben. Zu richten also galt es in der Tat! Und über diesen Spee!

Er hätte es ja noch lieber gesehen, wär' er bestellt worden zum Richter über jene Herren von der Stadt, die ihn gedemütigt hatten. Aber nun betraf es eben diesen Spee, der ihm schon damals, als es noch um die Henotsche ging, Widerpart geleistet und, nach Köln zurückgekehrt, ihm abermals sein Denken und Tun als irrig, ja, als wahnwitzig vorgehalten hatte.

Immer wenn Glimbachs Blick im Gebet sich zum Himmel wandte, blieb er an der weißlichen Schrunde im braunen Dekkenbalken haften, aus dem, in der Stunde seines tiefsten Elends, der Nagel herausgebrochen war. Da hatte, weiß Gott zur unrechten Zeit, jener Jesuit sich eingestellt. Hatte den verunglückten Selbstmörder verspottet, indem er ihm, der, die Schlinge noch um den Hals, auf dem Boden saß, gleisnerischen Trost zugesprochen, in Wahrheit aber nur rechthaberisch auf sein törichtes Cautio-Buch verwiesen hatte. Wie weise war nun die Entscheidung des gnädigen Gottes, nach den Worten der Schrift: Wer sich selbst erhöhet, der soll erniedrigt werden. Und Heinrich Tectorius Glimbach, dem diese beglückende Erkenntnis just in dem Augenblick kam, da die kurfürstliche Kutsche ihn und den Propst abholte, hatte dafür zu sorgen, daß die Schrift erfüllt wurde.

Als Ferdinand am Vormittag des 20. Dezember in Begleitung Wartenbergs, des Weihbischofs Otto Gereon und des Generalvikars und Rektors Severin Binius den Saal betrat, erhoben sich zu seinen Ehren nicht nur die Herren des Domkapitels von ihren Zuhörerbänken, auch die anderen Beisitzer waren bereits versammelt. Der Kurfürst begrüßte sie mit Handschlag – Professor Ostermann, Propst Henot, Doktor Wissius und Dechant Glimbach –, und jeder versprach, sich seiner Berufung würdig zu erweisen.

Beim Dechanten verweilte der Fürst etwas länger.

»Auch meine Seele hat geseufzt«, sagte er, in Anspielung auf den Titel des Glimbachschen Buches. »Aber nicht, als ich Ihr Werk las – dies erfüllte mich vielmehr mit Genugtuung! –, sondern als ich das Machwerk dieses Mannes erleiden mußte, über den wir heute zu befinden haben.«

Dies sagte er so laut, daß selbst die Zuschauer es hören konnten. Er wollte sichergehen, daß auch jene Herren, die ihm und seinen Überlegungen ferner standen, wie etwa Propst Henot oder Doktor Wissius, seine Beurteilung der »Cautio Criminalis« zur Kenntnis nahmen. Dennoch sollte der Beschuldigte nicht bereits vor Beginn des Prozesses als verurteilt gelten.

»Ich lege Wert darauf«, sagte der Kurfürst, »daß der Beklagte Gelegenheit bekommt, seine Gedanken im Zusammenhang vorzutragen. Deshalb soll er sich zunächst äußern dürfen, ohne daß wir ihn unterbrechen. Es sei denn, er würde unverschämt. Den Vorsitz trete ich zunächst an Herrn von Wartenberg ab. Bitte nehmen Sie Platz, meine Herren!«

Auf einer Estrade, zu der drei Stufen hinaufführten, waren zwei lange Tische zusammengestellt, die mit Leintüchern bedeckt waren. Das mittelste, nach vorn hinunterhängend, trug das Wappen der Wittelsbacher.

Zur Rechten des Kurfürsten saß Wartenberg, neben diesem Propst Henot, dann kam der graugesichtige Professor Ostermann und, am Rande, Doktor Wissius. Zur Linken des Fürsten saß Generalvikar und Rektor Severin Binius, dem sein Herz heute schwer zu schaffen machte, daneben Weihbischof Otto Gereon, auch im Sitzen alle überragend, und grotesk klein und dürftig neben ihm der rotschopfige Glimbach mit seiner Brille.

Als sie den Jesuiten hereinführten, beschlich den Kurfürsten ein merkwürdiges Gefühl. Da es dem Mitleid nicht unähnlich war und weil es so gar nicht hierher gehörte, bereitete es ihm Unbehagen. Dieser kaum mittelgroße Mann in seiner abgetragenen Soutane, der nicht viel älter als vierzig war, wirkte schon jetzt wie vom Alter leicht gebeugt. Nur die schwarzen Augen, die den Blick des Fürsten suchten, glühten so jung und aggressiv, daß man sich fragen mochte, wie seine Ordensbrüder ihn so lange hatten ertragen können, da er ihnen doch als das mahnende Gewissen in persona hätte erscheinen müssen.

»Friedrich Spee«, sagte der Kurfürst mit ruhiger Stimme, »wir haben Sie gebeten, sich zu einigen Punkten Ihres umstrittenen Buches zu äußern. Eines Buches, das große Teile der deutschen Christenheit in erhebliche Unruhe versetzt hat. ›Pestilentissimus liber‹ hat man es bereits genannt, wenn ich recht unterrichtet bin. Da Sie meinem Wunsch nach Widerruf Ihrer Thesen nicht nachgekommen sind, mußte ich mich Ihrer auf etwas ungewöhnliche Weise versichern. Ich wünsche nun, daß Sie die Hauptargumente Ihres Werkes vor diesem Kreis erlauchter Prälaten und Wissenschaftler kurz zusammenfassen und auf unsere Fragen antworten. Sie haben das Wort.«

Erwartungsvoll lehnte der Kurfürst sich zurück. Doch ehe Spee seinen Vortrag beginnen konnte, hielt Herr von Wartenberg es für angemessen, dem Beklagten unmißverständlich darzustellen, in welcher Situation er sich befand:

»Taub und verstockt müßte einer wohl sein, der aus den Worten unseres durchlauchtigsten Fürsten nicht seine große Güte, seinen unbeirrbaren Sinn für Gerechtigkeit herausgehört hätte. Dennoch sollten Sie, Spee, sich von der Großmut des Herrschers nicht zu Leichtsinn und Unbotmäßigkeit verleiten lassen. Denn Sie stehen vor einem Tribunal, das die Machtvollkommenheit eines weltlichen Gerichtes besitzt. Es kann also nicht allein eine Schrift verdammen, sondern auch über Freiheit und Leben ihres Autors befinden. Das sollten Sie wissen. Und nun können Sie sich setzen.«

Spee ließ sich auf dem Schemel nieder, den man in gebührendem Abstand zum Richtertisch bereitgestellt hatte. Er dachte an Paderborn. Vor wenig mehr als einem Jahr hatte er sich auch dort verantworten müssen, vor Weihbischof Pelking und einigen Ordensbrüdern. Auch dort war er verhört und gedemütigt worden – aber er hatte doch das Haus als freier Mann betreten und wieder verlassen. Hier war es anders. Und – er befand sich in dem Saal, in dem auch der Mann, der ihn vor sein Gericht stellte, tief gedemütigt worden war.

»Reden Sie!« sagte der Kurfürst. »Wir hören.«

Spee verneigte sich und begann:

»Es ist wohl jedermann bekannt, wieviel Aberglaube und Verleumdung es unter den Deutschen gibt, und zwar – ich schäme mich, es auszusprechen – besonders unter den Katholiken. Die Obrigkeit bestraft dieses Geschwätz so wenig, wie die Priester es rügen. Obwohl Gott selbst, wie in der Bibel nachzulesen ist, der Menschheit für ihren Ungehorsam strenge Strafen angedroht hat, behauptet das Volk, ebenso wie die Obrigkeit und die Geistlichen, Verursacher dieser schlimmen Plagen seien allein gewisse mit dem Teufel verbündete Weiber. Mit anderen Worten: Gott und die Natur sind, wenn es um Leiden und Plagen geht, sozusagen beschäftigungslos; alles machen die Hexen!«

Bereits hier wurde Spee, entgegen der Weisung des Kurfürsten, unterbrochen. Der Jurist Ostermann konnte sich nicht zurückhalten.

»Das ist ja nun auch längst erwiesen«, sagte er mit Nachdruck. »Viele tausend Teufelsbräute sind wegen dieser Verbrechen hingerichtet worden. Sie vergessen offenbar, daß jeder Verbrennung ein ordentliches Verfahren und ein rechtskräftiges Urteil vorausgegangen sind.«

»Ich vergesse es nicht«, erwiderte Spee mit hochgezogenen Brauen. »Ich habe diese ordentlichen Verfahren und rechtskräftigen Urteile miterlebt. Und zwar so oft, daß ich mich fragen mußte, ob bei einer solchen Art von Rechtspflege nicht eines Tages die gesamte Menschheit ausgerottet sein würde. Weil nämlich einer den anderen denunziert – bis der letzte sich selbst in den Tod denunziert hat. Ich werde Ihnen, sollten Sie es am Ende nicht wissen, gerne sagen, wie es bei diesen Verfahren zugeht: Nachdem etliche Narren, wozu auch Geistliche und Gelehrte zählen können, verlangen, daß …«

Weihbischof Otto Gereon, der in der »Cautio Criminalis« geblättert hatte, schrak auf.

»Narren? Sind Sie bei Sinnen, Spee?«

»Da wir alle Menschen sind«, erläuterte Spee in verbindlichem Ton, »gibt es auch im Klerus Toren und Narren genug – erst recht in unserer Zeit, die Unwissenheit und Aberglaube weit höher einschätzt als das Zeugnis der Vernunft. Aber gut, sagen wir, es sei allein das schlichte Volk, das auf Grund irgendwelcher Gerüchte verlangt, die Obrigkeit solle das Verfahren gegen die ›Hexen‹ einleiten. Also befehlen die Fürsten, um das Wohl der Untertanen besorgt, ihren Richtern, einen Prozeß vorzubereiten. Die Richter wissen aber zunächst gar nicht, wo anfangen. Sie haben ja keine Beweise, nicht einmal Indizien. Und aus nur zu berechtigten Gewissensbedenken wagen sie nicht, so einfach ins Blaue hinein zu prozessieren. Nun schreit aber das Volk, dieses Zögern sei höchst verdächtig. Und das gleiche lassen sich auch die Fürsten einreden.«

Generalvikar Binius nahm beunruhigt wahr, wie der Kurfürst nervös mit der Kette spielte, die den Orden des »Goldenen Vlieses« trug. Er mußte ihm den nötigen Respekt verschaffen.

»Hören Sie, Spee, Sie dürfen hier, dank der Großzügigkeit unseres gnädigen Herrn, frei sprechen. Schon aus diesem Grunde sollten Sie dem Fürsten nicht unterstellen, er lasse sich von irgend jemandem ›etwas einreden‹.«

Die Herren vom Domkapitel applaudierten dezent. Es wurde höchste Zeit, daß die Autorität des Erzbischofs wieder gestärkt wurde.

»Gut«, räumte Spee ein; er wollte Ferdinand nicht unnötig reizen. »Ich gebe zu, die Fürsten könnten sich damit entschuldigen, man habe sie hinters Licht geführt. Der Bischof von

Bamberg hat sich ja so ähnlich auf dem Sterbebett salvieren wollen. Aber je mächtiger ein Fürst ist, um so mehr hat er sich durch eigenen Augenschein und intensive Beschäftigung mit der Materie um den korrekten Vollzug der Gerechtigkeit zu kümmern.«

Jetzt fühlte Glimbach sich aufgerufen. Unverschämtheit durfte man nicht schweigend hinnehmen.

»Sie wollen doch nicht etwa mit dieser Bemerkung auch *unseren* verehrten Fürsten kritisieren?«

Er sah zu Ferdinand hinüber, der ihn jedoch mit keinem dankbaren Blick belohnte.

»Ich habe nichts gegen die Fürsten«, sagte Spee bedächtig. »Henker und Folterknechte, die mögen sich oft hart und unmenschlich verhalten. Aber doch nicht die Fürsten! Sie sind stets menschlich und gerecht. So habe ich es als Kind gelernt, und von dieser Meinung möchte ich nicht lassen.«

Von Ironie verstehen sie nichts, die arroganten Herren, dachte er, als sie fast alle freundlich nickten. Ich muß deutlicher werden:

»Ich verlange nur, daß die Fürsten, wenn sie sich schon nicht selber um die Materie kümmern, Männer zu Rate ziehen, die ihnen beibringen, daß man mit Menschenblut nicht seinen Mutwillen treiben und mit unseren Köpfen nicht Kegel spielen darf!«

Das war ja nun empörend. Glimbach geriet ganz außer sich:

»Sie halten unsere Fürsten anscheinend für Kannibalen? Wenn Sie sich unbedingt die Gunst Ihrer Richter verscherzen wollen – bitte!«

»Ich weiß«, sagte Spee, »daß es in Deutschland sehr gefährlich ist, das Mißfallen der Fürsten zu erregen. Vor allem die Geistlichen haben das längst begriffen; sie können sich gar nicht genugtun mit ihrer Lobhudelei!«

»Lassen Sie endlich die Geistlichkeit aus dem Spiel!« polterte Weihbischof Gereon.

»Das ist unmöglich, Exzellenz! Wir Geistlichen dürfen nicht zu denen gehören, die der Prophet ›stumme Hunde‹ nennt!

Unser Amt ist es vielmehr, mit unserem Bellen sogar die Könige aus dem Schlaf zuwecken, wenn in der Nacht Gefahr droht!«

Sein Blick streifte Wissius; der Syndikus nickte beifällig. Daß auch er diesem Gremium angehörte, war ermutigend.

»Fahren Sie fort!« mahnte Wartenberg.

»Es bleibt also nicht aus: Die Richter folgen dem Willen des Fürsten, oder eben seinen schlechten Ratgebern, und machen irgendwo ein armes Weib ausfindig, das seinen Nachbarn verdächtig geworden ist. Sollten sie aber immer noch zögern, mit dem Prozeß zu beginnen, dann schickt der Fürst einen mit Sondervollmacht ausgestatteten Kommissar aus. Wenn nun dieser Beauftragte wenig begütert ist, vielleicht auch eine große Familie hat, dann wird er sich rechtzeitig daran erinnern, daß er für den Kopf jedes wegen Hexerei zum Tode Verurteilten eine Belohnung aus dem Vermögen des Delinquenten erhält. Nun überlegen Sie bitte, wie dieses Gesetz sein richterliches Gewissen korrumpieren muß! Schon längst heißt es im Volke, für einen Juristen sei die sicherste und bequemste Methode, schnell reich zu werden, eine möglichst große Zahl von Todesurteilen zu verhängen! Besonders einträglich sei es natürlich, wenn man den Verdacht auf reiche Familien lenke; da käme man am schnellsten zu Häusern, Anwesen, ganzen Landgütern.«

Hier wollte Ostermann sich empören. Das zielte ja direkt auf ihn und all die unzähligen braven Juristen, die sich in zermürbend mühevoller Arbeit mit diesen schrecklichen Teufelsweibern herumzuschlagen hatten! Die meisten bekamen ja kein Gehalt, waren also auf Einkünfte angewiesen, die ihnen aus den konfiszierten Vermögen zuflössen. Was war denn daran wohl Unrechtes? Sollten sie vielleicht verhungern? Aber der Kurfürst untersagte ihm mit unwirscher Handbewegung seinen Einwurf. Ferdinand wollte, das war einigen in diesem Kreise, bestimmt aber dem Doktor Wissius, klar, das heikle Thema unberührt lassen. Schließlich wurde auch der Staatssäckel durch das Vermögen verurteilter Hexen aufgefüllt.

Von den Praktiken der Hexenkommissare kehrte Spee zu den »Normalverfahren« zurück:

»Man hat also eine armselige Frau, ich will sie einmal ›Gaja‹ nennen, mit böswilligen Redereien so belastet, daß es ihr an den Leib geht ...«

»Aber doch nicht, wie Sie es darstellen, allein auf bloße Gerüchte hin!« sagte Wartenberg.

Sie kapieren's nicht, dachte Spee. Ich sehe es ihren Gesichtern an. Sie begreifen nicht, was Aberglaube, Gerüchtemacherei und Denunziation anrichten können. Also muß ich's ihnen noch klarer machen:

»Ich gebe zu: So wie Sie, Herr Obersthofmeister, gibt es sicher auch einige Richter, die Wert darauf legen, daß der Prozeß nicht allein auf ein Gerücht hin angestrengt wird. Deshalb beschäftigt man sich zunächst einmal mit dem Lebenswandel der verdächtigen Frau. War er schlecht und sündhaft, dann sagt man, das sei ein starkes Indiz, denn von einem Laster dürfe man getrost auf andere schließen, also auch auf Hexerei. War ihr Wandel jedoch gut und rechtschaffen, so ist auch das ein Indiz. Denn gerade, indem sie sich besonders tugendhaft geben, pflegen die Hexen ihr wahres Wesen zu verbergen. Ist unsere Gaja nun besonders schön oder besonders häßlich, besonders lasterhaft oder besonders fromm: Als Hexe höchst verdächtig ist sie in jedem Fall! Sie wird also ins Gefängnis geworfen. Nun zeigt sie entweder Furcht, oder sie tut es nicht. Zeigt sie Furcht, weil sie gehört hat, welch entsetzlichen Folterqualen man die Verdächtigen unterzieht, so ist das natürlich ein Indiz, denn man sagt, dadurch verrate sich ihr schlechtes Gewissen. Zeigt sie aber keine Furcht, weil sie nämlich auf ihre Unschuld vertraut, so ist auch das ein Indiz!«

Hier glaubte Glimbach ihm zustimmen zu müssen: »Natürlich, Spee! Das ist ja das Erstaunliche gerade an dieser Art Hexen; nicht nur, daß sie sich unschuldig stellen, sondern daß ihnen das überhaupt *gelingt*: Sie wissen die jedem Weibe eigentümliche Schwäche und Feigheit mit einer solchen Bravour zu überwinden, daß ihnen dabei nur der Teufel geholfen haben kann!«

»Und wie, mein Herr«, fragte Spee, »wie soll sie sich eigentlich verhalten, wenn sie *unschuldig* ist? Ich meine: daß man ihr die Unschuld auch *glaubt?*«

Wie oft schon habe ich diese Frage gestellt! Damit aber sind wir genau an dem Punkt angelangt, wo sie beginnen können, mir den Strick zu drehen. Unweigerlich geht es jetzt in die Sackgasse – und wer da wieder herauskommen will, riskiert, daß er als Hexer gerichtet wird.

Glimbachs Antwort kam wie erwartet. Nachsichtig lächelnd sagte er: »Schon der große Hexenforscher Delrio hat gesagt: Sollten wirklich einmal Unschuldige in einen solchen Prozeß geraten, dann wird ihre Unschuld bald offenbar werden.«

»Bald? Das heißt: wenn sie längst zu Asche verbrannt sind!«

Professor Ostermann, der wußte, daß ihn die Rolle des kühlen Fachjuristen am besten kleidete, schnalzte mit der Zunge.

»Wenn man Sie so reden hört, Herr Pater, könnte man wahrhaftig meinen, Sie hielten es für möglich, daß auch *Unschuldige* verbrannt wurden.«

Die Stille, die plötzlich eintrat, war beklemmend. Nicht nur Spee war die Brisanz dieser Frage bewußt. Und zum ersten Mal ließ sich Doktor Wissius vernehmen, wenn auch nur halblaut: »Passen Sie auf, Spee, was Sie jetzt antworten!«

Spee nickte ihm zu. Dann sagte er, betont langsam:

»Ich habe sehr viele ›Hexen‹ zum Scheiterhaufen begleiten müssen. *Ich* habe sie *alle* für unschuldig befunden.«

Gegen seinen Vorsatz, sich des kranken Herzens wegen nicht aufzuregen, ereiferte sich der Generalvikar: »Sie lästern! Merken Sie denn nicht, wie Sie sich versündigen? Haben Sie vergessen, was in den Psalmen steht: ›Wer auf den Herrn hoffet, der soll nicht zuschanden werden‹?«

Und siehe da, auch Propst Henot schlug sich auf die Seite derer, die hier den Ton angaben: »Und im 2. Petrusbrief heißt es: ›Es weiß der Herr die Frommen aus der Versuchung zu retten‹!«

Wenn ich jetzt nicht aufpasse, dachte Spee, wenn ich jetzt nicht brutal zurückschlage, haben sie mich in der Falle. Nein, ich nehme keine Rücksicht mehr – und wenn ich's mit allen hier verderben sollte.

»In der Tat?« fragte er und wandte sich Henot zu. »Nun, Er *weiß* sie gewiß zu erretten. Aber *tut* Er es auch? Wie verhielt es sich denn mit den christlichen Märtyrern? Waren sie nicht alle unschuldig? Waren sie nicht Gott aufrichtig ergeben? Setzten nicht alle ihre Zuversicht auf Ihn? Und – wie stand es denn mit Ihrer Schwester, Propst Henot??«

Die Herren am Richtertisch hoben die Köpfe. Ging der Beklagte zum Angriff über?

Henot setzte zur Antwort an. Es war ihm klar: Was er jetzt zu sagen gedachte, konnte Gewicht nicht nur für diese Verhandlung, sondern auch für sein persönliches Schicksal, nicht zuletzt für etwelche Wiedergutmachungsansprüche haben.

Er holte noch einmal tief Luft und sagte dann mit großem Ernst: »*Sie war schuldig!* Und Ihnen, Spee, kann ich den Vorwurf nicht ersparen, daß *Sie* es waren, der mich, eines vermeintlichen Justizirrtums wegen, über Jahre hinweg gegen die Obrigkeit aufgebracht hat! Beim barmherzigen Gott, Sie haben mir meinen Seelenfrieden geraubt!«

»Wenn ich Sie recht verstehe, Herr Propst«, erwiderte Spee mit ironischem Lächeln, »waren Sie selbst so eine Art Märtyrer. Jahrelang mußten Sie Ärmster sich mit dem schlimmen Verdacht herumschlagen, Katharina könnte vielleicht doch unschuldig sein. Bedauernswerter Mann! Jetzt verstehe ich auch, weshalb Sie sich als Opfer der apokalyptischen Reiter malen ließen!«

Nein, er nahm keine Rücksicht mehr. Hatte er, als er den Saal betrat und Henot erkannte, noch geglaubt, der Propst werde zumindest um Gerechtigkeit *bemüht* sein – jetzt waren die Fronten klar, und auf den Beistand dieses Feiglings wollte er gern verzichten.

»Das sind nun wirklich private Dinge!« bemerkte Wartenberg ungehalten. »Bleiben Sie bei der Sache, Spee.«

Spee fuhr fort: »Um nun also noch mehr Indizien gegen die Gaja zu bekommen, setzt der Untersuchungsrichter speziell für ihre Aufgabe abgerichtete Leute ein. Das sind meist ganz verworfene, übel beleumundete Burschen. Sie sollen das bisherige Leben der Angeklagten durchforschen. Bei dieser widerlichen Schnüffelei kann es nun gar nicht ausbleiben, daß man auch bei der anständigsten Person auf irgendeine Bemerkung, irgendeine Handlung stößt, die einem anderen nicht gefallen hat und die durch böswillige Auslegung leicht zu einem Schuldbeweis verfälscht werden kann. Und nun wagt kein Mensch mehr zu bezweifeln, daß die Gaja eine Hexe ist!« Spee machte eine Pause und versuchte, nacheinander jedem der Beisitzer ins Auge zu sehen, was ihm freilich nur bei einigen gelang. »Ich frage mich ernstlich«, sagte er dann, »ob Deutschland wirklich so blind ist? Wenn die Obrigkeiten mit diesem schändlichen Treiben fortfahren, werden sie mit all ihrem Feuereifer nur erreichen, daß sie einst selber im Höllenfeuer brennen!«

»Protest! Protest! Protest!« schrie Glimbach. »Dieser Mann unterstellt der Obrigkeit kriminelle Handlungen!«

»Und spielt sich auf, als sei er Richter beim Jüngsten Gericht!« Severin Binius massierte sein Herz. »Das ist schlicht Gotteslästerung!«

»Man kennt das ja schon bis zum Überdruß aus Ihrem Buch«, sagte Ostermann und schlug sein Exemplar auf. »Da steht – auf Seite 103: ›Die Obrigkeit bemächtigt sich der armen Opfer dieses verbrecherischen‹ – verbrecherischen! – ›Geschwätzes, foltert sie und will sie um jeden Preis überführen. Eine Schande ist das!‹ – Steht hier! Schwarz auf weiß! Und weiter: ›Die Obrigkeit …‹«

»Ja«, sagte Spee, scheinbar ganz ruhig. *»Die Obrigkeit schläft.«*

Wartenberg beugte sich vor. »Sie wagen es, diesen ungeheuerlichen Satz aus Ihrem Buch auch noch zu wiederholen?«

»Schliefe sie wirklich, die Obrigkeit«, fuhr Spee unbeirrt fort, »sie wäre noch halb entschuldigt. Schliefe sie aber *nicht*, sähe sie bei wachem Bewußtsein über die gefährlichen Verstöße der Gerichtspersonen hinweg – sie müßte sich aufs schwerste versündigen!«

»In unseren Gerichten«, rief Glimbach, nun ganz außer sich, »in unseren Kerkern und Folterkammern geht es streng nach dem Gesetz zu! Und käme ein Fürst höchstpersönlich, er fände alles in bester Ordnung!«

»Ach, gehn Sie mir doch!« Spee machte eine verächtliche Handbewegung. »Große Herren werden nicht die Kerker betreten, sie denken nicht daran, die in Unrat und Gestank Verkommenden auch nur anzuhören!«

»Ja – wollen Sie etwa unserem verehrungswürdigen Landesherrn zumuten, sich in Unrat und Gestank zu begeben?!« fragte der Generalvikar fassungslos.

»Der Weltenfürst«, schrie Spee – und nun war auch er außer sich –, »der König der Könige hat sich derer nicht geschämt, die in Elend und Ketten lagen!«

Ein guter Rhetoriker ist er, dachte Wissius. Ich würde ihn gern einmal von der Kanzel hören. Schade nur, daß er sich um Kopf und Kragen redet.

Wartenberg, auch er offenbar nicht unbeeindruckt, wollte Spee zur Ordnung rufen – aber da ließ sich, zu aller Überraschung, der Kurfürst vernehmen:

»Ich habe diesem Mann befohlen, der Reihe nach seine Kritik an unseren Prozessen vorzubringen. Ich muß ersuchen, sich mit ablenkenden Bemerkungen zurückzuhalten.«

In diesem Augenblick näherte sich einer der Lakaien über die Länge des Kapitelsaals dem Richtertisch und bat beim Kurfürsten um Gehör. Der ließ ihn reden.

»Der Herr Doktor Glimbach wird gebeten, in einer wichtigen Angelegenheit für einige Minuten herauszukommen.«

»Wer bittet mich?« fragte der Dechant unlustig. »Ich bin hier unentbehrlich.«

»Der Herr Städtische Gewaltrichter möchte Sie sprechen«, sagte der Lakai.

»Die Stadt hat sich hier nicht einzu...« Glimbach vollendete den Satz nicht. Er hatte plötzlich das Gefühl, es könne sich da um eine Sache handeln, die nicht nur von allgemeiner, sondern von besonderer Wichtigkeit für ihn persönlich wäre. Der städtische Gewaltrichter wollte ihn, den davongejagten Kommissar, sprechen!

»Wenn Durchlaucht mich für einige Minuten beurlauben wollen?« fragte er. Der Kurfürst nickte mürrisch.

Glimbach verließ mit dem Lakaien den Saal.

Jetzt griff auch Ferdinand wieder ein: »Sie haben dargestellt, welche Fülle von Indizien im Verlauf der Untersuchung gegen Ihre – Ihre Gaja spricht. Fahren Sie fort!«

Er hört mich an, dachte Spee. Er benimmt sich anders als seine Beisitzer. Er hört mich immerhin an! Er ist auch nicht wehleidig oder zynisch wie der Bamberger. Ich werde mich zusammennehmen, will nicht bissig, nicht ironisch werden. Er hört mir zu – und deshalb wende ich mich nur noch an ihn.

Er resümierte: »Wir sahen, wie ein Gerücht den Anfang macht. Wie arglistige Reden über Gajas Lebenswandel sie weiter belasten. Wie ihre Eigenschaften, welche es auch sein mögen, sie noch verdächtiger machen. Wie ihre Furcht vor der Folter oder das Vertrauen auf ihre Unschuld ihr ebenfalls zum Verderben ausschlagen. Und wie Nachforschungen über ihr früheres Leben zwangsläufig neue Indizien ergeben müssen. Nun weiter: Es gibt natürlich auch Leute, die unserer Gaja schon immer übelgewollt haben – aus Neid, weil sie schöner oder reicher oder wohltätiger oder frömmer oder klüger als andere ist. Diese Leute haben, indem sie ihre Aussagen machen, nun die beste Gelegenheit, sie zu vernichten. Wie leicht läßt sich etwas finden, das ihr den Rest geben muß. Es fehlt also nur noch ihr Geständnis. Deshalb wird sie auf die Folter gespannt. Wie aber verhalten sich die Gefolterten? Zu allem, wonach man sie befragt, sagen sie nichts als das, was der Richter zu hören wünscht! Und zwar nur, um sich von den entsetzlichen Martern und Qualen zu befreien, denen man sie unterwirft!«

»Sie übertreiben schon wieder!« tadelte Ostermann. »Wir wenden die Folter nur sehr maßvoll an.«

»Maßvoll?« Nie würde Spee vergessen, was er in den Folterkammern gesehen hatte. Die Erinnerung ließ ihn vor Zorn zittern. »Ich kann bezeugen, wie viele, schon ehe sie zur Hinrichtung geführt werden konnten, an übermäßigen Folterqualen gestorben sind! Wie viele so entstellt und zerbrochen wurden, daß nicht einmal der Henker dem Volk diesen grausigen Anblick zumuten wollte. Kein deutscher Edelmann würde es ertragen, wenn man seinen Jagdhund so zerfleischte. Ich fürchte, die Verantwortlichen werden dereinst im Jenseits ein unbarmherziges Urteil erfahren – sie, die ihre Mitmenschen so unbarmherzig leiden ließen!«

»Er spielt sich schon wieder als Weltenrichter auf!« sagte Severin Binius, und Wartenberg hob verzweifelt die Hände. »Ja, zum Donnerwetter, Spee«, rief der Obersthofmeister, »wie wollen Sie denn einen Beschuldigten zum Geständnis bringen, wenn sie ihn nicht auf der Folter zum Geständnis *zwingen?*«

»Gar nicht«, sagte Spee.

Das war eine Provokation.

Ostermann schrie ihn unbeherrscht an: »Wenn Sie auf die Folter verzichten wollen, die zu den legitimen und tausendfach bewährten Mitteln der Rechtsfindung gehört, dann wäre das der Zusammenbruch jeder Gerichtsbarkeit! Das hieße ja den scheußlichsten Verbrechen einen Freibrief ausstellen!«

»Es ist besser, dreißig oder mehr Schuldige laufen zu lassen, als nur einen einzigen Unschuldigen hinzurichten«, sagte Spee erschöpft. Wie oft hatte er dieses Argument schon vorbringen müssen! »Ich wiederhole: Die Gefolterten sagen zu allem ja! Auch wenn sie nach anderen Personen befragt werden, die sie bei ihren Teufelstänzen gesehen haben sollen. Nennt ihnen die angesehensten Persönlichkeiten eurer Stadt, fragt die so grausam Torturierten nach Ordensleuten, Prälaten, Kanonikern, Kirchenlehrern, Fürstlichkeiten – sie werden sagen: ›Ja, ja, sie haben mit uns den Satansreigen getanzt, sie waren dabei, sie haben dem Teufel den Hintern geküßt!‹ Greift sie euch dann, jene hohen und höchsten Herren, foltert auch sie – sie werden gestehen! Wollt ihr noch mehr, so spannt den *Papst* auf die Folter – auch *er* wird gestehen!«

Nun brach ein Tumult los, der eigentlich eines solchen Gremiums unwürdig war. Nicht nur die Kapitelherren – auch Binius und Gereon waren aufgesprungen und schüttelten die Fäuste. Der Weihbischof machte Miene, seinen Platz am Richtertisch zu verlassen, der Generalvikar sprach intensiv auf den Kurfürsten ein. Propst Henot, auf der anderen Seite des Tisches, barg stumm sein Gesicht in den Händen. Ostermann versuchte vergeblich, den neben ihm sitzenden Wissius auf einen Satz in der »Cautio« aufmerksam zu machen; der Bucklige sah nicht hin und nickte nur immer wieder mit dem Kopf, was so viel heißen mochte wie: Ich habe es kommen sehen.

Dann erhob sich Franz Wilhelm von Wartenberg, als gedenke er bereits das Urteil zu sprechen:

»Friedrich Spee! Wir haben Sie reden lassen, haben Sie angehört. Wir haben zu Gott gefleht, daß Sie wenigstens einige Ihrer Irrtümer einsehen und bereuen mögen. Aber wonach wir Sie auch befragen – nach den Gerichten, nach der Geistlichkeit, nach der Obrigkeit, nach der Folter: Uns begegnet nur Verstocktheit, Rechthaberei, Aggressivität!«

»Sie balancieren über einem Abgrund, Spee!« warnte auch derWeihbischof.

»Ich weiß, ich weiß«, sagte Spee, fast schon resignierend, und ließ sich auf den Schemel fallen. »So ist es in diesem Lande um die Freiheit bestellt: Wenn einer nur wagt, Kritik an den Prozessen zu üben oder gar einer Angeklagten beizustehen, macht er sich selbst verdächtig!«

»Als Hexenmeister – jawohl!« rief Ostermann.

Und Henot klagte ihn weinerlich an: »Sie sollten sich schämen!«

»Schämen?!« Spee sprang wieder auf. »Die Ungerechtigkeit unserer Tage nimmt mir das Gefühl der Scham! Doch, doch, ich schäme mich! Ich schäme mich für *Deutschland*, weil wir in einer so wichtigen Sache so kläglich versagen! Was sollen die anderen Völker von uns denken, die sich schon jetzt immer über unsere Torheiten lustig machen!«

»Fangen Sie jetzt auch noch an, Ihr eigenes Nest zu beschmutzen?« erboste sich Wartenberg.

»Die Italiener oder die Spanier verbrennen jedenfalls keine Hexen! Sie bemühen sich nicht einmal, welche ausfindig zu machen. Sie überlassen die Hexenverbrennung lieber uns Deutschen, die wir ja so gerne eifern und wüten, statt dem Gebot Jesu Christi zu folgen. Deutschlands Ruf hat nicht wenig an Glanz bei seinen Nachbarn eingebüßt! Wir haben es weit gebracht, wir haben, wie die Heilige Schrift sagt, unseren Geruch stinkend gemacht bei Pharao und seinen Knechten!«

Der Kurfürst wußte nicht, wie es kam: aber das Gefühl, das, dem Mitleid so ähnlich, ihn schon anfangs beunruhigt hatte, war noch stärker geworden. Und die Unruhe noch größer. Er war kein Wüterich, er nicht. Er wollte Gerechtigkeit. Er hatte die »Cautio« ja gar nicht ganz gelesen, er hatte nur darin geblättert und nichts als Wut und Empörung empfunden. Daß da einer war, der ihn angriff, ein Jesuit noch dazu, hatte er als so ungehörig, so rebellisch empfunden, daß es ihm in seiner Entrüstung zu sehr an Konzentration hatte gebrechen müssen, sich für die *Motive* dieses Angriffs zu interessieren. Jetzt, da er *hörte*, was er doch aufmerksam hätte *lesen* sollen, und einen Mann vor sich sah, den alles, was er vortrug, ganz unübersehbar *mitnahm*, da stellte sich vieles anders, nahezu einleuchtend und gar nicht mehr so ausschließlich gegen ihn gerichtet dar. Jedoch der Gedanke, in seinen Landen könnten wahrhaftig Unschuldige ins Feuer geworfen worden sein, war ihm unerträglich. Es schüttelte ihn. Nein, nein, das ließ Gott nie und nimmer zu! Vielleicht daß der Herr einen ganz und gar verdorbenen, einen zutiefst unwürdigen Fürsten so verstieß, daß er ihn in die Todsünde tappen ließ. Aber *ihn*? Den frommen, mildtätigen, unbarmherzig jede Irrlehre bekämpfenden Landesherrn? Undenkbar! – Wie denn? Redete der Mensch noch immer?

»Wollen Sie sich nicht endlich beruhigen?« fragte Ferdinand. Aber man wußte nicht, ob er Spee meinte oder die Zuhörer, die ihre Empörung nicht mehr beherrschen konnten.

Dann aber winkte er den Beklagten näher zu sich heran, so, als wolle er nunmehr mit ihm ein Wörtchen unter vier Augen sprechen. Seltsam gelassen, so daß die anderen, auch die Zuhörer, gezwungen waren, sich zusammenzunehmen, sprach er auf Spee ein:

»Ich gebe Ihnen zu: Diese Dinge verdienen künftig eine sorgfältigere Behandlung als bislang. Man wird wohl auch nicht mehr umhin können, den Angeklagten in Zukunft einen Verteidiger beizugeben. Ich werde mir überlegen, welche anderen Maßnahmen der Gerechtigkeit noch dienen könnten. Fahren Sie fort, Spee!«

Was war da geschehen? War das der Sieg? Spee wußte für einige Sekunden nicht, ob er weiterreden sollte. Wenn es wirklich gelungen war, den gestrengen Herrn so weit zu bringen, dann konnte jedes weitere Wort nur schädlich sein.

Wartenberg war es, der ihm die Entscheidung ersparte.

»Euer Durchlaucht«, sagte der Obersthofmeister gemessen, »wenn wir künftig so verfahren würden, wie Sie es eben angedeutet haben, dann müßte das die Führung der Prozesse außerordentlich erschweren und behindern. Schließlich ist es kein Zufall, daß der bisher geübte Brauch sich in den letzten hundert Jahren sehr bewährt und glänzende Resultate erzielt hat.«

Und jetzt – während sich am Saalende die Tür öffnete und Glimbach zurückkehrte – machte Spee einen Fehler. Statt abzuwarten, wie der Kurfürst auf diesen fast an Zurechtweisung grenzenden Einwand seines Ministers reagieren würde, ließ Spee es erst gar nicht zu einer Entgegnung kommen, sondern wandte sich selbst an Wartenberg:

»Sie meinen also, Exzellenz, unsere Richter würden nicht mehr so ausgiebig wie bisher brennen können, wenn sie täten, was sie von Rechts wegen längst hätten tun sollen?«

»So ist es«, sagte Wartenberg.

Es war nicht zu fassen. Spee griff sich an den Kopf. Er sah nicht auf Wissius, der warnend den Kopf schüttelte, er vergaß sogar die Zusicherungen des Kurfürsten – es brach einfach aus ihm heraus: »Hat man je so etwas vernommen? Da sprechen es die Richter und Fürstendiener ganz unverfroren aus: Dienen wir der Gerechtigkeit, folgen wir der besseren Einsicht – dann haben wir doch keine Hexen mehr zum Verbrennen!«

»Dies, Euer Durchlaucht«, sagte Wartenberg beschwörend und blickte den Kurfürsten an, »dies ist eine Verhöhnung Ihrer treuesten Diener, und zwar, wenn ich mir den Hinweis erlauben darf, einschließlich meiner Person!«

Der Kurfürst nickte. »Haben Sie noch etwas zu sagen?« fragte er Spee. Und es klang anders als noch vor wenigen Minuten.

»Ich hätte noch viel zu sagen!« seufzte Spee. »Vieles, was Deutschland entsetzen müßte! Aber ich kann nicht alles aussprechen, was ich weiß. Weil unsere Zeit es noch nicht ertragen kann.«

»Worauf wollen Sie denn jetzt hinaus?« fragte Wartenberg lauernd.

Binius vermutete: »Wahrscheinlich will er uns einreden, daß es nicht nur sehr *wenig* Hexen, sondern *überhaupt keine* gibt.«

Die Herren lachten – obwohl ihnen nicht nach törichten Scherzen zumute war.

Allein Ostermann ging auf die Unterstellung ein – denn es war natürlich selbst diesem jesuitischen Besserwisser gegenüber eine Unterstellung, daß er so dummes Zeug auch nur denken, geschweige denn behaupten könnte. »Eben!« mokierte sich Ostermann, »er wird uns einreden wollen, daß all unsere Gesetze auf Irrtum, Lug und Trug beruhen und unsere Urteile nichts anderes sind als ein schändliches Verbrechen an der armen, verfolgten Unschuld!«

Spee sank auf den Schemel zurück und strich mit zwei Fingern der rechten Hand über die schmerzende Schläfe.

»Ja«, sagte er erschöpft. »Sie muß wohl heraus, die schreckliche Wahrheit. Denn – so beglückend diese Erkenntnis für uns alle sein könnte, so vernichtend ist sie, wenn uns bewußt wird, wie viele Menschen im Laufe der Jahrhunderte das Wüten unserer Gerichte umgebracht hat!«

»Die Wahrheit, Spee!« beharrte Binius. »Wie heißt Ihre Wahrheit?«

»Sie haben es selber schon ausgesprochen, Herr Generalvikar. Die Wahrheit ist: *Es gibt keine Hexen. Es hat nie welche gegeben!*«

Das war auch dem Kurfürsten zuviel. Er hatte sich ehrlich um diesen Mann bemüht – aber nun war auch seine Geduld überfordert.

»Spee«, sagte er – und so zornig er auch war, selbst jetzt verriet seine Stimme noch eine Spur von Anerkennung. »Wissen Sie, was Sie da sagen?«

»Ich weiß, was ich sage«, flüsterte Spee. »Und wenn die Posaunen uns aus den Gräbern rufen, bekenne ich's auch vor Gottes Thron!«

Glimbach war gerade zur rechten Zeit gekommen, um zu hören, wie Wartenberg sich entrüstete. Da er den Disput, der nun entbrannte, nicht beeinträchtigen wollte, blieb er, bebend vor innerer Spannung, an den Stufen der Estrade stehen, wodurch es ihm möglich wurde, sowohl dem Beklagten wie dem Kurfürsten und den Beisitzern ins Gesichtzu sehen.

»Was stehen Sie da herum?« herrschte der Kurfürst den Dechanten an. »Nehmen Sie gefälligst Ihren Platz wieder ein!«

»Selbstverständlich, Euer Durchlaucht!« erwiderte Glimbach devot. »Was ich Durchlaucht und diesem hohen Gremium zu eröffnen habe, muß ohnedies sozusagen ex cathedra vorgetragen werden.«

Flink eilte er um den Tisch und setzte sich – aber nur, um gleich wieder aufzustehen. »Ich bitte ums Wort!« Der Kurfürst nickte.

»Meine Herren!« rief Glimbach mit hochrotem Kopf. »Bei meiner Rückkehr in den Saal wurde ich Zeuge einer in ihrer Unsinnigkeit und Impertinenz einzigartigen Äußerung des

Angeklagten: ›Es gibt keine Hexen. Es hat nie welche gegeben.‹ Sie haben es alle gehört.«

Spee fuhr hoch und sagte sehr laut und deutlich: »Jawohl! Und Sie müssen es endlich zur Kenntnis nehmen und die Konsequenzen daraus ziehen!«

»Ich kenne Ihre Ansicht«, sagte Glimbach. »Ich weiß, daß Sie glauben, alle Geständnisse seien erst durch Anwendung der Folter erzielt worden.«

»Ja, daran glaube ich wie an das Evangelium!«

»Dann werden Sie Ihren Glauben noch heute verraten«, sagte Glimbach.

»Geben Sie die Verhandlungsführung an Herrn von Wartenberg zurück!« befahl der Kurfürst. »Sie sind nicht der Vorsitzende.«

Der Rotschopf wurde ihm zu vorlaut.

»Wenn ich nur noch meine Eröffnung machen dürfte ...« Glimbach wandte sich an den Obersthofmeister, der ihn reden ließ. »Es ist mir soeben mitgeteilt worden, daß sich beim Städtischen Gewaltrichter eine junge Frau gemeldet hat. Sie hatte sich, in Unkenntnis des Umstandes, daß ich dank der Torheit eines abgetakelten Bürgermeisters mein Amt eingebüßt habe, an den Städtischen Hexenkommissar wenden wollen. Als man sie nach ihrem Anliegen befragte, erwiderte sie: ›Ich bekenne mich schuldig, eine Hexe zu sein!‹«

Glimbach schwieg. Mit Genugtuung nahm er die Bewegung auf den Zuschauerbänken wahr. Und er sah in die Gesichter der Beisitzer: Während einige nicht die geringste Überraschung verrieten, zeigte sich Betroffenheit bei Wissius und, wie es schien, sogar beim Kurfürsten. Und Spee? Spee brachte nur einen Satz heraus:

»Sie ist gefoltert worden!«

»Eben nicht!« rief Glimbach triumphierend. »Aber weil ich auf diesen Einwand vorbereitet war, habe ich veranlaßt, daß besagte Person vom Rathaus hierher gebracht und, das Einverständnis Kurfürstlicher Durchlaucht vorausgesetzt, Gelegenheit bekommen wird, vor diesem hohen Rat auszusagen, ob sie zu ihrer Selbstbezichtigung durch die Folter oder durch andere Zwangsmaßnahmen veranlaßt wurde.«

»Ich glaube, dagegen läßt sich nichts einwenden«, sagte Herr von Wartenberg, indem er sich an Ferdinand wandte. »Ich schlage vor, die Sitzung bis zum Eintreffen der angekündigten Person zu unterbrechen.«

Man hatte Spee aus dem Saal geführt und im Vorraum auf den Wiederbeginn des Verhörs warten lassen. Der Kurfürst und die Beisitzer waren, wie die Zuschauer, im Saal geblieben.

Spee überdachte den Lauf der Verhandlung. Es war ihm gelungen, den Kurfürsten – und nur auf ihn kam es an! – unsicher zu machen, ja, zu dem Eingeständnis zu bewegen, daß an den Prozessen immerhin einiges faul sein könnte. Und nicht nur das: Ferdinand war unter dem Eindruck seiner Beweisführung bereit gewesen, das Verfahren zu reformieren und den Angeklagten in Zukunft sogar einen Verteidiger zu bewilligen!

Allerdings hatte sich Spee kurz darauf von Wartenberg aufs neue herausgefordert gesehen. Sein Temperament war wieder einmal stärker gewesen als seine Vernunft. Er hatte jene Erkenntnis preisgegeben, die er in seiner »Cautio« noch nicht auszusprechen gewagt hatte. Zwar hatte er gesagt und geschrieben, die Zeit sei noch nicht reif für diese Wahrheit. Wie sollte sie aber jemals reif werden, wenn ihr die Wahrheit von dem einzigen, der sie wußte, vorenthalten wurde?

Nun schickte ihm dieser Glimbach offenbar eines jener sinnverwirrten Weiber, die es mit ihren geheimen Experimenten nicht genug sein ließen, sondern ihre dubiosen Erlebnisse auch noch einer lüsternen Öffentlichkeit preisgeben wollten, obwohl ihnen doch bekannt sein mußte, mit welchem Feuer sie spielten. Vielleicht war es eine, die darunter litt, daß sie von den Männern als Frau nie so recht wahrgenommen wurde. Vielleicht eine, die, von sinnlicher Versuchung geplagt, Träume von Teufelsunzucht mit begangener Tat verwechselte. Spee kannte solche irregeleiteten Geschöpfe: Aus lüsterner Neugier griffen sie zu ätherischen Tränken, Ölen und Salben, die ihnen die Teilnahme an wollüstigen Ausschweifungen, schwarzen Messen und anderen Teufelsriten vorgaukelten. Ohne das unaufhörliche Getuschel über Satansorgien freilich, das zu Zeiten eine ganze Stadt beherrschen konnte, hätte die Kunst auch des erfahrensten Kräuterweibes kaum etwas anderes zuwege ebracht als eben einen wollüstigen Traum. Da jedoch die Phantasie dieser Frauen durch »Geständnisse« aus den Gerichtssälen eher noch stimuliert wurde, spiegelten ihnen Salben und Tränke mit Vorliebe Bilder aus jener verbotenen, eben deshalb so verlockenden Welt vor.

Spee erkannte sie sofort, obwohl sie kaum mehr Ähnlichkeit mit dem Mädchen vom Weingarten hatte. Von den Ratsdienern ungehindert, stürzte sie auf ihn zu, brach vor ihm in die Knie und umklammerte seine Schenkel.

»Rettet mich, Pater Spee! Sie haben gesagt, ich muß brennen!«

Das Haar hing wirr um ihre Schultern, die Augen waren vom Frost gerötet, Rock und Bluse verdreckt.

»Was ist mit dir?« fragte er und versuchte, sich aus der Umschlingung zu befreien. »Warum bist du gekommen?«

»Ich bin eine Hexe!«

Der Bewacher, der Spee beigegeben war, und die Ratsdiener sahen einander an.

»Was sagst du da?«

»Ich bin eine Hexe!« Sie schrie es ihm ins Gesicht.

Er legte ihr die Finger an die Lippen. Sie ließ ihn los und stand auf.

»Es kann ruhig jeder hören«, sagte sie, ohne sich zu mäßigen. »Ich habe mich gemeldet, auf dem Rathaus. Habe gesagt, ich bin eine Hexe. Sie haben's zu Protokoll genommen.«

»Du weißt nicht, was du tust!«

»Ihr werdet mich retten!« rief sie. »Ich bin eine Hexe – und Ihr müßt mich befreien!« Ihre Augen strahlten. »Ihr werdet mich retten!«

»Du irrst dich«, sagte er traurig. »Ich kann dir nicht helfen.«

Die Flügeltür öffnete sich, und aus dem Kapitelsaal traten der Kurfürst und die Beisitzer. Verblüfft blickten sie auf die beiden, bemerkten auch, wie Spee versuchte, sich von dem Mädchen zu distanzieren, indem er ihr den Rücken zukehrte, als wolle er sich entfernen. Aber sie stellte sich ihm in den Weg.

»Ihr könnt mich doch nicht im Stich lassen! Ich bin eine Hexe! Ich bin über Köln geflogen! War zur Satansmesse auf dem Neumarkt! Hab' mit dem Teufel gebuhlt!«

Die Herren traten näher. Glimbach wies wiederholt auf das seltsame Paar und suchte den Blick des Kurfürsten – diesmal nicht vergeblich.

»Barmherziger Gott!« rief Spee. »Dein Geist ist verwirrt!« Er schlug die Hände vors Gesicht.

Sie ließ sich nicht entmutigen.

»Ich weiß es längst: Ihr liebt nur Hexen! Ihr werdet zu mir in den Kerker kommen, werdet mein Lager teilen – wie mit all den anderen auch!«

»Du bist wahrhaftig von Gott verlassen«, sagte er niedergeschlagen. Es hatte keinen Zweck mehr zu kämpfen. Gott hatte ihn durch den Mund dieses armen Geschöpfes wissen lassen, was Er mit ihm vorhatte.

»Ein fremder Priester, wenn dir überhaupt einer vergönnt ist, wird in deinen Kerker kommen. Vielleicht Pater Horn, der all diesen verbrecherischen Unsinn über mich in die Welt gesetzt und dich zugrunde gerichtet hat mit seinem Gift. Er wird dich beschwören, die abscheulichsten Untaten zu gestehen. Du wirst gefoltert und verbrannt werden – und ich, ich kann dir nicht helfen. Mir wird es kaum anders ergehen.«

Wieder wandte er sich von ihr ab. Er sah nicht mehr ihren angstvollen Blick, sah nicht, wie sie die Arme nach ihm ausstreckte. Er ging auf die Herren zu, mit einem kaum wahrnehmbaren Achselzucken; Das Spiel ist entschieden. Da habt ihr mich.

Dann sah er sich um. Es war nur ein einziger gellender Schrei gewesen. Sie brach zusammen.

»Schafft sie endlich hinaus!« befahl Wartenberg.

Als Spee sich den Herren wieder zuwandte, standen sie wie eine Phalanx vor ihm.

»Setzen wir die Verhandlung fort?« fragte Wartenberg.

»Hier ist nichts mehr zu verhandeln«, antwortete der Kurfürst. »Dieser Mann bleibt verwahrt, bis ich über ihn entschieden habe.«

Dem buckligen Doktor war klar, daß er sich nun äußern mußte.

»Euer Durchlaucht mögen mir eine Bemerkung erlauben: Jenes Mädchen ist keine Hexe, sie ist nur verwirrt. Sie ist eine ganz gewöhnliche Dirne aus dem Etablissement des Herrn Weidenpesch in der Schemmergasse. Huren sind keine Hexen, das ist allgemein bekannt. Sie haben es nicht nötig, boshaft zu sein oder sich mit dem Teufel zu paaren. Zudem leidet das bedauernswerte Geschöpf auch noch an der Fallsucht, wie wir uns überzeugen konnten. Diese wiederum ist, jedermann weiß das, eine heilige Krankheit. Man sollte sie laufen lassen.«

»Sie scheinen sich gut auszukennen in der Schemmergasse!« giftete Glimbach.

Darauf war Wissius vorbereitet. Mit hoheitsvoller Attitüde erwiderte er: »Wer sich für die Sittlichkeit in dieser Stadt verantwortlich fühlt, darf die Augen nicht vor den Sümpfen der Sünde verschließen.«

»Die Stadt wird ihr den Prozeß machen«, sagte der Kurfürst, obwohl er darüber nicht zu befinden hatte. »Und von Ihnen« – er wandte sich an die Beisitzer – »will ich nur noch eines wissen: Halten Sie diesen Spee für schuldig der Verbreitung von Irrlehren und überführt, bewußt die Unwahrheit gesagt zu haben, als er behauptete, es gebe keine Hexen und habe nie welche gegeben? Wenn ja, heben Sie die Hand.«

Alle, auch Henot, hoben die Hand. Bis auf Wissius.

»Und Sie?« fragte Ferdinand.

»Da diese Dirne keine Hexe ist – nach meiner Überzeugung –, fehlt in der Beweisführung gegen den Jesuiten das entscheidende Glied. Ich gebe allerdings zu, daß es unklug wäre, diesen Mann in einer Stadt zu belassen, die schon jetzt von Unruhen schwer erschüttert wird, wie Euer Durchlaucht, ebenso wie ich, unlängst auf das schmerzlichste erfahren mußten. Wird er verurteilt, müssen wir mit einem Aufstand seines leidigen Ordens rechnen, der bekanntlich nicht davor zurückschreckt, sich in solchen Situationen direkt an den Heiligen Vater oder gar an den Kaiser zu wenden. Der Ruhe und Ordnung halber empfehle ich deshalb, diesen in der Tat höchst unvernünftigen, dummdreisten, uns allen äußerst unangenehmen Mann samt dem gesamten Jesuitenkollegium aus Köln zu verweisen.«

»Und Sie meinen, dann würde es bei den Jesuiten keinen Aufstand geben?« fragte Wartenberg bissig.

»Verweisen war nicht der richtige Ausdruck«, entschuldigte sich Wissius. »Ich meinte: vorschlagen. Nahelegen. Auch aus Paderborn haben sich die Jesuiten sehr schnell zurückgezogen, als die Hessen kamen.«

»Was wollen Sie damit sagen?« fragte Severin Binius ängstlich. »Besteht – Gefahr?«

Wartenberg verhinderte, daß Wissius darauf antwortete. Er hatte erst gestern Nachrichten vom anderen Ufer, aus Siegburg, bekommen, die ihn besorgt stimmten. Es durfte jetzt keine Panik aufkommen.

»Keine Gefahr!« sagte er schroff. »Aber ...«

»Aber man sollte« – Wissius schnitt dem Obersthofmeister respektlos die Rede ab und vollendete den Satz auf seine Weise – »man sollte die schwarzen Herren von der Marzellenstraße auch nicht allzu sehr in Sicherheit wiegen. Müßten wir uns nicht eines schweren Versäumnisses schuldig machen, hätten wir sie nicht rechtzeitig gewarnt?«

Wartenberg lächelte säuerlich. Der Buckel beeindruckte ihn. Für Kurköln, das wußte der Minister seit einigen Tagen, war die Neutralität dank der Fürsprache des Franzosenkönigs kein

Problem mehr. War es ein Wunder, daß die Stadt (die von Ferdinands Erfolg noch nichts ahnte) ebenfalls die Bedingungen Gustav Adolfs erfüllen wollte, an die sich, wie doch zu hoffen stand, auch seine Nachfolger halten würden?

Doktor Wissius stelzte, die Hand am Geländer, vorsichtig die Treppe hinunter. Heute morgen hatte er beim Einsteigen in die Kutsche auf dem vereisten Grund das Gleichgewicht verloren und sich den Knöchel angeschlagen; er zog das Bein nach. Jetzt sehe ich dem Herrn Gottseibeiuns mit seinem Pferdefuß vermutlich sehr ähnlich, dachte er.

Die Tür zum Nebenraum stand offen, und da saß doch wahrhaftig das mißratene Hexenweibchen; einer der Ratsdiener war noch bei ihr, betreute sie ganz fürsorglich, wie es schien. Lang wird die's nicht mehr so gut haben, dachte Wissius. Die hat sich aktenkundig gemacht.

Stimmen von oben. Der Kurfürst, die anderen Herren. Glimbach läßt sich vernehmen: »... muß sofort verhaftet werden ... Ich selbst werde die Gewaltrichter informieren ...«

Doktor Wissius – ja, für einen Augenblick dachte er schon: Was geht's mich an? Aber er hatte das Mädchen schon einmal gesehen, rosig-lieblich in weißen Laken, betäubt vom ätherischen Salbenzeug. So etwas verbrennt man doch nicht. Und er dachte auch an den Jesuiten; was der noch für Ärger kriegen wird, zu allem, den er schon hat, wenn die erst auf der Streckbank drauflosphantasiert.

Wissius schob sich durch die halboffene Tür und zog sie hinter sich zu. Der Ratsdiener stand auf, entschuldigte sich: »Ich dachte nur, Herr Doktor, ich müßt' mich ein bißchen kümmern um die. Wollen Herr Syndikus, daß ich sie zum Rathaus bringe?«

Wissius antwortete nicht; er hörte die Herren zum Ausgang gehen. »Sache der Stadt!« sagte der Kurfürst. »Ich kann hier keinen verhaften – nicht einmal wegen erwiesener Hexerei. Soll dieses Köln doch verkommen, das Hexennest! Kümmern *Sie* sich darum, Doktor Glimbach!«

Das Mädchen saß auf einem Stuhl und starrte vor sich hin. Lohnte wohl gar nicht, sie anzusprechen. Aber so langsam würde es ihr wohl dämmern, was sie angerichtet hatte.

»Nein, nicht zum Rathaus!« sagte Wissius. »Ich regle das selbst. Nehme sie erst einmal zu mir, zu meiner Frau. Die versteht sich auf so was.« Als der Diener zögerte, gab er ihm einen Albus. »Du kannst gehen!«

Hoffentlich macht sie mir jetzt keine Sperenzien. Dann soll Gott sehen, wie er die Sache ohne mich zu einem halbwegs guten Ende bringt!

Der Diener ging, und Wissius spähte ins Treppenhaus. Sah aus, als seien jetzt alle gegangen. Er lugte aus dem Fenster. Sieh an, es schneite! Zwei Wagen fuhren davon; in einem der Kurfürst mit Wartenberg und Binius, im zweiten die anderen. Wo war Glimbach? Glimbach ging zu Fuß. Er sah ihn, wie er zum Rathausmarkt stapfte.

Gerade wollte er sich dem Mädchen zuwenden, da hörte Wissius noch einmal Schritte von oben. Stiefel klapperten die Treppe herunter. Der Jesuit und seine Wärter – die hatte er ganz vergessen! Er wartete, bis er vom Fenster aus sah, wie sie über den Domplatz zur Trankgasse gingen; es war ja nicht weit bis dorthin.

»Was machen wir jetzt mit dir?«

Sie hob die Schultern. Ja, was mach' ich mit ihr? Zu mir nach Hause? Das mag der Ratstölpel glauben! Wüßte nicht, was meine Frau anstellte, käm' ich mit einer Hexe ins Haus, einer so hübschen noch dazu. Ins Frauenhaus? Das läge nahe.

»In die Schemmergasse?«

»Nein, nein!«

Aha. Man kann sich mit ihr verständigen.

»Ins Kloster? Du bist doch irgendwo ausgerückt? Stimmt's? Aus einem vornehmen Stift?«

»Nein, nein! Nicht ins Kloster!«

»Nun, vielleicht nicht grad' in das, wo du herkommst. In ein anderes, es gibt ja genug in Köln.«

»Wer nimmt eine Hexe auf?«

»Hör einmal her!« Er zog einen Stuhl heran, setzte sich zu ihr. »Wenn ich dir helfen soll – und ich will dir helfen –, dann nimmst du das törichte Wort nicht mehr in den Mund! Und jetzt antworte auf meine Fragen. Wo kommst du her?«

»Von Sankt Maria.«

»Nein. Wo du herstammst! Wo sind deine Eltern?«

»Auf Burg Lülsdorf.«

»Willst du dorthin zurück?«

»Nein!«

»Wohin also willst du?«

»Zum Scheiterhaufen. Mit *ihm.*«

»Du wirst so wenig mit ihm brennen, wie du mit ihm schlafen wirst!« sagte er brutal. »Wohin also mit dir?«

Sie schien zu überlegen. Es sah aus, als nähme sie erst jetzt den buckeligen Mann mit der weißen, gespannten Gesichtshaut und der großen mageren Nase wahr. Er hatte seine Hand auf ihren Schenkel gelegt.

Jetzt versuchte er es noch einmal: »Vielleicht doch in die Schemmergasse?«

Seine Sinnlichkeit machte ihm zu schaffen; sein Vorschlag war egoistisch, er wußte das. Schnell stand er auf und wandte sich ab.

»Ich bin keine Hure!« sagte Gertrude.

»Es wäre gescheiter, du würdest eine! Huren werden nicht verbrannt; sie werden gebraucht. Und jetzt zum letzten Mal, ich habe Hunger: Wohin willst du? Jeden Augenblick können sie vom Rathaus kommen und dich holen. Oder glaubst du, der Herr Glimbach läßt dich ungeschoren? Jetzt, wo er der Stadt endlich wieder mit einer Hexe kommen kann?! Also wohin, Mädchen, wohin?«

Sie hob den Kopf, sah ihn mit trostlosen Augen an.

»Nach Deutz«, flüsterte sie.

»Das ist immerhin eine Antwort.« Er erinnerte sich: »In Deutz – da wohnt doch so ein Kräuterweib, das Englein macht und Liebestränke braut?«

Sie antwortete nicht. Nun gut, also nach Deutz.

»Aber paß auf! Sicher bist du dort auch nicht. Deutz ist seit wenigen Tagen stadtkölnisches Gebiet. Und wenn's auch noch kurkölnisch wär, dann würde dich eben der Kurfürst festnehmen lassen. Sieh also zu, daß du so schnell wie möglich ein Schiff nach Mülheim kriegst. Dort wärst du im Bergischen und einigermaßen sicher. Nun komm!«

Er packte sie am Ellbogen und stellte sie auf die Beine.

»Wir fahren über den Heumarkt«, sagte er. »Da kauf ich dir bei den Gewandschneidern einen Mantel. Halbnackt, wie du bist, frierst du dich sonst schon bei der Überfahrt zu Tode.«

Draußen winkte er eine Mietkutsche heran.

»Zum Heumarkt! Und dann zur Deutzer Fähre!«

Kurz vor dem Rathaus, in der Bürgergasse, kam ihnen Glimbach mit zwei Stadtsoldaten entgegen. Wissius zog eben noch rechtzeitig den Vorhang zu.

Als Goswinus Nickel Horns Zimmer betrat, glaubte er einen Mann anzutreffen, der sich, tief befriedigt über Spees beschlossenen Untergang, noch arroganter als bisher verhalten würde. Doch nichts davon! Als Nickel kam, erhob sich Horn vom Betschemel, und als der Kerzenschein sein Gesicht streifte, war's offenkundig: Der Mann hatte geweint!

Trotz seiner anhaltenden Erbitterung war Nickel taktvoll genug, das Naß auf den faltigen Wangen zu übersehen. Es war ihm nicht entfallen, wie Horn sich vergessen hatte, als das Verschwinden der Devotesse bekannt geworden war. Nun war sie endlich wieder erschienen – aber in welcher Verfassung! Und welch ein Schicksal stand ihr jetzt bevor! Nickel hatte es nicht schwer, Horns Gedanken zu erraten. Ausersehen von Gott, Horns Todfeind den Gnadenstoß zu versetzen, hatte das entlaufene Stiftsfräulein, verblendet von ihrer sündhaften Liebe, sich selbst des schlimmsten Verbrechens bezichtigt. Horn hatte einen Feind vernichtet – aber um welchen Preis! Er hatte sein heimlich geliebtes Gotteskind an den Scheiterhaufen verloren!

Barmherzig-unbarmherziger Herr und Schöpfer, dachte Nikkel, während der Unglücksmann sich vor ihm im tiefen Dunkel der Zelle verbarg, wie unergründlich – und wie grausam gerecht sind Deine Entschlüsse!

»Ich bin zum Festmahl im Rathaus geladen«, sagte Nickel. »Für die Zeit meiner Abwesenheit tragen Sie die Verantwortung für Schule und Kolleg. Sie bürgen mir dafür, daß Ruhe unter den Schülern herrscht.«

Zu dieser Ermahnung bestand Anlaß. Viele Schüler vermuteten, daß Horn an der Verhaftung Spees nicht unschuldig war. Fast alle, die Intelligentesten zumal, hatten inzwischen die »Cautio« gelesen und sich zu ihren Thesen bekannt. Viele hatten Spee auch nicht vergessen, wie tapfer er für die inhaftierten Kameraden eingetreten war.

»Es braut sich etwas zusammen«, sagte Nickel. »Die Schüler schleichen wie Verschwörer durchs Haus. Wie war die Stimmung beim Abendessen?«

»Ich habe das Abendessen ausfallen lassen«, sagte Horn. »Als vorbeugende disziplinarische Maßnahme. Statt dessen fand eine Gebetsstunde statt.«

Nickel schwieg. So wie sie beide jetzt miteinander standen, wollte er sich nicht um Geringfügigkeiten streiten.

»Auch Sie täten besser daran, an einem solchen Abend das Haus nicht zu verlassen«, warnte Horn.

»Ich *muß* zum Ratsessen«, sagte Nickel mit Schärfe. »Es ist vielleicht die letzte Gelegenheit, einiges von dem, was Sie angerichtet haben, wiedergutzumachen.«

Als er durch die Gänge schritt und es überall aus den Türspalten wispern und grummeln hörte, hatte er ein Gefühl wie in manchen Märznächten, wenn nach einem klirrend kalten Winter der Rhein zugefroren ist und der warme Weststurm an den Läden rüttelt. Oft lag er dann schlaflos und wartete auf das Platzen des Eises, das die Bürger wie eine Detonation aus dem Schlaf scheuchen würde.

Es brauchte noch zwei Stunden, bis Nickel sich endlich aufraffte und die Kutsche bestieg, die ihn zum Rathaus fahren sollte. Ihm war nicht nach Gaumenfreuden und dem plumpen Witz bezechter Gaffelherren zumute. Einzig um Spees willen folgte er der Einladung. Wenn noch eine Chance bestand, für den unglücklichen Bruder einen Vorteil herauszuschinden, dann nur, wenn es Nickel gelang, die beiden Bürgermeister zu einem geharnischten Protest beim Kurfürsten zu bewegen. Spee durfte als kölnischer Bürger gelten – was hatte er vor einem kurfürstlichen Tribunal zu suchen? Das war, wieder einmal, ein Affront gegen die Freie Reichsstadt!

In dicken, flauschigen Flocken fiel der Schnee. Lautlos wie ein Schlitten glitt die Kutsche dahin, das Zaumzeug klingelte. Als beim Überqueren der Neugasse für einen Augenblick die Rheinmauer sichtbar wurde, flackte am Deutzer Ufer ein Lichtschein auf. Gleich danach knallte es dumpf herüber, und noch einmal und ein weiteres Mal. Und nun setzte ein Blitzen und Donnern ein, als tobe sich über der Schwesterstadt ein Gewitter aus.

Der Kutscher zog die Zügel an, Nickel riß den Wagenschlag auf. Zwei Nachtreiter mit sprühenden Fackeln sprengten vorbei. Es zuckte und bollerte ohne Pause.

»Jetzt ist es soweit!« rief der Kutscher vom Bock. »Sie haben's ja so gewollt, die hohen Herren! Jetzt ist es endlich soweit!«

»Vorwärts! Zum Rathaus!« befahl Nickel und schloß die Wagentür.

Der Schwede in Deutz.

Die Stadt, noch eben in Schnee und Dunkelheit erfroren, belebte sich. Licht flammte hinter den Fenstern auf, und schon kroch's wie aus Höhlen und Löchern heraus: vermummtes Volk, Männer mit Kerzen und Fackeln, Frauen, halb noch im Nachtgewand, schreiende Kinder im Arm. Am Rathaus ließ die Stadtpolizei Nickels Wagen noch eben passieren, eh' sie den Platz mit Ketten ringsherum sperrte. Vom Quatermarkt, von der Hauptwache her, machten sich schlaftrunken ein paar Bürgersoldaten zu ihrem Sammelpunkt auf den Weg. Drei Kürassiere galoppierten, wie aus dem Nichts gekommen, an den Gaffern vorbei, wirbelten Schneegewölk in die offenen Münder. Nun auch Trompeten und Trommelschlag! Vom Rathaus brach ein Trupp der Stadtgarde mit Hellebarden auf, vielleicht zum Frankenturm. Von dort blies der Turmwächter in wildem Stakkato Alarm.

Als der Wagen vor der Rathauslaube hielt, fingen auch die Glocken zu klagen an. Groß Sankt Martin zuerst, Sankt Lupus, Sankt Mariegraden. Dann war's nur noch ein einziges, Gott mitsamt allen Heiligen beschwörendes Geläut.

Trunkene Ratsherren halfen dem Provinzial aus dem Kutschkasten. Grölend schwenkten sie die Becher, als gält's einen Sieg zu feiern, nötigten den würdigen Mann ins Helle, Warme, die Treppe hinauf, wo ihnen andere Gäste, um einiges nüchterner, entgegenkamen und ängstlich »Nach Hause! Nach Hause!« riefen.

Im Saal ging's hoch her. An die fünfzig saßen noch an den weißgedeckten Tischen; einige waren im Aufbruch, andere brüllten großmäulig gegen den Glockensturm an, die meisten nahmen's wohl nicht so ernst. Auch die Bürgermeister behielten die Ruhe, tranken gemächlich und ließen sich von Herrn von Merode, dem Kommandanten der Garnison, vermelden, wie's draußen stand.

Die Garnison, berichtete der Obrist, besetze gerade die Wälle; in die Krantürme am Rheinufer zögen vorgeschobene Posten ein, und die neunzehn Stadttore seien kriegsmäßig mit zwei bis sechs Fahnen belegt, ebenso die Walltürme und die kleinen Rheinpforten. Alarmiert sei auch die bürgerliche Fahnen- und Kettenwacht und die durch Stadtsoldaten verstärkte Polizei.

Die Bürgermeister nickten befriedigt. Mehr gab es im Augenblick nicht zu tun.

»Oder sollen wir sie mit schwerem Geschütz attackieren?« fragte der Kommandant.

»Nein«, erwiderte von Judden. »Das wäre eine Angriffshandlung. Dazu brauchen wir einen Ratsbeschluß.«

Ratsherr Beywegh zupfte Nickel am Ärmel. »Was kommen Sie so spät? Krebs-Potage gibt's! Lammzunge! In speckiger Weinsauce! Mit Nelken, Zimmet, Pfeffer.« Er verdrehte die Augen. Nickel schüttelte ihn ab. Aber jetzt konnte er den regierenden Herren auch nicht mit Spee kommen. Die hatten andere Sorgen, und er mußte sich um Kollegium und Schule kümmern.

Als er den Saal verlassen wollte, winkte Bürgermeister Rodtkirchen ihn heran.

»Denken Sie an Leib und Leben der Ihnen Anvertrauten, Herr Pater! Morgen schon kann der Schwede in Köln sein.«

Im hellem Aufruhr fand Nickel Gymnasium und Kollegium, als er kurz nach Mitternacht zurückkehrte. In der Kollegienkapelle war Licht, dort hatten sich die Professoren versammelt; sie beteten für die heilige Marienstadt Köln um Errettung vor Kriegsgefahr und dem Umtrieb des Bösen Feindes. Nur einige waren hinübergegangen zum Tricoronatum, unter den Schülern wenigstens notdürftig Ordnung zu halten, eine Aufgabe, der sich Adrian Horn nicht gewachsen zeigte. Zwar nahm er sich den Studienpräfekten Gangeldiensis und die Patres Mohr und Bolte zur Unterstützung, bewehrte sich auch mit einer Reitpeitsche aus dem Karzer und schritt, düster blickend wie ein Racheengel, durch Flure und Säle. Aber er erzielte nicht mehr als feindseliges Schweigen und bösartige Zurufe, deren Urheber nicht auszumachen waren.

Dabei war er durchaus nicht verzagt, sondern gehobenen Mutes. Es waren Leute von der Straße und vom Rheinufer her ins Kollegium gekommen und hatten atemlos von dem Bombardement berichtet, das in Deutz wohl keinen Stein auf dem anderen gelassen habe. Sie vermuteten, dort sei der Schwede für alle Zeiten seßhaft geworden, und nun gedenke er an der Stadt Köln blutige Rache für seinen gefallenen König zu nehmen.

Dies alles bedrückte Horn keineswegs. Er war kein furchtsamer Mann, und als er, lässig mit dem Peitschchen an die Soutane klopfend, durch die Reihen der aufgescheuchten Schüler ging, die nach Aufruhr und Übeltat zu dürsten schienen, fiel ihm ein, wie solcher Tatendrang, ehe er sich gegen ihn richtete, in andere, gottgefälligere Bahnen zu lenken wäre.

Als Nickel eintraf, nahm Horn ihn gleich zur Seite: »Vergessen wir unseren Streit! Jetzt geht es um die Vaterstadt und die Verteidigung des Glaubens!«

Es gehörte sich nicht, dem Vorgesetzten ein Versöhnungsangebot zu machen – aber Nickel beschränkte sich auf ein unlustiges Knurren und hörte ihm zu.

»In dieser Stunde wird die Universität ihre Waffenkammer öffnen, davon bin ich überzeugt. Oder glauben Sie, daß auch nur ein einziger Student zurückstehen will, wenn es gilt, Deutz zu befreien?«

»Wieso? – Mag sein, ja, ja«, sagte Nickel unkonzentriert. Ihm ging der Satz des Bürgermeisters nicht aus dem Kopf: Denken Sie an Leib und Leben der Ihnen Anvertrauten! Also – evakuieren?

»Und wenn Sie nun hier die Unseren sehen, Jünglinge, glühend vor Tatendrang und kölnischem Bürgersinn – meinen Sie nicht auch, man dürfe so viel strotzenden Mannesmut nicht ungenutzt verkümmern lassen? Ich glaube, unsere Schüler würden es uns nie verzeihen, wollten wir ihnen verbieten, morgen in Deutz dabeizusein!«

»Ich weiß gar nicht, wovon Sie reden«, sagte Nickel.

»Die Studenten bewaffnen sich, soviel steht fest«, wiederholte Horn. »Und auch wir sollten, zumindest aus den drei oberen Klassen, eine Schüler-Kompagnie aufstellen und ins Feld schicken!«

»Die Schüler? Ich soll meine Schüler bewaffnen? In den Krieg schicken? Von schlachterfahrenen Söldnern hinmetzeln lassen? Und wie, Herr Pater, soll ich vor die Eltern treten, wenn der Schwed' mir die Leichen ihrer Kinder über den Rhein schickt?«

»Das sollten Sie getrost laut vor den Schülern sagen, Pater Provinzial!« erwiderte Horn gereizt. »Damit alle, die hier um uns herumstehen, von Jugendmut geschwellt, von Patriotismus beseelt, damit sie alle erfahren, was Sie von ihnen halten! Das sind keine Kinder und auch keine Memmen, das sind gut jesuitisch erzogene Krieger der streitenden Kirche!«

»Passen Sie auf«, sagte Nickel, »was ich mit diesen Kriegern mache!« Er sah sich um und stellte zu seiner Befriedigung fest, daß die Professoren fast vollzählig von der Kapelle herübergekommen waren.

Es war ein eindrucksvolles Bild: In der Rotunde des Gymnasiums und die ganze Treppe hinauf bis zum ersten Absatz hatten sich Hunderte von Schülern versammelt. In ihren weißen Nachthemden, mit vor Aufregung hochroten Köpfen, sahen sie aus wie eine Heerschar streitbarer Engel auf der Himmelsleiter. Ihnen gegenüber in geistlichem Schwarz die Patres, besorgt nach draußen lauschend; es fielen wieder Schüsse. Ungeduldig warteten sie auf die Weisungen des Provinzials.

»Hört, Jungen!« rief Goswinus Nickel. »Wie es scheint, hat der Feind Deutz überfallen und genommen. Es gibt nun Leute, einsichtige Männer im Rat, denen es allein um Wohl und Sicherheit unserer Stadt geht. Die halten es, aus mancherlei Gründen, für besser, wenn wir als Jesuiten und Jesuitenschüler Köln für eine Weile verlassen. Wir könnten, zum Beispiel, nach Trier gehen, das würde die Kriegslage derzeit noch erlauben. Aber ich sage euch ehrlich, daß ich mich noch nicht entschlossen habe, diesem Rat zu folgen. Ich will erst den morgigen Tag abwarten, der uns – so oder so – die Entscheidung erleichtern wird. Und da ihr, wie ich denke, jetzt doch nicht mehr schlafen könnt, befehle ich, daß ihr euch anzieht und meine weiteren Anordnungen abwartet. Ein stilles Gebet könnte jedem von euch – und uns allen – nur guttun. Und noch eins: Da wir jetzt alle gewissermaßen unter Kriegsrecht stehen und da im Kriege nur *einer* befehlen kann, nehmt ihr ab sofort nur noch von *mir*, von keinem sonst, Befehle entgegen – es sei denn, ich hätte ausdrücklich entsprechende Vollmachten erteilt. – Was willst du?«

Ein Schüler hatte sich gemeldet. Er sagte: »Ich finde, wir dürfen nicht fliehen. Schon gar nicht so überstürzt, wie damals die Paderborner – das schon mal gar nicht! Viele von uns sind kräftig und geübt genug, eine Waffe zu führen. Wir wollen mithelfen, Deutz zu befreien!«

Sehr viele stimmten ihm zu und trampelten Beifall, so gut das mit den nackten Füßen ging.

»Es ist nicht eure Aufgabe, Deutz zu befreien«, sagte Nickel ruhig. »Wenn unseren Soldaten und unserer Bürgerwehr das nicht gelingt, dann schafft ihr's auch nicht mit euren Gänsekielen.«

Einige lachten, andere murrten. Vor allem die älteren Schüler, die 17- und 18jährigen der Septima und Octavia, fühlten sich beleidigt. Nur mit Mühe brachte Nickel sie zum Schweigen. Er sah sich nach Horn um. Aber der war nicht mehr zu sehen; er hatte das Haus verlassen.

»Wann schrieb ich das letzte Mal Tagebuch? Das ist lange her, muß in Corvey gewesen sein.

Ich habe einen Nachmittag lang getobt. Nicht gerade, daß ich das karge Mobiliar zertrümmert hätte. Aber inwendig hat es gewettert und gestürmt, und ich habe mich nicht dagegengestemmt. Ich habe jenen, die mich in diese Lage gebracht haben, die mich mit ihrem Unverstand kränken und mit ihrem Haß verfolgen, alles erdenkliche Übel an den Hals gewünscht – und nicht nur für dieses Leben. Ich wünschte ihnen die ewige Verdammnis! In diesem Toben meiner Seele hab' ich mich benommen wie ein Vieh – rasend, unsinnig! Es war, als sei gar nicht ich es, der da tobte – es war eine Bestie, die ich gewähren ließ. Was soll ich mit einer solchen Bestie machen?

Als sie tobte, wußte ich bereits die Antwort, wußte sie meine Vernunft, die sich verwundert besah, was sich da, einige Ebenen unter ihr, abspielte. Laß sie nur toben, sagte sie mir, laß sie überlaufen, deine wilde Natur, laß sie sieden und wallen und störe sie nicht dabei! Wenn die rechte Zeit für vernünftige Einrede gekommen ist, wirst du's schon merken.

Und so handelte ich. Oder: handelte nicht, sondern ließ es geschehen. Eine Stunde oder zwei. Dann kam die Vernunft. Und der Wille. Dann fand ich Frieden.

Zwei Stunden später.

Es schlägt elf vom Turm. Die letzte Kerze ist fast heruntergebrannt.

Ich lese, was ich geschrieben habe, und bin bestürzt. Ich habe nur an mich gedacht! Und wo blieb das unglückliche Kind, für das ich verantwortlich bin? Muß, barmherziger Gott, jetzt zum zweiten Mal ein Mensch für mich, um meiner Nachlässigkeit willen, zugrunde gehen? Philipp erst – und nun Gertrude? Welche schweren Fehler, welche unverzeihlichen Sünden habe ich an ihr begangen! Will Gott mir meine Unwürdigkeit auf so grausame Art beweisen: indem Er seinen Zorn nicht an mir, sondern an diesem unschuldigen Kind ausläßt?

Warum mußte ich sie so vernachlässigen? Warum mich vor ihr meines Eintretens für die verfolgten Frauen rühmen? Weshalb schätzte ich die vorgeblichen Rechte Horns, eines Mannes, der sich als Schuft erwiesen hat, so hoch ein, daß ich mich nicht in seine Verantwortung mischen wollte, obwohl ich doch nur allzu deutlich sah, daß, wenn einer, nur ich allein Macht über dieses Mädchen besaß?

Warum habe ich im Weingarten, als sich mir, ganz unverhofft, noch einmal die Möglichkeit bot, diese Seele zu retten, das Mädchen zurückgestoßen – statt sie mit der höheren Liebe aufzufangen? Warum habe ich ihr nicht gesagt: Glaube mir, Jesus Christus ist kein Stein und hat auch kein steinernes Herz. Er will und *muß* barmherzig sein. Er hat sich schon so weit und so tief mit uns Menschen eingelassen – Er kann uns, wenn wir nur selbst nichts versehen, in Ewigkeit nicht untreu werden. Was dich beschwert, was dich bekümmert, was dich betrübt, all dein Kreuz und Leiden, alle Gebrechen und alle Unvollkommenheit – vertrau es Ihm demütig wie ein Kind seiner Mutter an. Ich verheiße dir, nach dem ausdrücklichen Wort Gottes: Er wird sich deiner erbarmen! –

Warum, warum habe ich es ihr nicht gesagt? Jetzt ist es zu spät. Jetzt hab' ich's hingeschrieben, damit, was ihr nicht mehr gesagt werden kann, wenigstens mir als Trost diene. Und da wär' ich schon wieder bei mir …«

Hier bricht die Aufzeichnung ab.

An warnenden Vorzeichen hatte es nicht gefehlt: Vor wenigen Wochen hatte sich in Sankt Mariä Himmelfahrt ein großes Flächenstück von der frisch stukkatierten Decke gelöst und ums Haar den Küster unter sich begraben. Schlimmer noch: In der Nacht vor Sankt Barbara war ein Jesuit vor der Kirche erschienen, der trug sein Haupt unterm Arm. Vor dem Weyertor schlug ein Hase seine Haken, den konnte nicht einmal Peter Braunsheim, der Schießspielkönig vom letzten Jahr, erlegen. Und im Vringsveedel ging zur Nachtzeit ein schwarzer, mit Ketten beladener, glutäugiger Hund umher, der sich den Leuten auf den Rücken hing und nicht bellte, sondern grausam brüllte wie ein geschundenes Kind.

Johann Thergaten hatte das alles erfahren, er gab was auf Zeichen, hatte sich auch seinen Reim drauf gemacht. Von Tag zu Tag, Stunde zu Stunde hatte der Wirt auf die Katastrophe gewartet. Doch als des Schweden Geschütz vor Deutz zum Tanz aufspielte, schrak er aus traumschwerem Schlaf. Er weckte sein Weib, dann die Söhne, alle drei. Vom Fenster ließ sich der Rhein nicht sehen, doch das Mündungsfeuer widerspiegelte sich am Wolkendach, als spiele der Kampf sich hoch in den Lüften ab.

Die Thergatens schlupfen in die Montur. Der Vierzehnjährige ist als erster fertig; der Vater schickt ihn ins Marzellenviertel, die 4. Colonellschaft zu alarmieren; er käm' gleich nach. Der Bub stiebt davon, endlich ist Krieg, er ist Kurier und hilft ihn gewinnen.

Sie fahren in die pluderigen Feldhosen mit den bunten Schleifchen am Knie und in die lederbesetzte Jacke, hängen das Bandelier um die Schulter, den Degen daran, setzen die Sturmhaube auf. Thergaten hat nicht gespart mit Kleidung und Lederzeug, ein Hauptmann ist sich das schuldig.

Mutter macht Brote und prüft, ob die Pulverflaschen gefüllt sind. Thergaten umgürtet sich mit der rotweißen Feldbinde und nimmt aus der Truhe die Pistole; als Hauptmann der Bürgerwehr darf er sie tragen.

Was tut sich auf der Straße? Hellwach ist die Stadt! Trompeten, Hörner, Pfeifen, das aufwieglerische Geläut ... Vom Schnee gedämpft der Hufschlag der Dragoner, sie traben im blinkenden Panzer vom Stadtquartier bei Sankt Columban heran, vorneweg ein blutjunger Kornett mit der Standarte. Ja, sie ist wach, seine Stadt. Kaum eine halbe Stunde ist seit dem ersten Schuß vergangen. Meine Stadt, denkt Thergaten, meine geliebte Stadt.

Aber sie schießen uns Deutz zusammen, längst eh' wir hinüberkönnen – trotz Oberst Diependahl und seinen sechshundert Mann. Werden von Siegburg gekommen sein, die Baudissinschen, man hat's schon seit Tagen gemunkelt. Was scheren sich unsere großen Herren darum!

Läßt das Stückfeuer nicht schon nach? Dann wird die Bresche geschossen sein. Die brauchen nicht Schlangen noch Kartaunen; die uralt-dürftigen Mauern um Deutz wirft schon ein Achtpfünder aus jeder Regimentskanone um. Und wie stark könnt' der Flecken jetzt sein, mit Wällen, Bastionen und Schanzen – hätten sie nicht nur immer gestritten, geschachert, gegeizt! Versäumt, verträumt, vertrunken. Und sabotiert. Bewußt sabotiert! Aus Angst! Neutralität! Haben den Feind groß einkaufen lassen im Gürzenich, haben Deutz nicht befestigt, weil der Schwed' mal die Stirne kraus gezogen hat! Der Kurfürst? Hat nichts zu tun, als einen armen Pfaffen zu drangsalieren. Und auch das nur, weil er sich an Hauptmann Thergaten nicht rächen kann!

Er tritt in die hohen Stiefel, die hat nur er allein sich gegönnt, zerrt die weichen Schäfte bis übers Knie, ruft nach den anderen Söhnen.

Die zwei trampeln die Treppe herunter.

»Die Piken aus der Remise!«

Die Magd brüht am Herd einen Tee auf, glotzt ehrfürchtig auf die armierten Männer. Mit dem ältesten Buben treibt sie's heimlich seit Ostern. Heut nacht will er sie nicht kennen, sieht stur vorbei, ist nun, in seiner Montur, vollends ein Kriegsmann geworden, wird seine Beute anderwärts suchen.

Thergaten umarmt seine Frau, die Söhne schieben den Helm in die Stirn, legen die Lanzen ein, stürmen hinaus in den Schnee, schultern die Lanzen und marschieren dem Vater hinterher, auf den seine Colonellschaft schon warten wird, die 4. vom Marzellenviertel, mit Piken, Schwertern und Hellebarden.

Wenn er nur nüchtern ist, der Herr Degenhard von Merode, Stadtkommandant von Köln! Sie haben wieder tüchtig gesoffen im Rathaus. Was tut's, denkt der Wirt. Ist er voll, dann macht's eben der Thergaten! Und der Klock. Der muß noch einmal predigen im Dom, das bringt uns in Stimmung, und den Rest, den mach' ich schon! Sie lieben mich, meine Kölner, spätestens seit dem Kurfürstentag. Ich requiriere an Booten alles, was zwischen Bayenturm und Sankt Kunibert liegt, Ferdinands Staatsjacht dazu! Spätestens morgen mittag haben wir die Deutzer Garnison entsetzt. Das, was davon noch am Leben sein wird.

Wer Thergaten mit seinen Söhnen in Dunkel und Schneetreiben unter einer zuckenden Straßenfunzel erkennt, winkt ihm zu: Recht war's getan, mit dem lausigen Ferdinand einmal gut Deutsch zu reden! Leider ein bißchen spät. Nun hat man das Elend, weil er zu faul und zu feige war! Können einem schon leid tun, die Deutzer, wenngleich viele Juden darunter. Wie geht es nun weiter? Heut nacht? Morgen früh? Bei Sankt Ursula sammelt sich die 4. Colonellschaft. Stämmig, breitbeinig stehen sie da, die treuen Gesellen, Handwerker, Krämer, Lohndiener, Schreiber, halten sich an den riesigen Spießen fest. Sie ziehen den

Hut vor Thergaten, der schreitet die Reihen ab, inspiziert Waffe und Montur. Ein Kurier des Stadtkommandanten springt vom Pferd, salutiert, überbringt dem Hauptmann den Einsatzbefehl.

Thergaten gibt ihn weiter an seine Leute: »Wir haben Glück! Sind morgen früh um fünfe dabei, wenn's über den Strom ins Treffen geht!«

Das versteht sich ja nicht von selber, daß die *Vierte* dabei sein darf. Auch in der Stadt, in jedem Fahnendistrikt, muß noch Bürgerwehr bleiben; wer weiß, ob der Deutzer Handstreich nicht nur eine Ablenkung war? Vielleicht gilt der Hauptangriff Köln?

Aber was macht man bis fünf in der Frühe? Es schneit nicht mehr stark, ist aber kälter geworden, viel zu kalt für die Weihnachtszeit.

Hyazinthus Klock kommt aus der Sakristei, erkennt Thergaten und schüttelt ihm kräftig die Hand. Das ist ein Mann nach des Pfarrers Herzen.

»Kommt in die Kirche, alle!« sagt er. »Ich spende euch Gottes Segen!«

Auch Kölns Studenten sind aufgewacht. Im Campus taumeln sie aus ihren Betten, stolpern schlaftrunken aus den Privatquartieren. Sie haben sich aufgerappelt, weil's knallt, und wenn wirklich Krieg sein sollte, wird man nach Deutz gehen und dem Feind auf den Schädel schlagen. Wenn's aber nicht nach Deutz gehen sollte, stellt man in Köln was an, man wird sich schon schadlos halten für den gestörten Schlaf. Rektor Binius persönlich, so ruft man sich zu, hat den Rat ersucht, die Waffenkammer für Studenten zu öffnen! Professor Ostermann, Dekan der juristischen Fakultät, steht vor der Burse und stachelt die Seinen an zu patriotischem Werk. Schon kommen die ersten vom Zeughaus her, aber ach, ohne Piken, Schwerter, Hellebarden. Gut, dann werden wir, wenn man uns nicht hinüberläßt, eben dem Bürgerpack, das sich so gern beim Rat über uns beschwert, aufspielen wie noch nie!

Goswinus Nickel hat's nicht verhindern können: Zwei seiner Klassen sind ihm ausgebrochen: die Septima und die Octavia. Die anderen wollen auch hinaus, aber Nickel hat die Ausgänge zugesperrt, und die kräftigsten Patres stehen mit Ruten parat. Nun meldet Pater Bolte, auch die Montaner und Laurentianer seien bereits auf der Straße, mit Erlaubnis ihrer Regenten sogar! Vaterland und Religion in Gefahr – da kommt's solch einem wohlbestallten Ehrgeizling, der sich selber, wenn's knallt, hinterm Weinfaß versteckt, auf ein Fuder Gymnasiastenblut auch nicht mehr an! Nickel schluckt vor Wut, am liebsten würde er heulen. Beide Schulen sind gleich um die Ecke herum; stoßen die mit den Meinen zusammen, dann gnade uns Gott! Dann fließt wahrhaftig noch Blut, aber nicht vor dem Feind, sondern ganz unter uns.

Ratlos steht Nickel am Fenster, der Studienpräfekt ist bei ihm, auch Busenbaum und Horrion. Jetzt bringt Pater Mohr eine Nachricht, die er »beruhigend« nennt: »Keine Sorge, Pater Provinzial! Regens Horn ist draußen bei unseren Schülern! Der bringt sie schon zur Räson.«

Der, gerade der!

»Ich muß raus!« stöhnt Nickel. »Der führt meine Jungen zur Schlachtbank!«

An die hundert Studenten, Juristen zumeist, sind vom Campus her in die Stadt eingefallen. Sie singen, haben unterwegs in eine Wirtschaft eingebrochen, sind betrunken. In der Sternschen Brauerei hat eine wilde Rotte die Fässer angezapft. In der Breite Straße ist eine Schneidertochter geschändet worden. Auf ihren Schultern tragen sie Ostermann, ihren Dekan, der Mann hat Schneid und Bravour. Sie scheuchen die Gaffer in die Hausgänge, und wer nicht weicht, kriegt eins übergebraten. Nach Deutz! Nach Deutz!

Ein Wachtmeister von den Stadtgardisten ruft ihnen zu: »Das Rheinufer ist gesperrt, die Tore geschlossen, da kommt keiner mehr durch!«

Das kümmert doch die Juristen nicht! Sie stürmen die Neugaßpforte, stoßen die Posten beiseite, treten dem ins Kreuz und dem in den Leib, wie's so kommt. Schon sind sie hindurch und am Kai. Dort halten sie an, wie auf Befehl. Deutz steht in Flammen!

Vorerst nur einige Häuser, aber das frißt sich schon weiter! Es knattert wie wild, ein Lichtbogen peitscht durch die Nacht, als fahre eine Sternschnuppe in den Himmel zurück.

»In die Boote!«

Aber wie? Keiner kennt sich da aus. Hier liegen Schiffe zu Hauf, Hunderte, kölnische, bergische, Bonner, Schweizer, Holländer, Franzosen, Bauch an Bauch und kreuz und quer, vertäut, verkettet, blockiert. Wie setzt man das in Bewegung?

Berittene Stadtgardisten kommen vom Holzmarkt her angetrabt, ein Dutzend brutaler Kerle. Die machen keine Umstände, ziehen den Pallasch über die linke Hand, treiben die Herren Juristen mit flacher Klinge gegen die Mauern, und immer gleich, hui, auf die Köpfe! Die Studiosi wollen, woher sie gekommen sind, durch die Pforte zurück, aber sie bringen's nicht fertig: ein wilder Haufe schwappt ihnen entgegen: Durch die Pforte zum Rhein drängt Schülervolk. Jetzt setzt es Hiebe nach allen Seiten, die Juristen reißen die Gymnasiasten zu Boden, das purzelt und stürzt und tritt sich halbtot. Von rückwärts mit Säbeln verhauen, von Pferdeflanken bedrängt, gibt's kein Entkommen für die Studenten, so prügeln sie auf die Schüler ein, und Montaner, Laurentianer, Tricoronater, zum ersten Mal einig, barmen nur noch um ihr Leben.

Endlich kommt, vom Domhof her, ein Fähnlein mit Trommeln und Piken angerückt, das sind Thergatens Leute! Kommandant von Merode, er selber, hat sie aus der Ursulakirche geholt. Die werden hier Ordnung schaffen. Nun pfeift ein Offizier auch die Stadtdragoner zurück. Es gibt Luft. Man steht herum, glotzt einander verlegen an, die Schüler, die Studenten. Manche liegen am Boden. Nickel hat es vorausgesehen: Es hat blutige Köpfe gegeben.

Adrian Horn, so seltsam das klingen mag, hatte den Überfall auf Deutz begrüßt. Ihm war so weh ums Herz gewesen, seit er von Gertrudes Wiederkehr und ihrer schrecklichen Selbstbezichtigung erfahren hatte. Doch nun waren das Vaterland, das Reich, der Kaiser, die Freie Reichsstadt und nicht zuletzt die Religion in Gefahr! Das waren die Güter, um die sich selbst einer noch verdient machen konnte, den Gott verstoßen hatte. Vielleicht war es die allerletzte Chance, die der Herr seinem mißratenen Diener bot?

Und siehe: Schon zeigte sich Gottes Gnade: in den leuchtenden Augen seiner teils arg blessierten Schüler! Sie waren *ihm* gefolgt. Gegen den Befehl des Provinzials! Jubelnd hatten sie ihn, der wie hilflos durch die Nacht geirrt war, vor dem Kapitelhaus aufgelesen, hatten ihn, der sich weder wehren konnte noch wollte, mitgerissen bei ihrem Sturm auf das Neugaßtor.

Nun standen sie ernüchtert auf dem zertrampelten Schneefeld herum oder erhoben sich und rieben die zerschundenen Glieder, denen jetzt auch die grimmige Kälte zusetzte. Selbst die Montaner und Laurentianer waren zahm geworden; sie froren wie die anderen, und da sie ohne Lehrkraft gekommen waren, machten sie sich in kleinen Gruppen traurig und übermüdet auf den Heimweg.

Adrian Horn hieß die Seinen Aufstellung nehmen, links die Septima, rechts die Octavia, zusammen an die hundert Burschen, betrachtete ihre stolz vorgewiesenen Wunden, klopfte den am ärgsten Blessierten auf die Schulter und befahl den geordneten Rückmarsch zum Gymnasium. Die meisten hatten auch genug; man war zwar nicht nach Deutz gelangt, ja, nicht einmal durch die Neugaßpforte, aber daran waren die Studenten schuld, und sogar die hatten retirieren müssen! Seht nur, wie sie dastehen, mit dampfenden Mündern und vor Kälte schlotternd, wie sie die Arme um den Leib schlagen und neidisch den Pennälern nachgaffen, die Horn mit der Verheißung abmarschieren ließ: »Morgen bekommt ihr Waffen. Und dann: hinüber nach Deutz!«

»Ich trag's nicht mehr«, stöhnte Goswinus Nickel. Zwar war er, wie er sich's vorgenommen hatte, auf der Suche nach seinen Schülern gewesen, aber schon das wilde Hin und Her auf der Marzellenstraße, wo so viele Leute unterwegs waren, als habe sich das ganze Eigelsteinviertel zum Rhein aufgemacht, hatte ihn entmutigt. Er wußte nicht, wo er seine Jungen finden sollte, und so ging er, nach wenigen Minuten, in denen er nur vor der Tür gestanden hatte, wieder ins Gymnasium zurück und setzte sich mit seinen Patres vor den Kamin, um die Nacht hindurch zu wachen, zu warten, zu beten.

Ich bin am falschen Platze, gestand er sich ein. Ich bin nicht geschaffen, ein Kollegium zu leiten oder gar Provinzial zu sein.

»Wir tragen es nicht mehr«, wiederholte er, als er merkte, daß die Patres ihn mit ernsten Gesichtern ansahen, sichtlich enttäuscht von ihm. »Wir sind nicht mehr in der Lage, Widerstand zu leisten. Wir sind uneins – und die Kräfte, die uns aus der Stadt vertreiben wollen, sind übermächtig. Dieses unheilige Bündnis reicht vom Schweden bis zum Stadtrat und schließt, seit der Affäre mit unserem Bruder Spee, sogar den Kurfürsten ein.«

Einige Patres brachten Kälte von draußen.

»Der Rat tritt zusammen!« riefen sie. »Beim Rathaus ist schon kein Durchkommen mehr. Da fährt ein Wagen nach dem anderen vor!«

»Und?« fragte Nickel ungeduldig. »Wo sind unsere Jungen?«

»Vermutlich am Rhein. Wir waren nicht dort.«

»Wie spät haben wir?«

»Es geht auf zwei.«

»Wie steht es in Deutz?«

»Man hört und sieht nichts mehr«, sagten die Patres. »Bis auf den Feuerschein. Es scheint wieder ganz friedlich zu sein.«

»Den Frieden kenn' ich«, sagte Nickel. Er trat wieder vor die Tür.

Diesmal wartete er nicht vergebens. Horn kam mit den beiden Klassen anmarschiert.

Für einen Augenblick sah es aus, als wolle Nickel dem Rebellen den Eintritt verweigern. Dann trat er zur Seite, mit gesenktem Kopf. Horn schritt durchs Portal, die Schüler tappten, ohne den Schnee von den Stiefeln zu streifen, hinterher.

»Meinen Mantel!« sagte Nickel zum Pedell, nachdem alle an ihm vorbeigegangen waren.

»Oh, Du mein Herr und Gott«, murmelte er, während er auf die jetzt fast menschenleere Marzellenstraße trat. »Allwissender und Allerbarmer, gib, daß ich jetzt richtig handle!«

Als Wissius Gertrude in die Fähre gesetzt und sich vom Kutscher in seine Wohnung hatte fahren lassen, war der Schmerz an seinem Knöchel noch erträglich gewesen. Richtig schlimm wurde es erst, als Glimbach kam.

Der Kanonikus kam zu Fuß; er war vom Kapitelhaus, wo er Gertrude nicht mehr vorgefunden hatte, mit den Stadtsoldaten zum Rathaus zurückgestiefelt, hatte den armseligen Ratsdiener ausfindig gemacht und zur Rede gestellt und von ihm erfahren, mit wem er die Hexe zurückgelassen hatte.

Nun stand er, außer sich vor Zorn, im Wohnzimmer von Haus Saaleck und schrie dem Syndikus, der sich auf einem Sofa gebettet hatte, ins Gesicht: »Sie haben sie laufen lassen! Das ist ein Staatsverbrechen!«

»Oh, nein, Herr Dechant, ich habe sie doch nicht laufen lassen!« sagte Wissius und lächelte hintergründig.

»Sie waren zuletzt mit ihr zusammen! Wo ist sie?«

»Sie hat sich hinwegbegeben.«

»Was soll das heißen? Wie? Auf dem Besenstiel?«

»Es gibt bequemere Methoden«, sagte Wissius.

»Und Sie haben das zugelassen? Sind ihr nicht gefolgt?«

»Steigen Sie mal mit solchem Bocksfuß hinter einem jungen Mädchen her!«

Irritiert blickte Glimbach auf den geschwollenen Fuß. Entsetzen stand in den Augen des Dechanten.

»Man wird prüfen müssen, wie das kommt«, stotterte Glimbach, den Blick unverwandt auf den Fuß gerichtet. »Wo Sie das – da – herhaben.«

»Sie vergessen Ihr Hexlein!«

»Sie war verhaftet! Ich habe kommissarische Vollmacht von Bürgermeister Rodtkirchen. Hier ist der Haftbefehl!«

»Sie sollte verhaftet werden? Aber sie war es noch nicht, lieber Dechant«, sagte Wissius. »Zwar bin ich Syndikus der Stadt Köln. Aber es kann doch kaum meine Aufgabe sein, freie Bürgerinnen einer Freien Reichsstadt in ihrer Freiheit einzuschränken. Und nun entschuldigen Sie mich, lieber Glimbach, mein Fuß, der auch Sie beunruhigt, wie ich merke, tut sehr weh. Ich muß mir Umschläge machen lassen.«

Wortlos stand Glimbach auf und verließ das Haus. Ich komme wieder, schwor er sich. Und er schwor noch mehr.

Die Lehmumschläge linderten den Schmerz. Wissius schlief schon am frühen Abend ein, von seiner Frau liebevoll betreut. Auf das Ratsessen, zu dem auch er geladen worden war, mußte er verzichten.

Um Mitternacht erwachte er von der Schießerei, und als ihm bewußt wurde, woher der Lärm kam, dachte er an Gertrude. Sie hat noch ein paar Stunden Zeit gehabt, eh' die Schweden kamen, überlegte er. Sie könnte es sogar bis Mülheim geschafft haben. Die Schweden dürften von Siegburg, von Süden also, gekommen sein – sie mußte nach Norden. Vielleicht hat sie Glück gehabt.

Jetzt aber ging es um Politik.

Zur »extraordinären Sitzung« hatten sich alle Ratsmitglieder fast vollzählig eingefunden; ohne Ausnahme anwesend waren die Inhaber der Ratsämter: die Stimmeister, Weinmeister, Appellationskommissare, Turmherren und Gewaltmeister, die vier Klagherren, die Zeughausherren, auch Kriegskommissare genannt, die Fiskalrichter, Fleischmarktherren und Fischmarktmeister, die Münzaufseher oder Pagamentsherren, die Holz-,

Kohle- und Brandherren sowie, neben Stadtsekretären, Registraturen und anderem Kanzleipersonal, auch die Syndici Kyver, Baldern und Doktor Wissius. Zu den regulären Ratsmitgliedern aus den Gaffeln kamen heute noch aus jeder Gaffel zwei weitere Abgesandte, die den Vierundvierzigerrat bildeten, ohne den über Krieg und Frieden nicht entschieden werden durfte.

Rentmeister Cronenburg eröffnete die Sitzung im Schein einiger hundert Kerzen, die den Senatssaal im Rathausturm bis in den letzten Winkel erleuchteten:

»Herren Bürgermeister, Ehrsamer Hochweiser Rat, Deputierte Herren und Freunde von allen Zünften und Gaffeln!

Nun ist es also – wir alle vernahmen des Unfriedens schweres Geschütz von jenseits des Rheins! – zu der längst befürchteten hohen Not und Gefahr und zum Ausbruch brutaler Feindseligkeit von seiten des schwedischen Usurpators gekommen. In unserer lieben Schwesterstadt Deutz regiert jetzt der Antichrist!

Niemals, ehrbare Räte und weise Freunde, wäre das so weit gediehen, hätte der Kurfürst dieser unserer hochbedrängten Stadt Köln bereits vor Jahr und Tag das Baurecht – und auch die Mittel! – verliehen, um Deutz zu befestigen. Also daß der Flecken nicht allein durch rechtschaffene Gegenwehr und unerschrockenen Widerstand tapferer Männer, sondern auch durch Wälle und Türme, Mauern und Bastionen hätte verteidigt werden können. Genug davon, das weiß ja ein jeder! Und ein jeder weiß auch: Nicht nur der Kurfürst ist für unsere Schwäche verantwortlich! Es waren auch, Gott sei's geklagt, Bürger unserer Stadt, die durch Torheit, Feigheit, Zweifelsucht und schmähliches Werben um Neutralität den Geist des Widerstandes geschwächt und den Bau der Deutzer Befestigung sabotiert haben!«

Es wurde Zeit, daß die Bürgermeister behutsam eingriffen und dem Rentmeister nahelegten, seine Rede kurz zu halten. Es sei, so sagten sie, hier über Krieg und Frieden zu befinden!

Der Rentmeister jedoch fuhr unbeirrt fort:

»Es hat ja mit der Schmach schon angefangen, als zu Jahresbeginn der Doktor Wissius nach Frankfurt geschickt wurde, mit diesen Weinkrämern Schlehbusch, Wiedenfeld und wie sie noch heißen mögen. Da haben sie – so wird glaubhaft versichert – dem schwedischen Kanzler ein Gedicht überreicht; der Oxenstierna sollte es mit untertänigster Empfehlung an seinen König weitergeben!«

Die Versammlung spitzte die Ohren. Von einem Gedicht an Gustav Adolf wußten sie nichts.

»Ein Gedicht«, rief Cronenburg mit dem Ausdruck des Abscheus, »das dem Erzfeind und Erzketzer in widerlichster Weise schmeichelt! Hören Sie nur:

›Du wirst das graue Alter dieser Stadt verschonen,
wenn sie dir demutvoll und mild
und friedsam zeigt den Wappenschild:
das blutigrote Feld, geziert mit goldenen Kronen.‹«

Mit Genugtuung musterte er die betroffenen Mienen. Sie wandten sich dem Doktor Wissius zu, als habe der das Poem verfaßt, und viele mochten denken: Den hätte man neulich doch teeren, federn und am besten auch gleich anzünden sollen.

Befriedigt entschloß Doktor Cronenburg sich, seine Rede jetzt auf die wirkungsvollste Weise zu beenden:

»In der Tat haben wir dem Schweden all die Jahre über ›friedsam den Wappenschild gezeigt‹. Und wie hat er's uns gelohnt? Seht, meine Freunde, seht nur über den Rhein! Schon jetzt ist Deutz ›ein Schlachtfeld blutigrot‹, und wenn wir nicht endlich handeln, versinken Kölns goldene Kronen darin!«

»Abstimmung! Abstimmung!« riefen viele. Da erhob sich der bucklige Doktor und sagte mit schneidender Stimme:

»Das Gedicht ist miserabel, da geb' ich Herrn Cronenburg recht. Und sollte in dieser hochehrbaren Versammlung jemand wirklich glauben, ich, ein Mann von einigem Kunstverstand, hätte dem schwedischen Kanzler ein solch armseliges Gewinsel überreicht, müßte ich mein Haupt in Leid und Trauer verhüllen.

Meine Politik zielte, wie jedermann weiß, nicht auf Unterwürfigkeit und Selbstaufgabe, sondern sie war bestimmt von der Überzeugung, daß Köln die einzigartige Chance hätte, unzerstört zu bleiben. Aus unserer Stadt kein Magdeburg, Donauwörth, Neubrandenburg werden zu lassen und sie nicht allein dem Schutz der Gottesmutter anzuvertrauen, sondern auch der menschlichen Vernunft, das war mein Bestreben.

Ausweisung der Jesuiten – das war eine Bedingung, die der Schwedenkönig für die Neutralität stellte. Dafür habe auch ich wiederholt vor diesem Rat plädiert – leider immer vergebens.

Nun aber – und jetzt merken Sie auf! – hat Gott unseren schwarzen Brüdern aus der Marzellenstraße endlich die Gnade der Selbsterkenntnis geschenkt. Tief bewegt von dem Unglück, das uns betroffen hat, ja, sich daran mitschuldig fühlend, hat mir ihr Provinzial Goswinus Nickel soeben vor dem Rathaustor versichert, daß er noch heute früh die Verlegung des Ordenshauses nach der Stadt Trier in die Wege leiten werde. Und, meine Herren, er hat mich ermächtigt, Ihnen diesen seinen folgenschweren Entschluß in aller Öffentlichkeit mitzuteilen!

Damit, Bürger und Freunde, wären alle Voraussetzungen für Kölns Neutralität erfüllt. Wer, so frage ich, könnte sie uns verübeln? Der Kaiser wird uns verstehen, wenn er von dem Elend in Deutz erfährt. Und der Kurfürst? Wie sollte er uns die Neutralität verübeln, da *er* sie doch, wie ich nun zuverlässig weiß, durch Vermittlung der Franzosen für seinen Kurstaat *längst erhalten hat!*«

Diese Eröffnung des Doktor Wissius, der immer ein wenig mehr wußte als alle anderen, wie auch die Mitteilung, daß der Jesuitenorden Köln verlassen wolle, erregten großes Aufsehen. Vor allem gegen das falsche Spiel des Kurfürsten wurden Stimmen laut; viele verlangten seine Ausweisung aus der Stadt, da er sich doch jetzt im heimatlichen Bonn viel sicherer fühlen müsse als im bedrohten Köln!

Und weil er hie und da noch ungläubiges Kopfschütteln entdeckte, setzte Wissius gleich nach:

»Es dürfte doch kein Zufall sein, liebe Räte, daß Deutz, solange es kurkölnisch war, unbehelligt blieb! Doch kaum ist es vom Kurfürsten der Stadt Köln zugesprochen worden, überfällt es der Schwede bei Nacht, mordet, plündert und brennt!«

Mit gedämpfter Stimme, vor einem totenstillen Haus, beendete er seine Rede: »Wenn wir – in Tagen oder Wochen, kaum daß der Schwede abgezogen sein wird – die noch immer schwelende Trümmerstätte betreten werden, dann mag sich ein jeder von uns fragen, ob die Gemordeten und Verstümmelten, die schuldlosen Alten, die geschändeten Kinder, die vergewaltigten Jungfrauen nicht hätten vor diesem Schicksal bewahrt werden können, wenn Köln zur rechten Zeit dem Rat eines zwar unansehnlichen, aber um das Wohl der Vaterstadt rechtschaffen bemühten Bürgers gefolgt wäre.«

Einige waren nachdenklich geworden, die meisten jedoch blickten unbeeindruckt auf den Fischmarktmeister Beywegh, der jetzt ums Wort bat.

»Ich habe soeben aus dem Munde dieses Syndikus gehört: ›Wenn in Tagen oder Wochen der Schwede abgezogen sein wird …‹ Wie klingt mir denn das? Wie sollen wir das verstehen? Der Schwede wird *morgen* – nein: *heute früh* ›abgezogen‹ sein! Weil wir ihn nämlich heute früh unterm Donnern unserer schweren Geschütze aus Deutz verjagt haben werden! Ich beantrage Abstimmung!«

In den brausenden Beifall rief Wissius leidenschaftlich:

»Selbst wenn uns das gelingen sollte, Bürger – es kann uns tausend Tote kosten! Wenn wir aber dem schwedischen Kanzler melden, daß die Voraussetzungen der Neutralität erfüllt sind, wird der Feind abziehen, ohne daß wir einen einzigen Tropfen Blut vergießen müssen!«

Aber Wissius hatte den Kampf verloren. Und das Schlimmste war: Er glaubte selber nicht mehr an das Gewicht seiner Argumente. Der Krieg, das ahnte auch er, war in ein Stadium getreten, in dem Treu und Glauben nur noch Worte aus einem alten Gesangbuch sind – nicht anders als Recht, Gewissen und Barmherzigkeit. So mußte, was vor wenigen Monaten noch wie ein Lied von Zuversicht und Frieden geklungen hatte, ihm heute kaum mehr als eine tönende Schelle sein. Und weil er nicht auf verlorenem Posten stehen wollte, schlug er sich zwar nicht auf die Seite seiner Gegner, aber als es um die Entscheidung ging, ob heute früh der Angriff gewagt werden sollte, enthielt er sich der Stimme.

Ich bin der einsamste Mann in Köln, dachte Wissius, als er sich nach Hause fahren ließ. Jetzt hab' ich ein paar Jahre für den Frieden gearbeitet, habe mich Feigling und Verräter schimpfen, hab' mich ums Haar vom Pöbel in Stücke reißen lassen – und wem verdankte ich schließlich mein Leben? Einem Haudegen, wie er im Buche steht!

Und wie wird mir zumute sein, wenn die schweren Stücke von unseren Bastionen donnern? Hoffentlich packen's die Unseligen, wird der Friedensfreund denken! Hoffentlich halten Kölns Mauern, wenn sie von drüben schießen! Geb's Gott auch, daß unsere Soldaten tapfer und unsere Bürgergardisten alle so gut ausgebildet sind wie Herr Thergaten und seine Söhne. So werde ich denken und an allen Gliedern zittern vor Angst. Denn auch ich, der Friedensfreund, dem alles mißlang, will nicht gern von den Schweden an die Tür genagelt werden, und Frau und Kinder sollen nicht doch noch verbrennen im eigenen Haus. Er zog die dünnen Lippen ein und blickte auf die leere Straße. Ich bin der einsamste Mann in Köln. Plötzlich öffnete er den Wagenschlag und rief dem Kutscher zu: »Noch nicht nach Haus Saaleck! Zur Universität!«

Ihm war jemand eingefallen, der noch einsamer war als er.

Dann änderte er noch einmal das Fahrtziel. Er hatte gesehen, wie Studenten das Zeughaus stürmten. Schon kamen sie in hellen Haufen zurück, mit Piken, Schwertern, Hellebarden, sogar mit altmodischen Morgensternen an Keulen und Ketten. Viele waren betrunken und sangen Freiheitslieder. Wissius ließ halten und beugte sich aus der Kutsche.

»Heda! Welche Fakultät?«

Ein Student trat an den Wagen heran.

»Bist wohl ein Spitzel, was?«

»Ich wollte nur wissen, wer von unseren Studenten so tapfer ist, die Stadt verteidigen zu wollen.«

»Wir sind von der Artistenfakultät«, sagte der Student stolz.

Das waren die Jüngsten. Zwei, drei Semester mußte jeder den philosophischen Grundkurs absolvieren.

»Habt ihr auch bei Professor Spee gehört?«

Der Junge zuckte die Achseln. Ein anderer drängte sich vor: »Natürlich!«

»Wo ist der Professor?« fragte Wissius. »Ich muß ihn dringend sprechen.«

»Keine Ahnung«, sagte der Student. »Ich weiß nur, daß er sich gestern bei einer Disputation hervorragend geschlagen haben soll.«

»Wo? Wo er ist, will ich wissen!«

Sie hoben die Schultern.

»Wo wird er schon sein«, sagte einer. »Im Jesuitenkolleg.«

»Ich sehe, ihr habt keine Ahnung«, sagte Wissius. »Was seid ihr doch für ignorante Kerle! Ist es euch wirklich so gleichgültig, was mit euren Professoren geschieht?«

Er erkannte einen der Studenten, die mit ihm Spees Vorlesung gehört hatten. »Du erinnerst dich wohl, wie ihr alle gerufen habt, Professor Spee käme schon wieder, dafür würdet ihr sorgen, und die Engel würden ihr Halleluja dazu singen?«

»Das stimmt«, sagte der Student. »Es war eine Schweinerei von Binius, ihm die Lehrbefähigung zu entziehen!«

»Wenn das eine Schweinerei war – wie würdet ihr dann nennen, was der Kurfürst mit ihm angestellt hat?«

Sie wußten nicht, was er meinte.

»Er hat ihn eingesperrt! Er hat einen Professor eurer freien, mit allen kaiserlichen Privilegien versehenen Universität eingesperrt wie einen räudigen Hund!«

Sie standen fassungslos. Standen da mit ihren martialischen Instrumenten und sahen einander an. Es war offenkundig: Sie hatten keine Ahnung gehabt – ihr Rektor Binius hatte sich wohl gehütet, ihnen zu verraten, wie der Kurfürst gestern nachmittag entschieden hatte.

»Wo ist er? Wo haben sie ihn eingesperrt?«

»Im Häuschen hinter dem Palais«, sagte Wissius, wie immer gut unterrichtet.

Der Sprecher der Studenten blickte sich um. Immer mehr hatten sich im wieder einsetzenden Schneegestöber um den Wagen versammelt.

»Den holen wir uns!« sagte der Student leise – aber doch so, daß die Nächststehenden ihn verstanden.

Und sie nahmen es auf: »Den holen wir uns!« Und jetzt schon laut und im Chor: »Den holen wir uns!«

»Aber vergeßt nicht, wozu ihr eigentlich ausgezogen seid!« mahnte Wissius. »Ihr wolltet doch für die Freiheit kämpfen.«

»Das werden wir auch!« rief der Sprecher der Studenten. »Und gleich hinter dem Palais fangen wir damit an! Halleluja!«

Pechfackeln, in die eisernen Ringe an der Stadtmauer gesteckt, erhellten notdürftig die Uferpartie. Während der vergangenen Stunden hatten sich Hunderte von Fischern, Schiffsleuten, Lohndienern und freiwilligen Helfern aus der Bürgerschaft eingefunden, dazu die Männer von der Hafenmeisterei, die Rhein-, Salz-, Turm- und Fischmarktmeister. Im schmutzigen Schnee kauernd, Decken um die Schultern gehängt oder längs der Mauer vor dem gerade aufkommenden heftigen Westwind Schutz suchend, warteten an die tausend Soldaten und Gardisten von der Bürgerwehr auf die Einschiffung; Thergatens 4. Colonellschaft war dabei. Viele Musketiere hatten die Fährhäuser für sich requiriert oder waren in die Verkaufsbuden eingebrochen, wo sie sich wärmen konnten.

Immer wieder erschien auf seinem Apfelschimmel Oberst Degenhard von Merode zur Inspektion; bald war er auf dem kleinen, bald auf dem großen Bollwerk, bald auch auf Sankt Kuniberts Turm. Dort standen die Geschütze: 42-Pfünder-Kartaunen, mittelgroße Schlangen und leichte Haubitzen, gegen Feindbeschuß nicht nur durch die Bastion, sondern auch durch mannshohe, mit Erde gefüllte Schanzkörbe gesichert. Schon vor einer Stunde hatten Stück- und Büchsenmeister ihre Batterien feuerbereit gemeldet.

Sorge machten dem Kommandanten die Schiffe. Kurz nach Mitternacht, noch ehe der Rat den Angriff beschlossen hatte, waren Schiffseigner, Schiffer und Hafenarbeiter durch Trommelaufruf an den Kai befohlen worden. Alle Schiffe, von der größten Samoureuse bis zum geringsten Kahn, wurden beschlagnahmt, ohne Ansehung der Nationalität.

Nun begann ein Ankerlichten, Segelsetzen und Tauekappen. Mit langen Stangen trennte man die dümpelnden Schiffsrümpfe voneinander, ehe man Soldaten und Bürgerwehr verlud. Einige wurden von der Strömung abgetrieben und schwammen mit ihrer unerfahrenen Besatzung rheinabwärts.

Es schneite nicht mehr, war wärmer geworden, vielleicht würde der Westwind Regen bringen. Der Oberst befahl den Stückmeistern für 5 Uhr 30 die erste Salve. Bis dahin sollte das Gros der Flotte schon auf halbem Wege über den Rhein sein.

Zwei Schiffern von drüben war es gelungen, vom Feind unbemerkt, mit einem Ruderboot den Strom zu überqueren. Sie bestätigten das Gerücht: Unter den Invasoren befanden sich auch zwei englische Kompagnien. Alle, ob Schwede oder Brite, hätten sich schändlich aufgeführt, hätten auch die Abtei Sankt Heribert gestürmt, wären in den Weinkeller eingebrochen, hätten die Fässer ins Refektorium geschleppt und den Wein in große Waschbütten geschüttet; »da soff, wer nur ein Maul hatte«.

Dies fügte sich gut in Merodes Plan; er würde das trunkene Pack schon verjagen.

In einer der Fährhütten, mitten unter den schläfrigen Soldaten und, wie sie, auf der nackten Diele, den Rücken gegen die Wand gelehnt, hockte übernächtig und frierend ein vornehmer Herr: Doktor Heinrich Tectorius Glimbach. Was ihm, der auf eine solche Nacht weniger eingerichtet war als die Soldaten, zumindest das Herz wärmte, war, was er seine »Mission« nannte: die Verfolgung der entkommenen Hexe. Es war ein Glücksfall, daß einer seiner alten Spitzel ihm zugetragen hatte: Das flüchtige Mädchen ist durch den Buckligen zur Deutzer Fähre gebracht worden!

Seine Wut auf Wissius war groß, und er würde den Mann, der sich nun wohl zwischen alle Stühle gesetzt hatte, schon noch zur Strecke bringen. Wenn er nur erst wieder Macht hätte! Noch war er bei der Stadt nicht rehabilitiert, noch war er nicht zurückberufen ins Amt des Hexenkommissars. Allein der Nachweis, daß es zu Köln wieder anging mit Hexen und Hexenwerk, konnte den Rat bewegen, Glimbach abermals mit all der Macht auszustatten, die man ihm aberkannt hatte.

Die Hexe war in Deutz, so viel war sicher. Und er konnte nur zu Gott hoffen, daß sie noch am Leben war; eine Tote nutzte ihm nichts. Der Versuch, sie aufzuspüren, mußte gewagt werden, es war Glimbachs letzte Chance. Und so hatte er sogar seine Furcht vor dem rohen Kriegsvolk überwunden, das ihn, wie er so Schulter an Schulter mit diesen Rauhbeinen in der Fährhütte hockte, grob hänselte und seiner zierlichen Kleidung wegen verspottete. Und nicht einmal die wahrlich nicht unbegründete Angst, in kriegerische Handlungen verwickelt zu werden, wenn er sich mit den Soldaten übersetzen ließ, konnte größer sein als sein Bedürfnis, Rache zu üben: an der Hexe, an Wissius und dem gefangenen Hexenfreund Spee.

Schon als die ersten Schüsse aus Deutz zu vernehmen waren, hatte Spee die Feder niedergelegt. Er spähte durch das Fensterchen, aber in der Dunkelheit war nur, wie das Skelett eines gewaltigen Brustkorbs, die Flanke des Doms zu erahnen, so daß er sich lieber auf seine Ohren verließ. Als der Lärm zunahm, pochte er an die Tür, die sofort geöffnet wurde. Der freundliche Alte war für die Nacht von einem jungen Soldaten abgelöst worden, der ihn anfuhr, als sei er verantwortlich für die Ruhestörung.

»Sie haben zu schlafen!« brüllte er und schlug die Tür zu. Nach einigen Minuten, die Spee vor der niederbrennenden Kerze verbrachte, schloß der Mann die Tür wieder auf. Er kam ins Zimmer, setzte sich auf das Strohsacklager und fragte ganz bescheiden, ob der Gefangene sich auf den Spektakel, der jetzt auch in der Stadt anbrach, einen Reim machen könne. Er hatte Angst und fühlte sich auf seinem einsamen Posten im Häuschen am verwilderten Garten nicht mehr wohl.

»Ich muß mich mal bei den Kameraden umhören, was sich da tut«, sagte er, fast entschuldigend, um gleich darauf wieder barsch zu werden: »Sie bleiben hier und mucksen sich nicht!«

»Es wird mir auch nichts anderes übrigbleiben«, sagte Spee. »Sie könnten die Tür ruhig offen lassen; ich laufe Ihnen nicht weg. Ich wüßte auch gar nicht, wohin.«

Der Wachsoldat ging hinaus und schloß die Tür sorgfältig ab. Erst nach einer Stunde kam er wieder; die Kerze war erloschen, und Spee hatte sich hingelegt. Der Soldat erzählte ihm nicht viel Neues. Daß man Deutz überfallen hatte, war Spee längst klargeworden, und daß die Stadt alarmiert war, ließ sich auch nicht überhören.

»Der Kurfürst sieht sich das alles vom Turm aus an. Von der neuen Kirche in der Marzellenstraße. Die meisten Wachsoldaten sind als Schutzgeleit mit ihm gegangen. Und mich läßt man hier mit Ihnen allein. Aber Sie haben ja versprochen, nicht wegzulaufen.«

Dann verließ er wieder das Zimmer, machte sich's im Vorraum bequem und schlief ein.

Als er erwachte, war es zu spät, sich zu wehren. Zwei Kerle saßen auf seiner Pritsche und würgten ihm die Luft ab. Erst als er ihnen die Schlüssel aushändigte, ließen sie ihn wieder Atem holen. Er kapitulierte, denn es waren zu viele Gestalten, die sich unter Fackelschein geisterhaft lautlos in den kleinen Vorraum drängten. Erst als die Tür aufging und sie den Gefangenen sahen, der sich, auch er aus dem Schlaf gerissen, auf seinem Lager erhob, heulten sie auf im Triumph.

»Aufstehen, Professor! Sie sind frei!«

Sie ließen ihm nicht lange Zeit, sich zurechtzufinden, faßten ihn um Schultern und Hüfte und führten ihn mit sanfter Gewalt aus dem Zimmer.

Im Vorraum jammerte der Wächter: »Man wird mich durch die Spießruten jagen! Der Profos gibt mir fünfzig auf den Blanken!«

»Du hast keine Schuld«, sagte einer der Studenten. »Die Übermacht war zu groß, das ist doch logisch. Draußen stehen noch ein paar hundert, was willst du da machen! Auf geht's, Professor!«

Aber Spee blieb stehen. So klar sein Verstand war, so heftig stritten seine Empfindungen.

»Warum befreit ihr mich?«

»Wenn einer wie Sie mundtot gemacht werden soll, wird's höchste Zeit!« sagte der Anführer der Studenten.

»Was heißt mundtot!« sagte ein anderer. »Verbrennen will man Sie! Und das wird verhindert.«

Spee sah von einem zum anderen. An zwei erinnerte er sich. Die hatten vor ihm im Hörsaal gesessen und immer darauf gewartet, daß er aufs Thema kam. Auf *sein* Thema. Es hat gezündet, dachte er. Es war nicht vergebens. Die Jugend versteht mich. Ich habe geredet – und sie wird handeln. Sie handelt schon jetzt – weiß Gott!

Sie bedrängten ihn. »Raus jetzt! Schnell! Eh' uns die Nachtreiter erwischen!«

In welche Gefahr begeben sie sich – um meinetwillen, dachte er. Seine Augen wurden feucht. Nun tat ihm sogar der Wächter leid, der ihn mit zitternden Lippen anflehte dazubleiben.

Er wußte, was er jetzt sagte, war in seiner Situation nahezu albern, aber er mußte es sagen: »Ich habe ihm versprochen, nicht zu fliehen.«

»Das tun Sie auch nicht, Professor!« sagte der Student.

»Sie werden entführt!«

»Sie sind unsere Geisel!«

»Sie müssen uns ein Privatissimum halten!«

»Vorwärts jetzt! Sonst kommen sie uns doch noch auf den Hals!«

Sie nahmen Spee in die Mitte und jagten mit ihm durch den verschneiten Garten bis zur Trankgasse, wo zwar nicht hundert, aber doch an die zwanzig Kommilitonen auf sie warteten.

Kurfürst Ferdinand, Franz Wilhelm von Wartenberg und Adrian Horn standen unterm Glockenstuhl von Sankt Mariä Himmelfahrt und spähten angestrengt in die Nacht. Vor Schwindel und Sturz in die Tiefe durch ein provisorisches Holzgatter bewahrt – die Kirche war, mangels Geld, noch längst nicht fertiggestellt –, konnten sie die Uferpartie und den Rhein bis nach Deutz überblicken, weit besser als von der Trankgasse aus. Adrian Horn war, nachdem er seine Schüler ins Gymnasium zurückgeführt hatte, ins Palais gegangen und hatte dem Kurfürsten, der unruhig und beklommen im Kreis seiner Räte saß, diesen Aussichtspunkt vorgeschlagen. Ferdinand war sofort einverstanden gewesen.

»Wie klug war es von Eurer Durchlaucht, den Abschluß des Neutralitätsvertrages den Kölnern zu verheimlichen!« hatte Herr von Aldenhoven geschmeichelt.

Und Geheimer Rat von der Recke hatte gerühmt: »Ihr habt die Kölner ganz schön in die Falle laufen lassen!«

Was hatten die Herren gemeint?

Ferdinand wußte es nur zu gut.

Er hatte seine Neutralität durch Vermittlung der Franzosen bekommen. Also durfte er Deutz nicht mehr befestigen; das war die Bedingung gewesen. Aber er durfte den Kölnern nicht sagen, daß er, *für Kurköln allein*, die Neutralität gewonnen hatte; sie hätten's ihm tödlich übelgenommen. So hatte er sie, als Thergaten ihn zur Entscheidung zwang, in der Tat in die Falle laufen lassen: Er überließ ihnen Deutz, damit sie es endlich zur Festung ausbauen konnten – und eben damit gab er den noch unbefestigten Ort, der jetzt den Kölnern gehörte, schutzlos den Schweden preis, die sich durch den Ausbau provoziert fühlen mußten. Und überdies hatte er das Geld für die Fortifikation gespart. Es war alles sehr logisch. Und seine Herren hatten es großartig gefunden.

Seltsam: Der Zynismus der Räte, die sich über die Torheit der Kölner mokierten, hätte ihm doch behagen sollen! Er hätte auch froh sein müssen, daß es nicht *seine* Truppen waren, die in einen blutigen Kampf zogen. Aber er war es nicht.

Denn Ferdinand besaß, was seine Räte nicht besaßen: ein Gewissen. Er hatte politisch richtig, seinen Gastgebern gegenüber aber unanständig gehandelt. Das bedrückte ihn sehr.

Nun sah er, wie unter großem Geschrei die mit viel Mannsvolk beladenen Schiffe vom Kai ablegten, ließ Wartenbergs Erläuterungen über sich ergehen, hörte auch kaum auf Horn, der vom Herrn das Strafgericht über die Ketzer erflehte. Er fühlte sich in der Schuld dieser Männer, die da, möglicherweise, in den Tod zogen und nichts dafür konnten, daß ihre Oberen, die Bürgermeister der Stadt, sich im Gegensatz zu Ferdinand keineswegs als Diplomaten erwiesen hatten.

Ein furchtbarer Donnerschlag ließ die Herren fast in die Knie gehen. Vor den Blitzen, die sich im Strom spiegelten, hatten sie für Sekunden die Augen geschlossen. Dann aber sahen sie, jenseits der übersetzenden Flottille, hohe Fontänen aus dem Wasser springen. Und noch ehe sie feststellen konnten, ob denn die Salve aus Kölner Geschützen auch in Deutz den erwünschten Schaden verursacht hatte, mußten sie mit ansehen, wie eines jener Schiffe, die sich am weitesten vorgewagt hatten, von einer zu kurz bemessenen Kugel getroffen wurde, kenterte und versank. In Deutz, das dunkel, von keinem Brand mehr erhellt, den Angriff erwartete, hatte sich offenbar nichts verändert.

»Töricht, daß sie geschossen haben«, sagte Wartenberg verdrießlich. »Es alarmiert ganz unnötig den Feind. Diese Festungsgeschütze sind viel zu plump und schwach. Sollte wirklich eine Kugel bis Deutz geflogen sein, dürfte sie kaum etwas ausgerichtet haben.«

»Aber es nimmt sich sehr eindrucksvoll aus«, sagte Ferdinand. Er bemühte sich zu erkennen, ob von der Besatzung des gesunkenen Schiffes jemand gerettet wurde. Aber vor Rümpfen und Masten sah man kaum mehr den Strom.

»Sehr eindrucksvoll, genau das meinte ich«, sagte Wartenberg. Dem Vetter entging sein süffisantes Lächeln.

Während die beiden, soweit die Dunkelheit es zuließ, mit großer Spannung das Anlegen der Schiffe am Deutzer Ufer beobachteten, suchte Horn auch weiterhin die Gunst der Stunde zu nutzen.

»Ich hätte es gern gesehen, wenn unsere älteren Schüler mit von der Partie gewesen wären«, schwadronierte er. »Aber ich konnte mich gegen den Provinzial nicht durchsetzen.«

»Dem Herrn sei Dank dafür!« sagte der Kurfürst mit düsterer Miene. Horn wechselte schnell das Thema.

»Ist Euer Durchlaucht bekannt, daß Doktor Wissius heute nacht so kühn war, dem Stadtrat mitzuteilen, daß Kurköln die Neutralität gewonnen hat?«

Der Kurfürst fuhr herum. »Wissius?! – Woher weiß er …«

»Man muß sich damit abfinden, daß er seine Zuträger hat«, sagte Horn genüßlich. »Er hat dem Rat sogar noch mehr anvertraut: Ohne ermächtigt zu sein, hat er den Abzug der Jesuiten verkündet!«

»Wie kommt er dazu?« fragte der Kurfürst. Aber er war nicht ganz bei der Sache. Wenn der Rat wirklich erfahren hatte, daß er bereits seit November die Neutralität besaß, würde man ihn aus der Stadt prügeln wie einen diebischen Landstreicher.

Horn erwiderte: »Weil – angeblich – Nickel selbst ihm das gesagt hat. Wir alle sollen nach Trier.«

Der Kurfürst, schnell: »Der Grund?«

»Nickel will die Bedingung der Schweden erfüllen. Sozusagen auf freiwilliger Basis. Um Kölns willen, wie er sagt. Damit auch die Stadt ihre Neutralität bekommt.«

»Hören Sie nur!« Wartenberg deutete nach Deutz hinüber. Die Schiffe hatten angelegt. Mündungsfeuer blitzten auf, Musketen knatterten, auch leichtes Geschütz war vernehmbar.

Sie lauschten und spähten eine Weile lang ins Dunkel.

Dann sagte der Kurfürst mit gepreßter Stimme: »Die Jesuiten aus Köln? Und gar nach Trier? Das dulde ich nicht. Der Orden bleibt in der Stadt!«

Oberst von Merode hatte ein leichtes Spiel. Das geringe Feuer, das seinen Schiffen an der Deutzer Lände zum Empfang bereitet wurde, beschwerte ihn kaum. Seine Soldaten und Stadtgardisten sowie die Fähnlein der Bürgerwehr stürmten den Uferhang und weiter geradewegs auf die Abtei von Sankt Heribert zu, hinter deren Mäuerchen sich nicht mehr als sieben oder acht feindliche Schützen versteckt hatten. Sie wurden niedergemacht, obwohl sie um »Quartier«, also um Gnade flehten.

Aus dem Kloster taumelten gespenstische Gestalten, die gleich die Hände hoben und sich gefesselt abführen ließen. Nicht anders erging es den bis zur Bewußtlosigkeit Betrunkenen im Refektorium. Sie lagen auf Tischen, denn der Estrich war nichts als ein Weinsee, und von den nebelnden Bottichen, in denen es noch gärte, stank es derart betäubend, daß es den Befreiern fast den Atem verschlug. Die Kerls konnten froh sein, daß sie der Bürgerwehr in die Hände gefallen waren; Thergaten und seine Leute, auch die von der 6. und 8. Colonellschaft, hielten noch auf die Kriegsgesetze, im Gegensatz zu den Söldnern, die, in zahllosen Schlachten abgestumpft, ein Menschenleben schon längst nicht mehr achteten. So wurden die überrumpelten Feinde, deren Offiziere gerade so besoffen waren wie der letzte Musketier, mit Fußtritten und Kolbenschlägen geweckt, mühsam auf die Beine gestellt und, die Hände auf den Rücken gebunden, in die Pfarrkirche Sankt Urban geführt. Dort sperrte man sie ein, zusammen mit einigen Versprengten, die man in den Weingärten aufgegriffen hatte, und überließ sie ihrem Rausch.

Vergeblich hielten die Kölner Ausschau nach Oberst Diependahl und seiner Streitmacht von immerhin sechshundert Mann. Ein Dutzend Tote und zwei schrecklich Blessierte hatte man in den Straßen gefunden. Die Verwundeten konnten gerade noch melden, die Schweden und Engländer seien so überraschend eingefallen, daß an Widerstand nicht zu denken gewesen war. Dann starb der eine in den Armen seiner Landsleute, und auch der andere brachte kein Wort mehr heraus.

Oberst von Merode ließ seine tausend Krieger provisorisch biwakieren. Dann nahm er sich von den Gefangenen zwei halbwegs Nüchterne vor. Was sie aussagten, sprach nicht für den Mannesmut von Diependahl und seinen Soldaten. Sie waren, wenn die Schweden nicht logen, schon nach den ersten Scharmützeln nordwärts ausgebüchst und hatten das unselige Nest kampflos seinem traurigen Schicksal überlassen.

Kaum daß die Schießerei beendet und nur noch Jubelgeschrei zu vernehmen war, hatten sich die Deutzer aus ihren teils noch vom Truchseßschen Kriege her beschädigten Häusern gewagt. Andere saßen heulend auf den Trümmern ihrer Habe; etliche Gebäude waren durch die Schweden, eines noch heute früh durch kölnischen Beschuß ramponiert oder gar völlig demoliert worden. Und in manchen Häusern, die unversehrt geblieben waren, hatte der Tod mit jedermann Hochzeit gehalten. Die hier erschlagen lagen, Haus für Haus, weckte auch der gehenkte Schwed' nicht mehr auf; den hatte der Baudissin, als er, zu spät, in die Gasse kam, an den Baum knüpfen lassen, den Seinen zur Warnung.

Im Kriegsrat beschlossen die Kölner ein strenges Gericht über die Gefangenen zu halten. Sie würden einander schon hinlänglich denunzieren, auf daß der Galgenvogel Gesellschaft bekam.

Weit glimpflicher war's den Mönchen der Abtei ergangen, die jetzt aus dem Turm von Sankt Heribert herauskamen, wo sie, auf dem höchsten Treppenabsatz, eine bange Nacht verbracht hatten. »Da unten im Graben«, riefen sie aufgeregt, »dort muß Hochwürden Bleckmann noch liegen! Gott geb's, daß er die Nacht überstanden hat!«

Und dort lag er wahrhaftig, klagend zum Herzerbarmen. Er hatte, nachdem die Seinen im Turm schon in Sicherheit waren, als letzter nachsetzen wollen. Doch drinnen hatten sie um Sekunden zu früh die Zugbrücke hochgezogen, so daß der Pfarrer tief in den Graben gestürzt war und beide Beine gebrochen hatte. Glücklicherweise fand ihn kein Schwede – und er ein Abflußloch, in das er sich, ein Hölzchen zwischen den Zähnen, um nicht zu schreien, mit größter Anstrengung schleppen konnte. So hatte er die Nacht überstanden.

Die Nachricht vom ruhmreich erstrittenen Sieg war nun auch ans andere Ufer gedrungen. Die Glocken huben zu läuten an, und in festlichem Rot hob sich die Sonne aus den verschneiten Hügeln. Von der Stadt herüber kamen weitere Boote, mit hohen Herrschaften zweifellos. Die wollten nun auch des Sieges süße Frucht genießen; nicht immer bot sich Gelegenheit, ein frisch gedüngtes Schlachtfeld zu inspizieren. Räte und Amtsinhaber waren dabei, Prälaten, Mönche, Gaffelherren, Krämer mit Erfrischungen, die ihr Geschäft machen wollten – kurz jeder, der nur ein Boot erwischen konnte.

Auch Adrian Horn und Hyazinthus Klock mit anderen Geistlichen stiegen in einen Kahn; alle bleich, übernächtigt, unrasiert, doch beseelt vom Feuer des Glaubens, da Gott so sichtbar die Seinen gesegnet hatte.

Den einsam durch die Gassen streifenden, in der Morgenkühle bibbernden Mann mit dem kegelförmigen Hut beachtete niemand. Doktor Glimbach fragte, wo immer er einen Deutzer traf – die meisten waren zum Ufer gegangen, um mit den Helden zu feiern –, ob er nicht ein heimatloses Mädchen gesehen habe, das am gestrigen Tag, verwirrt und gewiß halb verhungert, von Köln herübergekommen sei. Doch keiner vermochte sich zu erinnern. Endlich fand sich unter den langbärtigen Juden vor dem Schuppen, der ihnen als Synagoge diente, einer, der sich entsann: Am Nachmittag, als es schon dunkel wurde, habe er ein fremdes Mädchen gesehen, wie es, vom Hafen kommend, in die Schneebergsgasse eingebogen sei. Man sehe dort schon öfter mal ein Weib von sonstwoher, das sich von der Löberin Hilfe verspreche – nun ja, was geht uns das an?

Doktor Glimbach bebte noch mehr; er wußte sich seinem Opfer nah. »Und?« fragte er hastig. »Ist auch dieses Weib zur – Löberin gegangen?«

»Wer soll das wissen, Herr? Wird sie zur Frau Löberin gegangen sein, wird sie die Frau Löberin nicht angetroffen haben. Weil die Frau Löberin letzte Woche mit ihrem Herrn hochwürdigen Liebhaber ist fortgegangen aus Deutz.«

Enttäuscht ließ Glimbach den Juden stehen und machte sich, ohne viel Hoffnung, auf zur Schneebergsgasse. Doch was er dort schon im ersten Hause sah, ließ ihn, der zwar viele Todesurteile bewirkt, doch keines seiner Opfer hatte sterben sehen, mit vor Entsetzen geweiteten Augen zurück auf die Straße und weiter hinab bis ans Ufer eilen. Dort kippte ihm ein gutmütiger Stadtgardist aus einem großen Becher Wein in den Schlund.

Aber lange hält es ihn nicht. Er rappelt sich auf, findet sich kaum zurecht unter all diesem quirligen Volk, das aus den Häusern und über die Landungsbrücke gekommen ist: Soldaten, Offiziere, Mönche, Nonnen, Deutzer Bürger, Kölner Bürger, ambulante Händler, die Branntwein und süße Kekse ausrufen, auch sie sind eilig von Köln gekommen, auch die Musikanten, die zum Tanz aufspielen, als wäre schon Karneval: ein Volksfest, ein Weihnachtsmarkt nimmt von der ganzen Uferpartie Besitz, erobert sich auch das Abteigelände und alle Straßen und Gäßchen, bis hin zum Rathaus, und erst vor der Schneebergsgasse wird's still und leer.

Glimbach weiß sich im Dienst, er hat einen Haftbefehl; so viel Ansehen genießt er schon wieder beim Rat. Er muß sich bezwingen, darf sich nicht gruseln, auch nicht vor der Schneebergsgasse.

»Hast schon mal in die Kirche gesehen?«

Er hat dem Kerl, der ihm den Wein einflößte, erzählt, wen er sucht. Der duzt ihn, weiß nicht, daß er den Doktor Glimbach vor sich hat.

»In die Kirche?«

»Warum nicht? Wenn die Kriegsleute kommen, brauchen die jungen Weiber einen Schutzpatron für ihre Unschuld. Wenn sie nicht gerade drauf aus sind, sie zu verlieren!«

Glimbach entfernt sich. Er kann das dreckige Lachen nicht vertragen.

Wie lau die Luft ist! Kaum zu glauben, daß es in der Nacht noch gefroren hat. Er schiebt sich durch die Menge zum Kirchentor. Ein Posten von der Bürgerwehr steht davor.

»Da geht's nicht hinein«, sagt der Mann. »Da sind die Gefangenen drin.«

Glimbach beruft sich auf Amt und Auftrag. Aber der Kerl bleibt stur. Der Dechant versucht es am Eingang zur Sakristei. Auch dort steht ein Posten. Der kennt ihn, salutiert sogar. Daneben liegt einer. Sie haben seinen Kopf mit einem Sack bedeckt.

»Wer ist das?«

»Einer von Diependahls Leuten. Die haben die Kirche bewacht – wegen der Kisten. Es sind Schätze darin. Der Baudissin hat sie niedergemacht, Ihr seht es ja. Hintenherum liegt auch noch einer.«

»Wenn da Schätze liegen, warum hat der Schwede sie nicht mitgenommen?«

»Auf der Flucht? Die schweren Kisten? – Aber bitte, Herr Dechant, selbstverständlich dürft Ihr die Kirche betreten. Nehmt Euch nur vor den besoffenen Burschen in acht, daß sie Euch nicht inkommodieren!«

Am liebsten würde Glimbach wieder umkehren. Es ist sinnlos, in der Kirche zu suchen. Wenn das Weib bei diesen Männern wäre, die hätten – ein sündhafter Schauer überläuft ihn – die hätten nicht viel von ihr übriggelassen. Aber sie ist ja eine

Hex'! Sie buhlt mit dem Teufel. Sie würde wohl auch mit den Schweden fertig werden.

Er läßt sich die Tür öffnen, betritt die Sakristei, gelangt durch die nächste Tür ins Seitenschiff – und empört sich. Eine Kirche ist doch kein Lagerhaus! Solide, eisenbeschlagene Kisten stapeln sich. Auch Fässer, ein ganzer Turm. Auf den Kisten und im Gestühl lümmeln sich die Gefangenen, glotzen ihn unverschämt an. Ketzerpack. Sieh an, da kommt er wohl gerade im richtigen Augenblick: Zwei Kerle machen sich über eins dieser Fässer her, haben's schon aufgebrochen. Einer, die Pfeife schief im Maul, beugt sich darüber.

»Die Kirche! Um Himmels willen – zurück! Sofort zurück!« schreit Adrian Horn.

»Weiter! Weiter nach Deutz!« ruft Hyazinthur Klock dem Bootsmann zu. Er setzt sich durch. Der Bootsmann legt sich in die Riemen, obwohl er in all dem schwefligen Dunst nicht sehen kann, wo sich noch landen läßt.

Wie der Riß sich, von unten nach oben, durch den Turm geädert hat! Wie erst danach die Explosion aufs Trommelfell schlug! Wie zugleich die Turmspitze brach, seitlich abknickte und sich im Sturz mit dem Rest des Bauwerks vermischte, der ihr von unten, merkwürdig langsam, entgegenkam, als höbe eine Riesenhand ihn, für Sekunden noch fast unversehrt, aus dem feurigen Schlund eines Vulkans heraus!

Sogleich türmte sich ein gewaltiger Schutthaufen auf, aus dem es grollte und polterte, während er hinter einer Wolke aus Staub und Mörtel verschwand.

Dann erst schrie Deutz.

Es schrie die ganze Stadt.

Es schrien die Zerschmetterten, Zerfetzten, die bald nicht mehr schreien würden. Es schrien die Betäubten, die im Schock wild über Trümmer stolperten. Es schrien die Leute auf den Booten, und die Offiziere riefen nach ihren Soldaten. Und endlich schrien, von Köln her, auch die Glocken über den Strom.

Erst nach sieben Tagen, nach dem traurigsten Weihnachtsfest in Kölns Geschichte, waren alle Toten aus dem Schutt gegraben. In drei langen Reihen legte man sie am Ufer aus, zweihundertvierundzwanzig an der Zahl. Schweden, Engländer, Deutzer, Kölner, Frauen, Kinder. Daneben erhob sich ein Häuflein, mit Segeltuch verhüllt. Das waren Reste, aus denen sich nichts mehr fügen ließ.

Doktor Heinrich Tectorius Glimbach war noch zu erkennen. Die er gesucht hatte, die Hexe, fand man nicht.

Wie konnte das geschehen?

Wie die Explosion ausgelöst worden war, hatte man noch erfahren: Einer der Gefangenen war mit dem Leben davongekommen, wenn auch arg verstümmelt. Einen Arm und ein Bein hatte er verloren, sein Gedächtnis nicht – und so konnte er beschreiben, wie seinem Genossen die Tabakpfeife in ein aufgebrochenes Wein-, nein: in ein Pulverfaß gefallen war; aus purer Enttäuschung vermutlich …

Aber wie hatte man auch Gefangene in die Kirche sperren können, in der Schießpulver lagerte?! Hatte das keiner gewußt?

Zu einer hochnotpeinlichen Untersuchung bestand Anlaß. Kaum waren die Opfer unter der Erde, hatte man mit den Vernehmungen begonnen. Als sich im Trankgassenpalais Obersthofmeister von Wartenberg, Herr von Aldenhoven, Domkapitular Hyazinthus Klock und einige andere Herren mit den Vertretern der Stadt – Bürgermeister Rodtkirchen, Kommandant von Merode und Rentmeister Cronenburg – trafen, sah man schon etwas klarer. Man mußte sich auch beeilen. Der Kurfürst konnte jederzeit eintreten; seit der Katastrophe flehte er täglich mehrere Stunden in der Hauskapelle um Gnade und Erleuchtung. Der hohe Herr, das bedrückte alle, war tief erschüttert. Die Staatsjacht, die ausgelaufen war, damit er den Opfern in Deutz die letzte Ehre erweise, hatte mitten im Rhein wieder umkehren müssen. Ferdinand fühlte sich außerstande, die Front der Leichname abzuschreiten.

»Natürlich hat man Pfarrer Bleckmann über den Inhalt der Fässer informiert«, trug Herr von Aldenhoven vor.

»Und dann?« fragte Wartenberg. »Blieb das Zeug unbewacht im Gotteshaus liegen?«

»Natürlich hat Oberst Diependahl die Kirche bewachen lassen«, sagte Oberst von Merode.

Die Herren verzogen das Gesicht, als der Name fiel: auf Diependahl, der bis heute nicht zurückgekehrt war, wartete das Kriegsgericht.

»Die Posten hat der Schwede niedergemacht«, fuhr Merode fort. »Der Feind hat Fässer und Kisten für Schatztruhen gehalten.«

»Aber Sie, Herr Oberst!« sagte Wartenberg ungeduldig. »Sie hätten doch wissen müssen, was in der Kirche lag! Schließlich sollte das Zeug ja der Verteidigung von Deutz dienen. Hätte der Kommandant von Köln darüber nicht informiert sein sollen?«

»Potzteufel!« rief Merode. »Das hätte er wohl sein sollen! Und warum, wenn ich fragen darf, hat Kurköln mich nicht informiert?«

Herr von Wartenberg hätte seine Frage gern zurückgenommen.

»Im einzelnen läßt sich das nicht mehr ermitteln«, sagte er ausweichend. »Immerhin wußte der Pfarrer Bescheid. Es ist bedauerlich, daß Hochwürden Bleckmann in den Graben stürzte.«

»Wenn Doktor Glimbach noch lebte«, sagte Hyazinthus Klock, aber er führte den Satz nicht zu Ende. Denn in diesem Augenblick betrat der Kurfürst den Raum. Er sah bemitleidenswert aus; nicht einmal rasiert war er. Seltsam ungelenk bewegte sich der überschlanke bleiche Mann auf seinen Sessel zu, ließ sich vorsichtig nieder, ohne den Rücken anzulehnen. Wartenberg wußte: Er hatte sich gegeißelt.

Mit einer gravitätischen Handbewegung, die zu seinem angegriffenen Äußeren nicht passen wollte, gebot er den Herren, in der Diskussion fortzufahren. Aber er hörte kaum zu. Er weilte schon gar nicht mehr in Köln. Der Anblick des geschändeten Ortes am anderen Ufer mußte ihm unerträglich sein. In den Stunden des Gebets und der Kasteiung hatte er sich entschlossen, noch in dieser Woche nach Bonn zurückzukehren. Dort war sein Platz. Köln hatte ihm nur Unheil gebracht.

»Wenn Doktor Glimbach noch lebte« – Klock nahm seine Rede wieder auf – »er würde sicher sagen: Es war Hexenwerk. Immerhin hat er drüben eine entlaufene Hexe gesucht. Und wenn sie wirklich in Deutz war, dann könnte die Hexe in der Tat das ganze Unglück angezettelt haben.«

Klock duckte sich, als habe man geschossen. Den anderen erging es ähnlich. Der Kurfürst, der noch kein Wort gesagt hatte, war aufgesprungen. Und brüllte. Er sah keinen der Herren an, er sah nur durchs Fenster, sah nichts als Trümmer, die rauchgeschwärzten Mauern, die Turmruine. Und brüllte:

»Hexe! Hexenwerk! Es braucht nicht zu jedem Unheil Hexerei! Es braucht keine Hexe, um vierzig Faß Pulver in eine Kirche zu schaffen! Braucht keine Hexe, um pflichtvergessen und schlampig zu sein! Keine Hexe, um Pulver mit glühendem Tabak in die Luft zu jagen! Braucht keine Hexe, um einen Herrn Bleckmann in den Graben plumpsen zu lassen!«

Er fiel in den Sessel zurück.

»Man muß nur« – er sprach jetzt leise – »man muß nur von Gott und den Menschen so verlassen sein wie der Kurfürst von Köln: Dann geschieht viel Unglück auch ohne Hexenwerk. Dann genügt's, daß der *Mensch* schwach und fehlbar und unvollkommen ist und daß Gott des Menschen Versäumnisse zuläßt. So ähnlich hat es auch dieser Jesuit gesagt. Oder geschrieben. Ich weiß es nicht mehr.«

Epilog

1635

Brief des Kapitänleutnants Johann Philipp von Schönborn, derzeit in Kaiserlich-Spanischen Diensten unter General von Emden zu Trier, an den Syndikus Doktor Friedrich Wissius zu Köln.

Trier, am 18. August 1635

Verehrter Doktor und Syndikus, liebwerter Freund!

Wenn ich in den Monaten, die seit der Einnahme von Trier durch die Kaiserlich-Spanischen Truppen vergangen sind, keine Zeit gefunden habe, Ihnen zu schreiben, so mag dieses Versäumnis einigermaßen durch die politischen und kriegerischen Ereignisse entschuldigt werden. Auch in den letzten drei Jahren haben Sie nicht oft von mir gehört. Obwohl von meiner Familie zur geistlichen Laufbahn ausersehen, hielt ich es für geboten, die Kenntnisse und Fähigkeiten, die ich mir im Kriegshandwerk erworben hatte, wiederum meinem früheren Kommandeur, dem Grafen Hatzfeld, zur Verfügung zu stellen, der diesmal unter dem spanischen Befehlshaber, General von Emden, dient. Nun aber, da die Schlacht geschlagen und Trier seit Monaten in kaiserlichem Besitz ist, zwingt mir das Schicksal unseres gemeinsamen Freundes Friedrich Spee die Feder in die Hand. Es gilt zu berichten von seinen letzten Tagen, seinem heroischen Kampf gegen die Seuche, seiner Ergebung in Gottes Willen und seinem seligen Ausgang. Ja, ich mußte es Ihnen gleich zu Anfang schreiben. Unser Freund ist heimgegangen in die Ewigkeit, freudig begrüßt von der Gemeinschaft der Heiligen, in die ihn zu berufen unsere katholische Kirche, so sie unerschrockenes Bekennertum und Eintreten für unschuldig Verfolgte noch zu würdigen versteht, gewiß nicht lange zögern wird.

Wenn ich hier weiter aushole als in einem Brief gemeinhin üblich, so in der Hoffnung, daß Sie, liebwerter Freund, diese Zeilen gut verwahren werden. Denn ich beabsichtige unserem Pater zu gegebener Zeit ein Epitaph zu errichten, ein schriftliches Denkmal, das seine Taten und Tugenden für die Nachwelt bewahren soll. Betrachten Sie diese Epistel mithin als Grundlage für ein dereinst von mir zu schreibendes Buch.

Die wirren Tage in Köln im Dezember 1632 haben Sie auf Ihre Weise so leidenschaftlich miterlebt wie ich auf die meine. Sie haben sogar, auf Ihre diskrete Art, dafür gesorgt, daß unser Pater aus unwürdiger Gefangenschaft befreit und von jenen braven Studenten ins Kollegium verbracht wurde, wo ein ratloser Provinzial verdüsterten Gemütes auf einen Wink des Allmächtigen wartete.

Was nun Goswinus Nickel betrifft: Wohl hatte er – und zwar, wenn ich nicht irre, durch Ihren Mund – im Rat verkünden lassen, er werde das gesamte Kollegium nach Trier verlegen. Doch dann ließ er sich's, eben noch rechtzeitig, einfallen, daß dem Trierer Kurfürsten die Jesuiten ungefähr so lieb waren wie die Pest. So ließ er es bei dem einen bewenden, und auch der wurde, als er in Trier eintraf, von seinen keineswegs sonderlich erfreuten Brüdern zunächst einmal, wie ein geheimes Laster, vor den mißtrauischen Blicken des hohen Herrn verborgen.

Denn mit ihrem Landesherrn hatten die Trierer Jesuiten schon seit Jahren einiges auszustehen. Der Kurfürst wurde, seit er mit dem Kaiser gebrochen hatte, den Verdacht nicht los, die Jesuiten seien nach wie vor des Kaisers treueste Verbündete, was ja auch nicht von der Hand zu weisen war. Mit der Mutmaßung jedoch, ihr Trierer Kollegium sei nichts anderes als ein Spionennest, tat er ihnen bitteres Unrecht an.

Über diesen Herrn Philipp Christoph von Sötern wird die Geschichte ihr Urteil fällen. Doch schon jetzt muß man ihm zugestehen, daß er sich lange Zeit hindurch in einer verzweifelten Lage befand: dem Kaiser zur Treue verpflichtet, militärisch jedoch von ihm kläglich im Stich gelassen, sah er sich den Schweden so schutzlos ausgeliefert wie den Franzosen. Immerhin waren es kaiserlich-spanische Truppen gewesen, die Mainz hätten verteidigen sollen. Statt dessen gaben sie die Stadt und ihren bedauernswerten Fürstbischof kampflos preis und flüchteten in heller Auflösung vom Rhein zur Mosel, wo sie mordeten und brannten, wie sie nur konnten. Man kann verstehen, daß Philipp Christoph mit dieser Art von Majestätshilfe nicht viel im Sinne hatte und schließlich den Schutzvertrag vorzog, den Frankreichs König ihm schon längst angeboten hatte. Durch die französische Besetzung Triers handelte er der Stadt immerhin einige friedliche Jahre ein, sieht man von den offenbar unvermeidlichen Übergriffen und Plünderungen ab.

Diesen Zustand wiederum mochte die Krone Spaniens nicht dulden, an deren niederländische und luxemburgische Territorien der Kurstaat angrenzt. So kam es dann, auf kaiserliche Weisung, zu jener Nacht vom 25. auf den 26. März dieses Jahres 1635, in der die Spanier unter dem Grafen von Emden die Stadt Trier mit List und großer Tapferkeit erstürmten.

Sie werden, lieber Freund, mir gewiß nachsehen, daß ich über politische Konstellationen berichte, die Ihnen, der Sie selbst ein Homo politicus sind, nur allzu geläufig sein dürften. Sie wissen jedoch wie ich, daß sich ein Kriegstheater im trierischen Aspekt anders darstellt als etwa von Wien oder Köln aus, und, generell gesprochen: Die oftmals konfus anmutenden, häufig wechselnden, konfessionelle Schranken durchaus nicht mehr respektierenden Allianzen ebenso wie die Feindschaften unserer Tage bedürfen auch für den Kundigen immer wieder der Interpretation.

Doch Sie wollen endlich mehr über unseren Friedrich Spee erfahren, und so hoffe ich, daß meine Erzählung ihn nicht mehr verlassen wird, es sei denn hie und da zu einem erläuternden Wort.

An welchem Tage oder in welcher Nacht der Provinzial ihn von Köln nach Trier schickte, wie er hier anlangte, ohne von den Häschern des Kurfürsten aufgespürt worden zu sein – ja, ob Ferdinand überhaupt noch etwas unternommen hat, seiner habhaft zu werden, entzieht sich meiner Kenntnis. Genug, daß er hier eintraf und erst einmal »verborgen« wurde. Der hiesige Rektor, Pater Panhaus, lag gerade wieder in heftigstem Streit mit seinem Landesherrn und Erzbischof. Es ging um einen Silberschatz aus heidnischer Zeit, der auf jesuitischem Gelände gefunden und von den frommen Brüdern eingeschmolzen worden war, damit sie mit dem Erlös ihren Lebensunterhalt bestreiten konnten. Denn vom Kurfürsten hatten sie außer Sottisen und Verdächtigungen nichts zu erwarten. Den unversehrten Schatz, bestehend aus Schüsseln, Krügen, Pokalen und Leuchtern, alles aus Gold und Silber, hätte der Kurfürst sich gern auf die Tafel gestellt, zumal er gerade die riesige römische Halle im Herzen der Stadt als Palatium Electorale auf das prächtigste mit viel Geld und Bürgerfron umgebaut hatte. Aber nun war der kostbare Fund buchstäblich zerronnen, und Philipp Christoph sann auf Rache.

Dennoch: In diesen gut zwei Jahren vom Januar 1633 bis März 1635 hatte unser Freund in Trier keine üble Zeit. Er genoß hier, was er sein Leben lang entbehrt hatte: Muße zum Studieren, zum Sinnen, zum Dichten. Er durfte kontemplativ leben. Erinnerungen an die Jahre, die er als Novize im alten Mutterhaus am Krahnen verbracht hatte, wirkten wohltätig auf ihn ein; der hochgescheite Pater Turck, den er von Paderborn her kannte, kümmerte sich liebevoll um ihn, und sogar zur Zusammenstellung seines Gedichtbandes »Trutz Nachtigall« fand er Zeit. Er hinterließ uns einige Abschriften, deren eine ich auf seinen Wunsch an den Buchhändler Friessem in Köln zwecks Drucklegung übermitteln werde.

Über jene zwei ruhigen Jahre werden Sie im übrigen durch Spee selbst unterrichtet worden sein; schließlich hat er Ihnen, in dem er vielleicht seinen Lebensretter, mit Sicherheit aber den Befreier aus der Gefangenschaft sehen durfte, mehrmals ausführlich geschrieben, wie ich aus seinen eigenen Worten weiß.

So konnte Friedrich Spee nicht klagen und dachte auch nicht daran – bis zu jenem unseligen Tage, da sie auch in Trier wieder einen Hexenprozeß anstrengten und in zwei einander folgenden Wochen im März dieses Jahres, also kurz vor der Eroberung durch die Spanier, zwei unglückliche Frauen zum Richtplatz schleppten. Die hellen Tränen standen unserem Pater in den Augen, als er mir später davon erzählte; der Rückfall in eine barbarische Gepflogenheit, die er im Kurstaat ausgerottet wähnte, mußte dem Verfasser der »Cautio Criminalis« schlaflose Nächte, und mehr als das, bereitet haben. Auch in diesem Fall unternahm er alles nur Menschenmögliche, um die beiden zu retten. Sogar bis zum Kurfürsten drang er vor – aber der brauchte ja nur die Jesuitensoutane zu sehen, um sich jeden Einspruch zu verbitten. Einige Brüder im Kollegium beschuldigten den Pater überdies, er habe durch den Versuch, jene Frauen vor der Verbrennung zu bewahren, den Kurfürsten so aufgebracht, daß dieser mit den Jesuiten endgültig gebrochen habe. Wie es später auch Leute gab, die wissen wollten, ein Jesuit sei es gewesen, der unserem Befehlshaber einen Hinweis gegeben habe, wie er die Stadt am besten einnehmen könne. Nun, das ist Unsinn; ein spanischer Obrist im achtzehnten Kriegsjahr braucht keinen Schwarzkittel, um einen kaum befestigten Ort von ungeliebter Herrschaft zu befreien.

Der Ingrimm Philipp Christophs hatte sich mittlerweile zu solcher Siedehitze gesteigert, daß er am 25. März dem Rektor Panhaus den Ausweisungsbefehl zustellen ließ. Ein vierzigstündiges Gebet, das der Rektor daraufhin anordnete, trug überraschend Früchte: Es war allerdings ein seltsames Zusammentreffen, eine nachgerade verdächtige Koinzidenz, daß just am Vorabend des Tages, da die Jesuiten die Stadt verlassen sollten, unsere Schiffe ausliefen, um bei Dämmerung die Trierer Posten zu überrumpeln.

Erlauben Sie mir nun, daß ich mich noch einmal von unserem Freund abwende, um Sie, gleichsam an meiner Seite, zum Zeugen der Kriegshandlungen zu machen, zu deren Gelingen ich in bescheidenem Maße beitragen konnte. Zwar will ich dem geschworenen Friedensfreund keine ausführliche Beschreibung kriegerischer Taten zumuten. Dennoch müssen sie in diesem Brief einen gewissen Raum einnehmen, weil anders nicht zu verstehen wäre, wie es zur Wiederbegegnung mit Friedrich Spee und meiner kurzen, beglückenden Freundschaft mit ihm gekommen ist.

Am Abend des 24. März legten acht große Lastkähne mit sechshundert Mann von der Fährbrücke des Dorfes Wasserbillig ab und fuhren den Fluß hinunter nach Trier, etwa bis zur Höhe von Sankt Matthias. In dieser Vorstadt setzten wir fünfzig Soldaten an Land, die sogleich die französische Wache im Haus »Zum halben Mond« überwältigten. Als die Schiffe zur Moselbrücke kamen, riefen uns die Posten an, doch die Unsrigen machten glaubhaft, daß wir nur Nahrungsmittel nach Koblenz transportierten, zunächst jedoch vor dem Brückentor bei Brot und Käse ein wenig rasten wollten. Kaum daß wir aber festen Boden unter den Füßen hatten, war dieses Tor auch schon erbrochen, und mit Hauen, Schießen und Stechen drangen unsere Spanier in die Stadt, während zugleich an die fünfhundert Reiter, die ein anderes Tor erobert hatten, durch die Straßen preschten und alles niedermachten, was ihnen Widerstand leisten wollte.

Obrist Maillard – trotz des französischen Namens in spanischen Diensten – drang mit seiner Rotte bis zum Palatium vor und nahm den Kurfürsten gefangen, der, da die Unsrigen beim Plündern nicht kleinlich waren, nichts anderes zu sagen wußte als: »Den Rock werden sie mir hoffentlich am Leibe lassen.«

Ich selbst ritt mit General Emden und anderen Offizieren über den Marktplatz durch ausgestorbene Gassen, und das ist wörtlich zu nehmen, denn alles war wie gepflastert mit Leichen. Unter den vielen Blessierten war ein einziges Stöhnen und Schreien und Sterbeklagen, und gerade kamen wir noch zurecht, einen Dragoner zu hindern, die Verwundeten mit dem Musketenschaft zu erschlagen.

Mitten auf der Straße hockte ein Ordensmann und half einem blutenden Franzosen, sich aufzurichten, damit er aus der Flasche, die der Pater ihm reichte, trinken konnte. Ich brauchte ein paar Sekunden, den Jesuiten zu erkennen – doch dann war ich sicher, und Sie wissen's inzwischen auch: Es war Friedrich Spee. Ich sprang vom Pferd, wollte ihn freudig begrüßen und erschrak. Er war noch grauer geworden, noch tiefer lagen die

Augen und blickten mich wie im Vorwurf an, als wär' ich's allein, der all dies Blut zu verantworten hat. Ohne ein Grußwort deutet er auf meine Satteldecke; ich reichte sie ihm, der sie zusammenrollte und dem Soldaten unter den Nacken schob.

Mein General war schon um die Ecke, ich saß auf, rief »Wir sehen uns bald!« und sprengte den anderen nach.

Mit der Einnahme der Stadt, der Kapitulation des französischen Kommandanten Bussy, eines sehr tapferen Mannes, und der Gefangennahme des Kurfürsten (der zunächst nach Namur und schließlich nach Wien gebracht wurde) hatte die Not noch kein Ende. Wie immer bei solchen Aktionen, hatten nicht nur die kämpfenden Soldaten, sondern auch viele friedliche Bürger zu leiden. Denn, Gott sei's geklagt, nicht allein die Gemeinen unter den Waffenträgern plündern, schänden und marodieren, sondern so mancher Offizier geht ihnen mit scheußlichem Beispiel voran, so daß viele erst durch ihn zu ihren Untaten ermuntert werden.

Viel ist darüber geredet und geschrieben worden, wie man »den Krieg menschlicher halten könne«. Doch allen, die sich so klug vernehmen lassen, mangelt's an der bitteren Einsicht, daß derlei Grausamkeiten und Exzesse zum Wesen des Krieges per definitionem gehören, wie denn ein Schimmel stets von weißer Farbe, ein Kreis immer rund und ein Fisch im Wasser zu Hause ist. Wer also die Schrecken des Krieges vermeiden will, der meide den Krieg. –

Nachdem wir Quartier bezogen, das Stadtregiment mit geschworenen Feinden des Kurfürsten und auch das Domkapitel mit kaisertreuen Männern besetzt hatten, traf ich Spee wieder, diesmal im Jesuitenkolleg, das sich nahe der Dreifaltigkeitskirche einige sehr schöne Häuser errichtet hat, woran auch Philipp Christoph sie nicht hat hindern können. Unser Pater hatte inzwischen zahlreiche Verwundete – Spanier, Franzosen, Deutsche oder Luxemburger – in die Infirmerie aufnehmen lassen und sie unermüdlich mit ärztlicher Hilfe und geistlichem Zuspruch versorgt. Für die verwundeten Franzosen, sofern sie transportfähig waren, sammelte er, von Haus zu Haus gehend, neue Kleidung und verschaffte ihnen überdies freien Abzug auf Schiffen, moselaufwärts bis Luxemburg und weiter. Ich selbst konnte bei diesem Unternehmen als Mittler zwischen Spee und der Kommandantur wirken. Als jedoch alle aus christlicher Barmherzigkeit gewonnenen Argumente beim General von Emden nicht verfingen, stellte Spee – wahrhaft ein Jesuit! – dem harten Mann eindringlich vor, wie er sich unnötige Kosten für unnötige Esser ersparen könne, indem er die Franzosen freiließe. Das endlich überzeugte den Herrn.

Jeder andere – gewiß nicht Sie, der Sie Spee kennen – würde jetzt fragen: Was fiel dem bescheidenen Professor der Moraltheologie ein, sich derart in die Händel der Welt zu mischen oder doch zumindest ihre Folgen lindern zu helfen? Ich antworte mit einem Ausspruch des großen Jesuiten Petrus Canisius, dem Spee seit Jugendtagen nachgeeifert hat: »Wer anderen Menschen helfen will, muß von Liebe wahrhaft entflammt sein.« Spee wollte helfen und war entflammt. Das ist das ganze Geheimnis.

Als ich ihn im Kollegium besuchte, hatte ich bereits erfahren, daß es damals nicht bei der Bemühung um jenen verwundeten Franzosen geblieben war. Noch während die Straßenkämpfe tobten, hat man den Pater bald da, bald dort wie einen Feldscher oder Wundarzt inmitten der Verstümmelten und Sterbenden gesehen. »Warum tun Sie das?« fragte ich ihn. »Ihr Amt ist es, sich um das Heil der Seelen zu kümmern. Und Ihr besonderer Auftrag: die Menschen durch Rede und Schrift zum Gebrauch ihrer Vernunft anzuhalten.« Er erwiderte nur: *»Man muß es tun.«* Und kein Wort mehr.

Ich erkläre mir diese Antwort als Quintessenz einer Resignation, die ihn, anders als es Enttäuschten gemeinhin zu gehen pflegt, nicht dazu bringen konnte, die Hände in den Schoß zu legen. Ganz im Gegenteil: Da ihn das Echo auf seine aufrüttelnde Geistestat nicht befriedigte, wollte er sich dort nicht verweigern, wo eine zupackende Hand gebraucht wurde. »Was habe ich schon bewirkt mit meiner ›Cautio‹?« fragte er einmal. »Einige Verurteilte konnte ich vielleicht retten, indem ich diesen oder jenen Fürsten zur Einsicht brachte. Aber auch das darf ich nur erhoffen, Beweise habe ich nicht. Sie ahnen gar nicht, wie es mich beglückt, *Wirkung zu sehen*. Ich bemale eine Wand in meiner Stube – sie wird weiß, und ich habe es bewirkt! Im Klostergarten setzte ich holländische Zwiebeln – es wurden Tulpen daraus. Ich habe einem Bruder den gebrochenen Arm geschient, und die Knochen sind gut zusammengewachsen. Es war mein Werk. Vielleicht war es nicht gar so uneigennützig, daß ich den Verwundeten geholfen habe.«

Ich wußte nun, daß ich noch für einige Monate in Trier bleiben würde. General von Emden hatte mich gebeten, meine Kenntnisse im Französischen, Spanischen und Italienischen der Militärverwaltung als Dolmetscher zur Verfügung zu stellen. Oft war ich in dieser schönen Frühlingszeit zu Gast bei den Jesuiten, namentlich bei ihrem trefflichen Rektor Panhaus, der das wiedergewonnene Ansehen seines Ordens, dessen Kaisertreue sich nun auszahlte, in vollen Zügen genoß. Immer wieder rühmte er seinen höchsten Vorgesetzten, den Pater General in Rom, der sich auch in Spees Angelegenheit, nach vielerlei Hin und Her, so überaus klug, weil zu Geduld und Mäßigung ratend, verhalten habe.

In meiner Freizeit versuchte ich mich, angespornt durch den Verfasser der »Trutz Nachtigall«, im Dichten, und zwar ebenfalls auf deutsch. Ich wagte mich an so schwierige Vorhaben wie die Übertragung gewisser Abschnitte aus den Evangelien oder Psalmen, sogar in gebundener Sprache, gelegentlich auch gereimt. Wie oft bin ich mit meinem Freund rund um den plattenbelegten Hof zwischen Kollegienbau und Dreifaltigkeitskirche gegangen, vertieft in gelehrte Gespräche über das Wesen der Poesie und ihren Auftrag zur Verherrlichung Gottes. Manchmal erinnerten wir uns auch der Kölner Zeit, in der wir uns ja nur selten getroffen hatten. Damals standen Sie, lieber Doktor, ihm näher, und noch kürzlich hat Ihre Findigkeit unserem

Freund eine unverhoffte Freude beschert: Sie hatten jene Devotesse wieder aufgespürt, die Spee so viel Kummer und Ihnen einige Ungelegenheit bereitet hatte. »Doktor Wissius hat mir geschrieben, daß sie wieder auf Burg Lülsdorf ist«, sagte der Pater. »Dennoch ist sie ihrem Glauben treu geblieben – und die calvinischen Eltern haben sich damit abgefunden!« Richtig vergnügt war er, wie er mir das erzählte.

Der Sommer kam, schwül und feucht. Nun rächte sich, daß man – aus Faulheit oder Gottlosigkeit? – so vielen Toten ein christliches Begräbnis verweigert hatte, obwohl jene Franzosen doch mindestens so gute Katholiken wie die Spanier gewesen waren. Aus Fäulnis entsteht durch Selbstzeugung, wie man behauptet, ein Heer von Ratten, in deren dürrem Pelz sich die Keime schlimmer Seuchen verbergen sollen. Bald war in jeder zweiten Familie einer an bösem Ausschlag nebst hitzigem Fieber erkrankt. Ein paar Tage später ratterten schon die ersten Leichenwagen zum alten Friedhof bei Sankt Maximin.

Als man die Gefährlichkeit der Krankheit erkannt hatte, wurden Notspitale eingerichtet, so im Untergeschoß des heidnischen Torbaues, den heute die Kirche Sankt Simeons krönt, und in der ebenfalls römischen Riesenhalle des Kurfürstlichen Palastes. Dorthin schaffte man jene, deren Konstitution noch auf Genesung hoffen ließ. Unermüdlich waren die hochvermummten Ärzte und Pfleger tätig, und mitten unter ihnen, ohne Mundschutz und Schnabelmaske, Friedrich Spee.

»Ich versuche nur, meine Schuld abzuzahlen«, sagte er, als ich ihn aufsuchte. Ich tat es mit einiger Überwindung, denn gleich allen anderen fürchtete ich die Nähe der Kranken wie auch ihrer selbstlosen Betreuer.

Auf meine Frage, was er denn damit meine, erwiderte er: »Mit der Gefahr der Ansteckung habe ich einmal leichtfertig gespielt – um mich aus einer scheinbar ausweglosen Situation zu erretten. Ich hätte sonst eine schlimmere Sünde – den Widerruf der Wahrheit – begehen müssen, und das mag mich etwas entlasten. Dennoch: Ich habe meine Brüder ohne begründetes Wissen in Angst versetzt, und das bleibt meine Schuld. Bald darauf wollte ich zu den Pestkranken nach Mainz. Das haben mir die Häscher des Kurfürsten verwehrt. Nun habe ich's wiederum mit einer Seuche zu tun, und diesmal entgehe ich ihr nicht.«

Er wandte sich um und ging zu seinen Kranken. Ich dachte lange darüber nach, wie er den letzten Satz gemeint haben mochte, und war beunruhigt über sein seltsam glückliches Lächeln.

In den ersten Augusttagen – die Krankheit hatte bereits Hunderte dahingerafft – überwand ich mich wieder einmal und sprach im Kollegium vor. Da der Kastellan der Seuche erlegen war, öffnete mir ein anderer Bruder, es war Pater Turck, und schüttelte, als ich nach Spee fragte, traurig den Kopf. Dann bat er mich, ihm zu folgen. Er führte mich durch eine Pforte in einen hinter dem Neubau gelegenen Garten, wo ein altes, seit Jahren nicht mehr bewohntes Kavaliershaus steht. Ich ahnte, wozu es jetzt verwendet wurde. »Sie können mir auch Ihr Anliegen anvertrauen, und ich werde es dem Bruder ausrichten«, sagte Pater Turck, dem mein Erschrecken nicht entgangen sein konnte. Aber in diesem Augenblick besann ich mich darauf, daß ich Soldat bin, und folgte ihm ohne zu zögern.

Das Haus war in ein Spital verwandelt worden. Noch vor wenigen Tagen hatte Spee hier als Pfleger und Seelsorger gearbeitet. Nun hatte die Seuche auch ihn auf das Lager geworfen. Ersparen Sie mir, Ihnen das Antlitz und die von Beulen entstellten Gliedmaßen des armen Mannes zu beschreiben; es ist besser, Sie behalten ihn im Gedächtnis, wie Sie ihn zuletzt gesehen haben.

Als mir der Dunst des Verfalls den Atem nehmen wollte, war ich noch einmal versucht umzukehren, um mich der Gefahr der Ansteckung zu entziehen. Doch als mich sein Blick traf – ein Blick aus Augen, so groß und verklärt, als hätten sie bereits das himmlische Jerusalem gesehen –, zog es mich unwiderstehlich an sein Bett, das eher einer Bahre glich. Ich kniete nieder und schämte mich meiner Tränen nicht, obwohl ich doch den

Freund mit heiterem Zuspruch über seine Lage hätte hinwegtäuschen sollen. Schon seine ersten Worte belehrten mich, daß frommer Betrug hier nicht mehr am Platze war.

»Sie hätten uns nicht besuchen sollen« – er sprach nicht von sich allein, er dachte, auch in diesem Augenblick, zugleich an alle anderen, die mit ihm litten. »Sterben«, fuhr er mit großer Anstrengung, aber zugleich mit diesem leisen Lächeln fort, »Sterben ist verführerisch ...« Es waren die letzten, nach unseren armseligen Begriffen »klaren« Worte, die ich von ihm hörte.

Und wahrhaftig: Menschen, die sterben wie er, die schon den Blick nach drüben tun durften, die bereits wissen, welche Herrlichkeit sie erwartet – ist es so verwunderlich, daß ihr Lächeln zur Nachfolge aufruft?

Während Pater Turck, der bei uns geblieben war, immer wieder die dürren Lippen mit einem Schwamm benetzte, lauschte ich angespannt auf das, was sie mir mitteilen wollten. Nur einzelne Wörter waren zu vernehmen, scheinbar ohne Zusammenhang. Aber bald erkannte ich, aus welchem Schatz sie stammten, und als sie sich wieder zu Sätzen fügen wollten, wurde mir deutlich, daß es die Welt seiner Gedichte war, die der nahende Tod ihn noch einmal beschwören ließ. Und aus diesen oft nur gehauchten oder mühsam gelallten Wörtern entstand die Vision jener vollkommeneren Welt, die uns verheißen wurde: der Welt des endzeitlichen Paradieses, in der es keinen Haß und keine Feindschaft mehr geben, in der Mensch mit Mensch und Tier mit Tier versöhnt sein wird. Die Lämmer werden mit Löwe und Bär aus *einer* Krippe sich nähren und Schafe und Kühe einträchtig mit den Wölfen grasen. Die Tanne wird Nektar spenden und die Linde Traubenblut, der Eichbaum Honig geben, und Öl wird aus den Felsen schäumen, und jedes Gesetz der Natur, so streng und unaufhebbar es uns scheinen mag: Von Gottes Liebe wird es aufgerufen sein, sich hinzugeben und auszuklingen in eine neue, nie erhörte Harmonie.

Ich mußte aufbrechen. Ein Glöckchen verkündete das Nahen des Allerheiligsten. Mein Freund sollte den letzten Trost empfangen.

Am Abend erfuhr ich, daß Friedrich Spee mittags um eins gestorben war.

Ich weiß, lieber Doktor, meine Mitteilung vom Sterben dieses tapferen Mannes und unerschrockenen Streiters für die Menschlichkeit nicht besser zu beschließen als mit den Worten unseres Trierer Geschichtsschreibers, die dieser freundliche Gelehrte gestern in seine Chronik eingetragen und mir zu beliebigem Gebrauch überlassen hat:

»Im Trierer Kolleg ist am 7. August 1635, erst vierundvierzig Jahre und fünf Monate alt, der hervorragende Jesuitenpater Friedrich Spee gestorben. Als die Spanier die Stadt Trier besetzten, hat er sich in christlicher Nächstenliebe um die verwundeten und ins Elend geratenen Franzosen bemüht, bis er endlich, da er sich nicht schonte, selbst von einer Seuche befallen wurde und somit sein Leben für andere opferte. Noch am selben Tage wurde er in der Jesuitenkirche unter der einfachen Grabschrift »Hier ruht Friedrich Spee« beigesetzt. Dankbar werden alle, die nach ihm kommen, das Andenken an den wahrhaft christlichen Geist dieses Mannes bewahren. Sein Bild erstrahlt, um mit Horaz zu sprechen, ›in makelloser Ehren Glanz.‹«

Nachwort

Nach den Romanen »Die Hexe« und »Der Hexenanwalt« schließt »Das Kölner Tribunal« die Trilogie aus der Zeit des Hexenwahns und der Hexenverfolgung ab. Obwohl jedes Buch auch ohne Kenntnis der anderen gelesen und verstanden werden kann, sollte man die drei Bände doch als Einheit betrachten; so jedenfalls wurden sie konzipiert.

»Die Hexe« und »Der Hexenanwalt« haben das Leben Friedrich Spees zwischen 1627 und 1631 mit erzählerischer Freiheit, aber gestützt auf die überlieferten historischen Fakten dargestellt. »Das Kölner Tribunal« spielt im Jahr 1632, das Spee, nach längerem Aufenthalt in Paderborn, wiederum in Köln verbrachte. Aus diesem Abschnitt seines Lebens gibt es nur wenige gesicherte Daten, obwohl kein Zweifel daran besteht, daß es gerade in dieser Zeit zu einer dramatischen Entwicklung gekommen ist. Aus dem Briefwechsel, den Goswinus Nickel, Adrian Horn und Friedrich Spee, jeder für sich, mit dem Pater General in Rom geführt haben, geht hervor, daß Spee bösartigen Angriffen ausgesetzt war, die Mutius Vitelleschi schließlich zu der Empfehlung bewogen, den Unruhestifter aus dem Orden zu entlassen. Spees Freiheit, wenn nicht sein Leben, war höchst gefährdet – nicht zuletzt durch die Absicht des Paters Roestius, die »Cautio Criminalis« auf den Index der verbotenen Bücher setzen zu lassen. Daß Kurfürst Ferdinand, auch in seiner Eigenschaft als Erzbischof, und sein Obersthofmeister von Wartenberg eine maßgebende Rolle bei den Angriffen auf Spee spielten, darf als sicher gelten.

Zu den durch die Quellen belegten Ereignissen gehören unter anderem der Streit zwischen Köln und dem Kurfürsten um die Befestigung von Deutz, der Kampf um die Neutralität, Glimbachs Schrift »De anima suspirautis« und seine Demütigung auf der Rathaustreppe, der Einkauf der Schweden in Köln, die Rebellion des Wirtes Thergaten, die Erpressung des Kurfürsten vor der brennenden Kerze, der Versuch Horns, Schüler und Studenten zu bewaffnen, und die Explosion der Pfarrkirche zu Deutz. Was Spee vor dem »Tribunal« sagt, ist sinngemäß seiner »Cautio Criminalis« entnommen.

Zu den erstaunlichen Dingen gehört auch, wie ich meine, daß ein geistlicher Fürst, Johann Philipp von Schönborn, Spees Persönlichkeit und Lehre so treu im Gedächtnis behielt, daß er, 1642 als Bischof von Würzburg und fünf Jahre später als Kurfürst-Erzbischof von Mainz, alle Hexenprozesse in seinen Landen einstellen ließ. Dem Philosophen Leibniz gegenüber würdigte er den verstorbenen Freund in ergreifenden Worten.

Auf Initiative von Dr. Anton Arens, Regens des Bischöflichen Priesterseminars in Trier, wurde am 16. Oktober 1980 das Grab Friedrich Spees und einiger seiner Mitbrüder in der Krypta der ehemaligen Jesuitenkirche freigelegt und später in eine Gedenkstätte umgewandelt. 1981 gedachte die deutsche Publizistik des ersten Erscheinens der »Cautio Criminalis« vor 350 Jahren. Beides hat die Erinnerung an den Kämpfer für Vernunft und Menschlichkeit neu belebt. So könnte vielleicht auch die romanhafte Schilderung seines Lebens ein wenig dazu anregen, auf die von Eltern und Erziehern oft gestellte Frage nach »Vorbildern für die Jugend« mit dem Hinweis auf Spee, dem Gegenbild eines »Helden« herkömmlicher Art, eine überzeugende Antwort zu geben.

W. L.

Danksagung

Quellen und Bilder zur kölnischen Stadtgeschichte, speziell zum Henot-Prozeß, machten mir das Historische Archiv und die Museen der Stadt Köln zugänglich. Ferner habe ich für wertvolle Hinweise und Hilfen zu danken Frau Archivamtmännin Ulrike Nyassi, Köln, Herrn Oberbibliotheksrat Dr. Hans Blum, Köln, Herrn Dr. Nino Erné, Mainz, Herrn Professor Dr. Wolfgang Hirsch, Traunstein, und Herrn Karl Ludwig Leonhardt, Hamburg.

Gerne bedanke ich mich auch für Ratschläge bei Herrn Studienrat Kurt Bachmann, Rinteln; Herrn Dr. Heinz-Günther Borck vom Stadtarchiv Hildesheim; Frau Lieselotte Hendricks, Gütersloh; Herrn Dr. med. Hermann Hinteler, Geseke; Herrn Werner Lenz, Gütersloh; Frau Christel Rost, Hamburg; Herrn Buchhändler Rudolf Scholz, Hildesheim; Frau Dr. Thierfelder vom Stadtarchiv Rinteln; Herrn Pfarrer Walter Wahle, Störmede, sowie bei Frau Hilde und Herrn Kurt Wiedenroth vom Stadtarchiv Peine.

Endlich danke ich auch für Rat und Unterstützung Herrn Regens Dr. Anton Arens, Frau Ingrid Grimm, Herrn Professor Dr. Laufner vom Trierer Stadtarchiv, Herrn Wolfgang Mertz, Herrn Pater Godehard Pünder SJ, Herrn Priv. Doz. Dr. Gerhard Schaub und, nicht zuletzt meiner Frau, die meine Arbeit mit ihrem Verständnis gefördert hat.

W. L.

Literatur

Auswahl für Leser, die sich eingehender über die historischen Hintergründe informieren wollen.

Friedrich Spee von Langenfeld, Werkausgaben

Trutznachtigall. Hrsg. von Rudolf Jardon. Köln 1947

Cautio Criminalis oder Rechtliches Bedenken wegen der Hexenprozesse. Deutsch von Joachim-Friedrich Ritter. Köln/Graz 1967

Güldenes Tugendbuch. Hrsg. von Theo G. M. van Oorschot. Zweiter Band der Historisch-kritischen Ausgabe der sämtlichen Schriften Friedrich Spees. Deutsche Barock-Literatur. Hrsg. von Martin Bischer und Friedhelm Kemp. München 1968

Spee-Biographien, Gesamt- und Einzeldarstellungen

Rosenfeld, Emmy – Friedrich Spee von Langenfeld. Berlin 1958

Ritter, Joachim-Friedrich – Friedrich von Spee. Ein Edelmann, Mahner und Dichter. Trier 1977

Keller, Karl – Friedrich Spee von Langenfeld. Kevelaer 1968

Zwetsloot, Hugo – Friedrich Spee und die Hexenprozesse. Trier 1954

Honselmann, Klemens – Friedrich von Spee und die Drucklegung seiner Mahnschrift gegen die Hexenprozesse. Westfälische Zeitschrift, 113. Band. Münster 1963

Arens, Anton – Friedrich Spee von Langenfeld. Zur Wiederauffindung seines Grabes im Jahre 1980. Trier 1981

Zur Geschichte des Dreißigjährigen Krieges

Wedgwood, C. V. – Der Dreißigjährige Krieg. München 1967

Mann, Golo – Wallenstein. Frankfurt 1971

Forst, H. (Hrsg.) – Politische Correspondenz des Grafen Franz Wilhelm von Wartenberg 1621–1631. Leipzig 1897

Schwörbel, L. – Über die Zerstörung von Deutz im truchsessischen und seine Befestigung im 30jährigen Kriege. Deutz 1878

Zur Geschichte der Hexenprozesse

Sprenger, Jakob / Institoris, Heinrich – Malleus Maleficarum. Der Hexenhammer. Deutsch von J. W. R. Schmidt. Berlin 1922/23

Döbler, Hannsferdinand – Hexenwahn. München 1978

Soldan, Wilhelm Gottlieb / Heppe, Heinrich – Geschichte der Hexenprozesse. Bearbeitet von Max Bauer. Berlin 1911/ Hanau 1965

Baschwitz, Kurt – Hexen und Hexenprozesse. München 1963

Hartmann, Wilhelm – Die Hexenprozesse in der Stadt Hildesheim. Hildesheim und Leipzig 1927

Duhr, Bernhard, SJ – Die Stellung der Jesuiten in den deutschen Hexenprozessen. Köln 1900

Über Köln und Trier

Ennen, L. – Frankreich und der Niederrhein oder Geschichte von Stadt und Kurstaat Köln. Köln u. Neuss 1855

Ennen, L. – Geschichte der Stadt Köln. 5 Bände. Köln 1880

Kuckhoff, J. – Geschichte des Tricoronatums. Köln 1931

Stelzmann, Arnold – Illustrierte Geschichte der Stadt Köln. Köln 1958

Duhr, Bernhard, SJ – Geschichte der Jesuiten in den Ländern deutscher Zunge. Freiburg 1907–1928

Leson, Willy (Hrsg.) – Wenzel Hollar in Köln. Köln 1979
Krämer, Wolfgang – Kurtricrische Hexenprozesse im 16. und 17. Jahrhundert. München 1959
Kentenich, Gottfried (Hrsg.) – Geschichte der Stadt Trier. Trier 1915
Marx, J. – Geschichte des Erzstifts Trier. Trier 1862

Zur Geschichte einiger Städte

Köster, August – Geschichte der Stadt Peine. Peine 1937
Müller, Theodor / Zechel, Arthur – Die Geschichte der Stadt Peine. Band I. Peine 1972
Troitzsch, Reinhold – Peine während des 30jährigen Krieges
Bessen, G. J. – Geschichte des Bistums Paderborn, Paderborn 1820
Evelt, Julius – Die Weihbischöfe von Paderborn. Paderborn 1869
Richter, W. – Geschichte der Paderborner Jesuiten. Paderborn 1892
Dunker, Alfons (Hrsg.) – Geseker Album, Geseke 1976
Schröder, Edward – Die Universität Rinteln. Rinteln 1927
Feige, Rudolf – Das akademische Gymnasium Stadthagen und die Frühzeit der Universität Rinteln. Beiträge zur Geschichte, Landes- und Völkerkunde des Weserberglands. Hameln 1956